# 日華大辭典

## （一）

林茂 編修

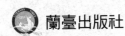
蘭臺出版社

# 吳梅大年日
## (一)

# 緒言

　　謹以此書來紀念我敬愛的父母-林添壽先生和陳采玉女士.

　　二十一世紀是中國人的世紀.除了英文,日文是另一個值得學習的語言.中英日精通,相信對自己以後事業的發展會有很大的幫助.曾看過一本書只要認識一國的文字八千個以上,就可以開口說出他們的話.懂得中文就至少可以看懂日文一大半,只是不會發音,念錯發音或容易誤解其意義而已.所以下定決心要寫一本可讀式日文漢字辭典,讓我有生之年至少可以對社會有一點小貢獻.因此利用公餘之暇花了將近二十年寫完這本書.相信只要肯每天花個半小時到一小時閱讀這本書,一年半載就會讓日文有很大的進步,以後對自己的事業前途,寫作或旅遊都會有幫助,更可從中學習到日本文化.理解到日本民族的優點和缺點.

　　期間因為一下班就守在電腦桌旁,太太說她成了道地的電腦寡婦,因為從此相處講話的時間變少了,要她一個人又要上班又要教育孩子又要管理家務,真的對她很虧欠.另外媽媽曾向我同事問,奇怪我回來就躲在樓上沒再下樓過,是不是太累了在睡覺.也多虧兩個弟弟幫我盡孝道,陪他們看本土劇和出外到處走走,非常謝謝他們.還有兩個妹妹也一年數次請雙親到她們的僑居地加拿大玩,這是他們最快樂的時光.

　　最後要感謝美國 Majaneo International Ltd,香港茂真國際有限公司及中國喬治吉米創意有限公司,多年來對我的支持和建議,讓我能夠順利做完我想做的工作.

www.blancho-bedding.com

www.blacktemptation.com

www.prettywalldecor.com

www.pandasuperstore.com

林茂 09-09-2016

# 日語概說

## *日語的特徵

日語(日本語)—屬於粘着語(膠着語),不依靠詞尾的曲折變化,而依靠助詞,助動詞的黏著附加,來表示單詞在句中的機能。

動詞,形容詞,形容動詞,助動詞雖有語尾變化,但不是以性,數,格,時為轉移,而是以後面的黏著成分助詞,助動詞為轉移。

句子有一定的順序主語(subject)在前,述語(predicate)在後,目的語(object),補語(complement)在中間,但主語和目的語之間詞序並沒有嚴格限制,主要通過助詞來決定。

連体修飾語(形容詞性修飾語)(adjective modifier)—形容詞在名詞(体言)前面。

連用修飾語(副詞性修飾語)(adverbial modifier)—副詞在用言(動詞。形容詞。形容動詞)前面。

## *日語文字形式

仮名(日文字母)—平仮名(草體字母)。片仮名(楷體字母)

漢字(中國字)

ローマ字(羅馬字。拉丁字母)

## *日語詞彙來源

和語(日本固有詞彙)—人。机。一つ。読む。静か。此の。少し

漢語(漢語詞彙)直接採用—帽子。中庸。前進。去年。先生。勇敢。学校。君子

利用漢字創造—飛行機。時計。自転車。出張。返事。大根。万年筆

外来語(外來語詞彙)

    當作外來語不列為漢語詞彙—沒法子。面子。你好。麻雀。燒売

    英語—ペン。インク。ミルク。ラジオ。バス。インンガム。イエス

    和製英文—サラリー.ウーマン。オールバック。ハイカラ

    法語—モン.パリ(我的巴黎)。マダン(夫人)。バン(葡萄酒)

    德語—オナリー(手淫)。エネルギー(能源)。エトワス(某物)

    拉丁語—バイス.バーサ(反之同)。アウラ(先兆)。エゴ(自我)

俄語－ノルマ（規範）。イクラ（魚子）。ウートロ（早晨）
　　義大利語－テンポ（速度）。ウシ.ポコ（一點點）
　　荷蘭語－インキ（墨水）。ペンキ（油漆）。オベリー（捲薄餅）
　　西班牙語－イスパニア（西班牙）。ギターラ（吉他）。グラシアス（謝謝）
　　葡萄牙語－カルタ（紙牌）。パン（麵包）。キリスト（耶穌基督）
　　希臘語－アーガス（百眼巨人）。エレクトロン（琥珀）
　　挪威語－シュガブラ（波狀雪）
　　芬蘭語－ジェンカ（芬蘭民族舞）
　　阿拉伯語－シューラ（顧問）
　　波斯語－ガナート（坎兒井）
　　梵語－サラ（菩提樹）。アカ（佛前供水）。エンマ（閻羅王）
　　希伯來語－クルブ（二品天使）
　　馬來語－オラン。ウータン（猩猩）。マーカン（廚師）
　　印尼語－マタ。ハリ（女間諜）。ガムラン（甘姆蘭樂器）。ムルデカ（獨立宮）
　　菲律賓語－サヤ（長裙）。ジープニー（吉普簡易公車）
　　柬埔寨語－キセル（煙管）
　　朝鮮語－オンムン（諺文）。クダラ（百濟）。ムジナ（狸）
　　世界語－コップ（日本普羅文化聯盟）

## *日語羅馬字表記法

　　標準式－ヘボン式（黑本式）子音用英語母音用義大利語的表記方法。
　　　　　や、い、ゆ、え、よ。ら、り、る、れ、ろ
　　日本式－田中舘愛橘以五十音圖為基礎的表記方式，同行用相同子音表記。
　　　　　や、いyi、ゆ、えye、よ。ら、り、る、れ、ろ
　　訓令式－国語審議会昭和19年以內閣訓令公布，大致綜合上兩式。
　　　　　や、い、ゆ、え、よ。ら、り、る、れ、ろ

## *日語字母（仮名）形成－漢字傳入日本以前，日本只有語言沒有文字（日本應神天王，中國晉武帝時代漢字傳入）

真名－直接沿用漢字的形音義意義和漢字完全相同－教室。椅子。君子。勇敢
　　　　意義偏離漢字，但仍有關聯－自動車（汽車）。先生（老師）。顔色（臉色）
　　　　意義和漢字完全不同－汽車（火車）。怪我（受傷）。矢井（天花板）
　　　　模仿漢字字體另造新字，只用漢字形義不用其音－働（工作），大都是會意字
仮名－即借字，沿用漢字字形另訂新的字義（只用漢字形音不用其義）－沖（海上）
　　　　仮名為日語特有的文字來自万葉仮名偏旁部首（片仮名）和草體（平仮名），
　　　　是表音文字中的音節文字
　　　　万葉仮名－利用了漢字的原形在万葉集使用頻繁，規定最嚴謹所以稱為
　　　　万葉仮名
　　　　　　　音仮名－万葉仮名假借漢字記載日本固有語言，只表示日語發音不保留漢
　　　　　　　　　　字原義－如也麻（=山）
　　　　　　　訓仮名－万葉仮名用漢字原音來讀，而將文意用日語翻譯稱為漢字的訓－
　　　　　　　　　　如名津蚊為（=懷かし）
　　　　仮名來自仮名, 意思為臨時字，臨時取的名字（=仮名）。又稱仮字，和字，倭字，
　　　　国字都是和真名（漢字）相對而言的
　　　　　　　平仮名－利用草體漢字簡化的草體字母，用於一般公私文件，書報雜誌
　　　　　　　片仮名－利用正楷漢字偏旁創造出來的楷體字母，用於外來語、動植物名，
　　　　　　　　　　外國人名地名、擬聲擬態語、電文

＊仮名遣い（假名用法）－正字法的一種，指用假名標寫日語語音的規則

歴史仮名遣い（旧仮名遣い）－假名舊用法，主要根據平安中期以前万葉仮名文獻
伊呂波仮名套用

現代仮名遣い（表音仮名遣い）－現代假名用法，1946年11月日本內閣公布，根據
現代日語表記現代口語

送仮名－漢字和假名結合寫在漢字後面的假名叫送仮名。
　　　此時會產生如明かるい，明るい，明い三種寫法的問題。純漢字或全假名則沒
　　　有困擾

振仮名－因為漢字的多義性，為了閱讀方便，註在漢字旁邊表明讀音的假名叫振仮名

空(から)(空)。空(そら)(天空)。空(うつぼ)(中空)。空(うつろ)(空虛)。空(うろ)(洞)

縁(えん)(緣分)。縁(えにし)(緣分)。縁(よすが)(因緣)。縁(ゆかり)(因緣)。縁(ふち)(邊緣)。縁(へり)(邊緣)

\*日語漢字的寫法

和漢字完全相同（繁體漢字）—春(はる)、夏(なつ)、秋(あき)、冬(ふゆ)。東(ひがし)、西(にし)、南(みなみ)、北(きた)

和漢字不同（日本簡體字）—国、読、辺、写、楽、広、発、会、仏、竜、払、売、転、気

日製漢字（和字，倭字，国字）—畑(はたけ)、働(はたらき)、込(こみ)、躾(しつけ)、籾(もみ)、鮨(すし)

\*日語漢字的讀法

音読(おんよみ)(音読)(おんどく)(音讀)—模仿漢字原有發音的讀法—東、西、南、北

呉音(ごおん)—模仿唐代以前南方音韻—行政(ぎょうせい)。請来(しょうらい)。京都(きょうと)。頭痛(ずつう)。明夜(みょうや)

漢音(かんおん)—模仿唐代中原音韻—行為(こうい)。請願(せいがん)。京畿(けいき)。筆頭(ひっとう)。明示(めいじ)

唐音(とうおん)。宋音(そうおん)—模仿宋明清南方音韻—行宮(あんぐ)。普請(ふしん)。南京(なんきん)。饅頭(まんじゅう)。明朝(みんちょう)

訓読(くんよみ)(訓読)(くんどく)(訓讀)—借用漢字形義，按日本固有語言來讀—東(ひがし)、西(にし)、南(みなみ)、北(きた)

正訓(せいくん)—單個漢字的訓讀—法(のり)。田(た)。型(かた)。色(いろ)。網(あみ)

熟正訓(じゅくせいくん)—兩個以上漢字的訓讀 漢字和讀音很難分割—海苔(のり)。従兄弟(いとこ)。紅葉(もみじ)。悪阻(つわり)。海松(みる)

歐語訓（片假名）—燐寸(マッチ)。マッチ(match)(火柴)。洋灯(ランプ)。ランプ(lamp)(洋燈電燈)。基督(キリスト)。キリスト(葡Christo)(基督)

切支丹(キリシタン)。吉利支丹(キリシタン)。キリシタン(葡Christao)（天主教。天主教徒）

切支丹伴天連(キリシタンバテレン)。キリシタンバテレン(葡Christao padre)（天主教神父）

煙草(タバコ)。莨(タバコ)。タバコ(葡tabaco)（香菸）

\*二字漢字的讀法

音讀+音讀—幸福(こうふく)、公平(こうへい)、純情(じゅんじょう)、花瓶(かびん)、明証(めいしょう)、風刺(ふうし)、都市(とし)、糖衣(とうい)

訓讀+訓讀－花見、花火、玉葱、道端、力水、涼風、喉笛、荒物

音讀+訓讀－重箱読み－重箱、本箱、団子、献立、津波、紙魚、帳面、仕草

訓讀+音讀－湯桶読み－湯桶、手本、身分、夕刊、場所、屋台、櫓門、紙粘土

## *音便－為著便於發音而發生讀音的變化現象

連濁－由於前一音的影響，使後一音變成濁音的現象－日日。人人。樣樣。窓口。草花。経済。中国

延音－漢字音讀的時候，有時要把前一短音漢字變為長音－夫婦。富貴。詩歌

動詞的音便－動詞連接助詞，助動詞會發生，イ音便。撥音便（鼻音便）。促音便。ワ音便

形容詞的音便－形容詞的連用形く接，御座います。存じます。て時發生ワ音便

## *常用漢字（1945字）。当用漢字（1850字）。教育漢字（学習漢字）（1006字）

当用漢字－1946年11月16日（昭和21年）国語審議会以內閣訓令形式公布当用漢字表，規定1850字為当用漢字

教育漢字（学習漢字）－1948年2月（昭和23年）公布当用漢字別表，從当用漢字中選出881字作為初等教育之用。同時頒布当用漢字音訓表規定漢字的音和訓。翌年頒布当用漢字字体表統一和簡化漢字

人名用漢字－教育漢字（学習漢字）以外，有限於人名使用的81字

常用漢字－1981年3月23日国語審議会提出常用漢字表，比当用漢字增加95字，即規定1945個漢字為常用漢字

## *日語（日本語。国語）分類

### 文體新舊

文語（古代日語）。文語文（文言文）－

今は春也（現在是春天）。山高し（山高）。運動を為ず（不運動）

口語（現代日語）。口語文（白話文）－

今は春だ（現在是春天）。山が高い（山高）。運動を為ない（不運動）

## 表達方式

話し言葉（口頭語言）。音声言語（聲音語言）（說話體）－私は先生です（我是老師）

書き言葉（書面語言）。文字言語（文字語言）（書寫體）－私は先生である（我是老師）

## 地域差異

標準語（共通語）（標準話。普通話）－有り難う（謝謝）

方言（地方話）－大きに（謝謝－關西方言=大きに有り難う）

東京弁（東京腔。東京口音）名古屋弁（名古屋腔。名古屋口音）

京都弁（京都腔。京都口音）大阪弁（大阪腔。大阪口音）

## 文體繁簡

普通体（簡體）－口頭語言（家族，晚輩，下屬）。書面語言（報紙，書刊雜誌，作文，公告，法律）

丁寧体（敬體）－口頭語言（家族以外，尊長，上司）。書面語言（書信，賀詞）

# *品詞（詞類）的分類

体言（名詞。代名詞。数詞）－可當主語。無活用（無語尾變化）

用言（動詞。形容詞。形容動詞）－可當述語。有活用（有語尾變化）

副言（副詞。連体詞）當修飾語。無活用（無語尾變化）

截断言（接続詞。感動詞）當独立語（自立語）。無活用（無語尾變化）

助辞（助詞。助動詞）當付属語。助動詞有活用（有語尾變化）

# *日語句子的基本結構

主語+述語句型－主動句。被動句。使役句。肯定句。否定句。推量句。疑問句。反問句。感嘆句。禁止句。命令句。願望句。可能句。鄭重句。常體句。敬體句。最敬體句

名詞+動詞（叙述句）－雨が降らなかった（雨沒有下）

名詞+形容詞（描写句）－背の高い人（身材高的人）

名詞+形容動詞（描写句）－此の近所は静かだ（這一帶很安靜）

名詞+名詞（断定句）－私は先生です（我是老師）

### *主語和述語的關係

主語＋は＋述語（說明句）

動詞叙述句－彼奴は変わっている（那傢伙古怪）

形容詞叙述句－此の牛肉は堅い（這塊牛肉很硬）

形容動詞叙述句－人の性格は様様だ（人的性格形形色色）

名詞叙述句－此は辞典です（這是辭典）

主語＋が＋述語（主述句）

動詞叙述句－温泉が湧く（溫泉湧出）

形容詞叙述句－川が深い（河深）

形容動詞叙述句－勉強が嫌いだ（不愛用功）

名詞叙述句－此が辞典です（這是辭典）

大主語+は+小主語+が

象は鼻が長い（象鼻子長）

彼は頭が良いです（他腦筋好）

私は英語が出来る（我會英文）

僕は体重が減った（我的體重減少了）

# *日語句子的擴大結構－連体修飾語（形容詞性修飾語）・連用修飾語（副詞性修飾語）

連体修飾語（形容詞性修飾語）（adjective modifier）－對體言（名詞）的修飾語，說明名詞的性質，樣子，狀態的成分

  名詞修飾名詞－名詞＋の＋名詞－私の本（我的書）

  形容詞修飾名詞－形容詞原形い＋名詞－偉い人（偉人）

  形容動詞修飾名詞－形容動詞語幹＋な＋名詞－有名な作家（有名的作家）

  動詞修飾名詞　動詞原形（第四變化）＋名詞－来る人（來的人）

  副詞修飾名詞　副詞＋の＋名詞　突然の事（突然的事）

  連体詞修飾名詞－連体詞＋名詞－未だ本の子供です（還不過是個小孩子）

連用修飾語（副詞性修飾語）（adverbial modifier）－對用言（動詞、形容詞、形容動詞）的修飾語，說明動詞，形容詞，形容動詞的狀態程度

  名詞修飾動詞－時間名詞＋動詞－来週行く（下星期去）

  数量名詞＋動詞－料理を一人前取る（叫一份料理）

  名詞＋助詞＋動詞－二つに切る（切成兩個）

  形容動詞修飾動詞－形容動詞＋助詞＋動詞－静かに勉強し為さい（請安靜地用功）

  副詞修飾形容詞－副詞＋形容詞－今日は大層暑い（今天非常熱）

  副詞修飾形容動詞－副詞＋形容動詞－此処は大変静かですね（這裡非常靜呀!）

# 注音索引

# ㄅ

| | | | |
|---|---|---|---|
| 八(ㄅㄚ) 1 | 杯(ㄅㄟ) 53 | 般(ㄅㄢ) 88 | 痺(ㄅㄧˋ) 136 |
| 巴(ㄅㄚ) 5 | 盃(ㄅㄟ) 53 | 玻(ㄅㄢˇ) 88 | 睥(ㄅㄧˋ) 136 |
| 捌、捌(ㄅㄚ) 5 | 碑(ㄅㄟ) 54 | 板、板(ㄅㄢˇ) 89 | 碧(ㄅㄧˋ) 136 |
| 芭、芭(ㄅㄚ) 6 | 背(ㄅㄟ) 55 | 版(ㄅㄢˇ) 91 | 篦(ㄅㄧˋ) 137 |
| 拔(ㄅㄚˊ) 6 | 北(ㄅㄟˇ) 59 | 阪(ㄅㄢˇ) 92 | 篳、篳(ㄅㄧˋ) 137 |
| 跋(ㄅㄚˊ) 12 | 倍(ㄅㄟˋ) 60 | 絆、絆(ㄅㄢˋ) 92 | 薜(ㄅㄧˋ) 137 |
| 把(ㄅㄚˇ) 13 | 備(ㄅㄟˋ) 61 | 半、半(ㄅㄢˋ) 93 | 蔽(ㄅㄧˋ) 137 |
| 靶(ㄅㄚˇ) 13 | 婢(ㄅㄟˋ) 63 | 扮(ㄅㄢˋ) 100 | 禆(ㄅㄧˋ) 138 |
| 覇(ㄅㄚˋ) 15 | 悖(ㄅㄟˋ) 63 | 絆(ㄅㄢˋ) 100 | 襞(ㄅㄧˋ) 138 |
| 剝(ㄅㄛ) 15 | 焙、焙(ㄅㄟˋ) 63 | 奔(ㄅㄣ) 100 | 贔、贔(ㄅㄧˋ) 138 |
| 撥、撥(ㄅㄛ) 17 | 被 (ㄅㄟˋ) 63 | 犇(ㄅㄣ) 101 | 躄(ㄅㄧˋ) 138 |
| 玻(ㄅㄛ) 19 | 臂(ㄅㄟˋ) 66 | 賁、賁、賁(ㄅㄣ) 102 | 辟(ㄅㄧˋ) 139 |
| 般(ㄅㄛ) 20 | 賀、貝(ㄅㄟˋ) 66 | 本(ㄅㄣˇ) 113 | 避(ㄅㄧˋ) 139 |
| 菠(ㄅㄛ) 20 | 輩(ㄅㄟˋ) 67 | 畚(ㄅㄣˇ) 113 | 閉(ㄅㄧˋ) 140 |
| 鉢(ㄅㄛ) 20 | 轡、轡(ㄅㄟˋ) 67 | 幫(ㄅㄤ) 113 | 陛(ㄅㄧˋ) 143 |
| 伯(ㄅㄛˊ) 20 | 包(ㄅㄠ) 68 | 邦(ㄅㄤ) 113 | 髀(ㄅㄧˋ) 143 |
| 勃(ㄅㄛˊ) 21 | 胞(ㄅㄠ) 70 | 棒(ㄅㄤˋ) 114 | 敝(ㄅㄧˋ) 143 |
| 博、博(ㄅㄛˊ) 22 | 苞(ㄅㄠ) 70 | 謗(ㄅㄤˋ) 115 | 鼈(ㄅㄧㄝ) 143 |
| 帛(ㄅㄛˊ) 23 | 襃(ㄅㄠ) 70 | 崩(ㄅㄥ) 116 | 別(ㄅㄧㄝˊ) 144 |
| 搏(ㄅㄛˊ) 23 | 鞄、鞄(ㄅㄠ) 71 | 繃(ㄅㄥ) 116 | 標(ㄅㄧㄠ) 151 |
| 柏(ㄅㄛˊ) 23 | 雹(ㄅㄠˊ) 71 | 迸(ㄅㄥˋ) 117 | 俵(ㄅㄧㄠˇ) 154 |
| 泊(ㄅㄛˊ) 24 | 保(ㄅㄠˇ) 71 | 逼(ㄅㄧ) 117 | 表(ㄅㄧㄠˇ) 154 |
| 箔(ㄅㄛˊ) 26 | 堡(ㄅㄠˇ) 74 | 鼻(ㄅㄧˊ) 118 | 編(ㄅㄧㄢ) 159 |
| 舶(ㄅㄛˊ) 26 | 宝(寶)(ㄅㄠˇ) 74 | 匕(ㄅㄧˇ) 122 | 蝙(ㄅㄧㄢ) 160 |
| 薄(ㄅㄛˊ) 26 | 飽(ㄅㄠˇ) 76 | 彼(ㄅㄧˇ) 122 | 鞭(ㄅㄧㄢ) 160 |
| 駁(ㄅㄛˊ) 31 | 鴇(ㄅㄠˇ) 77 | 比(ㄅㄧˇ) 125 | 边(邊)(ㄅㄧㄢ) 161 |
| 跛(ㄅㄛˇ) 31 | 報(ㄅㄠˋ) 78 | 秕(ㄅㄧˇ) 128 | 貶(ㄅㄧㄢˇ) 162 |
| 播(ㄅㄛˋ) 32 | 抱(ㄅㄠˋ) 80 | 筆(ㄅㄧˇ) 128 | 篇(ㄅㄧㄢˇ) 163 |
| 擘(ㄅㄛˋ) 32 | 暴、暴(ㄅㄠˋ) 82 | 鄙(ㄅㄧˇ) 131 | 便、便(ㄅㄧㄢˋ) 163 |
| 白、白(ㄅㄞˊ) 33 | 爆(ㄅㄠˋ) 84 | 壁(ㄅㄧˋ) 131 | 弁(ㄅㄧㄢˋ) 165 |
| 百(ㄅㄞˇ) 43 | 豹(ㄅㄠˋ) 86 | 變(ㄅㄧˋ) 132 | 遍(ㄅㄧㄢˋ) 169 |
| 唄(ㄅㄞˇ) 46 | 鉋(ㄅㄠˋ) 86 | 幣(ㄅㄧˋ) 132 | 辯(ㄅㄧㄢˋ) 170 |
| 拝(拜)(ㄅㄞˋ) 46 | 鮑(ㄅㄠˋ) 86 | 庇(ㄅㄧˋ) 133 | 変(變)(ㄅㄧㄢˋ) 171 |
| 敗(ㄅㄞˋ) 48 | 搬(ㄅㄢ) 86 | 弊(ㄅㄧˋ) 133 | 檳(ㄅㄧㄣ) 178 |
| 稗(ㄅㄞˋ) 49 | 斑(ㄅㄢ) 86 | 必(ㄅㄧˋ) 134 | 浜(濱)(ㄅㄧㄣ) 178 |
| 卑(ㄅㄟ) 50 | 班(ㄅㄢ) 87 | 斃(ㄅㄧˋ) 136 | 瀕(ㄅㄧㄣ) 179 |
| 悲(ㄅㄟ) 51 | 癍(ㄅㄢ) 88 | 泌、泌(ㄅㄧˋ) 136 | 繽(ㄅㄧㄣ) 179 |
| | 嶺(ㄅㄢ) 88 | 畢(ㄅㄧˋ) 136 | 賓(ㄅㄧㄣ) 179 |

| 鬢(ㄅㄧㄣˋ) 180 | 派(ㄆㄞˋ) 254 | 棚(ㄆㄥˊ) 278 | 駢、骈(ㄆㄧㄢˊ) 299 |
| 擯(ㄅㄧㄣˋ) 180 | 胚(ㄆㄟ) 256 | 澎(ㄆㄥˊ) 279 | 胼(ㄆㄧㄢˊ) 299 |
| 殯(ㄅㄧㄣˋ) 180 | 坯(ㄆㄟˊ) 256 | 硼(ㄆㄥˊ) 279 | 騙(ㄆㄧㄢˋ) 299 |
| 兵、兵(ㄅㄧㄥ) 180 | 培(ㄆㄟˊ) 256 | 膨(ㄆㄥˊ) 279 | 片、片(ㄆㄧㄢˋ) 300 |
| 氷、冰(冰)(ㄅㄧㄥ) 183 | 賠(ㄆㄟˊ) 256 | 蓬(ㄆㄥˊ) 280 | 貧、贫(ㄆㄧㄣˊ) 308 |
| 丙(ㄅㄧㄥˇ) 184 | 陪(ㄆㄟˊ) 257 | 鵬(ㄆㄥˊ) 281 | 頻(ㄆㄧㄣˊ) 310 |
| 柄(ㄅㄧㄥˇ) 184 | 沛(ㄆㄟˋ) 257 | 捧(ㄆㄥˇ) 281 | 顰(ㄆㄧㄣˊ) 311 |
| 稟、禀(ㄅㄧㄥˇ) 185 | 佩(ㄆㄟˋ) 257 | 劈(ㄆㄧ) 281 | 品(ㄆㄧㄣˇ) 311 |
| 餅(ㄅㄧㄥˇ) 186 | 配(ㄆㄟˋ) 258 | 匹、匹(ㄆㄧ) 282 | 聘(ㄆㄧㄣˋ) 314 |
| 並(ㄅㄧㄥˋ) 186 | 轡(ㄆㄟˋ) 261 | 批(ㄆㄧ) 282 | 牝(ㄆㄧㄣˋ) 314 |
| 併(ㄅㄧㄥˋ) 188 | 拋(ㄆㄠ) 262 | 披(ㄆㄧ) 283 | 凭、凭(ㄆㄧㄥˊ) 321 |
| 病(ㄅㄧㄥˋ) 190 | 麭(ㄆㄠˊ) 263 | 砒(ㄆㄧ) 284 | 坪(ㄆㄧㄥˊ) 322 |
| 卜(ㄅㄨˇ) 194 | 袍(ㄆㄠˊ) 263 | 霹(ㄆㄧ) 284 | 屏、屏(ㄆㄧㄥˊ) 323 |
| 哺(ㄅㄨˇ) 194 | 咆(ㄆㄠˊ) 263 | 枇(ㄆㄧˊ) 285 | 平、平(ㄆㄧㄥˊ) 323 |
| 捕(ㄅㄨˇ) 194 | 庖(ㄆㄠˊ) 263 | 毘(ㄆㄧˊ) 285 | 憑(ㄆㄧㄥˊ) 332 |
| 補、补(ㄅㄨˇ) 200 | 跑(ㄆㄠˇ) 263 | 琵(ㄆㄧˊ) 285 | 瓶、瓶(ㄆㄧㄥˊ) 335 |
| 㸒、㸒(ㄅㄨˇ) 202 | 泡(ㄆㄠˋ) 263 | 皮(ㄆㄧˊ) 285 | 評(ㄆㄧㄥˊ) 335 |
| 埠(ㄅㄨˋ) 230 | 炮(ㄆㄠˋ) 264 | 疲(ㄆㄧˊ) 288 | 仆(ㄆㄨ) 337 |
| 布(ㄅㄨˋ) 230 | 疱(ㄆㄠˋ) 264 | 羆(ㄆㄧˊ) 289 | 撲(ㄆㄨ) 338 |
| 怖(ㄅㄨˋ) 232 | 砲(ㄆㄠˋ) 265 | 脾(ㄆㄧˊ) 289 | 舖(ㄆㄨ) 340 |
| 步、步、步(ㄅㄨˋ) 233 | 剖(ㄆㄡˇ) 266 | 疋(ㄆㄧˇ) 289 | 鋪(ㄆㄨ) 340 |
| 簿(ㄅㄨˋ) 236 | 攀(ㄆㄢ) 266 | 痞(ㄆㄧˇ) 289 | 樸(ㄆㄨˊ) 340 |
| 部、部(ㄅㄨˋ) 236 | 盤(ㄆㄢˊ) 266 | 癖(ㄆㄧˇ) 290 | 匍(ㄆㄨˊ) 341 |
| ㄆ | 磐(ㄆㄢˊ) 267 | 僻(ㄆㄧˇ) 291 | 朴(ㄆㄨˊ) 341 |
| 爬(ㄆㄚˊ) 239 | 蟠(ㄆㄢˊ) 267 | 屁、屁(ㄆㄧˋ) 292 | 僕(ㄆㄨˊ) 341 |
| 潑(ㄆㄛ) 239 | 判(ㄆㄢˋ) 268 | 譬(ㄆㄧˋ) 292 | 菩(ㄆㄨˊ) 341 |
| 波(ㄆㄛ) 239 | 叛(ㄆㄢˋ) 271 | 瞥(ㄆㄧㄝ) 293 | 葡(ㄆㄨˊ) 342 |
| 婆(ㄆㄛˊ) 242 | 畔(ㄆㄢˋ) 271 | 飄(ㄆㄧㄠ) 293 | 蒲(ㄆㄨˊ) 342 |
| 頗(ㄆㄛˇ) 243 | 噴(ㄆㄣ) 271 | 漂(ㄆㄧㄠ) 293 | 蹼(ㄆㄨˊ) 343 |
| 迫(ㄆㄛˋ) 243 | 盆(ㄆㄣˊ) 273 | 瓢(ㄆㄧㄠˊ) 294 | 浦(ㄆㄨˇ) 343 |
| 破(ㄆㄛˋ) 245 | 滂(ㄆㄤ) 273 | 嫖(ㄆㄧㄠˊ) 294 | 普(ㄆㄨˇ) 343 |
| 粕(ㄆㄛˋ) 251 | 傍(ㄆㄤˊ) 274 | 縹(ㄆㄧㄠˇ) 295 | 譜(ㄆㄨˇ) 345 |
| 拍、拍(ㄆㄞˊ) 251 | 彭(ㄆㄤˊ) 276 | 剽(ㄆㄧㄠˋ) 295 | 瀑(ㄆㄨˋ) 345 |
| 俳(ㄆㄞˊ) 252 | 厖(龐)(ㄆㄤˊ) 276 | 票(ㄆㄧㄠˋ) 295 | 曝(ㄆㄨˋ) 345 |
| 徘(ㄆㄞˊ) 252 | 彷(ㄆㄤˊ) 276 | 驃(ㄆㄧㄠˋ) 296 | ㄇ |
| 牌(ㄆㄞˊ) 252 | 旁(ㄆㄤˊ) 277 | 偏(ㄆㄧㄢ) 296 | 麻(ㄇㄚˊ) 347 |
| 排(ㄆㄞˊ) 253 | 膀(ㄆㄤˊ) 277 | 篇(ㄆㄧㄢ) 298 | 瑪(ㄇㄚˇ) 348 |
| | 朋(ㄆㄥˊ) 277 | 翩(ㄆㄧㄢ) 299 | 馬、马(ㄇㄚˇ) 348 |

| | | | |
|---|---|---|---|
| 嗎、螞(ㄇㄚˋ) 356 | 媚(ㄇㄟˋ) 411 | 濛(ㄇㄥˊ) 452 | 免(ㄇㄧㄢˇ) 494 |
| 摸、摹(ㄇㄛ) 357 | 魅(ㄇㄟˋ) 412 | 矇(ㄇㄥˊ) 453 | 勉(ㄇㄧㄢˇ) 496 |
| 摩(ㄇㄛˊ) 357 | 貓(ㄇㄠ) 412 | 朦(ㄇㄥˊ) 453 | 面(ㄇㄧㄢˋ) 498 |
| 模、糢(ㄇㄛˊ) 361 | 錨(ㄇㄠˊ) 413 | 萌(ㄇㄥˊ) 453 | 麵、麪(ㄇㄧㄢˋ) 508 |
| 磨(ㄇㄛˊ) 363 | 毛(ㄇㄠˊ) 414 | 盟(ㄇㄥˊ) 454 | 民(ㄇㄧㄣˊ) 509 |
| 膜(ㄇㄛˊ) 367 | 矛(ㄇㄠˊ) 419 | 蒙(ㄇㄥˊ) 454 | 皿、皿(ㄇㄧㄣˇ) 513 |
| 魔(ㄇㄛˊ) 367 | 茅(ㄇㄠˊ) 420 | 虻(ㄇㄥˊ) 456 | 敏(ㄇㄧㄣˇ) 513 |
| 抹(ㄇㄛˇ) 369 | 卯(ㄇㄠˇ) 420 | 猛(ㄇㄥˇ) 456 | 憫、愍(ㄇㄧㄣˇ) 514 |
| 寞、漠(ㄇㄛˋ) 369 | 昴(ㄇㄠˇ) 422 | 夢、夣(ㄇㄥˋ) 458 | 名(ㄇㄧㄥˊ) 514 |
| 末、秣(ㄇㄛˋ) 369 | 帽(ㄇㄠˋ) 422 | 孟(ㄇㄥˋ) 461 | 萌、萌、萌(ㄇㄧㄥˊ) 526 |
| 殁(ㄇㄛˋ) 373 | 冒(ㄇㄠˋ) 422 | 弥、弥(彌)(ㄇㄧˊ) 461 | |
| 抹(ㄇㄛˋ) 374 | 茂、懋(ㄇㄠˋ) 424 | | 冥、冥(ㄇㄧㄥˊ) 538 |
| 沒(ㄇㄛˋ) 374 | 毪(ㄇㄠˋ) 424 | 迷(ㄇㄧˊ) 467 | 溟(ㄇㄧㄥˊ) 539 |
| 漠(ㄇㄛˋ) 377 | 貿(ㄇㄠˋ) 424 | 糜(ㄇㄧˊ) 469 | 酩(ㄇㄧㄥˊ) 539 |
| 脈(ㄇㄛˋ) 377 | 謀、謨(ㄇㄡˊ) 425 | 謎(ㄇㄧˊ) 469 | 瞑(ㄇㄧㄥˊ) 539 |
| 莫(ㄇㄛˋ) 379 | 某(ㄇㄡˇ) 427 | 麋(ㄇㄧˊ) 469 | 螟(ㄇㄧㄥˊ) 540 |
| 貌(ㄇㄛˋ) 379 | 瞞、瞞(ㄇㄢˊ) 428 | 瀰(ㄇㄧˊ) 469 | 茗、茗(ㄇㄧㄥˊ) 540 |
| 驀(ㄇㄛˋ) 379 | 蹣(ㄇㄢˊ) 428 | 靡(ㄇㄧˊ) 470 | 銘(ㄇㄧㄥˊ) 540 |
| 墨(ㄇㄛˋ) 380 | 饅(ㄇㄢˊ) 428 | 瀰、瀰(ㄇㄧˇ) 470 | 鳴、鳴(ㄇㄧㄥˊ) 541 |
| 默(ㄇㄛˋ) 382 | 鬘(ㄇㄢˊ) 429 | 米(ㄇㄧˇ) 470 | 命、命(ㄇㄧㄥˋ) 545 |
| 埋(ㄇㄞˊ) 384 | 鰻(ㄇㄢˊ) 429 | 秘、祕(ㄇㄧˋ) 473 | 拇(ㄇㄨˇ) 549 |
| 買(ㄇㄞˇ) 387 | 蠻(蠻)(ㄇㄢˊ) 429 | 密(ㄇㄧˋ) 476 | 畝(ㄇㄨˇ) 549 |
| 卖(賣)(ㄇㄞˋ) 391 | 滿(ㄇㄢˇ) 430 | 蜜(ㄇㄧˋ) 480 | 母、姆(ㄇㄨˇ) 550 |
| 麥(ㄇㄞˋ) 398 | 幔、慢(ㄇㄢˋ) 435 | 冪(ㄇㄧˋ) 481 | 牡、牡(ㄇㄨˇ) 553 |
| 邁(ㄇㄞˋ) 399 | 慢(ㄇㄢˋ) 436 | 滅(ㄇㄧㄝˋ) 481 | 募(ㄇㄨˋ) 555 |
| 枚(ㄇㄟˊ) 399 | 漫(ㄇㄢˋ) 436 | 蔑(ㄇㄧㄝˋ) 484 | 墓(ㄇㄨˋ) 555 |
| 媒(ㄇㄟˊ) 400 | 蔓(ㄇㄢˋ) 438 | 苗、苗(ㄇㄧㄠˊ) 485 | 幕、幙(ㄇㄨˋ) 556 |
| 梅、楳(ㄇㄟˊ) 401 | 鏝(ㄇㄢˋ) 439 | 描(ㄇㄧㄠˊ) 486 | 慕(ㄇㄨˋ) 558 |
| 煤(ㄇㄟˊ) 402 | 蔓、蔓(ㄇㄢˋ) 439 | 渺(ㄇㄧㄠˇ) 487 | 暮(ㄇㄨˋ) 559 |
| 玫、玟(ㄇㄟˊ) 403 | 門(ㄇㄣˊ) 440 | 杳(ㄇㄧㄠˇ) 487 | 木、木(ㄇㄨˋ) 560 |
| 眉(ㄇㄟˊ) 403 | 悶(ㄇㄣˋ) 446 | 眇(ㄇㄧㄠˇ) 487 | 沐(ㄇㄨˋ) 569 |
| 莓、苺(ㄇㄟˊ) 404 | 茫(ㄇㄤˊ) 447 | 秒(ㄇㄧㄠˇ) 488 | 牧(ㄇㄨˋ) 569 |
| 黴(ㄇㄟˊ) 404 | 銛(ㄇㄤˊ) 447 | 廟(ㄇㄧㄠˋ) 488 | 眷、眸(ㄇㄨˋ) 570 |
| 美、美(ㄇㄟˇ) 405 | 忙(ㄇㄤˊ) 447 | 妙(ㄇㄧㄠˋ) 488 | 睦(ㄇㄨˋ) 570 |
| 每(ㄇㄟˇ) 408 | 芒(ㄇㄤˊ) 449 | 謬(ㄇㄧㄡˋ) 490 | 目、目(ㄇㄨˋ) 570 |
| 妹(ㄇㄟˋ) 410 | 甿(ㄇㄤˊ) 449 | 眠、瞑(ㄇㄧㄢˊ) 490 | ㄈ |
| 昧(ㄇㄟˋ) 411 | 蟒、蟒(ㄇㄤˇ) 452 | 棉、綿(ㄇㄧㄢˊ) 492 | 伐(ㄈㄚˊ) 593 |
| 袂(ㄇㄟˋ) 411 | 朦(ㄇㄥˊ) 452 | 綿、緜(ㄇㄧㄢˊ) 493 | 發、発(發)(ㄈㄚ) 595 |

| 醱(ㄈㄚ)605 | 帆、颿(ㄈㄢˊ)648 | 峰(ㄈㄥ)713 | 輻(ㄈㄨˊ)757 |
| 筏、栰(ㄈㄚˊ)605 | 煩(ㄈㄢˊ)648 | 烽(ㄈㄥ)715 | 府(ㄈㄨˇ)757 |
| 乏(ㄈㄚˊ)605 | 繁(ㄈㄢˊ)650 | 楓(ㄈㄥ)715 | 斧(ㄈㄨˇ)758 |
| 罰、罸(ㄈㄚˊ)605 | 反(ㄈㄢˇ)652 | 蜂(ㄈㄥ)715 | 俯(ㄈㄨˇ)759 |
| 閥(ㄈㄚˊ)606 | 返(ㄈㄢˇ)659 | 瘋(ㄈㄥ)716 | 釜(ㄈㄨˇ)760 |
| 法(ㄈㄚˇ)606 | 梵(ㄈㄢˋ)664 | 豐(ㄈㄥ)716 | 腑(ㄈㄨˇ)760 |
| 髮(ㄈㄚˇ)612 | 販(ㄈㄢˋ)664 | 鋒(ㄈㄥ)717 | 腐(ㄈㄨˇ)761 |
| 琺(ㄈㄚˋ)614 | 飯(ㄈㄢˋ)665 | 風(ㄈㄥ)718 | 輔、輔(ㄈㄨˇ)762 |
| 仏 仏(佛)(ㄈㄛˊ)614 | 範(ㄈㄢˋ)666 | 逢(ㄈㄥˊ)727 | 撫(ㄈㄨˇ)762 |
| 妃(ㄈㄟ)616 | 泛(ㄈㄢˋ)666 | 縫(ㄈㄥˊ)728 | 父(ㄈㄨˋ)763 |
| 飛(ㄈㄟ)617 | 汎(ㄈㄢˋ)666 | 奉(ㄈㄥˋ)730 | 付(ㄈㄨˋ)765 |
| 非(ㄈㄟ)624 | 犯(ㄈㄢˋ)667 | 俸(ㄈㄥˋ)732 | 蝮(ㄈㄨˋ)777 |
| 扉(ㄈㄟ)629 | 芬(ㄈㄣ)668 | 鳳(ㄈㄥˋ)733 | 複(ㄈㄨˋ)777 |
| 菲(ㄈㄟ)630 | 紛(ㄈㄣ)668 | 諷(ㄈㄥˋ)733 | 賦(ㄈㄨˋ)779 |
| 緋(ㄈㄟ)630 | 雰(ㄈㄣ)670 | 夫、伕(ㄈㄨ)733 | 鮒(ㄈㄨˋ)780 |
| 蜚(ㄈㄟ)630 | 分(ㄈㄣ)670 | 孵(ㄈㄨ)735 | 覆(ㄈㄨˋ)780 |
| 霏(ㄈㄟ)630 | 墳(ㄈㄣˊ)683 | 敷(ㄈㄨ)737 | 馥(ㄈㄨˋ)783 |
| 肥(ㄈㄟˊ)630 | 焚(ㄈㄣˊ)683 | 膚(ㄈㄨ)738 | 附(ㄈㄨˋ)783 |
| 腓(ㄈㄟˊ)632 | 粉(ㄈㄣˇ)684 | 麩(ㄈㄨ)739 | 訃(ㄈㄨˋ)791 |
| 榧(ㄈㄟˇ)632 | 憤(ㄈㄣˋ)686 | 趺(ㄈㄨ)739 | 負(ㄈㄨˋ)791 |
| 翡(ㄈㄟˇ)632 | 奮(ㄈㄣˋ)687 | 伏(ㄈㄨˊ)739 | 赴(ㄈㄨˋ)796 |
| 誹、誹(ㄈㄟˇ)632 | 糞(ㄈㄣˋ)688 | 扶(ㄈㄨˊ)741 | 副(ㄈㄨˋ)796 |
| 匪(ㄈㄟˇ)632 | 忿(ㄈㄣˋ)689 | 俘(ㄈㄨˊ)741 | 婦(ㄈㄨˋ)799 |
| 廢(廢)(ㄈㄟˋ)635 | 芳(ㄈㄤ)690 | 幅(ㄈㄨˊ)741 | 傅(ㄈㄨˋ)799 |
| 吠、吠(ㄈㄟˋ)635 | 方(ㄈㄤ)690 | 弗(ㄈㄨˊ)742 | 富、冨(ㄈㄨˋ)799 |
| 沸(ㄈㄟˋ)635 | 坊(ㄈㄤ)696 | 拂(拂)(ㄈㄨˊ)743 | 復(ㄈㄨˋ)801 |
| 狒(ㄈㄟˋ)637 | 妨(ㄈㄤˊ)698 | 彿(ㄈㄨˊ)745 | 腹(ㄈㄨˋ)804 |
| 肺(ㄈㄟˋ)637 | 防(ㄈㄤˊ)698 | 服(ㄈㄨˊ)745 | |
| 費(ㄈㄟˋ)638 | 房(ㄈㄤˊ)701 | 芙(ㄈㄨˊ)746 | |
| 鯡(ㄈㄟˋ)641 | 魴(ㄈㄤˊ)702 | 浮(ㄈㄨˊ)747 | |
| 否(ㄈㄡˇ)640 | 倣(ㄈㄤˇ)702 | 紱、紼(ㄈㄨˊ)753 | |
| 番(ㄈㄢ)640 | 紡(ㄈㄤˇ)702 | 桴(ㄈㄨˊ)754 | |
| 蕃(ㄈㄢ)641 | 舫(ㄈㄤˇ)703 | 符(ㄈㄨˊ)754 | |
| 繙(ㄈㄢ)644 | 訪(ㄈㄤˇ)703 | 袱(ㄈㄨˊ)755 | |
| 翻(ㄈㄢ)644 | 髣(ㄈㄤˇ)704 | 蜉(ㄈㄨˊ)755 | |
| 藩(ㄈㄢˊ)645 | 放(ㄈㄤˋ)704 | 鳧(ㄈㄨˊ)755 | |
| 樊(ㄈㄢˊ)646 | 封、封(ㄈㄥ)712 | 福(ㄈㄨˊ)755 | |
| 凡(ㄈㄢˊ)646 | 峯(ㄈㄥ)713 | 縛(ㄈㄨˊ)756 | |

# 八（ㄅㄚ）

**八**〔名、漢造〕八（＝八，八つ、八つ，八）
　　二四が八（二四得八）
　　八分の一（八分之一）
　　額に八の字を寄せる（前額皺成一個八字紋、皺眉）
　　二八（十六歲、二八年華）
　　二八（〔俗〕〔商業、戲劇等不景氣的〕二八月、二八月淡季）
　　尺八（〔樂〕尺八、簫、〔書畫用寬一尺八寸的〕紙，絹）

**八音**〔名〕〔樂〕八度音

**八掛け**〔名〕（打）八折
　　八掛けで卸す（打八折批發）

**八掛け**〔名〕（縫紉）婦女和服下擺周圍的裡子

**八月**〔名〕八月

**八寒地獄、八寒地獄**〔名〕〔佛〕八寒地獄（頞部陀地獄、尼剌部陀地獄、頞哳吒地獄、臛臛婆地獄、虎虎婆地獄、嗢鉢羅地獄、鉢特摩地獄、摩訶鉢特摩地獄）←→八熱地獄

**八熱地獄**〔名〕〔佛〕"八大地獄"的別稱（等活地獄、黑繩地獄、衆合地獄、叫喚地獄、大叫喚地獄、焦熱地獄、大焦熱地獄、無間地獄）←→八寒地獄

**八大地獄**〔名〕〔佛〕八熱地獄（＝八熱地獄）←→八寒地獄

**八隅説**〔名〕〔理〕八重態學說

**八弦琴**〔名〕〔樂〕八弦琴

**八三酸化**〔名〕〔化〕八三氧化
　　八三酸化ウラン（八氧化三鈾）

**八字**〔名〕八字、八字形
　　八字の眉（八字眉）
　　額に八字を寄せる（皺眉）

**八字攻擊法**〔名〕〔體〕（籃球的）八字進攻法

**八字髭**〔名〕八字鬍
　　立派な八字髭を生やす（留著漂亮的八字鬍）

**八時間**〔名〕八小時

**八時間労働**（八小時勞動）

**八時間制**（八小時工作制）

**八十**〔名〕八十、八十歲
　　第八十（第八十個）
　　八十台の人（八十多歲的人）
　　八十の老人（八十歲的老人）
　　八十の手習い（老來練字、晚學）
　　八十の三つ子（老小孩）

**八十八夜**〔名〕（立春後）第八十八天（相當於五月一日前後、播種的好時光）

**八十八箇所**〔名〕（四國的）八十八處有關弘法大師的名勝

**八丈（絹）**〔名〕（日本八丈島產平織格紋的）八丈絹、類似八丈絹的絲織品

**八進法**〔名〕（儀表的）八進位計數法

**八大集**〔名〕八代勅選和歌集（即-古今集、後撰集、拾遺集、後拾遺集、金葉集、詞花集、千載集、新古今集）

**八度**〔名〕〔樂〕八度、純八度
　　八度音程（八度音程）

**八道**〔名〕（日本的）八個道（即-東海、東山、北陸、山陽、山陰、南海、西海、北海的八道）

**八人芸**〔名〕八人藝（一個人可以扮演幾個人的聲調，演奏數種響器）

**八八**〔名〕一種日本紙牌戲（得八十八分者勝，故名）

**八分**〔名〕十中之八，八成、（江戶時代）村民對違犯村規的人家實行的斷絕往來的全村制裁（＝村八分）

**八分音符**〔名〕〔樂〕八分音符

**八部休止符**〔名〕〔樂〕八分休止符

**八部曲**〔名〕〔樂〕八重唱、八重奏

**八分**〔名〕八分（漢字書體的一種）

**八分円**〔名〕八分圓（圓周的八分之一、即四十五度的弧）

**八分儀**〔名〕八分儀（＝オクタント octant）

**八分儀座**〔名〕〔天〕南極座

**八分目**〔名〕八分、八成、十分之八

瓶に八分目程水を入れ為さい（往瓶子裡裝八分的水）
腹八分目に為て置く（吃八分飽）
腹八分目医者要らず（常吃八分飽不把醫生找）

**八辺形**〔名〕〔數〕八邊形

**八木**〔名〕米的異稱（米字拆開即成八，木二字）、八種樹木（松，柏，桑，棗，桔，黃楊，榆，竹）

**八幡**〔名〕八幡大神（=八幡大神）、八幡神社（八幡宮）；〔副〕誓必、決不（=八幡大菩薩の名に掛けて、誓って、断然）
八幡嘘は言わぬ（決無謊言）
八幡偽り無し（決無虛偽）
八幡許すまじ（決不允許）

**八幡宮**〔名〕八幡神社（以"弓矢之神"應神天皇為主神的神社）

**八幡大神**〔名〕八幡大神（八幡神社裡供奉的神-即"應神天皇"）

**八幡船、八幡船**〔名〕〔史〕（十六世紀在中國，朝鮮沿海一帶進行掠奪的）倭寇船

**八幡の薮知らず**〔連語〕迷宮、曲徑
八幡の薮知らずの様な町（迷宮似的城鎮）

**八ミリ、八millimetre法**〔名〕八毫米影片（=八ミリ映画）、八毫米電影攝影機（=八ミリ撮影機）、八毫米放映機（=八ミリ映写機）

**八面**〔名〕八面、八個平面、八方、多方面

**八面体**〔名〕〔數〕八面體

**八面玲瓏**〔名〕八面玲瓏，圓滑，從任何角度看都很美、心地開朗
彼は八面玲瓏の人だ（他是一個八面玲瓏的人）
八面玲瓏の富士（從任何角度看都很美的富士山）
八面玲瓏の人物（心地開朗的人）

**八面六臂**〔名〕八頭六臂（佛像）、三頭六臂，能力高強
八面六臂の仏像（八頭六臂的佛像）
八面六臂の大活躍を為る（施展三頭六臂的本領）

**八文字**〔名〕八字，八字形、（舊時妓女走的）八字步
内八文字（内八字步）
外八文字（外八字步）
八文字を踏む（〔妓女〕走八字步）

**八里半**〔名〕〔謎〕烤白薯（栗和九里讀音相同、八里半和九里相差不遠、比喻烤白薯味道之美接近栗子）

**八路軍**〔名〕八路軍（中國人民解放軍的前身）

**八腕類**〔名〕〔動〕八腕亞目

**八価**〔名〕〔化〕八價物、八價元素

**八角**〔名〕八角，八個角、八角形
八角堂（八角形大廳）

**八角形古墳**〔名〕〔考古〕八角形古墳

**八苦**〔名〕〔佛〕八苦（生、老、病、死、愛別離、怨憎會、求不得、五陰盛）
四苦八苦する（萬分苦惱、非常苦惱）
四苦（生、老、病、死）

**八卦**〔名〕八卦、占卦，占卜
八卦を見る（算卦、占卜）
当るも八卦、当らぬも八卦（算卦也許靈也許不靈，比喻不可靠）
八卦八段嘘八百（卜者信口胡說）

**八卦見**〔名〕卜者

**八景**〔名〕八景、（某地區的）八處有名的風景
近江八景（近江八景）
金沢八景（金澤八景）

**八軒，八間、八軒，八間**〔名〕八角形紙燈罩

**八紘**〔名〕八紘、八荒、普天之下、全世界
八紘一宇（八紘一宇，意謂"囊括四海併吞八荒-"語出"兼六合以開都掩八紘而為宇"-第二次世界大戰期間日本軍國主義的反動口號）

**八朔**〔名〕陰曆八月一日（農民祝賀新穀豐登的節日）。〔植〕八朔桔（柑桔的一種，味甜，水分多）

**八宗**〔名〕〔佛〕佛教的八個宗派（俱舍、成實、律、法相、三論、華嚴、天台、真言）

八宗兼学（八宗兼學、比喻博學多識）

八寸〔名〕八寸、八寸高的食桌（＝八寸膳）、八寸紙（日本紙的一種）、日本正式宴席的主菜

八寸釘〔名〕八寸釘（二十四厘米的長釘）

八寸膳〔名〕八寸高的食桌

八節〔名〕一年中八個季節轉換期（立春、春分、立夏、夏至、立秋、秋分、立冬、冬至）

八專〔名〕八專、八專日（陰曆從壬子到癸亥的十二天中、除掉丑，辰，午，戌四天後的八天、此八天雨水較多、故認為不宜嫁娶、出行，動土等）

八双〔名〕（擊劍）八雙架勢（將劍或長柄刀垂直地立在右前方）

八相〔名〕〔佛〕（釋迦一生中的）八相、八種面孔、（人相上的）八相（威，厚，清，古，孤，薄，惡，俗）

八達〔名、自サ〕（四通）八達

道路が四通八達している（道路四通八達）

四通八達の要地（四通八達的要地）

八反、八端〔名〕一種條紋絲織品（多用做和服或被面＝八反織り）

八丁、八挺〔名〕巧、能幹

口も八丁、手も八丁（〔略含貶意〕嘴也會說手也能幹、嘴也巧手也巧）

八丁味噌〔名〕（愛知縣岡崎地方出產的）鹹豆瓣醬

八珍〔名〕八種珍味（牛，羊，麋，鹿，麕，豚，狗，狼或龍肝，鳳髓，兔胎，鯉尾，鴞炙，猩唇，熊掌，豹蹄）、盛大的料理或食膳

八等身、八頭身〔名〕標準的女性勻稱的身材（身長相當於頭部的八倍）

八頭身の美人（身材勻稱的美女）

八白〔名〕八白（九星之一、指東北方位、按中國古代陰陽學說、九星為一白，二黑，三碧，四綠，五黃，六白，七赤，八白，九紫）

八方〔名〕八方、四面八方、各方面

四方八方から天安門広場に押し寄せる（從四面八方向天安門廣場擁來）

八方に気を配る（注意各個方面）

八方に目を配る（注視四面八方、照看各個方面）

八方手を尽くす（想方設法、千方百計地盡力）

八方汁〔名〕〔烹〕（用柴魚加水酒醬油等煮成的）作料用汁（＝八方出し）

八方出し〔名〕〔烹〕（用柴魚加水酒醬油等煮成的）作料用汁（用做麵條或炸蝦等的蘸汁）

八方睨み〔名〕注視四面八方、畫像上人物的眼睛從任何角度看都似乎在望著對方的神態或這樣的畫像

八方美人〔名〕四面討好、八面玲瓏

彼は八方美人だ（他是個八面玲瓏的人）

八方塞り〔名〕走投無路、到處碰壁、處處行不通

八方塞りで如何にも為らない（到處碰壁、一籌莫展）

八方破れ〔名〕百孔千瘡

八方破れの構えを取る（擺出處處被動挨打的架勢）

八放類〔名〕〔動〕八放珊瑚亞綱

八〔名、造語〕（只用於數數時）八、表示數量多

五、六、七、八（五、六、七、八）

八重咲き（重瓣花、開重瓣花）

七転び八起き（百折不撓、幾經浮沉）

八色〔名〕八種顏色、多種顏色、多種色彩

八色鳥〔名〕〔動〕八色鶇

八重〔名〕八重、八層。〔喻〕數量多，重疊在一起。〔植〕（花的）重瓣、開重瓣的花（＝八重咲き）

八重の潮路（重洋遙遠的航程）

七重の膝を八重に折る（低聲下氣-央求或賠罪）

七重の膝を八重に折って頼む（低聲下氣地央求）

八重雲〔名〕重疊的雲彩、層雲

八重咲き、八重咲〔名〕重瓣花、開重瓣花

八重咲きの山吹（重瓣的棣棠花）

八重桜〔名〕八重櫻（較其他櫻花晚開）、重瓣櫻花

八重十文字〔名〕（用繩帶）橫豎反復交叉（地綑綁）

行李を八重十文字に縛る（把行李橫豎交叉地捆起來）

八重染め、八重染〔名〕復染、反覆多次地染

八重棚雲〔名〕重疊的雲彩、層雲（＝八重雲）

八重生り〔名〕果實累累、綠豆的別稱

八重歯、八重っ歯〔名〕雙重齒、齙牙、虎牙（＝鬼歯、添い歯）

彼女は八重歯を見せて笑った（她露出虎牙笑了）

八重葎〔名〕〔植〕猪殃殃、拉拉藤（＝金葎）、繁茂的猪殃殃

八重唱〔名〕〔樂〕八重唱

八重唱曲（八重唱曲）

八重唱団（八重唱團）

八重奏〔名〕〔樂〕八重奏

八重奏曲（八重奏曲）

八重奏団（八重奏團）

八百〔名〕八百、（多用作接頭詞）數量很多、成千成百

八百長〔名〕〔俗〕（在角力、體育等比賽時雙方先約定誰勝誰負的）假比賽、騙人的比賽、合謀、勾串

八百長相撲（騙人的相撲比賽）

八百長試合（騙人的比賽）

彼の試合は八百長だ（那次比賽是騙人的）

八百長の質問（假提問、事先合謀好的提問）

八少女〔名〕（為祀神服務的）八采女、神社祭神時奏樂、舞蹈的少女（不限八人，因最初由八人組成，故名）

八百屋〔名〕蔬菜店、蔬菜商（＝青物屋）。〔轉〕萬事通、多面手（＝何でも屋、万屋）

彼は八百屋だから、何でも知っている（他是個萬事通、他什麼都知道）

八百万〔名〕無數、數不勝數、千千萬萬（＝千万、千万）

八百万の神（眾神、諸神）

八百八町〔名〕〔舊〕指江戸的所有街巷（比喻其多）

八形縮緬、屋形縮緬〔名〕〔古〕進口皺綢

八雲〔名〕重疊的雲彩、層雲（＝八重雲）、和歌

八坂瓊の勾玉〔名〕八尺瓊勾玉（三種神器之一）（八坂瓊の勾玉〔八尺瓊勾玉〕、八咫の鏡〔八咫鏡〕、天の叢雲の劍〔天叢雲劍〕）

八潮路〔名〕重洋、遙遠的海路（航程）

八潮路を越える（越過重洋）

八十〔名〕八十、八十歳

第八十（第八十個）

八十台の人（八十多歲的人）

八十の老人（八十歲的老人）

八十の手習い（老來練字、晚學）

八十の三つ子（老小孩）

八十〔名〕八十、多數

八十の老人（八十歲的老人）

八十の心（念頭多、思緒萬千）

八十の衢（多條道路的岔口、四通八達的街道）

八十、八十路〔名〕八十（＝八十）、八十歳

八十余りの老母（八十多歲的老母）

八十の坂を越える（八十歲開外了）

八十島〔名〕很多（的）島嶼

八咫烏〔名〕八咫烏（日本神話、神武天皇東征時、天照大神派來引路的烏鴉）、（中國傳說中太陽裡的）三足赤色烏鴉、金烏、太陽的異稱

八咫の鏡〔名〕八咫鏡（標誌日本天皇皇位的三種神器之一）（八坂瓊の勾玉〔八尺瓊勾玉〕、八咫の鏡〔八咫鏡〕、天の叢雲の劍〔天叢雲劍〕）

八千草〔名〕群草

庭に茂る八千草（庭院中繁茂的雜草）

八千年、八千歳〔名〕千萬年、千秋萬代（＝八千代）

八千代〔名〕千萬年、千秋萬代（＝万代）

千代に八千代に（千秋萬代、永生永世）

八衢〔名〕（多條道路的）岔口、分岔

八〔名〕（八的長音化）八

八、八つ〔名〕八、八個（＝八、八つ）、八歲、數量多、（舊時的時刻名）上午或下午兩點鐘（＝八時）、八開紙（＝八切）

弟は八に為る（弟弟八歲了）

八裂（撕得稀碎）

**八つ当たり、八つ当り**〔名、自サ〕遷怒、亂發脾氣、對誰都動火

八つ当たりに当たり散らす（遷怒、亂發脾氣）

然う何時も何時も八つ当たりされては敵いません（你老是亂發脾氣我可受不了）

父に叱られた弟は猫に八つ当たりしている（弟弟挨父親申斥拿貓發脾氣）

彼は何か気に入らない事が有ると直ぐ八つ当たりする（他一有什麼不如意事就亂發脾氣）

**八つ折り判、八折り判**〔名〕〔印〕八開本、八開紙、八開頁

**八つ頭、八頭**〔名〕〔植〕八頭芋（因每顆芋，叢生八九個莖，故名）（＝八頭芋）

**八頭**〔名〕漢字部首八部頭（如公、兮）

**八つ切り、八切**〔名〕〔攝〕（長寬尺寸約為16、5厘米和21、6厘米的）八開（印相）紙（＝八切判）

**八つ口、八口**〔名〕（縫紉）（婦女兒童）和服抬肩下部的開口處（＝身八口）

**八つ裂き、八裂**〔名〕撕得稀碎

八つ裂きに為る（撕成碎片）

**八つ手、八手**〔名〕〔植〕八角金盤

**八つ手網、八手網**〔名〕（沉入淺水捕魚蝦的）八角提網

**八つ橋、八橋**〔名〕八橋（京都名產點心-麵粉加砂糖和肉桂烤製而成的瓦狀點心）、（小河上由數塊窄幅橋板架設的）彎彎曲曲的橋

**八つ目鰻、八目鰻**〔名〕〔動〕八目鰻、七鰓鰻

川八つ目鰻（川吸鰻）

砂八つ目鰻（沙吸鰻）

**八つ**〔名〕八，八個（＝八）、八歲

林檎を八つ買う（買八個蘋果）

八つの子（八歲的孩子）

**八日**〔名〕（每月的）八號、八日、八天

今日は十月八日だ（今天是十月八日）

仕上がり迄に未だ八日は掛かる（還得八天時間才能做完）

八日後に成績を発表する（八天以後發表成績）

## 巴（ㄅㄚ）

**巴**〔漢造〕中國四川省巴縣

**巴豆**〔名〕〔植〕巴豆

巴豆油（巴豆油）

**巴旦杏**〔名〕〔植〕巴旦李、扁桃

**巴紋**〔名〕巴字圖案、漩渦狀圖案

**巴、鞆絵**〔名〕巴字圖案、漩渦狀圖案（以一個或數個巴字形組成一個圖形的圖案）

三つ巴の紋章（圓內有三個向同一方向旋轉的巴形徽記）

雪が万字巴と降り頻る（大雪紛飛）

**巴鴨**〔名〕〔動〕巴鴨（秋季由東西伯利亞飛渡日本的短頸有渦紋的小野鴨）

**巴投げ、巴投**〔名〕〔柔道〕仰面倒下，把對手拉向懷裡，再用雙腳把他從自己頭上蹬出去的著數

## 捌、捌（ㄅㄚ）

**捌く**〔他五〕銷售，推銷（＝売る．売り捌く）．解開，理整齊．妥善料理，出色處理

商品を捌く（推銷商品）

売れなくて困っているから其方で何とか捌いて呉れ（賣不動真傷腦筋在你那裡給我設法銷出去吧）

麻を捌く（理麻．攏麻．梳麻）

山積する事務を一人で捌いた（一個人處理掉大批積壓的工作）

手綱を巧みに捌く（靈巧地操縱韁繩）

此の難問は僕には捌けない（這個難問題我處理不了）

**裁く**〔他五〕（也寫作捌く）裁判、評斷

事件を裁く（審理案件）

公平に裁く（公平地審判）

裁かれる者（受審者．被告）

## ㄅ

裁(さば)く人(ひと)（審判者）
喧嘩(けんか)を裁(さば)く（排解爭吵．勸架）

**捌(さば)き**〔名〕銷售，銷路，賣項、處理、使用、操縱
不景気(ふけいき)で商品(しょうひん)の捌(さば)きが悪(わる)く為(な)る（因為不景氣商品滯銷了）
品物(しなもの)の捌(さば)きを付(つ)ける（推銷貨物）
手綱(たづな)捌(さば)きが上手(じょうず)だ（韁繩操縱得好）
撥(ばち)捌(さば)きが良(よ)い（〔琴的〕撥子運用得好）
ガン(gun)捌(さば)きが下手(へた)だ（槍使得不好）
和服(わふく)は足(あし)捌(さば)きが悪(わる)い（穿和服不好邁步）

**捌(さば)き、裁(さば)き**〔名〕裁判，審判、裁決，判決
法廷(ほうてい)で裁(さば)きを受(う)ける（在法庭上受審判）
裁(さば)きを為(す)る（審判、判決、裁決、評斷）
神(かみ)の最後(さいご)の裁(さば)き（〔宗〕上帝的最後的審判）

**捌(さば)き髪(がみ)**〔名〕披散的頭髮、披頭散髮（=散(ちら)し髪(がみ)）

**捌(さば)ける**〔自下一〕暢銷，好賣（=捌(さば)ける）、鬆散、披散、通情達理，精通世故
此(こ)の品物(しなもの)はどんどん捌(さば)ける（這個貨很暢銷）
こんな本(ほん)は捌(さば)けない（這樣的書不好賣）
髪(かみ)がばらばらに捌(さば)けている（頭髮披散著、披頭散髮）
捌(さば)けた人(ひと)（開通的人、老於世故的人、通情達理的人）
捌(さば)けた事(こと)を言(い)う（說話通情達理、說話老練）
彼(かれ)の処置(しょち)は大層(たいそう)捌(さば)けている（他的處理很通情達理）
君(きみ)ももう少(すこ)し捌(さば)け無(な)ければ駄目(だめ)ですね（你還得再老練些才行）
如何(どう)してそんなに捌(さば)けないのだ（怎麼那樣不通人情呢？）

**捌(さば)け口(ぐち)**〔名〕銷路，銷售對象（=捌(さば)け口(ぐち)、売(う)れ口(くち)）
捌(さば)け口(ぐち)を見付(みつ)けた（找到了銷路〔買主〕）
捌(さば)け口(ぐち)が広(ひろ)い（銷路廣）
捌(さば)け口(ぐち)が狭(せま)い（銷路窄）

**捌(さば)かす**〔他五〕使之流通、商品賣光
水(みず)を全部(ぜんぶ)捌(さば)かす（將水全部排泄掉）
すっかり水(みず)を捌(さば)かす（將水全部排泄掉）
残品(ざんぴん)を捌(さば)かす（把存貨賣光）
バーゲン(bargain)商品(しょうひん)を一日(いちにち)で捌(さば)かした（拍賣的東西一天就賣完了）

**捌(さば)ける**〔自下一〕〔水〕暢通、商品暢銷
雨水(あまみず)の良(よ)く捌(さば)ける運動場(うんどうじょう)を造(つく)る（修建一個洩水快的運動場）雨水(うすい)
品物(しなもの)がどんどん捌(さば)ける（貨物暢銷）
此等(これら)の品(しな)は出(だ)せば直(す)ぐに捌(さば)ける（這些東西一拿出來立刻就銷售掉）

**捌(さば)け**〔名〕排水，銷售
水(みず)の捌(さば)けが悪(わる)い（排水不良、水排不出去）
水捌(みずは)けの良(よ)い土地(とち)（排水好的土地）
此(こ)の商品(しょうひん)は捌(さば)けが悪(わる)い（這種商品銷路不好）

**捌(さば)け場(ば)、捌場(はけば)**〔名〕排泄的場所、發洩的場所
不満(ふまん)の捌(さば)け場(ば)が無(な)い（牢騷無發洩處）

**捌(さば)け道(みち)**〔名〕銷路

# 芭、芭（ㄅㄚ）

**芭、芭**〔漢造〕芭蕉（多年生植物，高約丈餘，葉大而狹長，果實味香而甜，產於熱帶）

**芭蕉(ばしょう)**〔名〕〔植〕芭蕉

**芭蕉布(ばしょうふ)**〔名〕（琉球名產）芭蕉纖維織的布

# 抜（ㄅㄚˊ）

**抜(ばつ)**〔漢造〕拔、拔出、選拔、突出，超群
不抜(ふばつ)（不拔、堅定、不可動搖）
選抜(せんばつ)（選拔，挑選、淘汰）
簡抜(かんばつ)（簡拔、選拔）
卓抜(たくばつ)（卓越、傑出、超群）
海抜(かいばつ)（海拔、拔海）
奇抜(きばつ)（出奇、奇特、奇異、新奇、新穎、出人意表、稀奇古怪）

**抜群(ばつぐん)**〔名〕（舊讀抜群(ばつぐん)）超群、出眾
彼(かれ)の才能(さいのう)は抜群(ばつぐん)だ（他的才能出眾）
抜群(ばつぐん)の成績(せいせき)を上(あ)げる（取得卓越的成績）

何れも抜群の出来栄えだ（全都做得出類拔萃）

**抜山**〔名〕拔山（出自項羽的詩句〝力拔山兮氣蓋世〞）

抜山蓋世の勇（拔山蓋世之勇）

**抜錨**〔名、自サ〕起錨、開船、啟航←→投錨

軍艦が抜錨する（軍艦起錨）

**抜剣**〔名、自サ〕拔劍、拔出刀來

**抜根**〔名〕拔根、拔出樹根

**抜糸**〔名、自サ〕（手術後）拆線

手術後一週間経って抜糸する（手術後一周拆線）

**抜き糸**〔名〕從衣服上拆下來的線

**抜歯**〔名、自サ〕拔牙

抜歯して入れ歯に為る（拔牙後鑲上假牙）

**抜粋、抜萃**〔名、他サ〕拔萃、摘錄（要點）

多くの作品から抜粋して文集を作る（從許多作品中摘錄優秀的編成文集）

読んだ本の抜粋を作る（做讀書摘錄）

文章の一節を抜粋する（摘錄文章的一段）

**抜染**〔名〕拔染（=抜き染め）

抜染剤（拔染劑）

**抜き染め、抜染め**〔名〕拔染、麻花染法（=抜染）

**抜擢**〔名、他サ〕提拔、提升、選拔

百人の中から三人を抜擢する（從一百個人當中選拔三個人）

枢要の位置に抜擢される（被提升到機要崗位）

新人を抜擢して主役に為る（提拔新人當主角）

**抜刀**〔名、自サ〕拔刀、拔出鞘的刀

抜刀して前進する（拔刀前進）

抜刀隊（大刀隊）

**抜頭原油**〔名〕拔頂原油、上等原油

**抜本**〔名〕拔本、徹底、找出根本原因

抜本的改革が必要だ（需要徹底改革）

抜本的な対策（治本的對策）

**抜本塞源**〔名〕拔本塞源、除掉弊害的根本原因

抜本塞源的な改革（徹底的改革）

**抜き本、抜本**〔名〕（淨琉璃的）拔萃本←→丸本、抄本

**抜かす**〔他五〕遺漏、漏掉、略過、放過、跳過

大事な所を抜かした（漏掉了要緊的地方）

三字抜かした（漏掉三個字）

一行抜かした（漏掉一行）

私は抜かして下さい（不要把我算進去、我不算數）

三行抜かして読む（跳過三行往下唸）

昼飯を抜かす（把午飯略掉）

編み針を一目抜かす（跳過一針織）

抜かして差し支えない言葉は皆抜かす（可以省略的話全省略掉）

腰を抜かす（腰節骨軟站不起來、非常吃驚）

**抜かす、吐かす**〔他五〕〔俗〕說、瞎說、瞎扯

要らぬ事を吐かすな（別胡說、別瞎扯、別說廢話）

何を吐かす（胡說什麼？）

良くも俺にそんな事を吐かすな（你竟敢對我說這些話！）

早く吐かせ（快說！）

**抜かる**〔自五〕疏忽、麻痺大意

其処は抜からないさ（決不會疏忽大意、保准沒錯）泥濘る

其れを知らなかったのは確かに抜かっていた（不了解這一點確實是一個疏忽）

此れは抜かった（這可是疏忽了！）

**抜かり、抜り**〔名〕疏忽、差錯、漏洞、遺漏、忽略（=手落ち）

彼は中中抜かりが無い（他做事一點也不疏忽大意）

彼の遣る事に抜かりは無い（他做事沒有疏漏）

準備に抜かりの無い様に為よ（要把準備工作做得周到完備）

そりゃ貴方の抜かりでしたね（那可怨你疏忽、那可是你的錯）

抜かりが有ったら破滅だ（萬一有個差錯就全完蛋了）

其の点抜かりの有ろう筈は無い（這一點總不會有遺漏）

商売に掛けては抜かりが無い（做買賣可太精明）

**抜からぬ顔**〔連語〕時刻警惕的神情、機警的神情、佯裝不知的神色

**抜く**〔他五〕拔出、選拔、除掉、省略、超過、扒竊、穿透、攻陷

〔接尾〕（接動詞連用形下）表示貫徹到底、非常、很甚

　刀を抜く（抽刀）

　指の棘を抜く（拔掉扎在手指上的刺）

　歯を抜く（拔牙）

　草を抜く（拔草）

　一枚抜いて綴じる（抽掉一頁再釘上）

　ビールの栓を抜く（打開啤酒瓶蓋）

　組から選手を五人抜く（從組裡選出五名選手）

　面白い所丈を抜く（光把有趣的地方選出來）

　資本論から抜く（選自資本論）

　黒地に白で抜いた見出し（黑地白字的標題）

　着物の染みを抜く（除掉衣服上的污垢）污点

　風呂の湯を抜く（放掉浴池的水）

　タイヤの空気を抜く（放掉輪胎的氣）

　此の酒は樽から抜いた許りだ（這酒是剛從酒桶裡倒出來的）

　相手の石を抜く（吃掉對方的棋子）

　手を抜く（省工、偷工）

　少しでも手を抜く事を為ない、最も真剣な人だ（他是一點也不馬虎工作最認真的人）

　三行（を）抜いて先を読む（跳過三行往前唸）

　説明を抜きましょう（省掉説明吧！）

　決勝点近く為って彼に抜かれた（快到決勝點時被他超過去了）

　ピッチャーの頭上を抜くライナー（從投手頭上飛過去的直線球）

　世界の水準を抜く（超過國際水平）

　一頭地を抜いている（出人頭地）

　群を抜く（超群出眾）

　五人（を）抜く（連勝五人）

　月夜に釜を抜く（公然偷竊）

　泥棒が人の財布を抜く（小偷掏了人家的錢包）

　竹で足を踏み抜く（竹子把腳扎透了）

　弾が壁を突き抜く（子彈穿過牆壁）

　敵陣を抜く（攻陷敵人陣地）

　決心牢呼と為って抜く可からず（下定決心毫不動搖）

　遣り抜く（幹到底）

　頑張り抜く（堅持到底）

　闘い抜く（鬥爭到底）

　困り抜く（極其困難、困難透頂）

　彼は奥さんを亡くして弱り抜いている（他死了妻子難過極了）

**抜き**〔名〕去掉、省去食品裡不加通常都會加入的東西（如不放年糕的小豆湯、不沾山葵的生魚片）、開瓶器

〔接尾〕省去，除去，取掉，拔出

（接在表示人數的詞後）戰勝……人、連勝……人

　前置きは抜きに為て（省去開場白）

　昼食を抜きに為る（不吃午飯、省掉午飯）

　牛蒡抜き（拔牛蒡、比喻不費力地拔掉、從許多人中任意拉出）

　染み抜き（除掉污垢、去漬劑）

　五人抜き（戰勝五人）

**抜き足、抜足**〔名〕躡足，躡著腳走、（跳高等）起跳的腳

　抜き足で忍び寄る（躡著腳悄悄地靠近）

抜き足を為て近寄る（躡著腳走近）

抜き足差し足、抜足差足（躡手躡腳）

抜足差足で後を付ける（躡手躡腳地跟蹤）

**抜き合わせる、抜き合せる**〔他下一〕拔刀對峙、雙方拔刀相對

彼等は刀を抜き合わせて向き合った（他們拔刀相對）

**抜き打ち、抜打ち**〔名〕拔刀就砍。〔轉〕出其不意，冷不防地

飲食店の抜き打ち検査を実施する（對飲食店進行突擊檢查）

抜き打ち検査（突擊檢查）

抜き打ち試験（臨時考試）

抜き打ち解散（突然宣布解散）

**抜き写し、抜写し**〔名、他サ〕摘錄（＝抜き書き）

要点を抜き写しする（摘錄要點）

**抜き衣紋、抜衣紋**〔名〕（女和服）露出後頸的穿法

抜き衣紋の芸者（穿著露出後頸和服的藝妓）

**抜き襟，抜襟、抜き衿，抜衿**〔名〕（女和服）露出後頸的穿法（＝抜き衣紋、抜衣紋）

**抜き書き、抜書き**〔名、他サ〕摘錄，摘要（＝抜き写し、抜写し）。（在歌舞伎中）把一個演員的出場面描寫出來的簡略腳本（＝抜き本、抜本）

新聞の抜き書き（新聞摘要）

演説の抜き書き（講演摘要）

要点を抜き書きする（把要點摘錄下來）

本の抜き書きを作る（做書籍的摘錄）

**抜き難い、抜難い**〔形、連語〕難以去掉，很難克服、（城堡等）難以攻下

抜き難い不信感（難以去掉的不信任感）

彼にずっと抜き難い不信感を持っている（對他一直有難以抹去的不信任感）

**抜き差し、抜差し**〔名、他サ〕拔出和插入、增減、進退

プラグの抜き差し（插頭的插入抽出）

シャープ、ペンシルは芯の抜き差しが自由に出来る（自動鉛筆的筆心可以隨意抽出裝入）

其の引出は抜き差しが出来ない様に為った（那個抽屜拉不動了）

此の雑記帳は抜き差しが出来る様に為っている（這個筆記本是活頁的）

一字の抜き差しも出来ない（一字也不能增減）

抜き差し為らない所に追い込まれた（被逼追到進退維谷的地步）

抜き差し為らない（進退兩難、一籌莫展）

彼は抜き差し為らない破目に陥った（他陷入進退兩難的境地）

私は抜き差し為らない状態をやっと抜け出した（我好不容易從進退兩難的處境中掙脫出來）

**抜き去る、抜去る**〔他五〕趕過去

一気に抜き去る（一口氣趕過去）

**抜き刷り、抜刷**〔名、他サ〕摘印、抽印、選印（本）

論文を抜き刷りに為る（抽印論文）

抜き刷りを友人に送る（把抽印本寄給朋友）

此の論文の抜き刷りは有りますか（這篇論文有抽印本嗎？）

**抜き出す、抜出す**〔他五〕拔出，抽出、挑選，選拔

煙草を一本抜き出した（抽出一枝香菸來）

良いのを一つ抜き出す（選出一個好的來）

必要な物を抜き出す（把必需的挑選出來）

**抜け出す、脱け出す**〔自五〕脫身，擺脫、溜走（＝抜け出る，脱け出る、忍び出る）、（頭髮牙齒等）開始脫落

彼はこっそり抜け出した（他悄悄地溜了）

抜け出そうと折を待つ（等待機會想要逃跑）

授業をサボって学校を抜け出す（不上課溜出學校、曠課逃學）

カナリヤが籠から抜け出した（金絲雀從籠子裡溜走了）

貧困から抜け出した（擺脫了貧困）

ごった返す野次馬の群からやっと抜け出した（好不容易才從一幫起鬨的人群中掙脫出來了）

**抜け出る、脱け出る**〔自下一〕逃出，擺脱，傑出，優越、高聳，矗立

蝉が殻から抜け出る（蟬脱殻）

塔が空に高く抜け出る（塔矗立在空中）

一際抜け出た秀才（出人頭地的高材生）

一段と抜け出た好成績（出類拔萃的好成績）

会場を抜け出る（溜出會場）

絵から抜け出た様な美人（像從畫像掉出來的美人）

**抜きつ抜かれつ**〔連語〕不相上下、勢均力敵、你追我趕

抜きつ抜かれつの大熱戦（你追我趕的激烈競賽）

**抜き連ねる、抜き連れる**〔他下一〕（許多人）一齊拔出刀來

**抜き手，抜手、抜き手，抜手**〔名〕拔手泳、狗爬式

抜き手を切る（狗爬式游泳）

抜き手を切って泳ぐ（用狗爬式游泳）

**抜き取る、抜取る**〔他五〕拔出，拔除、抽出，選出、（從行李貨物郵包中）竊取

傷口から弾丸を抜き取る（從傷口取出子彈）

刺を抜き取る（拔刺）

本棚から一冊を抜き取る（從書架上抽出一本來）

良い物を抜き取る（選出好的）

為替を抜き取る（從信封裡竊取匯票）

小包を抜き取る（竊取郵包裡的東西）

**抜き取り、抜取り**〔名〕抽出、竊取（郵件，貨運裡的東西）

抜き取り検査（抽樣檢查）

**抜き荷、抜荷**〔名、自サ〕從託運或保管的行李，包裹中竊取的物品、被竊取的物品

**抜け荷、抜荷**〔名〕走私的貨物

〔史〕（江戸時代的）走私貿易

**抜き離す**〔他五〕勝過、遠遠超過、走在（其他競賽者的）大前面

**抜き放す、抜き放つ**〔他五〕猛然抽出（刀劍）

刀を颯と抜き放す（猛然抽出刀來）

**抜き身、抜身**〔名〕（從刀鞘裡拔出來的）刀、白刃（=白刃）

抜き身を持って暴れ回る（拿著出鞘的刀亂耍）

抜き身を携える（拿著出鞘的刀）

抜き身を突き付ける（拿刀比畫）

**抜き読み、抜読み**〔名、他サ〕選讀、（說書的）講故事中的一段

小説を抜き読みする（抽閱小說）

**抜き綿、抜綿**〔名〕（從被裡掏出來的）舊棉絮

**抜きんでる、抽きんでる、擢きんでる**〔自、他下一〕傑出、選出

衆に抜きんでる（出人頭地、出類拔萃）

彼の成績は抜きんでている（他的成績出類拔萃）

芸術家と為て抜きんでている（作為藝術家突出優秀）

技術の点では彼が一際抜きんでている（在技術上他確是特別高超）

**抜ける**〔自下一〕脱落、漏掉、消失、穿過、溜走、陷落、退出、超過、遲鈍

毛が抜ける（掉毛）

牙が抜ける（掉牙）

顎が抜ける（掉下巴）

斧の柄が抜ける（斧柄掉了）

釘が一本抜けている（掉了一顆釘子）

箱の底が抜けた（箱底掉了）

山が抜ける（因為雨大山上產生了土石流）

ズボンの膝が抜けていた（褲子漏了膝蓋）

パンと音が為てコルクが抜けた（砰的一聲瓶塞脱落了）

此の本は二ページ抜けている（這本書漏掉了兩頁）

大切な文が抜けていた（文章重要的一段漏掉了）

彼の名は名簿から抜けている（名冊上漏掉了他的名字）

タイヤの空気が抜けた（輪胎漏了氣）

悪習は抜けない物だ（惡習難改）

腰が抜ける（因病或驚嚇直不起腰來）

力がすっかり抜けて仕舞った（精疲力盡了）

昨日の疲れが未だ抜けない（昨天的疲勞還沒恢復）

風邪が中中抜けない（感冒老不好）

洗っても着物の染みが中中抜けない（衣服洗了可是油漬老是不掉）

風邪が抜ける迄待て（等你感冒好了再說）

彼は御国訛が今持って抜けない（他的鄉土口音現在也沒改掉）

此の路地は抜けられますか（這條巷能穿過去嗎？）

此処を抜けて行こう（從這兒穿過去吧！）

台風は上海を南から北に抜ける見込みだ（預計颱風從南向北穿過上海）

危険を抜ける（逃脫危險）

今夜の送別会は抜けられない（今晚的告別會不能不參加）

当分仕事を抜けられない（目前騰不出空來）

今日の午後三時から四時迄の間は、会社を抜けられない（今天下午三點到四點離不開公司）

敵の拠点が抜けた（敵軍的據點拿下來了）

遊戯から抜ける（退出遊戲）

喧嘩から抜ける（退出爭吵）

競争から抜ける（從競爭中退出）

会議を途中で抜ける（中途退出會議）

今度は私は抜けます（這一次我不參加）

君が加入しないのなら私も抜ける（如果你不加入的話我也不參加）

群に抜けている（超群出眾）

彼は少し抜けている（他有點傻裡傻氣）

目から鼻へ抜ける（機靈、聰明、腦子好）

抜ける様（〔天空、湖水等〕透明）

抜ける様な青空（明朗的藍天）

**すっぽ抜ける**〔自下一〕〔俗〕脫落、忘掉、溜走。〔棒球〕（投手投球）出界

　　靴がすっぽ抜けて仕舞った（鞋子掉了）

　　前に習った単語がすっぽ抜けて仕舞った（以前學的單詞完全忘掉了）

　　幾等教えられても片っぽしからすっぽ抜ける（無論怎麼教給我也是邊學邊忘）

　　会場からすっぽ抜けて家へ帰る（偷偷溜出會場回家）

**ずば抜ける**〔自下一〕超群、出眾、出類拔萃

　　ずば抜けて成績が良い（成績超群）

　　Aチームはずば抜けて強い（A隊特強）

**抜け、抜、脱**〔名〕遺漏、呆子。〔商〕漲價

　　帳簿に抜けが有る（有漏帳、帳上有遺落）

　　彼の人は本当に御抜けさんだ（他真是個愚笨的人）

　　七十円抜け（超過七十日元、價格上漲七十日元）

**抜け上がる、抜け上る**〔自五〕（頭髮）從前額往上禿（＝禿げ上がる）。遲鈍

　　額が抜け上がる（額頭光禿）

**抜け穴、抜穴**〔名〕通孔、逃走的地道、漏洞，缺口。〔轉〕解脫的手段，逃避的手段

　　煙の抜け穴（煙管、煙道）

　　抜け穴を掘る（挖地道）

　　脱税の抜け穴を塞ぐ（堵塞偷稅漏洞）

　　此の法律には抜け穴が有る（這法律有漏洞）

　　はぐらかす為に抜け穴を作って置く（安排好被追究時的逃避手段）

**抜け裏、抜裏**〔名〕可以通到屋子後面的路（＝抜け道）

**抜け売り、抜売り**〔名、他サ〕偷賣←→抜け買い走私貿易（＝抜け荷）

**抜け落ち、抜落ち**〔名〕缺號、順序有中斷處

**抜け駆け、抜駆け**〔名、自サ〕搶先轉入敵陣。〔轉〕搶先
　軍令に背いて抜け駆けを為る（違背軍令搶先闖入敵陣）
　抜け駆けの功名を立てる（搶先立功）
　抜け駆けの功名（搶頭功）

**抜け髪、抜髪**〔名〕脫落的頭髮（＝抜け毛、抜毛）

**抜け殻，抜殻、脱け殻、脱殻**〔名〕（蛇，蟬等）蛻下來的皮。〔喻〕失神（發呆）的人，打不起精神的人
　蛇の抜け殻（蛇皮）
　蝉の抜け殻（蟬蛻）
　彼は抜け殻同然に為って仕舞った（他簡直像掉了魂似的）

**抜け代わる、抜け替わる**〔自五〕（牙，頭髮，毛等）換新、長出新的（＝生え替わる）
　歯が抜け代わる（換牙）
　子供の歯がすっかり抜け代わった（孩子的牙都換了）
　今の鳥の羽が抜け代わる季節です（現在是鳥換羽毛的季節）羽
　動物の毛は春に為ると抜け代わる（一到春天動物就換毛）

**抜け毛，抜毛、脱け毛、脱毛**〔名〕掉頭髮、脫落的頭髮（＝抜け髪、抜髪）
　抜け毛を止める（控制住掉頭髮）
　彼女の髪の毛は抜け毛が酷い（她頭髮掉得厲害）
　抜け毛を防ぐ薬（防止掉頭髮的藥）

**抜け作、抜作**〔名〕〔俗〕傻瓜、笨蛋、二百五（＝間抜）（後加〝作〞、使其像個人名、表示嘲弄）

**抜け字，抜字、脱け字，脱字**〔名〕漏字、掉字

**抜け解け合い**〔名〕〔商〕部分當事人同意的解約（在交易所所簽訂的買賣合約，由於市場上某種客觀原因無法結算時，由雙方部分當事人協商，採取補償差價辦法，予以了結）←→総解け合い

**抜け参り、抜参り**〔名〕瞞著主人和家人偷偷從家中到伊勢神宮參拜（江戶時代風俗，這樣做不會受父母或主人責備）（＝抜参宮）

**抜け道、抜道**〔名、自サ〕近路、後路，退路、漏洞，缺口、逃避責任的口實（手段）
　抜け道を通る（走近路）
　抜け道して前回りする（走近路搶在前面）
　抜け道を拵える（留退路）
　脱税の抜け道を塞ぐ（堵住偷稅的漏洞）
　抜け道を捜す（尋找逃避責任的藉口）

**抜け目、抜目**〔名〕漏洞、破綻
　其れは抜け目の無い遣り方だった（那是個萬全的辦法）
　抜け目が無い（周到、精明、無孔不入）
　抜け目の無い人（精明強幹的人）
　金儲けには抜け目が無い（對於賺錢非常精明）

**抜け目無く、抜目無く**〔副〕周到地、圓滿地、精明地
　抜け目無く気を配る（處事周詳）
　抜け目無く金を回す（精打細算地運用資金）

**抜け物、抜物**〔名〕偷來的東西，贓物、出類拔萃的人（物）
　抜け物買い（買贓物〔的人〕）

## 跋（ㄅㄚˊ）

**跋**〔名、漢造〕跋，跋文，後記←→序、跋渉、跋扈
　跋を書く（寫跋文）
　序跋（序文和跋文、題跋）
　題跋（題和跋、跋文、書後）

**跋語**〔名〕跋、後記（＝跋、後書）

**跋文**〔名〕跋、跋文、後記
　跋文を書く（寫跋文）

**跋扈**〔名、自サ〕跋扈、横行
　盗賊が跋扈する（盜賊橫行）

**跋渉**〔名、自サ〕跋山涉水、千里跋涉
　山野を跋渉する（跋涉山野）
　全国を跋渉する（走遍全國）

## 把（ㄅㄚˇ）

把〔漢造〕把握、把手。（助數詞用法）把、捆

　銃把（槍把）

　一把（一把、一捆）

　三把（三把）

　六把（六把）

　八把（八把）

　十把（十把）

　十把一絡げ、十把一絡げ（不分青紅皂白、各種東西全都放在一起、鬍子眉毛一把抓）

把握〔名、他サ〕掌握、抓住、充分理解

　文の内容を十分把握する（充分理解文章的內容）

　問題の中心を把握する（抓住問題的中心）

　要点を把握する（掌握要點、抓住要點）

把持〔名、他サ〕把持、抓住、把捉

　堅く把持して放さない（緊緊抓住不放）

　個個の印象を把持する記憶能力（〔心〕把捉每個印像的記憶力）

把捉〔名、他サ〕掌握、抓住（=把握）

　文意を把捉する事が難しい（難以掌握文意）

把手〔名〕把手（=握り）

把手，取手、把手〔名〕（家具、器物的）把手

　引き出しの把手（抽屜的把手）

　ドアの把手（門的把手）

　鍋の把手（鍋的把手）

　急須の把手が取れている（茶壺的把手掉了）

　把手索（〔海〕環索、繩環、把手索）

把、束〔名〕把、束、捆

　花束（花束）

　一束（一捆）

　焚き物を束に為る（把劈柴捆成束）

　束に為って掛ける（群起而攻之、大家打一個人）

把〔接尾〕（助數詞用法）把、束、捆（=把、束）

　一把（一把、一捆）

　薪一把（一捆柴火）薪

　菠薐草を一把買う（買一把菠菜）

## 罷（ㄅㄚˋ）

罷〔漢造〕罷、停止、罷免

　罷買同盟、非買同盟（抵制劣質或高價商品的消費同盟）

罷業〔名、自サ〕罷工（=ストライキ）

　同盟罷業（同盟罷工、總罷工）

　同情罷業（同情罷工）

　各地で罷業が起る（各地在發生罷工）

　一斉に罷業する（同時罷工）

　罷業破り（破壞罷工的工賊）

罷工〔名〕罷工（=ストライキ）

　同盟罷工（同盟罷工、總罷工）

罷職〔名〕免職、罷免

罷免〔名、他サ〕罷免

　首相の閣僚罷免権（首相的內閣成員罷免權）

　大臣を罷免する（罷免大臣）

　彼を中央委員より罷免する（將他從中央委員免職）

　彼は罷免に為った（為れた）（他被罷免了）

罷める、辞める、止める、已める〔他下一〕停止、放棄、取消、作罷

（寫作止める、已める、罷める）停止、放棄、取消、作罷

（寫作止める、已める、罷める）忌、戒除

（寫作罷める、辞める）辭職、停學

　止め！（〔口令〕停）病める

　討論を止めて採決に入る（停止討論進入表決）

　雨が降ったら行くのを止める（下雨就不去）

　旨く行かなかったら、其で止めて下さい（如果不好辦的話就此停下吧））

　競走を中途で止める（賽跑跑到中途不跑了）

どんな事が有っても私は止めない（無論如何我也不罷休）

仕事を止めて一休みしよう（停下工作休息一下吧）

喧嘩を止めさせる（使爭吵停息下來）

彼を説得して其の計画を止めさせる（勸他放棄那個計畫）

旅行を止める（不去旅行）

酒も煙草も止める（酒也戒了煙也不抽了）

癖を止める（改掉毛病）

彼に酒を止めさせよう（勸他把酒戒掉吧）

そんな習慣を止めなくてはならぬ（那種習慣必須改掉）

仕事を辞める（辭掉工作）

会社を辞める（辭去公司職務）

学校を辞める（輟學）

彼は数年前に学校の教師を辞めた（他幾年前就辭去了學校教師的職務）

彼女は品行が悪いので学校を辞めさせられた（她由於品行不好被學校開除了）

罷め、止め、已め〔名〕停止、作罷

こんな詰まらぬ話は止めに為よう（這樣無聊的話不要說了）

会は止めに為った（會不開了）

此の辺で止めに為て置こう（就到此為止吧）

罷む、止む、已む〔自五〕止、已、停止、中止

雨が止む迄待つ（等待雨停）

痛みが止む（疼痛停止）

二人は争って止まない（二人爭論不休）

声がぴたり止んだ（聲音一下子就止住了）

目的を達成しなければ止まない（不達到目的不罷休）

止むに止まれない（萬不得已）

倒れて後止む（死而後已）

此れは止むを得ずに為た事だ（這是不得已而做的事情）

止む方無し（毫無辦法）

已むを得ない（不得已、無可奈何、毫無辦法）

罷る〔自五〕（從貴人面前或中心地區）退出，離去、（行く、来る的自謙語）來，去、死亡，逝世

罷り通る（強行通過）

罷り〔接頭〕（下接動詞）表示強調之意。〔古〕表示謙遜之意

罷り間違う（稍微一出差錯）

罷り出る（〔從長輩，貴人面前〕退下、退出）

罷り在り〔自ラ〕〔古〕（在ります、居ります的謙遜語）有、在

一同無事にて罷り在り候（舍下全都平安）

罷り越す〔自五〕（行く的自謙語）去、拜訪（＝参上する、参る）

御礼に罷り越す（特趣致謝）

罷り出る（從長輩或位高者面前）退下、（厚著臉皮）走到人前去

御前を罷り出る（從貴人面前退下）

臆面も無く人前に罷り出る（厚著臉皮走到人前）

罷り通る〔自五〕強行通過

彼の独裁が罷り通っていた（他的專橫霸道曾經肆行無阻）

悪法が罷り通る世の中（惡法通行的社會）

こんな無茶な事が罷り通って良い物か（這種不合理的事哪能讓它橫行）

罷り為らぬ〔連語〕〔舊〕不准、不許

無断欠席罷り為らぬ（不准擅自缺席）

入る事罷り為らぬ（不許入內）

罷り間違う〔自五〕稍微弄錯、稍有差錯

罷り間違うと大変な事に為る（稍有差錯就不得了）

罷り間違えば命に関る（稍一失慎就會喪命）

## 覇（ㄅㄚˋ）

**覇**〔名、漢造〕覇。〔體〕冠軍
- 覇を称える（稱霸）
- 全国の覇を争う（爭奪全國冠軍）
- 争覇（爭霸、稱霸、奪錦標）
- 制覇（稱霸、獲得冠軍）

**覇王**〔名〕霸王、（用武力）稱霸的人
- 覇王樹（仙人掌的一種）

**覇気**〔名〕雄心、幹勁、野心
- 覇気の有る人（有抱負的人）
- 覇気満満たるチーム（雄心勃勃的球隊）
- 覇気に富む（富有雄心壯志）

**覇業**〔名〕霸業、冠軍
- 覇業を全うする（完成霸業）
- 三年連続の覇業を成し遂げる（蟬連三年冠軍）

**覇権**〔名〕霸權。〔體〕冠軍
- 覇権を求めない（不稱霸）
- 海上の覇権を握る（掌握海上霸權）
- 今年度の覇権を握る（奪得本年度的冠軍）
- リーグ戦の覇権を争う（爭奪聯賽冠軍）

**覇者**〔名〕霸者，霸王，霸主。〔體〕冠軍
- 戦国時代の覇者豊臣秀吉（稱霸於戰國時代的豐臣秀吉）
- 世界の覇者に伸し上がる（爬上世界霸主的地位）
- 二百メートル競走の覇者（二百米賽跑的冠軍）

**覇道**〔名〕霸道←→王道

**覇府**〔名〕霸者的政府、幕府（=幕府）

## 剥（ㄅㄛ）

**剥**〔漢造〕削落、去皮

**剥性**〔名〕〔地〕可劈性、易裂性

**剥製**〔名、他サ〕剝製（標本）
- 剥製の鷹（剝製的鷹）
- 死んだ鳥を剥製に為て保存する（把死鳥做成標本保存起來）

**剥脱**〔名、自他サ〕（表皮等）剝脫、脫落

**剥奪**〔名、他サ〕剝奪
- 公民権を剥奪する（剝奪公民權）
- 自由を剥奪する（剝奪自由）

**剥片**〔名〕剝落的片
- 剥片と為って落ちる（成片地剝落）

**剥毛具**〔名〕〔紡〕落紗機

**剥落**〔名、自サ〕剝落、（皮膚等的）脫屑，脫皮
- 壁画が剥落する（壁畫剝落）

**剥離**〔名、自サ〕剝離
- 網膜剥離（〔醫〕視網膜剝離）
- 剥離試験（〔橡膠的〕剝離試驗、剝落試驗）

**剥く**〔他五〕切成薄片、削尖、削薄、削短
- 魚を剥く（把魚切成片）透く 空く 好く 梳く 漉く 抄く 鋤く 酸く
- 竹を剥く（削尖竹子）
- 髪の先を剥く（削薄頭髮）
- 枝を剥く（打枝、削短樹枝）

**透く、空く**〔自五〕有空隙，有縫隙，有間隙、變少，空曠，稀疏，透過…看見，空閒，有空，有工夫，舒暢，痛快，疏忽，大意←→込む
- 戸と柱の間が空いている（門板和柱子間有空隙）鋤く 好く 漉く 梳く 酸く 剥く 剝く 抄く
- 間が空かない様に並べる（緊密排列中間不留空隙）
- 未だ早ったので会場は空いていた（因為時間還早會場裡人很少）
- 旅行の季節が過ぎたので旅館は空いている然うです（因為已經過了旅行季節聽說旅館很空）
- 歯が空いている（牙齒稀疏）
- 枝が空いている（樹枝稀疏）
- 座るにも空いてない（想坐卻沒座位）
- バスが空く（公車很空）

汽車が空いた（火車有空座位了）
手が空く（有空閒）
今手が空いている（現在有空閒）
胸が空く（心裡痛快、心情開朗）
カーテンを通して向こうが空いて見える（透過窗簾可以看見那邊）
レースのカーテンを通して向こうが空いて見える（透過織花窗簾可以看見那邊）
腹が空く（肚子餓）
御腹が空く（肚子餓）
杖も空かん男だ（真是叫人大意不得的人）

**好く**〔他五〕喜好、愛好、喜歡、愛慕（＝好む、好きに為る、好きだ）
（現代日語中多用被動形和否定形，一般常用形容動詞好き，代替好く。不說好きます而說好きです。不說好けば而說好きならば。不說好くだろう，而說好きに為る）
塩辛い物は好きだが、甘い物は好かない（喜歡鹹的不喜歡甜的）
彼奴はどうも虫が好かない（那小子真討厭）
好きも好かんも無い（無所謂喜歡不喜歡）
好いた同士（情侶）
彼の二人は好いて好かれて、一緒に為った（他倆我愛你你愛我終於結婚了）
洋食は余り好きません（我不大喜歡吃西餐）
好く好かぬは君の勝手だ（喜歡不喜歡隨你）
人に好かれる質だ（討人喜歡的性格）

**梳く**〔他五〕（用梳篦）梳（髪）
櫛で髪を梳く（用梳子梳髪）

**結く**〔他五〕結、編織（＝編む）
網を結く（編網、織網、結網）

**抄く、漉く**〔他五〕抄、漉（紙）
紙を抄く（抄紙、用紙漿製紙） 透く 空く 好く 梳く 剥く 鋤く 結く
海苔を抄く（抄製紫菜）

**鋤く**〔他五〕（用直柄鋤或鍬）挖（地）
畑を鋤く（挖地。翻地） 畑 畠 畑畠

**剥き**〔名〕剥、薄切（物）

**剥がす**〔他五〕剥下、揭下
化けの皮を剥がす（剥掉假面具）
郵便切手を剥がす（揭下郵票）
屋根の瓦（揭掉屋頂上的瓦）

**剥し暦**〔名〕（每天撕下一張的）日暦（＝日捲り）
剥し暦を捲る（翻日暦）

**剥がれる**〔自下一〕剥落、揭下（＝剥げる）
切手の剥がれた手紙（郵票掉了的信件）
ポスターが剥がれた（招貼揭下來了）

**剥がれ**〔名〕（油漆等的）脱皮、剥落（物）

**剥ぐ**〔他五〕剥下、扒下、剥奪
木の皮を剥ぐ（剥下樹皮） 接ぐ 剥ぐ
壁に貼って有る紙を剥ぐ（揭下貼在牆上的紙）
牛を殺して皮を剥ぐ（殺牛剥皮）
着物を剥ぐ（扒去衣服）
朝寝坊を為ていると、母が怒って蒲団を剥いだ（早晨正睡著懶覺母親生氣把被子給揭掉了）
裏切者の仮面を剥ぐ（揭掉判徒的假面具）
罰と為て官位を剥ぐ（剥奪官位作為懲罰）罰罰
栄耀を剥がれた（被剥奪了榮譽）

**剥ぎ取る**〔他五〕剥下、扒下
竹の子の皮を剥ぎ取る（剥掉竹筍的皮）
仮面を剥ぎ取る（揭下假面具）
裏を剥ぎ取る（把衣服裡子扒下來）
強盗に着物を剥ぎ取られた（被強盗扒去了衣服）

**剥ぎ取り**〔名〕剥取，剥奪，強行、扒掉可以一頁一頁地撕下來的（日暦信簽等）
剥ぎ取り紙（信簽簿）
剥ぎ取り画用紙（寫生簿、素描簿）
剥ぎ取り暦（〔每天撕下一頁的〕日暦）

**剥げる**〔自下一〕剥落、褪色

ペンキが剥げる（油漆剝落）禿げる接げる矧げる

御碗の塗りが剥げる（碗上的塗釉脫落）

着物の色が段段剥げる（衣服漸漸褪色）

此の色は洗っても剥げない（這顏色洗也不褪色）

**剥げ**〔名〕（油漆等）脫落、剝落（處）

ペンキの剥げが目立つ（油漆的脫落很明顯）禿接げ矧げ

**剥がす**〔他五〕〔俗〕剝下、揭下（=剝がす）

絆創膏を剥がす（揭下橡皮膏）

**剥ぐ**〔他五〕〔俗〕削薄（=剝がす）。使減少

木を剥いで折を作る（削薄木材製薄木片）

**剥る**〔他五〕鏟低、削減

**剥く**〔他五〕剝、削（=剝がす）

木の皮を剥く（剝樹皮）向く

林檎の皮を剥かないで食べました（蘋果不削皮就吃了）

此の果物は皮を剥いて食べねば為らない（這種水果必須剝皮吃）

目を剥いて怒る（瞪眼怒視）

**剥き出す**〔他五〕露出、揭開

歯を剥き出して笑う（露出牙齒笑）

覆い隠した物を剥き出して中味を見る（揭開掩藏的東西看看裡面是什麼）

**剥き出し**〔名、形動〕露出、露骨

腕を剥き出しに為る（露出胳臂）

足を剥き出しに為る（光腳、赤足）

歯を剥き出しに為て笑う（露出牙齒笑）

感情を剥き出しに為て怒鳴る（毫不留情地破口大罵）

剥き出しの表現（露骨的表現）

田舎の言葉剥き出しで喋る（用十足的鄉音講話）

少しも遠慮しないで、御互いに剥き出しの意見を言い合った（毫不顧忌地坦率地互相交換了意見）

彼は物事を剥き出しに言い人だ（他是個心裡有什麼就說什麼的人、他是個說話直爽的人）

**剥き身、剥身**〔名〕（從貝殼剝出的）貝肉

蛤の剥き身（剝出的蛤蜊肉）

**剥き身、透き身**〔名〕薄肉片、薄魚片、曝醃魚肉片

剥き身に為る（〔魚、肉〕切成薄片）

鱈の剥き身（薄鱈魚片）

**剥る**〔他五〕剝、削（=剝く、剝がす）

**剥ける**〔自下一〕剝落、脫落（=剝がれる）

擦って皮の剥けた鼻（擦掉了皮的鼻子）向ける

日焼けして背中の皮が剥けた（背上被曬得脫了皮）

**剥れる**〔自下一〕剝下，脫落、下唇厚狀似向外翻卷

木の皮が剥れる（樹皮剝落）

蛇の皮が剥れる（蛇蛻皮）

# 撥、撥（ㄅㄛ）

**撥**〔漢造〕撥動

挑撥、挑発（挑撥、挑起、挑逗）

反撥、反発（彈回、排斥、抗拒、反撲）

**撥音**〔名〕〔語〕撥音、鼻音（日語中用假名〝ん〞表示）

**撥音便**〔名〕〔語法〕撥音便（口語ナ行、バ行、マ行五段活用動詞連用形下，接助動詞〝た〞或助詞〝て〞〝たり〞時所發生的音便，如〝死にて〞變成〝死んで〞，〝読みた〞變成〝読んだ〞等發生撥音便後，助詞〝て〞或助動詞〝た〞等都變成濁音）

**撥音**〔名〕用撥子彈琴的聲音（=撥音）

**撥窩術**〔名〕〔醫〕（白內障）摘除術

**撥水**〔名〕防水、不沾水

撥水性（防水性）

**撥**〔名〕〔樂〕（彈琵琶三弦用的）撥子

三味線に撥を当てる（用撥子彈三弦）

三味線を撥で鳴らす（用撥子彈三弦）

**撥形**〔名〕〔機、船〕楔形榫、燕尾槽

**撥捌き**〔名〕彈撥琵琶（或三弦）的技巧
  撥捌きが上手だ（彈撥技巧高超）
  撥捌きが鮮やかだ（彈撥手法乾淨俐落）

**撥鬢**〔名〕撥子鬢（江戶時代流行的男髮型，因兩鬢剃成三弦的撥子形，故名）

**撥ねる**〔他下一〕彈、（物體一端或兩端）翹起，（漢字筆畫的）鉤、淘汰、拋掉、飛濺、彈射、提成
〔語〕發撥音（用"ん"表示的音）
  爪の先で小虫を撥ねる（用指尖彈小蟲）跳ねる 刎ねる
  ぴんと撥ねた口髭（兩頭往上翹的八字鬍）
  汗の縦棒を撥ねては行けない（汗字的一豎不能鉤上去）
  撥ねる処と、止める処をはっきり区別する（挑筆的地方和頓筆的地方要區分清楚）
  筆記試験で撥ねる（筆試時沒有錄取）
  二十人許り撥ねられた（二十來個人被淘汰了）
  粗悪品を撥ねる（把不合格品淘汰掉）
  船の荷を撥ねる（把船上的貨物拋入海中）
  小数点以下を撥ねる（將小數點以下捨掉）
  自動車に撥ねられる（被汽車撞倒）
  泥を撥ねて歩く（濺著泥水走路）
  頭を撥ねる（提成、揩油、抽取佣金）
  上前を撥ねる（提成、揩油、抽取佣金）
  撥ねる音（撥音）

**撥ね、撥**〔名〕提成，抽頭
（漢字筆畫）往上挑的部分，撇、鉤（如"捺"和"鉤"等）
  ぴん撥ね（抽頭、揩油）跳ね
  会計係が会費のぴん撥ねを遣った（會計揩了會費的油）
  撥ねを一つ書く（寫一撇）
  此の撥ねは拙い（這一撇寫得不好）

**撥ね返す**〔他五〕拒絕、頂回，推翻
  誘惑を撥ね返す（拒絕誘惑）跳ね返す
  人の忠告を頑固に撥ね返す（堅決地拒絕別人的勸告）
  敵の攻撃を撥ね返す（頂回敵人的進攻）
  押し込んで来た相手を撥ね返す（把壓上來的對手推翻）
  劣勢を撥ね返す（扭轉劣勢）

**撥ね掛かる、跳ね掛かる**〔自五〕濺上
  着物に泥が撥ね掛かった（衣服濺上了泥水）

**撥ね掛ける、跳ね掛ける**〔他下一〕濺上
  ページにインクを撥ね掛ける（書頁上濺上墨水）

**撥ね銭**〔名〕（中間人抽取的）佣金、提成、抽頭
  撥ね銭を取る（提取佣金）

**撥ね出す**〔他五〕（將無用的東西）除去、排除

**撥ね付ける**〔他下一〕拒絕、不接受（=撥ね返す）
  要求を撥ね付ける（拒絕要求）
  賄賂を撥ね付ける（拒絕受賄）
  断然撥ね付ける（斷然拒絕）

**撥ね釣瓶**〔名〕吊桿汲水裝置
  撥ね釣瓶の井戸（吊桿汲水井）

**撥ね飛ばす**〔他五〕飛濺、彈出去
  トラックに撥ね飛ばされる（被卡車撞出好遠）

**撥ね荷、刎荷**〔名〕挑選出來（剔出）的貨物（行李），〔船〕遇險時扔到海中的貨物（行李）（=打ち荷）

**撥ね除ける**〔他下一〕淘汰、推開、拒絕（=撥ね付ける）
  腐った林檎を撥ね除ける（把腐爛的蘋果挑出）
  人を撥ね除けて進む（推開別人往前走）
  掛け布団を撥ね除ける（把被子推到一旁）

**撥橋、刎橋、跳ね橋**〔名〕吊橋、活動橋、開合橋

**撥ね物**〔名〕次品

**撥条、発条、弾機**〔名〕〔機〕發條、彈簧（=スプリング）、〔轉〕彈性，彈力
  螺旋発条（螺旋彈簧）
  発条が効かなく為った（彈簧不靈了）

ソファーの発条が効かなく為った（沙發的彈簧不中用了）

良く弾く様に発条で仕掛けを為る（裝上彈簧以便能彈得好）

発条錠（彈簧鎖）

発条鋼（彈簧鋼）

発条ハンマー（彈簧錘）

発条調速機（彈簧調速器）

発条扉（轉門、雙動自止門）

発条の玩具（帶發條的玩具）

発条の効いた跳躍（彈性好的跳躍）

発条の良い足（有彈力的腿）

足の発条を利かせて思いっ切り飛び上がる（利用腳的彈力盡力往上跳）

足の発条を利かせて高く跳び上がる（利用腳的彈力跳高）

年を取ってが歩き方に未だ未だ大変発条が有る（雖然上了年紀但步伐還很輕快）

発条仕掛け（彈簧裝置）

**撥条、発条**〔名〕〔機〕發條，彈簧（＝スプリング、撥条、発条、弾機）

髭発条（細彈簧、游絲）

発条仕掛けの玩具（帶發條裝置的玩具）

発条を巻く（上弦、上緊發條）

発条が切れた（彈簧斷了）

発条が弛んで止まる（弦鬆了停了）

発条秤（彈簧秤）

# 玻（ㄅㄛ）

玻〔漢造〕玻璃（一種透明物質，有鉀玻璃、鈉玻璃、鉛玻璃等三種，用碳酸鉀，碳酸鈉，鉛丹，白砂，灰石等熔化而成，可製鏡子與各種器具）

**玻璃**〔名〕〔古〕水晶、玻璃

玻璃器（玻璃製品）ガラス、硝子

玻璃工（吹玻璃工人）

玻璃窓（玻璃窓）ガラス窓、硝子窓（玻璃窓）

玻璃版（玻璃版）

**玻璃長石**〔名〕〔礦〕透長石

**硝子、ガラス**〔名〕玻璃

網入り硝子（鐵紗玻璃）

安全硝子（安全玻璃）

硬質硝子（硬玻璃）

軟質硝子（軟玻璃）

有機硝子（有機玻璃）

艶消し硝子（磨玻璃）

耐熱硝子（耐熱玻璃）

硝子障子（玻璃格窗）

硝子状に為る（作成玻璃狀）

硝子を張る（安裝玻璃）

硝子張り（裝玻璃，玻璃結構、光明正大，無私無弊）

硝子を吹く（燒玻璃）

硝子の取れた時計（掉了錶面的錶）

窓の硝子を拭く（擦窗戶的玻璃）

硝子越しに見る（隔玻璃看）

硝子ウール（玻璃絨）

硝子糸（玻璃絲）

硝子碍子（玻璃絕緣子）

硝子切り（玻璃刀）

硝子絵（玻璃畫）

硝子サンド（玻璃沙）

硝子製品（玻璃製品）

硝子製ボタン（玻璃鈕扣）

硝子タイル（玻璃磚）

硝子戸（玻璃門）

硝子コップ（玻璃杯）

硝子瓶（玻璃瓶）

硝子窓（玻璃窗）

硝子管（玻璃管）

硝子屑（玻璃渣）

ㄅ

硝子板（玻璃板）
ガラスいた

硝子繊維（玻璃纖維）
ガラスせんい

硝子職工（玻璃工人）
ガラスしょっこう

硝子細工（玻璃工藝品）
ガラスざいく

硝子温度（玻璃化溫度）
ガラスおんど

硝子質（透明䀹）
ガラスしつ

硝子体液（玻璃狀液）
ガラスたいえき

硝子転移（璃態轉變）
ガラスてんい

硝子電極（玻璃電極）
ガラスでんきょく

硝子ライニング（搪瓷）
ガラスlining

硝子濾過器（玻璃過濾器）
ガラスろかき

## 般（ㄅㄢ）

般〔漢造〕盤旋、般、種、樣
はん

一般（一般，普遍，廣泛，全般，普通，相似，相同，同樣）←→特殊
いっぱん　　　　　　　　　　　　　　　　とくしゅ

百般（百般、各方面）
ひゃっぱん

全般（全般、全面、全盤、普遍、通盤）
ぜんぱん

今般（此番、這回、最近）
こんぱん

万般（萬般、一切、各方面）
ばんぱん

先般（上次、前幾日、前些日子）
せんぱん

過般（最近、前幾天、前些日子、不久以前）
かはん

這般（這般、這等、這些、這次、這回）
しゃはん

諸般（各種、種種）
しょはん

般若〔名〕〔佛〕般若（指脫卻迷津，明辨事物的智慧）、面目可怖的女鬼
はんにゃ

般若面（額生雙角，面含悲憤，猙獰可怖的女鬼假面）
はんにゃめん

般若湯〔名〕酒（僧侶間的隱語）
はんにゃとう

## 菠（ㄅㄛ）

菠〔漢造〕菠薐（蔬類植物，根紅葉綠，可做菜。俗稱菠菜）
ほう

菠薐草〔名〕〔植〕菠菜
ほうれんそう

## 鉢（ㄅㄛ）

鉢〔名〕鉢、種花的盆、頭蓋骨、盔的頂部
はち

擂鉢（研鉢）
すりばち

乳鉢（乳鉢）
にゅうばち

火鉢（火盆）
ひばち

庭に植木の鉢を並べる（在院子裡擺上花盆）
にわ　うえき　はち　なら

鉢合わせ（頭撞頭）
はちあ

頭の鉢を割る（打碎頭蓋骨）
あたま　はち　わ

鉢合わせ、鉢合せ〔名、自サ〕頭撞頭，頭碰頭、碰上，撞上，碰見，遇上
はちあ　　　はちあわせ

子供が廊下の角で鉢合わせして泣き出した（孩子在走廊轉彎處互相撞了頭哭起來了）
こども　ろうか　かど　はちあ　　　　な　だ

ぼんやりしていて電信柱と鉢合わせする（迷迷糊糊地撞到電線桿上）
模糊不清楚　　　　でんしんばしら　はちあ

恩師の御宅で旧友と鉢合わせした（在老師家裡碰到了老朋友）
おんし　おたく　きゅうゆう　はちあ

鉢生〔名〕（生花）插在鉢裡
はちいけ

鉢植え、鉢植〔名〕盆栽、盆花
はちう　　　はちうえ

鉢植えの薔薇（盆栽的薔薇）
はちう　　ばら

鉢植えを一つ買う（買一盆花）
はちう　　ひと　か

鉢植えに為る（栽在盆裡）
はちう　　な

鉢海月、鉢水母〔名〕〔動〕鉢水母綱動物
はちくらげ　はちくらげ

鉢叩き、鉢叩〔名〕口唸佛經手敲葫蘆舞蹈的僧人
はちたた　　はちたたき

鉢の木〔名〕盆栽的樹木
はち　き

鉢の子〔名〕（托鉢僧用的）鐵鉢
はち　こ

鉢巻、鉢巻き〔名〕（用布或手巾等）纏頭、纏頭布
はちまき　はちま

向こう鉢巻（前面打結的纏頭巾）
む　　　　はちまき

手拭で鉢巻を為る（用手巾纏頭）
てぬぐい　はちまき　す

鉢虫類、鉢虫類〔名〕〔動〕鉢水母綱
はちむしるい　はちちゅうるい

鉢物〔名〕大碗盛的魚（菜）、盆栽（＝鉢植え、鉢植）
はちもの　　　　　　　　　　　　　　　　　　　はちう　　はちうえ

## 伯（ㄅㄛˊ）

伯〔漢造〕伯，長兄、伯父，伯母，伯爵、（長於某項技藝的）伯、翁，神，神祇官、巴西（＝伯剌西爾）
はく　　　　　　　　　　　　　　　　　　　　　　　　　　　　　　　　　　ブラジル

画伯（畫家，畫師，大畫家，〔接尾詞用法〕畫伯〔對畫家的敬稱〕）
がはく

詩伯（詩人、大詩人）

神祇伯（天神和地神）

河伯（河神）

風伯（風神）

伯剌西爾、ブラジル（巴西）

伯爵〔名〕伯爵
　公爵、侯爵、伯爵、子爵、男爵（公爵、侯爵、伯爵、子爵、男爵）

伯仲〔名、自サ〕伯仲、不相上下
　実力が伯仲する（實力不相上下）
　勢力伯仲（勢均力敵）
　伯仲の実力（不分高低的實力）
　実力の間（伯仲之間、不分軒輊）

伯楽〔名〕（中國古代善於相馬的）伯樂
　〔轉〕善於發現人材的人、馬醫，獸醫

伯楽、博労、馬喰〔名〕（伯樂的轉變）牛馬販子、善相馬牛的人

伯勞〔名〕〔動〕伯勞（鳥名）

伯母、叔母〔名〕（凡父母的姊妹或父母兄弟的配偶均稱伯母、叔母）伯母、姑母、姨母、舅母、嬸母←→伯父、叔父
　私の伯母に当る人（相當於我的伯母〔姑母、姨母、舅母、嬸母〕的人）

伯母〔名〕伯母、舅母

伯母さん、叔母さん〔名〕（伯母、叔母的敬稱或愛稱）伯母、姑母、姨母、舅母、嬸母

小母さん〔名〕（孩子們對一般中年婦女的稱呼）大娘、大嬸、阿姨、姑姑
　他所の小母さん（別人家的大嬸）
　隣の小母さん（鄰家的大媽）
　隣の小母さんが御菓子を下さった（隔壁的阿姨給了我點心）

祖母〔名〕〔古〕祖母、外祖母

御祖母さん〔名〕（祖母的敬稱、口語的愛稱是〝御祖母ちゃん〞）祖母、外祖母
　御祖母さん此方へいらっしゃい（婆婆到這兒來）
　君の御祖母さんは御元気かい（你祖母好嗎？）

御祖母様〔名〕（祖母的敬稱）祖母、外祖母
　御祖母様何卒此方へ（奶奶請到這邊來）
　貴方の御祖母様は御達者ですか（您的祖母身體好嗎？）

老婆〔名〕老太太、老太婆

御婆さん〔名〕（對老年婦女的稱呼）老太太、老奶奶
　御婆さん此処へ御掛け為さい（老太太這裡坐吧！）
　もうすっかり御婆さんに為った（已經是老太婆了）

伯父、叔父〔名〕（凡父母的兄弟或父母姉妹的配偶均稱伯父、叔父）伯父、叔父、舅父、姨父、姑父←→伯母、叔母
　彼の人は私の伯父に当る（他是我的伯父）
　伯父さん振る（〔申斥人時用語〕裝長輩、裝大爺）

伯父〔名〕伯父、舅父（＝伯父、叔父）

伯父さん、叔父さん〔名〕（伯父、叔父的尊稱或愛稱）伯父、叔父、舅父、姨父、姑父

小父さん〔名〕（孩子們對一般中年男人的稱呼）伯伯、叔叔
　隣の小父さん（鄰家的大叔）
　おい、小父さん此は幾等だい（喂！大叔這個多少錢？）

伯父貴、叔父貴〔名〕（伯父、叔父的尊稱或親密稱呼）伯父、叔父、舅父、姨父、姑父（＝伯父さん、叔父さん）

御祖父様〔名〕（祖父的尊稱）祖父、外祖父

御祖父さん〔名〕（祖父的尊稱或親密稱呼）祖父、外祖父

御爺さん〔名〕老爺爺、老先生

## 勃（ㄅㄛˊ）

勃〔漢造〕旺盛，興起、保加利亞
　鬱勃（旺盛貌）
　勃牙利、ブルガリア（保加利亞）

勃然〔形動タルト〕勃然、憤然
　雄心が勃然と為て起る（雄心勃然而起）

ㄅ

勃然と為て怒る（勃然大怒、憤然而怒）

**勃勃**〔形動タルト〕勃勃
　雄心勃勃（雄心勃勃）
　勃勃たる野心（野心勃勃）
　闘志が勃勃と湧き上がる（鬥志勃然而起）

**勃起**〔名、自サ〕〔醫〕勃起
　勃起し無く為る（陽萎）
　勃起的組織（〔解〕勃起組織）

**勃興**〔名、自サ〕勃興
　新しい国家が勃興する（新的國家勃興）
　日本の勃興（日本的勃興）

**勃発**〔名、自サ〕勃發、爆發、突然發生
　反乱が勃発する（爆發叛亂）
　思い掛けない事件が勃発した（突然發生了意外的事件）

## 博、博（ㄅㄛˊ）

**博**〔漢造〕廣博、淵博、博士、博覽會、賭博
　広博（淵博）
　医博（醫學博士＝医学博士）
　工博（工學博士的簡稱）
　農博（農學博士＝農学博士）
　文博（文學博士＝文学博士）
　平和博（和平博覽會）
　万国博（萬國博覽會＝万国博覧会）
　海洋博（海洋博覽會）
　賭博（賭博）

**博す**〔他五〕博得、取得、贏得（＝博する）
　人気を博す（博得人望）
　賞賛を博す（博得讚賞）

**博する**〔他サ〕博得、取得、贏得（＝得る、取る、占める）
　好評を博する（博得好評）
　勝利を博する（贏得勝利）
　喝采を博する（博得喝采）

世界的名声を博する（贏得國際聲望）
　信用を博する（取得信用）
　巨利を博する（獲得巨利）

**博愛**〔名〕博愛
　博愛主義（博愛主義）

**博引**〔名〕博引、多方引證
　博引旁証（博引旁證）

**博雅**〔名〕博雅、學識淵博
　博雅の士（博雅之士）

**博学**〔名、形動〕博學
　博学の士（博學之士）
　彼は博学な人だ（他是個薄學的人）
　博学多才である（博學多才）
　博学多識（博學多識）

**博言学**〔名〕〔舊〕語言學（＝言語学）

**博士**〔名〕（俗作博士）博士
　法学博士の学位を取る（獲得法學博士學位）
　博士号を授ける（授予博士稱號）
　博士論文（博士論文）

**博士**〔名〕〔俗〕（獲得學位的）博士（＝博士）、博學之士。〔古〕博士（古代掌管教育大學生，修撰歷史，翻譯書籍，治療疾病等項工作的官吏）
　博士論文（博士論文）
　浪人博士（失業的博士）
　物知り博士（知識淵博的人）
　御天気博士（天氣博士、能預卜天氣好壞的人）
　君はsportsに関しては博士だ（你在體育方面是個活辭典）

**博識**〔名、形動〕博學多識
　博識な（の）人（博學多識的人）
　博識を誇る（自詡伯學）

**博捜**〔名、他サ〕廣泛搜集（資料文獻等）

**博大**〔名、形動〕寬廣、宏大、淵博
　博大な愛（博愛）

**博物**〔名〕博物

博物の標本（博物標本）
博物学（博物學－動植物，礦物，生理等學科的總稱）
博物誌（博物誌）
博物館（博物館）
博聞〔名〕博聞、多識
　博聞の人（博聞多識的人）
　博聞強記（薄聞強記）
博覧〔名，他サ〕博覧（群書）、多人觀覽
　博覧に供する（供大家觀覽）
　博覧会（博覽會）
　万国博覧会（萬國博覽會）
　博覧強記の人（博覽強記的人）
博打，博奕、博奕〔名〕賭博
　博打を打つ（賭博）
　博打で負ける（賭輸）
　博打で勝つ（賭贏）
　博打で五千円取られる（賭輸五千日元）
　博打に耽る（沉迷於賭博）
　博打ですってんてんに為る（賭錢輸個精光）
　博打を止める（戒賭）
　大博打を打つ（孤注一擲）
博打打ち、博奕打ち、博徒、博徒〔名〕賭徒、賭棍
　博打打ちの親分（賭徒的頭頭）
博打宿、博奕宿〔名〕賭場
　博打宿を為ている（開賭場）
博労、伯楽、馬喰〔名〕（伯樂的轉變）牛馬販子、善相馬牛的人
博多〔名〕博多地方生產的絲織和服腰帶(=博多帯)。博多產的絲織品(=博多織)
　博多帯（博多地方生產的絲織和服腰帶）
　博多織（博多產的絲織品）

## 帛（ㄅㄛˊ）

帛〔漢造〕帛、（供神用的）幣帛、竹帛，史書
　布帛（棉布和絲綢、紡織品）
　裂帛（裂帛、裂帛似的尖銳聲）裂帛
　幣帛（供神用的幣帛〔=幣、幣〕。禮物）
　竹帛（竹帛、史書、書籍）
帛書〔名〕〔考古〕帛書
　絹布に書いた物を帛書と言う（寫在絲綢上的文字叫做帛書）
帛紗、袱紗、服紗〔名〕（包禮品等的）小方綢巾。〔茶道〕擦或接茶碗用的小綢巾
　帛紗に包む（用小綢巾包）
　見事な帛紗捌き（使用小綢巾的動作很俐落）

## 搏（ㄅㄛˊ）

搏〔漢造〕用手拍物、捕捉、相撲、攫取
　脈搏、脈拍（脈搏）
搏動〔名〕（心臟、脈搏等有規律的）搏動、跳動
　搏動計（脈搏描記器）
　心臟の搏動（心臟的搏動）
　搏動性の痛み（搏動性疼痛）
搏風、破風〔名〕〔建〕（日本房屋）山形牆上的人字板

## 柏（ㄅㄛˊ）

柏〔漢造〕常綠喬木，葉小如鱗，成片形，質堅緻，可造器具
柏槇〔名〕〔植〕圓柏
柏、槲〔名〕〔植〕槲樹、柏樹
柏手、拍手〔名〕拜神時的拍手
　柏手を打つ（拜神時拍手）拍手
　柏手を打って拝む（拍手拜神）
拍手〔名，自サ〕拍手、鼓掌
　拍手で代表を迎える（用鼓掌迎接代表）
　拍手を以って代表を迎える（用鼓掌迎接代表）
　鳴り止まぬ拍手（經久不息的掌聲）止まる留まる泊まる停まる止まる留まる

拍手が止む（掌聲停息）止む已む病む

拍手が疎らに為る（掌聲變稀薄）

一頻り拍手した（鼓了一陣掌）

嵐の様な拍手（暴風雨般的掌聲）

割れる様な拍手（暴風雨般的掌聲）

二拝二拍手（拜神時二拝二拍手）

拍手喝采（拍手喝采）

聴衆の拍手喝采を受ける（受到聽眾的拍手喝采〔鼓掌歡呼〕）

**柏餅**〔名〕用槲樹葉包的帶餡年糕。〔轉〕用一床被子連鋪帶蓋

柏餅に為って寝る（用一床被子連鋪帶蓋地睡）

## 泊（ㄅㄛˊ）

**泊**〔名、漢造〕宿、過夜、停泊、淡漠、清心寡慾

四泊五日の旅行（四宿五天的旅行）

京都に一泊する（在京都住一宿）

停泊、碇泊（停泊、拋錨）

仮泊（臨時停泊）

夜泊（夜泊）

外泊（外宿、在外過夜）

宿泊（投宿）

旅泊（旅泊）

漂泊（漂泊，流浪，漂流，漂蕩）

淡泊、淡白（淡，素、坦率、爽直、淡泊，恬淡）

**泊地**〔名〕（船的）停泊處

泊地を指定する（指定泊位）

**泊まる、泊る**〔自五〕停泊、投宿，過夜、值宿，值夜班

港に泊まっている船（停泊在港口的船）止まる留まる停まる

友人の家に泊まる（住在朋友家裡）

彼処では泊まる所が無い（那裡沒有住處）

其のホテルには五百名の客が泊まれる（那飯店可住五百客人）

交替で役所に泊まる（輪流在機關值夜班）

**止まる、留まる、停まる**〔自五〕停止，停住、止住，停頓、堵塞、不通、棲息、固定住，釘住，抓住，留住，看到

時計が止まった（錶停了）泊まる

行列はぴたりと止まった（隊伍突然停了下來）

此の列車は次の駅で止まらない（這次列車在下一站不停）

もう三つ止めると動物園だ（再三站就是動物園）

ショー、ウィンドーの前で足が止まる（在櫥窗前停下腳步）

エンジンが止まっている（引擎停了）

噴水は今日は止まっている（噴水池今天沒有噴水）

痛みは止まったか（疼痛止住了嗎？）

脈が止まった（脈搏停了）

出血が中中止まらない（出血止不住）

可笑しくて笑いが止まらない（滑稽得令人笑個不停）

下水が止まる（下水道堵住了）

水道が止まる（水管堵住了）

脱線事故で電車が止まる（因出軌電車不通）

水道工事の為午後十時から午前六時迄水が止まります（因修理水管由下午十點到早上六點停水）

洪水の為交通が止まる（因漲大水交通斷絕）

此の路次は先が止まっている（這條巷子前面走不過去）

雀が電線に止まっている（麻雀棲息在電線上）

蝶が花に止まっている（蝴蝶落在花上）

此のピンで止まらない（用這個圖釘釘不住）

釘が短くて、板が旨く止まらない（釘子太短板子釘不牢）

桶側は箍で止まっている（木桶外面用箍箍住）

電車の吊革に止まる（抓住電車的吊環）

隠れん坊する者、此の指に止まれ（捉迷藏的抓住這個手指頭！）

彼の人の声が耳に止まっていて離れない（他的聲音縈繞在我耳邊）

白いハンカチが目に止まった（看到了白色手帕）

人影が目に止まる（看到人影）

説教を聞いても耳に止まらない（受一頓教訓也只好當耳邊風）

御高く止まる（高高在上、自命不凡、瞧不起人）

**泊まり、泊り**〔名〕住宿，過夜、值宿、住處、停泊處

泊まりの客（過夜的客人）止まり留まり

今晩は別府泊まりと決めた（今晩決定住在別府）

一晩泊まりで日光へ行く（到日光去住上一宿）

今日は泊まりで学校に居る（今天值班在學校住）

御泊まりは何方ですか（您住在哪裡？）

**止まり，止り、留まり，留り**〔名〕停止，停留（的地方）、到頭，盡頭

此の路次は先が止まりに為っている（這條巷子前面不通）

此の辺が止まりだね（已經到了盡頭）

安値の止まり（最低價格）

**泊まり明け、泊り明け**〔名〕值完夜班、值夜班後的次日

**泊まり合わせる、泊り合せる**〔自下一〕偶然住在一個旅館

昔の友達と同じ宿に泊まり合わせた（和以前的朋友們偶然住在一家旅館）

**泊まり掛け、泊り掛け**〔名〕住在外面←→日帰り

泊まり掛けで旅行する（作短期逗留的旅行）

此の次は泊まり掛けで御出で下さい（下次來時請在我這裡住下吧！）

泊まり掛けで出掛けた（出門時準備當天不回來）

**泊まり客、泊り客**〔名〕住客，房客、過夜客人，留宿客人

家には夏中泊まり客が絶えなかった（這一夏天我家裡沒斷過住客）夏中

**泊まり込む、泊り込む**〔自五〕外宿、暫住

終電に乗り遅れて友人の家に泊まり込んだ（因沒趕上末班電車在朋友家裡住下了）

一週間旅館に泊まり込んで仕事を為る（暫住在旅館工作一週）

**泊まり込み、泊り込み**〔名〕外宿、暫住

泊まり込みの仕事（需要住下做的工作）

**泊まり賃、泊り賃**〔名〕住宿費、旅館費（＝宿賃）

**泊まり番、泊り番**〔名〕值宿者、值夜班

**泊める**〔他下一〕留宿、停泊

一晩泊めて下さい（請留我住一宿）止める留める停める

友人を泊める（留朋友住下）

避難民を泊める（收容難民）

旅行者を泊める（留旅客住宿）

彼の旅館は一晩二千円で泊める（那旅館一宿要兩千元）

彼のホテルは千人の客を泊められる（那旅館住一宿可以住一千名客人）

船を一時港に泊める（把船暫時停在港口）

**止める、留める、停める**〔他下一〕停下，停住，停止、止住，堵住，忍住，制止，阻止，抑制，勸阻，禁止，阻攔，留下，留住，扣留，留心，注目，記住，留在心上，止於，限於

車を止める（把車停下）

タクシーを止める（叫計程車停下）

供給を止める（停止供應）

筆を止める（停筆、擱筆）

手を止める（停手）

ㄉ

## ㄅ

ショー、ウィンドーの前で足を止める（在櫥窗前停下腳步）

其の角で止めて下さい（請在那個轉角停下）

血を止める（止血）

痛みを止める（止痛）

堰を造って河の流れを止める（築堤堵住河流）

一寸息を止めて下さい（請忍住氣）

喧嘩を止める（制止吵架）

不作法な行為を止める（制止粗魯行動）

煙草を呑むのを医者に止められた（被醫生制止吸菸了）

幾等止めようと思っても涙が止まらなかった（眼淚怎麼都制止不住地流下來）

大学受験を止める（勸阻不要考大學）

インフレを止める措置を取る（採取抑制通貨膨脹的措施）

ガスを止める（把煤氣關上、停止供應煤氣）

エンジンを止める（把引擎停下）

行くに任せて為ていて止めなかった（任他去沒有強加攔阻）

紙をピンで止める（用大頭釘把紙釘住）

釘で板を止める（用釘子把木板釘住）

ボタンを止める（扣上扣子）

用も無いのに長く止める（並沒有事卻把人長期留下）

警察に止められた（被警察扣留了）

心を止めて見る（留心觀看）

目を止める（注目）

心に止める（記在心裡）

気に止めないで下さい（不要介意）

議論を其の問題丈に止める（討論只限於這個問題）

止めて止まらぬ恋の道（愛情是阻擋不住的）

## 箔（ㄅㄛˊ）

箔〔名〕箔，金屬薄片、聲價、威信、聲響

金の箔（金箔）

箔を付ける（鍍金）

箔が落ちる（喪失威信）

政治家と為ての箔が付く（贏得政治家的聲響）

箔押し〔名〕（往彩畫或器物表面上）貼金銀箔、（書皮上的）燙金（字）

箔検電器〔名〕箔片驗電器、箔片靜電計

箔付き〔名〕貼金、鍍金

箔屋〔名〕製造金銀箔的店鋪、金箔工

## 舶（ㄅㄛˊ）

舶〔漢造〕船舶

船舶（船舶、船隻）

海舶（海洋航行的船）

帰舶（歸來的船）

巨舶（巨船、大船）

商舶（商船）（＝商船）

舶載〔名〕船載、舶來

舶載の珍品（舶來的珍品）

舶用〔名〕船舶用

舶用エンジン（船舶用引擎）

舶来〔名〕舶來，進口、進口貨，外國貨←→国産

舶来の品物（進口的物品）

此れは舶来だ（這是進口貨）

舶来を有難がる（迷信進口貨）

舶来品（舶來品、進口貨、外國貨）

## 薄（ㄅㄛˊ）

薄〔漢造〕薄、薄弱、輕薄、刻薄、肉薄、迫近

厚薄（厚薄、遠近、冷暖、親疏）

菲薄（菲薄）

軽薄（輕薄，輕挑、阿諛、奉承）

刻薄、酷薄（刻薄、冷酷無情）

浅薄（淺薄、膚淺）

肉薄、肉迫（肉薄、逼近、逼問）

**薄遇**〔名、他サ〕冷遇、冷淡的對待←→厚遇

**薄志**〔名〕意志薄弱、薄禮，寸心

　薄志弱行（意志薄弱行為怯懦）

　本の薄志ですが、御納め下さい（一點小意思請您收下）

**薄資**〔名〕少量資金、少額資本

**薄紗**〔名〕薄紗

**薄謝**〔名〕薄禮、薄酬

　薄謝を呈す（敬呈薄禮）

**薄弱**〔名、形動〕薄弱、軟弱、不足

　意志薄弱な人（意志薄弱的人）

　生れ付き薄弱な体（生來就軟弱的身體）

　理由が薄弱だ（理由不充分）

　君の論拠は薄弱だ（你的論據不足）

**薄暑**〔名〕初暑、初夏

**薄情**〔名、形動〕薄情、寡情寡意

　極めて薄情な男（極其薄情的人）薄情

　私にはそんな薄情な事は出来ない（我可做不出那麼薄情的事）

　薄情で狡い（冷酷而狡猾）狡い

**薄層**〔名〕〔地〕礦層，節理

　〔動〕（動物組織的）薄片，薄層

**薄氷**〔名〕薄冰

　薄氷を踏む思い（〔戰戰競競〕如履薄冰）

**薄氷**〔名〕薄冰

　今朝池に薄氷が張った（今天早晨池水結了一層薄冰）

**薄ら氷**〔名〕（舊作〝薄ら氷〞、讀作〝薄ら氷〞）薄冰（=薄氷）

**薄片**〔名〕薄片

　石鹼の薄片（肥皂片）

**薄暮**〔名〕薄暮、傍晚、黃昏（=夕暮れ、黃昏）

　薄暮の川縁を散歩する（漫步於黃昏的河畔）

　戰鬪が薄暮に及ぶ（戰鬥持續到傍晚）

**薄膜、薄膜**〔名〕薄膜

**薄明**〔名〕薄暮、黎明

　薄明視（依稀可以看見）

**薄明かり、薄明り**〔名〕微光、微亮、微明（=薄明）

　遠くに薄明かりが見える（遠處有隱約的亮光）

　夜明けの薄明かり（黎明的曙光）

**薄明るい**〔形〕不明亮的、微暗的、朦朧的

**薄ら明かり、薄ら明り**〔名〕微光、微亮、微明（=薄明、薄明かり、薄明り）

**薄命**〔名〕不幸，不遇、短命

　彼は薄命の詩人であった（他是一個懷才不遇的詩人）

　佳人薄命（紅顏薄命）

**薄利**〔名〕薄利

　薄利多売（薄利多銷）

　薄利でどしどし売る（薄利多銷）

**薄力粉**〔名〕沒有筋性的麵粉（用作餅乾、炸蝦等）

**薄荷**〔名〕〔植〕薄荷

　薄荷油（薄荷油）

　薄荷脳（薄荷腦）

　薄荷精（薄荷精）

**薄給**〔名〕低薪、低報酬←→高給

　薄給で過労の教師（低薪而工作勞累的教師）

　薄給と無名に甘んじている（安於既無名又無利）

**薄光**〔名〕微明

　黎明の薄光の中に（在黎明微暗中）

**薄行**〔名〕輕薄的行為、薄情的行為

　世の薄行に眉を顰める（對社會上的輕薄行為皺眉）

**薄幸、薄倖**〔名、形動〕薄幸、薄命、薄情

　薄幸の（な）詩人（懷才不遇的詩人）

　薄幸な（の）身（薄命之身）

**薄**〔接頭〕薄、淺，淡、微，稍、少、總覺得，多少有些，模糊感到

〔接尾〕（接名詞做形容動詞）少、不多、不大

## ㄅ

薄紙（薄紙）白

薄赤（淺紅）

薄味（淡味）

薄明かり、薄明り（微明）

薄馬鹿（有點傻）

薄気味悪い（有些說不出來的恐懼）

気乗り薄（不大起勁）

手持ち薄（存貨少）

見込み薄（希望不大）

薄赤い〔形〕淺紅的、淡紅的

薄商い〔名〕〔商〕少額買賣、小額交易

薄味〔名〕淡味

薄痘痕〔名〕淺皮麻子

薄板〔名〕薄木板，薄鋼板←→厚板、質地薄的紡織品、花瓶底下的薄木墊

薄板張りの壁（薄板飾面的牆壁）

薄板〔名〕薄板、薄片、薄層

薄板を着せる（用金屬薄板覆蓋）

薄色〔名〕淺色、淡色

薄薄〔副〕稍稍、略略、模模糊糊←→はっきり

薄薄覚えている（模模糊糊記得）

其れは薄薄分っている（那件事我稍微知道一點）

薄織、薄織り〔名〕〔紡〕薄紗、紗布

薄霞〔名〕薄霧、淡靄

薄紙〔名〕薄紙

薄紙を張る（糊上薄紙）

薄紙を剥ぐ様に（日見起色）

病気が薄紙を剥ぐ様に良く為る（病一天比一天見好）

薄皮〔名、形動〕薄皮，薄膜、白嫩的皮膚、薄皮大餡的豆沙包（=薄皮饅頭）

栗の薄皮を剥く（剝栗子的薄皮）

牛乳に薄皮が張った（牛奶上長了一層薄膜）

薄気味悪い〔形〕陰森森的、令人毛髮悚然的、怪模怪樣的

薄気味悪い道（陰森森的道路）

何と無く薄気味悪く為って来た（不知為什麼只覺得心裡發毛）

薄気味悪い男が後を付けて来る（一個怪模怪樣的人跟上來）

薄汚い〔形〕有點髒的、髒乎乎的、邋邋遢遢的

薄汚い犬（癩皮狗）

薄汚い小屋（不夠整潔的小屋）

薄汚い形を為ている（穿著邋邋遢遢）

薄汚れる〔自下一〕稍微沾汙、顯得有點髒

袖口が薄汚れている様だ（袖口顯得有點髒似的）

薄着〔名、自サ〕穿得少、穿得單薄←→厚着

薄着の人（穿得單薄的人）

私は何時も薄着だ（我老是少穿衣服）

伊達の薄着（俏皮人不穿棉）

薄絹〔名〕薄紗、薄綢

薄切り〔名〕薄片、切薄片

薄切りに為る（切成薄片）

薄霧〔名〕薄霧

薄口〔名〕口味清淡（的湯菜），顏色淺淡（的醬油）、薄瓷（的茶壺，酒杯等）

薄口の醬油（顏色淺淡的醬油）

薄雲、薄雲〔名〕薄雲、淡淡的雲

薄曇り、薄曇〔名〕微陰（的天氣）

今日は薄曇りだ（今天微陰）

薄暗い〔形〕微暗的、昏暗的、陰暗的

薄暗い電燈の光（昏暗的電燈光）

薄暗い片隅に潜んでいる（躲在陰暗的角落裡）

薄暗いlampの光で読書する（在暗淡的油燈下讀書）

此の部屋は薄暗い（這房間光線暗）

朝未だ薄暗い時に出掛ける（早晨天剛蒙蒙亮的時候出去）

日が暮れて辺りが薄暗い（日落後四周發暗）

**薄暗がり**〔名〕微暗、暗淡的光線
薄暗がりで読書する（在暗淡的光線下讀書）

**薄紅**〔名〕淺紅色、桃紅色
薄紅のセーター（桃紅色的毛衣）

**薄紅**〔名〕桃紅色、薄薄塗上的胭脂
薄紅を付けている（抹上薄薄一層胭脂）

**薄紅蜀葵**〔名〕〔植〕藥用蜀葵

**薄黒い**〔形〕有點黑的、微髒的
薄黒い顔色（臉色發黑）

**薄化粧**〔名、自サ〕淡妝←→厚化粧
薄化粧の女（淡妝的婦女）
薄化粧を為る施す（輕施脂粉）
薄化粧した富士山（蓋上一層薄雪的富士山）

**薄煙**〔名〕薄煙

**薄鋼板**〔名〕（冶）薄鋼板

**薄衣**〔名〕輕薄的衣服

**薄地**〔名〕薄質（的紡織品或金屬製品）
薄地のウール（薄毛料）

**薄塩**〔名〕稍帶鹹味、少加鹽、（在魚或肉上）撒上的薄鹽
薄塩の料理（稍帶鹹味的菜）
薄塩で煮る（少放點鹽煮、煮淡些）
薄塩で一晩置く（撒上一層薄鹽放一晚）

**薄白い**〔形〕有點白的、發白的
弱然うな薄白い顔（不健康的蠟白的臉色）

**薄墨**〔名〕輕墨，淡墨色、灰色薄紙（=薄墨紙）
薄墨を流した様な空（鉛灰色的天空）
空一面に薄墨を流した様であった（滿天陰得黑忽忽的）
薄墨で書く（用輕墨畫）
薄墨色（淡墨色）

**薄染め**〔名〕染的顏色淺、染成淺色

**薄玉**〔名〕（台球）薄球（輕輕一捅擦邊而過的球或打法）

**薄茶**〔名〕淡茶←→濃い茶、淡茶色、淺咖啡色（=薄茶色）

薄茶を立てる（點淡茶）

**薄っぺら**〔形動〕很薄，單薄。〔轉〕淺薄，輕薄
薄っぺらな雑誌（很薄的雜誌）
薄っぺらな議論（浮淺的爭論）
薄っぺらな思想（淺薄的思想）
薄っぺらな振舞（輕浮的舉動）
彼の人は薄っぺらな男だ（他是一個輕浮的人）

**薄手**〔名、形動〕較薄（的木材，金屬板，紙張，織品，陶瓷器等）←→厚手、膚淺，輕薄（=輕薄）輕傷（=浅手）←→深手
薄手の磁器（薄瓷器）
薄手の生地（薄的布料）
薄手を負う（負輕傷）
傷は薄手だ（傷勢不重）

**薄ナット**〔名〕〔機〕扁螺母、防鬆螺母

**薄肉**〔名〕淺肉色（=薄肉色）。淺浮雕（=薄肉彫）。〔機〕薄壁，薄片
薄肉シリンダー（薄壁汽缸）
薄肉チューブ（薄壁管）
薄肉レンズ（薄透鏡）
薄肉色（淺肉色）
薄肉彫、薄肉彫り（淺浮雕）

**薄彫、薄彫り**〔名〕淺浮雕（=薄肉彫、薄肉彫り）

**薄濁り**〔名〕微濁、淡味的濁酒
池の水が薄濁りに淀んでいる（池水發濁）

**薄鼠**〔名〕淺灰色（=薄鼠色）

**薄鈍**〔名、形動〕低能（的人）、呆癡、呆子（=薄馬鹿）
薄鈍な奴（呆子）
彼の薄鈍には出来っ来ない（那個笨蛋根本做不來）

**薄刃**〔名〕薄刃刀、薄刃菜刀
剃刀の薄刃（刮臉刀的薄刃）
薄刃庖丁（薄刃菜刀）

**薄羽蜉蝣、薄羽蜻蛉**〔名〕〔動〕蛟蜻蛉

**薄馬鹿**〔名、形動〕低能、呆癡（=薄鈍）

うすはげ、うすはげ〔名〕頭髮微禿（的人）

うすばた〔名〕（頂口扁平的）金屬壇形花瓶

うすび、うすひ〔名〕微弱的陽光

　薄日が射している（照射著微弱的陽光）

　雲間から薄日が漏れている（從雲隙透露出微弱的陽光來）

うすらび、うすらひ〔名〕微弱的陽光、微陰天的太陽

うすひげ〔名〕稀疏的胡鬚

うすふじいろ〔名〕淡紫色

うすべり〔名〕（日本式房間裡鋪用的）帶邊的薄蓆子

　板の間に薄縁を敷く（地板房間裡鋪上帶邊的薄蓆子）

うすみどり〔名〕淺綠色、淡綠色（＝浅緑）

うすむらさき〔名〕淡紫色、雪青色←→濃紫

うすめ〔名〕薄些，淡些，淺些、半睜的眼睛

　肉を薄目に切る（把肉切薄些）

　色を薄目に為る（把顏色弄淺些）

　味を薄目に為る（把味道弄淡些）

　薄目で見る（瞇縫眼睛看）

　薄目を開けてそっと見る（瞇縫著眼睛偷偷地看）

うすめくら〔名〕（眼睛）近乎盲

　薄盲の人（幾乎盲目的人）

うすもとで〔名〕〔舊〕微薄的本錢

うすもの〔名〕（紗，羅等質地）薄的織物、（紗，羅等做的）薄衣服

　薄物を着る（穿薄衣服）

うすももいろ〔名〕淺桃色、淺淡紅色

うすもや〔名〕薄靄、薄霧

うすもよう〔名〕染成淡紫色的花樣

〔商〕（供不應求的）缺貨狀態

うすやき、うすやき〔名〕烘烤或油煎的薄餅←→厚焼き

　薄焼きの卵（薄蛋捲）

うすゆき〔名〕小雪（＝淡雪）

（一種雞蛋和麵粉製成外面蘸上白糖的）糖衣點心

うすゆきこんぶ〔名〕切得薄薄的白海帶（多用於沖湯）

うすゆきそう〔名〕〔植〕薄雪火絨草（高山地帶多年生草）

うすよう、うすよう〔名〕（複寫用的）薄紙，雁皮紙（＝薄様紙）←→厚様。逐漸由濃變淡的染色法（＝曙染め）

うすわた〔名〕薄棉衣（的棉花）

　薄綿の着物（薄棉衣）

うすわらい、うすらわらい〔形〕輕視的微笑、皮笑肉不笑、冷笑

　皮肉な薄笑いを浮かべる（露出嘲諷的冷笑）

うすい〔形〕薄的←→厚い。淡的，淺的（＝淡い）←→濃い。冷淡的←→篤い。稀的，少的，淡薄的（＝少ない、乏しい）

　薄い紙（薄紙）

　唇が薄い（嘴唇薄）

　薄く切る（薄薄地切）

　色が薄い（色淡）

　料理の味が薄過ぎる（菜太淡了）

　茶を薄くする（把茶沖淡）

　情が薄い（薄情）情

　儲けが薄い（利薄）

　望みが薄い（希望不大）

　興味が薄い（興趣不濃）

　病気してから頭髪が薄く為った（病後頭髮稀了）

　影が薄い（氣息奄奄）

うすさ〔名〕薄度、淡度、稀薄

　紙の薄さに驚いた（紙薄得驚人）

うすめる〔他下一〕稀釋、弄淡、弄稀薄

　味を薄める（把味道弄淡）

　色を薄める（把顏色弄淺）

　ウイスキーを水で割って薄める（用水把威士忌沖淡）

　水で薄める（摻水稀釋）

うすめえき〔名〕〔化〕沖淡劑、稀釋劑

うすらぐ〔自五〕變稀薄、變淡薄、減輕、減少（顏色，味道方面極少使用）

痛みが薄らぐ（疼痛漸減輕）
記憶が薄らいだ（記憶模糊了）
寒さが薄らぐ（冷勁漸差了）
危機が薄らぐ（危機緩和）
興味が薄らぐ（興趣低落）
彼等の愛情が薄らいで来た（他們的愛情逐漸冷淡下來）

**薄ら**〔接頭〕薄、微，少、總覺得，模糊感到
薄ら氷（薄冰）
薄ら明かり（微明）
薄ら寒い（有點寒意）

**薄ら寒い**〔形〕微寒、有點冷
薄ら寒い天気（涼颼颼的天氣）

**薄れる**〔自下一〕漸薄、漸弱（=薄らぐ）
霧が薄れる（霧逐漸散）
視力が薄れる（視力減退）
日の光が薄れる（陽光減弱）
昔の事で記憶が薄れる（因為是往事記憶模糊）

**薄ら**〔副〕稍微，隱約（=仄かに）。薄薄地（=薄り）
靄が薄らと漂う（煙霧瀰漫）
薄らと目を開く（把眼睛微微地睜開）

**薄り**〔副〕薄薄地
雪が薄り積る（薄薄地積下一層雲）
薄りと化粧した顔（薄施脂粉的臉）

**薄、芒**〔名〕〔植〕芒草、狗尾草（=尾花）
芒の穂にも怯ず（風聲鶴唳、草木皆兵）

# 駁（ㄅㄛˊ）

**駁**〔漢造〕斑駁、反駁
雑駁（雜亂無章、沒有條理）
反駁、反駁（反駁、辯駁、駁斥）
弁駁（反駁、辯駁、駁斥）
論駁（駁斥）

**駁する**〔他サ〕駁斥、反駁
唯心論を駁する（駁斥唯心論）

**駁撃**〔名、他サ〕駁斥
相手の所説を駁撃する（駁斥對方的說法）

**駁説**〔名〕反駁（不同學說或觀點的）論據

**駁論**〔名、他サ〕反駁、駁斥（的言論）
駁論を加える（加以駁斥）
彼の論文に対する駁論を書く（寫文章駁斥他的論文）
彼の言う事は駁論を加える迄も無い（他的話不值一駁）

**駁、斑**〔名〕（主要指獸類的毛色）斑紋、斑點（=斑、斑）
斑猫（花貓）
白と黒の斑犬（黑白色的花狗）

# 跛（ㄅㄛˇ）

**跛**〔漢造〕腳上有殘疾行走困難
蹇跛（跛腳）

**跛行**〔名、自サ〕跛行，跛腳、失調，不平衡
跛行症（〔馬的〕跛行症）
跛行状態（失調狀態、不平衡狀態）
生産と消費の跛行（生産和消費的不平衡）
跛行景気（不平衡的景氣）
跛行相場（失調的行情、不平衡的行情）

**跛、蹇、足萎え**〔名〕瘸子、癱子（=跛、躄、膝行）

**跛**〔名、形動〕跛腳、瘸子（=跛）。不成雙，不成對
片跛（一條腿瘸）
跛に為る（腿瘸了）
此の靴は跛だ（這鞋不是一雙）
跛の靴下（不成雙的襪子）

**跛**〔名〕腿瘸，跛腳（的人）（=跛）。不成雙，不成對（=片跛）
跛を引く（拖著瘸腿）
跛の馬（瘸馬）

跛の箸（不成雙的筷子）
慌てて靴を跛に穿く（慌慌忙忙穿了不成雙的鞋）
片方が壊れて跛に為る（壞了一個不成對了）

## 播（ㄅㄛˋ）

**播**〔漢造〕（也讀作"播"、"播"）傳播、播種、（舊地方名）播磨國
伝播（流傳，傳布、〔理〕傳導，傳播）
撒播、撒播（撒播、散播）
条播（〔農〕條播=筋播き、条蒔き）
播磨の国（播磨國）

**播種、播種**〔名〕播種（=種蒔き）
播種期（播種期）
播種器（播種機）

**播く、蒔く**〔他五〕播，種、漆泥金畫（=蒔絵を為る）
種を播く（播種）撒く巻く捲く
小麦を播く（播小麥）
蒔かぬ種は生えぬ（不種則不收、不勞則不獲）

**撒く**〔他五〕撒，灑、擺脫，甩掉
飛行機からビラを撒く（從飛機上撒傳單）巻く捲く蒔く播く
殺虫剤を撒く（撒殺蟲劑）
畑に肥料を撒く（往地裡撒肥料）
金を撒く（揮霍金錢）
往来に水を撒く（往大街上灑水）
旨く尾行の私服を撒いた（巧妙地甩掉了跟蹤的便衣）
誰か後を付けている様だったが、ぐるぐる回って撒いて遣った（好像是有人在釘梢，兜了幾個圈子把他擺脫了）

**巻く、捲く**〔自五〕形成漩渦、喘不過氣
〔他五〕捲，捲上、纏，纏繞、擰，上（弦、發條）、捲起、圍，包圍、（登山）迂迴繞過險處、（連歌、俳諧）連吟（一人吟前句，另一人和吟後句）
急な流れで水が巻く（因水流很急水打漩渦）
疲れて息が巻く（累得喘不過氣來）
紙を巻く（捲紙）
蛇が蜷局を巻く（蛇盤成盤狀）蜷局塒
毛糸を巻いて球に為る（把毛線纏繞成團）刷る摺る擦る掏る磨る揺る摩る
糸を糸巻きに巻く（把線纏在捲線軸上）
ゲートルを巻く（打綁腿）
足に包帯を巻く（幫腳纏上繃帶）
時計の螺旋を巻く（上錶弦）螺旋捩子捻子螺旋
尻尾を巻く（捲起尾巴、〔喻〕失敗，認輸）
錨を巻く（起錨）錨碇怒り
簾を巻く（捲起簾子）
証文を巻く（銷帳、把借據作廢）
城を巻く（圍城）城白代
遠巻きに巻く（從遠處包圍）
百韻を巻く（連吟百韻）
管を巻く（醉後說話嘮叨、沒完沒了地說醉話）
舌を巻く（驚嘆不已、非常驚訝）

**播き肥，播肥、蒔き肥，蒔肥**〔名〕〔農〕基肥、播種時施的肥

**播き付ける、蒔き付ける**〔他下一〕播種
小麦を播き付ける（種小麥）

**播き付け，播付け、蒔き付け，蒔付け**〔名〕播種、種植
播き付けを為る（播種）
播き付け時（播種期）
播き付け面積（播種面積）

## 擘（ㄅㄛˋ）

**擘**〔漢造〕分開、處理、計畫、大拇指
巨擘（巨擘、拇指）

**擘く、劈く**〔他五〕（"突き裂く"的轉變）震破、刺破、沖破、劈開（=突き破る、破り裂く）

耳を擘く砲声（震耳欲聾的砲聲）
肌を擘く様な北風（刺膚欲裂的北風）
闇を擘く閃光（劃破黑暗的一道閃光）
鋭い叫ぶが空気を擘いた（尖叫聲震撼了空氣）

## 白、白（ㄅㄞˊ）

**白**〔名、漢造〕（有時讀作"白"）白、台詞（=台詞、科白）。明亮、清晰、純潔、表白、白居易、比利時

白皚皚たる雪の原（白皚皚的雪原）
蒼白（蒼白）
純白（純白）
雪白（雪白、潔白）
精白（純白，雪白、碾米）
明白（明白、明顯、明晰）
潔白（潔白，雪白、清白，廉潔）
表白（表白、表明、表示）
漂白（漂白）
追白（再啟、又及）
科白、台詞、科白（科白、台詞）
告白（自白、坦白）
建白（建議）
自白（坦白、招認）
清白〔古〕蘿蔔
白耳義、ベルギー（比利時）

**白亜，白堊、白亜，白堊**〔名〕白牆。〔地〕白堊
**白亜館**〔名〕（美國總統府）白宮（=ホワイト、ハウス）
白堊系（白堊系）
白亜紀（〔地〕白堊紀）

**白衣**〔名〕白衣，白色衣服。〔古〕庶人，沒有官職的人
白衣の天使（女護士）
白衣の勇士（傷病員）

**白衣、白衣**〔名〕〔舊〕白衣（=白衣）。〔古〕不穿"直衣"（平安時代貴族男人的便服長袍）的略服。〔佛〕俗人

白衣の天使（女護士）
白衣の修道女（白衣修女）

**白雨**〔名〕陣雨，驟雨（=夕立、俄か雨）、冰雹
**白衛軍**〔名〕（沙俄的）白衛軍←→赤衛軍
**白猿**〔名〕〔動〕白猿
**白煙、白煙**〔名〕白煙
白煙を上げて燃える（冒著白煙燃燒）
白煙が濛濛と為て上がる（白煙騰騰升起）
**白鉛**〔名〕〔化〕碳酸鉛白、含碳酸鉛白的化妝品
**白鉛鉱**〔名〕〔礦〕白鉛礦
**白鴎**〔名〕〔動〕白鷗、海鷗
**白温石**〔名〕〔礦〕白蛇紋石
**白眼**〔名〕眼白，白眼珠（=白眼）。白眼看待，用白眼珠看人（表示歧視、冷淡）（=白い目）←→青眼
白眼視（用白眼珠看待、白眼看待、冷眼對待）
人を白眼視する（用白眼珠看人）
世人に白眼視される（遭到世人白眼）

**白眼、白目**〔名〕白眼珠（=白眼）。冷淡（蔑視）的眼神（=白い目）
白眼勝ちの目を為た女（白眼珠大的女人、患散開性斜視的女人）
白眼を出す（翻白眼）
白眼で睨む（用白眼珠瞪人）
人を白眼で見る（用冷淡的眼神看人、瞧不起人）

**白い目**〔連語〕白眼、冷視
白い目で見る（冷淡對待）
白い目に遭う（遭到白眼）

**白玉楼**〔名〕白玉樓（源自中國唐代詩人李賀的故事、意指詩人逝世後登上另一世界的樓閣）
白玉楼中の人と為る（成為白玉樓中人、比喻詩人，文人逝世）

**白玉**〔名〕白玉石。〔古〕珍珠、白花山茶（=白玉椿）。糯米粉團
白玉粉（糯米粉、糯米麵）
白玉椿（〔植〕白花山茶）

はくぎん
**白銀**〔名〕銀，白銀、(江戸時代用作贈品的)銀幣。〔喻〕白雪
　　はくぎん　　せかい
　　**白銀の世界**（銀色世界）
しろがね　しろがね　しろがね
**白銀、白金、　銀**〔名〕銀、銀色、銀幣
　　しろがねづく　　　たち
　　**白銀造りの太刀**（銀製大刀）
はくけん　はっけん
**白鍵、白鍵**〔名〕〔樂〕(鍵盤樂器上的)白鍵
はくこうこう
**白降汞**〔名〕〔化〕白降汞、氨基汞化氯
はくごうしゅぎ
**白豪主義**〔名〕(White Australianism 的譯詞)白澳主義(指澳洲自1901年以來，推行的排斥有色人種移民的主張和政策，1965年已基本上廢除)
はくさ　　はくさ
**白砂、白砂**〔名〕白沙
　　はくしゃせいしょう
　　**白砂青松**（白沙和青松-形容海濱風景）
しらす
**白砂**〔名〕〔地〕(由火山灰，砂等形成的)白砂堆積層
しろざとう
**白砂糖**〔名〕白砂糖↔黒砂糖、赤砂糖
はくさい
**白菜**〔名〕〔植〕白菜
　　はくさい　つ
　　**白菜を漬ける**（醃白菜）
はくざい
**白材**〔名〕(樹皮下較軟的)白木質、邊材(心材外增生的木質部)

はくさんいちげ
**白山一華**〔名〕〔植〕銀蓮花
はくさんふうろ
**白山風露**〔名〕〔植〕(斑點)老鸛草
はくし
**白紙**〔名〕白紙、空白的紙(＝白紙)。事前沒有主見(成見，準備)、原狀
　　はくし いにんじょう
　　**白紙委任状**（空白委任狀）
　　とうあん　はくし　だ
　　**答案を白紙で出す**（交白卷）
　　にっき　ま　はくし　まま
　　**日記は未だ白紙の儘だ**（日記還一字未寫）
　　はくし　かいごう　のぞ
　　**白紙で会合に臨む**（沒有準備地參加會議）
　　こ　もんだい　つ　　　　わたし　はくし
　　**此の問題に就いては、私は白紙です**（關於這個問題我沒有意見）
　　はくし　かえ
　　**白紙に返す**（恢復原狀）
しらがみ
**白紙**〔名〕白紙、空白紙(＝白紙)
　　しけん　しらがみ　だ
　　**試験で白紙を出す**（考試交白卷）
はくし
**白詩**〔名〕白居易(樂天)的詩
はくじ　はくじ
**白瓷、白磁**〔名〕白瓷↔青瓷、青磁
　　はくじ　こうろ
　　**白瓷の香炉**（白瓷香爐）
はくしつ
**白質**〔名〕〔解〕白質
はくじつ
**白日**〔名〕晴天、白晝，光天化日

はくじつ　した　やきゅうたいかい　おこな
**白日の下で野球大会が行われた**（在晴空下舉行了棒球大會）
せいてんはくじつ
**青天白日**（天晴日麗、坦然無愧）
せいてんはくじつ　　み　　な
**青天白日の身と為る**（〔冤案〕得到昭雪）
はくじつ　した　さら
**白日の下に曝される**（暴露在光天化日之下）
はくじつ　ゆめ
**白日の夢**（幻想、白日做夢）
はくじつむ　　　　　　　　　　　　はくちゅうむ
**白日夢**（幻想、空想、白日做夢＝白昼夢）
はくじゃ　しろへび
**白蛇、白蛇**〔名〕白蛇(相傳為福祿的象徵)
はくじゅ
**白寿**〔名〕九十九歲(白為百去掉一畫、故為99)、九十九歲壽辰
　　はくじゅ　いわ　　な
　　**白寿の祝いを為る**（祝賀九十九歲壽辰）
はくジュラ
**白ジュラ**〔名〕〔地〕(malm 的譯詞)鈣質砂土
はくしょ
**白書**〔名〕(White Paper 的譯詞)白皮書(英國政府的報告均為白色封皮、故名)
　　けいざいはくしょ
　　**経済白書**（經濟白皮書）
　　せいふ　はくしょ　だ
　　**政府が白書を出した**（政府提出了白皮書）
はくじょう
**白状**〔名、他サ〕坦白、招認，供認，認罪
　　すなお　はくじょう
　　**素直に白状する**（坦率地招認）
　　おど　　　はくじょう
　　**嚇して白状させる**（逼供）
　　いっさい　はくじょう
　　**一切を白状する**（全部供認）
　　おとこ　　　　はくじょう　　　な
　　**男らしく白状し為さい**（勇敢地坦白吧！）
　　おとな　　　はくじょう
　　**大人しく白状しろ**（從實招來！）
はくしょく
**白色**〔名〕白色、白顏色、(政治上的)白色
　　はくしょくごうきん
　　**白色合金**（白合金）
　　はくしょくこう
　　**白色光**（〔理〕白光）
　　はくしょくたい
　　**白色体**（〔植〕白色體、白色粒）
　　はくしょくわいせい
　　**白色矮星**（〔天〕天矮星）
　　はくしょくざつおん
　　**白色雑音**（〔理〕白雜音）
　　はくしょくかくめい
　　**白色革命**（白色革命-指和平的社會改革運動）
　　はくしょくじんしゅ　　　　　　　　　　ゆうしょくじんしゅ
　　**白色人種**（白色人種）↔有色人種
　　はくしょくterror
　　**白色テロ**（白色恐怖）
はくcement
**白セメント**〔名〕〔建〕白水泥
はくじん
**白人**〔名〕白人，白種人、(江戸時代)暗娼
　　はくじん　おんな　けっこん
　　**白人の女と結婚する**（和白種女人結婚）

白人至上主義（白人至上主義）
白人に由る支配（白人統治）
**白刃、白刃**〔名〕白刃、出鞘的刀、明晃晃的刀（=抜き身）
白刃を煌めかして（振り翳して）敵陣に躍り込む（揮動白刃衝入敵陣）
白刃を踏む（冒險）
彼の人は白刃の下を潜って来た人間だ（他是一個出生入死的人）
白刃前に交われば流矢を顧みず（白刃當前不顧流矢、緊要關頭之際不計其他小事）
**白晳**〔名、形動〕白晳、白皮膚
長身白晳（細高身材皮膚潔白）
白晳人種（白種人）
白晳の（な）学者（白面書生）
**白雪、白雪**〔名〕白雪
富士の白雪（富士山顛的白雪）
白雪を戴く山（白雪覆蓋的山峰）
**白扇**〔名〕白扇（沒有書畫圖案的白紙扇面）、素面扇子
白扇逆様に懸かる（白扇倒懸-比喩頂上白雪皚皚的富士山景色）
**白閃**〔名〕（電視螢光幕的）亮度突然增強
**白銑**〔名〕白口鐵
**白線**〔名〕白色線條、（車站月台上的）白色警戒線
白線の内側に御下がり下さい（請退到白線白線裡邊）
**白線浪人**〔名〕（舊制高校畢業生未能考進大學而）失學的人（因帽上有兩條白線、故名）
**白鮮**〔名〕〔植〕白鮮
**白癬**〔名〕〔醫〕白癬
**白癬**〔名〕〔醫〕黃癬、錢癬
白癬が出来ている子（長黃癬的孩子）
白癬頭（錢癬頭）
**白髯**〔名〕白髯
白髮白髯の老人（白髮白髯的老者）
**白苔**〔名〕〔醫〕（舌）白苔

舌に白苔が生じる（舌生白苔）
**白帶（下）、白帶下，腰氣**〔名〕〔醫〕白帶（=下り物）
**白濁**〔名、自サ〕白濁。〔醫〕淋病
**白炭、白炭**〔名〕（硬質的）白木炭（=堅炭）
**白炭**〔名〕白炭，硬炭、（白灰染白的）細炭
樫の白炭（橡樹白炭）
白炭を茶の湯に使う（細炭用於茶道）
**白痴**〔名〕白癡
白痴の人（白癡、智能低下的人）
白痴美（〔女人貌似白癡缺乏表情的〕沉靜美）
**白痴、戯け**〔名〕蠢事、蠢材（=戯け者）
白痴を言うな（別說愚蠢話）
白痴を尽くす（淨幹蠢事）
白痴も好い加減に為ろ（幹蠢事也要有個適當）
此の白痴奴（這混蛋東西）
**白地図**〔名〕空白地圖、暗射地圖（只畫地形輪廓，其他都是空白的學習用地圖）
**白図**〔名〕白地圖（=白地図）
**白昼**〔名〕白晝、白天
泥棒が白昼人家に忍び込む（小偷白天溜進人家裡）
悪事が白昼横行する（光天化日肆無忌憚地幹壞事）
白昼化（〔地下，非法的活動〕公開化、合法化）
白昼夢（空想、幻想、白日夢=白日夢）
**白丁**〔名〕（也讀作"白丁"）。〔舊〕（無官無位的）白丁，一般男子、（也寫作"白張"）馬童，拿傘和鞋的侍從、祭神時的扛物人
**白丁花**〔名〕〔植〕滿天星
**白鳥、白鳥**〔名〕〔動〕天鵝
黒白鳥（黑天鵝）
瘤白鳥（疣鼻天鵝）
白鳥の歌（〔西方古代傳說中〕天鵝臨死時發出的美妙歌聲、〔轉〕〔詩人，作曲家等的〕最後的作品）

## ㄅ

**白鳥**〔名〕白色鳥，羽毛白的鳥、天鵝

**白鳥座**〔名〕〔天〕天鵝座

**白鳥德利**〔名〕陶製白酒壺（因頸長似天鵝，故名）

**白泥**〔名〕素燒陶器、無釉陶器

**白鉄鉱**〔名〕〔礦〕白鐵礦

**白点**〔名〕（靶心的）白點、白疵點（鎳鉻鋼發裂斑點）

**白土**〔名〕白土，黏土、瓷土，高嶺土

**白土**〔名〕白色土、陶土，白黏土、灰泥，膠泥

**白糖**〔名〕白糖（＝白砂糖）

**白陶土**〔名〕白陶土、高嶺土、瓷土（＝カオリン kaolin）

**白桃**〔名〕白桃、久保桃

**白頭**〔名〕白頭、白首

　　**白頭新た為るが如し**（白頭如新，意指彼此雖交往到老，但互不理解，有如初相識）

**白頭翁**〔名〕白髮老人。〔動〕白頭翁。〔植〕白頭翁（主治阿米巴痢疾）

**白頭鷲、白頭鷲**〔名〕〔動〕白頭鷹、白禿鷹（美國國鳥）

**白道**〔名〕〔天〕白道

**白銅**〔名〕鎳，銅鎳合金、鎳幣

**白燈油**〔名〕精製煤油

**白墩子**〔名〕（製造瓷器用的）瓷泥

**白内障、白内障、白底翳**〔名〕〔醫〕白內障

　　**私の左眼は白内障に罹っていた**（我的左眼得了白內障）

**白熱**〔名、自サ〕白熾，灼熱。〔轉〕白熱，最熱烈

　　**白熱光**（白熾光）

　　**白熱灯**（白熾燈）

　　**タングステン線が白熱する**（鎢絲發出白熾光）

　　**試合が白熱する**（比賽激烈起來）

　　**白熱した論戦**（熱烈的論戰）

　　**白熱戦**（比賽的白熱戰）

　　**白熱的**（最熱烈的、最激烈的）

**白粘土**〔名〕白黏土、白土、陶土

**白馬**〔名〕白馬、白駒

　　**白馬は馬に非ず**（白馬非馬）

**白馬**〔名〕白馬。〔俗〕濁酒

**白馬の節会**〔名〕天皇觀賞白馬的儀式（平安時代以後每年陰曆正閱初七在宮中舉行，含有避災驅邪之意）

**白梅**〔名〕〔植〕白梅（＝白梅）、白色梅花

**白梅**〔名〕〔植〕白梅（＝白梅）←→紅梅

**白髪**〔名〕白髮（＝白髮、白髮）

　　**白髪の老人**（白髮老人）

　　**白髪参千丈**（白髮三千丈）

**白髪**〔名〕白髮（＝白髮、白髮）。（喻白頭到老的結婚禮品）麻

　　**若白髪**（少白頭）

　　**白髪交じりの髪**（花白頭髮）

　　**白髪の御爺さん**（白髮老頭）

　　**白髪を染める**（染髮）

　　**白髪が生える**（長白髮）

　　**白髪がめっきり増えた**（白頭髮顯然增多了）

　　**白髪染め**（染髮、染髮劑）

　　**白髪頭**（白頭髮的頭、白頭髮的人）

　　**白髪昆布**（切成髮絲似的白海帶）

**白斑**〔名〕白色斑點（＝白斑）。〔天〕（太陽光球面上的）光斑。〔醫〕白斑，白癜風（＝白癜）

**白斑**〔名〕白色斑點

　　**白斑入りの翌檜の木**（帶白斑點的羅漢柏）

**白砒**〔名〕〔化〕砒霜、二氧化二砷

**白眉**〔名〕白眉毛、（在同類中）最出色，最突出，最出眾（典故出自馬良傳，馬良生有白眉，在兄弟五人中最有才氣）

　　**本大会中白眉の一戦**（這次大會中最出色的一場比賽）

　　**彼は歴史小説の中の白眉である**（它是歷史小說中最出色的）

　　**蔵書中の白眉**（藏書中的珍本）

**白皮症**〔名〕〔醫〕白化病

**白鼻心**〔名〕〔動〕果子狸

**白票**〔名〕白票，贊成票←→青票，青票。（未寫候選人姓名的）空白票

白票 115、青票 51、棄權 5（一百十五票贊成，五十一票反對，五票棄權）

今度の選挙には白票が多い（這次選舉廢票多）

白票を投ずる（投空白票）

**白描**〔名〕白描（東方毛筆畫法之一）

**白布**〔名〕白布（＝白い布）

**白粉**〔名〕（化妝用的）白粉，香粉（＝白粉）。（植物表面的）白霜，粉霜

白粉で覆われた（帶白霜）

**白粉**〔名〕（化妝用的）粉，白粉，香粉（＝白粉）

白粉を付ける塗る（擦粉）

白粉が落ちた剥げた（粉掉了）

水白粉（液體粉、水粉）

煉り白粉（香粉膏）

粉白粉（香粉）

白粉紙（香粉紙）

白粉を付け、紅を差す（塗脂抹粉）

白粉下（擦粉前用的粉底）

白粉花（〔植〕紫茉莉）

白粉焼け（白粉燒傷-皮膚被鉛粉腐蝕成淡青色）

**白文**〔名〕不加註釋的漢文、不加句讀和標音的漢文、白色的字（＝白字）

白文が読める（能讀不加句讀的漢文）

**白兵**〔名〕白刃、出鞘的刀劍

白兵を交える（短兵相接）

白兵を用いて肉薄戰する（用刺刀展開肉搏戰）

白兵戰（白刃戰、肉薄戰）

白兵戰を得意と為る（擅長肉搏戰）

壯烈な白兵戰が行われた（進行了壯烈的肉薄戰）

**白璧**〔名〕白璧、白玉

白璧の微瑕（白璧微瑕、喻美中不足）

**白壁**〔名〕白壁，白牆（＝白壁）。〔古〕豆腐的別名

**白壁**〔名〕白壁，白牆（＝白壁）

白壁の家（白牆的家）

**白鳳時代**〔名〕〔美〕白鳳時代（日本美術史上從大化元年至和銅三年之間的年代-645年-710年）

**白墨**〔名〕粉筆（＝チョーク）

色付きの白墨（色粉筆）

白墨一本（一枝粉筆）

白墨で黒板に字を書く（用粉筆在黑板上寫字）

**白魔**〔名〕（成災的）大雪

白魔の荒れ狂う北陸の冬（大雪紛飛的北國之冬）

**白米**〔名〕白米、精白米←→玄米

白米を配給する（配給精白米）

搗いて白米に為る（碾成精白米）

白米病（〔醫〕腳氣病）

**白面**〔名〕白面（膚色白皙）、不施脂粉的臉（＝素顏）。幼稚，不成熟，缺乏經驗

白面の貴公子（白面公子）

白面の一書生に過ぎない（只是一個白面書生）

**白面、素面、素面**〔名〕不喝酒時、沒喝醉時（的狀態）

全く白面である（根本沒喝醉）

白面では踊れない（不借點酒意不能跳舞）

白面の時は大人しい（不喝酒時挺老實）

白面じゃ言えないな（不借點酒氣可不好意思說）

**白木蓮**〔名〕〔植〕（白）玉蘭

**白夜、白夜**〔名〕（北極附近出現的）白夜

**白油**〔名〕〔化〕白油、輕油

**白楊、白楊、白楊**〔名〕〔植〕白楊

**白羊宮**〔名〕〔天〕白羊宮、雄羊宮（黃道十二宮的第一宮）

**白蘭、白蘭**〔名〕〔植〕白蘭

**白痢**〔名〕〔醫〕白痢。〔獸醫〕犢白痢

**白粒岩**〔名〕〔礦〕白粒岩、麻粒岩、變粒岩

**白榴石**〔名〕〔礦〕白榴石

ㄅ

はくりん
白燐〔名〕〔化〕白磷、黃磷

はくれん　びゃくれん
白蓮、白蓮〔名〕〔植〕白蓮，白荷花、白木蘭（＝
はくもくれん
白木蓮）。（比喻）心地純潔，出汙泥而不染

はくろう　びゃくろう
白蠟、白蠟〔名〕白蠟

　　はくろうびょう
　　白蠟病（〔醫〕雷諾氏病）

はくろう　びゃくろう　しろめ
白鑞、白鑞、白鑞〔名〕〔冶〕白鑞（錫基合金）、
焊錫（＝半田）
　　　　　はんだ

はくわ
白話〔名〕白話（指現代漢語）←→文言
　　　　　　　　　　　　　　　　ぶんげん

　　はくわぶんがく
　　白話文学（中國現代文學）

　　はくわぶん
　　白話文（白話文）

　　はくわしょうせつ
　　白話小説（白話小説）

はっか
白化〔名〕〔植〕缺綠病

　　はっかげんしょう
　　白化現象（〔植〕白化現象、〔醫〕白化病）

はっか　はっか
白花、白華〔名〕白色的花、白色的浪花、磚，水
泥表面出現的白粉

はっかん　はっかん
白鷴、白鷴〔名〕〔動〕白鷴

はっきゅう
白球〔名〕（棒球，高爾夫球的）白球

はっきょうきん
白殭菌〔名〕〔農〕（寄生於蠶體的）白僵病菌

はっきょうさん
白殭蠶〔名〕〔農〕白僵蠶

はっきょうびょう
白殭病〔名〕〔農〕（蠶的）白僵病

はっきん
白金〔名〕〔化〕白金、鉑（＝プラチナ）
　　　　　　　　　　　　　platina

　　はっきん iridium
　　白金イリジウム（鉑銥合金）

　　はっきんかいめん
　　白金海綿（〔化〕鉑綿）

　　はっきんこく
　　白金黑（〔化〕鉑黑、鉑墨）

　　はっきんしゃしん
　　白金写真（〔攝〕鉑黑印片術、鉑黑照片）

　　はっきんせきめん
　　白金石綿（〔化〕鉑石棉）

　　はっきんぞくげんそ
　　白金族元素（〔化〕鉑系金屬）

　　はっきんりん
　　白金輪（白金圈）

　　はっきんるつぼ
　　白金坩堝（〔化〕白金坩鍋）

しろがね　しろがね　ぎん
白金、白銀、銀〔名〕銀、銀色、銀幣

　　しろがねづくり　たち
　　白金造りの太刀（銀製大刀）

しろかなきん
白金巾〔名〕細薄白棉布

はっく
白駒〔名〕白駒，白馬。〔轉〕光陰

　　はっく　　げき　　す　　　ごと
　　白駒の隙を過ぐるが如し（如白駒過隙、喻時
　　間易逝）

はっけいろじん
白系露人〔名〕白俄

はっけっきゅう
白血球〔名〕白血球

　　はっけっきゅうげんしょうしょう
　　白血球減少症（白血球減少症）

　　はっけっきゅうぞうかしょう
　　白血球増加症（白血球増多症）

はっけつしょう　　　　　　　　　　　はっけつびょう
白血症〔名〕〔醫〕白血病（＝白血病）

はっけつびょう　　　　　　　　　　　はっけつしょう
白血病〔名〕〔醫〕白血病（＝白血症）

はっこう
白光〔名〕白色的光。〔天〕日冕，日華，月華，
光環，光圈（＝コロナ）
　　　　　　corona

しろびか
白光り〔名、自サ〕（發）白光

　　げっこう　しろびか　　や ね
　　月光に白光りする屋根（月光下發白光的屋
　　頂）

はっこう
白虹〔名〕（見於霧天或毛毛雨時）白虹、戰亂
的徵兆

はっこつ
白骨〔名〕白骨

　　はっこつ　な　　　しがい　はっけん
　　白骨と為った死骸を発見した（發現了化為
　　白骨的殘骸）

びゃくがつ　びゃくげつ
白月、白月〔名〕白月（陰曆初一到十五之間的
月亮）←→黑月
　　　　　こくげつ

びゃくごう
白毫〔名〕〔佛〕（佛眉間發光的）白毛（佛像上
嵌珠玉表示）

びゃくさん
白散〔名〕白散（用花椒，防風，肉桂，桔梗等
調製的一種屠蘇酒）

びゃくだん
白檀〔名〕〔植〕白檀、檀香木

　　びゃくだんゆ
　　白檀油（檀香木油）

びゃっこ
白狐〔名〕〔動〕白狐、白毛的狐狸

しろぎつね
白狐〔名〕〔動〕白狐狸

びゃっこ
白虎〔名〕白虎（四神之一，西方之神）←→青竜、
　　　　　　　　　　　　　　　　　　　　せいりゅう
朱雀、玄武
すざく　げんぶ

しら　　しらぬ
白、不知〔名〕一本正經的面孔

〔造語〕白，素、未加工、完全

　　しら　き
　　白を切る（假裝不知道）

　　しらがみ　はくし
　　白紙、白紙（白紙）

　　しらかべ　はくへき
　　白壁、白壁（白牆）

　　しらぼし
　　白干し（魚菜未加鹽曬乾）

　　さかな　しらや
　　魚の白焼き（乾烤魚）

　　しらきちょうめん
　　白几帳面（一本正經）

しらあえ
白和え〔名〕〔烹〕用芝麻和豆腐拌蔬菜

しらあや　しろあや
白綾、白綾〔名〕白斜紋布

しらいと
白糸〔名〕白線（＝白糸）。生絲。〔女〕掛面（＝素麵）
　　　　　　　　　しらいと　　　　　　　　　　そうめん

**白魚**〔名〕〔動〕白魚、歐洲小鯡魚
　白魚の様な指（纖纖玉指）
**白樫、白橿**〔名〕〔植〕青栲
**白樺、白樺**〔名〕〔植〕白樺
　白樺派（白樺派－大正初期以武者小路實篤、志賀直哉、有島武朗為代表出版白樺雜誌－標榜人道主義的文學派別）
**白粥、白粥**〔名〕不摻和其他食物的大米粥、白米粥
　白粥に梅干しの食事（白米粥就醃梅子的飯食）
**白川夜船、白河夜船**〔名〕熟睡、酣睡
　白川夜船の最中（熟睡中）
　白川夜船の内に汽車は横浜を過ぎた（在熟睡中火車已經過了橫濱）
**白木**〔名〕（不塗油漆，顏色的）本色木材←→黒木
　白木の柱（原色柱子）
　白木造（原色木材的建築）
**白几帳面、白木帳面**〔形動〕〔俗〕一本正經、過分認真（＝生真面目）
**白菊**〔名〕〔植〕白菊
**白雲、白雲**〔名〕白雲
　白雲の郷（白雲鄉、天堂、天宮）
　白雲が棚引いている（白雲如縷）
**白雲岩**〔名〕〔地〕白雲岩、白雲石
**白雲石**〔名〕〔礦〕白雲石
**白雲木**〔名〕〔植〕玉鈴花
**白雲母、白雲母**〔名〕〔礦〕白雲母
**白子、白子**〔名〕〔動〕魚白（雄魚腹中的塊狀精液）。〔醫〕白化病，白化病人（動物）
　白子を食う（吃魚白）
　彼の人は白子だ（他是個白化病人）
　犬の白子が生まれた（生了個皮毛全白的狗）
**白子鳩**〔名〕〔動〕灰斑鳩
**白子**〔名〕〔動〕小沙丁魚、小鯡魚
　白子干し（曬乾的小沙丁魚）
**白州、白洲**〔名〕（門前等的）白砂地、（江戶時代）法院，法庭

庭の白州（庭園裡的白砂地）
白州に引き出される（被拉到法院〔受審〕）
**白鷺**〔名〕〔動〕白鷺
**白鞘**〔名〕（未塗色的）本色木刀鞘
　白鞘の短刀（原色木刀鞘的短刀）
**白地**〔名〕（瓦，陶器等的）素坯、也讀作白地）（未染的）白布，白紙，空白紙，（布，紙的）白地
　白地に釉を掛けて焼く（素坯上塗上釉藥再燒）
**白地**〔名〕（布，紙的）白地（＝白地）
　白地の浴衣（素地浴衣）
　白地に赤く日の丸染め（白地染上紅太陽）
　白地に赤の刺繍（素地紅刺繡）
　白地裏書（〔經〕空白背書）
**白地式、白地式**〔名〕空白式
　白地式小切手（空白支票）
**白絞油**〔名〕精製菜籽油、棉籽油，豆油
**白白**（と）〔副〕（東方）發白，（逐漸）天明（＝白白）。發白，發亮、假裝不知道、顯而易見貌
　夜が白白明ける（天漸漸放亮）
　東の空が白白明けて来た（東方的天空逐漸發白）
　白白した沈黙（假裝不知道的沉默）
**白白しい**〔形〕假裝不知的，裝傻的、顯而易見的、掃興的樣子、發白的
　彼は白白しく何も知らなかった何て言うんだよ（他裝傻說什麼也不知道）
　良くも白白しくそんな事が言えた物だ（居然假裝不知說出那種話來）
　白白しい態度で押し通す（堅持一無所知的態度）
　白白しい嘘を付く（瞪著眼睛說瞎話）
　白白しい気持が為る（覺得掃興）
　白白しい光線（發白的光線）
**白白**（と）〔副〕很白、雪白、特別白
　壁を白白塗り上げる（把牆抹得雪白）

## ㄅ

**白白**〔形動トタル〕明明白白
　明明白白（明明白白）
　明明白白の事実（明明白白的事實）

**白白明け**〔名〕黎明、拂曉
　夜の白白明けに（在黎明時）

**白太**〔名〕邊材←→赤身。白杉

**白滝**〔名〕（白色的）瀑布、（用蒟蒻製的）粉條
　岩の上から流れ落ちる白滝（從岩石上傾瀉下來的白色瀑布）
　鋤焼に白滝を入れる（往雞素燒裡放粉條）

**白茶**〔名〕淡茶色

**白茶ける**〔自下一〕〔俗〕褪色、褪成淡茶色
　白茶けたズボン（褪色發白的西服褲子）

**白露**〔名〕露、露珠
　草葉の白露（草葉上的露珠）

**白露**〔名〕（氣）凍露、白露（二十四節氣之一）

**白露**〔名〕白俄羅斯（＝白露西亜）

**白波、白浪**〔名〕白浪、盗賊，小偷（＝泥棒）
　白浪が立つ（翻起白浪）
　白浪打ち寄せる汀（白浪拍擊的水濱）
　跡白浪と消え失せる（逃之夭夭）
　女白浪（女扒手）
　白浪稼業（以偷盗為業）
　白浪五人男（以五個盗賊為內容的歌舞伎腳本）
　白浪物（以盗賊為主人公的小説〔腳本〕）

**白煮**〔名〕〔烹〕（不加其他佐料只用鹽或糖）白煮
　鯛の白煮（白煮大頭魚）
　薩摩芋の白煮（白煮的甘藷）

**白根、白根**〔名〕（蔬菜等埋在土裡的）白根

**白羽**〔名〕白羽
　白羽の矢が立つ（を立てる）（指定，選中，〔神話傳說中〕被指定為犧牲者）

**白南風**〔名〕（九州地方船夫用語）梅雨期過後刮的南風、六月刮的西南風

**白萩**〔名〕〔植〕白花胡枝子

**白旗**〔名〕白旗（投降或讓列車駛過）、（分紅白二組時）白組的旗

**白旗**〔名〕白旗（投降或軍使的標誌，天氣預報用於表示晴天）
　白旗を掲げる（掛出白旗、投降）

**白肌、白膚**〔名〕白色的皮膚。〔醫〕白斑病、白癜風（＝白癜）

**白埴**〔名〕（做陶瓷器用的）細白黏土

**白浜**〔名〕白砂海灘

**白張り、白張**〔名〕（喪事用的）白紙燈籠（＝白張り提灯）。〔古〕（官員僕從穿的）漿硬的白衣（＝白丁）

**白髭**〔名〕白鬍子

**白拍子**〔名〕〝雅樂〟的一種拍子名、（平安朝末期）妓女的一種歌舞，表演這種歌舞的妓女、舞妓，妓女（＝舞妓、芸者）

**白帆**〔名〕白帆
　沖に白帆が見える（海上遠遠望見白帆）

**白真弓**〔名〕沒塗漆的木弓、梅檀木製的弓

**白蒸し、白蒸**〔名〕（不加紅小豆）蒸的米飯、白米飯

**白焼、白焼き**〔名〕〔烹〕（不加佐料）乾烤（的魚）
　鰻の白焼（乾烤鰻魚）

**白楮**〔名〕白楮皮紙、白楮皮纖維細布

**白木綿**〔名〕白棉紗、白棉布

**白百合**〔名〕〔植〕白百合。〔轉〕潔白的女人
　白百合の様に清楚な美人（百合花似的清秀美人）

**白ける**〔自下一〕變白，褪色、掃興，不歡
　白けた紙（褪了色的紙）
　写真が白ける（相片褪色）
　座が白ける（情緒低落、冷場）
　彼が顔を出したので楽しかった一座の空気が白けて仕舞った（由於他一來大家的熱鬧氣氛一下子冷了下來）

**白む**〔自五〕變白，發白、發亮，漸白，掃興（＝白ける）。衰弱

空が白む頃出発した（黎明時出發了）
　　東の空が白んで来た（東方發亮了）
　　座が白む（冷場）
白〔名〕白，白色。〔圍棋〕白子、白色的東西。（比賽時紅白兩隊的）白隊，無罪，清白
　　白のブラウス（白色罩衫）城代
　　白を黒と言い包める（指黑為白，混淆是非）
　　白を持つ（拿白子）
　　白優勢（白子佔優勢）
　　白を着る（穿白上衣）
　　白が勝った（白隊勝了）
　　白とも黒とも判然と為ない（還不清楚有罪還是無罪）
　　容疑者は白と決まった（嫌疑者斷定為無罪）
城〔名〕城，城堡、（屬於自己的）領域，範圍
　　城をを築く（築城、構築城堡）城白代
　　城を守る（守城）守る護る守る洩る漏る盛る
　　城を囲む（圍城）
　　城を攻め落とす（攻陷城池）
　　敵に城を明け渡す（把城池讓給敵人、開城投降）
　　城に枕に討死する（死守城池、為守城而戰死）
代〔造語〕材料，原料，基礎，代替，代用品，價款，費用，水田，分的份
　　糊代（貼紙抹糨糊的地方）代白城
　　御霊代（祭祀替身）
　　飲み代（酒錢）
　　代掻き（插秧前平整水田）
　　取り代（該拿的份）
白藍〔名〕〔化〕靛白
白飴〔名〕麥糖、灶糖
白蟻、白蟻〔名〕〔動〕白蟻
　　白蟻の巣（白蟻穴）
　　白蟻の食った跡（白蟻吃過的痕跡）
白餡〔名〕白色豆餡

白石〔名〕〔圍棋〕白子←→黒石
白鼬〔名〕〔動〕白鼬、掃雪
白兎〔名〕白兔
白瓜〔名〕〔植〕越瓜
白襟〔名〕白衣領
白鹿毛〔名〕（馬的毛色）淡茶色
白飛白、白絣〔名〕白地藍花紋的棉布←→紺飛白
　　白飛白の一重を着る（穿白地藍花布的單衣）単
白黴〔名〕白黴
白首〔名〕娼妓、妓女
白熊〔名〕〔動〕白熊、北極熊
白熊〔名〕氂牛的白尾（用作拂塵、盔纓等）←→黒熊、赤熊
白黒〔名〕白和黑、有罪無罪，是非曲直。〔俗〕（因驚懼，痛苦等）翻白眼、（攝影，電影等）黑白，黑白影片（相片）
　　白黒の模様の布（黑白花布）
　　相手と法廷で白黒を争う（和對方在法庭爭辯是非）
　　出る所へ出て白黒を決めて貰おう（到說理的地方去定誰是誰非吧！）
　　目を白黒させる（翻白眼）
　　大福が喉に支えて目を白黒する（豆餡年糕卡在喉嚨裡直翻白眼）
　　白黒の映画（黑白電影）
白硅石〔名〕〔地〕白硅石
白胡麻〔名〕〔植〕白芝麻
白犀〔名〕〔動〕白犀牛
白酒〔名〕（雛祭時飲用的）白甜酒
　　雛祭に白酒を飲む（女兒節喝白甜酒）
白酒〔名〕大嘗祭，新嘗祭時和黒酒一起供神的白色的酒
白錆病〔名〕〔植〕白銹病
白珊瑚〔名〕白珊瑚
白下〔名〕粗砂糖
白装束〔名〕（身穿）白色服裝
　　白装束の人（穿一身白的人）

花嫁が白装束を着る（新娘穿一身白服裝）

**白タク**〔名〕〔俗〕非法的出租汽車

**白田売買**〔名〕（雪還未溶化時）簽訂當年的大米交易合約

**白足袋**〔名〕白色的日本式布襪子

**白妙、白栲**〔名〕白布、白色

白妙衣（白衣）

白妙の富士の高嶺（白色的富士山頂）

**白襷**〔名〕（為了撩起和服長袖斜繫兩肩在背後交叉的）白帶子

**白縮緬**〔名〕白皺綢

**白詰め草**〔名〕〔植〕白車軸草、白三葉

**白蔓**〔名〕（生花用的）白藤芯

**白貂**〔名〕〔動〕白貂、掃雪

**白長須鯨**〔名〕白長鬚鯨

**白癜**〔名〕〔醫〕白斑病、白癜風

**白ナンバー**〔名〕〔俗〕汽車的白牌照、家庭用汽車的牌照、家庭用汽車

**白塗り**〔名〕塗成白色

白塗りに為る（塗成白色）

**白鼠**〔名〕〔動〕白鼠。〔轉〕忠實的傭人←→溝鼠、黒鼠

白鼠は大黒様の使いだ（白鼠是福神的使者）

呉服屋の白鼠（綢緞舖的忠實店員）

**白練り**〔名〕白軟綢

**白バイ**〔名〕（バイ是オートバイ autobicycle 的省略）（警用、警戒用）白色摩托車

**白鉢巻**〔名〕白色纏頭巾

**白腹**〔名〕〔動〕白腹鶇

**白パン**〔名〕白麵包

**白豹**〔名〕〔動〕雪豹

**白梟**〔名〕〔動〕雪鴞

**白房**〔名〕（相撲）（場地西面角落由屋頂垂下的）白穗子（原來有白柱的地方）←→青房、赤房、黒房

**白葡萄酒**〔名〕白葡萄酒

**白星**〔名〕白點，圓點、（相撲）勝利（成功）的符號、〔轉〕勝利，成功←→黒星

白星を取る（上げる）（取得勝利）

此の力士の白星の数は多い（這位力士勝的符號多）數

新内閣は外交問題で白星を上げた（新内閣在外交問題上取得成功）

**白豆**〔名〕白大豆

**白身**〔名〕（樹皮下較軟的）白木質，邊材、蛋白←→黃身。（雞，魚肉）白色部分，白肉、（豬肉）肥肉

**白味**〔名〕白色

**白味噌**〔名〕白醬

**白水**〔名〕淘米水

白水を植木に掛ける（把淘米水用來澆樹）

**白蜜**〔名〕糖汁←→黒蜜。蜂蜜

**白無垢**〔名〕上下身全白的衣服、裡外一身白的服裝（原來用於喜慶事，現在神社神官還穿）

白無垢を着る（穿上下身全白的衣服）

白無垢鉄火（表面老實實際是壞蛋〔賭徒〕）

**白い**〔形〕白色的、空白的、潔白的、無罪的

色が白い（顏色白）

雪の様に白い（像雪那麼白）

白い歯を見せて笑う（露出白牙笑）

白い紙（白紙、空白紙）

白い敷布（乾淨的床單）

僕は絶対に白い（我絕對無罪）

**白い物**〔連語〕雪、白髮（＝白髮）。（化妝用）白粉（＝白粉）

白い物が降って来た（下起雪來了）

白い物の交じった頭（花白頭髮）

白い物をこってり塗った顔（抹了厚厚一層白粉的臉）

**白っぽい**〔形〕帶白色，有些發白。〔俗〕有些外行，不太內行

白っぽい感じの背広（有些發白的西裝）

彼はその道に掛けては未だ白っぽい（他在那方面還不太內行）

**白ばむ**〔自五〕帶白色，發白。〔天〕放亮，將明

白ばんだ色の春着（帶白色的春季服裝）

しゃれおんな しゃれおんな
白女、洒落女〔名〕穿得很漂亮的女人、（江戸時代）遊女，娼妓

しらん しらん
白及、白蘭〔名〕〔植〕白及

おけら おけら
白朮、朮〔名〕〔植〕蒼朮

はなうど はなうど
白芷、花独活〔名〕〔植〕花土當歸

パイパン
白板〔名〕（麻將牌的）白板

ちがや ちがや
白茅、茅〔名〕〔植〕白茅、茅草

さゆ
白湯〔名〕白開水

　　さゆ わか
　白湯を沸す（燒白開水）

　　さゆ くすり の
　白湯で薬を飲む（用白開水服藥）

　　さゆ の よう あじ なに な
　白湯を飲む様で、味も何も無い（淡而無味如喝白開水）

ぬるで
白膠木〔名〕〔植〕鹽膚木（五倍子的寄生木）

## 百（ㄅㄞˇ）

ひゃく
百〔名、漢造〕百，一百。〔轉〕許多，數目眾多、一百歲

　　ひゃく つ
　百に付き（每百個）

　なんびゃく い ひと
　何百と言う人（幾百個人、許許多多的人）

　かれ でし なんびゃくにん
　彼の弟子は何百人も（と）居る（他的弟子有好幾百個人）

　ひゃくかん いなら
　百官が居並ぶ（百官列座）

　ひゃく しょうち
　百も承知（知道得很詳細、十分清楚、了若指掌）

　そ た こと きみ ひゃく しょうち はず
　其の他の事は君は百も承知の筈だ（其他的事情你理應了若指掌）

　あぶ こと ひゃく しょうち
　危ない事は百も承知だ（我充分知道是危險的）

　すうびゃく
　数百（數百）

　ぼんびゃく ぼんびゃく
　凡百、凡百（種種、百般）

ひゃくがい
百害〔名〕百害

　ひゃくがい あ いちりな
　百害有って一利無し（有百害而無一利）

ひゃくげい
百芸〔名〕百藝、多藝、各種才藝

　ひゃくげい あ いっしんた
　百芸有って一心足らず（樣樣通樣樣鬆）

　ひゃくげい いちげい くわ
　百芸は一芸の精しきに如かず（通百藝不如精一藝）

ひゃくさい
百歳〔名〕百歲

　ひゃくさい ひと
　百歳の人（百歲老人）

　ひゃくさい わらべちしさい おきな
　百歳の童七歳の翁（翁有愚者童有智者、有志不在年高）

ももとせ
百歳〔名〕百年、多年

　ももとせ い
　百歳を生きる（長命百歲）

ひゃくじ
百事〔名〕百事、萬事、所有的事

　ひゃくじ にょい
　百事如意（萬事如意）

　さいこん か え ひゃくじ な べ
　菜根を咬み得ば百事為す可し（能咬菜根可成百事）

ひゃくしゃくかんとう
百尺竿頭〔名〕百尺竿頭

　ひゃくしゃくかんとういっぽ すす
　百尺竿頭一歩を進める（百尺竿頭更進一步）

ひゃくじゅう
百獣〔名〕百獸、各種獸類

　ひゃくじゅう おう
　百獣の王（百獸之王、獅子）

ひゃくしゅつ
百出〔名、自サ〕百出、紛紜

　ぎもんひゃくしゅつ
　疑問百出（疑問百出）

　そ もんだい ぎろんひゃくしゅつ
　其の問題で議論百出した（因為那個問題議論紛紜）

ひゃくせい
百姓〔名〕〔古〕百姓、黎民百姓、一般人民

ひゃくしょう
百姓〔名〕農民、農家

　みずの びゃくしょう
　水飲み百姓（貧農）

　ひゃくしょう す
　百姓を為る（從事農業）

　ひゃくしょう な
　百姓に為る（當農民）

　ひゃくしょう や
　百姓家（農家）

　ひゃくしょうしごと
　百姓仕事（農活、莊稼活）

　ひゃくしょういっき
　百姓一揆（〔史〕〔江戸時代〕農民起義、農民暴動）

　ひゃくしょうよ
　百姓読み（唸白字、按偏旁音讀漢字）

ひゃくせつふとう
百折不撓〔名〕百折不撓

　ひゃくせつふとう せいしん
　百折不撓の精神（百折不撓的精神）

ひゃくせん ももち
百千、百千〔名〕百千、千百、極多

　ひゃくせんまん
　百千万（成千上萬）

　ももちどり
　百千鳥（群鳥）

ひゃくせん
百戦〔名〕百戰

　ひゃくせんれんま し
　百戦練磨の士（身經百戰的戰士）

　ひゃくせんひゃくしょう
　百戦百勝（百戰百勝）

**百戦百勝の軍隊**（百戰百勝的軍隊）
**己を知り彼を知ってこそ百戦百勝も可能である**（知己知彼方可百戰百勝）

**百選**〔名〕精選出的一百個
　**名所百選**（名勝百所）

**百日紅、百日紅**〔名〕〔植〕（來自"猿滑り"之意）百日紅、紫薇

**百日**〔名〕百日、經過一百天、經過很多天
　**百日の説法屁一つ**（因一次失敗而前功盡棄）

**百日鬘**〔名〕（歌舞伎中扮演囚犯，盜賊等時戴的）一種假髮

**百日咳**〔名〕〔醫〕百日咳

**百日草**〔名〕〔植〕百日草

**百態**〔名〕百態、各種姿態
　**美人百態**（美人的各種美態）
　**浮世百態**（塵世百態）

**百代**〔名〕第一百代、多少時代、世世代代
　**名を百代に残す**（名留百代）

**百中**〔名〕百中
　**百発百中**（百發百中）

**百点**〔名〕百分、一百分
　**百点満点で成績を評価する**（以一百分為滿分評定成績）

**百度**〔名〕一百次、一百度、拜廟一百次（＝御百度）
　**百度参り、御百度参り**（拜廟一百次）

**百難**〔名〕百難、萬難、各種困難
　**百難に打ち勝つ**（克服各種困難、排除萬難）

**百人一首**〔名〕（由一百名詩人作品中每人選出一首組成的）百人一首和歌選、用百人一首和歌選製做的紙牌

**百人百様**〔名〕百人百樣（＝十人十色）

**百人力**〔名〕百人之力
　**君が助けて呉れれば百人力だ**（你如果能幫助一下力量就大了）

**百年**〔名〕百年、百歲、長遠、很多年
　**国家百年の計**（國家百年大計）

**百年河清を俟つ**（百年待河清、喻根本不可能）

**百年の恋も一時に冷める**（多年的愛情一下子冷卻下來、對多年來熱中的事業突然不感興趣）

**百年の不作**（遺恨終身的憾事）

**百年祭**〔名〕一百周年紀念
　**百年祭を行う**（舉行一百周年紀念）

**百年目**〔名〕第一百年、完蛋、末日
　**死後百年目**（死後第一百年）
　**もう斯う為っては百年目だ**（既然這樣一切都完蛋了）
　**見付けられたが百年目だ**（被發現了可就完蛋了）
　**此処で会ったが百年目、逃がしはせんぞ**（在這裡遇見可就是你的末日決不讓逃掉！）

**百パーセント**〔名〕百分之百（＝十割）。完全，十分（＝満点）
　**投票率は百パーセントであった**（投票率為百分之百）
　**効果百パーセントである**（效果是百分之百）
　**君の意見に百パーセント賛成だ**（完全贊同你的意見）
　**百パーセント大丈夫だ**（完全沒問題）

**百倍**〔名、自サ〕一百倍、增加百倍
　**援軍来るとの報に一同勇気百倍した**（接到援兵到來的消息大家勇氣百倍）

**百八十度**〔名〕一百八十度、（喻）急劇變化
　**施政方針の百八十度転回**（施政方針的一百八十度大轉變）
　**百八十度の転換を為る**（進行完全徹底的轉變）

**百八の鐘**〔名〕（寺院裡的）朝夕的一百零八下的鐘聲、除夕的鐘聲

**百八煩悩**〔名〕一百零八種煩惱

**百分**（名、他サ）百分
　**百分比**（百分比）
　**百分率**（百分率）

百分の一（百分之一）
百分目盛（百分刻度）
百分度表（百分度表）
百聞〔名〕百聞
　百聞（は）一見に如かず（百聞不如一見）
　其れは正に百聞は一見に如かずと言う所である（那正是所謂百聞不如一見）
百万〔名〕百萬，一百萬，甚多，極多
　百万円（一百萬日元）
　百万分の一（百萬分之一）
　百万分比（百萬分比）
　百万分率（百萬分率）
　何百万何千万（成百萬上千萬）
　百万台に達する（達到百萬大關）
　彼が助力を誓った事は百万の味方を得た程に心強い（他發誓援助就好像獲得了千百萬友軍那樣心中感到有把握）
百万言〔名〕百萬言、千言萬語
　百万言を費やしても言い尽せない（費上千言萬語也說不盡）
百万陀羅〔名〕〔俗〕同樣的話重複多少遍
百万長者〔名〕百萬富翁（=大金持）
　百万長者に為る（成為百萬富翁）
百万遍〔名〕一百萬遍。〔佛〕念佛一百萬次
　空念仏を百万遍唱えても何にも為らん（空話說上一百萬遍也不頂用）
百味〔名〕百味、很多種食物、很多種山珍海味
　百味箪笥（中藥櫃）
百目蝋燭〔名〕每支約七兩半重的蠟燭（自為匁、百目約為375公克）
百面相〔名〕各種表情、多種面譜、做各種滑稽表情的曲藝
百物語〔名〕（夜間數人聚在一起）講各種鬼怪故事的遊戲
百薬〔名〕百藥、很多種藥
　酒は百薬の長（酒為百藥之長、酒是最好的藥）
百様〔名〕百様、百態

百様を知って一様を知らず（樣樣通樣樣鬆）
百葉箱〔名〕〔氣〕（室外測象用的）百葉箱
百雷〔名〕百雷、眾雷
　百雷が一時に落ちる様な音（百雷齊落般的聲響）
百里〔名〕百里、一百里
　百里行く者は九十里を半ばと為す（行百里者半九十－戰國策）
百錬〔名〕百煉、千錘百錬
　百錬の鉄（百煉之鐵、優質鋼）
百花〔名〕百花
　野には百花が爛漫と咲き乱れている（田野裡百花爛漫競相爭艷）
　百花斉放（百花齊放）
　百花繚乱（百花撩亂）
百科〔名〕百科、各科
　百科事典（辞典）（百科辭典）
　百科全書（百科全書）
百家〔名〕百家
　百家争鳴（百家爭鳴）
百貨〔名〕百貨
　百貨店（百貨商店＝デパート） department store
百箇日〔名〕〔佛〕（人死後的）百日、第一百天忌辰
　百箇日が近付く（臨近百日）
百官〔名〕百官
　文武百官（文武百官）
百鬼夜行、百鬼夜行〔名〕百鬼夜行、百惡橫行、一群牛鬼蛇神胡作非為
　百鬼夜行の有様（百惡橫行的情景）
百計〔名〕百計、所有計謀
　百計を巡らす（籌畫百計）
　百計が尽きる（百計用盡）
百行〔名〕百行、一切的行為
　百行の本（百行之本）
百発百中〔名、自サ〕百發百中，彈無虛發、準確無誤

ㄅ

百発百中の腕前（百發百中的本領）

彼は百発百中外れが無い（他百發百中彈無虛發）

弾丸は全て百発百中だった（子彈全都打中了）

彼の医者の診断は百発百中だ（那醫生的診斷準確無誤）

百般〔名〕百般、各方面

武芸百般に通じている（精通百般武藝）

百般の事情を考え合わせる（綜合考慮各方面的情況）

百方〔名、副〕百般，千方百計、到處，各方面

百方尽力する（百般努力）

百方手を尽くして捜す（千方百計設法尋找）

百方奔走する（各方面奔走）

百〔名〕百（＝百）。多數

百人（百人）

百千（千百個、多數）

百千鳥（群鳥）

百千の花（百花、萬紫千紅）

百敷、百磯城〔名〕宮中、宮裡（＝禁中）

百舌鳥〔名〕〔動〕伯勞

百舌は速贄を作る（伯勞把捕獲的蟲青蛙等串掛在樹枝上貯藏食物）

百舌の速贄（伯勞把捕獲物串掛在樹枝上作成的食物）

百合〔名〕〔植〕百合

百合の根（百合根）

百合の様に純潔だ（像百合那麼純潔）

歩く姿は百合の花（走起路來像百合那麼優美）

百合科（百合科）

百合鷗（〔動〕赤味鷗）

百合根（〔植〕百合根）

百合の木（〔植〕鵝掌楸屬樹木、美國鵝掌楸）

百足、蜈蚣〔名〕〔動〕蜈蚣

百足貝（〔動〕蛇螺）

百済〔名〕〔史〕百濟（古代朝鮮國名）

百済琴（〔樂〕箜篌）

## 唄（ㄅㄞˋ）

唄、歌〔名〕（用三弦伴奏的日本形式的）謠曲、流行歌謠、民間小調

唄う、歌う、謠う、謳う〔他五〕唱、詠歌、嘔歌、強調，列舉

歌を唄う（唱歌）

小さい声で唄う（低聲唱）

ピアノに合わせて唄う（和著鋼琴唱）

唄ったり踊ったりする（載歌載舞）

林の中で鳥が唄う（鳥在林中歌唱）

梅を唄った詩（詠梅詩）

英雄と謳われる（被譽為英雄）

令名を謳われる（負令名、有口皆碑）

効能を唄う（開陳功效）

自己の立場を唄う（強調自己的立場）

其れは憲法にも謳っている（那一點在憲法上也有明文規定）

歌唄い、歌歌い、歌謠い〔名〕（俗）歌手、歌唱家（＝歌い手）

## 拝（拜）（ㄅㄞˋ）

拝〔名、漢造〕（書信用語、寫在發信人名下面）拜，敬啟，頓首、膜拜、禮拜、崇拜、接受官職

宮野一郎拝（宮野一郎拜上）

頓首再拝（磕頭再拜）

遥拝（遙拜）

跪拝（跪拜）

跪拝叩頭（跪拜叩頭）

三拝九拝（三拜九叩）

参拝（參拜）

崇拝（崇拜）

礼拝（〔宗〕禮拜、行禮）

**礼拝**（〔佛〕禮拜、拜佛）

**四方拝**（四方拝-每年一月一日天皇向天地四方遙拜，祈禱五穀豐收的儀式）

**拝す**〔他五〕拜、禮拜（＝拝する、拝む）

**拝する**〔名、他サ〕拜、禮拜（＝拝す、拝む）。〔謙〕看，瞻仰（＝見る）。〔謙〕拜受，奉命（＝受ける）

　社頭に拝する（在神社前禮拜）配する廢する排する

　偶像を拝する（拜偶像）

　元気な御姿を拝し、安心致しました（看到您精神很好就放心了）

　御満足の御様子に拝せられた（看來很滿意的樣子）

　組閣の大命を拝する（受命組閣、奉命組閣）

**拝謁**〔名、自サ〕謁見、晉謁

　天皇に拝謁する（晉謁天皇）

**拝火教**〔自〕〔宗〕拜火教

**拝賀**〔名、自サ〕朝賀、拜謁尊長表示祝賀

　新年拝賀式（新年朝賀式）

**拝外**〔名〕崇拜外國

　拝外思想（崇外思想）

**拝観**〔名、他サ〕〔敬〕參觀、觀看（神社、宮殿、寶物等）

　正月に皇居の拝観が許された（新年期間准許參觀皇宮）

　宝物殿を拝観する（參觀寶物殿）

　拝観料（參觀費）

　拝観者（參觀者）

**拝顔**〔名、自サ〕拜謁（＝拝眉）

　拝顔の栄を得る（得以拜謁尊顏）

**拝跪**〔名、他サ〕跪拜

**拝金**〔名〕拜金、金錢至上

　拝金主義（拜金主義、金錢至上主義）

**拝具**〔名〕謹上（寫在書信等最後，表示敬意）

**拝啓**〔名〕（寫在書信的開頭）敬啟者

**拝見**〔名、他サ〕〔謙〕看、瞻仰

　此れを一寸拝見させて頂きます（請讓我看看這個）

　御手紙を拝見しました（大札拜悉）

　御脈を拝見しましょう（我給您看看脈吧！）

**拝察**〔名、自サ〕〔謙〕推測、推享

　御苦労の程拝察致します（我想您很辛苦〔深表同情〕）

**拝辞**〔名、他サ〕〔謙〕拜辭，辭別、辭退、辭謝

　役員就任を拝辞する（推辭當負責人）

　失礼乍、御依頼の件拝辞致し度く…（真對不起我不想接受您的委託）

**拝謝**〔名、自サ〕〔謙〕拜謝、謹謝、敬謝、謹致謝枕

**拝借**〔名、他サ〕〔謙〕借（＝借りる）

　此の本を拝借出来ませんか（這本書可以借給我嗎？）

　電話を一寸拝借し度いのですが（我想借電話用一下）

　一寸御知恵を拝借し度い（請您幫我拿個主意）

**拝受**〔名、他サ〕〔謙〕拜領、領受、接受（＝受ける）

　勲章を拝受する（領受勳章）

　取締役を拝受する（接受董事職務）

　御葉書正に拝受致しました（我已經接到您的明信片〔無誤〕）

**拝承**〔名、他サ〕〔謙〕聽、聞（＝聞く）

　御噂は拝承していますが（久聞大名）

**拝誦**〔名、他サ〕〔謙〕拜讀、拜閱（＝拝読）

　御手紙拝誦致しました（來函拜讀、大函奉悉）

**拝趨**〔名、自サ〕拜訪、趨訪

　早速拝趨御意向承り度く（擬即前趨指教）

**拝星教**〔名〕〔宗〕拜星教

**拝送**〔名、自サ〕送呈，奉上，送別，送行（＝送る）

**拝贈**〔名、他サ〕〔謙〕謹贈、敬贈（＝贈る）

**拝聴**〔名、他サ〕〔謙〕恭聽、聆聽（＝聞く）

## ㄅ

御話を拝聴しましょう（請讓我聽一聽您的話）

**拝呈**〔名、他サ〕謹呈，送呈，（寫在書信的開頭）敬啟者（=拝啓）

雑誌を執筆者に拝呈する（謹將雜誌送給寫稿人）

**拝殿**〔名〕（神社正殿的）拜殿、前殿

**拝読**〔名、他サ〕〔謙〕拜讀（=読む）

御手紙を拝読致しました（尊函奉悉）

貴方の論文を拝読しました（我讀過了您的論文）

**拝眉**〔名、自サ〕〔謙〕拜謁、見面、會晤（=御目に掛かる）

委細は拝眉の上申し上げます（詳情容見面後再談）

**拝伏**〔名、自サ〕拜伏、伏拜

**拝復**〔名〕（書信用語、寫在復信的開頭）敬復者

**拝物愛**〔名〕拜物教、物神崇拜、〔心〕物戀（一種變態性慾，對異性的某物感到迷戀，以滿足性慾）

**拝聞**〔名、他サ〕〔謙〕敬聞、拜聽、恭聽（=聞く）

**拝命**〔名、他サ〕受命、接受命令

書記を拝命する（被任命為書記）

大使を拝命する（受命為大使）

**拝領**〔自、他サ〕〔謙〕拜領、領受（=貰う）

殿様から拝領の品物（老爺賞給的東西）

**拝礼**〔名、自他サ〕禮拜，叩拜、鞠躬

拝礼を行う（行叩拜禮）

神前で拝礼する（在神前叩拜）

遺影に恭しく拝礼した（恭恭敬敬地向遺像鞠躬）

**拝む**〔他五〕拜，躬腰敬禮、懇求、央求、（見る的自謙語）拜謁、瞻仰、見識（=拝見する）

神仏を拝む（拜神佛）

手を合わせて拝む（合掌禮拜、作揖）

手を合わせて拝み乍ら救いを求める（作揖求救）

私は其の人に拝んで頼んだ（我作揖地央求了他）

母に拝んで小遣を貰う（央求母親給零用錢）

一肌脱いで呉れ、拝む（幫我一把吧！我懇求你）

近い内に御顔を拝みに参上します（過兩天我去看您）

此の様な宝物は滅多に拝める物では御座いません（這樣的珍寶是輕易看不到的）

俺の顔を良く拝んで置け（〔威嚇語〕你好好認識認識老子）

一寸拝めた顔だ（長得還不難看、值得一顧）

私なぞ拝んだ事もねえんで（俺們連看也沒看見過）

**拝み打ち、拝み撃ち**〔名〕（撃劍）雙手握刀劈頭蓋頂地往下砍

**拝み切り、拝み斬り**〔名〕（撃劍）雙手握刀劈頭蓋頂地往下砍（=拝み打ち、拝み撃ち）

**拝み倒す**〔他五〕再三央求、苦苦哀求

拝み倒して借金する（苦苦哀求地借錢）

友人を拝み倒して口を探す（哀求朋友給找工作）

私は到頭拝み倒された（我被他再三央求得沒有辦法終於答應了）

**拝み屋**〔名〕（用符咒給人治病的）巫師

**拝む**〔他五〕拜、拜託、拜謁（=拝見する、拝む）

## 敗（ㄅㄞˋ）

**敗**〔名、漢造〕敗，輸、腐敗、失敗、戰敗

敗を取る（失敗、敗北）

敗を転じて勝と為す（轉敗為勝）

腐敗（腐敗、腐壞、腐朽）

惨敗、惨敗（惨敗、大敗、徹底失敗）

酸敗（腐敗變味）

大敗（大敗）

頽敗（頽廢）

壊敗（敗壞）

潰敗（潰敗、大拜）

成敗、成敗（成敗）

失敗（失敗）

勝敗（勝敗、勝負）

一敗（一敗、輸一次）

一敗地に塗れる（一敗塗地）

不敗（不敗、戰無不勝）

優勝劣敗（優勝劣敗）

**敗因**〔名〕失敗的原因←→勝因

敗因は何処に在ったか（失敗的原因何在呢？）

敗因を探る（探討敗因）

**敗局**〔名〕（圍棋、象棋的）敗局、敗了一局←→勝局

**敗軍**〔名〕敗軍、打敗仗

敗軍の将は兵を語らず（談ぜず）（敗軍之將不言勇）

**敗血症**〔名〕〔醫〕敗血症

**敗者**〔名〕戰敗者

敗者復活戦（競賽等的安慰賽）

敗者の側に立って戦う（參加處於劣勢的一方進行戰鬥）

**敗将**〔名〕敗軍之將、（事業的）失敗者

**敗色**〔名〕敗相、敗勢、失敗的趨勢

敗色が濃い（敗相明顯）

**敗勢**〔名〕敗相、敗勢、失敗的趨勢（=敗色）

**敗戦**〔名、自サ〕戰敗、（比賽）輸掉

敗戦後の発展振り（戰敗後的發展情況）

敗戦国（戰敗國）

敗戦投手（〔棒球〕導致敗局的投手）

**敗訴**〔名、自サ〕敗訴、打輸了官司←→勝訴

原告側の敗訴と為った（原告敗訴了）

**敗走**〔名、自サ〕敗走、敗退

敗走する敵を追い掛ける（追擊敗走的敵人）

敵は敗走中である（敵人正在敗退）

**敗退**〔名、自サ〕敗退、敗北

三対二で惜しくも敗退した（可惜以三比二打敗了）

連続二ゲームを失って敗退した（連輸兩局而敗北）

**敗着**〔名、自サ〕〔圍棋〕敗著、壞著數←→勝着

**敗敵**〔名〕敗戰之敵

**敗兵**〔名〕敗兵

**敗報**〔名〕戰敗的報導、戰敗的消息←→勝報

敗報に接する（接到戰敗的消息）

敗報が次次と舞い込む（戰敗的消息接二連三地傳來）

**敗亡、敗亡**〔名、自サ〕因戰敗而滅亡（逃亡）、戰敗而死

**敗北**〔名、自サ〕敗北、打敗仗、被擊敗

惨めな敗北を喫する（遭到慘敗）

敗北を認める（認輸）

あっさり敗北する（被輕易打敗）

僅か一点の差で敗北した（僅以一分之差被打敗了）

続け様に敗北する（連吃敗仗）

敗北主義者（失敗主義者）

**敗滅**〔名、自サ〕敗亡、覆滅

今川氏は桶狭間の一戦で敗滅した（今川氏在桶狹間一戰而滅亡）

**敗る**〔自下二〕〔古〕敗（=敗れる）

**敗れる**〔自下一〕敗（=負ける、敗北する）

惜しくも決勝戦で敗れた（遺憾的是決賽時輸了）破れる

# 稗（ㄅㄞˋ）

**稗**〔漢造〕稗子（像穀的一種草）、稗官（古時採訪民間瑣事的小官）

**稗史**〔名〕稗官野史

**稗、穆**〔名〕〔植〕稗子

田には稗が沢山生えている（水田裡長了很多稗子）

**稗草**〔名〕稗草

**稗飯**〔名〕稗米飯、摻稗米的米飯

**稗粒腫**〔名〕〔醫〕粟粒疹

# 卑（ㄅㄟ）

**卑**〔漢造〕卑賤、卑劣、卑鄙、（自謙）卑賤
　尊卑（尊貴與卑賤）
　男尊女卑（男尊女卑）←→女尊男卑

**卑怯**〔名、形動〕卑怯，懦怯、卑鄙，無恥
　卑怯な男（懦怯的人）
　卑怯な事が有っては行けない（不要表示懦怯）
　敵に後ろを見せるとは卑怯だ（臨陣脫逃真卑怯）
　人を騙す何て卑怯な奴だ（竟然騙人何等卑鄙的傢伙）
　卑怯な真似は止せ（不要幹無恥的勾當）
　卑怯にも人を騙す（竟無恥地騙人）
　今更私を見捨てるとは卑怯だ（事到如今要拋棄我真卑鄙）

**卑近**〔名、形動〕淺近、淺顯
　卑近な言葉で説明する（用淺顯的話說明）
　卑近な（の）例を挙げる（舉個淺近的例子）

**卑金属**〔名〕（化）卑金屬←→貴金属

**卑屈**〔名、形動〕卑屈、沒骨氣、沒出息、低三下四、卑躬屈膝
　卑屈な男（沒骨氣的人）
　卑屈な態度を取るな（不要採取卑躬屈膝的態度）
　卑屈に笑う（低聲下氣地笑）

**卑下**〔名、自サ〕自卑、過分謙遜
　そんなに卑下する必要は無い（不必那樣自卑）
　矢鱈に自分を卑下するな（不要過分貶低自己）
　卑下も自慢の内（一味自卑則是傲慢）

**卑見、鄙見**〔名〕〔謙〕愚見、拙見、管見
　卑見に拠ると（據我看來）
　御尋ねにより、卑見を申し上げます（承蒙垂問謹陳管見）

**卑語、鄙語**〔名〕下流話，粗野話、俚言

**卑湿**〔名〕土地低窪潮濕、濕潤
　河床よりも低い卑湿地（比河床還低的潮濕地）河床

**卑小**〔名、形動〕卑微、微賤
　卑小妄想（〔醫〕卑微妄想症）

**卑称**〔名〕卑稱、謙稱（如手前、小生、拙文）、蔑稱（如貴様、手前）←→尊称

**卑賤**〔名、形動〕卑賤
　卑賤の身（卑賤的身分）
　卑賤より身を起す（出身微賤）

**卑俗**〔名、形動〕卑俗，下流
　卑俗な言葉を使う（使用下流的語言）
　卑俗な趣味（低級趣味）

**卑属**〔名〕〔法〕卑親屬（子、孫、姪、甥等）←→尊属

**卑劣、鄙劣**〔名、形動〕卑劣、卑鄙、惡劣
　卑劣な手段（卑鄙的手段）
　卑劣で残酷な行い（卑鄙殘酷的行為）
　陰口を言うのは卑劣な事だ（背地裡說壞話是惡劣的行為）
　そんな卑劣な事を為る様な男ではない（他不是幹那種卑鄙勾當的人）
　卑劣漢（卑鄙的傢伙、壞蛋）

**卑陋、鄙陋**〔名〕卑賤、卑劣、卑鄙

**卑猥、鄙猥**〔名、形動〕粗鄙、下流、猥褻
　卑猥な言葉（下流話）
　卑猥な話（下流故事）

**卑しい、賤しい**〔形〕卑鄙的，下賤的，低賤的、破舊的，寒酸的，卑鄙的，卑劣的，下流的、貪婪的，嘴饞的，下作的
　卑しい生まれ（出身低賤）
　親子共卑しい稼業を為ていた（過去父子倆人都做卑微的行業）
　卑しい身形（寒酸的打扮）
　卑しい暮しを為る（過簡陋的生活）
　卑しい行い（行為卑鄙）

卑しい男（卑鄙的男人）

卑しい言葉遣い（說話粗俗〔下流〕）

人品卑しからぬ人（人品還不壞的人）

卑しい趣味（粗俗的趣味）

品性が卑しい（品性卑劣）

卑しい目付き（貪婪的眼神）

金銭に卑しい（貪財）

食べ物に卑しい（貪吃）

卑しげに食う（饕餮）

**卑しん坊**〔名〕〔俗〕嘴饞的人（=食いしん坊）。吝嗇的人（=けちん坊）

卑しん坊は止め為さい（別貪嘴了）

御前の卑しん坊には呆れた（你這個饞鬼可真少有）

**卑しむ、賤しむ**〔他五〕輕視、鄙視（=卑しめる、賤しめる、見下げる）←→尊ぶ、尊ぶ

卑しむ可き行為（可鄙的行為）

**卑しめる、賤しめる**〔他下一〕輕視、卑視、蔑視（=見下げる、侮る）

貧しい人を卑しめるな（別小看窮人）

今日では労働を卑しめる者は居なくなった（今天已沒有輕視勞動的人了）

# 悲（ㄅㄟ）

**悲**〔漢造〕悲，悲傷、慈悲，憐憫

慈悲（〔佛〕慈悲、憐敏）

大慈大悲（〔佛〕大慈大悲、廣大無邊的慈悲）

**悲哀**〔名〕悲哀

悲哀を感ずる（感到悲哀）

悲哀を満ちた物語（充滿悲哀的故事）

**悲運**〔名〕悲慘的命運、不幸的命運、苦命

悲運に泣く（為苦命而哭泣）

**悲歌**〔名〕哀歌，悲哀的歌（=エレジー）。悲歌，悲壯的歌

悲歌慷慨（慷慨悲歌）

**悲懐**〔名〕悲傷的心境

**悲観**〔名、自他サ〕悲觀←→楽観

人生を悲観する（對人生悲觀失望）

体が弱いのを悲観して自殺した（因為對自己的身體孱弱悲觀失望而自殺了）

試験に落ちて悲観する（因考試落榜而悲觀失望）

悲観論（悲觀論、悲觀主義）

悲観的（悲觀的）←→楽観的

**悲願**〔名〕〔佛〕（佛，菩薩）濟度眾生的誓願，大慈大悲的誓願、悲壯的誓願，勢必實現的決心

禁煙の悲願を立てる（立下戒煙的誓願）

優勝の悲願に燃えて、練習に励む（充滿必勝的信心努力鍛鍊）

**悲喜**〔名〕悲喜

悲喜交交至る（悲喜交集）

悲喜哀楽（悲喜哀樂）

悲喜劇（悲喜劇）

人生の悲喜劇（人生的悲喜劇）

**悲泣**〔名〕悲泣

**悲況**〔名〕悲慘狀況、悲慘境況

**悲境**〔名〕逆境、悲慘境遇

悲境に落ちる（陷入悲慘境遇）

悲境に在っても挫けない（處於逆境也不氣餒）

**悲曲**〔名〕悲曲

**悲劇**〔名〕悲劇

悲劇を演ずる（演悲劇）

人生の悲劇（人生的悲劇）

悲劇を得意と為る俳優（擅長演悲劇的演員）

戦争の悲劇は二度と繰り返しては為らない（戰爭的悲劇不容重演）

悲劇作家（悲劇作家）

悲劇的事件（悲劇性的事件）

英雄の最後は悲劇的だ（英雄的結局是悲劇性的）

ㄅ

悲恨〔名〕悲恨
悲惨、悲酸〔名、形動〕悲惨、悽惨
　悲惨な最期を遂げる（死得悽惨）
　悲惨を極めた光景（極其悲惨的情景）
　悲惨な交通事故（悲惨的交通事故）
　難民の悲惨な境遇（難民的悲惨處境）
悲史〔名〕悲史、悲惨故事
悲愁〔名、自サ〕悲愁、憂愁
悲傷〔名、自他サ〕悲傷
　父の死を悲傷する（為父親的死而悲傷）
悲心〔名〕悲傷的心、慈悲的心
悲壮〔名、形動〕悲壮、壮烈
　悲壮な覚悟（決心）（悲壮的決心）
　悲壮な最期を遂げる（死得壮烈）
　悲壮な犠牲を払う（付出壮烈的犠牲）
悲愴〔名、形動〕悲愴、悲惨
　悲愴な顔付き（悲愴的表情）
悲嘆、悲歎〔名、自サ〕悲嘆
　悲嘆に呉れる（日夜悲嘆）
　悲嘆の極み（極其悲傷）
　何時迄悲嘆していても切が無い（總悲嘆也無濟於事）
悲調〔名〕悲調、悲哀音調
悲痛〔名、形動〕悲痛
　悲痛極まる報道（極其悲痛的消息）
　悲痛を胸に抱いて（滿懷悲痛地）
　悲痛な決心を為る（下定悲痛的決心）
　悲痛な声を振り絞る（喊出悲痛的聲音）
悲憤〔名、自サ〕悲憤、義憤
　悲憤の涙を流す（流下悲憤的眼淚）
　悲憤遣る方無し（悲憤難消）
　悲憤慷慨する（憤慨激昂）
悲母〔名〕〔古〕慈母
　悲母観音（慈母観音）
悲報〔名〕悲痛的消息、訃聞←→朗報、吉報

敗戦の悲報（戰敗的悲痛消息）
伯父の死と言う悲報を受ける（得知伯父去世的噩耗）
悲鳴〔名〕悲鳴，哀鳴、驚叫聲、叫苦連天
　痛くて悲鳴を上げる（痛得叫起來）
　恐怖の悲鳴を揚げる（發出恐怖的驚叫聲）
　猫に追われる鶏の悲鳴が聞こえる（聽到雞被貓追趕的驚叫聲）
　彼は忙しくて悲鳴を挙げている（他忙得叫苦連天）
　注文が殺到して嬉しい悲鳴を上げている（訂單大批擁到忙得不亦樂乎）
悲涼〔名、形動〕悲涼、淒涼
悲恋〔名〕以悲劇結束的戀愛
　悲恋の物語（悲惨的戀愛故事）
　悲恋に泣く（為悲劇性的戀愛而哭泣）
悲話〔名〕悲惨的故事（=哀話）
　其の土地に就いてガイドが語る悲話は一入旅情を誘った（導遊所講關於這地方的悲惨故事格外誘發了旅情）
悲しい、哀しい〔形〕悲哀的，悲傷的，悲愁的、可悲的、遺憾的
　悲しい物語（悲哀的故事）
　悲しい境遇（可悲的境遇）
　悲しい話を為る（說傷心的故事）
　悲しい思いが為る（感到悲傷）
　悲しい顔を為ている（面帶愁容）
　彼は色色悲しい事に出会った（他經歷了種種的傷心事）
悲しがる〔他五〕（態度）悲痛、露出難過的表情
　大事な壺の割れたのを悲しがる（悲惜貴重的瓷罐打破了）
悲しげ、哀しげ〔形動〕悲哀、悲傷、可憐
　悲しげな様子（悲哀的樣子、可憐的樣子）
　悲しげに泣く（哭得很悲傷）
悲しさ、哀しさ〔名〕悲哀
　学問の無い悲しさ（不學無識的悲哀）

悲しさの余り（悲哀之餘、過於悲哀）

悲しさに胸が痛くなる（為悲哀而痛心）

**悲しむ、哀しむ**〔他五〕悲傷，悲哀，悲痛、可嘆

人の不幸を悲しむ（為別人的不幸而悲傷）

彼の死を聞いて人人は非常に悲しんだ（聽說他死了人們非常悲痛）

そんなに悲しむな（別那麼悲傷）

怠けている御前を見たら、親はどんなに悲しむだろう（父母如果看到懶惰的你該多麼難過呀！）

幼児死亡率の増加は悲しむ可き事である（嬰兒死亡率的增長現象是可嘆的）

**悲しみ、哀しみ**〔名〕悲傷、悲哀、悲痛、悲愁、憂愁

悲しみの涙（悲傷的眼淚）

悲しみに堪えません（不勝悲痛）

悲しみに沈んでいる（沉浸在悲哀中）

# 杯（ㄅㄟ）

**杯、盃**〔名〕杯（=カップ、コップ cup kop荷）

〔接尾〕（計量液體單位）碗，匙，杯，桶、（計量烏賊，章魚單位）尾

優勝杯（優勝杯）

杯を挙げる（舉杯）

三杯（三杯）

一杯（一杯）

六杯（六杯）

八杯（八杯）

十杯（十杯）

木杯、木盃（木製酒杯）

祝杯、祝盃（慶祝的酒杯）

玉杯（玉杯、酒杯的美稱）

金杯、金盃（金製酒杯，鍍金酒杯，金獎杯，優勝獎金杯）

銀杯、金盃（銀製酒杯，鍍銀酒杯，銀獎杯，優勝獎銀杯）

返杯、返盃（回敬酒）

乾杯、乾盃（乾杯）

**杯状、盃状**〔名〕（解、動、植）杯狀、髖臼狀

**杯洗、盃洗**〔名〕（酒宴上的）洗杯器

**杯盤**〔名〕杯盤

杯盤狼籍（杯盤狼藉）

**杯、盃**〔名〕杯，酒杯，酒宴，交杯飲酒為盟，婚禮（=杯事）

杯に酒を注ぐ（往酒杯裡倒酒）注ぐ灌ぐ雪ぐ濯ぐ

杯を注す（獻杯、敬酒）雪ぐ濯ぐ漱ぐ

杯を受ける（接受敬酒）

杯を合わせる（碰杯）

杯を傾ける（含む）（喝酒、飲酒）

杯を回す（傳杯、行酒）

杯を干す（乾杯）

杯を伏せる（扣杯、停飲）

杯を重ねる（一杯接一杯地喝）

杯の遣り取りを為る（互相敬酒、推杯換盞）

杯を御明け為さい（請乾杯）

御杯を頂戴（しましょう）（請把您的酒杯賞給我-用對方的酒杯喝一杯表敬意）

杯を挙げて皆さんの御健康を祝します（現在舉杯敬祝諸位健康）

杯を返す（〔賭徒，黨徒等〕與師傅或頭目斷絕關係-來自俠客入伙時接受頭目酒杯以為盟誓、回敬一杯酒）

杯を為る（互相交杯飲酒為盟）

杯を貰う（〔賭徒，黨徒等〕拜師傅、拜頭目）

**杯事**〔名〕酒宴、交杯結盟、喝交杯酒

固めるの杯事を為る（互相交杯飲酒以為誓約）

杯事を済ます（完成婚禮、結成夫妻）

# 盃（ㄅㄟ）

**盃、杯**〔名〕杯（=カップ、コップ cup kop荷）

## ㄅ

〔接尾〕（計量液體單位）碗，匙，杯，桶，（計量烏賊，章魚單位）尾

　優勝杯（優勝杯）
　杯を挙げる（舉杯）
　三杯（三杯）
　一杯（一杯）
　六杯（六杯）
　八杯（八杯）
　十杯（十杯）
　木杯、木盃（木製酒杯）
　祝杯、祝盃（慶祝的酒杯）
　玉杯（玉杯、酒杯的美稱）
　金杯、金盃（金製酒杯，鍍金酒杯，金獎杯，優勝獎金杯）
　銀杯、金盃（銀製酒杯，鍍銀酒杯，銀獎杯，優勝獎銀杯）
　返杯、返盃（回敬酒）
　乾杯、乾盃（乾杯）

**盃状、杯状**〔名〕〔解、動、植〕杯狀、髖臼狀

**盃洗、杯洗**〔名〕（酒宴上的）洗杯器

**盃盤、杯盤**〔名〕杯盤
　杯盤狼藉（杯盤狼藉）

**盃、杯**〔名〕杯，酒杯，酒宴，交杯飲酒為盟，婚禮（＝杯事）
　杯に酒を注ぐ（往酒杯裡倒酒）注ぐ灌ぐ雪ぐ濯ぐ
　杯を注す（獻杯、敬酒）雪ぐ濯ぐ漱ぐ
　杯を受ける（接受敬酒）
　杯を合わせる（碰杯）
　杯を傾ける（含む）（喝酒、飲酒）
　杯を回す（傳杯、行酒）
　杯を干す（乾杯）
　杯を伏せる（扣杯、停飲）
　杯を重ねる（一杯接一杯地喝）
　杯の遣り取りを為る（互相敬酒、推杯換盞）
　杯を御明け為さい（請乾杯）
　御杯を頂戴（しましょう）（請把您的酒杯賞給我-用對方的酒杯喝一杯表敬意）
　杯を挙げて皆さんの御健康を祝します（現在舉杯敬祝諸位健康）
　杯を返す（〔賭徒，黨徒等〕與師傅或頭目斷絕關係-來自俠客入伙時接受頭目酒杯以為盟誓、回敬一杯酒）
　杯を為る（互相交杯飲酒為盟）
　杯を貰う（〔賭徒，黨徒等〕拜師傅、拜頭目）

## 碑（ㄅㄟ）

**碑**〔漢造〕碑
　石碑（石碑、墓碑）
　墓碑（墓碑）
　記念碑（紀念碑）
　歌碑（刻上和歌的碑）
　句碑（俳句碑）
　忠魂碑（忠魂碑）
　建碑（樹碑、立碑）
　古碑（古碑）
　口碑（口碑、口傳）

**碑碣**〔名〕碑碣、石碑（＝碑）

**碑石**〔名〕碑石、石碑

**碑文**〔名〕碑文、碑志
　碑文を作る（做碑文）
　此の碑文は磨滅して読み辛い（這碑文磨損了很不好讀）
　碑文学（碑文學、銘文學）

**碑銘**〔名〕碑銘、碑文

**碑面**〔名〕碑面、碑的表面

**碑、石文**〔名〕石碑（＝石碑）

**碑**〔名〕（彫り石之意）碑、石碑（＝碑、碑）

# 背（ㄅㄟ）

**背**〔名〕背面、違背

  腹背（腹背、前後）

  紙背（紙的背面、言外之意、內在含意）

  光背（佛像背後的光圈＝後光）

  後背（背後、後面）

  向背（向背、去就、態度）

  違背（違背、違反、違犯）

**背圧**〔名〕〔機〕背壓、反壓力

  背圧タービン（〔機〕背壓式渦輪機）

**背泳、背泳ぎ**〔名〕〔體〕仰泳（＝バック、ストローク）

**背汗**〔名〕（因羞恥、恐懼、緊張等）背上出的冷汗

  背汗の至りである（羞愧之至）

**背教**〔名〕〔宗〕（主要指基督教）叛教、違背教導

  背教者（〔宗〕背教者、叛教的教徒）

**背景**〔名〕背景、〔舞台〕布景、後盾、靠山

  万里の長城を背景に為て写真を撮る（以萬里長城為背景拍照）

  古代日本を背景と為た映画（以古代日本為背景的電影）

  美しい富士の姿が青空を背景と為てくっきりと見えた（美麗的富士山襯托著蔚藍的天空輪廓清晰地顯現出來）

  背景の色が良くない（背景的顏色不好）

  豪華な背景を作る（做豪華的布景）

  背景を描く（繪製布景）

  背景画家（布景畫師）

  背景を変える（換布景）

  背景布（舞台後部的彩畫幕布）

  彼には経済的な背景が有る（他有經濟後盾）

  彼には何等政党的背景が無い（他沒有任何政黨作靠山）

**背後**〔名〕背後、〔轉〕背地、幕後

  背後は海だ（背後是大海）

  背後で敵が彼等を脅している（敵人在背後威脅他們）

  背後で誰かが操っている（背地裡有人在操縱）

  背後関係を調査する（調查幕後關係）

**背光**〔名〕（神、佛像的）後光、光環、光圈、（＝後光）。〔轉〕榮光、榮譽

  エリートの背光に輝く（獲得傑出人物的榮譽）

**背光性**〔名〕背光性、負向光性←→向光性

**背甲**〔名〕〔動〕（龜等的）背甲、（昆蟲等的）背板、頭胸甲

**背軸**〔名〕〔植〕遠軸、離開軸心←→向軸

**背日性**〔名〕〔植〕背光性、負日性（＝背光性）←→向日性

**背斜**〔名〕〔地〕背斜

  背斜軸（褶曲）（背斜軸）

**背信**〔名〕背信、違約（＝裏切り）

  許し難い背信行為を責める（譴責難以寬恕的背信行為）

**背進**〔名、自サ〕後退、向反方向行進

  背進信号（反方向行進信號）

**背水**〔名〕背水

  背水性（〔植〕負向水性）

  背水の陣を敷く（布下背水之陣、〔喻〕決一死戰）

**背線**〔名〕〔動〕背中線

**背走**〔名、自サ〕（面孔朝前）倒退著跑

**背馳**〔名、自サ〕背道而馳、相反

  言葉と背馳する様な行い（和言語相反的行為、言行相悖）

  現実が理想に背馳する（現實與理想背道而馳、事與願違）

  方針に背馳する（與方針背道而馳、違背方針）

**背地性**〔名〕〔植〕背地性、負向地性←→向地性

**背痛**〔名〕背痛、後背痛

**背点**〔名〕〔天〕背點←→向点

**背徳、悖徳**〔名〕背德、違背道德

  其れは背徳行為だ（那是不道德的行為）

ㄅ

背徳漢(不講道德的人)
背徳者(道德敗壞者)
背任〔名、自サ〕瀆職
　背任罪に問われる(被指控為瀆職罪)
背熱性〔名〕〔生〕背溫性、負向溫姓
背嚢〔名〕(軍用,旅行,登山用)背嚢、背包
　背嚢を背負う(背背包)
　背嚢に詰める(裝到背包裡)
　背嚢を卸す(卸下背包)
背反、悖反〔名、自サ〕違反、違背
　命令に背反する(違反命令)
　良心に背反する(違背良心)
　二律背反(〔邏〕二律背反)
背叛〔名、自サ〕背叛
　祖国に背叛する(背叛祖國)
　背叛罪(背叛罪)
背部〔名〕背部(=背中)、背後,後面
背腹性〔名〕〔植〕背腹性
背面〔名〕背面,背後、向後↔正面
　背面から敵を襲う(從背後襲撃敵人)
　像の背面に字が彫って有る(在像的背面刻著字)
　背面跳び(〔體〕背越式跳高)
　背面行進(〔軍〕反方向行進)
背約〔名、自サ〕背約、違約
　已む無く背約する(不得已而違約)
　背約を責め立てる(責備違約)
背理〔名〕不合道理、不合邏輯
　背理の言を責める(譴責無理之言)
背離〔名、自サ〕背離、背道而馳
　双方の主張が背離する(雙方的主張背道而馳)
　感情の背離(感情破裂)
背臨〔名〕背著字帖習字、把字帖合上練字
背戾、悖戾〔名、自サ〕背離、悖逆

背、脊〔名〕背後,脊背,脊樑(=背中)、後方,背景(=後ろ、裏)、身高,身材(=背、脊、背丈)、山脊(=尾根)
　背を伸ばす(伸腰、挺背)
　背を壁に凭せ掛ける(背靠在牆上)
　猫が背を立てた(貓弓起背來了)
　青島は山を背に為ている(青島背後是山)
　塔を背に為て写真を撮る(以塔為背景拍照)
　背が高い(身材高大)
　背が低い(身材矮小)
　山の背を伝わって登る(沿著山脊往上攀登)
　背に腹は替えられぬ(〔喻〕為了解救燃眉之急顧不得其他)
　背を見せる(敗走)
　背を向ける(轉過身去、不加理睬、背叛)
　背を縒る(辛苦不已、痛苦得難受)
背板〔名〕圓木邊材、(椅子的)靠背板、鎧甲背部嵌板、(家具,機器等)護背板,後部擋板
背覆い、背覆〔名〕(椅子的)背套
背負う〔他五〕背(=背負う)、背負,擔負,擔當(=負担する)
　子供を背負う婦人(背著孩子的婦女)
　手を持つよりも背負った方が楽です(背著比提著省力)
　大家族を背負って生活している(擔負著一大家子的生活)
　国家の将来を背負う若人(擔負著國家未來的年輕人)
　彼は大任を背負っている(他肩負著重任)
背負う〔他五〕〔俗〕背,負(=背負う)、擔負,承擔、自負,自滿
　柴を背負って山から下りる(背柴下山)
　重い物を背負ってよろよろする(背起沉重東西來搖搖晃晃)
　借金を背負う(承擔債務、負債)
　罪を背負う(承擔罪名)

随分背負っている（覺得很了不起）

**背負ってる**〔連語〕〔俗〕（背負っている的轉變）自負、自滿、自命不凡（=自惚れている）

彼の人、随分背負ってるね（那人很有些自命不凡呀！）

**背負い籠、背負籠**〔名〕背籠、背筐

**背負い上げ**〔名〕（女和服裝飾用的）帶子裡的襯墊（=帶揚げ）

**背負い革**〔名〕（槍等的）背帶

**背負子**〔名〕（背薪柴等用的）背架

**背負い込む、背負い込む，背負込む**〔他五〕背上、擔負，承擔

五十キロの荷物を背負い込む（背起五十公斤的東西）

借金を背負い込む（承擔起債務）

厄介な役を背負い込む（承擔起棘手的任務）

無報酬の仕事を沢山背負い込む（承擔了很多無報酬的工作）

**背負い込み**〔名〕背上、擔負，承擔

立ち替えた丈背負い込みに為る（墊付的全歸自己負擔了）

此の品は背負い込み物です（這個貨品是滯銷品）

**背負い投げ、背負い投げ，背負投げ**〔名〕〔柔道〕（將對方）背起來摔倒

背負い投げで勝つ（用背起來摔倒的著數取勝）

背負い投げを食う（被出賣、受騙、上當）

背負い投げを食わせる（食わす）（背信棄義）

彼は土俵際で背負い投げを食わせた（他在緊要關頭背信棄義了）

**背帯**〔名〕（馬的）背帶

**背格好、背恰好**〔名〕身量、身體的樣子

背格好がそっくりだ（身量完全一樣）

其の人は君位の背格好だ（那人和你身量差不多）

**背皮、背革**〔名〕（洋裝書的）皮脊，皮脊裝訂法、（椅子的）皮背

**背皮綴じ、背革綴じ**〔名〕皮脊裝訂

背皮綴じの本（皮脊裝訂的書）

此の本は半背皮綴じだ（這本書是半皮脊裝訂的）

**背黄青鸚哥**〔名〕〔動〕黃背綠鸚鵡

**背切り**〔名〕〔烹〕魚段，切成魚段、（也寫作堰切）（冶）壓肩

背切り作業（壓肩鍛細工序）

**背比べ、背比べ**〔名、自サ〕比身高（=丈比べ）

妹と背比べを為る（和妹妹比個子）

一寸背比べを為て見よう（讓我們比比看誰高）

団栗の背比べ（〔蔑〕一路貨色、半斤八兩）

**背黑**〔名〕（動物的）黑背、黑斑魚的幼魚

背黑鰯（黑背鯷魚）

背黑鷗（黑背鷗）

背黑五位（黑背鷺）

背黑鶺鴒（黑背鶺鴒）

**背子、兄子**〔名〕〔古〕（女人對自己的丈夫，情人或兄弟的暱稱）阿兄、阿哥

**背筋**〔名〕背部肌肉，脊梁、（衣服的）脊縫

寒気が為て背筋がぞくぞくする（冷得脊梁直打顫）

背筋が寒く為る（不寒而慄、脊梁發冷）

背筋が綻びた（脊縫開綻了）

**背筋**〔名〕背肌

背筋力（背肌的力量）

**背丈、背丈**〔名〕身長（=背，脊、背，脊）

背丈が伸びる（長身高）

着物の背丈を詰める（縮短衣服的身長）

**背戸**〔名〕後門、廚房門（=裏門、裏口、勝手口）

背戸の畑（房後的菜地）

背戸へ出て遊び為さい（到後門外去玩吧！）

背戸口（後門=背戸）

背戸口の戸を閉める（把後門關起來）

背戸道（房後的路、通後門的路）

**背中**〔名〕背，脊背、（婦女服裝的）背部、背後、背面
　　西の方へ背中を向けて（背朝著西）
　　人の背中を叩く（〔表示親暱〕拍肩膀）
　　背中を向ける（扭過身去）
　　背中を流す（搓背、擦背）
　　背中を丸くする（弓起背來）
　　猫が背中を立てる（貓把腰弓起來）
**背中合わせ**〔名〕背對背，背靠背、不和，關係不好
　　背中合わせの二人（背對背的兩個人）
　　背中合わせに座る（背靠背地坐著）
　　背中合わせの両人（成為對頭的兩個人）
　　背中合わせの仲である（兩人關係不好）
**背縫い**〔名〕〔縫紉〕（衣服的）脊縫
　　背縫いを為る（縫脊縫）
　　背縫いが綻びた（脊縫開線了）
**背抜き**〔名〕〔縫紉〕（夏天男西裝上衣）背部不掛裡、背部沒有裡的西裝上衣
　　背抜きの上着（背部不掛裡的上衣）
**背伸び**〔名〕踮起腳、伸懶腰。〔轉〕逞能，打算做超過自己能力的事
　　背伸びを為る（踮起腳來）
　　背伸びを為ても届かない（踮起腳也夠不著）
　　背伸びを為て棚から取る（踮起腳從擱板上取下來）
　　ペンを置いて大きく背伸びを為る（放下鋼筆用力地伸個懶腰）
**背番号**〔名〕運動員背上的號碼、書脊上的號碼
　　背番号は幾つですか（背上號碼是幾號？）
　　背番号を付ける（別上後背號碼）
**背開き**〔名〕從背脊開膛（的魚）（=開き）
**背鰭**〔名〕（魚的）背鰭
**背広**〔名〕（據說是 civil clothes 的轉變）（男子）普通西服
　　三つ揃いの背広（上衣褲子背心齊全的一套西服）

**背節**〔名〕用魚背的肉做的乾松魚
**背振い**〔名, 自サ〕（動物的）抖摟毛
　　犬が背振い（を）為る（狗抖摟毛）
**背骨、脊骨**〔名〕〔解〕脊梁骨（=脊柱）
　　脊骨が痛む（脊梁骨痛）
　　脊骨を真っ直ぐに為る（把脊梁骨挺直）
　　侵入者の脊骨を叩き折って遣る（打斷侵略者的脊梁骨）
**背美鯨**〔名〕〔動〕白鯨
**背文字**〔名〕書脊上的字
**背凭れ**〔名〕（椅子的）靠背
　　背凭れの有る椅子（有靠背的椅子）
　　背凭れの無い椅子（沒有靠背的椅子）
**背割り**〔名〕衣服脊縫下端敞開的地方、（為了便於騎馬）後脊縫下端敞開的大褂（=背割り羽織）、（從背部切開的）曬魚乾、（為了防止柱子等裂開）在柱子背面預先刻上裂紋
**背、脊**〔名〕身材，身高（=脊、背、背丈）
　　背の高い（低い）人（身材高〔矮〕的人）
　　中位の背の人（中等身材的人）
　　背が伸びる（身材長高）
　　背を測る（量身高）
　　君の背は幾等有るかね（你的身高有多高呀！）
　　其処は背が立つかい（在水中那裏你的腳能夠到底嗎？）
**背順**〔名〕身高的順序
　　背順に並ぶ（按身高的順序排列）
**背高**〔名〕〔俗〕身材高、個子大（的人）
　　背高の男（身材高大的男人）
　　背高のっぽ（大高各）
**背高鷸**〔名〕〔動〕長腳鷸
**背**〔名〕背、脊背（=背, 脊, 背中）
**背**〔名〕背（=背, 脊, 背中）
　　背を返して行って仕舞う（轉過身走掉）
**背く、叛く**〔自五〕背向、違背、背叛、背棄
　　太陽に背いて立っている（背著太陽站著）

命令を背く（違背命令）

信義に背く（背信棄義）

人民の期待に背かない事を誓います（誓不辜負人民的期望）

友人に背かれる（被朋友抛棄）

世を背く（離開世俗、出家）

**背ける**〔他下一〕（把臉等）轉過去、（把身體）扭轉過去

顔を背ける（轉過臉去）

目を背ける（移開視線）

## 北（ㄅㄟˇ）

**北**〔名〕北、敗北

極北（極北地區）

西北、西北（西北）（用於風向常用北西）

正北（正北）

東北（東北）

南北（南北）

敗北（敗北、打敗仗）

**北緯**〔名〕〔地〕北緯←→南緯

東京は北緯三十五度東経一百四十度に在る（東京位於北緯35度45分東經140度）

台風は北緯二十七度、東経一百三十六度の地点を北上中（颱風正由北緯27度東經136度向北方移動）

**北越**〔名〕〔地〕越後（現今新潟縣）

**北奥**〔名〕〔地〕北奥州（即青森、秋田、岩手各縣）

**北欧**〔名〕〔地〕北歐、歐洲北部←→南欧

北欧神話（北歐神話）

**北画**〔名〕北宗畫（國畫的一個宗派，由唐朝李思訓父子創始，以粗線條強筆觸為特徵，日本的代表作家是雪舟）←→南画

**北限**〔名〕（生物分布的）北方界限

蜜柑作りの北限（種植桔子的北方界限）

**北上**〔名、自サ〕北上←→南下

**北辰**〔名〕北極星

**北進**〔名、自サ〕北進、向北挺進

敵の兵力が北進する（敵軍向北挺進）

**北西**〔名〕西北

北西の風（西北風）

**北叟笑む**〔自五〕暗自歡喜、竊笑

彼はこんな事を考えて独り北叟笑んだ（他想到這種事而高興地暗笑）

計略が図に当って北叟笑む（因為策略得逞而暗自嘻笑）

**北端**〔名〕北端

岬の北端（海角的北端）

**北朝**〔名〕〔史〕（中國）北朝（439-589）、（日本）北朝（足利氏在京都擁立的各代朝廷的總稱:1336-1392）←→南朝

**北狄**〔名〕北狄、北方的野蠻人←→南蛮

**北斗**〔名〕北斗

北斗七星（北斗七星-大熊座）

**北都**〔名〕〔古〕京都的別稱←→南都

**北東**〔名〕東北

北東の風（東北風）

**北微西**〔名〕北偏西

**北微東**〔名〕北偏東

**北部**〔名〕北部←→南部

城は町の北部に在る（城在市的北部）

**北米**〔名〕北美洲

北米合衆国（北美合眾國、美國）

**北辺**〔名〕北邊、北部邊疆

**北邙**〔名〕北邙（山名，在河南洛陽）。〔轉〕墓地

**北北西**〔名〕北北西、西北偏北（的方位）

**北北東**〔名〕北北東、東北偏北（的方位）

**北溟、北冥**〔名〕北方的大海

**北面**〔名、自サ〕朝北←→南面。為臣。〔史〕警衛太上皇宮的武士（=北面の武士）

**北洋**〔名〕北洋←→南洋

北洋漁業（北洋漁業）

**北陸**〔名〕北陸道（=北陸道）、北陸地區（現今福井，石川，富山，新潟四縣）（=北陸地区）

ㄅ

**北陸道**〔名〕北陸道（日本古八道之一包括現今福井，石川，富山，新潟各縣）

**北嶺**〔名〕比睿山的別稱←→南山。比睿山延曆寺的別稱←→南都

**北界**〔名〕〔動〕北界

**北海**〔名〕北海，北方的海。〔地〕北海

**北距**〔名〕（海）北向緯度差

**北境**〔名〕北部邊境、邊界

**北極**〔名〕北極←→南極

　北極海（北冰洋）

　北極圈（北極圈）

　北極熊（北極熊）

　北極星（北極星）

　北極光（北極光）

**北光**〔名〕〔天〕北極光

**北国**〔名〕北國←→南国

**北国**〔名〕（寒冷的）北國、北部地方（=北地）

　北国の平野の中に在る小さな町（位於北國平原中的小城鎮）

**北氷洋**〔名〕（地舊）北冰洋（=北極海）

**北方**〔名〕北方、北面

　北方に聳えている（聳立在北面）

　外国語学院は此処から北方へ五キロの地点に在る（外國語學院在從這裡往北五公里的地方）

　北方領土の問題（北方領土問題）

**北の方**〔名〕夫人（古時公卿顯貴的妻子）（=奥方）

**北**〔名〕北方、北風←→南

　仙台は東京の北に在る（仙台在東京的北方）

　北向きの部屋（朝北的屋子）

　北が強い（北風強烈）

**北する**〔自サ〕北進←→南する

**北蝦夷**〔名〕〔地〕薩哈林島（庫頁島之古稱）（=樺太）

**北回帰線**〔名〕〔地〕北回歸線（=夏至線）

**北風、北風**〔名〕北風←→南風、南風、南風

　北風が吹く（刮北風）

　北風は身を切る様に冷たい（北風冷得刺骨）

　冷たい北風が頰を打つ（寒冷的北風刺臉）

**北側**〔名〕北側、北邊

　三十八度線の北側（三十八度線的北側）

**北十字星**〔名〕〔地〕北十字座

**北大西洋**〔名〕〔地〕北大西洋

　北大西洋条約機構（北大西洋公約組織=NATO）

　北大西洋軍最高司令部（北大西洋公約組織軍最高司令部=SHAPE）

**北の鎌柄**〔名〕〔動〕鈎魚

**北の冠座**〔名〕〔天〕北冠座

**北半球**〔名〕〔地〕北半球←→南半球

**北枕**〔名〕頭朝北睡（因停靈是頭朝北，一般迷信不吉利）、頭朝北停靈、（新婚之夜）新郎新婦頭朝北睡。〔動〕一種河豚

**北窓**〔名〕北窗、外裹豆沙餡的糯米糰（=御萩）

**北向き**〔名〕朝北

　北向きに家を立てる（坐南朝北蓋房子）

　北向きの部屋（朝北的屋子）

**北山**〔名〕北山。〔俗〕覺餓。〔俗〕（食物）發霉、京都北部的山

　腹が北山だ（肚子餓了）

　北山時雨（京都由北山襲來的驟雨）

　北山丸太（京都北山產的杉木）

**倍（ㄅㄟˋ）**

**倍**〔名、漢造〕倍、加倍

　賞金を倍に為る（獎金加倍）

　倍に為て返す（加倍歸還）

　三の倍は六（三的倍數是六）

　予算の倍も金が掛かった（耗費超過了預算的一倍）

　二倍（二倍）

　三倍（三倍）

　百倍（百倍）

**倍音**〔名〕〔理〕諧音，諧波。〔樂〕和聲，泛音

**倍加**〔名、自他サ〕加倍，倍增。〔植〕多倍，多元（現象）

　苦労が倍加する（加倍辛苦）
　努力を倍加する（加倍努力）
　人数を倍加する（人員加倍）
　負担が倍加される（負擔倍增）

**倍額**〔名〕加倍的金額、加倍的價格

　運賃は去年の倍額に為る（運費比去年增加一倍）
　時間外に働いて倍額の賃金を貰う（加班領雙工資）

**倍旧**〔名、自サ〕多加、更加

　倍旧の御愛顧を願い上げます（請多加照顧）
　倍旧の努力を為る（更加努力）

**倍脚類**〔名〕〔動〕倍足亞綱

　倍脚類の動物（倍足亞綱動物）

**倍周器**〔名〕〔無〕倍頻器

**倍振動**〔名〕〔理〕諧振動

**倍数**〔名〕〔數〕倍數、多重←→約數

　六は三の倍数だ（六是三的倍數）
　倍数比率の法則（倍比定律）
　最小公倍数（最小公倍數）

**倍増**〔名、自サ〕倍增、成倍增長

　収入が倍増した（收入增加了一倍）
　所得の倍増計画（收入倍增計畫）

**倍増し**〔名〕增加一倍

　去年より倍増しだ（比去年增加一倍）
　一等料金は二等の倍増しです（頭等的票價比二等的加一倍）

**倍大**〔名〕加大一倍、二倍大小

　倍大号（期刊的加大一倍的號）

**倍率**〔名〕倍率，放大率、（入學考試的）競爭率

　倍率器（倍率器、倍增器）
　八倍率の双眼鏡（八倍的望遠鏡）
　高倍率の顕微鏡（高倍的顯微鏡）
　倍率が高い（競爭率高）
　倍率が余り高くない（競爭率不太高）

**倍量**〔名〕加倍的量、多一倍的量

　注射薬の倍量を注射した（注射了加倍的注射藥）

## 備（ㄅㄟˋ）

**備**〔漢造〕準備、預備、齊備、防備、舊地方名"吉備国"的略稱

　準備（準備、預備）
　予備（預備、準備、備品、預備役）
　常備（常備）
　設備（設備、裝備）
　具備（具備、完備、具有）
　完備（完備、完善）
　兼備（兼備）
　軍備（軍事設備、戰爭準備）
　武備（軍備、戰備）
　戦備（戰備）
　全備（全備，完備，齊備、全部裝備）
　防備（防備）
　守備（守備、防備、防守）

**備考**〔名〕備考

　備考と為て加える（作為備考加上）
　備考の欄に書き入れる（寫進備考欄）
　備考の説明を読むと本文が良く分る（一讀備考說明正文就清楚了）

**備荒**〔名〕備荒

　備荒作物（備荒作物）作物＝作品
　備荒貯蓄（備荒儲蓄）

**備州**〔名〕〔地〕備州（舊地方名吉備的別稱）（＝吉備）

**備前**〔名〕〔地〕備前（舊地方名，現在的岡山縣東南部）、備前燒、備前陶器（＝備前燒）

**備蓄**〔名、他サ〕（防備萬一的）儲備

　米を備蓄する（儲備米）

備蓄輸入（儲備進口）

**備品**〔名〕（機關，學校等）固定設備、設備、裝置

　台所の備品（廚房的固定設備）

　事務用備品（辦公設備）

　備品目錄（固定設備登記表）

**備砲**〔名〕〔軍〕（軍艦，要塞等）裝備的火砲

　重備砲の船（裝有重火砲的船）

**備忘**〔名〕備忘

　備忘に供される（以供備忘）

　備忘錄（備忘錄、記事本＝メモ）

　備忘錄に記入する（控える）（記在記事本上）

　備忘錄を調べる（查記事本）

**備後**〔名〕〔地〕備後、備州（舊地方名現在的廣島縣）

　備後表（〔備後地方即今廣島的尾道，福山地方生產的〕備後草蓆面、草蓆面上的蓆子）

**備長炭**〔名〕備長炭（一種優質木炭，產自和歌山縣，因創造者〝備後屋長右衛門〞故稱）

**備える**〔他下一〕準備，防備、設備，裝置

　戰爭に備え、自然災害に備える（備戰備荒）供える

　地震に備えて、飲料水や食べ物等を用意して置く（為了防備地震預先準備好飲水和食物等）

　部屋にテレビを備える（在房間裡安置電視機）

　教室はテープ・レコーダーが二台備えて有ります（教室裡備有兩台錄音機）

**備える、具える**〔他下一〕具備、具有（＝有する）

　彼は此の仕事に関しては、色色立派な資格を備えている（對這項工作他具備種種優越的條件）

**備え**〔名〕準備、警備、戒備，防備、設備

　備え有る狀態供え（有準備的狀態）

　備え有れば憂い無し（有備無患）

　試験には万全の備えを必要と為る（對於考試要有萬全的準備）

　敵の備え無きに乗じて（趁敵不備）

　備えを厳重に為る（嚴加防備）

　空襲に対する備え（對空襲的警備）

　大きな建物には非常口の備えが要る（大建築物要有太平門的設備）

**備え付ける**〔他下一〕設備、備置、裝置、安置、配備

　消火器を備え付ける（備置滅火器）

　部屋には電話を備え付ける（室內安上電話）

　船に救命具を備え付ける（船上備置救生衣）

　各教室にはストーブが備え付けて有る（每個教室裡安著火爐）

**備え付け**〔名〕設備、備置、裝置、安置、配備

　備え付けのベッド（備置的床）

　備え付けの用紙を使って下さい（請用備置的格式紙）

　研究室備え付けの本を十分利用する（充分利用研究室裡備置的圖書）

　備え付け品（備置品）

**備わる、具わる**〔自五〕具有、具備、設有

　最新設備の備わった研究室（具有最新設備的研究室）

　暖房設備が備わっている（設有暖氣設備）

　歩み寄って来る其の姿には、威厳とでも言う様な物が備わったいた（在走近前來的姿態中具有一種可稱做威嚴的氣派）

　文学の才が備わっている（具有文學才能）

**備に、具に**〔副〕具，備，全，詳細，詳盡，仔細

　備に辛酸を嘗める（備嘗辛酸）

　備に取り揃える（全都備齊）

　備に説明する（詳細說明）

　備に其の由を告げる（詳細告知情況）

　備に分析する（仔細分析）

備に検討する（仔細研究）

事の顛末を備に思い浮べる（把事情的前後細節從頭到尾想了一遍）

## 婢（ㄅㄟˋ）

**婢**〔漢造〕婢、女僕

下婢（女佣人＝端女）

侍婢（婢女、使女、丫鬟）

**婢僕**〔名〕（男女）婢僕、僕人

## 悖（ㄅㄟˋ）

**悖**〔漢造〕違背情理、犯上而作亂

**悖徳、背徳**〔名〕背徳、違背道徳

其れは背徳行為だ（那是不道德的行為）

背徳漢（不講道德的人）

背徳者（道德敗壞者）

**悖反、背反**〔名、自サ〕違反、違背

命令に背反する（違反命令）

良心に背反する（違背良心）

二律背反（〔邏〕二律背反）

**悖戾、背戾**〔名、自サ〕背離、悖逆

**悖**〔漢造〕（通〝勃〞）盛貌、突然發生、突然變臉

**勃然**（形動タリ）勃然

勃然と為て怒る（勃然大怒）怒る怒る

**悖る**〔自五〕違悖、違反（＝背く、逆らう）

理に悖る（悖理、不合理）

校則に悖る様な行動（違反校規的行為）

## 焙、焙（ㄅㄟˋ）

**焙**〔漢造〕（也讀作焙）用火烘乾物品

**焙じる**〔他上一〕焙、烘、炒

茶を焙じる（焙茶葉、炒茶葉）焙じる奉じる報じる

**焙じ茶**〔名〕焙的茶

**焙炉**〔名〕烘爐、（製茶用的）烘乾爐

**焙烙、炮烙**〔名〕砂鍋

焙烙で胡麻を炒る（用砂鍋炒芝麻）

**焙焼**〔名、他サ〕焙燒

焙燒炉（焙燒爐）

**焙る、炙る**〔他五〕烤、曬、烘

餅をとろ火で焙る（用文火烤年糕）

焙って食べる（烤著吃）

砂浜で体を日に焙る（在海濱沙灘上曬身體）

着物を火で焙る（在火上烘衣服）

火鉢で火を焙る（在火盆上烤手）

**焙籠、炙籠、焙子**〔名〕（架在炭火上烤衣服的）烤籠、（烤魚肉或年糕用的）烤架，鐵絲網

## 被（ㄅㄟˋ）

**被**〔漢造〕遮蓋（物），蒙受，被動

外被（外被）

加被、加被（神佛保佑）（＝加護）

**被委付者**〔名〕〔法〕被委託者、受領被遺棄財物者。（海運保險的保險人）委以海損財物全部權利的承保人

**被加算量**〔名〕被加算數額

**被加数**〔名〕〔數〕被加數

**被害**〔名〕受害，災害、損失

被害が酷い（受災嚴重）

被害が少ない（受害輕微）

被害を見積る（估計災害的損失）

被害を免れる（免遭災害、未受損失）

台風の被害を調べる（普查颱風的災害）

稲に非常な被害が遭った（水稻受到嚴重災害）

其の地震では東北の被害が最も酷かった（那次地震東北受害最為嚴重）

被害地（受災地區、災區）

被害者（受害者、受災者）

被害妄想（〔醫〕被迫害妄想症）

**被官、被管**〔名〕〔史〕（中世紀隸屬上級武士的）家臣化的下級武士、（中世紀末）隸屬於領主的農民

被官百姓〔農民〕

被疑者〔名〕〔法〕嫌疑犯
　　被疑者の写真（嫌疑犯的照片）
　　被疑者と為て取り調べを受ける（當作嫌疑犯接受審訊）

被虐〔名〕被虐者←→加虐

被教育者〔名〕（學生等）受教育者

被後見者〔名〕〔法〕被監護人

被控訴人〔名〕〔法〕被上訴人

被甲弾〔名〕裝甲彈

被甲砲台〔名〕裝甲炮台

被口類〔名〕〔動〕被唇目

被告〔名〕〔法〕被告
　　被告を法廷に呼び出す（傳被告出庭）
　　民事上の被告（民事上的被告）
　　主犯と為れている被告（被當作主犯的被告）
　　被告席（被告席）
　　被告弁護人（被告辯護人）
　　被告人（被告人=被告）

被災〔名、自サ〕受災
　　地震で被災した人達に見舞品を送る（為遭受地震災害的人們送慰問品）
　　被災者収容所（受災者收容所）

被子器〔名〕〔植〕子囊殼

被子植物〔名〕被子植物、有花植物←→裸子植物

被実験者〔名〕被實驗對象（=被驗者）

被験者〔名〕被試驗者、被實驗的對象

被支払い人〔名〕〔法〕被支付人

被写体〔名〕拍照時的景物、拍照的對象

被修飾語〔名〕〔語法〕被修飾語

被上告人〔名〕被上告人

被減数〔名〕〔數〕被減數

被除数〔名〕〔數〕被除數

被乗数〔名〕〔數〕被乘數

被招請国〔名〕被邀請國

被譲渡人〔名〕〔法〕被轉讓人

被食者〔名〕〔生〕（被強者捕食的）被食者

被請求人〔名〕〔法〕被請求人

被選挙権〔名〕〔法〕被選舉權

被選挙人〔名〕〔法〕被選舉人

被占領国〔名〕被佔領國

被相続人〔名〕〔法〕被繼承人

被担保人〔名〕〔法〕被擔保人

被治者〔名〕〔法〕被統治者

被囊〔名〕〔生〕被囊、〔解〕被膜

被曝〔名、自サ〕被（放射線）照射
　　被曝の危険性が有る（有被放射線照射的危險性）

被爆〔名、自サ〕被炸、遭受轟炸
　　被爆都市（遭受轟炸的都市）
　　原爆の被爆者（原子彈受害者）
　　被爆体験を語る（述說被原子彈轟炸的體驗）

被布、被風〔名〕披風（穿在和服上的一種類似羽織的外衣）

被服〔名〕被服、衣服
　　被服は会社で支給する（衣服由公司發給）
　　被服廠（被服廠）
　　被服手当（被服津貼）

被覆〔名、自サ〕被覆、遮蓋
　　絶縁体で被覆する（用絕緣體包上）
　　被覆材料（被覆材料）
　　被覆線（被覆線、絕緣線）
　　被覆力（遮蓋力）

被保険者〔名〕〔法〕被保險人←→保險者

被保険物〔名〕〔法〕被保險物（=被保險物件）

被保護国〔名〕被保護國、附屬國

被保護者〔名〕被保護人

被保証人〔名〕〔法〕被保證人

被膜〔名〕〔植、動〕膜被，被囊

被用者、被傭者〔名〕被雇傭者、受雇者（=用人）

被う、覆う、蔽う、蓋う、掩う〔他五〕覆蓋、遮蓋，掩蓋、掩藏，籠罩、充滿、包括
　　トタンで屋根を覆う（用白鐵板蓋屋頂）

ビニールで苗床を覆う（用塑料薄膜蓋苗床）
両手で顔を覆って泣く（雙手掩著臉哭）
ランプを覆う（把燈罩上）
木が日を覆う（樹木蔽日）
地面は一面氷雪に覆われている（遍地冰雪）
目を覆う許り（覆わしめる）惨状（令人不忍目睹的悲慘情景）
耳を掩って鈴を盗む（掩耳盗鈴）
非を掩う（掩蓋錯誤）
自分の欠点を掩おうと為て彼是言う（想要掩飾自己的缺點找出很多説辭）
其れは掩う可からざる事実だ（那是無法掩蓋的事實）
其は掩う事の出来ない事実だ（那是無法掩蓋的事實）
硝煙戦場を覆う（硝煙籠罩戰場）
会場は活気に覆われている（會場上籠罩生動活潑的氣氛）
其の地域の形勢は暗雲に覆われている（那地區的形勢籠罩著烏雲）
AとBとは相覆う物ではない（A和B並不互相包容）
一言を以て之を蔽えば（一言以蔽之）

**被い、覆い**〔名〕遮蓋、遮蔽，遮蓋物、遮蔽物
荷物に被いを為る（把貨物蓋上）
本の表紙に被いを為る（把書的封面包上）
穀物の山に被いを掛ける（糧食堆蓋上覆蓋物）
被いを取る（拿開覆蓋的東西）
椅子の被い（椅套）
雨被い（雨布、雨篷）
日被い（遮陽篷、涼篷）

**被く**〔他五〕戴、披、蓋（=被る）

**被き物**〔名〕（婦女）頭上披的東西、頭巾（=被り物）

**被衣、被衣**〔名〕（舊時貴婦人外出時所披的）蒙頭外衣

**被ける**〔自、他下一〕推卸、藉口、使蒙上
罪を人に被ける（把罪責推給別人）
失敗の原因を人に被ける（把失敗的原因轉嫁於人）
病気に被けて休む（藉口有病不出席）

**被さる**〔自五〕把……蒙上，互相重疊、〔喻〕落在肩上
雪が小屋に被さっている（雪覆蓋著小屋）
髪が伸び過ぎて目に被さる（頭髮長得過長蓋到眼睛上了）
黒雲が頭上に被さる（烏雲蓋頂）
責任が被さる（責任落在肩上）
父に死なれて事業が自分に被さって来た（父親逝世後事業落在自己的肩上）
上役が休んだので仕事が此方に被さって来た（由於上級請假工作落到自己的肩上了）

**被せる**〔他下一〕蓋上、蒙上，戴上，澆、沖。〔轉〕推諉
鍋に蓋を被せる（蓋上鍋蓋）
頭から蒲団を被せる（把被子連頭蒙上）
汚れない様にに布団にカバーを被せる（把被子罩上被罩以防弄髒）
梨の実に紙袋を被せる（給梨套上紙袋）
種を播いてから、土を被せる（播種之後用土埋上）
歯に金を被せる（牙齒套上金牙套）
背中に水を被せる（往背上沖水）
子供に帽子を被せる（給小孩戴上帽子）
人に罪を被せる（把罪過推給別人）
失敗の責任を部下に被せては為らない（不要把失敗的責任推給部下）

**被せ蓋**〔名〕（帶沿的）蓋子、套子、罩子

**被る、冠る**〔他五〕戴、蒙、蓋、套、穿，澆、灌、沖，落上，〔轉〕蒙受、遭受、承擔。〔自五〕〔攝〕（感光過度）模糊、跑光，（戲劇）終場、（戲劇界隱語）失敗、（由於風浪船隻）顛簸

## ぶ

帽子を被る（戴帽子）被る軋る
角帽を被った男（戴著大學方帽的人）
布団を頭から被る（把被子一直蒙到頭上）
布団を被って寝為さい（蓋上被子睡吧！）
頭に何も被らないでいる（頭上什麼也沒有戴著）
シャツを頭から被る（把襯衫從頭套上）
甲板が波を被る（浪沖上了甲板）
頭から水を被る（從頭上澆水）
家が火の粉を被る（火星落到房屋上）
車は厚く埃を被っている（車上落上厚厚的塵土）
崖が崩れて、線路が泥を被った（懸崖坍方鐵路被泥土蓋上了）
罰を被る（遭受懲罰）
人の罪を被る（替別人承擔罪責）
負債を被る（背上債）
暗室で光が漏れてフィルムが被る（暗室漏光底片跑光了）
芝居が被る（散戲了）

**がぶる**〔自五〕（被る的強調表現）（船隻）搖晃、顛簸
時化で船ががぶる（狂風暴雨船顛簸）

**被り、冠**〔名〕戴、蓋、蒙，〔攝〕（感光過度）底片灰霧，〔古〕冠（＝冠）

**被り物、冠物、被き物**〔名〕頭上戴的東西（帽子、頭巾等）

**被る、冠る**〔他五〕戴、蒙、蓋，套，穿，澆、灌、沖（＝被る、冠る）

**被る、蒙る**〔他五〕蒙受、遭受、招致、惹起
愛顧を被る（蒙受照顧）
罪を被る（獲罪）
叱責を被る（受到斥責）
莫大な被害を被る（遭到莫大之災害）
主人の不興を被る（招致主人的不快）
御免を被る（拒絕、不能奉陪）襖被、衾、麩、麩

**被、衾**〔名〕被子、棉被（＝掛け布団）

## 臂（ㄅㄟˋ）

**臂**〔漢造〕從肩膀到手腕的一段
猿臂（猿臂、長臂）
短臂（短臂、技術和本領低劣）
断臂（斷臂）

**臂、肱、肘**〔名〕肘、肘形物
肘を曲げる（曲肘）
肘を張る（支開胳膊肘）
肘で押し退ける（用肘推開）
肘で押し分けて、割り込む（用胳膊肘推開擠進去）
肘を枕に為る（曲肘為枕）
片肘を付いて起き上がる（支起一隻胳膊肘坐起來）
椅子の肘（椅子扶手）

## 貝、貝（ㄅㄟˋ）

**貝**〔名〕〔動〕貝，蛤蜊、海螺、貝殼。〔俗〕陰核，（廣義指）陰戶
貝を拾う（拾貝）
貝を掘る（剜蛤蜊）

**貝合せ、貝合**〔名〕對和歌遊戲（在貝殼上分別寫上和歌的上下句，先擺出上句的貝殼，再對下句的貝殼，對上最多的為勝）、對貝殼遊戲（把360個貝殼分成左右殼，左殼叫〝出貝〞，右殼叫〝地貝〞，先擺出〝地貝〞，然後用〝出貝〞對〝地貝〞，對上最多的為勝）

**貝褐炭**〔名〕〔礦〕貝殼褐煤

**貝殻**〔名〕貝殼
貝殻を拾う（拾貝殼）
貝殻彫り（貝雕）
貝殻細工（貝殼工藝品）
貝殻学（貝殼學）

**貝殻追放**〔名〕〔史〕陶片流放（來自 Ostracism 的誤譯）（＝陶片追放）。〔喻〕驅逐有害的人物

貝殻骨〔名〕〔解〕肩胛骨（=肩甲骨）
貝殻虫、介殻虫〔名〕〔動〕介殻蟲（多為害蟲，有的可作染料，塗料的原料）
　　貝殻虫に付かれた（〔植物上〕生了介殻蟲）
貝細工〔名〕貝殻（製的）工藝品
貝杓子〔名〕貝殻做的杓子
貝塚〔名〕〔考古〕（古代人吃過的貝殻堆積的）貝塚
貝爪〔名〕平而短的指甲
貝の口〔名〕日本男子（或少女）所繫扁帶的一種繫法
貝柱〔名〕貝類的閉殻肌、干貝
　　貝柱で料理を作る（用乾貝作菜）
　　貝柱をふやかす（發乾貝）
貝偏〔名〕（漢字部首）貝字旁
貝焼、貝焼き〔名〕〔烹〕帶殻烤海螺、用貝殻代替鍋燒菜
貝類学〔名〕貝類學、貝殻學
貝割り, 貝割, 穎割〔名〕由種子剛發出的二片嫩芽（=貝割れ）
　　貝割葉（剛出芽的嫩葉）
貝、蛽〔名〕螺、螺號、貝殻陀螺, 貝殻形陀螺（=貝独楽）
〔漢造〕貝殻、梵語的譯音（貝多羅）
　　貝貨（貝錢）
　　貝殻（貝殻）
　　珠貝（產真珠貝殻）
　　貝多羅葉（古代印度書寫經文的多羅樹的葉子）
貝独楽、貝独楽〔名〕貝殻陀螺（貝殻灌鉛做成的陀螺），（用木或鐵製的）貝殻形陀螺

## 輩（ㄅㄟˋ）

輩〔名、漢造〕輩、輩出、輩分
　　汝が輩、爾が輩（汝曹、汝輩、爾等）
　　無能の輩（無能之輩）
　　党輩（伙伴、同夥）
　　同輩（同輩）

先輩（先輩、先進、老前輩、老學長）
後輩（後輩、後進、後班同學）←→先輩
年輩、年配（大致的年齡、相當大的年齡、通曉世故的年齡）
軽輩（身分低下的人、不受重視的人）
俗輩（庸俗之輩、世俗之徒）
我輩、吾輩（我、我們）
輩下、配下〔名〕手下、部下、屬下
　　彼は輩下に五百の兵を持つ（他手下有五百士兵）
　　輩下（の者）を引き連れて行く（帶著部下去）
輩出〔名、自サ〕（人材）輩出、湧現出
　　人材が輩出する（人材輩出）
　　其の時代には偉人が続続輩出した（在那個時代不斷湧現出很多偉人）
輩、原、儕〔接尾〕輩、儕、們（=達、共、等）（除殿輩以外、均用於貶意）
　　殿輩（諸公）
　　役人輩（官員們）
　　海賊輩（一群海盜）
　　女輩（女流之輩）
　　あんな奴輩に負けて堪るか（輸給那群傢伙們怎麼行呢？）
輩、儕〔名〕輩、儕、一伙、一幫、一類人
　　掛かる輩を相手に芸術を論ずる事は出来ない（不能以這類人為對象來談論藝術）
輩、族〔名〕輩, 徒, 同夥, 傢伙（=輩、儕、仲間、手合い、連中）。發牢騷尋釁吵架的人
　　不逞の輩（不逞之徒）
　　無能の輩（無能之輩）
　　ああ言う輩の言う事は信用出来ない（那種人的話不能信）

## 鞴、韛（ㄅㄟˋ）

鞴、韛〔漢造〕鞴韛（風箱，唧筒等的活塞）
鞴, 韛、吹子, 吹革〔名〕風箱

移動 鞴（移動風箱）

鞴 で吹く（用風箱吹風）

鞴 を踏む（用腳踏風箱）

鞴、吹皮〔名〕風箱（＝鞴，鞴、吹子，吹子）

## 包（ㄅㄠ）

包〔漢造〕包

梱包（捆包、包裝）

内包（〔邏〕内包，内涵、包含，含有）

包囲〔名、他サ〕包圍

三方から敵を包囲する（從三方面包圍敵人）

敵の包囲を突破する（突破敵人的包圍）

写真班の包囲を受ける（受到攝影記者的包圍）

包囲戦（包圍戰）

包括〔名、他サ〕包刮、總括

以上述べた事を包括する（把以上所述加以總括）

包括的に述べる（總括地敘述）

包括範囲（包括範圍）

包括保険証券（總括保險單）

包括承継人（〔法〕總括繼承人）

包含〔名、他サ〕包含、蘊藏

矛盾を包含する（包含矛盾）

目下の情勢は危機を包含しているかに見える（目前的局勢似乎蘊藏著危機）

包茎〔名〕〔醫〕包莖、包皮

包茎を手術する（割包皮）

包摂〔名、他サ〕〔邏〕内涵

包装〔名、他サ〕包裝

包装が良い（包裝良好）

厳重に包装する（牢實包裝）

包装を解く（拆包）

包装物（包裝品）

包装費（包裝費）

包装用紙（包裝紙）

包装材料（包裝材料）

包装紙（包裝紙）

包蔵〔名、他サ〕包藏

心中密かに敵意を包蔵する（心中暗懷敵意）

包帯、繃帯〔名、他サ〕繃帶

巻き繃帯（繃帶卷）

仮繃帯所（戰地繃扎所）

繃帯を巻く（纏繃帶）

繃帯を解く（解繃帶）

顔中繃帯でぐるぐる巻きに為た男（臉上纏滿繃帶的人）

折れた手をフランネルで繃帯する（用法蘭絨包紮骨折的手）

包丁、庖丁〔名〕菜刀、廚師、烹調（手藝）

包丁で切る（用菜刀切）

包丁で牛肉を刻む（用菜刀切牛肉）

肉切り包丁（切肉刀）

肉に包丁を入れる（用菜刀切肉）

包丁人（廚師）

包丁の冴え（烹調的手藝高明）

彼の料理屋は包丁が良い（那家飯館菜做得好）

包皮〔名〕外表包的皮、〔解〕包皮

包皮を切る（割包皮）

包皮炎（包皮炎）

包皮結石（包皮結石）

包膜〔名〕〔植〕（羊齒類）囊群蓋

包有物〔名〕〔地〕包體

包容〔名、他サ〕包容，容納，收容、（尤指）大量容入

五万人の観衆を包容し得る競技場（可以容納五萬觀眾的運動場）

包容力の大きい人（氣量大的人）

人を包容する雅量が有る（有容人的雅量）

パオ 包〔名〕（中國語音譯）蒙古包

パオズ 包子〔名〕（中國語音譯）（烹）（中國風味的）肉餡包子

くる 包む〔他五〕包、裏、卷（＝包める、巻き込む）
　子供を布団に包む（把小孩包在被子裡）
　掛け布団で肩の回りを包み込む（用被子把肩膀周圍包上）

くる 包み〔名〕包（著的東西）、（包嬰兒用）小被子（＝御包み）

おくる 御包み〔名〕（包嬰兒用）小被子

ぐる 包み〔接尾〕連帶、全都、包括在內
　身包み脱いで置いて行け（把衣服全都脫下來留下！）
　家を土地包み一千万円で売る（房子連地皮在內賣一千萬日元）
　着物包み寝床に入っている（和衣躺在被窩裡）

くる 包まる〔自五〕（把身體）裏在…內、卷在…內、包在…內
　布団に包まって休む（裏在被窩裡休息）
　厚い外套に包まっている（身上裏著厚大衣）

くる 包める〔他下一〕包，裏，卷，包括在內，總共，一共，哄，蒙，騙
　風呂敷の中に包める（包在包袱內）
　食費を包めて二万円要る（包括飯費在內需要兩萬日元）
　旨く言い包める（巧妙地蒙騙）
　巧言を以て包める（用花言巧語哄騙）

くるめ 包め〔名〕包、哄騙、欺騙

ぐるめ 包め〔接尾〕連帶、全都、包括在內（＝包み）
　家族包めで応援する（舉家聲援）

つつむ 包む〔他五〕包裏、包圍、蒙蔽、籠罩、隱藏、遮掩
　新聞紙で本を包む（用報紙把書包上）
　着物を風呂敷に包む（把衣服包在包袱裡）
　謝礼に千円包む（包上一千日元作為酬勞）
　白い割烹着に身を包む（身穿白色烹飪服）
　四方山に包まれた村（四面環山的村落）
　霧に包まれた山山（隱沒在霧中的群山）
　峰は残雪に包まれている（山頂覆蓋著積雪）
　正月を迎える喜びに包まれている（沉浸在迎接新年的歡樂中）
　朗報が伝わると、人人は喜びに包まれた（喜訊傳來人心大快）
　悩みを胸に包んでいる（把煩惱藏在心裡）
　包み切れない喜び（隱藏不住的喜悅）
　包み切れずに白状した（隱瞞不住坦白了）

つつみ、つつ 包み、包〔名〕（也用作助數詞）包、包裏、包袱
　蓆包み（草包）
　綿一包み（一包棉花）
　包みに為る（包上）
　二包みに分ける（分成二包）
　弁当の包みを広げる（打開飯盒包）
　友人の家に本の包みを忘れた来た（把書包忘在朋友家裡了）
　食後に一包み宛飲む（飯後各服一包）

つつみいた 包み板〔名〕包裝板

つつみかく 包み隠す〔他五〕包藏、隱瞞
　身元を包み隠す（隱瞞身分）
　思った事を包み隠さずに言う（把心裡想的事情和盤托出）
　包み隠さずに白状する（老實招供）

つつみかく 包み隠し〔名〕隱瞞
　包み隠し等は致しません（決不隱瞞）
　彼は包み隠しの出来ない人だ（他是個耿直人）

つつみかざ 包み飾り〔名〕掩飾、隱瞞
　包み飾りの無い話（不加掩飾的話、率直的話）

つつみがまえ 包構え〔名〕（漢字部首）勹部（如包、勻、匈的外框）

つつみがみ、つつみがみ 包み紙、包紙〔名〕包裝紙

ㄅ

綺麗な包み紙で包んだ贈り物（用漂亮包裝紙包著的禮品）

**包み金、包金、包み金、包金**〔名〕紙包的賞錢

謝礼と為て僅かの金を包み金に為て差し出す（拿出少許的錢用紙包上作為報酬）

包み金で済ます（用一個紙包的賞錢應付過去）

**包み込む**〔他五〕包進去、包在裡面

**包み直す**〔他五〕重新包裹

**包みなく**〔副〕不加掩飾、毫不隱瞞、坦率

包みなく言えば（坦率說來）

**包みボタン、包みボタン**〔名〕（用和衣服布料同樣的布）包製的鈕扣、包扣

## 胞（ㄅㄠ）

**胞**〔漢造〕胞、細胞

同胞、同胞（同胞、親兄弟姊妹）

細胞（〔生〕細胞、〔黨的〕基層組織，成員）（動物學上讀作〝細胞〞、植物學上讀作〝細胞〞）

芽胞（孢子）

**胞原細胞**〔名〕〔植〕孢原細胞

**胞子**〔名〕〔生〕孢子

胞子植物（孢子植物、隱花植物）

胞子生殖（孢子生殖）

胞子体（孢子體）

胞子炭（孢子煤）

胞子囊（孢子囊）

胞子囊果（孢子果）

胞子葉（孢子葉）

胞子虫類（〔動〕孢子蟲類）

**胞軸裂開**〔名〕〔植〕室軸開裂

**胞状**〔名〕〔生〕胞狀、囊狀

胞状鞭毛虫類（〔動〕囊狀鞭毛蟲類）

胞状腺（〔解〕葡萄狀腺）

**胞胚**〔名〕〔動〕囊胚

胞胚腔（囊胚腔）

**胞背裂開**〔名〕〔植〕室脊開裂

**胞衣、胞衣、胞衣**〔名〕〔解〕胞衣、胎盤

胞衣を納める（埋胎盤）

## 苞（ㄅㄠ）

**苞**〔名〕〔植〕苞、花苞

**苞苴**〔名〕用竹葉或稻葉等裹的魚、禮物、土產、賄賂

**苞**〔名〕草包、土產（＝土產）

納豆の苞（盛納豆的草包、用草包捆包的發酵大豆食品）

## 褒（ㄅㄠ）

**褒**〔漢造〕褒獎

過褒（過獎）

**褒辞**〔名〕褒詞（＝褒詞）

**褒章**〔名〕（國家授予個人的）獎章

藍綬褒章（藍綬獎章-授予在教育社會事業等方面作出卓越貢獻者）

黃綬褒章（黃綬獎章-授予長期辛勤工作堪稱模範者）

紫綬褒章（紫綬獎章-授予在學術藝術上作出卓越貢獻者）

紺綬褒章（藏青綬帶獎章-授予為公共利益捐獻財產者）

**褒賞**〔名〕褒獎、獎品

褒賞を与える（授獎）

褒賞を貰う（領獎）

褒賞授与（發獎）

**褒状**〔名〕褒獎狀

褒状を貰う（領獎狀）

**褒美**〔名〕褒獎、獎品

好い子だから御褒美を上げよう（是個好孩子給你獎賞吧！）

褒美を貰う（領獎賞）

褒美と為て本を遣る（給一本書作為獎賞）

褒美に時計を与える（給錶作為獎賞）

**褒貶**〔名、他サ〕褒貶

毀誉褒貶を度外視する（把毀譽褒貶置諸度外）

**褒める、誉める、賞める**〔他下一〕讚揚、讚美、褒獎←→謗る、貶す

勇敢な行為を褒める（讚揚勇敢行為）

余り立派なので褒める言葉が無い（太漂亮了簡直讚不勝讚）

其れは褒める可き行為だ（那是值得你稱讚的行為）

其れは余り褒めた話ではない（那不是值得讚揚的事）

褒められて怒る者は無い（沒有受到讚揚反而生氣的人）

**褒め合い**〔名〕相互吹捧

**褒め言葉、誉め言葉、褒め詞，誉詞**〔名〕讚辭、褒辭，誇獎的話

**褒詞**〔名〕褒獎的話（=褒め言葉、褒め詞）

褒詞を賜る（予以褒獎）

**褒めそやす、誉めそやす**〔他五〕讚不絕口、極力讚許（=褒め立てる、誉め立てる、褒めちぎる、誉めちぎる）

一同は其の勇敢な行為を褒めそやした（大家極力稱讚他那勇敢的行為）

**褒め称える、誉め称える**〔他下一〕讚不絕口、極力讚許（=盛んに褒める）

英雄の偉業を褒め称える（極力讚揚英雄的豐功偉績）

**褒め立てる、誉め立てる**〔他下一〕讚不絕口、極力讚許（=褒めそやす、誉めそやす）

口を揃えて褒め立てる（異口同聲地大加讚揚）

**褒めちぎる、誉めちぎる**〔他五〕讚不絕口、極力讚許（=褒めそやす、誉めそやす）

口を極めて褒めちぎる（稱讚得不得了）

**褒め囃す、誉め囃す**〔他五〕讚不絕口、極力讚許（=褒めそやす、誉めそやす）

**褒め者、誉め者**〔名〕受大家稱讚的人、受大家表揚的人

彼は町内の褒め者だ（他是街道上受稱讚的人）

## 雹、鞄（ㄅㄠ）

**鞄**〔漢造〕皮製的囊、製柔革的工人

**鞄**〔名〕提包、皮包、公事皮包

手提鞄（手提包）

鞄を締める（關上皮包）

鞄を提げる（提皮包）

鞄に詰める（裝入皮包）

**鞄持**〔名〕隨從秘書、（經常在上司身邊）獻殷勤的人

鞄持を為る（當隨從秘書）

## 雹（ㄅㄠˊ）

**雹**〔名〕雹

豆粒大の雹（豆粒大的冰雹）

雹が降る（下冰雹）

作物に大きな雹害が遭った（農作物遭受了嚴重雹災）

**雹害**〔名〕（農作物遭受的）雹災

## 保（ㄅㄠˇ）

**保**〔漢造〕保護、保持、保證、照顧

隣保（近鄰，街坊，近鄰互助組，濟貧小組）

担保（抵押）

**保する**〔他サ〕保證、擔保

安全を保し難い（難以保證安全）

情勢が何時悪化せぬとも保し難い（局勢何時惡化都很難保證）

**保安**〔名〕保安、治安

国内の保安を維持する（維持國內的治安）

保安帽（安全帽）

保安係（保衛股）

保安警察（治安警察）

保安要員（負責安全的人員、安全檢查人員）

ㄅ

保安庁（保安廳-防衛廳的前身）
保安林（保護林、保留林）
保安隊（保安隊）

**保育**〔名、他サ〕保育
　幼児を保育する（保育幼兒）
　保育園（保育園）
　保育器（保溫箱）

**保温**〔名、自サ〕保溫
　保温に留意する（注意保溫）
　保温用の下着（保溫用的內衣）
　保温装置（保溫裝置）

**保管**〔名、他サ〕保管
　財産を保管する（保管財產）
　貴重品を保管する（保管貴重物品）
　書類は楊さんが保管している（楊先生保管著文件）
　金を会計に保管させる（讓會計保管金錢）
　保管料（保管費）

**保菌者**〔名〕〔醫〕帶菌者
　ジフテリアの保菌者（白喉帶菌者）
　赤痢保菌者（赤痢帶菌者）

**保健**〔名〕保健、保護健康
　ラジオ体操は保健に良い（廣播體操對保護健康有好處）
　日光と空気は保健上大切な物である（日光和空氣對於保健是寶貴的東西）
　都市生活者は保健上からも、能率増進の上からも、時に山や海に行くが良い（住在城市的人無論從保健上說還是從提高工作效率上說時常到山上或海濱去有好處）
　保健体操（保健體操）
　保健婦（保健護士）
　保健所（保健站）

**保険**〔名〕保險、（對於損害的）保證
　生命保険（人壽險）
　火災保険（火險）
　海上保険（海上保險）
　健康保険（健康保險）
　傷害保険（事故保險）
　盗難保険（竊盜險）
　養老保険（人壽定期保險）
　保険を付ける（掛ける）（投保）
　保険に入る（加入保險）
　保険を解除する（解除保險）
　保険を勧誘する（兜攬保險）
　保険証券（保險單）
　保険料（保險費）
　保険金（保險金）
　保険仲立人（保險經紀人）
　保険ベッド（利用健康保險的醫療費住院的病床）
　保険付き、保険付き（帶保險、有保證）
　保険人（保險人）
　保険会社（保險公司）

**保護**〔名、他サ〕保護
　国内の産業を保護する（保護國內的工業）
　保護を与える（給予保護）
　法律の保護を受けている（受到法律的保護）
　警察に保護を求める（請求警察給予保護）
　警察に保護願いを出す（請求警察給予保護）
　政治的亡命者と為て保護を求める（作為政治避難者請求保護）
　政治的亡命者と為て保護を受ける（作為政治避難者受到保護）
　保護国（保護國）
　保護関税（保護關稅）
　保護装置（保護裝置）
　保護観察（〔法〕〔對犯罪者假釋時〕保護觀察）
　保護検束（〔法〕保護拘留）
　保護色（〔動〕保護色）

保護者（保護者）
保護林（保護林）
保護鳥（保護鳥）
保佐人〔名〕（精神不正常者的）保護人
保持〔名、他サ〕保持
　記録保持者（記録保持者）
　秘密保持（保守秘密）
　世界記録を保持する（保持世界紀錄）
　彼等は青年時代の高遠な理想を飽く迄も保持している（他們始終保持著青年時代的遠大理想）
保磁子〔名〕〔電〕保磁用銜鐵
保磁性〔名〕〔理〕頑磁性
保磁力〔名〕〔理〕頑磁力
保釈〔名、他サ〕〔法〕保釋
　保釈中に逃亡する（在保釋中逃跑）
　保釈を許す（准許保釋）
　保釈保証人（保釋具保人）
　保釈金（保釋金）
保守〔名、他サ〕保守←→革新、保養
　保守と革新の両陣営に分かれる（分成保守和革新兩個陣營）
　保守主義（保守主義）
　保守党（保守黨）
　保守反動主義（反動的保守主義）
　機械の保守（機械的保養）
保証〔名、他サ〕保證、擔保
　事実か如何か保証出来ない（是否屬實不能保證）
　彼の人物は私が保証する（他的為人由我來擔保）
　急度旨く行くよ、僕が保証する（我保證一定順利成功）
　保証金を納める（交保證金）
　保証付きの品（保用的商品）

五年間保証付きの電気冷蔵庫（保用五年的電冰箱）
此の時計は三年間の保証付きです（這錶保用三年）
支払い保証付き小切手（保付支票）
保証責任（〔法〕擔保責任）
保証人（保證人、擔保人）
保障〔名、他サ〕保障
　安全保障（安全保障）
　集団保障（集團保障）
　平和の保障（和平的保障）
　生活の保障を与える（給予生活的保證）
　生命の安全を保障する（保障生命的安全）
　保障占領（保障佔領）
保礁〔名〕〔地〕堤礁
保身〔名〕保身
　保身の術に長けた（長じている）人（善於明哲保身的人）
　其れは全く保身の為に外為らない（那完全只是為了明哲保身）
保税〔名〕〔商〕關棧保留
　保税貨物（扣存關棧以待完稅的貨物）
　保税倉庫（海關保稅倉庫、關棧）
保線〔名〕〔鐵〕保線、養路
　保線工事の予算を組む（編制養路工程的預算）
　保線工夫（鐵路養路工）工夫（設法、辦法）
　保線区班（鐵路路段道工組）
保全〔名、他サ〕保全
　証拠保全（〔法〕保全證據）
　国土を保全する（保全國土）
　交通の保全を図る（謀求保證交通安全）
保存〔名、他サ〕保存
　遺跡を保存する（保存古蹟）
　冷蔵庫で食物を保存する（用電冰箱保存食物）

## ㄅ

此の線路は保存が行き届いている（這條鐵路保養得很好）

保存力（〔理〕守恆力）

**保母、保姆**〔名〕保姆、保育員

保育園の保母（幼兒園的保母）

保母養成所（保育員訓練班）

**保有**〔名、他サ〕保有

農家の保有米（農民手裡的大米）

軍備を保有する（保有軍備）

車両の保有台数（車輛的保有輛數）

**保養**〔名、自サ〕保養，療養、休養、消遣

温泉は病後の保養に適している（温泉適於病後的休養）

海岸で保養する（在海濱休養）

保養の散歩（增強體質的散步）

保養地（療養地）

芝居見物も時には好い保養です（看戲有時候也是很好的休息）

目の保養を為る（飽眼福）

**保留**〔名、他サ〕保留，擱置、緩辦

態度を保留して様子を見る（採取保留態度觀望形勢）

保留条件（保留條件）

保留条項（保留條款）

処分を保留する（暫緩處分）

其の件は保留に為った（那件事決定暫擱起來）

其の問題の決定は次回迄保留された（那問題放到下次再決定）

此の問題は保留（に）為て先に進みます（這問題放一放先討論下一個問題）

**保留走性**〔名〕〔動〕補償趨激性

**保冷**〔名〕保冷、防熱

保冷車（有冷藏設備的車）

**保つ**〔自五〕保存住、保持不變

〔他五〕保持，維持、保住，支持

三日保つまい（保存不了三天吧！）

食物が朝迄保つ（食物能保存到第二天早晨）

秩序を保つ（維持次序、保持次序）

信用を保つ（保持信用）

平和を保つ（維持和平、保持和平）

体の安静を保つ（保持身體的安靜）

身を保つ（保身）

命を保つ（保命）

一家を保つ（支持一家）

地位を保つ（保存地位）

**保ち合い、持ち合い**〔名〕互相幫助，互相支持、勢均力敵。〔商〕行市平穩

彼の家は保ち合い所帯だ（那是個大家共同來維持的家庭）

保ち合いが現在迄続いている（均勢一直保持到現在）

保ち合いの勝負（不分勝負）

相場は保ち合いである（行市平穩）

## 堡（ㄅㄠˇ）

**堡**〔漢造〕防備盜寇的土城堡障

城堡（城堡、城和堡）

**堡礁**〔名〕堡礁（珊瑚礁的一種）

**堡塁**〔名〕堡壘（＝砦、塞、壘）

堡塁を築く（修築堡壘）

## 宝（寶）（ㄅㄠˇ）

**宝**〔漢造〕寶，財寶，珍寶、關於皇帝的事物，關於佛教的事物

七宝、七宝（〔佛〕七寶、景泰藍＝七宝焼）

珍宝（珍貴的寶物）

秘宝（秘藏的珍寶）

財宝（財寶、財富、寶藏）

国宝（國寶）

**三宝**（三件寶物、〔佛〕三寶－佛，法，僧、佛的別稱、任意，隨便）
　行き成り三宝（信步而行）
　言い成り三宝（隨便云云）

**宝印**〔名〕〔佛〕（刻有寺院本尊名的）寶印、（佛，法，僧三寶中的）法寶、牛王寶印

**宝冠**〔名〕寶石王冠
　宝冠を戴いて王位に即く（戴上寶冠即王位）
　宝冠章（寶冠勳章）

**宝鑑**〔名〕寶鑑、寶典
　家庭宝鑑（家庭寶典）

**宝器**〔名〕寶器、寶貝（也指難得的人物等）

**宝玉**〔名〕寶玉、寶石
　宝玉の入って指輪（鑲寶石的戒指）
　宝玉を鏤めた箱（鑲滿珠寶的箱子）

**宝剣**〔名〕寶劍

**宝庫**〔名〕寶庫
　知識の宝庫（知識的寶庫）
　地下資源の一大宝庫（地下資源的一大寶庫）

**宝算**〔名〕聖壽、天皇的年齡
　宝算正に七十（聖壽正七十歲）

**宝璽**〔名〕玉璽、天子的印章

**宝珠**〔名〕寶珠，珠寶。〔佛〕如意寶珠（=宝珠の玉）
　宝珠の玉（〔佛〕如意寶珠）

**宝生**〔名〕（能樂）寶生流（能樂主角的五個流派之一）（=宝生流）

**宝石**〔名〕寶石
　宝石細工（寶石飾物）
　指輪に宝石を鏤める（把寶石鑲在戒指上）
　宝石箱（寶石盒）
　宝石彫刻（寶石雕刻）
　宝石研磨術（寶石研磨術）
　宝石軸受（寶石軸承）

**宝前**〔名〕神佛之前

**宝祚**〔名〕寶祚、皇位

**宝蔵**〔名〕寶庫

**宝鐸**〔名〕寺院堂塔四角屋簷裝飾的鐘形風鈴、唐竹蘭的異名

**宝典**〔名〕寶典、便覽
　育児宝典（育兒寶典）

**宝殿**〔名〕寶殿（收藏寶物的殿堂）、神殿

**宝刀**〔名〕寶刀
　伝家の宝刀を抜く（拔出傳家的寶刀、〔喻〕攤初最後的王牌）

**宝塔**〔名〕〔佛〕寶塔

**宝瓶宮**〔名〕〔天〕寶瓶宮、寶瓶座

**宝物、宝物**〔名〕寶物、寶貝
　家重代の宝物（傳家寶）
　宝物殿（珍寶殿）
　本は僕の宝物だ（書是我的寶貝）

**宝、財**〔名〕寶貝，財寶、寶物，珍品。〔舊〕（一般冠以接頭語御）錢，錢財
　金、銀、宝石の宝を山と積む（金銀寶石等財寶堆積如山）
　此の絵は昔から私の家に伝わる宝です（這幅畫是從我家上代傳下來的寶物）
　宝物（寶物）
　宝を盛った盆（聚寶盆）
　彼は国の宝だ（他是國家的珍寶）
　正直は宝だ（誠實是寶貴的）
　御宝が無くて困っている（沒有錢正困窘著）
　宝さかって入る時はさかって出る（貨悖而入者亦悖而出－大學）
　宝の持ち腐れ（空藏美玉、懷才不遇、英雄無用武之地）
　宝の山に入りながら、手を空くして帰る（入寶山而空手歸來、空失良機毫無所得）
　宝は湧き物（財寶有時會從天而降、想得就會得來）

**宝貝**〔名〕〔動〕貝類（總稱）、寶貝（中國古代以貝作貨幣故稱寶貝）

**宝籤**〔名〕彩票
　宝籤の当る（中彩票）
　宝籤の一等（頭彩）

## ㄅ

宝籤を買う（買彩票）

宝島〔名〕寶島、金銀島（史蒂文遜著名小說 Treasure Island 的譯名）

宝尽〔名〕萬寶圖（羅列多種寶物圖樣的繪圖）

宝箱〔名〕寶箱、百寶箱

宝船〔名〕寶船（滿載財寶由七福神乘坐的帆船繪畫，上面寫著〝回文歌〞，相傳於一月二日夜鋪枕下而眠可得吉夢）、〔轉〕裝載貴重物品的船

## 飽（ㄅㄠˇ）

飽〔漢造〕飽

温飽（溫飽）（＝暖衣飽食）

飽食〔名、自サ〕飽食

飽食暖衣（豐衣足食）

飽満〔名、自サ〕飽食、吃飽

美食に飽満する（飽餐佳餚）

飽和〔名、自サ〕〔理〕飽和、極限

濃度が飽和に達する（濃度達到飽和）

飽和電流（飽和電流）

飽和度（飽和度）

飽和蒸気（飽和蒸汽）

飽和蒸気圧（飽和蒸汽壓力）

飽和器（飽和器）

飽和温度（飽和溫度）

飽和点（飽和點）

飽和化合物（飽和化合物）

飽和溶液（飽和溶液）

飽和濃度（溶解度）

人口が飽和状態に在る（人口處在飽和狀態）

飽和鉱物〔名〕〔地〕飽和礦物

飽和磁化〔名〕〔理〕飽和磁化、磁飽和

飽く、厭く〔自五〕滿足、膩煩

飽く無き野望（貪得無厭的野心）明く開く空く

貪欲で飽く事を知らない（貪心不足）

二人は飽きも飽かれも為ぬ仲だ（兩個好得如膠似漆）

明く、開く、空く〔自五〕開、開始、空閒←→閉まる、締まる、塞がる

戸が明いている（門開著）明く開く空く飽く厭く倦く

戸が明いた（門開了）

窓が南に明いている（窗戶朝南開著）

錠前が明かぬ（鎖頭開不開）

引出が明く（抽屜開了）抽斗

芝居の幕が明いた（戲開幕了）

デパート(department store)は午前九時に明く（百貨公司九點開始營業）九時九時

店が明く（開業、開店、開始營業）店見世

店は八時に明く（店鋪八點開始營業）大衆大衆便宜便宜

彼の商店は大衆の便宜の為に昼夜共に明いている（那商店為了方便大眾晝夜營業）

列の間が明く（行列之間有了空隙）間間間

明いた口が塞がらない（嚇得目瞪口呆、出神，精神恍惚）

明いた口へ餅（福自天來）糯勿

此の家は来月明く（這所房子下個月騰空出來）家家家家家

新聞が明いたら貸して下さい（報紙若沒人看請借給我）

車が明いたら貸して下さい（車子若沒人用請借給我）

席が明いた（座位空出來了）

明いた席も無い（座無虛席）

箱が明いた（箱子空了）

蓋が明く（蓋子開了）

手が明く（閒著）

手が明かないから行けない（因為沒有空不能去）

社長のポスト(post)は暫く明いている（經理的職位暫缺）

**飽く無き**〔連語、連體〕貪得無厭的、無止境的、無盡無休的
　飽く無き權勢欲（無止境的權勢慾望）
　飽く無き追跡（無休止的追蹤）

**飽く迄（も）**〔連語、副〕徹底、到底
　飽く迄頑張る（堅持到底）
　飽く迄反対する（徹底反對）
　飽く迄戦う（鬥爭到底）
　規則は飽く迄守らなければならない（必須徹底遵守規章）
　飽く迄社会主義の道を突き進む（堅持走社會主義道路）
　飽く迄正直な人（極端正直的人）

**飽きる、厭きる**〔自上一〕夠、滿足，膩煩、厭煩，厭倦（接其他動詞連用形下構成複合動詞用法）夠、膩
　此の子は何でも直ぐ飽きる（這孩子對什麼都沒有常性）
　飽きる事を知らない（貪得無厭、不知滿足）
　此の仕事にはもう飽きた（這工作已經做膩了）
　此の絵は何度見ても飽きない（這幅畫看多少遍也不厭）
　どんな好きな物でも、毎日食べると飽きて仕舞う（不管怎樣喜歡的東西如果天天吃也就膩了）
　君の言い訳はもう聞き飽きた（你的辯白我已經聽膩了）
　見飽きる（看夠）
　食べ飽きる（吃膩）

**飽き、厭き**〔名〕夠、膩、厭煩
　飽きが来る（夠了、膩了）
　こんな仕事には飽きが来た（這工作已經膩了）
　甘い物も度度だと飽きが来る（甜東西常吃也會膩的）

**飽き飽き、厭き厭き**〔名、自サ〕厭煩、膩煩
　彼の人の長談議にはもう飽き飽きだ（他的長篇大論已經聽膩了）
　汽車の旅の長いのに飽き飽きする（乘火車旅行時間太長膩死人）
　人を飽き飽きさせる（使人厭煩）

**飽き性、厭き性**〔名〕沒常性、易變的性格、動不動就厭煩的性格
　彼の人は飽き性だ（他是個沒有常性的人）
　貴方は本当に飽き性の人ですね（您真是個沒常性的人啊！）

**飽き足らぬ、飽き足りない**〔連語〕不夠，不飽（=物足りない）、不夠滿意，不稱心（=満足しない）
　三杯の飯では飽き足りない（三碗飯吃不飽）
　多少飽き足りない所が有る（還有點不稱心）
　第三者から見ると未だ飽き足りない点が多い（從第三者來看還有許多不夠滿意之處）
　幾等金を儲けも飽き足りない（賺多少錢也不心滿意足）

**飽きっぽい**〔形〕〔俗〕動不動就厭煩、沒常性（=飽き易い）
　彼は飽きっぽい（他沒常性）
　物事に飽きっぽいと大きな仕事は出来ない（沒常性就不能成大事）

**飽き果てる**〔自下一〕厭煩到極點
　此の仕事には飽き果てた（這工作我算膩透了）

**飽かす、厭かす**〔他五〕使人厭膩（=飽かせる）
（常用……に飽かして的形式）不惜，盡量用（=ふんだんに使う）
　客を飽かす程の御馳走攻め（令人厭膩的盛宴）明かす
　彼の演説は聴衆を飽かさない（他的講演令人聽起來不厭倦）
　金に飽かして贅を尽くす（不惜金錢極盡奢侈）
　暇に飽かして遊び歩く（閒來無事到處遊逛）

**飽かせる**〔他下一〕使人厭膩（=飽かす、厭かす）

# 鴇（ㄅㄠˇ）

とき、とき、とき〔名〕〔動〕朱鷺，紅鶴、淺粉紅色（=とき色）

ときいろ
鴇色〔名〕淺粉紅色

# 報（ㄅㄠˋ）

ほう〔名、漢造〕通知（=報せ、知らせ）。報應（=報い、酬い）。報答、報知

死去の報を接する（接到去世的通知）
果報（因果報應、幸福，幸運）
応報（報應）
速報（快報、簡短的新聞報導）
続報（繼續報告、繼續報導）
吉報（喜訊、好消息）
凶報（噩耗、不幸的消息）
予報（預報）
警報（警報）
官報（政府公報、官署拍發的電報）
公報（政府機關頒發的公報）
広報、弘報（宣傳、報導、情報）
好報（〔商〕〔行情看漲的〕樂觀情報）
後報（後來的消息、下一步的消息）
電報（電報）
年報（年報）
市報（市報-市政機關的通知）
時報（報時、時報-及時報導的報紙雜誌）
商報（商業公報）
勝報、捷報（捷報）
敗報（戰敗的報導、戰敗的消息）
情報（情報、消息）
誤報（錯誤報導）
会報（會報）
回報、廻報（答覆，回信、傳閱的文件）
快報（好消息、喜訊）
悲報（悲痛的消息、訃聞）

御報（〔敬〕〔您的〕通知）（=御報せ、御知らせ）
至急報（加急電報、加急電話、加急電訊）

報恩〔名、他サ〕報恩
日夜報恩の念に燃えて仕事に励む（晝夜一心想報答恩情而努力工作）
報恩講（〔佛〕〔為報答祖師的恩情在其祭辰舉行的〕法事、佛事）

報告〔名、他サ〕報告
事件の経緯を報告する（報告事件的經過）
未だ詳細な報告に接しない（還未接到詳細的報告）
報告は次の通り（報告如下）
報告会（報告會）
報告書（報告書）
最終報告（最後報告）
中間報告（中間報告）
年次報告（年度報告）

報国〔名〕報國
一死報国（以身報國）
報国の念が厚い（富於報國精神）
尽忠報国の勇士（盡忠報國的勇士）

報賽〔名、自サ〕（向神佛）還願（=御礼参り）

報時球〔名〕報時球

報謝〔名、自サ〕報恩、〔佛〕布施，施捨
報謝の念を以て働く（以報恩的心情工作）
御報謝願います（請布施布施）

報酬〔名〕報酬、收益
報酬を貰う（領取報酬）
報酬を与える（給報酬）
手伝って貰った人々に十分の報酬を為ます（對幫忙的人們給足夠的報酬）
報酬は日給で支払う（按日薪給報酬）
報酬逓減の法則（〔經〕報酬遞減律、收益遞減規律）

報奨〔名、他サ〕獎勵

報奨の意味で（為了表示獎勵）
報奨措置を講ずる（採取獎勵措施）
報奨物資（獎勵用的物資）
報奨金（獎金）
報奨制度（獎勵制度）

**報償**〔名、自サ〕補償，賠償、報復（＝仕返し）
遺族に報償する（對遺族賠償損失）
報償金（賠償金）

**報知**〔名、他サ〕報知、報告、通知
火災報知機（火災警報器）
津波の襲来を報知する（通知將有海嘯襲來）

**報道**〔名、他サ〕報導
新聞は日日の出来事を報道する（報紙報導每天發生的事件）
報道が迅速だ（報導得快）
其の事件は全世界各地で大大的に報道された（那個事件在全世界各地廣泛進行了報導）
現地からの報道に拠れば（據當地報導）
報道班（報導組）
報道機関（報導機關－指報社，廣播公司等）
報道陣（報社，廣播公司等報導組的陣容記者團）

**報徳**〔名〕報德、報恩
報徳の念を抱く（懷報德心願）抱く

**報復**〔名、自サ〕報復
報復手段に出る（採取報復手段）
先方の為た通りに報復する（以其人之道還治其人之身）
報復関税（報復性關稅）
報復政策（報復政策）
報復主義（復仇主義）

**報労**〔名〕酬勞
報労金（酬勞金）

**報じる**〔自、他上一〕報答，通知，告知（＝報ずる）
恨みを報じる（報仇）

今迄育てて呉れた父母の恩に報じる為に、確り頑張ります（為了報答培養我至今的父母之恩也要好好地努力）
素晴らしいニュースを報じる（通知好消息）
ラジオの報じる処では（根據收音機的報導）
事件の経過を警察に詳しく報じる（向警察詳細報告事件的經過）

**報ずる**〔自、他サ〕報答（＝報いる、酬いる）。報告，報知（＝知らせる）
国に報ずる（報國）
恩に報ずる（報恩）
恨みを報ずる（報仇）
時刻を報ずる（報時）
新聞の報ずる所に拠れば（據新聞報導）
暴風来襲を報ずる（報知暴風襲來）

**報う**〔自、他五〕報應、得報償（＝報いる、酬いる）
長年の努力が報われた（多年的努力有了收獲）
彼の研究は報われなかった（他的研究沒有收獲）

**報いる、酬いる**〔自、他上一〕報答，報償，答謝、報復，報仇，回報
功労に報いる（報償功勞）
苦労が報いられる（沒白辛苦）
多年の努力が終に報いられた（多年的努力終於有了收獲）
君の仕事は全然報いられないかも知れない（你的工作也許完全得不到報酬）
此の怨みは必ず報いる（這個仇一定要報）
善に報いる悪を以てする（以惡報善、善將惡報）
悪に報いる善を以てする（以善報惡、惡將善報）
仇に報いるに徳を以てする（以德報怨）
恩を仇で報いる（恩將仇報）
一矢を報いる（針鋒相對、予以還擊）

**報い、酬い**〔名〕果報，報應、報酬，報答

## ㄅ

悪事の報い（惡事報應）

悪人には悪い報いが有る（惡有惡報）

不勉強の報いで試験に不合格でした（由於不用功結果沒考上）

計画に緻密さを欠いていた報いで、成功しなかった（由於計畫欠周密而沒有成功）

悪い事を為れば必ず報いが有る（做惡事必有惡報）

到頭報いを受けた（終於遭了報應）

其れは前世の報いだ（那是前世的報應）

此れは平生僕等に対する君の態度が余り良くない報いだ、好い気味だよ（這是你平素對我們不好的報應活該！）

報いを求める（要求報酬）

報いの無い労働（無報酬的勞動）

報せ、知らせ〔名〕通知、預兆，前兆

採用の知らせが来た（錄用的通知到了）

悪い知らせが有った（噩耗傳來）

追って知らせが有る迄（等到隨後有了通知）

鶏鳴は夜明けの知らせだ（雞鳴是黎明的通知）

虫の知らせ（預感、前兆）

夢の知らせで何か有り然うだと思っていた（由於莫名其妙的預感那時就覺得要發生什麼事）

## 抱（ㄅㄠˋ）

抱〔漢造〕抱、懷抱

介抱（護理、服侍、照顧）

懷抱（懷抱、摟抱）

辛抱（忍耐、忍受、耐、耐心工作）

抱懷〔名、他サ〕懷抱（=抱く）

革命思想を抱懷する（懷有革命思想）

常常抱懷している信念（平素所抱的信念）

抱水〔名〕〔化〕水合

抱水クロラル（水合氯醛）

抱接〔名〕〔動〕抱合

抱負〔名〕抱負

自信有り気に抱負を語る（好像滿有信心地談抱負）

彼は大きな抱負を持って内閣を組織した（他懷著很大的抱負進行了組閣）

抱腹、抱服〔名〕捧腹

抱腹絶倒する（捧腹大笑）

抱擁〔名、他サ〕擁抱、摟抱

母と子が相抱擁する（母子互相擁抱）

大手を広げて抱擁する（伸開雙臂擁抱）

抱く、懷く、擁く〔他五〕懷抱、懷有（=抱く）

自然の懷に抱かれる（置身於自然懷抱中）

大志を抱く（胸懷大志）

不安の念を抱く（心懷不安）

憧れを胸に抱く（一心嚮往）

抱く〔他五〕（抱く、懷く、擁く的轉變）抱、懷抱、孵卵

子供を抱く（抱孩子）

一寸赤ちゃんを抱かせて下さい（請讓我抱抱孩子）

恨みを抱く（懷恨〔在心〕）

卵を抱かせる（讓母雞孵卵）

抱き〔名〕〔機〕拱座，拱腳。〔建〕門柱，門框邊框

抱き合う、抱合う〔自五〕相抱、互相擁抱

母と子が抱き合う（母子相抱）

抱き合って泣く（相擁而泣）

抱き合わせる〔他下一〕搭配兩種以上不同商品一起出售

抱き合わせ、抱合せ〔名〕（把暢銷品與滯銷品）搭配出售（=抱合せ販売）

抱き合わせで売る（搭配銷售）

安いノートに鉛筆を抱合せで売り付けられた（把廉價的筆記本搭著鉛筆賣給了我）

抱合〔名、自サ〕相抱，擁抱（=抱き合う）。〔化〕化合

抱合語（〔語〕抱合語-以動詞為中心，前後結合或插入表示人稱和目的的詞，以一個詞構成一句話的語言-如美洲印第安語，蝦夷語）

抱合器官（〔動〕交合突、鰭腳）

抱合物（化合物）

抱き上げる、抱上げる〔他下一〕抱起、抱著舉起
　子供を抱き上げる（把孩子抱起）

抱き犬〔名〕〔動〕哈巴狗

抱き起こす、抱き起す〔他下一〕抱起
　怪我人を抱き起す（抱起受傷者）

抱き抱える〔他下一〕懷抱、摟抱
　子供を抱き抱える（把孩子抱在懷裡）
　此の樹は五人が手を繋いでやっと抱き抱えられる（這棵樹五個人手拉手才能抱攏）

抱き籠〔名〕夏夜為涼快抱著而睡的竹籠（=竹夫人）

抱き込む、抱込む〔他五〕抱進，摟住，懷抱、拉攏，攏絡。〔轉〕牽連，株連
　賄賂を使って人を抱き込む（行賄拉攏人）
　彼は反対党に抱き込まれた（他被反對黨拉過去了）
　警察を抱き込んで闇を遣る（伙同警察搞黑市活動）
　犯罪に抱き込まれた（受牽連犯了罪）
　彼は此の事件に抱き込まれた（他被牽連在這個案件裡）

抱き込み、抱込み〔名〕抱進、拉攏、牽連

抱え込む〔他五〕雙手抱，夾在腋下、擔負，承擔
　荷物を抱え込む（雙手抱行李）
　沢山の仕事を抱え込む（承擔許多工作要做）
　大勢の家族を抱え込んでいる（扶養著好多家屬）

抱き締める、抱締める〔他下一〕抱住、摟緊、摟住
　無事で帰った我が子を緊と抱き締める（緊緊抱住平安歸來的孩子）

抱き竦める〔他下一〕緊抱使不能動彈
　乱暴者を後から抱き竦める（把暴徒從身後緊緊抱住）

抱き付く，抱付く、抱き着く，抱着く〔自五〕抱住、緊抱、摟住（=取り付く）
　此の子は怖い時には直ぐ母に抱き付く（這孩子一害怕就馬上抱住媽媽）
　首に抱き付く（摟住脖子）
　腰に抱き付く（攔腰抱住）
　大きく両手を広げて抱き付く（張開雙臂擁抱）

抱き止める，抱止める、抱き留める，抱留める〔他下一〕抱住、緊抱不放
　彼は後から抱き止められた（他被人從後面緊緊抱住了）

抱き取る、抱取る〔他五〕抱過來，摟過來、抱住，緊抱不放（=抱き止める、抱き留める）
　赤ん坊を抱き取る（把嬰兒抱過來）

抱き寝、抱寝〔名、他サ〕抱著睡、緊挨著睡
　母が子を抱き寝する（母親抱著孩子睡）

抱き寄せる〔他下一〕抱到懷裡、使貼近

抱っこ〔名、他サ〕（兒）抱

抱える〔他下一〕雙手抱，夾在腋下、擔負，承擔、雇傭
　小脇に抱える（夾在腋下）
　本を二、三冊抱えて学校へ出掛けて行った（夾著兩三本書到學校去了）
　大きな荷物を胸に抱える（懷裡抱個大行李）
　頭を抱える（抱著腦袋-思考或發愁等）
　心配事が有ると見えて、頭を抱えて考え込んでいる（像有發愁事在抱頭沉思）
　彼の大木は三人で抱える程有るだろう（那棵大樹足有三摟粗）
　三人の子供を抱えている（身邊有三個孩子）
　家に病人を抱えている（家裡有要扶養的病人）
　沢山の仕事を抱えて何処へも出られない（擔負許多工作哪兒也去不了）
　運転手を抱えている（雇著一個司機）
　料理人も抱えている（還雇用了一個廚師）

抱え〔名〕經常雇傭，包雇、（根據賣身契在一定期間內償還押身錢的）藝妓，妓女←→自前

〔接尾〕（用作助數詞）抱，摟

御抱えの運転手（長期雇傭的司機）

（御）抱えの医者（家庭醫師）

其の芸者屋は抱えが多い（那家藝妓館憑賣身償債的藝妓多）

一抱えの薪（一抱劈柴）

幾抱えも有る大木（有好幾摟粗的大樹）

抱え主〔名〕雇主、（藝妓等的）業主

## 暴、暴（ㄅㄠˋ）

暴〔名、漢造〕暴、暴力、粗暴、橫暴、猛烈、突然、赤手空拳、顯露

暴を以て暴に報いる（以暴制暴）

橫暴（橫暴、殘暴、蠻橫）

自暴自棄（自暴自棄）

乱暴（粗暴、蠻橫、胡來）

凶暴、兇暴（兇暴、殘暴）

強暴（強暴）

狂暴（狂暴、兇暴）

粗暴（粗暴）

暴悪〔名、形動〕殘暴兇惡

暴悪無類の殺人犯（殘暴無比的殺人犯）

暴圧〔名、他サ〕暴力壓制、鎮壓

暴威〔名〕暴威、淫威

暴威を振う（逞淫威）

嵐が暴威を増す（暴風雨越來越厲害）

暴飲〔名、自サ〕暴飲

暴飲暴食は体に毒だ（暴飲暴食對身體有害）

暴雨〔名〕暴雨

暴雨に遇う（遇上暴雨）

暴漢〔名〕暴漢、凶漢、歹徒

暴漢に襲われる（遭受到歹徒的襲擊）

暴虐〔名、形動〕暴虐

暴虐な君主（暴君）

暴虐の限りを尽くす（極盡暴虐的能事）

暴挙〔名〕暴舉，暴行、暴動

暴挙に出る（訴諸暴力、動武）

暴挙を起す（掀起暴動）

暴君〔名〕暴君，暴虐的君主。〔轉〕任性的人，不講理的人，霸王

世界史上稀に見る暴君（世界史上罕有的暴君）

弟は我が家の暴君だ（弟弟是我們家裡的霸王）

暴君振りを発揮する（蠻不講理）

暴言〔名〕粗暴的話、蠻不講理的話、漫罵

良くも暴言を吐いたね（你竟然出口罵人）

暴虎馮河〔連語〕暴虎馮河。〔喻〕有勇無謀、冒險蠻幹

暴虎馮河の徒（有勇無謀之輩）

暴虎馮河の勇を振う（冒險蠻幹）

暴行〔名、自サ〕暴行，暴力行為、強姦，凌辱

暴行は止せ（不要逞凶）

暴行を働く（逞凶、使用暴力、行凶作惡）

暴行を加える（行凶、施暴行）

女に暴行を加える（強姦婦女）

女に暴行する（強姦婦女）

暴死〔名、自サ〕暴死、暴卒

暴状〔名〕橫暴的行徑（樣子）

暴状を極める（極其蠻橫）

彼の暴状は目に余る（他的橫暴行徑令人不能容忍）

暴食〔名、自サ〕暴食

暴飲暴食（暴飲暴食）

暴食して腹を壊す（因暴食而傷腸胃）

暴れ食い〔名〕暴食、亂吃

暴政〔名〕暴政、暴虐的政治

暴政を布く（施暴政）

暴説〔名〕謬論

**暴走**〔名、自サ〕（汽車等）亂跑，狂跑。〔棒球〕（跑者不該跑時）猛跑、（無人駕駛的車輛）失去控制突然駛出、（不經思慮而）魯忙從事
　　車の暴走（亂開車）
　　暴走族（駕車橫衝直撞的傢伙-指成群結隊騎摩托車或開小汽車橫衝直撞的年輕人）
　　三塁に暴走（往三壘猛跑）
　　暴走電車（失去控制而飛跑的電車）

**暴徒**〔名〕暴徒
　　暴徒に襲われる（遭到暴徒襲擊）
　　暴徒を鎮圧する（鎮壓暴徒）

**暴投**〔名、自サ〕〔棒球〕猛投（的球）
　　暴投で二塁に進む（由於猛投進到二壘）

**暴騰**〔名、自サ〕（行市）暴漲、猛漲←→暴落
　　物価が暴騰する（物價暴漲）

**暴落**〔名、自サ〕〔商〕（行市）暴跌
　　株が暴落する（股票暴跌）

**暴動**〔名〕暴動
　　暴動を起す（掀起暴動）
　　暴動を静める（平息暴動）

**暴発**〔名、自サ〕（槍砲的）亂放，盲射。〔槍〕走火、突然發作。〔舊〕暴發（革命等）
　　手入れを為ている中にピストルが暴発した（手槍在修整時走火了）

**暴評**〔名、他サ〕粗暴的批評

**暴富**〔名〕暴富、暴發戶（＝成金）

**暴風**〔名〕暴風
　　暴風に遭う（遇上暴風）
　　暴風が起る（起暴風）
　　暴風が止んだ（暴風停息）
　　船は三日間暴風に悩まされた（船遇上了三天暴風）
　　暴風警報（暴風警報）
　　暴風信号（暴風信號）
　　暴風波（風暴波）

**暴風雨**〔名〕暴風雨

　　暴風雨予報器（暴風雨預報器）

**暴風雪**〔名〕暴風雪

**暴慢**〔名、形動〕粗暴
　　暴慢な男（粗暴的人）

**暴民**〔名〕暴民、起義的人民
　　暴民政治（暴民政治）

**暴勇**〔名〕蠻勇、無謀之勇

**暴吏**〔名〕暴吏

**暴利**〔名〕暴利
　　暴利を貪る（貪圖暴利）
　　暴利を取り締まる（取締暴利）

**暴力**〔名〕暴力、武力
　　暴力を訴える（訴諸武力）
　　暴力を振るう（動武）
　　暴力を加える（施加暴力）
　　暴力に由って達成する（用暴力達到目的）
　　暴力革命（暴力革命）
　　暴力団（暴力團）

**暴戻**〔名、形動〕暴戾
　　暴戻な君主（暴君）

**暴論**〔名〕謬論、粗暴的言論
　　暴論を吐く（發謬論）

**暴露、曝露**〔名、自他サ〕暴露，洩漏，敗露，揭露、曝曬
　　自己の無知を暴露する（暴露自己的無知）
　　会社の内情を暴露する（洩漏公司內幕）
　　陰謀が暴露した（陰謀敗露了）
　　余す所無く暴露する（揭露無遺）
　　暴露文学（暴露文學）
　　日光に暴露する（曝曬在日光下）

**暴く、発く**〔他五〕挖掘、揭發←→秘める
　　墓を暴く（挖掘墳墓）
　　人の秘密を暴く（揭發別人秘密）
　　政界の裏面を暴く（揭發政界的內幕）
　　山師の正体を暴く（揭露騙子的嘴臉）

## ㄅ

**暴き立てる**〔他下一〕（暴く的加強說法）大加揭發

　　悪事を暴き立てる（揭發壞事）

**暴れる**〔自下一〕鬧，胡鬧、大肆活動，橫衝直闖，荒唐放蕩

　　酒に酔って暴れる（喝醉了亂鬧）

　　馬が手綱を切って暴れる（馬掙斷了韁繩亂蹦亂跳）

　　昔は随分暴れた者たが、此の頃はすっかり堅気に為った（從前很荒唐放蕩過可是現在完全規矩起來了）

　　新天地で大いに暴れる（在新天地裡橫衝直闖）

**暴れ馬**〔名〕悍馬、驚了的馬

**暴れ川**〔名〕時常氾濫的河

**暴れ込む**〔自五〕闖進

　　住宅に暴れ込む（闖進住宅）

**暴れ出す**〔自五〕（人）騷動起來，狂暴起來、（牛馬等）暴跳起來

**暴れっ子**〔名〕〔俗〕頑童、調皮的孩子（＝悪戯っ子）

**暴れ回る**〔自五〕亂跑亂鬧、橫衝直撞

**暴れ者**〔名〕暴徒、好吵架的人、粗暴的人

**暴れん坊**〔名〕頑皮的小孩（＝暴れ者）

　　彼は小さい頃大変な暴れん坊だった（他小時候非常頑皮）

## 爆（ㄅㄠˋ）

**爆**〔漢造〕爆炸、轟炸、炸彈

　　自爆（自己爆炸、自行炸沉）

　　起爆（起爆）

　　誘爆（引爆）

　　原爆（原子彈＝原子爆弾）

　　水爆（氫彈＝水素爆弾）

　　空爆（空中轟炸＝空中爆撃）

　　盲爆（盲目轟炸）

　　猛爆（猛烈轟炸）

**爆圧**〔名〕轟炸時產生的壓力

**爆音**〔名〕（火山，火藥等）轟鳴聲，爆炸聲、（飛機，摩托車等引擎發出的）嗡嗡聲

　　爆音と共に火口から黒煙が噴き出した（隨著轟鳴聲從火山口噴出了黑煙）

　　飛行機が爆音を立てて飛ぶ（飛機發出嗡嗡的響聲飛行）

**爆声**〔名〕（火山，火藥等）轟鳴聲，爆炸聲、（飛機，摩托車等引擎發出的）嗡嗡聲（＝爆音）

**爆撃**〔名、他サ〕〔軍〕轟炸

　　重要施設を爆撃する（轟炸重要設施）

　　爆撃された地区（被轟炸過的地區）

　　絨毯爆撃（地毯式轟炸、飽和轟炸）

　　爆撃照準器（轟炸瞄準器）

　　爆撃線（〔軍〕轟炸線、轟炸安全線）

　　爆撃機（轟炸機）

　　超爆撃機（超級轟炸機）

　　重爆撃機（重型轟炸機）

　　軽爆撃機（輕型轟炸機）

　　爆撃機隊（轟炸機群）

**爆砕**〔名、他サ〕炸碎、爆破

**爆殺**〔名、他サ〕炸死

　　爆殺事件（炸死事件）

**爆死**〔名、他サ〕炸死

　　父は広島で爆死した（父親炸死在廣島）

**爆笑**〔名、自サ〕哄堂（哄然）大笑、放聲大笑

　　観客がどっと爆笑する（觀眾哄堂大笑）

　　隣室から爆笑が聞こえる（從隔壁傳來爆笑聲）

**爆傷**〔名〕〔醫〕（砲彈、炸藥等爆炸的）炸傷

　　爆傷を受ける（受炸傷）

**爆心**〔名〕轟炸中心、爆炸中心

　　爆心から一キロ許り離れている（距轟炸中心〔爆炸中心〕約一公里左右）

　　爆心地（轟炸中心、爆炸中心）

**爆弾**〔名〕炸彈

　　原子爆弾（原子彈）

超大型爆弾（巨型炸彈）
　　一噸爆弾（一噸炸彈）
　　深海爆弾（深水炸彈）
　　高性能爆弾（TNT炸彈）
　　時限爆弾（定時炸彈）
　　爆弾を投下する（投炸彈）
　　爆弾の落ちた後の穴（炸彈坑）
　　爆弾に耐える（防彈、防炸）
　　爆弾懸吊架（〔飛機的〕炸彈架、掛彈架）
　　爆弾投下（投彈）
　　爆弾宣言（爆炸性的宣言、出人意料的聲明）
**爆竹**〔名〕爆竹、鞭炮
　　爆竹を鳴らす（放鞭炮）
　　爆竹の音が為る（有鞭炮聲）
**どんど**〔名〕爆竹節（正月十五日焚燒新年時門前所飾松枝，稻草繩的儀式=爆竹焼き）
　　どんど場（舉行爆竹節的特定場所）
　　どんど焼き（爆竹節=爆竹）
**爆沈**〔名、自他サ〕炸沉
　　敵艦を爆沈する（炸沉敵艦）敵艦
　　大音響を発して爆沈した（發出巨大音響而炸沉了）
**爆破**〔名、他サ〕爆破、炸毀
　　建物を爆破する（炸毀建築物）
　　爆破して岩を砕く（炸碎岩石）
　　爆破作業（爆破作業）
　　爆破薬（炸藥）
　　機雷を爆破する（掃雷）
**爆発**〔名、自サ〕爆發、爆炸
　　火山が爆発した（火山爆發了）
　　革命が爆発した（爆發了革命）
　　国民の不満が到頭爆発した（國民的不滿終於爆發出來了）
　　日頃の鬱憤が爆発した（平素的積憤爆發了）

　　怒りが爆発する（怒氣爆發）
　　感情を爆発させた（感情迸發出來了）
　　火薬が爆発する（火藥爆炸）
　　爆発の危険の有る物は車内に持ち込まないで下さい（易爆物品請勿攜入車內）
　　鉱山でガス爆発が起った（礦山發生了瓦斯爆炸）
　　爆発力（爆炸力）
　　爆発室（發動機燃燒室）
　　爆発物（爆炸物、炸藥）
　　爆発カルデラ（〔地〕爆裂火山口）
　　爆発ピペット（爆炸球管）
　　爆発成形（〔理〕爆炸成形）
　　爆発性（爆炸性）
　　爆発的（急劇的、驚人的）
　　爆発限界（〔理〕爆炸極限）
**爆風**〔名〕爆炸氣浪、爆炸衝擊波
　　爆風で飛ばされる（被爆炸氣浪吹跑）
　　爆風で（を受けて）窓ガラスが割れた（窗玻璃被爆炸氣浪擊破了）
**爆粉**〔名〕〔化〕雷爆火藥
**爆鳴**〔名〕（爆炸時的）爆鳴、巨響、爆炸聲
　　爆鳴ガス（爆鳴氣）
**爆薬**〔名〕炸藥
　　爆薬を仕掛ける（裝炸藥）
　　爆薬を扱う危険な仕事（處理炸藥的危險工作）
　　爆薬庫（炸藥庫、火藥庫）
**爆雷**〔名〕〔軍〕深水炸彈
**爆裂**〔名、自サ〕爆裂、爆炸
　　機雷が爆裂して起った惨事（由於水雷爆炸而引起的慘案）
　　岩石の爆裂する音が起った（響起了岩石爆裂的聲音）
　　爆裂弾（炸彈=爆弾）

ㄅ

爆裂薬（炸藥＝爆薬）

爆ぜる〔自下一〕爆裂、裂開
　栗が爆ぜる（栗子裂開）
　豆の爆ぜる音（爆豆聲）

## 豹（ㄅㄠˋ）

豹〔名〕〔動〕豹

豹変〔名、自サ〕（態度，主張等）豹變、突然改變
　君子豹変す（君子豹變）

豹紋蝶〔名〕豹紋蝴蝶

## 鉋（ㄅㄠˋ）

鉋〔名〕（木工用的）刨子
　鉋台（刨床架）
　鉋工（刨工）
　丸刃鉋（圓刨）
　溝削り鉋（刨溝用切槽刨）
　木工鉋（木工用刨）
　鉋掛け（刨刨子）
　鉋の刃（刨刀）
　鉋で削る（用刨子刨）
　鉋を掛ける（用刨子刨）
　鉋を掛けていない（還沒上過刨）
　鉋を掛けて滑らかに為る（用刨來刨光）

## 鮑（ㄅㄠˋ）

鮑〔漢造〕鮑魚、姓
　管鮑（管仲和鮑叔牙）

鮑、鰒〔名〕〔動〕鮑魚
　鮑の片思い（單相思）

## 搬（ㄅㄢ）

搬〔漢造〕搬動、搬運
　運搬（搬運、運輸）

搬出〔名、他サ〕搬出←→搬入
　出品作を展覧会場から搬出する（將展出作品由展覽會場搬出）

搬送〔名、自サ〕搬送，搬運、傳送
　搬送帯（傳送帶、輸送帶）
　搬送式通信（〔電〕載波電信）
　搬送波（〔電〕載波）

搬入〔名、他サ〕搬入←→搬出
　展覧会場に作品を搬入する（將展品搬入展覽會場）

## 斑（ㄅㄢ）

斑〔名、漢造〕斑、斑點
　首に赤の稍大きい斑が有る（脖子上有稍大的紅斑點）
　蒙古斑（蒙古斑-嬰兒臀部，背部，腰部等處的青斑隨年齡漸長而消失）
　豹斑（豹斑）
　病斑（〔農〕病斑）

斑岩〔名〕〔地〕斑岩
　斑岩銅鉱（斑岩銅礦、斑狀銅礦）

斑砂統〔名〕〔地〕斑砂岩統（下三疊紀）

斑晶〔名〕〔地〕斑晶

斑条〔名〕斑駁的條紋

斑状出血〔名〕〔醫〕瘀斑

斑点〔名〕斑點
　白地に黒い斑点の有る模様（白地帶黑點的圖案）
　顔に赤い斑点が出来る（臉上出現紅斑）

斑点反応〔名〕〔化〕斑點反應

斑銅鉱〔名〕〔礦〕斑銅礦

斑白、半白、頒白〔名〕斑白、花白（頭髮）
　斑白の頭髪（斑白的頭髪）
　斑白に為て尚意気盛んな人（頭髪斑白而仍然意氣風發的人）

斑猫、斑蝥〔名〕〔昆〕斑蝥、虎蟲、花金龜（＝道教え、道標）

斑文、斑紋〔名〕斑紋
　紅白の斑紋が有る（有紅白的斑紋）

はんれいがん
斑糲岩〔名〕〔礦〕輝長岩

はだら
斑〔名〕斑（= 斑）

はだれ
斑〔名〕斑（= 斑）。薄雪，小雪（= 斑雪）

ふ
斑〔名〕斑點、斑紋（=斑、斑）

とらふ
虎斑（虎斑）

くろ ふ あ
黒い斑が有る（有黒斑）

ふい はな
斑入りの花（帶斑點的花）

ふ あ あさがお
斑の有る朝顔（有斑紋的牽牛花）

ふいり
斑入り〔名〕（葉、花等的）斑點、斑紋

ふい べっこう
斑入りの鼈甲（有斑紋的玳瑁）

ふい は
斑入り葉（有斑點的葉子）

ぶち、ぶち
斑、駁〔名〕（主要指獸類的毛色）斑紋、斑點（= 斑、斑）

ぶちねこ
斑猫（花貓）

しろ くろ ぶちいぬ
白と黒の斑犬（黑白色的花狗）

まだら
斑〔名〕（顔色）斑駁，斑雜，花斑，斑點（=斑、斑）

ひょう おうかっしょく くろ まだら あ
豹は黄褐色で黒い斑が有る（豹身黄褐色有黑色斑點）

いろ まだら
色が斑だ（色彩斑駁）

き き あいだ も ひ ひかり みち まだら な
木木の間を漏れる日の光で道は斑に為っていた（由於穿過樹縫的陽光，道路照得花花搭搭）

まだらへび
斑蛇（花蛇）

まだらうし
斑牛（花牛）

まだらうま
斑馬（非洲産的斑馬）

まだらが
斑蛾〔名〕〔動〕斑蛾、葉脈蛾

まだらちょう
斑蝶〔名〕〔動〕（美洲産）橙褐色大蝴蝶

むら
斑〔名、形動〕（顔色）不均匀，有斑點（= 斑）。（事物）不齊，不定、（性情）易變，忽三忽四

そ むら な
染めに斑が無い（顔色染得很均匀）

むら な よう そ
斑の無い様に染める（把布染匀）

むら と
斑を取る（除去斑點）

おお むら あ
大きさに斑が有る（大小不等）

せいせき むら あ
成績に斑が有る（成績忽好忽壞）

むら あ きしつ
斑の有る気質（脾氣多變）

かのじょ きぶん むら な おも わら
彼女は気分が斑で、泣いたかと思うと笑うと言う具合である（她沒個準性子哭笑無常）

むら
村〔名〕村莊、郷村

むら ひとびと
村の人人（村裡的人們）

かれ ひとり むら で い
彼は一人で村を出て行った（他獨自離開了村子）

むらしばい
村芝居（郷下劇）

むら、むら、むら
群、叢、簇〔造語〕群、叢

ひとむら すずめ
一群の雀（一群麻雀）

ひとむら くさ
一叢の草（一叢草、一簇草）

むらぎ、むらき
斑気、斑気〔名、形動〕沒準性子、脾氣易變、喜怒無常

かれ むらぎ おとこ
彼は斑気の男だ（他是個沒準性子的人）

むらぎえ
斑消え〔名〕〔雪〕花花搭搭地融化、一點一點地融化

むらぎ ゆき
斑消えの雪（一點點一點點融化的雪）

むらきり
斑霧〔名〕濃淡不匀的霧

むらと
斑取り〔名、他サ〕〔印〕墊版

どうむらと
胴斑取り（上襯）

したむらと
下斑取り（下襯）

いかる、いかる
斑鳩、鵤〔名〕〔動〕蠟嘴鳥、蠟嘴雀

いかるが、いかるが
斑鳩、鵤〔名〕〔古〕〔動〕蠟嘴鳥、蠟嘴雀（=斑鳩、鵤）

いさば、いさば
斑葉、紋葉〔名〕（因葉綠素退化産生的）斑點葉

しまうま、しまうま
斑馬、縞馬〔名〕〔動〕斑馬（=ゼブラ）

はん
班（ㄅㄢ）

はん
班〔名、漢造〕班，組，集團，行列，分配

ぜんいん よっ はん わ
全員を四つの班に分ける（全體人員分成四個班）

はんごと すいじ
班毎に炊事する（各班分別做飯）

ないかく はん れっ
内閣の班に列する（列為内閣成員）

れっきょう はん はい
列強の班に入る（進入列強行列）

どうはん
同班（同班）

まっぱん
末班（末班）

りんばん
輪班（輪班）

かんそくはん
観測班（觀測班）

三班（三班）
給食班（供給飲食班）
調査班（調査班）
設営班（修建班）

**班員**〔名〕班員、組員、班組成員
**班長**〔名〕班長
**班田**〔名〕〔史〕班田、均田
　　班田制（班田制、均田制）
**班別**〔名〕分班、按班

## 瘢（ㄅㄢ）

**瘢**〔漢造〕斑痕（瘡傷癒後的痕跡）
　　雀斑、雀斑（雀斑）
**瘢痕**〔名〕〔醫〕瘢痕、疤痕
　　瘢痕を残す（留下疤痕）
　　瘢痕形成（瘢痕形成）

## 頒（ㄅㄢ）

**頒**〔漢造〕頒布、頒發
**頒白、斑白、半白**〔名〕斑白、花白（頭髮）
　　斑白の頭髪（斑白的頭髮）
　　斑白に為て尚意気盛んな人（頭髮斑白而仍然意氣風發的人）
**頒布**〔名、他サ〕頒布、分發
　　法令を頒布する（頒布法令）
　　パンフレットうを頒布する（分發小冊子）
　　広告を頒布する（散發廣告）
　　無料頒布（免費發給）
**頒つ、分かつ、別つ**〔他五〕分配（＝配る）
　　利益を皆に頒つ（把利益分配給大家）
　　品物を実費で頒つ（按原價分配物品）

## 般（ㄅㄢ）

**般**〔漢造〕盤旋、般，種，樣
　　一般（一般，普遍，廣泛，全般、普通、相似，相同，同樣）←→特殊

百般（百般、各方面）
全般（全般、全面、全盤、普遍、通盤）
今般（此番、這回、最近）
万般（萬般、一切、各方面）
先般（上次、前幾日、前些日子）
過般（最近、前幾天、前些日子、不久以前）
這般（這般，這等，這些，這次，這回）
諸般（各種、種種）

**般若**〔名〕〔佛〕般若（指脫卻迷津，明辨事物的智慧）、面目可怖的女鬼
　　般若面（額生雙角，面含悲憤，猙獰可怖的女鬼假面）
**般若湯**〔名〕酒（僧侶間的隱語）

## 坂（ㄅㄢˇ）

**坂**〔漢造〕斜坡
　　急坂（陡坡）
　　険坂（險坡）
　　峻坂（陡坡）
**坂**〔名〕坡，坡道，斜坡。〔轉〕（年齡的）陡坡，大關
　　上り坂（上坡、走上坡路）
　　下り坂（下坡、走下坡路）
　　急な坂（急坡、陡坡）
　　険しい坂（險坡、陡坡）
　　緩やかな坂（慢坡、緩坡）
　　だらだら坂（平坡、慢坡、漫長的斜坡）
　　坂を上る（上坡）
　　坂を下る（下坡）
　　段段坂に為る（逐漸形成斜坡）
　　坂を上った所に（在坡頂上）
　　家は坂を上り詰めた所に在る（房子位於坡道的頂點）
　　坂はだらだらと続いている（斜坡的坡度小而漫長）

五十の坂を越した許りの人（剛過五十歲大關的人）

五十の坂を越している（已經過五十歲了）

四十の坂に差し掛かる（快到四十歲）

坂に車（往坡上推車、不進則退）

**坂田鮫**〔名〕〔動〕犁頭鯊

**坂道、坂路**〔名〕坡道

坂道を駆け降りる（跑下坡道）

此処は山の麓の町なので、坂道が多い（這裡是山腳下的城鎮所以坡道很多）

## 板、板（ㄅㄢˇ）

**板**〔漢造〕板、板狀物、投手板、平板、版（=版）

甲板、甲板（甲板）

甲板（桌面）

看板（看板，招牌，廣告牌、外表、牌子、停止營業時間）

乾板（〔攝〕乾板、感光玻璃板）

眼板（〔動〕單眼板）

石板、石盤（舊時小學生用石筆寫字用的石板、鋪屋頂用石板）

鉄板（鐵板）

回覧板（傳閱板報）

掲示板（布告板）

登板（棒球投手站在投手板上）←→降板

陶板（陶板）

銅板（銅板）

降板（棒球投手從投手板上下來）

鋼板（鋼板）

合板、合板（三合板、膠合板）←→単板

単板（單片板）

平板（平板、平地板、呆板，單調）

官板、官版（政府出版物、江戶時代幕府昌平坂學問所出版的漢文教科書）

宋板（宋版）

**板木、版木**〔名〕（印製版畫或書籍的）木板

**板木**〔名〕（江戶時代發生火警所敲的）板、（寺院集會時敲的）雲板

**板行、版行**〔名，他サ〕刊行，出版，發行、木板，圖章，印鑑

板行を急ぐ（急於刊行）

板行に起す（刻成木版）

板行で押した様（起した様）（像蓋圖章一樣、千篇一律）

**板台，盤台，盤台**〔名〕（魚商使用的）橢圓形盛魚木盤

魚屋が盤台を担いで御用聞きに回る（魚商肩挑魚盤到處去賣魚）

**板本、版本**〔名〕版本←→写本

**板元、版元**〔名〕出版商、出版社、出版者

版元に問い合わせる（詢問出版社）

此の本は版元でも品切れだ然うだ（這本書聽說連出版社都沒存貨了）

**板金，鈑金、板金**〔名〕板金、料板、薄金屬板

板金加工（板金加工）

**板鰓類**〔名〕〔動〕板鰓類（軟骨魚類的一個類群）

**板書**〔名、自サ〕在黑板上寫字

先生が板書する（老師在黑板上寫字）

**板状**〔名〕板狀

**板状構造**〔地〕板狀構造

**板面**〔名〕（木板、黑板等的）板面

**板**〔名〕木板、金屬薄板、薄石板、鋪地板（=板敷）。卷在平板上的絲織品（=板の物）。板蒸魚糕（=板付蒲鉾）。（祈禱降神時敲打的）杉木板（=神寄り板）。切菜板（=俎板）。飯館放案板的地方（=板前）。〔印〕版、舞台

板を貼る（貼木板）

板に挽く（鋸成木板）

板で塞ぐ（用木板堵上）

板に上す（出版、付梓）

脚本を板に載せる（上演劇本）

此の脚本は板に乗る（這個劇本可以上演）

板に付く（〔演員演技〕純熟、〔轉〕熟練，老練，適當，恰如其分）

板に付いた演技（純熟的演技）

彼の演説は板に付いている（他的演說很老練）

課長振りが板に付いている（科長當得滿像樣）

背広姿が板に付いている（西裝穿得很服貼）

**板石**〔名〕薄石板

板石舗装（鋪石路面）

**板裏（草履）**〔名〕木底草履（=板草履）

**板草履**〔名〕木底草履

**板縁**〔名〕〔建〕（日本房屋的）木板走廊

**板返し**〔名〕翻修木板屋頂

**板垣**〔名〕板牆

**板囲い**〔名〕（工地等外圍的）臨時板牆、板圍牆

板囲いの仕事場（用板牆圍起來的工地）

板囲いが為て有る（圍著板牆）

**板壁**〔名〕板壁、板牆

**板紙**〔名〕厚紙，馬糞紙（=ボール紙）。（收拾魚等時）鋪在菜板上的紙

**板硝子**〔名〕（用作鏡子等的）平板玻璃

**板切れ**〔名〕零碎板片

**板子**〔名〕（杉，扁柏，山毛櫸等約厚15厘米，長約1,8米的）板材、（日本式船底鋪的）木板

板子の下に魚を入れる（把魚放在木板下面）

板子一枚下は地獄（一層木板底下就是地獄、喻水手生活危險）

**板材**〔名〕〔建〕板材、板料

**板敷**〔名〕鋪地板（的房間）

板敷の部屋（鋪地板的房間）

畳を止めて板敷に為る（不鋪草席改鋪地板）

板敷散歩道（海濱的木板路）

**板蔀**〔名〕〔建〕（日式建築不加窗櫺的）板窗

**板締め、板締**〔名〕刻花木板夾染法（用凹凸兩枚刻花木板夾布而染出白花的染法）、用刻花木板夾染法染出的白花布

**板簾**〔名〕板簾（類似百葉窗的薄板簾子）

板簾を卸す（放下板簾）

**板畳**〔名〕（日本房間"床の間"的）木板芯的草蓆、鋪地板的房間（=板の間）

**板付き、板付**〔名〕〔劇〕（開幕時）演員出場。〔烹〕板蒸魚糕（=板付蒲鉾）。鋪地板的房間（=板の間）

板付草履（木底草履=板草履）

板付蒲鉾（〔烹〕〔板蒸〕魚糕）

**板戸**〔名〕板門、板窗

**板床**〔名〕（日本房間）鋪地板的壁龕（=床の間）。草蓆墊的板芯

**板の間**〔名〕鋪地板的房間

畳を止めて板の間に為る（不鋪草席改鋪地板）

**板の間稼ぎ**〔名〕在浴池或溫泉偷浴客財物（的人）

板の間稼ぎを働く（在浴池偷盜）

**板の物**〔名〕卷在平板上的絲織品←→卷物

**板場**〔名〕（飯館或點心鋪的）放案板處、飯館的廚房，面案←→洗い場。（主要是關西地方的說法）廚師（=板前）

**板前**〔名〕飯館（點心鋪）放案板的地方、（飯館的）廚師長、（日本菜的）廚師（主要是關西地方的說法=板場）。烹飪技術

板前の腕を見せ所（顯示烹飪技術的地方）

**板挟み**〔名〕受夾板氣、兩頭受氣、左右為難

板挟みの立場（處於左右為難的立場）

二人の間の板挟みに為って困っている（夾在兩人之間左右為難）

**板橋**〔名〕木板橋、（船與碼頭之間的）板橋，跳板

**板発条**〔名〕片簧、簧片

重ね板発条（〔車輛用〕叠板簧）

**板張り、板張**〔名〕鋪著木板（的地方）

板張りに為る（裝木板、把漿洗的布貼在木板上-為使發光或去褶）

板張り天井（木板頂棚）

**板碑**〔名〕〔佛〕（用石板建造的）塔形墓碑

**板挽**〔名〕鋸成木板、鋸木工人

**板庇、板廂**〔名〕板簷

**板表紙**〔名〕（字帖等的）木板封皮

板葺き板葺〔名〕木板葺的屋頂
　板葺きの家（板頂房子）
　屋根を板葺きに為る（用木板葺屋頂）
板船〔名〕水田裡盛秧或稻束的小船。（古）（魚市上）魚店前擺魚的木板
板塀〔名〕板壁（=板垣）
　四方を板塀で囲む（用板壁圍起四面）
板弁〔名〕〔機〕片狀閥
板道〔名〕木板路
板目〔名〕木板接縫、（木板的）不勻整的紋理←→正目
板目紙〔名〕（作書套等用的）厚紙殼
板屋〔名〕板頂房子、用木板葺的房頂
板屋、版屋〔名〕刻圖章的店鋪、刻圖章的工人（=板木屋、版木屋）
板屋貝〔名〕〔動〕半邊蚶（=杓子貝）
板屋楓〔名〕〔植〕色木械
板焼〔名〕〔烹〕杉木板烤肉
　板焼豆腐（杉木板烤豆腐）
板屋根〔名〕木板房頂
板用圧延機〔名〕〔機〕板材軋機
板用鋼片〔名〕板材用鋼胚
板山葵〔名〕〔烹〕（蘸山葵芥末、醬油吃的）魚糕片

# 版（ㄅㄢˇ）

版〔名、漢造〕版、版本、出版、版圖
　版を重ねる（重版、再版）
　版を改める（改版、修訂）
　版を彫る（雕版）
　其の版は発行部数一千だった（這一版發行部數為一千）
　出版（出版）
　木版（木版印刷品）
　石版（石版印刷術）
　銅版（銅版）
　凸版（凸板印刷）
　凹版（凹版印刷）
　平版（平版印刷）
　孔版（謄寫版）
　鉛版（鉛版）
　瓦版（瓦版-江戶時代在黏土上刻字燒製的印刷版、瓦版印刷品）
　整版（對活字版而言，木版，瓦版等）整塊版、製版（=製版）
　活字版（鉛印版）
　製版（製版）
　活版（活版、鉛版）
　再版（再版、再版本）
　絶版（絶版）
　初版（初版、第一版）
　重版（重版，再版、翻印本）
　写真版（照像版、直接影印版）
　限定版（限定版）
　豪華版（豪華本、奢侈的東西）
　三色版（三色版）
　縮版（縮版）
　縮刷版（縮印版）
　改訂版（修訂版）
　アジア版（亞洲版）
　静岡版（靜岡版）
版画〔名〕〔美〕版畫、木刻
　版画（の）展覧会（版畫展覽會）
　年賀状に版画を刷る（在賀年片上印上版畫）
　版画を彫る（雕木刻）
　版画家（版畫家）
版木、板木〔名〕（印製版畫或書籍的）木板
版権〔名〕版權
　版権所有、複製を禁ず（版權所有禁止翻印）
　版権の問題で揉める（因版權問題起糾紛）
　版権譲渡（版權轉讓）

ㄅ

はんけんしんがい
版権侵害（侵犯版權）

はんけんしょゆうしゃ
版権所有者（版權所有者）

はんこう　はんこう
版行、板行〔名、他サ〕刊行，出版，發行、木板，圖章，印鑑

はんこう　　いそ
板行を急ぐ（急於刊行）

はんこう　　おこ
板行に起す（刻成木版）

はんこう　お　　　よう　おこ　　　よう
板行で押した様（起した様）（像蓋圖章一樣、千篇一律）

はんしき
版式〔名〕〔印〕版式

はんした
版下〔名〕刻木刻的草圖、製凸版時謄清的原稿

はんせき
版籍〔名〕版圖和戶籍、土地和人民

はんせきほうかん
版籍奉還（歸還領土和戶籍特-指明治二年各藩向朝廷歸還領土和戶籍以促進中央集權）

はんと
版図〔名〕版圖、領土

さいだい　　はんと　　も　　　　くに
最大の版図を持った国（版圖最大的國家）

はんと　　ひろ
版図を広げる（擴大版圖）

はんぽん　はんぽん
版本、板本〔名〕版本←→写本
　　　　　　　　　　　しゃほん

はんめん
版面〔名〕〔印〕版面

はんもと　はんもと
版元、板元〔名〕出版商、出版社、出版者

はんもと　と　　　あ
版元に問い合わせる（詢問出版社）

こ　ほん　はんもと　　　しなぎ　　そう
此の本は版元でも品切れだ然うだ（這本書聽說連出版社都沒存貨了）

いた　　つ
板に付く（〔演員演技〕純熟、〔轉〕熟練、老練、適當，恰如其分）

いた　　つ　　　えんぎ
板に付いた演技（純熟的演技）

かれ　えんぜつ　いた　つ
彼の演説は板に付いている（他的演說很老練）

かちょうぶ　　　いた　　つ
課長振りが板に付いている（科長當得滿像樣）

せびろすがた　いた　　つ
背広姿が板に付いている（西裝穿得很服貼）

## 阪（ㄅㄢˇ）

はん
阪〔名〕（同坡）斜坡、大阪

おおさか
大阪（大阪）

はんしん
阪神〔名〕大阪和神戶、阪神電氣鐵道株式會社

はんしんちほう
阪神地方（阪神地區）

はんどう
阪東〔名〕〔古〕關東（地區）

はんどう　　くにぐに
阪東の国国（關東各藩）

はんどうたろう
阪東太郎〔名〕利根川（的別名）-流經關東平原的第一大河

## 伴、伴（ㄅㄢˋ）

はん
伴〔漢造〕陪伴、伴隨

どうはん
同伴（同伴、同去、同行）

ずいはん　ずいはん
随伴、随伴（伴隨、跟隨、陪同）

はんせい
伴性〔名〕〔生〕伴性

はんせいいでん
伴性遺伝（伴性遺傳）

はんりょ
伴侶〔名〕伴侶

いっしょう　　はんりょ
一生の伴侶（終身伴侶）

こ　　ほん　わたし　しょうか　　こうはんりょ
此の本は私の消夏の好伴侶だ（這本書是我消暑的好伴侶）

たび　はんりょ　　し　　もち　　　ほん
旅の伴侶と為て用いる本（作為旅行伴侶而攜帶的書）

じんせい　　はんりょ　え
人生の伴侶を得る（獲得人生的伴侶）

ばん
伴〔漢造〕陪伴、伴隨

しょうばん
相伴（作陪、沾光、受牽連）

せっぱん
接伴（接待、陪伴）

ばんさいぼう
伴細胞〔名〕〔植〕伴細胞

ばんしょく
伴食〔名、自サ〕伴食、陪食

ばんしょくだいじん
伴食大臣（傀儡大臣、尸位素餐的大臣）

ばんせい
伴星〔名〕（天）伴星

ばんそう
伴走〔名、自サ〕〔體〕助跑、陪跑

ばんそう
伴奏〔名、自サ〕〔樂〕伴奏

かんげんがく　　ばんそう
管弦楽の伴奏（管絃樂伴奏）

piano　　　ばんそう
ピアノで伴奏する（用鋼琴伴奏）

ばんそうな　　　うた
伴奏無しで歌う（無伴奏演唱、清唱）

そくせきばんそう
即席伴奏（即席伴奏）

ばんそうしゃ
伴奏者（伴奏者）

ばんそう
伴僧〔名〕〔宗〕伴僧，侍僧、（牧師等舉行儀式時的）助手

とも　とも
伴、供〔名〕（與共同語源）隨從，伴侶、（寫作伴）伙伴，同伴（=仲間）
　　　　　　　　　　　　　　　　　　　　　　　なかま

しゅじん　　おとも　　す
主人の御供を為る（陪伴主人）

供を連れて行く（帶隨從去）

供は要らない、一人で行く（不要陪伴一個人去）

伴に加わる（加入伙伴）

**御伴、御供**〔名，自サ〕陪同，隨從，陪同的人，隨員、（飯館等）為客人叫來的汽車

途中迄御供しましょう（我來陪你一段路）

御供致しましょう（我來陪您吧！）

貴方の御供を為て參りましょう（我陪您去吧！）

生憎急な用事が出來て御供出來ません（不湊巧有了急事不能奉陪）

御供を三人連れて出張する（帶著三個隨員出差）

彼は大統領の御供の一人です（他是總統的隨員之一）

娘を御供に連れて行く事に為た（決定讓女兒陪同我去）

御供が參りました（接您的汽車來了）

**共**〔名〕共同，同樣，一起，一塊

〔接頭〕共同，一起，同樣，同質

〔接尾〕共，都，全，總，共

共の布で継ぎを当てる（用同樣的布補上）

父と共に田舎へ帰る（和父親一起回鄉下）

共に学ぶ共に遊ぶ（同學習同遊戲）

苦労を共に為る（共患難）

夫婦で共働きを為る（夫婦兩人都工作）

共切れを当てる（用同樣的布料補釘）

共裏（衣服表裡一樣、表裡一樣的顏色和布料的衣服）

三人共無事だ（三人都平安無事）

男女共優勝した（男女隊都獲得第一名）

五軒共休みだった（五家商店都休息）

運賃共三千円（連運費共三千日圓）

郵送料共二百円（連郵費在內共三千日圓）

風袋共三百グラム（連同包皮共重三百公克）

**伴う**〔自、他五〕隨同，伴隨、隨著，跟著，相符，保持平衡

友人を伴って上京する（陪伴朋友進京）

不摂生には病が伴う（不注意保養身體病就會找上來）

権力は責任を伴う（權力伴隨責任、有權力就要負責任）

其の手術には多少の危険が伴う（那手術多少帶點危險）

教育の進歩に伴って…（隨著教育的進步…）

収入の伴わない生活（與收入不相稱的生活）

**伴天連**〔名〕（葡padre）〔宗〕（室町時代）基督教傳教士、天主教徒

## 半、半（ㄅㄢˋ）

**半**〔名，漢造〕半、一半、奇數、不徹底、小型

丁か半か（偶數或奇數）

丁半（骰子點數的偶數和奇數、擲骰子）

半の日（單日子）

折半（平分）

夜半（半夜）

一半（一半）

大半（大半、多半、過半、大致）

過半（過半、大半、大部分）

下半（下半）

上半（上半）

二倍半（兩倍半）

一時間半（一小時半）

一言半句（一言半語）

一知半解（一知半解）

**半**〔接尾〕警鐘的敲法

二つ半（連敲兩下）

擦り半、擦り半鐘（〔緊急警報時〕連續急敲的鐘聲、火災臨近

半意識〔名〕〔心〕下意識，潛意識、模糊的意識
半陰影〔名〕〔理〕半陰影（由較大光源發出的光，被物體遮斷後形成的陰影中，有部分光線到達的半暗部＝半影）
半影〔名〕〔理〕半陰影（＝半陰影）←→本影
半陰陽〔名〕兩性人、（動物的）雌雄同體、（植物的）雌雄同株（＝二形、両形、双成）
半浮き彫り〔名〕〔建〕半凸雕、中浮雕
半永久〔名〕半永久
　半永久的建築（半永久性的建築）
半襟、半衿〔名〕（婦女和服襯衣上的）襯領
半円〔名〕〔數〕半圓，半圓形。〔天〕上（下）弦月，半月、半圓錢，半塊錢，五角錢
　半円を描く（畫個半圓）
　半円形に座る（坐成半圓形）
　半円アーチ（半圓拱）
半円関数〔名〕〔數〕反三角函數
半円筒〔名〕半圓柱體
半音〔名〕〔樂〕半音、半音休止←→全音
　半音変化記号（半音符號）
　半音上げる（升半音）
　半音程（半音程）
半音階〔名〕〔樂〕半音階←→全音階
半価〔名〕半價、打對折（＝半値）
半額〔名〕半價
　子供は半額です（小孩半價）
　半額の割引券（半價優待券）
　僕は半額で買った（我花半價買的）
　半額に為る（按半價處理）
半値〔名〕半價
　僕は半値で買った（我用半價買的）
　半値に下げる（降到半價）
　豊作で蜜柑が去年の半値に為る（因為豐收桔子是去年半價）
半価層〔名〕〔原〕半吸收厚度，強度減半厚度、半値層
半解〔名〕半解

一知半解（一知半解）
半開〔名〕半開、半開化
　桜が半開だ（櫻花半開）
　半開の戸（半開著的門）
　半開の地（半開化的地區）
　半開国（半開化的國家）
半開き〔名〕半開（＝半開）
　戸が半開きに為っている（門半開著）
　半開きの花（半開的花）
半壊〔名、自サ〕半壞、壞掉一半
　地震で半壊した家（因地震而坍塌一半的房屋）
　半壊の家屋（半壞的房屋）
半諧音〔名〕〔詩〕半諧音、準押韻（只有元音押韻，輔音不押韻）
半回転〔名、自サ〕〔馬術〕半旋轉
半過去〔名〕〔語〕未完成體、未完過去時
半加工品〔名〕半成品
半可通〔名、形動〕一知半解、似通非通、淺薄的知識（＝生齧り）
　半可通を振り回す（賣弄一知半解的知識）
半革装訂〔名〕半皮革裝訂
半官〔名〕半官方、半政府性質
　半官的（半官方的）
　半官報（半官方報紙）
　半官半民の会社（半官半民的公司、公私合營公司）
半眼〔名〕半睜眼、眼睛睜開一半
　半眼で見る（半睜著眼睛看）
　眼を半眼に閉じた（半閉著眼睛）
半乾性油〔名〕半乾性油
半関節〔名〕〔解〕少動關節（如恥骨聯合）
半甲板〔名〕商船上見習生的宿處
半季〔名〕半季，半個季節、半年
半期〔名〕半期、半年
　半期毎に決算する（每半期結算一次）

一千九百八十年の上半期（1980年上半年）

**半旗**〔名〕半旗
半旗を掲げて哀悼の意を表す（下半旗致哀）

**半規管**〔名〕〔解〕半規管（內耳平衡感覺器官）

**半貴石**〔名〕次等的寶石、次貴重的寶石

**半気違い、半狂人**〔名〕半瘋、精神有些失常

**半弓**〔名〕（長度為普通弓的一半可以坐著射的）短弓←→大弓

**半休**〔名〕半休、半日工作半日休息
土曜は半休だ（星期六下午不辦公）

**半球**〔名〕〔地〕半球、〔數〕半球
東（西）半球（東〔西〕半球）
南（北）半球（南〔北〕半球）

**半給**〔名〕半薪
半給を払う（支半薪）

**半漁**〔名〕半漁、一半靠打魚為生
半農半漁（半農半漁）

**半農**〔名〕半農
半農半漁（半農半漁）

**半狂乱**〔名〕半癲狂、精神失常、失去平靜

**半玉**〔名〕雛妓（=御職）

**半極性結合**〔名〕〔化〕半極性鍵

**半切り、半切り**〔名〕日本書信用紙（=半切り紙、半切）

**半切**〔名〕半截，截成一半的東西、日本書信用紙（將整張紙橫截為兩半故名）（=半切り、半切り）

**半切、半截**〔名〕切成一半、半截紙，一張紙的一半
半切画（半截紙的字畫）

**半裁、半截**〔名〕（"半切、半截"的習慣說法）（整張紙）裁成一半、半截

**半斤**〔名〕半斤

**半金**〔名〕半額、全部金額的一半
半金前払い（先付一半款）

**半金属**〔名〕〔化〕半金屬

**半筋類**〔名〕〔動〕半筋亞目

**半句**〔名〕半句話、隻言片語
一言半句も疎かに為ない（連隻言片語都不疏忽）

**半口**〔名〕半人份

**半靴**〔名〕皮鞋（=短靴）←→長靴

**半靴下**〔名〕短襪

**半毛**〔名〕綿毛混紡
半毛の（メリヤス）シャツ（針織混紡棉毛衫）

**半夏**〔名〕〔植〕半夏、半夏生（夏至後第十一天，相當於七月二日左右）

**半夏生**〔名〕半夏生（季節名，為七十二候之一，夏至後第十一天，相當於七月二日左右）

**半径**〔名〕半徑
半径五センチの円を描く（畫一個半徑五厘米的圓）
此処を中心と為て半径四キロの円内が危険区域だ（以此地為中心半徑四公里的圓圈內為危險區）

**半月**〔名〕半個月（=半月）。半月，上（下）弦月、半月形
半月が空に懸かっている（半月懸空）
今晩は半月だ（今晚是上〔下〕弦樂）
半月堡（半月形堡壘）
半月弁（〔解〕半月瓣）
半月形（半月形）
爪半月（半月瓣指甲弧影）

**半月**〔名〕半月、半個月（=半月）
病気で半月程寝込む（因病臥床約半個月）
普通便なら半月は掛かります（平信得半個月才能到）

**半月**〔名〕兩性人、陰陽人（=二形、兩形、双成）

**半券**〔名〕（撕過後剩下來的）半截票、（票據的）存根

**半舷**〔名〕（海）半舷（艦船上全體船員分為左右舷兩組，其中一組即稱為半舷）
半舷上陸（半舷登陸-艦船停泊時左右舷船員輪流上岸）
半舷斉射（舷炮齊發）

**半減**〔名、自他サ〕減半
　定価を半減する（定價減半）
　インフレで実収入が半減した（由於通貨膨脹實際收入減少了一半）
　興味が半減する（掃興一半）

**半減期**〔名〕〔化〕半衰期
　此のアイソトープの半減期は二十三分だ（這同位素的半衰期為二十三分鐘）

**半硬式飛行船**〔名〕半硬式飛艇

**半合成樹脂**〔名〕〔化〕半合成樹脂

**半コート**〔名〕（婦女外出用）和服短外衣、短大衣（=ハーフ、コート）

**半固体**〔名〕半固體

**半コロイド**〔名〕〔化〕半膠體

**半殺し**〔名〕（打個）半死
　打ったり蹴ったりして半殺しに為れる（連踢帶打被弄成半死）

**半歳**〔名〕半年（=半年）

**半年、半年**〔名〕半年
　半年毎に交替する（每半年換一次班）
　父が死んでから半年だった（父親去世已經半年了）
　半年に一回開会する（半年開一次會）
　半年前から準備する（從半年以前作準備）

**半割き、半裂き**〔名〕〔動〕山椒魚（=山椒魚）

**半割り、半割**〔名〕縱剖為二

**半作**〔名〕〔農〕（平年）一半的收成、（工藝品）未製成，半成品
　今年の米は半作だ（今年的稻米只有往年一半的收成）
　半作の仏像（未製成的佛像）

**半索類**〔名〕〔動〕半索動物綱

**半死**〔名〕半死，垂死，瀕臨死亡、行將就木
　半死半生（半死半生、半死不活）
　半死半生の態で横わる（半死不活地躺著）

**半紙**〔名〕（習字、寫信用的）日本紙（長24厘米、寬34厘米左右）

**半自形**〔名〕〔地〕半自形

**半翅類**〔名〕〔動〕半翅目

**半日、半日**〔名〕半日
　半日掛かって書き上げる（用了半天時間寫完）
　書類の整理に半日潰れる（整理文件花去半天時間）
　明日は半日休みです（明天休息半天）
　御互い一日や半日の付き合いではない（我們不是一天半天的交情了）

**半周**〔名、他サ〕（繞）半圈
　池を半周する（繞池半圈）

**半終止**〔名〕〔樂〕半終止

**半獣主義**〔名〕〔文藝〕半獸主義（認為人是靈肉合一、輪轉交替出現的論點）

**半熟**〔名〕（食物）半熟，半生不熟、（果實等）未熟透，不太成熟
　半熟の卵（半熟雞蛋）
　半熟の柔らかい豆（未熟透的柔嫩的豆）

**半商**〔名〕半商（生活的一半來源靠經商）
　半商半農（半商半農）

**半焼**〔名、自サ〕（因火災）燒掉一半←→全焼
　二棟全焼、一棟半焼（兩棟房子全燒光一棟房子燒掉一半）

**半焼け**〔名〕（因火災房屋等）燒掉一半、（食物等）燒得半熟

**半鐘**〔名〕（通知火警的）小型吊鐘、警鐘
　そら、半鐘が鳴っている（聽警鐘響了）
　火の見櫓に登って半鐘を鳴らす（登上望樓敲警鐘）

**半畳**〔名〕半塊日本蓆、舊時看戲時坐的小蓆墊
　半畳を入れる（打つ）（觀眾對演員喝倒彩、別人講話時進行打擾）
　話し途中で半畳を入れないで下さい（正在說話時請不要打擾）

**半晶質**〔名〕〔礦〕半晶質

**半植民地**〔名〕半殖民地
　半植民地国家（半殖民地國家）

半身〔名〕（上下）半身、（左右）半邊身
  半身脱帽写し（半身免冠照片）
  中風で右半身が効かない（因中風右半身癱瘓）
  半身不随（半身不遂）
  脳溢血で半身不随に為る（因腦溢血而半身不遂）
  半身浴（坐浴）

半身〔名〕（相撲，擊劍）側身，斜著身（的架勢）、半片魚（魚身縱剖為二，一片帶脊骨，一片不帶）
  半身に構える（擺出斜著身的架勢）

半神〔名〕半神
  半神半人（半神半人）
  半神半獣（半神半獸－希臘神話中的牧羊人）

半深成岩〔名〕〔地〕半深成岩、淺成岩

半信半疑〔名、連語〕半信半疑
  彼は其の吉報に対して半信半疑であった（他對那個喜訊半信半疑）

半睡〔名〕半睡
  半睡半覚（半睡半醒）
  半睡状態（半睡狀態）

半水化物〔名〕〔化〕半水化合物

半水石膏〔名〕半水石膏、燒石膏、熟石膏

半水性ガス〔名〕半水煤氣

半数〔名〕半數
  半数を越す（超過半數）
  委員の半数改選（委員的半數改選）
  半数減数分裂（〔生〕減半作用）
  半数染色体（〔生〕單元體）
  半数必中界（投彈可能的圓形誤差）

半ズボン〔名〕短褲

半生〔名〕半生、半輩子←→一生
  私の前半生（我的前半生）
  此の研究には半生を費した（為這項研究花了半輩子的時間）
  教育に半生を捧げる（把半生獻給教育）

半成骸炭〔名〕（coalite 的譯詞）焦炭磚、半焦炭，低溫焦炭（=コーライト）

半世紀〔名〕半個世紀、五十年

半制動〔名〕（滑雪）半犁式制動

半製品〔名〕半成品←→精製品

半銭〔名〕半分錢，五厘錢、極少的錢

半銭〔名〕半文錢、（舊）少許
  一文半銭（一文半文、微乎其微）

半繊維素〔名〕〔植〕半纖維素

半双〔名〕單隻（成對東西的一個）
  屏風半双（半扇屏風、單扇屏風）

半装軌車〔名〕〔軍〕半履帶式車輛

半袖〔名〕半袖、短袖
  半袖シャツ（短袖襯衫）

半田、盤陀〔名〕焊錫
  半田鏝（紫銅烙鐵）
  半田付け（用焊錫焊上）
  薬缶の底を半田付けする（焊壺底）

半体双晶〔名〕〔礦〕半體雙晶

半濁音〔名〕〔語〕半濁音（日語假名のぱ行音）

半濁点〔名〕半濁音符號（半濁音假名右上角的"。"）

半ちく〔名〕〔俗〕半途而廢（=中途半端）
  仕事が半ちくに為る（工作半途而廢）

半調子〔名〕〔樂〕半音（=ハーフ、トーン）

半調ぼかし〔名〕〔美〕中間色調

半直線〔名〕〔數〕半直線、射線

半搗き米〔名〕白米（介於精米與糙米之間）

半艇身〔名〕〔體〕半個船身
  半艇身の差で勝つ（以半個艇身之差獲勝）

半天〔名〕半個天空，半邊天、中天
  雲が半天を覆っている（雲彩遮住半個天空）
  半天に掛かる月（月懸中天）

半纏、袢纏〔名〕（較羽織短且沒有翻領的）日本式外衣、在衣領或背上印有商號姓名等的一種日本式短外衣（=印半纏）

半途〔名〕半途、中途（=中途）

半途にて引き返す（半途而返）
半途に為て事業が挫折する（事業中途受挫）
学業半途に為て倒れる（求學中途病倒）
半ドア〔名〕車門未關緊
　半ドアで走る（車門未關緊而行駛）
半島〔名〕半島、（舊）朝鮮
　伊豆半島（伊豆半島）
　半島民（半島居民）
　半島人（朝鮮人）
半透性〔名〕（生）半滲透性
半透膜〔名〕（生）半透膜
半透明〔名〕半透明
半導体〔名〕（無）半導體
　半導体整流器（半導體整流器）
半時〔名〕（古時的）半個時辰（等於現在的一個小時）、少時，片刻
　後半時の辛抱だ（再忍耐片刻）
　一時半時を争う（爭分奪秒）
半ドン、半ドンタク〔名〕半天班，半天工作日、（舊）星期六（=ドンタク）
　私の会社は土曜は半ドンだ（我們公司星期六上半天班）
半長〔名〕半高統鞋（=半長靴）
半煮え〔名〕煮得半熟
　半煮え飯（半生不熟的飯）
半人〔名〕半個人
　半人前（半個人份）
　半人足（只能頂半個人用的人）
半端〔名、形動〕零星、不徹底、零數、無用的人
　半端な布（零布頭）
　色色な半端物（各種零星的東西）
　半端な知識（零碎的知識）
　材料の半端物を利用する（利用零料）
　中途半端な遣り方（不徹底的做法）
　物事を半端で止めるのは僕は嫌いだ（我討厭辦事不徹底）

半端は切り捨てに為る（零數捨去）
半端な人間に為るな（不要做無用的人）
半間〔名、形動〕零星，不齊全（=半端）。笨人，癡呆的人（=間抜け）
半波整流〔名〕（電）半波整流
半馬身〔名〕（賽馬）半個馬身
半白、斑白、頒白〔名〕斑白、花白（頭髮）
　斑白の頭髪（斑白的頭髮）
　斑白に為て尚意気盛んな人（頭髮斑白而仍然意氣風發的人）
半泊〔名〕半宿（住半宿旅店-如從黃昏到半夜或半夜到早晨）
　半泊料金（旅館的半宿費）
半拍〔名〕半拍子
半巾、半幅〔名〕（紡織品的）半幅
　半幅帯（半幅的腰帶）
半張り〔名、他サ〕（鞋的）前掌
　靴直しに半張りして貰う（求鞋匠給釘前掌）
半半〔名〕各半、一半一半
　菓子を半半に分ける（把點心分成兩半）
　二つの入物に半半に入れる（兩個容器裡各裝一半）
　水と湯を半半に為る（冷水熱水各半）
　塩と砂糖を半半に入れる（鹽和砂糖各放一半）
半臂〔名〕（古時襯在外掛裡面的）和服無袖短上衣
半微量分析〔名〕〔化〕半微量分析
半病人〔名〕半病人（身體過度疲乏虛弱得如同病人）
半風子〔名〕虱的別名（=虱）（因虱為風的一半故名）
半分〔名、接尾〕半、一半、二分之一
　十の半分は五である（十的二分之一是五）
　西瓜を半分に割る（把西瓜切成兩半）
　饅頭を半分食べる（吃半個豆沙包）
　君に半分遣ろう（給你一半吧！）

話を半分迄した（話說了半截）
茶碗に半分下さい（請給我半碗）
行き度い気持も半分有る（也有一些想去的意思）
半分書き上げた丈です（只寫完了一半）
此れでもう道の半分だ（這就已經走了一半路程）
冗談半分に悪口を言ったら、本当に怒って仕舞った（半開玩笑地說了他幾句壞話結果真的生氣了）
面白半分にtennisを遣る（打網球打著玩）
どんな仕事でも遊び半分に為ては行けない（什麼工作都不能鬧著玩似地做）

**半片**〔名〕〔俗〕半張紙大小、按A5判或B5判截開的紙張（大小）
**半片**〔名〕半片（=半切）
**半平、半片**〔名〕〔烹〕魚肉山芋丸子
**半母音**〔名〕〔語〕半母音
**半歩**〔名〕半步
半歩前（向前邁半步）
**半紡**〔名〕經線為生絲緯線為機紡絲線的絲織品、經線為機紡棉線緯線為手紡棉線的棉織品
**半マイル**〔名〕半英里
**半道**〔名〕中途，路程的一半、半日里，一日里的一半（一日里約為3、9公里）
頂上迄後半道有る（到頂上還有半里路）
**半面**〔名〕半邊臉、片面、另一方面
半面像（側面像）
左半面に火傷の跡が有る（左半邊臉上有燒傷的疤痕）
其れは半面の真理でしかない（那不過是片面的真理）
其の半面では斯うも考えられる（另一方面也可以這樣設想）
彼は仁義を口に為るが、其の半面では悪事を働いている（他滿口仁義道德但另一方面卻在做壞事）
**半面像**〔名〕〔地〕半面像
**半面識**〔名〕半面之識

彼とは半面識も無い（我和他素不相識）
**半盲**〔名〕〔醫〕偏盲←→全盲
**半盲症**（偏盲症）
**半文**〔名〕半文錢、微不足道的錢
半文の値打ちも無い（連半文錢都不值）
**半夜**〔名〕半夜、夜半（=夜中）
**半融**〔名〕半熔化、半熔融
**半裸**〔名〕半裸←→全裸
**半裸体**〔名〕半裸體
**半里**〔名〕半日里（一日里約為3、9公里）
**半流動体**〔名〕〔化〕半流體、半液體
**半量**〔名〕半量、一半的量
**半稜堡**〔名〕〔軍〕半稜堡
**半輪**〔名〕半輪、半圓形
半輪の月（半輪月）
**半瀝青炭**〔名〕半瀝青煤、半煙煤
**半被、法被**〔名〕〔佛〕禪宗蒙椅子的錦緞、古代下級武士穿的上衣、號衣（手藝人，工匠等所穿在衣領或背後印有字號的日本式短外衣）
半被を引っ掛けた大工（穿著號衣的木匠）
**半ば**〔名、副〕半、一半、中間、中途
彼の人は半ば大人で、後半分は未だ子供だ（他一半是成年人另一半還是個孩子）
半ば麻痺状態（半癱瘓狀態）
半ば隠れ乍、半ば公然と支持する（半明半暗地支持）
半ば冗談で言ったのだ（半開玩笑說的）
此処に集る人の半ばは婦人です（在這裡聚會的人一半是婦女）
半ば眠っている（半睡半醒）
橋の半ばに立つ（站立橋中央）
竿の半ばに印を付ける（在竹竿中間作個記號）
秋も半ばを過ぎた頃（深秋季節）
十月の半ばには帰って来る（十月中旬回來）
人生の半ばを過ぎる（過了半輩子）
会の半ばで帰る（在會議中途回去）

試験半ばに病気に為る（在考試中途生了病）

話の半ばに席を立つ（在談話中途離席）

彼の話は半ば嘘らしい（他的話似乎一半是假的）

半ば新式、半ば旧式の家庭（半新半舊的家庭）

彼の成功は半ば紛れ当りだ（他的成功多半是碰上的）

仕事は半ば迄出来ています（工作差不多完成了一半）

百里を行く者は九十里を以て半ばと為す（行百里者半九十）

半ばの月（半圓形的月亮、月半的月亮、琵琶）

**半から**〔名〕〔古〕半、一半、大半、過半、中途、中間

半死（半死、半死不活）

半半尺（〔舊〕半瓶醋、馬馬虎虎）

半干（半乾、潮水半退）

半満（潮水漲到一半）

半息子（半子、女婿）

## 扮（ㄅㄢˋ）

**扮**〔漢造〕打扮（裝飾）、扮演（化妝演戲）

**扮する**〔自サ〕扮演、扮裝

弁慶に扮する（扮演弁慶）

ハムレットに扮して名演技を見せる（扮演哈姆雷特表演拿手好戲）

**扮装**〔名、自サ〕裝扮、打扮、扮演

奇怪な扮装（奇怪的打扮）

扮装が上手い（扮演得好）

凝った扮装を為る（打扮得很講究）

老婦人に扮装した（扮演老婦）

扮装を落とす（卸妝）

## 絆（ㄅㄢˋ）

**絆**〔漢造〕馬韁繩、受制

**絆創膏**〔名〕〔醫〕藥用貼布

テープ絆創膏（藥用貼布）

絆創膏を貼る（貼藥用貼布）

**絆、紲**〔名〕羈絆、紐帶、牽累、枷鎖

馬の絆（栓馬繩、馬韁繩）

愛情の絆を断ち切る（斬斷情絲）

因襲の絆を破る（打破因襲的框框）

両国は深い友情の絆で結ばれている（根深蒂固的友誼紐帶把兩國聯結在一起）

すくすくと育って来たパンダと桜は日中両国を結ぶ絆が年毎に強化されて行く象徴である（茁壯成長起來的熊貓和櫻花樹是連結日中兩國紐帶逐年加強的象徵）

都市と農村とを結ぶ重要な絆（溝通城鄉關係的重要渠道）

**絆される**〔自下一〕（絆す的被動形式）被絆住、被束縛住、被糾纏住

情に絆される（成為感情的俘虜）

情に絆されて承諾する（礙於情面而答應）

人の親切に絆される（好心難卻）

子を思う心に絆されて出発を延ばす（由於捨不得離開孩子而緩期出發）

**絆す**〔他五〕繋住、絆上、纏住、束縛住（=繋ぎ止める）

馬を絆す（把馬絆上）

**絆し、絆**〔名〕絆腳繩、〔轉〕羈絆

恋の絆し（愛情的羈絆）

妻子が絆しに為る（妻子成了絆腳石）

## 奔（ㄅㄣ）

**奔**〔漢造〕急馳、逃跑

狂奔（瘋狂地奔跑、瘋狂地奔走、拼命奔走）

出奔（出奔、逃跑）

淫奔（淫蕩、淫亂）

**奔出**〔名、自サ〕奔出、迸出

水が奔出する（水奔流、水噴出來）

**奔走**〔名、自サ〕奔走、張羅、斡旋
　四方に奔走する（四方奔走）
　国事に奔走する（為國事奔走）
　資金の調達に奔走する（張羅籌款）
　彼の奔走で事件が円満に解決された（由於他的斡旋事件得到圓滿解決）
**奔湍**〔名〕奔湍、湍流、急湍（＝早瀬）
**奔騰**〔名、自サ〕飛騰、飛漲
　物価が奔騰している（物價在猛漲）
　奔騰する噴泉（飛騰的噴泉）
**奔馬**〔名〕奔馬
　奔馬の勢い（奔馬之勢）
　奔馬性肺結核（〔醫〕奔馬癆、百日癆）
　奔馬性麻痺（〔醫〕奔馬性麻痺）
**奔放**〔名、形動〕奔放
　自由奔放な生活（自由奔放的生活）
　大胆な着想を奔放に描き出す（把大膽的構思盡情地描寫出來）
**奔命**〔名〕奔命
　奔命に疲れる（疲於奔命）
**奔落**〔名、自サ〕〔商〕（行市）暴跌
**奔流**〔名〕奔流、湍流
　奔流が堤防を破壊する（奔流沖壞堤壩）
　奔流の様な勢で（以一瀉千里之勢）
**奔る、走る、駛る、趨る**〔自五〕跑、行駛、變快、奔流、逃走、逃跑、通往、流向、走向、傾向←→歩く
　一生懸命に走る（拼命地跑）
　馬は走るのが速い（馬跑得快）
　走って行けば間に合うかも知れない（跑著去也許趕得上）
　家から此処迄ずっと走って来た（從家裡一直跑到這裡）
　此の船は一時間二十ノットの速力で走っている（這船以每小時二十海里的速度航行）
　急行列車は十五分で其の距離を走った（快車用十五分鐘跑完這段距離）
　筆が走る（信筆揮毫）
　曲が走る（曲速變快）
　水の走る音が聞こえる（可以聽到水的奔流聲）
　血が走る（血流出來）
　敵は西へ走った（敵人向西逃跑了）
　犯人は東京から大阪へ走った（犯人從東京逃往大阪）
　敵陣に走る（奔赴敵營）
　道が南北に走っている（道路通向南北）
　山脈が東西に走る（山脈東西走向）
　右翼に走る（右傾）
　感情に走って理性を失う（偏重感情失去理智）
　空想に走る（耽於空想）
　虫唾が走る（噁心，吐酸水、非常討厭）

## 犇（ㄅㄣ）

**犇**〔漢造〕"奔"的古字、牛群驚走、奔迫（急促，緊迫）
**犇めく**〔自五〕（板等壓得）嘎吱嘎吱響、（人群）擁擠，吵吵嚷嚷
　重みで板が犇めく（板子壓得嘎吱嘎吱響）
　見物人が犇めく（參觀的人熙熙攘攘）
**犇と、緊と**〔副〕緊緊地、深刻地
　犇と赤児を抱き締める（緊緊地抱住嬰兒）
　妹が母に犇と抱き付く（妹妹緊緊地抱住媽媽）
　父の一言が犇と身に答える（爸爸的一句話語深深地印入腦海）
　母の戒めは私の小さい胸に犇と応えた（母親的告誡深深地打動了我的幼小心靈）
**犇犇（と）、緊緊（と）**〔副〕緊緊地、深刻地
　犇犇と詰め寄る（步步緊逼過來）
　敵軍が犇犇と攻め寄せる（敵軍緊緊地攻上來）
　犇犇と取り囲む（緊緊圍住）

寒さが犇犇と身に応える（寒氣侵人）

父の暖かい心が犇犇と感じられる（深深地感到父親的溫暖的心）

## 賁、賁、賁（ㄅㄣ）

賁、賁〔漢造〕光臨

賁臨、賁臨〔名、自サ〕光臨、來臨

## 本（ㄅㄣˇ）

本〔名〕書、書籍

〔漢造〕本、根本、資本、出處、本源、主要、正式、書本

本を読む（讀書）

本を出版する（出版書籍）

本を漁る人（尋找書的人）

論文が本に為る（論文印成書）

一冊の本に纏める（集成一部書）

彼は沢山の本を書いている（他寫了很多書）

根本（根本、根源、基礎）

基本（基本、基礎）

大本、大本（基礎、根基、根本原則）

台本（腳本、劇本）

大本営（大本營、戰時設在天皇之下的最高統帥部）

大本山（大本山-位於總本山下統率小寺院的大寺院）

總本山（總寺院、總管轄處）

總本店（總店、總公司）

張本（張本、根源、禍首、主犯＝張本人）

張本人（禍首、罪魁、真正肇事者）

抜本（拔本、徹底、找出根本原因）

資本（資本）

紙本（用筆寫或畫在紙上的冊頁）

絹本（絹本、絹本書畫、畫畫用的絹）

献本（奉送書籍、奉送的書籍）

原本（原本，原書、根本，本源）

元本（本金，資金、財產，資產）

木本（木本）←→草本

草本（草本、植物草稿）←→木本

禾本（禾本）

藤本（爬蔓植物）

送本（發送書籍）

造本（製書）

蔵本（藏書）

写本（抄本、抄寫）←→刊本、板本、版本

底本、底本（底本，藍本、原稿，草稿）

定本（肯定的版本、標準本、通行本）

抄本、鈔本（抄本、摘錄本）←→謄本、完本、全本

正本（正本、腳本，劇本、完整的版本）

正本（正本、原本）

証本（考證本）

謄本（謄本、繕本、戶口副本）

搨本（拓本）

唐本（由中國傳到日本的書籍）

拓本（拓本）

刊本（印刷的圖書、發行的版本）←→写本

板本、版本（版本）←→写本

完本（足本、全本）←→端本、零本、欠本，缺本，闕本

欠本，缺本，闕本（殘缺本）

官本（官版書籍、政府的藏書）←→坊本

伝本（傳本）

点本（標有訓讀古漢文標點的書籍）←→無点本

異本（不同版本）

善本（善本，珍本、善根，諸善之源）

千本（一千隻、許多隻）

校本（校訂本）

こうほん
稿本（草稿，原稿、以草稿形式問世的書）
　　　ていほん
←→定本

しんぽん　　　　　　　　　　　　　　　ふるほん　こほん
新本（新版本、新書）←→古本、古本

ふるほん　こほん
古本、古本（古書、舊書）

えほん
絵本（圖畫書、戲報）

どくほん
読本（讀本、課本、教科書）

せいほん
製本（裝訂）

たんこうぼん
単行本（單行本）

ぜんしゅうぼん
全集本（全集本）

しゅたくぼん
手沢本（某人生前愛讀的書）

る　ふ　ぼん　　　　　　　　　　　　　　　　つうこうぼん
流布本（廣泛流傳的版本、通行本=通行本）

　　　　　　　　　　　　　　　　　　　み　き　ほん
ぞっき本（廉價書、處理書籍=見切り本）

ほん
本に〔副〕真正、實在（=実に）

　　あなた　ほん　なさけぶか　かた
貴方は本に情深い方だ（你真是個好心腸的人）

ほん
本の〔連體〕（原義是"実在"用於表示少，小）
　　　　　　　　　　　　　　　　　じっざい
　　　　　　　　　　　　　　　　　　　　　　　ほん　　　　まった
不過、僅僅、些許、一點點（=本との、全くの）

ほん　すこ
本の少し（一點點）

　　　　　ほん　おしるし
此れは本の御印です（這只是聊表寸心）

ほん　で　きごころ
本の出来心（只是由於一時的衝動）

ほん　あか　ぼう
本の赤ん坊（還不過是個嬰兒）

　　　ひと　ほん　ちょっと　　　　し　あ
彼の人は本の一寸した知り合いです（跟他僅僅是一面之識）

がくしゃ　い　　　　　ほん　な　ばか
学者と言っても本の名許りだ（說是個學者也只是徒有其名）

ほん　に　さんぷん　ちが　　　おく
本の二、三分の違いで遅れた（只差兩三分鐘沒有趕上）

ほん　ひゃくえん　す　こと
本の百円で済む事ですから（僅僅一百日元就可以了）

ほん
本ネル〔名〕法蘭絨（=フランネル）
　　　　　　　　　　　　ｆｌａｎｎｅｌ

ほんあん
本案〔名〕本案、本議案

ほんい
本位〔名〕本位，中心、著重點。〔經〕本位（貨幣制度的基礎或貨幣價值的計算標準）、原來的位置

　　おきゃくほんい　　みせ
御客本位の店（以顧客為本位的商店）

りえきほんい　　かんが　かた
利益本位の考え方（以利益為重的想法）

こ　　じしょ　　じゅくごほんい
此の辞書は熟語本位だ（這部辭典是著重解釋成語的）

ぼく　　かんが　かた　　かていほんい
僕の考え方は家庭本位だ（我的想法是以家庭為重的）

とうてん　　　　ひんしつほんい
当店では品質本位です（本店以質量為第一）

きん　ほんい　　な　　かへい
金を本位と為る貨幣（以黃金為本位的貨幣）

きんほんい
金本位（金本位）

ほんいかへい
本位貨幣（本位貨幣）

ほんい　ふく
本位に復する（恢復原來的位置）

ほんいせい
本位制〔經〕〔貨幣的〕本位制

ほんいきごう
本位記号〔樂〕本位號、本位音

ほんい　ほい
本意、本意〔名〕本意，本心，真心，真意、本來的願望，心願，初衷

ほんい　な　　　　しょうち
本意為らずも承知した（並非情願卻答應了）

ほんい　ごかい
本意を誤解する（誤解真意）

じしょく　きみ　ほんい　あ
辞職は君の本意では有るまい（辭職不會是你的本意）

そ　　　　な　　　　わたし　ほんい
其れを為るのは私の本意ではない（那麼做並不是我的本意）

わたし　もう　で　ことわ　　　　そ　　　ほんい
私は申し出を断ったが、其れは本意ではなかった（我謝絕了提議但並不是我的本意）

こ　　　　　　　　ほんい　と
此れでやっと本意を遂げた（這才算實現了心願）

ほんい　な
本意無し（並非情願、無可奈何）

ほい　な　　わか
本意無い別れ（無可奈何的別離）

ほい　な　　おも
本意無く思う（覺得無可奈何〔遺憾〕）

ほんいん　　　　　　　　ぶんいん　　　こ　　　　　じょうこう　ほうおう
本院〔名〕本院←→分院、〔古〕本院（上皇、法皇同時有二人時的第一人）←→新院
　　　　　　　　　　　　　　　　　　　　　　　　　　　　　　　　　　　しんいん

ほんいんぼう
本因坊〔名〕本因坊（授予圍棋比賽優勝者的稱號之一）

ほんえい
本営〔名〕〔古〕（主將所在的）營部、司令部（=本陣）
　　　　　　　　　　　　　　　　　　　　　　　　　　ほんじん

ほんえい
本影〔名〕〔天〕本影、暗影←→半影
　　　　　　　　　　　　　　　はんえい

ほんか
本科〔名〕（學校的）本科←→予科、選科、別科

よか　そつぎょう　　　ほんか　はい
予科を卒業して本科に入る（預科畢業後進入本科）

**本歌、本歌,元歌**〔名〕（對〝模倣〞〝翻案〞而言的）有典故的和歌、（對〝狂歌〞〝俳諧〞而言的）正規的和歌

**本懷**〔名〕本願、夙願、生平的願望（=本望）

正義の為に死を選ぶのは男子の本懷だ（為正義而死是男兒的本願）

本懷を遂げる（得償夙願）

予ての企てが実現されて本懷の至りだ（早年的計畫實現了得償夙願真痛快）

**本会員**〔名〕正式會員

**本会議**〔名〕本會議、正式會議,全體大會

議案を本会議に掛ける（把議案提交大會）

**本海道**〔名〕〔古〕（江戶幕府指定並裝修的）幹線道路←→脇道、抜け道

**本格**〔名〕正式

斯う言う風に使用するのが本格である（這樣使用是正規的用法）

本格小説（〔客觀描寫社會現實的〕嚴肅小說）

本格的（正式的、真正的）

工事が本格的に開始された（工程正式開工了）

本格的な夏に為った（來到真正的夏天）

本格的な戰爭（真正的戰爭、全面戰爭）

此の事業も愈愈本格的に為って来た（這個事業也終於真的幹起來了）

**本廓**〔名〕（築城）圍廓

**本官**〔代〕本職（官員的自稱）；〔名〕本職,本來的官職←→兼官。正式官職,正式官員←→見習い、雇い

願いに由り本官を免ず（根據申請免去本職）

本官に任ぜられる（正式任官）

**本管**〔名〕（自來水、煤氣等的）總管道

水道の本管（自來水的總管道）

ガスの本管（煤氣的總管道）

**本館**〔名〕（對〝別館〞〝新館〞而言的）原來的建築物、主樓,正樓,本樓,此樓

受付は本館の入口に在る（傳達室在正樓的入口處）

**本願**〔名〕夙願、〔佛〕本願,普渡眾生之願,寺院創建者

本願を成就する（得償夙願）

**本気**〔名、形動〕真的,真實、認真

本気で言っているのか（此話當真？不是開玩笑？）

嘘を本気に為る（把謊言當作真實）

私が冗談に言った事を彼は本気に為た（我開玩笑說的事他當真的了）

本気で考える（認真考慮）

本気に為って働く（認真工作）

こんな仕事は本気に為れば朝飯前だ（這樣的工作如果認真做起來輕而易舉）

**本気違い**〔名〕藏書癖,珍本書收集狂,有藏書癖的人,有收集珍本書癖的人

**本紀**〔名〕（帝王的）本紀←→列伝

**本義**〔名〕原義,本來的意義←→転義。本旨,根本的意義

憲政の本義（憲政的根本意義）

**本決まり,本決り,本極まり,本極り**〔名〕正式決定、最後決定←→内定

ベース、アップが本決まりに為る（提高工資得到最後決定）

終に本決まりに為った（終於正式決定了）

**本給**〔名〕本薪、基本工資（=本俸）

本給の外に手当が付く（在基本工資外另加津貼）

**本俸**〔名〕本薪、基本工資（=本給）

色色の手当が本俸よりも多い（種種津貼比基本工資還多）

**本拠**〔名〕據點、根據地

組合を本拠に為て活動する（以工會為據點進行活動）

本拠を自宅に置く（以自己的家作根據地）

**本経**〔名〕〔佛〕（某宗派的）基本經典（如天台宗,日蓮宗以法華經為基本經典）

**本業**〔名〕正職、本來行業、本職工作←→副業

本業外の仕事（非本職的工作、副業）
彼の本業は医者だ（他的正業是醫師）
本業に励む（努力於本職工作）
彼は農業を本業と為ている（他以農業為正業）
彼の本業は何だろう（他的正業是什麼？）

**本局**〔名〕（區別於支局的）總局、本局，此局、（圍棋，將棋）這局棋，這次對局
本局を呼び出す（〔電話〕叫總局）
本局で無いと受付無い（非總局不受理）

**本金**〔名〕本金，本錢（＝元金）、真金，純金（＝純金）

**本金庫**〔名〕總金庫

**本食い虫**〔名〕書蠹，蛀書蟲。〔轉〕書呆子

**本籤**〔名〕（請會時決定借款人的）抽籤

**本組**〔名〕〔印〕拼版
棒組を本組に為る（把條樣拼成版）

**本曇り、本曇**〔名〕烏雲漫天（眼看就要下雨）

**本家**〔名〕本家，正支，嫡系←→分家。（某流派的）正宗，嫡派、（商店對分號而言）本店，總店。〔古〕（莊園名義上的）最高領主
本家の跡を継ぐ（繼承本家家業）
本家争いを為る（爭執誰是正宗）
カステラ製造の本家本元（創製蛋糕的鼻祖）
本家本元（本家、正宗、鼻祖、創始人）
本家本元から聞いた話（第一手消息）

**本卦帰り、本卦還り**〔名〕滿六十歲、花甲（＝還曆）

**本刑**〔名〕〔法〕（宣判的）主刑

**本契約**〔名〕正式契約、正式合約

**本月**〔名〕本月
雑誌の本月号（雜誌的本月號）
本月の俸給（本月份的工資）

**本件**〔名〕本案、這件事
本件に就いては確答し兼ねる（關於這件事礙難明確答覆）

**本絹**〔名〕真絲、純絲←→人絹
本絹のハンカチ handkerchief（真絲手帕）

**本源**〔名〕本源、根源
物の本源を究める（追究事物的根源）
本源迄溯って論及する（追本溯源）

**本建築**〔名〕正式建築、（對木造房屋而言的）永久性建築，鋼筋水泥建築

**本工**〔名〕（別於臨時工的）正式工人

**本坑**〔名〕（礦）中心礦坑、主坑道

**本校**〔名〕（別於分校的）本校、（自稱）本校
本校は来年から大学に昇格する（本校從明年起升格為大學）

**本項**〔名〕本項、這一項目

**本号**〔名〕（雜誌等的）本期、這一期

**本国**〔名〕本國，祖國，老家，故鄉
本国へ送還する（送回本國）

**本腰**〔名〕真正的幹勁、認真努力
本腰を入れて勉強する（鼓起幹勁認真學習）
本腰に為って其の問題と取組む（認真地努力解決那個問題）

**本妻**〔名〕正妻、嫡配←→妾、情婦
妾が本妻に直る（妾扶為正妻）

**本山**〔名〕〔佛〕總寺院、本寺院。〔轉〕老巢，根據地
日蓮宗の本山（日蓮宗的總寺院）
本山の開基（本寺的開創）
A党の本山（A黨的老巢〔總部〕）

**本旨**〔名〕本意、宗旨、本來的意圖
其れは私の本旨ではない（那不是我的本意）
教育の本旨に悖る（違背教育的宗旨）
君の説の本旨には賛成だ（贊成你所主張的意旨）

**本志**〔名〕意圖、本意

**本紙**〔名〕本報，這個報紙、（對號外，附錄，特刊而言的）本版
本紙の読者（本報的讀者）

**本誌**〔名〕本刊，這個報紙、（對號外，分冊，增刊等而言的）本刊

**本地**〔名〕〔佛〕（佛、菩薩的）本體
本地垂迹（佛現身為神〔前來日本普渡眾生〕）（出自〝神佛同體說〟）

**本字**〔名〕（對假名而言的）漢字、（對簡體字，俗字而言的）正體字，繁體字
　本字で書く（用漢字寫）

**本式**〔名、形動〕正式←→略式
　本式の食事（正式宴會）
　本式に英語を習う（正規地學習英語）
　どうせ遣るなら本式に遣ろうではないか（既然要做的話還是正規地做吧！）
　私のバイオリンは本式に習ったのではない（我拉小提琴不是正式學的）
　戦いは愈愈本式に始まった（戰鬥真正地開始了）

**本試験**〔名〕正式考試、（學期的）最後考試←→予備試験、臨時試験、追試験、模擬試験

**本質**〔名〕本質←→現象
　偽善者の本質を見抜く（看破偽善者的本質）
　此の考えは本質的に間違っている（這種想法根本就錯了）
　本質的相違（本質上的不同）

**本日**〔名〕本日、今天（=今日）
　此の切符は本日限り有効です（此票限於本日有效）
　本日休業（今天歇業）

**本社**〔名〕總神社←→末社。總社，總公司←→支社
　本社詰めと為る（調到總社工作）

**本州**〔名〕〔地〕本州

**本春**〔名〕今春

**本初**〔名〕最初、原始
　本初子午線（〔地〕本初子午線）

**本書**〔名〕（對副本，抄本而言的）正本，正式文本，此書，這本書

**本署**〔名〕（領導分署的）總署、（領導派出所的）中央警察署、（自稱）本署

**本性、本性**〔名〕本性、理性，理智，清醒的頭腦
　酒を飲むと本性が現れる（一喝酒就露出本性來）
　酔って本性を失う（醉得失去理智）
　本性生酔い違わず（微醉不亂性）

**本省**〔名〕（統轄下屬單位的中央官廳）部、（不包括派出機構的）本部、（下屬單位稱呼中央所屬的）部，部裡，本部，我部
　本省の指示を待つ（等待部裡的指示）

**本条**〔名〕本條、本項

**本状**〔名〕此書、這封信
　本状持参の者に御渡し願います（請交給持信人）

**本城**〔名〕中心的城堡，主將駐在的城堡（=根城、本丸）。本城

**本生譚**〔名〕〔佛〕本生經（釋迦牟尼修行的故事）

**本色**〔名〕本色，本性、本來的顏色
　此の一句に彼の本色が現れている（在這一句中表現出他的本色）

**本職**〔名〕本職，本來行業，本來的職業←→兼職。專業，內行
〔代〕（官吏的自稱）本職
　本職以外の仕事（非本職工作）
　本職は大工だ（本來的職業是木工）
　本職の外交官（職業外交官）
　本職の方を留守に為る（不務正業）
　貴方の料理は本職です（你做的菜很內行）
　貴方の絵は本職裸足だ（你的畫內行都要退避三舍）

**本心**〔名〕本心，真心、正常心理狀態，清醒的頭腦（=本性、本性）
　本心を明かす（打ち明ける）（說出真心話）
　本心から出た言葉（從真心說出來的話、真心話）
　君は本心から然う思っているのか（你真的打心眼裡那麼想嗎？）
　女の為に本心を失う（為女人神魂顛倒）
　本心に立ち返る（清醒過來、恢復正常心理狀態）

**本陣**〔名〕〔古〕（主將所居的）營部，司令部、（江戶時代供諸侯住的）驛站旅館

**本数**〔名〕根數、條數、隻數、棵數

本数を数える（數根數）

本数が足らぬ（隻數不夠）

**本好き**〔名〕喜愛書、愛書癖

本好きの人（喜愛書的人、書籍愛好者）

**本筋**〔名〕主要情節、中心，本題、本來的方向，正確作法

本筋に戻す（回到本題、言歸正傳）

本筋に入る（進入本題）

本筋から外れる（離開本題）

然うするのが本筋だ（這樣做是正確作法）

**本刷り、本刷**〔名〕正式印刷（品）←→仮刷、校正刷

**本姓**〔名〕本姓，真姓、本來的姓氏

本姓を隠す（隱姓）

本姓を名乗る（道出真姓）

離婚して本姓に返る（離婚後恢復舊姓）

**本籍**〔名〕原籍

本籍は東京に在る（原籍是東京）

本籍を移す（遷戶口）

本籍と現住所が違う（籍貫和現住所不一致）

本籍地（籍貫）

**本船**〔名〕本船，這隻船、（對所屬船隻而言的）主船、（在海上靠舢板與陸地聯繫的）大船（=本船）

輸入港で本船引き取り値段（目的港船上交貨價格）

荷物は本船引き取りです（貨物在目的港船上提取）

沖の本船に艀で連絡する（用舢舨和海上的大船進行聯繫）

本船渡し（船上交貨）

**本船、元船**〔名〕母船（=親船）。（停泊在深海上靠舢板與陸地聯繫的）大船（=本船）

**本選**〔名〕（比賽等的）正式選拔、正式評選、最後評選←→予選

**本線**〔名〕這條線路。〔鐵〕幹線←→支線

東北本線（東北幹線）

**本然、本然**〔名〕本來

本然の姿（本來面目）

本然の性（本性、天性）

**本膳**〔名〕〔烹〕（日式宴席的）主菜（=一の膳）、（本膳，二の膳，三の膳齊備的）正式日本宴席

**本訴**〔名〕〔法〕（對反訴而言的）原訴、本來的訴訟

**本葬**〔名〕正式的殯葬←→仮葬、密葬

本葬を営む（舉行正式殯葬）

**本草**〔名〕草本、（中醫藥劑的）藥草（包括玉石，竹木，蟲魚，龜貝，果瓢等）

本草学（本草學）

本草綱目（本草綱目-李時珍著）

**本則**〔名〕（法令等的）主要章則←→付則。原則，正式的規則

本則を従う（遵照原則）

一応挨拶するのが本則だろう（理應打個招呼〔寒暄一下〕）

**本属**〔名〕所屬、直屬

本属長官に報告する（報告所屬首長）

**本尊**〔名〕〔佛〕正尊，主佛←→脇立。〔轉〕（崇拜的）偶像、（事件的）主謀，罪魁，中心人物。〔諧〕本人

此の寺の本尊は阿弥陀如来だ（這寺院的主佛是如來佛）

彼は一派の人達に本尊と為て崇められている（他成了那一派人崇拜的偶像）

此の事件の本尊は既に逃亡した（那事件的主謀已逃之夭夭了）

御本尊は一向御存じないらしい（他好像一點也不知道）

**本体**〔名〕真像，本來面目（=正体）。〔哲〕實體，本質←→現象。主體，主要部分、（神社的）神體，（寺院的）主佛

本体が分らない（真像不明）

計略の本体を明かす（揭露陰謀的真像）

宇宙の本体を究める（弄清宇宙的實體）

本体論（實體論）

此の事業は営利を目的と為ない事を本体と為る（這個事業本身不是以營利為目的）

此の神社の御本体は天照大神（這神社供的是天照大神）

**本隊**〔名〕本隊，這個隊、（對支隊，別動隊而言的）中心部隊，主力部隊

**本態**〔名〕本來姿態、實際狀態
本態は未だに不明だ（本來面目至今還不清楚）

**本代**〔名〕買書錢
本代を払う（付書錢）
本代が大分溜った（欠下不少書錢）

**本題**〔名〕這個題，本問題、本題、正題
此れから本題に入る（從現在起進入本題）
本題に戻る（回到正題上來）

**本宅**〔名〕主宅、主要住處、平常居住的住宅←→妾宅、別宅
本宅を売り払って別宅に住む（賣掉主宅住在另一所住宅）

**本裁**〔名〕（縫紉）用普通幅寬的一匹布裁製一件大人和服（的方法）（＝大裁）←→中裁、小裁

**本立て、本立**〔名〕書立、書擋（＝ブックエンド）

**本棚**〔名〕書架、書櫥
本棚から辞書を取り出す（從書架上取出辭典）

**本丁**〔名〕〔印〕付印的校樣

**本庁**〔名〕本廳，這個廳、總廳，中央的廳←→支庁

**本朝**〔名〕本朝，日本朝廷，日本國←→異朝。正統的朝廷←→偽朝

**本調子**〔名〕〔樂〕（三弦的）基調，主音←→二上がり，三下がり。常態，正規的狀態
本調子を取り戻す（恢復常態）
病気が治って体の具合がやっと本調子に為る（病癒後身體好容易才恢復了常態）
君の歌は本調子だ（你唱的很正規）

**本造り、本造**〔名〕地道的製品
本造りの酒（道地的酒）

**本手**〔名〕（比賽的）絕技，真正著數、內行（＝玄人）。（三弦的）正規音調（的彈法），基本手法←→替手
本手を出す（使出絕技、拿出最後一著）

**本邸**〔名〕主宅、主要住處←→別邸

**本店**〔名〕本店，這個店鋪、（對支店而言）總店
本店詰めに為る（調在總店工作）
本店支配人（總店經理）

**本田**〔名〕〔農〕（對秧田而言的）大田←→苗代田。（江戶時代）作為課稅對象登記在冊的田畝←→新田。原來開墾的田畝

**本伝**〔名〕（對外傳而言）本傳、正傳←→外伝

**本殿**〔名〕（神社等的）正殿、大殿←→拝殿

**本土**〔名〕本土、本國
イギリス本土（英國本土）
本土防衛（本土防衛）

**本当**〔名，形動〕真，真的，實在，的確，真正，正確、本來，正常
本当の話（真話）
人の言う事を本当に為る（把別人的話信以為真）
此れは本当だ（這是真的）
本当かしら（真的嗎？）
其の噂は一体本当か（那個傳說究竟是真的嗎？）
本当か如何か分からない（不知是否真的）
本当に気が効いている（考慮得真周到）
君が来て本当に良かった（你來得實在好）
今年の夏は本当に暑い（今年的夏天實在熱）
本当に御気の毒です（實在對不起、實在可憐）
本当に面白かった（實在有趣）
本当に有り難う（實在感謝）
本当を言うと、僕は嫌だ（說實在的我不喜歡）
本当の絹の様だ（像真絲似的）
此の造花は本当の花の様だ（這個假花像真花一樣）
彼は決して本当の腹の中を言わない（他決不說真心話）
彼れこそ本当の学者だ（他才是真正的學者）

先生と呼ぶのが本当だろう（本來應該稱先生吧！）

本当は此れは松で拵える可きだ（本來這應該用松木製造）

本当は然う出来ないのだが（本來不能那麼作……）

私の体は未だ本当でない（我的身體還沒有恢復正常）

今何時が本当か（正確說來現在是幾點鐘？）

其れが本当の遣り方だ（那是正確的說法）

本当を言えば此の問題は論理学に属する（正確說來這個題目屬於邏輯學範疇）

本当らしい（真的一般）

本当らしい嘘（真的一般的謊言）

話を本当らしく見せる（把話說得像真的一樣）

**本島**〔名〕本島，這個島、（群島中的）主要島嶼

**本堂**〔名〕〔佛〕（寺院的）正殿

**本道**〔名〕主要道路，幹線道路←→間道。正道、（中醫）內科

**本通り**〔名〕大路、正道

本通りに出る（走上大路）

**本床**〔名〕（建）正式的壁龕

**本直し**〔名〕一種日本酒名（以燒酒十石，糯米二斗八升和米麴一石二斗比例釀造的日本酒）

**本人**〔名〕本人

本人自ら出掛けて行く（本人親自出馬）

本人から聞いた事だから事実に相違ない（因為是從本人那裡聽來的所以一定是事實）

御本人は何も知らぬらしい（他本人好像還一無所知）

未だ本人の耳に入れていない（還沒告訴本人）

**本縫い**〔名〕（縫紉）正式縫製、最後縫紉

本縫いに掛かる（進行最後縫紉）

**本音**〔名〕真正的音色。〔轉〕真話，真心話

本音を吐く（說出真心話）

建前と本音（場面話和真心話）

本音が聞き度い（想聽聽真心話）

**本年**〔名〕本年、今年

本年度の予算（本年度的預算）

本年も何卒宜しく（今年也請多關照）

此の制度は本年を以て新制度に切り換える（這個制度從今年改成新制度）

**本能**〔名〕本能

創造的本能（創造的本能）

母性本能（母性本能）

本能生活（本能生活）

本能主義（本能主義）

本能の儘に振舞う（按照本能而行動）

自己保存の本能を有する（有保存自己的本能）

本能を発揮する（發揮本能）

旨い文章は本能的に書けると言う物ではない（好文章不是憑本能就能寫得出來的）

**本場**〔名〕原產地，主要產地、本地，發源地。〔商〕（交易所的）上午市，前市

蜜柑の本場（桔子之主要產地）

本場仕込みの英語（在英國學的英文）

英国は代議政治の本場である（英國是議會制度的發源地）

本場を踏む（受正式訓練）

**本場所**〔名〕（相撲）（決定力士等級，待遇等的）正式比賽（每年六次，每次十五日）

**本場物**〔名〕（某地的）名產、地道貨

こりゃ本場物だ（這可是地道貨）

**本箱**〔名〕書箱

全集を本箱に納める（把全集放在書匣裡）

**本腹**〔名〕妻生、嫡出（的子女）

本腹の子（嫡出子女）

**本番**〔名〕（電影，電視等拍攝鏡頭時的）正式表演、正式開始廣播

本番です、御静かに願います（正式開始拍攝請肅靜）

ぶっつけ本番で行く（不經過準備就正式表演）

**本部**〔名〕本部←→支部
大学本部（大學校部）
捜査本部（搜查本部）
本部の指令に従う（遵照本部的指令）

**本夫**〔名〕本夫←→情夫

**本譜**〔名〕〔樂〕正規樂譜、五線譜←→略譜

**本復**〔名,自サ〕〔舊〕痊癒、康復（=全快）

**本普請**〔名〕（對"建売住宅""仮普請"而言的）正式建築、正式興建

**本節**〔名〕上等木魚、上等魚乾←→亀節

**本舞台**〔名〕（歌舞伎）（對"花道"而言的）正面的舞台、正式舞台
会議は愈愈本舞台に入る（會議逐漸進入正式討論）

**本降り**〔名〕〔雨〕大降←→小降り
雨が愈愈本降りに為った（雨真下起來了）

**本文**〔名〕本文、正文
条約の本文（條約的本文）
本文を参照せよ（請參看正文）
本文の筆者（本文的作者）

**本文**〔名〕（對序言、附錄而言的）正文、（加註的）本文、（引用的）原文

**本分**〔名〕本分、應盡的責任
本分を尽くす（盡本分）
代表たるの本分を忘れる（忘了代表所應盡的責任）
学生の本分を弁える（懂得學生的本分）

**本編、本篇**〔名〕本編，這一編、（對續編、附錄而言的）正編←→続編

**本圃**〔名〕（對"苗圃"而言的）大田

**本舗**〔名〕本店，此店，總號，本號

**本邦**〔名〕（日本人自稱）我國、本國、日本列島
此の曲は本邦初演である（這曲子在我國是初次演奏）
本邦南岸の低気圧（日本南部沿海的低氣壓）

**本法**〔名〕〔法〕本法、這個法律

**本真**〔名〕（關西方言）真、真正、實在（=本当）
本真の話（真話）
本真に見える（看來像是真的）
本真に涼しい（真涼快）

**本末**〔名〕本末
本末を誤る（本末倒置）
本末を転倒する（本末倒置）
貴方の考え方は本末を転倒している（你的想法是本末倒置）
本末転倒（本末倒置）

**本末**〔名〕本末，本和末、草木的幹和枝、事物的根本和枝節、詩的上句和下句

**本祭り**〔名〕（神社的）正式祭禮←→陰祭り

**本丸**〔名〕城堡的中心部分（築有天守閣處）

**本身**〔名〕真刀←→竹光

**本名**〔名〕本名、真名
本名を明かす（道出真名）
本名で著した著作（以真名出版的著作）

**本務**〔名〕本分、本來的任務，本職←→兼務
人間の本務を忘れる（忘卻做人的本分）
本務を精を出す（努力做本職工作）
先ず本務に努め為さい（首先要做好本職工作）

**本結び**〔名〕〔海〕縮帆結、平結、方結

**本命、本命**〔名〕〔星像〕生辰八字、（賽馬、賽自行車）優勝候補者（馬）
本命の無いレース（沒有優勝候補馬的賽馬）

**本望**〔名〕宿願，夙願，本來的願望、（因夙願得償而）滿意，滿足
本望を遂げる（得償宿願）
塁の上で死ねれば本望です（如能得到善終於願已足）
彼に会えれば本望だ（如能見到他就心滿意足了）

**本元**〔名〕根源
本家本元（本家、正宗、創始人）

本元から買う（從廠家直接購買）

**本物**〔名〕真東西，真貨，真的、正式，正規，專門（的事物）

　本物か如何か分らない（不知是否真的）

　本物と偽者とを見分ける（辨別真東西和假東西）

　此の造花は丸で本物の様だ（這個假花簡直像真的一樣）

　彼の人の歌は本物だ（他唱歌像歌唱家一樣）

**本門**〔名〕正門。〔佛〕法華經後半的十四品

**本屋**〔名〕書店、開書店的人、正房，上房、主房（＝母屋）←→下屋

　彼は本屋を遣っている（他在開書店）

　彼の人は本屋だ（他是開書店的）

**本焼き**〔名〕燒釉

**本宿借り**〔名〕〔動〕呆寄居蟹

**本有**〔名、他サ〕固有、本來具有

　本有観念（固有觀念）

**本予算**〔名〕（對補正預算而言的年度初提出的）正式預算←→補正預算，暫定預算

**本読み、本読**〔名〕好讀書的人。〔劇〕讀劇本，念台詞

　彼の人は中中の本読みだ（他是個頗愛讀書的人）

**本来**（名、副）本來、原來

　本来の使命（本來的使命）

　本来の面目を保つ（保持原來的面貌）

　本来は良い物でも使い方に由って悪くも為る（本來是好東西由於用法不當也可以變壞）

　本能は人間本来の所有物である（本能是人類生來就有的東西）

　本来為らば（から言えば）（理應、本應、按道理、按理說）

　本来為らば電報で知らせる所だが（按理說應該打電報通知一下）

　此の問題は本来から言えば論理学に属する（按理說這個問題是屬於邏輯學的）

　本来為らば此処で一言挨拶する所だが（本來理應在這裡打個招呼）

**本流**〔名〕（河川、思潮的）主流、幹流←→支流

　近代芸術の本流（現代藝術的主流）

　日本文学の本流（日本文學的主流）

**本領**〔名〕本來的特色，固有的特長、本分，本行。〔古〕本來的領地

　本領を発揮する（發揮專長）

　此れが日本民族の本領である（這是日本民族的本色）

　法律を解釈適用するのが裁判官の本領だ（解釋應用法律是法官的本分）

　然う言う仕事は私の本領ではない（那種工作不是我的本行）

　本領安堵（〔史〕幕府承認原來領地的領有權）

**本塁**〔名〕根據地、（棒球）本壘

　本塁打（本壘打）

**本令**〔名〕本令、本法令

　本令は公布の日より此れを実施する（本令自公佈之日起施行之）

**本鈴**〔名〕（對予備鈴而言的）最後一遍（第二遍）鈴←→予鈴

**本暦**〔名〕（列舉年中有關事項的）正規曆書←→略本暦、略暦

**本論**〔名〕這個論題、（對序論而言的）本論，正文，主要論題

　此れから本論に入ります（現在來談主要論題）

　本論に立ち返って（言歸正傳）

**本、元、素**〔名〕本源，根源←→末。根本，根基、原因，起因，本錢，資本，成本，本金，出身，經歷，原料，材料，酵母，麴，樹本，樹幹，樹根、和歌的前三句，前半首

〔接尾〕（作助數詞用法寫作本）棵、根

　禍の本（禍患的根源）

　本を尋ねる（溯本求源）

　話を本に戻す（把話說回來）

## ㄅ

此の習慣の本は漢代に在る（這種習慣起源於漢朝）

電気の本を切る（切斷電源）

本を固める（鞏固根基）

外国の技術を本に為る（以外國技術為基礎）

農業は国の本だ（農業是國家的根本）

本が確りしている（根基很扎實）

失敗は成功の本（失敗是成功之母）

本を言えば、君が悪い（說起來原是你不對）

風邪が本で結核が再発した（由於感冒結核病又犯了）

本を掛ける（下本錢、投資）

本が掛かる仕事だ（是個需要下本錢的事業）

商売が失敗して本も子も無くして仕舞った（由於生意失敗連本帶利都賠光了）

本も子も無くなる（本利全丢、一無所有）

本が取れない（虧本）

本を切って売る（賠本賣）

本を質す（洗う）（調查來歷）

本を仕入れる（購料）

紅茶と緑茶の本は同じだ（紅茶和綠茶的原料是一樣的）

聞いた話を本に為て小説を書いた（以聽來的事為素材寫成小說）

木の本に肥料を遣る（在樹根上施肥）

庭に一本の棗の木（院裡一棵棗樹）

一本の菊（一棵菊花）

下、許〔名〕下部、根部周圍、身邊、左右、跟前、手下、支配下、影響下、在……下

桜の木の下で（在櫻樹下）

旗の下に集る（集合在旗子周圍）

親許を離れる（離開父母身邊）

叔父の許に居る（在叔父跟前）

友人の許を訪ねる（訪問朋友的住處）

勇将の許に弱卒無し（強將手下無弱兵）

月末に返済すると言う約束の下に借り受ける（在月底償還的約定下借款）

法の下では皆平等だ（在法律之前人人平等）

先生の合図の下に歩き始める（在老師的信號下開始走）

一刀の下に切り倒す（一刀之下砍倒）

山下、山元、山本（山麓，山腳，山主，礦山主，礦山所在地，礦坑的現場）

旧、元〔名〕原來，以前，過去，本來，原任，原來的狀態

元首相（前首相）

元の校長（以前的校長）

元の儘（一如原様、原封不動）

元からの意見を押し通す（堅持原來的意見）

品物を元の持主に返す（物歸原主）返す帰す反す還す孵す

私は元、小学校の先生を為ていました（以前我當過小學教員）

又元の工場に戻って働く事に為った（又回到以前的工廠去工作）工場工場

此の輪ゴム伸びて終って、元に戻らない（這橡皮圈沒彈性了無法恢復原狀）

一旦した事は元は戻らぬ（覆水難收）

元の鞘へ（に）収まる（〔喻〕言歸於好、破鏡重圓）収まる納まる治まる修まる

元の木阿弥（恢復原狀、依然故我-常指窮人一度致富後來又傾家蕩產恢復原狀）

本木〔名〕樹本，樹幹，樹木的根部←→末木。過去有過關係的人，舊關係（特指前夫或前妻）

末木に勝る末木無し（新知不如舊知-多指男女）

本生り、本成り〔名〕在靠近植物的蔓或莖的根部、結果根部結的肥大果實←→末成り

本本、元元〔名〕不賺不賠、同原來一樣

〔副〕根本、本來、從來

上級生との試合は負けても本本だ（和高年級比賽輸了也不虧）

どうせ拾った物だから、失くしても本本だ（反正是撿來的東西丟了也沒損失什麼）

彼の人は本本忘れっぽい（他本來就常愛忘事）

彼は本本親切な人です（他原來就是個熱心腸的人）

此処は本本台所だった（這裡原來是廚房）

**本宮**〔名〕主神社（=本社）←→枝宮。神社的主殿（=本殿）←→拝殿

**本宮**〔名〕原來的神宮、主神宮

## 畚（ㄅㄣˇ）

**畚**〔漢造〕盛土的竹器

**畚**〔名〕（挑土等用的）畚箕，筐，籃（=畚）。魚簍，魚籃

**畚**〔名〕（用於裝運土石）用繩索編的網籃

畚を担ぐ（抬網籃）

**畚褌**〔名〕（一小塊布四角釘上帶子的）男用兜襠布

## 幇（ㄅㄤ）

**幇**〔漢造〕輔助

**幇間**〔名〕幇閒（=太鼓持ち）

幇間みたいな男（拍馬屁的人）

幇間の様な学者（幇閒的學者）

**幇助**〔名、他サ〕〔法〕幇助、輔助

犯罪を幇助する（對犯罪起輔助作用）

幇助者（輔助者）

自殺幇助罪（自殺輔助罪）

**助ける、扶ける、佐ける**〔他下一〕幫助、援助、救助、輔佐、救濟，資助

父の仕事を助ける（幫助父親做事情）

消化を助ける（幫助消化）

弱きを助け強きを挫くは彼の主義（抑強扶弱是他的主義）

田中さんの奥さんは御主人の研究を助けて終に完成させた（田中夫人幫助丈夫做研究終於完成了）

肥料を遣って苗の成長を助ける（施肥助苗生長）

此の運動は児童の発育を大いに助ける（這個運動非常有助於兒童的發育）

病人の命を助ける（救助病人的生命）

〝助けて〟と呼びました（叫喊〝救命呀！〟）

溺れ掛かっていた人は、其処を通った船に助けられた（眼看要淹死的人被路過的船救了上來）

今日の所は助けて下さい（今天就饒恕我吧！）

課長を助けて事務を処理する（輔佐科長處裡事務）

若い当主を助ける（輔佐年輕的戶主）

貧乏人を助ける（救濟窮人）

困っている者を助ける（救濟困難的人）

## 邦（ㄅㄤ）

**邦**〔漢造〕邦，國、日本

**万邦**（萬國、所有的國家）

**異邦**（異邦、外國）

**友邦**（友邦，友好國家、盟國）

**盟邦**（盟國）

**連邦、聯邦**（聯邦=連合国家）

**本邦**（我國，本國、日本列國）

**邦家**〔名〕邦家、國家（多指自己的國家）

邦家の為に喜びに堪えない（不勝為國家慶幸）

**邦貨**〔名〕日本貨幣、日元←→外貨

邦貨に換算する（折合成日幣）

邦貨手形（日幣票據）

邦貨建相場（日元匯價）

**邦画**〔名〕日本影片、日本畫←→洋画

邦画専門の映画館（專放映日本影片的電影院）

**邦楽**〔名〕日本傳統音樂（=和楽）←→洋楽

ㄅ

邦楽の演奏を聞く（聽日本古典樂曲的演奏）

**邦語**〔名〕（日本人對於外語而言的）本國語言、日本語言、日語

邦語文献（日語文獻）

**邦字**〔名〕日本字

邦字新聞（日文報紙）

**邦人**〔名〕（日本人指僑居國外的）本國人、日本人←→外人

ブラジルの邦人（巴西日僑）

**邦土**〔名〕國土

**邦舞**〔名〕日本傳統舞蹈←→洋舞

**邦文**〔名〕日文←→欧文

条約の正文は邦文並びに英文と為る（條約以日文和英文為正文）

邦文タイプライター（日文打字機）

邦文タイピスト（日文打字員）

**邦訳**〔名、他サ〕譯成日文（的作品）

此の小説は最近始めて邦訳された（這篇小說最近才譯成了日文）

此の本の邦訳は未だ出ない（這部書的日語譯本還沒有出版）

**邦、国**〔名〕國，國家、國土，領土，故鄉，老家（＝故郷）。〔古〕江戶時代以前日本行政區劃分（由郡組成），封地，領土，地區，地方

我が国（我國）

国を治める（治國）

日本の国は四つの大きな島から成る（日本的國土由四個大島構成）

御国は何方ですか（您的故鄉是哪裡？）

私の国は台中だ（我的老家是台中）

武蔵の国（武藏國）

大和の国（大和國）

国許（領地）

南の国（南方）

国に盗人家に鼠（國有盜賊家有老鼠）

国破れて山河在り（國破山河在）

国を売る（賣國）

## 棒（ㄅㄤˋ）

**棒**〔名、漢造〕棒子，棍子、扁擔、（畫的）直線。〔樂〕指揮棒、棒術、棒打。〔轉〕連續，一直

棒で犬を引っ叩く（用棍子打狗）

棒を担ぐ（挑扁擔）

棒を引く（畫一道線、勾銷）

間違った箇所を棒で消す（把錯誤的地方畫一道線抹去）

棒を振る（揮動指揮棒）

三番棒に負ける（連輸三次）

足が棒の様に為る（腳累得要命）

棒に振る（斷送、白白糟蹋）

一生を棒に振る（斷送一生）

一万円を棒に振る（白白浪費了一萬日元）

折角の日曜日を棒に振った（白白浪費掉了難得的星期天）

棒程願って針程叶う（所望者厚所得者薄）

棒を折る（事業失敗、財產喪失）

鉄棒（鐵棍、單槓）

金棒、鉄棒（鐵棍、鐵杖、單槓）

天秤棒（扁擔）

平行棒（雙槓）

棍棒（棍子，棒子、瓶狀棒）

縦棒（梯子的豎柱）

横棒（橫槓、橫條、橫線）

痛棒（禪杖、痛斥）

抉り棒（〔機〕撬棍）

**棒上げ**〔名〕〔商〕（行情）飛漲、直線上升←→棒下げ

**棒下げ**〔名〕〔商〕（行情）飛跌、直線下跌←→棒上げ

**棒編み、棒編**〔名〕（用四根針）編織（＝鍵編み）

**棒暗記**〔名、他サ〕死記、硬背

棒暗記では駄目だ（呆讀死記不行）

棒暗記した物のは直ぐ忘れる（死記的東西馬上就忘記）

**棒渦状**〔名〕棒旋狀

棒渦状星雲（〔天〕棒旋星系）

棒渦状ギャラクシー（〔天〕棒旋星系＝棒渦状星雲）

**棒頭**〔名〕轎夫的頭目

**棒切り、棒切れ**〔名〕棍子頭、半截木棒

**棒銀**〔名〕銀條

**棒杙**〔名〕木椿

棒杙を打ち込む（打進木椿）

**棒組**〔名〕轎夫伙伴。〔轉〕伙伴，同事。〔印〕（拼版前的）長條排版←→本組

棒組に為る（排成長條）

棒組校正刷り（長條校樣）

**棒グラフ**〔名〕線條圖表

**棒鋼**〔名〕條形鋼、條狀鋼材

**棒細胞**〔名〕〔動〕視桿細胞

**棒先**〔名〕棒子的尖端、轎桿的前端、在前邊抬轎的轎夫

棒先を切る（撥ねる）（抽頭、揩油）

**棒磁石**〔名〕棒狀磁鐵、條狀磁鐵

**棒縞**〔名〕粗豎條紋、寬豎條紋

**棒術**〔名〕棒術、棒法（武術的一種）

**棒状**〔名〕棒狀

棒状石鹼（條皂）

棒状温度計（棒狀溫度計）

**棒線**〔名〕直線

**棒倒し**〔名〕〔體〕倒桿比賽（學校運動會上分紅白兩組，一攻一守，不讓對方推倒立桿的比賽）

**棒高跳び、棒高跳**〔名〕〔體〕撐竿跳

棒高跳びを遣る（撐竿跳）

棒高跳びのポール（撐竿跳的竿）

棒高跳びの選手（撐竿跳的選手）

棒高跳びの新記録を作る（創造撐竿跳的新記錄）

**棒立ち、棒立**〔名〕呆立不動、（馬等）用後腿站起

余りにも意外な光景に棒立ちと為る（由於情景過於出人意料驚得呆呆地站著）

馬が驚いて棒立ちに為る（馬受驚用後腿站起來）

**棒球**〔名〕〔棒球〕（易打的）直球

棒球をホームランされる（直球被打成全壘打）

**棒鱈**〔名〕乾鱈魚。〔俗〕醉鬼，懶漢，白癡

**棒乳切り，棒乳切、棒乳切れ**〔名〕半截木棒、棍子頭

喧嘩過ぎての棒乳切り（雨後送傘、明日黃花）

**棒手振り、棒手振**〔名〕挑著沿街叫賣（的行商）、挑擔賣魚（賣菜）（的人）

**棒鉄**〔名〕鐵棒、鐵條

**棒登り**〔名〕〔體〕爬桿

**棒鼻、棒端**〔名〕棍棒的一端、驛站的邊緣

**棒紅**〔名〕棒狀口紅

**棒引き、棒引**〔名、他サ〕畫一條線、勾掉，刪去。〔轉〕一筆勾銷

全部棒引き（全部刪去）

借金を棒引きに為る（把欠款一筆勾銷）

**棒読み、棒読**〔名、他サ〕日本人以日語音讀直讀漢文、生硬地讀，照本宣科

式辞を棒読みに為る（把致詞念得平淡無味）

人に書いて貰った原稿は如何しても棒読みに為る（別人給寫的稿子念起來總未免平淡無味）

教科書を棒読みに為る（生硬地讀課文）

詩はそんな風に棒読み為る物ではない（詩不是那樣呆版地念）

棒読み為る丈で、何の抑揚も無い（只是照本宣科地讀沒有任何抑揚頓挫）

## 謗（ㄅㄤˋ）

**謗**〔漢造〕妄說人家的短處

誹謗（誹謗）

**謗る、譏る、誹る**〔他五〕毀謗、責難（＝非難する）←→褒める、誉める

無闇に人を謗る物ではない（不可胡亂毀謗人）

陰で人を謗る（背地裡毀謗人）

**謗り、譏り、誹り**〔名〕毀謗、責難

世の謗りを招く（招致社會的指責）

悪人の謗りを受ける（受到壞人毀謗）

## 崩（ㄅㄥ）

**崩**〔漢造〕崩潰、皇帝死去

**崩ずる**〔自サ〕〔駕〕崩

**崩壊、崩潰**〔名、自サ〕崩潰。〔理〕蛻變，衰變。〔地〕剝蝕

建造物が崩壊する（建築物倒塌）

計画が崩壊する（計畫失敗）

内閣が崩壊する（内閣垮台）

**崩御**〔名、自サ〕駕崩、皇帝逝世（=御隠れに為る）

帝は四十五歳で崩御された（皇帝四十五歲駕崩）

**崩落**〔名、自サ〕崩塌。〔商〕〔行市〕暴跌

**崩れ落ちる**〔自上一〕崩落、倒塌

屋根が崩れ落ちた（屋頂塌下來了）

**崩す**〔他五〕拆毀，粉碎，使崩潰，使分崩離析，使分裂瓦解、把整整齊齊的東西搞亂，打亂，攪亂（把大額鈔票）換成零錢

丘を崩して平に為る（把丘陵削平）

敵陣を崩す（使敵陣崩潰）

列を崩す（搞亂隊形）

膝を崩す（改跪坐為隨便坐式-伸腿坐、盤腿坐）

姿勢を崩す（把規規矩矩的姿勢改為隨便的姿勢）

身（身持）を崩す（品性變壞、行為變壞、墮落）

字を崩して書く（寫草字、寫簡字）

相好を崩す（笑容滿面、喜笑顏開、笑了起來）

一万円札を千円札に崩す（把一萬日元鈔票換成一千日元鈔票）

五千円札を崩して千円札五枚に為る（把五千日元鈔票換成五張一千日元鈔票）

**崩し**〔名〕使花紋花樣簡略化，簡略化的花紋花樣、草書，行書，草體字，行書字、簡寫，簡筆字（=崩し書き）

**崩し売**〔名〕把完整東西分開賣，一部分一部分地賣（=分売）

**崩し書き**〔名〕草書，行書，草體字，行書字、簡寫，簡筆字

**崩し字**〔名〕草字，行書字、簡體字

**崩れる**〔自下一〕崩潰，倒塌、散去，潰敗，（完整的東西）走樣，失去原形。〔天氣〕變壞、（把大額鈔票）換成零錢。〔商〕（行市）跌落

地震で石垣が崩れる（石牆被地震震塌了）

土手が崩れる（堤壩倒塌）

席が崩れる（酒宴已散）

我我の力に抗し得ず敵は崩れた（敵人抗不住我方的壓力潰敗了）

形が崩れない（不走樣、不失原形）

姿勢が崩れる（變為隨便的姿勢）

天気が崩れた（天氣變壞了）

やっと一万円札が崩れた（好不容易才把一萬日元的鈔票換成零錢）

相場は崩れ気味だ（行情有下跌的傾向）

**崩れ**〔名〕崩潰，倒塌（的地方）、潰散、解散、〔商〕（行市）暴跌

〔接尾〕（某種職業的）沒落者、落伍者、掉隊的人

山崩れ（山崩）

総崩れ（總崩潰、總敗退）

宴会の崩れ（結束宴會）

俳優崩れ（沒落的演員）

作家崩れ（落魄的作家）

**崩れ足**〔名〕敗勢，敗局。〔商〕跌勢，行情突然開始下跌

## 繃（ㄅㄥ）

**繃**〔漢造〕束、忍著（繃臉）、破裂（繃裂）、包傷口的紗布（繃帶）、小兒衣

繃帯、包帯〔名、他サ〕繃帶
　巻き繃帯（繃帶卷）
　仮繃帯所（戰地繃扎所）
　繃帯を巻く（纏繃帶）
　繃帯を解く（解繃帶）
　顔中繃帯でぐるぐる巻きに為た男（臉上纏滿繃帶的人）

# 迸（ㄅㄥˋ）

迸、迸〔漢造〕走散、裂出來、躍出來
迸出〔名、自サ〕迸出、噴出、溢出（＝迸り出る）
　迸出岩（〔地〕噴出岩＝火山岩）
迸る、た走る〔自四〕〔古〕（た是接頭詞）迸、迸發、飛散（＝迸る）
　霰迸る（霰飛落）
迸る〔自五〕飛濺、四濺（＝飛び散る）
　鮮血が迸る（鮮血四濺）
迸り〔名〕〔俗〕飛沫、飛濺的水點（＝迸り、飛沫、飛沫）。〔轉〕連累、牽連（＝側杖、巻き添え）
　迸りが掛かる（濺上水點）
　事件の迸りを食って調べられた（因受到事件的株連被審查了）
迸っち〔名〕〔俗〕（迸り的強調形式）飛沫、飛濺的水點（泥點）（＝飛沫、飛沫）、連累、牽連（＝側杖、巻き添え）
　自動車が跳ねた迸りで着物が汚れた（汽車飛濺的水沫把衣服弄髒了）
　事件の迸りを食った（遭到事件的牽連）
迸る〔自五〕迸出、噴出、濺出
　血が傷口から迸る（血由傷口迸出）
　彼は迸る様な情熱の持ち主だ（他是一個熱情奔放的人）

# 逼（ㄅㄧ）

逼〔漢造〕靠近（逼近）、強迫（強逼）、很像（逼真）、狹小（逼窄）
　近逼（逼近）
　進逼（進逼）

逼塞〔名、自サ〕淪落、沉淪、窘迫、困窘、（江戶時代）禁閉（閉居家中白天不准外出的一種刑罰）
　其の後彼はすっかり逼塞している（從那以後他完全沉淪下去了）
逼迫〔名、自サ〕（經濟上）窘迫、困窘
　財政が逼迫する（財政困窘）
　資金が逼迫する（缺乏資金）
　凶作で百姓の生活が逼迫する（因收成不好農民生活困窘）
逼る、迫る〔他五〕強迫、逼迫
〔自五〕逼近、迫近、變窄、縮短、困境、困窘、急迫、急促
　返事を逼る（強迫回答）
　辞職を逼る（迫使辭職）
　仕事の必要に逼られて（迫於工作的需要）
　敵に投降を逼る（迫使敵人投降）
　爆撃で平和交渉を逼る（以炸逼和）
　試験が逼っている（考期迫近）
　眼前に逼った危険（迫於眉睫的危險）
　夕暮れが逼る（夜幕降臨）
　其の地方には冬が逼っていた（那地方即將入冬）
　時間が逼っている（時間緊迫）
　距離が逼る（距離縮短）
　道幅が逼っていて車が通れない（路面狹窄車過不去）
　貧に逼って盗みを働く（迫於貧困而行竊）
　病気で息が逼る（因病呼吸急促）
迫る〔他五〕逼近、催促
競る、糶る〔他五〕〔舊〕競爭（＝争う）。（買主搶購）爭出高價、拍賣、（寫作糶る）行商
　激しく競る（激烈地競爭）迫る
　決勝点近くで三人が優勝を競る（在決勝點附近三人競爭優勝）
　さあ、五百円、七百円、もっと競る人は無いか（喂，五百日元，七百日元，出更高價的有沒有？）

ㄅ

田舎を耀って歩く（在鄉間做行商）

# 鼻（ㄅ一ˊ）

鼻〔漢造〕鼻子、開創
　耳鼻科（耳鼻科）
　耳鼻咽喉科（耳鼻咽喉科）
　酸鼻（目不忍睹、悲痛心酸）
　隆鼻術（隆鼻數）
鼻炎〔名〕〔醫〕鼻炎（＝鼻カタル）
鼻カタル〔名〕〔醫〕鼻炎
鼻音〔名〕〔醫〕鼻黏膜炎
鼻下〔名〕鼻下
　鼻下に髭を蓄える（鼻下留鬍子）
鼻下長〔名〕〔俗〕（鼻子下面長）好色、貪婪女色（的人）
　鼻下長族（好色之徒）
鼻鏡〔名〕〔醫〕鼻鏡
鼻孔〔名〕〔醫〕鼻孔
　鼻孔が詰まる（鼻孔堵塞）
鼻腔、鼻腔〔名〕〔醫〕鼻腔
鼻骨〔名〕〔醫〕鼻骨
鼻祖〔名〕鼻祖
　一刀流の鼻祖（〔擊劍〕一刀流派的鼻祖）
鼻濁音〔名〕鼻濁音（ガ行濁音，如鏡，鍵的が，ぎ發鼻濁音）
鼻端〔名〕鼻端、鼻尖（＝鼻先）
鼻中隔〔名〕〔解〕鼻中膈
鼻母音〔名〕〔語〕鼻元音
鼻翼〔名〕鼻翼、鼻翅（＝小鼻）
　鼻翼軟骨（鼻翼軟骨）
鼻梁〔名〕鼻梁（＝鼻筋、鼻柱）
鼻勒〔名〕〔農〕（馬具）鼻勒、鼻羈
鼻〔名〕鼻、鼻子
　鼻の頭（鼻尖）花華漬端
　鼻の穴（鼻孔）
　高い鼻（高鼻子）

尖り鼻（尖鼻子）
鷲（鉤）鼻（鷹勾鼻）
上を向いた鼻（朝天鼻）
胡坐を掻いた鼻（蒜頭鼻）
獅子鼻（獅子鼻、扁鼻）
象は鼻が長い（象鼻很長）
風邪を引いて鼻が効かない（因為感冒鼻子不靈）
鼻が良く効く（鼻子靈）
鼻が詰まる（鼻子不通）
鼻を撮む（捏鼻子）
鼻を鳴らす（哼鼻子、撒嬌）
鼻を穿る（穿る）（挖鼻孔、摳鼻子）
鼻を啜る（抽鼻子、吸鼻子）
鼻に皺を寄せる（皺鼻子）
鼻のぺちゃんこな子供（塌鼻子的小孩）
鼻で息を為る（用鼻子呼吸）
鼻の先で笑う（冷笑、譏笑）
木で鼻を括る（帶答不理、非常冷淡）
鼻が高い（得意揚揚）
鼻が凹む（丟臉）
鼻が曲がる（惡臭撲鼻）
鼻であしらう（冷淡對待）
鼻に（へ）掛かる（說話帶鼻音、哼鼻子，撒嬌、自滿）
鼻に（へ）掛ける（炫耀、自豪）
鼻に付く（討厭厭煩）
鼻の下が長い（好色、溺愛女人）
鼻の下が干上がる（不能糊口）
鼻も動かさず（不動聲色、裝模作樣、若無其事）
鼻を明かす（先下手、不動聲色、使大吃一驚）
鼻を折る（使丟臉、挫其銳氣）

鼻を欠く（得不償失）

鼻を高くする（得意揚揚、趾高氣揚）

鼻を突き合わす（面對面、鼻子碰鼻子、經常見面）

鼻を突く（撲鼻，刺鼻、受申斥、失敗）

鼻を撮まれても分らない程の闇（黑得身手不見五指）

鼻を放る（打噴嚏）

**花、華**〔名〕花、櫻花、華麗，華美、黃金時代，最美好的時期，精華，最好的，最漂亮的女人、花道，插花術，生花術。（給藝人的）賞錢、紙牌戲（=花札。花合わせ）、榮譽，光彩

梅の花（梅花）

花が咲く（開く）（開花）

花は散って仕舞った（花謝了）

花が萎む（花謝了）

花を付ける（開花）

花が実と為る（花結成果）

花を植える（種花）

花を摘む（切る）（摘〔剪〕花）

花に水を遣る（澆花）

花一輪（一朵花）

花一束（一束花）

花を手折る（採折花）

花の便り（開花的音信花信）

御花見（觀賞櫻花）

花の雲（櫻花如雲）

花を見に行く（看櫻花去）

上野の花は今が見頃だ（上野的櫻花現在正是盛開時節）

花の顔（花容）

花の装い（華麗服裝）

花の都（花都繁華都市）

大学生時代が花だ（大學時期是黃金時代）

今が人生の花だ（現在是人一生中最美好的時期）

彼の人も嘗ては花を咲かせた事が有った（他也曾有過得意的時候）

武士道の花（武士道的精華）

浪の花（鹽的異稱）

彼女は一行の花だった（她是一群人當中最漂亮的）

社交界の花（交際花）

職場の花（工作單位裡最漂亮的女人）

御花を習う（學習插花）

役者に花を呉れる（賞錢給演員）

花を引く（玩紙牌）

死後に花を咲かす（死後揚名）

藤山さんが出席してパーティーに花を添えた（籐山先生的出席給晚會增添了光彩）

言わぬが花（不說倒好不說為妙）

花が咲く（を咲かせる）（使…熱鬧起來）

花に風（嵐）（花遇暴風、比喻好事多磨）

花は折りたし梢は高し（欲採花而枝太高、可望而不可即）

花は桜木、人は武士（花數櫻花人數武士）

花は根に、鳥は古巣に（落葉歸根、飛鳥歸巢）

花も実も有る（有名有實、既風趣又有內容）

花より団子（捨華就實、不解風情但求實惠）

花を折る（〔古〕打扮得花枝招展）

花を持たせる（榮譽讓給別人、給人面子）

花を持つ（獲得榮譽、露臉）

花を遣る（窮奢極欲）

**洟**〔名〕鼻涕

洟を啜る（吸鼻涕）洟鼻花華

洟を擤む（擦鼻涕）

鼻を擤む（擦鼻涕）

洟を垂らしている子（拖著鼻涕的孩子）垂らす足らす誑す

洟を引っ掛けない（連理都不理、不屑理會）

**涕、涙、泪**〔名〕涙，眼涙、哭泣，同情

熱い涙（熱涙）熱い厚い暑い篤い

空涙（假涙、貓哭耗子假慈悲＝嘘の泪）

御涙頂戴物（引人流涙的情節〔故事、節目等〕）

御涙頂戴の映画（賺人眼涙的電影）

血の涙（心酸涙）

涙を拭く（拭涙）拭く葺く吹く

涙を流す（流涙）

目から涙が溢れ出る（眼涙奪眶而出）

彼女の目から涙が溢れた（她的眼涙奪眶而出）

玉葱を刻んでいたら涙が出て来た（一切洋蔥眼涙就流了出來）

涙を堪えて可愛い息子を懲らしめた（忍著涙處罰心疼的兒子）堪える耐える絶える

涙を一杯溜めた目（眼涙汪汪的眼睛）溜める貯める矯める躊躇う

聞くも涙語るも涙の物語（所聽所講都是令人凄然涙下的故事）

母は涙乍に娘に秘密を打ち明けた（母簽邊哭邊將心裡的秘密告訴女兒）

眠っている子供の頬に涙の跡が付いていた（正在睡覺的孩子臉頰上留有涙痕）

涙が出る程笑う（笑到流涙）

思わず嬉し涙が出た（不禁高興得流出涙來）

涙を流して（邊流著眼涙）

涙を流し乍（邊流著眼涙）

涙を湛え乍話して呉れた（邊眼涙汪汪地講給聽了）湛える称える讚える

涙を押える（忍住眼涙）押える抑える

涙を催す（感動得流涙）

涙を払って別れた（揮涙而別）

目に涙を浮かべる（含涙）

涙を浮かべて発言する（含著眼涙發言）

涙をぽろぽろと溢す（涙珠簌簌地掉下來）溢す零す

涙の零れる話（令人同情的事）零れる溢れる毀れる溢れる

雀の涙（少許、一點點）

雀の涙程のボーナス（少得可憐的獎金）

血も涙も無い（狠毒、冷酷無情）

涙片手に（聲涙俱下地）

涙勝ち（愛哭、愛流涙）

涙に暮れる（悲痛欲絕、涙眼矇矓）呉れる

涙に沈む（非常悲痛）

涙に咽ぶ（哽咽、抽抽搭搭地哭）咽ぶ噎ぶ

涙を呑む（飲泣吞聲）

涙を揮う（揮涙）

涙ぐむ（含涙）

涙霞（涙眼矇矓）

涙顔（涙痕滿面）

涙川（涙如泉湧）

涙金（斷絕關係時給的少許贍養費）

涙曇り（眼涙汪汪）

**鼻脂**〔名〕鼻上的油汗（＝鼻垢）

**鼻嵐**〔名〕（牛馬等）粗重的鼻息

**鼻息**〔名〕用鼻子呼氣，鼻息、〔轉〕鼻息

馬が疲れて鼻息が粗い（馬累了鼻息粗）

人の鼻息を窺う（仰人鼻息）

彼は近頃鼻息が粗い（他近來盛氣凌人、他近來趾高氣揚）

**鼻息**〔名〕鼻息

鼻息を窺う（仰人鼻息）

**鼻唄、鼻歌**〔名〕哼唱、哼著唱的歌曲

鼻唄を歌う（哼唱歌曲）

鼻唄交じり（一邊哼唱、心不在焉地工作）

鼻唄交じりで仕事を為る（一邊哼唱一邊工作、心不在焉地工作）

**鼻緒**〔名〕木屐帶、草屐帶

鼻緒が切れた（木屐帶斷了）
　下駄の鼻緒を挿げる（穿木屐的帶子）
**鼻欠、鼻剃**〔名〕被處劓刑（的人）、（因梅毒）鼻子爛掉（的人）
**鼻風邪**〔名〕（鼻）傷風、鼻炎
　鼻風邪を引く（鼻傷風）
**鼻紙、洟紙**〔名〕手紙、擤鼻涕紙（＝塵紙）
　鼻紙入（手紙袋，錢袋－放手紙零錢等零星用品＝鼻紙袋）
　鼻紙袋（手紙袋，錢袋－放手紙零錢等零星用品）
**鼻革**〔名〕（〔防泥水用〕木屐罩＝爪皮）、（牲口的）鼻羈
**鼻木**〔名〕（牛的）鼻環、鼻銱子
**鼻薬**〔名〕治鼻病的藥、哄小孩的點心、小賄賂，小恩小惠
　鼻薬を嗅がせる（使う）（施小恩小惠、給點小甜頭）
　鼻薬が効かない（小賄無效）
**鼻屎、鼻糞**〔名〕鼻痂、鼻垢、鼻屎
　鼻屎を穿る（挵る）（摳鼻屎）
　目糞（が）鼻糞を笑う（看見別人黑看不見自己黑）
**鼻熊**〔名〕〔動〕（美洲產）長吻浣熊
**鼻毛**〔名〕鼻毛
　鼻毛が長い（被女人迷住而感到飄飄然）
　鼻毛が抜く（拔鼻毛、〔轉〕乘人不備進行逛騙）
　鼻毛を伸ばす（被女人迷住、溺愛女人）
　鼻毛を読む（数える、見抜く）（女人乘男人迷戀而加以玩弄）
**鼻声**〔名〕鼻音、哼唱、（小孩撒嬌時發出的）哼哼唧唧聲、發囈、鑽鼻音
　鼻声を出す（用鼻子發出哼哼唧唧聲）
　鼻声で物を強請る（哼哼唧唧聲地要東西）
**鼻差**〔名〕〔賽馬〕一馬鼻之差（形容差距很小）
**鼻先、鼻の先**〔名〕鼻尖、眼前，目前
　鼻先がむず痒い（鼻尖刺癢癢）

鼻の先が赤く腫れる（鼻尖紅腫）
　鼻先に在る（就在眼前）
　鼻先迄来ているチャンスを逃した（錯過了擺在面前的機會）
　優勝の栄冠が鼻先にぶら下がっていたのに、決勝で負けた（光榮的勝利就在眼前，卻在決賽時輸了）
　入学試験が鼻の先にぶら下がっている（入學考試迫在眼前）
　ピストルを鼻先に突き付けて脅かす（把手槍觸在眼前威脅）
　鼻先であしらう（冷淡對待）
**鼻汁、洟汁**〔名〕鼻涕（＝鼻水）
　鼻汁を垂らす（流鼻涕）
**鼻白む**〔自五〕顯出畏縮（怯弱、羞怯、心虛、敗興）的神色
　事実を突き付けられて鼻白んだ（在事實面前顯出心虛了）
**鼻筋**〔名〕鼻梁
　鼻筋が通っている（高鼻梁、通天鼻）
**鼻鯛**〔名〕〔動〕血鯛
**鼻高高**〔副、形動〕洋洋得意、趾高氣揚
　彼は鼻高高と賞状を出して見せる（他揚揚得意地拿出獎狀給人看）
　鼻高高大通りを歩いて行った（大搖大擺地從大街上走過去）
　満点を貰って鼻高高だ（得了滿分趾高氣揚）
**鼻茸**〔名〕〔醫〕鼻息肉
**鼻垂れ、鼻っ垂れ**〔名〕鼻涕鬼。〔罵〕乳臭未乾的毛孩子
　鼻垂れ小僧（鼻涕鬼）
　鼻垂れに何が出来るか（乳臭未乾的毛孩子幹得了什麼！）
**鼻血**〔名〕鼻血、鼻出血
　鼻血が出る（流鼻血）
　鼻血を出す（流鼻血）
　鼻血が止まらない（流鼻血不止）
　鼻紙で鼻血を拭く（用手紙擦鼻血）

鼻綱〔名〕穿過牛鼻的韁繩
鼻摘み〔名〕（原義為臭得令人捏鼻子）臭不可聞（的人）、討厭（的人）、惹人嫌惡（的人）
　鼻摘みされる（討人嫌）
　彼は何處へ行っても鼻摘みだ（他到處惹人嫌）
　彼の子はクラスでも鼻摘みだった（那孩子在班裡也是個討厭鬼）
鼻詰まり〔名〕鼻塞
　鼻詰まりに為って良く眠れない（鼻塞睡不好覺）
鼻面、鼻っ面〔名〕（動物的）鼻頭、鼻尖
　馬の鼻面を撫でて可愛がる（愛撫馬的鼻頭）
　犬の鼻面を杖で打つ（用手杖打狗的鼻尖）
鼻聾〔名〕（鼻子）嗅覺不靈、鼻子聞不出味道
鼻の下〔名〕鼻口之間。〔俗〕嘴
　鼻の下に髭を蓄える（鼻下留著小鬍子）
　鼻の下が干上がる（生活無著、不能糊口）
　鼻の下が長い（好色）
鼻鋏〔名〕（馴馬的）鼻鉗
鼻柱、鼻っ柱、鼻柱〔名〕鼻梁、鼻中膈
　転んで鼻柱を打つ（跌交碰了鼻梁）
鼻っ柱、鼻っぱし〔名〕倔強、固執己見
　鼻っ柱が強い（頑固、固執己見）
　鼻っ柱を圧し折る（挫其銳氣）
　鼻っぱしが強い（倔強、固執己見）
鼻拭き〔名〕手帕
鼻曲り〔名〕鼻子歪，歪鼻子（的人）、性情彆扭，性情乖僻（的人）、（生殖期的）雄鮭魚
鼻水〔名〕鼻水、稀鼻涕
　寒くて鼻水が垂れる（凍得流清鼻涕）
鼻溝〔名〕人中（=人中）
鼻向〔名〕扭過鼻子（去聞）
　鼻向もならぬ（臭不可聞）
鼻眼鏡〔名〕夾鼻眼鏡、眼鏡滑落鼻尖上
　鼻眼鏡の紳士（戴夾鼻眼鏡的紳士）
　眼鏡が摩落ちて鼻眼鏡に為っている（眼鏡滑落鼻尖上了-成了夾鼻眼鏡）
鼻持ち〔名〕（多用鼻持ち為らない的形式）臭不可聞、令人作嘔、俗不可耐
　彼は鼻持ち為らぬ男だ（他是個令人生厭的人）
　鼻持ち為らない御世辞（令人作嘔的奉承話）
　全く鼻持ち為らない本（簡直不堪入目的書）
鼻元思案〔名〕膚淺的見解、目光短淺
鼻輪〔名〕（牛的）鼻環、（非洲原始居民的）鼻飾

## ヒ（ㄅ一ˇ）

匕〔漢造〕匕首（=匕首、匕首，合口）、飯匙（=匕、匙）
匕首、匕首，合口〔名〕匕首、短刀（=九寸五分-因刀長九寸五分故名）
　匕首を懷に呑む（把匕首藏在懷中）
　懷に匕首を呑んでいる（懷藏匕首）
　匕首の樣に銳い批評（犀利如匕首般的評論）
合い口，合口，相口〔名〕（有時寫作匕首）匕首、短刀（=九寸五分-因刀長九寸五分故名）說得來，投緣（的人）、接縫，合縫（=合わせ）
　合口で刺す（用短劍刺）
　合口が好い（說得來、合得來）
　君達は合口ではないか（你們不是說得來嗎？）
　合口が悪い（〔相撲等〕遇到合不來的對手、碰上棘手的勁敵）

## 彼（ㄅ一ˇ）

彼〔漢造〕彼、他
彼我〔名〕彼此（他和我、那個和這個）
　彼我の利害関係（彼此的利害關係）
　彼我の勢力伯仲する（彼此勢均力敵）
　彼我国情を異に為る（彼此國情不同）
彼岸〔名〕春分（秋分）周（從春分秋分日起前後各加三天共七天），春分（秋分）季節、對面，

對岸、目的地。〔佛〕彼岸，涅槃岸。〔佛〕春分秋分季節舉行的法會（=彼岸会）

　彼岸の入り（進入春分秋分周的第一天）
　彼岸の中日（春分秋分日、春秋二分時）
　暑さ寒さも彼岸迄（熱至秋分冷至春分、冷熱皆以春分秋分季節為界）
　太平洋の彼岸（太平洋對岸）
　成功の彼岸に達す（大功告成）
　彼岸会（〔佛〕春分秋分季節舉行的法會）
　彼岸花、石蒜（〔植〕石蒜）
　彼岸桜（〔植〕緋櫻、寒櫻）

**彼此、彼れ此れ，彼是**〔名〕彼此
　彼此相通ずる（彼此相通）

**彼此、彼是**〔名〕這個那個、種種
〔副〕這樣那樣、種種
　彼此(と)考えてちっとも眠れなかった（想這想那一點兒也沒睡）
　彼此(と)心配する（擔心這個惦記那個、顧慮重重）
　彼此(と)批評する（品頭論足）
　彼此(と)心が迷う（拿不定主意、心裡七上八下）
　今更彼此言っても駄目だ（事到如今說這說那也無濟於事了）
　彼は彼此と色色な事に手を出したがる（他總想這個那個甚麼都搞）

**彼此**〔副、自サ〕這個那個，這樣那樣，多方，種種，大約，將近，大致
　彼此言う（說長道短、多方挑剔）
　彼此試す（多方試驗）
　彼此(と)方法を考える（多方想辦法）
　彼此する内に一年が過ぎた（轉眼之間一年過去了）
　もう彼此鐘を打つ時だ（大約快到打鐘的時候了）
　其の老人はもう彼此六十に為る（那老人已年近六十了）
　卒業以来彼此八年に為る（畢業以來將近八年了）

**彼**〔代、名〕他、(指事物)彼、(女性指)丈夫，情人，男朋友（=彼氏）↔彼女
　彼が絵が旨い（他擅長繪畫）
　彼は科学者だ（他是個科學家）
　彼は私のクラスメートです（他是我的同學）
　彼も人也我も人也（同樣是人他做得到我也做得到）
　彼も一時此も一時（彼一時也此一時也）
　彼を知り己を知る（知己知彼）
　彼と此との優劣を比べる（比較彼此的優劣）
　彼と言い此と言い（不管什麼、無論如何）

**彼女**〔代、名〕（多指青中年的）她↔彼。〔俗〕她（多指女朋友、愛人等）（=ガールフレンド）↔彼氏
　彼女は女優です（她是演員）
　彼女は立派な数学者だ（她是一位出色的數學家）
　君の彼女を紹介しろ（請介紹一下你的她）
　貴方の彼女を紹介して下さい（請介紹一下你的女朋友）
　弟に彼女が出来た（我弟弟有女朋友了）

**彼氏**〔代、名〕他，那一位（=彼、彼の方）。〔俗〕丈夫，情人，男朋友↔彼女
　彼氏の時計は金時計だ（他的錶是個金殼錶）
　彼女には彼氏が居る（她有男朋友）
　貴方の彼氏は立派な方ね（你的丈夫真是個傑出的人）

**彼等**〔代〕彼等、他們（=彼の人達）

**彼れ、彼**〔代〕（表示事物，時間，人等的第三人稱、遠稱）那個（=彼の物）。那時（=彼の時）。那裡（=彼処、彼所）。他（=彼の人、彼奴）。那件事（=彼の事）
　ほら、彼は何だろうね（瞧！那是什麼？）
　此より彼の方が上等だ（那個比這個好）
　私は彼からずっと丈夫です（從那以後我身體一直很好）

**彼以来彼に会わない**（從那以後沒有見過他）

**彼に見えるのが村の小学校だ**（在那裡可以看見的是村裡的小學）

**彼の言う事を信用しては行けない**（不要信他的話）

**彼は何も知りませんから、色色教えて遣って下さい**（他什麼都不懂請多多指教）

**今迄彼を覚えている**（現在還記得那件事）

**彼を言われると面目も無い**（被人提出那個來就感到不好意思）

**彼程**〔副〕那樣、那般、那麼（＝彼の様に、あんなに）

**彼程頑固な人は見た事が無い**（沒有見過那麼頑固的人）

**私の英語を彼程流暢には話せない**（我講英文不能講得那麼流利）

**彼程忠告しても聞き入れなかった**（我那麼勸告他他也沒聽）

**彼程の人材は少ない**（那樣的人材很少）

**彼の**〔連體〕那個、那件

**彼の店の前です**（在那家商店前面）

**此より彼の方が良い**（那個比這個好）

**彼処に立っている彼の人に聞いて御覧**（請你問一下站在那邊的那個人）

**昨年も遊びに来たが、彼の時も雨が降った**（去年也來玩過當時也下雨了）

**彼の本はもう読み終わったか**（那本書你已經看完了嗎？）

**彼の人とは昔からの知り合いだ**（和他是老早的相識）

**彼の件は其の後如何為りましたか**（那件事後來怎樣了？）

**彼の人**〔代〕（第三人稱泛稱）他，她，那個人、（自己的）丈夫，女朋友，男朋友

**彼の人、随分背が高いのね**（那個人個兒真高呀！）

**僕の彼の人を君に紹介しようか**（把我的女朋友向你介紹介紹吧！）

**家へ帰って彼の人に相談してから御返事します**（回家和他商量後再答覆你）

**私の彼の人は今頃何を為ているかしら**（我的他這時候在做什麼呢?）

**彼の世、彼世**〔名〕來世、黃泉（＝来世）←→此の世

**彼世へ旅立つ**（命喪黃泉）

**彼世の人と為る**（死、去逝）

**彼の世千日此の世一日**（死了樂千日不如活著樂一天）

**彼の世、彼世**〔名〕來生，來世、陰府

**彼の世で会う**（來生相會）

**彼の様**〔形動〕那樣、那般

**彼の様な人**（那樣的人）

**彼の様に為る**（那樣做）

**彼の、彼**〔連體〕彼，那個（＝彼の、例の）

（代名詞彼＋の構成）他的，對方的

**彼の世、彼世**（陰府、冥府）

**彼の有名な事件**（那個有名的事件）

**彼方**〔代〕那邊，那裡（＝彼方）。以前，從前（＝昔）

**山の彼方**（山的那邊）**貴方貴男貴女**

**百年彼方の話**（百年以前的故事）

**彼方**〔代〕（遠稱的指示代名詞）彼方、那邊（＝彼方、向う）

**山の彼方**（山的那邊）

**海の彼方に**（在海的彼岸、在海的那邊）

**遥か彼方に見える山**（遙遙可見的遠山）

**彼方に見えるのが台湾です**（遙遙在望的是台灣）

**彼方に這う群山**（遠處蜿蜒的群山）

**遠く彼方に**（遙遠的彼岸、九霄雲外）

**彼方此方**（各處、處處、那裡這裡）

**彼方**〔代〕那裡、那兒、那邊（＝彼方）

**彼方**〔代〕〔俗〕（彼方的促音化）那裡、那兒、那邊、那個←→此方

**彼方へ行け**（那邊去！躲開！滾開！）

**彼方を向き為さい**（面向那邊！）

**彼方が兄で此方は弟でう**（那是哥哥這是弟弟）

其方より彼方の方が品が良い（那個比這個東西好）

彼方からも此方からも悪く言われた（左右誰都說他壞話）

**彼方**〔代〕那裡，那邊、那個、那位、對方
〔名〕外國（特指歐美）

彼方へ行こう（往那邊去吧！）

彼方から誰か来る（有人從那邊走來）

彼方を向いて御覧（請轉向那邊看）

荷物は彼方の部屋に置いた（行李放在那邊的屋裡了）

此方より彼方の方が良いらしい（那個似乎比這個好些）

彼方と此方とでは何方が御好きです（那個和這個您喜歡哪個？）

彼方は何方ですか（那位是誰？）

彼方では大変喜んでいる然うです（據說對方很高興）

彼方立てれば此方が立たぬ（不能使雙方都滿意）

彼方の人（西洋人、外國人）

彼方の生活様式（西洋人的生活方式）

彼方帰り（從外國回來的人）

彼方側（對面、對方）

**彼の方**〔代〕〔敬〕（第三人稱，遠稱，指距說話雙方都較遠或雙方都知道的第三者）他，她，那個人（=彼の人）

彼の方は何方ですか（那一位是誰？）

彼の方の近況を御存じですか（他的近況已知道嗎？）

**彼方此方、彼方此方**〔代〕到處，各處（=方方）。相反，顛倒（=あべこべ）

其の例は彼方此方に有る（那種例子到處都有）

部屋の中を彼方此方歩き回る（在房間裡走來走去）

彼方此方に借金を為る（到處借錢）

寝間着を彼方此方に着る（反穿睡衣）

着物の襟が彼方此方だ（和服領子反了）

事が彼方此方に為る（事情弄顛倒了）

**彼処、彼所**〔代〕那兒，那裡（=彼所、彼処）。那種情況，那種局面

其の本は彼処に在りますか（那本書在哪裡？）

彼処で泳ごう（在那兒游泳吧？）

事件が彼処迄進んでは手の施し様も無い（事件既已發展到那種局面就無計可失了）

**彼所**〔代〕〔遠〕那兒、那裡

**彼処**〔代〕〔舊〕彼處、那裡（=彼処、彼所）

何処も彼処も黄金色の麦畑（到處都是金黃色的麥田）

**彼奴、彼奴、彼奴**〔代〕〔俗〕（一般只用指男人，表示輕蔑或親密的一種粗野說法）。他，她，那小子，那個傢伙（=彼の奴）。那個東西（=彼の物）

彼奴は嫌な奴だ（那小子是個討厭的傢伙）

彼奴は良い男だ（他是個好人）

彼奴奴（那個傢伙）

彼奴等（他們這些傢伙）

彼奴を酷い目に合わせて遣る（給那個傢伙厲害看）

彼奴は品は良いが値段が高い（那個東西雖然很好可是價錢貴）

**彼者誰時、彼は誰時、彼誰時**〔名〕拂曉、黎明←→黄昏

# 比（ㄅ一ˇ）

**比**〔名、漢造〕〔數〕比，比例、比較、倫比、並排，並列、近來、菲律賓（=比国、比島）

AとB（と）の比（A和B之比）

比の値（比值）

世界に其の比を見ない（世界上無與倫比）

私は到底彼の比で（は）ない（我怎麼也比不上他）

高雄の暑さは台北の比で（は）ない（高雄的暑熱非台北所能比）

対比（對比、對照）

等比級数（等比級數）

ㄅ

無比（無比、無雙、傑出）
櫛比（櫛比）
比律賓、フィリピン（菲律賓）
比する（他サ）比較（=比べる、較べる、競べる）
他チームに比しても見劣りしない（和其他代表隊相比也不遜色）
他に比して見劣りする（相形見絀）
比叡山〔名〕比叡山（在京都東北、山裡有延曆寺）
比価〔名〕比價
麦の対米穀比価（小麥對稻穀的比價）
金銀の比価（金銀的比價）
比較〔名、他サ〕比較
成績を比較する（比成績）
私は彼とは比較に為らない（我比不上他）
前にと比較すると、ずっと良く為っている（和以前比好多了）
比較研究（比較研究）
比較心理学（比較心理學）
比較言語学（比較語言學）
比較生産費説（〔經〕比較成本學說-按比較成本來規定國際分工國際貿易的李嘉圖的學說）
比較的（比較的）
比較文学（比較文學）
比較級（比較級）
比較法学（比較法學）
比較文法（比較語法）
比況〔名〕〔語法〕比況（…の如し，…の様だ）
比況の助動詞（比況助動詞）
比胸囲〔名〕〔醫〕胸圍對身長之比
比肩〔名、自サ〕倫比、匹敵
比肩する者の居ない優れた人物（無與倫比的卓越人物）
彼に比肩する者は無い（沒有比得上他的）
比高〔名〕〔地〕比高
比重〔名〕〔理〕比重、(所占的)比例，對比

鉱物の比重を測る（測量礦物的比重）
比重計（比重計）
比重選鉱（重力選礦法）
比重瓶（比重瓶）
食費に対して娯楽費の比重が大きい（娛樂費占的比例比伙食費大）
歳出の内で国防費の比重が大きい（預算支出中國防費用占的比例大）
比照〔名、他サ〕比照、對比、比較
比色〔名〕〔化〕比色
比色滴定（比色滴定）
比色分析（比色分析）
比色計（比色計）
比推力〔名〕（噴氣式飛機每秒單位重量燃料所產生的）比推力
比旋光度〔名〕〔理〕旋光率
比体重〔名〕身長和體重的比
比体積〔名〕〔理〕比容、體積度
比抵抗〔名〕〔電〕比電阻、電阻率、電阻係數
比電荷〔名〕〔理〕比電荷
比電気伝導度〔名〕〔理〕電導率
比島〔名〕〔地〕菲律賓
比熱〔名〕〔理〕比熱
比年〔名〕年年、每年（=年毎）
比粘度〔名〕〔化〕比黏度
比比〔副〕比比（=何れも此れも）
比比（と為て）皆然り（比比皆然）
比表面積〔名〕〔理〕比面積、表面係數（單位重量粉末的表面積）
比女智、比売知〔名〕〔動〕鯔魚、鯔魚科魚
比喻、譬喻〔名〕比喻
比喻を使って述べる（用比喻講述）
比喻的に言う（比喻的說）
比喻法、譬喻法（比喻法、隱喻法）
比容〔名〕〔理〕比容
比翼〔名〕比翼（縫紉）（把衣服的底襟袖口等做成雙層（=比翼仕立て）

比翼の鳥（中國傳說中的比翼鳥、恩愛的男女）

比翼塚（埋葬情死的相思男女的比翼塚）

比翼連理の契りを結ぶ（山盟海誓永遠相愛）

**比目魚，平目、比目魚**〔名〕〔動〕比目魚

比目魚の片身（剖成兩片的比目魚的一片）

**比率**〔名〕比率

比率が高い（比率高）

比率が低い（比率低）

三対一の比率を示す（表示三對一的比率）

本校生の男女の比率は三対二です（本校學生男女的比率為三比二）

**比倫**〔名〕倫比、同等（＝類、並び、仲間）

比倫を絶する（絕倫）

**比類**〔名〕倫比（＝類）

世界に比類無き（を見ない）名作（世界上無與倫比的名作）

**比例**〔名、自サ〕〔數〕比例（常指正比例）、均衡，相稱，成比例關係

正比例（正比例）

反比例（反比例）

比例尺（比例尺）

比例式（比例式）

空気は土地の高さに比例して寒冷と為る（空氣與地勢的高度成比例地變得寒冷）

出費が増して全然収入と比例しない（費用增多與收入全然不相稱）

比例限界（〔理〕比例極限）

比例代表（〔法〕比例代表）

比例中項（〔數〕比例中項）

比例配分（比例分配）

**比丘**〔名〕〔佛〕比丘（二十歲以上的男僧）

**比丘尼**〔名〕〔佛〕比丘尼、尼姑

**比べる、較べる**〔他下一〕比較，對照

二人並んで背を比べる（兩個人站在一起比身高）

訳文を原文と比べる（把譯文和原文對照）

A書とB書との特徴を比べる（比較A書和B書的特徵）

**比べる、較べる、競べる**〔他下一〕比賽，較量

根気を比べる（比耐性、比毅力）

技を比べる（比手藝、比技能）

**比べ、較べ、競べ**〔接尾〕比較、比賽

高さ比べ（比高矮）

背比べ（比身高）

力比べ（比力氣）

**比べ物、較べ物**〔名〕可以相比的東西

比べ物に為らない（不能相提並論）

私の苦労等彼の方達とは比べ物に為らない（我的辛苦和他們不能相提並論）

**比ぶ可くも無い**〔連語〕無法比擬的、不能比得上的

都心の混雑には比ぶ可くも無い（市中心的混亂是別的地方比不上的）

**比う、類う**〔自五〕類比、相匹敵

比う者無し（無有匹敵者、無與倫比）

**比い、比、類い、類**〔名〕同類，同等貨色、比擬，類比，匹敵

其れは与太者の比が為る事だ（那是流氓之類幹的事）

其れは空中に楼閣を築くの比だ（那等於在空中築樓閣）

比稀に名器（絕世珍品）

彼は比稀な人物だ（他是罕見的人物）

世に比が無い（世上無比）

比無く美しい（無比美麗）

**比える、類える**〔他下一〕比較、比擬、相匹敵（＝比べる、較べる、競べる）

比える者は無い（無與倫比、無可比擬）

**比える、擬える**〔他下一〕比擬（＝喩える，譬える，例える）、假託，假借（＝託ける）

小鳥を人間に比えて御伽話を作る（將小鳥比作人類編一個童話故事）

寓話に比えて子供を諭す（假借寓言教育孩子）

## 秕（ㄅㄧˇ）

**秕**〔漢造〕中空的穀類、有名無實

**秕政**〔名〕秕政、惡政（不善之政）

**秕、粃**〔名〕秕穀、秕子

雨が多かったので今年の稲は秕が多い（因為多雨今年的稻穀秕子多）

## 筆（ㄅㄧˇ）

**筆**〔漢造〕筆、筆跡、書寫、（土地的）一個區劃

執筆（執筆、書寫、寫作）
毛筆（毛筆）←→硬筆
硬筆（硬筆-鋼筆，鉛筆的總稱）
鋼筆（製圖用鴨嘴筆）←→毛筆
朱筆（朱筆、用紅筆批改）
石筆（在石板上寫字用的石筆、作書畫用以黑色黏土做成的硬黏土筆）
鉛筆（鉛筆）
鉄筆（〔雕刻用〕小刀、〔寫複寫紙或蠟紙用的〕鐵筆、剛勁的筆力=健筆）
健筆（精於書法=達筆。長於寫作=才筆）
万年筆（自來水筆）
肉筆（親筆、毛筆）
親筆（親自的筆跡、身分高貴人的親筆）
真筆（真跡）←→偽筆、代筆
代筆（代筆、代寫的文件）
宸筆（皇帝御筆）
絶筆（絕筆、最後的筆跡）
拙筆（拙筆-謙稱自己的筆跡）
能筆（擅長書法）
悪筆（拙劣的字、難看的字）←→達筆
乱筆（字跡潦草-寫在書信末尾的謙辭）
偽筆（非真筆跡、模仿別人的筆法）
起筆（動筆、開始寫）←→擱筆
擱筆（擱筆、停筆）←→起筆
曲筆（歪曲事實書寫）←→直筆
加筆（刪改文章、文字加工）
画筆（畫筆）
才筆（有才華的文筆、有才華的詩文）
細筆、細筆（小字筆、寫小字、詳細寫）
自筆（親筆、親自書寫）
紙筆（紙與筆）
直筆（親筆、親筆寫的文件）←→代筆
達筆（字寫得漂亮、文章寫得漂亮）←→悪筆
末筆（末筆-書信結尾用語）
主筆（主筆）
試筆、始筆（試筆、新春第一次寫字）
随筆（隨筆、雜文、散文、小品文）
特筆（特別寫出、大書特書）
禿筆、禿筆（禿筆、對自己文章寫字的謙稱）
毒筆（惡毒的筆鋒、苛薄的文章）
文筆（文筆）
分筆（分割土地）
一筆（同一的筆跡、一筆寫出、簡短的文章、土地總帳上的一塊土地）

**筆意**〔名〕（書畫的）筆意、筆法

**筆順**〔名〕筆順

筆順を間違える（寫錯筆畫順序）

**筆陣**〔名〕筆戰，論戰、（報紙，雜誌等的）執筆者的陣容

筆陣を張る（展開論戰）

**筆舌**〔名〕筆墨和言辭

筆舌には尽し難い（筆墨言辭難以表達、罄竹難書）

筆舌の及ぶ所ではない（非筆墨言辭所能表達）

**筆談**〔名、自サ〕筆談

話は筆談で為た（話是用筆談的）

外人と筆談する（和外國人筆談）

話の漏れるのを恐れて筆談で通した（生怕話洩漏出去一直用筆談了）

**筆道**〔名〕書法

**筆墨**〔名〕筆墨，筆和墨、筆跡

**筆名**〔名〕筆名（=ペンネーム）←→本名、実名
寺田寅彦は筆名を吉村冬彦と言った（寺田寅彦的筆名叫做吉村冬彦）

**筆問筆答**〔名〕筆問筆答

**筆答**〔名、自サ〕筆答←→口答
筆答試験（筆試）

**筆力**〔名〕筆力，筆勢、撰寫的能力
衰えない筆力（依然旺盛的寫作能力）

**筆架**〔名〕筆架

**筆禍**〔名〕筆禍←→舌禍
筆禍を招く（招來筆禍）
予期せぬ筆禍に遭う（遭到預想不到的筆禍）

**筆画**〔名〕（漢字的）筆畫

**筆管**〔名〕毛筆的筆桿、毛筆（=筆）

**筆記**〔名、他サ〕筆記、記下來
講義を筆記する（做講課的筆記）
講演の内容を筆記する（記下講演的內容）
筆記試験（筆試）
筆記帳（筆記本）

**筆硯**〔名〕筆硯，文筆工作、書信中問候文筆工作者的寒暄語
彼は死ぬ迄筆硯に親しんでいた（他至死沒有離開筆硯）
筆硯益益御清適の段（遙祝文筆清暢）

**筆工**〔名〕製筆工、筆者、記載者

**筆耕**〔名〕筆耕（靠抄寫領取報酬的工作或人）←→舌耕
筆耕を為乍勉強する（一面筆耕一面學習）
筆耕料（謄寫費）

**筆才**〔名〕文才、能寫文章的天才

**筆削**〔名〕刪改
筆削を加える（加以刪改）

**筆札**〔名〕筆和紙、筆跡，手稿

**筆算**〔名、他サ〕筆算、寫算←→暗算
次の問題を筆算せよ（筆算下列各題）
複雑な掛け算を筆算で遣る（用筆算算複雜的乘法）

**筆紙**〔名〕筆和紙
筆紙に尽し難い（罄竹難書）

**筆写**〔名、他サ〕抄寫
ノートを借りて筆写する（借筆記抄寫）

**筆者**〔名〕筆者、作者、書寫者
此の文の筆者は明らかでない（此文作者不詳）

**筆触**〔名〕〔畫〕筆觸（=タッチ）

**筆生**〔名〕抄寫員、錄事

**筆勢**〔名〕筆勢
力強い筆勢（剛勁有力的筆勢）
躍る様な筆勢（活躍如生的筆勢）

**筆跡，筆蹟、筆跡**〔名〕筆跡
美しい筆跡（漂亮的筆跡）
筆跡を鑑定する（鑑定筆跡）
二人の筆跡は良く似ている（兩個人的筆跡很相似）
此れは彼の筆跡ではない（這不是他寫的）
筆跡学（筆跡學）

**筆洗、筆洗い**〔名〕筆洗

**筆戦**〔名〕筆戰、論戰←→舌戰

**筆端**〔名〕筆端、筆勢

**筆致**〔名〕筆致，筆鋒、文章的風格
軽妙な筆致（輕妙的筆致）
此の文は優れた筆致を示している（這篇文章顯示出卓越的筆致）
彼の筆致は円熟している（他的文章風格很圓熟）

**筆誅**〔名、他サ〕筆誅
筆誅を加える（加以筆誅）

**筆調**〔名〕筆調、筆致

**筆筒、筆筒**〔名〕筆筒

**筆頭、筆頭**〔名〕筆頭，筆尖、(排列姓名時)寫在前頭，第一名、首席

前頭の筆頭に昇進する（晉升前頭第一名）
筆頭に名を掲げる（名列第一）
彼は反対派の筆頭だ（他是反對派的頭目）
戸籍の筆頭者（戸主、戸長）
筆頭に彼の名が記して在る（他的名字列在首位）
筆頭理事（首席理事）

**筆法**〔名〕筆法，運筆、(文章)表現法、作法，辦法

筆法を習う（練筆法）学ぶ
力強い筆法（剛勁的筆法）
春秋の筆法（春秋的筆法）
其の筆法で行こう（就那麼辦吧！）
私は同じ筆法で遣って除けた（我照樣做了）
又例の筆法だね（又是那個老辦法）

**筆鋒**〔名〕筆鋒

鋭い筆鋒で反論する（以銳利的筆鋒進行反駁）
其の筆鋒当る可からず（其筆鋒銳不可當）

**筆**〔名〕毛筆、(用毛筆)寫、畫、寫的字，畫的畫、筆跡

〔接尾〕蘸墨的次數、(土地台帳裡按面積分項目的)一筆

筆で字を書く（用毛筆寫字）
弘法は筆を選ばず（弘法大師寫字不擇筆）
筆に墨を付ける（蘸墨）
筆掛け（筆架）
此れは雪舟の筆だ（這是雪舟畫的）
一筆書き（一筆寫成、一揮而就）
細筆（小字筆、小楷筆=細筆）
禿筆（禿筆、對自己文章寫字的謙稱=禿筆）
筆が立つ（文章寫得好）
筆を入れる（刪改文章）

筆を擱く（擱筆、停筆）
筆を下ろす（試新筆、下筆開始寫字）
筆を加える（刪改文章、添寫）
筆を捨てる（停筆不寫）
筆を染める（蘸墨、用筆寫、揮毫）
筆を執る（執筆）
筆を拭う（停寫文章）
筆を走らせる（寫得快、流利地書寫）
筆を揮う（揮毫、大筆一揮）

**筆石**〔名〕(古生物)筆石（屬於腔腸動物的一種化石）

筆石類（筆石綱）

**筆入れ**〔名〕筆筒、筆套，鉛筆盒，畫筆盒

**筆下ろし**〔名〕試用新筆

**筆懸け**〔名〕筆架

**筆先**〔名〕筆尖，筆頭、運筆、筆墨、(天理教等)教祖寫的字或文章

優れた筆先（文章等寫得好）
筆先で稼ぐ（靠文筆生活）
筆先で世人を誤魔化す（用筆墨文章欺騙世人）
筆先で帳尻を誤魔化す（用筆在帳尾上搞鬼）
御筆先（教祖的筆跡）

**筆立て**〔名〕筆架、筆筒

**筆塚**〔名〕廢筆塚

**筆遣い**〔名〕運筆、筆法，書法，寫法

筆遣いが巧妙である（運筆巧妙）
軽妙な筆遣い（輕妙的筆法）

**筆付き**〔名〕筆觸（文章等的筆法格調）

怪しげな筆付き（拙劣的筆法）

**筆箱**〔名〕鉛筆盒

ペンを筆箱に入れる（把鋼筆放進鉛筆盒）

**筆不精、筆無精**〔名、形動〕懶於動筆、不好動筆的人←→筆忠実

筆不精なので作文は苦手です（由於懶得寫東西對於作文感到頭痛）

筆不精でちっとも返事を呉れない（他不好寫信總也不給我回信）

彼は筆不精な男だ（他是個不好動筆的人）

**筆太**〔名、形動〕粗筆道、粗筆濃墨

筆太の字（筆道粗的字）

筆太に書く（粗筆濃墨地書寫）

**筆忠実、筆まめ**〔名、形動〕好動筆，勤於寫文章（的人）。〔俗〕接二連三地玩弄女人←→筆不精、筆無精

筆忠実な人（好動筆的人）

彼は筆忠実に次次と論文を書く（他勤於寫作一篇接一篇地寫論文）

**筆別**〔名〕分項記載、分割土地（＝分筆）

## 鄙（ㄅㄧˇ）

**鄙**〔漢造〕偏僻地方、粗俗、自謙

都鄙（城鄉）

辺鄙（偏僻）

野鄙、野卑（粗野、下流）

**鄙見、卑見**〔名〕〔謙〕愚見、拙見、管見

卑見に拠ると（據我看來）

御尋ねにより、卑見を申し上げます（承蒙垂問謹陳管見）

**鄙言**〔名〕卑鄙的話（＝卑しい言葉）

**鄙語、卑語**〔名〕下流話，粗野話、俚言

**鄙事**〔名〕卑鄙的事

**鄙俗**〔名、形動〕土氣、卑俗，下流

鄙俗に見える（顯得土氣）

**鄙吝**〔名、形動〕鄙吝、吝嗇

**鄙劣、卑劣**〔名、形動〕卑劣、卑鄙、惡劣

卑劣な手段（卑鄙的手段）

卑劣で残酷な行い（卑鄙殘酷的行為）

陰口を言うのは卑劣な事だ（背地裡說壞話是惡劣的行為）

そんな卑劣な事を為る様な男ではない（他不是幹那種卑鄙勾當的人）

卑劣漢（卑鄙的傢伙、壞蛋）

**鄙陋、卑陋**〔名〕卑賤、卑劣、卑鄙

**鄙猥、卑猥**〔名、形動〕粗鄙、下流、猥褻

卑猥な言葉（下流話）

卑猥な話（下流故事）

**鄙**〔名〕鄉下、鄉村、鄉間

姉は鄙には稀な美人だ（姊姊是鄉間罕見的美人）

**鄙歌**〔名〕鄉間民歌、地方民謠

**鄙人**〔名〕鄉下人、鄉下老（＝田舎者）

**鄙びる**〔自上一〕帶鄉土氣、帶有鄉下風味

鄙びた歌声（土裡土氣的歌聲）

急行が鄙びた駅を横目に走り過ぎた（快車駛過帶鄉土氣的車站）

## 壁（ㄅㄧˋ）

**壁**〔漢造〕圍牆、牆壁、懸崖、城牆

土壁（土牆）

岸壁（靠岸處）

岩壁（岩壁）

環壁（環形牆壁、火山的火口壁＝火口壁）

火口壁（火山的火口壁）

絶壁（絕壁、峭壁）

城壁（城牆）

**壁画**〔名〕壁畫

法隆寺の壁画（法隆寺的壁畫）

壁画を描く（畫壁畫）

壁画家（壁畫家）

**壁間**〔名〕壁間、壁上

壁間に名画を飾る（壁上掛上名畫）

彼は仰いで壁間の額を見た（他抬頭觀看了牆上的匾額）

**壁龕**〔名〕〔建〕壁龕

**壁細胞**〔名〕〔動〕泌酸細胞

**壁細胞**〔名〕〔植〕細胞壁

**壁書**〔名、他サ〕寫在牆上、貼在牆壁上的命令布告、（日本戰國時代諸侯的）家法

## ㄅ

**壁面**〔名〕牆的表面
　壁面に絵を描く（在牆上畫畫）
　壁面に施した浮き彫り（刻在牆面上的浮雕）

**壁**〔名〕牆，壁。〔轉〕障礙、隔閡、懸崖
　壁上げ（砌牆）
　煉瓦の壁（磚牆）
　壁を塗る（刷牆）
　壁を取り払う（拆牆）
　壁で仕切る（用牆隔開）
　壁で囲む（用牆圍上）
　壁で塞ぐ（用牆堵上）
　壁に寄り掛かる（凭れる）（靠牆）
　壁一つ隔てて隣に住む（住在一牆之隔的隔壁）
　人生の壁（人生的壁壘）
　二人の間に壁が出来た（二人之間產生了隔閡）
　百メートル競走で十秒の壁は終に破られた（百米終於打破了十秒的大關）
　壁に突き当たる（ぶつかる）（碰壁、碰釘子）
　癌の研究が大きな壁に突き当たった（癌的研究碰上了大障礙）
　壁耳有り（隔牆有耳）

**御壁**〔名〕〔俗、女〕（因白如牆）豆腐（=豆腐）

**壁板**〔名〕護牆板

**壁掛け**〔名〕壁掛、牆上掛的裝飾品

**壁飾り**〔名〕牆上裝飾品

**壁紙**〔名〕壁紙
　壁紙を張る（糊上壁紙）

**壁越し**〔名〕隔牆
　壁越しに話す（隔著牆說話）
　壁越しに聞く（隔著牆聽）

**壁下地**〔名〕（用竹木編的）牆壁的骨架

**壁代**〔名〕牆壁的骨架

**壁新聞**〔名〕壁報、大字報

**壁訴訟**〔名〕對牆訴苦，獨自發牢騷、旁敲側擊，指桑罵槐

**壁付暖炉**〔名〕壁爐

**壁土**〔名〕抹牆用的泥
　壁土を捏ねる（和抹牆泥）

**壁隣**〔名〕隔壁、緊鄰
　壁隣の人（隔壁住的人）
　壁隣に住む（住在隔壁）

**壁塗り**〔名〕抹牆，泥牆，墁牆、抹牆的泥瓦匠

**壁一重**〔名〕一牆之隔
　隣とは壁一重だ（和隔壁只隔一道牆）
　壁一重を隔てる（只隔一牆）

**壁蝨**〔名〕〔動〕壁虱、〔轉〕流氓、暴力分子
　町の壁蝨（街上的流氓）
　彼の男は壁蝨の様な奴だ（那人是個流氓樣的傢伙）

## 嬖（ㄅㄧˋ）

**嬖**〔漢造〕寵愛

**嬖臣**〔名〕寵臣

## 幣（ㄅㄧˋ）

**幣**〔漢造〕貢品、貨幣、神前的供品
　貨幣（貨幣）
　紙幣（紙幣、鈔票）
　造幣（造幣）
　奉幣（在神前獻幣）
　法幣（法定貨幣、中國解放前的法幣）
　御幣（祭神驅邪幡=幣帛）
　御幣を担ぐ（迷信）
　御幣担ぎ（講究迷信〔的人〕、因迷信而多所禁忌〔的人〕）
　御幣持ち（阿諛奉承者、拍馬屁的人=太鼓持ち）

**幣串**〔名〕日本神官祭祀時用的一種類似紙幡的神木枝

**幣制**〔名〕〔經〕貨幣制度

幣制を改革する（改革幣制）
幣制改革（幣制改革）

**幣束**〔名〕供神的紙錢（=幣帛）

**幣帛**〔名〕（供神的）幣帛（=幣）。禮物
　神前に幣帛を捧げる（以幣帛供神）

**幣物**〔名〕供神的供品、禮物，贈品

**幣**〔名〕獻神用的幣帛（=幣帛、幣）
　幣を結ぶ（把幣帛繫在神前的樹枝等上）

**幣**〔名〕幣帛（=幣帛）

## 庇（ㄅ一ˋ）

**庇**〔漢造〕庇蔭（德澤及人或人蒙其利）、覆蔽

**庇陰、庇蔭**〔名〕庇蔭

**庇惠**〔名〕庇護（=御蔭）

**庇護**〔名、他サ〕庇護
　弱小国を庇護する（庇護弱小國家）
　身寄りの無い子に庇護を加える（對無依無靠的孤兒加以庇護）

**庇面**〔名〕〔礦〕（結晶的）坡面

**庇、廂**〔名〕房檐、帽檐。〔古〕廂房
　庇を張り出させる（使房檐探出去）
　帽子の庇（帽舌）
　庇を目深に下ろす（帽舌深深地拉下來）
　庇を貸して母屋を取られる（租出廂房結果主房也被霸佔、〔喻〕恩將仇報，喧賓奪主）

**庇髮**〔名〕額髮梳向前方的一種婦女髮型（明治末年，大正初年流行）、（大正初年）女學生的別稱

**庇う**〔他五〕庇護、袒護、保護
　弱い者を庇って遣る（庇護弱者）
　我が身を庇う（保護自己）
　誰も私を庇って呉れる人が無い（沒有人袒護我）
　傷を庇う（保護傷口）

**庇い立て**〔名、他サ〕庇護

## 弊（ㄅ一ˋ）

**弊**〔名、漢造〕弊病，惡習、（接有關自己的事物上表示自謙）弊、破舊
　宿弊（積弊、多年的惡習）
　語弊（語病）
　飲酒の弊（飲酒之害）
　弊を矯める（矯正惡習）
　利を興し、弊を取り除く（興利除弊）
　粗雑な文章は現代の弊である（粗糙的文章是當前的弊病）
　青年は動もすると此の弊に陥り易い（青年容易染上這種弊病）
　弊宅（寒舍、破舊的房屋）
　弊店（〔對自己商店的謙稱〕敝店）
　弊社（敝公司）
　弊紙（敝報）
　弊商会（敝商行）
　疲弊（疲憊、凋敝）
　旧弊（舊弊、因循守舊）
　積弊（積弊）
　時弊（時弊）

**弊衣、敝衣**〔名〕破衣
　弊衣破帽（破衣破帽-特指舊制日本高中學生服裝）
　弊衣粗食（破衣粗食）

**弊害**〔名〕弊病、惡劣影響
　弊害を生む（出毛病）産む膿む倦む熟む續む
　弊害百出する（弊病百出）
　弊害を正す（改革弊病）質す糺す糾す
　利点も有るが弊害も有る（既有利也有弊）
　弊害が起こる（產生壞影響）
　弊害を除く（剷除弊病）
　此れには色色の弊害が伴う（這裡面含有種種弊病）

**弊誌**〔名〕敝刊

何時も弊誌を御求め頂有り難う存じます（向來承蒙購買弊刊不勝感謝）

**弊紙**〔名〕敝報

**弊社**〔名〕敝社、敝公司

御意見を弊社宛を御寄せ下さい（請把意見寄到敝公司來）

**弊習**〔名〕陋習、惡習、壞習慣

**弊政**〔名〕惡政

**弊村**〔名〕敝村、疲弊的村莊

**弊宅**〔名〕破舊的房屋、（自謙）寒舍，舍下

**弊店**〔名〕（對自己商店的謙稱）敝店

弊店員（敝店職員）

**弊風**〔名〕惡習、陋習、壞風俗、壞風氣

弊風を改める（改革陋習）

弊風に染まる（染上惡習）

弊風を打破する（除く）（打破壞風氣）

弊風を除く（去除壞風氣）

**弊物、聘物**〔名〕幣帛（=幣）、進獻物，禮物

**弊履**〔名〕破鞋。〔轉〕毫不足惜

弊履の如く捨てる（棄之如弊履）

弊履を棄てるが如く（猶如棄弊履）

弊履の如く地位を棄てる（拋棄地位毫不可惜）

**弊える、潰える**〔自下一〕潰敗，崩潰、（計畫，希望等）落空，破滅

敵は脆くも潰えた（敵人不堪一擊地潰敗了）

将来への夢は潰えた（前途的希望破滅了）

**費える**〔自下一〕耗費，浪費，耗掉，減少

時間が費える（浪費時間）

財産を費える（財產耗掉）

**弊え、費え**〔名〕花費，開銷、耗劣，浪費、（也寫作潰え）疲憊，潰敗

費えを省く（節省開支）

時間の費え（浪費時間）

敵の潰えを乗ずる（乘敵疲憊）

# 必（ㄅ一ˋ）

**必**〔漢造〕必、一定

生者必滅、会者定離（生者必滅會者定離）

**必する**〔自サ〕必定、注定

**必需**〔名〕必需、不可少

生活（に）必需（の）品（生活必需品）

必需品（必需品）必須、必須（必須、必需）

**必定**〔名〕〔舊〕必定、一定

成功は必定だ（一定成功）

斯う為るのは必定の事（落得這樣是必然的）

**必然**〔名〕必然←→偶然

必然の結果（必然的結果）

斯う為るのは必然の勢いだ（落得這樣是必然的趨勢）

発展する必然性を持っている（有發展的必然性）

必然的に此の様な結果が生ずる（必然產生這樣的結果）

**必読**〔名、他サ〕必讀

必読の書（必讀之書）

**必罰**〔名〕必罰

信賞必罰（信賞必罰）

**必滅**〔名〕必滅、必定滅亡

生者必滅、会者定離（〔佛〕生者必滅會者定離）

必滅の運命（注定滅亡）

**必用**〔名〕必用、不能不用

**必要**〔名、形動〕必要，必需，必須，非……不可

釣に必要な道具（釣魚必需的工具）

ノートが必要に為る（需要筆記本）

鉛筆を必要と為る（需要鉛筆）

何も話す必要は無い（無需說什麼）

然うした施設の必要が痛切に感じられる（痛感需要那種設施）

必要以上に金を遣るな（不要給多餘的錢）

彼は必要に迫られて最後の手段を取るに至った（他迫於必要終於採取了最後的手段）

彼に是非知らせる必要が有る（必須通知他）
急ぐ必要が有る（必須趕緊）
文章家に為ろうと為る者は如何しても語彙を豊富に為る事が必要だ（要想當個文筆工作者必須豐富詞彙）
必要元素（〔植〕〔植物生長的〕必要元素）
必要悪（必要的不好行為、必不可少的壞手段-如死刑等）

**必携**〔名〕必攜
学生必携の書（學生必攜之書）
防寒具必携の事（必須攜帶防寒具）

**必見**〔名〕必須看、必讀
必見の名画（必須看的名畫）
必見の書（必讀書）

**必殺**〔名〕必殺、誓必殺死
必殺の一撃（必殺的一擊）
必殺（の）技（定能打倒對手的絕招）

**必至**〔名、形動〕必至、一定到來
改革は必至だ（必然要改革）
彼が二度当選する事は必至だ（看來他必定再次當選）
こんな成績では落第は必至だ（這種成績一定要留級）
内閣の瓦解は必至だ（內閣一定要垮台）

**必死**〔名〕必死、拼命。〔象棋〕一定將死
必死の覚悟（必死的決心）
必死に為って働く（拼命幹）
犯人は必死に逃げる（犯人拼命地逃跑）
必死の勇を振るう（鼓起渾身的勇氣）
必死に為って追い駆ける（拼命追趕）
必死の手（一定將死的一步死著）

**必修**〔名〕必修
必修（の）科目（必修科目）

**必勝**〔名〕必勝
必勝の信念（必勝的信念）
必勝を誓う（決心取勝）
必勝を期して戦う（期在必勝而戰鬥）
必勝法（必勝的方法）

**必須、必須**〔名〕必須、必需
必須の知識（必要的知識）
登山に必須の道具（登山所必需的工具）
鍋は生活に必須の物だ（鍋是生活中不可少的）
必須条件（必要條件）

**必衰**〔名〕必衰
盛者必衰（盛者必衰）

**必着**〔名〕（郵件等在規定時間內）必須送到、一定送到
応募書類は一日迄に必着の事（應徵文件必須在一日以前送到）

**必中**〔名、自サ〕必中
予言が必中する（預言必定說中）
一発必中を期する（期望一發必中）

**必ず**〔副〕一定、必定、必然、注定
約束した以上必ず来る（既然約好就一定來）
飲めば必ず歌う（一喝酒就一定要唱歌）
彼が来れば必ず雨が降る（他一來一定下雨）

**必ずしも**〔副〕（下接否定語）不一定、未必
勝敗は必ずしも数の多少に拠らない（勝敗不一定取決於人數的多寡）
人は金が有るからとて必ずしも幸福とは限らない（人不一定有錢就幸福）
必ずしも然うとは限らない（也未必是那樣）
光る物は必ずしも金ではない（發光的東西不一定都是金子）
私は必ずしも然うは思いません（我不一定那麼想）

**必ずや**〔副〕（下接推量詞）一定、必然
近い将来に必ずや実現するであろう（最近的將來必然會實現）

## 斃（ㄅㄧˋ）

斃〔漢造〕死
斃死〔名、自サ〕路倒、死在路旁

## 泌、泌（ㄅㄧˋ）

泌、泌〔漢造〕分泌
　分泌、分泌（分泌）
泌尿器〔名〕〔解〕泌尿器官
泌尿科〔名〕泌尿科
泌乳〔名〕泌乳
　泌乳因子（維生素L）
　泌乳刺激ホルモン（催乳激素）

## 畢（ㄅㄧˋ）

畢〔漢造〕完、盡、皆、究竟、星宿名（畢昂）
畢竟〔副、他サ〕畢竟、總之、結局
　畢竟私の負けだ（究竟是我輸了）
　此れと其れとは畢竟同じだ（總之這個和那個一樣）
畢生〔名〕畢生、一生
　畢生の大事業（畢生的事業）
　畢生の大作を書き始める（開始寫畢生的大作）

## 痺（ㄅㄧˋ）

痺〔漢造〕麻痺（身體失去感覺）
　麻痺（麻痺、癱瘓）
痺れる〔自下一〕麻木。〔俗〕（因強烈刺激而）興奮
　足が痺れる（腳麻）
　寒さで痺れる（凍木了）
　長い間座っていたので足が痺れた（因長時間坐腳麻了）
　口が少し痺れる（嘴有點發麻）
　足が先の方から段段痺れて来た（腿由腳尖逐漸麻上來了）
　腕が痺れる迄漕ぐ（划船到胳膊發木）

痺れ〔名〕麻木
　足に痺れが切れた（腳麻了）
　痺れを切らす（等得不耐煩）
　彼等は痺れを切らして直ぐにも行こうと為ている（他們等得不耐煩要馬上就去）
痺れ鰻〔名〕〔動〕電鰻
痺れ鱏〔名〕〔動〕電鱏
痺れ薬〔名〕麻藥、麻醉劑
痺れ鯰〔名〕〔動〕電鯰

## 睥（ㄅㄧˋ）

睥〔漢造〕斜視
睥睨〔名、他サ〕睥睨、斜視
　天下を睥睨する（睥睨天下）

## 碧（ㄅㄧˋ）

碧〔名、漢造〕碧綠色的美玉、碧綠色，深藍色
　丹碧（丹青、紅色與青色）
　紺碧（深藍、蔚藍、蒼藍）
　一碧（一片碧綠）
碧雲〔名〕碧雲（=青雲）
碧海〔名〕碧海（=青海）
碧眼〔名〕碧眼，藍眼珠、〔轉〕西洋人
　碧眼の人（藍眼珠的人、西洋人）
碧玉〔名〕〔礦〕碧玉
　陶碧玉（白陶石）
碧空〔名〕碧空、藍天
　碧空一片の雲も無し（一望晴空、萬里無雲）
　透明な二月の碧空（清澈的二月藍天）
碧梧〔名〕〔植〕梧桐（=青桐）
碧水〔名〕碧水、碧波、深而清澈的水
　高き青空と深き碧水（高高的青空與深深的碧水）
碧潭〔名〕碧潭、深淵
　懸崖十仞、碧潭百尺（懸崖十仞碧潭百尺）
碧羅〔名〕綠色的薄絹、喻青空和清翠的山

へきらく 碧落〔名〕碧落，藍天。〔轉〕遠處，邊際
へきりょく 碧緑〔名〕碧緑、身率
へきるり 碧瑠璃〔名〕碧藍色琉璃、碧藍色，琉璃色。〔喩〕碧藍而清澈的水

  碧瑠璃の大空（蔚藍的天空）

## 篦（ㄅ一ˋ）

へら 篦〔名〕（用竹木，象牙，金屬製造的）細長尖端成刃狀扁平的小板，小匙

  篦で練って糊を作る（用小竹板調勻做漿糊）

へらおおばこ 篦大葉子〔名〕〔植〕長葉車前
へらさぎ 篦鷺〔名〕〔動〕篦鷺、闊嘴鴨
へらじか 篦鹿〔名〕〔動〕駝鹿、麋（＝大鹿）
へらつけ 篦付け〔名〕〔縫紉〕用小竹板做記號（畫線）
へらぶな 篦鮒〔名〕鯽魚的變種、人工飼養的源五郎鯽魚
べらぼう 篦棒〔名，形動〕〔俗〕不像話（的），不合理（的）、非常，很

  篦棒な要求（不合理的要求）
  そんな篦棒な話が有る物か（哪裡有那樣不合理的事）
  篦棒に高い値段（過高的價錢）
  篦棒に旨い（非常好吃、非常精彩）
  篦棒に暑い（熱得厲害、酷暑）

べらぼうめ 篦棒奴〔名〕〔罵〕混帳、混帳東西

  何を抜かしやがる、篦棒奴（你放什麼屁！混蛋！）

の 篦〔名〕〔古〕製箭的竹子、箭桿（＝矢柄）

## 篳、篳（ㄅ一ˋ）

ひち、ひつ 篳、篳〔漢造〕竹籬笆為篳
ひちりき 篳篥〔名〕篳篥（雅樂用管樂器的一種）
ひちょうか 篳澄茄〔名〕（藥）篳澄茄（入藥）

## 蓖（ㄅ一ˋ）

ひ 蓖〔漢造〕草本植物，葉大掌狀，子可榨油，叫蓖麻油，可做瀉藥

ひま 蓖麻〔名〕〔植〕蓖麻（＝唐胡麻）
ひまし 蓖麻子〔名〕蓖麻子、蓖麻的種子
ひましゆ 蓖麻子油（蓖麻油）

## 蔽（ㄅ一ˋ）

へい 蔽〔漢造〕遮掩、欺瞞、蔽塞

えんぺい 掩蔽（掩蔽、〔天〕星食）
いんぺい 隠蔽（隱蔽、隱瞞、隱藏）
しゃへい 遮蔽（遮掩）

蔽う、被う、覆う、蓋う、掩う〔他五〕覆蓋，遮蓋、掩蓋，掩藏、籠罩，充滿，包括

  tutanaga で屋根を覆う（用白鐵板蓋屋頂）
  vinyl で苗床を覆う（用塑料薄膜蓋苗床）
  両手で顔を覆って泣く（雙手掩著臉哭）
  lamp を覆う（把燈罩上）
  木が日を覆う（樹木蔽日）
  地面は一面氷雪に覆われている（遍地冰雪）
  目を覆う許り（覆わしめる）惨状（令人不忍目睹的悲慘情景）
  耳を掩って鈴を盗む（掩耳盜鈴）
  非を掩う（掩蓋錯誤）
  自分の欠点を掩おうと為て彼是言う（想要掩飾自己的缺點找出很多說辭）
  其れは掩う可からざる事実だ（那是無法掩蓋的事實）
  其は掩う事の出来ない事実だ（那是無法掩蓋的事實）
  硝煙戦場を覆う（硝煙籠罩戰場）
  会場は活気に覆われている（會場上籠罩生動活潑的氣氛）
  其の地域の形勢は暗雲に覆われている（那地區的形勢籠罩著烏雲）
  AとBとは相覆う物ではない（A和B並不互相包容）
  一言を以て之を蔽えば（一言以蔽之）

おおい 被い、覆い〔名〕遮蓋，遮蔽、遮蓋物，遮蔽物

  荷物に被いを為る（把貨物蓋上）

本の表紙に被いを為る（把書的封面包上）

穀物の山に被いを掛ける（糧食堆蓋上覆蓋物）

被いを取る（拿開覆蓋的東西）

椅子の被い（椅套）

雨被い（雨布、雨篷）

日被い（遮陽篷、涼篷）

**蔽い隠す、覆い隠す**〔他五〕遮蓋、遮蔽、掩蓋、遮掩、掩藏、掩飾、蒙蔽

ハンカチ(handkerchief)で顔を蔽い隠す（用手帕遮蓋臉）

雲が太陽を蔽い隠す（雲彩遮住太陽）

短所を蔽い隠す（掩蓋缺點）

事実を飽く迄蔽い隠そうと為ている（想要把事實掩蓋到底）

## 裨（ㄅㄧˋ）

**裨**〔漢造〕好處、有益

**裨益**〔名、自他サ〕裨益、有益處

教育に裨益する所が大きい（對教育大有益處）

大いに裨益する処が有る（大有裨益）

社会を裨益する（對社會有益）

**裨補**〔名、他サ〕裨補、裨益

## 襞（ㄅㄧˋ）

**襞**〔漢造〕衣服上的褶襇

**襞**〔名〕（衣服等的）襞，褶、縐紋

スカート(skirt)の襞（裙子褶）

襞を付ける（做上衣褶）

襞を取る（做出衣褶）

スカート(skirt)の襞が取れて仕舞った（裙子褶開了）

山の襞が清楚に見える（山峰上的縐紋清晰可見）

茸の傘の裏の襞（蘑菇帽裡的的縐紋）

## 贔、贔（ㄅㄧˋ）

**贔、贔**〔漢造〕努力、偏袒、援助、贔屭（石碑下刻著像龜一樣的東西）

**贔屭、贔負**〔名、自サ〕關照，照顧，眷顧，愛顧，贊助，捧場，提拔、偏袒，袒護，偏愛、眷顧者，贊助者，捧場的人

日本贔屭の人（親日派的人）

贔屭を受ける（受照顧）

贔屭に預かる（承蒙眷顧）

御贔屭を願います（請多關照）

歌舞伎俳優の某を贔屭に為る（捧歌舞伎某演員）

其れは贔屭だよ（那是偏袒）

贔屭の旦那（捧場的主顧）

父の御贔屭の植木屋（父親常照顧的花匠）

贔屭の引き倒し（過分袒護反害其人）

君が彼に目を掛けて遣っても、反って贔屭の引き倒しに為るだろう（你儘管照顧他可能反倒害了他）

**贔屭目**〔名〕偏袒的看法、偏心眼

親の贔屭目（父母對子女的偏袒）

贔屭目で見る（偏著心眼看）

如何贔屭目に見ても良いとは言えない（怎麼偏著心眼看也沒法說好）

## 躄（ㄅㄧˋ）

**躄**〔漢造〕兩腳俱廢不能行走

**躄る、膝行る**〔自五〕（居去る之意）（兩腿癱瘓坐著）向前蹲行、膝行，爬行、（水少）舟行緩慢、（從原地向前）滑動，滑溜

躄って行く（蹲行）

足が痺れたので躄り乍引き下がる（腿麻了蹲著退席）

赤ん坊が躄り始めた（嬰兒會爬了）

地震で石が躄る（石頭因地震滑動）

**躄、膝行**〔名〕（兩腿坐地）向前蹲行、癱子

躄這（〔嬰兒〕坐著向前蹲）

# 僻（ㄅㄧˋ）

**僻**〔漢造〕徵召、(通〝避〞)偏僻、退避

**僻易**〔名，自サ〕畏縮，退縮，屈服。〔俗〕感到為難，感到束手無策

　困難に遇って僻易する（遇到困難退縮）

　彼は容易に僻易する男ではない（他不是輕易屈服的人）

　値段の高いのには僻易する（價錢太貴不敢問津）

　相手の剣幕に僻易して引き下がる（迫於對方氣勢洶洶而退縮下來）

　彼女の目付きには僻易する（我真怕看她那種眼神）

　彼の長演説には僻易した（對於他的冗長演說我真服了）

　母は子供の悪い悪習に僻易する（母親對於孩子的壞習慣感到束手無策）

**僻遠**〔名、形動〕僻遠

　僻遠の地（邊遠地區）

　僻遠の地に在って矻矻勉強する（在僻遠之地孜孜不倦地鑽研）

　延岡は僻遠の地で、東京に比べたら物質上の不便は有るだろう（延岡是個邊遠地方比起東京來物質上有些不便吧！）

**僻汗草、品川萩**〔名〕〔植〕草木犀

# 避（ㄅㄧˋ）

**避**〔漢造〕避開、躲避、逃避

　逃避（逃避）

　退避（退避、躲避、轉移）

　待避（待避、躲避、避讓）

　回避（回避、躲開、推卸）

　忌避（忌避、規避、逃避、躲避，回避）

　不可避（不可避免、不能避免）

**避寒**〔名、自サ〕避寒←→避暑

　伊豆の別荘に避寒する（在伊豆的別墅避寒）

　避寒地（避寒地）

**避忌**〔名〕忌避、回避（=忌避）

**避暑**〔名、自サ〕避暑←→避寒

　軽井沢へ避暑に行く（到輕井澤去避暑）

　避暑客（避暑客）

　避暑地（避暑地）

**避退**〔名、自サ〕退避、退卻

**避難**〔名、自サ〕避難

　附近の住民は何処かへ避難して仕舞っていた（附近的居民都到什麼地方避難去了）

　大地震の危険が有るので、町民に避難の命令が出された（因為有發生大地震的危險向市民發出了避難的命令）

　洪水の為高台へ避難する（因為洪水到高地上避難）

　避難所（避難所）

　避難民（難民）

**避妊**〔名、自サ〕避孕

　避妊を行う（進行避孕）

　避妊具（避孕器）

　避妊薬（剤）（避孕藥）

　避妊手術（避孕手術）

　経口避妊薬（口服避孕藥）

　避妊法（避孕法）

**避泊所**〔名〕停泊處

**避病院**〔名〕〔舊〕隔離病院、傳染病醫院

**避雷器**〔名〕〔理〕避雷器

**避雷針**〔名〕〔理〕避雷針

　避雷針を立てる（付ける）（安裝避雷針）

**避ける**〔他下一〕避，避開，躲避，回避，逃避（=よける）。避免

　雨を避ける（避雨）避ける裂ける咲ける割ける

　危険を避ける（避開危險）

　道を避ける（讓路）

　人目を避ける（躲避旁人眼目）

　危うく自動車を避けた（好容易躲開了汽車、險些沒躲開汽車）

## ㄅ

此の頃彼は私を避けている（近來他躲避著我）

其れは避ける事が出来ない責務である（那是責無旁貸的）

其の問題に就いては、語るのを避けた方が良い（關於那問題還是避開不談為好）

人の嫌がる事を言うのは避けよう（避開說別人討厭的話吧！）

重大な問題は避けて通る訳には行かない（重大問題不能避而不談）

ブルジョアジー（bourgeoisiez 法）の没落とプロレタリアート（proletariat 法）の勝利とは、共に避けられない（資産階級的滅亡和無產階級的勝利是同樣不可避免的）

**裂ける、割ける**〔自下一〕裂開、破裂

二つに裂ける（裂成兩半）裂ける割ける咲ける避ける避ける除ける除ける

シャツが裂けた（襯衫破了）

胸が裂ける程泣く（哭得心碎、痛哭欲絕）泣く鳴く啼く無く

喉が裂ける程大きな声を出す（喊破嗓子似地大聲喊）

**避ける、除ける**〔他下一〕避，躲避（＝避ける）。防，防備（＝防ぐ）

車を避ける（躲車）

水溜りを避けて通る（躲開水坑走過去）

議論の矛先を巧みに避ける（巧妙地避開爭論的矛頭）

霜を避ける（防霜）

雷を避ける（避雷）

僕等の家は植え込みで西日を避けている（我們家有樹蔭防避西曬）

**避け、除け**〔造語〕防、避、遮、擋

霜除け（防霜）

風除け（防風）

泥棒除け（防盗）

弾丸除けの上着（防彈夾克）

日除け（遮光裝置）

泥除け（擋泥板）

塵除け（防塵）

埃除け（防塵）

雷除け（避雷針）

油除け（防油器）

## 閉（ㄅㄧˋ）

**閉**〔漢造〕關，合，結束

開閉（開關）

密閉（密閉、密封）

幽閉（囚禁、禁閉、軟禁）

**閉院**〔名、自他サ〕（醫院等院字機關當日工作結束）閉院、（議會）閉會←→開院

閉院時刻（閉院時刻）

本日閉院（今天閉會）

閉院式（閉會儀式）

**閉園**〔名、自サ〕（公園、動物園等）閉園←→開園

**閉音節**〔名〕〔語〕閉音節（終于子音的音節）←→開音節

**閉花**〔名〕〔植〕閉花

閉花受精（閉花受精）

**閉果**〔名〕〔植〕（成熟時果皮不開裂的）閉果←→裂果

**閉会**〔名、自他サ〕閉會←→開会

此れで閉会に為ます（到此散會）

大会が成功裡に閉会した（大會在勝利中閉幕了）

閉会の辞（挨拶）を述べる（致閉幕辭）

閉会を宣する（宣布散會）

閉会式（閉幕式）

**閉回路**〔名〕〔電〕閉合電路、閉路

**閉殻筋**〔名〕（貝類的）閉殼肌、內收肌

**閉括線**〔名〕〔數〕環

**閉刊**〔名、自他サ〕（報紙、刊物）停刊

**閉管**〔名〕〔樂、化〕閉管

閉管試験（閉管試驗）

**閉館**〔名、自サ〕（圖書館等）閉館、停止開放←→開館

日曜は閉館する（星期日停止開放）

午後九時閉館（午後九時閉館）

本日閉館（今天不開放）

**閉居**〔名、自サ〕守在家裡、退居家中、閉門不出

山荘に閉居する（呆在山莊裡閉門不出）

**閉業**〔名、自他サ〕停業、歇業、廢業

本日閉業（今天停止營業）

商売不振で閉業する（由於生意不好歇業）

**閉経期**〔名〕〔醫〕閉經期

**閉口**〔名、自サ〕閉口（無言）、為難，受不了，沒辦法，折服

彼は問い詰められて閉口した（他被追問得閉口無言了）

帰ろうにも帰られず、全く閉口した（想回也回不來毫無辦法）

此の暑さには閉口する（這個熱勁真受不了）

食堂車が無いので閉口する（沒有餐車真不方便）

彼の御喋りには閉口する（他那種喋喋不休令人吃不消）

彼の演説には全く閉口した（他的演說真膩煩死了）

**閉校**〔名、自サ〕（學校）停課、停辦←→開校

**閉講**〔名、自サ〕（課程）停課，停講、（講習會等）講完，結業←→開講

**閉鎖**〔名、自他サ〕關閉、封閉、封鎖

門を閉鎖する（把門關上）

門戸を閉鎖する（關閉門戶）

設備不十分で、映画館が閉鎖を命ぜられた（電影院因設備不完善被命令關閉了）

彼の性格は閉鎖的である（他的性格不開闊）

流感に因る学級閉鎖が各地に出ている（由於流感而封閉的班級到處出現）

**閉山**〔名、自他サ〕（登山季節終了）封山、（不景氣等）關閉礦山

不景気で閉山に追い遣られる（由於不景氣被迫關閉礦山）

**閉止**〔名、自サ〕閉止、活動停止

月経閉止（閉經）

**閉式**〔名、他サ〕結束儀式←→開式

閉式の辞（閉會辭）

**閉場**〔名、自サ〕閉會，散場、關閉會場←→開場

五時に閉場する（五時閉會）

閉場式（閉會式）

**閉塞**〔名、自他サ〕閉塞、阻塞、堵塞

腸閉塞（〔醫〕腸阻塞）

港口を閉塞する（堵塞港口）

閉塞音（〔語〕閉塞音）

閉塞信号（〔鐵〕閉塞信號）

閉塞装置（閉塞裝置）

**閉廷**〔名、自サ〕〔法〕閉廷←→開廷

閉廷を宣する（宣布閉廷）

閉廷に為る（閉廷了）

**閉店**〔名、自サ〕（商店）停止營業、歇業，廢業，倒閉←→開店

本日閉店（今天停止營業）

デパートは六時に閉店する（百貨商店六點鐘關門）

閉店時刻（關門時間）

彼の店も終に閉店した（那商店也終於倒閉了）

閉店に付き見切り大安売り（因為歇業廉價大拍賣）

閉店スト（罷市）

**閉電路**〔名〕〔電〕閉合電路

**閉尿**〔名〕〔醫〕閉尿症

**閉鰾類**〔名〕〔動〕閉鰾魚類

**閉幕**〔名、自サ〕（演劇等）閉幕、（事件等）結束，告終←→開幕

夜の部の閉幕は午後十時に為った（夜場到晚上十時才閉幕）

広州交易会は好評の中に閉幕した（廣州交易會在讚譽中閉幕）

此の事件も此れで愈愈閉幕に為った（這件事到此也就結束了）

**閉門**〔名、自サ〕關門←→開門。閉門反省（江戶時代刑罰），閉居家中（表示反省）

寮は午後九時に閉門する（宿舍晚上九點關門）

閉門時間（關門時間）

閉門を仰せ付けられる（被命令閉門反省）

**閉まる，閉る、締まる，締る**〔自五〕關閉、緊閉←→開く

門はぴったりと閉まっていた（門緊緊地關閉著）

ドアが独りでに閉まる（門自動關閉）

郵便局はもう閉まっていた（郵局已經關門了）

此の辺の商店は九時には閉まって仕舞う（這一帶商店九點就打烊了）

**閉める、搾める、絞める、締める**〔他下一〕繫結、勒緊，繫緊。

（常寫作閉める）關閉，合上、管束

（常寫作絞める、搾める）榨，擠，合計，結算。

（常寫作絞める）掐，勒，掐死，勒死，嚴責，教訓、縮減，節約、（祝賀達成協議或上樑等時）拍手

帯を締める（繫帶子）

締め直す（重繫）

縄を締める（勒緊繩子）

ボルトで締める（用螺絲撐緊）

財布の紐を締めて小遣いを遣らない様に為る（勒緊錢袋口不給零錢）

靴の紐を締める（繫緊鞋帶）

三味線の糸を締める（繃緊三弦琴的弦）

ベルトをきつく締める（束緊皮帶）

褌を締める（束緊兜襠布、下定決心、認真對待）

桶板は箍で締めて有る（飯桶用箍緊箍著）

戸を閉める（關上門）

窓をきちんと閉める（關緊窗戶）

びしゃりと閉める（砰地關上）

本を閉める（合上書）

入ったら必ず戸を閉め為さい（進來後一定要把門關上）

店を閉める（關上商店的門、打烊、歇業）

社員を締める（管束公司職員）

此の子は怠けるからきつく締めて遣らねば為らぬ（這孩子懶必須嚴加管束）

油を搾める（榨油）

菜種を搾めて油を取る（榨菜籽取油）

酢で搾める（揉搓魚肉使醋滲透）

帳面を締める（結帳）

勘定を締める（結算）

締めて幾等だ（總共多少錢？）

締めて五万円に為る（總共五萬日元）

首を絞める（掐死、勒死）

鶏を絞める（勒死小雞）

蛇は獲物に素早く巻き付いて絞めた（蛇敏捷地盤住虜獲物把它勒死了）

彼奴は生意気だから一度締めて遣ろう（那傢伙太傲慢要教訓他一頓）

経費を締める（縮減經費）

家計を締める（節約家庭開支）

さあ、此処で御手を拝借して締めて戴きましょう（那麼現在就請大家鼓掌吧！）

**閉ざす，閉す、鎖ざす、鎖す**〔他五〕關閉，鎖上、封閉，封鎖、（陰暗的感情）憋在心裡

門を閉ざして人を入れない（把門關上不讓人進來）

国を閉ざす（鎖國）

道を閉ざす（封鎖道路）

港は氷に閉ざされている（港口被冰封上了）

不安に胸が閉ざされる（心裡滿懷不安）

悲しみに閉ざされる（心中充滿悲傷）

**閉じる**〔自、他上一〕關，關閉←→開く。結束，告終

戸が自動的に閉じた（門自動關上了）綴じる

貝の蓋が閉じる（貝殼閉上）
窓が閉じた儘開かない（窗戶關著開不開）
箱の蓋を閉じ為さい（把盒子蓋蓋上）
本を閉じ為さい（合上書吧！）
此れで会を閉じる事に致します（會就開在這裡）
式は十一時に閉じます（儀式十一點結束）
幕を閉じる（結束）
偉大な生涯を閉じた（結束了偉大的一生）

**綴じる**〔他上一〕訂綴，訂上、（把夾克的裡和面）縫在一起
此の本は糸で綴じて有る（這本書是用線訂綴的）有る在る或る
新聞を綴じて置く（把報紙訂起來）置く擱く措く
裏表の縫代を綴じ合わせる（把裡面的窩邊縫在一起）

**閉じ込める**〔他下一〕關在裡面、圈在裡面、憋在裡面
犯人を閉じ込める（把犯人關起來）
犬を家の中へ閉じ込める（把狗圈在家裡）
狼を木の檻に閉じ込めて置く（把狼關到木柵裡）
昨日は酷い雨で一日中家に閉じ込められた（昨天下大雨在家裡憋了一天）

**閉て込める、立て込める**〔他下一〕關閉
障子を閉て込めて外に出ない（關上隔扇不出去）

**閉て籠める、立て籠める**〔自下一〕籠罩（=立ち込める、立ち籠める）
川に霧が閉て籠めた（大霧籠罩河面）

**閉じ籠る**〔自五〕悶在家裡
雨で一日中家に閉じ籠っている（因為下雨在家裡悶了一整天）
終日部屋に閉じ籠る（整天悶在屋裡）

**閉て切る、立て切る**〔他五〕關緊，緊閉、一件事幹到底
寒いので窓を閉て切る（因為冷把門窗關緊）
他所の仕事で閉て切っていて家の事には手が回らない（一個勁地做外邊的工作家裡的事顧不過來）
操を閉て切る（緊守節操）

## 陛（ㄅㄧˋ）

**陛**〔漢造〕宮殿的台階（=階）

**陛下**〔名〕陛下
皇帝陛下（皇帝陛下）
英国女王陛下（英國女王陛下）

## 髀（ㄅㄧˋ）

**髀**〔漢造〕膝上的骨

**髀臼**〔名〕（納入大腿骨的）髀臼

**髀肉**〔名〕髀肉
髀肉の嘆（髀肉復生之嘆、喻安逸過久）
髀肉の嘆に堪えない（不勝髀肉復生之嘆）

## 敝（ㄅㄧˋ）

**敝**〔漢造〕殘敗、自謙之詞

**敝衣、弊衣**〔名〕破衣
弊衣破帽（破衣破帽-特指舊制日本高中學生服裝）
弊衣粗食（破衣粗食）

## 鼈（ㄅㄧㄝ）

**鼈**〔名〕〔動〕鱉、甲魚、元魚（=鼈）
鼈人を食わんと為て却って人に食われる（〔喻〕欲害人反害己）

**鼈甲**〔名〕玳瑁
鼈甲縁の眼鏡（玳瑁框的眼鏡）
鼈甲製の煙草ケース（玳瑁做的香煙盒）
鼈甲細工（用玳瑁做的手工藝品）
鼈甲紛い（假玳瑁）
鼈甲色（玳瑁色、透明的黃褐色）

**鼈**〔名〕〔動〕鱉、甲魚、元魚（=鼈）
鼈料理（〔烹〕燉燒甲魚）

月と鼈（程違い）（相差懸殊、天攘之別）
鼈が時を作る（甲魚報曉、喻不可能有的事）
**鼈茸**〔名〕〔植〕臭角菌
**鼈**〔名〕〔動〕鱉、甲魚、元魚（＝鼈）
**水鼈**〔名〕〔植〕水鱉、馬尿花

## 別（ㄅㄧㄝˊ）

**別**〔名、形動、漢造〕分別，區別，另外，除外，例外，特別

職業別（按行業、分行業）
夫婦別有り（夫婦有別）
昼夜の別無く（不分晝夜）
別に仕舞う（分別存放）
学校には国立、公立と私立（と）の別が有る（學校有國立公立私立之分）
然う為れば話は別だ（那樣的話就是另外一個問題了）
此れとは別に良い方法が有る（除此以外另有一個好方法）
別の本を読む（讀另外一本書）
食費は別に払う（伙食費另付）
見ると聞くとは別だ（看和聽是兩碼事）
彼は別の職業を選んだ（他選擇了別的職業）
部屋を別に取って置く（另外訂下一個房間）
彼は眠っている時は別と為て暇な時は無い（他除了睡覺時間外其餘是沒空的）
冗談は別と為て（玩笑暫且不談）
別に此れと言う用も無い（並沒有值得一提的事、並沒有特別要緊的事）
私は別に寒いとも（は）思わない（我並不感到特別冷）
別に嫌いと言う程でも無い（並不怎麼討厭）
生別（生別、生離＝生き別れ）←→死別
性別（性別）
死別（死別＝死に別れ）←→生別

告別（告別、辭行）
訣別（訣別、告別）
惜別（惜別）
送別（送別）
区別（區別，差異，辨別，分清）
分別（分別、區別、區分、分類）
分別（辨別力、判斷力、思考力）
弁別（辨別、辨明、識別）
差別（差別，差異、區別，區分、區別對待，歧視）
判別（辨別）
班別（分班、按班）
識別（識別、辨別）
種別（類別、分類、按種類區分）
類別（類別、分類）
年齢別（按年齡）
学年別（按年級、按學年）
府県別（按府縣）
別別（分別、各別、各自）
特別（特別、格外）
格別（特別、特殊、顯著、格外、姑且不論）
各別（各有區別、各自不同）

**別に**〔副〕分開、另外，除外、（下常接否定語）特別，特殊，顯著

此れと其れと別に論じなければならない（這個與那個要分別討論）
此れに就いては別に定める（關於這點另行規定）
彼には別に三万円の収入が有る（他另外還有三萬日元的收入）
部屋代は九千円で食費は別に払う（房租是九千日元伙食費另付）
何か別に御入用ですか（另外您還想要什麼嗎？）
此の本を別にして取って置く（把這本書單擱起來）

別に行き度くない（並不怎麼想去）

別に変わった話も無い（也沒有甚麼新鮮的〔事〕）

別に此れと言う理由も無い（並沒有什麼像樣的理由）

別に此れと言う用も無い（並沒有什麼〔值得一提〕事）

別に珍しく（は）も無い（不足為奇）

忙しいですか一否、別に（你忙嗎?-不，不怎麼忙）

別に用は無い（並沒有什麼事）

**別誂え**〔名〕特別訂貨

別誂えの靴（特別定做的鞋）

**別意**〔名〕離別的意圖,離別的打算、另外的想法，其他的意思，惡意

彼に敢えて別意が有るのではない（他並沒有其他的意思、他不會有惡意）

**別院**〔名〕〔佛〕分寺、（佛堂以外）僧人的住處

本願寺の別院（本願寺的分寺）

**別宴**〔名〕餞別宴會、送別宴會

A氏の為に別宴を張る（為A先生舉行送別宴會）

**別勘定**〔名〕〔經〕另設科目、另計帳目、另行結算

研究費と為て、或る金額を別勘定に為る（把某些金額作為研究費另計帳目）

此れは別勘定に為て下さい（這個請另外算）

**別儀**〔名〕〔舊〕他事、別的事

別儀でも御座らぬが（並非別的事、不為他事）

**別行**〔名〕另一行

別行に書く（寫在另一行、另起一行）

**別業**〔名〕別的職業，其他工作、別墅

**別宮**〔名〕另外的神社（本營以外的供奉同一祭神的神社）

**別口**〔名〕另外一種、另外的途徑、另外一筆帳

別口の仕事（另外一種工作）

別口の機械（另一種機器）

寄付はもう為た筈ですが一否、此れは別口です（捐款已經捐過了呀-不，這又是一回事）

**別軍**〔名〕〔軍〕分遣隊、別動隊、另外的軍隊，其他部隊

**別言**〔名、他サ〕另外一種說法、換句話說

別言すれば…（換言之……、換句話說……）

**別後**〔名〕別後、分別以來

別後一向消息が無い（別後杳無音信）

別後の情を語る（敘別後之情）

**別号**〔名〕別號、別名、綽號

**別事**〔名〕特別的事、其他事情、另外的事

別事無く暮す（安穩度日、生活沒有特別變化）

信心と学問とは別事です（信心和學問不是一回事）

**別辞**〔名〕告別辭、送別辭

別辞を述べる（致告別辭）

**別仕立て**〔名〕特製

別仕立ての乗物（特製的車輛）

別仕立ての列車（特別列車、專用列車）

別仕立ての着物（特製的服裝）

**別除**〔名〕特別除外

別除権（〔法〕特別除外權-宣告破產時可以優先請求賠償的權利）

**別状**〔名〕異狀、毛病、不正常的情況

機械には別状が無かった（機器並沒有出毛病）

心臓には別状が無い（心臟正常）

人畜共に別状は無かった（人畜都平安無事）

生命に別状は無い（無生命危險）

**別条**〔名〕意外、變化

別条無く暮している（生活如常）

彼等の好きな様に為せて置いても別条は無い（讓他們喜歡怎樣做就怎樣做也不會出差錯）

**別人**〔名〕別人、另外的人

前と較べると別人の観が有る（和以前比較有判若兩人之感）

髭を取ったら丸で別人に為った（一刮鬍子簡直變成了另一個人）

別人為らぬ大将其の人だった（不是別人就是這個傢伙）

**別刷り**〔名〕另外印刷、另印的小冊子（單行本）

別刷りを配って批判を求める（分發另印的小冊子徵求意見）

十部別刷りに為る（另印十份）

別刷り挿し絵版（插圖的專頁）

**別段**〔名、副〕格外，特別、另外（下面多接否定語）

別段此れぞと言う用事は無い（並沒有甚麼要緊的事）

別段是非買わねばならぬ物でもない（並不是非買不可的東西）

別段悪いとは思わない（並不以為怎麼不對）

別段変わった事も無い（並沒有異常情況）

御仕事が別段なければ（如果不忙的話）

其の為別段良くは為らなかった（並沒有因此而顯著好轉）

別段の規定有る場合を除き…（除另有規定時外…）

別段の扱いを受ける（受到特別待遇）

別段の異変は無い（沒有特殊變化）

**別伝**〔名〕特別的傳授、另外的傳說

別伝に拠れば（根據另外一種傳說）

**別殿**〔名〕附建的宮殿、另建的神殿

**別電**〔名〕另拍的電報、從其他方面來的電報

別電で知らせる（另行拍電通知）

**別動隊、別働隊**〔名〕別動隊

**別納**〔名、他サ〕另行繳納、用另一方法繳納

料金別納郵便（郵資另付的郵件）

**別配達**〔名〕快件、快速投遞

別配達郵便（快速投遞郵件）

手紙を別配達で出す（把信用快信寄出）

**別便**〔名〕另函、另寄的郵件

別便で御送りします（另行寄上）

**別別**〔名、形動〕分別、各自、各別

別別の部屋に寝る（在各自的房間睡覺）

別別に歩く（各走各的）

別別に住む（分開居住）

別別に研究する（分頭進行研究）

別別に退場する（分別退場）

物を別別に為て置く（把東西分開放置）

皆別別の道を行った（大家各走各的路、各行其道、分道揚鑣）

口と腹は別別だ（心口不一）

一緒に来ないで別別に来い（不要一齊來要單個來）

父と私は同じ列車に別別に乗った（父親和我分別坐上了同一列車）

被告は別別に審理された（被告是分開受審的）

具体的状況に応じて別別に処理する（按照具體情況分別處理）

皆別別に出掛けよう（大家分頭走吧）

勘定は別別に払う（分別付帳、各付各的帳）

**別れ別れ**〔副〕分頭、分開、分別（=別別、離れ離れ）

別れ別れに出掛ける（分頭出去）

別れ別れに住む（分開居住）

道に迷って別れ別れに為る（迷了路走散了）

二十年も別れ別れに為っていた（分別已有二十年了）

**別間**〔名〕另一個房間（=別室）

**別棟**〔名〕另一棟房子

別棟に住む（住在另一棟房子裡）

研究室は別棟に在る（研究室在另一棟房子裡）

母屋と別棟に為っている（和正房不是一棟）

**別名、別名**〔名〕別名、別稱、（特指動，植物的）俗稱

其れは薔薇の別名である（那是玫瑰花的別名）

時には松本と言う別名を使った（有時使用了松本這一別名）

別名で小説を書く（以別名寫小説）

別名を付ける（起別名）

**別命**〔名〕特別命令、（命令下達後）另一道命令

別命を待て（要等候另一道命令）

別命有る迄此処を離れるな（在接到另一道命令前不要離開此處）

**別面**〔名〕另一頁、報紙的另一版

別面の記事（另一版的消息）

**別物**〔名〕不同的東西，別的東西、特殊，例外

頼んだ物とは別物を送って来た（送來了不同於我要的東西）

彼れと此れは全く別物です（那個東西和這個東西是截然不同的）

学問と常識とは別物だ（學問和常識是兩回事）

此れ丈は別物と為て扱う可きだ（唯有這個應做例外處理）

彼丈は別物だ（只有他是例外）

**別問題**〔名〕另一個問題，不同的問題、另一回事

此れは別問題です（這是另一個問題、這是另一回事）

此れと其れとは別問題だ（這個和那個是兩碼事）

勉強時間が長い事と能率が上がる事とは別問題だ（學習時間長和效率高是兩回事）

**別訳**〔名〕另一譯文、另一譯本

**別様**〔名、形動〕另一種樣子、另一樣，另外

別様の（な）考えも成り立つ（另一種想法也成立）

別様に取り扱う（另行處理）

**別離**〔名〕別離、離別

別離の情に堪えず（臨別不勝依依）

別離の悲しみ（別離的悲傷）

別離の宴（送別宴會）宴

別離を悲しむ（為離別而悲傷）

別離の涙（惜別之涙）

**別涙**〔名〕惜別的眼涙

**別路**〔名〕另一條路，不同的道路、抄道，岔路、另一個方向

別路を行く（走另一條路）

各中隊別路を取る（各連走不同的道路）

新たに別路を転ずる（新轉變另一方向）

**別れ路**〔名〕岔道，歧路（=別れ道）。〔轉〕分手

**別して**〔副〕格外、特別、尤其是

皆と親しく付き合っているが別して彼とは浅からぬ縁が有る（跟大家都處得很親熱尤其是跟他關係更深厚）

**別科**〔名〕別的科目、本科以外的課程

高等学校には専攻科及び別科を置く事が出来る（高等學校可設專攻科和其他課程）

**別格**〔名〕破格待遇、特別（處理）

別格の扱いを受ける（受到特殊待遇）

別格の登用（特別錄用）

彼等は以上の何の部類にも入らず別格だ（他們不屬於以上任何類別是特別的）

**別館**〔名〕配樓（原有建築物以外的建築物）←→本館

別館を建てる（修建配樓）

**別記**〔名、他サ〕別記、附記、附錄

詳しい事は別記して有る（詳情另有記載）

文法書の別記（文法書的附錄）

別記の様に定める（規定如另紙）

**別居**〔名、自サ〕分居、分開居住←→同居

親子が別居する（父子分開住）

妻と別居する（和妻子分開住）

別居している夫（妻）（分開居住的丈夫〔妻子〕）

別居生活（分居生活）

**別家**〔名、自サ〕分支，另立門戶，分店，分號（多年商店服務後店主允許用本號名稱另設的分號）

## ㄅ

**べっけい**
別掲〔名、自他サ〕另載、附記
　別掲の図を参照する（請參看附圖）
　別掲の如く（如另載、見附記）

**べっけん**
別件〔名〕〔法〕其他案件、另外的事件
　別件逮捕（另案逮捕）

**べっこ**
別戸〔名〕另立門戸、別立一家
　別戸を構える（另立門戸、分家居住）

**べっこ**
別個、別箇〔名〕別個、另一個
　別個の立場から見る（從另一個立場看）
　全然別個の問題だ（完全是另一個問題）
　此れは其れと別個に論じなければならない（這個問題必須和那個問題另行討論）
　私には其れは二つの別個の事件の様に思われる（在我看來這是兩個完全不同的事情）

**べっこう**
別項〔名〕別的項目、其他項目
　別項の如く定める（規定如另項）
　此れは別項に為る（這個另立一項）
　別項記載の如く（如另項記載）
　別項で詳細を述べる（在另一項下再談細節）

**べっこん**
別懇〔名〕特別親密、交往密切
　以後御別懇に願います（日後請時常垂願）
　二人は別懇の間柄だ（兩人的關係特別親密）
　田中家と別懇と為ている様です（像是和田中府上過從甚密）

**べっさつ**
別冊〔名〕附冊、附刊、增刊
　雑誌の別冊を発売する（出售雜誌的附冊）
　別冊と為て出版する（作為增刊出版）
　別冊付録（另加的附錄）
　別冊の索引（另一冊索引）

**べっし**
別使〔名〕特使，特派的使者、另外的使者
　別使配達電報（特別投遞電報─在投遞區以外特派投遞員投遞的電報）
　別使を急派する（緊急派遣特別使者）

**べっし**
別紙〔名〕另紙，另一張紙、附加的頁
　答えは別紙に記入する（答案寫在另一張紙上）
　別紙の通り（如另紙、見另紙）
　別紙記載の如く（如另紙所載）

**べっしつ**
別室〔名〕別的屋子、特別室，雅座、妾，側室
　別室に控える（在別的屋子等候）
　別室に通す（〔把客人〕讓到另一間屋子裡）

**べっしゅ**
別種〔名〕另一種類
　其れと此れとは別種の問題だ（那個和這個是兩種不同性質的問題）
　彼は全く別種の人間だ（他完全是一種類型的人）

**べっしょ**
別所〔名〕其他地方、另一地點、另一處房子

**べっしょ**
別書〔名、他サ〕另寫、另寫的書籍

**べっそう**
別墅〔名〕別墅（=別莊）
　避暑地の別墅（避暑地方的別墅）

**べっしょう**
別称〔名〕別號、別名

**べっせい**
別製〔名〕另製、精製、特製
　此れは別製の品です（這是精製品）

**べっせかい**
別世界〔名〕另一個世界，別有天地、世外桃源，特殊環境
　此処は静かで全く別世界だ（此處幽靜簡直是別有天地）
　丸で別世界の人間の様だ（完全像另一世界的人）
　俳優は我我とは別世界の人だ（演員和我們比是另一個世界的人）

**べっせき**
別席〔名〕另外的座席、特別座位、雅座（=別室）。另外的宴席、分別座席←→同席
　別席に通す（讓到雅座）
　別席を設ける（另擺宴席）

**べっそう**
別送〔名、他サ〕另寄
　雑誌の別冊を別送する（另寄雜誌增刊）
　手紙は小包と同封せず、別送する事（信不要放在包裹裡須另寄）
　別送の小包（另寄的包裹）

**べっそう**
別莊〔名〕別墅（=別墅）。〔俗〕牢獄
　軽井沢に別莊を建てる（在輕井澤建築別墅）
　別莊番（看守別墅的）

**別宅**〔名〕另一所住宅←→本宅
　息子を別宅に住まわせる（讓兒子住在另一所住宅）
　彼の一帯は寮や別宅が多い（那一帶有許多宿舍和別邸）

**別置**〔名、他サ〕另放、單獨放
　別置図書（單放的圖書）

**別丁**〔名〕（書中用不同紙張印的）附錄、附表、附圖

**別珍**〔名〕（velveteen 後半的轉化）錦絨、大絨、平絨
　別珍の足袋（平絨的日本襪子）

**別邸**〔名〕別邸、別墅、別宅（=別宅）←→本邸

**別天地**〔名〕另一個世界、別有洞天（=別世界）
　此処は浮世を離れた別天地の感が有る（這裡彷彿是與世隔絶的世外桃源）
　其処は都会から掛け離れた静かな別天地だった（那裡是遠離大城市的幽靜的另一世界）
　外から帰って来ると、冷房の効いた彼の部屋は別天地の様だ（從外邊回到備有冷氣的這間屋子就好像別有洞天一樣）
　風景麗しく、全く別天地だ（風景美麗真是另一個天地）

**別途**〔名、副〕另外、其他途徑、另一方法
　別途の方法を講ずる（另外想辦法）
　其の費用は別途に支給する（其費用另行支付）
　別途に考慮する（另行考慮）
　別途の解決策（另一種解決辦法）
　其の狙いは別途に有る（另有打算、醉翁之意不在酒）
　別途収入（另項收入、另一筆收入）

**別当**〔名〕〔古〕特殊衛門的長官、王府的首席執事、（管轄大寺院，神宮寺的）僧官之一、〔古〕馬伕、盲人的二級官職（次於〝檢校〞）
　将校付き別当（軍官的專屬馬伕）

**別派**〔名〕另一流派、另一黨派
　別派を開く（另創一派）
　別派を立てる（另立一派）

**別杯、別盃**〔名〕餞行酒、臨別敬酒
　別杯を挙げる（飲餞行酒）

**別表**〔名〕附表、另表
　此の事は詳しく別表に出ている（此項已詳列附表）
　別表参照（參照另表）

**別品**〔名〕特製品，特別好的物品、特別美貌的女人，美人（=別嬪）

**別嬪**〔名〕〔俗〕特別美貌的女人、美人
　彼の娘は中中の別嬪だ（那姑娘長得非常漂亮）
　別嬪さん（美麗的姑娘）

**別封**〔名、他サ〕分別封上、另一信封、另函
　別封で出す（另函發出）
　別封の書類（附寄的文件、另一信封的文件）

**別法**〔名〕別的方法
　別法を講じる（採取別的方法、想別的辦法）
　別法を考える（考慮其他辦法）

**別報**〔名〕另一報導、另一消息
　別報に拠れば（據另一報導）
　別報の如く（如另一報導）
　別報に拠ると死傷者は八十名と言う（據另一報導死傷者為八十名）

**別本**〔名〕（同種類同系統的）另一本書、副本，補編

**別れる、分れる，分かれる、岐れる**〔自下一〕（寫作分れる、分かれる）分離，分裂，分開、區分，劃分，分歧，區別
（寫作別れる）離別，分手、離婚，分散，離散、死別
　此処で道は三方に分れる（道路在這裡分成三股）
　幾つもの党派に分れた（分裂成好幾個黨派）
　日本の関東地方は一都六県に分れている（日本關東地方分為一都六縣）
　其の問題で我我の意見が分れた（在這個問題上我們的意見有了分歧）

勝負が分れる（分出勝負）

歴史上の戦争は二種類に分れる（歴史上的戰爭分為兩類）

手を振って別れる（揮手而別）

彼と別れて既に一年に為る（跟他分別已有一年了）

彼等と仲良く別れた（跟他們和和睦睦地分手了）

妻と分れる（和妻子離婚）

彼の夫婦は何時も分れると言っている（他們夫妻總說要離要離的）

分れ！〔口令〕解散！

同級生は別れて散り散りに為っている（同班同學分散得七零八落）

両親に別れて孤児と為る（父母死去成為孤兒）

**別れ、分れ，分かれ**〔名〕離別，辭別、（可寫作分れ）支派，分支

別れの辛さ（離別的痛苦）

別れに臨んで（臨別）

生き別れ（生別、生離）

死に別れ（死別）

別れを告げる（告辭）

遺体に別れを告げる（向遺體告別）

彼等は夫婦別れした（他倆離了婚）

其れが此の世の別れに為ろうとは、彼は夢にも知らなかった（他做夢也沒想到那次就是今生的永別了）

此の寺は少林寺の分れだ（這是少林寺的分寺）

此れは石狩川の分れだ（這是石狩川的支流）

本家の分れ（從本家分出來的一支）

長の別れ（永別）

**別れ霜**〔名〕（四月底五月初降的）晚霜（=忘れ霜）

**別れ話**〔名〕（夫婦，情人等）有關離婚（分手）的磋商

別れ話を持ち出す（提出離婚問題）

**別れ道、岐れ道**〔名〕岔道、歧路。〔轉〕分手

別れ道を行く（走岔道）

別れ道で左右に別れる（在岔路口上左右分手）

別れ道を右に取る（走右邊岔道）

彼は今別れ道に立っている（他正站在歧路上-不知今後何去何從）

人生の別れ道に差し掛かる（來到了人生的岔路口）

**別つ、分かつ**〔他五〕分開、隔開、分辨。（也可寫作頒つ）分配、分享

色を分かつ（區分顏色）

全国は都道府県に分かつ（把全國劃分為都道府縣）

男女を分かたずに採用する（不分男女一律錄用）

昼夜を分かたず働く（不分晝夜地工作）

急行と鈍行とを分かつのは、停車駅が多いか少ないか丈だ（快車慢車的區別只在於停車站的多少）

成功と失敗を分かつ物（區分成功與失敗的關鍵）

理非を分かつ（分辨是非）

善悪を分かつ（辨別善惡）

利益を皆に分かつ（把好處分配給大家）

品物を実費で分かつ（按原價分讓物品）

喜びを分かつ（分享喜悅）

袂を分かつ（離別、斷絕關係）

**別ち，分ち，分かち**〔名〕〔舊〕區別、差別、分別

昼夜の分ち無く働く（不分晝夜地工作）

老弱の分ち無く（不分老弱）

**別ち書き、分ち書き，分かち書き**〔名〕（為使容易唸懂）把句節之間或詞與詞之間分隔開的寫法

単語は別ち書きしては為らない（不要把單詞分隔開寫）

**別きて，別て，分きて，分て**〔副〕特別、尤其

**別けて**〔副〕特別、尤其、格外

末っ子から別けて可愛い（因為是最小的孩子所以格外疼愛）

彼は別けてテニスが旨い（他尤其是網球打得好）

彼は音楽が好きだが別けてバイオリンが好きだ（他愛好音樂尤其是喜歡拉提琴）

**別けても**〔副〕（語氣比別けて強）特別、尤其、格外

此の港の繁盛は格別で、別けても朝は魚市が立つので（這個港口特別繁華熱鬧，尤其是在早晨因為有魚市更是……）

御父君には別けても宜しく御伝え下さい（特別請向令尊問好）

**別ける、分ける**〔他下一〕分開、劃分、分類、分配、調停、分讓

幾つに分けるか（分成幾個？）

半分宛に分ける（分成兩半）

生徒を二組に分ける（把學生分成兩組）

等分に分ける（對等分開、均分）

髪を七三に分ける（把頭髮按三七比分開）

何回か何組かに分ける（分期分批）

材料を二つの箱に分けて置く（把材料分開裝進兩個箱子）

関東地方を一都六県に分ける（把關東地方劃分為一都六縣）

本を項目別に分ける（把書按項目分類）

大きさに拠って分ける（按大小分開）

生物を動物と植物に分ける（把生物分為動物和植物）

敵味方をはっきり分ける（分清敵我）

株を分けて植える（分株移植）

利益を三人で分ける（利益由三人分）

遺産を子供に分ける（把遺産分給孩子）

自分の喜びを皆に分ける（把自己的快樂分給大家）

君に半分分けて遣ろう（分給你一半吧！）

仕事を分ける（分配工作）

菓子を子供等に分けて遣った（把點心分給孩子們了）

トランプを分ける（發撲克牌）

勝負を分ける（不分勝負時停止比賽）

喧嘩を分ける（勸架）

此れを分けて下さいませんか（能把這個分讓我嗎？）

薮を分けて進む（撥開樹叢前進）

人込みの中を分けて進む（撥開人群前進）

波を分けて船が進む（船破浪前進）

**別け隔て，別隔て，分け隔て，分隔て**〔名、自サ〕區別對待、因人而異

誰彼の分け隔て無く持て成す（一視同仁地招待）

分け隔て無く親切に人と接する（不因人而異地熱情待人）

人を分け隔てしては行けない（不該兩樣待人）

## 標（ㄅㄧㄠ）

**標**〔名、漢造〕標誌、標記、表示

山登りのコースに標を立てる（在登山路線上立標誌）

道に標を立てる（在路上立路標）

目標（目標、指標）

指標（指標、標誌、標識、目標、某數對數的整數部分）

視標（觀測點上的視標）

商標（商標）

門標（門牌）

墓標、墓表（墓牌）

**標記**〔名、他サ〕標記，標誌，標識，記號、標題，寫標題，標上題目

**標旗**〔名〕標旗、旗標

**標語**〔名〕標語（=スローガン、モットー）

適切な標語（恰當的標語）

交通安全の標語（交通安全的標語）

良い標語を募集する（徵求好標語）
良い標語を採用する（募集好標語）

**標高**〔名〕〔地〕標高、海拔
標高二千メートルの山（海拔二千米的山）

**標号、表号**〔名〕標記、標誌、記號（=目印）
標号と為る（成為標記）

**標札、表札**〔名〕（門旁或門上的）名牌、姓名牌
標札を出す（掛出名牌）
戸口に標札が貼って有る（門上貼有名牌）

**標示**〔名、他サ〕標示、標出、標明

**標時球**〔名〕〔理〕報時球（=報時球）

**標識**〔名〕標識、標記、標誌、信號
道路標識（路標）
航路標識（航標）
交通標識（交通標誌）
赤い標識を付けた飛行機（塗有紅色標誌的飛機）
標識灯（信號燈）
標識化合物（〔化〕標記化合物）
標識原子（〔化〕標記原子、顯踪原子、示踪原子）

**標軸**〔名〕〔理〕（結晶體的）標軸

**標尺**〔名〕（測量或造船用的）標尺
標尺手（標桿員、司尺員、立尺員）

**標準**〔名〕標準、水準、基準
標準を定める（定標準）
標準を立てる（立標準）
一定の標準に達する（達到一定的標準）
自分を標準に為て他を律する（以自己為標準衡量他人）
標準を上げる（提高標準）
標準液（〔化〕標準溶液）
標準気圧（標準氣壓）
標準規格（標準規格）

標準軌間（〔鐵〕標準軌距-1、435米）
標準見本（標準樣品）
標準価格（值段）（標準價格）
標準燭（標準燭光）
標準偏差（〔統計〕標準偏差）
標準米（從前米穀交易所的標準米）
標準感度（標準靈敏度）
標準ゲージ（標準量規、標準軌距）
標準語（標準語、普通話）←→方言
標準化（標準化、規格化）
標準化石（〔礦〕標準化石、主導化石）
標準光源（〔理〕標準光源）
標準気圧（〔理〕標準氣壓、常壓）
標準血清（〔動〕標準血清）
標準型（標準型）
標準単極電位（〔理〕標準電極勢）
標準記録（標準記錄）
標準時（標準時間）
標準軟度（水泥的正常稠度）
標準温度（〔理〕標準溫度）
標準電池（〔理〕標準電池）
標準電極（〔理〕標準電極）
標準誤差（標準誤差）

**標章**〔名〕（集體的）標章、標幟、徽章

**標石**〔名〕石標、路標石

**標題、表題**〔名〕（講演，論文，音樂，戲劇，詩歌等的）標體、題目、書名
其の本の標題は〝二十四の瞳〟と言うのだ（那本書的書名叫做二十四隻眼睛）
標題を付ける（加標題）
先生は〝読書〟と言う標題で講演された（老師以讀書為題目作了演講）
標題音楽（〔樂〕標題音樂）←→絶対音楽

**標注、標註**〔名〕標註
標注日本外史（〔書名〕標註日本外史）

**標柱**〔名〕標桿
　交差点に信号標柱を立てる（在十字路設置信號標桿）

**標徵、表徵**〔名〕表徵，表面特徵、象徵
　標徵種（〔植〕特徵種）

**標定**〔名〕〔化〕標定

**標的**〔名〕標的、目標、靶子
　吹き流し標的（飛機場上的錐形風標）
　標的を外れる（脫靶）
　彼は社会の非難の標的（他成了社會的責難目標）
　標的場（靶場）
　標的艦（靶艦）

**標点**〔名〕標點、標誌、記號

**標燈**〔名〕標燈、信號燈

**標榜**〔名、他サ〕標榜、宣稱、宣揚
　正義を標榜して悪を戦う（標榜正義與邪惡戰鬥）
　彼は現内閣打倒を標榜して選挙に打って出た（他宣稱要打倒現內閣而參加了競選）
　其の戦争は正義と自由と言う神聖な使命を標榜した（那場戰爭宣稱為了正義與自由的神聖使命）

**標木**〔名〕標柱、標椿

**標本**〔名〕標本、（統計）樣本、典型
　動物標本（動物標本）
　植物標本（植物標本）
　昆虫の標本を作る（製作昆蟲標本）
　標本抽出法（隨意取樣法）
　彼は米国人の標本だ（他是個典型的美國人）

**標目**〔名〕〔古〕目標，標誌、目錄，目次

**標、注連**〔名〕稻草繩（=標縄、注連縄、七五三縄）。（圈圍地段的）標椿、標誌、禁止出入、（走山路時前面的人折曲樹枝等所做的）路標
　標を張る（拉上稻草繩-掛神殿前表示禁止入內或新年掛門前取意吉祥）
　標を張って出入りを禁ずる（用標椿攔上禁止出入）

**標縄、注連縄、七五三縄**〔名〕（掛神殿前表示禁止入內或新年掛門前取意吉祥的）稻草繩（按三五七股向左搓合間加紙穗）
　注連縄を張る（拉上稻草繩）
　地鎮祭の行われる場所は注連縄を張って祭壇が設けられている（舉行奠基儀式的地方拉上稻草繩設立了祭壇）

**標飾り、注連飾り**〔名〕（新年掛在門上或神前作裝飾用的）稻草繩
　家の門に標飾りを為る（在屋門前掛稻草繩門）

**標す、印す**〔他五〕做記號、加上符號
　登頂記念に山頂の岩に年月日を印して帰った（為紀念爬到山頂在岩石上做了年月日的記號就回來了）記す

**徵す、記す、誌す**〔他五〕書寫、記載、銘記
　氏名を記す（寫上姓名）
　特に記す可き事も無い（沒有特別值得記載的事情）
　其の事は歴史に記されてない（那事歷史沒記載）
　心に記す（銘記在心）
　胸に記して忘れない（記在心裡不忘）

**標、印**〔名〕符號、標識、徽章、證明、表示、紀念、商標
　爪印（爪印）標、印徵、驗首、首級
　チョークで印を付ける（用粉筆做個記號）
　星の印を付ける（加上星形符號）
　印に其のページを折って置く（折上那一頁當記號）
　鳩は平和の印である（鴿子是和平的象徵）
　会員の印を付けている（配戴著會員的徽章）
　改心した印に煙草を止める（戒煙表示悔改）
　誰か来た印に煙草の吸殻が有る（有煙頭證明有人來過）

友情の印と為て品物を贈る（這禮品用作友誼的表示）

愛情の印（愛情的表示）

感謝の印と為て（作為感謝的表示）

本の御礼の印に（微表謝意）

箱根へ行った印に（作為去箱根的紀念）

鷹標（鷹牌）

松標の醬油（松牌的醬油）

徴、験〔名〕徴兆，徴候（＝兆し）。效驗，效力（＝効目）

雪は豊年の験と言う（據說瑞雪兆豐年）
験 徴 印 記 標 首 首級

薬の験が現れた（藥奏效了）

記、誌〔名〕記録

印〔名〕印（＝印、押手）

首、首級〔名〕（立功的證據）首級

首級を挙げる（〔在戰場上〕取下敵人的首級）

御首級頂戴（要你的腦袋）

標、導〔名〕指南、嚮導

地図を標に進む（拿地圖作嚮導往前走）

## 俵（ㄅㄧㄠˇ）

俵〔接尾〕（助數詞用法）草袋

〔漢造〕（裝米、木炭、砂糖等的）草袋

米一俵（一草袋米）

土俵（土袋子）

土俵場（相撲比賽場）

俵〔名〕草袋、草包

米俵（盛大米的草袋）

炭俵（盛木炭的草包）

俵に入れる（裝入草袋）

## 表（ㄅㄧㄠˇ）

表〔名、漢造〕表、表格。〔古〕奏章，上表，上書，表面，外表←→裏。表現，表示。代表，表率

時刻表（時刻表）

表を作る（製表）

表に為る（製成表格）

表に書き入れる（填入表格）

詳細は下表の通り（詳細情況如下表）

出師の表を奉る（上出師表）

意表（意表、意外）

地表（地表、地球表面）

発表（發表、揭曉）

師表（師表）

示表（表示、指示）

次表（下表、下列的表）

辞表（辭呈、辭職書）

図表（圖表）

年表（年表）

一覧表（一覽表）

統計表（統計表）

成績表（成績表）

表する〔他サ〕表示、表達

反対の意を表する（表示反對之意）

哀悼の意を表する（表示哀悼之意）

表意〔名〕〔語〕表意

表意文字（表意文字－指漢字等一個字表示一定意思的文字）

表音〔名〕〔語〕表音、標音

表音記号〔音標〕

表音主義者（主張按照發音拼字的人）

表音文字（表音文字－一字只表示一個音而不表示意思的文字、如日文的假名等）

表解〔名、自サ〕表解、用圖表解說

表割〔名〕〔動〕表面（卵）裂

**表記**〔名、他サ〕表面記載、標出內容、（用文字等）寫出，記載
  表記の金額（表面所記金額）
  表記の住所に引っ越しました（已經搬到封面所記的地址）
  価格表記の郵便物（保價郵件、標明價格的郵件）
  表記価格（申報價格）
  今のロシア文は此の新正書法に拠って表記されている（現在俄文就是按照這種新綴字法書寫的）

**表具**〔名、他サ〕裱糊、裱褙
  表具師（屋）（裱糊匠）

**表敬**〔名〕表敬
  表敬訪問（表示敬意的訪問）

**表決**〔名、他サ〕表決（＝議決）
  表決に付する（付諸表決）
  表決権（表決權）

**表現**〔名、他サ〕表現、表達、表示
  芸術的表現（藝術性表現）
  巧みな表現（巧妙的表現）
  適切な表現（恰當的表現）
  作者の意図が良く表現されている（作者的意圖得到很好的表現）
  其れは言葉では容易に表現し難い（那用語言難以表達）
  表現型（〔生〕遺傳上的表現型）
  表現主義（〔藝術〕表現主義-第一次世界大戰前一種強調自我表現的資產階級藝術流派）
  表現派（〔藝術〕表現主義流派、表現主義藝術家）

**表号、標号**〔名〕標記、標誌、記號（＝目印）
  標号と為る（成為標記）

**表差**〔名〕〔數〕表差

**表札、標札**〔名〕（門旁或門上的）名牌、姓名牌
  標札を出す（掛出名牌）
  戸口に標札が貼って有る（門上貼有名牌）戸口

**表紙**〔名〕（書本等的）封面、封皮
  紙表紙（紙封面）
  皮表紙（皮封面）
  布表紙（布封面）
  表紙を付ける（裝封面）
  表紙の取れた本（封皮脫落了的書）
  帳面の表紙に名前を書く（把名字寫在筆記本的封面上）

**表示**〔名、他サ〕表示、表達、表明
  意思の表示（意思的表示）
  汽車の時刻を表示する（表示火車的時刻）
  意志を表示する（表示意志）
  はっきり意思表示を為る（明確地表示意思）

**表尺**〔名〕（槍砲的）正切尺

**表出**〔名、他サ〕表達出、表現出（＝表現）
  感情表出（感情表露）

**表象**〔名、他サ〕〔心、哲〕表象、象徵
  表象主義（表象主義）
  平和の表象（和平的象徵）
  松は操の表象である（松樹是操守的象徵）
  鳩は平和を表象する（鴿子象徵著和平）

**表彰**〔名、他サ〕表彰、表揚
  泥棒を捕えた人を表彰する（表揚逮住小偷的人）
  表彰状（表揚狀、獎狀）

**表情**〔名〕表情。〔轉〕社會的動向
  表情たっぷりの笑い（富於表情的一笑）
  表情が無い（沒有表情）
  表情を固くする（表情生硬 把臉沉下來）

西洋人は表情が豊だ（西方人的表情豐富）

**表装、裱装**〔名、他サ〕裱裝、裱糊（＝表具）

表装を為直す（重新裱糊）

書を表装して額に為る（裱糊字畫製成區額）

掛け軸の表装を頼む（求人裱糊掛軸）

**表層**〔名〕表層、表面

表層雪崩（表層雪崩）

地震は主に地球の表層で起る（地震主要發生在地球的表層）

**表題、標題**〔名〕（講演，論文，音樂，戲劇，詩歌等的）標體、題目、書名

其の本の標題は〝二十四の瞳〟と言うのだ（那本書的書名叫做二十四隻眼睛）

標題を付ける（加標題）

先生は〝読書〟と言う標題で講演された（老師以讀書為題目作了演講）

標題音楽（〔樂〕標題音樂）←→絶対音楽

**表土**〔名〕〔農〕表土←→心土

**表徴、標徴**〔名〕表徵，表面特徵、象徵

標徴種（〔植〕特徵種）

**表徳**〔名〕表彰美德、雅號，別名，綽號

**表白**〔名、他サ〕表白、表明、表示

思想を表白する（表白思想）

感情を表白する（表白感情）

こんな事は詰まり自分の無知を表白するに過ぎない（這件事只不過表明自己的無知而已）

**表皮**〔名〕〔生〕表皮←→真皮

表皮脱落（表皮脫落）

表皮を取り去る（去掉表皮）

表皮細胞（表皮細胞）

表皮組織（表皮組織）

表皮効果（表皮效果、集膚效果）

**表明**〔名、他サ〕表明、表示

立場を表明する（表明立場）

謝意を表明する（表示謝意）

社長は引退表明の挨拶を為た（社長作了表明引退的講話）

此の事実は彼の無学を表明する物だ（這個事實表明他學識淺薄）

**表面**〔名〕表面←→裏面

表面的変化（表面上的變化）

表面丈では人を判断する（光靠表面判斷人）

彼が辞職願いを出した表面の理由は老齢と言う事であった（他提出辭呈的表面理由是說年紀大了）

表面圧（表面壓力）

表面エネルギー（表面能）

表面活性剤（介面活性劑）

表面硬度（表面硬度）

表面電位（表面電位）

表面燃焼（表面燃燒）

表面波（表面波、地波）

表面化（表面化）

**表面張力**〔名〕〔理〕表面張力

表面張力計（表面張力計）

表面張力波（表面張力波）

**表面積**〔名〕表面面積

**表裏**〔名〕表面與裡面、表裡不同、當面和背後

人生の表裏（人生的明暗面）

表裏一体（表裡一致）

行動に表裏が有る（行動上表裡不一）

表裏無く主人に仕える（表裡如一地服侍主人）

表裏無く真面目に働く（表裡如一地認真工作）

表裏反復、表裏反覆（反復無常）

行動に表裏反復常が無い（行動反復無常）

**表六（玉）**〔名〕〔俗〕笨蛋、糊塗蟲

此の表六玉奴（你這個笨蛋！）

**表**〔名〕表面、正面、外表、前面、前門、屋外、外邊。（棒球）（每局比賽中）前半局←→裏

着物の表（衣服的正面）表面

本の表（書皮）

畳の表（蓆面）

絨毯の表（地毯的正面）

硬貨の表と裏（硬幣的反面和正面）

何事にも裏と表が有る（無論什麼事都有反面和正面）

表を飾る（裝飾外表）

表を張る（講究體面）

裏も表も無い正直な人（表裡如一的正直人）

表の戸（前門、正門）

誰か表を叩いている（有人在敲前門）

客を表の部屋に案内する（把客人讓到前客廳）

表に自動車が止まっている（房前停著汽車）

庭は家の表に在る（院子在房子前面）

表二階（正面的二樓）

表で遊ぶ（在屋外玩）

表が暗い（外頭暗）

表から誰か呼んでいる（外邊有人叫）

表を散歩して来る（到外頭去散散步）

喧嘩なら表へ出ろ（你要打架到外頭來！）

表に飛び出す（跳出來）

表の新鮮な空気を吸う（呼吸室外的新鮮空氣）

三回の表に得点を上げる（在第三局比賽的前半局得分）

**表編み**〔名〕正織平織（＝メリヤス編み）←→裏編み

**表替え、表替**〔名、自サ〕換蓆面

此の部屋の畳は去年表替えしたのです（這房間的蓆子是去年換的面）

**表書き、表書**〔名〕寫信封、寫在信封上的收信人姓名住址

**表方**〔名〕（劇場等的）營業員、服務員←→裏方

**表構え、表構**〔名〕（房屋等）前面的構造、門面

此の家は中中立派な表構えだ（這房子門面很像樣子）

**表側**〔名〕（東西）表面，正面、（房屋等）前面，正面

**表看板**〔名〕（劇場、商店等正面的）招牌。〔轉〕表面的幌子

学者を表看板に為て裏で悪事を働く（打著學者的幌子背後幹壞事）

彼の人は実業家で小説家だが、実業家を表看板に為ている（他是個實業家兼小說家，表面名義是實業家）

**表布**〔名〕做衣面的衣料←→裏布

**表口**〔名〕正門，前門、房間正面的寬度

表口から入って裏口から出た（從前門進來從後門出去了）

**表罫**〔名〕〔印〕細水線←→裏罫

**表芸**〔名〕大面上的技術，本行的業務，專業、（做為一種素養）應該學會的技藝←→裏芸

生け花は女の表芸（插花是婦女應該學會的技藝）

**表玄関**〔名〕正門，大門、（國家、城市的）主要入口

東京の表玄関（東京的大門-指東京車站或羽田機場）

台北は台湾の北の表玄関だ（台北是台灣的北大門）

**表御殿**〔名〕大殿、正殿

**表作**〔名〕〔農〕（同一塊田地上一年中先種的）頭茬作物←→裏作

表作は稲で裏作は小麦だ（頭茬是稻子二茬是小麥）

**表座敷**〔名〕前廳、前客廳←→奥座敷

**表沙汰**〔名〕公開出來，聲張出去，表面化、訴訟，打官司

表沙汰に為る（使表面化、公開出來）

此れが表沙汰に為れば彼の地位を保てない（這件事如果聲張出去他的地位就難保了）

先方が要求を容れなければ表沙汰に為るより外は無い（對方如果不接受要求只好到法院控告了）

表沙汰に為ないで済まし度い物だ（我是希望不經法院私下了結）

**表高**〔名〕〔史〕（江戶時代武士的）書面上規定的俸祿額←→内高

**表立つ**〔自五〕公開出來，暴露出來、訴訟，打起官司來

表立たない様に為る（使事情不暴露出來）

表立った場所（公開的場所）

表立った処置を為る（採取公開措施）

表立った動きは見られない（看不出公開的活動）

表立って反対は為ない（不公開地反對）

そんな事は表立っては言えない（那樣事不能公開地說出來）

表立っていない危険を取り除く（清除隱患）

**表通り**〔名〕大街、大馬路、主要街道

此の横町を真っ直ぐ行けば表通りに出ます（順著這條胡同一直走就走到大街上）

**表日本**〔名〕〔地〕日本本州面臨太平洋的地方←→裏日本

**表向き**〔名、副〕表面，外表、公然，正式、官方，訴訟

表向きの理由（表面上的理由）

表向きの名目（表面上的名義）

表向きは知らん振りを為る（表面上裝作不知道）

表向きは頑丈然うだけれど、直ぐ壊れるよ（外表好像很結實但很容易壞）

表向きに為る（公開出去）

未だ表向きの許可は無い（還沒有正式的許可）

そりゃ表向きの話だ、実に裏が有る（那是表面說法實際另有內幕）

彼は表向きは反対しなかった（他倒沒有公然反對）

此の事件は表向きに出来ない（這事不能公開出去）

表向きに為る（提起訴訟、打官司、到法院控告）

**表門**〔名〕正門、前門←→裏門

**表す，表わす，現す，現わす，顕す，顕わす**

〔他五〕（寫作現す）顯露。（寫作表す）表現，表示，象徵。（寫作顕す）顯示

彼は突然姿を現した（他突然露了面）

危険な症状を現す（出現危險的症狀）

馬脚を現す（露出馬腳）

彼は其の憤激を外に表さなかった（他並沒有把憤怒露出來）

言葉に表せない（用言語表現不出的）

其れを如何言って表して良いか分らない（不知道怎樣用話來表示才好）

悲しみの感情を表した音楽（表示悲痛感情的音樂）

思想を言語で表す（用言語表達思想）

赤い色は危険を表す（紅色象徵危險）

此の記号は何を表すのですか（這記號是代表什麼的？）

善行を顕す（顯示善行）

名を顕す（揚名、出名）

**表れる，表われる、現れる、現われる、顕れる，顕われる**〔自下一〕（寫作現れる）出現，表現。（寫作顕れる）暴露

音楽界に新人が現れる（音樂界出現新人）

月が雲間から現れる（月亮從雲間露出來）

闇の中に人影が現れる（在暗處出現了人影）

態度に現れる（表現在態度上）

本性が現れる本性（露出本性）

喜びの表情が現れる（露出高興的表情）

秘密が顕れる（秘密暴露出來）

悪事が顕れる（壞事暴露）

# 編（ㄅ－ㄌ）

**編**〔名、漢造〕編輯，編撰、編排、編組、（詩的）卷，冊
- 林博士編（林博士編著）
- 文学研究会編（文學研究會編）
- 本書は施氏の編に掛かる（本書是施氏編著的）
- 上編（上卷）
- 第一編（第一冊）
- 新編（新編）
- 共編（合編、共同編輯）
- 韋編（書籍）

**編曲**〔名、他サ〕編曲、改編樂曲、改編的樂曲
- 曲をバイオリン用に編曲する（把曲子改編成小提琴用樂曲）
- 管弦楽に編曲する（改編為管弦樂用的樂曲）
- 林氏作曲施氏編曲（林氏作曲經施氏改編）
- 編曲者（編曲者）

**編衫、偏衫**〔名〕〔佛〕袈裟

**編纂**〔名、他サ〕編撰、編寫、編輯
- 教科書を編纂する（編寫課本）
- 其の辞典は今編纂中である（那部辭典正在編寫）
- 編纂物（編寫的書）
- 編纂委員（編輯委員）
- 編纂者（編者）
- 編纂部（編輯部）
- 編纂係（編輯人員）

**編者、編者**〔名〕編者、編輯人
- 辞書の編者（辭典的編輯）

**編首、篇首**〔名〕篇首（詩、文章等開頭部分）

**編修**〔名、他サ〕編修
- 世界史を編修する（編修世界史）

**編集、編輯**〔名、他サ〕編輯
- 責任編輯（責任編輯）
- 共同編輯（合編）
- 雑誌を編輯する（編輯雜誌）
- 此の雑誌の編輯振りは気が利いている（這雜誌編得很得體）
- 編輯者の言葉（編者的話）
- 編輯長（主編、總編輯）
- 編輯部（編輯部）

**編章、篇章**〔名〕（文章的）編和章節。〔古〕編章，文章和書籍

**編成、編制**〔名、他サ〕編成，組成、（寫作編制）編制，組織
- 臨時編成（臨時編組）
- 番組編成（編排節目）
- 予算を編成する（編造預算）
- 十両編成の列車（編組十節的列車）
- 授業時間割を編成する（編制講課時間表）
- 二個中隊に編成する（編成兩個連）
- 艦隊を編成する（編組艦隊）
- オーケストラを編成する（編組管弦樂團）
- 師団を軍に拡大編成する（把師擴編為軍）
- 編成替えする（改編、改組）
- 戦時編制（戰時編制）
- 編制が縮まる（縮編）

**編成原**〔名〕形成體

**編隊**〔名〕編隊
- 編隊で飛ぶ（編隊飛行）
- 編隊を保つ（保持編隊）
- 密集編隊を組む（組成密集編隊）

**編著**〔名〕編著（的作品）
- 編著者（編著者）

**編入**〔名、他サ〕編入、插入、排入
- 騎兵隊に編入される（被編入騎兵隊）
- 新しくクラスに編入した生徒（新插班的學生）

其の町は金沢市に編入された（那個鎮被編入金澤市了）

彼は三年生の編入試験に合格した（他通過了插三年級的考試）

編年史〔名〕編年史、編年體的歷史

編年体〔名〕編年體、按年代編著的歷史體材←→紀伝体

編目、篇目〔名〕篇目，篇章的標題、（辭典等）部首的目錄

編み目、編目〔名〕（編織的）針眼

編み目を細かくして編む（用小針眼編織、把針眼織得細些）

編み目を荒くして編む（用大針眼編織、把針眼織得粗些）

編む〔他五〕編織、（文語式用法）編撰，編輯

毛糸で靴下を編む（用毛線織襪子）

髪を御下げに編んでいる（用頭髮編成辮子）

詩集を編む（編詩集）

旅行日程を編む（編制旅行日程表）

編み上げる、編上げる〔他下一〕從下往上織、織完

毛糸のセーターを編み上げる（毛衣織完了）

編み上げ、編上げ〔名〕由下往上編、有帶子的長統鞋（=編み上げ（靴））

編み上げ（靴）（有帶子的長統鞋）

編み合わす、編合す〔他五〕編織在一起

編み糸、編糸〔名〕針織用紗、毛線

編み笠、編笠〔名〕草笠

編み笠を被る（戴草笠）

編み笠茸、編笠茸〔名〕〔植〕羊肚菌（可食用）

編み機、編機〔名〕針織機

編み出す、編出す〔他五〕開始編織、編出、創造出

独特の技術を編み出す（發明出獨特的技術）

編み戸、編戸〔名〕（用竹子或木片等編的）竹門柴門

編み針、編針〔名〕織針、手工編織用針（=編み棒、編棒）

編み棒、編棒〔名〕織針、手工編織用針（=編み針、編針）

編み元、編元〔名〕（編織時）開始織的第一排

編み物、編物〔名〕編織、編織品

編み物を為る（編織東西）

編木、拍板〔名〕薄拍板（一種打擊樂器）

## 蝙（ㄅ一ㄢ）

蝙〔漢造〕一種會飛的哺乳動物，形如老鼠，手足和身體有膜相連如翼，晝伏夜出，捕食蚊蛾

蝙蝠、蝙蝠、蝙蝠〔名〕〔動〕蝙蝠

蝙蝠〔名〕〔動〕蝙蝠、陽傘（=蝙蝠傘）

鳥無き里の蝙蝠（西蜀無大將廖化作先鋒、山中無老虎猴子稱大王、沒有硃砂紅土為貴）

蝙蝠傘（陽傘、旱傘）

蝙蝠〔名〕〔動〕蝙蝠（的別名）（=蝙蝠、蝙蝠）。〔古〕扇子（的別名）（=扇）

## 鞭（ㄅ一ㄢ）

鞭〔漢造〕鞭子

教鞭（教鞭）

教鞭を執る（執教鞭、當教師）

鞭声〔名〕鞭聲

鞭撻〔名、他サ〕鞭打、鞭策，激勵，鼓勵，督促

大いに自ら鞭撻して将来の大成を期する（極力鞭策自己以期將來有大的成就）

相変わらず指導御鞭撻の程を御願い致します（請依舊多加指教）

不勉強の息子を鞭撻する（鼓勵不努力學習的兒子）

鞭毛〔名〕〔動、植〕鞭毛

鞭毛運動（鞭毛運動）

鞭毛虫（鞭毛蟲）

鞭毛虫類（鞭毛蟲綱）

鞭毛藻（鞭毛藻）

鞭毛室（鞭毛室）

鞭、笞〔名〕鞭子、皮鞭、教鞭

鞭を揚げる（揚鞭）

鞭を振る（揮動鞭子）

鞭を鳴らす（抽響鞭子）

鞭で打つ（用鞭子抽打）

鞭で打たれる（挨鞭子打）

鞭を受ける（挨鞭子）

鞭を加える（鞭打）

鞭を当てて馬を飛ばす（加鞭策馬）

彼の男はびしびし鞭を呉れて遣る必要が有る（那傢伙得狠狠地用鞭子抽）

愛の鞭（愛情的鞭策）

先生が鞭で黒板の字を指し示す（老師用教鞭指點黑板上的字）

**鞭打つ、鞭つ**〔自、他五〕鞭打（＝鞭打）。鞭策（＝鞭撻）

馬に鞭打つ（策馬、用鞭子抽馬）

老骨を鞭打つ（雖老年猶自奮勉）

病弱の体に鞭打って国家に尽す（鞭策病弱身體為國效力）

英雄の事蹟で自分を鞭打つ（用英雄事蹟鞭策自己）

**鞭打ち**〔名〕鞭打，笞刑、鞭策、鞭韃

**鞭打ち症**〔名〕（因汽車被撞等引起的）腦部震盪症

**鞭蛇**〔名〕〔動〕鞭蛇（產於亞洲及南美洲的一種無毒的蛇）

**鞭目**〔名〕鞭痕

## 辺（邊）（ㄅ―ㄢ）

**辺**〔名〕一帶，附近、程度，大致、（數）邊

〔漢造〕邊，旁邊，附近、邊境、（幾何）等邊線

東京辺では（在東京附近）

昔此の辺は花園であった（以前這一帶是花園）

彼の辺は景色は如何だろうか（那一帶風景怎樣啊？）

此の辺に病院は有りませんか（這附近有醫院沒有？）

此の辺はどうも不案内です（這附近我很不熟悉）

彼は何処か此の辺に住んでいる（他住在這附近某個地方）

此の辺は閑静だ（這一帶很幽靜）

では此の辺で（止めよう）（那麼就到這兒吧！）

先ず其の辺だろう（大體上就那樣吧！）

此の辺で切り上げては如何だ（到此為止怎樣?）

今日は此の辺迄に為て置きましょう（今天就談到這兒吧！）

三角形の二辺の和（三角形的兩邊之和）

直角を挟む二つの辺（挾直角的兩個邊）

海辺、海辺（海邊、海濱）

炉辺（爐邊）

近辺（近處）

身辺（身邊）

周辺（周邊、四周）

無辺（無邊無際）

無辺際、無辺際（無邊無際）

二等辺三角形（二等邊三角形）

左辺（左邊）

右辺（右邊）

**辺境、辺疆**〔名〕邊境，邊疆、邊遠地區

辺境の建設に参加する（參加邊疆建設）

辺境の守備を固める（加強邊境的防守）

辺境を侵す（侵犯邊境）

辺境の地（邊遠偏僻地區）

**辺塞**〔名〕邊塞、邊疆、邊遠地區

**辺際**〔名〕邊際、極限、終極

**辺材**〔名〕（林）邊材←→心材

**辺陲**〔名〕邊陲、邊境、邊遠地方

**辺陬**〔名〕邊陬、偏僻地方

辺陬の地（偏僻的地方）

**辺地**〔名〕邊遠地方、偏僻地方

## ㄅ

辺地の教育（偏僻地區的教育）

**辺土**〔名〕邊疆、邊遠地方、偏僻地方

辺土に骨を埋める（埋骨於邊疆）

**辺鄙**〔名、形動〕偏僻

辺鄙な所に住んでいる（住在偏僻的地方）

辺鄙で閑静な家（僻静的住宅）

辺鄙な片田舎（窮郷僻壤）

辺鄙な山村（偏僻的山村）

**辺幅**〔名〕邊幅、外表、衣著打扮

辺幅を飾る（愛修飾、愛打扮）

辺幅を飾らぬ人（不修邊幅的人）

**辺防**〔名〕邊防、邊疆防衛

辺防総司令（邊防總司令）

**辺要**〔名〕邊境要地

**辺**〔名〕邊，旁（＝側、辺、辺）、海邊，海濱

水の辺（水邊、水旁）

岸辺（岸邊）

**辺、辺り**〔名〕附近、周圍

〔造語〕（接他詞之下）表示大約、上下、左右、似乎、之流、之類

辺の人人全部と握手する（和周圍的人們一一握手）

辺を見回す（環顧周圍）

辺に誰も居なかった（附近沒有一個人）

辺構わず騒ぐ（不管周圍有人沒人亂吵亂鬧）

威風辺を払う（威風凜凜）

辺一面の楽の音が溢れた（四周蕩漾出音樂的聲音）

次の日曜辺には来るだろう（大約在下星期天左右會來的吧）

其の本ならば駅辺に売っているだろう（那本書大概車站一帶會有賣的吧！）

千円辺と見て置けば大丈夫だ（照一千日元左右來估計就不會錯的）

適任者と言えば林君辺だろう（若說合適的人似乎只有林君那樣的人）

其れはヒットラー辺の言い然うな事だ（那很像希特勒之流說的話）

**辺り近所**〔名〕附近（＝辺、辺近辺）

辺り近所に人家が無い（附近沒有人家）

**辺、畔**〔名〕邊、畔、旁邊（＝辺、辺）

河の辺に住む（住在河邊上）

池の辺を散歩する（在池邊散步）

**辺**〔名〕邊、畔、附近（＝辺、辺）

此の辺には（在這附近）

## 貶（ㄅ一ㄢˇ）

**貶**〔漢造〕降官位、批評他人的過失

褒貶（褒貶）

**貶する**〔他サ〕貶低、貶職

トルストイを貶する者に対してはトルストイの側に立つ（對於貶低托爾斯泰的人站在托爾斯泰一邊）

官位を貶する（貶職）

**貶める**〔他下一〕貶低、輕視

彼は人を貶める言い方を為る（他講話瞧不起人）

**貶す**〔他五〕貶低、貶斥、毀謗（＝謗る、腐す）

人の作品を頭から貶す（徹底貶低別人的作品）

陰で人を貶す（背地裡貶斥人）

然う貶した物では（も）ない（並不是那麼一文不值）

彼の小説は批評家に酷く貶された（他的小說受到了評論家的嚴厲貶斥）

**貶む、蔑む**〔他五〕輕蔑、輕視、鄙視、蔑視

貧しい人を貶んでは行けない（不要瞧不起窮人）

身形を見た丈で人を貶むのは良くない（不可只憑穿著來小看人）

**貶み，貶、蔑み，蔑**〔名〕輕蔑、輕視、鄙視、蔑視

人を貶みの目で見る（以輕蔑的眼光看人）

人の貶みを受ける（受人輕視）

## 扁（ㄅㄧㄢˇ）

**扁**〔漢造〕闊而薄、和"匾"字通、小
**扁円形**〔名〕扁圓形、橢圓形（=楕円形）
**扁額**〔名〕匾額
**扁球**〔名〕〔數〕（幾何中的）扁球體
　扁球面（扁球面）
**扁形**〔名〕扁形、扁平形狀
**扁形動物**〔名〕〔動〕扁形動物
**扁舟**〔名〕扁舟、小舟（=小船）
　一葉の扁舟に棹差す（駕一葉扁舟）
**扁虫**〔名〕〔動〕扁蟲（肝蛭、吸蟲、條蟲）
　扁虫類（扁形動物門）
**扁桃**〔名〕〔植〕扁桃，巴旦杏，杏仁。〔解〕扁桃腺
　扁桃油（杏仁油）
**扁桃腺**〔名〕〔醫、解〕扁桃腺、扁桃體
　化膿性扁桃腺炎（化膿性扁桃腺炎）
　扁桃腺切除術を施す（做扁桃腺切除手術）
　扁桃腺は腫れている（扁桃腺腫大了）
　彼は最近扁桃腺を取って貰った（他最近切除了扁桃腺）
**扁平、偏平**〔名、形動〕扁平
　扁平な形（扁平形）形
**扁平足**〔名〕〔醫〕扁平足

## 便、便（ㄅㄧㄢˋ）

**便**〔名、形動、漢造〕（也讀作便）便利、方便、郵便、隨便、大小便
　不便（不方便）
　此処は交通の便が良い（這地方交通很方便）
　此処からはバスの便が有る（從此處通公車）
　携帯に便で有る（便於攜帶）
　交通の便が乏しい（缺乏交通之便）
　交通の便を図る（謀求交通方便）
　便を与える（給予方便）
　其の港は深くて船舶の停泊に便である（那港口水深便於停泊船隻）
　其の間に毎日汽船の便が有る（在那兩地之間每天有輪船往來）
　血便（便血）
　検便（驗便）
　硬い便（硬便）
　軟らかい便（軟便）
　便を取る（取便）
**便器**（便器）
**便宜、便宜**（方便、便利、權宜）
**軽便**（輕便，簡易，輕巧，輕佻，輕浮）
**簡便**（簡便、容易）
**大小便**（大小便）
**軟便**（軟便）
**便する**〔自サ〕便利、便於
　理解に便する（便於理解）
　学術界に便する事多大為る物が有る（對於學術界有很大方便）
**便ずる**〔自、他サ〕辦到、中用、頂用（=便じる）
　用を便ずる（中用、頂用）弁ずる
　何の用も便じない（一點也不中用）
　此れが有れば用が便ずる（有了這個就頂用了）
　君では用が便じない（你不頂用）
**便じる**〔自、他上一〕便於，便利、中用（=便ずる）
　理解に便じる（便於理解）弁じる
　用が便じる（中用、頂用）
**便衣**〔名〕便衣、便服（=普段着、便服）
　便衣に着替える（換上便服）
　便衣隊（便衣隊）
**便服**〔名〕便衣、便服、便裝（=普段着、便衣）
**便意**〔名〕要大小便的感覺
　便意を催す（要大小便、要上廁所）
**便益**〔名〕方便、便利、有利條件
　海岸に近いと言う事が此の町の発展に種種の便益を与えている（靠近海岸這點對

この城鎮的發展提供了種種方便）種種種種

多くの便益を得る（得到許多方便）得る得る

便益を齎す（帶來有利條件）

便益を図る（謀求方便）

**便器**〔名〕（大小便）便器（便壺、馬桶的種稱）

病人に便器を当てる（給病人放上便器）

**便宜、便宜**〔名、形動〕方便，便利、權宜

有らゆる便宜を与える（提供一切方便）

私の為に便宜を図り情報を提供して呉れた（為我謀求了方便提供了情報）

入場の便宜を図る（謀求進場的方便）

便宜的な方法を取る（採取權宜辦法）

便宜的手段（權宜手段）

便宜上此れで間に合わせよう（為了方便起見就用這個將就吧！）

便宜主義（權宜主義、權宜之計的辦法）

**便宜**〔名、形動〕方便，便利、信，音信（＝便り）

便宜を与える（給予方便）

便宜を図る（謀求方便）

便宜の措置を取る（採取臨機應變的措施）

**便所**〔名〕便所、廁所（＝トイレ）

水洗便所（水沖式廁所）

公衆便所（公共廁所）

便所は今塞がっている（廁所裡現在有人）

便所へ行く（上廁所）

便所へ行き度いのですが（我想上廁所）

財布を便所に落とした（錢包掉在廁所裡了）

**便所、頼所**〔名〕依靠的地方（＝頼み所）

**便通**〔名〕通便、排糞、大便（的排泄）

便通を付けるには此の薬が良い（此藥利於通便）

便通が無い（沒有大便）

自然に便通が有る（自然通便）

俄かに便通を催す（突然要大便）

毎日一定の時間に便通が有る様に為った（每天定時要大便了）

**便壺**〔名〕夜壺、便盆

**便殿、便殿**〔名〕便殿（供天皇、皇后等休息用的臨時場所）

**便佞**〔名〕拍馬、諂媚

便佞の徒（諂媚之徒）

**便秘**〔名、自サ〕便秘、大便不通

便秘に悩む人（苦於便秘的人）

便秘を治す（治療便秘）

便秘に為る（患便秘）

其れを食べると便秘する（吃那種東西會便秘）

**便便**〔形動タルト〕大腹便便，大肚皮、虛度時光

便便たる太鼓腹（大腹便便）

便便たる腹を為た人（大肚皮的人、大腹便便的人）

便便と日を送る（飽食終日虛度時光）

便便と遊び暮している（整天遊手好閒）

何時迄便便と待っては居られない（不能無止境地等待）

**便法**〔名〕便利的方法、權宜的方法

便法を講ずる（採取便利的方法）

送金の便法（匯款的簡便方法）

一時の便法に過ぎない（不過是暫時的權宜之計）

**便蒙**〔名〕便於啟蒙、入門書、初學讀物

**便覧、便覧**〔名〕便覽（＝ハンド、ブック）

英語便覧（英語便覽）

学生便覧（學生便覽）

便覧を作る（編製便覽）

**便利**〔名、形動〕便利、方便、便當←→不便

便利な道具（便當的工具）

便利な場所（方便的地方）

人の便利を図る（為人謀方便）

便利に出来た家（住著方便的房子）

其処(そこ)は電車(でんしゃ)に便利(べんり)だ（那裡乘電車方便）
此(こ)の辞書(じしょ)はポケット(pocket)に入(い)れるのに便利(べんり)だ（這本辭典便於放入口袋裡）
近所(きんじょ)に医者(いしゃ)が有(あ)るのは大変便利(たいへんべんり)だ（近處有醫生很方便）
此(こ)の電車(でんしゃ)に乗(の)った方(ほう)が僕(ぼく)には便利(べんり)だ（坐這電車對我來說方便）

**便**(びん)〔名〕信，書信，郵寄，郵遞，班機，班輪，班車，交通運輸設施，機會，方便

　首(くび)を長(なが)くして便(びん)を待(ま)つ（焦急地等待來信）
　定期便(ていきびん)（定期班車〔班機、班輪〕）
　次(つぎ)の便(びん)で送(おく)る（下次郵送）
　次(つぎ)の便(びん)に間(ま)に合(あ)わせる（使其趕上下次郵班）
　東京行(とうきょうゆ)きの飛行機(ひこうき)は週(しゅう)に三便運行(さんびんうんこう)している（開往東京的飛機每周三班）
　便(びん)の有(あ)り次第(しだい)（一旦有機會）
　便(びん)が有(あ)ったら序(つい)でに御届(おとど)け願(ねが)います（得便請順便給捎來）
　郵便(ゆうびん)（郵政、郵件）
　後便(こうびん)、幸便(こうびん)（合適的便人）
　小包便(こづつみびん)（包裹郵件）
　航空便(こうくうびん)（航空郵件、乘班機飛往、班機）
　客車便(きゃくしゃびん)（隨同客車發送行李等）
　普通便(ふつうびん)（平信）

**便乗**(びんじょう)〔名、自サ〕就便搭乘、乘機利用
　友人(ゆうじん)の車(くるま)に便乗(びんじょう)する（就便搭朋友的汽車）
　箱根丸(はこねまる)に便乗(びんじょう)して神戸(こうべ)へ向(む)かう（就便搭乘箱根號船前往神戶）
　時局(じきょく)に便乗(びんじょう)して名(な)を売(う)る（利用時局沽名釣譽）
　便乗主義者(びんじょうしゅぎしゃ)（機會主義者）

**便追、便鶏**(びんずい)〔名〕〔動〕樹鷚

**便船**(びんせん)〔名〕便船、方便的船
　便船(びんせん)を待(ま)つ（待乘便船）
　便船(びんせん)の有(あ)り次第出発(しだいしゅっぱつ)する（一有便船就動身）

**便箋**(びんせん)〔名〕信箋、信紙（＝レター、ペーパー letter paper）

**便**(たよ)り〔名〕信，消息、〔舊〕便利，方便

　家(いえ)からの便(たよ)り（家信、家書）
　便(たよ)りを為(す)る（通信）
　折折便(おりおりたよ)りを寄越(よこ)す（時常寄信）
　長(なが)い事便(ことたよ)りを為(し)ない（好久不通音信）
　戦地(せんち)からの便(たよ)り（前線消息）
　便(たよ)りが無(な)いのは無事(ぶじ)の便(たよ)り（不來信就證明平安無信）

**頼**(たよ)り〔名〕依靠，依仗，倚賴，信賴，借助，依靠的東西，門路，關係（＝伝手(つて)、手蔓(てづる)）

　老後(ろうご)の頼(たよ)り（老年的依靠）便り
　彼(かれ)は老母(ろうぼ)の唯一(ゆいいつ)の頼(たよ)りだ（他是老母唯一的依靠）
　息子(むすこ)を頼(たよ)りに暮(く)らす（依靠兒子生活）
　貴方(あなた)を頼(たよ)りに為(し)ています（全指望你了）
　頼(たよ)りに為(な)る友(とも)（可靠的朋友）
　頼(たよ)りに為(な)らない人(ひと)（不可靠的人、靠不住的人）
　誰(だれ)も頼(たよ)りに為(な)る人(ひと)が無(な)い（無依無靠）
　多(おお)くの人(ひと)に頼(たよ)りと為(さ)れている（受很多人的信賴）
　漢字(かんじ)を頼(たよ)りに新聞(しんぶん)を読(よ)む（借助漢字讀報）
　杖(つえ)を頼(たよ)りに歩(ある)く（靠拐杖走路）
　頼(たよ)りを求(もと)めて就職(しゅうしょく)する（找門路就職）

**便、因、縁**(よすが)〔名〕依靠，投靠（特指可投靠的夫、妻、兒女）、私人關係，憑依，憑借
　身(み)を寄(よ)せる便(よすが)も無(な)い老人(ろうじん)（無依無靠的老人）
　命(いのち)を繋(つな)ぐ便(よすが)（賴以餬口的辦法）
　便(よすが)を求(もと)めて就職(しゅうしょく)する（求個門路找工作）
　一枚(いちまい)の写真(しゃしん)を思(おも)い出(で)の便(よすが)と為(な)る（以一張照片作為紀念）
　亡(な)き先生(せんせい)を偲(しの)ぶ便(よすが)とも為(な)る（這也是懷念亡師的紀念品）

## 弁(ㄅ一ㄢˋ)

**弁**(べん)〔名、漢造〕（原寫作"辯"）善辯，能說，口才，辯論，述說，健談，口音，腔調，方言
　懸河(けんが)の弁(べん)を振(ふ)る（口若懸河地大肆辯論）

## ㄅ

彼の人は弁が達者です（他能說善辯）
彼は弁が立つ（他能說會道）
弁が巧みだ（口才好）
弁が良い（講得好）
弁が拙い（講得不好）拙い
弁を練る（鍛鍊辯論才能）
弁を弄する（賣弄口才）
陳弁（申述、辯解）
論弁（辯論、爭辯、爭論）
多弁（愛說話、能說會道）
駄弁（廢話）
詭弁（詭辯）
強弁、強辯（強辯、狡辯）
抗弁（抗辯、駁斥）
口弁（口頭辯論、能說善道）
巧弁（巧辯）
合弁（合辦、合營）
能弁（善辯、雄辯）
達弁、達辯（能說、善說）
訥弁（不善談吐、笨嘴笨舌）
雄弁（雄辯）
熱弁（熱烈的辯論、熱情的演說）
答弁（答辯）
関西弁（關西口音、關西方言）
東京弁（東京口音、東京方言）
秋田弁（秋田口音、秋田方言）
東北弁（東北口音、東北方言）
ずうずう弁（日本東北地方人特有的鼻音重的口音）（如把じゅー說成ずー）

**弁**〔名、漢造〕（原寫作〝瓣〟）花瓣、（機、樂器、笛子）閥門、（心臟）瓣膜

花弁、花弁（花瓣）
此の花は弁が四枚有る（這個花有四瓣）
六弁の花（六個瓣的花）

弁を捻る（扭開閥門）
円盤弁（機器上的圓閥、閥盤）
減圧弁（減壓閥）
捻じ込み弁（螺旋閥門）
弁作用（閥作用、閥動作）
発動機の弁を開く（打開發動機油門）
排気弁（排氣閥）
安全弁（安全閥）
弁膜（瓣膜）
吸入弁（吸入閥）
僧帽弁（僧帽瓣、二尖瓣）
旗弁（〔植〕旗瓣）
気弁（〔機〕氣閥、氣門）

**弁**〔名、漢造〕（原寫作〝辨〟）辨別、抵償、簡便的飯食、舊時官名（弁務官）

上下の弁（上下之別）上下上下上下上下
支弁（處理，辦理、支付，開支）
思弁、思辨（思辨、思考）
勘弁、勘辨（寬恕，原諒，饒恕、容忍、〔古〕精通數理）
駅弁（車站上賣的便當）
腰弁（隨身帶的飯盒、〔帶飯盒上班的〕小職員）

**弁じる、辨じる**〔自、他上一〕辨別，區別，處理，辦完（=弁ずる）

是非を弁じる（辨別是非）
黒白を弁じない（黑白不分）
要件を旨く弁じる（順利地處理要件）
用を弁じる（把事情辦完）

**弁じ立てる**〔他下一〕滔滔不絕地演講、口若懸河地陳述

滔滔と弁じ立てる（滔滔不絕地講說）

**弁ずる**〔他サ〕（原寫作〝辯ずる〟）辯解、辯論、說明

問題点に就いて一席弁ずる（圍繞中心問題進行一番辯論）

友達の為に声を高くして弁じ度い（我想替朋友大聲辯解）

一言弁ずる（說明幾句）

**弁ずる**〔自、他サ〕（原寫作〝辨ずる〞）辨別，識別、辦理，解決

黒白を弁ずる（分清黑白）

是非善悪を弁ずる（辨別是非善惡）

筆一本で用が弁ずる（用一枝筆就能解決問題）

ボタン一つで用を弁ずる（按一下電鈕就能解決問題）

**弁解**〔名、自他サ〕辯解、分辯、辯明

自分の行為の弁解を為る（為自己的行為辯解）

苦しい弁解（勉強的辯解）

知らなかったと弁解する（辯解說不知道）

頻りに弁解する（再三辯解）

弁解の余地が無い（沒有辯解的餘地）

弁解は無用だ（分辯是無用的）

そんなに弁解がましい事を言う必要は無い（你不必說那些一味辯解的話）

弁解を許さない（不容辯解）

幾等弁解しても其れは君の責任だ（無論怎麼辯解那也是你的責任）

弁解書（辯解書）

**弁飾り**〔名〕〔建〕葉形飾

**弁慶、辨慶**〔名〕（鎌倉時代一高僧的名字）（喻）強者、帶孔的竹筒（插炊事用具和扇子等用）、幫閒、保鏢、兩種顏色織的方格花紋（=弁慶縞）

弁慶の立ち往生（進退維谷）

弁慶の泣き所（脛骨，迎面骨、強者的唯一弱點、中指尖）

弁慶草（〔植〕景天）

弁慶縞（〔兩種顏色織的〕方格花紋）

弁慶読み（〔不理解文意而〕念不成句）

**弁護**〔名、他サ〕辯解。〔法〕辯護

自己弁護（自我辯護）

其の件は旨く弁護して遣る（那件事我要很好地為你辯解）

父の前を母が弁護して呉れた（母親在父親面前為我辯護）

被告の弁護を引き受ける（承擔為被告辯護的任務）

其の事件は弁護を要しない（那案件不需要辯護）

弁護料（辯護費）

弁護人（辯護人、辯護律師）

弁護士（律師）

**弁口**〔名〕有口才、能說善辯（=弁舌）

**弁巧**〔名〕嘴巧、能說會道、能說善辯

**弁座**〔名〕〔機〕閥座

弁座環（閥座環）

弁座修正機（閥座修整器）

**弁済**〔名、他サ〕償還、還債

未済の勘定至急弁済を御願いします（欠款希迅速歸還）

債務を弁済する（償還債務）

其の証書は弁済期に達した（を過ぎた）（那張字據已到〔已過〕償還期）

弁済金（償還的錢）

弁済地（償還地點）

**弁才**〔名〕辯才，口才，善辯，狡辯

彼は中中弁才が有る（他很有口才）

弁才の有る人（能說善辯的人）

弁才に長けている（擅長講話）

弁才が無い（沒有口才）

**弁才天，弁財天、辯才天，辯財天**〔名〕〔佛〕辯才女神（七福神之一）（司音樂、辯論、財福、智慧、延壽、除災、得勝、等的女神）

**弁鰓類**〔名〕〔動〕瓣鰓類〔綱〕

**弁士**〔名〕有口才的人，能說善辯的人、雄辯家、講演者、無聲電影的解說員

彼は中中の弁士です（他口才相當好）

今日の弁士は山本先生だ（今天的講演者是山本先生）

**弁者**〔名〕講演者、雄辯家

**弁証**〔名〕〔哲〕辯證

弁証法（〔哲〕辯證法）

唯物弁証法（唯物辯證法）

ヘーゲルの弁証法（黑格爾的辯證法）

弁証法の範疇に於ける同一性（辯證法範疇內的同一性）

弁証的唯物論と史的唯物論（辯證唯物主義和歷史唯物主義）

弁証的に事物の発展を捕える（辯證地掌握事物的發展）

**弁償**〔名、他サ〕賠償

彼は其の要求に応じ、弁償と為て十万円払った（他答應那項要求償付了十萬日元）

硝子を割ったので弁償する（因為碰壞玻璃賠償損失）

損害を弁償する（賠償損失）

弁償金（賠償金）

**弁舌**〔名〕口才、口齒、能說、雄辯

弁舌の雄（雄辯家）

弁舌の才（口才、辯才）

弁舌爽やかに捲し立てる（能說善辯、口若懸河地講說）

弁舌を振るう（施展辯才、滔滔不絕地講說）

華華しい弁舌（雄辯、精彩的辯論）

爽やかな弁舌（流利的口才、能說善辯）

弁舌が立つ（能說會道）

弁舌の下手な人（笨嘴笨舌的人）

**弁線図**〔名〕〔機〕閥動圖

**弁疏**〔名、他サ〕辯疏、辯護、分辯、辯解（=言い訳）

頻りに弁疏する（不住地分辯）

彼は弁疏する事無くして罪に服した（他不分辯就服罪了）

**弁足**〔名〕〔動〕瓣足

**弁天**〔名〕辯才女神（七福神之一）(=弁才天 弁財天、辯才天，辯財天)。〔轉〕美女。〔俗、佛〕住持之妻、蛇的別名

**弁当**〔名〕（外出攜帶或買的）便當、飯盒

腰弁当（攜帶的簡單飯食）

駅売り弁当（車站賣的便當）

弁当を拵える（做便當）

弁当を食べる（吃便當）

弁当を持参する（自帶便當）

さあ弁当だ（喂！該吃飯了）

昼御飯は弁当に為ましょう（中飯就吃便當吧！）

仕出屋から弁当を取った（從外送飯菜的餐館叫了便當）

弁当料（便當費）

弁当屋（便當鋪）

弁当箱（飯盒、便當盒）

**弁難**〔名、他サ〕論難、責難、駁斥

色色の資料を弁難を挙げて相手を弁難する（列舉各種資料駁斥對方）

弁難攻撃の文に長ずる（善於寫非難攻擊的文章）

八方から弁難攻撃を受ける（從四面八方受到責難攻擊）

**弁髪**〔名〕髮辮、辮子

弁髪を蓄える（留辮子）

**弁別**〔名、他サ〕辨別、辨明、識別

是非善悪を弁別する力を養う（養成辨別是非善惡的能力）

敵と友を弁別する（分清敵友）

弁別力（分辨能力、識別力）

弁別器（〔電〕鑑別器）

**弁膜**〔名〕〔解〕（心臟、靜脈、淋巴管的）瓣膜

心臓弁膜（心臟瓣膜）

弁膜炎（瓣膜炎）

弁膜症（心瓣膜疾病）

弁膜切開術（心瓣膜切開術）

**弁務官**〔名〕（英國派駐殖民地的）高級專員

**弁明、辯明、辨明**〔名、自他サ〕辯明、辯白、說明、解釋

　自分の取った態度に就いて弁明する（對自己採取的態度加以說明）

　彼の為に弁明する（為他辯白）

　人に弁明を求める（要求別人解釋）

　一身上の弁明（關於本身的辯解）

　弁明書（辯解書）

**弁理**〔名〕處理、辦理

　弁理士（代辦人）

　弁理公使（外交代辦）（位公使之下、代理公使之上）

**弁論**〔名、自サ〕辯論。〔法〕辯護，申辯

　上訴事件を弁論に付する（把上訴案件提交辯論）

　弁論を戦わす（展開辯論、爭辯）

　弁論を再開する（重新辯論）

　大学の弁論部（大學的辯論部）

　口頭弁論（口頭申辯）

　被告の為に弁論する（為被告申辯）

　法廷弁論の才能（法庭申辯的才能）

　弁護人が弁論を開始した（辯護人已開始辯護）

　法廷での最終弁論（法庭上的最後一次申辯）

　弁論者（申辯者）

　弁論大会（辯論大會）

**弁える、辨える**〔他下一〕辨別，識別，理解，懂得

　黒白を弁える（辨別是非）

　事の良し悪しを弁える（辨別事情的好壞）

　此の事を良く弁えて置け（要牢牢記住這件事）

　公私の別を弁えない（公私不分）

　時を弁えぬ冗談（不擇時機的玩笑）

　彼の服装は場所柄を弁えない物だ（他的服裝不適合這個場面）

　礼儀を弁えない人（不懂禮貌的人）

　西洋の礼式を良く弁えている（很懂得西方禮節）

　身の程を弁えない（不知自量）

**弁え、辨え**〔名〕辨別，識別，理解，懂得、明辨是非，通達事理

　弁えが付かぬ（分辨不清）

　前後の弁えも無く手を出す（不顧前後就伸手、貿然從事）

　如何して御前はそんなに弁えが無いのだ（你為什麼那樣不懂事啊！）

　其れ位の弁えは有る（那麼一點辨別能力是有的）

　彼は弁えの有る人だ（他是個通達事理的人）

# 遍（ㄅㄧㄢˋ）

**遍**〔名、接尾、漢造〕普遍，普及、（助數詞用法）回數，次數

　もう一遍言います（再說一遍）

　何遍言ったら分るのか（說幾遍你才能明白？）

　普遍（普遍、〔哲〕共性）←→個物

**遍在**〔名、自サ〕普遍存在、到處都有←→偏在

　其の植物は世界に遍在している（那植物世界上普遍存在）

　此の傾向は各所に遍在している（各處都有這種傾向）

　物質は宇宙に遍在する（物質普遍存在於宇宙中）

**遍照**〔名〕遍照、普照

　遍照光明（光明普照）

**遍満**〔名、自サ〕遍地、普遍

　春の日光が遍満している（春光遍地）

**遍歴**〔名、自サ〕遍歷，周遊。〔喻〕經歷

　人生遍歴（生活閱歷）

ㄅ

諸国を遍歴する（周遊各國）
国中を遍歴する（遍遊全國）
彼はヨーロッパを広く遍歴した（他走遍了歐洲的大部分）
彼の恋愛遍歴は多彩な物であった（他的戀愛經歷是豐富多彩的）
遍歴詩人（漫遊世界的詩人）

**遍路**〔名〕〔佛〕朝聖，參拜弘法和尚修行過的四國地區八十八處遺跡、巡禮者、遍歷
　　遍路姿で（身穿巡禮服装）
　　御遍路様（巡禮者、朝拜的人）
　　遍路の旅に出る（出外巡禮）

**遍羅**〔名〕〔動〕龍頭魚科的魚（如瀨魚、厚唇魚、伸口魚等）

**遍く、普く、周く**〔副〕遍、普遍
　　遍く世界に知らせる（為世界所周知）
　　其れは人の遍く知る所だ（那是人所周知的）
　　遍く天下の秀才を集める（普遍蒐集天下的優秀人才）

**遍し、普し、周し**〔形ク〕遍
　　足跡天下に遍し（足跡遍天下）

# 辯（ㄅ一ㄢˋ）

**辯、弁**〔名、漢造〕（原寫作〝辯〞）善辯，能說，口才，辯論，述說，健談，口音，腔調，方言
　　懸河の弁を振う（口若懸河地大肆辯論）
　　彼の人は弁が達者です（他能說善辯）
　　彼は弁が立つ（他能說會道）
　　弁が巧みだ（口才好）
　　弁が良い（講得好）
　　弁が拙い（講得不好）拙い
　　弁を練る（鍛鍊辯論才能）
　　弁を弄する（賣弄口才）
　　陳弁（申述、辯解）

論弁（辯論、爭辯、爭論）
多弁（愛說話、能說會稻）
駄弁（廢話）
詭弁（詭辯）
強弁、強辯（強辯、狡辯）
抗弁（抗辯、駁斥）
口弁（口頭辯論、能說善道）
巧弁（巧辯）
合弁（合辦、合營）
能弁（善辯、雄辯）
達弁、達辯（能說、善辯）
訥弁（不善談吐、笨嘴笨舌）
雄弁（雄辯）
熱弁（熱烈的辯論、熱情的演說）
答弁（答辯）
関西弁（關西口音、關西方言）
東京弁（東京口音、東京方言）
秋田弁（秋田口音、秋田方言）
東北弁（東北口音、東北方言）
ずうずう弁（日本東北地方人特有的鼻音重的口音）（如把じゅー說成ずー）

**辯ずる、弁ずる**〔他サ〕（原寫作〝辯ずる〞）辯解、辯論、說明
　　問題点に就いて一席弁ずる（圍繞中心問題進行一番辯論）
　　友達の為に声を高くして弁じ度い（我想替朋友大聲辯解）
　　一言弁ずる（說明幾句）

**辯才天，辯財天、弁才天，弁財天**〔名〕〔佛〕辯才女神（七福神之一）（司音樂、辯論、財福、智慧、延壽、除災、得勝、等的女神）

**辯明、辨明、弁明**〔名、自他サ〕辯明、辯白、說明、解釋
　　自分の取った態度に就いて弁明する（對自己採取的態度加以說明）

彼の為に弁明する（為他辯白）
人に弁明を求める（要求別人解釋）
一身上の弁明（關於本身的辯解）
弁明書（辯解書）
前後の弁えも無く手を出す（不顧前後就伸手、貿然從事）
如何して御前はそんなに弁えが無いのだ（你為什麼那樣不懂事啊！）
其れ位の弁えは有る（那麼一點辨別能力是有的）
彼は弁えの有る人だ（他是個通達事理的人）

## 変（變）（ㄅㄧㄢˋ）

**変（變）**〔名、形動、漢造〕變，變化，變遷，變更，改變、事變，事件，奇怪，古怪，圖（→変相）。〔樂〕降音←→嬰

四季の変（四季的變化）
桜田門外の変（〔史〕櫻田門外事變、井伊大老被刺事件）
万一の変に備える（以備萬一）
容態の変が有ったら知らせて呉れ（倘若病情有變化請通知我）
些か変に思う（覺得有點奇怪）
頭が変だ（腦筋不正常）
彼は私に変な手紙を呉れた（他給我一封莫名其妙的信）
こんな変な名前は聞いた事が無い（沒聽說過這麼古怪的名字）
こんな奴が心変わりしなかったら其れこそ変だよ（若說這樣的傢伙不變心那才怪呢？）
其の議論はどうも変だ（那種議論真奇怪）
彼の態度は変だ（他的態度古怪）
彼の男は変に気取っている（那個人莫名其妙地裝腔作勢）
過労の為に気が変に為った（因為過度疲勞頭腦有些不正常了）
変な臭いが為る（有股怪味）

変な話（聽起來有點奇怪的話、有關色情的話）
変な考えは起すなよ（你可不要起歪念頭）
地獄の変（地獄圖）
変記号（降音符號）
転変（轉變、變化）
激変劇変（激變、急劇變化）
一変（完全改變、突然改變）
大変（大事故，大變動、非常，很，太，重大，嚴重，厲害，不得了）
臨機応変（臨機應變、隨機應變）
千変万化（千變萬化）
天変（天空的變異-颱風、暴雨、日蝕、月蝕、雷）
天変地異（自然界的激變-山崩、地裂、洪水）
異変（非常事件、異常情況、顯著變化）
易変（容易改變）
地変（地殼變動）
天災地変（天災地變）
事変（事變、動亂、不宣而戰）
政変（政變、內閣的更換）
不変（不變）←→可変

**変じる**〔自、他上一〕變化、變更（=変ずる）

**変ずる**〔自、他サ〕變化、變更（=変じる）
氷が水に変ずる（冰變成水）
方向を変ずる（改變方向）
彼は顔色を変じた（他變了臉色）

**変圧**〔名〕〔電〕變壓
変圧所（變電站）
変圧器（變壓器）
変圧器油（變壓器油）

**変位**〔名、自サ〕〔理〕變位，轉位，位移。〔醫〕胎兒錯位
変位法則（〔理〕位移定律）
変位補正器（位移校正器、偏差補償器）

変位電流（位移電流）

柱の変位（柱子位移）

胎児の変位（〔醫〕胎位不正、胎兒錯位）

**変異**〔名、自サ〕變化。〔生〕變異

変異が起こる（發生變異）

爆発で火山に大きな変異が認められた（火山在爆發後顯出很大的變化）

突然変異説（突變說）

個体変異（個體變異）

此の新種は偶然の変異から生じた物である（這新品種是由偶然變異而產生的）

変異性（變異性）

**変移**〔名、自他サ〕變移

背中の痛みの位置が始終変移する様です（背部上疼痛的位置仿佛常常變動）

世相の変移（世態的變遷）

位置が変移する（位置轉移）

**変域**〔名〕〔數〕域（特指函數的定義域）

**変温動物**〔名〕〔動〕變溫動物、冷血動物（指魚類、爬蟲類）←→定溫動物、恒溫動物

**変化**〔名、自サ〕變化，變更。〔語法〕（詞尾的）變化（=活用）

時代の変化に応ずる（順應時代的變化）

日本は季節に因る気候の変化が迚もはっきりしている（日本的氣候因季節不同的變化很明顯）

形勢に変化が無い（局勢無變化）

変化に富んだ一生（豐富多彩的一生）

此の景色は変化が有って面白い（這風景變化多很有趣）

変化に乏しい小説（平淡無奇的小說）

語形変化表（詞形變化表）

変化球（曲線球）←→直球

**変化**〔名〕妖怪、鬼怪、幽靈、陰魂（=化け物）

妖怪変化（妖魔鬼怪、牛鬼蛇神）

**変改**〔名、自他サ〕改變、變化

**変革**〔名、自他サ〕變革、改革

制度を変革する（改革制度）

根本的な変革が起こった（發生了根本的變革）

現実を変革する（變革現實）

技術上の変革（技術上的變革）

**変格**〔名〕變格、變則←→正格、（日語動詞的）變格活用，不規則變化（=變格活用）

サ行変格（サ行變格）

**変換**〔名、自他サ〕改變，變換，更換，轉化。〔數〕轉換，換位

方向を変換する（改變方向）

変換し得る（可變換的）

変換出来ない（不能變換的）

性の変換手術（性器官的轉化手術）

変換器（電變換器、變頻器）

**変換え、変換**〔名、他サ〕〔舊〕改變

約束を変換えする（改變約束）

**変記号**〔名〕〔樂〕降音符（=フラット）←→嬰記号

**変曲**〔名〕〔樂〕變奏曲

**変曲点**〔名〕〔數〕拐折點、回折點

**変形**〔名、自他サ〕變形、改變了的形式，不一般的形式

毛虫が蝶々に変形する（毛毛蟲變成蝴蝶）

数式を変形する（改變算式）

一種の変形賭博（一種變相賭博）

変形シフト（〔棒球〕變形守備）

変形の陣立て（異常形式的布陣）

変形体（〔理〕變形體、柔體）

変形文法（〔語法〕轉換語法、轉換生成語法）

変形応力（〔理〕屈服應力）

変形細胞（〔動〕變形細胞）

**変幻**〔名〕變幻、變化

変幻測り難し（變幻莫測）

変幻自在（變幻自如）

変幻自在に出没する（變幻無常地出沒、神出鬼沒）
変幻を極める（千變萬化、變幻多端）
変幻極まり無い状況（變幻莫測的情況）

**変更**〔名、他サ〕變更、更改、改變
住所変更（變更住所）
名義変更（更改名義）
予定変更（改變預定）
外交政策の変更（外交政策的變更）
変更を加える（加以更改）
メンバーに変更が有る（成員有所更動）
変更を申し入れる（請求變更）
出発の時刻を変更する（改變出發時間）
締め切りは十月三十日です、此れは絶対に変更出来ません（十月三十日截止這個日期決不改變）
記載の値段は変更される事が有る（記載的價格可能有改變）
変更因子（〔生〕變更因子、修飾因子＝変更因子）
変更遺伝子（〔生〕變更因子、修飾因子＝変更因子）

**変光星**〔名〕〔天〕變星

**変差**〔名〕〔天〕變差，〔月的〕二均差、〔理〕磁偏角

**変災**〔名〕災難，災禍、天災、災害、事變、不幸的事件
不慮の変災に遭って死んだ（遭到意外之災而死）

**変死**〔名、自サ〕橫死、死於非命
原因不明の変死を遂げる（原因不明地橫死）
山で変死する（在山裡橫死）
変死体（橫死者的屍體）

**変事**〔名〕變故、意外的事（＝事件）
変事に備える（防備意外）
変事が起きる（發生變故）
変事を聞いて駆け付ける（聽到變故急忙趕來）
彼に何か変事が起こったのでは無いかしら（他那裡是不是發生了什麼事？）

**変質**〔名、自サ〕變質，蛻變、性格異常，精神變態
日に当って薬品が変質する（藥品因日曬變質）
変質的な人（性格異常的人、精神變態的人）
変質者（精神變態者，心理變態者、墮落的人，反常的人）
変質鉱物（〔地〕蝕變礦物）

**変種**〔名〕〔生〕變種←→原種
人工変種（人工變種）
風土的変種（風土性變種）
林檎の変種（蘋果的變種）
変種が出来る（出現變種）

**変わり種、変り種**〔名〕〔生〕變種（＝変種）、怪物，奇特的人（＝変り者）
此のダリアは薔薇の変わり種だ（這種大理花是薔薇的變種）
クラスの変わり種（班裡的怪物）
彼の作曲家は化学を学んだ変わり種です（那作曲家是學化學的奇特的人）

**変症**〔名、自サ〕病情轉變、病情惡化

**変色**〔名、自他サ〕變色、褪色、掉色、落色
日光で畳が変色する（草蓆因日曬而變色）
変色させない様に為るには日向に出さない事です（要使它不變色最好避免日曬）
此の布は変色しない（這塊布不褪色）
変色剤（印染工藝的變色劑）

**変心**〔名、自サ〕變心、改變主意
変心して敵方に付く（變節投敵）
彼は女の変心を怒っている（他對女人的變心很生氣）

**変身**〔名、自他サ〕換裝、化裝、改變裝束
華麗なる変身（華麗的化裝）
敵兵に変身して忍び込む（化裝成敵軍士兵溜進去）

**変わり身、変り身**〔名〕突然改變位置（或姿勢）、〔轉〕隨形勢改變思想態度等
　変り身が早い（轉變得快）

**変針**〔名、自サ〕改變（羅盤針的）航向

**変人、偏人**〔名〕（性情、脾氣等）古怪的人、異常的人
　彼は全く変人だ（他真是個怪人、他脾氣真古怪）
　変人扱いされる（被當作古怪的人看待）
　彼奴の変人は友人間で有名だ（那傢伙的古怪脾氣在朋友之間很出名）

**変物、偏物**〔名〕古怪的人、乖張的人、彆扭的人（=変人、偏人）
　彼は変物だ（他是個怪人）

**変衰**〔名〕〔理〕（能量的）衰變、減低

**変数**〔名〕〔數〕變數、變量←→定數

**変成**〔名、自他サ〕變成
　変成岩（〔地〕變質岩）
　変成器（〔機〕變量器、變換器）
　変成作用（〔礦〕變質作用）
　変成分化作用（〔地〕變質分異作用）

**変声**〔名〕變聲
　変声期（變聲期）

**変性**〔名〕變性、變質
　変性アルコール（變性酒精）
　変性剤（變性劑）
　変性脂肪（變性脂肪）

**変節**〔名、自サ〕變節、叛變
　卑劣な変節漢（卑鄙的變節份子）
　変節して敵に付く（變節投敵）
　変節して世の非難を受ける（變節而遭到社會上的責難）

**変説**〔名、自サ〕改口、改變主張、改變說法
　彼の男は良く変説する（那人常改變主張）

**変遷**〔名、自サ〕變遷
　時代の変遷（時代的變遷）
　語源の変遷を調べる（考察語源的變遷）
　川の道筋が時共に変遷する（河道隨時代而變遷）
　幾多の変遷を経て今日に至る（幾經變遷而到今日）

**変旋光**〔名〕〔化〕變旋光

**変奏**〔名、自サ〕〔樂〕變奏
　変奏曲（變奏曲=バリエーション）

**変相**〔名、自サ〕改變形像，改變姿態。〔佛〕變相圖（淨土或地獄的形象圖）

**変装**〔名、自サ〕改裝、喬裝、化裝
　変装を見破る（識破偽裝）
　彼は変装が旨い（他化裝巧妙）
　乞食に変装する（化裝成一個乞丐）
　変装して偵察する（化裝偵察）
　女に変装して危難を逃れる（化裝成女人擺脫困境）

**変造**〔名、他サ〕〔法〕偽造、篡改
　小切手を変造する（篡改支票）
　変造貨幣を使う（使用偽造貨幣）
　変造者（偽造者）

**変則**〔名、形動〕不合規則、不規範、不正常←→正則、本則
　此れは変則な遣り方です（這是不正常的作法）
　変則的教育を受ける（受不合常規的教育）
　変則に英語を学ぶ（非正規地學習英語）
　彼の英語は変則だ（他講的英語不標準）

**変速**〔名〕變速
　変速機（〔機〕變速機）
　変速運動（〔理〕變速運動）
　変速梃子（〔機〕變速槓桿、變速手把）
　変速歯車（〔機〕變速齒輪）
　変速装置付きの自転車（帶變速的腳踏車）

**変体**〔名〕變體、變形

変体仮名（變體假名-舊時使用比平假名更接近草體漢字的假名）

**変態**〔名〕變態
　氷は水の一つの変態である（冰是水的一種變態）
　変態点（相變點、轉變點）
　毛虫は変態して蝶に為る（毛蟲變態成為蝴蝶）
　生物の変態を研究する（研究生物的變態）
　変態性欲（變態性慾）
　変態心理（變態心理）

**変調**〔名、自他サ〕〔樂〕變調，轉調，換調←→正調、故障，不正常，情況異常。〔電〕調制
　体の変調が気に為る（健康欠佳令人擔心）
　貿易は近頃変調と為った（貿易情況近來有些不正常）
　頭に変調を来す（精神失常）
　変調周波数（調制頻率）
　変調歪み（調制失真）歪み
　変調用発振器（調制陣盪器）

**変通**〔名、自サ〕變通、隨機應變
　変通自在の評論家（隨機應變的評論家）
　変通自在の才が有る（有通權達變之才）
　変通を利かす（隨機應變）

**変梃**〔形動〕〔俗〕奇怪，奇異，反常，不正常
　彼奴は変梃な奴です（那傢伙很古怪）
　変梃な服装（奇裝異服）
　変梃な事が有る物だ（真是無奇不有）
　二人の間が変梃に為った（兩個人的關係不妙了）

**変哲**〔名〕出奇、奇特、與眾不同
　平凡で、何の変哲も無い（平淡無奇）
　変哲も無い事（平凡的事）

**変転**〔名、自サ〕轉變、轉化、變化
　事態が目紛しする（情況瞬息萬變）
　変転極まり無い人生（千變萬化的人生）

　彼は時代の変転で日陰の人と為った（他因為時代的變遷成為無聲無息的人）

**変電所**〔名〕〔電〕變電站
　可搬変電所（移動變電站、車輛變電站）

**変動**〔名、自サ〕變動、改變、變化
　物価の変動（物價的波動）
　相場が変動する（行市波動）
　少しも変動が無い（一點兒變動也沒有）
　社会の大変動（社會大動盪）
　変動幅が大きい（波動幅度大）
　変動を受ける（受到波動）
　相場の変動が激しい（行市波動很激烈）
　温度は二十度から三十度の間を変動する（溫度在二十度和三十度間升降）
　貨幣価値の変動は物価の変動を引き起こす（貨幣價值的變動引起物價變動）
　内閣は変わっても外交方針には何等の変動も有るまい（內閣雖然換了但外交方針不會有任何改變）
　変動為替相場（〔經〕浮動匯率）

**変風**〔名〕〔氣〕變風、不定風
　変風帯（變風帶、不定風帶）

**変貌**〔名、自サ〕改變面貌、變形、改觀
　農村は完全に変貌した（農村完全改觀了）
　貧しくて立ち遅れた僻地は今日大きく変貌した（貧困落後的邊遠地區今天面貌大變了）
　彼女の目覚しい変貌は奇跡でも有った（她的面目煥然一新也是一個奇蹟）

**変味**〔名、自サ〕變味
　変味した肉（變了味的肉）

**変名、変名**〔名、自サ〕化名，假名、改名
　Ｓと言う変名で乗船する（以Ｓ的假名搭船）
　泥棒が変名を使って逃げ隠れる（小偷化名潛逃）
　此れは其の男の変名かも知れぬ（這很可能是那人的化名）
　彼はＡと変名していた（他曾化名為Ａ）

ㄅ

宿帳に変名を書き込む（在住宿簿上填寫化名）

**変約**〔名、自サ〕改變契約、毀約、違約

**変容**〔名、自他サ〕變貌、變樣、改觀（=變貌）
農村はすっかり変容した（農村完全變了樣）
台中は巨大な近代都市に変容しつつ在る（台中正在變成巨大的現代城市）

**変葉木**〔名〕〔植〕巴豆

**変乱**〔名〕變亂、戰亂、內亂、叛亂
一朝に為て変乱の巷と化した（一日之間變成了變亂的戰場）
変乱を醸す（醸成叛亂）

**変流器**〔名〕〔電〕變流器、電流互感器

**変量**〔名〕〔數〕變量、變數
標準変量（正則變量）

**変える**〔他下一〕改變、變更、變動
方向を変える（改變方向）帰る返る還る孵る反る蛙
位置を変える（改變位置）替える換える代える
主張を変える（改變主張）
内容を変える（改變內容）
態度を変える（改變態度）
顔色を変える（變臉色）
名前を変える（改名）
遣り方を変える（變更作法）
規則を変える（更改規章）
禿山を水田に変える（把禿山變為水田）
敵味方の形勢を変える（轉變敵我的形勢）
局面を変える（扭轉局面）
手を変える（改變手法、換新花招）
手を変え品を変え説きを勧める（百般勸說）

**代える、換える、替える**〔他下一〕換，改換，更換、交換、代替，替換
〔接尾〕（接動詞連用形後）表示重、另
医者を換える（換醫師）
六月から夏服に換える（六月起換夏裝）
此の一万円札十枚に換えて下さい（請把這張一萬日元的鈔票換成十張一千日元的）
彼と席を換える（和他換坐位）
布団の裏を換える（換被裡）
書面を以て御挨拶に代えます（用書面來代替口頭致辭）
簡単ですが此れを以て御礼の言葉に代えさせて戴きます（請允許我用這幾句簡單的話略表謝忱）
書き換える（重寫）
着換える（更衣）

**返る、還る、帰る**〔自五〕回來、回去、歸還、還原、恢復
家に帰る（回家）
里（田舎）に帰る（回娘家〔鄉下〕）
もう直ぐ帰って来る（馬上就回來）
今帰って来た許りです（剛剛才回來）
御帰り為さい（你回來了－迎接回家的人日常用語）
生きて帰った者僅かに三人（生還者僅三人）
朝出たきり帰って来ない（早上出去一直沒有回來）
帰らぬ旅に出る（作了不歸之客）
帰って行く（回去）
とっとと帰れ（滾回去！）
来客が返り始めた（來客開始往回走了）
君はもう返って宜しい（你可以回去了）
元に返る（恢復原狀）
正気に返る（恢復意識）
我に返る（甦醒過來）
本論に返る（回到主題）
元の職業に返る（又做起原來的職業）
貸した本が返って来た（借出的書歸還了）
年を取ると子供に返る（一上了年紀就返回小孩的樣子）

悔やんでも返らぬ事です（那是後悔也來不及的）

一度去ったも再び帰らず（一去不復返）

**孵る**〔自五〕孵化

雛が孵った（小雞孵出來了）

此の卵は幾等暖めても孵らない（這個蛋怎麼孵也孵不出小雞來）

鶏の卵は二十一日間で雛に孵る（雞蛋經二十一天就孵成小雞）

**反る**〔自五〕翻（裡作面）（=裏返る）、翻倒，顛倒，栽倒（=引っ繰り返る）

〔接尾〕（接動詞連用形下）完全、十分

紙の裏が反る（紙背翻過來）

徳利が反る（酒瓶翻倒）

舟が反る（船翻）

漢文は下から上に反って読む（漢文要從底下反過來讀）

静まり反る（非常寂靜、鴉雀無聲）

呆れ反る（十分驚訝、目瞪口呆）

**変わる、変る**〔自五〕變化，改變、不同、出奇、改變時間、改變地點、遷居、遷移、轉職、調任

風向きが変わる（改變風向）風向替わる換わる代わる

顔色が変わった（變了臉色）顔色

今度の改訂版は内容も変る（這次的修訂版內容也變了）

毛虫は蝶に変わる（毛蟲變成蝴蝶）

新内閣の顔触れが変わった（新政府的成員有了變動）

永久に変わらない（永久不變）

変わった人（奇怪的人、古怪的人）

性格が変わっている（性情古怪）

何方に為ても大して変わらない（哪個都差不多、二者沒什麼不同）

時に因って変わり、所に因って異なる（因時而異因地而異）

変わった物を見ると直ぐ気移りが為る（見異思遷）

別に人と変わった所も無い（沒有什麼跟旁人不同之處）

今日の献立は変わっている（今天的菜單新奇）

期日が変わる（日期改變）

新しい家に変わる（遷入新房）

別の会社に変わる（調到別的公司去）

bus の停留所が変わった（車站改變地點了）

住所が変わったので御知らせします（因為遷居特此通知）

所変われば品変わる（一個地方一個樣、十里不同風百里不同俗）

**代わる，代る、換わる、換る、替わる、替る**〔自五〕更換，更迭、代替，替代，代理

内閣が代る（內閣更迭）

来学期から英語の先生が代る（下學期起更換英語教員）

…取って代る（取而代之）

機械が人力に（取って）代る（機器代替人力）

部長に代って応対する（代替部長進行接待）

私が暫く代って遣りましょう（由我來替做幾天吧！）

私に代って尋ねて下さい（請你替我問一下）

父に代って御客を案内する（我替父親招待客人）

一同に代って御礼申し上げます（我代表大家向你致謝）

**変わり、変り**〔名〕變，變化、改變，變更、差別，不同、異狀，不正常、事變，變故

機械の調子には何の変わりも無い（機器的運轉情況沒有任何變化）替わり換わり代わり

二人の意見には少しの変わりも無い（兩人的意見完全相同）

御変わりは有りませんか（您好嗎？）

変わり無く暮す（平安度日）

変わりズボン jupon（不同顏色的褲子）

変わり編み（編織變針、花式織法）

**代わり，代り，替わり，替り**〔名〕代替，替代，代理、補償、報答、（常用御代り）再來一碗（飯湯等），再來一盤（菜等）

代りの品（代替品）

石炭の代りに為る燃料（代替煤的燃料）

此れはステッキの代りに為る（這個可以代替拐杖用）

人の代りに行く（代理別人去）

薪の代りに石炭を燃料と為る（不用柴而用媒作燃料）薪

代りを届けさせる（叫人送去替換的東西）

英語を教えて貰う代りに、日本語を教えて上げましょう（請你教給我英語我來教給你日語）

手伝って上げる代りに雑誌を買って下さい（我幫你的忙請你給我買一本雜誌）

昨日毀した茶碗の代りを持って来た（我拿來了一個碗補償昨天打破的那個）

先立って奢って貰った代り今日は私が奢ろう（前些天你請我了今天換我來請你客）

御飯の御代りを為る（再來一碗飯）

コーヒーの御代りを為る（再來一杯咖啡）

**変わり果てる、変り果てる**（自下一）徹底改變、完全變了、面目全非

戦争で国の様子が変わり果てる（由於戰爭國家的面目全非了）

兄は変わり果てた姿で帰って来た（哥哥窮途潦倒面貌全非地回來了）

我が子の変わり果てた姿を見て泣いた（看見自己孩子的屍體就哭了起來）

**変わり雛、変り雛**〔名〕（按當時風俗等做成的）桃花節用小人形

**変わり目，変り目，代わり目，代り目**〔名〕轉折點、轉變期、區別，差別、交替的時候，替換的時候

気候（陽気）の変わり目（氣候轉變的時候）

月の変わり目（月底、月初）

学期の変わり目（學期結束新學期開始的時候）

潮の変わり目（潮漲潮落之際）

季節の変わり目は病気に為り易い（季節轉變期容易得病）

時候の変わり目には骨節が痛む（季節變換的時候就骨節疼痛）

四季の変わり目（四季的差別）

**変わり飯、変り飯**〔名〕什錦飯

**変わり者、変り者**〔名〕怪人、怪物、奇特的人

彼奴は近所の変わり者だ（那傢伙是這一帶的怪物）

何のクラスにも一人二人は必ず変わり者が居る物だ（無論哪一班一定有一兩個怪人）

# 檳（ㄅㄧㄣ）

**檳**〔漢造〕檳榔（常綠喬木，高三丈餘，產於熱帶，果實味澀，可食）

**檳榔、蒲葵**〔名〕〔植〕檳榔

檳榔毛の車（車廂外貼著檳榔樹葉的牛車-古代貴人乘用）

**檳榔（子）**〔名〕〔植〕檳榔子、暗黑的染色

檳榔子膏（黑兒茶、棕兒茶）

**檳榔樹**〔名〕〔植〕檳榔樹

# 浜（濱）（ㄅㄧㄣ）

**浜（濱）**〔漢造〕水邊，海邊、橫濱地區的簡稱、陸地的盡頭

海浜（海濱、海邊）

京浜地方（東京橫濱一帶）

率土の浜（率土之濱）率土、邊疆、國境、邊遠地方

**浜頭堡**〔名〕灘頭堡、登陸場

**浜**〔名〕海濱，湖濱、（圍棋）吃下來的棋子（=上げ石）。〔俗〕橫濱（=横浜）。鹽田（=塩浜、塩田）

浜に立って沖を眺める（站在海濱眺望海面）

浜の茶店（海邊的茶館）茶店

浜の真砂（海濱的細沙、〔喻〕極多）

浜藜 [名][植] 韃靼濱藜

浜靫 [名][植] 列當

浜豌豆 [名][植] 海邊香碗豆

浜荻 [名][植] 蘆葦

浜万年青 [名][植] 文殊蘭

浜木綿 [名][植] 文殊蘭（=浜万年青）

浜風 [名] 海風、海濱的風

浜簪 [名][植] 海石竹

浜菊 [名][植] 原菊

浜路 [名] 海濱的道路

浜紫苑 [名][植] 竹葉菊、鐵桿蒿

浜縞鰹 [名][動] 鯧魚

浜菅、莎草 [名][植] 香附子

浜千鳥 [名][動] 鴒、鴒科鳥（常用於和歌中-表示沒有蹤跡、去向不明、喻為杳無音信）

浜縮緬 [名]（長濱市出產的）皺綢

浜手 [名] 海濱方向、靠海的那一邊 ←→山手

浜飛び虫、浜跳び虫 [名][動] 沙蚤

浜菜 [名][植] 海濱（自生或栽培的）蔬菜。[方] 紫菜

浜梨 [名][植] 一種玫瑰（=浜茄子）

浜茄子 [名][植] 一種玫瑰

浜（名）納豆 [名]（來自靜岡縣濱名湖）濱名納豆

浜鍋 [名][烹] 蛤肉火鍋（=蛤鍋）

浜人 [名] 住在海濱的人、漁民，魚夫

浜開き [名]（向遊客）開放海濱、開放海水浴場（=海開き）

浜昼顔 [名][植] 濱旋花、腎葉天劍

浜辺 [名] 海濱、湖濱

　　朝早く浜辺を散歩する（清晨在海濱散步）

浜弁慶草 [名][植] 濱辨慶

浜ぼう [名][植] 木棉樹、異葉楊

浜防風 [名][植] 珊瑚菜

浜焼き [名] 烘烤（剛打撈上來的）整條（鯛）魚

浜料理 [名] 用海鮮做的菜餚、以海鮮做菜餚的一頓飯

## 瀕（ㄅ－ㄣ）

瀕 [漢造]（同〝濱〟）水邊、靠近、迫近

瀕する [自サ] 瀕臨、面臨、臨近

　　破滅に瀕する（瀕臨毀滅）貧する

　　危殆に瀕している（瀕於危境）

　　破産に瀕する（瀕於破産）

　　彼は寒さと飢えで死に瀕していた（他由於飢寒交迫瀕於死亡）

瀕死 [名] 瀕死

　　瀕死状態（瀕死狀態）

　　瀕死の病人（瀕於死亡的病人）

　　瀕死の重傷を負う（負致命傷）

## 繽（ㄅ－ㄣ）

繽 [漢造] 繁盛的樣子、紛亂的樣子

繽紛 [形動タルト] 繽紛

　　落花繽紛（落英繽紛）

## 賓（ㄅ－ㄣ）

賓 [漢造] 客人、次 ←→主

　　貴賓（貴賓）

　　来賓（來賓）

　　国賓（國賓）

　　主賓（賓主，主人和客人、主賓，主要客人）

賓位 [名][邏] 賓詞（=賓辞）←→主辞。[語法] 賓語（=客語）

賓格 [名][語法] 目的格 ←→主格

賓客、賓客、賓客，客人、賓客，客人 [名] 賓客、客人

　　賓客用自動車（客用汽車）

　　農事試験場を訪問して賓客の待遇を受けた（訪問農業試驗場受到賓客的待遇）

　　園遊会には賓客千人余りが出席した（來賓一千多人出席了園遊會）

賓辞 [名][邏] 敘述賓語的詞句 ←→主辞、[語法] 賓語（=客語）

賓頭盧 [名][佛] 賓頭盧尊者（十六羅漢的第一羅漢據說撫摸他的像病就會痊癒=御賓頭盧）

御賓頭盧〔名〕〔佛〕賓頭盧尊者（十六羅漢的第一羅漢據說撫摸他的像病就會痊癒）

賓礼〔名〕賓禮、以禮相待

## 鬢（ㄅㄧㄣˋ）

鬢〔名〕鬢髮
- 鬢を撫で付ける（梳攏鬢髮）
- 鬢を出す（露出鬢髮）
- 鬢の解れを直す（梳整鬢髮）

鬢掻き、鬢掻〔名〕（梳整鬢髮的）小梳子

鬢（付け）油〔名〕鬢髮油

鬢長、鬢長〔名〕〔動〕大青花魚

鬢留め〔名〕髮夾（=鬢挟み）

鬢挟み、鬢挟み〔名〕髮夾（=鬢留め）

鬢髪〔名〕鬢髮
- 鬢髪に霜を置く（兩鬢如霜）

## 擯（ㄅㄧㄣˋ）

擯〔漢造〕棄絕、排除去掉

擯出〔名、他サ〕擯斥、排斥

擯斥〔名、他サ〕擯斥、擯除、擯棄
- 社会の擯斥を受ける（受到社會的擯棄）

## 殯（ㄅㄧㄣˋ）

殯〔漢造〕人死後已入棺而未下葬

殯宮〔名〕（葬禮前臨時安放天皇或皇族棺材的）殯儀宮殿

殯〔名〕〔古〕（天皇死後的）殯殮（儀式）

## 兵、兵（ㄅㄧㄥ）

兵（也讀作兵）〔名、漢造〕兵，戰士，軍人、軍隊、軍事、兵器、兵法、兵馬
- 一等兵（一等兵）
- 将兵（將士）
- 兵五人を引き連れる（帶領五個戰士）
- 兵を挙げる（起す）（舉兵）
- 兵を進める（進軍）
- 兵を募る（招兵）
- 問罪の兵を差し向ける（興師問罪）
- 兵を動かす（調動兵馬）
- 兵を退く際の一戦（退兵時的一戰）
- 兵を退かぬ（不收兵）
- 兵を擁して動かず（按兵不動）
- 兵は城下に迫る（兵臨城下）
- 兵を六路に分ける（兵分六路）
- 兵は神速を貴ぶ（兵貴神速）

私兵（私人軍隊）

衛兵（衛兵、哨兵）

鋭兵（精兵，勁旅、精銳的武器）

伏兵（埋伏的兵）

歩兵（步兵）

募兵（募兵、招兵）

水兵（海軍士兵）

精兵（精兵）

新兵（新兵）

親兵（〔古〕近衛軍）

強兵（強兵、勁旅、增強兵力）

兵員〔名〕兵員，兵數、兵士，士兵
- 兵員増強（增強兵力）
- 兵員を増やす（增加兵力）
- 兵員が足りない（兵員不足）
- 兵員を募る（招兵）

兵営〔名〕兵營、營房
- 兵営生活（兵營生活、軍人生活）

兵舎〔名〕兵營、營房（=兵営）
- 兵舎が立ち並んでいる（營房林立）
- 蒲鉾形兵舎（半圓形活動兵營）

兵役〔名〕兵役
- 兵役制度（兵役制度）

兵役年限（兵役年限、服役期）
兵役忌避（逃避兵役）
兵役義務（兵役義務）
兵役事務所（兵役站）
兵役に服する（服兵役）
兵役を免除する（免除兵役）
兵火〔名〕戰火、戰禍、兵災
　兵火を免れる（免遭戰禍）
　兵火に掛かる（遭受兵災）
　兵火に曝される（處在戰火紛飛之中）
兵戈〔名〕干戈，武器、戰爭，兵刀
　兵戈に訴える（訴諸武力、訴諸戰爭）
　兵戈の巷と為る（變成戰場）
兵科〔名〕（參加作戰的）兵科、兵種
　兵科の将校（作戰的軍官）
　各兵科の軍人（各兵種的軍人）
兵種〔名〕（軍）兵種（=兵科）
兵家〔名〕軍人、兵家、兵法家、通曉兵法的人
　勝敗は兵家の常（勝敗乃兵家常事）
兵禍〔名〕兵災、戰禍
　兵禍を蒙る（遭受戰禍）
兵燹〔名〕戰火（=兵禍）
兵革〔名〕兵甲，兵器、戰爭
兵学〔名〕兵法、軍事學
　兵学者（兵法家、軍事家）
兵学校〔名〕海軍學校（=海軍兵学校）、兵學校（江戶末期的西式軍隊操練機關）
兵器〔名〕兵器、武器、軍火
　原子兵器（原子武器）
　兵器庫（武器庫）
　兵器メーカー（軍火製造商）
　兵器販売（販賣軍火）
　兵器禁輸（軍火禁運）
　兵器弾薬（武器彈藥）
　化学兵器（化學武器）

兵器科学（軍工科學）
兵器廠（兵工廠）
攻撃兵器（攻擊武器）
防禦兵器（防禦武器）
兵器の手入れを為る（擦武器、修理武器）
兵権〔名〕兵權、軍權
　兵権を握る（掌握兵權、執掌軍權）
兵語〔名〕軍事用語
　兵語辞典（軍事用語辭典）
兵士〔名〕士兵（=兵卒）
　兵士に為る（當兵）
兵卒〔名〕士卒、士兵、戰士
　兵卒を率いる（領兵）
　一兵卒から身を起して大将と為る（出身士卒當上大將）
　兵卒に下げられる（被降為士兵）
兵事〔名〕兵事、軍事
　兵事課（軍事科）
　兵事を談ずる（談論軍事）
兵式体操〔名〕軍事體操、軍事操練
兵書〔名〕兵書、兵法、軍事理論書
兵仗、兵杖〔名〕（戰鬥用的）兵器，儀仗武器、（攜帶武器的）護衛，扈從
　兵仗を携える（攜帶儀仗武器）
兵食〔名〕軍糧、軍隊的食糧
　兵食を貯える（貯備軍糧）
兵刃〔名〕兵刃、白刃（=刃）
　兵刃を交える（白刃相交、交鋒）
兵制〔名〕兵制、軍制、建軍制度
　兵制を整える（整頓軍制）
兵籍〔名〕兵籍，軍籍、軍人名冊（=兵籍簿）
　兵籍に入る（入軍籍、當兵）
　身を兵籍に置く（置身軍籍、參軍）
兵船〔名〕〔古〕兵船、軍艦
兵曹〔名〕（原海軍）下士官（介於将校與兵士之間）

兵曹長（伍長、班長）
一等兵曹（上士）
**兵隊**〔名〕軍人、軍隊
鉄砲を担いだ兵隊を通る（扛槍的士兵走過）
兵隊に出る（去參軍）
兵隊上がり（軍人出身）
兵隊ズボン（軍用褲）
兵隊靴（軍鞋）
兵隊さん（〔敬〕軍人）
兵隊ごっこ（〔兒〕打仗遊戲）
兵隊勘定（〔俗〕〔費用〕大家均攤）
**兵隊蟻**〔名〕〔動〕兵蟻
**兵站**〔名〕兵站、後勤（部）
兵站部（後勤部、軍需部）
兵站線（〔武器、彈藥、軍糧等的〕）補給線、供應線
兵站業務（後勤業務）
**兵端**〔名〕戰端、戰爭的導火線
兵端を開く（開戰、進入戰爭狀態）
**兵団**〔名〕（軍）（由八個師組成的）兵團
**兵長**〔名〕（軍）班長（位於伍長之下、上等兵之上的軍階）
**兵農**〔名〕兵士和農民
兵農一体（兵農一體）
**兵馬**〔名〕武器和軍馬、軍隊、軍備、戰爭、戰馬、軍馬
兵馬の権を握る（掌握軍權）
兵馬の間に過す（在戰爭中度歲月）
兵馬倥偬（兵馬倥偬）
**兵備**〔名〕軍備
兵備を整える（整頓軍備）
**兵変**〔名〕兵變
**兵法、兵法**〔名〕兵法、武術、劍術
孫呉の兵法（孫呉兵法）
兵法を学ぶ（學習兵法）

兵法家（兵法家）
**兵法**〔名〕〔古〕兵法、武術、劍術
**兵務**〔名〕軍務、有關軍事的事務
**兵乱**〔名〕兵亂、戰亂
兵乱の絶えない国（戰禍不絕的國家）
兵乱を避けて他郷に走る（躲避戰禍逃往他郷）
町が兵乱の巷と化す（整個城鎮化為戰亂場地）
**兵略**〔名〕戰略（=軍略）
兵略家（戰略家）
**兵力**〔名〕兵力、武力
兵力に訴える（訴諸武力）
敵の兵力五万を数える（敵人的兵力為五萬）
兵力増強を計る（設法增強兵力）
兵力の枯渇を嘆く（慨嘆兵源枯竭）
兵力の配置（兵力部署）
兵力分散（兵力分散）
兵力が不足している（兵力不足）
敵の強大な兵力に由る攻撃を撃退する（打退敵人強大兵力的進攻）
敵軍は空襲され、兵力の半数以上を失った（敵軍遭到轟炸損失了半數以上的兵力）
**兵児帯**〔名〕（男人或小孩繋的）一種用整幅布捈成的腰帶（=扱き帯）
**兵**〔漢造〕兵，戰士，軍人、軍隊、軍事、兵器、兵法、兵馬
軍兵（〔古〕軍隊、士兵，戰士）
雑兵（小兵，小卒、無足輕重的人，嘍囉）
**兵糧**〔名〕軍糧。〔俗〕糧食
兵糧が尽きる（軍糧枯竭）
兵糧の道を絶つ（斷絕糧道）
兵糧係（軍隊的糧秣員）
兵糧攻め（截斷敵軍糧道）
**兵**〔名〕（強者之意）士兵，戰士、（特指）勇士、（某方面的）能手。〔古〕兵器，武器

兵を揃えて攻撃する（集齊勇士出擊）

古兵、古兵（老兵、老勇士）

彼は其の道では中中の兵だ（他在那方面是個了不起的能手）

## 氷、冰（冰）（ㄅㄧㄥˋ）

**氷**（也讀作冰）〔漢造〕冰、冰凍

薄氷、薄氷（薄冰）

結氷（結冰、結的冰）

**氷映**〔名〕〔氣〕冰原反光

**氷菓**〔名〕冰點心、冰製食品（如冰棒、冰淇淋）

**氷菓子**〔名〕冰點心（如冰棒、冰淇淋）

**氷河**〔名〕冰河、冰川

氷河学（冰河學）

氷河期（冰河期）

氷河時代（冰河時代）

氷河作用（冰川作用）

**氷海**〔名〕結冰的海面

**氷塊**〔名〕冰塊

**氷解**〔名、自サ〕冰釋、冰消瓦解、完全消釋

此れですっかり疑惑が氷解した（到此疑惑煥然冰釋了）

二人の間の誤解は氷解した（兩人之間的誤會徹底消釋了）

**氷釈**〔名、自サ〕冰釋、完全消除（＝氷解）

**氷冠**〔名〕〔地〕冰帽

**氷期**〔名〕〔地〕冰期

**氷結**〔名、自サ〕結冰、冰凍（＝結氷）

結氷期が始まった（進入了結冰期）

結氷を防止する（防止結冰）

冬でも結氷しない（冬天也不凍）

港は目下結氷している（港口目前封凍了）

**氷原**〔名〕（南北極的）冰原

**氷野**〔名〕〔地〕（南北極的）冰原（＝氷原）

**氷厚**〔名〕冰的厚度

**氷酢酸**〔名〕〔化〕冰醋酸

**氷削機、氷削機**〔名〕削冰機

**氷山**〔名〕〔地〕冰山

氷山の一角（冰山的一角、喻整個事物中顯露出來的一小部分）

最近の一連の収賄事件は同省内に蔓延る汚職の氷山の一角に過ぎない（最近一系列的受賄事件只不過是這個部內成堆的貪污事件的一小部分）

**氷室、氷室、氷室**〔名〕冰窖

**氷質**〔名〕（供滑冰等用的）冰的質量

**氷州石**〔名〕〔礦〕冰洲石（雙折射透明方解石）

**氷床**〔名〕〔地〕冰床、冰蓋

**氷晶**〔名〕〔地〕（大氣層中形成的）冰的結晶

**氷晶石**〔名〕〔礦〕冰晶石

**氷上**〔名〕冰上

氷上競技（冰上運動）

**氷食作用**〔名〕〔地〕冰蝕

**氷食谷**〔名〕〔地〕冰川槽

**氷蝕地域**〔名〕〔地〕冰蝕地區

**氷震**〔名〕〔地〕冰崩

**氷雪**〔名〕冰雪

氷雪に閉ざされた船（被冰雪封住的船隻）

**氷層**〔名〕冰層

**氷堆丘**〔名〕〔地〕冰河堆集成的小丘

**氷炭**〔名〕冰與炭

氷炭相容れず（冰炭不相容、水火不相容）

罪悪と幸福とは氷炭相容れない（罪惡與幸福如同水火不相容）

二人は氷炭相容れない仲だ（兩人彼此水火不相容）

**氷柱、氷柱**〔名〕冰柱

軒端に氷柱が下がっている（屋簷下掛著冰柱）

**氷長石**〔名〕〔地〕冰長石

**氷枕、氷枕**〔名〕〔醫〕冰枕

**氷点**〔名〕〔理〕冰點、結冰點

氷点以下に下がる（降到冰點一下）

寒暖計は氷点下五度であった（溫度計是零下五度）

## ㄅ

氷点法（冰點測定法）

氷嚢、氷嚢〔名〕〔醫〕冰袋（=氷袋）
　氷嚢を当てる（給發燒病人頭上放上冰袋）
　氷嚢吊り（冰袋吊架）

氷錨〔名〕〔海〕冰錨

氷壁〔名〕（山的）冰壁

氷霧〔名〕冰霧（水蒸氣凝結細微的冰結晶成霧狀）

氷面〔名〕冰的表面

氷魚、氷魚〔名〕〔動〕（日本琵琶湖名產的）小香魚

氷雨〔名〕雹，霰、冷雨，秋雨
　氷雨降る晩秋（下著冷雨的晚秋）

氷る、凍る〔自五〕結冰、結凍
　川が氷る（河川結冰）
　水が氷る（水結冰）
　氷った小道（結了冰的小路）
　道路はかちかちに氷っている（道路凍得硬梆梆的）
　コックが氷って動かなく為った（水龍頭凍得擰不動了）
　寒くて身体が氷る様だ（冷得渾身像凍了冰似的）
　港は氷って航行が出来ない（港口結冰不能航行）

氷〔名〕冰
　氷が張る（結冰）
　氷が解ける（解凍、冰化）
　氷が割れる（冰裂）
　氷で冷やす（冰鎮、用冰冰）
　氷を砕く（碎冰）
　氷を入れたウイスキー（加冰的威士忌）
　氷と炭（冰和炭不相容）
　氷を歩む（履む）（履險、涉險）

氷蔵〔名〕冰窖

氷滑り〔名〕滑冰、溜冰（=スケート）

氷漬け〔名〕冰鎮
　魚の氷漬け（冰鎮的魚）
　氷漬けに為る（冰鎮）

氷詰め〔名〕冰凍
　氷詰め肉（冰凍肉）
　魚を氷詰めに為る（把魚冰凍起來）

氷豆腐、凍豆腐〔名〕凍豆腐

氷熱量計〔名〕冰熱量計

氷挟み〔名〕冰爪、冰鉗

氷袋〔名〕冰袋（=氷嚢、氷嚢）

氷水〔名〕刨冰、加冰涼水，冰鎮涼水

氷屋〔名〕冰店、製冰廠

## 丙（ㄅㄧㄥˇ）

丙〔名〕（十干的第三位）丙（=丙）、（順序的第三位）丙
　国語の成績は丙だった（國語的成績是丙）
　昔は成績を甲、乙、丙で付けた（過去成績按甲乙丙評級）
　丙迄は及第（到丙算及格、及格錄取到丙為止）
　丙種（丙種、丙級）

丙夜〔名〕三更（=三甲）

丙〔名〕（火の兄之意）丙（天干的第三位）

丙午〔名〕（干支之一）丙午（迷信說法-認為丙午年火災多、丙午年生的女人殺夫）

## 柄（ㄅㄧㄥˇ）

柄〔漢造〕（器具的）把手、被人利用的把柄，談笑材料、權柄，權勢
　柄杓（長把杓子）
　話柄（話題）
　笑柄（笑柄）
　権柄（權柄、權力）
　政柄（柄政）
　執柄（執政、攝政）

横柄、押柄、大柄（傲慢無禮、妄自尊大、旁若無人）

**柄細胞**〔名〕〔植〕柄細胞

**柄部**〔名〕〔動〕（昆蟲的）腹柄。〔植〕葉柄

**柄**〔名〕柄、把

　傘の柄（傘柄）柄絵江枝餌茬重会恵慧

　斧の柄（斧柄）

　柄を挿げる（安柄）

　柄を挿げ替える（換柄）

　柄の長い柄杓（長柄勺）

　柄の無い所に柄を挿げる（強詞奪理）

**柄鏡**〔名〕帶柄的鏡子

**柄差箒**〔名〕長柄掃把

**柄太鼓**〔名〕有柄的鼓

**柄樽**〔名〕（祝賀時餽贈的）帶柄的酒桶

**柄付き**〔名〕有柄、帶把（的東西）

**柄振り**〔名〕〔農〕長柄耙子

**柄**〔名〕體格，身材、品格、身分、花樣、花紋

〔漢造〕表示身分，品格，身分、表示適應性、適合性

　柄が小さい（身材小、小個兒）

　柄の大きい子供（身材魁梧的孩子、高個兒的孩子）

　柄が悪い（人品不好）

　柄の良い人（人品好的人）

　柄に無い（不合身分的、不配的）

　柄に無い事を為る（不要做自己不配做的事）

　そんな事を為る柄ではない（不配做那樣的事）

　彼は君の細君と言う柄じゃない（她不配做你的妻子）

　人を批評する柄じゃない（他沒有批評人的資格）

　専門家等と言える柄ではない（不配稱為專家）

　着物の柄（衣服的花樣）

　流行の柄（流行的花樣）

　派手な柄だ（鮮豔的花樣）

　柄が綺麗だ（花樣很漂亮）

　地味な柄（樸素的花樣）

　生地はどんな柄でも有る（布的花樣什麼樣的都有）

　人柄（人格、人品）

　家柄（家世、門第）

　場所柄を弁えない（不管什麼場所）

　時節柄も弁えない（也不管什麼時候）

　欧米には欧米の土地柄が有る（歐美有歐美地方的特色）

**柄物**〔名〕花布

**柄行き、柄行**〔名〕花樣、樣式（=柄、模樣）

　派手な柄行き（鮮豔的花樣）

**柄**〔名〕（刀劍等的）把，柄、筆桿（=筆の軸）

　刀の柄に手を掛ける（手按刀柄）

　刀身に柄を付ける（給刀身安上柄）

　柄も通れと刺す（深刺到刀把）

　柄短き筆（短桿的筆）

　柄を握る（取る）（技藝精湛）

**柄糸**〔名〕纏刀把的線繩

**柄頭**〔名〕刀把的頭，刀把的末端、刀把頭上鑲嵌的金屬裝飾

**柄袋**〔名〕刀柄套

**柄杓**〔名〕長把杓子、舀子

　竹の柄杓（竹舀子）

　柄杓で水を汲む（用舀子舀水）

## 稟、禀（ㄅㄧㄥˇ）

**稟、禀**〔漢造〕資質、天賦的本領、告訴尊長

**稟性、禀性**〔名〕稟性、天性、性情

**稟質**〔名〕稟性、天性

**稟議**〔名〕（正讀是禀議）（不開會討論）書面請示

　稟議制度（書面請示制度）

**稟告**〔名〕（正讀是禀告）稟告

りんせい
稟請〔名、他サ〕（正讀是稟請）呈請、申請

# 餅（ㄅㄧㄥˇ）

へい
餅〔漢造〕用麵粉和糖等製成的食品
がべい　　がへい
画餅、画餅（〔計畫等〕落空）
もち
餅〔名〕年糕、黏糕
　　　　つ
餅を搗く（搗製年糕）餅糯望黐
もち　もちや
餅は餅屋（〔喻〕無論做什麼事還得靠行家）
もちあみ
餅網〔名〕烤年糕用的鐵絲網、盛放年糕的網子
もちかがみ　　　　　　　　　　　　　　　　　かがみもち
餅鏡〔名〕供神用的圓形年糕（＝鏡餅）
もちがし
餅菓子〔名〕（以年糕或糯米粉為原料做成的）糕餅點心
もちぐさ
餅草〔名〕〔植〕艾蒿（的嫩葉）（因用以摻糯米裡搗製年糕而得名）
もちぐさ　　つ　　　　　　　　　　　　　　つ　　つ　　つ　　つ
餅草を摘む（摘艾蒿葉）摘む詰む積む抓む
もちつ
餅搗き〔名、自サ〕搗製年糕、舂年糕的人
もちつ　　や
餅搗きを遣る（舂年糕）
もちつ　　そうば
餅搗き相場（〔商〕年底動搖不定的行市）
もちはだ　　　　　　　　　　　　　　　　　さめはだ
餅肌〔名〕白而光滑細膩的肌理←→鮫肌
もちはだ　　おんな
餅肌の女（皮膚白嫩的女人）
もちばな
餅花〔名〕吊在柳枝上的各種形狀的年糕片（新年時的裝飾物）（＝繭玉）
まゆだま
もちばら
餅腹〔名〕吃多了年糕存在胃裡不消化的感覺
もちや
餅屋〔名〕年糕鋪、賣年糕的商人

# 並（ㄅㄧㄥˋ）

へい　　へい
並、竝〔漢造〕並列、並行、並立
へいこう
並行〔名、自サ〕並行、並進，同時舉行
せんろ　どうろ　　へいこう
線路と道路が並行している（鐵路與公路並行）
うんどうじょう　ひゃく　metre　きょうそう　　　はし　はばと
運動場で百メートル競走と走り幅跳び
　　へいこう　　おこな
を並行して行う（在操場裡百米賽跑和急行跳遠同時進行）
りょうあんともへいこう　　　　　　ぐたいか
両案共並行して具体化しよう（兩個方案同時具體實施吧！）
へいしょう　へいしょう
並称、併称〔名、他サ〕並稱、並譽
かれ　し　　　pushkin（ロシア）　　へいしょう
彼の詩はプーシキンと並称される（他的詩和普希金齊名）

Kant徳　　　　へいしょう　　　　　てつがくしゃ
カントと並称される哲学者（和康德齊名的哲學家）
へいしん　へいしん
並進、併進〔名、自サ〕（齊頭）並進
ちとく　　へいしん　　つと
知徳の並進を努める（力求智育與德育並進）
へいしんうんどう
並進運動（〔理〕平移運動）
へいそん　へいそん　へいそん　へいそん
並存，併存、並存，併存〔名、自サ〕並存、共存
とうざいりょう　　Duits荷　　へいそん
東西両ドイツの並存（東西兩個德意志的並存）
　　　　Duits荷　　ドイツ
ドイツ、独逸
へいたいけつごう
並体結合〔名〕〔生〕同生態、聯體生活
へいち　　へいち
並置、併置〔名、他サ〕並設、附設
しょうがっこう　ようちえん　　へいち
小学校に幼稚園を並置する（在小學裡附設幼稚園）
ほんか　くわ　たんきそくせいか　へいち　　あ
本科に加えて短期速成科が並置して有る（本科之外還附設有短期速成班）
へいりつ
並立〔名、自サ〕並立、並存
べんきょう　うんどう　　へいりつ
勉強と運動を並立させる（讓用功和運動並存）
ふた　せいけん　　へいりつ
二つの政権が並立する（兩個政權同時並存）
へいりつじょし
並立助詞（〔語法〕並列助詞）
なら　た
並べ立てる〔他下一〕擺出、列舉、羅列
てがら　なら　た
手柄を並べ立てる（羅列功績）
ひと　けってん　なら　た
人の欠点を並べ立てる（列舉旁人的短處）
たわごと　なら　た　　　　　　　　　　　　　　たわごと
戯言を並べ立てる（說一大堆蠢話）戯言
たわごと
戯言
かれ　いちいちせんれい　なら　た　　　　　　　　　われわれ
彼は一一先例を並べ立てるのには我我
いちどうへいこう
一同閉口した（他一一列舉先例使我們都啞口無言了）
へいれつ　　　　　　　　　　　　　　　　　　　　　　ちょくれつ
並列〔名、自他サ〕並列，並排、（電）並聯←→直列
せんしゃ　へいれつ　　こうしん
戦車が並列して行進する（坦克並排前進）
でんち　　へいれつ　つな
電池を並列に繋ぐ（把電池並聯接上-陽極接陽極、陰極接陰極）
へいれつかいろ
並列回路（並聯電路）
なみ　なみ
並、並み〔名〕普通、一般、平常
〔造語〕排列、並列、並比、同樣、每
なみ　にんげん
並の人間（普通人）
なみ　せいひん
並の製品（普通的製品）
なみいじょう　さいのう
並以上の才能（才能出眾）

彼は何処か並の人と違っている（他有些地方和一般人不一樣）

身長は並よりも高い（身長也比一般人高）

並で無い（不平凡、不尋常）

上二百円、中一百八十円、並一百五十円（上等的二百日元、中等的一百八十日元、普通的一百五十日元）

並手形（普通票據）

並肉（中等肉、下等肉）

並木（路旁並排的樹木）

家並（房子的排列情況＝屋並。每家，家家戶戶＝家毎）

世間並（和社會上一般情況一樣）

人並（和一般人一樣）

例年並（和往年一樣）

家族並に取り扱う（和家裡的人一樣對待）

親戚並に付き合い（和親戚一樣的交往）

課長並の待遇（和科長同等的待遇）

月並の例会（毎月的例會）

軒並に国旗を掲げる（家家戶戶掛國旗）

**並足、並み足**〔名〕普通步伐，常步、（馬術）慢步

**並居る、並み居る**〔自上一〕並列而坐、排在一起

彼の話は並み居る人人に深い印象を与えた（他的話給全場在座的人們以深刻的印象）

**並型**〔名〕普通型號、普通尺寸

並型寝台（普通尺寸的床）

**並木**〔名〕（路旁）並排的樹木、街道樹

街路に沿うて並木を植える（沿街栽上並排樹）

並木の有る歩道（有街道樹的人行道）

並木道（林蔭道路）

**並数**〔名〕〔統計〕眾數、最頻值、（數值分布曲線中）頻率最高的數值

**並製**〔名〕普通（一般）製品←→上製、特製

並製の品（普通貨、大路貨）

**並大抵**〔名〕（下面多接否定）普通、一般（＝一通り）

並大抵で無い困難（不是一般的困難）

冬も毎朝冷水摩擦するのは並大抵ではない（冬天也每天清早用冷水擦身可不是件容易事）

其れは並大抵の努力で出来る事ではない（那可不是憑一般努力就做得到的）

子供を育てるのは並大抵の事じゃない（撫養小孩可不是件容易事）

母の苦労は並大抵ではない（母親的操勞可非同小可）

**並一通り**〔名、形動〕普通、一般

並一通りの苦心ではない（煞費苦心）

並一通りの努力では成就出来ない（一般努力是不能有成就的）

**並等**〔名〕普通的等級、普通程度、中檔

**並並**〔名、形動〕普通、一般、平常

並並の人間なら遣れる筈だ（一般人應該會做的）

並並為らぬ苦心を為る（煞費苦心）

並並為らぬ努力を払って来た（付出了艱苦的努力）

子供の健康と成長に並並為らぬ関心を寄せる（非常關懷孩子的健康和成長）

其れは並並為らぬ業績だ（這是不尋常的成就）

**並肉**〔名〕次等肉

**並外れる、並み外れる**〔自下一〕超出常軌、不尋常、卓越、非凡

並外れた出来事（不尋常的事件）

彼は並外れた所が有る（他有過人之處）

彼は並外れて大きい（他異常高大）

並外れた大男（高得出眾的大個子）

並外れた力持ち（臂力過人）

**並外れ**〔名、形動〕不尋常、非凡、卓越

並外れの成績（卓越的成績）

彼は並外れな（た）大男だ（他是個高得出眾的大漢）
並外れの値段（過高的價格）
彼は何処か並外れな（た）所が有る（他有些地方與眾不同）

**並幅**〔名〕（布匹）通常的幅寬←→広幅、大幅、半幅
並幅物（普通寬幅的布匹）

**並判**〔名〕（衣類、紙製品等的）普通尺碼

**並物**〔名〕普通一般的東西、大路貨

**並ぶ**〔自五〕排，排成，列隊、倫比、匹敵、同時存在
列に並ぶ（排成一行）
縦に並ぶ（排成縱隊）
横に並ぶ（排成橫隊）
三人並んで行進する（三人並排行進）
数百人の人が入口に並んで持っている（幾百人排在門口等著）
水泳では彼に並ぶ者が無い（論游泳沒有比得上他的）
当時詩人と為て彼に並ぶ者は無かった（作為詩人當時沒有人比得上他）
才色並ぶ備わる（才色兼備）
両雄並ぶ立たず（兩雄不能並立）

**並び**〔名〕排，行，列、並排、排列、同一側、同一排、類比
一並びの家（一排房子）
一並びの木（一行樹）
歯並びが綺麗だ（齒列整齊）
列の並びを直す（整頓隊形）
花屋の並びの肉屋（和花店同一側的肉店）
其れは此の並びで角から五軒目の家です（那是街的這一側從拐角處數第五家）
並びも無い人物（無與倫比的人物）

**並び称せられる**〔連語、自下一〕並稱
彼等は当代の二大画家と為て並び称せられた（他們以當代兩大畫家並稱）

**並び大名**〔名〕（歌舞伎）只排著當陪襯的扮演諸侯的角色。〔喻〕占著茅坑不拉屎的人、只坐著一聲不吭的人、陪襯的人

**並び無い**〔形〕無與倫比（＝類が無い）
世に並び無い画家（舉世無雙的畫家）

**並びに**〔接〕和、及、以及
米国並びにソ連（美國和蘇聯）
姓名並びに職業を記入する事（要填姓名和職業）

**並べる**〔他下一〕排列、陳列、列舉、比較、（圍棋等）擺（子）
机を二列に並べる（把桌子排成兩行）
本を大きさの順に並べる（把書按大小排列）
肩を並べて戦う（並肩作戰）
其の人に（と）肩を並べる者は無い（沒有人比得上他）
食卓に並べる（擺在飯桌上）
色色な玩具が店先に並べて有る（店面擺著各種玩具）
事実を並べる（列舉事實）
欠点を並べる（列舉缺點）
証拠を並べる（擺出證據）
文句許り並べていないで少しは仕事を為ろ（不要光發牢騷做點事吧！）
此れと並べると見劣りする（和這個一比就相形見絀）
二人を並べて見ると一方は丸で子供だ（兩個人一比一個簡直是小孩）

**並べ**〔名〕排列（的樣子）
並べ枕（並排的枕頭、共枕）
五目並べ（用圍棋盤擺五子）

**並べて**〔副〕一切，全部、大體上，一般來說

**並べに**〔副〕〔古〕（接動詞連體形下）隨著……、與……同時

# 併（ㄅㄧㄥˋ）

**併**〔漢造〕合併，一併，並列，排列。〔棒球〕雙殺

兼併（兼併）

合併（合併）

**併映**〔名、自サ〕（在歌劇和音樂會上）加演電影

**併科**〔名、他サ〕〔法〕並科、同時科以數種刑罰

**併記**〔名、他サ〕（兩件以上的事項）一並記載、一起寫

　少数意見も併記して下さい（少數人的意見也請一並記上）

**併結**〔名、他サ〕〔鐵〕混編列車

**併合**〔名、自他サ〕合併、併吞

　A校とB校とを併合して大学を作る（把A校和B校合併在一起建立大學）

**併殺**〔名、他サ〕〔棒球〕雙殺（=ダブル、プレー、ゲッツー）

　併殺を狙う（伺機雙殺）

　ピンチを併殺で切り抜ける（以雙殺闖過危急的局面）

**併出**〔名、自他サ〕一併出來

**併称、並称**〔名、他サ〕並稱、並譽

　彼の詩はプーシキンと並称される（他的詩和普希金齊名）

　カントと並称される哲学者（和康德齊名的哲學家）

**併進、並進**〔名、自サ〕（齊頭）並進

　知徳の並進を努める（力求智育與德育並進）

　並進運動（〔理〕平移運動）

**併設**〔名、他サ〕同時設置（裝設）

　文学部と理学部とを併設する（同時設置文學系和理學系）

**併存，併存、並存，併存**〔名、自サ〕並存、共存

　東西両ドイツの並存（東西兩個德意志的並存）ドイツ、独逸

**併置、並置**〔名、他サ〕並設、附設

　小学校に幼稚園を並置する（在小學裡附設幼稚園）

　本科に加えて短期速成科が並置して有る（本科之外還附設有短期速成班）

**併読**〔名、他サ〕同時閱讀

　新聞小説を三つ併読している（每天連續讀三種報刊上的連載小說）

　二誌を併読する（同時訂閱兩種雜誌）

　併読紙（和主要報紙同時訂閱的其他報紙）

**併呑**〔名、他サ〕併吞

　小会社が大会社に併呑される（小公司被大公司併吞）

　隣国を併呑して勢力を大きくする（併吞鄰國擴張勢力）

**併発**〔名、自他サ〕同時發生

　諸病併発（百病併發）

　余病が併発する（引起併發病）

　風邪から肺炎を併発する（由感冒又引起肺炎）

　併発症（併發症）

**併有**〔名、他サ〕同時具有、兼而有之

**併用**〔名、他サ〕並用

　注射と飲み薬とを併用する（注射和內服藥一併使用）

　此の薬は他の物と併用しても副作用が有りません（這種藥和其他藥併服也沒有副作用）

　歴史の勉強には年表の併用が役立つ（學習歷史並用年表是有效的）

**併し、然し**〔接〕然而、可是、但是（=けれども、だが）

　人柄は良い、併し頭が悪い（人是好人可是頭腦不好）

　私は台北へ行き度い、併し暇が無いので行けない（我想去台北但因沒有時間去不成）

　物価が上がった、併し月給は上がらない（物價上漲了可是薪水不漲）

**併し乍ら、然し乍ら**〔接〕（併し、然し的強調形式）然而、可是、但是

〔副〕完全、悉皆（=全て、全く）

　彼は力が強い、併し乍ら頭が悪いので相撲は強くない（他力氣大不過腦筋不行所以摔交不強）

併し乍ら君の御恩為らずと言う事無し（一切無不仰主君的恩典）

**併せる、合わせる，合せる**〔他下一〕合併、加在一起

其れは此れ等二つを併せたより未だ大きい（那個比這兩個加在一起還大）

腹を併せる（同心協力）

紙を二枚併せて、丈夫な封筒を作る（把兩張紙合在一起作成堅固的信封）

二室を併せて一室に改造する（把兩間屋子併成一間）

力（心）を併せて働く（同心協力地工作）

五と七を併せる（把五和七加在一起）会せる　逢せる

五と八を併せると十三に為る（五加八等於十三）

全部併せて幾等に為りますか（全部加在一起是多少）

二人の金を併せても、たった千円しか無い（把兩個人的錢加在一起也只不過一千日元）

**併せて、合わせて，合せて**〔副〕並、共計、同時

併せて一万円に為る（共計一萬日元）

併せて御健康を祈ります（並祝健康）

新春を賀し奉り、併せて平素の御無沙汰を御詫び致します（恭賀新春並對久疏問候致以歉意）

**併せ持つ、合わせ持つ，合せ持つ**〔他五〕兼有、兼具、兼備

智勇併せ持つ（智勇雙全）

## 病（ㄅㄧㄥˋ）

**病**〔漢造〕（也讀作ヘい）病，患病、毛病，缺點

疾病（疾病）

急病（急病、急性病）

大病（大病、重病）

多病（多病、易病）

仮病（裝病、假病）

看病（護理、看護病人）

熱病（熱性病-猩紅熱、肺炎、傷寒等）

重病（重病）

死病（絕症）

持病（宿痾、老毛病）

伝染病（傳染病）

**病痾**〔名〕宿痾、久病

**病因**〔名〕病因

病因が分らない（病因不明）

病因を突き止める（查明病因）

**病院**〔名〕病院、醫院

総合病院（綜合醫院）

病院用ベッド（醫院用病床）

病院で実習する（在醫院實習）

病院に入る（住院）

病院に入れる（送進醫院）

病院を出る（出院）

病院へ担ぎ込まれる（被抬進醫院）

**病家**〔名〕病人家

病家を回る（巡視病人家）

**病臥**〔名、自サ〕臥病

長く病臥中の母（長期臥病的母親）

家に病臥中だ（臥病在家）

**病害**〔名〕（農作物受到）病害

今年は病害が少なく豊作が期待される（今年病害少可期獲得豐收）

**病患**〔名〕疾患、疾病（＝病気、疾患）

不治の病患（不治之症）不治不治

**病間**〔名〕患病期間、病稍癒的時候

病間録（病歷）

**病気**〔名〕病，疾病、毛病，缺點、癖好

重い病気（重病）

軽い病気（輕病、小病）

病気に為る（生病、得病、患病、染病、鬧病）

病気に罹る（生病、得病、患病、染病、鬧病）

病気に冒される（生病、得病、患病、染病、鬧病）

病気が治る（病癒）

病気を治す（治病）

病気を装う（裝病）

病気と闘う（與疾病戰鬥）

病気で寝ている（因病臥床）

病気で死ぬ（病死）

病気で欠勤している（因病缺勤）

御父さんの御病気は如何ですか（你父親的病怎麼樣？）

怠けるのが彼の病気だ（懶惰是他的缺點）

又例の病気が始まった（老毛病又犯了）

釣が彼の人の病気だ（釣魚是他的癖好）

病気見舞い（探病、探望病人）

病気休暇（病假）

**病菌**〔名〕病菌（＝病原菌）

病菌の付いている衣類（帶病菌的衣服）

新しい病菌を発見する（發現新病菌）

病菌保有者（帶菌者）

**病苦**〔名〕病苦

病苦と貧困（病苦與貧困）

病苦に悩む（為病苦而憂愁）

長い病苦に耐える（忍受長期病苦）

**病躯**〔名〕病軀、病身

病躯を引っ提げて（拖著病身）

大切な会合に病躯を駆って出席する（帶病出席重要集會）

**病身**〔名〕病身、病軀、多病的身體

病身の夫（有病的丈夫）

彼は未だに病身です（他現在身體還沒好）

**病体**〔名〕病體、病身（＝病躯）

病体を押して出席する（抱病出席）

**病欠**〔名、自サ〕因病缺席（的人）

病欠中である（正在因病缺勤）

**病犬、病犬**〔名〕病犬、狂犬

**病原、病源**〔名〕〔醫〕病原

病原不明の病気（病源不明的疾病）

病原学（病原學）

病原菌、病源菌（病原菌＝病菌）

病原菌を撲滅する（消滅病原菌）

病原菌を発見する（發現病原菌）

病原体、病源体（病原體）

濾過性病原体（濾過性病原體）

**病後**〔名〕病後、恢復期

病後の人（病癒後的人、恢復期的病人）

病後の保養を為る（進行病後的保養）

**病根**〔名〕病根、病因、惡習（弊病）的根源

病根を絶やす（斷絕惡習的根源）

**病死**〔名、自サ〕病死、病故

父が病死する（父親病故）

祖父の病死の知らせが届く（接到祖父病故的消息）

**病没、病歿**〔名、自サ〕病死、病故、病逝（＝病死）

異郷の地で病没した（病故他鄉）

**病児**〔名〕生病的孩子

瀕死の病児を救う（搶救垂危的病童）

**病識**〔名〕病的意識（感覺）

ノイローゼには病識が有るが、精神病には此れが無い（神經病患者具有病的意識而精神病患者則沒有這種感覺）

**病室**〔名〕病室、病房

明るい病室に移る（搬到明亮的病房）

**病者**〔名〕病人（＝病人）

**病舎**〔名〕病房（＝病棟）

隔離病舎（隔離病房）

**病弱**〔名、形動〕病弱、虛弱

病弱な一家（多病的一家）

**病弱**の身である（身體虛弱）

子供の頃は**病弱**だった（小的時候身體虛弱）

**病床、病牀**〔名〕病床

**病床**で一月暮らす（在病床上臥病一個月）

**病床**に臥す（臥病在床）

半生を**病床**に送る（在病床上度過半生）

過労で**病床**に付く（積勞成疾臥病在床）

**病床**日誌（〔醫〕患者日誌）

**病蓐、病褥**〔名〕病床（=病床、病牀）

**病症**〔名〕病症、病的性質

**病状、病狀**〔名〕病狀、病情

**病状**が思わしくない（病情不佳）

**病状**が悪化する（病情惡化）

御子さんの御**病状**は如何ですか（您孩子的病情如何？）

彼の患者は**病状**が進み過ぎていて助からない（那患者的病情過於惡化沒救了）

**病態**〔名〕病態，病的狀態、病狀，病情（=病狀、病狀）

**病態**生理学（病理生理學）

**病衰**〔名〕病弱、衰弱、虛弱

**病勢**〔名〕病勢、病情

**病勢**昂進（病情惡化）

**病勢**が改まる（病情嚴重起來）

**病勢**が募る（進む）（病情惡化）

**病勢**が衰える（病情轉好）

**病巣**〔名〕〔醫〕病灶

**病巣**の切除（病灶切除）

肺結核の**病巣**が広がる（肺結核的病灶擴大）

**病中**〔名〕病中

**病中**を押して出席する（帶病出席）

**病虫害**〔名〕〔農〕病蟲害

**病的**〔形動〕病態的、不健康的、不正常的、不健全的

**病的**な思想（不健康的思想）

**病的**な太り方（不正常的肥胖）

**病的**に見える（顯得不正常）

君の奇麗好きは少し**病的**だ（你的潔癖有點病態）

**病棟**〔名〕（醫院裡單棟的）病房

一般**病棟**（普通病房）

隔離**病棟**（隔離病房）

**病毒**〔名〕〔醫〕病毒、引起疾病的毒素

**病毒**に感染する（感染病毒）

**病毒**の伝播を防ぐ（防止病毒的傳播）

**病難**〔名〕病難、病災、病魔

**病難**に掛かる（遭到病災）

**病人**〔名〕病人、患者

**病人**の多い季節（病人多的季節）

今年は**病人**が多い（今年病人多）

彼の家には**病人**が絶えない（那家生病的人不斷）

宅に**病人**が有って出席し兼ねます（因家中有病人礙難出席）

**病斑**〔名〕〔農〕（農作物上的）病斑、斑病

**病父**〔名〕臥病的父親←→病母

**病母**〔名〕臥病的母親←→病父

**病夫**〔名〕臥病的丈夫←→病妻

**病妻**〔名〕臥病的妻子←→病夫

**病兵**〔名〕患病的士兵

**病兵**と為て後送される（作為病兵被送到後方）

**病弊**〔名〕弊病（=弊害）

社会的**病弊**（社會上的弊病）

**病弊**は社会の各階層に及んでいた（弊病波及到社會各階層）

**病癖**〔名〕惡癖、怪癖、壞毛病

平気で嘘を言うのが彼の**病癖**だ（瞪著眼睛撒謊是他的惡癖）

**病変**〔名、自サ〕〔醫〕病變（因生病身體或生理上發生變化）

**病魔**〔名〕病魔

病魔に取り付かれる（被病魔纏住）
病魔に襲われる冒される（被病魔侵襲）
病魔を払う（驅除病魔）

**病名**〔名〕病名
病名不明（病名不詳）
病名の分らない病気（病名不詳的疾病）
未だ病名が決まらない（尚未確診）

**病友**〔名〕（同病房的）病友、有病的朋友

**病理**〔名〕〔醫〕病理
病理学（病理學）
病理解剖学（病理解剖學）

**病例**〔名〕〔醫〕病例
病例集（病例集）
医学の文献に記録された病例（醫學文獻裡所記載的病例）

**病歴**〔名〕〔醫〕病歴
患者の病歴（患者的病歴）
病歴を訪ねる（詢問病歴）

**病葉**〔名〕受病蟲害的葉子、夏季變紅或黃白的葉子

**病**〔名〕病、毛病、壞癖（=病気）
不治の病（不治之症）
持った病（老毛病、慢性病）
一寸した病（小病、輕微的病）
病に罹る（患病）
重い病に倒れる（患重病）
病が治る（病癒）
病を癒す（治病）
病を養う（養病）
病を押して出席する（帶病出席了）
彼の病は長引いた（他久病不癒）
彼は人の物に手を出す病が有る（他有盜癖）
持った病は治らない（老毛病改不了）
法螺を吹くのが彼の最大の病だ（他最大的毛病是愛說大話）

病が改まる（病情驟變、病情急劇惡化）
病膏肓に入る（病入膏肓）
病上手に死に下手（多病者長壽）
治りて医師（薬）忘る（好了傷疤忘了疼）
病に主無し（誰都會生病的）
病は気から（意志左右疾病、精神左右疾病）
病は口より入り、禍は口より入ず（病從口入禍從口出）
病は治るが癖は治らぬ（疾病可癒毛病難改）

**病垂**〔名〕（漢字部首）疒部

**病む**〔自、他五〕患病，得病、煩惱，憂傷（=患う、煩う）
胃を病む（患胃病）止む已む罷む
胸を病む（患肺病）
病んで医に従う（患病只有從醫）
一寸した事で気を病む（為一點小事就煩惱起來）
其れ位のしくじりで気に病む事は無い（那麼一點失敗無需煩惱）
病む目に突き目（禍不單行）

**病み、病**〔名〕病、病人
中風病み（中風、中風病人）闇
肺病病み（肺病、肺病患者）

**病み上がり、病上り**〔名〕病後、疾病剛好（的人）（=病気上がり）
病み上がりの人（疾病剛好的人、病後恢復期的人）
病み上がりは特に食べ物に気を付けなくては為らない（病後要特別注意飲食）
彼は病み上がりで体が弱っている（他病剛好身體還虛弱）

**病み返し、病返し**〔名〕病情反復（惡化）
病み返しを為る（病情反復）

**病み付く**〔自五〕患病，得病、入迷，染上惡習
病み付いた道楽（入了迷的癖好）

**病み付き、病付き**〔名〕得病，（開始）患病、（開始）入迷，染上惡習，種下壞根

病み付きは今月の初めだった（是本月初得的病）

一度勝ったのが病み付きで、将棋に凝り出した（贏了一次就入迷鑽到將棋了）

一寸儲かったのが病み付きで今ではすっかり競馬に凝っている（贏了一點錢就迷上賽馬了）

**病み耄ける、病耄ける**〔自下一〕（因久病）病得衰弱不堪、病得毫無力氣

長患いで病み耄ける（因久病衰弱不堪）

一年余りの長患いで見る影も無い程病み耄ける（病了一年多衰弱得不成樣子）

**病める**〔自下一〕疼痛、患病，有病，呈病態

頭が病める（頭疼）

後腹が病める（産後痛、〔轉〕〔因費錢等〕事後感到痛苦）

病める母（患病的母親）

病める社会（病態的社會）

病める身を横たえる（臥病）

## ト（ㄅㄨˇ）

**ト**〔漢造〕卜、占卜

亀卜（龜卜）

占卜（占卜）

**トする**〔他サ〕占卜（＝トう、占う）、選定

運命をトする（算命）

居をトする（卜居、選定居地）

**ト者**〔名〕占卜者、算掛先生

**ト筮**〔名〕占卜（＝トい、占い）

**ト占**〔名〕占卜

**ト居**〔名、自サ〕卜居

山紫水明の里にト居する（卜居於風光明媚的鄉村）

**ト書き**〔名〕（劇本中對演員的動作表情的）說明

**トう、占う**〔他五〕占卜、占卦、算命

吉凶を占う（卜吉凶）

身の上を占う（算命）

其の事に就いて占って貰う（關於那件事求占卦的給占卜一下）

**ト、占い**〔名〕占卦，算命、卜者

占いに運勢を見て貰う（請算命的給算算運氣）

手相占い（相手術）

占い者（師）（占卜者、算掛先生）

**卜兆、占方、占形**〔名〕龜卜後所出現的形狀

## 哺（ㄅㄨˇ）

**哺**〔漢造〕餵食

反哺（反哺）

**哺育**〔名、他サ〕哺育、餵養

乳児を哺育する（哺育嬰兒）

**哺乳**〔名、自サ〕哺乳

人間も猿も哺乳類に属する（人和猿猴都屬於哺乳類）

哺乳動物（哺乳動物）

哺乳瓶（奶瓶）

哺乳類（哺乳類）

## 捕（ㄅㄨˇ）

**捕（也讀作捕）**〔名、漢造〕捕手、捕捉

追捕、追捕（追捕）

逮捕（逮捕、拘捕、捉拿）

拿捕（捕獲、捉拿）

**捕握器**〔名〕〔動〕抱握器、交合突

**捕逸**〔名、他サ〕〔棒球〕（捕手）失誤、沒接住

**捕獲**〔名、他サ〕捕獲

鯨を捕獲する（捕獲鯨魚）

捕獲高（捕獲量）

捕獲船（擄獲船）

捕獲岩（〔地〕捕擄岩）

捕獲結晶（〔地〕捕擄晶）

**捕球**〔名、他サ〕〔棒球〕接球

巧みな捕球（巧妙的接球）

**捕鯨**〔名〕捕鯨
  捕鯨船（捕鯨船）
  捕鯨会社（捕鯨公司）
  捕鯨基地（捕鯨基地）
  国際捕鯨協定（國際捕鯨協定）

**捕殺**〔名、他サ〕捕殺
  野良犬を捕殺する（捕殺野狗）

**捕手**〔名〕〔棒球〕捕手、接球手（＝キャッチャー）

**捕り手、捕手**〔名〕〔古〕捕快、捕縛術（武術的一種）

**捕縄**〔名〕捕縄、法縄
  捕縄に掛かる（被捕）

**捕り縄, 捕縄、取り縄, 取縄**〔名〕〔古〕捕縄、法縄
  犯人に捕り縄を掛ける（把犯人綁上法縄）

**捕食**〔名、他サ〕捕食
  動物を捕食する（捕食動物）
  捕食動物（捕食動物、肉食動物）

**捕捉**〔名、他サ〕捕捉，捉拿。〔轉〕捉摸，理解
  海上で敵を捕捉する（在海上捉拿敵人）
  レーダーが敵機を捕捉する（雷達探捉敵機）
  真意は中中捕捉し難い（真意很難捉摸）

**捕虫網**〔名〕捕蟲網

**捕縛**〔名、他サ〕逮捕上綁
  掏児の現行犯を捕縛する（把現行犯的扒手逮住上綁）
  未だ捕縛されないでいる（還在逍遙法外）

**捕吏**〔名〕捕吏（＝捕り手、捕手）

**捕虜**〔名〕俘虜（＝虜）
  捕虜に為る（當俘虜）
  捕虜虐待（虐待俘虜）
  捕虜交換協定（換俘協定）
  捕虜収容所（俘虜收容所）

**捕える, 捕らえる、捉える**〔他下一〕擒獲、捉拿、抓住、領會
  犯人は未だ捕えられない（犯人還沒有逮住）
  警官が暴徒の大半を捕えた（警察把大多數的暴徒逮捕了）
  夏に為ると子供達は蝉や蜻蛉を捕えて遊ぶ（到了夏天孩子們捉蟬蜻蜓等玩）
  襟首を捕える（緊緊抓住脖領）
  袖を捕えて放さない（緊緊抓住袖子不放）
  レーダーが敵機を捕える（雷達捕捉敵機）
  捕え難い生態（很難掌握的動態）
  文章の意味を正しく捕える（正確掌握文章的含意）
  良い機会を捕えて外国へ渡った（抓住好機會出國了）
  恐怖に捕えられる（陷入恐怖）
  絶望が彼を捕えた（他陷入絶望了）
  彼は彼女の美しさに捕えられた（他被她的美貌迷住了）
  私は縄に足を捕えられた（繩子纏住了我的腳）

**捕え所**〔名〕要點、要領（＝掴み所）
  彼の話は捕え所が無い（他的話沒有要點）
  捕え所の無い演説（沒有要點的演説）

**捕まえる**〔他下一〕抓住、捕捉（＝捕まえる、掴まえる）

**捕らわれる, 捕われる、囚われる**〔自下一〕被捕，被俘，被囚、受拘束，受限制，局限於，拘泥
  放火の廉で捕われる（因縱火被捕）
  古い習慣に捕われる（拘泥於舊習慣）
  情実に捕われない（不拘情面）
  古い学説に捕われていて進歩が無い（拘泥於舊學説就没有進歩）

**捕らわれ, 捕われ、囚われ**〔名〕被捕，被俘，被囚
  捕われの身（囚犯之身、被囚、被俘）
  捕われ者（囚犯）
  捕われ人（囚犯、被俘的人）

**捕る**〔他五〕捕、捉
  川で魚を捕る（在河裡捕魚）
  猫が鼠を捕る（貓捉老鼠）

森から子狐を捕って来た（從樹林捉了一隻小狐狸）

**取る、採る、執る、捕る、撮る、摂る**〔他五〕（手的動詞化）

（一般寫作取る）取，執，拿，握，捕。
（寫作捕る）捕捉。捕獲，逮捕。
（一般寫作取る或採る）採摘，採集，摘伐。
（寫作取る）操作，操縱。把住，抓住。
（一般寫作執る）執行，辦公。
（寫作取る）除掉，拔掉。
（寫作取る）摘掉，脫掉。
（寫作取る）刪掉，刪除。
（寫作取る）去掉，減輕。
（寫作取る）偷盜，竊取，剽竊。搶奪，強奪，奪取，強佔，併吞。佔據。
（寫作取る）預約，保留。訂閱。
（一般寫作採る）採用，錄用，招收。
（寫作取る）採取。選取，選擇。
（寫作取る）提取，抽出。
（一般寫作取る）採光。
（一般寫作取る）購買，訂購。
（寫作取る）花費，耗費，需要。
（一般寫作取る或摂る）攝取，吸收，吸取。
（一般寫作取る）提出，抽出。
（寫作取る）課徵，徵收，（寫作）得到，取得，領取，博得。
（寫作取る）抄寫，記下，描下，印下。
（一般寫作撮る）攝影，照相。
（寫作取る）理解，解釋，領會，體會。
（寫作取る）佔（地方）。
（一般寫作取る）擔任，承擔。
（寫作取る）聘請。
（寫作取る）娶妻，收養。招贅。
（寫作取る）繼承。
（寫作取る）〔棋〕吃掉。
（寫作取る）〔妓女〕留客，掛客。
（寫作取る）索取，要帳，討債。
（一般寫作執る）堅持。
（寫作取る）賺，掙。

（寫作取る）計算。
（寫作取る）鋪床。
（寫作取る）（相撲）摔交。
（寫作取る）玩紙牌。
（寫作取る）數數。
（寫作取る）擺（姿勢，陣勢）。
（寫作取って）對……來說。
（寫作取る）打拍子，調整（步調）

其処の新聞を取って来為さい（把那裏的報紙拿來）
雑誌を取って読み始める（拿起雜誌開始閱讀）
手を取る（拉手）
見本を自由に御取り下さい（樣本請隨意取閱）
手に取る様に聞こえる（聽得很清楚-如同在耳邊一樣）
手を取って教える（拉著手教、懇切地教、面傳口授）
手を取って良く御覧為さい（拿起來好好看看）
御菓子を取って上げましょうか（我替您拿點心吧！）
其の塩を取って下さい（請把鹽遞給我）
郵便屋さんは一日に三回郵便物を取りに来る（郵差每天要來取郵件三次）
駅に預けて有る荷物を取りに行く（到火車站去取寄存的東西）
取りに来る迄預かって置く（直到來取存在這裡）
川から魚を捕る（從河裡捕魚）
森から仔狐を捕って来た（從樹林捉來一隻小狐狸）
猫が鼠を捕る（貓捉老鼠）
此の鯉は村外れの川で捕ったのだ（這條鯉魚是在村邊河邊捉來的）
山に入って薬草を採る（進山採藥）
柴を採る（打柴）

茸を採る（採蘑菇）

採った許りの林檎を食う（剛剛摘下來的蘋果）

庭の花を採って部屋を飾る（摘院裡的花點綴房間）

船の舵を取る（掌舵）

飛んで来たボールを取る（抓住飛來的球）

政務を執る（處理政務）

役所は午前九時から午後五時迄事務を執っている（機關由早上九點到下午五點半工）

昨日の大火事では消防署長が直接指揮を執った（昨天的大火消防隊長親臨現場指揮）

庭の雑草を取る（除掉院子裡的雜草）

此の石が邪魔だから取って呉れ（這塊石頭礙事把它搬掉）

此の虫歯は取る可きだ（這顆蛀牙應該拔掉）

洋服の汚れが如何しても取れない（西服上的油汙怎麼都弄不掉）

魚の骨を取る（把魚刺剔掉）

薬を撒いて田の虫を取る（撒藥除去田裡的蟲）

果物の皮を取る（剝水果皮）

眼鏡を取る（摘掉眼鏡）

帽子を取って御辞儀を為る（脫帽敬禮）

外套を取ってクロークに預ける（脫下大衣存在衣帽寄存處）

時時蓋を取って坩堝を揺り動かす（不時掀開蓋子搖動坩鍋）

此の語は取った方が良い（這個字刪掉好）

一字取る（刪去一個字）

痛みを取る薬（止痛藥）

アスピリンは熱を取る薬です（阿斯匹林是解熱藥）

疲れを取るには風呂に入るのが一番良いです（洗澡是消除疲勞的最好方法）

留守の間に御金を取られた（家裡沒人時錢被偷了）

人の文章を取って自分の名で発表する（剽竊他人文章用自己的名字發表）

脅して金を取る（恫嚇搶錢）

人の夫を取る（搶奪別人的丈夫）

天下を取る（奪取天下）

城を取る（奪取城池）

陣地を取る（攻取陣地）

領土を取る（強佔領土）

早く行って良い席を取ろう（早點去佔個好位置）

込んでいたので、良い部屋が取れなかった（因為人多沒能佔住好房間）

明日の音楽会の席を三つ取って置いた（預約了明天音樂會的三個位置）

御金は後で持って来るから、此の品物を取って置いて下さい（隨後把錢送來，請把這東西替我留下）

帰るのが遅く為り然うだから、夕食を取って置いて下さい（因為回去很晚，請把晚飯留下來）

子供の為に牛乳を取る（替孩子訂牛奶）

最後の切札と為て取って置く（作為最後一招保留起來）

此の新聞は捨てないで取って置こう（這報紙不要扔掉留起來吧！）

彼から貰った手紙は全部取って有る（他給我的信都保留著）

旅行の為の金は取って有る（旅費留著不動）

週刊雑誌を取る（訂閱周刊雜誌）

世界文学は取って有るか（訂了世界文學嗎？）

入学試験の結果五百名の中六十名しか採らなかった（入學考試的結果五百名中只錄取了六十名）

其の会社は試験して人を採る（那家公司通過考試錄用職員）

彼の学校は留学生を採らない（那所學校不招留學生）

寛大な態度を取る（採取寬大態度）

ㄅ

決を取る（表決）

断固たる処置を取る取る（採取斷然措置）

其は利口な人の取らない遣り方だ（那是聰明人不採取的辦法）

私の文章が雑誌に取られた（我的文章被雜誌採用了）

一番好きな物を取り為さい（選你最喜歡的吧！）

此と其では、何方を取るか（這個和那個選哪一個？）

選択科目では日本語を取った（選修課程選了日語）

次の二つの方法の中何れかを取る可きだ（必須選擇下面兩個方法之一）

私は利口者よりも正直者を取る（我寧選誠實人不選聰明人）

酒は米から取る（酒由米製造）

例に取る（提出作為例子）

米糠からビタミンを取る（從米糠提取維他命）

羊から羊毛を取る（從羊身上剪羊毛）

石炭からガスを取る（從煤炭提取煤氣）

牛乳からクリームを取る（從牛奶提取奶油）

カーテンを上げて光を採り入れる（打開窗簾把光線放進來）

壁には明かりを採る為の小さいな窓が有る（牆上有個採光的小窗戶）

彼が熱心に筆を執っている（他在一心一意地執筆寫作）

忙しくて筆を執る暇が無い（忙得無暇執筆）

野菜は角の八百屋から取っている（青菜在拐彎的菜店買）

電話を掛けて饂飩を取る（打電話叫麵條）

料金を取る（收費）

手間を取る（費工夫）

毎月子供に一万円取られる（每月為孩子要花上一萬日元）

部屋代の外電気代を取られる（除了房租還要交電費）

会費は幾等取るか（會費要多少錢？）

入場料を参百円取る然うです（聽說門票要三百日元）

店が込んでいて、買物に時間を取った（商店裡人太多買東西費了很長時間）

栄養を取る（攝取營養）

昼食を取りに行く（去吃午飯）

日に三食を取る（一天吃三餐）

何卒御菓子を御取り下さい（請吃點心）

千円から参百円を取ると七百円残る（從一千日元提出三百日元剩七百日元）

給料から生活費を取った残りを貯金する（從工資提出生活費剩餘的錢存起來）

国民から税金を取る（向國民課稅）

罰金を取る（課罰款）

満点を取る（得滿分）

賄賂を取る（收賄）

学位を取る（取得學位）

英語の試験で九十点を取った（英語考試得了九十分）

競技会で金メダルを取った（在運動場上得了金牌）

正直だと言う評判を取った（博得誠實的評論）

自動車の免許は何時取ったか（什麼時候領到汽車駕駛執照的？）

此の学校を出ると教師の資格が取れる（由這所學校畢業就能取得教師資格）

会社では一年に二十日の休みを取る事を出来る（公司裡一般每年可以請二十天假）

型を取る（取型）

記録を取る（作紀錄）

ノートを取る（作筆記）

指紋を取られる（被取下指紋）

書類の控えを取る（把文件抄存下來）

寸法を取る（記下尺寸）
靴の型を取る（畫下鞋樣）
写真を撮る（照相）
青写真を撮る（曬製藍圖）
記録映画を撮る（拍紀錄影片）
大体の意味を取る（理解大體的意思）
文字通りに取る（按照字面領會）
其は色色に取れる（那可以作各種解釋）
悪く取って呉れるな（不要往壞處解釋）
変に取られては困る（可不要曲解了）
場所を取る（佔地方）
本棚は場所を取る（這書架佔地方）
家具が場所を取るので部屋が狭く為る（家具佔地方房間顯得狹窄）
余り場所を取らない様に荷物を積んで置こう（把行李堆起來吧！免得太佔地方）
斡旋の労を取る（負斡旋之勞）
仲介の労を取る（當中間人）
責任を取る（引咎）
師匠を取る（聘請師傅）
嫁を取る（娶妻）
弟子を取る（收弟子）
養子を取って跡継ぎに為る（收養子繼承家業）
おっと、危ない、此の角を取られる所だった（啊！危險這個角棋差點要被吃掉）
一目を取る（吃掉一個棋子）
客を取る（〔妓女〕留客、掛客）
勘定を取る（要帳）
掛を取る（催收賒帳）
彼は固く自説を執って譲らなかった（他堅持己見不讓步）
月に十万円を取る（每月賺十萬日元）
働いて金を取る（工作賺錢）
何の位の給料を取るか（賺多少工資？）

学校を卒業して月給を取る様に為る（從學校畢業後開始賺工錢）
タイム(time)を取る（計時）
脈を取る（診脈）
床を取る（鋪床）
相撲を取る（摔跤）
さあ、一番取ろう（來吧！摔一跤）
歌留多を取る（玩紙牌）
数を取る（數數字）
糸を取る（繰絲）
写真を撮る前にポーズ(pose)を取る（在照相前擺好姿勢）
陣を取る（擺陣）
私に取っては一大事だ（對我來說是一件大事）
手拍子を取る（一齊用手打拍子）
歩調を取る（使步調一致）
命を取る（要命、害命）
仇を取られる（被仇人殺死）
機嫌を取る（奉承、討好、取悅）
年を取る（上年紀）
取って付けた様（做作、不自然）
取って付けた様な返事（很不自然的回答）
取らぬ狸の皮算用（打如意算盤）
引を取る（遜色、相形見絀、落後於人）

**捕り方、捕方**〔名〕捕捉犯人的方法捕吏(=捕り手、捕手、捕吏)

**捕り伏せる**〔他下一〕抓住、摁倒
泥棒を捕り伏せる（把小偷摁倒）

**捕り物、捕物**〔名〕（舊）逮捕犯人
捕り物帳（〔江戶時代〕捕吏記述的犯人逮捕記、以捕吏為中心人物的偵探小說）
捕り物が有る（有人被捕）
大捕り物（大逮捕）

**捕まえる、掴まえる**〔他下一〕抓住、捉住、揪住

袖を掴まえて放さぬ（抓住袖子不放）

縄を掴まえて上がる（抓住繩子爬上去）

犯人を掴まえる（抓住犯人）

猫を掴まえる（把貓捉住）

車を掴まえる（叫住汽車）

給仕を掴まえてカクテル(cocktail)を注文する（叫住服務員要雞尾酒）

其の点をしっかり掴まえなくては為らない（必須牢牢地掌握這一點）

人を掴まえて長談義を爲る（揪住人喋喋不休）

勉強している人間を掴まえて酒を飲ませるなんて（竟揪住正在用功的人喝酒真是的）

**捕まる、掴まる**〔自五〕抓住、揪住、逮住

犯人を掴まった（犯人抓住了）

彼の人に掴まったら逃げられない（如果被抓住就跑不掉）

吊り革に掴まる（抓住電車吊環）

私にしっかり掴まっておいで（緊緊揪住我）

赤ん坊が物に掴まって立つ（嬰兒揪住東西站起來）

## 補、补（ㄅㄨˇ）

**補**（也讀作补）〔漢造〕補、輔助、任職、見習、候補

補任、ふにん（補任某官職）

補陀落、普陀落（南海普陀落伽山-觀世音顯聖之地）

相補（互補）

増補（増補）

親補（〔天皇〕親自任命）

警部補（地位次於警部的警察）

判事補（判事補）

書記補（書記補）

候補（候補，候補人、候選、候選人）

**補する**〔他サ〕補、任命（某種職務）

高等学校長に補される（被任命為高中校長）補する保する

**補遺**〔名〕補遺

補遺を付ける（加上補遺）

辞書の補遺を作る（編寫辭典的補遺）

**補益**〔名、自他サ〕補益、產生益處

**補回**〔名〕〔棒球〕（在九局還不能決定勝負時）延長

補回戦（延長賽）

**補外法**〔名〕〔數〕外推法、外差法

**補角**〔名〕〔數〕補角

**補完**〔名、他サ〕增補、補齊、補充

補完的役割（補充的任務）

補完的機能（輔助作用）

不充分な所を補完する（補全不足之處）

**補間法**〔名〕〔數、統計〕內推法、內插法、插值法

**補記**〔名、他サ〕補記、補寫

**補給**〔名、他サ〕補給、補充、供給

武器の補給（武器的補給）

戦線への補給（對戰線的補給）

石炭を補給する（補給煤炭）

ガソリン(gasoline)を補給する（補給石油）

資金の補給が絶える（資金供應不上）

補給部隊（補給部隊）

補給金（補助金、津貼）

**補強**〔名、他サ〕補強、增強、加強、強化

新入選手でチーム(team)を補強する（以新來的選手加強球隊）

補強工事（加強工程）

護謨の補強剤（橡膠加強劑）

**補欠、補缺**〔名〕補缺、補缺的人、候補選手

定員に満たないので補欠募集を行う（因為不滿定額所以補充招募）

補欠選挙（補缺選舉）

補欠入学（補缺入學）

補欠選手（候補選手）

補欠が出場する（候補選手出場）

**補欠分子族**〔名〕〔化〕輔基

**補血**〔名、自サ〕補血
補血剤（補血劑）

**補語**〔名〕〔語法〕補語
述語の意味を補う言葉を補語と言う（補充述語意義的詞叫作補語）

**補考**〔名〕（對正文的）増補、補充研究

**補講**〔名〕作為補充的講義

**補酵素**〔名〕〔生化〕輔酶

**補佐、輔佐**〔名、他サ〕輔佐
課長補佐（副科長）
部長を補佐する（輔助部長）
補佐の任に当たる（擔任輔助的任務）
幼君を補佐する（輔佐幼主）

**補殺**〔名、他サ〕〔棒球〕（守場員投球）助殺（跑壘者）

**補修**〔名、他サ〕補修、維修
堤を補修する（修復堤壩）
補修工事（維修工程）
補修材料（維修材料）

**補習**〔名、他サ〕補習
夏休みに補習授業が有る（暑假期間有補習課）
補習学校（補習學校）

**補充**〔名、他サ〕補充
欠員を補充する（補充空額）
食糧を補充する（補充糧食）
補充陪審員（候補陪審員）
補充選挙（補選）
補充計画（補充計畫）
補充兵（預備役軍人）

**補集合**〔名〕〔數〕餘數、補集

**補助**〔名、他サ〕補助
生活費を補助する（補助生活費）
人の補助を受けて生活する（接受別人補助而生活）
学生に学資を補助して遣る（補助學生學費）

**補助帆**（〔海〕輔助帆、翼帆）

**補助金**（補助金、津貼）

**補助動詞**（〔語法〕補助動詞-有實質意義可單獨使用的動詞、通過助詞て、接其他動詞連用形下、對上邊的動詞所表示的意義加上某些限定的動詞-如遣って見る句中的見る、忘れて仕舞う句中的仕舞う）

**補償**〔名、他サ〕補償、賠償
倍額補償（加倍賠償）
過剰補償（〔心〕過度補償-為克服自卑等心理而發生的過度反應）
損害を補償する（賠償損失）
補償を与える（給予補償）
補償契約書（賠償契約）
補償点（〔理〕補償點）
補償導線（〔理〕補償導線）

**補色**〔名〕〔理〕補色、互補色

**補職**〔名、他サ〕任職、委派（的）職務

**補数**〔名〕〔數〕補數

**補正**〔名、他サ〕補正、補充改正
誤差の補正（補正誤差）
補正予算（補正預算-追加預算和修正預算的總稱）

**補整**〔名、他サ〕補整、整修
補整振子（〔理〕補償擺）
補整器（補償器、補助器）

**補説**〔名、他サ〕補充說明

**補選**〔名、他サ〕補選

**補足**〔名、他サ〕補足、補充
資料を補足する（補充資料）
若干の補足を為る（作些補充）
補足説明（補充說明）

**補則**〔名〕〔法〕補充規則

**補体**〔名〕〔醫〕（血清中的）補體、防禦素

補体結合反応（補體結合反應）

補題〔名〕〔數〕輔助定理、預備定理

補注、補註〔名〕補充註釋

補聴器〔名〕助聽器
　補聴器を耳に当てる（把助聽器放在耳朵裡）

補訂〔名、他サ〕補訂

補綴、補綴〔名、他サ〕補綴，修補、補充修改（文章）、綴文
　生徒の文章を補綴する（把學生的文章加以補充修改）

補填〔名、他サ〕填補、補貼、補償
　赤字を補填する（彌補赤字）
　補填金（補償金）

補導、輔導〔名、他サ〕（尤指對青少年的）輔導
　校外補導係の先生（校外輔導教師）
　職業を補導する（輔導就業）
　補導の任に当てる（擔任輔導工作）
　補導を仰ぐ（請求輔導）
　補導を受ける（接受輔導）
　不良少年を補導して職業に就かせる（輔導失足少年使之就業）

補任、補任〔名、他サ〕補任（某官職）

補肥〔名〕〔農〕追肥（＝追肥、追肥）

補筆〔名、自サ〕增補、填寫
　生徒の作文に補筆する（在學生的作文上補充添寫）

補弼、輔弼〔名、他サ〕輔弼、輔佐（君主）
　補弼の臣（輔弼之臣）臣臣

補力〔名〕〔攝〕加厚
　補力液（增厚劑）

補陀落、普陀落〔名〕〔佛〕南海普陀落伽山、光明山-觀世音顯聖之地

補う〔他五〕補，補上，補充，貼補、補償，填補，彌補
　欠員を補う（補缺）
　欠陥を補う（補救缺點）
　足りない原料は輸入で補っている（缺乏的原料靠進口來補充）
　家計の不足を内職で補う（靠家庭副業貼補家裡的生活）
　もう少し言葉を補わなければ、意味が良く分りません（如果不稍補充一些話意思就不大明白）
　欠損を補う（補償虧損）
　財政の不足を補う為の臨時的手段（彌補財政不足的臨時辦法）
　今度の成功は前の失敗を補って余り有る（這次的成功足以補償以前的失敗而有餘）
　長短相補う（取長補短、功過相抵）

補い〔名〕補助，補貼，補充、補償，抵補，彌補、補養，補益
　内職を為て生活費の補いに為る（做家庭副業補助生活費）
　不足分の補いを為る（填補缺少的數量）
　赤字の補いに苦しむ（苦於彌補赤字）
　毎月の欠損の補いを付ける（彌補每月的虧損）
　前の損を為た補いが付く（以前的損失得到補償）
　栄養の補いを付ける（補養身體）
　何の補いにも為らぬ（毫無補益）

補い薬、補薬〔名〕補藥、補養藥、臨時代用的藥

# 不、不（ㄅㄨˋ）

不、不〔漢造〕不、壞，醜，笨（名詞前接不變成形容動詞）
　不安（不安，不放心，擔心、不穩定）
　不安心（不放心、擔心＝不安）
　不安定（不安定、不穩定）
　不器量，無器量、不器量（無才，無能、醜，難看）

不沙汰、無沙汰（久未通信，久疏問候，少見，久違）

不細工、不細工（笨拙，不靈巧，醜，難看）

**不安**〔名、形動〕不安，不放心，擔心、不穩定

不安な心持（不安的心情）

不安な（の）一夜を明かす（擔心得一夜沒睡好）

皆不安な顔で台風のニュースを聞いている（大家以不安的神情聽著颱風的消息）

彼の人の言葉が私の不安を取り除いて呉れた（他的話打消了我的擔心）

此の子の将来を不安に思う（擔心這孩子的前途）

不安な地位（不穩定的地位）

不安な生活（不穩定的生活）

不安な政界（不穩定的政界）

**不安心**〔名、形動〕不放心、擔心（=不安）

**不安定**〔名、形動〕不安定、不穩定

不安定な状態（不穩定的狀態）

不安定な台（不牢固的底座）

生活が不安定だ（生活不穩定）

**不案内、不案内，無案内**〔名、形動〕不熟悉、不了解情況

不案内の（な）土地（不熟悉的地方、陌生的地方）

着任して間も無いので、全てに不案内です（剛到任不久對一切都很生疏）

然う言う事柄には不案内です（對那種事情不了解）

此の辺の地理には不案内だ（對這一帶地方不熟悉）

道が不案内の上に日が暮れて途方に暮れた（路不熟加上天色已晚不知如何是好）

**不意**〔名、形動〕意外、突然、想不到、出其不意

不意の訪問（突然的訪問）

不意の会合（緊急集合）

不意の来客（不速之客）

不意を打つ（突然襲擊、出其不意）

不意を突かれる（被突然襲擊）

不意に襲う（突然襲擊）

不意に出会う（偶遇）

不意に人に来られる（突然有人來訪）

汽車が不意に止まった（火車突然停下來）

不意に聞かれて、旨く答えられなかった（被他突然一問沒能很好地回答）

昔の友達が不意に訪ねて来た（老朋友突然來訪）

不意を食らう（遭到突然襲擊）

**不意気、不粋**〔形動〕不風雅，庸俗、蠢（=野暮）

不意気な男だね（你真是一個不懂風雅的人）

**不意打ち、不意討ち**〔名〕（可接作副詞用）突然襲擊

不意打ちの訪問（突然的來訪）

敵に不意打ちを掛ける（突然襲擊敵人）

不意打ちのテストに皆は慌てた（對臨時測驗大家慌了神）

不意打ちの攻撃を受けた（受到突然襲擊）

不意打ちの採決を行う（進行突然的表決）

不意打ちを食らう（遭到突然表決）

不意打ちを食らわす（給他個冷不防）

不意打ちに試験を為る（突然舉行考試）

**不意試験**〔名〕突然襲擊式的考試

**不一、不一**〔名〕（寫信的結尾）不一、書不盡言

**不入り**〔名〕（演劇、電影等）觀眾少、不賣座←→大入り

**不運**〔名、形動〕不幸、倒霉、不走運

不運に見舞われる（倒霉、遭到不幸）

不運と諦める（認倒霉）

不運に為る（走背運）

彼は不運な男だ（他是個不走運的人）

良く不運に耐える人（逆來順受的人）

## ㄅ

**不壊**〔名〕堅固不壊
　金剛不壊（金剛不壊、堅固無比）
　不壊の白玉（堅固的珍珠）

**不得手**〔名、形動〕不擅長、不熟悉、不會做、不愛好
　不得手な事を為る（作不擅長的事）
　喋るのはどうも不得手です（笨嘴拙舌不會講話）
　応対が不得手だ（不善應酬）
　不得手な科目（不擅長的科目）
　酒は不得手だ（不喜歡喝酒）

**不得意**〔名、形動〕不擅長、不精通
　不得意の（な）学科（自己不擅長的學科）
　英語は不得意です（不擅長英文）
　不得意な地位に居る（在不能發揮長處的崗位上）

**不得策**〔名、形動〕不是良策、不明智的辦法、不利的辦法
　不得策な事を為る（做對自己不利的事情）
　其れは不得策だ（那是下策、那不是好辦法）

**不得心**〔名、形動〕不知道、魯莽，輕率，冒失，不禮貌

**不得要領**〔名、形動〕不得要領、模稜兩可、抓不住要點
　不得要領な返事（模稜兩可的回答）
　彼はそんな簡単な質問に答えるにも遠回しで不得要領だ（他回答那樣簡單的質問也是拐彎抹角不得要領）

**不衛生**〔名、形動〕不衛生、不講衛生、不健康
　其の場所は不衛生極まる（那個地方非常不衛生）
　此の食堂の料理は不衛生だ（這飯館的菜不講衛生）
　食事の前に手を洗わないのは不衛生だ（飯前不洗手不衛生）

**不易**〔名、形動〕不易、不變
　千古不易（萬世不變）
　不易糊（〔商標〕永固漿糊、化學漿糊）

**不縁**〔名、形動〕離婚、沒緣分、親事未說成
　不縁に為る（離婚）
　釣り合わぬは不縁の元（不般配是離婚的根源）
　不縁と諦める（認為沒緣分而死心塌地）
　縁談は不縁に終った（親事未成）
　不縁な娘（親事始終也說不成的女孩）

**不応**〔名〕〔生理〕不起反應、麻木
　不応期（不應期）

**不穏**〔名、形動〕不穩、險惡
　形勢（が）不穏だ（形勢險惡）
　不穏な態度を取る（採取恫嚇的態度）
　群衆に不穏な動きが見られる（群眾有些像要鬧事的樣子）
　不穏な言辞を弄する（說出蠻橫的話）

**不穏当**〔名、形動〕不穩當、不妥當、不適當
　不穏当な処置（不穩當的措施）
　不穏当な言葉を削る（刪去不恰當的詞句）

**不穏分子**〔名〕危險分子
　不穏分子の策動（危險分子的策動）

**不可**〔名、形動〕不可，不行，不好、（考試成績）不及格←→可
　其れは断じて不可だ（那絕對不行）
　可も無く不可も無い（不好不壞、普普通通）
　六十点以下は不可（六十分以下為不及格）

**不可解**〔名、形動〕不可解、難以理解、不可思議、神秘
　其れは全く不可解だ（那簡直令人費解）
　不可解な人物（神秘人物）
　其れは外国人には不可解だ（那對外國人是難以理解的）

**不可逆性**〔名〕〔理〕不可逆性

**不可欠**〔名、形動〕不可缺、必須、必需
　此れは不可欠の条件だ（這是必不可少的條件）

近代生活に電気は不可欠だ（現代生活少不了電）

不可欠アミノ酸（〔化〕必要氨基酸）

**不可航**〔名〕不能通航、不適於航行

不可航水路（不能通航的水路）

**不可抗力**〔名〕〔法〕不可抗力、人力不可抗拒

不可抗力に因り生ずる損失に対しては、賠償の責に任ぜず（對於因人力不可抗拒而產生的損失不負賠償之責）

不可抗力証明書（不可抗力證明）

**不可視**〔名〕不可見、看不見

不可視光線（肉眼看不見的光線）

**不可思議**〔名、形動〕不可思議、不可捉摸、神秘、奇怪

不可思議な事件（神秘的事件）

宇宙の不可思議（宇宙之謎）

**不可譲**〔名〕不可轉讓、不能分割

不可譲の権利（不可轉讓的權力）

**不可侵**〔名〕不可侵犯

不可侵権（不可侵犯的權利）

不可侵条約（互不侵犯條約）

領土の不可侵権（國土的不可侵犯權）

**不可説、不可説**〔名〕不能說，用言語難以解釋。〔佛〕〔真理〕只能體會，不能言傳

**不可測**〔名〕不能預測

不可測の事態（不可預測的局勢）

**不可知**〔名、形動〕〔哲〕不可知、不能知道

不可知物（不可知物）

**不可知論**〔名〕〔哲〕不可知論

不可知論者（不可知論者）

**不可聴**〔名〕聽不見

不可聴音波（聽不見的音波）

**不可入性**〔名〕〔理〕不可入性、礙性

物質には不可入性が有る（物質有不可入性）

**不可能**〔名、形動〕不可能、做不到、辦不到

不可能な事を要求する（要求做辦不到的事）

不可能な事を為る訳には行かない（不能幹做不到的事）

不可能を可能に為る（變不可能為可能）

実現不可能だ（不可能實現）

**不可避**〔名、形動〕不可避免、不能避開

両者の衝突は不可避である（雙方的衝突是不可避免的）

**不可分**〔名、形動〕不可分、分不開、離不開

中日両国は不可分な関係に有る（中日兩國有著密不可分的關係）

不可分債務（〔法〕不可分債務）

不可分物（〔法〕不可分物）

**不可量物**〔名〕〔理〕不可稱量的東西

**不快**〔名、形動〕不愉快，不高興，不痛快、〔古〕患病，不舒服

不快な顔色（不高興的神情）

不快に思う（覺得不愉快）

其れを考えると不快で為らない（想起那件事就非常不痛快）

私は其の光景を見て酷く不快に感じた（我看到那種情景感到非常不愉快）

全身的不快（全身不舒服）

不快の気味（好像有病）

御不快だ然うですが如何ですか（聽說你病了好了嗎？）

不快指数（不快指數-表示氣溫高溫度大的情況下人體感到不快程度的數值）

**不開港**〔名〕（對外國）不開放的港口

不開港出入手続き（進出非開放港口的手續）

**不甲斐無い、腑甲斐無い**〔形〕窩囊、不中用、不爭氣、沒有志氣、令人洩氣

自分乍不甲斐無いと思っている（連自己都覺得太窩囊）

誰も御前の事を不甲斐無いなんて言っていないよ（誰也沒說你不爭氣呀！）

彼奴は全く不甲斐無い奴だ（那個人也太沒志氣了）

**ふかいにゅう** 不介入〔名、自サ〕不介入、不干渉、不干預
　不介入方針を取る（採取不干渉方針）

**ふかく** 不覚〔名、形動〕（因大意而）失敗、失策、過錯、不由得、不知不覚、沒有知覺、失去知覺
　其れは確かに私の不覚だった（那的確是我搞錯了）
　あんな人を夫に持ったのが貴方の不覚です（找那麼一個丈夫是你的過錯）
　不覚人（粗心大意的人、懦弱的人、膽小鬼）
　不覚の涙を溢す（不由得落淚）
　不覚にも其の罠に落ちた（沒想到掉進了那個圈套）
　前後不覚に眠る（昏睡）
　不覚を取る（遭到意想不到的失敗、遭到意想不到的恥辱）
　油断して不覚を取るな（不要粗心大意搞糟了）
　試験に不覚を取る（考試竟然失敗了）

**ふかくご、ふかくご** 不覚悟、不覚悟〔名〕（因大意而）失敗、失策

**ふかくじつ** 不確実〔名、形動〕不確實、不確切、不可靠
　不確実な報道（不可靠的消息）
　不確実な商売（沒把握的買賣）

**ふかくてい** 不確定〔名、形動〕未確定、不明確
　不確定要素（未確定因素）
　不確定性原理（〔理〕測不準原理）

**ふかくにん** 不確認〔名〕未確認、未證實
　不確認戦死者名簿（未經證實的陣亡者名單）

**ふたしか** 不確か〔形動〕不確實、靠不住
　不確かな返事（不可靠的回答）
　不確かな事を言う物ではない（不要說靠不住的話）
　彼の言葉は不確かだ（他的話不可靠）

**ふかくだい** 不拡大〔名〕不擴大
　不拡大方針を取る（採取不擴大方針）

**ふかげん** 不加減〔名、形動〕調味不準、味道不好

**ふかつじょう** 不割譲〔名〕不割讓（領土）
　不割譲条約（不割讓條約）

**ふかっせい** 不活性〔名〕〔理、化〕惰性
　不活性ガス（惰性氣體）
　不活性充填剤（惰性填料）
　不活性化（鈍化）

**ふかって** 不勝手〔名〕（尤指武士）生活困難、不方便

**ふかつどう** 不活動〔名〕不活動、不活潑、無生氣

**ふかっぱつ、ふかっぱつ** 不活発、不活潑〔名、形動〕不活潑、（市場）不活躍
　不活発な子供（不活潑的兒童）
　商況は不活発である（市場不活躍）

**ふがてん** 不合点〔名〕不理解、不懂（好壞）

**ふかどう、ふかどう** 不稼動、不稼働〔名〕（機器）閒置、不開動

**ふかん** 不完〔名〕（內容）不全
　不完本（待續的書、不成套的書）

**ふかんけつはんのう** 不完結反応〔名〕〔化〕不完全反應

**ふかんぜん** 不完全〔名、形動〕不完全、不完備、有缺點
　稍不完全な所が有る（稍有不足之處）
　不完全花（〔植〕不具備花）
　不完全変態（〔動〕不完全變態-昆蟲由幼蟲不經過蛹的階段直接變為成蟲）
　不完全気体（〔理〕非理想氣體、實在氣體）
　不完全菌類（不完全菌類-分類上所屬不明的真菌類的總稱）
　不完全葉（〔植〕不完全葉-缺葉身、葉柄、托葉中的一種）
　不完全就業（不完全就業、半失業-雖有職業但工作量少、工作時間短、工資收入低）
　不完全燃焼（〔化〕不完全燃燒）
　不完全反応（不完全反應）

**ふかん** 不堪〔名〕〔古〕不擅長藝術（技藝）（的人）、田地荒蕪，不能耕種、貧窮

**ふかん** 不換〔名〕〔經〕不能兌換
　不換紙幣（不兌換紙幣）

**ふかんしょう** 不干渉〔名〕不干涉、不干預
　内政不干渉（不干涉內政）
　不干渉主義〔不干涉主義〕

父親は子供の教育に不干渉だ（父親不干預孩子的教育）

**不感症**〔名〕〔醫〕（婦女）冷感症。〔喻〕反應遲鈍

　不感症に為る（患冷感症）

　不感症の女（冷感症的女人）

　彼は何事にも不感症に為っている（他對任何事都不關心）

**不感時間**〔名〕〔計〕停歇時間、死區時間

**不乾油**〔名〕不乾油（=不乾性油）

**不乾性油**〔名〕〔理〕不乾油（如橄欖油、蓖麻子油等）

**不寛容**〔名、形動〕偏狹、不能寬容、不容異說

**不眼力**〔名〕缺乏眼力、沒有見識

**不軌**〔名〕不軌、違法、謀反、造反

　不軌を企む（圖謀不軌）

**不帰**〔名〕不歸，不再回來、死亡

　不帰の客と為る（死去）

**不起**〔名〕不能再起、因病死亡

　不起の人（不能再起的人）

**不諱**〔名〕直言不諱、不可避免、死亡

**不羈、不羇**〔名、形動〕不羈、自由、不拘束、無拘無束

　不羈の人（我行我素的人）

　不羈奔放の生活（放蕩不羈的生活）

　不羈の才（不羈之才）

**不義**〔名〕不義，不道德，背信棄義、男女私通

　不義の金（不義之財）

　不忠不義の輩（不忠不義之徒）

　不義を為る（私通、通姦）

　不義の子（私生子）

　不義者（不義的人、不道德的人、通姦的人）

**不義理**〔名、形動〕忘恩負義，對不起人、不合情理，違約，欠債不還

　友人に不義理を為る（作對不起朋友的事）

　彼の人には不義理が有る（欠他錢）

　不義理許り重ねている（一再拖欠、一再違約）

**不輝炎**〔名〕〔理〕無光焰

**不機嫌**〔名、形動〕不高興、不快活、不痛快、不開心

　不機嫌な顔を為る（現出不高興的神色）

　人を不機嫌に為る（使人掃興）

**不起訴**〔名〕〔法〕不起訴

　其の事件は不起訴に為った（那事件以不起訴了結）

　不起訴処分（不起訴處分）

**不規則**〔名、形動〕不規則、無規律、不整齊

　不規則な生活を為る（生活不規律）

　不規則に食事を取る（不按時吃飯）

　不規則な町並（不整齊的街道）

　不規則動詞（不規則動詞、變格活用動詞）

　不規則星雲（〔天〕不規則星雲）

　不規則変光星（〔天〕不規則變星）

**不規律**〔名、形動〕（生活）放蕩，散漫、無規律，無秩序，雜亂無章

　勤め方が不規律である（工作態度散漫）

　不規律な生活（無規律的生活）

**不揮発**〔名〕不揮發

　不揮発酸（不揮發酸）

　不揮発性油（不揮發油）

**不吉**〔名、形動〕不吉利、不吉祥

　不吉な予感（不祥的預感）

　不吉の兆と為る（成為不祥之兆）

　不吉な事を言う（說不吉利的話）

**不休**〔名〕不休息

　不眠不休の努力（夜以繼日的努力）

**不朽**〔名〕不朽

　不朽の名作（不朽的名著）

　不朽の功績（不朽的功績）

**不急**〔名〕不急、不著急

不急の工事に予算を使う（把預算用於不急的工程）

不急の品物は買わない（不買不急需的東西）

**不許**〔名〕不許、不准

不許複製（不准複製、禁止翻印）

**不許可**〔名〕不許可、不允許、不批准

請願は不許可に為った（申請沒有批准）

**不況**〔名〕〔經〕不景氣、蕭條←→好況

世界的な不況（世界性的不景氣）

商売が不況である（買賣蕭條）

不況を克服する（克服不景氣）

不況が漸次回復しつつ在る（蕭條在逐漸好轉）

**不興**〔名〕無趣、掃興、不高興

座が不興に為る（全場掃興）

不興を買う（惹人不高興、冒犯上級）

不興顔（不高興的神色）

**不脅威**〔名〕不威脅

不脅威不侵略主義（不威脅不侵略主義）

**不協和**〔名、形動〕不協和、不協調、不融洽

不協和音（〔樂〕不協和音）←→協和音

**不均一**〔名〕（顏色）不均匀、（質量）不一致、（樣式）不一樣、不一律

不均一反応（〔化〕多相反應）

**不均等**〔名、形動〕不均等（=不均一）

**不均化反応**〔名〕〔化〕岐化（作用）

**不均衡**〔名〕不均衡、不平衡

経済上の不均衡を是正する（糾正經濟上的不平衡）

勢力が不均衡だ（勢力不均衡）

**不均質**〔名〕不均質、不等質、質量不均匀

**不謹慎**〔名、形動〕不謹慎、不小心、不慎重、不認真

不謹慎な発言（不慎重的發言）

不謹慎な行動（輕率地行動）

不謹慎に亘る（不夠謹慎）

**不均斉**〔名、形動〕不相稱、不匀稱、不對稱

**不吟味**〔名、形動〕沒有仔細研究、沒有充分審訊

**不具**〔名〕不具備，不齊全、殘廢、（書信末尾用語）書不盡言

彼は一生不具に為るかも分からない（他也許殘廢一輩子）

不具者（殘廢者-盲、聾、啞、四肢殘廢）

**不倶戴天**〔名、連語〕不共戴天

不倶戴天の仇（不共戴天之仇）

不倶戴天の敵（死對頭）

両人は不倶戴天の間柄（兩人是不共戴天的死對頭）

**不虞**〔名、形動〕沒有料到（的情況）

**不遇**〔名、形動〕不走運、不得志、遭遇不佳

一生不遇に終わる（終生不得志、終生遭遇不佳）

不遇な（の）作家（懷才不遇的作家）

不遇を託つ（抱怨自己不走運）

**不屈**〔名〕不屈服、不屈從、不屈不撓

不撓不屈の精神（不屈不撓的精神）

**不敬**〔名、形動〕（對皇室、神社、寺院）失禮、不尊敬、不禮貌

不敬な言を言う（說不恭敬的話）

不敬の行為（失禮的行為）

不敬罪（不敬罪-舊日本刑法對天皇、皇室、神宮、皇陵不尊敬構成的犯罪）

不敬事件（不敬事件）

**不景気**〔名、形動〕不景氣，蕭條，經濟停滯、沒精神，憂鬱←→好景気

商売が不景気だ（買賣蕭條）

不景気な季節（淡季）

何処も彼処も不景気だ（到處一片蕭條）

不景気知らずである（永續繁榮）

不景気な顔を為る（臉上無精打采）

不景気な声（無精打采的聲音）

**不経済**〔名、形動〕不經濟、浪費

そんな事を為るのは時間の不経済だ（做那種事是浪費時間）

間食は不経済でも有り体にも悪い（吃零食既浪費對身體也不好）

不経済な方法（不合算的方法）

そんな不経済な事は止せ（別做那種不合算的事）

**不潔**〔名、形動〕不清潔、不潔淨、不乾淨、（思想）不純潔←→清潔

不潔な水（骯髒的水）

不潔は病気の元（不清潔是生病的根源）

体を不潔に為ている（身體弄得很髒）

部屋が不潔だ（屋子不乾淨）

不潔な心（不純潔的心）

**不結果**〔名〕失敗、無效、未成功、結果不佳

不結果に終わる（結果失敗）

**不決断**〔名、形動〕不果斷、優柔寡斷

彼は不決断な男だ（他是個優柔寡斷的人）

**不言**〔名〕緘默不言

不言実行（只做不說、埋頭實幹）

不言不語（不言不語、緘默）

**不鹸化物**〔名〕〔化〕不皂化物

**不健康**〔名、形動〕不健康、有害健康

不健康な部屋（不衛生的屋子）

不健康な生活（有害健康的生活）

**不健全**〔名、形動〕不健全、不健康

不健全な思想（不健康的思想）

不健全な文学（不健康的文學）

**不見識**〔名、形動〕見識短，缺乏見識，輕率，不穩重

其れは不見識極まる話だ（那太沒有見識了）

そんあ不見識な事は出来ない（不能做那樣輕率的事）

**不見転、見ず転**〔名〕〔俗〕不擇對象只憑金錢而賣身（的藝妓）

不見転を買う（與藝妓同寢）

**不減衰振動**〔名〕〔理〕無衰減振盪、無阻尼振動

**不減衰伝導**〔名〕〔動〕不遞減傳導

**不検束**〔名〕不拘禁、不居留

**不辜**〔名〕無辜、冤枉（=無辜）

**不語**〔名〕不語

不言不語（不言不語、緘默）

**不孝、不教**〔名、形動〕不孝、不孝敬←→孝行

親不孝（不孝敬父母）

不孝なの子（不孝之子）

親に先立つ不孝の罪、どうぞ御許し下さい（請寬恕死在父母之前的不孝之罪）

**不幸**〔名、形動〕不幸，厄運，倒霉，（家族親屬的）死亡，喪事

親の無い不幸な子供（沒有父母的不幸的孩子）

不幸に見舞われる（遭到不幸、倒霉）

不幸を招く（招致不幸）

不幸にも病気で亡くなられた（不幸病逝）

重ね重ねの不幸（一再倒霉）

重傷者が無かったのは不幸中の幸いであった（沒人負重傷倒是不幸中之大幸）

不幸の有った人に悔みを言う（對家有喪事的人表示弔慰）

親類に不幸が有った（親戚家裡有了喪事）

不幸に不幸を重ねる（禍不單行）

不幸は重なる物（禍不單行）

**不合**〔名、形動〕不合意、感情不好、不幸、貧窮

**不合格**〔名〕不合格、（考試）不及格

不合格に為った部品（報廢的零件）

彼は体格検査で不合格と為った（他體檢沒有合格）

不合格品（不合格的製品）

不合格率（廢品率）

**不合理**〔名、形動〕不合理、不合道理

不合理な規定や制度を改革する（改革不合理的規章制度）

不合理極まる（極不合理）

不合点（ふがてん）〔名〕不理解、不懂（好壞）
不耕作（ふこうさく）〔名〕不耕種
　不耕作地（ふこうさくち）（非耕種地、非農業用地）
不効用（ふこうよう）〔名、形動〕沒用處、沒功效
不行儀（ふぎょうぎ）〔名、形動〕沒禮貌、沒規矩
　君は不行儀だね（きみはふぎょうぎだね）（你沒一點禮貌呀！）
　不行儀な子供（ふぎょうぎなこども）（沒禮貌的孩子）
不行状（ふぎょうじょう）〔名、形動〕品行不端、行為不端
不行跡（ふぎょうせき）〔名、形動〕品行壞、不規矩、行為不端
　不行跡を働く（ふぎょうせきをはたらく）（幹壞事）
　外聞の悪い程不行跡な人（がいぶんのわるいほどふぎょうせきなひと）（品行不端以至聲名狼藉的人）
不行為（ふこうい）〔名〕無所作為
不行使（ふこうし）〔名〕〔法〕不行使
　権利の不行使（けんりのふこうし）（棄權、不行使權力）
不行き届き（ふゆきとどき）〔名、形動〕（招待等）疏忽、馬虎、不周到
　此のホテルはサービスが大層不行き届きだ（このホテルはサービスがたいそうふゆきとどきだ）（這個旅館服務很不周到）
　御客様に不行き届きの無い様に注意為さい（おきゃくさまにふゆきとどきのないようにちゅういなさい）（注意對客人要做到周到）
　万事不行き届きで、どうぞ御許し願います（ばんじふゆきとどきで、どうぞおゆるしねがいます）（一切都不周到請多擔待）
　家の手入れが不行き届きだ（いえのていれがふゆきとどきだ）（房子收拾得很不徹底）
不公正（ふこうせい）〔名、形動〕不公正、不公平
不公平（ふこうへい）〔名、形動〕不公平、不公正、不公道
　不公平な扱い（ふこうへいなあつかい）（不公平的對待）
　誰にも不公平無く（だれにもふこうへいなく）（一視同仁）
　不公平が無い様に為る（ふこうへいがないようにする）（做到公正無私）
　不公平な遣り方（ふこうへいなやりかた）（不公平的做法）
　不公平な判事（ふこうへいなはんじ）（不公平的審判官）
不拘束（ふこうそく）〔名〕〔法〕不拘留、不拘禁
　身柄不拘束の儘（みがらふこうそくのまま）（不加拘禁）
不拘留（ふこうりゅう）〔名〕〔法〕不拘留
　不拘留の儘検束される（ふこうりゅうのままけんそくされる）（未經拘留即被逮捕）

不効用（ふこうよう）〔名〕〔經〕無效、無效用
不告（ふこく）〔名〕〔法〕不告、不控告
　不告不理の原則（ふこくふりのげんそく）（不告不理的原則-檢察官不提起公訴、法院不能審理任何案件的原則）
不心得（ふこころえ）〔名、形動〕魯莽、輕率、冒失、不謹慎、輕舉妄動、行為不端
　不心得にも人の物に手を出す（ふこころえにもひとのものにてをだす）（竟冒冒失失拿別人的東西）
　不心得にも程が有る（ふこころえにもほどがある）（也太魯莽了、也太不懂事了、冒失也要有個程度）
　不心得の無い様に人を戒める（ふこころえのないようにひとをいましめる）（告誡人不要魯莽）
　不心得を為る（ふこころえをする）（行為失慎）
　不心得な事を為るな（ふこころえなことをするな）（不要冒失、別犯錯誤）
　人の不心得を責める（ひとのふこころえをせめる）（譴責別人的輕率）
　不心得を諭す（ふこころえをさとす）（規戒錯誤思想）
　不心得者（ふこころえもの）（魯莽的人、行為不端的人）
不混和性（ふこんわせい）〔名〕〔化〕不溶混性
不才，不材，不才，不材，不才，不材（ふさい）〔名〕不才、菲才、無能、無學（也用作自謙）
　不才で其の任に堪えず（ふさいでそのにんにたえず）（菲才不能勝任）
　身の不才を顧みず（みのふさいをかえりみず）（不顧自己無才、不顧自力綿薄）
不在（ふざい）〔名〕不在、不在家（＝留守）
　父は不在です（ちちはふざいです）（父親沒在家）
　彼は箱根へ行って不在です（かれははこねへいってふざいです）（他到箱根去了沒在家）
　私は用事で終日不在だった（わたしはようじでしゅうじつふざいだった）（我因有事整天沒在家）
　不在地主（ふざいじぬし）（不在地主-住在外地土地交給別人管理的地主）
　不在経営（ふざいけいえい）（委託別人代為經營）
　不在（者）投票（ふざい（しゃ）とうひょう）（不在選舉人投票-選舉當天因事不能投票者的事先投票、郵寄投票）
　不在証明（ふざいしょうめい）（〔法〕證明不在現場、被告當時不在現場的證明＝アリバイ）
不裁可（ふさいか）〔名〕（天皇）否決、不批准

**不再議**〔名〕〔政〕不再審議（在同一議院的同一開會期間內不再審議已經否決的議案）（＝一事不再議）

**不再理**〔名〕〔法〕（一經判決）不再審理（＝一事不再理）

**不作**〔名〕歉收，年成不好（尤指水稻）←→豊作、（成績、結果）不好
　今年は米が不作だ（今年稻穀收成不好）
　旱魃が続いた為不作だった（由於長期乾旱而歉收）

**不作為**〔名〕〔法〕不作為、不實行、不履行、故意拖延←→作為
　不作為犯（不履行犯）

**不作法、無作法**〔名、形動〕粗魯、沒規矩、沒禮貌
　此の子は不作法だ（這孩子沒規矩）
　不作法な（の）振る舞い（沒禮貌的舉止）

**不参**〔名、自サ〕不参加、不出席、不出勤
　不参加（不参加）
　不参者（缺席者、不去的人）
　不参の者は届ける事（不参加的人要報告）
　不参の旨、断りが来た（通知說不参加）

**不死**〔名〕不死、長生、永生
　不老不死（長生不老）
　不死鳥（〔神話〕不死鳥、火鳳凰＝フェニックス phoenix）
　不死の薬（長生不老藥）
　不死の神神（永生的眾神）

**不死身、不仁身**〔名〕硬漢，身體不怕摔打（的人）、（轉）（不向困難，失敗，挫折低頭）倔強（的人）
　不死身の男（硬漢）
　不死身の人（不屈不撓的人）

**不治、不治**〔名〕不治、不能醫治
　不治の病（不治之症）
　腎臓癌の約半数は不治の状態に為ってから見付かる（腎臟癌的幾乎一半到了沒法治的時候才發現）

**不二**〔名〕唯一，無比，無雙，一體、（寫在書信末尾）不一，書不盡言、富士山

**不次**〔名〕破格，打破常規，不按順序、（書信客套語）不次，草草

**不時**〔名〕不時、意外、萬一
　不時の来客（不速之客）
　不時に備える（以備萬一）
　不時の出費に備える（以備不時之需）
　不時の災難に遭う（遇到意外的災難）
　不時着（陸）（〔飛機〕被迫降落、緊急降落）

**不幸せ、不仕合わせ**〔名、形動〕不幸、倒霉、不走運
　彼は不幸せ続きだ（他屢遭不幸）
　家庭の不幸せに悩む人人（為家庭的不幸而煩惱的人們）
　不幸せな境遇に在る（處在不幸的境遇）

**不思議**〔名、形動〕奇怪、奇異、不可思議、難以想像
　不思議な事ではない（不足為奇）
　少しも不思議ではない（毫不奇怪）
　不思議な話だが（說來很奇怪）
　不思議にも助かった（萬沒想到得救了）
　其れが何故不思議だ（那有什麼奇怪的）
　此の薬は不思議に良く効く（這種藥特別靈）
　さっぱり音沙汰が無いのは不思議だ（杳無音信真是怪事）
　世界の七不思議（世界上的七大奇蹟〔七大怪事〕）
　不思議な事が有れば有るもんだ（說來也真奇怪）

**不思議がる**〔自五〕認為奇怪、感到奇怪
　皆其の事を迚も不思議がった（大家都認為那很奇怪）
　他人の為る事を然う――不思議がれば限が無い（別人做的事若是――懷疑起來就沒完了）

子供が不思議がって見る（孩子用好奇的眼光看）

**不悉**〔名〕不能充分表達、（書信末尾客套語）書不盡言（=不一、不一）

**不日**〔副〕不日、日內、不久（=其の內）

不日参上の積で居ります（打算日內登門拜訪）

**不実**〔名、形動〕虛偽、不誠實、不誠懇

不実の申し立て（虛偽的申述）

不実な人（不誠實的人）

不実な事を為る（背約、背棄）

**不自然**〔名、形動〕不自然，做作，造作，勉強

不自然な笑い方を為る（假笑）

演技が不自然に見える（表演得不自然）

不自然ににこっと為た（勉強地笑了一笑）

不自然な姿勢（固作的姿勢）

**不自由**〔名、形動、自サ〕不自由，不隨便，不如意，不充裕、不好使，不聽用，不方便

不自由を忍ぶ（忍受不自由）

不自由な生活（不充裕的生活）

金に不自由は無い（錢不成問題、經濟上不困難）

不自由無く暮している（生活充裕）

金に不自由する（缺錢、手頭緊）

彼は右足が不自由だ（他右腳不太方便）

乗物の不自由な場所（乘車不方便的地方）

マント(manteau 法)を着ていたので行動が不自由であった（因為穿著斗篷行動不方便）

**不始末**〔名、形動〕不經心，不注意，不在意，不檢點，不規矩

不始末の為に原書を無くした（由於不經心把原文書弄丟了）

吸殻の不始末から火事に為った（因為沒注意於蒂引起火災）

不始末を仕出かす（做出不檢點的事來）

**不惜身命**〔連語〕〔佛〕（為修成正果）不惜身命

**不首尾**〔名、形動〕失敗、結果不好、人緣不好←→上首尾

実験は不首尾であった（實驗失敗了）

双方の交渉は不首尾に終った（雙方的談判沒談妥）

上役に不首尾に為る（不受上級歡迎、遭到上級的冷遇）

**不周延**〔名〕〔邏〕不周延

**不銹鋼**〔名〕不鏽鋼（=ステンレス、スチール stainless steel）

**不従順**〔名、形動〕不順從、不服從

**不十分、不充分**〔名、形動〕不夠、不足、不充分、不完全

調査が不充分だ（調查得不夠）

不充分な点が無い（無不足處）

不充分な栄養（營養不足）

其れ丈話したのでは未だ不充分だ（光講這些還不夠）

彼は証拠不充分で無罪を宣告された（他因證據不足被宣布無罪）

**不熟**〔名、形動〕不熟，不成熟、不和，不和睦

不熟な果実（沒成熟的果實）

不熟な文章（不成熟的文章）

**不熟練**〔名、形動〕不熟練

不熟練工（不熟練工人、小工、徒工）

**不出**〔名〕不出門、不讓出門、不往外拿

門外不出の秘宝（秘藏的珍寶、不准拿出門的秘寶）

**不出場**〔名〕（體育比賽）缺席、棄權

**不出来**〔名、形動〕做得不好、收成不好←→上出来

不出来な子供（發育不良〔長得難看、笨拙〕的小孩）

不出来な（の）料理（做壞了的菜）

作物の出来不出来（莊稼收成的好壞）

今年の米が不出来だ（今年稻子欠收）

**不純**〔名、形動〕不純、不純真、不純正

党内の不純分子（黨內的不純分子、黨內的異己分子）

不純な心（不純真的心）

不純な思想（不純正的思想）

君は私の動機が不純だと言うのか（你是說我的動機不純嗎？）

不純の異性交遊（不正當的男女交際）

不純物（不純物、混雜物、夾雜物、雜質、異物）

不純物を除く（除去異物）

煤煙、ガス、埃及び其の他の不純物に由る空気の汚染（由於煤煙瓦斯塵土及其他雜質引起的空氣汙染）

**不順**〔名、形動〕不順，不調，異常、不順從，不服從，不老實

不順な季節（氣候不正常的季節）

気候不順（時令不正）

生理不順（月經不調）

**不如帰、不如帰,杜鵑,子規,時鳥**〔名〕〔動〕杜鵑、杜宇、布穀、子規

**不如意**〔名、形動〕不如意,不隨心、（生活）困難，（經濟）不寬裕

不如意な事が有ってもへたばるな（就是有不如意的事也不要氣餒）

人生には兎角不如意な事が多い（人生不如意事常八九）

どうも万事が不如意だ（一切總是不順利）

手元不如意である（手頭拮据）

**不所存**〔名、形動〕行為不端、居心不良、輕率，魯莽，考慮不周

不所存者（魯莽的人、行為不端的人）

**不肖**〔名、形動〕不肖

〔代〕（對自己的謙稱）不肖、鄙人

彼は不肖の子だ（他是個不肖之子）

不肖の子孫（不肖的子孫）

不肖私が（鄙人）

不肖ながら出来る限り努力して見ます（我雖不才盡量努力一下）

**不祥**〔名、形動〕不祥,不吉利、不幸

不祥事件を引き起こす（引起不祥〔舞弊〕事件）

不祥事（不幸事）

**不詳**〔名、形動〕不詳、不清楚、不知道

身元不詳の女（出身不明的女人）

病名不詳（病名不詳）

氏名不詳（姓名不詳）

**不承**〔名、他サ〕不答應、勉強答應

**不承不承**〔副〕勉強答應、勉勉強強（=渋渋、嫌嫌乍ら）

不承不承引き受ける（勉勉強強接受）

母は不承不承一人で行く気に為った（母親勉勉強強地決意一個人去）

**不承知**〔名、形動〕不答應、不同意、不贊成

不承知の旨を返事する（回答不同意）

父は此の縁談には不承知です（父親不同意這門親事）

**不承認**〔名〕不承認

不承認主義（不承認主義）

**不請**〔名、形動〕慈悲的人、菩薩

**不浄**〔名、形動〕不清潔,不潔淨，污穢、大小便，廁所、月經←→清浄、清浄

不浄の身を清める（洗淨不潔之身）

不浄の財（〔宗〕不淨之財）

御不浄は何方ですか（廁所在哪裡？）

不浄紙（衛生紙）

不浄役人（〔古〕捕吏）

**不消化**〔名、形動〕不消化、消化不良

知識の不消化（知識不消化）

不消化な肉（不好消化的肉）

彼は前夜の暴飲で不消化を起こした（他因前一晚喝大酒引起消化不良）

不消化の儘で新知識を振り回す（賣弄一知半解的新知識）

不消化物（難消化的食品）

**不条理**〔名、形動〕不合理、不合邏輯、沒有道理

**不織布**〔名〕〔化〕無紡織布

**不印**〔名、形動〕〔俗〕（不首尾、不結果、不如意的委婉表現）不好、不妙、糟糕
　此の頃一寸不印だ（最近情況有些不妙、近來手頭有些緊）
　市場は酷く不印だ（市場蕭條得很）

**不信**〔名、形動〕不誠實,不守信用、不相信,不信用。〔宗〕沒有信仰心
　人の不信を責める（責備旁人不守信用）
　不信の行為（不誠實的行為）
　不信を表明する（表示不相信）
　人を不信の目で見る（用懷疑的眼光看人）
　不信の人（沒有信仰心的人）

**不信感**〔名〕不相信、不信任、懷疑
　不信感を抱く（懷疑）
　不信感を起こさせる（引起疑惑）
　人人の彼に対する不信感は非常に根深い物が有る（人們對他的不信任是根深蒂固的）

**不信義**〔名〕不忠實、不講信義、詐欺

**不信仰**〔名、形動〕不信神佛、沒有信仰心（=不信心）

**不信心**〔名、形動〕不信神佛、沒有信仰心
　不信心の者（不信神佛的人）

**不信行為**〔名〕違約行為、不守信用的行為

**不信任**〔名〕不信任、不相信
　内閣不信任（不信任内閣）
　不信任の決議（不信任的決議）

**不信任案**〔名〕（眾議院提出對內閣或大臣的）不信任案
　不信任案を上程する（提出不信任案）
　政府の不信任案を可決する（通過不信任政府的議案）

**不信用**〔名〕沒有信用、失去信用
　不信用を招く（引起懷疑）
　社会正義に不信用である（對社會正義方面失去信用）

**不振**〔名、形動〕蕭條、不興旺、委靡不振、（成績）不好、（形勢）不佳
　食欲不振（食慾不佳）
　商売は非常に不振だ（買賣蕭條得很）
　業界の不振（商業蕭條）
　不振に陥る（陷入蕭條）
　国内経済の不振を解消する（消除國內經濟不景氣）

**不審**〔名、形動〕疑惑,懷疑、可疑,疑問,不清楚
　不審を抱く（懷疑）
　不審然な様子（好像不相信的樣子）
　不審な個所に印を付けて置き為さい（不清楚的地方請劃上記號）
　其の御説明で不審が晴れました（您那解釋消除了疑團）
　何か御不審が有りますか（有甚麼不明白的地方嗎？）
　不審尋問を受ける（受到盤問）
　不審に思う処が有る（有可疑之處）
　挙動不審の男（行動可疑的男人）
　不審紙（夾在書中表示有疑問的紙條）
　不審火（原因不明的火災）
　不審訊問（警察因懷疑而進行的盤問）

**不仁**〔名〕不仁,沒有仁愛心、（手腳等）麻痺,麻木不仁

**不尽**〔名〕（書信末尾用語）書不盡言

**不尽根数**〔名〕〔數〕無理數、不盡根

**不尽数**〔名〕〔數〕無理數、不盡根（=不尽根数）

**不浸材料**〔名〕〔電〕不吸收的材料

**不浸透性、不滲透性**〔名〕〔理〕不滲透性

**不真実**〔名〕不真誠、無誠意、不老實

**不真実表示**〔名〕〔法〕誣告、誤述、錯誤表示、顛倒黑白

**不心中**〔名、形動〕對人不遵守義理（特指男女間不遵守信義和愛情）

**不親切**〔名、形動〕不親切、不熱情、不周到
　客に対して不親切である（對待顧客不親切）
　不親切に扱う（冷冰冰地對待）

彼の店の不親切には全く呆れる（那商店的服務不親切實在讓人吃驚）

君が彼を後に残して行くのは、甚だ不親切だ（你把他扔下不管太冷酷了）

**不寝番**〔名〕守夜（的人）、值夜班（的人）、巡夜（的人）（=寝ずの番）

不寝番を為る（巡夜、值夜班）

不寝番に立つ（巡夜、值夜班）

不寝番兵（夜哨）

**不侵略**〔名〕不侵略、不侵犯（別國）

不侵略条約（互不侵犯條約）

**不随**〔名〕〔醫〕中風、麻痺、癱瘓

全身不随（癱瘓）

半身不随に為る（得半身不遂、患偏癱）

不随者（中風病人）

**不随意**〔名〕不隨意、不如意、不自由、受限制

不随意筋（〔解〕不隨意肌）

**不筋**〔名、形動〕不合道理、不通情理

**不正**〔名、形動〕不正當、不正經、不正派、非法

不正な商品（黑貨）

不正な手段（不正當手段、非法手段）

不正手段（非法手段、不正當手段、不道德方法）

不正行為（非法行為、違法行為、犯規行為、不公正行為、考試舞弊、瀆職行為）

不正乗車（非法乘車、扒車）

不正を働く（違法、犯規、貪汙、做壞事）

不正を正す（糾正不正之風）

**不正確**〔名〕不正確、不準確

用語の不正確さ（措辭不準確）

彼の事実を述べるのに屢不正確である（他講述事實往往不準確）

観察が不正確だ（觀察得不正確）

不正確な情報（不正確的情報）

**不正規**〔名〕不正規、非正規

不正規軍（非正規軍）

不正規兵（非正規兵）

**不正形**〔名〕（礦）假晶、假象

**不正視**〔名〕〔醫〕不正視、屈光不正

**不正直**〔名〕不正直、不誠實、不老實

不正直な事を言う（撒謊）

彼は何と不正直な男何だ（他多麼不誠實啊！）

不正直な行為（不老實的行徑）

**不整、不斉**〔名、形動〕不整齊、不規則

不整脈（心律不整）

不整筋（〔解〕斜角肌）

不整合成（〔化〕不對稱合成）

**不整合**〔名〕〔電〕失配，失諧，不重合、地）不整合

**不整斉**〔名〕不整齊、不規則

不整斉花（不整齊花-花的大小不同）

**不整炭素原子**〔名〕〔化〕不對稱碳原子

**不整頓**〔名、形動〕紊亂、沒次序、雜亂無章

万事不整頓だ（一切都是亂七八糟的）

何も彼も不整頓だ（一切都是亂七八糟的）

**不誠意**〔名〕沒誠意、不誠實、虛心假意

相手側の不誠意を非難する（指責對方無誠意）

**不誠実**〔名、形動〕不誠實、虛心假意

彼は友人に対して不誠実だ（他對朋友不誠實）

**不生産**〔名〕不生產、非生產

**不世出**〔名〕罕見、稀奇、稀世

不世出の英雄（稀世英雄）

不世出の才を有する人（有非凡才幹的人）

不世出の名選手（罕見的名運動員）

不世出の天才（罕見的天才）

**不静定**〔名〕（土木）超靜定

不静定次数（超靜定度）

不静定構造（超靜定結構）

**不成功**〔名、形動〕不成功、失敗

ㄅ

試みが不成功に終る（試驗歸於失敗）

計画の不成功（計畫失敗）

遣って見たが不成功であった（試了一下但沒成功）

**不成績**〔名、形動〕成績不好

不成績の学科が多い（成績不好的科目多）

会社は此の一年間誠に不成績だった（公司近一年來生意實在不佳）

切符の前売りは不成績に終った（預售票結果成績不佳）

不成績の学生（成績差的學生）

**不成文**〔名〕不成文←→成文

**不成立**〔名〕不成立、失敗、流產

其の議案は不成立に終った（那議案流產了）

予算は不成立と為った（預算沒有通過）

**不摂生**〔名ナ〕不會養生、不注意健康

不摂生を為る（不注意保養身體）

**不節制**〔名、形動〕沒有節制、放縱、不控制

不節制な人（生活上隨便的人）

不節制な生活を為る（生活沒有節制）

不節制で健康を害する（由於不節制而損害健康）

**不宣**〔名〕（書信末尾用語）書不盡言

**不戦**〔名〕不比賽、不戰爭、不打仗

不戦勝（〔體〕輪空-因對方棄權而得勝）

不戦勝を得る（因對方棄權輪空而勝）

不戦敗（〔體〕〔因未出場或棄權〕不戰而敗）

不戦敗に為る（不戰而敗）

不戦条約（非戰公約-1928年在巴黎簽訂）

不戦同盟（反戰同盟）

**不全**〔名〕〔醫〕局部，部分，不良，不完全

発育不全（發育不良）

不全麻痺（局部麻痺）

不全色盲症（部分色盲症）

不全失語症（〔醫〕語言困難）

不全割卵（〔動〕不全裂卵）

**不善**〔名〕不善、不良、不道德

不善を行う（幹壞事）

小人閑居して不善を為す（小人閒居而為不善）

**不善感**〔名〕〔醫〕（種痘）無效果、陰性反應←→善感

種痘は不善感だった（種痘沒出）

**不旋光性**〔名〕〔理化〕不旋光性、鈍性

**不染色質**〔名〕〔生〕非染色質

**不鮮明**〔名、形動〕（顏色）不鮮明、不清楚

旗幟不鮮明（旗幟不鮮明、〔喻〕態度不明朗）

**不相応、不相応**〔名、形動〕不相應、不相稱、不合適

身分不相応に金を使う（花錢花得與身分不相稱）

品物に不相応な値段（與貨物不相稱的價格）

収入不相応に見えを張った生活を為る（過著與收入不相稱的闊氣生活）

**不相称**〔名〕〔動、植〕不相稱

不相称鰭（歪鰭）

**不足**〔名ナ、自サ〕不足，不夠，缺乏，不充分，不滿，不平

運動不足（運動不足）

睡眠不足（睡眠不足）

人手が不足する（人手不夠）

此の手紙は郵便料が不足です（這封信郵資不足）

幾等切り詰めても不足が出る（無論怎麼節約還是不夠）

其の子供は栄養が不足している（那小孩營養不夠）

何不足の無い家に生まれる（生在富裕之家）

其れ丈の金で少なくとも一年は何不足の無い暮らしが出来る（拿那麼多錢至少可充裕地過上一年）

色色と不足を言う（說種種不滿意的話）

**不足の点が無い**（沒有不足之處）

**不足然うな顔付**（不滿意似的神情）

**不足勝**〔名、形動〕貧困、動輒不夠、缺少吃穿

**不足勝な生活を為る**（過著缺吃少穿的生活）

**不足前**〔名〕〔俗〕缺額、不足額、不足之數

**不足前を出す**（添上不足之數）

**不測**〔名〕不測、難以預料

**不測の出来事**（不測事件、偶發事件）

**不測の災いを招く**（招不測之禍）

**不測の事態に対する対策**（應付不測事態的對策）

**不即不離**〔名、連語〕不即不離

**不即不離の態度を取る**（採取不即不離的態度）

**二つの党派の何れにも不即不離の立場を取る**（對於兩個黨派都採取不即不離的立場）

**不揃い**〔名、形動〕不整齊、不齊全、不一致

**彼等は身長が不揃いである**（他們身高不齊）

**私の歯は不揃いだ**（我的齒列不齊）

**家並が不揃い**（房子排列不整齊）

**前後不揃いの事を言う**（說話前後不一致）

**大小不揃いの林檎**（大小不一的蘋果）

**不遜**〔名、形動〕不遜、傲慢、不謙虛←→謙遜

**不遜な態度**（傲慢的態度）

**不遜な言を吐く**（出言不遜）

**不遜をも顧みず我我はもう一つの欠点を挙げよう**（不揣冒昧我們再舉出一個缺點）

**不耐空性**〔名〕（飛機的）不耐飛性、不適航性

**不耐航性**〔名〕（船的）不適航性

**不退転**〔名〕〔佛〕專心修行，信仰堅定、不屈、不動搖，決不後退

**不退転の決意**（堅定的決心）

**不退転の努力を為る**（堅持不懈的努力）

**不逮捕特権**〔名〕不被捕特權

**彼等は言論の自由と不逮捕特権を持っている**（他們有言論自由和不被捕特權）

**不達**〔名〕送不到、傳達不到

**電報不達の場合は電話を掛ける**（電報送不到時掛電話）

**不為**〔名、形動〕不利、無益、不合算

**身の不為**（於己不利）

**安物は反って不為です**（賤貨反而不合算）

**あんな人を交わるのは君に取って不為だ**（與那樣的人來往對你不利）

**私は貴方の不為に為る様な事は為ない**（我不做有損於你的事）

**不断、普段**〔名、副〕不斷、不果斷、平日，平常，平素，日常

**不断の努力を続ける**（繼續不斷地努力）

**優柔不断**（優柔寡斷）

**不断の状態に戻る**（回到平素的狀態）

**不断良く勉強して居れば試験間際に徹夜等為なくても良いのに**（平時好好用功的話臨到考試本來不開夜車也行嘛！）

**其れは御前の不断の心掛けが悪いからだ**（那是由於你平常不留心）

**不断医者**（常就醫的醫生）

**不断着、普段着**〔名〕日常穿的衣服、便服←→晴れ着

**其の生地丈夫で不断着に適している**（那料子很結實適合於做平常穿的衣服）

**其の人達は全部不断着の儘で会合に遭って来た**（他們都穿著便服就來參加集會了）

**不断草、恭菜**〔名〕〔植〕恭菜、若蓬菜

**不知**〔名〕不知道、不聰明、無知

**一文不知**（一個字也不認識）

**不知の陳述**（申述一無所知）

**不知案内**（〔古〕不了解情況）

**不知、白**〔名〕一本正經的面孔

〔造語〕白，素、未加工，未加顏料或味道、完全

**白を切る**（假裝不知、裝作不知道）

**白紙**（白紙）

**白壁**（白牆）

## ㄅ

白干し（〔魚或菜未加鹽〕曬乾脫水）

魚の白焼き（乾烤魚）

白几帳面（一本正經）

**不知火、不知火**〔名〕神秘火光（夏季陰曆七月末，在九州八代灣海上出現，一說是夜光蟲的光，一說是漁船的燈光）

不知火が海上に漂って見える（神秘火光在海上漂蕩）

**不秩序**〔名〕無次序、無規律、雜亂

**不着**〔名〕沒送到

郵便物の不着（郵件沒送到）

不着の手紙（沒送到的）信

**不忠**〔名ナ〕不忠

国に不忠を働く（做不忠於國家的事、叛國）

切腹して不忠を詫びる（切腹以謝不忠之罪）

不忠の臣（不忠之臣）

不忠者（叛逆者）

**不忠実**〔名、形動〕不忠實、不忠誠

職務に不忠実だ（不忠於職守）

**不注意**〔名、形動〕不注意、不小心、疏忽、粗心大意

一寸の間の不注意（一時的疏忽）

私は不注意にも其の男を信用した（我竟粗心大意地相信了他）

一寸した不注意で大事を引き起こす（稍一不慎就惹出大亂子）

全て君の不注意から起こった事だ（全都是由於你的粗心大意引起來的）

**不調**〔名、形動〕（談判、會談等）破裂、失敗、不成功，談不攏、萎靡、不順利、一時不振←→好調，（＝不調法、無調法）（照顧、招待、注意等）不周，疏忽，大意，錯誤，失禮。〔謙語〕（對於菸酒）不會用，不能喝、（對於遊戲）不會，玩不好，笨拙，沒有經驗

取引が不調に為った（交易沒有談妥）

交渉は不調に終わった（談判以決裂告終）

此の頃不調気味だ（近來有些不順利）

相手の投手の不調に付け込んで勝つ（趁著對方投球員手法不靈而取勝）

**不調法、無調法**〔名、形動〕（照顧、招待、注意等）不周，疏忽，大意，錯誤，失禮。〔謙語〕（對於菸酒）不會用，不能喝、（對於遊戲）不會，玩不好，笨拙，沒有經驗

どうも不調法で済みません（很不周到對不起）

とんだ不調法を致しまして、申し訳有りません（我實在太疏忽了請你原諒）

酒はどうも不調法です（我不會喝酒）

私は口が不調法です（我拙嘴笨腮不會講話）

不調法ですが何卒宜しく（我沒有經驗請多關照）

不調法者（笨拙的人、笨手笨腳的人、不會吸菸喝酒的人）

**不調和**〔名、形動〕（音樂、顏色等）不調和、不協調（＝アンバランス unbalance）

洋服の色に不調和なネクタイ necktie（和西裝的顏色不諧調的領帶）

不調和な装飾（不諧調的裝飾）

**不都合**〔名、形動〕不合適，不相宜，不便，不妥←→好都合，行為不端，作風惡劣，豈有此理，萬不應該

此の処置には不都合な点が有る（這個措施有不妥之處）

万事不都合無く運んでいる（一切順利進行）

然う決めても不都合は無い（那麼決定也不礙事）

彼には何一つ不都合は無い（他沒有任何可非議之處）

彼の社員は不都合が有って首に為った（那社員因行為不端被解雇了）

不都合千万な奴（太可惡的傢伙）

持っての外の不都合（豈有此理）

人が寝ているのに大きな声で話すとは不都合だ（別人正在睡覺大聲吵嚷太不像話）

借金を返さぬとは不都合千万だ（借錢不還真豈有此理）

**不対電子**〔名〕〔化〕不成對電子

**不通**〔名〕（交通、音信）不通，斷絕。〔古〕斷絕關係，不來往。〔古〕不通曉

列車不通（火車不通）

電信不通（電報不通）

音信不通（音信不通）

吹雪で鉄道が不通に為った（由於大風雪鐵路不通了）

一文不通（一個大字不識）

**不通気性防水**〔名〕不透氣性防水

**不束**〔名、形動〕粗魯，不周到，沒禮貌，不才，無能，魯鈍，粗大結實，不精緻

不束な者ですが、何卒宜しく御願いします（我很不懂事求您多指教）

不束者（粗魯的人）

不束ながら出来る丈遣って見ます（我雖不才願盡綿薄）

**不釣り合い**〔名、形動〕不相稱、不均衡、不般配、不相等

不釣り合いな縁談（不般配的婚姻）

年齢的な不釣り合い（年紀上不般配）

仕事に不釣り合いな能力（與工作不相稱的能力）

不釣り合い荷重（不平衡載荷）

**不手際**〔名、形動〕不精巧、不漂亮、笨拙、有漏洞

不手際な処置（不漂亮的措施）

実に不手際な細工だ（手藝太粗糙）

私は写真は甚だ不手際なのです（我的照相很不高明）

彼のパンの焼き方は不手際至極だった（他麵包烤得太不高明了）

私の不手際を御許し下さい（請原諒我的笨拙）

番組の始めの方で不手際が有りました、御詫び致します（節目開頭的地方有些不漂亮請原諒）

**不手回し**〔名〕準備欠周、不善於管理家務

**不手回り**〔名〕手頭拮据、缺錢用

**不定**〔名ナ〕不定、不一定

住所不定（住址不定）

収入不定（收入不定）

不定愁訴（原因不明的身體欠安）

不定法（不定式）

不定方程式（〔數〕不定方程式）

不定芽（〔植〕不定芽）

不定形（〔數〕不定式）

不定型詩（自由體詩）←→定型詩

不定風（〔氣〕方向不定的變風）

不定冠詞（〔語〕不定冠詞）

不定脈（〔生〕不規則脈）

不定流（〔土木〕變速流）

不定根（〔植〕不定根）

不定級数（〔數〕不定級數）

不定設題（〔數〕不定設題）

不定常状態（〔化〕不穩定狀態）

不定期（不定期）

不定詞（〔語〕不定詞）

不定称（〔語〕不定稱）

不定数（〔數〕變數）

不定積分（〔數〕不定積分）

**不定**〔名ナ〕不一定、無常

老少不定（人生壽命無常、黃泉路上無老少）

**不貞**〔名ナ〕不貞、不忠貞、不守貞潔←→貞淑

不貞の妻（不貞的妻子）

不貞の夫（不貞的丈夫）

不貞を働く（不忠貞、有外遇）

**不貞る**〔自下一〕嘔氣、鬧彆扭（=不貞腐る）

**不貞腐る**〔自五〕嘔氣、鬧彆扭
　彼は一寸叱ると直ぐ不貞腐る（一稍微罵他他就立刻跟你鬧彆扭）

**不貞腐れる**〔自下一〕嘔氣、鬧彆扭（＝不貞腐る）

**不貞腐れ**〔名〕嘔氣
　不貞腐れを言う（說嘔氣的話、鬧彆扭）

**不貞寝**〔名〕（因嘔氣或鬧彆扭而）躺下（不幹）
　思い通りに為らないので不貞寝を為る（因為不能稱心如意躺倒不幹）

**不逞**〔名ナ〕不逞，不順從，不聽話，不快，不滿意
　不逞の輩（不逞之徒）

**不体裁**〔名、形動〕不體面、不禮貌、不好看、不成體統、不像樣子
　不体裁な服装（不像樣子的服裝）
　人の前で欠伸を為るのは不体裁だ（在人前打哈欠有失體統）
　不体裁な事を言う（說不體面的話）

**不適**〔名ナ〕不適當、不合適
　職の適不適（工作的適合與否）
　僕には不適の仕事だ（對我來說是不合適的工作）

**不適応**〔名〕不適應
　不適応児（不適應環境的小孩）

**不適格、不適格**〔名、形動〕失格、無資格、不合格

**不適航**〔名〕不適於航海、經不起航海（的船等）

**不適切**〔名、形動〕不合適、不適宜、不確切
　表現が不適切だ（表現不確切）

**不適当**〔名、形動〕不適當、不合適、不恰當
　今度の役は彼の男に不適当だ（這次的角色對他不合適）
　着物には不適当な（の）模様（不適合於和服的花樣）
　言葉の使い方が不適当だ（用詞不當）
　君が行くのは不適当だ（你去不合適）

**不適任**〔名、形動〕不適任、不勝任
　彼は其の仕事には不適任だ（那工作對他不合適）
　氏は大蔵大臣と為ては不適任だ（他當財政部長不合適）

**不敵**〔名ナ〕大膽，勇敢，無畏、無恥，厚臉皮，目中無人
　大胆不敵（大膽無畏）
　不敵な面構え（無所畏懼的神氣）
　熊と戦うとは大胆不敵な奴だ（與熊搏鬥可是個天不怕地不怕的傢伙）
　不敵武者（〔古〕大膽無敵的武人）
　不敵者（〔古〕大膽的人）
　不敵な（の）振舞（目中無人的舉止）

**不徹底**〔名、形動〕不徹底、半途而廢
　不徹底な遣り方（不徹底的作法）
　其の改革は不徹底だ（那次改革是不徹底的）
　私は何事も不徹底に為て置く事は嫌いだ（我做什麼都不喜歡半途而廢）

**不点火**〔名〕〔槍〕不發火，打不出，（發動機）不著火，發動不起來
　エンジンが不点火だった（引擎發動不起來）

**不図**〔副〕偶然，忽然，突然，立即，馬上
　不図思い出す（偶然想起）
　不図立ち止まる（突然站住）
　不図見ると（猛一看）
　不図見えなくなった（忽然不見了）
　不図或る考えが彼の胸に浮かんだ（一種想法忽然浮現在他的腦海）
　不図した（一點點＝一寸した）
　不図した事から喧嘩に為る（由於一點點小事吵起架來）

**不当**〔形動ナ〕不正當、不合理、非法、無理
　不当な（の）利益を貪る（貪圖非法利益）
　不当に見積もる（估計不當）
　不当な要求を押し付ける（硬提出無理的要求）
　不当極まる要求（極其無理的要求）

不当解雇（非法解雇）
不当取引（非法交易）
不当利得（暴利、非法謀利）
不当抗弁（不合理的抗辯）
不当貸付（不合法的貸款）
不当課税（不合理的課稅）

**不当り**〔名〕不叫座、不流行、不時興、不合時宜

**不凍**〔名〕不凍
不凍港（不凍港）
不凍液（不凍液）
不凍剤（阻凍劑）
不凍海（不凍海）

**不等**〔名〕不等、不齊、不同
不等流（〔土木〕變速流）
不等式（〔數〕不等式）
不等辺（〔數〕不等邊、〔植〕葉偏斜）
不等号（〔數〕不等號）
不等価交換（不等價交換）
不等速運動（〔理〕不等速運動）
不等像視症（〔醫〕兩眼物像不等）

**不撓**〔名〕不撓
不撓不屈（不屈不撓）
不撓不屈の精神（不屈不撓的精神）

**不同**〔名、形動〕不同、不一樣、混亂，不整齊
料金は季節に依って不同である（費用因季節而異）
品質が不同である（質量不一）
不同重量（不同重量）
順序が不同である（順序混亂）
順序不同（名次等不按順序）

**不同意**〔名、形動〕不同意、不贊成、持異議
君の言う事には不同意だ（你說的話我不同意）

**不同化**〔名〕〔生〕異化、異化作用←→同化

**不同類項**〔名〕〔數〕不同類項

**不動**〔名〕不動，堅定，不可動搖、〔佛〕不動明王（=不動明王）
不動の信念（不可動搖的信念）
不動の地位を確保する（確保穩固的地位）
直立不動の姿勢を取る（採取立正的姿勢）
外交方針は不動である（外交方針堅定不移）
不動明王（〔佛〕不動明王）
不動施設（閒置的設備）
不動産（不動產）
不動尊（不動明王）
不動態（〔化〕鈍態）
不動精子（〔植〕不動精子）
不動燈（固定的燈）

**不統一**〔名、形動〕不統一、不一致
前後不統一なの話（前後矛盾的話）
皆の意見が未だ不統一だ（大家的意見還不一致）

**不倒翁**〔名〕不倒翁（=起き上がり小法師）

**不導体**〔名〕〔理〕絕緣體、非導體←→導体
電気の不導体（電的絕緣體）

**不道徳**〔名、形動〕不道德、不講道德←→道徳的
不道徳な人（不道德的人）
不道徳を行う（做缺德事）

**不透明**〔名ナ〕不透明，顏色混濁。〔轉〕未來不可預測
不透明な硝子（不透明玻璃、乳白玻璃）
不透明な絵の具（不透明的顏料）
不透明度（阻光度）
不透明体（不透明體）
不透明screen（不透明銀幕）

**不透水性**〔名〕不透水性、不滲透性
不透水性層（不透水層）

**不透過性**〔名〕不滲透性

**不透熱**〔名〕〔理〕不透熱、絕熱、不透輻射熱
不透熱性（絕熱性）

不透熱体（絕熱體）

**不徳**〔名〕不道德、沒有德望，無德

不徳漢（惡棍）

皆私の不徳の致す所です（完全是由於我領導無方所致）

**不徳義**〔名ナ〕違反道義、不講道義

不徳義を働く（做不道德的事）

不徳義も甚だしい（太不道德了）

不徳義漢（不講道德的人）

**不特定**〔名、形動〕不特別固定、沒有特別指定

不特定多数（不特定多數）

**不届き**〔名、形動〕（招待、服務等）不周到、沒禮貌、注意不夠、不規矩、不道德

実に不届きで申し訳有りません（招待不周實在抱歉）

不届きな事を為る（做不道德的事）

人の悪口を言うとは不届きだ（說旁人的壞話真缺德）

不届きな奴だ（可惡的東西）

不届き至極（太不像話）

不届き者（不懂禮貌的人）

**不取り締まり**〔名〕管理不善、取締不嚴

家事の不取り締まり（家務管理不善）

**不仲**〔名〕不和睦、關係不好

不仲に為る（失和）

私は昨今彼と少し不仲だ（我最近和他關係有點不好）

**不馴れ、不慣れ**〔名、形動〕不習慣、不熟練

不慣れのな仕事な（の）で非常に疲れる（因為是不熟悉的工作所以很勞累）

私は斯うした仕事には不慣れです（我對這樣的工作不習慣）

彼女は洋食の作法には不慣れだ（她對吃西餐的禮節不習慣）

不慣れな土地で働く（在生地方工作）

不慣れな職業には入るな、慣れた職業から離れるな（不要做不熟悉的行業，不要離開熟悉的行業）

**不似合い**〔名、形動〕不相稱、不適當、不配合

不似合いな夫婦（不般配的夫妻）

此の帽子は君には不似合いだ（這帽子你戴不合適）

家具が座敷に不似合いだ（家具與客廳不相稱）

**不妊**〔名〕〔醫〕不育、不孕、無生殖能力

不妊症（不孕症）

不妊手術（絕育手術）

**不認可**〔名〕不認可、不許可、不批准

不認可と為る（沒有批准）

**不人気**〔名〕不受歡迎，不流行、無人望，沒有人緣

**不人情**〔名、形動〕冷酷無情、不講人情

不人情な男（冷酷無情的人）

私にはそんな不人情な真似は出来ない（那樣不講人情的事我做不出來）

**不佞**〔名、形動〕無才〔代〕（敬、謙）不佞、不才

**不熱心**〔名、形動〕不熱心、沒有熱情

教育に不熱心である（對教育不熱心）

然う不熱心では何事も出来ない（那麼沒有熱情將一事無成）

**不燃**〔名〕不燃、不易燃

不燃建築（耐火建築）

不燃性（不燃性）

**不稔（性）**〔名〕〔植〕不稔（性）

**不能**〔名、形動〕不能←→可能，無能、沒有才能

性的不能（〔醫〕陽痿、不能性交）

再起不能（不能好轉、不能東山再起）

支払い不能に為る（不能支付）

人各各の能不能が有る（每個人都各有擅長和不擅長）

**不納**〔名〕不繳納

税金の不納同盟（不納稅同盟）

**不敗**〔名〕不敗、沒有敗過、不可戰勝、戰無不勝
　絶対不敗（絕對不敗）
　不敗の地に立つ（立於不敗之地）
　不敗の記録を誇る（以不敗的紀錄而自豪）
　不敗のボクサー（不敗的拳擊運動員）
　五戦五勝して不敗記録を造った（五戰五勝創造了不敗的紀錄）

**不買**〔名〕不買
　不買運動（不買運動）
　不買同盟（聯合抵制購買貨物＝ボイコット）

**不発**〔名〕〔槍〕不發火，打不出，打出不響（的子彈）、告吹
　引金を引いたが不発に終った（扣了扳機可是沒有打響）
　不発弾（臭彈）
　不発に終る（告吹）
　計画が不発に終った（計畫告吹啦）

**不抜**〔名〕不拔、堅定、不可動搖
　堅忍不抜の精神（堅忍不拔的精神）
　不抜の意志（堅定的意志）

**不払い**〔名〕不付款、拒絕付款
　賃金不払い（不發工資）
　会社側の給料不払いに抗議する（抗議公司不發工資）
　不払い約束手形（拒付票據）
　料金不払い運動（拒付費用的運動）

**不備**〔名ナ〕不完備，不完全←→完備、（書信用語）不一，書不盡言
　書類が不備である（文件不齊全）
　不備な点が沢山有る（有很多不完備之處）
　衛生設備の不備（衛生設備不完備）
　計画に不備の点が有る（計畫有不周之處）

**不美人**〔名〕醜女、不好看的女人（＝醜女）

**不引受**〔名〕不承擔、不答應、不接受
　不引受の手形（拒絕承兌的票據）

**不必要**〔名、形動〕不必要、非必需

　不必要に為る（沒用了）
　不必要な品物（不必要的東西）
　不必要な犠牲を減らす（減少不必要的犧牲）

**不謬**〔名〕〔宗〕無過失、沒有錯誤
　教皇不謬説（教皇一貫正確論）教皇

**不評**〔名〕名譽壞、評價低、聲譽不佳←→好評
　此の商品は不評だった（這商品評價很低）
　不評を買う（遭到不好的評論）
　不評を蒙る（聲名狼藉）

**不評判**〔名、形動〕聲譽壞、評價低、名聲不好
　近所で不評判の人（在左近名聲不好的人）
　不評判に為る（變得聲名狼藉）

**不敏**〔名ナ〕不敏捷、（對自己的謙遜說法）無能，無才
　不敏な倅ですが、宜しく御願いします（犬子愚蠢請多指教）

**不憫、不愍**〔名、形動〕可憐（＝可哀相）
　不憫に思う（覺得可憐）
　不憫な奴だ（是個可憐的傢伙）
　不憫が増す（越發可憐）
　親の無い子だと思うと不憫で為らない（一想到是個孤兒就覺得十分可憐）

**不憫がる**〔自五〕覺得可憐
　不憫がる丈では何にも為らない（只是覺得可憐毫無用處）
　そんなに不憫がらなくても良い（不必那麼覺得可憐）

**不品行**〔名、形動〕品行不端、行為不良
　不品行の（な）人（品行不端的人）

**不服**〔名、形動〕不服從、不滿意，不心服、異議，抗議
　命令に不服を唱える（對命令表示不服從）
　彼は第一審の判決に対して不服を申し立てた（他對第一審的判決提出了異議）
　私は不服を言う程の事は無い（我沒有什麼不滿意的）

**不服従**〔名ナ〕不服從、不順從、反抗

**不文**〔名〕不成文、沒有學問、文章不好，文章拙劣

　　不文律（不成文法、不成文的規定、習慣法）

**不文法**〔名〕〔法〕不成文法←→成文法

**不分明**〔名ナ〕不分明、不清楚、不明瞭

**不分離現象**〔名〕〔生〕（遺傳）不分離現象

**不平**〔名、形動〕不平、牢騷、不滿意

　　不平たらたらである（牢騷滿腹）

　　不平を溢す（發牢騷）

　　不平を抱く（心懷不滿）

　　不平を漏らす（流露不滿）

　　不平を鳴らす（鳴不平）

　　不平を並べる（大發牢騷）

　　不平家（發牢騷者、不滿意的人）

**不平均**〔形動〕不平均、不均勻

　　分配が不平均に為る（分配得不平均）

**不平行**〔形動〕不平行

　　不平行四辺形（不平行四邊形、不等邊四邊形）

**不平衡**〔名〕〔電〕失衡（物）、不平衡〔性〕

　　不平衡回路（不平衡電路）

　　不平衡負荷（不平衡負載）

**不平等**〔名、形動〕不平等、不公平

　　不平等条約を撤廃する（廢除不平等條約）

　　不平等な取り扱い（不公平的待遇）

　　不平等貿易（不平等貿易）

**不変**〔名〕不變←→可変

　　絶対不変の真理（絕對不變的真理）

　　不変の条理（天經地義）

　　不変資本（〔經〕）不變資本）

　　不変式（〔數〕不變式、不變量）

　　不変加速度（〔理〕等加速度）

　　不変量（〔數〕常數、恆量、不變、恆定）

　　不変誤差（〔化〕恆誤差）

**不変態**（〔動〕昆蟲在發育中無變態）

　　不変層（〔地〕不變層）

　　不変鋼（〔理〕不變鋼-鋼鎳合金）

**不偏**〔名〕不偏

　　不偏不党（不偏不黨、不偏不倚、中庸之道）

**不弁**〔名〕口才不好、不善於說話（=口下手）

**不弁舌**〔名,形動〕沒有口才、不善於辯論（=口下手）

**不弁済**〔名〕〔法〕不履行債務、不償付款項

**不便**〔名ナ〕不便、不方便、不便利←→便利

　　交通不便な所に住んでいる（住在交通不方便的地方）

　　不便を忍ぶ（忍耐不方便）

　　携帯に不便である（攜帶不便）

　　不便を感じる（感到不方便）

　　不便を託つ（託詞不方便）

**不便利**〔名ナ〕不便利、不方便（=不便）

**不勉強**〔名、形動〕不用功、不努力

　　不勉強を反省する（對不用功進行反省）

**不法**〔名、形動〕非法、違法

　　不法な行為（不法行為）

　　不法に越境する（非法越境）

　　不法に掠め取る（非法奪取）

　　不法監禁（非法監禁）

　　不法にも妻を遺棄した（竟然非法地遺棄了妻子）

　　不法行為（〔法〕非法行為）

　　不法侵入（非法入侵）

　　不法占有（強占、非法占有）

　　不法入国（〔法〕非法入境）

**不飽和**〔名〕〔化〕不飽和、沒有飽和

　　不飽和化合物（不飽和化合物）

　　不飽和結合（不飽和鍵）

　　不飽和脂肪酸（不飽和脂肪酸）

**不犯**〔名〕〔佛〕（僧）不犯（淫亂）戒

　　一生不犯（〔僧〕一生不犯〔淫〕戒）

**不本意**〔名、形動〕非本意、非情願、無可奈何、不是心甘情願

不本意乍出席し兼ねます（很遺憾不能出席）

斯う申すのは不本意ですが…（這麼講並非出於本意但…）

不本意乍承知する（勉強答應）

不本意な事が止むを得ない（並非情願但無可奈何）

**不磨**〔名〕不朽、不滅、不能磨滅

不磨の大典（不朽的大典-指日本舊憲法）

千古不磨の金言（永不磨滅的箴言）

千古不磨の文学（流傳萬世的文學）

**不真面目**〔名、形動〕不認真、不誠實、不正經

不真面目な態度（不認真的態度）

不真面目な談話（不誠實的談話）

**不満**〔名、形動〕不滿、不滿足、不滿意

不満な顔付き（不滿的神情）

不満を抱く（心懷不滿）

不満を示す（表示不滿）

不満に思う（感到不滿足）

決定事項に不満の者が多い（對決定事項很多人不滿）

不満を漏らす（流露不滿）

**不満足**〔名、形動〕不滿足、不滿意

不満足な結果（不滿意的結果、不理想的結果）

其れには大いに不満足な所が有る（那件事有很多不能令人滿意之處）

**不味**〔名ナ〕不好吃、味道不好、（商）行情不佳

**不味い**〔形〕難吃，不好吃←→旨い，甘い、美味い、美味しい、醜，難看、不妙、不合適、不恰當

熱が有るので食事が不味い（因為發燒飯食不香）

風邪を引くと口が不味い（得感冒吃東西沒味道）

此の料理は不味くない（這菜不難吃）

悪い事を聞いて飯を不味くした（聽到壞消息吃飯不香了）

不味い顔を為ている（面相長得難看）

不味い事に為った（糟糕了、不妙了）

今話しては不味い（現在談不合適）

今遣っては不味い（現在做不恰當）

彼を怒らせたら不味い（要是惹他發了火可不妙）

こんな事を為ては不味いなと思いながら、遣って終った（明知不合適卻做了這樣事）

不味く行っても一万円は売れる（最壞也能賣一萬日元）

こんな事が彼に知れては不味い（這種事他知道了可不妙）

**拙い**〔形〕笨拙、拙劣、不高明（＝下手だ、不味い）←→旨い，巧い、上手い、上手、素晴らしい

拙い言い訳（站不住腳的藉口、不能自圓其說的辯解）

拙い翻訳（不高明的翻譯）

拙い言い回し（笨拙的措辭、不能自圓其說的辯解）

文章が拙い（文章不好）

私は日本語が拙い（我的日語說得不好）

拙い事を遣る（幹傻事）

ピアノは良かったけれど、歌が拙かったな（鋼琴彈得很好可是歌唱得不高明）

字が拙ければ、タイプライターで打ちましょう（字若是寫得不好就打字吧！）

**不身持ち**〔名、形動〕品行不好、行為不端、亂搞男女關係

不身持ちを直す（改邪歸正）

不身持ちな人（品行不端的人）

不身持ちな女（亂搞的女人）

夫の不身持ちに悩む（對丈夫的荒唐感到苦惱）

**不眠**〔名〕不眠，不睡、失眠

不眠不休で勉強する（孜孜不倦地用功）

不眠症（失眠症）

疲労性不眠症（疲勞性失眠症）

私は近頃不眠症の気味が有る（我最近有點失眠的毛病）

不眠症に罹る（患失眠症）

不眠不休（孜孜不倦、不分晝夜）

不眠不休の努力（孜孜不倦的努力）

**不向き**〔名、形動〕不合適、不適當、不相稱、不對路

此の柄は貴方には不向きです（這花樣你穿著不合適）

戸外スポーツには不向きな天気（不適於室外運動的天氣）

彼は学者には不向きだ（他不適於當學者）

子供には不向きの辞書（對小孩不適用的字典）

**不明**〔名ナ〕不明，不詳，不清楚，無能，無才，見識少、盲目、沒眼力、失蹤，行方不明

彼の死因は不明である（他的死因不明）

行方不明に為る（去向不明、失蹤）

其れは全く私の不明の致す所で有ります（那完全是由於我無能所致）

不明を恥じる（自愧無能）

死者二、不明五（死二人失蹤五人）

**不明確**〔名、形動〕不明確、不清楚

不明確な認識（糊塗觀念）

**不明瞭**〔名、形動〕不明瞭、不明確

不明瞭な発音（不清楚的發音）

二つの観念の中何れを指すかが不明瞭である（兩個觀念中指哪個不明確）

**不明朗**〔名、形動〕不明朗、不光明正大、曖昧

不明朗な遣り方（不公明正大的做法）

**不名数**〔名〕〔數〕無名數（只有數字、沒有單位名稱的數字-如1、9等）

**不名誉**〔名、形動〕名聲不好、名譽不佳、不體面、不光彩

不名誉な死（不光彩的死）

不名誉な話だ（不體面的事）

あんな者は我が校の不名誉だ（那樣的人是我校的恥辱）

そんな事を為ると君の不名誉に為る（做那樣的事有損你的名聲）

**不滅**〔名ナ〕不滅、不朽

不滅の名声を残す（留名千古）

不滅の功績（不朽的功勳）

不滅の真理（不滅的真理）

永遠に不滅である（永垂不朽）

物質不滅の法則（物質不滅定律）

エネルギー不滅の法則（能量不滅定律）

**不面目、不面目**〔名、形動〕不體面、不名譽、不光彩

不面目に思う（覺得不光彩）

そんな事は君の不面目に為る（那樣的事有損你的體面）

酷い不面目（大失體面）

こんな不面目な事は無い（沒有這麼不光彩的事情了）

**不毛**〔名ナ〕不毛、無成果

不毛の土地を開拓する（開墾不毛之地）

不毛の荒地（不毛的荒地）

不毛の一年（毫無成績的一年）

不毛の議論（沒有結果的議論）

**不問**〔名〕不問

不問に付す（る）（不予過問、置之不理）

**不夜城**〔名〕不夜城

夜は全市が不夜城に為る（夜裡全市燈火輝耀照耀如畫）

**不輸**〔名〕〔古〕不輸、不納（租稅）

不輸租田（不納租田）

不輸不入（古代莊園拒絕國家徵稅和介入的權利）

**不愉快**〔名、形動〕不愉快、不痛快、不高興

不愉快に感ずる（感到不愉快）

不愉快な男（討厭的人）

極めて不愉快な思いを為た（感到了十分不愉快）

**不遊**〔名〕〔理〕等光明、齊明、不量

**不遊点**〔名〕〔理〕消球差點、齊明點、等光程焦點

**不融解性**〔名〕〔理〕難熔性、不熔性

**不融通物**〔名〕〔法〕非通融物（能成為權利的對象、但不能成為交易對象的物品-如公用物、禁制品）

**不予、不豫**〔名〕〔古〕天皇患病、不愉快

**不用、不要**〔名、形動〕不用，不需要、沒用，不起作用、無用

不用に為った物（無用的東西、不需要的東西）

不用な本が有ったら貸して呉れ給え（如果有不用的書借給我）

其れはもう不用です（那個已經沒用了）

不用の物を纏めて屑屋に売る（把無用的東西收在一起賣給廢品站）

**不用意**〔名、形動〕沒準備、不小心，不慎，馬虎

不用意の儘会を開く（沒有準備就開會）

不用意に口走る（不慎說走了嘴）

不用意に喋った言葉（沒加思考而說出的話）

不用意に漏らす（無意中洩漏）

**不用品**〔名〕廢品、不用的物品

不用品を払い下げる（處理不用的物品）

**不溶**〔名〕〔化〕不溶化、不溶解

不溶物（不溶解物質）

不溶残渣（不溶殘渣）

不溶性（不溶性）

不溶解性（不溶性、不溶解性）←→可溶性

**不養生**〔名、形動〕不講衛生、不注意健康

医者の不養生（醫生反而不注意健康）

**不埒**〔名、形動〕豈有此理、不講道理、可惡、混帳

不埒な奴（可惡的傢伙）

不埒千万（蠻不講理、可惡至極）

彼は不埒千万にも私の時計を無断で質に入れた（他竟混蛋透頂把我的手錶偷偷給當了）

**不乱**〔名〕不亂

一心不乱（一心不亂、專心致志）

**不利**〔名、形動〕不利←→有利

不利な地位に立つ（處於不利的地位）

形勢は彼に不利に為った（形勢對他不利）

不利な条件を克服する（克服不利的條件）

不利な立場に追い込まれる（陷入困境）

**不利益**〔名、形動〕不利、虧損、沒有利益

自分の不利益に為る様な事を為る（做對自己不利的事）

不利益な仕事を引き受けた（接受了無利可圖的工作）

君の不利益に為る様には為ない（我不會做對你不利的事）

**不離**〔名〕不離開

不即不離（不即不離）

**不履行**〔名〕〔法〕不履行、不執行

契約不履行の廉で訴えられる（因不執行合約而被控告）

**不流通**〔名〕〔經〕不流通、禁止流通、停止流通

**不立文字**〔名〕〔佛〕不立文字（和〝以心伝心〞一起為禪宗標榜的悟道之法）

**不慮**〔名〕意外、不測

彼は不慮の災難で死んだ（他遭橫禍死去）

不慮の事故（意外的事故）

**不良**〔名、形動〕不良，不好、敗壞、壞蛋、流氓

栄養不良（營養不良）

成績不良（成績不好）

品物が不良で使えない（東西不良不能使用）

発育不良の子供（發育不良的小孩）

今年の小麦の作柄は不良であった（今年小麥長勢不好）

不良品（次品）

不良化（敗壞、墮落）

不良導体（絶縁體）

不良行為を働く（耍流氓）

不良に為る（變成流氓）

向こうから町の不良が遣って来る（從對面來了街上的流氓）

不良少年（小流氓）

**不猟**〔名〕獵獲物少

今日も不猟に終った（今天也獵獲物很少）

**不漁**〔名〕捕魚量少

今日は不漁でさっぱり駄目た（今天沒捕到魚）

近来に無い不漁だ（近來少見的魚荒）

不漁年（捕魚量少的年分）

**不料簡、不量見**〔名、形動〕欠思慮，考慮不周、壞心，錯誤想法

君の不料簡から事故が起こったのだ（由於你考慮不周才發生了事故）

不料簡を起こす（起壞心、生惡念）

不料簡な事を為る（幹壞事）

**不両立**〔名〕不並存、勢不兩立、互不相容

**不倫**〔名ナ〕違背人倫、男女不正常關係

不倫の恋（不合人倫的戀愛）

**不例**〔名〕（貴人尤指天皇）欠安、違和

御不例と承りましたが御容態は如何で御座いますか（聽說貴體欠安不知近況如何？）

**不連続**〔名〕間斷、不連續

不連続線（〔氣〕氣象圖上的不連續線）

不連続面（〔氣〕不連續曲面、突變面）

不連続分布（〔生〕不連續分布）

**不老**〔名〕長生不老

不老の秘訣（長生不老的秘訣）

不老不死の霊薬（長生不死的靈丹妙藥）

**不労**〔名〕不勞

不労所得（不勞而獲的收入）←→勤労所得

不労増価（土地等的自然增值）

**不和**〔名〕不和、不和睦、感情不好、關係不好

不和を調停する（調解不和）

夫婦の不和（夫妻不和睦）

不和の仲（兩人不和）

不和の元（不和的根源）

不和の種を撒く（種下不和的種子）

両家の不和を解く（排解兩家的不和）

**不惑**〔名〕不惑、四十歲

齢不惑を過ぎる（年逾不惑、年過四十）

私も不惑に達してどうやら人生の裏表を知った（我也到了四十歲總算懂得了人生的明暗面）

**不渡り**〔名〕〔經〕拒付（票據）

不渡りを出す（開出空頭支票）

不渡り手形（拒付票據、爽約）

不渡り小切手（空頭支票）

**不拘**（連語）儘管、不管、雖然…但仍

晴雨に不拘決行する（不管陰晴堅決執行）

度度催促したのも不拘一向に返済しない（儘管再三催促他一直不還）

**不格好、不恰好**〔名、形動〕笨拙、不好看、不精緻、不漂亮、樣式不好

不格好な手付き（笨手笨腳、動作不熟練）

不格好な服（不合身的衣服）

不格好に見える（看著不漂亮）

不格好なスタイル（不漂亮的樣式）

**不気味、無気味**〔名、形動〕（不由得）令人毛骨悚然、令人害怕

不気味に静まり返っている（寂靜得令人害怕）

不気味な沈黙（令人害怕的沉默）

不気味な洞窟（陰森森的山洞）

**不器用，無器用，不器用，無器用、不器用，無きっちょう**〔名、形動〕笨、拙笨、不熟練、不靈巧

遣る事が何でも不器用だ（作什麼都笨）

不器用な人（笨手笨腳的人）

不器用な細工（不精巧的工藝）

**不器量，無器量、不器量**〔名、形動〕無才，無能、醜、難看

彼の女は不器量だが気立ては良い（她雖醜但脾氣好）

**不沙汰、無沙汰**〔名、自サ〕久未通信，久疏問候，少見，久違

御不沙汰しましたが皆様御変り有りませんか（久疏問候府上都好嗎？）

大変御不沙汰致しました（久違久違）

**不細工、不細工**〔名、形動〕笨拙，不靈巧、醜，難看

不細工な（の）机（做得太粗笨的桌子）

不細工な奴（笨蛋）

不細工な顔（難看的臉）

**不様、無様**〔名、形動〕難看、拙笨、不像樣子

不様な座り方を為るな（不要沒有坐相！）

不様な身形（衣著不整）

不様な格好（難看的樣子）

不様な手付き（笨拙的手的動作）

**不躾**〔名、形動〕不禮貌、突然，冒失、（客套語）對不起，請原諒

不躾な質問（不禮貌的質問）

行き成り人の名を聞くとは不躾千万だ（一開口就問人家姓名太不禮貌）

不躾に聞く（冒冒失失地問）

不躾な言い方（突如其來的說法）

不躾ながら御名前は（對不起您貴性？）

不躾ですが貴方の月給は（請原諒〔別見怪〕您薪水多少）

こんな事を御尋ねして不躾では御座いましょうが、貴方は未だ御独りでいらっしゃいますか（提這樣的問題太冒失了〔請原諒〕請問您還是獨身嗎？）

**不祝儀、不祝儀**〔名〕凶事，晦氣，喪氣，不吉利、（對婚禮而言）喪事

不祝儀が続いて陰気に為る（倒霉事不斷發生弄得心情不開朗）

**不精、無精、無性**〔名、形動、自サ〕懶、懶散、懶惰、不想動

生れ付き不精な人（天生的懶漢）

不精して家に引っ込んでいた（懶得動彈呆在家裡）

不精を為て彼の人の所へ手紙を出さずに居る（懶得動筆還沒給他寫信）

筆不精（不好動筆〔的人〕、不愛寫信〔的人〕）

不精鉗（〔機〕惰鉗）

不精独楽（用鞭抽轉的無軸尖底陀螺）

不精髭（懶得刮任其長長的鬍子、邋遢鬍子）

三日も顔を剃らず不精髭を生やしている（三天不刮臉長起了邋遢鬍子）

不精者（懶漢、遊手好閒的人）

不精者の一時働き（懶漢的一時勤快）一時一時

**不粋、無粋**〔名、形動〕不風流、不風雅、不懂風趣

不粋な（の）男（不懂風趣的人）

**不好**〔名〕不喜好、不喜歡

好き不好が有る（有喜好和不喜好）

好き不好は人に因る（喜好與否因人而異）

**不念、無念**〔名〕〔古〕不注意，不留心、不周到，遺憾

**不間**〔名ナ〕呆、傻、愚蠢、笨拙（=間抜け）

不磨な返事（愚蠢的回答）

不磨を遣る（幹蠢事）

**不用心，無用心、不用心**〔名、形動〕不安全，靠不住、警惕不夠，粗心大意

夜更けて女の一人歩きは不用心だ（深夜裡女人一個人走路危險）

不用心だから戸締りを厳重に為さい（因為不安全把門關好）

そんな不用心では行けません（不要那麼粗心大意）

# 埠（ㄅㄨˋ）

埠〔漢造〕停船的地方

埠頭〔名〕碼頭（＝波止場）
　埠頭を新設する（新建碼頭）
　貨物船が埠頭に停泊している（貨輪停泊在碼頭上）
　埠頭使用料（碼頭費）
　埠頭渡し（碼頭交貨）
　埠頭荷役労働者（碼頭工人）

# 布（ㄅㄨˋ）

布〔漢造〕（也讀作ほ）布、布置、散布、宣告
　上布（上等麻布）
　湿布（〔醫〕濕布、敷布）
　画布（〔油畫的〕畫布〔＝カンバス〕）
　絹布（綢緞、絲織品）
　敷布（床單〔＝シーツ〕）
　分布（分布）
　散布、撒布、撒布（散布、撒放）
　塗布（塗，敷，擦藥）
　公布（公布、頒布）
　宣布（宣布、宣揚）
　流布（流傳、散布、傳播）

布衍、敷衍、敷延〔名、他サ〕詳述、細說
　暗号電報を敷衍する（把密碼電報詳細寫出來）
　説明を敷衍する（詳細說明）
　敷衍して述べる（詳細敘述）述べる 陳べる 延べる 伸べる

布教〔名、他サ〕傳教、傳道
　布教に従事する（從事傳教）
　布教師（傳教士）

布局〔名〕（圍棋等的）布局

布巾〔名〕（擦食器用）抹布、擦碗巾

　茶碗を布巾で拭く（用抹布擦飯碗）拭く 吹く 葺く 噴く

布告〔名、他サ〕布告，公告、公布，宣布，宣告、（明治初期的）法律，政令
　布告を出す（出告示、出布告）
　塀に布告文が貼って有る（牆上貼著布告）貼る 張る 有る 或る 在る
　宣戦を布告する（宣戰）
　太政官布告（太政官布告）

布陣〔名、自サ〕布陣、布好陣勢、布置兵力

布施〔名〕〔佛〕布施
　寺へ御布施を上げる（向寺院布施）上げる 揚げる 挙げる
　御布施（布施）

布石〔名、他サ〕〔圍棋〕布局、準備（的手段），布置，部署
　布石を研究する（研究布局）
　布石を誤る（布置錯誤）誤る 謝る
　党人を要所に布石する（把本黨人安插在各個重要單位）
　次期総裁選への布石（做下屆總裁選舉的布置）

布設、敷設、鋪設〔名、他サ〕敷設，鋪設，架設，安設、施工，修築，建設
　道路を敷設する（修築公路）
　鉄道を敷設する（鋪設鐵路）
　海底電纜を敷設する（敷設海底電纜）
　地雷を敷設する（布雷、埋地雷）
　敷設権（鋪設權）
　敷設中である（正在施工）
　敷設艦（布雷艦）

布線〔名〕〔電〕布線、配線、接線
　布線図（布線圖）

布達〔名、他サ〕（機關的）通報、（明治初年的）行政命令

布置〔名、他サ〕布置、放置

其の庭は布置宜しきを得ている（那個庭園布置得宜）得る得る売る

泉石の布置が面白い（泉石布置得有趣）

**布団、蒲団**〔名〕蒲團（用蒲葉編的圓墊子）、被，褥，坐墊的總稱

蒲団を掛ける（蓋被子）

蒲団を敷く（鋪床）

蒲団に包まる（鑽進被窩）

蒲団に包まって寝る（裹在被窩裡睡覺）

蒲団を畳む（疊被）

座蒲団、座布団（坐墊）

座蒲団に坐る（坐在座墊上）坐る座る据わる

掛け布団、掛布団（被子）

掛布団を掛ける（蓋被子）

敷き布団、敷蒲団（褥子）←→掛け布団、掛布団

敷蒲団を敷く（鋪褥子）

掛け布団と敷き布団（被子和褥子）

蒲団蒸し（把人用棉被包起使喘不過氣來）

**布海苔**〔名〕〔植〕海蘿

**布帛**〔名〕棉布和絲綢、（和服用）料子、紡織品

**布令**〔名〕頒布命令、頒布的命令

**布衣、布衣、布衣**〔名〕〔古〕布衣、平民，庶民，白丁

布衣より身を起こす（平民出身、由寒微發跡）起す興す熾す

布衣の臣（平民出身的臣子）

布衣の交わり（布衣之交）

**布袋**〔名〕布袋（七福神之一，形似彌勒佛）

布袋葵（〔植〕鳳眼蘭）

布袋腹（大肚子、便便大腹）

布袋腹を抱えて笑う（捧腹大笑）

**布、裂、切れ、切**〔名〕衣料、布頭，碎布（＝反物、織物、裂地、布地、切地）

木綿の布（棉布）

木綿の布で袋を作る（用棉布做袋子）

ワンピースの布を買う（買做連衣裙的布料）

此の布で着物を作る（用這塊布料做衣服）

**布**〔名〕（紡織品的總稱）布，布匹、棉布、麻布。〔建〕（作接頭語用）平，橫，平行

布を織る（織布）織る居る折る

布を晒す（漂白布匹）晒す曝す

布竹（〔竹柵欄上的〕橫竹竿）

布羽目（用一塊塊木板橫著拼成的板壁）

布丸太（〔腳手架上的〕橫柱）

**布切れ**〔名〕布頭、剪開的布，布，布匹

**布靴**〔名〕布鞋

**布子**〔名〕布棉襖←→小袖

布子表（棉襖面）表　面

**布地**〔名〕布料、衣料（＝布地、裂地、切地，切れ地）

透き通った薄い布地（輕薄透亮的布料）

**布地、裂地、切地，切れ地**〔名〕布匹，織物，紡織品、一塊布，一塊衣料

布地を買って服を作る（買布做衣服）

着物を作る為に布地を買う（買布做衣服）作る造る創る買う飼う

布地で継ぎを当てる（用一塊布補補丁）

布地を計る（量布料）計る測る量る図る謀る諮る

幅三フィートの布地（寬三英尺的布料）

**布装**〔名〕布面裝訂

**布染**〔名〕成匹染布、染色的成匹布

**布機**〔名〕織布機

**布引き、布引**〔名、他サ〕為漂白布料把布抻展、掛襯布的橡膠製品等。〔轉〕（瀑布等）連續不斷

布引きの滝（水簾似的瀑布）

**布屏風**〔名〕布面屏風

**布目**〔名〕布紋，布紋式花紋、能看出胎上的布紋的漆器

布目が分らぬ程汚れている（髒得連布紋都看不出來）分る解る判る

布目が粗い（布紋粗）粗い荒い洗い

布目が細かい（布紋細）

布目紙（布紋紙）

**布く、敷く**〔他五〕發布，施行、壓制，欺壓、按在下面

背水の陣を敷く（布背水陣）

命令を敷く（發布命令）

亭主を尻に敷く（欺壓丈夫）

強盗を組み敷く（把強盗按住）

**敷く**〔自五〕（作結尾詞用）鋪滿，鋪上一層、弘布，傳播很廣

〔他五〕鋪、鋪上一層、墊上、鋪設

雪が降り敷く（下一層雪）

落花が庭に散り敷く（落花滿庭）

名声天下を敷く（名聲傳天下、名震四海）

布団を敷く（鋪被子）

床に絨毯を敷く（地板上鋪上地毯）

道路に砂利を敷く（道路上鋪上小石子）

机がぐらぐらするので木を下に敷く（桌子不穩墊上木頭）

鉄道を敷く（鋪設鐵路）

**若く、如く、及く**〔自五〕（下接否定語）如、若、比

用心するに若くは無し（不如提防些好）

此に若くは無し（未有若此者）

百聞は一見に若かず（百聞不如一見）

# 怖（ㄅㄨˋ）

**怖**〔漢造〕恐怖、害怕

畏怖（畏懼）

恐怖（恐怖、恐懼、害怕）

驚怖（驚怖、恐怖）

**怖じる**〔自上一〕膽怯、害怕（＝怖じける、怖がる）

盲蛇に怖じず（初生之犢不怕虎）

**怖じける**〔自下一〕膽怯、害怕、畏縮、羞怯

大きな物音に怖じける（害怕大的聲音）

彼女はそんな小犬にさえも怖じけている（她連那樣的小狗都害怕）

怖じけて物が言えない（嚇得說不出話來）

敵の優勢なのを見て怖じけては行けない（不要看到敵人的優勢就害怕）

そんなに怖じけていたら何にも出来や為ない（那麼畏首畏尾什麼事情也做不成）

怖じけないでゆっくり返事を為為さい（不要害怕慢慢回答）

**怖じ気、怖気**〔名〕害怕、恐懼、膽怯（的感覺）

怖じ気が付く（害怕起來、膽怯起來、恐懼、畏懼）

怖じ気が付いて物が言えなかった（害怕得說不出話來了）

子供達は怖じ気が付いて外出が出来ない（孩子們嚇得不敢到外面去）

怖じ気を振るう（害怕、膽怯、恐懼、發抖）

すっかり怖じ気を振るって終った（嚇得要死嚇得發抖）、

**怖じ気立つ、怖気立つ**〔自五〕害怕起來、恐懼起來、膽怯起來（＝怖じ気が付く）

偉然うな事を言っているが、いざと言う時に為って怖じ気立つ（大話說得很好聽真的到了緊要關頭可就膽怯起來）

**怖じ気付く、怖気付く**〔自五〕害怕起來、恐懼起來、膽怯起來（＝怖じ気が付く）

馬は小さな橋に上がると怖じ気付いて飛び上がり、激しく異な鳴いた（馬一上小橋害怕得跳起來大聲嘶叫）

彼は失敗して怖じ気付いた（他因為失敗膽怯起來了）

愈愈と言う時に為って怖じ気付いたのか（到緊要關頭害怕起來了嗎？）

**怖じ怖じ、怖ず怖ず**〔副、自サ〕戰戰競競、提心吊膽、畏畏縮縮（＝恐る恐る、びくびく）

怖じ怖じして口も利けない（戰戰競競地連話都說不出來）

怖ず怖ずして返事も出来ない（提心吊膽地答不出話來）

彼は何を言われても怖じ怖じしている（不管說他什麼他都戰戰兢兢）

怖ず怖ず言う（提心吊膽地說）

怖ず怖ず出て行った（戰戰兢兢地出去了）

怖いので怖ず怖ず（と）覗く（因為害怕畏畏縮縮地窺視）

自信が無いので怖ず怖ずする（因為沒有自信提心吊膽）

彼女は何と無く怖ず怖ずした物問いたげな視線を投げて、二階へ駆け上がって行った（她向我投過來有點羞澀的欲言又止的眼神跑上樓去了）

**怖じ惑う**〔自五〕驚慌失措、嚇得不知如何是好

**怖めず臆せず**〔連語、副〕毫不畏懼地、勇敢地

怖めず臆せず堂堂と述べ立てる（毫不畏懼地陳述一番）

怖めず臆せず前へ進み出た（毫不畏怯地從行列中站出來）

**怖れる、恐れる、畏れる、懼れる**〔自下一〕害怕，恐懼（＝怖がる、恐がる）。惟恐，擔心（＝心配する）

蛇を非常に怖れる（非常怕蛇）

彼は怖れる事を知らない（他不知道害怕、他無所畏懼）

大きな風波も怖れるに足りない（大風大浪也不可怕）

私達は平和を熱愛しているが、戦争を怖れたりは為ない（我們熱愛和平但也不怕戰爭）

試験が失敗しは為ないかと怖れる（擔心試驗會不會失敗）

思う様に行かないのではないかと怖れる（擔心是否能夠如願以償）

此の規定が悪用されるのを怖れる（擔心這項規定被人濫用）

**怖い、恐い**〔形〕可怕的、令人害怕的（＝恐ろしい）

怖い話（可怕的故事）強い

何も怖い事は無い（沒什麼可怕的、不要害怕）

彼れは怖い物知らずだ（他天不怕地不怕）

怖くて大声を上げる（嚇得喊叫起來）

怖くて声が出なかった（嚇得說不出話來了）

怖い目に会う（受了一場驚）

彼は怒ると怖い（他一發怒很可怕）

私は雷が怖い（我怕打雷）

恐いもの見たさ（越害怕越想看）

恐いもの見たさそっと覗く（越害怕越想看偷偷地看了一下）

恐し見たし（又害怕又想看）

**怖がらせる、恐がらせる**〔他下一〕嚇唬、恫嚇

気味の悪い話を為て怖がらせる（講可怕的故事嚇唬人）

**怖がらせ、恐がらせ**〔名〕嚇唬、恫嚇、恫嚇手段

怖がらせを言う（出言恫嚇）

彼は怖がらせに過ぎない（那不過是嚇唬而已）

怖がらせに怪談を為てから試胆会を始める（講鬼怪故事嚇唬之後開始試膽會）

**怖がる、恐がる**〔自五〕害怕（＝怖れる、恐れる、畏れる、懼れる）

地震を怖がる（怕地震）

彼は怖がって口も利けなかった（他嚇得連話也說不出來了）

何も怖がる事は無い（不要害怕、沒甚麼可怕的）

彼は毎日露見するのを怖がっていた（他每天提心吊膽怕被人發現）

**怖がり、恐がり**〔名〕害怕（的人）

怖がり屋（膽小鬼）

# 歩、歩、歩（ㄅㄨˋ）

**歩**〔名〕〔象棋〕兵、卒、日本將棋的一個棋子

歩を取る（吃卒）

歩を打つ（擺卒）

歩を付く（進卒）

歩を為らせる（使卒過河）

**歩**〔名〕步（日本土地面積單位＝六日尺平方、約合3、3平方公尺、與一坪同）、（比率、利率等

的單位）分，百分之一（=分）。利率，比率（=歩合）。〔轉〕手續費，傭金（=手數料）。小兵，一般士兵

 日歩（日息、日利）
 三割の歩（三成傭金）
 歩が良い（傭金優厚）
 歩が悪い（傭金不多）
 歩に首を提げらる（取たる）（死於小兵之手）

**歩合、歩合い**〔名〕〔數〕比率，比值，比價、回扣，傭金，手續費（=歩割、分割）

 公定歩合（法定比價）
 割引歩合（折扣率）
 歩合五分（比率為百分之五）
 利益の歩合を求める（求出利益率）
 売上げの歩合（銷貨的回扣）
 歩合を取る（收傭金）
 一割の歩合を出す（給百分之十的傭金）
 歩合算（本利計算法、百分比計算法）
 歩合制度（按比率分配制度）

**歩割、分割**〔名〕比率，比值，比價、回扣，傭金，手續費（=歩合）

**歩刈**〔名〕〔農〕收割一坪的作物（推算全面積的產量）（=坪刈り）

**歩射**〔名〕徒步射箭←→騎射

**歩積み**〔名〕〔經〕票據貼現押金（貼現時強制一部份存入定期存款）

 歩積み預金（擔保存款-銀行貼現或放款時作為擔保強制存入其一部分）

**歩止まり、歩留まり**〔名〕成品率（成品對原料的比率）

 歩止まりが良い（成品率高）
 歩止まりが悪い（成品率低）

**歩引き、分引き**〔名〕〔經〕減價、打折扣（=割引）

**歩、步**〔名、漢造〕步、步行、氣運

 歩を進める（邁步、前進）
 歩を運ぶ（邁進）
 公園へ歩を向ける（向公園邁進）
 一歩前進、二歩後退（進一步退兩步）
 三歩前へ（向前三步）
 徒歩（徒步、步行）
 遊歩（散步、漫步）
 牛歩（牛步、牛的步伐）
 地歩（地步、位置、立足點）
 国歩（國運、國勢）
 退歩（退步）
 進歩（進步）
 散歩（散步）
 漫歩（漫步）
 独歩（自力、獨自步行、獨一無二）

**歩一歩**〔連語〕逐步、一步一步

 歩一歩と完全に近付く（逐步接近完善）

**歩管系**〔名〕〔動〕水管系

**歩脚**〔名〕〔動〕（節足動物附肢中的）步足

**歩行**〔名、自サ〕步行、走路（=歩く）

 足を痛めて歩行にも困難を感ずる（腳受了傷連走路都感覺困難）
 右側を歩行して下さい（請靠右邊走）
 中風で歩行が困難だ（因為中風走路困難）
 歩行器（嬰兒走路的扶車）
 歩行者（步行者行人）、
 歩行者天国（步行人的樂園-為行人安全，停止車輛通行，使行人自由通行的環境）

**歩行虫**〔名〕〔動〕步行蟲、蚑

**歩哨**〔名〕〔軍〕步哨、哨兵

 歩哨に立つ（放哨、站崗）
 歩哨を置く（布置崗哨）
 歩哨に誰何される（受到哨兵盤問）
 歩哨勤務（步哨勤務）
 歩哨線（步哨線）

**歩数**〔名〕步數

 歩数を数える（計算步程）
 歩数計（步程計、計步器）

**歩測**〔名、他サ〕用步測量
　駅から自宅迄の距離を歩測する（以步測量從車站到家的距離）

**歩卒**〔名〕〔古〕步卒、步兵（=足軽）

**歩帯**〔名〕〔動〕（棘皮動物的）步帶

**歩調**〔名〕步調、步伐
　歩調を合わせる（使步調一致）
　歩調を揃える（統一步調）
　歩調取れ（〔口令〕正步走）

**歩度**〔名〕（一定時間內走的）步數腳步、
　歩度を早める（加緊腳步）
　歩度計（〔測〕計步器、步程計）

**歩道**〔名〕人行道
　横断歩道（人行橫道）
　歩道を歩く（走人行道）
　自動車が歩道に乗り上げる（汽車開到人行道上）
　歩道橋（人行天橋）

**歩幅**〔名〕步的幅度、一步的距離
　歩幅が大きい（步子大）
　歩幅を伸ばす（邁開步伐）

**歩武**〔名〕步武、步伐
　歩武を揃える（整齊步伐）
　歩武堂堂と（為て）進む（步武堂堂地前進）

**歩兵**〔名〕〔軍〕步兵
　歩兵陣地（步兵陣地）
　歩兵連隊（步兵聯隊）
　歩兵操典（步兵操典）

**歩歩**〔副〕步步、一步一步

**歩廊**〔名〕走廊。（舊）站台（=プラットホーム platform）

**歩く**〔自五〕走，步行（=歩む）。（廣義指乘車船等走動），（接其他連用形下）到處…（=方方で…する）
　歩いて行く（走著去）
　一寸其の辺を歩こう（到那邊去走一走吧！）
　君は良く歩くね（你真能走呀！）
　大手を振って歩く（昂然闊步）
　千鳥足で歩く（醉步蹣跚）
　肩で風を切って歩く（大搖大擺地走）
　駅迄は歩いて十分と掛からない（走到車站用不上十分鐘）
　世界各地を歩いて来た（走遍了世界各地）
　酒場を飲み歩く（串酒館喝酒）
　宣伝し歩く（到處宣傳）
　飛行機で飛び歩く（坐飛機到處跑）

**歩き**〔名〕走、步行
　漫ろ歩き（漫步散步）、

**歩き方**〔名〕走法、腳步、走相
　妙な歩き方を為る（走相很怪）
　彼の歩き方では間に合うまい（他那種走法恐怕趕不上）
　彼の女は男みたいだ（她走路像男人似的）

**歩き付き**〔名〕走相、走法、走的樣子（=歩き振り、歩き方）

**歩き振り**〔名〕走相、走法、走的樣子（=歩き方、歩き付き）
　疲れた様な歩き振り（像很疲倦的走相）

**ちょこちょこ歩き**〔名〕邁小步走、搖搖晃晃地走

**歩かせる**（他下一）（歩く的使役形式）使走路，使步行。〔棒球〕使擊球員自由上壘
　子供を歩かせる（使幼兒學走路）
　バッター(batter)をフォア、ボール(four ball)で歩かせる（投出四壞球讓擊球員自由上壘）

**歩ける**（歩く的可能形式）能走、會走、走得動
　病人はもう歩ける様に為った（病人已經能走了）
　彼の人は小児麻痺で歩けなくなったのだ（他是因為患小兒麻痺不能走路了）

**歩む**〔自五〕〔雅〕行，走（=歩く）。前進，進展
　我我が歩んで来た道（我們走過的道路）
　苦難の道を歩む（在艱苦的道路上前進）
　解決に向かって歩む（向解決前進一步）

**歩み**〔名〕走，步行（=歩く事）。腳步，步調（=足並）。進行，進展（=進み方）。間距
  歩みが速い（走得快）
  歩みが遅い（走得慢）
  歩みを止める（停步）
  歩みを速める（加快腳步）
  歩みを緩める（放慢腳步）
  歩みを揃えて行進する（邁齊步伐前進）
  仕事の歩みが鈍い（工作進展得慢）
  歴史の歩み（歷史的進程）
  螺旋の歩み（螺距）
  根太歩み一尺（支地板的棱木間距一尺）
**歩み合う**〔自五〕互讓、妥協（=歩み寄る）
**歩み合い**〔名〕互相讓步、妥協（=歩み寄り）
**歩み寄る**〔自五〕互讓，妥協，走近，接近
  互いに歩み寄って争いを解決する（互相讓步解決糾紛）
  幼子が怖怖歩み寄る（幼兒提心吊膽地走進）
**歩み寄り**〔名〕妥協、互相讓步、
  歩み寄り価格（妥協的價格）
  双方の歩み寄りで事が円満に解決した（由於雙方的互讓事情圓滿解決了）
**歩み板**〔名〕跳板、（歌舞伎劇場）池座間的木板過道

## 簿（ㄅㄨˋ）

**簿**〔漢造〕帳簿
  帳簿（帳簿、帳本）
  名簿（名簿、名冊）
  原簿（原帳簿、底帳）
  家計簿（家庭收支簿）
  出納簿（現金出納簿、流水帳）
**簿記**〔名〕簿記
  銀行簿記（銀行簿記）
  商業簿記（商業簿記）
  単式簿記（單式簿記）
  複式簿記（複式簿記）
  簿記を習う（學習簿記）学ぶ
  簿記を付ける（記帳）
  簿記帳（帳簿）
  簿記台（帳桌）

## 部、部（ㄅㄨˋ）

**部**〔名、漢造〕部分、部類，部門、（機關，公司，團體等組織上的機構名）部、（助數詞用法）（書報雜誌的）部，冊，份
  此の展覧会は五つの部に分けて有る（這展覽會分五個部分）
  上の部に入る（屬於最上等的）
  一部（一部分、一部，一冊，一份，一套）
  心臓部（心臟部位、中心部位）
  町部（屬於町管轄地區）
  郡部（屬於郡管轄地區←→市部。〔轉〕鄉下）
  軍部（軍部、軍事當局）
  第一部（第一部）
  兵部（兵部）
  本部（本部）←→支部
  調査部（調查部）
  営業部（營業部）
  学部（大學院系）
  食品部（食品部）
  野球部（棒球部）
  写真部（攝影部）
  大部の著作（大部頭著作）
  一部三冊（一部三冊）
  限定五百部出版（限定五百部出版）
**部厚い、分厚い**〔形〕厚、較厚（=厚い）
  本棚には部厚い本が並んでいる（書架上擺著一些厚書）
  部厚い手紙（厚厚的信）

**部厚、分厚**〔名、形動〕厚、較厚
  部厚な(の)本(厚書)
  部厚な(の)板(厚板)

**部位**〔名〕部分。〔醫〕部位

**部員**〔名〕（日本高中大專學生的業餘組織的）部員、成員
  野球部の部員(棒球部的部員)
  新入部員は放課後、部室に来て下さい(新部員下課後請到部辦公室來)

**部下**〔名〕部下、屬下
  信頼出来る部下(可靠的部下)
  将校と部下(將校與部下)
  部下を可愛がる(照顧部下)
  彼の人の部下に為って働くのは嫌だ(我不願在他手下工作)

**部会**〔名〕各部門(分別)舉行的會議
  専門部会(專門部會)
  今日の放課後、保健部の部会が有る(今天下課後保健部開會)

**部曲**〔名〕區分、分部，分組

**部局**〔名〕部局(政府機關內局司處科的總稱)、局部，一部分
  幾つかの部局に分かれている(分成幾個部局)

**部首**〔名〕(漢字的)部首
  部首索引(部首索引)

**部署**〔名〕工作(崗位)、職守
  部署を守る(堅守崗位)
  勝手に部署を離れる(擅離職守)
  銘銘部署に付く(各就各的工作崗位)
  総員部署に付け(〔口令〕全體各就各位!)
  一同部署に付いた儘で艦と共に沈んだ(全體人員堅守崗位和軍艦一起沉入海底)

**部将**〔名〕部隊長、一個部隊的司令員

**部数**〔名〕部數、冊數、份數
  大量部数発行(發行大量部數)
  書類の部数を増やす(增加文件的份數)
  雑誌の部数が合わない(雜誌的冊數不符)
  部数に制限が有る(份數有限)
  初版は発行部数が五千だった(初版發行份數為五千)

**部族**〔名〕部族、宗族
  部族主義(宗族主義)

**部属**〔名〕部(一級)的附屬單位、部下，手下

**部隊**〔名〕部隊。〔喻〕(成群結隊的)一夥人
  部隊が出動する(部隊出動)
  地上部隊を派遣する(派遣地面部隊)
  青年団は主力部隊である(青年團是一支主力部隊)
  闇屋部隊(一夥黑市商販)
  買出し部隊(一幫採購的人)

**部立**〔名〕(把和歌)分類、分門別類

**部長**〔名〕(政府機關、企業、公司的)部長，處長，部門經理、(大學的)院長、系主任、處長

**部内**〔名〕(組織機關的)內部、部的內部←→部外

**部外**〔名〕(機關公司等的)外部、外部的人←→部内
  部内からの援助(外來的援助)
  部内者は立ち入り禁止(外人禁止入內)
  部内者(外人)

**部品**〔名〕(機械等的)零件、部件(=部分品)
  自転車の部品(自行車的零件)

**部分**〔名〕部分←→全体
  此のフィルムはカットされた部分が有る(這影片有一部份剪掉了)
  部分品(零件=部品)
  部分的(部分的)
  部分音(〔樂〕陪音，泛音、〔理〕諧音)
  部分原子価(〔化〕部分價、餘價)
  部分食、部分蝕(〔天〕〔日月的〕偏蝕)←→皆既食
  部分割(〔生〕部分開裂)

部分群（〔化〕週期表的族、〔化〕副族-週期表中的副族、〔生〕子群，亞群，〔數〕簇）

部分環（〔數〕子環）

**部分け**〔名、他サ〕分類、分門別類

**部民**〔名〕〔史〕部民（世世代代隸屬於皇族及豪門貴族、直接從事生產的農民、大化革新後廢除）

**部面**〔名〕方面
此の部面での彼の活躍が期待される（期待他在這方面的積極活動）

**部門**〔名〕部門、部類、方面
自然科学の各部門（自然科學的各個部門）
各部門で研究会を開く（在各個部門開研究會）
文学の部門で受賞する（在文學部門得獎）

**部落**〔名〕部落，小村莊，小漁村，（過去受迫害歧視的）特殊部落
山間の部落（山間的小村）山間
此の部落には医者が居ない（這部落沒有醫生）
部落林（村有林）
部落開放同盟（部落解放同盟）
部落民（曾受歧視的部落民）

**部理代人**〔名〕〔法〕部分代理人←→総理代人

**部理代理**〔名〕〔法〕部分代理

**部類**〔名〕部類、種類
部類に分ける（分類）
甲の部類に入れる（列入甲類）
部類分け（分門別類）

**部屋**〔名〕房間，屋子，儲藏室，工作室。〔相撲〕部屋（力士老年退出第一線後、按規定繼承的培養青年力士的地方）
子供部屋（小孩的屋子）
空いた部屋（空房間）
奥の部屋（裡邊的房間）
前の部屋（前邊的房間）
部屋に一杯の人（屋裡坐滿了人）
家に部屋が八つ有る（家裡有八個房間）
二階にも部屋が有る（二樓也有房間）
部屋を綺麗に為る（把屋子打掃乾淨）
南向きの明るい部屋（朝南的明亮的房間）
日の当たる部屋（朝陽的房間）
布団部屋（被褥儲藏室）
炭部屋（薪炭間）
仕事部屋（工作室）
部屋代（房租、房錢）
部屋住み（長子尚未繼承家業的身分、次子以下無權繼承家業者）
部屋着（室內便服）
部屋割り、部屋割（〔宿舍、旅館等〕分配房間）

## 爬（ㄆㄚˊ）

爬〔漢造〕搔、手腳並行

搔爬（〔醫〕取出身體中病的組織、人工流產）

爬行〔名、自サ〕爬行、蠕動

爬行動物（爬行動物）

爬虫〔名〕〔動〕爬蟲、爬行動物（如蛇、蜥蜴等）

爬虫類（爬行綱）

爬羅〔名〕〔古〕揭發別人的缺點

## 溌（ㄆㄛ）

溌〔漢造〕靈活（活溌），橫暴無理（溌婦），把水倒去（溌水）

活溌、活発（形動）活溌．活躍

活溌な子供（活溌的孩子）

活溌な質問（踴躍的提問）

取引が活溌である（交易興旺）

動作が活溌である（動作活溌）

議論が活溌に行われている（熱烈地進行爭論）

挑撥、挑発（挑潑、挑逗）

反撥、反発（排斥、反駁、抗拒，反感）

触発（觸發、觸爆）

溌墨〔名〕〔美〕溌墨（中國畫的一種特殊表現手法）

溌剌、溌溂〔形動タルト〕活溌，精力充沛、（魚）活蹦亂跳

生気溌剌たる若人（精力充沛的青年）若人

生気溌剌と為た若人（精力充沛的青年）

此の子は溌剌と為ている（這個孩子真活溌）

溌剌たる魚（活蹦亂跳的魚）肴

## 波（ㄆㄛ）

波〔漢造〕流動、波浪、波動、（助數詞用法）（衝擊）波，浪潮

風波（風波，風浪、艱苦，辛酸，糾紛，不和）

鯨波（大浪，巨浪、吶喊聲）

鯨波、鬨（古代戰鬥開始或勝利時的吶喊、多數人一齊發出的喊聲）

鯨波の声（吶喊、多數人一齊發出的喊聲）

余波（餘波、事後的影響）

秋波（秋波）

千波万波（千波萬浪、波濤萬頃、波濤滾滾）

金波（日月光映漾的金色波浪）

銀波（日月光映漾的銀色波浪）

音波（音波、聲波）

光波（光波）

電波（電波）

短波（短波）

中波（中波）

長波（長波）

調波（調波）

潮波（〔地〕潮波）

電磁波（電磁波）

弾性波（彈性波）

第二波（第二波）

第三波（第三波）

波間、波間〔名〕波浪之間

波間〔名〕波浪之間，波谷、（一浪過去另一浪未來的）浪靜時

波間にヨットが見える（波谷裡可以看到遊艇）

波間に漂う（在波浪中漂流）

波間柏〔名〕〔動〕銀螺

波及〔名、自サ〕波及影響

事件の影響が全世界に波及する（事件的影響波及全世界）

此の事件は政界に波及する所が大であった（這一事件對政界的影響很大）

**は行、ハ行**〔名〕は行（五十音圖的第六行：は、ひ、ふ、へ、ほ）

**波群**〔名〕〔理〕波群、波束、波包

**波形**〔名〕波形、波型圖
 波形管（波紋管、皺紋管）
 波形環（波形環）

**波形**〔名〕波浪形、波狀紋
 波形継ぎ手（波形伸縮接合、伸縮縫）
 波形記号（波浪號、代字號）（〜）
 縁が稍波形の葉（邊緣稍成波狀的葉子）

**波光**〔名〕波光、波色、波浪閃耀的光采

**波高**〔名〕波高、波浪的高度

**波旬**〔名〕〔佛〕波旬、天魔

**波上**〔名〕波上、水上

**波状**〔名〕波狀、波浪式
 波状を為す（呈波狀）成す
 波状熱（〔醫〕波浪熱）
 波状雲（波狀雲）雲
 波状山地（起伏的山地）
 波状攻撃（波浪式的進攻）
 波状 strike（幾個工會為了共同目標而相繼地繼續罷工）←→一斉 strike

**波食、波蝕**〔名〕海蝕（海水對陸地的沖刷侵蝕作用）（=海食、海蝕）
 波蝕台地（海蝕後露出水面的高地）

**波心**〔名〕〔理〕波心

**波数**〔名〕〔理〕波數

**波節**〔名〕〔理〕波節
 電流波節（電流波節）

**波線**〔名〕波狀線（〰）
 国境の山山が遥かに波線を描いて連なっている（國境線上的群山遠遠地蜿蜒相連）
 下に波線を引いた語（下面畫有波狀線的詞）

**波束**〔名〕〔理〕波束、波群

**波長**〔名〕〔無〕波長
 波長を合わせる（調波長）
 波長が同じだ（波長相同）
 波長計（波長計）

**波止、波戸**〔名〕碼頭（=波止場）

**波止場**〔名〕碼頭
 船が波止場に着く（船靠碼頭）舟
 波止場の荷役人夫（碼頭裝卸工）
 波止場渡し（〔商〕碼頭交貨）
 波止場使用料（〔商〕碼頭費）

**波頭、波頭**〔名〕浪頭、浪尖

**波頭**〔名〕浪頭、浪峰
 波頭を立てる（騰起浪峰）
 白い波頭が砕け始める（白色浪頭開始激起浪花）

**波濤**〔名〕波濤
 万里の波濤を乗り切る（衝破萬里波濤）
 波濤を蹴って進む（破浪前進）

**波動**〔名〕波動，周期性變化。〔理〕波動，波狀運動
 景気の長期波動（景氣的長期波動）
 光の波動（光的波動）
 波動説（波動說）
 波動方程式（〔數〕波動方程式）
 波動力学（波動力學）
 波動関数（波動函數）

**波布**〔名〕〔動〕飯匙倩（台灣產毒蛇）

**波布草**〔名〕〔植〕望江南（羊角豆）

**波布茶**〔名〕用望江南種子煎的茶（可健胃、解毒、輕瀉）

**波腹**〔名〕〔理〕波腹

**波面**〔名〕波面。〔理〕波前

**波紋**〔名〕波紋，漣漪，細浪、影響
 池に石を投げたら、波紋が四方に広がった（向池裡一投石波紋就四散了）
 其の魚は水中に姿を消し、跡に波紋が広がった（那條魚消失在水中只留下四散的漣漪）

政界に大きな波紋を投げ掛ける（對政界發生很大的影響）

**波羅蜜**〔名〕〔佛〕波羅蜜（由迷岸到達彼岸）。〔植〕波羅蜜樹（桑科常綠喬木）

**波羅蜜多**〔名〕〔佛〕波羅蜜（＝波羅蜜）

**波乱、波瀾**〔名〕波瀾、風波、變化多端，起伏不平

　平地に波瀾を起こす（平地起風波）
　家庭の波瀾（家庭糾紛）
　波瀾を巻き起こす（興風作亂）
　彼の小説は波瀾が有って面白い（那部小說情節複雜很有意思）
　今後更に幾多の波瀾曲折が有るだろう（今後還將有許多變化曲折）
　彼の一生は波瀾に富む（他的一生曲折多變）

**波乱万丈、波瀾万丈**〔名〕波瀾壯闊、起伏不平
　波瀾万丈の生涯（波瀾壯闊的一生）

**波列**〔名〕〔理〕波列

**波浪**〔名〕波浪

**波、浪、濤**〔名〕波浪，波濤。〔轉〕波瀾，風波。〔理〕（振動）波。〔喻〕風潮、連綿起伏、高低起伏、（皮膚的）皺紋

　大波（大浪、劇浪）
　波が荒い（波濤洶湧）粗い洗い
　波が立つ（起浪）
　波が静まる（風平浪靜）
　波に攫われる（被浪沖走）攫う浚う
　波に呑まれる（被浪吞沒）呑む飲む
　波に漂う（漂流、漂蕩）
　波に乗る（趁勢、趁著浪頭）乗る載る
　波を打つ（起波浪、頭髮呈波浪形）
　波を被る（浪打上甲板）
　波を切って進む（破浪前進）
　波の穂（浪頭、浪尖、浪峰）
　波の音（濤聲）
　逆巻く波（翻卷的大浪、紅濤巨浪）
　波を巻き起こす（掀起風波）
　平地に波を起す（平地起波瀾）
　音の波（音波）音音音
　光の波（光波）
　横波（横波）
　縦波、縦波（縦波）
　時代の波（時代的浪潮）
　失業の波（失業浪潮）
　人波、人の波（潮水般的人群）
　山（の）波、山並、山脈（山脈）
　甍の波（脊瓦鱗次櫛比）
　作品に波が有る（作品中有好有壞）
　景気の波（行情的變動）
　成績に波が有る（成績有時好有時壞）
　老いの波（老人的皺紋）
　波静か也（風平浪靜、天下太平）
　波に乗る（趁勢、乘著勢頭）
　勝利の波に乗って追撃する（乘勝追擊）
　波にも磯にも付かぬ心地（心情忐忑不安）

**波板**〔名〕瓦紋鋅鐵、波形鐵皮（＝生子板、海鼠板）

**並、並み**〔名〕普通、一般、平常

　〔造語〕排列、並列、並比、同樣、每

　並の人間（普通人）
　並の製品（普通的製品）
　並以上の才能（才能出眾）
　彼は何処か並の人と違っている（他有些地方和一般人不一樣）
　身長は並よりも高い（身長也比一般人高）
　並で無い（不平常．不尋常）
　上二百円、中一百八十円、並一百五十円（上等的二百日元．中等的一百八十日元．普通的一百五十日元）
　並手形（普通票據）
　並肉（中等肉．下等肉）

並木（路旁並排的樹木）

家並（房子的排列情況=屋並. 每家，家家戶戶=家毎）

世間並（和社會上一般情況一樣）

人並（和一般人一樣）

例年並（和往年一樣）

家族並に取り扱う（和家裡的人一樣對待）

親戚並に付き合い（和親戚一樣的交往）

課長並の待遇（和科長同等的待遇）

月並の例会（每月的例會）

軒並に国旗を掲げる（家家戶戶掛國旗）

**波打つ**〔自五〕起波浪，波浪翻滾、波動，滾動，起伏

波打つ海原（波濤洶湧的大海）

強風に波打つ湖（強風颳起波浪的湖）

嘗ての荒地に麦の穂が波打つ（從前的荒地上麥浪滾滾）

波打つ髪（波浪式頭髮）

波打って前進する（滾滾向前）

波打つ太鼓腹（大腹便便）

風に髪を波打たせる（頭髮因風擺動）

其の報を聞いて誰の胸も激しく波打った（聽到這個消息大家心裡都激動了）

**波打ち際**〔名〕水濱、岸邊、海灘（=渚、汀）

波打ち際に立って沖を見る（站在岸邊眺望海面）

**波風**〔名〕風浪。〔轉〕風波。〔轉〕風霜，艱險的遭遇

波風の荒い海（風浪險惡的海）

波風の立たぬ日は無い（沒有一天風平浪靜）

庭に波風が立つ（家庭起風波）

波風の立たない円満な家庭だ（和睦美滿的家庭）

世の波風に揉まれる（經受人世的風霜）

**波凹**〔名〕波谷

**波刳形**〔名〕〔建〕反曲線

**波先**〔名〕〔理〕波前

**波路、浪路**〔名〕航路（=船路）

千里の波路を越えて行く（遠涉重洋）

**波立つ**〔自五〕起浪。〔喻〕起伏，不平靜。〔喻〕起風波

波立つ海（波濤起伏的海、波濤洶湧的海）

海が波立って来た（海面翻騰起來）

湖面を波立たせる風も無かった（並沒有刮使湖面掀起波浪風）

胸が波立つ（心情激動）

家庭が波立つ（家庭起風波）

**波の子貝**〔名〕〔動〕斧蛤、波子蛤

**波の花**〔名〕浪花、（商人、相撲等用語）鹽

波の花を撒く（撒鹽）撒く巻く蒔く捲く播く

**波の穂**〔連語〕浪頭、浪尖、浪峰（=波頭）

**波穂**〔名〕浪頭、浪尖、浪峰（=波頭、波の穂）

**波乗り**〔名〕衝浪運動（=サーフィン surfing）

波乗り板（衝浪板）

波乗り舟（破浪艇）

波乗りを為る（做衝浪運動）

**波法線**〔名〕〔電〕波法線

**波巻き**〔名〕〔電〕波形繞法

**波枕**〔名〕乘船出門旅行、船中過夜、枕邊聽到濤聲

**波除け、波除**〔名〕阻擋波浪、防波物、防波堤

波除板（防波板）

**波座**〔名〕〔方〕（暴風後的）餘波（=余波）

# 婆（ㄆㄛˊ）

**婆**〔漢造〕老太婆、梵語的譯音

老婆（老太婆=老女，老女，嫗，嫗）←→老爺、翁

産婆（接生婆、助產士=助產婦）

妖婆（妖婆）

娑婆（〔佛〕紅塵、俗世、〔獄外的〕自由世界）

塔婆（〔佛〕塔形木牌=卒塔婆）

婆娑〔形動タルト〕（舞姿）婆娑，翩翩，盤旋起舞貌、徘徊貌、（樹影）婆娑，擺動、（琴聲）委婉曲折

　　婆娑と為て起舞する（婆娑起舞）

婆娑羅髮〔名〕蓬亂的頭髮

婆心〔名〕〔古〕婆心（＝老婆心）

婆羅門〔名〕（梵語 Brahmana）婆羅門（印度封建種姓制度的第一種姓）、（婆羅門教的）僧侶

　　婆羅門教（婆羅門教）

婆、婆〔名〕老太婆（＝姥、婆さん）←→爺，爺。乳母（＝乳母）

婆抜き〔名〕（撲克）抽王八，抽對子、（新婚小家庭中）沒有母親同住

　　婆抜きを為る（玩抽對子）

婆さん、祖母さん〔名〕老太太、祖母，外祖母

　　八百屋の婆さん（賣菜的老太太）

　　家の祖母さん（我祖母）

婆様〔名〕老太太、祖母，外祖母（＝婆さん、祖母さん）

婆や〔名〕乳母、奶媽、老婢

## 頗（ㄆㄛˇ）

頗〔漢造〕很、歪斜

　　偏頗、偏頗（偏向、不公平）

頗〔接頭〕很、相當、頗為

　　中中頗洒落の家（一間相當漂亮的房子）

頗る〔副〕頗、很、非常（＝大層、非常に、甚だ）

　　頗る面白い映画（非常有趣的電影）

　　頗る暑い（很熱、頗熱）

　　意気込みは頗る高い（幹勁十足）

　　頗る順調に発展している（極順利地發展著）

　　本当に分っているか如何か頗る怪しい物だ（到底懂不懂很值得懷疑）

　　選手達の士気は頗る盛んだ（選手們士氣十分旺盛）

　　暑さにも負けず頗る元気だ（炎熱也不在乎精神非常飽滿）

頗る付き、頗る付〔名〕〔俗〕極、非常、出色

　　頗る付きの勉強家（極其用功的人）

　　頗る付きの好調（非常順利）

　　頗る付きの美人（非常漂亮的女人）

　　頗る付きのけちん坊（極端吝嗇的人）

　　今年は頗る付きの暖冬だ（今年冬天極暖）

## 迫（ㄆㄛˋ）

迫〔漢造〕緊迫、迫近、逼迫、壓迫、縮短

　　逼迫（困窘、困窘）

　　急迫（急迫、緊迫、緊急）

　　強迫（強迫、逼迫）

　　脅迫（脅迫、威脅、恐嚇、恫嚇）

　　緊迫（緊迫、緊急、緊張）

　　切迫（逼近、迫近、緊迫）

　　圧迫（壓迫）

　　窮迫（窘迫、困窘、困窮、窮困）

迫害〔名、他サ〕迫害、虐待

　　捕虜を迫害する（虐待俘虜）

　　異教徒を迫害する（迫害異教徒）

　　宗教上の迫害（宗教上的迫害）

　　迫害を蒙る（遭受迫害）蒙る 被る

　　迫害妄想（〔醫〕迫害妄想）

迫撃〔名、他サ〕迫擊、迫近攻擊

　　迫撃砲（〔軍〕迫擊砲）

　　迫撃砲弾（〔軍〕迫擊砲彈）

迫真〔名〕逼真

　　名優が迫真の演技を示す（名演員做出逼真的表演）

　　迫真性（逼真性）

　　迫真力（逼真力）

迫力〔名〕動人的力量、扣人心弦

　　技は旨いが迫力が無い（演技很好但缺乏動人的力量）旨い 巧い 上手い 美味い

迫力の有る演技を示す（表現出扣人心弦的演技）湿す

迫力の有る演説（激動人心的演説）

**狭間、狭間**〔名〕（兩物體間的）夾縫、間隙、谷間、峽谷、（牆上的）槍眼、砲眼、雉堞

狭間胸壁（雉堞、城堞）

**迫る、逼る**〔他五〕強迫、逼迫

〔自五〕逼近、迫近、變窄、縮短、困境、困窘、急迫、急促

返事を逼る（強迫回答）

辞職を逼る（迫使辞職）

仕事の必要に逼られて（迫於工作的需要）

敵に投降を逼る（迫使敵人投降）

爆撃で平和交渉を逼る（以炸逼和）

試験が逼っている（考期迫近）

眼前に逼った危険（迫於眉睫的危険）

夕暮れが逼る（夜幕降臨）

其の地方には冬が逼っていた（那地方即將入冬）

時間が逼っている（時間緊迫）

距離が逼る（距離縮短）

道幅が逼っていて車が通れない（路面狭窄車過不去）

貧に逼って盗みを働く（迫於貧困而行竊）

病気で息が逼る（因病呼吸急促）

**迫め上木**〔名〕〔建〕（隧道、坑道等的）支拱、拱架

**迫る**〔他五〕逼近、催促

**競る、糶る**〔他五〕〔舊〕競爭（＝争う）。（買主搶購）爭出高價、拍賣、（寫作糶る）行商

激しく競る（激烈地競爭）迫る

決勝点近くで三人が優勝を競る（在決勝點附近三人競爭優勝）

さあ、五百円、七百円、もっと競る人は無いか（喂，五百日元、七百日元、出更高價的有没有？）

田舎を糶って歩く（在郷間做行商）

**競り、糶り**〔名〕競賽、競爭（＝競り合い）。拍賣（＝糶り売り、糶売、競り売り、競売）。（由於魚群蜂擁而來）海面上出現泡沫而翻白（＝沸き）。（只寫作糶り）行商

競りで売る（拿出拍賣、交付拍賣）

競りに出す（拿出拍賣、交付拍賣）

競りで値を付ける（以拍賣方式定價錢）値

糶り呉服屋（賣布匹綢緞的行商）

**迫**〔名〕逼。〔劇〕日本歌舞伎舞台和地下室之間上下傳送裝置、（建築）拱頂

迫を使った芝居（使用上下移動裝置的戲劇）

**迫り上げる**〔他下一〕慢慢往上推、逐漸地擴大、（感情）湧現

舞台で大道具を迫り上げる（在舞台上從下面把大道具推出來）

道具を舞台に迫り上げる（一點一點地從下往舞台上推道具）

声を迫り上げる（提高嗓門）

絵の具を迫り上げる（顏料越來越擴散）

**迫り石、迫石**〔名〕〔建〕拱石、拱形石、楔形石

**迫り腰、迫腰**〔名〕〔建〕拱腰、樑腋

**迫り台、迫台**〔名〕〔建〕拱座、橋墩

**迫り出す、迫出す**〔自、他五〕〔劇〕從舞台台面的活門往上推出、向上推、推到前面、向前突出

前歯が迫り出す（門牙突出）

御腹が迫り出した（肚子凸起來了）

**迫り出し、迫出**〔名〕往上推出。〔劇〕把在舞台底下的演員或大道具傳送到舞台上的傳送裝置（＝迫り上げ）

**迫り持ち、迫持**〔名〕〔建〕拱形、拱頂

凱旋門の上部は迫持に為っている（凱旋門的頂部呈拱形）

迫持アーチ（楔塊拱）

迫持受け（拱座）

迫持構え（拱形結構）

迫持曲線（拱形曲線）

迫持煉瓦（拱磚）

迫り元、迫元〔名〕〔建〕起拱點

# 破（ㄆㄛˋ）

破〔名〕破（雅楽、能楽等三個組成部分之一-即拍子由慢變快的轉變部分）

〔漢造〕破壞、打破、破裂、擊破、突破、破除

序破急（序破急-雅楽、能楽的始中終三個組成部分、〔轉〕歌曲或舞蹈等的三種變化，緩急變化、〔俗〕事物的起始中間末尾）

大破（大破、嚴重毀壞）

難破船（遇難船隻、失事的船隻）

擊破（擊破、打敗、駁倒）

論破（說敗、駁倒）

踏破（走遍、走過〔艱難的道路〕）

讀破（讀破、讀完＝読み通す）

読み破る（讀破、讀遍、全部讀完）

看破（看破、看穿、看透）

突破（突破、闖過、超過）

道破（道破、說破）

破する〔他サ〕破除、道破、說破、（珠算用語）使珠算復原（＝御破算に為る）

不吉祥を破する（破除不祥）吉祥吉祥破する派する

邪見を破する（破除邪說）

破屋〔名〕破屋、破房子（＝荒屋、荒家）

破瓜〔名〕破瓜（女子十六歲）、（因性交而）處女膜破裂

破瓜期（破瓜期、青春期、發情期）

破戒〔名〕〔佛〕破戒↔持戒

破戒僧（破戒僧）

破戒無慚（雖破戒但無愧於良心）

破壞〔名、自他サ〕破壞

洪水で鉄道が破壞された（鐵路被洪水沖壞了）

建物を破壞する（破壞建築物）

建設の為の破壞（為了建設的破壞）

破壞分子（破壞分子）

破壞活動（破壞活動）

破壞主義（破壞主義、主張〔鼓吹〕破壞）

破壞応力（〔理〕破壞應力、致斷應力）

破壞的（破壞性的）↔建設的

破壞活動防止法（〔法〕防止破壞活動法）

破壞係数（〔理〕斷裂模量）

破壞消防（破壞消防=為了防止火勢蔓延斷絕火路而毀掉一部份建築物的消防法）

破壞強さ（〔理〕抗斷強度、斷裂強度）

破壞檢查（〔理〕破壞檢查）

破壞試驗（〔理〕破壞試驗、擊穿試驗）

破壞衛星（〔能靠近運行於軌道的衛星並將其擊毀的〕破壞衛星）

破格〔名、形動〕破格、破例、打破常規

破格の（な）昇進を為る（破格提升）

破格の（な）待遇を受ける（受到破格的待遇）

破格の（な）恩典に浴する（蒙受特殊恩典）

破格の（な）文句が多い（打破常規的詞句多）

破顏〔名、自サ〕破顏、現出笑容

破顏一笑（破顏一笑）

破棄〔名、他サ〕（文件、契約等的）廢棄，廢除、（判決等）撤銷，取消

書類を破棄する（撕毀文件）

約束を破棄する（毀約）

契約を破棄する（撕毀契約）

原判決を破棄する（撤銷原判）

破却〔名、他サ〕破壞、打敗追擊

破鏡〔名〕破鏡、離婚

破鏡の憂き目を見る（遭受離婚之苦）

破鏡の嘆（破鏡之嘆）

破鏡再び合う（破鏡重圓）

破鏡再び照らさず（破鏡不能重圓、覆水難收）

破局（はきょく）〔名〕破裂的局勢、不可收拾的局面、悲慘的結局
　破局に直面する（面臨悲慘的結局）
　破局を迎える（悲慘結局的來臨）
　夫婦は終に破局を迎えた（夫婦兩人最後落得悲慘的結局）

破軍星（はぐんせい）〔名〕〔天〕搖光、瑤光（北斗第七星）

破甲弾（はこうだん）〔名〕〔軍〕穿甲彈

破甲爆弾（はこうばくだん）〔名〕〔軍〕穿甲、炸彈

破獄（はごく）〔名、自サ〕越獄、逃獄

破骨細胞（はこつさいぼう）〔名〕〔解〕破骨細胞、消骨細胞

破婚（はこん）〔名〕離婚、解除婚約

破砕、破摧（はさい、はさい）〔名、自他サ〕擊潰、摧毀、破碎。〔原〕分裂，裂變
　強敵を破砕する（摧毀強敵）
　破砕性爆弾（殺傷炸彈）
　破砕機（破碎機、粉碎機）
　破砕片（碎片）
　破砕強さ（抗破碎強度）

破砕胃（はさいい）〔名〕〔動〕咀嚼胃

破砕反応（はさいはんのう）〔名〕〔原〕散裂反應

破産（はさん）〔名、自サ〕破產。〔法〕（經審判後宣告）破產
　破産を宣告する（宣告破產）
　会社が破産に瀕している（公司瀕臨破產）
　株の下がり方が激しくて破産する人が続出する（股票暴跌破產者不斷出現）
　破産管財人（破產財產託管人）
　破産財団（破產財團）

破算（はさん）〔名〕（常用御破算的形式）（珠算用語）去了重打、推翻（過去的想法或做法）
　御破算で願いましては（去了重打…）
　従来の研究方法を御破算に為て、新しく出直す（推翻過去的研究方法重新開始）

破邪（はじゃ）〔名〕〔佛〕破邪
　破邪顕正（破邪顯正）

破傷風（はしょうふう）〔名〕〔醫〕破傷風

破傷風菌（はしょうふうきん）（破傷風桿菌）

破傷風血清（はしょうふうけっせい）（破傷風血清）

破傷風トキソイド（はしょうふうtoxoid）（破傷風類毒素）

破色（はしょく）〔名〕原色內略加灰色構成的色調

破水（はすい）〔名、自サ〕（分娩時的）破水

破生（はせい）〔名〕〔植〕溶生

破船（はせん）〔名〕失事的船隻

破線（はせん）〔名〕虛線（_____）←→実線、点線（じっせん、てんせん）

破綻（はたん）〔名、自サ〕破裂、破產、失敗
　交渉の破綻（談判破裂）
　経営に破綻を生ずる（經營失敗）
　計画に破綻を来す（使計畫失敗）
　物価の暴落は会社に破綻を来した（物價的暴跌使公司破產了）
　人格の破綻を来す（招致人格破產）

破談（はだん）〔名〕取消前約、解除婚約
　此の間の話は破談に為るよ（前幾天的那些話可不算了啊！）
　商談を破談に為る（把談妥的買賣取消了）
　先方に破談を申し入れる（向對方提出解除婚約）
　其の縁談は破談に為った（那件婚事告吹了）

破断点（はだんてん）〔名〕〔理〕斷點

破竹（はちく）〔名〕破竹
　破竹の勢い（破竹之勢）
　破竹の勢いで勝ち進む（以破竹之勢乘勝前進）

破調（はちょう）〔名〕（和歌、俳句等）破格、不協調，不合節拍

破天荒（はてんこう）〔名、形動〕破天荒、史無前例、未曾有過
　破天荒の（な）出来事（破天荒的事件）
　破天荒の偉業を完成した（完成了史無前例的偉業）
　破天荒の大安売り（破天荒的大減價）
　破天荒の試み（破天荒的嘗試）

破風、博風（はふ、はふ）〔名〕〔建〕（日本房屋）山形牆上的人字板、山墻頂封檐板

**破片**〔名〕破片、碎片
　ガラスの破片（碎玻璃片）
　砲弾の破片（彈片）
　誠意の破片さえ持ち合わせていない（絲毫沒有誠意）
　破片爆弾（殺傷炸彈）

**破帽**〔名〕破帽
　弊衣破帽（弊衣破帽）
　弊衣破帽の生活を楽しむ（樂於過弊衣破帽的生活）

**破墨**〔名〕（山水畫）潑墨（＝潑墨）
　破墨山水（潑墨山水）

**破魔**〔名〕〔佛〕驅邪、驅邪箭、驅邪箭的箭靶
　破魔矢（破魔箭、驅邪箭、避邪箭）
　破魔弓（射驅邪箭的弓、驅邪弓－新年送給男孩的玩具、在上樑儀式的同時立於屋頂上的兩張木製避邪弓）

**破滅**〔名、自サ〕破滅、毀滅、滅亡、敗落
　破滅に瀕している（瀕於滅亡）
　身の破滅を招く（招致身敗名裂）
　家庭が破滅した（家庭敗落了）
　破滅的な災難（滅頂之災）

**破面**〔名〕〔礦〕斷面、斷口

**破門**〔名、他サ〕（師傅將徒弟）開除。〔宗〕逐出宗門、開除教籍、逐出教會
　教えに叛いて破門される（不聽教誨被開除）
　弟子を破門する（開除徒弟）弟子弟子
　背教者を破門する（將叛教者開除教籍）

**破約**〔名、他サ〕毀約、不履行契約、解除契約
　破約は許されない（不准毀約）
　破約を平気で為る人は信用されなくなる（隨便毀約的人令人信不著）
　先方が約束を守らないので破約した（因對方違約而解除了契約）

**破倫**〔名〕亂倫
　破倫の行い（亂倫行為）

**破裂**〔名、自サ〕破裂
　水道管が破裂する（自來水管破裂）
　怒りが破裂する（暴怒、盛怒）
　談判が破裂した（談判破裂了）
　瓶が破裂した（瓶子破裂了）
　破裂音（〔語〕爆破音－如 ptk 等音）

**破廉恥**〔名、形動〕厚顔無恥、寡廉鮮恥
　破廉恥な行い（寡廉鮮恥的行為）
　破廉恥な男（無恥之徒）
　破廉恥罪（〔法〕道德敗壞罪－如詐騙、盜竊、收受賄賂等）

**破牢**〔名、自サ〕越獄（＝脱獄）
　入獄中の者が数名破牢して逃げ去った（在押者數名越獄逃走）

**破家、莫迦、馬鹿、馬稼**〔名、形動〕（梵語moha（痴）、摩訶羅 mahallaka（無智）的假借字、及破家的轉義）愚蠢、糊塗、傻瓜、不中用、不合理、過度、非常（＝愚か、愚人）←→利口、賢い
　馬鹿な行いを為る（做糊塗事）
　馬鹿な考え（傻念頭）
　馬鹿な真似を為るな（可別做傻事）
　馬鹿の骨頂（愚蠢透頂、混蛋到家、糊塗到家）
　そんな事に賛成する馬鹿は無い（沒有一個傻瓜贊成那種事）
　馬鹿に付ける薬は無い（愚蠢沒藥醫、混蛋不可救藥）
　馬鹿も休み休み言え（別瞎扯、少說蠢話）
　馬鹿が有って利口が引き立つ（沒有糊塗蟲哪來諸葛亮）
　馬鹿と子供は正直（只有傻子和小孩不會撒謊）
　馬鹿な子は尚可愛い（傻孩子更可愛）
　馬鹿さ加減（糊塗的程度）
　馬鹿者（笨蛋）
　馬鹿と気違いは避けて通せ（少惹是非）
　馬鹿と鋏は使いよう（廢物可利用、傻瓜也有用處）

馬鹿の大足（頭腦簡單四肢發達）
馬鹿の一つ覚え（死心眼、一條路跑到黑）
馬鹿には困った物だ（真是糊塗到家了、真是愚蠢透頂）
馬鹿な顔を為ている（顯得傻呼呼的、顯得無聊的樣子）
馬鹿を言う（胡說、說廢話）
馬鹿を言うな（別胡說、別說廢話＝馬鹿らしい話を止める）
馬鹿を言っては行けない（別胡說、別說廢話）
そんな馬鹿な話は無い（哪裡有那麼不合理的事）
そんな馬鹿な事が！（豈有此理！）
馬鹿に為る（不靈，不好用，不中用，裝糊塗）
風邪を引いて鼻が馬鹿に為った（因為傷風鼻子不通了）
芥子が馬鹿に為った（芥末不辣了）
螺旋が馬鹿に為った（螺絲不靈了）螺旋螺子捻子捩子螺旋
此の鍵は馬鹿に為っている（這把鎖故障了）
馬鹿に（非常、特別）
馬鹿に疲れた（累得不得了）
馬鹿に暑い（熱極了、太熱了）暑い厚い熱い篤い
馬鹿に寒い（非常冷）
今年は馬鹿に暑い（今年特別熱）
雪が馬鹿に降る（雪下得厲害）
馬鹿な値段だ（過高的價錢）
馬鹿に機嫌が良いね（你怎麼這麼高興）
馬鹿に手間取る（非常費事、很費工夫）
馬鹿騒ぎ（大吵大鬧）
馬鹿高い（太高）
馬鹿に為る（輕視、瞧不起）
馬鹿に為れる（受人輕視、讓人瞧不起）

人を馬鹿に為る（瞧不起人）
人を馬鹿に為るな（不要瞧不起人）
年寄や子供を馬鹿に為る（欺侮老少）
馬鹿を見る（吃虧、上當、倒霉、吃啞巴虧）
正直者が馬鹿を見る事が有る（正直人有時吃虧）
こんな物に千円も出して馬鹿を見た（花一千元買這樣東西真不值得）
こんな古い家を買って馬鹿を見た（買這棟房子吃虧了）
馬鹿に成らない（不可輕視、不可小看、別小看、相當可觀）
此の問題は馬鹿に成らない（這個問題不可輕視）
馬鹿に成らない経費（相當可觀的經費）
毎月の食費が馬鹿に成らない（每個月的餐費相當可觀）毎月毎月
馬鹿に出来ない（不可輕視、不可小看、別小看＝馬鹿に成らない）
彼は馬鹿に出来ない男だ（他是一個不能輕視的人）
彼の英語も決して馬鹿に出来ない（他的英語也是很出色的）
馬鹿に為ては行けない（不能輕視）
子供だからと言って馬鹿に為ては行けない（就是小孩也不能小看他）

**破落戸、無頼**〔名〕無頼、惡棍、流氓、地痞
強請を働く破落戸（搞敲詐的流氓）強請強請

**破落戸、ならず者**〔名〕壞蛋、流氓、無頼、惡棍、地痞（＝破落戸、無頼、悪者）

善く善くの破落戸（大壞蛋）善く善く能く能く翼翼翼翼
ならず者に因縁を付けられる（被流氓找碴）

**破天連、判天連**〔名〕（葡padre）（室町時代）基督教傳教士、天主教徒

**破く**〔他五〕〔俗〕（由破る的詞幹＋裂く的詞尾構成）弄破（＝破る）
障子を破く（把紙拉窗弄破）

破ける〔自下一〕〔俗〕破（=破れる）

　釘に引っ掛けて着物が破ける（衣服被釘子鉤破）

破る〔他五〕弄破、損壞、破壞、違犯、打敗、打破

〔自下二〕〔古〕破損、破碎、破壞、滅亡、敗北（=破れる）

　障子を破る（把紙拉窗弄破）
　うっかりして釘でズボンを破って終った（一不留神讓釘子把褲子鉤破了）
　金庫を破る（破壞保險庫）
　敵の囲みを破る（衝破敵人的包圍）
　夜の静けさを破る（打破夜間的寂靜）
　交通規則を破る（違犯交通規則）
　法律を破る（犯法）
　敵を破る（打敗敵人）
　五対三で相手を破った（以五比三打敗了對方）
　世界記録を破る（打破世界紀錄）

敗る〔自下二〕〔古〕敗（=敗れる）

破れる〔自下一〕破損，損傷、破碎，破壞、滅亡，（也寫作敗れる）失敗，敗北

　紙が破れる（紙破了）
　彼の子は破れた着物を着ている（那個孩子穿著破衣服）
　談判が破れる（談判決裂）
　此れは絶対に破れない真理である（這是顛撲不破的真理）
　物価と賃金の均衡が破れる（物價和工資的平衡破壞了）
　国破れて山河在り（國破山河在）
　決勝戦で破れる（敗れる）（在決賽時敗北）
　五対二で破れた（敗れた）（以五比二敗北）
　戦に破れる（敗れる）（戰敗）戰、軍

敗れる〔自下一〕敗（=負ける、敗北する）

　惜しくも決勝戦で敗れた（遺憾的是決賽時輸了）破れる

破れ〔名〕破的地方、破的程度

　八方破れ（千瘡百孔）
　服の破れを繕う（縫補西服的破處）

破れ傘〔名〕破傘。〔植〕兔兒傘（菊科多年草）

破れ被れ〔名、形動〕自暴自棄、破鑼破摔（=捨て鉢）

　破れ被れの仕業（自暴自棄的行為）
　破れ被れに為っては行けない（不要自暴自棄）
　斯う為ったらもう破れ被れ（事已至此只好破鑼破敲了）
　破れ被れに為って滅茶苦茶に遣り続ける（挺而走險蠻幹下去）

破れ目〔名〕破處、破的地方

　上着の破れ目を繕う（縫補上衣的破處）

破れ目、割れ目〔名〕裂縫、裂口、裂紋。〔地〕裂口，節裡

　氷河の破れ目（冰河的裂縫）
　壁に破れ目が出来る（牆上裂了縫）
　破れ目噴火（裂縫噴火）

破目、羽目〔名〕板壁、境地，地步，困境，窘境

　苦しい羽目に陥る（陷入困境）
　可笑しな羽目に為る（弄得莫名其妙）
　意気消沈し、怒りと恨みが交交至る羽目に陥った（陷入垂頭喪氣惱恨交集的境地）
　羽目を外す（盡情、盡性、過分）
　羽目を外して騒ぐ（盡情歡鬧）

破れ〔名〕破，破處，破的程度。〔俗〕（印刷或裝訂中損耗的）廢紙，加放紙

　襖の破れを張り直す（把紙隔扇的破處重新糊好）会
　破れ紙（〔印〕加放紙）
　破れが出る（出廢紙）

破れ垣、破垣〔名〕破籬笆

破れ衣〔名〕破舊衣服（也用於自謙）

**破る、割る**〔他五〕分，切，割，（一般寫作割る，對有形物可寫作破る）打壞，弄碎，分配，分離，分隔，擠開，推開，坦白，直率地說，除，對，摻合

〔自五〕低於，打破（某數額）。〔相撲〕出界，越過界線

二つに割る（分成兩半）
ケーキ(cake)を四つに割る（把糕點切成四塊）
胡桃を割る（砸核桃）
薪を割る（劈劈柴）薪
皿を落として割る（把盤子掉在地上摔碎）
額を割る（裂傷前額）
十人に割る（分給十個人）
頭数に割って配る（按人數平分）
党を割る（分裂黨）
人込みの中に割って入る（擠進人群裡去）
二人の仲を割る（離間兩個人的關係）
腹を割って話す（直言不諱、推心置腹地說）
事を割って話す（坦率說明情況）
口を割る（坦白、招認）
竹の割った様（乾脆、心直口快）
竹の割った様な男（性情爽直的男子）
四十を八で割る（四十除於八）
十三を六で割ると二が立って一が残る（十三除於六得二餘一）
酒に水を割る（往酒裡對水）
ウイスキー(whisky)を水で割る（用水稀釋威士忌）
百円を割る（低於一百日元）
十秒を割る（在十秒以下）
平均価格が四千円を割った（平均價格打破了四千日元大關）
手形を割る（貼現票據）
土俵を割る（力士越出摔跤場地）

**破子、破籠**〔名〕有隔板的飯盒

**破れる、割れる**〔自下一〕分散，分裂，破裂，裂開、碎、除得開。〔轉〕暴露，洩漏，敗露

候補者が多くて票が割れる（競選人多票分散）
両党の統一戦線が割れた（兩黨的統一戰線分裂了）
自由党が割れる（自由黨分裂）
日照りで地面が割れる（因天旱地面裂縫）
地震の為に地が割れた（由於地震地裂開了）
氷が割れて人が湖に落ちた（冰裂開人掉進湖裡）
頭が割れる様に痛い（頭痛得要裂開似的）
額が割れる（前額裂傷）
割れる様（〔鼓掌等〕暴風雨般的）
不意に割れる様な拍手が起こった（突然爆發出暴風雨般的掌聲）
花弁が三つに割れる（花瓣尖端分成三叉）
ガラス(glass)が粉々に割れる（玻璃打得粉碎）
十は二で割れる（十以二除得開）
秘密が割れる（秘密洩漏）
尻が割れる（露出馬腳）
星が割れる（犯人查到）

**破れ、割れ，割**〔名〕裂、破損、破碎、裂痕、碎片、破裂。〔商〕（行市跌落）打破某關

罅割れが為る（出裂紋）
瀬戸物の割れ（瓷器的碎片）
ガラス(glass)の割れ（玻璃碎片）
仲間割れ（關係破裂）
千円の大台割れ（打破一千日元大關）

**破れ鐘、割れ鐘**〔名〕破鐘
破れ鐘の様な声で怒鳴り散らす（用破鑼似的聲音叫嚷）

**破れ鍋、割れ鍋**〔名〕有裂痕的破鍋
破れ鍋に綴じ蓋（破鍋配破蓋、〔喻〕夫婦般配）

**破れ物、割れ物**〔名〕破碎的東西、易碎品（=壊れ物）
破れ物注意（易碎品小心輕放）

## 粕（ㄆㄛˋ）

**粕**〔漢造〕酒渣（=糟粕）

糟粕（糟粕．剩餘的無用物）

古人の糟粕を甞める（吮古人糟粕．步前人後塵）

**粕、糟**〔名〕酒糟（=酒糟、酒粕）

人間の糟（人類的糟粕、卑鄙的人）

糟を食う（受人責備－主要用於劇團）

酒の糟（酒糟）

豆（の）糟（豆餅）（=豆粕）

糟漬け、糟漬（酒糟醃的鹹菜）

**滓**〔名〕（液體的）沉澱物，渣滓（=澱）。〔轉〕糟粕，無用的東西

茶の滓（茶滓）

滓を除く（去掉渣滓）

残り滓（殘渣）

人間の滓（人類的渣滓）

**粕汁、糟汁**〔名〕加上酒糟的醬湯

**粕漬け，粕漬、糟漬け，糟漬**〔名〕用酒糟醃的魚或菜

糟漬け用の粕（醃魚菜用的酒糟）

**粕取り，粕取、糟取り，糟取**〔名〕（用酒糟製造的）劣等酒、（用米或洋芋等私造的）壞酒。〔轉〕粗製濫造的東西

粕取り雑誌（粗製濫造的雜誌）

## 拍、拍（ㄆㄞ）

**拍**（也讀作拍）〔漢造〕拍，拍打、打拍子、（樂曲的）節拍

三拍（三拍）

三拍子（強音在第一拍的一小節三拍的拍子、用小鼓大鼓太鼓等三種樂器打拍子、主要的三種條件）

一拍（拍一下手、〔樂〕一拍）

一拍半（一拍半）

**拍車**〔名〕馬刺

長靴の拍車が光る（高統鞋上的馬刺閃閃發光）長靴長靴

拍車を入れる（用馬刺踢馬）

拍車を掛ける（加速、加快、促進、推動）搔ける欠ける書ける賭ける駆ける架ける描ける

拍車を加える（加速、加快、促進、推動）加える咥える銜える

没落に拍車を掛ける（加速走向沒落）

議論に拍車を掛ける（促進議論）

学生運動に拍車を掛ける（推動學生運動）

**拍手**〔名、自サ〕拍手、鼓掌

拍手で代表を迎える（用鼓掌迎接代表）

拍手を以って代表を迎える（用鼓掌迎接代表）

鳴り止まぬ拍手（經久不息的掌聲）止まる留まる泊まる停まる止まる留まる

拍手が止む（掌聲停息）止む已む病む

拍手が疎らに為る（掌聲變稀薄）

一頻り拍手した（鼓了一陣掌）

嵐の様な拍手（暴風雨般的掌聲）

割れる様な拍手（暴風雨般的掌聲）

二拝二拍手（拜神時二拜二拍手）

拍手喝采（拍手喝采）

聴衆の拍手喝采を受ける（受到聽眾的拍手喝采〔鼓掌歡呼〕）

**拍手、柏手**〔名〕拜神時的拍手

柏手を打つ（拜神時拍手）

柏手を打って拝む（拍手拜神）

**拍子**〔名〕〔樂〕節拍、（配合音樂、歌舞旋律打的）拍子、（演奏神樂時用的）笏形拍板、（演奏能樂時）吹打笛鼓、機會，（當…）時候、剛一…時候

四分の二拍子（四分之二拍）

行進曲は四拍子だ（進行曲是四拍）

手で拍子を取る（用手打拍子）撮る捕る獲る摂る盗る執る採る録る

足で拍子を取る（用腳打拍子）

拍子を合わせる（合拍子）

拍子が良いと（僥倖的話、幸運的話）酔い良い好い善い佳い

笑った拍子に入れ歯が外れた（剛一笑假牙掉了）

自動車を避けようと為た拍子に転んで終った（剛要躲汽車的時候跌倒了）避ける避ける

**拍子木**〔名〕梆子

拍子木を打つ（敲梆子）

拍子木を鳴らす（敲梆子）

**拍子抜け**〔名〕敗興、失望、掃興、沮喪

拍子抜けが為る（感到洩氣、感到沮喪）

此の報道に接して彼等は拍子抜けの体であった（聽到這個報導他們大失所望）

**拍板、編木**〔名〕薄拍板（一種打擊樂器）

# 俳（ㄆㄞˊ）

**俳**〔漢造〕演員、詼諧、俳句、徘徊

雜俳（〔名〕雜俳句（"前句付" "冠付" "折句" "川柳"等通俗俳句的總稱）

俳廻、俳徊（徘徊、走來走去）

**俳画**〔名〕俳畫、諧像畫（日本畫的一種、帶有俳句趣味畫贊的淡彩畫或水墨畫）

**俳諧、誹諧**〔名〕詼諧，戲謔(=諧謔、戲、戲れ)、帶滑稽趣味的和歌、"聯句" "発句"的總稱、狹義指"俳句"

俳諧師（俳句家）

**俳句**〔名〕俳句、俳詩（由五、七、五共十七個音節組成的短詩）

俳句を作る（做俳句）俳諧、誹諧発句作る創る造る

俳句を鑑賞する（欣賞俳句）

**俳号**〔名〕俳句詩人的筆名

**俳名**〔名〕俳句詩人的筆名

**俳名**〔名〕俳句詩人的筆名（=俳名）。俳句詩人的聲望

**俳誌**〔名〕俳句雜誌

**俳趣味**〔名〕俳句情趣（脫俗、超逸、滑稽）（=俳味）

**俳味**〔名〕俳趣、（以脫俗、瀟灑、風趣為特徵的）俳句的意境、瀟灑（超脫）的情趣

俳味の有る風情（具有俳句意境的瀟灑情趣）有る在る或る

景色に俳味を感ずる（從風景中感到俳趣）

**俳書**〔名〕俳句的書籍

**俳人**〔名〕俳句詩人

**俳人、俳優，俳人、俳優、俳優**〔名〕以滑稽的動作歌舞（的人）

**俳聖**〔名〕俳聖、卓越的俳句詩人

俳聖芭蕉（卓越的俳句詩人松尾芭蕉）

**俳談**〔名〕有關俳句的漫談、笑話，詼諧話

**俳壇**〔名〕俳壇、俳句界

**俳風、誹風**〔名〕俳句的風格、俳句的流派

**俳文**〔名〕具有俳句風味的散文

**俳友**〔名〕俳句詩友

**俳優**〔名〕演員（=役者）

映画俳優（電影演員）俳優

座付き俳優（屬於劇團等的演員）

新劇俳優（話劇演員）

俳優に為る（當演員）

今一番人気の有る映画俳優は誰ですか（現在最紅的電影演員是誰？）

**俳論**〔名〕有關俳句的論述（評論）

**俳話**〔名〕有關俳句的談話

# 徘（ㄆㄞˊ）

**徘**〔漢造〕欲行又止

**徘徊、俳徊**〔名、自サ〕徘徊、走來走去、踱來踱去

家の近くを徘徊する（在家附近走來走去）

# 牌（ㄆㄞˊ）

**牌**〔漢造〕牌、獎牌

優勝牌（獎牌、優勝牌）

金牌（金獎牌）

銀牌（銀獎牌）

麻雀牌（麻將牌）

骨牌（遊戲賭博用的骨牌〔＝骨牌，加留多，歌留多，カルタ〕、麻將牌〔＝麻雀牌〕）

牌〔名〕麻將牌（＝マージャンパイ）

牌を並べる（擺牌）

## 排（ㄆㄞˊ）

排〔漢造〕排斥、排出、排列、安排、推開

按排、按配、案配（安排、布置、調整）

排する〔他サ〕推開、排除、排斥、排列

群衆を排して出る（推開人群擠出來）排する拝する配する

戸を排して入る（推開門進去）

万難を排する（排除萬難）

不正行為を排する（抵制不正當行為）

単語はいろは順に排して在る（單詞是按いろは順序排列的）

排液〔名〕〔醫〕引流、排泄

排液管（引流管）

排煙〔名、自サ〕（工廠等煙囪）排出來的煙、排除室內的煙

排煙車（排煙機、排煙扇）

排貨〔名〕抵制（特定企業或國家的）貨物、拒絕購買（或經售、使用）外廠或外國的貨物（＝ボイコット）

排外〔名〕排外

排外運動（排外運動）

排外主義（排外主義）

排気〔名、自サ〕排氣（排除蒸汽和瓦斯等）、排除空氣

排気管（排氣管）

排気坑（排氣坑道）

排気弁（排氣閥）

排気量（排氣量）

排気ガス（廢氣）

排気還流装置（汽車的廢氣回流裝置）

完全に排気して真空を作る（把空氣全部抽出使成真空）

赤ん坊授乳後排気させる（嬰兒餵奶後拍其後背排除胃內氣體）

排球〔名〕〔體〕排球（＝バレーボール）

排菌〔名、自サ〕〔醫〕排菌（傳染病患者向體外排出細菌）

排菌者（排菌者）

排撃〔名、他サ〕排擊、抨擊、痛斥

偏見を排撃する（痛斥偏見）

人種差別は断固と為て排撃する（斷然抨擊種族歧視）

排血〔名、自サ〕〔醫〕除血、驅血

排磁〔名〕去磁，退磁、為防磁性水雷消除船隻的磁場

排磁帯（〔船〕消磁帶）

排臭管〔名〕排臭管

排出〔名、他サ〕排出、排泄（＝排泄）

腫物を切開して膿を排出する（切開腫瘤排膿）膿海

体内の不用物を排出する（將體內的廢物排泄掉）

排出器官（排泄器官）

排出係数（汙染物質排出係數、排出平均值）

排出細胞（排泄細胞）

排除〔名、他サ〕排除、消除

水を排除する（排水）

万難を排除する（排除萬難）

邪魔者を排除する（排除障礙）

外国勢力の干渉を排除する（排除外來勢力的干涉）

排除体積（已占容積、已占空間）

排障器〔名〕〔鐵〕（機車的）護檔

排水〔名、自サ〕排水

ポンプで排水する（用抽水機排水）

低地の水は排水が遅い（低窪地的水排得慢）遅い晩い襲い

排水管（排水管）
排水器（排水器）
排水工事（排水工程）
排水地域（排水區域）
排水組織（植物的構造）
排水量（排水量）
排水噸（displacement tonnage 的譯詞）（船的排水噸位）

排斥〔名、他サ〕排斥、抵制
　悪い気風は排斥す可きだ（壞風氣應該抵制）
　外国品を排斥する（抵制外國貨）
　互いに排斥し合う（互相排擠、互相傾軋）

排泄〔名、他サ〕〔生理〕排泄
　体外に排泄する（排出體外）
　排泄作用（排泄作用）
　排泄器（排泄器官）
　排泄物（排泄物、分泌物）

排雪〔名〕清除積雪、被清除的積雪
　排雪機（掃雪機、犁雪機）
　排雪板（用於清除火車鋼軌內側積雪的除雪器）
　排雪が川に詰まる（雪堆壅塞河流）

排他〔名〕排他、排外
　排他的な行動を止めよう（不要排斥別人）
　排他性（排他性、排外性）
　排他主義（排他主義）

排他律〔名〕〔邏〕排他律、不相容原理

排中律〔名〕〔邏〕排中率

排土機〔名〕〔機〕大型推土機、大型挖土機

排毒薬、敗毒薬〔名〕排毒藥、驅毒劑（日本中藥-由人參、甘草、陳皮等配製、醫治感冒、頭痛、咳嗽、原名排毒散、敗毒散）

排日〔名〕排日、排斥日本←→親日、知日
　排日熱（排日熱）
　排日論者（排日主張者）
　排日運動（排日運動）

排尿〔名、自サ〕〔醫〕排尿
　排尿過多症（多尿症）
　排尿痛（排尿痛）

排膿〔名、自サ〕〔醫〕排膿
　切開して排膿する（切開排膿）
　排膿管（引流管）

排仏毀釈〔名〕（宗）排佛毀寺、破壞寺院（明治初期頒布神佛分離令時曾經盛行）

排便〔名、自サ〕排便、解大便
　排便困難症（便秘、大便困難）
　三日間も排便していない（三天沒解大便）

排卵〔名、自サ〕〔生理〕排卵
　排卵期（排卵期）
　排卵年齢（排卵年齡）

排律〔名〕漢詩的排律、長篇律詩

排列、配列〔名、他サ〕排列
　幾何学的な排列（幾何學的排列）
　種類別に排列する（按種類排列）
　排列を直す（整理排列）直す治す
　ABC順に排列する（按ABC的順序排列）

## 派（ㄆㄞˋ）

派〔名、漢造〕派、派別、流派、派生、派出
　派が違う（流派不同）
　一つの派を立てる（樹立一派）
　二つの派を分れる（分成兩派）
　流派（流派）
　支派（支派）
　自派（自己所屬的黨派）
　分派（分派，分出一派、小流派，分出的流派）
　末派（藝術或宗教的最末流派、分裂出來的宗派、小角色，無名小輩）
　左派（左派=左翼）←→右派

右派（右派、保守派=右翼）

各派（各黨派、各流派）

学派（學派）

宗派（宗派、教派、流派）

党派（黨派、派別、派系）

統派（統派）

硬派（強硬派，死硬派、政經新聞記者、不談女色的頑固派、暴徒、看漲的人、買方）←→軟派

軟派（鴿派，穩健派=鳩派、報社的社會部文藝部、擔任社會欄文藝欄的記者、色情文藝，喜愛色情文藝的人、專跟女人廝混的流氓、空頭）

鷹派（鷹派、強硬派）

鳩派（鴿派、主和派、溫和派）←→鷹派

何派（哪一派）

主流派（主流派、多數派）

反対派（反對派）

反動派（反動派）

ローマン派（浪漫派）

実権派（實權派、當權派）

**派する**〔他サ〕派、派遣

**派遣**〔名、他サ〕派遣

大使を派遣する（派遣大使）

政府から派遣される（受政府派遣）

新聞社が記者をイギリスに派遣する（報社派記者到英國去）

軍隊を派遣して鎮圧する（派軍隊去鎮壓）

派遣教授（聘任教授、外來的短期講課教授）

**派出**〔名、他サ〕派出、派遣

看護婦会から付添人を病院へ派出する（護士會派遣護理人員到醫院去）

派出所（警察派出所、派出工作人員辦事的辦事處）

派出婦（特別護士、家庭用臨時女工）

**派生**〔名、自サ〕派生

やっと解決した事件から又新しい問題が派生する（剛解決了的事件又衍生出新的問題）

派生物（衍生物）

派生的（派生的）

派生語（派生語）

**派手**〔名、形動〕（色彩等）鮮艷，艷麗、（服裝等）華美，華麗、（生活等）闊綽，浮華←→地味

彼は派手なシャツを着ている（他穿著鮮艷的襯衫）

身形が派手だ（打扮得很花俏）

派手な服装（華麗的服裝）

派手な色のネクタイを付ける（打著色彩艷麗的領帶）

派手な色のネクタイを為る（打著色彩艷麗的領帶）

彼は派手な生活を為ている（他過著浮華的生活）

派手に金をぱっぱと使う（大手大腳地亂花錢）

派手に立ち回って人気を取る（嘩眾取寵）

派手に泣き出す（為引人注目放聲大哭）

派手者（衣著等講究的人、講究排場的人、花花公子、趕時髦的人）

派手好き（講究排場的、浮華的）

派手好きな人（浮華的人）

万事派手好きだ（一切都講究）

派手やか（華美，華麗，花俏、浮華、闊綽）

派手やかな身形（華麗的打扮）

派手やかに着飾っている（打扮得很花俏）

牡丹の花は派手やかだ（牡丹花很華美）

彼の遣る事は派手やかだ（他做事很闊氣）

**派閥**〔名〕派閥、派系

醜い派閥争い（醜惡的派系之爭）

無原則な派閥闘争（無原則的派系鬥爭）

政党には其其派閥が有る（政黨中各有派系）

其其夫夫

## ㄆ

**派兵**〔名、自サ〕派兵、派遣軍隊
　海外に派兵する（向海外派兵）
　直ちに派兵して鎮圧する（立即派遣軍隊鎮壓）
**派別**〔名〕派別、黨派
**派分け、派分**〔名〕分黨派、分流派、派別

### 胚（ㄆㄟ）

**胚**〔名、漢造〕胚、胚胎、胚芽
　胚発生（胚胎發生）
　胚形成（胚胎形成）
**胚芽**〔名〕胚芽
　胚芽米（胚芽米、保留著胚芽的糙米）
**胚原**〔名〕〔生〕胚芽、幼芽、胚原基
　胚原質（種質）
**胚孔**〔名〕〔動〕胚孔。〔植〕散孔，周面孔
**胚子**〔名〕〔動〕胚
**胚軸**〔名〕〔植〕胚軸
**胚質**〔名〕〔生〕種質
**胚珠**〔名〕〔植〕胚珠
**胚種**〔名〕〔生〕胚芽、幼芽、芽莖、胚原莖
　胚種細胞（生殖細胞）
　胚種質（種質）
**胚腺**〔名〕〔動〕卵巢、原卵區、生殖腺
**胚胎**〔名、自サ〕胚胎。〔轉〕（事物的）起因，起源
　一切の悪弊は其処に胚胎している（一切弊端皆源於此）
　禍根が胚胎する（孕育著禍根）
**胚点**〔名〕〔植〕種臍
**胚乳**〔名〕〔植〕胚乳
**胚嚢**〔名〕〔植〕胚囊
**胚盤**〔名〕〔生〕胚盤
**胚柄**〔名〕〔植〕胚柄、囊柄
**胚胞**〔名〕〔生〕胚胞
**胚膜**〔名〕〔動〕胚膜、胎膜
**胚葉**〔名〕〔生〕胚葉、胚層
　中胚葉（中胚葉、中胚層）

### 坏（ㄆㄟˊ）

**坏**〔漢造〕還沒燒陶器
**坏**〔名〕〔古〕陶碗（食器）
　高坏（高腳陶碗）

### 培（ㄆㄟˊ）

**培**〔漢造〕培育
　啓培（栽培、啟發培養）
　栽培（栽培、種植）
**培地**〔名〕（細菌的）培養基
**培養**〔名、他サ〕培養、培育、培植
　人工培養（人工培育）
　細菌を培養して研究する（培養細菌進行研究）
　戦力を培養する（培養戰鬥力）
　培養液（培養液）
　培養基（培養基）
　培養皿（培養皿）
　培養（支）線（鐵路的支線）
**培う**〔他五〕（原來用法…に培う作自動詞）培植、培養、培育
　作物を培う（培養莊稼）
　愛国心を培う（培養愛國心）
　革命の後継を培う（培養革命接班人）
　培われた若い幹部（培育起來的青年幹部）
　新しい世代を培う（培養新的一代）
　師匠が培って呉れた恩を忘れない（不忘師傅培養我的恩情）

### 賠（ㄆㄟˊ）

**賠**〔漢造〕賠償（＝償う）
**賠償**〔名、他サ〕賠償
　現物賠償（實物賠償）
　金銭賠償（金錢賠償）

損害を賠償する（賠償損失）

賠償を取る（索取賠償）

賠償問題に就いて両国の間で取り決めを為る（關於賠償問題由兩國間協商）

賠償金（賠款）

賠償金を支払う（支付賠款）

賠償金を取り立てる（摧索賠款）

多額の賠償金を要求する（要求巨額賠款）

賠償額（賠償額）

賠償法（賠償法）

賠償主義（賠償主義）

## 陪（ㄆㄟˊ）

**陪**〔漢造〕陪伴、陪臣

奉陪（奉陪）

**陪観**〔名、他サ〕陪同（天皇或上級）參觀

戴冠式を陪観する（陪同參觀加冕儀式）

陪観を命ぜられる（受命陪同參觀）

**陪従**〔名、他サ〕陪同、隨從、侍從

**陪乗**〔名、自サ〕陪乘、陪同（身分高的人）乘車

陪乗の栄に浴す（獲得陪乘的光榮）

陛下の御車に陪乗する（陪同陛下乘車）

**陪食**〔名、自サ〕陪膳、陪同（身分高的人）吃飯

文化勲章受賞者に陪食を賜わる（〔天皇〕詔令文化勲章獲得者聚餐）

陪食大臣（掛名部長、尸位素餐的大臣）

**陪臣**〔名〕臣下之臣←→直参。〔史〕陪臣（江戸時代、相對天皇而言為將軍之臣、相對將軍而言則為諸侯之臣）

**陪審**〔名〕〔法〕陪審、陪審員

事件を陪審の評議に付す（把事件提交陪審團討論）

陪審制度（陪審制度）

陪審法（陪審法）

陪審員（陪審員）

補欠陪審員（候補陪審員）

陪審員を選任する（推選陪審員）

陪審員は意見が一致しなかった（陪審員意見分歧）

陪審員名簿（陪審員名單）

陪審員席（陪審員席）

**陪星**〔名〕〔天〕衛星

**陪席**〔名、自サ〕陪坐，陪席（陪同身分高的人同席而坐）。〔法〕副審判官，陪審員（＝陪席裁判官）

彼にも陪席させる（叫他也來陪坐）

**陪聴**〔名、他サ〕陪聽（陪同長輩或身分高的人聽人講話等）

**陪賓**〔名〕陪客←→主賓

## 沛（ㄆㄟˋ）

**沛**〔漢造〕盛大而不可抵禦的樣子、雨勢盛大的樣子

**沛雨**〔名〕沛然降雨、雨下得很大

**沛然**〔形動タルト〕沛然

沛然たる豪雨（滂沱大雨）

大雨沛然と為て至る（大雨沛然而至）大雨大雨

## 佩（ㄆㄟˋ）

**佩**〔漢造〕佩帶、親配

感佩（感佩、銘感、銘謝不忘）

**佩剣**〔名、自サ〕佩劍、佩刀

佩剣を解く（解下佩劍）解く梳く説く溶く

**佩帯**〔名、他サ〕配帶

**佩刀**〔名、自サ〕佩刀、帶刀

**佩用**〔名、他サ〕佩帶

勲章を佩用する（佩帶勲章）

**佩く**〔他五〕佩帶（＝帯びる）

剣を佩く（佩劍）穿く履く吐く掃く

**履く、穿く、佩く、帶く、著く**〔他五〕穿

靴を履く（穿鞋）履く穿く吐く掃く刷く佩く

スリッパを履く（穿拖鞋）

雨靴を履く（穿雨鞋）

下駄を履く（穿木屐）

此の靴は履き心地が良い（這雙鞋穿起來很舒服）心地心地良い善い好い

此の皮靴は少なくとも一年履ける（這雙皮鞋至少能穿一年）

靴下を穿く（穿襪子）

ズボンを穿く（穿褲子）

スカートを穿く（穿裙子）

**吐く**〔他五〕吐出、吐露，說出、冒出，噴出

血を吐く（吐血）

痰を吐く（吐痰）

息を吐く（吐氣、忽氣）

彼は食べた物を皆吐いて終った（他把吃的東西全都吐了出來）

ゲエゲエするだけて吐けない（只是乾嘔吐不出來）

彼は指を二本喉に突っ込んで吐こうと為た（他把兩根手指頭伸到喉嚨裡想要吐出來）

意見を吐く（說出意見）

大言を吐く（說大話）

彼も遂に本音を吐いた（他也終於說出了真心話）

真黒な煙を吐いて、汽車が走って行った（火車冒著黑煙駛去）煙 煙

遥か彼方に浅間山が煙を吐いていた（遠方的淺間山正在冒著煙）

泥を吐く（供出罪狀）

泥を吐かせる（勒令坦白）

泥を吐いて終え（老實交代！）

**刷く、掃く**〔他五〕打掃、（用刷子等）輕塗。〔農〕掃集（幼蠶）

箒で庭を掃く（用掃帚掃院子）吐く履く佩く穿く排く

部屋を掃いて綺麗に為る（把屋子打掃乾淨）

眉を掃く（畫眉）

薄く掃いた様な雲（一抹薄雲）

# 配（ㄆㄟˋ）

配〔漢造〕配合、配偶、交配、分配、發配

分配（分配、分給、配給）

手配（籌備，安排，佈署，佈置）

差配（經管、經管人、分派、負責管理）

心配（擔心，憂慮、操心、費心、張羅，介紹）

**配する**〔自サ〕配、匹敵

〔他サ〕匹配、配置、配備、配合、發配、配屬

德天地に配する（德配天地）配する拜する廃する排する

林さんの娘を陳さんに配する事に為った（林先生的女兒許配給陳先生了）

要所に人を配する（在重要崗位上配備人員）

庭に石を配する（在庭院裡布置山石）

濃い黄に淡い黄を配する（深黃配淺黃）黄黄黄

紺に臙脂を配したネクタイ（深藍配絳紅的領帶）

遠島に配せられる（被流放到遙遠的孤島上）

**配位**〔名〕〔理、畫〕配位

配位化合物（配位化合物）

配位数（配位數）

配位式（配位式）

配位子（〔化〕配合基）

配位結合（〔化〕配價鍵）

**配意**〔名、自他サ〕關懷，關心、照料，照顧（=配慮）

**配慮**〔名、他サ〕關懷、關照、照顧、照料

御配慮に与かって有り難く存じます（蒙您關照謝謝）与かる預かる

行き届いた配慮（無微不至的關懷）

適切な配慮を受ける（得到妥善的照料）

宜しく御配慮下さい（請多關照）

此の部屋は換気と採光に特別の配慮が払われている（這個房間的換氣與採光經過特殊考慮）

**配下、輩下**〔名〕手下、部下、屬下
　彼は輩下に五百の兵を持つ（他手下有五百士兵）
　輩下（の者）を引き連れて行く（帶著部下去）

**配管**〔名、自サ〕敷設管道、安設管線
　配管工事（配管工程）
　配管工（配管工）

**配機係り**〔名〕（機場）調度員

**配球**〔名、自サ〕〔棒球〕（針對打者的）配合投球
　絶妙の配球（絶妙的投法安排）
　配球が巧みである（投球配合得巧妙）
　配球が悪い（投法的安排很不好）
　配球が雑だ（投法的安排很草率）

**配給**〔名、他サ〕配給、配售、定量供應
　砂糖を配給する（配給白糖）
　焼け出された人に毛布を配給する（對遭受火災無家可歸的人配給毯子）
　配給を貰う（領取配給品）
　配給通帳（定量供應簿）
　配給米（配給米）
　配給所（配給站、配給點、電影發行公司）
　配給制（配給制度）
　配給制度（配給制度）
　品物が少ないと配給制度に為る（東西少就實行配給制）
　点数式配給制度（分數式配給制-二戰期間日本實行，每年每人發給購買紡織品用的100分，按國家規定某種東西多少分數購買日用紡織品）
　配給物（配給品）
　配給物を取りに行く（領配給品去）

**配偶**〔名〕配偶、夫婦
　好配偶（般配的夫婦）
　配偶子（〔生〕配子）

　小配偶子（雄性配子）
　雄性配偶子（雄性配子）
　大配偶子（雌性配子）
　雌性配偶子（雌性配子）
　配偶子形成（配子形成）
　配偶者（配偶、夫或妻）
　適当な配偶者を撰ぶ（選擇適當的配偶）
　配偶体（〔植〕配子體）

**配結**〔名〕〔化〕偶聯、偶合

**配向**〔名〕〔化〕定向、定位
　配向分極（〔化〕克分子定向極化）

**配合**〔名、他サ〕配合、調配、混合
　色の配合が好い（顏色配合得好）
　薬を配合する（配藥）
　配合飼料（混合飼料）
　配合禁忌（〔藥〕配伍禁忌）
　配合肥料（〔化〕混合肥料）

**配座**〔名〕〔化〕構象、構型、組態

**配剤**〔名、他サ〕〔藥〕調劑，配藥。〔轉〕巧妙的配合
　天の配剤（上天巧妙的配合）

**配祀**〔名、他サ〕〔宗〕陪祀（其他神）

**配車**〔名、自サ〕調配車輛、調度車輛
　タクシーの配車事務所（出租汽車的調度站）
　配車係（調度員）

**配処、配所**〔名〕發配地、流放地
　罪無くして配処の月を見る（無罪而孤伶伶地生活在流放地）
　配処の露と消える（死於流放地）

**配乗**〔名、自サ〕分配車輛（調度員給乘務員指定車輛）

**配色**〔名〕顏色的配合
　配色に工夫を凝らす（在配色上下工夫）
　配色の好い服装（顏色配得好的服装）

**配陣**〔名〕配陣（在戰場於適當的位置配置陣勢）

**配水**〔名、自サ〕（通過導管向各處）配水、工水
工事で配水が止まる（因施工而斷水）停まる泊まる留まる止まる
田に配水する（往田裡放水）
配水管（供水管）
配水塔（水塔）

**配石**〔名〕（庭園布置的）點景石

**配船**〔名、自サ〕分配船隻、調度船隻
配船計画（調船計畫）

**配線**〔名、自サ〕配線、線路
配線図（配線圖、布線圖、接線圖、架線圖）
配線盤（配線盤）
配線柱（配線柱、布線柱）
ラジオの配線（收音機的線路）

**配膳**〔名、自サ〕擺上飯桌、擺上飯菜
配膳の用意が出来た（飯菜已經擺好了）
配膳室（配膳室）

**配送**〔名、他サ〕發送、分送、分發
配送手続（發送手續）
此れを配送して下さい（請把這個發送出去）

**配属**〔名、他サ〕配屬、（人員的）分配
配属が決まる（分配已定）
山田さんを総務課に配属する（把山田先生分配在總務課）
配属将校（二次大戰前由各地駐軍派往當地學校擔任軍事教官的現役軍人）

**配謫**〔名〕發配、流放

**配達**〔名、他サ〕投遞（員）
新聞を配達する（送報紙）
牛乳を配達する（送牛奶）
配達を止める（停送）止める已める辞める病める
市内は無料配達です（市内免費送達）
代金は品物配達の上で払う（貨到付款）
配達不能の郵便（無法投遞的信件）
其の手紙は間違って配達された（那封信送錯了）
配達先（收件人、送達地點）
配達人（送的人）
牛乳の配達人（送奶人）
新聞の配達人（送報人）
郵便の配達人（送信人、郵遞員）
配達証明（〔郵〕雙掛號）

**配炭**〔名、自サ〕供煤、配售煤炭

**配置**〔名、他サ〕配置、安置、布置、佈署
攻撃配置（進攻佈署）
要塞に人を配置する（在要塞布置人手）
席の配置が好くない（席位安排得不恰當）佳い善い好い良い
警官が沿道に配置された（沿途布置了警察）
境界に軍隊を配置する（陳兵邊界）
其の文様の配置には少しの隙も無く、調和が良く取れている（那個圖案布局緊湊而調和）
乗組員の配置表（船上人員應急崗位佈署表）
配置替え（〔軍〕換防）
配置転換（人員的調配、調換）
労働力の配置転換（勞動力的調配）
人員の配置転換を行う（進行人員布置的調整）

**配転**〔名、自サ〕（人員的）調配、調動（＝配置転換）
配転に為り然うだ（要被調動）

**配点**〔名〕規定分數（考試時每道題的分數）

**配電**〔名、自サ〕配電、送電、饋電
配電を停止する（停止送電）
配電所（配電所）
配電線（配電線路）
配電箱（配電箱）
配電器（配電器）
配電盤（配電盤）

**配当**〔名、他サ〕分配、分紅、紅利(=配当金)
　一人に二個宛配当する（每人分給兩個）宛宛
　色色な仕事に時間を配当する（對各種工作分配時間）
　株に対する配当（股票的股息）
　一割の配当が有る（有一成的紅利）
　一割配当を為る（按一成分紅）
　配当金（分給股東的紅利或股息）
　配当落ち（因決算期已過不分紅的股票、分紅後不帶紅利的股票）
　配当課税（對紅利的課稅）
　配当株式（作為紅利而付給股東的股票）

**配湯**〔名、自サ〕（由溫泉向旅館或家庭）供應溫泉水

**配糖体**〔名〕〔化〕配醣體

**配備**〔名〕配備、配置、佈署
　軍の配備（軍隊的佈署）軍 軍
　台風に対する一切の配備を完了した（對台風的一切佈署已經完備）
　相当な（の）兵力を配備する（佈署相當雄厚的兵力）

**配付**〔名、他サ〕分發
　書類を配付する（分發文件）
　テスト用紙を配付する（分發試卷）

**配布**〔名、他サ〕散發
　新聞店にビラの配布を頼む（委託賣報攤散發傳單）
　道の行く人に散らしを配布する（向路上行人散發廣告單）

**配分**〔名、他サ〕分配
　此れを三人で適当に配分し為さい（三個人把這個適當地分配吧！）三人三人
　遺産を配分する（分配遺產）
　資源の配分（資源的分配）

**配本**〔名、自サ〕發書（書籍出版後向預訂讀者分發書籍）、（把出版書籍向書店或經銷處）發行或發書
　文学全集の第一回配本（文學全集的第一次發書）
　三月下旬に配本する予定（預定在三月下旬發書）
　配本が少ないので売り切れた（因為發來的冊數少賣光了）

**配役**〔名〕（戲劇、電影）分配角色
　配役を決める（決定角色）

**配流、配流**〔名、他サ〕流放、放逐、流刑
　配流に遭う（被放逐、被流放）遭う遇う会う逢う合う

**配列、排列**〔名、他サ〕排列
　幾何学的な排列（幾何學的排列）
　種類別に排列する（按種類排列）
　排列を直す（整理排列）直す治す
　ABC順に排列する（按ABC的順序排列）

**配る**〔他五〕分配，分送，分給，多方注意，多方留神，用心周到，佈署，分派，分放
　御菓子を配る（分配糕點）
　病人が出ない様に注意を配る（多方面加小心防止出現病人）
　目を配る（注意環視四周）
　気を配る（留神、警惕）
　心を配る（照顧、小心）
　哨兵を要所に配る（在重要地點佈署崗哨）
　庭に石を配る（在庭園裡分放岩石）

**配り、賦り**〔名〕分配，分送，分給，安排，分配的位置
　新聞の配り（送報紙）
　字の配りが巧い（字放得很均勻）旨い巧い上手い美味い

**配立**〔名〕佈署、布置、人手

**配り散らす**〔他五〕向各方面分配、不論是誰地分給

**配り物**〔名〕分送給人的禮品（或小費、報酬等）

# 僻（ㄆㄟˋ）

**轡**〔漢造〕馬韁繩

**轡、鑣、銜**〔名〕馬嚼子，馬口鉗、當中有十字的圓形圖案（＝轡形）

　轡を取って馬を引いて行く（拉著馬嚼子把馬牽走）

　轡を並べる（並馬前進、並駕齊驅）

　轡を嵌める（帶上馬嚼子、給封口費封口）

　轡を噛ます（帶上馬嚼子、給封口費封口）

**轡形**〔名〕當中有十字的圓形圖案

**轡蔓、轡鞦**〔名〕（馬的）韁繩

**轡虫**〔名〕〔動〕紡織娘

## 抛（ㄆㄠ）

**抛**〔漢造〕抛掉

**抛棄、放棄**〔名、他サ〕放棄

　権利を放棄する（放棄權利、棄權）

　責任を放棄する（放棄責任）

　学生が授業を放棄する（學生罷課）

**抛射**〔名、自サ〕抛射、投擲、發射

　抛射物（〔理〕抛射體）

　抛射線（〔數〕抛物線＝抛物線、放物線）

**抛擲、放擲**〔名、他サ〕抛棄、放棄、棄置不顧（＝投げ捨てる）

　万事を放擲して一事に専心する（放棄其他一切專心從事一項工作）

**抛物線、放物線**〔名〕〔數〕抛物線

　普通放物線（普通抛物線）

　半放物線（半抛物線）

　放物線を描く（畫抛物線）

　放物線を描いて落下する（沿抛物線往下墜落、在空中形成抛物線而墜落）

　放物線antena（抛物線天線）

　放物線軌道（抛物線軌道）

　放物線運動（抛物線運動）

**抛物面、放物面**〔名〕〔數〕抛物面

**抛る、放る**〔他五〕抛，扔（＝投げる）。丟棄，放棄，棄置不顧，不加理睬（＝捨て置く）

　石を放る（扔石頭）

　窓を外へ放る（扔出窗外）

　窓から内へ放る（從窗戶扔進去）

　試験を放る（放棄考試）

　仕事を放って置く（放下工作不做）

　そんな面倒な事は放って置こう（那麼麻煩的事先不要管它吧！）

　放って置いたら彼奴は何を為るか知れない（要是不管的話說不定他會做出什麼名堂來）

　放って相手に為るな（不要理他）

**放り込む、抛り込む**〔他五〕投入、扔進去

　紙屑を屑籠に放り込む（把廢紙扔進紙簍裡）

　刑務所へ放り込む（投獄、關進監獄）

　構わないよ、其の辺に放り込んで置け（沒關係隨便扔進哪裡去）

**抛り出す、放り出す**〔他五〕抛出去，扔出去、（中途）放棄，丟棄。〔轉〕開除，推出門外、開始抛、開始扔、毫不吝惜地拿出

　窓の外へ放り出す（扔出窗外）

　鞄から本を放り出す（從書包中把書扔出來）

　車から放り出される（從車上甩下來）

　学問を放り出す（放棄治學）

　遣り掛けた仕事を放り出す（把剛著手的工作丟開）

　学校を放り出される（被學校開除）

　雇主に放り出される（被雇主解雇）

　会社を放り出される（被公司解雇）

　所持金全部を放り出して馬券を買う（拿出身上帶著的所有錢買馬票）

**抛り付ける、放り付ける**〔他下一〕抛、扔、投（到…上）

**抛り投げる、放り投げる**〔他下一〕向遠處抛出、（將工作中途）扔下，抛開不顧

　仕事を放り投げて何処を遊び歩いているのか（把工作扔下上哪兒玩去了？）

**抛つ、擲つ**〔他五〕扔掉，抛棄、豁出，丟開

手紙を紙屑箱に 拋 つ（把信扔在紙簍裡）投げ打つ

現職を 拋 つ（放棄現職）

一命を 拋 つ（豁出性命）

国の為に 命を 拋 つ（為國捐軀）

彼は全て 拋 って其の仕事に従事した（他丟開一切去從事該項工作）

## 匏（ㄆㄠˊ）

匏〔漢造〕蔬菜類、屬於葫蘆科

匏、瓠、瓢〔名〕〔植〕葫蘆（=瓢箪）、（裝酒的）葫蘆

吸い瓠（吸血器）

匏、瓠、瓢〔名〕〔植〕葫蘆（=瓢箪）、（裝酒的）葫蘆、水瓢（=柄杓）

## 袍（ㄆㄠˊ）

袍〔名〕（平安時代）天皇或貴族等男子穿的正式服裝

## 咆（ㄆㄠˊ）

咆〔漢造〕猛獸怒叫

咆哮〔名、自サ〕咆哮、吼叫（=吠える、る吼える、吠える）

ライオンが咆哮する（獅子吼叫）

咆える、吼える、吠える〔自下一〕吠，叫，吼。〔俗〕哭喊，叫嚷，咆哮

犬が人に吠える（狗向人吠叫）

狼が月夜の晩に吠える（狼在月夜嚎叫）

コヨーテが吠えてる（草原狼吼著）

犬がわんわんと吠え続ける（狗汪汪地直叫著）

風が吠える（風吼）

然う吠えるな（別那麼哭喊了）

然う吠えないで、静かに話せよ（不要那樣叫嚷慢慢的說）

吠える犬は噛まない（吠狗不咬人）噛む咬む

## 庖（ㄆㄠˊ）

庖〔漢造〕庖廚（廚房）、代庖（代人做事）

庖廚〔名〕庖廚、廚房（=厨、厨房、台所）

庖丁、包丁〔名〕菜刀、廚師、烹調

庖丁で切る（用菜刀切）

肉に庖丁を入れる（用菜刀切肉）

切れ味の悪く為った庖丁と研ぐ（磨已經鈍掉的菜刀）研ぐ磨ぐ砥ぐ

庖丁で牛肉を刻む（用菜刀切牛肉）

庖丁の冴え（烹調的手藝高明）

庖丁人（廚師）

肉切り庖丁（切肉刀）

彼の料理屋は庖丁が良い（那飯館菜做得好）

## 跑（ㄆㄠˇ）

跑〔漢造〕急走、逃走

跑〔名〕〔馬術〕馬的快步（=跑足）

跑足〔名〕〔馬術〕馬的快步

跑足を踏ませる（使馬快步走）

## 泡（ㄆㄠˋ）

泡〔漢造〕在水面漂浮內含氣體的球狀物，大的稱泡，小的稱沫

気泡（氣泡）

起泡剤（起泡劑）

水泡（水泡〔=水の泡〕。泡影）

発泡（起泡、冒泡）

泡鐘〔名〕〔化〕〔蒸餾〕泡罩

泡鐘塔（泡罩〔蒸餾〕塔）

泡沫〔名〕泡沫。〔喻〕瞬息即逝的事物

細かい泡沫が立つ（起細沫）

泡沫の様に消える（像泡沫一般消失）

泡沫夢幻の世（虛幻無常的人世、短暫的一生）

泡沫会社（成立不久就倒閉的公司、基礎不牢的公司）

ㄆ

泡沫〔名〕泡沫。〔轉〕泡影（喻虛幻無常一瞬即逝）
　泡沫景気（短暫的繁榮）
　泡沫候補（不出名的候補）
　澱みに浮かぶ泡沫（浮於淤水上的泡沫）澱み淀み
　泡沫の恋（短暫的愛情）
　泡沫の如く人生（瞬息即逝的人生）如く若く

泡、沫〔名〕泡、沫、水花
　石鹸の泡（肥皂泡）粟
　泡が立つ（起泡沫）
　泡を立てる（使起泡）
　口から泡を吹く（口吐泡沫）
　彼の望みは水の泡と消えて終った（他的希望歸於泡影了）
　長い間の苦心も水の泡に為って終った（長年的苦心也前功盡棄了）
　泡を食う（驚慌、著慌）喰う
　行き成り怒鳴られてすっかり泡を食った（突然挨申斥而驚慌失措）
　泡を食って逃げ出す（驚慌逃走）
　一泡吹かせる（使人嚇一跳、使人大吃一驚）
　水泡、水泡、水泡（水泡）

粟〔名〕穀子．小米
　粟粒（小米粒）沫泡
　糯粟（粘穀子）
　粟餅（小米年糕）
　粟飯．粟飯（小米飯-小米和米一起煮的飯）
　粟粒程（微乎極微）
　膚に粟を生じる（身上起雞皮疙瘩）
　濡れ手に（で）粟（不勞而獲．輕而易舉地發財）

泡立つ〔自五〕起泡、起沫
　浜辺に泡立つ浪（拍岸的浪花）
　此の石鹸は好く泡立つ（這種肥皂好起泡）

泡立ち〔名〕起泡沫

　此の石鹸は泡立ちが好い（這種肥皂泡沫多）
　泡立ちの悪い石鹸（不大起泡的肥皂）
　泡立ち試験（起泡測定）
　泡立ち点（起泡點-液體混合物的沸點）

泡立てる〔他下一〕使起泡、使冒泡
　泡立てたクリーム（攪起泡沫的奶油）
　卵を掻き混ぜて泡立てる（攪和雞蛋使起泡沫）

泡止め剤〔名〕〔化〕去沫劑、消沫劑

泡粒〔名〕泡粒

泡粘度計〔名〕泡沫黏度計

泡箱〔名〕〔化〕泡沫室、氣泡室

泡盛〔名〕（琉球特產的）燒酒

泡ぶく〔名〕〔俗〕泡、沫（=泡、泡）
　蟹が泡ぶくを吹く（螃蟹吐泡沫）吹く葺く拭く噴く

泡雪、沫雪〔名〕雪花，棉花雪、雪花梨、雪花羊羹（一種用雞蛋清和瓊脂加糖做的羊羹=泡雪羹）
　泡雪の如く消える（像雪花似地消失）

泡雪豆腐〔名〕雪花豆腐-一種精製的南豆腐

泡〔名〕〔俗〕（泡ぶく的轉變）泡、氣泡（=泡）
　シャボンの泡（肥皂泡）

泡銭〔名〕〔俗〕不義之財、用不正當方法得來的錢（=悪銭）

# 炮（ㄆㄠˋ）

炮〔漢造〕燒烤、以火來熬煉

炮烙、炮烙，焙烙〔名〕砂鍋
　炮烙で胡麻を炒る（用砂鍋炒芝麻）

# 疱（ㄆㄠˋ）

疱〔漢造〕臉上所生的小粒

疱疹〔名〕〔醫〕疱疹
　帯状疱疹（帶狀疱疹）

疱瘡〔名〕〔舊〕〔醫〕天花
　疱瘡に罹る（患天花）掛かる架かる斯かる懸かる係る掛る繋る懸る架る

疱瘡を予防する為に種痘する（為了預防天花而種痘）

**疱瘡、痘痕**〔名〕〔古〕痘痕、臉上的麻子

疱瘡面（麻臉）芋薯藷妹

**疱瘡**〔名〕〔古〕天花、麻子、痘痕（=疱瘡）

## 砲（ㄆㄠˋ）

**砲**〔漢造〕砲

大砲（大砲）

**鉄砲、鉄炮**〔名〕〔舊〕槍，步槍、（划狐拳的三種姿勢之一）拳頭。〔相撲〕雙手猛撲對方的胸部，河豚的別（=河豚）。〔烹〕紫菜飯卷、（日式澡盆的）燒水鐵管、劇場中最容易看（出入方便的）席位、吹牛皮，說大話(=法螺)

火砲（火砲、大砲、高射砲-指口徑在11毫米以上的火器）

高射砲（高射炮）

機関砲（機關炮）

**砲煙**〔名〕炮煙

砲煙弾雨の下を潜る（穿過槍林彈雨）潜る

**砲火**〔名〕炮火、炮擊

砲火を蒙る（遭受炮擊）蒙る 被る

砲火を交える（交火、交戰）

砲火を浴びせる（炮轟）

町は砲火の巷と化した（市街變成了戰場）

**砲架**〔名〕〔軍〕炮架

砲架を据える（安置炮架）据える 饐える 吸える

**砲廓**〔名〕〔軍〕（軍艦上的）砲塔

**砲艦**〔名〕〔軍〕（警備海岸、河川的）砲艦

砲艦外交（帝國主義的砲艦外交）

**砲丸**〔名〕炮彈、〔體〕鉛球

砲丸投げ（擲鉛球）

砲丸投げの選手（擲鉛球的選手）

**砲金**〔名〕〔冶〕炮銅（銅90%錫10%的合金、往昔用於鑄造大炮、今則用於軸承、閥門等）

砲金灰色（鐵灰色）灰色灰色

**砲撃**〔名、他〕炮擊、炮轟、開炮射擊

砲撃の応酬（互相開炮射擊）

砲撃を開始する（開始炮擊）

砲撃を受ける（遭到炮擊）

軍艦から敵を砲撃する（從軍艦上炮轟敵人）

発見次第砲撃せよ（一旦發現就開炮射擊）

**砲工**〔名〕〔軍〕炮兵和工兵

砲工学校（炮兵工兵學校）

**砲口**〔名〕炮口

砲口を向ける（對準炮口）

**砲座**〔名〕〔軍〕炮座、炮架

**砲耳**〔名〕〔軍〕炮耳

**砲車**〔名〕〔軍〕炮車

砲車隊（炮車隊）

**砲手**〔名〕〔軍〕炮手

**砲術**〔名〕炮術

砲術を習う（學習炮術）学ぶ

砲術長（炮長）

砲術学校（炮兵學校）

砲術練習（炮術訓練）

**砲床**〔名〕〔軍〕炮床、炮手站台

**砲廠**〔名〕炮庫、停炮場

**砲身**〔名〕〔軍〕炮身

**砲陣**〔名〕〔軍〕炮陣、炮列陣地

砲陣を敷く（布置炮陣）

**砲声**〔名〕炮聲

砲声が天地に轟いた（炮聲震天動地）

遥かに砲声を聞いた（遠遠地聽到炮聲）

殷殷たる砲声（隆隆炮聲）

**砲栓**〔名〕炮口塞

**砲戦**〔名〕炮戰

砲戦を交える（互相炮擊）

**砲装甲板**〔名〕〔海〕砲裝甲板

**砲隊**〔名〕〔軍〕（由水兵組成的野戰）炮隊

ㄆ

ほうだい
砲台〔名〕〔軍〕炮台
　いんぺいほうだい
　隠蔽砲台（掩蔽炮台）
　おうざほうだい
　凹座砲台（凹陷炮台）
　きょくしゃほうだい
　曲射砲台（曲射炮台）
　うきほうだい
　浮砲台（設於船筏上的浮動炮台）
　こうしゃほうだい
　交射砲台（交射炮台）
　そうこうほうだい
　装甲砲台（裝甲炮台）
　こうじょうほうだい
　攻城砲台（攻城炮台）
　ろてんほうだい
　露天砲台（露天炮台）
　ようさい　　ほうだい　　きず
　要塞に砲台を築く（在要塞修築炮台）

ほうだん
砲弾〔名〕〔軍〕炮彈
　ほうだん　あめ
　砲弾の雨（彈雨）
　てき　ほうだん　あ
　敵に砲弾を浴びせる（向敵人開炮）
　ほうだん　あな　　　　　みち
　砲弾の穴だらけの道（滿是炮彈坑的道路）
　ほうだん　ま　お　　　　けむり
　砲弾の巻き起こす煙（炮彈掀起的硝煙）
　ほうだん　うな　　　ずじょう　す
　砲弾が唸って頭上を過ぎた（炮彈從頭上轟鳴飛過）

ほうとう
砲塔〔名〕（軍艦或要塞的）炮塔
　せんかいほうとう
　旋回砲塔（旋轉炮塔）
　ほうだん　てきかん　ほうとう　めいちゅう
　砲弾が敵艦の砲塔に命中する（炮彈擊中敵艦的炮塔）てきかんてっかん
　敵艦敵艦

ほうび
砲尾〔名〕炮尾

ほうへい
砲兵〔名〕〔軍〕炮兵
　じゅうほうへい
　重砲兵（重炮兵）
　ほうへいだいたい
　砲兵大隊（炮兵營）
　ほうへいじんち
　砲兵陣地（炮兵陣地）
　ほうへいきち
　砲兵基地（炮兵基地）
　ほうへいせん
　砲兵戦（炮戰）
　ほうへいしれいかん
　砲兵司令官（炮兵司令員）

ほうもん
砲門〔名〕炮門、炮口
　ほうもん　ひら
　砲門を開く（開炮）
　かくかん　いっせい　ほうもん　ひら　　ほうげき
　各艦は一斉に砲門を開いて砲撃する（各艦一齊開炮轟擊）

ほうれつ　ほうれつ
砲列、放列〔名〕〔軍〕放列。〔轉〕排成一列，擺開陣勢

　ほうれつ　し
　放列を布く（把大炮排成發射隊形〔擺成陣勢〕）
　　camera　　ほうれつ　まえ　し
　カメラの放列を前に為て（站在一排照相機前面〔讓記者拍照〕）

## 剖（ㄆㄡˇ）

ぼう
剖（也讀作剖）〔漢造〕破開、剖析
　かいぼう
　解剖（解剖、分析、剖析）
　ぼうかい
　剖開（剖開）
　ぼうだん
　剖断（剖斷）
ぼうけん
剖検〔名、他サ〕〔醫〕解剖檢查
　ないぞう　　ぼうけん
　内臓を剖検する（解剖檢查內臟）

## 攀（ㄆㄢ）

はん
攀〔漢造〕援引為攀、牽扯、依附
　とうはん
　登攀（攀登、登山）
はんえん　はんえん
攀援、攀縁〔名〕〔植〕攀緣（莖）、攀緣，依附，向上爬
　はんえんけい
　攀縁茎（攀緣莖）
　はんえんしょくぶつ
　攀縁植物（攀緣植物）
はんきんるい
攀禽類〔名〕〔動〕攀禽類（舊的鳥類分類綱目）
はんぼくるい　　　　　　　　　　　はんきんるい
攀木類〔名〕〔動〕攀禽類（＝攀禽類）
　　　　　　　　　　　　　　　　よ　のぼ
攀じる〔自上一〕攀登、爬上（＝攀じ登る）
　がけ　　よ　　　　　　　　　　　はんとう
　崖を攀じる（攀登懸崖）攀登
よ　のぼ
攀じ登る〔自五〕攀登、爬上
　き　　よ　のぼ
　木に攀じ登る（爬樹）
　けわ　　さか　よ　のぼ
　険しい坂を攀じ登る（爬陡坡）
　へい　よ　のぼ
　塀を攀じ登る（爬牆）
　えだ　つか　　　　よ　のぼ　　　　　　　　　　　　　えだ
　枝に掴まって攀じ登る（抓住樹枝往上爬）枝枝

## 盤（ㄆㄢˊ）

ばん
盤〔名〕棋盤、唱片
　　　〔漢造〕盤子、盤狀物、盤旋、盤石、（同蟠）盤ばん
踞
　ばん　こま　なら
　盤に駒を並べる（在棋盤上擺上棋子）

十二インチ盤（十二吋唱片）
水盤（水盤-插花或盆景用淺盤）
石盤、石板（舊時小學生用石筆寫字用的石板、鋪屋頂用的石板片）
銅盤（大銅盆）
杯盤（杯盤）
杯盤狼藉（杯盤狼藉）
胚盤（〔生〕胚盤）
円盤（圓盤、鐵餅、唱片）
基盤（基礎、底座、〔地〕基岩）
碁盤（圍棋棋盤）
骨盤（〔解〕骨盤）
胎盤（胎盤）
子盤（〔生〕子嚢下層）
地盤（地盤，勢力範圍、地基，地面）
礼盤（〔佛〕經壇）
算盤、十露盤（算盤、如意算盤、日常的計算技術）
双六盤（雙六盤）
双六（黑白各十五子、憑骰子點數、將全部棋子移入對方陣地的遊戲）
配電盤（配電盤）
旋盤（〔機〕車床、切削機床）
羅針盤（羅盤針、指南針＝コンパス）
岩盤（岩盤）
**盤外**〔名〕（圍棋、象棋）棋盤外、棋局外
　盤外雑記（棋局外花絮）
**盤踞、蟠踞**〔名、自サ〕盤踞
**盤根**〔名〕盤根、彎曲的樹根
　盤根錯節（盤根錯節、喻事情複雜困難）
**盤質**〔名〕唱片的質量
**盤石、磐石**〔名〕磐石、（如磐石般）堅固，不可動搖
　盤石の如く動かない（安穩如磐石）如く若く

　名手揃いて盤石の守備を敷く（名手齊集佈下嚴密的防守）
　盤石の意志（堅如磐石的意志）
**盤上**〔名〕棋盤上
**盤台、盤台，板台**〔名〕（魚商使用的）橢圓形盛魚木盤
　魚屋が盤台を担いで御用聞きに回る（魚商肩挑魚盤到處去賣魚）回る周る廻る
**盤面**〔名〕棋盤（唱片）表面、棋局，棋盤上的局勢
　盤面をじっと見詰める（目不轉睛地注視著棋局）
**盤陀、半田**〔名〕焊錫
　盤陀鏝（焊烙鐵）
　薬缶の底を盤陀付けする（焊壺底）

## 磐（ㄆㄢˊ）

**磐**〔漢造〕磐石、（舊地方名）磐城國（今福島縣東部和宮城縣南部）（＝磐城の国）
　岩磐（岩盤）
**磐石、盤石**〔名〕磐石、（如磐石般）堅固，不可動搖
　盤石の如く動かない（安穩如磐石）如く若く
　名手揃いて盤石の守備を敷く（名手齊集佈下嚴密的防守）
　盤石の意志（堅如磐石的意志）
**磐膨れ**〔名〕〔礦〕蠕動、蠕變
**磐、岩、巌**〔名〕（構成地球、月球等的）礦物、（地面上的）岩石，大石頭（＝巖）
　岩を掘る（挖出岩石）彫る
　岩に花（枯樹開花、不可能的事）

## 蟠（ㄆㄢˊ）

**蟠、蟠**〔漢造〕屈曲盤旋
**蟠踞、盤踞**〔名、自サ〕盤踞
**蟠る**〔自五〕蟠，卷、蟠曲、（心裡）有隔閡，縈懷，縈繞（在心）
　蛇が蟠る（蛇蟠卷起來）

夂

蟠った木の根（蟠曲的樹根）
二人の間には未だ感情が蟠っている（兩人感情上還有隔閡）未だ
未だ何か蟠っているのか（你還有什麼想不開的）
両者の間に蟠る悪感情（橫在兩人之間的惡感）
此の考えが常に彼の心中に蟠っていた（這個想法經常縈繞在他的心頭）
困難が蟠る（〔前途〕有困難）
蟠り〔名〕（人與人之間的）隔閡、疙瘩、芥蒂
心に蟠りが有る（心裡有隔閡）
両者の間の蟠りが解けた（兩人之間芥蒂消除了）溶ける 梳ける 説ける 融ける 熔ける 鎔ける
何の蟠りも無く事が運ぶ（沒有任何阻礙事情進行得順利）
心に多少でも不満や蟠りが有ると、何を見ても面白くない（心裡一有點委曲或彆扭看什麼都不順眼）

# 判（夂ㄢ丶）

判〔名〕畫押、圖章、印鑑、判斷，判定
〔漢造〕判明、判讀、審判、圖章，印鑑
判を押す（蓋章）押す 捺す 圧す 推す
判を彫る（刻圖章）彫る 掘る
判で押した様（千篇一律）
判を下す（判定、作出判斷）下す 卸す 降ろす
批判（批判、批評、評論）
裁判（裁判，審判，審理、裁斷，評判，判斷）
審判、審判（審判、判決、裁判）
公判（公審）
印判（圖章）
三文判（粗製濫造的圖章）
請判（保人蓋的圖章、擔保的圖章）
盲判（盲目〔蓋〕的圖章）

書判（花押、畫押）
判〔名〕（紙或書本的規格）開數（以59、4×84、1cm 的全紙為 A1 判，其對開為 A2 判，四開為 A3 判，八開為 A4 判，以下類推、以 72、8×103cm 的全紙為 B1 判，其對開為 B2 判，四開為 B3 判，以下類推）
〔漢造〕（紙或書本的）規格、古時的金幣
大判の罫紙（大張的格紙）
もう少し判を大きくした方が好い（最好開數再大一點）
判が違う（開數不一樣）
菊判（菊版-舊時印刷紙尺碼 94cm×63cm、書籍版本的一種尺寸 22cm×15cm，稍大於 A5 版本）
袖珍判（袖珍判）
四六判（〔印刷用紙的舊規格〕十二開-109cm×78、8cm、〔書籍開本的規格之一〕十二開-19cm×13cm、接近新規格 B6（開本）
半紙判（習字或寫信用日本紙 24cm×34cm）
大判（大張的紙、大開本、江戶時代通用的橢圓形大金幣，銀幣、一個大判＝十個小判）
小判（小張紙、日本古代橢圓形一兩金幣）←→大判
判じる〔他上一〕判斷、辨別、解釋，推測（=判ずる）
夢を判じる（解夢）
事の是非を判じる（判斷事情的好壞）
判ずる〔他サ〕判斷，辨別、解釋，推測
事の是非を判ずる（判斷事情的是非）
善悪を判ずる（辨別善惡）
夢を判ずる（圓夢）
此の電報を何と判じますか（這個電報應如何解釋？）
判じ絵〔名〕猜謎畫、寓意畫
判じ物〔名〕用文字或圖畫編製的謎、寓意詩、寓意畫
判型、判形〔名〕浮世繪版畫的大小（有大判，間判，中判，細判等）、雜誌或書籍的大小（有 A5 判，B5 判等）

**判官**〔名〕日本古代律令制官制中對三等官的統稱(=判官)。〔舊〕審判官、〔史〕〝源義經〞的別稱(=判官)

**判官**〔名〕(也讀作判官)〔古〕(日本古代官階)四等官的第三位、(狹義指檢非違使的尉)
 判官贔屓(同情弱者、同情敗者)

**判官**〔名〕檢非違使的尉

**尉**〔名〕(日本能劇)白髮老翁←→姥。〔喻〕白炭灰

**判決**〔名、他サ〕(是非曲直的)判斷，鑒定，評論。〔法〕判決
 公平な判決を下す(作出公平的判斷)下す
 判決を下す(下判決、宣判)
 第一審の判決(第一審的判決)
 懲役五年と判決する(判處徒刑五年)
 判決に従う(服從判決)
 判決に服する(服從判決)
 判決に不服を申し立てる(對判決提出不服申訴)
 判決を覆す(推翻判決)
 判決文を朗読する(宣判)
 判決を猶予する(暫緩判決)
 判決を延期する(暫緩判決)
 判決の執行を停止する(停止執行判決)
 判決は原告の敗訴と為った(判決結果原告敗訴)
 判決は原告の勝訴と為った(判決結果原告勝訴)
 彼は有罪の判決を受けた(他被判為有罪)
 彼は無罪の判決を受けた(他被判為無罪)

**判検事**〔名〕〔法〕審判官和檢察官
 判検事登用試験(法官錄用考試)

**判子**〔名〕圖章、印鑑
 判子を押す(蓋章)押す捺す圧す推す牡雄
 判子を彫る(刻圖章)掘る

**判士**〔名〕〔柔道、擊劍〕裁判員、軍法官，軍法檢察官

**判事**〔名〕審判員法官
 首席判事(首席法官)
 其の事件はK判事の担当である(那個案件由K審判官負責審理)
 判事長(審判長)

**判者**〔名〕和歌，詩歌或俳句比賽，優劣或可否的判定者

**判然**〔形動タルト、自サ〕判然、明顯、明確
 判然たる論点(明確的論點)
 意味が判然と為ない(意思不明確)
 其の報道の無根な事が判然と為た(顯然那項報導沒有事實根據)
 二つの例は判然と違う(兩個例子截然不同)

**判断**〔名、他サ〕判斷、推斷，推測，猜測、占卜
 正しい判断を下す(作出正確的判斷)
 軽率に判断する(輕率地判斷)
 判断を誤る(判斷錯誤)謝る
 判断が正しい(判斷正確)
 私の判断に拠れば(據我的判斷)
 判断の基準(判斷的標準)
 文脈に拠って意味を判断する(根據文脈判斷文意)
 外見から判断する(根據表面現象推測)
 此処で文字が二つ消えていて私には判断が付かない(這裡掉了兩個字我猜測不出來)文字
 御判断に任せます(任憑您猜想)
 姓名判断(按姓名測字)
 夢判断(圓夢)
 判断力(判斷力、判斷能力)
 立派な判断力が有る(具有很好的判斷能力)
 判断力を失う(喪失判斷力)

**判定**〔名、他サ〕判定、判斷、判決
 判定が難しい(難以判斷)
 判定で勝つ(比賽中判定得分)
 判定勝ちする(比賽中判定得分)

被告に対して有利な判定を下す（作出對被告有利的判決）

**判読**〔名、他サ〕（對難讀的文章等）邊琢磨邊讀、（對不清楚的字跡）辨認，猜著讀、（對密碼、信號等）譯解

判読に苦しむ（邊琢磨邊讀很吃力）

古文書を判読する（辨認古文獻）

手紙を判読する（猜讀信上的字句）

碑文の一部が判読出来る（碑文的片段尚可辨認）

**判取り、判取**〔名〕簽收,要求蓋章（以示認可）、簽收簿（=判取り帳）

判取り帳（簽收簿、收據簿）

**判任官**〔名〕判任官、委任官（日本官吏的一種等級、已以1946年廢止）←→勅任官、親任官、奏任官

**判別**〔名、他サ〕辨別

是非を判別する（辨別是非）

雛の雌雄を判別する（辨別雞雛的雌雄）

判別を付かぬ（辨別不出來）

**判別式**〔名〕〔數〕判別式

**判明**〔名、自サ〕判明、明確、弄清楚

彼の行方が判明した（他有了下落）

相手の考えが判明しない（弄不清對方的意圖）

其の遺体には身元の判明する所持品は何も無かった（該遺體身邊無任何可資判明其身分的攜帶品）

列車事故の原因が判明した（弄清了列車事故的原因）

**判例**〔名〕判例、案例

判例を調べる（查閱判例）

**判天連、破天連**〔名〕（葡 padre）（室町時代）基督教傳教士、天主教徒

**判る、解る、分る、分かる**〔自五〕明白，理解、判明，曉得，知道，通情達理

君は此処の意味が解るか（你懂得這裡的意思嗎？）

私の言う事が解りますか（你懂我的話嗎？）

余り早口で何を言っているのか解らない（說得太快聽不懂說的是什麼）

中国語の出来ない人でも十分にストーリーが解る（不會中文的人也能完全明白故事的情節）

私には如何しても解らない（我怎麼也不懂）

味の解る人（飽經世故的人、善於品嘗味道的人）

音楽が良く解る（精通音樂）

犯人が解る（判明犯人）

友達の住所が解る（知道朋友的住處）

試験の結果が解る（考試的結果揭曉）

真相が解った（真相大白）

どんあ心配したか解らない（不知操了多少心）

如何して良いか解らない（不知如何是好）

昔の苦しみが解らないと、今日の幸せが解らない（不知過去的苦就不知今天的甜）

死体が未だ解らない（屍體尚未發現）

彼は直ぐ私だと解った（他馬上認出是我）

誰だか解るか（你認出我是誰嗎？）

傷痕は今では殆ど解らない（傷痕現在幾乎看不出來了）

物（話）の解った人（通情達理的人）

良く解った人だ（是個通情達理的人）

解らない事を言う人（是個不講理的人）

世間の事を良く解っている（通曉世故、飽經風霜）

**判り、解り、分り、分かり**〔名〕領會，理解，明白、通情達理，體貼人意

物分り（理解事物）

早分り（理解得快）

彼は解りが早い（他領會得快）

彼は解りの良い人だ（他是個通情達裡的人、他是個理解力強的人）

父は堅い事も言うが半面解りが良い（父親有時說話生硬但另一方面卻很通情達理）

## 叛（ㄆㄢˋ）

**叛**（也讀作ほん）〔漢造〕背叛、叛變

背叛（背叛）

反叛（反叛）

離叛、離反（判離、背離）

謀叛、謀反（謀反、造反、叛變）

**叛意**〔名〕叛心、謀反之意

**叛旗、反旗**〔名〕叛旗、反旗、造反的旗幟

叛旗を翻す（舉旗造反）

**叛逆、反逆**〔名、自サ〕叛逆、反叛、造反

叛逆者（叛逆者）

叛逆罪（叛逆罪）

叛逆児（叛逆子、玩世不恭的人）

**叛軍**〔名〕叛軍、叛變的軍隊

**叛骨、反骨**〔名〕反骨、反抗精神、造反精神

反骨精神（反抗精神）

**叛臣**〔名〕叛臣

**叛徒、反徒**〔名〕叛徒

革命の反徒（革命的叛徒）

**叛服**〔名〕違抗和服從

叛服常無し（叛服無常）

**叛乱、反乱**〔名、自サ〕叛亂、反叛

叛乱が起る（發生叛亂）

叛乱を平らげる（平定叛亂）

叛乱軍（叛軍）

**叛戻、反戻**〔名〕違背道理

**叛く、背く**〔自五〕背向、違背、背叛、背棄←→從う

太陽に背いて立っている（背著太陽站著）

命令を背く（違背命令）

信義に背く（背信棄義）

人民の期待に背かない事を誓います（誓不辜負人民的期望）

友人に背かれる（被朋友拋棄）

世を背く（離開世俗、出家）

## 畔（ㄆㄢˋ）

**畔**〔漢造〕田埂、旁邊

畔路（埂路）

畔界（埂界）

河畔（河畔＝河の辺）

湖畔（湖畔、湖濱）

江畔（江畔、江岸、江邊）

池畔（池畔＝池の畔）

橋畔（橋畔＝橋の袂）

**畔、畦**〔名〕田埂，田界、（門窗等上，下框的）槽溝與槽溝間的筋條

畔を切って田の水を出す（挖開田埂放出田裡的水）

**畔**〔名〕田埂、田界（＝畔）

**畔、辺**〔名〕邊、畔、旁邊（＝辺、辺）

河の辺に住む（住在河邊上）

池の辺を散歩する（在池邊散步）

## 噴（ㄆㄣ）

**噴**〔漢造〕噴（＝吐く、噴く）

**噴煙**〔名〕（火山等的）噴煙

火山の噴煙（火山的噴煙）

ジェット機の噴煙（噴氣式飛機的噴煙）

火山が噴煙を吐く（火山噴煙）

**噴火**〔名、自サ〕〔地〕（火山）噴火

猛烈に噴火する（猛烈地噴火）

噴火が止んだ（噴火停息）止む已む病む

其の山は噴火の結果出来た物だ（那座山是噴火之後形成的）

噴火山（正在噴火的火山、活火山）

噴火口（火山的噴活口）

噴火前兆（火山噴發前兆）

**噴気**〔名〕噴氣、噴出的氣體、噴出的蒸氣

噴気孔（機器或火山的噴氣孔）

噴気口（火山的噴氣口）

**噴散**〔名〕〔化〕隙透

**噴射**〔名、自他サ〕噴射、噴出

石油が地中から噴射する（石油從地下噴出）

噴射バーナ-（噴射燃燒器）

噴射ノズル（噴嘴）

噴射ポンプ（噴射泵）

噴射弁（噴射閥）

噴射管（噴射管）

噴射成形（〔化〕噴模法＝噴射模塑法）

噴射推進（〔空〕噴氣發動）

噴射推進式戦闘機（噴氣式戰鬥機）

**噴出**〔名、自他サ〕噴出、射出

石油が噴出する（噴出石油）

火山が熔岩を噴出する（火山噴出岩漿）

噴出岩（火山岩）

噴出孔（噴出孔）

噴出口（噴出口）

**噴き出す、吹き出す**〔自五〕開始颳風、（水、油、火、血）噴出，冒出、（忍不住）笑出來

風が噴き出した（風刮起來了）

傷口から血が噴き出す（從傷口往外冒血）

堪らなく為ってぷっと噴き出した（忍不住噗哧一聲笑了出來）

噴き出す程幼稚だ（幼稚的可笑）

思わず噴き出した（不由得笑了出來）

**噴き出る、吹き出る**〔自下一〕吹出、湧出、冒出

汗が彼の額に噴き出た（他的額上冒出了汗）

彼の顔に面皰が噴き出た（他的臉上長出了粉刺）

**噴水**〔名〕噴泉、噴水池、噴出的水

噴水を設ける（設噴泉）

噴水の有る公園（有噴水池的公園）

噴水器（噴水器）

噴水孔（噴水孔）

鯨の噴水孔（鯨魚的噴水孔）

**噴泉**〔名〕噴泉、噴出的溫泉（地下水、礦泉等）

**噴石**〔名〕〔地〕火山渣

噴石丘（火山渣堆）

**噴騰**〔名、自サ〕噴出、噴射、噴上來

噴騰泉（噴泉、噴騰泉）

**噴飯**〔名、自サ〕噴飯、忍不住笑、十分可笑

全く噴飯物である（可笑至極）

彼が小説を書くとは噴飯の至りだ（他要寫小說真是笑死人）

**噴沫**〔名〕飛沫、噴出的水沫、飛濺的水沫（＝飛沫、飛沫）

**噴霧**〔名〕〔化〕噴霧、霧化、粉化

殺虫噴霧液（殺蟲噴霧液）

噴霧潤滑（油霧潤滑作用）

噴霧潤滑装置（噴霧潤滑裝置）

噴霧乾燥（噴霧乾燥）

噴霧化（霧化、把液體噴成霧）

噴霧重合（〔化〕噴霧聚合）

噴霧器（噴霧器、霧化器）

**噴門**〔名〕〔解〕賁門←→幽門

噴門切開術（賁門切開術）

**噴油**〔名、自サ〕（油井）噴油、（柴油發動機）噴油，噴射

噴油井（噴油井）

噴油器（噴油器、噴射器）

**噴流**〔名、自サ〕射流、噴氣流

噴流推進系エンジン（噴氣發動機）

**噴く、吹く**〔自、他五〕（水、溫泉、石油、血等）噴出，冒出、（表面）現出，冒出

血が噴く（往外冒血）拭く葺く

潮を噴く鯨（噴出水柱的鯨魚）

粉が噴いた干し柿（掛了霜的柿餅）粉粉

柳が芽を噴く（柳樹出芽）

**吹く**〔自五〕（風）吹、颳

〔他五〕（縮攏嘴唇）吹、吹（笛等）、吹牛，說大話、鑄造

風が吹く（颱風）拭く葺く噴く
凄まじく吹く（風狂吹）
良く吹きますね（好大的風！）
潮風に吹かれる（被潮風吹）
風は東から吹いている（颳著東風）
湯を吹いて冷ます（把熱水吹涼）
火を吹いて熾す（把火吹旺）熾す興す起す
蝋燭を吹いて消す（把蠟燭吹滅）
熱い御茶を吹く（吹熱茶〔使涼〕）
笛を吹く（吹笛）
喇叭を吹く（吹喇叭）
口笛を吹く（吹口哨）
法螺を吹く（吹牛）
随分吹く男だね（真是個大吹大擂的小子）
随分吹いて遣った（給他大大吹噓一番）
鐘を吹く（鑄鐘）

**拭く**〔他五〕擦、抹、揩

ハンカチで鼻を拭く（用手帕擦鼻子）
雑巾で机を拭く（用抹布擦桌子）
マットで靴を拭く（在擦鞋墊上擦鞋）

**葺く**〔他五〕葺（屋頂）、（屋簷上）插草（做裝飾用）

屋根を葺く（葺屋頂、蓋屋頂）
瓦を四十枚葺く（鋪上四十塊瓦）
菖蒲を葺く（插菖蒲）菖蒲菖蒲

**噴井、吹井**〔名〕噴井、自流井（=噴き井戸，噴井戸、吹き井戸）

**噴き井戸, 噴井戸、吹き井戸**〔名〕噴井、自流井

**噴き貫き井戸**〔名〕噴井、自流井（=噴き井戸，噴井戸、吹き井戸）

**噴き零れる**〔自下一〕（熱水、湯等）煮開溢出

粥が噴き零れる（粥冒出來）

# 盆（ㄆㄣˊ）

**盆**〔名、漢造〕盆、盤、盂蘭盆會（=盂蘭盆）

茶盆（茶盤）
食事を載せる盆（盛食物的盤子）載せる乗せる伸せる熨せる
ウイスキーの瓶一本と二、三のグラスを載せた盆（放著一瓶威士忌酒和兩三個酒杯的盤子）
盆と正月が一緒に来た様だ（雙喜臨門）
盆を覆す様な雨（傾盆大雨）

**盆踊り**〔名〕盂蘭盆會舞（舊曆七月十五日盂蘭盆會時舉行的民間舞蹈）

**盆暮れ、盆暮**〔名〕中元節（陰曆七月十五日）和年末

盆暮れボーナス（年中和年末的獎金）
盆暮れに賞与を貰う（年中和年末領取獎金）
盆暮れの付け届け（年中和年末的禮物）

**盆景**〔名〕盆景

富士山に擬えた盆景（模仿富士山的盆景）擬える準える准える

**盆栽**〔名〕盆栽、栽在盆裡的花木

盆栽を造る（用盆栽植花木）造る作る創る
老人が盆栽弄りに日を過す（老人擺弄盆裡的花木過日子）浪人

**盆山**〔名〕庭園等用砂礫等堆積成的小山、庭園等放置的山形的石頭、庭園式盆景造成的山

**盆石**〔名〕盆景、作盆景用的石頭

**盆地**〔名〕〔地〕盆地

山の間が盆地に為っている（山中間形成一個盆地）

**盆提灯**〔名〕盂蘭盆會夜晚點的燈籠

**盆灯籠**〔名〕（陰曆七月十五日）盂蘭盆會的燈籠

**盆の窪**〔名〕頸窩

**盆礼**〔名〕盂蘭盆會舉行的相互贈送禮品

# 滂（ㄆㄤ）

**滂**〔名、漢造〕水之豐沛為滂、雨勢浩大的樣子

**滂沱**〔形動タルト〕滂沱
　感涙滂沱たり（涕淚滂沱）

## 傍（ㄆㄤˊ）

**傍**（也讀作旁）〔漢造〕旁邊
　**路傍**（路旁、路邊）
　**近傍**（近旁、附近）
　**傍輩、朋輩**〔名〕朋輩、師兄弟、（侍候一個主人的）伙伴
　**傍観**〔名、他サ〕旁觀
　　拱手傍観する（袖手旁觀）
　　傍観の態度を取る（採取旁觀的態度）
　　傍観者（旁觀者）
　**傍訓**〔名〕旁訓、旁注假名（在漢字旁邊加注假名以示讀法）（＝振り仮名）
　　傍訓を施す（旁注假名）
　**傍系**〔名〕旁系←→直系、正系
　　傍系子孫（旁系子孫）
　　此の会社は三井の傍系（の）会社である（這個公司是三井的旁系公司）
　**傍若無人**（連語、形動）旁若無人
　　傍若無人の（な）振舞を為る（舉止旁若無人）
　　傍若無人の（な）振舞に振舞う（舉止旁若無人）
　**傍受**〔名、他サ〕〔無〕從旁收聽、監聽
　　当地で傍受した東京放送に拠れば（據此地收聽的東京廣播）
　　傍受者（監聽者）
　**傍証**〔名〕旁證
　　傍証を固める（搜集旁證）
　**傍心**〔名〕〔數〕旁心
　**傍人**〔名〕旁人、旁邊的人
　**傍切**〔名〕〔數〕旁切
　　傍切円（旁切圓）
　**傍線**〔名〕（在字旁畫的）旁線（表示重點促使讀者注意）
　　傍線を施す（畫上旁線）
　　傍線を引く（畫上旁線）
　　傍線を付ける（畫上旁線）
　　傍線は筆者に由る(旁線是筆者畫上的)由る拠る寄る因る縁る依る選る縒る撚る
　**傍題**〔名〕副題、副標題、小標題（＝サブタイトル）
　**傍注、旁註**〔名〕旁註
　　旁註を付ける（加旁註）
　**傍聴**〔名、他サ〕旁聽
　　国会を傍聴する（旁聽國會）
　　公判は傍聴禁止で行われた（公審在禁止旁聽下進行）
　　裁判長は傍聴人の退廷を命じた（審判長命令旁聽人退席）
　　傍聴券（旁聽證）
　　傍聴席（旁聽席）
　**傍点**〔名〕旁點、著重點
　　傍点を打つ（加上著重點）打つ討つ撃つ
　　傍点を付ける（加上著重點）
　**傍熱**〔名〕〔電〕旁熱
　　傍熱陰極（旁熱式陰極）
　　傍熱形真空管（旁熱式真空管）
　**傍白**〔名〕〔劇〕旁白
　　傍白で言う（道旁白）言う云う謂う
　**傍流**〔名〕支流、（非主流的）支派
　**傍輩、朋輩**〔名〕朋輩、師兄弟、（侍候一個主人的）伙伴
　　親しい傍輩（親密的伙伴）
　　傍輩笑み敵（朋輩間表面上和和氣氣實則相互忌妒）
　**傍え、傍、片方**〔名〕一方、一側、一旁（＝傍、傍）。旁邊的人、一半、一部份
　　傍えに寄る（走向一旁、避向一旁）
　**傍**〔名〕旁邊（＝傍、側、脇、傍）。（也作接續助詞用）一邊……一邊、一面……一面
　　道の傍に咲く花(在路邊開的花)咲く割く裂く

母の傍で子が遊ぶ（孩子在母親身邊玩）
仕事の傍勉強する（一面工作一面學習）
親が稼ぐ傍子供が使って終う（父母一邊賺錢孩子卻一邊把它花光）

**傍痛い**〔形〕〔古〕慘不忍睹，令人目不忍睹、滑稽可笑，可笑之極（＝片腹痛い）

**傍、側**〔名〕側、旁邊、附近
テーブルの側に椅子を置く（在桌子旁邊放張椅子）
父母の側を離れる（離開父母身邊）
側でぼんやり見ている（在旁邊呆呆地看著）
駅の側の郵便局（火車站附近的郵局）
学校の側に住んでいる（住在學校附近）

**傍杖、側杖**〔名〕牽連、連累、殃及池魚（＝巻き添え、とばっちり）
側杖を食う（受牽連遭池魚之殃）
隣の火事の側杖で水浸しに為る（鄰居失火連累我家淹了水）

**傍机**〔名〕旁桌、邊桌、茶几（＝脇机）

**傍、側**〔名〕側、旁邊
側から口を出す（從旁插嘴）傍旗畠畑機端秦側幡圃旛
側で見る程楽でない（並不像從旁看的那麼輕鬆）
側の人に迷惑を掛ける（給旁人添麻煩）

**旗、旌、幡**〔名〕旗，旗幟。〔佛〕幡、風箏（＝凧）
旗を上げる（升旗）旗機畑畠傍端旗
旗を下ろす（降旗）下ろす降ろす卸す
旗を広げる（展開旗子）広げる拡げる
旗を振る（揮旗、掛旗）振る降る
旗を掲げる（掛旗）
大勢の人が旗の下に馳せ参じる（許多人聚集在旗下）大勢大勢
旗を押し立てて進む（打著旗子前進）
国連の本部には色色の国の旗が立っている（聯合國本部豎立著各國的國旗）立つ経つ建つ
旗が風にひらひら翻っている（旗幟隨風飄動）
旗を掲げる（舉兵、創辦新事業）
旗を巻く（作罷，偃旗息鼓、敗逃，投降，捲起旗幟）巻く撒く蒔く捲く播く

**畑、畠**〔名〕旱田，田地（＝畑、畠）
畑を作る（種田）旗側傍端
畑で働く（在田地裡勞動）

**畑、畠**〔名〕旱田，田地、專業的領域
大根畑（蘿蔔地）
畑へ出掛ける（到田地裡去）
畑を作る（種田）
畑に麦を作る（在田裡種麥）
畑仕事（田間勞動）
経済畑の人が要る（需要經濟方面的專門人才）
其の問題は彼の畑だ（那問題是屬於他的專業範圍）
君と僕とは畑が違う（你和我專業不同）
商売は私の畑じゃない（作買賣不是我的本行）

**端**〔名〕邊、端
河端（河邊）
道端（路邊）
井端（井邊）
炉の端（爐邊）
池の端を散歩する（在池邊散步）

**機、織機**〔名〕織布機
機を織る（織布）
家に機が三台有る（家裡有三台織布機）

**将**〔副〕又、仍（＝又、矢張り）
〔接〕或者、抑或（＝或は）
雲か霞か将雪か（雲耶霞耶抑或雪耶）将旗機傍端畑畠圃秦側幡旛
散るは涙か将露か（落的是淚呢？還是露水呢？）

秦〔名〕（姓氏）秦
傍目〔名〕旁觀者的看法（印象）（=余所目）
　傍目にも可哀相な境遇（旁觀者都感到可憐的遭遇）可哀相可哀想
　傍目を恐れて出歩かない（害怕人家看見不敢出去）恐れる怖れる畏れる懼れる
傍目、岡目〔名〕旁觀、從旁看
　傍目に見えぬ身の苦労（自己的辛苦旁人無從理解、自家有苦自家知）
　傍目八目（旁觀者清當局者迷）
　其は傍目八目と言う物さ（那就是所謂旁觀者清當局者迷嘛）
傍迷惑〔名〕煩擾旁人、周圍的人遭到的麻煩
傍評議〔名〕〔舊〕局外人的評論、從旁說風涼話、從旁說三道四
傍惚れ、岡惚れ〔名,他サ〕從旁戀慕（別人的情人）、單戀、單相思
傍焼き、岡焼き〔名〕（對別人的戀愛或親密）從旁嫉妒、從旁吃醋、吃飛醋
　傍焼き半分で悪口を言う（半是出於從旁嫉妒的心理說壞話）
　傍焼き連の気を揉ます（讓局外的人們乾著急）
傍、側、脇〔名〕旁邊，附近（= 傍 、傍、側）。旁處，別的地方、日本連歌、俳句的第三句
　彼女の傍に座る（坐在她的旁邊）座る坐る据わる腋脇
　其の道は私の家の直ぐ傍を通っている（那條路從我家旁邊通過）通る通う
　傍から口を挟む（從旁邊插嘴）挟む鋏む挿む剪む
　傍を見る（向旁處看）
　傍に寄って車を避ける（閃到路旁躲開車子）避ける割ける裂ける咲ける避ける除ける
　話を傍に逸らす（把話岔開）
傍視、脇視〔名〕往別處看、從旁邊看（=余所見）
　授業中に傍視を為るな（上課時不要往別處看）
　子供等は傍視も為ないで黒板を眺めている（孩子目不轉睛地望著黑板）

傍視運転（漫不經心的駕駛）
傍役、脇役〔名〕配角←→主役
　傍役を勤める（扮演配角）勉める勤める務める努める
　此の映画は傍役が好演している（這部影片的配角演得很出色）
　政府との折衝に傍役を勤める（在和政府交涉中充當協助的次要角色）

## 尨（ㄆㄤˊ）

尨〔漢造〕犬之雜色多毛者為尨、多毛的狗、雜亂貌
尨〔名〕長卷毛狗（=尨犬）。長毛（=尨毛）
尨犬〔名〕〔動〕長毛獅子狗、長卷毛狗
尨毛〔名〕長毛
　尨毛の犬（長毛狗）
　尨毛の兎（長毛兔）

## 厖（龐）（ㄆㄤˊ）

厖〔漢造〕屋之高者為龐、厚大、雜亂
厖大、膨大〔名,形動〕龐大
　厖大な計画（龐大的計畫）
　厖大な予算（龐大的預算）

## 彷（ㄆㄤˊ）

彷〔漢造〕來去不定，疑惑不決。大約，相像
彷徨〔名,自サ〕彷徨（=彷徨う、さ迷う）
　思い悩んで原野を彷徨する（由於煩惱彷徨於原野）
彷徨う、さ迷う〔自五〕（"さ迷う"的"さ"是表示強調的接頭詞）彷徨，徘徊，流浪（=流離う）。〔轉〕躊躇，猶豫，遲疑不決（=躊躇う）
　彼方此方（を）彷徨う（到處流浪）
　街を彷徨う（彷徨街頭、在街頭徘徊）
　当てども無しに彷徨い歩く（毫無目的地徘徊著走）
　至る所を彷徨い歩く（琉璃顛沛）

生死の境を彷徨う（徘徊在生死界線上、死去活來）

死線を彷徨う（掙扎在死亡線上）

取捨選択に彷徨う（難定取捨）

彼の心の中で是か非か（の間を）彷徨った（他心中在是與非之間徘徊不定）

**彷彿、髣髴**〔形動タルト、自サ〕彷彿，似乎，好像、模糊

亡父の面影が彷彿と為る（聯想起亡父的面貌）

彷彿と為て今尚眼前に在る（彷彿現在還在眼前）

故人に彷彿たる物が有る（很像亡人）

此の絵はベニス(Venice)の景色を彷彿させる（這幅畫令人想起威尼斯的景致）

島影が彷彿（と）して見える（模模糊糊可以望見島影）

水天彷彿たる所（水天飄渺之處）

## 旁（ㄆㄤˊ）

**旁**〔漢造〕（漢字部首）旁←→偏

**旁引**〔名、他サ〕旁徵博引

**旁註、傍注**〔名〕旁註

旁註を付ける（加旁註）

**旁**〔接〕兼、順便、藉機

〔接尾〕（接動詞連用形或動詞性名詞後作為副詞）順便、同時

山へ避暑に行き、旁勉強する（上山去避暑同時讀書）

涼み旁買物を為る（去乘涼順便買東西）

散歩旁友達を訪ねる（出去散步順便訪友）

訪ねる尋ねる訊ねる覗う窺う伺う

一度御礼旁御伺いしようと思っています（打算在向您致謝時順便拜訪您一次）

**旁**〔名〕漢字的右旁（如"化""構"的"ヒ""冓"）←→偏

## 膀（ㄆㄤˊ）

**膀**〔漢造〕貯尿的囊狀器官，排泄器官之一

**膀胱**〔名〕〔解〕膀胱

膀胱炎（膀胱癌）

膀胱ヘルニア(hernia)（膀胱突出）

膀胱結石（膀胱結石）

膀胱鏡（膀胱鏡）

膀胱癌（膀胱癌）

## 朋（ㄆㄥˊ）

**朋**〔漢造〕朋友、同輩、同伙

同朋（伙伴，朋友、〔室町、江戸時代〕在將軍大名身邊處理雜務的僧人、〔寺院的〕轎夫）

友朋（朋友）

**朋党**〔名〕朋黨

朋党を結ぶ（結朋黨）

**朋輩、傍輩**〔名〕朋輩、師兄弟、（侍候一個主人的）伙伴

親しい傍輩（親密的伙伴）

傍輩笑み敵（朋輩間表面上和和氣氣實則相互忌妒）

**朋友**〔名〕朋友

幼い時からの朋友（竹馬之友）幼い稚い

**朋、友**〔名〕友，朋友（=友達、友人）。〔喻〕良師益友、同好，志同道合的人

良き友（好朋友）共供伴

生涯の友（終生的朋友）

友を撰ぶ（擇友）

善悪は其の友を見よ（為人好壞要看他交的朋友）

親しい友に死なれた（死了要好的朋友）

真の友（真正的朋友）真真

不幸を分かつ友（患難與共的朋友）

地図を友と為る（以地圖為友）

此の丸薬は胃病患者の友です（這種丸藥是胃病患者的良友）

友の会（同好會）

**供、伴**〔名〕（與〔共〕同詞源）（長輩，貴人等的）隨從，伴侶、（寫作〔伴〕）伙伴，同伴（＝仲間）

主人の御供を為る（陪伴主人）

供を連れて行く（帶隨從去）

供は要らない、一人で行く（不要陪伴一個人去）

御供致しましょう（我陪您一起去吧！）

供に加わる（加入伙伴）

**共**〔名〕共同，同樣，一起，一塊

〔接頭〕共同，一起、同樣，同質

〔接尾〕共，都，全，總，共

共の布で継ぎを当てる（用同樣的布補上）

父と共に田舎へ帰る（和父親一起回鄉下）

共に学ぶ共に遊ぶ（同學習同遊戲）

苦労を共に為る（共患難）

夫婦で共働きを為る（夫婦兩人都工作）

共切れを当てる（用同樣的布料補釘）

共裏（衣服表裡一樣、表裡一樣的顏色和布料的衣服）

三人共無事だ（三人都平安無事）

男女共優勝した（男女隊都獲得第一名）

五軒共休みだった（五家商店都休息）

運賃共三千円（連運費共三千日圓）

郵送料共二百円（連郵費在內共三千日圓）

風袋共三百グラム（連同包皮共重三百公克）

## 棚（ㄆㄥˊ）

**棚**〔漢造〕用竹，木，蘆葦等材料搭成的棚架或小屋

茶棚（茶具架）

**棚**〔名〕（放置東西的）擱板，架子、（葡萄等的）棚，架、大陸棚

棚を吊る（吊擱板）釣る店

棚を高くする（把擱板吊高些）

彼の部屋の棚には本やrecordが置いて有る（他房間的架子上放著書和唱片）

葡萄棚（葡萄架）

大陸棚（大陸棚）

棚から牡丹餅（天上掉下元寶來、福自天來）

棚に上げる（佯裝不知、置之不理、束之高閣）

何故自分の事を棚に上げて人の事を咎める様な事を為るのか（你為什麼把自己的事置之不理而苛責別人呢？）

棚の物を取って来る様（如探囊取物、不費吹灰之力）

**棚上げ**〔名、他サ〕擱置，置之不理，束之高閣、（商品）囤起不賣、敬而遠之，不予重視

難問題を棚上げする（把難問題擱置起來）

計画は当分棚上げに為った（計畫暫時擱置起來）

商品の一部を棚上げする（把一部份商品暫時囤起來）

会長を棚上げに為て専務が独裁する（對董事長敬而遠之由專務董事獨斷獨行）

**棚卸し、店卸し**〔名、他サ〕〔商〕盤貨，盤點存貨。〔轉〕——批評缺點

夏物の棚卸しを為る（盤點夏季用品）

棚卸しに付き休業（盤點貨物停止營業）付き就き

人の棚卸し許りしないで、少しは自分の事も考え為さい（別光批評別人也要想想自己吧！）

**棚借り、店借り**〔名、自サ〕租房住（的人）、房客

**棚雲**〔名〕層雲、雲層（＝棚引く雲）

**棚浚え、棚浚い**〔名〕清理貨底賤賣

棚浚え大売出し（清倉大甩賣）

デパートでは年度末の大棚浚えを為る（百貨公司在年度末大甩賣）

冬物整理の為棚浚えを為る（因整理冬季用品清倉賤賣）

**棚田**〔名〕梯田（＝段段畑）

棚段塔〔名〕多層蒸餾塔、層板蒸餾塔

棚機、七夕〔名〕〔天〕織女星（=棚機津女）。七夕，乞巧節（=棚機祭）
　　棚機津女（之女、織女星）
　　棚機祭（七夕、乞巧節）

棚引く〔自五〕（煙雲）瓔璘、（煙）拖長
　　霞が棚引く（薄霧瓔璘）
　　汽車の煙が棚引いた（火車的煙拖得很長）

棚ぼた〔名〕〔俗〕（來自棚から牡丹餅が落ちて来る）意料不到幸運

## 澎（ㄆㄥˊ）

澎〔漢造〕水波相擊、濺射

澎湃〔形動タルト〕澎湃
　　澎湃たる波濤（澎湃的波濤）
　　平和を求める声澎湃と為て起こる（要求和平的呼聲澎湃起來）

## 硼（ㄆㄥˊ）

硼〔漢造〕非金屬元素，沒有天然游離存在的，多成硼酸，硼砂而產出

硼化物〔名〕〔化〕硼化物

硼珪酸塩〔名〕〔化〕硼矽酸鹽

硼珪酸ガラス〔名〕硼矽酸鹽玻璃

硼酸〔名〕〔化〕硼酸
　　硼酸塩（硼酸鹽）
　　硼酸軟膏（硼酸軟膏）

硼砂〔名〕〔化〕硼砂
　　天然硼砂（天然硼砂）
　　硼砂球試驗（硼砂熔珠試驗）

硼素〔名〕〔化〕硼
　　水素化硼素（氫化硼）

## 膨（ㄆㄥˊ）

膨〔漢造〕膨

膨圧〔名〕〔植〕漲壓
　　膨圧運動（〔植〕回歸性運動）

膨出〔名〕〔植〕外突

膨潤〔名〕〔化〕膨潤、膨脹

膨大、厖大〔名、形動〕龐大
　　厖大な計画（龐大的計畫）
　　厖大な予算（龐大的預算）

膨大〔名、自サ〕〔醫〕腫脹、膨脹

膨張、膨脹〔名、自サ〕〔理〕膨脹、增加，擴大發展
　　気体の膨脹（氣體的膨脹）
　　膨脹弁（膨脹閥）
　　膨脹計（膨脹計）
　　膨脹係数（膨脹係數）
　　膨脹力（膨脹力）
　　膨脹率（膨脹率、膨脹係數）
　　膨脹シリンダー（膨脹汽缸）
　　予算が膨脹する（預算增大）
　　都市の膨脹（都市的發展）
　　血管を膨脹させる（擴大血管）
　　輸出は大いに膨脹した（出口大大增加）
　　其の村は膨脹して町と為った（那個鄉村發展成鎮了）
　　同市は段段郊外へと膨脹して行く（該市逐漸向郊區發展）
　　膨脹剤（〔化〕發泡劑）

膨らむ、脹らむ、脹む〔自五〕鼓起、膨脹、凸起（=膨れる、脹れる）←→萎む、萎びる
　　腹が膨らむ（肚子鼓起-吃飽、懷孕）
　　膨らんだ財布（鼓鼓的錢包）
　　ポケットが膨らんでいる（口袋裝得鼓鼓的）
　　蕾が未だ膨らんでいない（花蕾還未鼓起）
　　桜の蕾が大分膨らんだ（櫻花含苞待放）
　　懐中が膨らむ（腰纏累累）
　　パンが如何しても膨らまない（麵包怎樣也發不起來）
　　夢が膨らむ（夢想越來越大）

**膨らみ、脹らみ，脹み**〔名〕膨脹、膨起、(帆因風)鼓起

　膨らみが出来る（鼓起、腫起）

　婦人の豊かな胸の膨らみ（婦女豐滿的胸部）

　腹の膨らみ（肚子的鼓起處）

**膨脛、脹れ脛、腓**〔名〕腓、腿肚（＝腓）

**膨らす、脹らす，脹す**〔他五〕鼓起（＝膨らませる）

　怒って頬を膨らす（因生氣而嘟起嘴來）

**膨らし粉、脹らし粉，脹し粉**〔名〕發酵粉（＝ベーキング、パウダー）

**膨らせる、脹らせる，脹せる**〔他下一〕使膨脹、鼓起

**膨らます、脹らます，脹ます**〔他五〕吹鼓、使膨脹

　風船を膨らます（把氣球吹鼓）

　胸を膨らます（鼓起胸膛、充滿希望）

　タイヤを膨らます（吹鼓輪胎）

　頬を膨らます（嘟嘴、不滿意）

**膨らめる、脹らめる**〔他下一〕鼓起、使膨脹

**膨れる、脹れる**〔自下一〕腫脹，鼓出、(因生氣而)嘟嘴，不高興

　膝が膨れたズボン（膝蓋鼓起的褲子）

　踵の肉刺が膨れて来た（腳後跟的泡腫起來了）

　腹が膨れる（吃飽、懷孕）

　叱られると直ぐ膨れる（一挨申斥就馬上把嘴嘟起來）

**膨れ、脹れ**〔名〕膨脹，鼓起、(鑄件的)氣孔，氣泡

　表面に膨れの有る鋳物（表面有氣泡的鑄件）

**膨れ上がる、脹れ上がる**〔自五〕膨脹，鼓起。〔醫〕腫脹，腫起

**膨れ面、脹れ面、膨れっ面，脹れっ面**〔名〕(因生氣不滿而)嘟著嘴的臉、(不高興)鼓起兩腮的表情

　叱られる直ぐ膨れっ面を為る（一挨申斥就嘟起嘴來）

　彼は膨れっ面を為て長い事一言も喋らなかった（他繃著臉半天也沒說一句話）

## 蓬（ㄆㄥˊ）

**蓬**〔漢造〕飛蓬（菊科，多年生草，葉形似柳，花白色，風捲而飛）、鬆散雜亂

**蓬頭**〔名〕頭髮散亂

　蓬頭垢面（頭髮散亂面容骯髒）

**蓬髮**〔名〕蓬髮

　弊衣蓬髮（弊衣蓬髮）

**蓬門**〔名〕草門、窮人或隱士的住所。〔謙〕自己的家

**蓬萊**〔名〕蓬萊山（傳說中中國東海的仙山）（＝蓬萊山）。慶祝新年的裝飾品（＝蓬萊飾り）。慶祝用的一種盆景（＝蓬萊台）。臺灣的異稱（＝蓬蓬）

　蓬萊山（蓬萊山-傳說中中國東海的仙山）

　蓬萊飾り（慶祝新年的一種飾物-白木高座方盤盛以米、乾鮑魚片、龍蝦、栗子、海帶、橙、桔等）

　蓬萊台（慶祝用的一種盆景-取形蓬萊仙島、配以松竹梅、鶴龜、老翁和老嫗等）

　蓬萊米（台灣蓬萊米）

**蓬蓬、茫茫**〔副、形動タルト〕茫茫、渺茫、蓬亂貌、熊熊

　茫茫たる大海原（茫茫的大海）茫茫蓬蓬

　茫茫たる前途（渺茫的前途）

　茫茫たる視界（茫茫的視野）

　庭には草が茫茫と生えている（院子裡雜草叢生）生える栄える映える這える

　髪を茫茫と伸ばす（頭髮長得亂蓬蓬）伸ばす延ばす展ばす髪紙神守上

　茫茫と為た乱れ髪に櫛を入れる（用梳子整理蓬亂的頭髮）

　鬚茫茫の顔（毛髯髯的臉）入れる容れる居れる要れる射れる煎れる炒れる鋳れる

　火が茫茫と燃え上がる（火熊熊地燒起來）

　篝火が茫茫と燃える（篝火熊熊燃燒）燃える萌える

蓬、棘、荊棘〔名〕草木叢生（的地方）、（頭髮等）蓬亂
　蓬が原（草木叢生的原野）
　蓬の髮（蓬亂的頭髮）
　髮を蓬に振り亂す（披頭散髮）
　蓬が軒（雜草叢生的屋簷、簡陋的房屋）
　蓬の路（荊棘叢生的道路、〔古〕"公卿"的別稱）

蓬、艾〔名〕〔植〕艾
　蓬の様な髮（蓬頭散髮）
　蓬の宿（蓬門茅舍）
　蓬餅（艾草黏糕＝草餅）

蓬生〔名〕〔古〕艾蒿叢生之地、雜草叢生的荒涼地方

蓬が島〔名〕蓬萊山、日本

蓬菊〔名〕〔植〕艾菊（菊科多年生草）

蓬餅〔名〕摻有艾蒿的糯米點心（＝草餅）

蓬ける〔自下一〕起毛（＝毛羽立つ、毳立つ）
　オーバーが古く為ったので段段蓬けて來た（大衣穿舊了所以漸漸地起毛了）

# 鵬（ㄆㄥˊ）

鵬〔名〕〔動〕鵬、大鵬
鵬程〔名〕鵬程
　鵬程萬里の航海を無事に終える（安全完成遠程的航海）終える 追える 負える
鵬翼〔名〕鵬翼、〔喻〕飛機
　鵬翼を連ねて飛ぶ（飛機編隊飛行）跳ぶ
鵬、鳳、大鳥〔名〕（鶴、鸛等）大鳥、（傳說中的）鵬，鳳凰

# 捧（ㄆㄥˇ）

捧〔漢造〕兩手托承
捧持〔名、他サ〕捧持
　詔書を捧持する（捧持詔書）
捧呈〔名、他サ〕捧遞
　新任大使が国書を捧呈する（新任大使呈遞國書）

捧讀〔名、他サ〕捧讀、恭讀
　訓示を捧讀する（捧讀訓示）
捧腹、抱腹〔名〕捧腹
　捧腹で笑う（捧腹大笑）
　捧腹絶倒する（捧腹大笑）
捧げる〔他下一〕捧舉、供奉，敬獻、獻出，貢獻
　両手を捧げる奉げる（舉起雙手）
　優勝杯を捧げて持つ（雙手捧舉優勝杯）
　優勝カップを捧げる（舉著優勝獎盃）
　脱いだ着物を頭の上に捧げて川を渡る（頭上頂著脫下的衣服過河）亘る 渡る 涉る
　国旗を捧げて持つ（舉著國旗）
　花を捧げる（獻花）
　青春を捧げる（貢獻自己的青春）
　成果を両親を捧げる（把成果獻給父母親）
　感謝を捧げる（表示感謝）
　仏様に花を捧げる（向佛爺獻花）鼻花華漢
　神前に供物を捧げる（在神前供奉供品）
　清明節に為って祖先に供物を捧げる（到了清明節向祖先敬獻供品）
　彼は其の生涯を芸術に捧げた（他把一生獻給了藝術）
捧げ銃〔名〕〔軍〕舉槍（敬禮）
　捧げ銃を為る（舉槍致敬）為る生る成る鳴る
　捧げ銃！（〔口令〕舉槍敬禮）
捧げ物、捧物〔名〕（獻給神佛的）供品（＝供え物）
　捧げ物を為る（〔向神佛〕上供）

# 劈（ㄆㄧ）

劈〔漢造〕破開、朝著
劈開〔名、自サ〕劈開，裂開、（岩石的）劈理、（礦物的）解理
　地層が劈開しているから鉱脈の様子が好く分る（地層劈開了所以礦脈的情形看得很清楚）

劈開面（礦物的解理面、岩石的劈理面）分る 解る 判る

**劈頭**〔名〕開頭、起頭、最初

劈頭から熱戦が繰り広げられた（從一開頭就展開了激烈的比賽）

劈頭（に）ヒットを放って気を吐く（棒球一開頭就來一個安打爭了口氣）

反対党は劈頭に先ず政府の方針を攻撃する（反對黨一開始就攻擊政府的方針）

劈頭第一に彼の名が在る（他的名字列在頭一名）有る 在る 或る

**劈く、擘く**〔他五〕（突き裂く的轉變）震破、刺破、衝破、劈開（＝突き破る、破り裂く）

耳を劈く砲声（震耳欲聾的砲聲）

肌を劈く様な北風（刺膚欲裂的北風）北風 北風肌膚

闇を劈く閃光（畫破黑暗的一道閃光）

鋭い叫びが空気を劈いた（尖叫聲震撼了空氣）

# 匹、疋（ㄆㄧ）

**匹**〔漢造〕比得上、平凡

匹敵（匹敵、比得上、頂得上）

**匹偶、匹耦**〔名、自サ〕配偶、對手、結婚

匹偶する（結婚）

**匹馬**〔名〕匹馬，一匹馬、馬匹

**匹儔**〔名、自サ〕匹敵、匹敵的對手

**匹敵**〔名、自サ〕匹敵、比得上、頂得上

英語では彼に匹敵する者は居ない（論英文沒有比得上他的）

其の道に於いて彼に匹敵する者は居ない（在那方面誰也比不上他）

彼の力は我々三人に匹敵する（他的力量頂我們三個人）三人 三人

其の二政党は数に於いて御互いに匹敵している（這兩個政黨在數量上彼此不分上下）数 数

硬さではダイヤモンドに匹敵する者は無い（在硬度上沒有比得上鑽石的）

其の時代の十円は今の一千円に匹敵する（那時候的十元頂現在的一千日元）

プロに匹敵する実力を持つ選手（實力能與職業選手匹敵的選手）

一台のトラクターは数十頭の馬に匹敵する（一部牽引機抵得過幾十匹馬）

東京に匹敵する大都市（跟東京媲美的大都市）

**匹夫**〔名〕匹夫←→匹婦

匹夫の勇（匹夫之勇）

匹夫より身を起す（出身微賤）

匹夫も志を奪ふ可からず（匹夫不可奪志）

**匹婦**〔名〕匹婦←→匹夫

匹夫匹婦（匹夫匹婦）

**匹、疋**〔接尾〕（〔接數詞下〕（數鳥，獸，魚，蟲等的單位）匹，隻，頭，尾、舊時數錢用的單位（以十文或二十五文為一匹）、布匹的單位（以二反為一匹）

一匹、一疋（一隻，一條，一尾，一匹、〔強調的說法〕一個男人、〔古〕錢十文或二十五文）

一匹の犬（一隻狗）

男一匹（一個男子漢）

九匹の豚（九頭豬）

五匹の子猫（五隻小貓）

魚三匹（三尾魚）

馬五匹（馬五匹）

反物一匹（布料一匹-可作兩件成人和服）

# 批（ㄆㄧ）

**批**〔漢造〕批評、批准

高批（您的批評）

**批准**〔名、他サ〕批准

講和条約を批准する（批准媾和條約）

諸国の批准を待つ（等待各國批准）

批准書を交換する（交換批准書）

**批正**〔名、他サ〕批評改正

御批正を乞う（請予批評改正）請う斯う

**批点**〔名〕（批評詩歌、文章時加的）批點、圈點、批評之點，修改之點

**批難、非難**〔名、他サ〕非難、責難、責備、譴責

　非難の的（非難的對象）

　非難がましい言葉（近似責難的話）

　非難がましい手紙（近似責難的信）

　非難がましい顔付（近似責難的面孔）

　非難の余地が無い（沒有非難的餘地）

　非難の矢面に立つ（成為眾人非難的對象）

　非難を招く（招致責難）

　非難を浴びる（遭受譴責）

　彼の処置は不公平の非難を免れない（他的辦法難免要受到不公平的責難）

　各紙が政府の対外政策を非難した（各報譴責了政府的對外政策）

**批判**〔名、他サ〕批判、批評、評論

　自己批判（自我批評）

　無批判に（無批判地）

　人を批判する（批判別人）

　批判の余地が無い（無批判的餘地、無可批判）

　批判を受ける（受到批評）

　絵の方は批判する力が無い（我沒有評論繪畫的能力）

　批判主義（〔哲〕批判主義）

　批判的（批判性的）

　批判的な態度を取る（採取批判的態度）

　何事をも批判的に見る（任何事都批判地看待）

**批評**〔名、他サ〕批評、評論

　犀利な批評（犀利的批評）

　批評する価値が無い（不值批評）

　十把一絡げの批評（不分清紅皂白的批評）十把一絡げ十把一絡げ

　新聞に映画の批評が載っている（報紙上登載了影評）

　先生が生徒の作文を批評する（老師評論學生的作文）

　正しい批評は進歩の為に必要だ（正確的批評對於進步是必要的）

　批評家（批評家、評論家）

　美術批評家（美術評論家）

　批評眼（批評的眼力、批評的能力）

　批評眼を養う（培養批評能力）

# 披（ㄆ一）

**披**〔漢造〕打開、場開

　直披、直披（親展、親啟）

**披閲**〔名、他サ〕披閱、披覽、瀏覽

　言語学方面の本を披閲する（披覽語言學方面的書）

**披見**〔名、他サ〕（打開書信、文件）閱覽

　手紙を披見する（看信）

**披講**〔名〕（在詩歌朗誦會等上）朗誦詩歌等作品（的人）

**披針形、皮針形**〔名〕（植物葉的）針狀

　披針形葉（針狀葉）

**披瀝**〔名、他サ〕披瀝、披露、表露、表白、吐露

　誠意を披瀝する（表示誠意）

　肝胆を披瀝する（披肝瀝膽）

　胸中を披瀝する（吐露心事）

**披裂軟骨**〔名〕〔解〕披裂軟骨（喉頭漏斗狀軟骨）

**披露**〔名、他サ〕披露，宣布（喜慶事等）、（把文件，公文等）公布，發表出來

　開店披露（宣布開業）

　結婚を披露する（宣布結婚）

　披露宴（喜宴、喜酒）

　結婚披露宴を開く（舉行結婚喜宴）開く拓く啟く披く

　結婚の披露宴を張る（設結婚喜宴）張る貼る春

A氏とB嬢との結婚が披露された（A氏和B小姐結婚已經宣布出來了）

民族舞踊を披露する（演出民族舞蹈）

秘蔵のコレクションを披露する（展示珍藏的收藏品）

決議の内容を披露する（公布決議的内容）

皆さんに結果を披露して下さい（請把結果給大家公布一下）

**披く、開く、拓く、啓く**〔自五〕開、開始、開朗、有差距←→縮まる

〔他五〕打開、開始，開辦，開張、召開、開拓、開墾，開發、開創、開闢、開通、開展、開導、啟蒙。〔數〕開方、加大距離←→閉じる

傘が開く（傘張開著）

蕾が開く（花蕾開放）

夜開く花（夜晚開的花）

戸は内に開く（門向裡開）

戸は外に開く（門向外開）

銀行が開く（銀行開業）

国会が開く（國會開始）

胸が開く（心情開朗）

点数が開く（分數有差距）

両者の距離がぐんぐん開いた（兩人的距離不斷地拉開了）

二着と十五メートル開いた（和第二名有十五米差距）

本を開く（打開書）

扇を開く（打開扇子）

口を開く（張開嘴）

銀行を開く（開銀行）

彼の人は銀座に店を開いている（他在銀座開商店）

銀行で口座を開く（在銀行開帳戶）

緊急会議を開く（召開緊急會議）

送別会を開く（開歡送會）

田中氏帰国の祝宴が開かれた（舉辦了祝賀田中先生海外歸來的宴會）

北海道を開く（開發北海道）

荒地を開いて畑に為る（開荒種地）

新時代を開く（開創新時代）

新しい流派を開く（創始新的流派）

後進の為道を開く（為後進開通道路）

同胞の為に活路を開く（為同胞打開一條生路）

世人の蒙を開く（啟世人之蒙）

知識を開く（灌輸知識）

平方を開く（開平方）

距離を開く（拉開距離）

胸襟を開く（開誠布公、推心置腹）

愁眉を開く（展開愁眉）

## 砒（ㄆㄧ）

**砒**〔漢造〕砒霜的簡稱（砷的舊稱，有劇毒）

**砒化水素**〔名〕〔化〕砷化氫

**砒化物**〔名〕〔化〕砷化物

**砒鈹**〔名〕〔冶〕黃渣、砷銻硫化合物

**砒酸**〔名〕〔化〕砷酸

砒酸鉛（砷酸鉛－一種殺蟲劑）

**砒石**〔名〕〔礦〕砷石、信石

**砒素**〔名〕〔化〕砷

砒素中毒（砒霜中毒）

**砒素剤**〔名〕砷劑

**砒白金**〔名〕〔礦〕砷鉑

## 霹（ㄆㄧ）

**霹**〔漢造〕雷之急擊者為霹靂

**霹靂**〔名〕霹靂，雷鳴、〔喻〕巨大的聲響

霹靂一声天地の崩れる許り（霹靂一聲好像天崩地裂）一声一声

青天の霹靂（青天霹靂、〔喻〕驚人事件從天而降）

霹靂一声大喝する（大喝一聲如雷吼）
はたたがみ
霹靂神〔名〕〔古〕霹靂、落雷（=霹靂）

# 枇（ㄆㄧˊ）

枇〔漢造〕枇杷（常綠亞喬木，葉長橢圓形，花白色，實圓而黃，皮有細毛，味甘酸可食）

枇杷〔名〕〔植〕枇杷、枇杷樹

枇杷仁（枇杷子）琵琶

# 毘（ㄆㄧˊ）

毘〔漢造〕梵語等的音譯字

荼毘、荼毗（〔佛〕火葬、火化〔=火葬〕）

毘沙門天〔名〕〔佛〕毗沙門天王（四天王之一）

毘盧遮那仏〔名〕〔佛〕毗盧遮那佛（來自梵語的音譯，意為光明普照佛）

# 琵（ㄆㄧˊ）

琵〔漢造〕琵琶（四條絃線的樂器，頭長彎曲，腹部橢圓形）

琵琶〔名〕〔樂〕琵琶

琵琶の名手（琵琶名手）枇杷

琵琶を弾く（彈琵琶）引く 牽く 惹く 轢く 曳く 挽く 退く

# 皮（ㄆㄧˊ）

皮〔漢造〕（動物的）皮、表皮、表面

真皮（〔解〕真皮）←→表皮

表皮（〔動植物的〕表皮）←→真皮

心皮（〔植〕心皮）

新皮（〔植〕新皮、皮膜）

靭皮（〔植〕靭皮部）

毛皮、毛皮（毛皮）

面皮（臉皮）

鉄面皮（厚顏無恥）

牛皮（牛皮）

牛皮、求肥（用糯米麵和糖做的一種皮糖點心）

草根木皮、草根木皮（草根樹皮、中草藥）

外皮（外皮）←→内皮

内皮（内皮、内皮層、内果皮、内側的皮）

果皮（果皮-分為內果皮，中果皮即果肉，和外果皮即表皮、果實的外皮）

樹皮（樹皮）

皮下〔名〕〔醫〕皮下

皮下に注射する（向皮下注射）

皮下注射（皮下注射）

皮下注射を為る（進行皮下注射）

皮下脂肪（皮下脂肪）

皮下出血（皮下出血）

皮下溢血（皮下斑點式出血）

皮内注射〔名〕〔醫〕皮内注射

皮角〔名〕〔醫〕皮膚上的角質疣

皮革〔名〕皮革（=レザー leather）

合成皮革（合成皮革）

人工皮革（人造皮革）

皮革工場（皮革廠）工場工場

皮革製品（皮革製品）

皮骨〔名〕〔動〕膜（成）骨

皮脂〔名〕皮脂

皮脂漏（〔醫〕脂漏。皮脂分泌過多）

皮脂腺〔名〕〔解〕皮脂腺.皮下脂腺

皮質〔名〕〔解〕皮質←→髓質

大脳皮質（大腦皮質）

皮疹〔名〕〔醫〕疹熱病、麻疹、風疹

皮針形、披針形〔名〕（植物葉的）針狀

披針形葉（針狀葉）

皮腺〔名〕〔動〕皮腺

皮癬〔名〕〔醫〕皮癬（=疥癬）

皮疽潰瘍〔名〕（獸醫）皮疽潰瘍

皮疽病〔名〕（獸醫）皮疽病

皮相〔名、形動〕表面，外表、（觀察等的）淺薄，膚淺

物事の皮相丈を見る（只看事物的表面）

皮相に許り囚われていては行けない（不能只被表面迷惑住）囚われる 捕われる 捉われる

皮相的な観察（膚淺的觀察）

其は皮相な見解だ（那是膚淺的見解）

皮相の見（膚淺之見）

**皮相電力**〔名〕〔理〕視在功率

**皮層**〔名〕〔植〕皮層

皮層効果（趨膚效應、集膚效應）

**皮肉**〔名、形動〕皮和肉、挖苦，譏諷，諷刺，嘲諷，冷嘲熱諷、（萬事不如意）令人啼笑皆非

鞭は風を切って所嫌わず雨の様に馬の皮肉を引っ叩く（皮鞭嗖嗖地雨點般胡亂抽打馬的皮肉）

鋭い皮肉（尖銳的諷刺）

辛辣な皮肉（辛辣的諷刺）

辛辣な皮肉を言う（冷嘲熱諷）

皮肉な言葉（譏諷話、諷刺語）言葉 詞

皮肉な言葉を使うな（別說諷刺話）使う 遣う

皮肉な笑い（譏笑、訕笑）

皮肉な笑いを浮かべる（露出冷笑）

皮肉を言う（說諷刺話、說挖苦話、諷刺、挖苦）言う 謂う 云う

彼に散散皮肉を言われた（被他挖苦得很厲害）

彼の演説には皮肉に交じっていた（他的演說裡夾雜著諷刺）交じる 雑じる 混じる

皮肉を交えて話す（話中帶刺）交える 話す 離す 放す

皮肉な運命（令人啼笑皆非的命運、命運的捉弄）

何たる皮肉な世の中だ（多麼富有諷刺意味的世道）

何たる皮肉な事だろう（這是多麼令人啼笑皆非的事啊!）

此れ以上皮肉な事は無い（極大的諷刺）

皮肉にも其の日は雨に為った（天公不作美那天下雨了）

皮肉屋、皮肉家（諷刺家、好挖苦人的人）

彼はイギリスーの皮肉屋である（他是英國首屈一指的諷刺家）

**皮肉る**〔他五〕〔俗〕挖苦、諷刺（=皮肉を言う）

小説で政治を皮肉る（用小說諷刺政治）

漫画で世相を皮肉る（用漫畫諷刺人情世態）

彼を皮肉って遣る（諷刺他一下、挖苦他一下）

彼の人は何時も人を皮肉る（他總是挖苦人）

**皮膚**〔名〕皮膚

皮膚の色（膚色）

綺麗な皮膚を為た人（皮膚細膩的人）綺麗 奇麗

皮膚が荒れている（皮膚粗糙）刺す 差す 指す 挿す 射す 注す 鎖す 点す

皮膚が弱いので、虫に刺されると膿んで終う（由於皮膚不好被蟲一螫就化膿）膿む 生む 産む

皮膚呼吸が出来なく為って死ぬ（由於不能進行皮膚呼吸而死亡）倦む 熟む 績む 終う 仕舞う

皮膚炎（皮膚炎）

皮膚癌（皮膚癌）

皮膚病（皮膚病）

皮膚腺（皮腺）

皮膚縫合（皮膚縫合）

皮膚科（皮膚科）

皮膚鰓（水生動物的皮膚呼吸器官）

**皮膜**〔名〕皮和膜、皮膚和黏膜。〔轉〕（難以區別的）微小差別。〔解〕皮膜，黏膜

虚実皮膜の間（虛實相差無幾）間 間

皮膜組織（〔植〕皮膜組織）

**皮毛**〔名〕（動物的）皮和毛

**皮目**〔名〕〔植〕皮孔

**皮翼類**〔名〕〔動〕皮翼目

**皮蛋**（ピータン）〔名〕皮蛋、松花蛋

**皮**〔名〕（生物的）皮，外皮、（東西的）表皮，外皮、毛皮、偽裝，外衣，畫皮

　　林檎の皮（蘋果皮）河川革側側

　　胡桃の皮（胡桃殼）

　　蜜柑の皮を剥く（剝桔子皮）剥く向く

　　木の皮を剥く（剝樹皮）

　　木の皮を剥ぐ（剝樹皮）剥ぐ接ぐ短ぐ

　　虎の皮を剥ぐ（剝虎皮）

　　骨と皮許りに痩せ痩けた（瘦得只剩皮和骨、骨瘦如柴）痩せ瘠せ痩ける

　　饅頭の皮（豆沙包皮）

　　布団の皮（被套）

　　熊の皮の敷物（熊皮墊子）

　　嘘の皮を剥ぐ（揭穿謊言）

　　化けの皮を剥ぐ（剝去畫皮）

　　化けの皮が剥げる（原形畢露）剥げる禿げる接げる短げる

　　皮か身か（〔喻〕難以分辨）

**革**〔名〕皮革

　　革の靴（皮鞋）川河側靴履沓

　　革のバンド（皮帶）

　　革製品（皮革製品）

**河、川**〔名〕河、河川

　　大きな河（大河、大川）

　　小さい河（小河）

　　河の向う（河對岸）向う向こ

　　河を渡る（渡河、過河）渡る亘る涉る

　　河を下る（順流而下）下る降る

　　河を溯る（逆流而上）

　　河が干上がる（河水乾了）

**側、側**〔名〕側、邊。方面（＝一方、一面）。旁邊，周圍（周り、側）

〔漢造〕側，邊、方面、（錶的）殼、列，行，排

　　川の向こう側に在る（在河的對岸）

　　箱の此方の側には絵が書いてある（盒子的這一面畫著畫）

　　消費者の側（消費者方面）

　　敵の側に付く（站在敵人方面）

　　教える側も教えられる側も熱心でした（教的方面和學的方面都很熱心）

　　井戸の側（井的周圍）

　　側の人が煩い（周圍的人說長話短）

　　当人よりも側の者が騒ぐ（本人沒什麼周圍的人倒是鬧得凶）

　　側から口を利く（從旁搭話）

　　両側（兩側）

　　通りの右側（道路的右側）

　　南側に工場が有る（南側有工廠）

　　労働者側の要求（工人方面的要求）

　　私の右側に御座り下さい（請坐在我的右邊）

　　金側の腕時計（金殼的手錶）

　　二側に並ぶ（排成兩行）

　　二側目（第二列）

**皮帯、革帯**〔名〕皮帶（＝バンド、ベルト、帯皮）

**皮被り**〔名〕包著皮（的東西）。〔俗〕包莖

**皮切り**〔名〕開始，開端、初次、第一次、最初施灸

　　皮切りを為る（開始、開端）

　　此れを皮切りと為て（以此為開端）

　　余興の皮切りは僕等だ（餘興的第一個節目就是我們）

　　討論の皮切りを為る

　　何事も皮切りが大事（萬事起頭難、無論何事開始最重要）

**皮具、革具**〔名〕皮件、皮貨、皮革製品

**皮靴、革靴**〔名〕皮鞋

　　皮靴一足（一雙皮鞋）一足（一雙）一足（一步。很近）

　　一足一足（一步、很近）

**皮籠、革籠**〔名〕〔古〕皮箱、紙箱、竹箱

**皮衣、裘**〔名〕皮衣、僧侶的別稱（來自釋迦入山時曾穿鹿皮衣）
　羊の皮衣着たる農夫共（穿羊皮襖的農夫們）

**皮細工、革細工**〔名〕（制作精巧的）皮革手工藝品、皮革手工藝

**皮算用**〔名〕打如意算盤、不可靠的算盤
　一石二鳥の皮算用（一箭雙鵰的如意算盤）
　ボーナスの皮算用を為る（打獎金的如意算盤）
　取らぬ狸の皮算用（打如意算盤 指望過早）

**皮付き**〔名〕帶皮、帶著皮（的東西）
　皮付きの落花生（帶皮的花生）

**皮作り**〔名〕帶著魚皮的生魚片、不去掉魚皮做的生魚片

**皮綴じ，皮綴，革綴じ，革綴**〔名〕皮面裝訂的書、用皮繩訂綴
　総皮綴じの本（皮面裝訂的書）
　背皮綴じの本（皮脊裝訂的書）

**皮剥**〔名〕剝獸皮（的人）。〔俗〕剝皮魚

**皮剥き**〔名〕剝皮、削皮（的工具）

**皮張り、革張り**〔名〕蒙皮（的東西）、皮面（的東西）
　皮張りの椅子（皮面的椅子）
　靴底に皮張りを為る（鞋底上釘皮掌）

**皮紐、革紐**〔名〕皮繩、皮帶
　皮紐で繋がれた犬（用皮繩拴著的狗）

**皮袋、皮嚢**〔名〕皮囊、皮口袋、（特指）錢包
　皮袋に新しい酒を盛る（舊皮囊盛新酒、以舊形式裝新內容）盛る漏る洩る守る守る
　皮屋厠

**皮屋**〔名〕皮革商、皮革加工（的工人）、皮革製造（者）

# 疲（ㄆㄧˊ）

**疲**〔漢造〕太過勞累為疲

**疲憊**〔名、自サ〕疲憊、非常疲乏

**疲弊**〔名、自サ〕疲憊，非常疲乏、（經濟上）疲敝，凋敝

　財政の疲弊（財政的疲敝）
　農村は日増しに疲弊する（農村日趨凋敝）

**疲労**〔名、自サ〕疲勞、疲乏
　疲労を感ずる（感覺疲勞）
　綿の様に疲労する（疲乏得軟綿綿的）
　一杯のコーヒーで疲労を忘れた（喝一杯咖啡忘記了疲勞）
　私は歩く直ぐ疲労する（我一走路馬上就感到疲勞）
　疲労限界（〔理〕疲勞極限）
　疲労破壊（〔理〕疲勞破壞）
　疲労困憊（疲勞困乏）

**疲れる**〔自下一〕疲勞，疲乏，疲倦（＝草臥れる）。（東西因長期使用）變陳舊、（性能）減低，不頂用（＝弱る）
　体が疲れる（身體疲倦）
　神経が疲れる（神經勞累）
　へとへとに疲れる（精疲力盡）
　疲れる事を知らない人（不知疲倦的人）
　此の仕事は大変疲れる（這個工作很累人）
　此の服は大分疲れている（這件衣服太破舊了）
　疲れた現像液（用乏了的顯影劑）
　疲れた油（陳油、乏油）
　疲れた本（翻得稀爛的書）
　疲れた洋服（破舊的西服）

**疲れ**〔名〕疲勞，疲乏，疲倦。〔機〕疲勞
　疲れが出る（感到疲倦）
　疲れが抜けない（疲勞沒恢復過來）
　旅の疲れを休める（休息一下旅途的疲乏）
　疲れ試験（疲勞試驗）
　疲れ強さ（疲勞強度）
　疲れ限度（疲勞限度）

**疲れ切る**〔自五〕疲勞不堪、精疲力盡（＝疲れ果てる）
　僕はもう全く疲れ切った（我累得精疲力盡了）

疲れ果てる〔自下一〕疲勞不堪、精疲力盡（=疲れ切る）

ゲリラ戦で大量の敵軍を疲れ果てさせる（用游擊戰使大批敵軍疲於奔命）

疲れ目〔名〕疲勞的眼睛

疲らす〔他五〕使疲乏、使疲倦、使勞累（=疲らせる）

心を疲らす（勞心）

体を疲らす（勞身、使身體勞累）

此のプリントは目は疲らす（這份油印本累眼睛）

暗い明かりで読書して目を疲らすな（別在暗燈下看書累眼睛）

疲らせる〔他下一〕使疲乏、使疲倦、使勞累（=疲れさせる）

兵士を疲らせては戦いに勝てない（使士兵累了就打不了勝仗）戦い闘い

## 羆（ㄆㄧˊ）

羆〔漢造〕形狀像熊的獸，能直立

羆〔名〕〔動〕黑棕熊

## 脾（ㄆㄧˊ）

脾〔漢造〕脾臟（為最大的淋巴器官，具有過濾血液，造新血球，破壞衰老血球及儲血，製造或調節淋巴細胞等功能）

脾疳〔名〕〔醫〕脾疳（小兒五疳之一）

脾臓〔名〕〔解〕脾臟

脾脱疽〔名〕〔醫〕炭疽、脾脱疽

脾腹〔名〕側腹（=横腹）

脾腹を突かれて気絶する（側腹被撞一時暈厥）

脾門〔名〕〔解〕脾門

## 疋（ㄆㄧˇ）

疋、匹〔接尾〕（〔接數詞下〕（數鳥，獸，魚，蟲等的單位）匹，隻，頭，尾，舊時數錢用的單位（以十文或二十五文為一匹）、布匹的單位（以二反為一匹）

一匹、一疋（一隻，一條，一尾，一匹，〔強調的說法〕一個男人、〔古〕錢十文或二十五文）

一匹の犬（一隻狗）

男一匹（一個男子漢）

九匹の豚（九頭豬）

五匹の子猫（五隻小貓）

魚三匹（三尾魚）

馬五匹（馬五匹）

反物一匹（布料一匹 - 可作兩件乘人和服）

## 痞（ㄆㄧˇ）

痞〔漢造〕腹内所生的硬塊

痞える〔自下一〕（胸口）堵塞、（心裡）鬱悶

胸が痞える（胸口非常悶）

痞え〔名〕（胸口）堵塞、（心裡）鬱悶

胸の痞えが収まる（心口不堵了、心情舒暢了）

使える〔自下一〕（"使う"的可能形）能用，可以使用、（劍術等）有功夫

此の鋸は使える（這把鋸子好用）

此の部屋は事務室に使える（這房間可用作辦公室）

彼の男は中中使えますよ（那人很有用處）

使えない男（沒有用處的人）

仕える、事える〔自下一〕服侍，侍奉，服務，工作

病人に仕えるのに迚も親切だ（服侍病人很周到）

社会に仕える（為社會服務）

支える、閊える〔自下一〕堵塞，停滯，阻礙，阻擋，有人使用，無法騰出

溝が支えている（髒水溝堵住了）仕える（服侍，侍奉，當官，服務）

食物が喉に支える（食物卡在喉嚨裡）使える（能使，能用，有功夫）

言葉が支える（話哽於喉、與塞）痞える（堵塞、鬱悶）

支え支え物を言う（結結巴巴地說）

市場が支えて荷が捌けない（市場貨物充斥銷不出去）

電車が先に支えいて進めない（電車堵在前面走不過去）

テーブルがドアに支えて入らない（桌子堵在門上進不去）

仕事が支えていて御茶を飲む暇も無い（工作壓得連喝茶的功夫都沒有）

天井が低くて頭が支える（頂棚低得抬不起頭來）

電話は今支えている（電話現在被佔了線）

手洗いが支えている（廁所裡有人）

## 癖（ㄆㄧˇ）

癖〔名〕壞毛病、古怪脾氣（=癖）

〔漢造〕脾氣、習氣、病

癖が有る（有惡癖）

収集癖（收集癖）

放浪癖（放蕩習氣）

性癖（癖好、積習、毛病）（=癖）

悪癖（壞毛病、壞習慣=悪い癖）

習癖（習癖、惡習、壞毛病）

盗癖（偷竊的毛病）

潔癖（潔癖、喜好清潔、廉潔、清高）

病癖（怪癖、惡癖、壞毛病）

癖〔名〕癖性，習氣，脾氣，習慣，毛病，缺點。（文體、態度等）特徵，特點，可是，卻（以其の癖的形式與癖に相同，但連接法不同）。（在柔軟的物質上留下的）波形，折印。（縫紉）（為了合身打的）褶

癖に為る（成為習慣）生る成る鳴る為る

早く寝る癖が有る（有早睡的習慣）有る或る在る

喫煙の癖が付く（染上吸菸的習慣）突く就く付く着く衝く憑く点く尽く吐く搗く附く漬く撞く

悪い癖は付き易くて、直り難い（壞習氣容易沾染但不易改掉）

口癖（口頭禪、說話的特徵）

口癖の様に言う（老是說一樣的話）言う謂う云う

手癖（手不穩、有盜癖）

手癖の悪い人（手不穩的人）

手癖が悪い（有小偷小摸的毛病）

彼奴は癖が悪い（他好偷東西）

出癖（好出去、在家裡呆不住）

出癖が付いて家にじっとして居られない（出門成了習慣在家呆不住）

癖の有る文章（有特殊風格的文章、有矯揉造作風格的文章）

彼は年中忙し然うに働いている、其の癖、仕事が中中捗らない（他好像成年地忙忙碌碌但工作卻遲遲不見進展）

髪に変な癖が付いた（頭髮形成一種不自然的卷）

髪に癖が無い（頭髮直溜）

癖を付ける（打褶）

癖有る馬に能有り（有脾氣的人未必有能力）

癖毛〔名〕卷髮、捲曲的頭髮、打卷的頭髮

癖直し〔名〕（用熱毛巾摩擦等）使卷髮伸直

癖に〔接助〕（上接活用語的連體形、但也用作終助詞）雖然…可是、雖然…卻、明明…竟（也含有非難或不滿之意）

知っている癖に私に教えない（明明知道卻不告訴我）

無学の癖に威張る（雖然沒有學問卻自命不凡）

学生の癖に学校へも行かない（身為學生卻不到學校去）

知りも為ない癖に（根本就不知道-卻裝作知道的樣子）

分らない癖に知った振りを為るな（不可不懂硬裝懂）

下手な癖に遣りたがる（雖然做得不好可是想要做）

# 僻（ㄆㄧˋ）

**僻**〔漢造〕（意見等）乖僻、（地方等）偏僻
　偏僻（偏僻）

**僻する**〔自サ〕偏頗，偏向、乖僻，別扭
　一方に僻した考えを持つ（懷有偏見）
　余りにも僻した学説（過於偏頗的學說）
　心が僻している（心地乖僻）

**僻案**〔名〕偏頗的想法、愚見

**僻遠**〔名〕偏遠
　僻遠の地（偏遠地區）
　僻遠の地に在って矻矻勉強する（在偏遠之地孜孜不倦地鑽研）
　延岡は僻遠の地で、東京に比べたら物質上の不便は有るだろう（延岡是個偏遠地方比起東京來物質上有些不便吧！）

**僻境**〔名〕邊土

**僻隅**〔名〕遠離都市的角落之地

**僻見**〔名〕偏見
　其は君の僻見と言う物だ（那是你的偏見）

**僻陬**〔名〕偏僻地方（＝僻地）
　僻陬の地（偏僻的地方）

**僻説**〔名〕偏頗之說、不合道理的論述
　書中僻説だらけだ（書中盡是偏頗的論述）

**僻村**〔名〕偏僻的村莊（＝片田舎）
　東北の僻村（東北的偏僻農村）
　こんな山間の一僻村にも学校が有る（這樣偏僻的山村裡也有學校）山間山間

**僻地**〔名〕偏僻地方
　寒村僻地（窮鄉僻壤）
　彼女は僻地の教育に一生を捧げた（她為偏僻地區的教育工作貢獻了一生）捧げる奉げる

**僻論**〔名〕偏頗見解、偏頗論述、謬論（＝僻説）

**僻**〔造語〕與事實不合，不合理、偏，乖僻
　僻事（與事實不符的事）
　僻目（偏見）

　僻耳（偏聽）

**僻覚え、僻覚**〔名〕記錯、錯誤的記憶

**僻思い**〔名〕偏見、霧解

**僻数え**〔名〕算錯、數錯

**僻聞き、僻聞**〔名〕聽錯、霧聽

**僻心**〔名〕歪心眼，心地不良、錯誤想法，想法乖僻
　僻心を持つ（存心不良）

**僻み心**〔名〕乖僻的心地、心地狹窄、別扭

**僻事**〔名〕不合道理的事、不符合事實的事、歪曲的事、錯誤的事

**僻様**〔名〕乖僻（歪曲、錯誤、不合道理）的樣子

**僻僻しい**〔形〕極其乖僻的、非常別扭的

**僻耳**〔名〕偏聽、誤聽
　矢張り私の僻耳ではなかった（果然不是我聽錯了）

**僻目**〔名〕斜視（＝斜視、眇、藪睨み、僻眼、瞟眼、僻眼、瞟眼）。看錯，誤會、偏見，不正確的眼光
　僻目の人（斜視的人）
　悪人と思ったのは、私の僻目だった（認為是個壞人那是我看錯了）
　僻目で世の中を見ては為らない（不能用偏見來觀察社會）
　僻目かも知れませんが、此の点は貴方の所為です（也許我的看法不正確這一點要怪你）

**僻眼、瞟眼、僻眼，瞟眼**〔名〕斜視、看錯
　僻眼の女（斜視的女人）
　僻眼で人を睨み付ける事は失礼だ（斜眼看人不禮貌）
　斯うと見たのは僻眼か（我這樣看是看錯了嗎？）

**僻者**〔名〕心眼歪的人、性情別扭（乖僻）的人（＝変人）

**僻読み、僻読**〔名〕讀錯、念錯

**僻む**〔自五〕變乖僻、懷偏見、別扭（＝捻くれる）
　僻んだ目で世の中を見る（以偏頗的眼光看社會）

差別して扱うと子供は僻む（差別對待會使孩子變乖僻）

**僻み**〔名〕乖僻、偏見、妒恨

僻みを起す（産生妒恨心、産生偏見、別扭起來）

其は君の僻みだ（那是你的偏見）

僻み根性（性情乖僻）

**僻み根性**〔名〕乖僻的性情、乖僻的脾氣

さもしい僻み根性の奴だ（是個劣根性的乖僻家伙）

## 屁、屁（ㄆㄧˋ）

**屁**〔名〕屁（=屁）。〔轉〕沒價值的東西，不可靠的東西

屁を放く（放屁）扱く放つ

屁を放る（放屁）籔る干る

透かし屁（悶屁、無聲屁）

透かし屁を放る（放悶屁、放無聲屁）

透かしっ屁を放る（放悶屁、放無聲屁）

屁の様な話（屁話、廢話）

屁理屈（歪理）

彼奴は風呂の中で屁を放った様な奴だ（他是一個軟弱無力的人）

屁の河童（輕而易舉的事、無足掛齒的事、小事一段）

そんな事は屁の河童さ（那種事不值一提）

屁を放って尻窄め（〔喻〕做了錯事想蒙混過去）

百日の説法屁一つ（因一次失敗而前功盡棄）

**屁っ放り腰**〔名〕抬起屁股彎腰不穩定的站立姿勢（=及び腰）。〔喻〕缺乏信心，戰戰兢兢的樣子

屁っ放り腰で天秤棒を担ぐ（彎腰曲背地挑著扁擔）

そんな屁っ放り腰では駄目だ（這種前怕狼後怕虎的態度是不行的，不要那樣畏畏縮縮的）

屁っ放り腰で何か出来るか（什麼都怕怕的能做些什麼？）

**屁っ放り虫、屁放り虫**〔名〕〔動〕放屁蟲，捕後放臭味的昆蟲。〔喻〕愛放屁的人

**屁の河童**〔名〕〔俗〕滿不在乎，不當一回事（=平気）。容易，簡單，算不了什麼

何と言われようと屁の河童だ（不管別人說什麼也滿不在乎）

人が何と言おうと、彼は屁の河童だ（不管人家說什麼他總不當一回事）

奴にどんなに怒鳴れようと屁の河童だ（那傢伙怎麼罵我都不在乎）

そんな事は屁の河童さ（那種事輕而易舉、那樣事是小事一段）

其位屁の河童だ（那點小事易如反掌）

**屁理屈**〔名〕謬論、歪理、詭辯、似是而非的理論

屁理屈を言う（矯情、講歪理）

屁理屈を並べる（矯情、講歪理）

直ぐ屁理屈を捏ねる（一來就說強詞奪理的話）

屁理屈を捏ねるな（別強詞奪理）

其は屁理屈に過ぎない（那不過是強詞奪理）

彼は詰まらない事にも屁理屈を言う癖が有る（他有個毛病無聊的事也講歪理）

屁理屈屋（詭辯的人、好講歪理的人）

**屁**〔名〕〔俗〕（來自鳴らす）屁（=屁）

屁を為る（放屁、出虛恭）

## 譬（ㄆㄧˋ）

**譬**〔名〕以比擬方式使人易曉為譬

**譬喻、比喻**〔名〕比喻

比喻を使って述べる（用比喻講述）

比喻的に言う（比喻的說）

比喻法、譬喻法（比喻法、隱喻法）

**譬える、喻える、例える**〔他下一〕比喻、比方

美人を花に喻える（把美人比喻成花）

人生は屡航海に喻えられる（人生常常被比作航海）

其の景色は喩え様も無い程美しい（其景色之美是無法比喩的）

兎と亀の話に喩えて油断を戒める（拿兔子和烏龜的故事做比喩來勸戒疏忽大意）

**譬え、喩え、例え**〔名〕比喩，譬喩，寓言，常言，例子

喩えを言う（說比喩）

イソップの狐と烏の喩え（狐狸和烏鴉的伊索寓言）

壁に耳有りと言う喩えも有る（常言說得好隔牆有耳）仮令縱令仮令縱令

能有る鷹は爪を隠すの喩えにも有る通り（正如寓言所說兇鷹不露爪）

喩えが悪いので余計分らなくなった（例子不恰當反而更不明白了）

喩えを引いて話す（舉例來說）

**譬え話**〔名〕譬喩、寓言（=譬え、喩え）

**仮令，縱令，縱、仮令，縱令，縱**〔副〕（下面常與とも、ても連用）即使、縱使、縱然、哪怕

仮令どんな事が有っても（即使發生任何事情）

仮令大雨が降ろうが出席する（即使下大雨也出席）

仮令其れが本当だとしても矢張り君が悪い（即使這是真的也是你不好）

## 瞥（ㄆㄧㄝ）

**瞥**〔名〕偶然過目為瞥、匆匆過目

**瞥見**〔名、他サ〕瞥見、略看一眼

評判の演劇を瞥見するに（略瞧一眼著名的戲劇）

瞥見した丈では本物の玉石と見分けが付かない（略看一眼和真正的玉石區別不出來）

話し振りから其の人柄が瞥見出来る（聽口氣就可以看出他的人品）

## 飄（ㄆㄧㄠ）

**飄**〔漢造〕飄、隨風搖動

**飄逸**〔名、形動〕飄逸、灑脫

飄逸な人物（灑脫的人）

彼の絵には飄逸の趣が有る（他的畫富有飄逸之趣）趣き赴き

**飄然**〔形動タルト〕飄然、飄忽不定、突然（來去）

彼は飄然と家を出た（他信步走出家門）

昨夜彼が飄然と訪ねて来た（昨晚他突然來訪）昨夜昨夜訪ねる尋ねる訊ねる訪れる

彼は飄然と為て去った（他飄然離去）

**飄飄**〔形動タルト〕輕飄飄，飄蕩貌，飄動貌、步履蹣跚貌，信步徘徊貌，飄逸，超然，不拘於世俗

落花飄飄と為て舞う（落花飄舞）

春の野は落花飄飄と為て迎も美しい（春天的原野上落英繽紛真是美麗極了）

暗い広野を飄飄と風に吹かれて歩いている（在黑暗的曠野上被風吹得步履蹣跚地走著）

荒野を飄飄と彷徨い歩く（在荒野上信步徘徊）

彼の男は飄飄と為ている（那個人逍遙自在）

飄飄乎と為て（飄飄然）

飄飄たる人物（悠然自得的人）

## 漂（ㄆㄧㄠ）

**漂**〔漢造〕漂浮、漂白

**漂砂**〔名〕〔地〕流沙

漂砂鉱床（沙積礦床）

**漂失**〔名、自サ〕漂失、流失

**漂石**〔名〕〔地〕漂礫、漂塊

**漂着**〔名、自サ〕漂至、漂到

一艘の漁船が佐渡の海岸に漂着した（一艘漁船漂到了佐渡海岸）

流れて小島に漂着する（隨流漂至小島）

**漂鳥**〔名〕〔動〕漂鳥（指黃鶯、白頭翁、白眼鳥等根據季節進行小規模移動的候鳥）

**漂土**〔名〕〔地〕冰磧、冰磧物

**漂礫土**〔名〕〔地〕冰磧、冰磧物

**漂蕩**〔形動タルト〕飄盪、漂流、漂動
**漂白**〔名、他サ〕漂白
　色素を漂白する（將色素漂白）
　晒し粉で木綿を漂白する（用漂白粉漂棉布）
　漂白剤（漂白劑）
　漂白粉（漂白粉）
　漂白液（漂白水）
**漂泊**〔名、自サ〕漂泊，流浪（＝流離）。漂流，飄盪（＝流れ漂う事）
　漂泊の旅に出る（出去流浪）
　各地を漂泊する（到處流浪）
　漂泊の旅を続ける（到處流浪）
**漂瓶、漂壜**〔名〕〔海〕（觀測海流的流速及方向的）漂流瓶（＝漂流瓶、海流瓶）
　漂瓶図（漂瓶圖、瓶子海圖）
**漂遊**〔名〕〔電〕雜散
　漂遊磁界（雜散磁場）
　漂遊損（雜散損耗）
　漂遊電流（雜散電流）
　漂遊容量（雜散電容、寄生電容）
**漂流**〔名、自サ〕漂流、流浪
　船は波の随に終夜漂流した（船隨波漂流了一整夜）随に間に間に
　漂流瓶（漂流瓶）
　漂流物（漂流物）
　漂流記（流浪記）
**漂う**〔自五〕漂流，飄盪、洋溢，充滿、露出
　風に漂う（隨風飄盪）風邪
　木の葉が水面に漂う（樹葉漂浮在水面上）
　無人島に漂い着く（漂流到一個無人島上）
　空に漂うアド・バルーン（飄盪在空中的廣告氣球）
　薔薇の微かな香が空中に漂う（玫瑰花的微弱香氣在空中飄盪）
　辺りに霞が漂う（周圍籠罩著霞霧）

彼の家には不安な空気が漂っている（他家裡充滿了不安的氣氛）
彼の詩には甘い哀愁が漂っている（他的詩裡洋溢著甜蜜的哀愁）
彼の顔に不安の影が漂った（他的臉上露出不安的神色）影陰陰翳
口元に微笑を漂わせて（嘴邊露著微笑）微笑み微笑み
**漂わす**〔他五〕泛浮、使漂浮、露出
　舟を漂わ（泛舟）
　香水の香を漂わす（發散香水的香味）香り薫り
　顔に笑みを漂わす（面泛笑容）
　面に憂いの色を漂わす（臉上露出憂慮的神色）面表憂い愁い患い憂え愁え患え憂い

# ひょう（ㄆ一ㄠˊ）

**瓢**〔名〕葫蘆、酒葫蘆（＝瓢箪）
**瓢箪**〔名〕〔植〕葫蘆、酒葫蘆（＝瓢）
　瓢箪から駒（が出る）（〔喻〕笑談變成事實、事出意外、意想不到的地方出現了意想不到的事物、道理上絕對不可能）
　瓢箪で鯰を押さえる（無法捉摸、不得要領、油滑的人）押える抑える
　瓢箪の川流れ（〔喻〕喜不自禁、坐立不安）
**瓢箪鯰**〔名〕（來自瓢箪で鯰を押さえる的名詞化）無法捉摸、不得要領、油滑的人
　彼の男は瓢箪鯰だ（他是個滑頭、他是個無法捉摸的人）
**瓢虫、天道虫**〔名〕〔動〕異色瓢蟲、紅娘子、花大姐
**瓢、瓠**〔名〕〔植〕葫蘆、(盛酒的)葫蘆（＝瓢箪）、水瓢（＝柄杓）
**瓢、瓠、匏**〔名〕〔植〕葫蘆、(裝酒的)葫蘆（＝瓢箪）
　吸い瓠（吸血器）

# ひょう（ㄆ一ㄠˊ）

**嫖**〔漢造〕輕浮為嫖、輕捷的、狎玩妓女

嫖客、嫖客、嫖客〔名〕嫖客

## 縹（ㄆㄧㄠˇ）

**縹**〔漢造〕淡青色之帛布為縹、若隱若顯狀

**縹渺、縹緲**〔形動タルト〕縹緲，飄渺，隱隱約約，浩瀚，浩淼，一望無際

縹渺たる連山（縹緲的山巒）

芳香が縹渺と漂って来る（芳香縹緲蕩來）

良寛は始めからああした縹渺たる文字を書いていた訳ではない（良寛不是一開始就寫那種縹縹緲緲的字）

縹渺たる太平洋（浩瀚的太平洋）

**縹**〔名〕淺藍色（=縹色、花田色）

**縹色、花田色**〔名〕海昌藍色、較藏青色稍淺的藍色

## 剽（ㄆㄧㄠˋ）

**剽**〔漢造〕輕鬆、敏捷、盜竊

**剽悍、慓悍**〔名、形動〕剽悍

剽悍な人（剽悍的人）

剽悍な種族（剽悍的種族）

**剽軽**〔名、形動〕滑稽、詼諧

剽軽な顔（輕鬆滑稽的面孔）

剽軽な事を言う（開玩笑、講逗人笑的話）

彼は中中剽軽な男だ（他真是個活寶）

剽軽者（詼諧者、耍寶的人、愛開玩笑的人）

**剽軽る、剽げる**〔自下一〕〔俗〕戲謔、做滑稽勾當（=諧謔ける、巫山戲る）

**剽窃**〔名、他サ〕剽竊

他人の文章を剽窃する（剽竊別人的文章）

剽窃物（剽竊物）

**剽盜**〔名〕路劫、搶劫（=追剝）

## 票（ㄆㄧㄠˋ）

**票**〔名、漢造〕票、選票

賛否同票（贊成和反對票數相同）

票を取る（得票、贏得選票）録る採る執る盜る摂る獲る捕る撮る取る

票を集める（得票、贏得選票）

票を読む（數票、查票數）

大いに票を集める候補者（得票特別多的候選人）煎れる炒れる

私は林さんに票を入れた（我投了林先生的票）入れる容れる鋳れる居れる要れる

伝票（傳票、發票、記帳單）

調査票（調査票）

軍票（在戰地或占領地使用的軍用鈔票）

信票（信票）

一票（一票、一張選票）

満票（滿票）

投票（投票）

開票（開票、開箱點票）

白票（贊成票、空白票）←→青票

青票（藍票、反對票）

散票（零星選票、選票分散）

浮動票（不能預測選誰的流動票）

**票固め**〔名、他サ〕固票

**票決**〔名、他サ〕投票表決

際疾い票決（贊成票和反對票不相上下的投票表決、非常緊張的投票表決）

御意見が無ければ票決に移ります（如果沒有意見就進入投票表決）移る写る映る遷る

**票数**〔名〕票數

国連内でアジア、アフリカ諸国の占める票数の比重は大きな物である（在聯合國內亞非各國所占的票數比重是很大的）占める閉める締める絞める染める湿る

**票田**〔名〕票倉-選舉時候選人或政黨可望獲得大量選票的地區

**票読み**〔名、自サ〕（投票前）估計得票數、（開票時）唱票

確かな票読み（正確地估計票數）

## 驃（ㄆㄧㄠˋ）

驃〔漢造〕身黃而鬃尾等長毛近於白色的馬為驃、驍勇的、馬疾行地

驃騎兵〔名〕（歐洲的）輕騎兵（=輕騎兵）

## 偏（ㄆㄧㄢ）

偏〔名〕漢字的偏旁（左邊）←→旁（漢字的右旁）
〔漢造〕偏頗、漢字的偏旁

禾偏（禾木旁）

木偏（木字旁）

人偏（人字旁）

絹と言う字は糸偏だ（絹字的左邊是絲字旁）

漢字を偏で引く（按部首偏旁查看漢字）

旁が好いが偏が違っている（漢字的右邊寫對了而左邊的偏旁寫錯了）

偏を継ぐ（以漢字偏旁進行的文字遊戲）継ぐ告ぐ注ぐ次ぐ接ぐ

不偏（不偏）

不偏不党（不偏不黨、不偏不倚、中庸之道）

立心偏（漢字部首豎心旁）

偏する〔自サ〕偏、偏頗、偏激

方向が北に偏する（方向偏北）偏する貶す る

彼の見方は偏している（他的看法偏頗）

思想が過激に偏する（思想偏激）

偏愛〔名、他サ〕偏愛

長男を偏愛する（偏愛大兒子）

彼はインテリ(intelligentsia)を偏愛している（他偏愛知識份子）

偏愛しない様に気を付ける（注意不要偏愛）

偏倚、偏依〔名、自サ〕偏倚、偏向。〔理〕偏壓。〔數〕偏倚。〔電〕偏移

偏倚歪（偏移失真、偏移畸變）

偏倚電圧（偏壓、柵偏壓）

偏移〔名〕偏移

偏角〔名〕〔數〕輻角、（氣象、測量）偏角，磁偏角

磁気偏角（磁偏角）

偏角計（磁偏計）

偏狂〔名〕（心）偏狂、單狂、偏執狂

偏狂人（單狂者、偏僻者、偏執狂病人）

偏狭、褊狭〔名、形動〕（土地）偏狹，偏窄、（心胸）狹小，氣量小

偏狭な人（氣量小的人）

偏狭な考えを持っている（持狹隘的想法）

彼の態度は偏狭だ（他的態度很小氣）

偏狭で人を容れぬ（量小不容人）

偏狭に過ぎる（過於小氣）

偏曲〔名、形動〕偏頗

偏屈〔名、形動〕乖僻、頑固、別扭、古怪、孤僻

偏屈な男（乖僻的人）

彼は利口な男だが少し偏屈だ（他很聰明就是有點乖僻）

彼は偏屈なので付き合い難い（他性情乖僻和人和不來）為る生る成る鳴る

不幸に遭って偏屈に為った（由於遭到不幸性情乖僻了）逢う遭う合う遇う会う

偏窟、偏屈〔名、形動〕頑固

偏傾〔名〕〔植〕偏傾、偏斜

葉の偏傾運動（葉的偏斜運動）
葉破波派歯羽刃

偏見〔名〕偏見、僻見、偏執

人種的偏見（種族的歧視）

其は全く君の偏見です（那完全是你的偏見）

偏見を持つ（懷有偏見）

偏見を捨てる（拋棄偏見）捨てる棄てる

頭が古くて偏見を免れない（腦筋太舊難免有些偏見）

偏向〔名〕偏向。〔機〕偏轉，偏向

運動の偏向を正す（糾正運動中的偏向）正す質す糾す紀す

或る偏向が現れた（出現了一種偏向）或
在る 有る 現れる 表れる 顕れる
右翼偏向（共產黨內的右翼偏向）
此の様な偏向を認めない（不承認這種偏向）
非常に危険な偏向（非常危險的偏向）
偏向教育（思想意識傾向某一方面的教育）

**偏光**〔名〕〔理〕偏振光

偏光鏡（偏振光鏡）
偏光プリズム（偏振光稜鏡）
偏光子（〔理〕偏振光鏡）
偏光角（〔理〕偏振角、起偏振角）
偏光計（〔理〕偏振計）
偏光面（〔理〕偏光面、偏振平面）
偏光星（〔天〕變星）
偏光顕微鏡（〔理〕偏振光顯微鏡）
偏光フィルタ（〔機〕偏光濾光片）

**偏差**〔名〕〔數〕偏差，偏度，偏差數。〔理〕偏轉，偏曲，偏差

平均値からの偏差を調べる（檢查對於平均値的偏差）
幾等か偏差が出る（出些偏差）
偏差値（偏差値）
偏差計（磁偏計）

**偏在**〔名、自サ〕偏在、不均勻←→遍在

富の偏在に世の矛盾を感ずる（在貧富不均上感到社會的矛盾）
物質が偏在している（物質偏在）

**偏衫、編衫**〔名〕〔佛〕袈裟

**偏執、偏執**〔名〕偏執、固執

偏執狂、偏執狂（偏執狂＝モノマニア）
偏執で頑固な男（固執偏見的頑固人）
彼の問題には僕は何の偏執も無い（我對那個問題沒有什麼成見）
偏執病（偏執病）

**偏食**〔名、自サ〕偏食、挑食

子供の偏食を直す（矯正小孩的偏食）直す 治す
偏食する子は体が弱い（偏食的小孩身體弱）
偏食は体に悪い（偏食對身體不好）
偏食に因る栄養失調（偏食引起的營養失調）因る 撚る 縒る 選る 依る 縁る 寄る 拠る 由る
偏食する子供（偏食的孩子）

**偏心**〔名〕〔機〕偏心、離心

偏心棒（偏心桿）
偏心器（偏心器）
偏心率（偏心率、離心率）
偏心半径（偏心半徑）

**偏針**〔名、自サ〕（儀器指針）偏斜、歪斜

偏針儀（〔海〕偏轉儀）

**偏人、変人**〔名〕（性情、脾氣等）古怪的人、異常的人

彼は全く変人だ（他真是個怪人、他脾氣真古怪）
変人扱いされる（被當作古怪的人看待）
彼奴の変人は友人間で有名だ（那傢伙的古怪脾氣在朋友之間很出名）

**偏頭痛**〔名〕〔醫〕偏頭痛

偏頭痛が為る（偏頭痛）

**偏西風**〔名〕〔氣〕（南北兩半球中）盛行西風帶內的西風

**偏重**〔名、他サ〕偏重

学歴偏重の弊害を打破する（消除偏重學歷的弊病）
理論を偏重する（偏重理論）
知育偏重の弊（偏重智育的弊病）

**偏頗**〔名、形動〕偏頗、偏向、不公平、偏於一方

偏頗な事を為る（作不公平的事）偏頗
偏頗な考え（偏頗的想法）
偏頗無く（公允、不偏不倚、公正無私）

偏頗に為らない様公平に処理する（注意不偏於一方公平處理）

偏頗な仕打ち（做事不公平）

偏頗な扱い（不公平的待遇）

**偏物、変物**〔名〕古怪的人、乖張的人、彆扭的人（＝変人、偏人）

彼は変物だ（他是個怪人）

**偏平、扁平**〔名、形動〕扁平

扁平な形（扁平形）形

扁平足（〔名〕〔醫〕扁平足）

**偏僻**〔名、形動〕偏僻

**偏旁**〔名〕（漢字的）偏旁、部首

**偏揺角**〔名〕〔空〕偏航角

**偏理**〔名〕偏重理論

偏理主義（理論至上主義）

**偏る、片寄る**〔自五〕偏頗，不公正，不平衡、偏於一方、集中於一方、偏袒，不公平待遇

考えが偏っている（見解偏頗）

解釈が偏っている（解釋偏頗）

偏った食事（偏食）

偏った見方（偏見）

彼の知識は偏り過ぎている（他的知識太偏）

彼の趣味は偏り過ぎている（他的興趣太偏）

思想が左に偏っている（思想左傾）

針路が東に偏る（航線偏東）

台風の進路が予想より西に偏った（颱風的路徑比預想的偏西了）

工業が沿岸東部に偏っている（工業集中在沿海東部地區）

人口が都市に偏る（人口偏集於都市）

人口が都市に偏り過ぎている（人口過於偏集於都市）

何方にも偏らない（不偏不倚）何方何方何方

政治が資本家優遇に偏っては為らない（政治不可偏袒優待資本家）

偏った処置（不公平的處理）

**偏り、片寄り**〔名〕偏、偏向一方、偏頗、偏倚（程度）

栄養の偏りが酷い（營養太偏）

**偏む**〔自五〕偏向，傾向、心情黯然，心情彆扭、肌肉酸痛、打趔趄、馬一瘸一拐地走

肩が偏む（肩膀酸痛）

**偏に**〔副〕衷心，專誠，誠心誠意、完全

失礼の段偏に御侘び申し上げます（失禮之處衷心表示歉意）

其の事に就き御配慮の程偏に御願い申し上げます（關於此事深望多多費心）

此れは偏に君達の努力に由る物だ（這完全是由於你們努力的結果）

# 篇（ㄆㄧㄢ）

**篇**〔名〕（完整的）詩歌，文章、帙，部，套，卷，冊、篇章

〔漢造〕詩歌、文章、（線裝書的）帙，部，套、卷，冊

上篇、上編（上卷〔冊〕）

中篇、中編（中卷〔冊〕）

下篇、下編（下卷〔冊〕）

一篇の書を著す（著一本書）著わす顕わす現わす表わす

論文二篇を発表する（發表兩篇論文）

随想二篇（兩篇隨筆）

短篇、短編（短篇、短篇小說）←→中篇、中編、長篇、長編

中篇、中編（長篇和短篇之間的中篇分、上中下篇的中篇）

長篇、長編（長篇）

小篇、小編（短篇〔文學作品〕）

掌篇、掌編（掌篇、短文＝コント法）

名篇（傑作、有名的文章）

佳篇、佳編（佳作）

雄篇、雄編（巨作、巨著）

しょへん　しょへん
初篇、初編（初編、初篇、第一編）←→終篇、
しゅうへん
終編

しゅうへん　しゅうへん
終篇、終編（終篇、末篇、最後一篇）

ぞくへん　ぞくへん　　　　　　　　　　せいへん　ほんへん
続篇、続編（續、編續集）←→正編、本編

せいへん　せいへん
正篇、正編（正篇、正編、正集）

ほんぺん　ほんぺん
本篇、本編（正編、本編、這一集）

ぜんぺん　ぜんぺん
前篇、前編（前編、前集、上集）

こうへん　こうへん
後篇、後編（前中後編的後編、下編）

ないへん　ないへん
内篇、内編（内編-古代指論著中的主要部分）
　　　　がいへん　がいへん
←→外篇、外編

がいへん　がいへん　　　　　　　　　　ないへん　ないへん　ほん
外篇、外編（書籍的外篇）←→内篇、内編、本
ぺん　ほんぺん
篇、本編

ぜんぺん　ぜんぺん
全篇、全編（全篇、通篇）

だんぺん　だんぺん
断篇、断編（文章片段）

へんしゅ　へんしゅ
篇首、編首〔名〕篇首（詩、文章等的開頭部分）

へんじゅう
篇什〔名〕詩篇、詩集

へんしょう　へんしょう
篇章、編章〔名〕（文章的）編和章節、〔古〕
編章，文章和書籍

へんちつ
篇帙〔名〕書套、〔轉〕書籍
　へんちつ　　ひもと　　　　　　　　　　　ひもと　ひもと
　篇帙を繙く（翻閱書籍、讀書）紐解く　繙
　く

へんもく　へんもく
篇目、編目〔名〕篇目，篇章的標題、（辭典等）
部首的目錄

## 翩（ㄆㄧㄢ）

へん
翩〔漢造〕迅速而飛為翩、疾速飛動

へんへん
翩翩〔形動タルト〕飄揚、風雅，才氣過人

へんぽん
翩翻〔形動タルト〕翩翩、飄揚
　こっき　おくじょう　へんぽん　ひるがえ
　国旗が屋上に翩翻と翻っている（國旗
　在屋頂上飄揚）
　はた　へんぽん　かぜ　ひるがえ
　旗が翩翻と風に翻る（旗子迎風飄揚）

## 駢、骿（ㄆㄧㄢˊ）

へん　べん
駢、骿〔漢造〕並列的、成雙的、駢文（中國古代
文體名）

べんれいたい
駢儷体〔名〕駢儷體
　しろくべんれいたい
　四六駢儷体（四六駢儷文）
　しろくばん
　四六判（十二開-約B6開本）

## 胼（ㄆㄧㄢˊ）

へん
胼〔漢造〕手掌因勞動過度而長出的厚皮

たこ
胼胝〔名〕繭、胼胝、厚皮、膙子
　　pen　たこ　　　　　　　　　たこ　たこたこたこ
　ペン胼胝（握筆起的繭）胼胝胼蛸章魚
　あし　たこ　　で　き
　足に胼胝が出来た（腳上長了繭）厚繭在手
　為胼在腳為胝
　てのひら　たこ　　で　き
　掌に胼胝が出来た（手上起了繭）
　みみ　たこ　　で　き
　耳に胼胝が出来る（聽膩了）
　そ　はなし　みみ　たこ　　で　き　　ほどき
　其の話は耳に胼胝が出来る程聞いた（這些
　話我已經聽膩了）
　　　たくさん　みみ　たこ　　で　きそ
　もう沢山、耳に胼胝が出来然うだ（夠了我
　的耳朵快聽出繭來了）

たこ　　　　　　　　　　いかのぼり　いかのぼり
凧〔名〕風箏（=凧、紙鳶）
　たこ　あ　　　　　　　　　　　　　　たこたこたこたこ
　凧を揚げる（放風箏）蛸章魚鮹胼胝
　たこ　いと　　たぐ
　凧の糸を手繰る（拉風箏線）
　たこ　いと　　く　だ
　凧の糸を繰り出す（撒放風箏線）
　たこ　お
　凧を降ろす（拉下風箏）

たこ　　たこ　しょうぎょ
蛸、鮹、章魚〔名〕〔動〕章魚、夯，搗槌
　たこめだま
　蛸目玉（又圓又大的眼睛）胼胝、胝（胼胝）
　たこ　　つ
　蛸で付く（打夯）
　たこ　　ともぐ
　蛸の共食い（同類相殘）

いか　いか
烏賊、紙鳶〔名〕（關西方言）（來自形似〔烏賊〕）
　　　たこ
風箏（=凧）

いかのぼり　いかのぼり
凧、紙鳶〔名〕（關西方言）（僅用於詩歌）
　　　たこ
風箏（=凧）
　いときれ　　　　くも　　な　　　　　　いかのぼり
　糸切れて雲にも成らず凧　（風箏斷了線
　也成不了雲彩）

## 騙（ㄆㄧㄢˋ）

へん
騙〔漢造〕用謊言或詭計使人上當、用假言假語
使人相信

へんしゅ
騙取〔名、他サ〕詐取

だま　　だま　　　　　　　　　　　　　　　　あざむ
騙す、瞞す〔他五〕騙，欺騙，蒙騙，誆騙（=欺く）。
　　　なだ
哄（=宥める）
　だま　　やす　　ひと
　騙し易い人（容易騙的人、容易上當受騙的
　人）

騙され易い人（容易騙的人、容易上當受騙的人）

易易と騙される（輕易地受騙）

騙して物を取る（騙取東西）

其の手で僕を騙す気何だね（你是想用那招來騙我吧！）

子供を騙して寝付かせる（哄孩子睡覺）

騙すに手無し（對欺騙束手無策、只有欺騙別無辦法）

**騙し**〔名〕欺騙，哄騙（＝騙かし）、騙子（＝騙り）

本の子供騙しだ（只是哄孩子的玩意）

彼の男に騙しは効かない（那個人不受騙）

騙しに乗る（受騙、上當）

**騙し合い**〔名〕互相欺騙

狐と狸の騙し合いだ（狐和狸的互相欺騙、兩個狡猾傢伙的互相欺騙）

**騙し打ち、騙し討ち**〔名、他サ〕突然襲擊，出奇不意的攻擊、暗算、陷害

彼の死は騙し打ちだ（他的死是被人暗算的）

御前は俺を騙し打ちに為たな（你陷害了我！）

**騙し絵**〔名〕〔美〕錯覺畫（＝トロンプールイユ逼真畫）

**騙し込む**〔他五〕大騙、徹底地騙

巧く騙し込んで誘き出そう（巧妙地哄騙出來吧！）

**騙かす**〔他五〕〔俗〕騙、欺騙（＝騙す）

**騙かし**〔名〕〔俗〕欺騙，哄騙（＝騙し）、騙子（＝騙り）

**騙る**〔他五〕騙、騙取

金を騙る（騙錢）

名を騙る（冒名頂替）名名

名士の名を騙る（冒名士之名）

牧師だと偽って金を騙る（冒充牧師騙錢）

**語る**〔他五〕說，談（＝話す）、說明、說唱

体験を語る（談體會）騙る騙す

趣味を語る（談興趣）

友人と語る（跟朋友談話）

彼の語る所に拠ると（據他所談）

淀みなく語る数千言（下筆萬言）

今夜は大いに語ろうではないか（今晚我們暢談一番吧！）

浄瑠璃を語る（說唱淨琉璃）

語るに落ちる（不打自招）

語るに足る（值得一談）

語るに足りない（不值一談）

**騙り**〔名〕欺騙、詐騙、騙子

騙りに会う（遇到騙子）

騙りを働く（作詐騙活動）

彼の男はとんだ騙りだ（那人是個意想不到的騙子）

**語り**〔名〕談話，講話、談的話、（〝能樂〞〝狂言〞等的）道白、（廣播、電視、影片等的）解說（員）

# 片、片（ㄆㄧㄢˋ）

**片**〔漢造〕一片，碎片，少量的，短暫的

紙片（紙片、紙條）

四片（〔植〕四重、四個一組）

木片（木片）

断片（片段、部分）

破片（破片、碎片）

一片（一片，一張，一點，微量）

砕片（碎片＝破片）

**片雲**〔名〕片雲、斷雲（＝千切れ雲）

空には片雲も無し（天空不見片、雲晴空萬里）

**片影**〔名〕片影，一點影子、人物的一點風貌

飛鳥の片影も認めず（連個飛鳥的影子也沒有）飛鳥飛鳥認める認める

見渡す限り生物の片影すら認められない（一眼望去連個生物的影子都沒有）

砂漠には植物の片影すら見えず（沙漠裡連個植物影子也看不到）

此れで彼の片影を知る（由此可以看出他的一點風貌來）

片岩〔名〕〔地〕片岩
　片岩状の（片岩狀的）

片月〔名〕弦月

片語〔名〕片言，簡短的話、片面的話（=片言）

片節〔名〕〔動〕節片

片脳〔名〕樟腦
　片脳チンキ（樟腦酊）
　片脳油（樟腦油）

片麻岩〔名〕〔地〕片麻岩
　片麻岩状（片麻岩狀）

片務〔名〕單邊、單方面
　片務契約（單邊契約－單方面承擔義務的契約）

片理〔名〕〔地〕片理

片利共生〔名〕〔生〕片利共生（生物界對一方有利、對另一方面無利無害的同棲現象）

片鱗〔名〕片段、一斑、一鱗半爪
　其で彼の性格の片鱗が伺える（由此可以看出他的性格的一斑）伺える 覗える 窺える
　此れは小品だが彼の画才の片鱗を示している（這雖是個小小的素描但卻顯示出他的繪畫天才的一鱗半爪）
　過去の片鱗も留めていない（過去的一鱗半爪也沒有留下）留める 止める 留める 止める 停める

片〔造語〕表示一對中的一個、一方、表示遠離中心而偏於一方、表示不完全、表示很少
　片足（一隻腳）
　片目（一隻眼睛）
　片側（一側、一邊）
　片手で持たないで、両手で持ち為さい（不要用一隻手拿要用兩隻手拿）
　町の片隅（城市的偏僻一角）
　片田舎に住む（住在偏僻的鄉村）住む 棲む 済む 澄む 清む
　片言を言う（說隻言片語）言う 云う 謂う
　片時も忘れない（片刻難忘）
　片手間に勉強する（業餘學習）

肩〔名〕肩，肩膀、（衣服的）肩、（器物或山路等）上方，上端，（狹義指）右上角
　肩が痛い（肩膀痠痛）
　肩で推す（用肩推）推す 押す 圧す 捺す
　荷物を肩で担ぐ（用肩扛東西）
　銃を肩に為る（肩槍、把槍扛在肩上）摩る 擂る 磨る 掘る 擦る 摺る 刷る
　肩を敲く（拍肩膀）敲く 叩く
　上着の肩が破れた（上衣的肩破了）破れる 敗れる
　肩にパッドを入れる（放上墊肩）
　山の肩（山肩）付ける 附ける 漬ける 着ける 就ける 突ける 衝ける 浸ける 憑ける
　漢字の肩に印を付ける（在漢字的右上角記上記號）印 徽 驗 記
　肩が良い（〔棒球〕投球有力、善於投遠球）良い 好い 善い 佳い 良い 好い 善い 佳い
　彼のピッチャーは肩が良い（那個棒球投手投球有力）
　肩が軽く為る（肩膀輕鬆、〔轉〕卸了擔子，卸下責任，放下包袱，鬆口氣）
　肩が凝る（肩膀痠痛）
　肩が張る（肩膀痠痛）張る 貼る
　肩の凝らない読物（輕鬆的讀物）
　肩が弱い（〔棒球〕投球無力、投得不準）
　肩で息を為る（呼吸困難）摩る 擂る 磨る 掘る 擦る 摺る 刷る
　肩で風を切る（得意洋洋、趾高氣昂）切る 斬る 伐る 着る
　肩で風を切って歩く（得意洋洋地走）
　肩に掛かる（〔責任或義務等〕成為某人的負擔）掛る 架る 繋る 罹る 係る 懸る
　肩の荷が下りる（卸下擔子、放下包袱）降りる 下りる
　肩を怒らす（端著膀子、擺架子、裝腔作勢）怒らす 怒らす
　肩を入れる（伸上袖子、〔轉〕袒護，支援，給某人撐腰）入れる 容れる

肩を貸す（幫人挑擔、幫助，援助）

肩を竦める（〔表示冷漠或無奈等〕聳肩膀）

肩を並べる（並肩前進、並駕齊驅）

肩を並べて歩く（併肩走）

大国と肩を並べる（與大國並駕齊驅）

肩を抜く（和某事斷絕關係、卸去擔當的責任、卸卻責任）抜く貫く 貫く

肩を脱ぐ（露出肩膀、脫光膀子）

肩を持つ（偏袒、袒護）

君は如何して彼の肩を持つのか（你為什麼偏袒他呢？）

形〔名〕形，形狀（＝形）、痕跡、形式、抵押、花樣，花紋

ハート形（心形）

形が崩れない（不變形）

此の洋服は形が崩れた（這套西服走樣了）

菱形の箱（菱形的盒子）菱形 菱形

形が付く（留下痕跡、印上一個印）付く 附く 撞く 搗く 就く 衝く 憑く 着く 突く 尽く 点く 漬く

床の足の形が付いた（地板上印上了腳印）床 床

形許りの祝いを為る（舉行一個只是形式上的慶祝、草草祝賀一下）摺る 擦る 刷る 掏る 磨る 摺る

借金の形（借款的抵押）

家を形に為て金を借りる 家を貸金の形に取る（以房子作貸款的抵押品）取る 執る 獲る 採る 撮る 盗る 摂る 捕る

勘定の形に時計を置く（用錶作帳款的抵押）

布に形を置く（在布上印花樣）置く 擱く 措く

型〔名〕模型、型，樣式。（裁衣服的）紙型。（技藝、運動等傳統樣式。（演劇方面的）派。〔轉〕例，慣例。老規矩，老方法，老方式

実物を型に為て作る（以實物為模型製作）作る 造る 創る

蝋で型を取る（以蠟做模型）取る 捕る 摂る 盗る 撮る 採る 獲る 執る

鉛を型に流し込む（把鉛灌入模子裡）

新しい型の帽子（新樣式的帽子）

型が古い（老樣式）古い 旧い 震い 振い 奮い 揮い 篩い

紙で洋服の型を取る（用紙剪衣服的紙型）

剣道の型（擊劍的形式）

型の如く（照例）

型を破る（破例、打破常規）

型通りの古い形式（照例的舊形式）

型の通りに為る（按老規矩做、如法炮製）摩る 擂る 磨る 掏る 刷る 擦る 摺る

型の通りに処理する（照例辦理）

型に捕われる（拘泥形式）捕われる 捉われる 囚われる

型の通りの段取りを為る（按一定的方式安排）為る 為る

型に嵌る（老方法、老規矩）嵌る 填る

型の嵌った文句（老套的詞句、官樣文章）

潟〔名〕海灘，淺灘，（關西方言）海灣、（由於沙丘等與外海隔開而形成的）鹹水湖，潟湖

干潟（退潮後露出的海灘）

方〔名〕方，方向，方面、（人的敬稱）人、處理，解決、時代，時期

〔造語〕表示兩者中的一方。表示管理或擔任某事的人。

（接動詞連用形後）表示方法，手段，樣子，情況。

（接動詞連用形或動作性漢語名詞後）表示某種動作

（多用於信封）（寫在寄居人家姓名後）表示住在某人家中，由某人轉交

東の方（東方、東方）

敵の方（敵方）

此の方（這一位）

上方（京都及其附近地方、關西、近畿地方）

上っ方、上つ方（貴人、身分高的人）

田中と言う方（姓田中的人）

紹介状に書いて在る方（介紹信上寫的那位）

仕事の方が付いた（事情解決了）

方を付ける（加以解決）

来し方行く末（過去和將來）

母方（母方）

相手方（對方）

売り方と買い方（賣方和買方）

会計方（會計員）

賄い方（伙食管理員）

話し方（說法）

遣り方（做法）

作り方（作法、製法）

字の書き方と読み方（字的寫法和讀法）

痛み方（破損情況）

混み方（擁擠情況）

打ち方止め（〔口令〕停止射擊！）

調査方頼む（懇請調查）

山本様方田村文雄様（山本先生轉交田村文雄先生）

**方**〔接尾〕（接於人稱代名詞後）表示複數的敬稱〔造語〕表示大約，差不多（＝位、程），表示所屬方面、表示大約的時間（＝頃、時分）

貴方方（你們）

先生方（各位老師、先生們）

御婦人方（婦女們）

五割方高くなる（提高五成左右）

千円方下落する（跌價一千日元左右）

日暮れ方（傍晚時分）

夜明け方（天亮時分）

**片す**〔他五〕〔方〕整理，收拾（＝片付ける）。移動，收起

部屋を片す（收拾房間）

**片し**〔名〕〔古〕（一雙中的）一隻（＝片方、片方）

**片足**〔名〕一隻腳，一條腿、只有一隻腳，只有一條腿（的人）、一隻鞋、一隻襪子

片足を突っ込む（進去一半、與…有些關係、與…有牽連）

棺桶に片足を突っ込む（快要死了-腳一半伸進棺材）

倒閣運動に片足を突っ込む（和倒閣運動有些關係-插入一腳）

**片意地**〔名、形動〕頑固、固執、倔強

片意地な男（頑固的人、固執的人、倔強的人）

片意地に為る（頑固起來、固執起來）

片意地を通す（執拗到底）

片意地を張る（意氣用事）

**片息、肩息**〔名〕困難的呼吸、喘氣、倒氣

片息を付く（喘吁吁地呼吸）

片息に為る（喘吁吁地呼吸）

**片糸**〔名〕單線、單股線

**片一方**〔名〕（兩方中的）一方、（一雙中的）一隻（＝片方）

手袋が片一方無く為る（丟了一隻手套）

**片田舎**〔名〕偏僻的鄉村、邊遠的地方

片田舎から出て来た人（從偏僻的鄉村來的人）

**片歌**〔名〕片歌（和歌的一種、古民謠、以五、七、七三句為一首）

**片腕**〔名〕一隻手。〔轉〕助手，心腹，股肱

片腕に火傷する（一隻手燒傷了）

片腕を失った（失去一隻手）

片腕と頼む（依靠如左右手）

彼は真逆の時の片腕に為ろう（萬一之際他可以助一臂之力）

**片恨み**〔名、他サ〕單方面的仇恨、無緣無故的仇恨

**片方、傍え、傍**〔名〕一方，一側，一旁（＝傍、傍）。旁邊的人，一半，一部份

傍えに寄る（走向一旁、避向一旁）

**片方、片方**〔名〕〔舊〕（兩個中的）一個，一方（=片方）

　靴下が片方に為っている（襪子不成雙了）
　片方の手に傘、片方の手に杖を持っている（一隻手拿著傘一隻手拿著手杖）

**片片**〔形動タルト〕片段、片片、紛紛

　片片たる文句（片段的句子、片言隻句）
　片片たる小事（零星的瑣事）
　片片たる小冊子（薄薄的小冊子）冊子冊子
　片片録（片段的記事、讀書拾零、新聞札記）
　桜花片片と為て散り乱れる（落櫻繽紛）
　雪が片片と舞う（大雪紛飛、雪花飄舞）

**片方、片っ方**〔名〕一方，一邊、一面，（兩個中的）一隻，一個←→両方

　片方丈の言い分を聞く（只聽一面之詞）
　道の片方は未だ雪が溶けていない（道路的一邊雪還沒融化）
　此の机は片方が重過ぎる（這張桌子的一頭過重）
　塀の片方にペンキを塗る（把牆的一面塗上油漆）
　片方の耳が聞こえない（一隻耳朵聾）
　片方の目が見えなく為った（一隻眼睛瞎了）
　手袋を片方を失くした（把手套丟了一隻）
　片方の靴下が見えなく為った（一隻襪子不見了）

**片靨**〔名〕單酒窩

**片男波**〔名〕一起一伏的波浪中的高浪、高起的波浪、洶湧的波浪、巨浪、大浪

**片丘、片岡**〔名〕前面陡後面平的小山岡、孤立的土岡

**片思い**〔名〕單戀、單相思

　片思いに悩む（苦於單戀）
　片思いを為る（害單相思）
　磯の鮑の片思い（單相思）

**片恋**〔名、自サ〕單戀、單相思（=片思い）

　片恋に悩む（為單戀煩惱）

**片親**〔名〕雙親中的一方（喪亡）←→二親

　片親の子（雙親不全的孩子）
　彼の子は片親が無い（那孩子雙親不全）
　山田君は戦災で片親を失った（山田君由於戰爭死去一個雙親）
　父が死んで片親で育つ（因為父親死去由母親一人扶養）

**片仮名**〔名〕片假名（日文的楷體字母）←→平仮名

**片陰**〔名〕陰涼、背陰的地方

**片鎌槍**〔名〕戟

**片側**〔名〕（道路左右側的）一側、一面，另一面

　道の片側（道路的一側）
　片側通行（一側通行）
　此の道は片側通行止めです（此路一側禁止通行）
　板の片側を白く塗る（板子的一面塗成白色）
　片側町（只一側有房屋的街道）

**片聞**〔名〕偏聽一面之詞

**片口**〔名〕一面之詞、一面有嘴的缽杓或酒壺。〔動〕黑背沙丁魚（=片口鰯）

　片口は信用出来ない（一面之詞不可靠）
　片口では当てに為らない（片面之詞靠不住）
　酒樽から片口に酒を受ける（從酒桶往酒壺裡倒酒）

**片口鰯**〔名〕〔動〕黑背沙丁魚、鯷、黑背鯷

**片栗**〔名〕〔植〕車前葉山慈姑、山慈姑粉（=片栗粉）

　片栗粉（山慈姑粉、藕粉、澱粉）

**片食、片食**〔名〕（每日早晚二餐中的）一餐、（助數詞用法）餐，頓

　一片食（一頓飯）

**片言**〔名〕（幼兒、外國人等的）不清楚的話、不完全的話語、一面之詞

　幼児が片言を言う（幼兒咿唔學語）
　赤ちゃんが片言を言い始める（小孩開始牙牙學語）
　片言の中国語（不標準的中國話）

片言の日本語で話す（用隻言片語的日本話說）

片言も聞き漏らすまいと為る（一句話也不要漏聽）

片言交じり（夾雜著不清楚的話）

片言交じりに物を言う（夾雜著不清楚的話講話）

**片言**〔名〕片言，簡短的話、片面的話

片言隻語（隻言片語）

片言隻語に拘る（拘泥於隻言片語）

彼は片言隻句も疎かに為ぬ（他一字一句也不馬虎、他說話一絲不苟）

片言を信ず可からず（一面之詞不可信）

**片里**〔名〕偏僻的鄉村、邊遠的地方（＝片田舎）

**片敷く**〔他四〕〔古〕（無睡覺伴侶）鋪一隻和服袖子獨自睡去、曲肱獨睡

**片時雨**〔名〕某處一陣陣下秋雨（附近卻是晴天）

**片隅**〔名〕一隅、一個角落

部屋の片隅（屋子的一個角落）

町の片隅に住む（住在城鎮的偏僻角落裡）

**片袖**〔名〕一隻袖←→両袖。桌子抽屜偏在一邊，桌子的一頭從上到下有抽屜，一頭沉

片袖机（只有一邊有抽屜的書桌、一頭沉式的書桌）

**片便り**〔名〕只有去信沒有回信（的情書）

手紙を遣っても片便りだ（去信也不回信）

**片跛、片跛**〔名〕跛、瘸、一條腿不自由（＝跛、跛）。〔名、形動〕不成雙（的）、不成對（的）

片跛の男（跛子）

片跛の下駄を履く（穿一雙不成雙的木屐）
履く吐く掃く刷く穿く佩く

此の靴は片跛だ（這雙鞋不成雙）

**片付く**〔自五〕收拾整齊，整理好、得到解決，處理好。〔俗〕眼中釘被處理掉

部屋の中がきちんと片付いている（屋子裡收拾得整整齊齊）

机の上が片付く（桌子上整理的得乾淨整齊）

事件が円満に片付いた（事件圓滿解決了）

仕事がやっと片付いた（工作好容易做完了）

宿題がすっかり片付いた（作業完全做完了）

在荷は大抵片付いた（存貨大致賣掉了）

勝負は到頭片付いた（終於分出了勝負）

原稿が片付いてから、旅行に出る（寫完稿子就去旅行了）

**片付く、嫁く**〔自五〕（從本人以外親人的立場的說法）出嫁、嫁人

妹は昨年片付いた（妹妹去年出嫁了）

彼の娘は未だ片付いていない（那個小姐還沒有出嫁）

**片付ける**〔他下一〕整理，整頓，收拾，解決，處理、吃光，喝光，嫁出，許配，讓…結婚，除掉，消滅，殺死

本を片付ける（整理書）

品物を片付ける（收拾東西）

食器を片付ける（收拾食器）

荷物は皆片付けた（行李都收拾好了）

家庭のごたごたを片付ける（解決家庭的糾紛）

溜まっている仕事を早く片付け無ければ成らない（積壓的工作必須及早處理）

片付け無ければ成らない外交問題が沢山有る（有許多待解決的外交問題）

仕事を見れば片付ける（看見工作就處理）

借金を片付けて気持が楽に為った（把債務還清了感到很輕鬆）

一斤の肉を一人で片付けた（一個人吃光了一斤肉）

娘を工員に片付ける（把女兒許配給工人了）

長女を医者の処へ片付けた（把大女兒許配給醫師了）

障害物を片付ける（除掉障礙物）

彼の男を片付ける（把那個人幹掉）

**片付け**〔名〕整理，整頓，收拾。〔史〕（江戶時代）逮捕乞丐，流浪漢的人

**片手**〔名〕一隻手←→両手。當事人的一方、（一雙中的）一隻、一側有把手的小桶（＝片手桶）。（商人等隱語）五，五十，五百等有五的數

　片手の人（一隻手的人）

　片手で泳ぐ（用一隻手游泳）

　片手には杖を、片手には帽子を持つ（一隻手拿手杖一隻手拿帽子）

　軍手の片手を落とした（丟了一隻勞動用手套）

　定価は六千円ですが片手に負けて置きましょう（定價本是六千日元的現讓價為五千日元）

　片手間（業餘）

　片手間に小説を翻訳する（在業餘時間翻譯小説）

　片手間を利用して作り上げた（利用業餘時間作完了）

　商売の片手間に勉強する（利用作生意的空閒學習）

　片手桶（一側有把手的小桶）

　片手落ち（不公平、偏向）

　片手落ちの仲裁（不公平的調停）

　喧嘩の一方丈を叱るのは片手落ちだ（只指責打架的一方是不公平的）

　一部の者丈を援助するのは片手落ちだ（只援助一部分人是不公平的）

**片照り**〔名〕長雨後太陽持續強烈照射

**片時、片時**〔名〕片時、片刻、頃刻、暫時

　片時も其処を離れられない（一刻也不離開那裏）

　片時も忘れられない（片刻難忘）

　片時も忽せに為可きではない（一刻也不應該放鬆）

　寸刻片時を争って仕事を為る（分秒必爭地做事）

　片時も猶予出来ぬ（刻不容緩）

　片時も忘れず（時刻不忘）

　片時たりとも油断出来ぬ（一時也不能大意）

　片時も途絶えた事は無かった（片刻也沒有間斷過）

**片流れ**〔名〕〔建〕一面坡（的房子）←→両流れ

　片流れ造り（一面坡的房子）

**片荷**〔名〕半挑擔子的貨物

　片荷が下りる（擔子減輕一半、放下一半心、責任減輕）

**片刃**〔名〕單刃、一面有刃←→両刃、両刃，諸刃

　片刃の剃刀（單刃刀片）

**片羽**〔名〕（鳥等的）一隻翅膀

**片肺**〔名〕一個肺。〔喻〕（雙引擎飛機的）一個引擎。〔喻〕機能不健全

　片肺に為ったので不時着を為た（因為壞了一個引擎所以被迫臨時降落了）

　片肺体制（殘缺不全的體制）

**片白**〔名〕白米與黒麴所造的酒←→諸白（精白稻米釀成的上等酒）

**片端**〔名〕一頭，一端、一邊、一側、一部分，一點兒

　綱の片端（纜繩的一端）

　道の片端に由って歩く（沿著道路的一邊走）

　役人の片端（低級官員、小官吏）

　話の片端を聞き齧る（聽到一部分的話、聽到隻言片語）

　料理の片端しか箸を付けない（只吃一點菜）

　片端から（從頭開始一個個地做完）

　本箱の本を片端から読んで行く（把書箱裡的書一冊一冊地讀下去）

**片っ端**〔名〕（片端的口語表現）一頭，一端、一邊，一側、一部分，一點兒

　片っ端から（依次、左一個右一個〔全部〕）

　片っ端から仕事を片付ける（把工作一件件處理完）

　片っ端から平げる（左一個右一個全部吃光、將敵人逐一消滅掉）

　片っ端から投げ出す（全都扔出去、全都給摔倒）

　本を片っ端から読む（一本書一本書都讀）

どんな本でも片っ端から読む（無論見到什麼書都讀）

**片端、片輪**〔名、形動〕殘廢，殘疾，畸形（現在一般常用身體障害者）。〔轉〕殘缺不全的東西，失去功用的東西

生まれ乍の片端（天生的殘廢）

片方の手が片端に為った（一隻手殘廢了）

文学が好きなのは良いが自然科学が全く分からぬのは片端だ（喜好文學固然很好可是自然科學一竅不通也是缺欠）

学問が有っても人格が劣っていては、片端な人間だ（儘管有學問但如人格差了也是不完美的人）

**片肌、片膚**〔名〕（露出的）一隻臂膀←→諸肌、両肌、諸膚

片肌を脱ぐ（光著一隻臂膀、〔轉〕助人一臂之力）

如何か片肌を脱いで貰い度い物だ（請你助我一臂之力）

片肌脱ぎ（露出一隻臂膀、脫下一隻袖子，助以一臂之力）

**片腹**〔名〕腹部的一邊（＝脇腹、横腹）

片腹痛い、片腹痛い（滑稽可笑、可笑之極）

彼が人に説教する何て片腹痛い（他竟然教訓人真滑稽可笑）

**片膝**〔名〕單膝、一條腿的膝蓋←→両膝、両膝、諸膝

**片庇**〔名〕一面坡的屋簷。〔轉〕簡陋的單坡屋頂

**片鬢**〔名〕左右任一方的鬢髮

**片降り**〔名〕沒有太陽持續下雨，一邊出太陽另一邊在下雨

**片偏**〔名〕（漢字部首）片字旁（如版等）

**片帆**〔名〕一面帆、偏帆←→真帆

**片棒**〔名〕（兩個）轎夫中的一方

片棒を担ぐ（同…共同工作，合作、幫忙做一半的工作）

泥棒の片棒を担ぐ（共同做賊、當賊的伙伴）

侵略者の片棒を担ぐ（給侵略者當幫兇）

**片貿易**〔名〕進出口不平衡的貿易，偏於一方的進出口貿易

**片辺**〔名〕偏僻的地方（＝片田舍）。角落（＝片隅）

都会を遠く片辺に住む（住在遠離都市的偏僻鄉村）

庭の片辺（院子的一角）

**片前**〔名〕（單排鈕扣的）西服（＝シングル）←→両前

**片巻き**〔名〕〔植〕席卷（的）、旋轉（的）

**片身**〔名〕（魚等的）半片、（衣服的）半身

**片道**〔名〕單程←→往復。單方面

片道切符（單程車票）

片道乗車券（單程車票）

片道はバスbus、帰りは歩く（去程坐公車回來步行）

片道十キロkilometerの道程（單程十公里的路程）道程道程

上海迄の片道運賃（到上海去的單程運費）

往復ですか片道ですか（是來回票呢？還是單程票呢？）

片道通行（單行道）

片道貿易（單方面的貿易）

**片耳**〔名〕一隻耳朵、無意中聽到一點，不全面地聽到一點

片耳が聞こえない（一隻耳聾）

**片目**〔名〕一隻眼睛←→両目。一隻眼睛的人

片目の人（一隻眼睛的人）

片目を潰す（弄瞎一隻眼）

片目で狙う（用一隻眼睛瞄準）

片目が明く（〔相撲〕連遭失敗的力士好容易勝了一回）明く開く空く飽く厭く

**片面、片面**〔名〕（兩面中的）一面、（雙面中的）單面←→両面

片面に丈記入の事（只填寫一面）

物事の片目丈しか見ない（只看事物的一面）

片目を赤く塗る（一面塗成紅色）

**片や**〔連語〕（相撲等的）一方（＝片一方）

**片持梁**〔名〕伸臂、懸臂樑

**片休め、肩休め**〔名〕休息一會、休息片刻

片休めで御茶でもどうぞ（請喝杯茶休息一會吧！）

**片山貝**〔名〕〔動〕光釘螺

**片山里**〔名〕偏僻山村

**片寄る、偏る**〔自五〕偏頗，不公正，不平衡、偏於一方，集中於一方、偏袒，不公平待遇

　　考えが偏っている（見解偏頗）

　　解釈が偏っている（解釋偏頗）

　　偏った食事（偏食）

　　偏った見方（偏見）

　　彼の知識は偏り過ぎている（他的知識太偏）

　　彼の趣味は偏り過ぎている（他的興趣太偏）

　　思想が左に偏っている（思想左傾）

　　針路が東に偏る（航線偏東）

　　台風の進路が予想より西に偏った（颱風的路徑比預想的偏西了）

　　工業が沿岸東部に偏っている（工業集中在沿海東部地區）

　　人口が都市に偏る（人口偏集於都市）

　　人口が都市に偏り過ぎている（人口過於偏集於都市）

　　何方にも偏らない（不偏不倚）何方何方何方

　　政治が資本家優遇に偏っては為らない（政治不可偏袒優待資本家）

　　偏った処置（不公平的處理）

**片寄り、偏り**〔名〕偏、偏向一方、偏頗、偏倚（程度）

　　栄養の偏りが酷い（營養太偏）

**片寄せる**〔他下一〕放在一旁、弄到一旁、整理起來

　　荷物を片寄せる（把行李放在一旁）

　　散らばった雑誌を部屋の隅へ片寄せる（把零散亂放的雜誌堆到房間的一角去）

**片脇**〔名〕（左或右）腋下、一旁，一邊

　　本を片脇に抱く（把書夾在腋下）抱く

　　不用のものをに寄せる（把不用的東西收拾在一邊）

**片割れ**〔名〕一個碎片、（分出來的）一片（一個）、一份子，同伙之一

　　土器の壺の片割れを掘り出す（掘出陶鉢的一個碎片）

　　此の皿は記念に貰った揃いの物の片割れだ（這個碟子是送給我作紀念的一套中的一個）

　　強盗の片割れが捕まる（強盗之一被捕了）捕まる捉まる掴まる

　　学者の片割れ（學者中的一份子、也算是個學者）

**片、枚**〔接尾〕片、枚、瓣、張

　　花一片（一瓣花）一片

　　畳一片（一張草蓆）

　　一片の雲（一片雲）

　　花弁（花瓣）

　　一片の花弁（一片花瓣）

　　札片（紙幣、鈔票）

　　札片を切る（捨得花錢）

## 貧、貧（ㄆㄧㄣˊ）

**貧**〔名、自サ〕貧困、貧窮（＝貧乏）←→富

〔漢造〕貧窮、缺少，缺乏

　　貧の盗み（因貧窮而偷盗）

　　貧の盗みに恋の歌（窮則盗戀則歌、〔喻〕逼得無可奈何時什麼事都做得出來）

　　貧すれば鈍する（人窮志短）

　　貧は世界の福の神（窮能使人發奮）

　　赤貧（赤貧）

　　赤貧洗うが如し（赤貧如洗）

**貧する**〔自サ〕貧窮、貧困（＝貧乏する）

　　貧すれば鈍する（貧則鈍、人窮志短）瀕する

**貧家**〔名〕貧苦之家←→富家

**貧寒**〔形動タルト〕貧寒

　　貧寒と為た部屋（毫無陳設的房間）

**貧窮**〔名、自サ〕貧窮、貧苦、貧困（＝貧苦、貧困）

　　貧窮している友人（貧苦的朋友）

貧窮の暮らし（窮日子）

貧窮に喘いでいる人人を救う（解救掙扎於貧窮之中的人們）喘ぐ

**貧苦**〔名〕貧苦、貧困

貧苦に悩む（愁於貧苦）

貧苦に迫られる（被貧苦所迫）迫る迫る競る

貧苦に打ち勝って勉強に励む（克服貧困努力學習）

**貧血**〔名、自サ〕〔醫〕貧血

悪性貧血（惡性貧血）

中毒性貧血（中毒性貧血）

外傷性貧血（外傷性貧血）

全身性貧血（全身性貧血）

貧血症の人（患貧血症的人）

出血多量で貧血に為る（由於流血過多而貧血）

**貧鉱**〔名〕〔礦〕貧礦、品質低的礦石、產量低的礦石

**貧困**〔名、形動〕貧困，貧窮、（知識思想等的）貧乏，極度缺乏

貧困と闘う（與貧困鬥爭）闘う戦う

極度な貧困に陥る（陷入極度的貧困）

貧困を脱する（擺脫貧困）

貧困の中に育つ（生長在貧困之中）

貧困者（貧困者）

貧困家庭（貧窮家庭）

貧困な知識（貧乏的知識）

哲学の貧困（哲學的貧困）

**貧歯類**〔名〕〔動〕貧齒目動物

**貧者**〔名〕窮人、貧苦人（＝貧乏人）

貧者の一灯（窮人捐獻的一盞燈、〔喻〕出於至誠雖少可貴）

貧者の一灯を寄せる（〔為做一件好事〕稍盡棉薄）

**貧弱**〔名、形動〕軟弱，瘦弱、貧弱，貧乏，欠缺←→豊富。遜色，寒碜，不漂亮←→立派

貧弱な体（瘦弱的身體）

貧弱な知識（貧乏的知識）

此の文章の内容は貧弱だ（這篇文章的內容空洞）

風采の貧弱な男だ（其貌不揚的人）

貧弱な身形（寒碜的裝束）

**貧小**〔名、形動〕貧弱、貧乏渺小

**貧石灰**〔名〕貧石灰

**貧賤**〔名、形動〕貧賤←→富貴、富貴

貧賤の徒（貧賤之徒）

貧賤な家に生まれる（生於貧賤的家庭）生まれる産まれる膿まれる埋まれる倦まれる

**貧素**〔名、形動〕赤貧

**貧相**〔名、形動〕貧寒相，貧窮的面貌、貧寒，寒碜←→福相

貧相な人（一副貧寒相的人）

貧相な形を為ている（衣衫襤褸）形なり

貧相な顔を為ている（一副貧窮枯瘦的面貌）

貧相に見える（看起來很貧寒）

**貧僧**〔名〕貧僧、窮和尚

**貧村**〔名〕貧窮的村莊

**貧打**〔名〕〔棒球〕安全打少、擊球不利

貧打戦（安全打很少的比賽）

**貧土**〔名〕貧瘠地、不毛之地←→沃土

**貧道**〔名〕〔佛〕貧僧、愚僧（僧侶的謙稱）

**貧農**〔名〕貧農←→富農、豪農

私は貧農の家に生まれた（我生於貧農家庭）

**貧富**〔名〕貧富、窮人與富人

貧富の別無く（不分貧富、無貧富之別）

貧富の差が甚だしい（貧富懸殊）

**貧民**〔名〕貧民、窮人（＝細民）

貧民を救済する（救濟窮人）

貧民街（貧民街）

貧民窟（貧民窟）

**じり貧**〔名〕〔俗〕（經）逐漸下跌（＝じり安）←→じり高。〔俗〕越來越窮，越來越壞

株式がじり貧と為る（股票價格逐漸下跌）

此の頃経営はじり貧の状態だ（最近生意越來越不好做）

放って置けばじり貧に為る（〔財產〕不想辦法就越來越少）

**貧生**〔名〕貧窮的書生、貧窮的人

**貧乏**〔名、形動、自サ〕貧窮、貧苦、貧困

非常に貧乏である（非常貧窮）

貧乏な家に生まれる（出生於貧窮家庭）

貧乏の中で育つ（生長於貧苦之中）

貧乏して死ぬ（窮死、貧困而死）

其の国は戦争で貧乏に為った（那個國家由於戰爭變得貧困了）

生まれた時から貧乏した事が無い（生來沒受過窮）

貧乏柿の核沢山（窮人唯有孩子多）

貧乏する程楽を為る（窮人一身輕）

貧乏人の子沢山（窮人孩子多）

貧乏人（窮人）

貧乏花好き（癩蛤蟆想吃天鵝肉）

貧乏暇無し（窮忙、越窮越忙）

貧乏たらしい（很窮的樣子）

こんな貧乏たらしい仕事を為度くない（這個窮事我可不願意做）

貧乏神（窮神，使人受窮的神、〔相撲〕幕下力士的第一名）

貧乏神に取り付かれる（窮神附體）

貧乏籤（壞籤，最不利的籤、〔轉〕厄運，倒霉，不走運）

貧乏籤を引く（倒霉、走厄運）

貧乏籤を引いたのは僕だ（倒霉的是我）

貧乏性（窮命、天生的小氣性）

貧乏性の人（天生小氣性的人）

貧乏性に生まれ付いている（天生的窮命）

貧乏暮らし（窮日子）

哀れな貧乏暮らしを為る（過著可憐的窮日子）

貧乏所帯、貧乏所帯（貧窮家庭、小公司、小企業）

貧乏所帯を張っている（過窮日子、支撐著貧窮的家庭）

貧乏揺すり（坐著的時候腳不停的抖動）

貧乏揺るぎ（坐著的時候腳不停的抖動）（＝貧乏揺すり）

**貧しい**〔形〕貧窮，窮苦（＝貧乏だ）。貧乏，貧弱，微薄（＝乏しい、貧弱だ）

貧しい家に生まれる（生在貧苦人家）

貧しい暮らし（窮苦的日子）

内容は極めて貧しい（內容極為貧乏）極める 窮める 究める

貧しい才能（微薄的才能）

私の貧しい経験（我的一點點經驗）

## 頻（ㄆㄧㄣˊ）

**頻**〔漢造〕皺眉（＝顰）、屢次，反復

**頻出**〔名、自サ〕頻繁出現、屢次發生、屢出不窮

校正ミスが頻出する（屢次發生校對錯誤）

頻出漢字（反復出現的漢字）

**頻度**〔名〕頻度、頻率、出現率、頻繁次數

頻度の高い単語（出現率高的單詞）

高い頻度数（〔無〕高頻）

低い頻度数（〔無〕低頻）

頻度因子（頻率因子）

**頻年**〔名〕年年

**頻発**〔名、自サ〕屢次發生、再三發生

飛行機事故の頻発（飛行事故的屢次發生）

盗難が頻発する（屢次發生失盜事件）

**頻繁**〔名、形動〕頻繁、屢次

交通の頻繁な通り（交通頻繁的街道）

人の出入りが頻繁だ（人的出入頻繁）

頻繁に起こる出来事（屢次發生的事件）

## 頻頻 〔形動タルト〕頻繁、頻仍、屢次、再三

盗難が頻頻と起こる（屢次發生失盜事件）

近頃市内各所に交通事故が頻頻と起きている（近來市内各處屢次發生交通意外）

## 頻る 〔自五〕（現代語只接在少數動詞連用形下）頻度增加、頻繁起來

雨が降り頻る（雨下個不停、雨點密起來）

## 頻り 〔形動〕頻繁

銃声が頻りである（槍聲頻繁、槍聲很密）

陣（分娩前的陣痛）

借金の催促が頻りだ（再三逼債）

陣（分娩前的陣痛）

## 頻りに 〔副〕屢次，再三，頻繁地、不斷地、不停地，一直地、熱心，強烈

頻りに手紙を寄越す（屢次來信）

頻りに催促する（一再催促、再三催促、緊催）

頻りに乾杯する（頻頻舉杯祝酒）

頻りに喝采する（連聲叫好）

頻りにベルが鳴る（鈴不停地響）

雨が頻りに降っている（雨不停地下）

頻りに捲くし立てる（喋喋不休）

風説が頻りに伝えられた（流言不斷傳來）

頻りに本を読む（熱心地讀書）

頻りに勧める（熱心勸說）勧める 進める 薦める 奨める

頻りに反対する（強烈反對）

頻りにせがむ（死乞百賴地央求）

頭が頻りに痛む（頭疼得很）

頻りに家を恋しがる（非常想家）

彼は俳優に為り度いと頻りに望んでいる（他熱望當演員）

# 顰 （ㄆㄧㄣˊ）

顰 〔漢造〕皺眉

## 顰蹙 〔名、自サ〕顰蹙、皺眉

世人の顰蹙を買う（招世人嫌棄、惹世人瞧不起）

## 顰笑 〔名〕顰笑、悲喜

## 顰める 〔他下一〕顰蹙、皺眉

痛みで顔を顰める（痛得皺眉）

顔を顰め乍痛いのを我慢する（皺著眉頭忍住疼痛）

彼は顔を顰めて黙っていた（他皺起眉頭沒有作聲）

## 顰めっ面 〔名〕顰蹙的面孔、愁眉苦臉、緊鎖雙眉

顰めっ面を為る（皺眉頭）

顰めっ面の親爺（皺著眉頭的老頭）

## 顰める 〔他下一〕顰蹙、皺眉

眉を顰める（皺眉）潜める

余りの図図しい態度に、一同は思わず眉を顰めた（對於那種過於厚顏無恥的態度大家不禁皺起了眉頭）

## 顰み 〔名〕顰蹙

顰みに倣う（效顰）做う 習う 学ぶ

# 品 （ㄆㄧㄣˇ）

品 〔名〕品格、風度

〔漢造〕品評，辨別好壞，品格，品質，品種，物品，東西、親王或内親王的等級、佛經中的章節（讀作品）

品が良い（文雅、風度好）良い 好い 善い 佳い 醉い

彼の人は品が有る（他有風度）

品を下げる（失體統）下げる 提げる

品の悪い言葉（粗野下流的話）

彼女は品は無いが綺麗だ（她儘管缺乏風度但滿漂亮的）

人品（人品，人格，風度，外表，外貌）

神品（神品、頭等傑作）

真品（真品、正品）

新品（新品、新貨）

ㄆ

中古品（中古品、半舊貨）

上品（上等品，高級貨，高級品，高尚，文雅，典雅）

下品（卑鄙、下流、不雅）

小品（小物品、小作品）

贓品、贓品（贓品、贓物）

気品（品格、氣度、氣派）

賞品（獎品）

物品（物品，東西、動產）

商品（商品、貨品）

作品（作品、創作、著作、藝術製品）

薬品（藥品、藥物、化學製劑）

珍品（珍品，稀罕物、歌舞伎演錯）

舶来品（舶來品、外國貨、進口貨）

国産品（國產品、本國貨）

一品（一種，一樣、第一，無雙）

一品料理（單叫的菜、自點的菜、一樣菜的份飯）

一品（〔舊〕親王的第一級）

一品親王（一品親王）

無品（〔古〕沒有勳位的親王）

法華経二十八品（法華經二十八品）

普門品（普門品）

品位〔名〕品格，風度，體面（=品）。成色（金銀幣中含金銀的量）、（礦石的）品位

品位が有る（高尚、有品格、有風度）

品位が良い（高尚、有品格、有風度）

品位を落とす（喪失體面）

学問は人の品位を高める（學問提高人的品格）

そんな事を為ると君の品位が下がる（如果做那種事可不體面）

金貨の品位（金幣的成色）

低品位鉱（低品位礦）

品位の低い鉱石（品位低的礦石）

最上品位のダイヤモンド（最高品位的鑽石）

品格〔名〕品格、品德（=品、品位、気品）

品格の有る人（品格高尚的人）

品格が下がる（喪失品格、有失身分）

品行〔名〕品行、行為

品行方正（品行端正）

品行方正な人（品行端正的人）

品行の悪い人（品行惡劣的人）

品行を慎む（慎行）

彼は品行が良い（他品行好）

品詞〔名〕（語法）詞類、詞的品類（如名詞、動詞、形容詞、助詞、接續詞等）

品詞論（詞法）

品質〔名〕品質、質量

最上の品質（最好的質量）

品質が劣る（質量低劣）

品質を調べる（檢查品質）

品質保証（保證品質）

品隲〔名、他サ〕品評、評定（=品定め、品評）

品種〔名〕種類（=類）。〔農〕品種

品種の改良（品種的改良）

林檎の品種を改良する（改良蘋果的品種）

品性〔名〕品性、品格、品德、品質

品性を陶冶する（陶冶品性）

品性の立派な人（品德高尚的人）

品性の卑しい人（品德下流的人）

品題〔名〕品題、品評（=品定め、品評）

品等〔名〕級別、品質的等級

品等別（級別）

品等に拠って値段に差を付ける（根據等級標示不同的價格）

品評〔名、他サ〕品評、評價、評定（=品定め）

入念に検査し、品評する（仔細檢查並給於評價）

品評を御願いする（請給予評價）

品評会（品評會、評賽會、展覽會）
花卉品評会（花卉評賽會）
農産物品評会（農產品評賽會）
品評会に参加する（參加評賽會）

**品名**〔名〕品名、物品名
**品目**〔名〕品目、品種
輸入品目（進口品種）
営業品目（營業項目）
**品類**〔名〕品類、種類、品種
**品**〔名〕物品，東西、商品、貨物、品質、質量、品種、種類、情況，情形
貴重な品（貴重物品）品科
見舞の品が届く（慰問品送到）
大切な品だから、丁寧に取り扱う（因為是貴重物品要小心拿放）
店に品が多い（店鋪裡貨物多）
店に品が少ない（店鋪裡貨物少）
御品に手を触れないで下さい（請勿觸摸物品）
品が不足している（商品短缺）
品が切れる（東西賣光）
品が手薄に為る（貨物缺乏）
色色の品を取り揃えて置く（備齊各種貨色）
品が好い（品質好）
品が悪い（質量壞）
品が落ちる（質量差）
品を落とす（降低品質）
品を落とさず値段も上げずに置く（既不降低品質也不提高價錢）
最上等の品（最上等的品種）
其の手は二品有ります（那種商品有兩個品種）
値段は品に依って違います（價錢因品種而不同）
品を見て物を買い為さい（看看品種再買東西）

品に依ったら参ります（看情況如何也許去）
所変れば品変る（一個地方一個情況、各地有各地的風俗）
手を換え品を換え（想方設法、千方百計）
手品（戲法，魔術、騙術，奸計）
手品を演ずる（變戲法）
**科、嬌態**〔名〕風度、舉止、姿態、嬌態
科を作る（作態、作媚態、嬌裡嬌氣、裝模作樣）
彼女は嫌に科を作って物を言う（她說話特別嬌裡嬌氣的）
科良く踊れ（舞姿要優美！）
**品薄**〔名、形動〕缺貨、貨物缺乏
品薄に為る（缺貨）
品薄と為った（脫銷、售缺、賣光）
此の頃此の生地は品薄で御座います（最近這種衣料缺貨）
品薄株（不易買到的股票）
品薄値段（缺貨的價格）
**品書、品書き**〔名、自サ〕（物品）目錄、貨單
料理の品書（菜單、菜譜）
御品書（菜單）
品書を作って先方に送る（編製物品目錄寄給對方）
**品数**〔名〕品種，貨色、物品的數量
品数が無い（沒有貨色）
品数が多い（貨色多、物品數量多）
品数が少ない（品種少）
**品形**〔名〕人品和姿容
**品柄**〔名〕貨物的品質
**品枯れ**〔名〕缺貨、貨物缺乏（=品不足）
品枯れに為る（已缺貨）
夏物の生産が遅れて品枯れの状態だ（夏令貨生產不出來市場缺貨）
**品川萩、辟汗草**〔名〕〔植〕草木犀
**品切れ**〔名〕（貨物）脫銷、售罄、賣光
品切れに為る（已脫銷、已售罄、已賣光）

目下品切れに付き御注文に応じ兼ねます（因目前無貨礙難接受訂購）

只今品切れです（現在缺貨）

流行の玩具は何の店でも品切れだ（流行的玩具無論哪家商店都已賣光）流行玩具

**品心**〔名〕人品、為人（＝人柄）

**品定め**〔名、他サ〕品評、評價、評定（＝品評）

若手作家の品定めを為る（評價青年作家）

**品品**〔名〕各式各樣的物品（東西）、各式各樣，形形色色

必要な品品を買い揃える（備齊所需要的各種物品）

**品調べ**〔名〕盤貨、盤點存貨

品調べを為る（盤貨、盤點存貨）

**品玉**〔名〕耍球雜技（＝玉取り）。戲法，魔術（＝手品、手妻）

手品使い（演耍球雜技的演員）

手品も種から（戲法也得毯子蒙、空手變不了魔術）

**品不足**〔名〕貨物不充足、缺貨

市場は品不足だ（市場上缺貨）市場市場

**品触れ、品触**〔名、他サ〕（警察為了搜查向當鋪、舊貨商等處提示）遺失物的名稱與特徵

**品持ち**〔名〕（新鮮蔬菜、水果的）保存、保持品質

品持ちが悪い（不好保存）

此の果物は品持ちが悪い（這水果不好保存、這水果易壞）

此の果物は品持ちが効かない（這水果不好保存、這水果易壞）

**品物**〔名〕物品、東西、貨物、商品

品物の寄付（實物的捐贈）

品物を仕入れる（買進貨物、採購商品）

変った品物だ（新穎的貨物）

品物を取り替える（退換貨物）

こんな品物は売れない（這種東西賣不出去）

此の品物を先生に渡して下さい（請把這個東西交給老師）

此の店では色色な品物を扱っている（這家商店經營銷售各式各樣的商品）

品物で払う（以貨物支付）

損害を品物で弁償する（用實物賠償損失）

**品分け、品別け**〔名、他サ〕分選物品、分門別類

捕れた魚を品分けする（把捕獲的魚分門別類）取れる捕れる獲れる執れる摂れる採れる

## 聘（ㄆㄧㄥˋ）

**聘**〔漢造〕造訪為聘、徵募、訂婚

招聘（招聘、延聘、聘請）

**聘する**〔他サ〕聘、聘請、（送聘禮）娶妻

講師を聘する（聘請講師）

**聘物、幣物**〔名〕幣帛（＝幣）。禮物，進獻物

## 牝（ㄆㄧㄣˋ）

**牝**〔漢造〕雌性的鳥獸

**牝鶏**〔名〕牝雞、母雞（＝雌鳥）←→雄鳥、牡鶏

牝鶏晨す（牝雞司晨、〔喻〕女人當家）

**牝牡**〔名〕牝牡、雌雄、公母（＝雌雄）

**牝牡、雌雄**〔名〕雌雄、公母

牝牡を識別する（識別公母）

其の牝牡が分からない（分不出公母來）

牝牡エルボー（〔機〕內外螺紋彎管接頭）

**牝、雌、女**〔造語〕牝、雌、母←→牡、雄、男

牝牛（母牛）

牝花（雌花）

牝螺子（母螺絲）

**女**〔名、造語〕〔古〕女人，女性←→男、妻、雄，牝

女の子（女孩子）

女の童（女童、女孩）

女雛（扮成皇后的偶人）

端女（女傭）

女神（女神）
本の女（前妻）
女夫，夫婦，妻夫、夫婦（夫婦）
生まず女（石女）
手弱女（窈窕淑女）
女狐（牝狐）
女花（雌花）
女牛（牝牛）

**目、眼、瞳**〔名〕眼睛，眼珠，眼球、眼神、眼光，眼力、眼，齒，孔，格、點、木紋、折痕、結扣、重量、度數

〔形式名詞〕場合，經驗、外表，樣子（=格好）

目で見る（用眼睛看）
目が潤む（眼睛濕潤了）
目を開ける開ける（睜開眼睛）
目の保養を為る（飽眼福）
目を閉じる（閉上眼睛）
目を擦る（揉眼睛）擦る
目を瞑る（閉上眼睛，死、假裝看不見，睜一眼閉一眼）
今回は目を瞑って下さい（這次請你裝成沒看見）
私は未だ目を瞑る訳には行かない（我現在還無法瞑目）
目の縁が黒ずんでいる（眼眶發青）
目に映る（看在眼裡、映入眼簾）移る 写る 遷る
始めて御目に掛かる（初次見面）
目を吊り上げる（吊起眼梢〔發火〕）
御目に掛かる（〔敬〕見面、會面=会う）
御目に掛ける（〔敬〕給……看、請您看=見せる）
目を掛ける（照顧、照料）
目が飛び出る（價錢很貴）
目が覚める（睡醒、覺醒、醒悟、令人吃驚）醒める 冷める 褪める

目の覚める様な美人（令人吃驚美人）
やっと目が覚めて真人間に為る（好不容易才醒悟而重新做人）
目が潰れる（瞎）
窪んだ目（塌陷的眼睛）
目が無い（非常愛好，熱中、欠慮）
怒りの目（憤怒的眼光）怒り
彼は酒に目が無い（他很愛喝酒）
笑みを浮かべた目（含笑的眼神）
danceに目が無い（跳舞入迷）
愛情に溢れた目で見る（用充滿愛情眼光看）
若い者は目が無い（年輕人不知好歹、年輕人做事沒分寸）
目から鼻へ抜ける（聰明伶俐）
目から火が出る（大吃一驚）
目と鼻の間（非常近、近在咫尺）間
違った目で見る（另眼相看）
学校と銀行とは目と鼻の間に在る（學校和銀行非常近）
目に余る（看不下去、不能容忍）
相手の目を避ける（避一下對方的眼光）避ける
目に余る行為（令人不能容忍的行為）
目に障る（礙眼、看著彆扭）
目に為る（看見、看到）
目に付く（顯眼〔=目に立つ〕）
変な目で見る（用驚奇的眼神看）
目に見えて（眼看著、顯著地）
羨ましそうな目で見る（用羨慕的目光看）
目に見えて上達する（有顯著進步）
目の色を見て遣る（看眼色行事）
目にも留まらぬ（非常快）留まる
目が回る（眼花撩亂、非常忙）
忙しくて目が回り然うだ（忙得頭昏眼花）

目の敵（眼中釘）敵

目が冴える（眼睛雪亮、睡不著）

益益目が冴えて眠れない（越來越有精神睡不著覺了）

目も当てられぬ（慘不忍睹）

目に這入る（看到、看得見〔=目に触れる、目に留まる〕）

汚くて目も当てられぬ（髒得慘不忍睹）

目も呉れない（不加理睬）

目で目は見えぬ（自己不能看見後腦勺）

目を疑う（驚奇）

目に入れても痛くない（覺得非常可愛）

彼は孫を目の中に入れても痛くない程可愛がっている（他非常疼愛孫子）

目を配る（注目，往四下看）

目に角を立てる（豎起眼角冒火、大發脾氣）

目を暗ます（使人看不見、欺人眼目）

目を凝らす（凝視）

目も一丁字も無い（目不識丁、文盲）

目を通す（通通看一遍）

一寸目を通す（過一下目）

目を留める（注視）

目には目を歯には歯を（以眼還眼以牙還牙）

カーペットの上の足跡に留まった（看到地毯上的腳印）足跡

目にも留まらぬ（非常快）

目の上の瘤（經常妨礙自己的上司）

彼等に取って君は目の上のたん瘤のだ（他們把你視為眼中釘）

目にも留まらぬ速さで飛んで行った（很快地飛過去了）

目に物を見せる（懲治、以敬傚尤）

目の下（眼睛下面、魚的眼睛到尾巴的長度）

目に物を見せたら足を洗うだろう（給他教訓一番就會洗手不幹吧！）

目を離す（忽略、不去照看）

目の薬（眼藥、開開眼）

目を光らす（嚴加監視、提高警惕）

目の付け所（著眼點）

目は毫末を見るも其の睫を見ず（目見毫末不見其睫）

目は能く百歩の外を見て、自ら其の睫を見る能わず（目能見百步之外不能自見其睫）

目を丸くする（驚視）

目を奪う（奪目、看得出神）

目を剥く（瞪眼睛）

目を掩て雀を捕る（掩目捕雀、掩耳盜鈴）

目を喜ばす（悅目、賞心悅目）

目を塞ぐ（閉上眼佯裝不看、死）

目の黒い内（活著時候、有生之日）

目がくらくらする（頭暈眼花=目が眩む）

俺の目の黒い内はそんな事は為せない（只要我活著覺不讓人做那種事）

きらきら光る目（炯炯發光的眼）

目がきらきら光る（兩眼炯炯有神）

黒い目（黑眼珠）

目を見張る（睜開眼睛凝視、瞠目而視）

鵜の目鷹の目（比喻拼命尋找）

目を皿に為る（睜開眼睛拼命尋找）

魚の目（雞眼）

目の正月を為る（大飽眼福）

目で知らせる（用眼神示意）

目の梁を去る（去掉累贅）

目の色を変える（〔由於驚訝憤怒等〕變了眼神）

目は口程に物を言う（眼神比嘴巴還能傳情）

目が高い（有眼力、見識高）

目が物を言う（眼神能傳情）

彼は目が高くて南米との貿易を始めた（他有眼光而開始跟南美貿易）
目が利く（眼尖、有眼力）
遠く迄目が利く（視力強可以看得遠）
目が弱い（視力衰弱）
目が良い（眼尖、有眼力）
目が肥える（見得廣）
目は心の鏡（看眼神便知心）
彼の姿は不図目に留まる（他的影子突然映在眼裡）
目を引く（引人注目）
目を起す（交好運）
人の目を引く様に店を飾り立てる（為了引人注目把店鋪裝飾一新）
警察は彼に目を付けている（警察在注意他）
目を掠める（秘密行事、偷偷做事）
目を戻す（再看）
目を盗む（秘密行事、偷偷做事）
目を着ける（著眼）
親の目を盗んで彼の子は良く遊びに出る（那孩子常背著父母偷偷地出去玩）
人民の目には全く狂いが無い（人民眼睛完全沒有錯的）
目が詰んでいる（編得密實、織得密實）
目が届く（注意周到）
台風の目（颱風眼）
鋸の目（鋸齒）
櫛の目（梳齒）
碁盤の目（棋盤的格）
針の目（針鼻）
采の目（骰子點）
采の目を数える（數骰子點）
物差の目（尺度）
秤の目（秤星）

温度計の目（溫度計的度數）
法律家の目（法律家的看法）
目が切れる（重量不足、不足秤）
目を盗む（少給份量、少給秤）
目の細かい板を選ぶ（選擇細木紋的木板）
折目がきちんと為たズボン（褲線筆直的西裝褲）
結び目が解ける（綁的扣開了）
目が坐る（兩眼發直）
目が輝く（眼睛發亮）
目から涙が溢れ出る（眼淚奪眶而出）
目が光る（目光炯炯）
目から火花が出る（兩眼冒金星）
目が引っ込む（眼窩都塌了）
目と目を見合わせる（對看了一下）
目が塞がる（睜不開眼睛）
目に付かない（看不見的）
目が眩しい（刺眼）
目に霞が掛かる（眼睛朦朧、看不清楚）
目が廻す（頭暈眼花）
目に露を宿す（兩眼含淚、眼睛都紅了）
目が見えなく為った（眼睛瞎了）
目に涙を湛えている（眼淚汪汪的）
目の当りに見る（親眼看見）
目に這入らない（視若無睹）
此の目で見る（親眼目睹）
目には如何映したか（對…印象如何？）
目も当てられない（目不忍睹、不敢正視、不忍看）
目の中がちらちらする（兩眼冒金星、眼花一閃一閃地）
目の縁が赤く為る（眼圈發紅）
目の縁が潤む（眼睛有點濕潤了）
目の前に浮かぶ（浮現在眼前）
目の間を縮める（皺眉頭）

## ター

目は鋭い（目光敏銳）
目も合わない（合不上眼）
目は節穴同然だ（有眼無珠）
目を怒らして見る（怒目而視）
目をきょろきょろさせる（東張西望）
目をしょぼしょぼさせる（眼睛睜不開的樣子）
目を白黒させる（翻白眼）
目を背ける（不忍正視、把眼線移開）
目を醒ます（醒來）
目を醒まさせる（使…清醒、使…醒悟）
目を据えて見る（凝視）
目を凝らす（凝視）凝らす
目を楽しませる（悅目）
目を泣き腫らす（把眼睛哭腫了）
目を瞬く（眨眼）
目を細くする（瞇縫著眼睛）
目をぱちくりする（眨眼）
目をぱちぱちさせる（直眨著眼睛）
目をぱっちり開けて見る（睜開大眼睛看）
目を見開く（睜大了眼睛）
目を未来に開く（放開眼睛看未來）
目を向ける（面向、看到、把眼睛盯著、把眼光向著）
良い目を見る（碰到好運氣）
負い目が有る（欠人情、對不起人家）
鬼の目にも涙（鐵石心腸的人也會流淚、頑石也會點頭）
白い目で見る（冷眼相待）
長い目で見る（眼光放遠、從長遠觀點看）
流し目を送る（送秋波）
色目を使う（送秋波、眉目傳情、發生興趣）
日の目を見る（見聞於世、出世）
目が行く（往……看）

目を遣る（往……看）
目が堅い（到深夜還不想睡）
目が眩む（不能做正確判斷、鬼迷心竅）
目が散る（眼花撩亂）
目から鱗が落ちる（恍然大悟）
目で見て口で言え（弄清楚情況再說出來）
目と鼻の先（近在咫尺、眼跟前＝目と鼻の間）
目に青葉（形容清爽的初夏）
目に染みる（鮮豔奪目）
目に物言わせる（使眼色、示意）
目に焼き付く（一直留在眼裡、留強烈印象）
目の皮が弛む（眼皮垂下來、想睡覺）
目の毒（看了有害、看了就想要）←→目の薬
目を逆立てる（怒目而視）
目を三角に為る（豎眉瞪眼）
目を据える（凝視、盯視、目不轉睛）
目が据わる（〔因激怒醉酒等〕目光呆滯）
目を血走らせる（眼睛充滿血絲）
目を走らせる（掃視、掃視了一眼）
目を伏せる（往下看＝目を落とす）
傍目八目（旁觀者清）
大目に見る（不深究、寬恕、原諒）
親の欲目（孩子是自己的好）
刮目に値する（值得拭目以待）
空目を使う（假裝沒看見、眼珠往上翻）
衆目の一致する所（一致公認）
十目の見る所（多數人一致公認）
注目の的（注視的目標）
遠目が利く（看得遠）
二階から目薬（無濟於事、毫無效果、杯水車薪）
猫の目に様に（變化無常）
贔屓目に見る（偏袒的看法）

人目が煩い（人們看見了愛評頭論足）
見る目が有る（有識別能力）
目顔で知らせる（使眼色、以眼神示意）
目頭が熱く為る（感動得要流淚）
目頭を押さえる（抑制住眼淚）
目算を立てる（估計、估算）
横目を使う（使眼色、睨視、斜著眼睛看）
弱り目に祟り目（禍不單行、倒楣的事接踵而至）
脇目も振らず（聚精會神、目不旁視、專心致志）
酷い目に会う（倒楣了、整慘了）
酷い目に会わせる（叫他嘗嘗厲害）
嫌な目に為る（倒了大楣）
今迄色んな目に会って来た（今天為止嘗盡了酸甜苦辣）
彼の男の為に酷い目に見た（為了那人我吃盡了苦頭）
見た目が悪い（外表不好看）
見た目が良い（外表好看）
此の鞄は見た目が良いが、余り実用的ではない（這皮包外表好看但不大實用）

**目**〔接尾〕（接在數詞下面表示順序）第⋯（接在形容詞詞幹下表示程度）⋯一點兒的（接在動詞連用形下表示正在該動作的開始處）區分點、分界線

三年目（第三年）
二人目（第二人）
二回目（第二回）
二日目（第二天）
三代目（第三代）
五日目（第五天）
二番目（第二個）
四番目の娘（第四個女兒）
二枚目（第二張）
五枚目の紙（第五張紙）

二つ目（第二個）
二度目（第二次）
二時間目（第二小時）
二合目（第二回合）
五番目の問題が解けなかった（第五道問題沒能解出來）
角を曲がって三軒目の家（轉過拐角第三間房屋）
少し長目に切る（稍微切長一些）
ハムを厚い目に切る（把火腿切厚些）
スカートを短目に作る（把裙子做短一點）
早目に行く（提早一點兒去）
幾分早目に出掛ける（提早一點兒出發）
風呂に水を少な目に張る（洗澡水少放些）
茶を濃い目に入れる（茶泡濃些）
大き目の方を選ぶ（挑選大一點兒的）
物価の上がり目（物價正在開始上漲時）
気候の変わり目（氣候轉變的當兒）
此処が勝敗の別れ目（這裡是分別勝敗之處）
落ち目に為る（走下坡）
死に目、死目（臨終）
境目（交界線、分歧點）
割れ目（裂縫）

**芽**〔名〕〔植〕芽
草木の芽が出る（草木發芽）草木草木
大根の芽が出る（蘿蔔出芽）
芽が出る（運氣來到）芽目眼女雌
事業の芽が出る（事業有成功的跡象）
芽を吹く（抽芽）吹く拭く噴く葺く
柳が芽を吹く（柳樹冒芽）
芽の内に摘む（在萌芽時摘掉）摘む積む詰む抓む

**奴**〔接尾〕（接在體言下）（表示輕蔑）（有時對晚輩表示輕蔑）東西，傢伙、（表示自卑）鄙人，敝人

畜生奴（混蛋東西、兔崽子）奴目女芽雌
此奴奴（這小子、這個小子）
馬鹿奴（渾小子、混蛋東西）
親爺奴（老小子、老頭子）
此の私奴を御許して下さい（請寬恕我吧！）

**奴**〔名〕〔蔑〕人，傢伙、（粗魯地）指某物,事例或情況
〔代〕〔蔑〕他、那個傢伙
嫌な奴（討厭的傢伙）
妙な奴（怪人、怪傢伙）
あんな悪い奴は死んだ方が良い（那樣的壞蛋死了才好）
大きい奴を一つ呉れ（給我一個大的）
良く有る奴さ（常有的事）
其は負け惜しみと言う奴さ（這是不認輸〔嘴硬〕的表現）
奴に構うな（別管他）
奴に一杯食わされた（被那個傢伙給騙了、上了他的當）
奴の仕業だろう（是他幹的勾當吧！）

**馬**〔漢造〕馬
駿馬、駿馬（駿馬）
馬手、右手（持韁繩的手，右手、右方、右側）←→弓手、左手
馬手に刀を持っている（右手執刀）刀刀
馬頭（〔佛〕馬面（地獄中的馬頭獄卒）←→牛頭）
牛頭馬頭（牛頭馬面）

**馬**〔名〕馬、馬凳（=踏台、脚立）。〔將棋〕馬（=桂馬、成角、竜馬）。〔體〕木馬、鞍馬、緊跟著嫖客索嫖帳的人（=付馬）
馬に乗る（騎馬）載る
馬を急かす（催馬前進、策馬前進）咳かす堰かす
馬が掛ける（馬跑）
馬から落ちる（從馬摔下來）
子馬、仔馬、小馬（小馬）

雄馬、牡馬、牡馬（公馬）
雌馬、牝馬、牝馬（母馬）
馬芹（野茴香）
馬の三葉（山芹菜）
馬が合う（投緣、投機、合得來=気が合う）
二人は馬が合うらしい（兩個人像很投緣）
彼とは妙に馬が合う（不知為什麼跟他性情相合）
彼の男とは馬が合わない（跟他合不來）
馬の脊を分ける（陣雨不過道）
夏の夕立は馬の脊を分ける（夏天的驟雨不過道）
馬の耳に風（馬耳東風、當作耳邊風、像沒聽見一樣、對牛彈琴）
馬の耳に念仏（馬耳東風、當作耳邊風、像沒聽見一樣、對牛彈琴）
馬は馬連れ（物以類聚、人以群分）
馬を鹿に通す（指鹿為馬=鹿を指して馬と為す）
放れ馬（脫韁之馬）離れ
走り馬にも鞭（快馬加鞭）
跳ねる馬は死んでも跳ねる（習性難改）
馬が盜まれてから馬屋を閉めても遲過ぎる（賊走關門事已遲）
馬には乗って見よ人には添うて見よ（馬不騎不知怕人不交不知心、馬要騎騎看人要處處看、事物須先體驗然後再下判斷）添う沿う副う然う
馬を水際に連れて行けても無理に飲ませる事は出来ない（不能一意孤行）
馬を牛に乗り換える（拿好的換壞的、換得不得當）
馬の骨（來歷不明的人、不知底細的人）
何処の馬の骨（甚麼東西、甚麼玩意兒、沒價值的傢伙）
馬瘦せて毛長し（馬瘦毛長、人窮志短）

**牝牛、雌牛、牝牛**〔名〕牝牛、母牛←→牡牛、雄牛
**牝馬、牝馬、牝馬**〔名〕牝馬、母馬

牝瓦〔名〕〔建〕牝瓦、凹瓦

牝狐〔名〕〔動〕雌狐

牝鹿〔名〕〔動〕母鹿

牝獅子〔名〕〔動〕母獅子

牝、雌〔名〕牝，雌，母。（罵）女人←→牡、雄

 牝馬（牝馬、母馬）

 其は牝か牡か（那是母的還是公的？）

牝、雌〔名〕〔俗〕雌←→雄

雌鳥〔名〕牝雞、母雞←→雄鳥

## 凭、憑（ㄆㄧㄥˊ）

凭、憑〔漢造〕依賴、依靠、依託、任便

凭す、持たす〔他五〕讓（別人）拿著（＝持たせる）

 若い者に荷物を持たす（讓年輕人拿行李）

凭る〔自下二〕倚靠、凭靠（＝凭れる、靠れる）

凭れる、靠れる〔自下一〕倚靠，凭靠（＝寄り掛かる）。〔俗〕停食，存食，不消化，消化不良

 ドアに凭れる（靠在門上）

 机に凭れて寝る（伏在桌上睡）

 人の腕に凭れ乍歩く（倚靠別人的胳膊走）

 食べ過ぎて凭れた（因為吃得太多了消化不好）

 昨夜食べた肉が未だ胃に凭れていて気持が悪い（昨天晚上吃的肉還存在胃裡很不舒服）

 病人には凭れない様な食物を食べさせます（讓病人吃容易消化的食物）

凭れ椅子〔名〕靠椅、躺椅

凭れ掛かる、靠れ掛かる〔自五〕倚靠，凭靠（＝寄り掛かる）。依靠，依賴

 壁に凭れ掛かって座る（靠牆坐著）

 彼はソファーに凭れ掛かって考え込んでいた（他靠在沙發上沉思）

 親に凭れ掛かる（依靠父母）

凭せる〔他下一〕倚、靠、搭（＝凭せ掛ける）

凭せ掛ける〔他下一〕倚、靠、搭（＝寄せ掛ける）

 柱に凭せ掛けた梯子（搭在柱子上的梯子）

 体を椅子の背に凭せ掛ける（把身體靠在椅背上）

凭る、靠る〔自五〕凭、倚、靠

 欄干に凭る（凭靠欄杆）

 壁に凭る（靠牆）

 机に凭って読書する（凭桌而讀）

 柱に凭って居眠りを為る（靠著柱子打盹）

因る.依る.由る.拠る.縁る〔自五〕由於,基於.依靠,仰仗,利用.根據,按照.憑據,憑藉

 私の今日有る彼の助力に因る（我能有今日全靠他的幫忙）

 彼の成功は友人の助力に因る所が大きい（他的成功朋友的幫助是一大要因）

 昨夜の火事は漏電に因る物らしい（昨晚的火災可能是因漏電引起的）昨夜昨夜

 命令に依る（遵照命令）選る寄る縒る撚る倚る凭る

 筆に依って暮らす（依靠寫作生活）

 慣例に依る（依照慣例）

 慣例依って執り行う（按照慣例執行）

 労働に依って収入を得る（靠勞力來賺錢）得る得る

 辞書に依って意味を調べる（靠辭典來查意思）

 話し合いに依って解決し可きだ（應該透過談判來解決）

 基本的人権は憲法に依って保障されている（基本人權是由憲法所保障）

 学生の能力に依り、クラスを分ける（依照學生的能力來分班）分ける別ける

 天気予報に依れば明日は雨だ（根據天氣預報明天會下雨）明日明日明日

 医者の勧めに依って転地療養する（按醫師的勸告易地療養）進める勧める薦める奨める

 成功不成功は努力如何に依る（成功與否取決於努力如何）如何如何如何

 成功するか為ないかは君の努力如何に依る（成功與否取決於你自己的努力如何）

## ㄆ

場合に依っては然う為ても良い（依據場合有時那麼做也可以）

親切も時に依りけりだ（給人方便要看什麼場合）

何事に依らず（不管怎樣）

演劇に依って人生の真実を探る（用演劇來探索人生的真實）

木に縁って魚を求める（緣木求魚）魚魚魚

**寄る**〔自五〕靠近、挨近。集中、聚集。順便去、順路到。偏、靠，增多、加重。想到、預料到〔相撲〕抓住對方腰帶使對方後退。〔商〕開盤

近く寄って見る（靠近跟前看）

側に寄るな（不要靠近）

もっと側へ御寄り下さい（請再靠近一些）

此処は良く子供の寄る所だ（這裡是孩子們經常聚集的地方）

砂糖の塊に蟻が寄って来た（螞蟻聚到糖塊上來了）

三四人寄って何か相談を始めた（三四人聚在一起開始商量什麼事情）

帰りに君の所にも寄るよ（回去時順便也要去你那裡看看）

何卒又御寄り下さい（請順便再來）

一寸御寄りに為りませんか（您不順便到我家坐一下嗎?）

此の船は途中方方の港に寄る（這艘船沿途在許多港口停靠）

右へ寄れ（向右靠!）

壁に寄る（靠牆）

駅から西に寄った所に山が有る（在車站偏西的地方有山）

彼の思想は左（右）に寄っている（他的思想左〔右〕傾）

年が寄る（上年紀）

顔に皺が寄る（臉上皺紋增多）

皺の寄った服（折皺了的衣服）

貴方が病気だったとは思いも寄らなかった（沒想到你病了）

時時思いも寄らない事故が起こる（時常發生預料不到的意外）

三人寄れば文殊の智恵（三個臭皮匠賽過諸葛亮）

三人寄れば公界（三人斟議. 無法保密）

寄って集って打ん殴る（大家一起動手打）

寄ると触ると其の噂だ（人們到一起就談論那件事）

寄らば大樹の蔭（大樹底下好乘涼）

**選る**〔他五〕(選る的轉變)選擇、挑選(=選ぶ,択ぶ,撰ぶ)

好きな物を選る（喜歡哪個挑哪個）

良いのを選って取る（揀好的拿）取る捕る執る獲る撮る採る盗る摂る

歯が悪いので、柔い物許り選って食べる（因為牙不好只揀軟的吃）柔い軟い

**縒る、撚る**〔他五〕捻、搓、擰

紙縒りを縒る（捻紙捻）寄る依る由る拠る縁る選る夜

二本の糸を縒って丈夫に為る（把兩根線捻在一起使之結實）

腹の皮を縒って大笑いする（捧腹大笑）

**凭り掛かる，凭り掛る、寄り掛かる，寄り掛る**
〔自五〕倚靠、依賴(=凭れ掛かる)

壁に寄り掛かる（靠在牆上）

人に寄り掛かる（靠在別人身上、依賴人）

何時迄も親に寄り掛かっては要られない（不能總依賴父母）

**寄っ掛かる、倚っ懸かる**〔自五〕〔俗〕倚靠、依賴(=寄り掛かる，寄り掛る、凭り掛かる，凭り掛る)

**凭掛り、寄り掛かり、寄掛り**〔名〕依靠、依賴、靠的地方

寄り掛かりの無い椅子（沒有靠背的椅子）

## 坪（ㄆㄧㄥˊ）

**坪**〔漢造〕平整的土地為坪、日本測量土地面積的單位名

けんぺいりつ　けんぺいりつ
建坪率、建蔽率（建築面積率-建築面積與建築基地之比）

たてつぼ　　　　　　　　　　　　　　じつぼ
建坪（建築物占地面積的坪數←→地坪。〔樓房各層〕建築總面積〔=延べ坪〕）
　　　　　　　　　　　　　　　　　　の　つぼ

たてつぼ
立坪（立坪-土砂等體積單位，等於六日尺立方，即1、8米立方〔=立坪〕）←→平坪
　　　　　　　　　　　　　　　りゅうつぼ　　　　　　　　ひらつぼ

つぼ
坪〔名〕（土地或建築面積單位）坪（6日尺平方、約合3、3平方米）（=歩）

（土砂等的體積單位）坪（6日尺立方、約合6、016立方米）

（織棉、印刷製版等的面積單位）坪（1日寸平方、約合9、18平方厘米）

（皮革、磁磚等的面積單位）坪（1日尺平方、約合91、8平方厘米）

じゅうごつぼ　いえ　た
十五坪の家を建てる（建築十五坪的房子）立てる経てる発てる建てる絶てる断てる裁てる
　　　　　　　　　　　　　　　　　　　　た　　　た　　　た　　　た　　　た　　　た　　　た

ひゃくつぼ　たくち　　　　　　　　　　　　つぼつぼ
百坪の宅地（一百坪住宅的地）壺坪

つぼあた　じゅうまんえん　　　と
坪当り十万円の土地（每坪十萬日元的土地）

つぼせんえん　すな
坪千円の砂（每坪一千日元的砂子）

つぼあ　　　　つぼあた
坪当たり、坪当り〔名〕每坪（=一坪に付き）
　　　　　　　　　　　　　　　　いちつぼ　つ

つぼあた　にじゅうまんえん
坪当り二十万円する（每坪值二十萬日元）

つぼが
坪刈り〔名〕〔農〕（為了估計全面積的產量）試割一坪的作物、用單位面積作物估計產量、採樣估產

つぼすう
坪数〔名〕坪數（以6日尺平方為單位的面積）

かなり　つぼすう　いえ
可也の坪数の家（相當寬敞的房子）

つぼほ
坪掘り〔名〕〔農〕（為了估計全面積的產量）試割一坪的作物（=坪刈り）
　　　　　　　　　　　　　　　　　　　　　　　　　　　　つぼが

# へい　びょう
# 屏、屏（ㄆㄧㄥˊ）

へい　へい
屏、塀〔名〕圍牆、牆壁、板牆

どべい
土塀（土牆）

いたべい
板塀（板牆）

れんがべい
煉瓦塀（磚牆）

へいつた　　い
塀伝いに行く（沿著牆走）

へい　た
塀を立てる（砌牆）

へい　まわ　　　かこ　かきね　　　まわ　めぐ　まわ
塀を回らす（圍上圍牆）回らす巡らす廻らす

へい　かぜ　たお
塀が風で倒れる（牆被風吹倒）

へい　あな　　なか　のぞ
塀の穴から中を覗く（從木板牆洞窺視裡面）
のぞ　のぞ　のぞ
覗く覘く除く

へいご　　　み
塀越しに見る（隔著牆看）

へいそく
屏息〔名、自サ〕屏息，一聲不響，閉口無言，恐懼，畏縮，噤若寒蟬

あ　じけんいらいかれ　　　　　　かんぜん　へいそく
彼の事件以来彼はすっかり屏息している（從那件事以來他一聲不響了）

かれ　そ　ひとこと　はんたいしゃ　へいそく　しま
彼の其の一言で反対者は屏息して終った（由於他那句話反對者就閉口無言了）一言一言一言
　　　　　　　　　　　　　　　　　　　　　　　　　　　　　　　　　　　　　　いちげんいちごん

そ　さいばん　こ　　　　　　こ　りゅうみん　ども　ことごと　へいそく
其の裁判で此のちんぴら共は悉く屏息した（經過那次審判小阿飛們都老實了）悉く尽く
　　　　　　　　　　　　　　　　　　　　　　　　　　　　　　　　　　　　　　ことごと　ことごと

びょう
屏〔漢造〕屏風

びょうぶ　へいふう
屏風、屏風〔名〕（折疊）屏風

びょうぶ　え　えが
屏風に絵を描く（在屏風上繪畫）

びょうぶ　た
屏風を立てる（立屏風）

びょうぶ　しき
屏風で仕切る（用屏風隔開）

びょうぶ　あきんど　す　　　　　　　た
屏風と商人は直ぐにては立たぬ（〔喻〕商人一味正直就做不了買賣）

びょうぶ　いわ
屏風岩（〔地〕圍岩）

びょうぶ　だお
屏風倒し（仰面跌倒）

びょうぶ　だお　　　たお
屏風倒しに倒れる（一下子仰面跌倒）

# へい　ひょう
# 平、平（ㄆㄧㄥˊ）

へい
平〔漢造〕（也讀作 びょう、ひょう）平、平坦、平穩、平衡、平易、日本平氏的略語、平方的略語

すいへい　　　　　　　　　　　　　　すいちょく
水平（水平、平衡、平穩）←→垂直

ちへい
地平（大地的平面、地平面）

へんぺい　へんぺい
扁平、偏平（扁平）

わへい
和平（和平、和目）

たいへい　たいへい
泰平、太平（太平）

こうへい
公平（公平、公道）

こうへい
衡平（平衡、均衡）

夂

源平（〔史〕源氏和平氏、敵我、紅白）

百平米（百平方米）

**平安**〔名、形動〕平安，太平，平靜，平穩。〔史〕平安京（桓武天皇的首都-現京都市）（=平安京）。〔史〕平安時代（794-1192年-桓武天皇奠都平安京至鎌倉幕府成立約四百年間）（=平安時代）

一路平安を祈る（祝你一路平安）

平安な日日を送る（過太平日子）

**平易**〔名、形動〕容易、淺顯、不難

平易な文章（簡明的文章）

平易な言葉（通俗的話）

難しい理屈を平易に説明する（把難懂的道理說得淺顯易懂）

平易な言葉で書かれているので理解し易い（用通俗的語言寫的所以容易理解）

説明が平易で、誰にでも分かる（講得很淺顯誰都能懂）

**平温**〔名〕常溫、常年溫度、平均溫度

**平穏**〔名、形動〕平穩、平靜、平安

平穏な世（太平之世）

事態が平穏に復する（局勢恢復平靜）復する服する伏する

平穏な毎日を送る（每天過太平日子）送る贈る

無事平穏に暮らす（平安無事度日）

平穏に晩年を暮らす（安靜地度過晚年）

彼女の平穏を願う（願她平安無事）

平和で平穏な日を送る（過和平安靜的日子）

其の日は平穏無事に過ぎた（那一天平安無事地過去了）

**平価**〔名〕（金本位的兩國貨幣的）比價、（債券等買賣價格與票面價格的）平價

平価切下（貨幣貶值-本位貨幣含金量減少）

株を平価で売り出す（以額面價格出售股票）

平価発行（按票面價格發行）

**平臥**〔名、自サ〕平臥，橫臥，躺下。〔轉〕臥病

**平角**〔名〕〔數〕平角

**平滑**〔名、形動〕平滑、光滑

平滑筋（〔解〕平滑肌）

平滑度（平滑度、勻度）

平滑に為る（使平滑）

**平気**〔名、形動〕冷靜，鎮靜，不在乎，不介意，無動於衷，不算什麼

平気を装う（裝作鎮靜）装う装う襲う

平気な顔を為る（裝作冷靜的神色）

平気な振りを為る（佯裝冷靜、裝作滿不在乎的神色）

人が何と言おうと私は平気だ（別人怎麼說我全不在乎）

雨何か平気だ（下雨算不了什麼）

平気で人を一時間も待たせる（滿不在乎地叫人等待一個鐘頭）

平気で嘘を言う（瞪著眼睛說謊、不在乎地說謊）

病気なのに平気で働く（儘管有病卻滿不在乎的工作）

平気の平左（滿不在乎、無動於衷）

どんな問題が起こっても平気の平左だ（無論發生甚麼問題都滿不在乎）

其位の損を為ても会社は平気だ（這一點損失在公司身上算不了什麼）

良くもまあ平気でそんな事が言えた物だ（難為他有臉說出那種話來）

私は少し位の熱は平気だ（稍微發點燒我滿不在乎）

あんな者が掛かって来ても平気さ（那樣的人闖上來我也滿不在乎）

彼の男はどんな難しい事でも平気で遣って退ける（無論什麼難事他都能輕而易舉地處理好）

**平胸類**〔名〕〔動〕鳥類平胸總目

**平曲**〔名〕（日本中世紀的一種歌曲）平家琵琶曲

**平均**〔名、自他サ〕平均。〔數〕平均值、平衡，均衡

平均所得（平均收入）

平均距離（平均距離）

算術平均（算術平均）

幾何平均（幾何平均）

平均一日五時間勉強する（平均每天用功五小時）

品質が平均している（品質平均）

平均を出す（求出平均數）

平均以上に利巧な子供（中等以上的聰明小孩）

組の成績を平均する（計算班內的平均分數）

平均以上の成績（高出平均分數的成績）

国力の平均（國力的均衡）

平均を取る（取得平衡）

平均を保つ（保持平衡）

片足で体の平均を保つ（用一隻腳保持身體平衡）

体の平均を失う（失去身體的平衡）

平均運動（平衡運動）

平均台（〔體〕平衡木）

平均点（平均分數）

平均棍（〔生〕平衡棍、平衡器）

平均太陽時（〔天〕平太陽時）

平均余命（〔保險〕根據概率統計求得的估計壽命）

平均寿命（平均壽命）

平均誤差（〔機〕平均誤差、標準誤差）

平均海水面（平均海面－海面的潮汐高低變化的多年平均值）

**平家**〔名〕〔史〕平氏家族、平家故事（=平家物語）。平家琵琶曲（=平家琵琶）

平家蟹（〔動〕日本關公蟹）

平家琵琶（平家琵琶曲－以琵琶為伴奏講說平家故事）

平家物語（平家故事、源氏戰記－講述平家一族興亡盛衰的故事）

**平家、平屋**〔名〕平房

彼の並みの平家は学校です（那排平房是小學校）

僕の家は平家造りです（我的家是平房）

**平原**〔名〕平原（=平野）

平原の住民（平原居民）

広い平原に出る（來到廣闊的平原）

平原に馬を走らす（騎馬奔馳在平原上）

平原地帯（平原地帶）

**平語**〔名〕〔古〕平常話，日常用語、平家物語的略稱

常談平語（日常用語）

**平行**〔名、自サ〕〔數〕平行、並行

平行線（平行線）

平行四辺形（平行四邊形）

平行の二つの直線（平行的兩條直線）

線を平行に引く（畫平行線）

両者の見解が平行した儘物分れに為る（雙方的見解未能取得一致而決裂）

平行脈（〔植〕平行葉脈）←→網狀葉脈

平行棒（〔體〕雙槓）

平行連晶（〔化〕多數結晶並生）

平行平面板（平行平面板玻璃）

**平衡**〔名〕平衡、均衡

平衡を保つ（保持平衡）

平衡を失う（失去平衡）

精神の平衡が破れる（精神失掉平衡）破れる敗れる

平衡を取り戻す（恢復平衡）

平衡感覚（平衡感覺）

平衡錘（平衡錘）

平衡力（平衡力）

平衡線輪（平衡線圈）

平衡水準器（水平儀）

平衡説（〔化〕〔化學元素生成的〕平衡理論）

平衡覚〔動〕平衡感覺、靜位覺

平衡河川〔地〕均衡河流、均夷流

平衡蒸留〔化〕平衡蒸餾、急驟蒸餾

平衡含水率〔化〕平衡濕量

平沙〔名〕平坦的沙地

平作〔名〕普通年成、平年收成↔豊作、凶作

今年の米作は平作です（今年的稻穀收成是個普通年成）今年今年

平氏〔名〕〔史〕平氏家族（=平家）

平時〔名〕平常,平素(=平生)。平時,和平時期 ↔戦時、非常時

平時の練習が大切だ（平時練習很重要）

平時の服装で間に合わせる（用平時的服裝將就過去）

軍隊を平時の編成に戻す（把軍隊恢復平時的編制）

平時編成（平時編制）

平時産業（和平產業）

平日〔名〕平常,平素(=平生、常の日)。(星期天節日假日以外的日子)平日

交通ストにも拘らず平日通りに勤務する（儘管是交通罷工還照常上班）関らず係らず

汽車は平日の方が空いている（火車平日不擁擠）空く好く透く酸く漉く梳く鋤く剥く

平日は観客が少ない（普通日子觀眾不多）

平日ダイヤ〔火車〕的平日的時刻表

平射〔名〕〔數〕平射,平射投影。〔軍〕平射↔曲射

平射図法（平射投影法）

平射砲（平射砲）

平準〔名〕（用水平儀測量的）水平(=水準)。（物價的）均衡,平衡,平均

各地区間の物価が平準を得ていない（各地區間的物價不均衡）

平準化（平均化）

平叙〔名、他サ〕平敘、平鋪直敘

平叙文〔語法〕平敘句、陳述句

平常〔名〕平常,往常,平素、普通(=通常、普段)

平常の通り行う（照常進行）

平常の状態を保つ（保持常態）

事態が平常に復する（情況恢復正常）

平常の勉強振りが良くない（平素學習情況不好）

デパートは一月五日から平常通り営業します（百貨公司從一月五日起照常營業）

彼には平常通り給料は支払われる（照常發給他薪水）

平常心で臨む（以平常心來對待）望む

平信〔名〕平安信(有時寫在收信人旁邊,如平信、平安、無事等)

平信徒〔名〕普通信徒

平身低頭〔名、自サ〕低頭,俯首、低頭認罪

平身低頭で謝る（低頭賠罪）誤る

平身低頭する迄敬服する（佩服得五體投地）

平水〔名〕平常水量、靜水,沒有波浪的水

平水量（平常水量）

川が溢れたが平水に為った（河水氾濫後又恢復平常水量了）

平水区域（平水區域）

平水航路（平水航路）

平水タイム〔體〕〔划船比賽的〕靜水時間）

平静〔名、形動〕平靜,安靜、鎮靜、冷靜

平静に帰る（恢復平靜）変える代える換える替える 蛙 返る

場内の観衆が平静を取り戻した（場內觀眾恢復了安靜）

場内を装う（假裝鎮靜）

大事に臨んでも平静を保つ（面臨重大事件仍保持冷靜）

平静な態度を持する(持冷靜態度)持する辞する侍する次する治する

心の平静を失う（心慌意亂、心緒不寧）

平生〔名、副〕平日、平素、平時、平常、素日(=普段)

平生の心掛けが良くない（平日心地不良）

平生から願っていて事（平時期望的事）

彼は平生少なからず恨みを買っている（他平時得罪了不少人）

平生から健康には人一倍気を使っています（平時就比別人加倍注意健康）

**平然**〔形動タルト〕沉著，冷靜，鎮靜、泰然、坦然，不在乎

平然と為て意に介しない（安之若素毫不介意）介する 解する 会する 改する

大事な試合にも平然たる態度を持する（對重要比賽也保持冷靜態度）治する 次する 辞する

叱られても平然と為ている（挨了申斥也滿不在乎）

斯う忙しい折に誰だって平然と為て折れる物ではない（這麼忙的時候誰也不能身不動膀不搖）

何事も無かったかの様に平然と為ている（泰然處之、若無其事）

**平素**〔名、副〕平素，平常（＝普段、何時も）。從很早以前

平素の慣わしを破る（打破平常的慣例）慣わし 習わし

平素は余り目立たない子（平素並不太引人注意的孩子）

平素口数の少ない人（平常不愛說話的人）口数 口数（人口數、戶頭數）

平素から矻矻努力している（一向孜孜不倦地努力）

平素の念願（多年的心願）

平素の疎遠を謝す（久疏問候特表歉意）

**平俗**〔名、形動〕平俗、平凡、一般

平俗な文章（平庸的文章）

**平坦**〔名、形動〕（土地、道路等）平坦、（感情）平靜，溫和↔險阻

平坦な道路（平坦的道路）

前途は平坦ではない（前途不是平坦的）

我我の進んで行く道は決して平坦な物ではない（我們前進的道路絕不會是平坦的）

三町と平坦な道は無かった（道路沒有三百米左右是平坦的）

依然と為て平坦な会話の調子を維持している（仍然保持平靜的談話腔調）

**平淡**〔名、形動〕平淡、清淡、淡泊

平淡な（の）趣が有る（有淡泊的趣味）

平淡な味（味道平淡）

平淡な文章（平淡的文章）

**平地、平地**〔名〕平地↔山地

平地でも山でも育つ植物（平地山地都長的植物）

日本は平地が少なくて山許りです（日本平地很少淨都是山）

平地に波瀾を起こす（平地起風波）

坡を登り切った所に一寸した平地が有る（登上山坡的盡頭有一塊小平地）

均して平地に為る（弄成平地）

**平ちゃら**〔形動〕〔俗〕滿不在乎、毫不介意

失敗したって平ちゃらだ（即使失敗了我也滿不在乎）

怒鳴られても平ちゃらな顔を為ている（挨一頓申斥也滿不在乎）

**平つくばる**〔自五〕低聲下氣、卑躬屈節、匍匐在地（＝這いつくばる）

人の前に平つくばる（在人前低聲下氣）蹲

**平定**〔名、自他サ〕平定、征服

反乱を平定する（平定叛亂）反乱 叛乱 氾濫

天下を平定する（平定全國）

終に敵を平定した（終於把敵人征服了）終に 遂に 対に

**平熱**〔名〕正常體溫

僕の平熱は三十六度五分位だ（我的正常體溫是三十六度五左右）

やっと平熱に下がった（好容易降到了正常體溫）

平熱に戻る（恢復正常體溫）

**平年**〔名〕平年，非閏年←→閏年。(收成，氣溫等)沒有異常變化的年，普通年，常年

今年は平年で閏年ではない（今年是平年、今年不是閏年）

平年に比して三割増産の見込みです（估計比平年增產百分之三十）

平年並み（和常年一樣）

気温は平年並みだ（氣溫跟常年一樣）

此の冬は平年より寒い（這個冬天比常年寒冷）

平年作（普通年成、正常年景）←→凶作、豊作

**平版**〔名〕〔印〕平版←→凸版、凹版、平凸版

平版印刷（平版印刷）

**平板**〔名〕平板，平板條。〔農〕(播種時平地的工具)平地板

〔名、形動〕呆板、單調

平板測量（平板測量）

平板な文章で物足りない（文章呆板讀起來乏味）

此の作品は平板で盛り上がりが無い（這個作品很呆板沒有高潮）

平板に流れる（流於單調）

**平伏**〔名、自サ〕跪拜、叩拜、低頭禮拜

神の前に平伏する（在神前跪拜）

平伏して許しを請う（叩頭求饒）請う乞う斯う

人は皆其の足下に平伏する（人皆拜倒於其足下）足下足下

**平伏す**〔自五〕拜倒、跪拜、跪倒、叩拜

人の脚下に平伏す（跪倒在別人腳下）

仏前に平伏す（拜倒在佛像前）

権力の下に平伏す（拜倒在權力之下）下許元本素基

**平服**〔名〕便衣、便服、平常衣服←→礼服、軍服

平服の巡査（便衣警察）

平服で御出掛け下さい（請穿便服出去）

平服の儘でぶらりと出掛ける（穿著便服隨便走出去）

平服姿（便裝打扮）

**平復**〔名、自サ〕康復、恢復健康

一日も速く御平復を祈り上げます（祝願您早日恢復健康）

**平分**〔名、他サ〕平分、等分

昼夜を平分する日（畫夜時間箱等的日子-春分與秋分）

平分線（〔數〕平分線）

平分時（〔把一天按二十四等分的〕平分時）

**平平**〔形動タルト〕平坦、平凡

平平坦坦（平平坦坦、一望平川）

平平凡凡（平平凡凡、極平凡）

平平凡凡と為た生活（平凡的生活）

平平凡凡の毎日を送る（每天過著平平凡凡的生活）

彼の文章は平平凡凡で何も面白みが無い（他的文章平平凡凡一點意思也沒有）

**平米**〔名〕平方米（=平方メートル）

**平方**〔名〕〔數〕平方，自乘、(面積單位)平方

三の平方は九（三的自乘是九）

平方根（平方根）

平方数（平方數）

百平方メートルの土地（面積為一百平方米的土地）

**平凡**〔名、形動〕平凡←→非凡

平凡な絵（平凡的畫）

平凡な事（普通的事）

平凡な人（普通的人）

平凡化する（通俗化）化する架する課する科する嫁する掠る

彼は一生平凡で終るだろう（他將庸庸碌碌地了此一生）

其の日も平凡に過ぎた（那一天也平平凡凡地度過了）

平凡な道を非凡に歩め（要把平凡的道路不平凡地走過去、要出色地做好平凡的工作）

**平脈**〔名〕〔醫〕正常脈博、健康人的脈博

平脈に復した（恢復了正常脈搏）復する伏する服する

脈搏が平脈に為る（脈搏達到正常狀態）

**平民**〔名〕平民、百姓、庶民←→華族、士族

生まれは平民である（庶民出生）

平民文学（平民文學）

平民宰相（布衣宰相）

平民的（〔不分身分等級，不講繁文縟解的〕平民的〔作風〕）

平民的な人（平民作風的人）

平民主義（平民主義）

平民主義者（平民主義者、不分身分地位的平等主義者）

**平明**〔名、形動〕〔古〕天亮，黎明，拂曉、容易理解，簡明淺顯

平明な文章を書く（寫簡明淺顯的文章）

極めて平明の理論（非常簡明淺顯的理論）極める窮める究める

**平面**〔名〕平面、平的表面←→立体、曲面

投影平面（投影平面）

立体を平面に投影する（把立體投影在平面上）

同一に平面に在る（在同一平面上）

平面図（平面圖）

平面角（平面角）

平面幾何学（平面幾何學）

平面三角法（平面三角學）

平面描写（平面描寫-文藝作者對客觀事物就其表面現象進行描寫而不作主觀判斷的創作手法）

平面培養（〔生〕平面培養）

平面偏光（〔理〕平面偏振光）

**平野**〔名〕平原←→山地

関東平野（關東平原）

浸食平野（侵蝕平原）

堆積平野（沖積平原）

広広と為た平野（廣闊的平原）

広い平野を流れる川（流經遼闊平原的河）

**平野水**〔名〕碳酸水、白蘇打水（=プレーン、ソーダ plain soda）（因出自兵庫縣平野溫泉故名）

**平癒**〔名、自サ〕痊癒

心から平癒を祈ります（衷心祝願您痊癒）

養生の甲斐有って間も無く平癒した（由於保養有方不久就痊癒了）甲斐効

**平炉、平炉**〔名〕〔冶〕平爐←→竪炉

平炉製鋼（平爐煉鋼）

**平和**〔名、形動〕和平、和睦←→戦争

家庭の平和を乱す（擾亂家庭和睦）

平和に暮らす（過和平生活）

戦争と平和（戰爭與和平）

永遠の平和を確保する（確保永久的和平）

事を平和に収める（用和平的手段解決事件）収める納める治める修める

平和共存（和平共處）

平和への道（走向和平的道路）

平和を愛好する国民（愛好和平的國民）

平和運動のデモ demonstration に参加する（參加保衛和平運動的示威遊行）

平和革命（不流血革命）

平和条約（和平條約）

平和条項（和平條款）

国際平和会議（國際和平會議）

平和部隊（和平部隊）

平和主義（和平主義）

平和主義者（和平主義者）

平和五原則（和平共處五項原則-為一九五四年中國和印度簽屬的河平共處五項原則）

**平話**〔名〕家常話，普通的談話、（中國的）白話文〔體〕

俗談平話（通俗的家常話）

平話本（用白話寫的書、通俗歷史小說）

**平**〔漢造〕（漢字四聲的）平聲

 平上去入（平上去入）
 平声（平聲）
 上声、上声（上聲）
 去声、去声（去聲）
 入声、入声（入聲）

**平声**〔名〕（漢字四聲的）平聲

**平仄**〔名〕（漢字的）平仄，平聲和仄聲、道理、條理（＝辻褄）

 平仄が合う（合乎條理）合う会う逢う遭う遇う
 平仄が合わない（不合邏輯、前後矛盾）
 平仄を合わせる（使合理、使一致）

**平文、評文、狂文**〔名〕用彩色奇特裝束搭配的文（多數用染色或刺繡表現）

**平等**〔名、形動〕平等、同等←→不平等

 民族の平等（民族的平等）
 平等の権利（平等的權力）
 財産を平等に分配する（將財産同等分配）
 人を平等に待遇する（平等待人）
 法の前には万人平等である（法律面前人人平等）法法
 悪平等（平均主義）

**平ら**〔名、形動〕平坦、（山區的）平地，平原、盤腿坐，平靜，坦然，心平氣和

 平らな道（平坦的道路）
 高い所を削って平らに為為さい（請把高處鏟一鏟平整平整）
 此の板を平らに削る（把這塊板刨平）
 蓆を平らに敷く（把蓆子鋪平）蓆 筵 敷く 如く 若く
 日本平ら（日本平原）
 松本平ら（松本平原）
 善光寺平ら（善光寺平地）
 どうぞ、御平らに（請盤腿坐）

 彼は何時も心の平らな人だ（他是個經常心平氣和的人）

**平らか**〔形動〕平坦（＝平ら）。平穩，平安，和平、滿意，心滿意足

 道を平らかに均す（把道路整平）均す為らす鳴らす成らす馴らす慣らす生らす
 世の中が平らかの治まる（天下太平、社會上平安無事）収まる治まる納まる修まる
 平らかな旅御続け下さい（祝您旅途平安）
 胸中は平らかで無い（心中抑鬱不平）

**平らかさ**〔名〕〔機〕平面度

**平らぐ**〔自五〕（恢復）平穩，平靜，復常，鎮定（＝治まる）。和好，和睦（＝仲直りする）

 世の中が平らぐ（天下恢復平靜）

**平らげる**〔他下一〕整平、平定、征服、吃光，喝光，吃得精光

 匪賊を平らげる（平定盜匪）
 諸国を平らげて天下を統一する（平定各諸侯國統一天下）
 ビールを五本平らげる（喝光五瓶啤酒）
 彼は鶏一羽位平らげるのは訳無い（他把一隻雞完全吃光不算什麼）
 宴会は出た物を皆平らげて終った（宴會在菜餚吃光後宣告結束）

**平ら貝**〔名〕〔動〕玉珧（＝玉珧）（貝類、曬乾即干貝）

**平**〔名〕平，扁平（物），平常，普通（＝並み）。平碗，淺碗（＝平椀）。舊時劇場舞台正面隔成方形的池座（＝平土間）

〔造語〕平、扁平（的）

 手の平（手掌）片枚
 刀の平（刀面）
 平議員（普通議員）
 平党員（普通黨員）
 平の教員（一般教員）
 平屋根（平屋頂）
 平織り（平織、平紋織品）

**平たい**〔形〕平坦，扁平、平易，簡明，易懂

平たい皿（平盤）

平たい石（扁平的石頭）

板を削って平たくする（把板刮平）

顔が平たい（臉平）

平たい言葉で述べる（用平易的話敘述）述べる陳べる延べる伸べる

平たく言えば（簡單說來、淺顯易懂地說來）

**平に**〔副〕〔舊〕請、務必、熱切地（=是非とも、切に、何卒）

平に御許し下さい（懇請原諒）

平に御容赦願います（務請寬恕、請多原諒）

**平める**〔他下一〕使平、弄平

弓を平める（把弓放平、把弓放下）

**平謝り**〔名〕一個勁地道歉、低頭道歉

客に打ち水を引っ掛けて終い平謝りに謝る（潑了客人一身水一個勁地道歉）

**平石**〔名〕平面石、（墳墓前的）台石

**平糸**〔名〕單股絲線

**平打ち、平打**〔名〕扁帶、錘扁平（的金屬品）、一種扁簪

平打ち紐（扁帶）

平打ちの刀（扁平的刀）

**平押し、平押**〔名〕一個勁地推（=直押し）

**平落ち**〔名〕〔空〕平降（著陸）

**平泳ぎ、平泳**〔名〕〔泳〕蛙泳（=胸泳、ブレスト）

平泳ぎの選手（蛙泳選手）

平泳ぎを為る（游蛙泳）

**平織り、平織**〔名〕平織、平紋織物

**平仮名**〔名〕平假名（用漢字草體造成的日本音節文字）←→片仮名

平仮名で書く（用平假名寫）

**平甲板**〔名〕〔船〕平甲板

**平絹**〔名〕平紋絲綢、平織絲綢

**平絎**〔名〕（縫紉）（日本衣服縫紉時的）平絎，平著暗縫、（和服的無內襯的）平縫的男用窄腰帶（=平絎帶）

**平首**〔名〕馬脖子的兩側

**平蜘蛛、平蜘蛛**〔名〕〔動〕壁錢

平蜘蛛の様（低頭伏俯貌）

平蜘蛛の様に為って謝る（伏俯在地地認錯、低頭躬腰地道歉）

平蜘蛛の様に平伏す（伏俯跪拜）

**平削り**〔名、他サ〕〔機〕刨削、切削

平削り盤（龍門刨床）

平削り機（龍門刨床）

平削り形フライス盤（龍門銑床）

**平侍**〔名〕普通武士、身分低微的武士

**平皿**〔名〕平盤、淺碟

**平芝**〔名〕（為保護堤面而種植的）草皮、草地

**平社員**〔名〕公司的普通職員

**平城**〔名〕平地上築的城堡←→山城。奈良的舊稱

**平城京**〔名〕元明天皇從藤原京遷都的都城（模仿唐朝長安而建，在現今奈良的西南方一帶）

**平条**〔名〕〔建〕平嵌線

**平底**〔名〕（土器、陶器等）平底

平底船（平底船）

**平袖**〔名〕（和服的）敞袖（=広袖）

**平台型貨車**〔名〕〔鐵〕無頂平板貨車

**平台ピアノ**〔名〕大鋼琴、三角鋼琴（=グランドピアノ）

**平茸**〔名〕〔植〕傘菌

**平槌**〔名〕〔機〕扁錘

**平積み**〔名〕平放

平積み無用（禁止平放）

**平手**〔名〕巴掌，伸手的手掌、（象棋）（不讓棋子的）平下，勢均力敵（的比賽）

平手打ち（掌摑）

平手で打つ（用手掌打、打一巴掌）

平手で差す（平下）

**平土間**〔名〕舊時劇場舞台正面隔成方形的池座

**平鍋**〔名〕平鍋

**平縄**〔名〕扁繩

**平場**〔名〕平地（=平地、平地）。舊時劇場舞台正面隔成方形的池座（=平土間）

**平歯車**〔名〕〔機〕正齒輪、普通齒輪

夂

平箱〔名〕（育樹苗的）淺苗床
平盤〔名〕平板（＝平板）
　平盤印刷機（平板印刷機）
平紐〔名〕扁帶
平札〔名〕（撲克牌中除王牌以外的）普通牌
平フライス盤〔名〕臥式銑床
平幕〔名〕〔相撲〕（名單上頭排力士中）頭三級力士（大関、関脇、小結）以外的力士（＝前頭）
　三役から平幕に落ちる（從頭三級力士降到前頭的等級）
平麦〔名〕精白麥片
平目、比目魚〔名〕〔動〕比目魚
　平目の片身（破成兩片的比目魚的一片）
平目〔名，形動〕平的、呆板、無變化
平物〔名〕單瓣扁平的（菊花）品種
平門、平門、平門〔名〕平門（立兩根柱上面平坦的門）
平屋根〔名〕平屋頂
平椀〔名〕平碗，淺碗，盛在淺碗裡的菜（＝御平）

## 憑（ㄆㄧㄥˊ）

憑〔漢造〕依賴、依據、依靠
　信憑（信憑、憑信、可信）
憑依〔名〕憑依，依靠、（迷信）（狐仙、神靈等）附體，附身
憑河〔名〕走路渡過黃河、蠻勇
　暴虎馮河（暴虎馮河，〔喻〕有勇無謀，冒險蠻幹）
憑拠〔名〕根據、依據
憑く〔自五〕（妖狐、魔鬼等）附體
　狐が憑く（狐狸附身）
付く、附く〔自五〕附著，沾上、帶有、配有、增加，增添、伴同，隨從、偏袒、向著、設有、連接、生根、扎根、（也寫作奌く）點著、燃起、值、相當於、染上、染到、印上、留下、感到、妥當、一定、結實、走運、（也寫作就く）順著、附加、（看來）是
　泥がズボンに付く（泥沾到褲子上）
　血の付いた着物（沾上血的衣服）

鮑は岩に付く（鮑魚附著在岩石上）
甘い物に蟻が付く（甜東西招螞蟻）
肉が付く（長肉）
智慧が付く（長智慧）
力が付く（有了勁、力量大起來）
利子が付く（生息）
精が付く（有了精力）
虫が付く（生蟲）
錆が付く（生銹）
親に付いて旅行する（跟著父母旅行）
護衛が付く（有護衛跟著）
他人の後からのろのろ付いて行く（跟在別人後面慢騰騰地走）
君には迚も付いて行けない（我怎麼治也跟不上你）
不運が付いて回る（厄運纏身）
人の下に付く事を好まない（不願甘居人下）
あんな奴の下に付くのは嫌だ（我不願意聽他的）
彼の人に付いて居れば損は無い（聽他的話沒錯）
娘は母に付く（女兒向著媽媽）
弱い方に付く（偏袒軟弱的一方）
味方に付く（偏袒我方）
敵に付く（倒向敵方）
何方にも付かない（不偏袒任何一方）
引き出しの付いた机（帶抽屜的桌子）
此の列車には食堂車が付いている（這次列車掛著餐車）
此の町に鉄道が付いた（這個城鎮通火車了）
谷へ下りる道が付いている（有一條通往山谷的路）
種痘が付いた（種痘發了）
挿し木が付く（插枝扎根）
電灯が付いた（電燈亮了）

もう明かりが付く頃だ（該點燈的時候了）
ライターが付かない（打火機打不著）
此の煙草には火が付かない（這個煙點不著）
隣の家に火が付いた（鄰家失火了）
一個百円に付く（一個合一百日元）
全部で一万円に付く（總共值一萬日元）
高い物に付く（花大價錢、價錢較貴）
一年が十年に付く（一年頂十年）
値が付く（有價錢、標出價錢）値
然うする方が安く付く（那麼做便宜）
色が付く（染上顏色）
鼻緒の色が足袋に付いた（木屐帶的顏色染到布襪上了）
足跡が付く（印上腳印、留下足跡）
帳面に付いている（帳上記著）
染みが付く（印上污痕）污点
跡が付く（留下痕跡）
目に付く（看見）
鼻に付く（嗅到、刺鼻）
耳に付く（聽見）
気が付く（注意到、察覺出來、清醒過來）
目に付かない所で悪戯を為る（在看不見的地方淘氣）
目鼻が付く（有眉目）
凡その見当が付いた（大致有了眉目）
見込みが付いた（有了希望）
判断が付く（判斷出來）
思案が付く（響了出來）
判断が付かない（眉下定決心）
話が付く（說定、談妥）
決心が付く（下定決心）
始末が付かない（不好收拾、沒法善後）
方が付く（得到解決、了結）
けりが付く（完結）

収拾が付かなく為る（不可收拾）
彼の話は未だ目鼻が付かない（那件事還沒有頭緒）
御燗が付いた（酒燙好了）
実が付く（結實）
牡丹に蕾が付いた（牡丹打苞了）
彼は近頃付いている（他近來運氣好）
今日は馬鹿に付いている（今天運氣好得很）
ゲームは最初から此方に付いていた（比賽一開始我方就占了優勢）
川に付いて行く（順著河走）
塀に付いて曲がる（順著牆拐彎）
付録が付いている（附加附錄）
条件が付く（附帶條件）
朝飯とも昼飯とも付かぬ食事（既不是早飯也不是午飯的飯食、早午餐）
シルクハットとも山高帽とも付かない物（既不是大禮帽也不是常禮帽）
板に付く（純熟，老練，貼附，適當）
手に付かない（心不在焉、不能專心從事）
役が付く（當官、有職銜）

**付く**〔接尾、五型〕（接擬聲、擬態詞之下）表示具有該詞的聲音、作用狀態
がた付く（咯噔咯噔響）
べた付く（發黏）
ぶら付く（幌動）

**に付き**〔連語〕關於，就（=…に付いて）。由於，每
表記の件に付き報告申し上げます（就上面記載的問題報告一下）
祭日に付き休業（因節日歇業）
病気に付き欠席する（因病缺席）
五人に付き一人の割合（每五人有一人的比例）

**付く、点く**〔自五〕點著、燃起
電灯が付いた（電燈亮了）
もう明かりが付く頃だ（該點燈的時候了）

ライター<sup>lighter</sup>が付かない（打火機打不著）

此の煙草には火が付かない（這個煙點不著）

隣の家に火が付いた（鄰家失火了）

**付く、就く**〔自五〕沿著、順著、跟隨

川に付いて行く（順著河走）

塀に付いて曲がる（順著牆拐彎）

**就く**〔自五〕就座、登上、就職、從事、就師，師事、就道，首途

席に就く（就席）

床に就く（就寢）床

塒に就く（就巢）

緒に就く（就緒）

食卓に就く（就餐）

講壇に就く（登上講壇）

職に就く（就職）

任に就く（就任）

実業に就く（從事實業工作）

働ける者は皆仕事に就いている（有勞動能力的都參加了工作）

師に就く（就師）

日本人に就いて日本語を学ぶ（跟日本人學日語）習う

帰途を就く（就歸途）

世界一周の途に就く（起程做環球旅行）

壮途に就く（踏上征途）

**に就き、に就いて**〔連語〕就、關於、對於、每

手数料は荷物一個に就き二百円です（手續費是每件行李要二百日元）

此の点に就いては問題が無い（關於這點沒有問題）

日本の風俗に就いて研究する（研究日本的風俗）

彼が何よりも真剣に考えたのは、悪の渦巻く現実に就いてあった（他想得最認真的還是眼前烏煙瘴氣的現實）

日本語に就いての感想（關於日語的感想）

一人に就いて五円（每人五日元）

一ダース<sup>dozen</sup>に就いて百円（每打一百日元）

**突く**〔他五〕支撐、拄著

杖を突いて歩く（撐著拐杖走）

頬杖を突いて本を読む（用手托著下巴看書）

手を突いて身を起こす（用手撐著身體起來）

がっくり膝を突いて終った（癱軟地跪下去）

**突く、衝く**〔他五〕刺，戮，冒，衝、攻，抓，乘

槍で突く（用長槍刺）

針で指先を突いた（針扎了指頭）

棒で地面を突く（用棍子戳地）

鳩尾を突かれて気絶した（被撃中了胸口昏倒了）

判を突く（打戳、蓋章）

意気天を突く（幹勁衝天）

雲を突く許りの大男（頂天大漢）

つんと鼻を突く臭いが為る（聞到一股嗆鼻的味道）

風雨を突いて進む（冒著風雨前進）

不意を突く（出其不意）

相手の弱点を突く（攻擊對方的弱點）

足元を突く（找毛病）

**突く、撞く**〔他五〕撞、敲、拍

毬を突いて遊ぶ（拍皮球玩）

鐘を突く（敲鐘）

玉を突く（撞球）

**吐く、突く**〔他五〕吐（＝吐く）。說出（＝言う）。呼吸，出氣（＝吹き出す）

反吐を吐く（嘔吐）

嘘を吐く（說謊）

息を吐く（出氣）

溜息を吐く（嘆氣）

**即く**〔自五〕即位、靠近

位に即く（即位）

王位に即かせる（使即王位）

即かず離れずの態度を取る（採取不即不離的態度）

**漬く、浸く**〔自五〕淹、浸

床迄水が漬く（水浸到地板上）

**漬く**〔自五〕醃好、醃透（=漬かる）

此の胡瓜は良く漬いている（這個黃瓜醃透了）

**着く**〔自五〕到達（=到着する）。寄到，運到（=届く）。達到，夠著（=触れる）

汽車が着いた（火車到了）

最初に着いた人（最先到的人）

朝台北を立てば昼東京に着く（早晨從台北動身午間就到東京）

手紙が着く（信寄到）

荷物が着いた（行李運到了）

体を前に折り曲げると手が地面に着く（一彎腰手夠著地）

頭が鴨居に着く（頭夠著門楣）

**搗く、舂く**〔他五〕搗、舂

米を搗く（舂米）

餅を搗く（舂年糕）

搗いた餅より心持ち（禮輕情意重）

**築く**〔他五〕修築（=築く）

周囲に石垣を築く（四周砌起石牆）

小山を築く（砌假山）

**憑き物、憑物**〔名〕〔迷〕附體的邪魔

彼には何か憑き物が為ている（他似乎邪魔附身了）

祈禱を為て憑き物を落とす（祈禱以除邪）

**憑かれる**〔自下一〕（狐狸、魔鬼等）附體、被…迷上

狐に憑かれる（被狐狸迷上）

憑かれた様に仕事を熱中する（像著了迷似地埋頭苦幹）

彼は悪魔に憑かれた様に戦った（他像瘋了似地進行了戰鬥）

## 瓶、瓶（ㄆㄧㄥˊ）

**瓶、瓶**〔漢造〕口小腹大長頸器皿的泛稱

花瓶（花瓶）

鉄瓶（鐵壺）

土瓶（〔有提梁的陶製〕茶壺或水壺）

空瓶（空瓶）

**瓶、壜**〔名〕瓶子

ビール瓶（啤酒瓶）

瓶の栓（瓶塞）

ウイスキーを一瓶平らげる（喝光一瓶威士忌）

瓶に詰める（裝入瓶內）詰める 摘める 積める 抓める

瓶を濯ぐ（涮瓶子）濯ぐ 漱ぐ 雪ぐ

**瓶詰め，瓶詰、壜詰め，壜詰**〔名〕裝瓶，瓶裝，裝瓶罐頭

瓶詰め機械（裝瓶機）

瓶詰めで売る（用瓶裝出售）

瓶詰めに為る（做成瓶裝罐頭）

瓶詰めと樽入りの葡萄酒（瓶裝和木桶裝的葡萄酒）

**瓶子**〔名〕（裝酒等的細口）瓶子

**瓶、甕**〔名〕甕，缸，罐，廣口瓶、形狀如罐的花瓶、〔古〕酒瓶（=徳利）

台所の瓶に水を張る（往廚房的缸裡裝滿水）

花瓶、花瓶（花瓶）

## 評（ㄆㄧㄥˊ）

**評**〔名，漢造〕批評、評論、評價

映画の評を読む（讀電影評論）

彼は正直者だと評が有る（他有個老實人的評價）

適評（適當的批評、恰當的評語）

酷評（嚴厲批評、批評得一無是處）

寸評（短評）

好評（好評、稱讚）

夕

公評(公論、公正的評論、公眾的評論)
高評(厚讚、您的評論)
講評(講評)
不評(名譽壞、評價低、聲譽不佳)
品評(品評、評價、評定)
合評(集體評論、集體評定、集體的評定)
書評(書評)
劇評(劇評)
下馬評(風聞、社會上的傳說、局外人的推斷)
時評(時事評論、當時的評論)
自評(自我批評、自我評論)
評する〔他サ〕批評、評論、評價
　時事を評する(評論時事)表する
　人物を評する(批評人物)
　人の文章を評する(評論別人的文章)
評価〔名、他サ〕評價、定價,估價
　過大評価(過高評價)
　過小評価(過低評價)
　正当な評価(正當的評價)
　高い評価を与える(給予很高的評價)
　外見で人を評価する物ではない(不應該憑表面評價一個人)
　絵を一万円に評価する(把畫評價為一萬日元)
　其の家は三百万円に評価された(那房子被估價為三百萬日元)
評議〔名、他サ〕評議、討論、磋商
　問題を評議に付する(將問題提交討論)付する附する賦する
　会社の経営に付いて評議する(對於公司的經營進行討論)付いて就いて
　評議会(評議會、討論會、協商會、理事會)
　評議員(評議員、理事)
評決〔名、他サ〕議決,商定,討論決定。〔法〕(陪審團的)裁決,評定

原告に有利な評決(對原告有利的裁決)
陪審員は有罪の評決を下した(陪審員做出了有罪的裁決)
陪審員は無罪の評決を下した(陪審員做出了無罪的裁決)
評言〔名〕評論、坪語
評語〔名〕評語、評論(=評言)。(成績的)評語
　名士の評語を掲げて本を宣伝する(刊載名人的評語來宣傳書籍)
　評語は優、良、可と定める(評語定為優良可)
　評語を下す(下評語)下す
評者〔名〕批評者、評論者
評釈〔名、他サ〕評釋、評註、註解、註釋
　源氏物語を評釈する(評註源氏物語)
評説〔名〕評說、評釋、評解
評壇〔名〕評論界
　評壇の第一人者(評論界的第一號人物)
評注、評註〔名、他サ〕評註、註解、註釋
　彼は老人と海の評注に掛かっている(他正從事老人與海的註釋)
評定〔名、他サ〕評定
　価格評定(價格評定)
　地価を評定する(評定地價)
　勤務評定を実施する(實施考勤)
評定〔名、他サ〕〔古〕議定、商定、議決(=評決)
　小田原評定(遲遲決定不下來、總是議而不決)
評点〔名〕評點,評語和批點、評分,分數
　評点を加える(加評點)加える咥える銜える
　評点が甘い(評分鬆)
　評点が辛い(評分嚴)
評伝〔名〕評傳、評論性傳記
　政治家の評伝を書く(撰寫政治家的評傳)
評判〔名、他サ、形動〕評論,評價、名聲,名譽,聞名,出名、風傳,傳聞

評判が良い（評價好）
評判が悪い（評價壞）
評判が高い（評價高）
此の小説は面白いと言う評判だ（一般評價說這部小說有趣）
此の著作で一層評判が高く為った（由於這部著作名望更高了）
彼は其の小説で少し評判が出た（他靠那部小說出了點名氣）
今評判の小説（現在著名的小說）
彼の女は町中の評判と為った（她成了全城聞名的人物）
大した評判が立つ（引起很大轟動）
彼の会社は潰れると言う評判が有る（風傳說那家公司要破產）
世間の評判等は当てに為らない（社會上的風言風語靠不住）
田中さんは御金の為に彼の女と結婚したと言う評判が立った（傳說田中為了金錢與那個女人結了婚）

**評論**〔名、他サ〕評論、批評
人物評論（人物評論）
経済評論（經濟評論）
評論を書く（寫評論）
新人の小説を評論する（評論新作家的小說）
評論家（評論家）
評論文（評論文章）

# 仆（タメ）

**仆**〔漢造〕跌倒伏地
**倒す**〔他五〕放倒、推倒、打倒、弄倒、賴帳
木を倒す（把樹砍倒）
体を横に倒せ（把身體橫臥！）
インク瓶を倒して手を汚した（打翻了墨水瓶把手弄髒了）
相手が強いから、中中倒せない（對手太強很難打倒）
内閣を倒す（推翻內閣）
台風で家屋が沢山倒された（因颱風房子被刮倒了好多）
古い家を倒して建て直した（把老房子拆掉重新改建了）
チャンピオンを倒した（擊敗了冠軍）
借金を倒した（把借債賴掉了）
彼奴に十万円許り倒された（被那傢伙賴掉了十萬日元左右的債）

**倒す、斃す、殪す**〔他五〕殺死、擊斃
一発で猪を倒した（一槍就把野豬打死了）
敵将を倒す（擊斃敵將）

**倒れる**〔自下一〕倒塌、倒台、倒閉、病倒
石に躓いて倒れる（被石頭絆倒）
地震で家が倒れた（房屋因地震倒塌了）
此の柱一本で家が倒れないのだ（就憑這根柱子房子不倒）
クーデターで、政府は倒れて終った（政府因政變垮台了）
保守党内閣が倒れた（保守黨內閣垮台了）
平家が倒れて源氏の世に為る（平家滅亡成了源氏的天下）
銀行が倒れた（銀行倒閉了）
此の会社は倒れ掛かっている（這家公司將要倒閉了）
去年は倒れた会社が沢山有った（去年倒閉的公司很多）
彼は重い病気で倒れた（她得了重病臥病不起了）
余りの激務に倒れた（工作過於繁忙累倒了）
今君に倒られては大変だ（現在你若是病倒了可不得了）
倒れても土を掴む（摔倒了也要抓把土、喻貪得無厭-不放過任何機會為己謀利）
倒れぬ先の杖（未雨綢繆、防患於未然）

**仆れる、倒れる、斃れる、殪れる**〔自下一〕死、斃（＝死ぬ）

大統領は終に反対派に狙撃されて倒れた（總統終於被反對派狙擊而死）

疫病で数千の人人が倒れた（數千人死於瘟疫）

凶弾に倒れた（被兇手發射的子彈擊斃）

倒れて後已む（死而後已）

**伏す、俯す、臥す**〔自五〕伏，藏（＝潜む）。伏臥（＝俯く）。仰臥、叩拜

猫が物陰に伏して鼠を狙っている（貓躲在暗處窺伺老鼠）

わっと遺体に伏して泣き出した（伏在遺體上哇的一聲哭開了）

仰向けに伏す（仰著躺下）

急いで地に伏す（趕忙臥倒）

伏して御願い申し上げる（敬懇）

**伏せる**〔他下一〕隱藏、埋伏、扣，倒、翻、朝下、向下、弄倒

此の事を伏せて置いて下さい（這事情不要聲張）

此の話は暫く伏せて置く方が良い（這話最好先別張揚）

兵を伏せる（設伏兵）

土管を伏せる（埋土管）

鶏に籠を伏せる（把雞扣上籠子）

雀を伏せる（扣捉麻雀）

皿を伏せる（把碟子扣起來）

トランプを伏せる（扣起撲克牌）

本を机に伏せて置く（把書扣著放在桌上）

杯を伏せる（把杯子扣起來）

茶碗で骰子を伏せる（用碗把骰子扣起來）

伏せ！（〔口令〕臥倒！）

目を伏せる（眼睛朝下看）

顔を伏せる（臉朝下）

切って伏せる（砍倒）

**伏せる、臥せる**〔自五〕躺、臥

病床に伏せっている（躺在病床上）

風邪で伏せっている（因為感冒躺著呢？）

## 撲（ㄆㄨ）

**撲**〔漢造〕毆打、扔掉

打撲（撲打、碰撞）

**撲殺**〔名、他サ〕打死

狂犬を撲殺する（打死瘋狗）

**撲滅**〔名、他サ〕撲滅、消滅

結核撲滅運動（消滅結核病運動）

蠅や蚊を撲滅する（撲滅蚊蠅）

伝染病を撲滅する（撲滅傳染病）

**撲る、殴る、擲る**〔他五〕打，湊，毆打、（接某些動詞下面構成複合動詞）忽視，不重視，草草從事

横面を殴る（打嘴巴）

殴ったり怒鳴り付けたりする（又打又罵）

滅茶苦茶に殴る（痛毆、毒打）

散散に殴る（痛毆、毒打）

そんな事を為ると殴られるぞ（做那樣的事可要挨揍啊！）

書き擲る（潦草地寫）

殴り書き、擲り書き（潦草地寫、亂寫的東西）

擲り書きのメモ（字跡潦草的字條）

擲り書きで読み辛い（因書寫潦草很難唸）

**撲り、殴り、擲り**〔名〕打，湊，毆打、（木工）用鐒子粗削木材

**撲つ、打つ**〔他五〕（打つ、拍つ、討つ、伐つ、撃つ的強調說法）打，敲，擊。〔俗〕演說

背中を打つ（擊背）

演説を打つ（講演）

一席打つ（講演一番）

**打つ**〔他五〕打，揍、碰，撞、擊（球）、拍、敲響、射擊、指責、打動、打字、拍發、打進、注射、貼上、刻上、彈（棉花）、擀（麵條）、耕、鍛造、捶打、編、搓、張掛、丈量、下棋，賭博、交付部分、繫上、演出、採取措施某種行動或動作

〔自五〕內部流動
相手の頭を打つ（揍對方的頭部）
打ったり蹴ったりする（拳打腳踢）
びしゃりと人の耳を打つ（啪地打了一記耳光）
散散に打つ（痛打、毒打）
倒れて頭を打つ（摔倒把頭撞了）
波が岸を打つ（波浪沖擊海岸）
ヒットを打つ（〔棒球〕安全打）
球を打つ身構えを為る（拉好架勢準備擊球）
手を拍って喜ぶ（拍手稱快）
鼓を打つ（擊鼓）
鐘を打つ（敲鐘）
今三時を打った所だ（剛響過三點）
鳥を撃つ（打鳥）
空気銃で鳥を撃つ（用空氣鎗打鳥）
大砲を撃つ（開砲）
三発撃つ（射擊三發）
誤って人を撃つ（誤射傷人）
投網を打つ（投網、撒網）
礫を打つ（擲小石頭）飛礫
水を打つ（灑水）
首を討つ（砍頭）
敵を討つ（殺敵、報仇）仇仇
賊を討つ（討賊）
不意を討つ（突然襲擊）
非を打つ（責備）
心を打つ（扣人心弦）
私は強く胸を打たれました（使我深受感動）
タイプライターを打つ（打字）
電報を打つ（拍電報）
釘を打つ（釘釘子）
杭を打つ（打樁）

コンクリートを打つ（灌混凝土）
注射を打つ（打針）
裏を打つ（裱貼裡子）
額を打つ（掛匾額）
銘を打つ（刻銘）
古綿を打ち直す（重彈舊棉花）
饂飩を打つ（擀麵）
田を打つ（耕田）
刀を打つ（打刀）
箔を打つ（搥箔片）
能面を打つ（製作能樂面具）
衣を打つ（搗衣）
紐を打つ（打繩子）
幕を打つ（張掛帳幕）
土地を打つ（丈量土地）
碁を打つ（下圍棋）
将来への布石が打たれた（已為今後作好準備）
博打を打つ（賭博）
手金を打つ（付定錢）
罪人に縄を打つ（綁縛罪犯）
芝居を打つ（演戲、耍花招、設騙局）
相撲の興行を打つ（表演相撲）
新しい手を打つ（採取新的措施）
ストを打つ（斷然舉行罷工）
もんどり（でんぐり返し）を打つ（翻跟斗）
寝返り許り打って寝付けない（輾轉反側睡不著）
打てば響く（馬上反應、馬上見效）
打てば響く様な返答（立即做出回答）
彼の人は打てば響く様な人だ（他是個乾脆俐落的爽快人）
脈打つ、脈撃つ（脈搏跳動）
脈が打つ、脈が撃つ（脈搏跳動）

**打つ、撃つ**〔他五〕射撃、攻擊

　鳥を撃つ（打鳥）

　空気銃で鳥を撃つ（用空氣鎗打鳥）

　大砲を撃つ（開砲）

　三発撃つ（射擊三發）

　誤って人を撃つ（誤射傷人）

**打つ、拍つ**〔他五〕拍

　手を拍って喜ぶ（拍手稱快）

**打つ、討つ**〔他五〕殺、討、攻

　首を討つ（砍頭）

　敵を討つ（殺敵、報仇）仇 仇

　賊を討つ（討賊）

　不意を討つ（突然襲擊）

# 舗（ㄆㄨ）

**舗**〔漢造〕（漢字也寫作鋪）店鋪、鋪設

　店舗（店鋪、商店）

　老舗、老舗（老鋪子、老字號、老店）

　商舗（商鋪）

**舗石、舗石**〔名〕鋪在道路的石頭、鋪路的石頭

**舗装、舗装**〔名、他サ〕（用柏油等）鋪路

　二層式舗装（雙層柏油鋪路）

　アスファルトで舗装した道路（用柏油鋪的道路）

　舗装道路（鋪過的道路）

　舗装工事（鋪路工程）

　舗道、舗道（名〔用柏油等〕鋪過的道路、鋪築過的路面、柏油路〔=ペーブメント〕）

**舗設、敷設、布設**〔名、他サ〕敷設,鋪設,架設、安設、施工,修築,建設

　道路を敷設する（修築公路）

　鉄道を敷設する（鋪設鐵路）

　海底電纜を敷設する（敷設海底電纜）

　地雷を敷設する（布雷、埋地雷）

　敷設権（鋪設權）

　敷設中である（正在施工）

　敷設艦（布雷艦）

**舗**〔名〕〔俗〕（礦山的）坑道

**敷**〔名〕押金（=敷金）。地基（=敷地）。褥子（=敷布団、敷蒲団）

〔造語〕襯墊、鋪（的地方）、（日式房間）鋪草蓆面積的大小

　河川敷（河床）

　釜敷（鍋墊）

　土瓶敷（水壺墊）

　下敷（墊板）

　板敷（鋪地板的房間）

　此の部屋は百畳敷の広間です（這間房是鋪一百張草蓆的大房間）

**舗着**〔名〕（礦工）坑道工作服

# 鋪（ㄆㄨ）

**鋪、舗**〔漢造〕店鋪、鋪設

　店鋪（店鋪、商店）

　老鋪、老舗（老鋪子、老字號、老店）

　商鋪（商鋪）

**鋪石、舗石**〔名〕鋪在道路的石頭、鋪路的石頭

**鋪装、舗装**〔名、他サ〕（用柏油等）鋪路

　二層式舗装（雙層柏油鋪路）

　アスファルトで舗装した道路（用柏油鋪的道路）

　舗装道路（鋪過的道路）

　舗装工事（鋪路工程）

　舗道、舗道（名〔用柏油等〕鋪過的道路、鋪築過的路面、柏油路〔=ペーブメント〕）

**舗着**〔名〕（礦工）坑道工作服

# 樸（ㄆㄨˊ）

**樸、朴**〔漢造〕樸實

　素樸、素朴（樸素、純樸、質樸）

　粗樸（粗糙簡單）

純朴、淳朴、醇朴（純樸、醇厚）

質樸、質朴（質樸、樸實、純樸）

**樸直、朴直**〔名、形動〕樸實

朴直な人（樸實的人）

朴直な古参労働者（樸實的老工人）

## 匍（ㄆㄨˊ）

匍〔漢造〕以手足著地而行為匍

匍球〔名〕〔棒球〕滾地球（=ゴロ、grounder、グラウンダー）

匍匐〔名、自サ〕匍匐（=腹這い）

匍匐して前進する（匍匐前進）

匍匐植物（匍匐植物）

匍匐枝〔名〕〔植〕鞭狀匍匐枝

匍匐枝を持つ（有鞭狀匍匐枝）

**匍う、這う、延う**〔自五〕爬、攀爬、趴下

子供が這う様に為った（小孩會爬了）

蟹は横に這う（螃蟹橫著爬）

蛇が庭を這う（蛇在院子裡爬）

蝸牛が木を這う（蝸牛爬樹）

窓の上に朝顔を這わせる（讓牽牛花往窗上爬）

南瓜を畑一面に這わせる（讓南瓜蔓滿地爬）

投げられて土俵に這う（被摔趴在角力場上）

這えば立て立てば歩めの親心（父母殷切盼望子女長大）

## 朴（ㄆㄨˊ）

**朴、樸**〔漢造〕樸實

素朴、素樸（樸素、純樸、質樸）

純朴、淳朴、醇朴（純樸、醇厚）

質朴、質樸（質樸、樸實、純樸）

**朴直、樸直**〔名、形動〕樸實

朴直な人（樸實的人）

朴直な古参労働者（樸實的老工人）

**朴訥、木訥**〔名、形動〕木訥、樸實寡言

朴訥な農民（木訥的民）

極めて朴訥な性格（非常木訥的性格）

**朴念仁**〔名〕木頭人、死性人（=愛想の無い人）。不懂情理的人（=分らず屋）

彼は全くの朴念仁だ（他簡直是個木頭人）

**朴**〔名〕〔植〕日本厚樸

**朴の木**〔名〕樸樹（=朴）

**朴歯**〔名〕（厚樸木齒的）一種木屐

朴歯の下駄（厚樸木齒的木屐）

**朴、榎**〔名〕〔植〕朴樹

朴茸（朴蕈）

朴草（榎草、鐵莧菜）

## 僕（ㄆㄨˊ）

**僕**〔名〕〔代〕我（男子對平輩以下的自稱、用於不客氣的場合）←→君

〔漢造〕僕人

君が行くなら僕も行く（你若是去我也去）

君と僕の間だから忠告して遣ったのだ（因為是你我的關係我才給你忠告）

明日僕の所へ来給え（明天到我這裡來一趟）

僕もあんな立派な技師に為り度い（我也想成為那樣優秀的工程師）

下僕（僕人、僕役）

公僕（公僕、公務員、勤務員）

校僕（學校工友）

奴僕（奴僕、男僕）

**僕婢**〔名〕僕婢、男女僕人

**僕、下部**〔名〕僕人、下人（=召使い）

金持の家の下部と為って働く（給有錢人家當僕人幹活）

**僕**〔代〕〔謙〕在下、僕、臣、奴

## 菩（ㄆㄨˊ）

菩〔漢造〕佛家稱覺悟為菩提、菩薩為梵語〝菩提薩埵〞（Bodhi-sattva）的略語-指自覺本性而普渡眾生的人

菩薩〔名〕〔佛〕菩薩。〔古〕朝廷授給高僧的稱號。〔古〕（仿照佛教）對神的尊稱

　菩薩戒（菩薩戒）

菩提〔名〕〔佛〕菩提

　菩提を弔う（祈死者冥福）弔う弔う

　菩提寺（〔供奉祖先牌位的〕菩提寺、家廟）（＝旦那寺）

　菩提所（菩提寺）

　菩提心（佛心、慈悲心）

　菩提樹（〔植〕菩提樹）

## 葡（ㄆㄨˊ）

葡〔漢造〕葡萄、葡萄牙

葡〔漢造〕葡萄牙（＝ポルトガル）

　日葡辞書（日葡辭典）

葡萄〔名〕葡萄、紅紫色

　干し葡萄（葡萄乾）

　父が田舎で葡萄園を経営している（父親在鄉下經營葡萄園）

　葡萄球菌（葡萄球菌）

　葡萄色（紅紫色）

　葡萄色、海老色（紅褐色）

　葡萄酒（葡萄酒）

　葡萄液（葡萄汁）

　葡萄棚（葡萄架）

　葡萄糖（葡萄糖）

　葡萄一房（一掛葡萄）

　葡萄酸（〔化〕葡萄酸、消旋酸）

　葡萄腫（〔醫〕葡萄腫-眼球鞏膜或角膜層突出）

　葡萄状（葡萄狀）

　葡萄状鬼胎（葡萄胎）

　葡萄石（〔礦〕葡萄石）

　葡萄根油虫（動葡萄根瘤蚜）

　葡萄膜（〔解〕眼色素層-包括虹膜睫狀體及脈絡膜）

　葡萄色、海老色〔名〕紅褐色

　葡萄茶、海老茶〔名〕栗色、絳紫色

　葡萄茶式部、海老茶式部〔名〕明治三十年代的女學生的俗稱（因多穿絳紫色的裙子）

　葡萄茶袴、海老茶袴〔名〕絳紫色的裙褲、明治三十年代女學生（＝葡萄茶式部、海老茶式部）

匍う、這う、延う〔自五〕爬、攀爬、趴下

　子供が這う様に為った（小孩會爬了）

　蟹は横に這う（螃蟹橫著爬）

　蛇が庭を這う（蛇在院子裡爬）

　蝸牛が木を這う（蝸牛爬樹）

　窓の上に朝顔を這わせる（讓牽牛花往窗上爬）

　南瓜を畑一面に這わせる（讓南瓜蔓滿地爬）

　投げられて土俵に這う（被摔趴在角力場上）

　這えば立て立てば歩めの親心（父母殷切盼望子女長大）

## 蒲（ㄆㄨˊ）

蒲〔漢造〕多年生草本，生池沼中，葉片可製蓆，扇，蒲包等用，根莖可提取澱粉

蒲団、布団〔名〕蒲團（用蒲葉編的圓墊子）、被，褥，坐墊的總稱

　蒲団を掛ける（蓋被子）

　蒲団を敷く（鋪床）

　蒲団に包まる（鑽進被窩）

　蒲団に包まって寝る（裹在被窩裡睡覺）

　蒲団を畳む（疊被）

　座蒲団、座布団（坐墊）

　座蒲団に坐る（坐在座墊上）坐る坐る据わる

　掛け布団、掛布団（被子）

掛布団を掛ける（蓋被子）
敷き布団、敷蒲団（褥子）←→掛け布団、掛布団
敷蒲団を敷く（鋪褥子）
掛け布団と敷き布団（被子和褥子）
蒲団蒸し（把人用棉被包起使喘不過氣來）

蒲〔漢造〕香蒲、蒲柳、樗蒲、賭博
樗蒲（樗蒲、賭博〔=博打〕）

蒲柳〔名〕蒲柳、〔植〕水楊
蒲柳の質（蒲柳之質、體質羸弱）

蒲〔名〕〔植〕（蒲之訛）寬葉香蒲、赤褐色（=蒲色）

蒲色、樺色〔名〕樺木色、赤褐色

蒲焼き、蒲焼〔名〕〔烹〕烤魚串
鰻の蒲焼（烤鰻魚串）

蒲〔名〕〔植〕寬葉香蒲
蒲の葉で編んだ円座（用蒲草編的圓墊子、蒲團）
蒲の穂綿（蒲絨）

蒲魚〔名〕〔俗〕明知故問、假裝不懂（的人）
蒲魚を決め込む（硬裝糊塗）
彼女は蒲魚だ（她是故作天真）

蒲鉾〔名〕魚糕（將魚肉磨成糊狀攤讚木板上成半圓柱體蒸熟的一種食品）、（不鑲寶石的）戒指、寬葉香蒲的花穗
板付蒲鉾（板蒸魚糕）
竹輪蒲鉾（竹圈魚糕）
蒲鉾形（板蒸魚糕形、半圓柱體形）
蒲鉾形の指輪（不鑲寶石的戒指、普通戒指）

蒲公英〔名〕〔植〕蒲公英

蒲葵、檳榔〔名〕〔植〕檳榔
蒲葵毛の車（車廂外貼著檳榔葉的牛車-古代貴人乘用）

## 蹼（ㄆㄨˊ）

蹼〔漢造〕附著於水鳥足趾之間，使足趾相連的皮膜曰蹼
蹼、水搔き〔名〕〔動〕蹼
蹼で泳ぐ（用蹼游泳）
蹼足（蹼足）

## 浦（ㄆㄨˇ）

浦〔漢造〕浦
曲浦（彎曲的海岸）
長汀曲浦（蜿蜒綿長的海濱）

浦〔名〕海灣，湖岔（=入江）、海濱（=浜辺）
田子の浦（田子浦-富士川河口的海岸名勝地）
浦の苫屋（海濱的茅屋）

浦風〔名〕海風、海邊的風（=浜風）

浦菊〔名〕〔植〕金盞菜

浦里〔名〕漁村、海邊的村莊

浦島〔名〕〔動〕球半冠螺
浦島太郎（〔童話〕浦島太郎）
浦島草（〔植〕虎掌）

浦波〔名〕沖拍海岸的波浪

浦人〔名〕漁民、住在海邊的人

浦辺〔名〕海岸

浦曲〔名〕海曲、海岸向內彎曲的地方、沿著海岸走

## 普（ㄆㄨˇ）

普〔漢造〕普通，全面。〔史〕普魯士
普魯士、プロシア Prussia（普魯士）
普仏戦争（普法戰爭）

普及〔名、自サ〕普及
教育を普及させる（普及教育）
科学的知識が民間に普及して来た（科學教育普及到了民間）
普及版（普及本）
普及版を出す（出普及本）

普化僧〔名〕普化宗的僧人、虛無僧（頭戴深草笠、吹簫化緣、雲遊四方）

普賢〔名〕〔佛〕普賢菩薩（=普賢菩薩）
普賢菩薩（普賢菩薩）

フ

**普請**〔名、他サ〕〔佛〕（乞求廣大信徒提供勞動力）修建（寺院、寶塔）。〔轉〕建築，修繕，興工，營造

　　請負普請（承包建築）
　　普請を請け負う（包工）
　　橋を普請する（修橋）
　　家を普請する（蓋房子）
　　土地を買って家を普請する（買地蓋房）
　　普請中（施工中）
　　普請中に付き休業致します（修理房屋停止營業）
　　普請場（建築工地）

**普選**〔名〕普選（=普通選挙）
　　普選運動（普選運動）

**普陀落、補陀落**〔名〕〔佛〕南海普陀落伽山、光明山（觀世音顯聖之地）

**普段、不段**〔名、副〕不斷、不果斷、平日，平常，平素，日常

　　不断の努力を続ける（繼續不斷地努力）
　　優柔不断（優柔寡斷）
　　不断の状態に戻る（回到平素的狀態）
　　不断良く勉強して居れば試験間際に徹夜等為なくても良いのに（平時好好用功的話臨到考試本來不開夜車也行嘛！）
　　其れは御前の不断の心掛けが悪いからだ（那是由於你平常不留心）
　　不断医者（常就醫的醫生）

**普段着、不断着**〔名〕日常穿的衣服、便服←→晴れ着

　　其の生地丈夫で不断着に適している（那料子很結實適合於做平常穿的衣服）
　　其の人達は全部不断着の儘で会合に遣って来た（他們都穿著便服就來參加集會了）

**普茶**〔名〕（宇治黃檗山萬福寺的）中國式的素菜（=普茶料理）
　　普茶料理（〔宇治黃檗山萬福寺的〕中國式的素菜）

**普通**〔名、形動〕普通、一般、通常

　　普通の人間（一般人、普通人）
　　普通の状態に戻る（恢復正常狀態）
　　普通三時間掛かる（通常需要三小時）
　　今は普通の場合と違う（現在非同往常）
　　夕食は普通六時です（晚飯一般六點鐘吃）
　　彼のフタンス語は普通以下だ（他的法語在中等以下）
　　日本人には其が普通だ（對日本人來說那是常事）
　　普通以上の常識を持っている（具有超過一般的常識）
　　此の寒さは普通ではない（這個冷勁非同小可）
　　彼は黙っているのは普通の事ではない（他沉默不語是不尋常的）
　　列車の延着は此の路線では殆ど普通の事である（列車誤點在這條線上幾乎是家常便飯）
　　普通為替（郵匯）
　　普通教育（普通教育-日本分為初等普通教育〝小学〞、中等普通教育〝初中〞、高等普通教育〝高中〞、三等）
　　普通銀行（一般的商業銀行）
　　普通語（〔無〕名碼、普通語言）←→特殊語
　　普通船客（統艙旅客）
　　普通選挙（普選）
　　普通文（現代文、明治時代的候文以外的文語體文）
　　普通名詞（普通名詞）←→固有名詞
　　普通郵便（平信）
　　普通預金（活期存款）
　　普通列車（〔鐵〕慢車）

**普天**〔名〕普天、全天下、全世界
　　普天の下率土の浜（普天之下率土之濱）

**普仏戦争**〔名〕〔史〕普法戰爭（=独仏戦争）

**普遍**〔名〕普遍←→特殊。〔哲〕共性←→個物
　　普遍性を帯びる（帶有普遍性、帶有一般性）

普遍の真理（普遍的真理）
普遍化（一般化）
普遍妥当性（普遍適用性、普遍正當性）
普遍主義（普遍主義、普濟主義）

普く、遍く、周く、洽く〔副〕遍、普遍
　普く世界に知らせる（為世界所周知）
　其れは人の普く知る所だ（那是人所周知的）
　普く天下の秀才を集める（普遍蒐集天下的優秀人才）
　彼の名声は普く知れ渡っている（他的名聲傳遍天下）
　どんな事物の内部にも新旧両側面の矛盾は普く存在している（任何事物内部都普遍存在著新舊兩方面的矛盾）

## 譜（ㄆㄨˇ）

譜〔名、漢造〕樂譜、系譜、圖譜
　譜を付ける（譜曲）
　譜を見ずに弾く（不看譜彈琴）
　譜を見た丈で歌える（一看譜就能唱）
　彼は譜が読める（他能讀樂譜、他識譜）
　系譜（家譜＝系図、〔思想等的〕系統，源流）
　皇統譜（日皇的血統譜）
　家譜（家譜）
　年譜（年譜）
　印譜（印譜）
　棋譜（棋譜）
　花譜（花卉圖譜）
　楽譜（樂譜）
　曲譜（曲譜、樂譜）
　局譜（圍棋譜）
　音譜（樂譜）
　暗譜、諳譜（熟記樂譜）
　採譜（引用旋律－把民謠，歌謠等的旋律採用到樂譜裡）

譜架〔名〕〔樂〕譜架
譜曲〔名〕〔樂〕曲調、樂譜
譜系〔名〕系譜、家譜
譜代、譜第〔名〕世襲、世代相傳的譜系、代代相傳的家臣）←→外様
譜表〔名〕〔樂〕五線譜
　譜表記法（五線譜記譜法）
譜面〔名〕〔樂〕樂譜紙
　譜面台（譜架）
譜例〔名〕〔樂〕譜例

## 瀑（ㄆㄨˋ）

瀑〔漢造〕瀑布
　懸瀑（懸瀑）
　飛瀑（由高處流下的瀑布）
　落瀑（落瀑）
　観瀑（觀瀑）
　瀑声（瀑聲）
　瀑泉（瀑泉）
瀑布〔名〕瀑布（＝滝）
　ナイアガラの瀑布（尼加拉瀑布）
　瀑布線（〔地〕瀑布線）

## 曝（ㄆㄨˋ）

曝〔漢造〕曝曬、暴露
　被曝（被放射線照射）
曝書〔名、自サ〕（為防潮、防蛀而）曬書
曝涼〔名〕晾曬（衣物、圖書等）（＝虫干し）
曝露、暴露〔名、自他サ〕暴露，洩漏，敗露，揭露、曝曬
　自己の無知を暴露する（暴露自己的無知）
　会社の内情を暴露する（洩漏公司內幕）
　陰謀が暴露した（陰謀敗露了）
　余す所無く暴露する（揭露無遺）
　暴露文学（暴露文學）

日光に暴露する（曝曬在日光下）

**曝す、晒す、曬す**〔他五〕曬，曝曬，讓風吹雨打、暴露，漂白，示眾。〔俗〕做（＝為る）

日に晒す（讓太陽曬）

蒲団を日光に晒す（在日光下曬被褥）

風雨に晒された顔（飽受風霜的面孔）

仏像は風雨に晒されて立っている（佛像矗立著任憑風吹雨打）

餓死して屍を道端に晒す（餓死在路上）

苦難に晒されている人人（受苦難的人們）

危険に身を晒す（置身險境）

醜態を晒す（出醜）

人中で恥を晒す（在眾人面前出洋相）

白日の下に晒される（暴露在光天化日之下）

危険に晒され、繰り返しSOSを発した（情況危急反復發出求救信號）

布を晒す（漂布）

晒して無い木綿（沒有漂的棉織品）

首を晒す（梟首示眾）

如何でも晒らせ（不管怎樣去做吧！）

**曝し，曝、晒し，晒**〔名〕曝曬，漂白、漂白布（＝晒し布）。（江戶時代刑罰）把罪人綑綁示眾、梟首示眾（＝晒し首）

晒しの肌着（用漂布做的貼身衣）

**曝し首，曝首、晒し首，晒首**〔名〕（江戶時代把罪人頭顱掛在監獄門前）梟首示眾、示眾的頭顱

**曝首、髑髏**〔名〕髑髏、骷髏、死人的骨頭（＝髑髏、曝首、髑髏）

髑髏の埋まっている嘗ての戰場（遍地骷髏的古戰場）

**曝首、髑髏**〔名〕頭蓋骨（＝曝首、髑髏）

地中から曝首を掘り出す（從地下挖出頭蓋骨）

# 麻（ㄇㄚˊ）

麻〔漢造〕麻、麻布

　苧麻、苧麻（苧麻）

　黃麻、黃麻、黃麻，綱麻（黃麻）

　白麻（白麻）

　大麻（大麻）

　亞麻（亞麻）

　胡麻（胡麻、芝麻）

　蓖麻（蓖麻）

　刺麻（刺麻）

　枲麻（麻的異名）

　蕁麻疹（蕁麻疹）

麻雀〔名〕麻將

　麻雀を遣る（搓麻將）

麻衣、麻衣、麻衣、麻衣〔名〕麻衣（用於禮服、僧服、喪服）

麻疫〔名〕麻疹（＝麻疹、痲疹）

麻疹、痲疹、麻疹，痲疹〔名〕麻疹

　子供が麻疹に罹る（小孩患麻疹）掛かる斯かる架かる懸かる

　麻疹で高熱が出る（麻疹發高燒）

　家の子供は皆麻疹が済んだ（我家小孩全出過麻疹了）済む住む澄む棲む清む

麻黃〔名〕麻黃

麻行〔名〕五十音的第七行（まみむめも）

麻紙〔名〕麻紙（用麻纖維製造的紙）

麻糸、麻糸〔名〕麻線（＝麻苧）

　麻糸で織った布（用麻線織成的布）織る居る折る

麻靴、麻沓〔名〕麻鞋（麻編的鞋）

麻醉，麻睡、魔醉，魔睡〔名、他サ〕麻醉

　麻醉を掛ける（施行麻醉）描ける欠ける書ける懸ける掻ける書ける駈ける

　麻醉を掛けて手術を行う（施行麻醉做手術）斯ける賭ける駆ける架ける翔ける画ける

　局部麻醉して外科手術を為る（施局部麻醉行外科手術）

　全身麻醉して手術を行う（施行全身麻醉做手術）

　麻醉が効かなかった（麻醉沒起作用）効く利く聞く訊く聴く

　針麻醉（針刺麻醉）

　麻醉劑（麻醉劑＝麻醉藥）

　麻醉藥（麻醉藥＝麻醉劑）

　麻醉藥を注射する（打麻醉針）

麻藥、痲藥〔名〕麻醉藥（＝麻醉劑）

　麻藥を密売する（秘密販賣麻醉藥）

　麻藥を密輸を取り締まる（取締麻藥的走私）

麻垂れ〔名〕〔漢字部首〕麻部

　麻垂れと病垂れは違い（麻部和病部不同）

麻痺、痲痺〔名、自サ〕麻痺、癱瘓

　神経が麻痺する（神經麻痺）手足手練（武藝技能高強）

　手足が麻痺して動かない（手腳麻痺動彈不了）手足手足（手腳）

　戦う意志を麻痺させる（使對方麻痺戰鬥意志）

　心臓麻痺（心臟麻痺）腎臓

　交通の麻痺状態（交通的癱瘓狀態）状態情態

　雪の為に交通が麻痺状態に陥る（因雪交通陷於癱瘓狀態）陥る落ち入る

　大雪の為交通が麻痺した（因為大雪交通癱瘓了）大雪大雪大水大水

麻布、麻布〔名〕麻布

麻布〔名、形動〕東京都港區地名、不知真意

麻呂、丸〔代〕〔古〕（古時不分男女貴族的自稱）我（＝我、己）

〔接尾〕接在人名下、構成男人名：柿本人麻呂、人和動物等稱呼、表示親愛：馬麻呂、猿麻呂

麻〔名〕〔植〕麻、大麻、麻布、麻線

## ㄇ

麻の中の蓬（蓬生麻中不扶而直）

**朝**〔名〕朝，早晨。(泛指)早上，午前 ←→夕、晚

　朝に為る（天亮.到了早晨）

　朝早くから夜遅く迄働く（起早睡晚地工作）

　彼の人は朝が早い（遅い）（他早晨起得早〔晚〕）

　朝が辛い（早晨懶得起來）

　仕事は朝何時ですか（工作早上幾點鐘開始?）

　朝は八時からです（早上八點鐘開始）

**浅**〔接頭〕(程度.顏色等)淺.輕微

　浅緑（淺綠色）

　浅手（輕傷）

　浅知恵（淺見）

**麻裏**〔名〕麻底、麻布的裡襯

　麻裏草履（麻底草鞋）

　麻裏の服（麻布裡襯的衣服）

**麻織**〔名〕麻織、麻織的布料

　麻織で夏服を作る（用麻織的布料做夏天的衣服）造る作る創る

　麻織物（麻織品）

**麻苧**〔名〕麻、麻線（麻或苧麻的纖維製成）

**麻天牛**〔名〕麻天牛

**麻裃**〔名〕江戶時代麻布縫製的武士普通禮服

**麻殻**〔名〕麻木

**麻殻、麻幹、麻稈**〔名〕去了皮的麻莖（盂蘭盆法會燒柴火用）

**麻木箸**〔名〕用去了皮的麻莖做的筷子（盂蘭盆法會供於佛前=麻幹箸）

**麻冠**〔名〕漢字的冠的一個（如魔、磨、摩的麻部）

**麻縄、麻繩**〔名〕麻繩

　麻縄を綯う（搓麻繩）

**麻の葉**〔名〕麻葉

**麻の実**〔名〕麻的種子

**苧、苧**〔名〕麻，苧麻的異名、麻線

**麻笥、桶**〔名〕木桶

**麻小笥**〔名〕木桶（=麻笥、桶）

**麻**〔名〕麻（赤麻、紙麻、菅麻、真麻、山麻）

**麻葉繡毬、小手毬**〔名〕〔植〕庭園觀賞用薔薇科落葉小低木

## 瑪（ㄇㄚˇ）

**瑪**〔漢造〕瑪瑙（石英類的礦物，與玉同質，有赤，白，灰各色相雜，非常美麗）

**瑪瑙、馬腦**〔名〕瑪瑙石

　此の瑪瑙は色が奇麗だ（這塊瑪瑙石的色彩漂亮）奇麗綺麗

## 馬、馬（ㄇㄚˇ）

**馬**（也讀作馬、馬）〔漢造〕馬（也讀作馬、馬）-家畜的一種

　犬馬（犬馬）

　牛馬（牛馬）

　弓馬（弓馬、騎射、戰爭）

　風馬牛（互不相干）

　牛飲馬食（貪婪吃喝、暴飲暴食）

　愛馬（心愛的馬、愛騎的馬、喜好飼養的馬）

　駅馬（驛馬）

　役馬（馱馬、耕馬）

　駅馬車（stage coach 的譯詞）（長途公共馬車-發明火車前西歐的主要交通工具）

　軍馬（軍馬、戰馬）

　戎馬（戎馬、軍馬）

　征馬（軍用馬、旅行用的馬）

　駑馬（駑馬、劣馬、愚笨的人）←→駿馬、駿馬

　駄馬（駄馬、駄東西的馬=荷馬、劣馬=駑馬）

　荷馬（駄東西的馬=駄馬）

　荷馬車（運貨馬車）

　輓馬（拉車的馬）

　斑馬、斑馬、斑馬、縞馬（斑馬）

名馬（名馬、駿馬）
良馬（良駒、駿馬）
天馬（天馬、飛馬＝ペガサス Pegasus）
競走馬〔賽馬〕
農耕馬（耕馬）
千里馬（千里馬）
胡馬（中國北方胡人產的馬、胡國的兵馬）
死馬（死馬）
馴馬（馴馬）
白馬（白馬）
河馬（河馬）
驢馬（驢＝兔馬）
騾馬（驢子）
鞍馬（鞍馬、備了鞍的馬＝鞍馬）
竹馬（竹馬）
木馬（木馬、鞍馬）
落馬（墜馬）
駱馬（駱馬）
跳馬（跳馬）
騎馬（騎馬）
競馬〔賽馬〕
乗馬（騎馬、騎的馬）
調馬（訓練馬）
駿馬、駿馬（駿馬）
神馬（獻給神社的馬）
司馬遷（前漢史家）
馬遠（南宋畫家）

**馬疫**〔名〕馬的傳染病

**馬煙、馬煙**〔名〕馬跑時產生的塵煙

**馬鹿、馬稼、莫迦、破家**〔名、形動〕（梵語moha（痴）、mahallaka（無智）的假借字、及破家的轉義）愚蠢，糊塗，傻瓜，不中用、不合理，過度，非常（＝愚か、愚人）←→利口、賢い

馬鹿な行いを為る（做糊塗事）

馬鹿な考え（傻念頭）
馬鹿な真似を為るな（可別做傻事）
馬鹿の骨頂（愚蠢透頂、混蛋到家、糊塗到家）
そんな事に賛成する馬鹿は無い（沒有一個傻瓜贊成那種事）
馬鹿に付ける薬は無い（愚蠢沒藥醫、混蛋不可救藥）
馬鹿も休み休み言え（別瞎扯、少說蠢話）
馬鹿が有って利口が引き立つ（沒有糊塗蟲哪來諸葛亮）
馬鹿と子供は正直（只有傻子和小孩不會撒謊）
馬鹿な子は尚可愛い（傻孩子更可愛）
馬鹿さ加減（糊塗的程度）
馬鹿者（笨蛋）
馬鹿と気違いは避けて通せ（少惹是非）
馬鹿と鋏は使いよう（廢物可利用、傻瓜也有用處）
馬鹿の大足（頭腦簡單四肢發達）
馬鹿の一つ覚え（死心眼、一條路跑到黑）
馬鹿には困った物だ（真是糊塗到家了、真是愚蠢透頂）
馬鹿な顔を為ている（顯得傻呼呼的、顯得無聊的樣子）
馬鹿を言う（胡說、說廢話）
馬鹿を言うな（別胡說、別說廢話＝馬鹿らしい話を止める）
馬鹿を言っては行けない（別胡說、別說廢話）
そんな馬鹿な話は無い（哪裡有那麼不合理的事）
そんな馬鹿な事が！（豈有此理！）
馬鹿に為る（不靈，不好用，不中用、裝糊塗）
風邪を引いて鼻が馬鹿に為った（因為傷風鼻子不通了）
芥子が馬鹿に為った（芥末不辣了）

螺旋が馬鹿に為った（螺絲不靈了）螺旋螺子捻子捩子螺旋

此の鍵は馬鹿に為っている（這把鎖故障了）

馬鹿に（非常、特別）

馬鹿に疲れた（累得不得了）

馬鹿に暑い（熱極了、太熱了）暑い厚い熱い篤い

馬鹿に寒い（非常冷）

今年は馬鹿に暑い（今年特別熱）

雪が馬鹿に降る（雪下得厲害）

馬鹿な値段だ（過高的價錢）

馬鹿に機嫌が良いね（你怎麼這麼高興）

馬鹿に手間取る（非常費事、很費工夫）

馬鹿騒ぎ（大吵大鬧）

馬鹿高い（太高）

馬鹿に為る（輕視、瞧不起）

馬鹿に為れる（受人輕視、讓人瞧不起）

人を馬鹿に為る（瞧不起人）

人を馬鹿に為るな（不要瞧不起人）

年寄や子供を馬鹿に為る（欺侮老少）

馬鹿を見る（吃虧、上當、倒霉、吃啞巴虧）

正直者が馬鹿を見る事が有る（正職人有時吃虧）

こんな物に千円も出して馬鹿を見た（花一千元買這樣東西真不值得）

こんな古い家を買って馬鹿を見た（買這棟房子吃虧了）

馬鹿に成らない（不可輕視、不可小看、別小看、相當可觀）

此の問題は馬鹿に成らない（這個問題不可輕視）

馬鹿に成らない経費（相當可觀的經費）

毎月の食費が馬鹿に成らない（每個月的餐費相當可觀）毎月毎月

馬鹿に出来ない（不可輕視、不可小看、別小看=馬鹿に成らない）

彼は馬鹿に出来ない男だ（他是一個不能輕視的人）

彼の英語も決して馬鹿に出来ない（他的英語也是很出色的）

馬鹿に為ては行けない（不能輕視）

子供だからと言って馬鹿に為ては行けない（就是小孩也不能小看他）

**馬鹿当たり**〔名〕非常順利

**馬鹿芋**〔名〕馬鈴薯，馬鈴薯，じゃか芋（=ポテト potato）

**馬鹿慇懃**〔名〕過於恭敬（=馬鹿丁寧）

**馬鹿丁寧**〔名、形動〕過於恭敬、過於殷勤

馬鹿丁寧な御辞儀（過於恭敬的鞠躬禮）

言葉遣いが馬鹿丁寧だ（話講得太恭敬了）

**馬鹿踊り**〔名〕胡亂跳舞（=馬鹿舞）

**馬鹿貝、馬珂貝**〔名〕蛤蠣（=鱛貝、港貝、冠貝、青柳）

**馬鹿果報**〔名〕僥倖、偶然的幸運

**馬鹿臭い**〔形〕不值得的、划不來的、愚蠢的、無聊的（=馬鹿らしい）

一生懸命に働いて叱られては馬鹿臭い（拼命做反倒挨罵實在划不來）

叱られるとは馬鹿臭い（挨罵不值得）

金に成らない仕事何かするのは馬鹿臭い（做不賺錢的工作實在划不來）

そんな馬鹿臭い話には乗れない（那種無聊的事我可不參加）

**馬鹿気る**〔自下一〕顯得愚蠢、糊塗、無聊

馬鹿気た話だ（糊塗話、蠢話、無聊話）

実に馬鹿気た話だ（真無聊）

彼の行いは全く馬鹿気ている（他的行為糊塗透了）

こんな仕事は全く馬鹿気ている（這樣的工作簡直是荒唐可笑）

あんまり馬鹿気ていて御話に成らない（簡直是胡鬧、不像話）

馬鹿気た夢（癡心妄想）

**馬鹿騒ぎ**〔名、自サ〕胡鬧、亂鬧、大吵大鬧、過分地鬧
　一晩馬鹿騒ぎする（整個晚上亂鬧）
　彼は酔うと馬鹿騒ぎを為る（他喝醉了就胡鬧）

**馬鹿正直**〔名、形動〕死心眼、太老實、過於正直（=馬鹿律儀、愚直）
　馬鹿正直過ぎる（過於誠實、不機智、愚直）

**馬鹿信心**〔名〕妄信、非凡的極端信仰心

**馬鹿垂れ**〔名〕傻瓜、混蛋、糊塗蟲（=馬鹿者、馬鹿野郎）

**馬鹿者**〔名〕傻瓜、混蛋、糊塗蟲
　彼奴は大馬鹿者だ（那傢伙是大傻瓜）

**馬鹿野郎**〔名〕〔罵〕混蛋、畜生

**馬鹿太郎**〔名〕大傻瓜、混蛋、糊塗蟲（=大馬鹿野郎）

**馬鹿力**〔名〕蠻勁（=糞力）
　馬鹿力が有る（有股傻力氣）
　彼は馬鹿力が有る（他有傻力氣）
　馬鹿力を出す（使蠻勁、拿出蠻勁、使牛勁）

**馬鹿面**〔名〕蠢像、癡呆像、傻裡傻氣的樣子（=阿呆面）
　馬鹿面を為て踊り子を眺めていた（他發呆地望著舞者）
　暫くの間馬鹿面を為る（暫時裝著癡呆的樣子）
　馬鹿面では有るが、気が利く（雖然一副癡呆像可是很機警）

**馬鹿鳥**〔名〕信天翁的異名

**馬鹿値**〔名〕過高或過低的價格

**馬鹿念**〔名〕過於謹慎、過於叮嚀、一再叮嚀
　馬鹿念を押す（一再叮嚀、採取過度慎重的態度）

**馬鹿海苔**〔名〕不是季節採取的海苔（品質較差）

**馬鹿馬鹿しい**〔形〕非常愚蠢的、非常無聊的、毫無價值的、不合理的、過於
　馬鹿馬鹿しい事だ（太無聊了 非常愚蠢、毫無價值）
　馬鹿馬鹿しい事件（毫無價值的事件）
　馬鹿馬鹿しい事を言う（說糊塗話）
　馬鹿馬鹿しくて話を成らない（無聊得提不起來）
　骨を折ったのに叱られたのでは馬鹿馬鹿しい（費了力氣反挨罵真划不來）
　あんまり馬鹿馬鹿しくて見て入られない（太不像話、簡直叫人看不下去）
　馬鹿馬鹿しい値段（不合理的價格）
　馬鹿馬鹿しい大きさの寝室（特大號的臥室）

**馬鹿話**〔名、自サ〕無聊的話（=無駄話、馬鹿気た話、下らない話）
　馬鹿話で花を咲かせる（大談無聊的話）
　馬鹿話を為て時を過す（閒談消磨時間）

**馬鹿囃子**〔名〕祭典遊行時演奏的滑稽音樂曲調（=屋台囃子）

**馬鹿らしい**〔形〕無聊的、不值得的、毫無意義的
　馬鹿らしい話を止め為さい（別說無聊的話）
　馬鹿らしい事を言うな（別瞎說啦！）
　余り馬鹿らしく怒る気にも成れない（太不像話根本不值得生氣）
　骨を折って叱られては馬鹿らしい（費力反而受申斥划不來）
　こんな物は馬鹿らしくて買えない（這樣的東西不值得買）
　彼に忠告するのは馬鹿らしい（給他忠告是沒有用的）

**馬鹿笑い**〔名、自サ〕傻笑、不值一笑而笑
　大声で馬鹿笑いする（大聲傻笑）大声 大声

**馬革**〔名〕馬的皮
　馬革を以て屍を包む（以馬革裹屍）
　屍を馬革に包む（以馬革裹屍）

**馬銜、馬勒、馬羈**〔名〕馬銜-繫在馬頭控制馬的繩子

**馬脚**〔名〕馬腳（=馬の足）

馬脚を現す（露出馬脚）顕す　表す
著す

隠せば隠す程馬脚が現れる（欲蓋彌彰）

馬の足、馬の脚〔名〕歌舞伎扮演馬腿的演員、低級演員、跑龍套、笨拙演員（=大根役者）

馬具〔名〕馬具（鞍、鐙、轡、手綱等的總稱）（=馬道具）

馬具を付ける（套馬、備馬）

馬に馬具を付ける（套馬、備馬）

馬具を外す（取下馬具）

馬具足（整套馬具=馬具一式、馬具一切）

馬芸、馬芸〔名〕馬藝

馬券〔名〕（賽馬賭錢的）馬票

馬券を買う（買馬票）

馬券売場（馬票出售處）

馬見所〔名〕觀看馬術練習和賽馬的場所

馬耕〔名、自サ〕用馬耕田

馬関〔名〕下関的舊名

馬関条約（馬關條約）

馬耳東風〔名〕馬耳東風、耳邊風

親の言う事を馬耳東風を聞き流す（把父母的話當作耳邊風）

彼には何を言っても馬耳東風だ（對他說什麼都是耳邊風）

どんなに意見しても彼には馬耳東風だ（無論怎麼勸說都只當作耳邊風）

馬車〔名〕馬車

馬車に乗ってローマを隅隅迄見物する（坐馬車遊覽羅馬各個角落）見物（值得看的東西）

二頭立ての馬車（雙馬車）駈ける　斯ける　賭ける　架ける

馬車を駆ける（趕馬車）掛ける　翔ける　欠ける　描ける　駆ける　掻ける　書ける

幌付き馬車（帶篷馬車）

馬車に幌を掛ける（在馬車上蓋上車篷）

馬車馬〔名〕拉馬車的馬。〔俗〕聚精會神工作的人。〔俗〕任憑別人驅使的人

馬車回し〔名〕門前上下車的地方

馬主、馬主〔名〕馬主

駿馬を発見した馬主（發現了千里馬的馬主）駿馬駿馬

馬首〔名〕馬頭、騎馬所前進的方向

馬頭〔名〕馬頭、以馬為首

馬頭観音（馬頭關音=馬頭觀世音）

馬頭琴（馬頭琴）

馬頭〔名〕〔佛〕馬面（地獄中的馬頭獄卒）←→牛頭

牛頭馬頭（牛頭馬面）

馬手〔名〕牽馬的人（=馬丁）

馬手、右手〔名〕持韁繩的手，右手、右方，右側←→弓手、左手

馬手に刀を持っている（右手執刀）刀　刀

馬丁〔名〕馬童、馬伕、牽馬的（=馬子、馬方、馬追い、別当）

馬子、馬子〔名〕馬伕（=馬方）

馬子にも衣裳（人要衣裝佛要金裝、人是衣裳馬是鞍）衣裝

馬子唄（馬伕邊牽馬邊唱的歌=馬追い唄）

馬夫〔名〕馬伕（=馬方、馬子、馬子）

馬方〔名〕牽馬為業的人（=馬子、馬子、馬追い）

馬方船頭御乳の人（車船店爪牙、不好惹的人）

馬追い〔名〕趕腳、在牧場趕馬的人

馬追い声（趕馬的吆喝聲）

馬追虫（〔動〕瘠螽）

馬術〔名〕馬術

馬術の試合（馬術比賽）

馬術競技（馬術比賽）

馬蹄〔名〕馬蹄

馬蹄型（馬蹄型）

馬蹄形（馬蹄形）

馬蹄形に整列する（排成馬蹄形）
馬蹄形磁石（馬蹄形磁鐵）
馬蹄形硯（馬蹄形硯）
馬蹄螺（〔動〕馬蹄螺）

**馬事**〔名〕管理馬的事務

**馬歯**〔名〕謙稱自己的年紀（=馬齢）
馬歯三十歳（馬齢三十歳）

**馬歯莧**〔名〕馬歯莧（=滑莧）

**馬齢**〔名〕年齡的謙稱（=馬歯）
馬齢五十に為った（馬齢五十了）
馬齢を重ねる（增加年紀、上了年紀）
悪戯に馬齢を重ねる（馬齢徒長）

**馬上**〔名〕馬上、馬背
馬上の花見（走馬看花）
馬上の雄姿（馬上的雄姿）
馬上から矢を射る（從馬被上射箭）
馬上の人と為る（騎馬）
馬上豊かに走り去る（騎馬緩緩而去、悠然騎馬而去）
馬上に居りて此を得（居馬上得之、以武力得天下）

**馬食**〔名、他サ〕大吃大喝
牛飲馬食する（大吃大喝）

**馬謖**〔名〕馬謖（三國時代武將）
泣いて馬謖を斬る（揮淚斬馬謖）

**馬身**〔接尾〕〔助數〕馬的身長
半馬身の差で負ける（只差半馬身而敗）敗ける撒ける蒔ける播ける捲ける
二馬身の差で勝つ（僅以二個馬身之差獲勝）勝つ克つ贏つ且つ

**馬政**〔名〕壞事、壞名聲

**馬前**〔名〕馬的前面、鞍前、騎馬人之前、有地位的人前面
馬前に馳せ参じる（疾馳而來尊前拜見）

**馬氈**〔名〕覆蓋在馬鞍上的毯子毛皮等

**馬装**〔名〕馬裝

**馬槽、馬槽**〔名〕馬槽（=飼い葉桶）、大木桶

**馬足**〔名〕馬脚

**馬賊**〔名〕盜馬的賊、騎馬搶劫的土匪
馬賊が出沒する（馬賊忽隱忽現）

**馬卒**〔名〕牽馬的兵卒

**馬橇、馬橇**〔名〕用馬拉的雪橇
馬橇の鈴の音（馬橇的鈴聲）鈴鈴音音音

**馬喰、博労、伯楽、馬口労**〔名〕（善於相馬的）伯樂、馬醫、馬販、物物交換

**馬体**〔名〕馬體（=馬の体）

**馬盥、馬盥**〔名〕洗馬的大盆、插花用的大水盆

**馬兜鈴**〔名〕馬鈴草

**馬肉**〔名〕馬肉（=馬の肉、桜肉）

**馬場**〔名〕跑馬場，練馬場，賽馬場（=馬場殿、馬場殿）、姓氏
馬に乗って馬場を一回りする（騎馬在練馬場跑一圈）
馬場重（賽馬場因下雨使得場地不好）

**馬尾**〔名〕馬尾（=馬の尾）、馬尾毛（=馬素）

**馬爪**〔名〕馬的指甲（鼈甲的代用品-用作工藝品）

**馬尾藻**〔名〕馬尾藻

**馬尾蜂**〔名〕馬尾蜂

**馬鼻疽**〔名〕馬的一種傳染病

**馬匹**〔名〕馬，馬匹（=馬）
馬匹改良（改良馬種）
馬匹の改良を図る（設法改良馬匹）計る測る量る図る謀る諮る

**馬腹**〔名〕馬腹
拍車で馬腹を蹴る（用馬刺踢馬腹）

**馬糞、馬糞**〔名〕馬糞（=馬の糞、馬矢）
馬糞を拾って肥料に為る（撿馬糞作肥料）
馬糞紙、馬糞紙（馬糞紙、厚紙紙板=ボール紙）
馬糞石（馬糞石=馬の玉）
馬糞海胆（馬糞海膽）

馬鞭草〔名〕熊葛

馬力〔名〕馬力（一秒鐘把76公斤物體移動一公尺的力量相當於746瓦特）、精力，體力，運貨馬車（=荷馬車）

十馬力のモーター（十馬力的馬達、十馬力的發動機）

馬力を掛ける（賣力氣做、鼓足幹勁）

馬力を掛けて遣る（加油幹）

彼は馬力が有る（他很有幹勁）

馬力を雇う（雇運貨馬車）

馬力を頼んで荷物を運ぶ（雇馬車運行李）

馬力屋（趕馬車的人）

馬糧、馬料〔名〕馬的飼料

馬糧を蓄える（貯藏馬料）貯える

馬鬣〔名〕馬的鬃毛（=馬の鬣）

馬鈴薯、馬鈴薯、じゃが芋〔名〕馬鈴薯（=ポテト、馬鹿芋）

馬連、馬楝〔名〕製作版畫時按紙的一種工具、捩菖蒲的異名、捩菖蒲根做的刷毛

馬簾〔名〕繫在旗幟周圍的細長裝飾用的布條

馬酔木、馬酔木〔名〕〔古〕〔植〕馬醉木（=馬不食）

馬〔漢造〕馬

馬草、秣（飼草、乾草）

馬子、馬子（馬伕=馬方）

走馬灯（走馬燈=回り灯籠）

伝馬（驛馬、運貨用大舢舨=伝馬船）

絵馬（為了許願或還願而奉獻的匾額-常畫有圖馬故名）

馬渡節〔名〕民謠的一種

馬刀、馬蛤、蟶〔名〕〔動〕竹蛤（=馬刀貝、馬蛤貝、蟶貝）

馬刀貝、馬蛤貝、蟶貝〔名〕〔動〕竹蛤（=剃刀貝）

馬〔漢造〕馬

駿馬、駿馬（駿馬）

馬手、右手（持韁繩的手，右手、右方、右側）←→弓手、左手

馬手に刀を持っている（右手執刀）刀

馬頭〔名〕〔佛〕馬面（地獄中的馬頭獄卒）←→牛頭

牛頭馬頭（牛頭馬面）

馬〔名〕馬、馬凳（=踏台、脚立）。〔將棋〕馬（=桂馬、成角、竜馬）。〔體〕木馬、鞍馬、緊跟著嫖客索嫖帳的人（=付馬）

馬に乗る（騎馬）載る

馬を急かす（催馬前進、策馬前進）咳かす堰かす

馬が掛ける（馬跑）

馬から落ちる（從馬摔下來）

子馬、仔馬、小馬（小馬）

雄馬、牡馬、牡馬（公馬）

雌馬、牝馬、牝馬（母馬）

馬芹（野茴香）

馬の三葉（山芹菜）

馬が合う（投緣、投機、合得來=気が合う）

二人は馬が合うらしい（兩個人像很投緣）

彼とは妙に馬が合う（不知為什麼跟他性情相合）

彼の男とは馬が合わない（跟他合不來）

馬の脊を分ける（陣雨不過道）

夏の夕立は馬の脊を分ける（夏天的驟雨不過道）

馬の耳に風（馬耳東風、當作耳邊風、像沒聽見一樣、對牛彈琴）

馬の耳に念仏（馬耳東風、當作耳邊風、像沒聽見一樣、對牛彈琴）

馬は馬連れ（物以類聚、人以群分）

馬を鹿に通す（指鹿為馬=鹿を指して馬と為す）

放れ馬（脫韁之馬）離れ

走り馬にも鞭（快馬加鞭）

跳ねる馬は死んでも跳ねる（習性難改）

馬が盗まれてから馬屋を閉めても遅過ぎる（賊走關門事已遲）

馬には乗って見よ人には添うて見よ（馬不騎不知怕人不交不知心、馬要騎騎看人要處處看、事物須先體驗然後再下判斷）添う沿う副う然う

馬を水際に連れて行けても無理に飲ませる事は出来ない（不能一意孤行）

馬を牛に乗り換える（拿好的換壞的、換得不得當）

馬の骨（來歷不明的人、不知底細的人）

何処の馬の骨（甚麼東西、甚麼玩意兒、沒價值的傢伙）

馬痩せて毛長し（馬痩毛長、人窮志短）

**馬合い**〔名〕合得來的人、投緣的人

**馬商人**〔名〕馬販（＝馬喰、博労、伯楽、馬口労）

**馬上げ**〔名〕獻上神馬（＝上げ馬）

**馬虻**〔名〕馬蠅的異名

**馬居**〔名〕乘著馬的樣子

**馬筏**〔名〕〔古〕將馬併排綁在一起以便渡河的方法、用馬組成的橋（渡河的方法）

馬筏を組む（用馬組成渡河橋＝馬の筏を組む）

**馬軍**〔名〕乘馬的士兵（＝騎兵、馬兵）、騎兵作戰（＝騎馬戰）

**馬医者**〔名〕馬醫、獸醫

馬医者に掛ける（去看獸醫）

**馬薬師**〔名〕馬醫、獸醫（＝馬医者）

**馬市**〔名〕馬市

馬市は凄い人出だ（馬市是人山人海）

**馬入り**〔名〕大將入城中

**馬占**〔名〕以獻給神社寺廟的繪馬匾額的狀態來占卜一年作物的豐凶

**馬桶**〔名〕飼料的大木桶（＝飼い葉桶）

**馬下**〔名〕旅行到達終點的目的地

**馬飼**〔名〕養馬、養馬的人、養馬部（＝馬飼部）

**馬返**〔名〕馬不能過的險峻山道

**馬面、馬面**〔名〕馬臉、像馬一樣的長臉（＝馬顔）

**馬衣**〔名〕馬衣（＝網衣）

**馬草、秣、馬草**〔名〕馬草、乾草

**馬櫛**〔名〕馬刷子

馬に馬櫛を掛ける（用馬刷子刷馬）

**馬沓**〔名〕馬沓（＝蹄鉄、鉄踏、馬鍬）

**馬不食**〔名〕馬醉木的異名（＝馬醉木、馬醉木）、仙人草的異名

**馬下駄**〔名〕庭院穿的木屐（＝駒下駄）

**馬小屋**〔名〕馬棚（＝馬屋、厩、馬屋）

**馬屋、厩、馬屋**〔名〕馬棚（＝馬小屋）

馬は馬屋から引き出す（從馬廄拉出馬來）

馬は馬屋で繋ぐ（把馬栓再馬棚裡）

馬屋肥（廄肥）

**馬肥やし、苜蓿**〔名〕苜蓿（牧草用）

**馬芝居**〔名〕馬戲雜耍

**馬印、馬標**〔名〕〔古〕作戰時立於主將旁的一種標誌

**馬柵**〔名〕馬廄入口的橫木（＝馬防）

**馬蟬**〔名〕熊蟬的異名

**馬芹**〔名〕當歸，野竹的異名

**馬揃**〔名〕為了鼓勵良兵馬的飼養在平時集合軍馬檢閱訓練成果

**馬立**〔名〕栓馬處、栓馬椿（＝馬繫）

**馬繫**〔名〕栓馬處、栓馬椿（＝馬立）

**馬蓼**〔名〕春蓼的異名

**馬楯**〔名〕騎兵用的盾

**馬婚**〔名〕人和馬姦淫

**馬司、馬寮、馬寮**〔名〕主管馬事務的官聽（＝厩司）

**馬付、馬付**〔名〕牽馬的人（＝馬取、口取）

**馬付**〔名〕馬駄行李、馬駄的行李

**馬継ぎ**〔名〕〔古〕換馬的驛站

**馬兵**〔名〕馬兵（＝馬軍）

**馬跳**〔名〕（兒童遊戲）跳馬

馬跳を為て遊び（玩跳馬）

**馬為り**〔名〕〔賽馬〕使馬盡力跑、縱馬奔馳

**馬荷**〔名〕馬上背負的貨物

**馬盜人**〔名〕偷馬賊（＝馬泥棒）

**馬眠**〔名〕騎著馬打瞌睡

## ㄇ

馬の足形、毛茛〔名〕〔植〕毛茛

馬の尾蜂〔名〕馬尾蜂

馬頭〔名〕（馬司、馬寮、馬寮）的長官左右各一人

馬印〔名〕（馬大腿上的）烙印

馬の尾〔名〕馬尾

馬の鈴〔名〕〔植〕馬兜鈴

馬の背〔名〕山脊

　馬の背を分ける（降雨不過道、隔道不下雨）

馬の歯毀〔名〕〔植〕仙人草的異名

馬の鼻向、餞〔名〕餞別

馬の莧〔名〕〔植〕滑莧的異名

馬の骨〔名〕來歷不明的人、不知底細的人

　何処の馬の骨だ（哪裡來的傢伙）

　彼奴は何処の馬の骨だか分らない（哪傢伙不知是哪裡來的野小子）

馬乗、馬載〔名〕騎馬、騎馬的人、騎在馬背上、跨在別人身上、騎術高超的騎手

　相手に馬乗に為ってぼかぼか殴った（騎在對方身上揮拳亂打）

　倒れた相手の上に馬乗に為る（騎在倒下的對方身上）

馬蠅〔名〕〔動〕牛虻、馬胃蠅

　馬蠅を撲滅する（撲滅牛虻）

馬博労〔名〕馬販（＝馬喰、博労、伯楽、馬口労）

馬柄杓、馬柄杓〔名〕洗馬時取水的杓子（＝馬杓子）

馬聖〔名〕虛無僧、虛無僧（日本普化宗的蓄髮僧人頭戴深草笠吹簫化緣雲遊四方）

馬蛭〔名〕〔動〕馬蟥馬鱉

馬偏〔名〕〔漢字部首〕馬字旁

馬回り〔名〕古代將軍周圍的護衛騎馬武士（＝馬回組）

馬道〔名〕馬的通道

馬武者〔名〕騎馬的武士

馬陸〔名〕〔動〕馬陸、首延蟲

馬鞭草〔名〕〔植〕熊葛

馬〔名〕馬的變化語

駒〔名〕馬的變化語、（將棋）駒的古稱

## 罵、罵（ㄇㄚˋ）

罵、罵〔漢造〕罵（＝罵る、悪口を言う）

　笑罵（笑著罵）

　嘲罵（嘲諷辱罵）

　怒罵（怒罵）

　痛罵（痛罵、大罵）

　面罵（當面辱罵）

罵言〔名〕罵人的話（＝罵る言葉、悪口、悪口）

　罵言を浴びせ掛ける（破口大罵）

罵声〔名〕罵聲

　罵声を浴びせられる（挨罵）

　罵声を浴びせる（破口大罵）

　相手に罵声を浴びせる（大罵對方）

罵倒〔名、他サ〕痛罵（＝酷く罵る、罵殺）←→絕贊

　口汚く罵倒する（破口痛罵）

　彼は私を友人の前で罵倒した（他在朋友面前痛罵了我一頓）

罵詈、罵詈〔名〕罵詈、咒罵（＝罵り）

　罵詈讒謗（惡語中傷）

　罵詈雑言（咒罵的話）

　罵詈雑言を浴びせる（破口大罵）

　罵詈雑言を吐く（說罵人的話）掃く穿く履く刷く佩く

罵る〔自、他五〕大聲斥責，大聲吵嚷（＝怒鳴る）、罵，臭罵，詆毀

　大声で罵る（大聲吵嚷）大声

　人を口汚く罵る（臭罵別人）

　彼は君を嘘吐きだと罵った（他罵你是騙子）

　人前で他人を罵る（公開罵他人）

　口を極めて罵る（破口大罵）

　罵り合う（對罵）

罵り〔名〕大聲吵嚷、臭罵

罵る〔他四〕大聲斥責，大聲吵嚷、罵，臭罵，詆毀（＝罵る）

## 摸、摹（ㄇㄛ）

**摸、摹**〔漢造〕（與模、摸通用）仿效，模仿（＝模る、真似る、倣う）、探尋（＝手探り）

臨摸，臨摹、臨摸、臨摹（臨摹）

**摸する、模する、摹する**〔他サ〕模仿、仿照（＝似せる）

池を半月の形に模して造る（仿照半圓形做水池）

西湖に模して造った公園（仿照西湖修建的公園）

凱旋門に模して建てる（模仿凱旋門建造）

**模す**〔他サ〕模仿、仿照（＝模する、摸する、摹する）

**摸擬、模擬**〔名、自他サ〕模擬、模仿

模擬戦（模擬戰、演習）

模擬試験（模擬考試）

模擬店（園遊會的攤位）

**摸索、模索**〔名、他サ〕摸索、探詢（＝手探り）

解決策の鍵を模索する（摸索解決辦法的關鍵）

解決の方法を模索する（摸索解決辦法）

五年も暗中模索したが未だ発見出来ない（五年暗中摸索也還不能發現）

実験は未だに模索の段階を出ない（實驗還在摸索階段尚未得出）

**摸作、模作**〔名、他サ〕仿造、仿造品（＝摸造、摸造）

新式の機械を模作する（仿造新式機器）

模作品（仿造品）

**摸造、模造**〔名、他サ〕仿造，仿造品、仿製，仿製品（＝模作、摸作）

此は模造の真珠だ（這是仿造的真珠、這是人造珍珠）

模造真珠（人造珍珠）

此は模造品です（這是仿造品）

模造品（仿造品＝イミテーション）

模造紙（道林紙）

模造アート紙（沖銅版）

**摸写、模写、摹写**〔名、他サ〕摹本，臨本、模仿複製品、模寫，臨摹

敦煌の壁画の模写（敦煌壁畫的摹本）

蘇東坡の字を模写する（臨摹蘇東坡的字）

声帯模写（口技）

名画の模写（名畫複製品）

模写伝送（傳真）

模写電送機（傳真機）

**摸倣、模倣、摸効，模効、模做**〔名、他サ〕模仿、仿效（＝真似る、似せる）←→創造、独創

他人の模倣を許さない（別人無法模仿、有獨到之處）

他人の誤った遣り方を模倣しては行けない（不要模仿別人錯誤的做法）

他人の作品を模倣する（模仿別人的作品）

外国の物を盲目的に模倣しては行けない（不要盲目地模仿外國的東西）

盲目的に模倣する（盲目地模仿）

大家の作風を模倣する（模仿專家風格）

模倣芸術（模仿藝術＝再現芸術）

模倣説（模仿學說-所有社會結合的基本原理有模仿的社會學說）

**摸本、模本、摹本**〔名〕摹本，抄本，繕本，臨本、範本（＝手本）

## 摩（ㄇㄛˊ）

**摩**〔漢造〕摩擦（＝摩擦）、摩滅（＝磨り減る）、按摩（＝摩り合わせる、擦る、撫でる）、（與磨通）磨、研磨（＝研磨、研磨-磨く、研ぐ）、接近（＝近付く、迫る）、摩天楼（＝摩天楼）、音字（用作音譯字）摩訶(梵 maha 的音譯)

按摩（按摩、按摩的人、盲人）

研摩、研磨（研磨、鑽研）

ㄇ

減磨（磨損、減少磨擦）

揣摩（揣摩、推測）

志摩（東海道十五國之一-現今三重縣的一部分）

三摩地、三摩提（三昧-正定、集中精神破除雜念-梵語 samadhi 的音譯）

摩訶〔名〕〔佛〕摩訶（梵 maha 的音譯）（有巨大、浩瀚、眾多、優秀、卓越之意）

摩訶不思議〔名、形動〕極不可解、非常離奇

摩訶不思議な事が有った物だ（真奇怪極了）

摩訶不思議な事が起こった（發生了非常離奇的事情）起る興る熾る怒る

そんな摩訶不思議な事が有るなんて（能有那樣離奇的事情嗎？）

摩訶衍〔名〕〔佛〕摩訶衍（梵 mahayana 的音譯=大乗）

摩訶迦葉〔名〕〔佛〕偉大的迦葉（梵 kasyapa 的音譯=釋迦的十大弟子之一）

摩訶迦羅天〔名〕〔佛〕摩訶迦羅天（梵 mahakala 的音譯=大黑天）

摩崖仏、磨崖仏〔名〕岩壁雕刻的佛像

摩尼〔名〕〔佛〕珠玉的總稱（梵 mani=摩尼珠）

摩尼教〔名〕摩尼教（西元三世紀在伊朗創立的宗教）

摩耶〔名〕〔佛〕釋迦的生母（梵 maya 的音譯=摩耶夫人、仏母）

摩利支天〔名〕〔佛〕（梵 marici=陽炎）（經常追隨日天有神通的）女神、日本的陽炎女神、武士的守護神

摩多羅神〔名〕〔佛〕天台宗崇拜的守護神

摩擦〔名、自他サ〕磨擦（=擦れ合う、擦る）、不和睦←→軋轢

摩擦すると熱が出る（一磨擦就生熱）

硝子棒で絹を摩擦すると静電気が起る（如果用玻璃棒磨擦布就會產生靜電）絹衣

皮膚を摩して抵抗力を強くする（磨擦皮膚加強抵抗力）

摩擦に因って速度が鈍る（因摩擦而速度減慢）

両者間に摩擦を生ずる（兩者之間發生摩擦）

両者の間に詰まらぬ摩擦を生ずる（兩者之間發生無謂的摩擦）

二人の間にはを生じた（兩人之間發生了磨擦）

無用な摩擦を起さない様に注意する（不要引起不必要的摩擦）

不必要な摩擦を引き起こす（引起不必要的摩擦）

感情的な摩擦を避ける（避免感情上的摩擦）避ける避ける

摩擦音（磨擦音）

摩損、磨損〔名、自サ〕磨損

機械が摩損する（機器磨損）

車のエンジンの摩損を減少する（減少汽車引擎的磨損）

摩天楼〔名〕摩天樓（=スカイスクレーパー）

摩滅、磨滅〔名、自サ〕磨滅、磨損（=磨り減る）

判子が摩滅した（圖章用舊已經模糊）

印章の字がすっかり摩滅した（圖章的字跡都磨損了）

碑文が摩滅して読めない（碑文磨損得看不清了）

針の先が摩滅して終った（針尖磨鈍了）

永久に摩滅する事は無い（永久不磨滅）

摩耗、磨耗〔名、自サ〕磨耗、磨損

摩する、磨する〔他サ〕磨擦（=擦る、磨く）、接近（=迫る）

肩肩相摩する（駢肩雜遝）

天を摩する高層建築（摩天大廈）高廈

天を摩する高層ビル（摩天大廈）

天を摩する（齊天般高）

専門家の塁を摩する（趕上專家）

玄人の塁を摩する（接近行家的水準）素人

**摩る、擦る**〔他五〕撫摸、磨擦
　子供の頭を摩る（撫摸孩子的頭）
　鳩尾を摩る（撫摸胸口）鳩尾鳩尾
　胸を摩る（撫摸胸口、放心）

**摩れる、擦れる、磨れる、摺れる**〔自下一〕摩擦，磨損，磨破，久經世故，閱歷多
　木の葉が摩れる音（樹葉摩擦沙沙的聲音）音音音
　石が摩れて丸くなる（石頭互相摩擦而變圓）
　傷口が摩れて痛い（傷口摩得很痛）
　摩れて足に肉刺が出来る（腳上摩起了泡）
　文字が摩れる（字模糊了）文字
　袖口が摩れて終った（袖子摩破了）
　靴下の踵が摩れて破れた（襪子後跟給摩破了）踵
　ズボンの裾がすっかり摩れて終った（褲腳全摩破了）
　摩れた男（老油條）
　彼奴は摩れている（那傢伙很滑頭）
　彼女は少しも摩れた処が無い（她一點也不油滑）

**摩れ、擦れ**〔名〕磨破的地方
**摩目、擦目**〔名〕擦傷
**摩者、擦者**〔名〕久經世故的人、閱歷很多的人
**摩傷、擦疵**〔名〕擦傷
**摩れる**〔自下一〕移動，離開原來的位置，離題，不對頭
　机の位置が摩れている（桌子的位置移動了）
　瓦が摩れて落ち然うだ（瓦片移動了好像要掉下來）
　出発の予定が一日摩れた（預定出發的日子錯開了一天）一日一日一日一日
　君の考えは少し摩れている様だ（你的想法似乎有點不對頭）
　時期が摩れている（時期不對）

**摩る、擦る、磨る、擂る、摺る**〔他五〕摩擦，磨碎，磨平，磨光、輸，損失
　タオルで背中を摩る（用毛巾擦背）
　寒いので手を摩る（因為冷所以搓手）
　マッチを摩る（擦火柴）
　火打ち石を摩る（打火）
　擂鉢で胡麻を擂る（用研缽把芝麻磨碎）
　墨を擂る（研墨）
　胡麻を擂る（拍馬屁）
　胡麻擂（拍馬屁的人、阿諛的人）
　鑢で摩って平らに為る（用銼刀搓平）
　鏡を摩る（把鏡子磨亮）
　競馬で金を摩って終った（賽馬把錢輸光）
　元を摩る（賠本）
　財産を摩る（耗盡財產）
　摩んた揉んだ（糾紛）

**為る**〔自サ〕（通常不寫漢字，只假名書寫）（…が為る）作、發生、有(某種感覺)、價值、表示時間經過。表示某種狀態。〔他サ〕做(=為す、行う)充、當做。(を……に為る)作成、使成為、使變成(=に為る)(……事に為る)(に為る)決定、決心。(…と為る)假定、認為、作為。(…ようと為る)剛想、剛要。(御……為る)(謙)做
　物音が為る（作聲、發出聲音、有聲音=音を為る）音音音音
　稲光が為る（閃電、發生閃電、有閃電）稲妻
　寒気が為る（身子發冷．感覺有點冷）
　気が為る（覺得．認為．想．打算．好像）←→気が為ない
　此のカメラは五千円為る（這個照相機價值五千元）
　彼は五百万円為る車に乗っている（他開著價值五百萬元的車）
　こんな物は幾等も無い（這種東西值不了幾個錢）
　デパートで買えば十万円は為る（如果在百貨公司買要十萬元）

一時間も為ない内にすっかり忘れて終った（沒過一小時就給忘得一乾二淨了）
三日も為れば帰って来る（三天後就回來）
さっぱり為た人（爽快的人）
彼の男はがっちり為ている（那傢伙算盤打得很仔細）
頭がくらくらと為てぽっと為る（頭昏腦脹．不清楚貌）
幾等待っても来為ない（怎麼等也不來）
仕事を為る（做工作）
話を為る（說話）
勉強を為る（用功．學習）
為る事為す事（所作所為的事．一切事）
為る事為す事旨く行かない（一切事都不如意）
為る事為す事皆出鱈目（所作所為都荒唐不可靠）
何も為ない（什麼也不做）
其を如何為ようと僕の勝手だ（那件事怎麼做是隨我的便）
私の言い付けた事を為たか（我吩咐的事情你做了嗎？）
此から如何為るか（今後怎麼辦？）
如何為る（怎麼辦？怎麼才好？）
如何為たか（怎麼搞得啊？怎麼一回事？）
如何為て（為什麼、怎麼、怎麼能）
如何為ても旨く行かない（怎麼做都不行．左也不是右也不是）
如何為てか（不知為什麼）
今は何を為て御出でですか（您現在做什麼工作？）
委員を為る（當委員）
世話役を為る（當幹事）
学校の先生を為る（在學校當老師）
子供を医者に為る（叫孩子當醫生）
彼を議長に為る（叫他當主席）

彼は娘をピアニストに為る積りだ（他打算要女兒當鋼琴家）積り心算心算
本を枕に為て寝る（用書當枕頭睡覺）眠る
彼は事態を複雑に為て終った（他把事態給弄複雜了）終う仕舞う
品物を金に為る（把東西換成錢）金金
借金を棒引に為る（把欠款一筆勾銷）
三階以上を住宅に為る（把三樓以上做為住宅）
絹を裏地に為る（把絲綢做裡子）
顔を赤く為る（臉紅）
赤く為る（面紅耳赤．赤化）
仲間に為る（入夥）
私は御飯に為ます（我吃飯．我決定吃飯）
今度行く事に為る（決定這次去）
今も生きていると為れば八十に為った筈です（現在還活著的話該有八十歲了）
卑しいと為る（認為卑鄙）卑しい賎しい
此処に一人の男が居ると為る（假定這裡有一個人）
行こうと為る（剛要去）
出掛けようと為ていたら電話が鳴った（剛要出門電話響了）
隠そうと為て代えて馬脚を現す（欲蓋彌彰）表す現す著す顕す
御伺い為ますが（向您打聽一下）
御助け為ましょう（幫您一下忙吧！）

**刷る．摺る**〔他五〕印刷
色刷りに刷る（印成彩色）掏る剃る為る
千部刷る（印刷一千份）
良く刷れている（印刷得很漂亮）
鮮明に刷れている（印刷得很清晰）
此の雑誌は何部刷っていますか（這份雜誌印多少份？）
ポスターを刷る（印刷廣告畫）

輪転機で新聞を刷る（用輪轉機印報紙）

**掏る**〔他五〕扒竊、掏摸

掏摸に掏られた（被小偷偷了）掏る磨る擂る刷る摺る擦る摩る為る

掏摸に御金を掏られた（錢被小偷偷走了）

電車の中で財布を掏られた（在電車裡被扒手扒了錢包）

人の懐中を掏ろうと為る（要掏人家的腰包）

**剃る**〔他五〕〔方〕剃(=剃る)

鬚を剃る（刮鬍子）刷る磨る摩る摺る擦る掏る擂る為る

## 模、摸（ㄇㄛˊ）

**模、摸**〔漢造〕模範、花紋，裝飾、探尋、模仿，仿效（與摸通用）

描模（描模）

臨模，臨摹，臨摸，臨摹（臨摹）

楷模（楷模）

規模（規模、範圍、榜樣、典型）

**模する、摸する、摹する**〔他サ〕模仿、仿照（=似せる）

池を半月の形に模して造る（仿照半圓形做水池）形形形形形半月半月（半個月）

西湖に模して造った公園（仿照西湖修建的公園）造る作る創る

凱旋門に模して建てる（模仿凱旋門建造）裁てる立てる截てる断てる経てる発てる点てる

**模す**〔他サ〕模仿、仿照（=模する、摸する、摹する）

**模擬、摸擬**〔名、自他サ〕模擬、模仿

模擬戦（模擬戰、演習）

模擬試験（模擬考試）

模擬店（園遊會的攤位）

**模試**〔名〕模擬考試（〝模擬試験〞的簡稱）

**模型、摸型**〔名〕模型、雛形（=型）←→実物

実物大の模型（實物大的模型）実物実物（蔬果、結果實的）

模型を造る（做模型）造る作る創る

模型飛行機（模型飛機）

人体模型（人體模型）人体人体

**模糊、糢糊**〔形動タルト〕模糊、不清楚、不明白

曖昧模糊（曖昧模糊）

真相は今尚曖昧模糊と為ている（真相現在仍然曖昧模糊不清楚）

彼女の態度は相変わらず模糊と為ている（她的態度仍然模糊不清楚）

**模刻**〔名〕照原書或原物雕刻（=模勒）

模刻本（照原書模刻版木上印刷的書）

**模索、摸索**〔名、他サ〕摸索、探索（=手探り）

解決策の鍵を模索する（摸索解決辦法的關鍵）

解決の方法を模索する（摸索解決的方法）

暗中模索（暗中摸索）

模索時代（暗中摸索的年代）

実験は未だに模索の段階を出ない（實驗還不出摸索的階段）未だ未だ

**模作、摸作**〔名、他サ〕仿造、仿造品（=模、造摸造）

新式の機械を模作する（仿造新式機器）

模作品（仿造品）

**模造、摸造**〔名、他サ〕仿造，仿造品、仿製，仿製品（=模作、摸作）

此は模造の真珠だ（這是仿造的真珠、這是人造珍珠）此是之

模造真珠（人造珍珠）

此は模造品です（這是仿造品）

模造品（仿造品=イミテーション）

模造紙（道林紙）

模造アート紙（沖銅版）

**模式図**〔名〕模式圖、圖解

地形模式図（地形模式圖）地形地形地形地形

**模写、摸写、摹写**〔名、他サ〕摹本，臨本、模仿複製品、模寫、臨摹

　敦煌の壁画の模写（敦煌壁畫的摹本）
　蘇東坡の字を模写する（臨摹蘇東坡的字）
　声帯模写（口技）
　名画の模写（名畫複製品）
　模写伝送（傳真）
　模写電送機（傳真機）

**模像**〔名〕模型的像

　偉人の模像を建てる（建偉人模型的像）

**模範**〔名〕模範、榜様、典型（=手本、法，則）

　全校生徒の模範と為る（成為全體同學的模範）
　彼を模範と為る（以他作為榜様）
　彼の人を模範と為為さい（要拿他作榜様、要向他學習）
　人に模範を示す（給別人示範）示し湿す
　彼は勉強家の模範だ（他是勤奮者的典型、他是苦幹者的典型）
　模範試合（表演賽）
　模範生（模範生）
　模範解答（標準答案）
　模範林（示範林）
　模範的（模範的）
　模範的な行い（模範的行為）
　模範的な振舞（模範的行為）
　模範的な人物に為る（成為模範人物）
　模範的な役割を為る（起示範作用）
　父と母親は模範的な役割を果たさ無ければ成らない（父母親必須負起以身作則的責任）
　此は模範的な手紙文です（這是標準的書信體）
　先生は模範的な行動で学生をリード（lead）した（老師以模範行動帶動了學生）

**模倣，摸倣、模佼，摸佼、模傚**〔名、他サ〕模仿仿效（=真似る、似せる）←→創造、独創

　他人の模倣を許さない（別人無法模仿、有獨到之處）
　他人の誤った遣り方を模倣しては行けない（不要模仿別人錯誤的做法）誤る謝る
　他人の作品を模倣する（模仿別人的作品）
　外国の物を盲目的に模倣しては行けない（不要盲目地模仿外國的東西）
　盲目的に模倣する（盲目地模仿）
　大家の作風を模倣する（模仿專家風格）
　大家大家大家族大家大屋（房東）
　模倣芸術（模仿藝術=再現芸術）
　模倣説（模仿學說-所有社會結合的基本原理有模仿的社會學說）

**模本、摸本、摹本**〔名〕摹本，抄本，繕本，臨本、範本（=手本）

**模様**〔名〕花紋，花様、情况，様子（=有様）、徵兆，動靜，趨勢

　模様を付ける（加上花紋）
　花の模様を付いた着物（有花卉花紋的衣服）
　紙には模様が入っている（紙上有花紋）
　模様入りのコップ（kop）（有花様的茶杯）
　此の模様は派手過ぎる（這花樣太鮮艷了）
　其の布地には牡丹の模様が有る（那塊布料有牡丹的花樣）布地切地布地
　模様編みの工芸品（編織有花様的工藝品）
　模様編み（帶花的編織）
　縞模様（條紋花様、格紋）
　模様物（有花様的東西、衣裝）
　模様尽し（各種花様並陳）
　当時の模様を語る（談當時的情況）
　目撃者に当時の模様を話して貰う（請目撃者敘述一下當時的情況）
　其の場の模様（當場的情況）

会議の模様を報告する（報告會議的經過情形）

事故の模様（事故的情形）

雨の模様を見る（像是要下雨的天氣）

雨模様、雨模様（要下雨的樣子）

雨模様を眺める（看天色）

此の模様では未だ数日手間取る様だ（看樣子還得耽誤幾天）数え日（年關逼近）

此の模様では今日中に終らないだろう（看樣子今天結束不了）

作品の完成迄の模様を伝える（告知作品完成前的情形）

鉄道運賃の値上げが決まり然うな模様だ（看樣子鐵路運費要漲價了）

物価は下がり然うな模様だ（物價有下跌的趨勢）

彼の帰る模様が見えない（看不出他要回來）

模様替え、模様替（改變情況、改變内容、改變外觀、改變方法）

部屋の模様替を為る（改變室内的布置裝修）

教室の模様替を為る（改變教室的布置）

市庁舎は模様替に為った（市公所改建了）

計画を模様替する（修訂計畫）

計画の模様替（改變計畫）

駅を三階建に模様替する（改建車站為三層樓的建築）

駅の模様替を為ている（正在改建火車站）

模様莧（〔植〕模様莧=赤花模様莧、姫錦鶏頭）

模様河豚（〔動〕模様河豚）

**模形木**〔名〕（印染）印花板、版木、板木（為了印製版畫或書籍而刻的木版）

**模る、象る**〔自、他五〕仿照，模仿（…的形象）、形像化

琵琶湖を模った池（模仿琵琶湖形狀的水池）

東と言う字を模った東京都のマーク（模仿東字的形狀做的東京都徽章）

生の喜びを模る群像（把生的喜悅形像化了的群像）

## 磨（ㄇㄛˊ）

**磨**〔漢造〕磨（＝碾臼、石臼）、研磨（＝研摩、研磨、磨く、研ぐ、擦る）、磨損（＝磨り減らす、滅びる）

研摩、研磨（研磨、鑽研）

減磨（磨損、減少磨擦）

百世不磨（永不磨滅）

切磋琢磨（切磋琢磨）

百戦錬磨（身經百戰）

**磨製**〔名〕磨製

磨製石器（研磨成的石器）

**磨損、摩損**〔名、自サ〕磨損

機械が摩損する（機器磨損）

車のエンジンの摩損を減少する（減少汽車引擎的磨損）

**磨滅、摩滅**〔名、自サ〕磨滅、磨損（＝磨り減る）

判子が摩滅した（圖章用舊已經模糊）

印章の字がすっかり摩滅した（圖章的字跡都磨損了）

碑文が摩滅して読めない（碑文磨損得看不清了）

針の先が摩滅して終った（針尖磨鈍了）

永久に摩滅する事は無い（永久不磨滅）

**磨耗、摩耗**〔名、自サ〕磨耗、磨損

**磨れる、摩れる、擦れる、摺れる**〔自下一〕摩擦，磨損，磨破、久經世故，閱歷多

木の葉が摩れる音（樹葉磨擦沙沙的聲音）音音音

石が摩れて丸くなる（石頭互相摩擦而變圓）

傷口が摩れて痛い（傷口磨得很痛）

摩れて足に肉刺が出来る（腳上磨起了泡）

文字が摩れる（字模糊了）文字

袖口が摩れて終った（袖子磨破了）
靴下の踵が摩れて破れた（襪子後跟給磨破了）踵
ズボンの裾がすっかり摩れて終った（褲脚全磨破了）
摩れた男（老油條）
彼奴は摩れている（那傢伙很滑頭）
彼女は少しも摩れた処が無い（她一點也不油滑）

**磨る、摩る、擦る、擂る、摺る**〔他五〕摩擦，磨碎，磨平、磨光、輸、損失
タオルで背中を摩る（用毛巾擦背）
寒いので手を摩る（因為冷所以搓手）
マッチを摩る（擦火柴）
火打ち石を摩る（打火）
擂鉢で胡麻を擂る（用研缽把芝麻磨碎）
墨を擂る（研墨）
胡麻を擂る（拍馬屁）
胡麻擂（拍馬屁的人、阿諛的人）
鑢で摩って平らに為る（用銼刀搓平）
鏡を摩る（把鏡子磨亮）
競馬で金を摩って終った（賽馬把錢輸光）
元を摩る（賠本）
財産を摩る（耗盡財產）
摩んた揉んだ（糾紛）

**掏る**〔他五〕扒竊、掏摸
掏摸に掏られた（被小偷偷了）掏る磨る擂る刷る摺る擦る摩る為る
掏摸に御金を掏られた（錢被小偷偷走了）
電車の中で財布を掏られた（在電車裡被扒手爬了錢包）
人の懐中を掏ろうと為る（要掏人家的腰包）

**刷る、摺る**〔他五〕印刷
色刷りに刷る（印成彩色）掏る剃る為る
千部刷る（印刷一千份）
良く刷れている（印刷得很漂亮）
鮮明に刷れている（印刷得很清晰）
此の雑誌は何部刷っていますか（這份雜誌印多少份？）
ポスターを刷る（印刷廣告畫）
輪転機で新聞を刷る（用輪轉機印報紙）

**為る**〔自サ〕（通常不寫漢字、只假名書寫）（…が為る）作，發生，有（某種感覺）、價值、表示時間經過、表示某種狀態。
〔他サ〕做（=為す、行う）充，當做、（を…に為る）作成，使成為，使變成（=に為る）
（…事に為る）（に為る）決定，決心、（…と為る）假定，認為，作為、（…ようと為る）剛想，剛要（御…為る）。〔謙〕做
物音が為る（作聲、發出聲音、有聲音=音を為る）音音音音
稲光が為る（閃電、發生閃電、有閃電）稲妻
寒気が為る（身子發冷、感覺有點冷）
気が為る（覺得、認為、想、打算、好像）←→気が為ない
此のカメラは五千円為る（這個照相機價值五千元）
彼は五百万円為る車に乗っている（他開著價值五百萬元的車）
こんな物は幾等も為ない（這種東西值不了幾個錢）
デパートで買えば十万円は為る（如果在百貨公司買要十萬元）
一時間も為ない内にすっかり忘れて終った（沒過一小時就給忘得一乾二淨了）
三日も為れば帰って来る（三天後就回來）
さっぱり為た人（爽快的人）
彼の男はがっちり為ている（那傢伙算盤打得很仔細）

頭がくらくらと為てぽっと為る（頭昏腦脹）

幾等待っても来為ない（怎麼等也不來）

仕事を為る（做工作）

話を為る（說話）

勉強を為る（用功、學習）

為る事為す事（所作所為的事、一切事）

為る事為す事旨く行かない（一切事都不如意）

為る事為す事皆出鱈目（所作所為都荒唐不可靠）

何も為ない（什麼也不做）

其を如何為ようと僕の勝手だ（那件事怎麼做是隨我的便）

私の言い付けた事を為たか（我吩咐的事情你做了嗎？）

此から如何為るか（今後怎麼辦？）

如何為る（怎麼辦？怎麼才好？）

如何為たか（怎麼搞得啊？怎麼一回事？）

如何為て（為什麼、怎麼、怎麼能）

如何為ても旨く行かない（怎麼做都不行、左也不是右也不是）

如何為てか（不知為什麼）

今は何を為て御出でですか（您現在做什麼工作？）

委員を為る（當委員）

世話役を為る（當幹事）

学校の先生を為る（在學校當老師）

子供を医者に為る（叫孩子當醫生）

彼を議長に為る（叫他當主席）

彼は娘をピアニストに為る積りだ（他打算要女兒當鋼琴家）積り心算心算

本を枕に為て寝る（用書當枕頭睡覺）眠る

彼は事態を複雑に為て終った（他把事態給弄複雜了）終う仕舞う

品物を金に為る（把東西換成錢）金金

借金を棒引に為る（把欠款一筆勾銷）

三階以上を住宅に為る（把三樓以上做為住宅）

絹を裏地に為る（把絲綢做裡子）

顔を赤く為る（臉紅）

赤く為る（面紅耳赤、赤化）

仲間に為る（入夥）

私は御飯に為ます（我吃飯、我決定吃飯）

今度行く事に為る（決定這次去）

今も生きていると為れば八十に為った筈です（現在還活著的話該有八十歲了）

卑しいと為る（認為卑鄙）卑しい賎しい

此処に一人の男が居ると為る（假定這裡有一個人）

行こうと為る（剛要去）

出掛けようと為ていたら電話が鳴った（剛要出門電話響了）

隠そうと為て代えて馬脚を現す（欲蓋彌彰）表す現す著す顕す

御伺い為ますが（向您打聽一下）

御助け為ましょう（幫您一下忙吧！）

**磨り臼、磨臼、磨臼**〔名〕磨（＝唐臼、唐臼）

磨臼で磨り潰す（用磨磨碎）

磨臼で引く（用磨磨）引く轢く惹く弾く曳く退く挽く牽く

磨臼を引く（推磨）

**磨硝子、磨ガラス**〔名〕磨砂玻璃、毛玻璃（＝艷消硝子、艷消ガラス）

窓に磨硝子を入れる（窗戶鑲上毛玻璃）容れる居れる煎れる射れる炒れる要れる鋳れる

**磨り砕く、擂り砕く**〔他五〕研末、研成細末

ピーナッツを磨り砕く（磨碎花生米）

ㄇ

**磨屑**〔名〕研磨金屬等留下的粉屑

**磨り粉、擂り粉**〔名〕米磨粉（代奶粉）

**磨き粉，磨粉、研き粉、研粉**〔名〕去汙粉，研磨東西用的粉（＝磨き砂，研き砂）

**磨り出す、刷り出す、摺り出す**〔他五〕磨光、磨亮、磨出花紋

　　箪笥を磨り出す（把衣櫥磨亮）

**磨出、摩出、刷出、摺出**〔名〕磨光、磨亮

　　磨り出し蒔絵（磨光的泥金畫）

**磨り潰す、擂り潰す**〔他五〕磨碎，研碎、耗盡、折本

　　胡麻を磨り潰す（把芝麻磨碎）

　　胡桃を磨り潰す（把核桃仁磨碎）

　　元手を磨り潰した（把本錢耗盡了）

　　財産を磨り潰した（把財産花光了）

**磨り膝，磨膝、摩り膝、摩膝**〔名、自サ〕膝行（在草蓆上跪著向前移動）

　　磨り膝で躙り寄る（跪坐著移動）

**磨り減らす、摩り減らす、摺り減らす**〔他五〕磨損、衰弱

　　靴の踵を磨り減らして探し歩く（磨穿鞋跟到處尋找）踵

　　ナイフを磨り減らす（刀鈍了）

　　心身を磨り減らす（心身衰弱）

　　神経を磨り減らす（費心勞神）

**磨く、研く、琢く**〔他五〕刷淨、擦亮、磨光、磨鍊、鍛鍊、打扮、修飾

　　歯を磨く（刷牙）

　　靴を磨く（擦皮鞋）

　　廊下をぴかぴかに磨き上げる（把走廊擦得閃閃發亮）

　　腕を磨く（鍛鍊技術、鍛鍊本領）

　　技を磨く（練本事）

　　刀を磨く（磨刀）

　　レンズを磨く（磨鏡片）

　　玉磨かざれば器を成さず（玉不琢不成器）

　　玉磨かざれば光無し（玉不琢不亮）

　　彼は毎朝中国武術を磨く（他每天早上練中國功夫）

　　彼は柔道の試合に負けたので、〝技を磨いて又来ます〟と言った（因為他在柔道比賽輸了，所以說〝還要練些好本事再來〟）

　　彼の娘は少し磨けば見られる様に為る（那個姑娘稍微打扮就好看了）

**磨き，磨、研き，研**〔名〕磨光，磨亮、鍛鍊，琢磨

　　靴磨（擦鞋、擦皮鞋的）

　　歯磨（牙粉、牙膏）

　　良く磨の掛かった紫檀のテーブル（擦得發亮的紫檀桌子）

　　磨を掛ける（精益求精）

　　磨の加った人（千錘百鍊出來的人）

　　学問に磨が掛かる（學問更加淵博）

　　言葉の勉強に磨が掛かる（學語言必須求精琢磨）

　　料理の腕に磨が掛かる（做菜的本領精益求精）

　　最近彼女のバイオリンは益益磨が掛かって来た（最近她的小提琴更加精湛了）

**磨き上げる**〔他下一〕擦亮、鍛鍊

　　靴をぴかぴかに磨き上げる（把鞋擦得通亮）

　　磨き上げられて文章（千錘百鍊的文章）

**磨き石**〔名〕〔海〕磨甲板沙石、（泥水工磨光磚石的）磨石

**磨き粉，磨粉、研き粉，研粉**〔名〕去汙粉，研磨東西用的粉（＝磨き砂，研き砂）

**磨き砂、研き砂**〔名〕去汙粉（＝磨き粉，磨粉、研き粉，研粉）

**磨き込む**〔他五〕（用力）磨光、擦亮

　　ごしごしと磨き込む（咯吱咯吱地擦亮）

**磨き立てる**〔他下一〕（用力）磨擦，擦亮、漂亮打扮

　　床を磨き立てる（擦地板）

**磨き屋**〔名〕擦皮鞋工擦、皮鞋的孩子

磨ぐ、研ぐ、砥ぐ〔他五〕擦亮、磨快、淘、修養，修練

鏡を磨ぐ（擦鏡子）説く解く溶く梳く
銅の鏡を磨ぐ（擦亮銅鏡）銅銅銅
庖丁を磨ぐ（磨菜刀）包丁
小刀を磨ぐ（磨小刀）小刀
米を磨ぐ（淘米）
水を磨ぐ（用水漂一漂）
心を磨ぐ（正心）

## 膜（ㄇㄛˊ）

膜〔名、漢造〕膜、薄皮、膜拜

牛乳に膜が出来る（牛奶起了一層膜）
豆乳に膜が出来た（豆奶上面結了薄膜）
プラスチックの膜（塑料薄膜）
皮膜（皮模、皮似的膜、皮膚和黏膜）
被膜（〔植、動〕膜被、被囊）
飛膜（〔動〕〔鼯鼠等的〕飛膜、翅膜）
角膜（〔解〕角膜）
核膜（〔動〕核膜）
鼓膜（〔解〕鼓膜）
粘膜（黏膜）
網膜（腹腔網膜、視網膜）
隔膜、膈膜（〔理〕膜片、〔生〕隔膜）
横隔膜（横膈膜）
腸間膜（腸間膜）
胸膜（胸膜）
鞏膜、強膜（〔解〕鞏膜）
結膜（〔解〕結膜）
腹膜（腹膜）
肋膜（肋膜）
薄膜（薄膜）
白膜（白膜）
膜拝（膜拝）

膜骨〔名〕脊椎動物的硬骨（=皮骨、覆骨）
膜質〔名〕膜質

膜質迷路（膜質迷路-内耳的主要部分）

膜状〔名〕膜狀

膜質の物が水面に浮かんでいる（膜狀的東西浮在水面）

膜翅類〔名〕膜翅類（昆蟲的一類）
膜電位〔名〕膜電位
膜壁〔名〕膜壁（膜質的隔壁）

膜壁で仕切る（用膜壁隔開）

膜片〔名〕膜片（膜的一片、膜形東西的一片）

子宮の膜片を切り取って検査する（切下子宮的膜片加以檢察）

膜〔名〕膜（肉和皮膚間的薄皮=棚+肉）

## 魔（ㄇㄛˊ）

魔〔名〕悪魔、悪霊、厄神，疫神，疫神、著迷、狂熱

魔を払う（驅魔、驅邪）
魔を除ける（除魔）除ける退ける除ける退ける
魔が指す（中魔、中邪、鬼使神差）差す挿す注す鎖す刺す射す
彼が人殺しを為る何て魔が指したんだね（他竟能幹出殺人勾當真是中邪了）
つい魔が指して人の物を盗んで終った（一時鬼迷心竅偷了人家的東西）
又魔が指した（又中邪了）又復亦又股俣
魔の手に落ちる（陷入魔掌）
魔の踏切（常出事的平交道）
魔の七回（轉勝為敗）
収集魔（收集迷）
詩魔（詩迷）
死魔（死魔、死神）
酒魔（酒鬼）
悪魔（惡魔、魔鬼）

ㄇ

邪魔（邪魔，惡魔、妨礙，阻礙，障礙，干擾，打擾，添麻煩，訪問，拜訪）

天魔（天魔、妖魔）

睡魔（睡魔）

水魔（水患、水災）

色魔（色魔、色鬼）

衆魔（衆魔）

病魔（病魔）

夢魔（夢魔、惡夢）

降魔（降魔）

閻魔（閻王）

断末魔、断末摩（臨終、臨死前的痛苦）

**魔炎**〔名〕惡魔起的火災

**魔縁**〔名〕〔佛〕魔緣

**魔王**〔名〕〔佛〕魔王、惡魔之王、妖魔之王

**魔界**〔名〕惡魔的世界（=魔境）

**魔境**〔名〕惡魔的世界（=魔界、魔窟）

**魔鏡**〔名〕魔鏡

**魔魁**〔名〕惡魔的首魁、妖怪的首領

**魔窟**〔名〕魔窟、惡魔的巢穴。〔俗〕私娼窟

**魔風、魔風**〔名〕令人害怕的風

**魔球**〔名〕〔棒〕變化球（曲線球）

 魔球を投げるピッチャー（投曲線球的投手）

**魔軍**〔名〕〔佛〕魔軍、惡魔的軍隊（阻擾佛法的一切壞事）

**魔圏**〔名〕魔圈

**魔手**〔名〕魔爪、魔掌

 密かに魔手を伸ばす（偷偷伸出魔爪）密か秘か伸ばす延ばす展ばす

 侵略の魔手を伸ばす（伸出侵略的魔爪）

 凶漢の魔手に倒れる（死於惡徒的魔掌）

 悪者の魔手に倒れる（死於歹徒的魔掌）

 敵の魔手に掛かって倒れる（死於敵人的魔掌中）敵敵仇

 通り魔の魔手に掛かる（陷入過路煞神的魔掌）

 魔手から逃れられない（逃不出魔掌）逃げる

 魔手を断ち切る（斬斷魔爪）

**魔術**〔名〕魔術、魔法、妖術

 魔術を使う（施妖術）

 魔術師（魔術師、會使用妖術的人）

 魔術師の魔術を見破る（識破魔術師的妖術）

**魔所**〔名〕妖魔鬼怪居住的場所、出很多交通事故海難等的場所

**魔女**〔名〕魔女、女巫

 恐ろしい魔女（可怕的魔女）

 魔女狩（十六、十七世紀歐洲教會對有女巫嫌疑者審判處刑）

**魔性**〔名〕妖性、惡魔的性質、迷人的性質

 魔性の女（有迷惑力的女人、妖婦）

 魔性を現す（魔性顯露）現す著す表す顕す

**魔障**〔名〕〔佛〕魔障、妨礙修行佛道的魔鬼障礙

**魔神、魔神、魔神**〔名〕魔神、引起災禍的神（=悪魔）

 魔神を追い払う（驅逐魔神）

**魔笛**〔名〕魔笛、歌劇（德國古典派歌劇的代表作）

**魔道**〔名〕不正當的路（=邪道）

 間違って魔道に入る（誤入邪途）入る入る

**魔法**〔名〕魔法、魔術、妖術

 魔法を使う（使魔術）

 魔法の絨毯（魔毯）

 魔法使い魔法使魔法遣（魔術師）

 魔法瓶（熱水瓶、保溫瓶）

**魔方陣**〔名〕魔方陣

**魔魅**〔名〕〔古〕惡魔、邪惡的人、騙人的巫術

**魔物**〔名〕妖魔、怪物、可怕的東西（=化け物）

 魔物の出る森（妖魔出現的森林）

 金は魔物だ（金錢有魔力）金金

魔除け、魔除〔名〕避邪、避邪物
　魔除けの御守り（避邪的護身符）
　御札を貼って魔除けに為る（貼上護身符避邪）

魔羅、摩羅〔名〕（梵語 mara 的音譯）〔佛〕魔障、〔俗〕陰莖（=ペニス）

魔力、魔力〔名〕魔力、魅力
　魔力を使う（使用魔力）使う遣う
　彼女の目は一種の魔力が有る（她的眼睛有一種魅力）一種一種

## 抹（ㄇㄛˇ）

抹〔漢造〕抹、抹去、磨成粉末（=撫でる、擦る、塗る、擦り消す、塗り消す、粉に為る）
　塗抹（塗抹，塗上、塗掉，抹去）
　一抹（一縷、一股、一片）
　濃抹（濃抹）

抹香、末香〔名〕〔佛〕沉香末，香末，莽草、抹香鯨

抹香臭い〔形〕有沉香味的，佛教氣味的（=仏臭い）、嘮叨，喋喋不休
　そんな抹香臭い説教は御免だ（把那種佛教氣味的說教收起來吧！）
　抹香臭い人間（佛教氣味很濃的人）人間人間（無人的地方）

抹香鯨〔名〕〔動〕抹香鯨（從其膽結石可以採取龍涎香）
　抹香鯨油（抹香鯨油-潤滑油、硬化油原料）

抹額、末額、抹額〔名〕帽緣上包的布（防止帽子動搖）、前額的正中央（=真っ向）
　抹額縁（炕爐、炕爐的緣）

抹殺、末殺〔名、他サ〕消殺
　歴史の事実を抹殺する（抹殺歷史事實）
　相手の意見を抹殺する（抹殺對方意見）
　歴史の事実を抹殺する事は出来ない（歷史事實不容抹殺）
　彼の功績を抹殺する事は出来ない（不能抹殺他的功勞）

　何行かを抹殺する（抹去幾行字）
　申し込み書から抹殺する（從報名單上劃掉）
　文章の第二段を抹殺する（抹去文章第二段）文章文章

抹消〔名、他サ〕抹掉、勾銷（=抹殺、末殺）
　名簿から抹消する（從名冊上勾消）
　事実を抹消する（把事實一筆勾銷）
　功績を抹消する（把功績一筆勾銷）
　抹消登記（取消登記）

抹茶、末茶〔名〕綠茶的粉末茶，磨好的上等綠茶（=碾茶、挽茶、散茶）←→煎茶
　抹茶家（通抹茶道的人）

## 寞、寞（ㄇㄛˋ）

寞、寞〔漢造〕寂寞、淒涼、冷清（=ひっそり、静か、寂しい）
　寂寞、寂寞（寂寞、淒涼、冷清）
　索寞、索漠、索莫（落寞、冷落、寂寞、荒涼）

寞寞〔形動〕寂寞、淒涼、冷清（=寂寞、寂寞）

## 末、末（ㄇㄛˋ）

末（也讀作末）〔接尾、漢造〕末，底（=末、梢、端）、末尾，末期，最後，末節，最後（=大切で無い、詰まらない）、粉末（=粉）←→本元（根源）
　十九世紀末期の科学（十九世紀末期的科學）
　月末迄に提出する（月底以前提出）月末月末
　今月末迄に提出する（本月底以前提出）
　出発は五月の末です（五月底出發）
　始末（始末，前後，原委，情形，情況、處理，應付，節儉，節約）
　顛末（始末、原委、來龍去脈）
　本末（本末）
　週末（周末、星期六、星期六到星期天）
　終末（煞尾、完結）

## ㄇ

月末、月末（月終，月底）

年末（年終）

歳末（年終、年底）

学年末（學年終了）

年度末（年度終了）

幕末（幕府的末期）

巻末（卷末）

語末（語尾）

文末（文末）

粗末（粗糙，簡陋、疏忽，簡慢、浪費）

瑣末（瑣碎、零碎、細小）

枝葉末節（末節、枝節）

粉末（粉末）

**末位**〔名〕末位、最下層的地位（=末班）←→首位

末位に甘んじる（滿足於末位）甘んじる 甘んずる

**末班**〔名〕末位、最下層的地位（=末位）、最後的班次

**末裔、末裔**〔名〕後裔、後代、子孫

彼はジンギスカンの末裔である（他是成吉思汗的後裔）

**末学、末学**〔名〕非主要的學問、後進的學生、學者的謙稱（=後学、浅学）

**末巻**〔名〕末卷、最後一卷←→首巻

全集の末巻が出版する（全集的末卷出版了）

**末期**〔名〕末期（=末代、末葉）←→初期、中期

江戸時代の末期（江戸時代的末期）

近世末期（近世末期）

末期的症状（末期的症狀）

**末期**〔名〕臨死（=臨終、最期）

末期の言葉（臨終的遺言）

末期の苦しみ（臨死的痛苦）

末期の水（臨終時口中含的水=死に水）

末期の水を取る（送終）

**末技**〔名〕末技、小技、不熟練的技藝（=拙い技）

**末家**〔名〕離本家血緣最遠的家、藝道的末流

**末芸**〔名〕雕蟲小技、沒有用的技藝

**末項**〔名〕〔數〕末項、末條

**末座、末座**〔名〕末座（=末席，末席、下座，下座）←→上座, 上座、上席

末座の人（末座的人）

末座に腰を下ろす（敬陪末座）下す 降ろす 卸す

末座に座る（敬陪末座）坐る 据わる

**末席、末席**〔名〕末席（=末座，末座、下座，下座）←→上座, 上座、上席

末席を汚す（謙稱忝居末席）汚す

食卓の末席に座る（坐在餐桌末坐）坐る 据わる

**末子、末子、末子、末子**〔名〕最小的兒子（=末の子）

末子も十五歳に為った（最小的孩子也滿十五歲了）

末子相続、末子相続（古代社會相當盛行最小的孩子繼承家業）

**末寺**〔名〕〔佛〕（總寺院所管轄的）下院

**末日**〔名〕末日最後一天（=最終日、最後の日）

三月末日（三月最後一天）

世界の末日（世界的末日）

申告は今月末日迄（申報到本月底截止）

一年の末日を大晦日と言う（一年的最後一天叫除夕）一年一年

**末社**〔名〕附屬於總社的神社←→本社 部下、手下。幫閑、奉承者（=太鼓餅）

**末書**〔名〕註釋本

易経の末書（易經的註釋本）

**末女、末女**〔名〕么女（=末の娘）

**末梢**〔名〕末梢、枝節、細節

末梢に迄心を配る（留心到細節）

末梢神経（末梢神經）←→中枢神経

末梢問題丈研究する（只研究枝節問題）

末梢的（枝節的、細節的）

末梢的問題に拘る（拘泥於枝節問題）
末梢的な問題にのみ注意を払う事は出来ない（不能只留戀枝節問題）

**末世、末世**〔名〕末世，後世（=末の世）、佛法衰微之世，末法之世，道德頹廢的時代
末世の現象（末世的現象）
末世末代に至る迄（直到後世後代）至る到る
世は末世だ（社會已經道德頹喪了）

**末法**〔名〕〔佛〕釋迦牟尼死後佛教衰弱的期間（=末法時）、末世
末法思想〔宗〕〔平安時代末期到鎌倉時代的期間〕由來於佛教的悲觀性社會觀念）

**末節**〔名〕末節，枝節、晚節
外國の末節を倣っては行けない（不可模仿外國的皮毛）習う倣う学ぶ
枝葉末節（細枝末節）

**末孫、末孫**〔名〕後裔（=末裔、末裔）

**末大**〔名〕末端的一方很大

**末代**〔名〕後世（=末葉、末期、末の世）
末代迄汚名を残す（遺臭於後世）遺す越す
末代迄の語り草に為る（成為後世話柄）
末代に伝える（傳於後代）
人は一代名は末代（人生一世名垂千古）
名を末代に留める（留名後世、萬古留芳）留める止める留める止める停める泊める富める
末代物（可流傳於後世的東西）

**末端**〔名〕末端，尖端、盡頭，底層（=先、端）
棒の末端を掴む（抓住棍子的一端）
縄の末端を掴む攫む（抓住繩子的一端）
労働組合の末端組織（工會的基層組織）
末端の組織に至る迄統制する（統制到最基層單位）
指令が末端迄伝わらない（指示傳不到基層）

末端へ深く入る（深入基層）
末端の人人にも協力して貰う（得到基層人們的協助）人人人人
末端行政を健全を為る（健全基層行政）

**末弟、末弟**〔名〕最幼小弟弟（=末の弟）、最小的弟子、末席的門弟

**末男、末男**〔名〕最幼小的男孩（=末の息子）

**末年、末年**〔名〕末年、末世
明治末年生まれ（明治末年出生）生む産む熟む膿む倦む續む

**末派**〔名〕（藝術、宗教的）最末流派（=末流）、地位低的人，無名小卒（=末輩）

**末輩**〔名〕地位低的人，無名小卒（=末派）、技術差的人（也用作自謙語）
末派は黙っていろ（無名小卒少說話！）

**末班**〔名〕末班次、末位，低位

**末尾**〔名〕末尾（=末、終わり）←→起首
末尾の一節（末尾的一節）
手紙の末尾の一節（書信末尾的一節）
末尾の所が特に良く書けている（末尾的部分敘述得特別好）

**末筆**〔名〕（書信結尾用語）順請
末筆乍御両親様に宜しく（順請令尊令堂健康）
末筆乍御家族の皆様へ宜しく（順便向府上每個人問好）

**末文**〔名〕（書信或文章的）末尾一段

**末妹**〔名〕最小的妹妹（=末の妹）

**末葉、末葉**〔名〕後裔（=末裔、末裔、末孫、末孫）、末世、末代、末年，末年
十九世紀の末葉（十九世紀末葉）
二十世紀末葉（二十世紀末葉）

**末葉**〔名〕草木莖枝先端的葉（=梢の葉）←→本葉

**末欄**〔名〕末欄

**末利**〔名〕微不足道的利益

**末流、末流**〔名〕末流、下流、末世、子孫、不值一提的流派

**末路**〔名〕末路、晚年

悪人の末路（壞人的下場）
軍閥の末路（軍閥的下場）
哀れな末路を辿る（走可悲的末路）
彼には良い末路を有り得ない（他不會有好下場）
悪党には決して良い末路は無い（歹徒絕沒有好下場）
彼の人の末路は幸せでした仕合わせ（他的晚年是幸福的）

**末**〔名〕末端，末節、將來、前途、最後、結局、後裔、子孫、末世、亂世、晚年
〔形式名詞〕結果
三月の末頃（三月底前後）三月三月三か月
道の末（道路的盡頭）
明治の末（明治末年）
年の末（年末）
月の末（月底）
元も末も同じ太さだ（頭尾一樣粗）
君の論は末に走ると言う物だ（你的說法可以說是捨本求末了）
そんな事は末の問題だ（那是無關緊要問題）
末の有る若者（有前途的青年）
末の見込が無い（將來沒出息）
彼の男は末の事を少しも考えない（那個人一點也不想將來的事）
末頼もしい（前途有望的）
末恐ろしい（前途不堪設想）
末の末迄契る（發誓白頭偕老）
末が案じられる（由衷地擔心將來）
口論の末殴り合いに為った（吵到最後互相毆打起來）
ジンギスカンの末（成吉思汗的後裔）
某の末（某人的後裔）某
彼が一番末です（兄弟姉妹中數他最年輕）

末は男の子です（最小的是個男孩子）
末の妹（么妹）
木の末（樹梢）
流れの末（河川的下游）
此の世も末だ（已經末世了、此世也完了）
行く末長く栄える（活得長遠）
停年で退職した労働者達は末を幸せに送っている（退休老工人們過著幸福的晚年）
末始終より今の三十（十鳥在林不如一鳥在手）
末の露本の雫（人生如朝露）
彼は散散回り道を為た末に自分の進む可き道を見付けた（他繞了一大圈終於找到了自己該走的路）
彼は散散道楽を為た末にへたばって終った筋疲力盡（他是大肆荒唐了一陣結果完蛋了）
十分考えた末（充分考慮之後、充分考慮的結果）
其は十分考えた末決めた事だ（那是經過充分考慮之後決定的）

**末恐ろしい**〔形〕將來可怕的、前途不堪設想的←→末頼もしい
末恐ろしい子供（前途不堪設想的孩子）
此の子は今からこんなだと末恐ろしい（這個孩子現在就這個樣子前途令人擔心）

**末頼もしい**〔形〕將來可靠的、將來有為的←→末恐ろしい
末頼もしい子供（很有將來性的孩子）
此の子は末頼もしい（這孩子前途有希望）

**末子、末っ子、末子、末子**〔名〕最年輕的孩子、幼子（女）、晚年得子（女）
男の末子（么兒）
女の末子（么女）

**末始終**〔副〕永久、終身、一輩子、到老（=行く末長く、何時迄も）
末始終面倒を見て遣る（照顧一輩子）

末始終此の若さで有り度い（但願永久保持這樣年輕）

末始終御導き下さい（請終身教導）

末始終より今の三十（十鳥在林不如一鳥在手）

**末々**〔名、副〕將來，後來（＝後後、行末）、子孫、百姓，庶民（＝下下）

末末迄も幸福で有ります樣に（但願你永遠幸福）

末末の繁榮を図る（圖謀子子孫孫的繁榮）図る謀る諮る計る測る量る

末末の爲を思う（爲子孫著想）

末末にも恩惠を與える（對百姓也施予恩惠）

**末つ方、末づ方**〔名〕末尾、最後（つ是の的意思）

三月の末つ方（三月下旬）

時は月末つ方（時當月末）

**末摘花**〔名〕紅花的別名

**末の世**〔名〕後世、末世

末の世迄の語り草と為る（成為後世的傳說）

**末エ**〔名〕將來的計劃

**末長く、末永く**〔連語、副〕永久、永遠、長久

偉人の事跡は末長く傳えられる（偉人的事跡永遠被人們傳誦）

**末生、末成**〔名〕最後結的果實

**末生、末成**〔名〕結在蔓梢上（的瓜果）、臉色蒼白沒有精神的人、最後生的孩子←→本生

末生の南瓜は味が悪い（蔓梢上結的南瓜不好吃）

末生の瓢箪（面色蒼白而瘦弱的人）

**末広**〔名〕扇子、儀式用半開型摺扇（＝中啓）、逐漸擴展（＝末広がり）

**末広がり**〔名〕扇子、儀式用半開型摺扇（＝中啓）、逐漸擴展，逐漸繁榮（＝末広）

町は駅を中心に末広がりに広がっている（市鎮以車站為中心逐漸擴張）

此の家の將來は末広がりだ（這家的將來一定逐漸繁榮）

此の店の將來は末広がりだ（這店的將來一定逐漸繁榮）

**末、末**〔名〕〔古〕樹梢（＝梢）←→本木

**末枯れる**〔自下一〕樹葉尖梢枯凋

木枯らしに吹かれて末枯れた（被乾燥的北風刮得樹葉的尖梢枯凋了）

初冬に為ると庭木が末枯れる（到了初冬庭院中樹葉末梢就枯萎了）

**末枯れ**〔名〕草木枝葉尖梢枯凋

末枯れの冬景色（葉梢枯凋的冬景）

**末木**〔名〕樹梢（＝梢）←→本木

本木に勝る末木無し（樹梢比不上樹幹、新知不如舊知）

**末筈、末弭**〔名〕弓兩頭繫弦的尖端←→本筈

**末若い**〔形〕嫩的，嫩綠的、年輕的（＝若若しい）

末若い女性（年輕的女性）女性 女性

## 殁（ㄇㄛˋ）

**殁、没**〔名、漢造〕死亡（＝死ぬ）

十二月二十五日殁（十二月二十五日死亡）

芥川龍之介は昭和二年殁です（芥川龍之介死於昭和二年）

生没、生殁（生年和死年）

死没、死殁（死亡、逝世）

陣没、陣殁（陣亡、戰死）

戰没、戰殁（戰死、陣亡、犧牲）

溺没（溺死、淹死、淹沒）

病没、病殁（病死、病逝、病故）

**殁する、没する**〔自サ〕死去（＝死ぬ）、沉沒（＝沈める）

孫中山が殁して五十七年に為る（孫中山死後已五十七年）

彼は殁してから五十年に為る（他死後已五十年）

父（が）殁してはや三十年に為った（父親逝世已經三十年了）

日が西に歿する（日落西山）

**歿後，没後，歿後，没後**〔名〕死後←→没前、歿前

歿後三十年を経る（死後經過三十年）経る 減る 歴る 認める 認める

歿後十年彼の絵は漸く世に認められた（死後三十年他的畫才得到社會認同）

**歿前、没前**〔名〕死前（=生前）←→没後,歿後、没後,歿後

歿前の遺言（死亡之前的遺言）遺言 遺言 遺言

**歿年、没年**〔名〕死時的年齡（=享年、行年）←→生年

彼の生年も歿年も分っていない（他的生年和卒年都不祥）

彼の作家の生年月日も歿年も分っていない（那作家生年和卒年都不祥）

彼の歿年は六十九歳だった（他死的那年是六十九歲、他享年六十九歲）

# 沫（ㄇㄛˋ）

**沫**〔漢造〕泡沫

飛沫、飛沫（飛濺的水沫）

噴沫（飛沫、噴出的水沫、飛濺的水沫）

泡沫、泡沫（泡沫、泡影、瞬息即逝的事物）

水沫、水沫，水泡（水沫、飛沫）

浮沫（浮沫）

流沫（流沫）

涎沫（涎沫）涎唾

**沫、泡**〔名〕泡、沫、水花（=泡）

沫が立つ（起泡沫）経つ 截つ 建つ 断つ 発つ 裁つ 絶つ 起つ

石鹼の沫（肥皂泡）

此の石鹼は沫が立たない（這肥皂不起泡）

沫を立てる（使起泡）

沫箱（〔物〕雲霧室－放射線檢出的一種）

沫狀樹脂（泡沫樹脂、多孔塑料）

水の沫と為る（歸於泡影、前功盡棄）

折角の苦労も水の沫と為った（煞費苦心也化為泡影〔前功盡棄〕）

沫を食う（驚慌、著慌）

沫を食って逃げ出す（驚慌逃走）

犯人は沫を食って逃げ出した（犯人驚慌逃走了）

沫を吹かす（使大吃一驚）

口角沫を飛ばす（激烈爭論）

**粟**〔名〕穀子.小米

粟粒（小米粒）沫 泡

糯粟（粘穀子）

粟餅（小米年糕）

粟飯.粟飯（小米飯-小米和米一起煮的飯）

粟粒程（微乎極微）

膚に粟を生じる（身上起雞皮疙瘩）

濡れ手に（で）粟（不勞而獲.輕而易舉地發財）

**沫雪、泡雪**〔名〕雪花，雪花、雪片、（把蛋白打成泡的）點心

沫雪豆腐、泡雪豆腐（豆腐腦、南豆腐）淡雪

沫雪羹、泡雪羹（起泡蛋白加洋菜砂糖香料做的點心）

沫雪汁、泡雪汁（蘿蔔泥豆腐醬粉渣煮成的汁）

沫雪蕎麦、泡雪蕎麦（加蛋白蕎麥=掛け蕎麦）

沫雪卵、泡雪卵（倒入起泡蛋白煮過的湯的東西）

**沫塩**〔名〕精製的鹽←→堅塩

# 没（ㄇㄛˋ）

**没**〔名、漢造〕（也讀没）不被採用（=没書）←→採用、出没、沉没、埋没、没落、没收、没有

投稿が没に為る（投稿沒被採用）

没に為る（不予採用）

出没（出沒）

浮没（浮沉）

陥没（下沉、凹陷、塌陷）

覆没（覆沒，沉沒，覆滅，徹底失敗）

埋没（埋沒，扼殺，埋藏，掩埋）

神出鬼没（神出鬼沒）

**没、歿**〔名、漢造〕死亡（=死ぬ）

十二月二十五日没（十二月二十五日死亡）

芥川龍之介は昭和二年没です（芥川龍之介死於昭和二年）

生没、生歿（生年和死年）

死没、死歿（死亡、逝世）

陣没、陣歿（陣亡、戰死）

戦没、戦歿（戰死、陣亡、犧牲）

溺没（溺死、淹死、淹沒）

病没、病歿（病死、病逝、病故）

**没する**〔自、他サ〕沉沒、隱沒、埋沒、沒收（=没す）

船が水中に没する（船沉入水中）

太陽が地平線下に没する（太陽沒入地平線下）

膝を没する泥水（沒膝的泥水）

群衆の中に姿を没する（身子隱沒在人群中）

姿を没する（隱藏身影）

歴史の波の中に没した（隱沒在歷史的波濤裡去了）

苦境の中で没した（在苦境中消失了）

エジプト文化は発見されずに没している（埃及文化沒被發現而埋沒著）

彼の功績を没しては成らない（不能隱沒他的功績）

功を没する（埋沒功勞）

領地を没する（沒收領地）

箱は水底に没する（把箱子沉入水底）

**没する、歿する**〔自サ〕死去（=死ぬ）、沉沒（=沈める）

孫中山が没して五十七年に為る（孫中山死後已五十七年）

彼は没してから五十年に為る（他死後已五十年）

父（が）没してはや三十年に為った（父親逝世已經三十年了）

日が西に没する（日落西山）

**没意義**〔名、形動〕無意義

**没我**〔名〕忘我、無我、無私

没我の境地に達する（達到忘我的境地）

やっと没我の境地に達する（好不容易才達到忘我的境地）

**没官、歿官**〔名〕剝奪官職

**没義道、無義道**〔名、形動〕無情（=不人情、冷酷、邪險）

**没却**〔名、他サ〕忘卻、無視、不顧、抹煞

法の精神を没却する（無視法律的精神）

当初の目的が没却されている（最初的目的被抹煞了）

自己を没却して公の為に尽す（忘卻自己為大家服務）

自己を没却して世の為に尽くす（忘我地為社會服務）

初心を没却する（不顧沒有經驗）

**没後，歿後、没後、歿後**〔名〕死後←→没前、歿前

没後三十年を経る（死後經過三十年）

没後十年彼の絵は漸く世に認められた（死後三十年他的畫才得到社會認同）

**没交渉、没交渉**〔名、形動〕沒有關係、沒來往（=無関係）

我我はそんな事には没交渉だ（我們跟那件事沒關係）

彼は其の事件とは没交渉だ（他與那件事沒有關係）

彼は世間と没交渉である（他與世隔絕）

世間と没交渉に暮す（過著與世隔絕的生活）

ㄇ

没骨、沒骨〔名〕東洋畫的一種技法（不畫輪廓直接落筆的國畫畫法=没骨法、沒骨法、没線描法）

没骨法、沒骨法（沒骨法-不畫輪廓直接落筆的國畫畫法）

没線描法〔名〕東洋畫的一種技法（不畫輪廓直接落筆的國畫畫法=没骨法、沒骨法）

没字漢〔名〕文盲

没収〔名、他サ〕〔法〕（司法處分）沒收、充公

　財産を没収する（查抄財產）

　不法な携帯品を没収する（沒收非法的攜帶品）

　不義地主の土地を没収する（沒收不義地主的土地）

没收〔名、他サ〕〔法〕（行政處分）沒收、沒收歸公

没趣味、沒趣味〔名、形動〕不風雅、不高雅、殺風景（=無趣味）←→多趣味

　没趣味な生活（枯燥無味的生活）

　没趣味な人間（不風雅的人）人間（無人的地方）

没書〔名〕投稿不被採用、不被刊登的稿件（=没）←→採用

　此の作家投稿が没書に為る（這作家投稿未被採用）

没上〔名〕複合語的上一音省去發音（如"我家"唸"我家"）

没常識〔名〕沒有常識（=非常識）

没食子、沒食子〔名〕〔植〕沒食子（=五倍子）

　没食子酸、沒食子酸（沒食子酸）

没前、歿前〔名〕死前（=生前）←→没後、歿後、没後、歿後

　没前の遺言（死亡之前的遺言）遺言遺言遺言

没溺〔名〕溺没、耽溺

没田〔名〕被沒收的田地

没頭〔名、自サ〕埋頭、專心致志（=没入）

　研究に没頭する（埋頭研究）

　彼は法律の研究に没頭している（他正在埋頭研究法律）

　彼は科学の研究に没頭している（他正在埋頭研究科學）

　彼はrocketの研究に没頭している（他正在埋頭研究火箭）

没倒〔名〕滅亡、強制沒收

没日、歿日〔名〕陰曆一年為365日、但太陽周期為3651/4日、剩下的五日稱為没日、此時陰陽不足為惡日

没入〔名、自サ〕沉溺，專心致志、沉没，沉入（=陷る、落ち入る）

　研究に没入する（專心於研究）

　発明に没入する（專心於發明）

　太陽が西山に没入する（太陽落入西山）西山西山

　太陽が西の山に没入する（太陽落入西山）

没年、歿年〔名〕死時的年齡（=享年、行年）←→生年

　彼の生年も没年も分っていない（他的生年和卒年都不祥）

　彼の作家の生年月日も没年も分っていない（那作家生年和卒年都不祥）

　彼の没年は六十九歳だった（他死的那年是六十九歲、他享年六十九歲）

　彼の男は没常識だ（那個人沒有常識）

　彼奴は没常識だ（那傢伙缺乏常識）

没風流〔名、形動〕不解風流（=無風流）

　彼は没風流な人だ（他是不解風流的人）

没滅〔名〕滅亡、使滅亡

没薬〔名〕〔醫〕沒藥（橄欖樹製成、健胃漱口用藥）

　没薬の臭い（沒藥氣味）匂い臭い

没落〔名、自サ〕沒落、破產（=倒產）←→勃興

　没落した貴族（沒落的貴族）

　没落貴族（沒落貴族）

　没落寸前（搖搖欲墜）

　私は子供の頃家が没落した大分苦労した（我小時候家道中落吃了不少苦頭）

没落の一途を辿る（日暮途窮）一途一途（專心）

財閥が没落した（財閥破產了）

**没理想**〔名、形動〕沒有理想、重客觀描寫（理想派則重理想和主觀）

**没了**〔名、自サ〕沉沒、沉入（＝没入）

## 漠（ㄇㄛˋ）

**漠**〔形動〕龐大、無邊無際、模糊（＝広漠、厖大、漠然）

漠と為た計画（龐大的計畫）

漠と為た考え（不著邊際的想法）

漠と為て掴み所が無い（無邊無際沒有頭緒）

沙漠、砂漠（沙漠）

茫漠（廣漠、遼闊、模糊，渺茫）

空漠（空曠、空洞、空虛、渺茫）

漠北（外蒙古）

**漠然**〔形動〕含混、籠統、曖昧、不明確（＝ぼんやり）

漠然と為た話で良く分らない（因為說得含混不大明白）

其の頃の事は漠然と為て覚えて居ない（那時候的事情模模糊糊記不清）

彼の説明は漠然と過ぎる（他說得太籠統）

自分の将来に就いて漠然と為た不安を感じる（對自己的將來隱隱感到不安）付いて

漠然と為た答え（不明確的回答）

漠然と想像する（籠統地想像）

漠然たる恐怖感（莫名其妙的恐怖感）

漠然たる印象（模糊的印象）

**漠漠**〔形動〕遼闊的、不著邊際的、茫然的、遙遠的

漠漠たる荒野（遼闊的荒野）荒野荒野荒野荒野広野

空空漠漠たる話（空空洞洞的話）

漠漠と為て果てし無い草原（茫茫無邊的草原）草原草原草原

漠漠と為て測り難い（茫然莫測）

漠漠たる荒野の道（遙遠的曠野道路）荒野広野

## 秣（ㄇㄛˋ）

**秣**〔名〕糧草（＝秣、馬草、牛馬の飼料，飼い葉）

料秣（兵員和軍馬的糧草）

糧秣（糧秣、糧草、兵員的食糧和軍馬的糧草）

**秣、馬草**〔名〕飼料乾草（＝飼い葉、肥草）

牛に秣を遣る（把乾草餵牛）

馬に秣を遣る（餵馬草料）

秣切り（割草機）

秣場（割取木草的場所、居民共同使用的山林原野）

## 脈（ㄇㄛˋ）

**脈**〔名〕血管、脈博、斷斷續續地動、山脈、礦脈、〔俗〕希望

動脈の血（動脈的血）

静脈の血（靜脈的血）

脈を見る（診脈）

脈を取る（診脈、把脈）

脈が有る（有脈，還活著、有望，有希望）

未だ脈が有る（還有一線希望）未だ

交渉は未だ脈が有る（交涉還有一線希望）

脈が上がる（脈絕、沒脈了、沒救了、沒望了）

彼の口振りから為ると脈が無さ然うだ（聽他那口氣看來沒希望了）

脈が不整に為る（脈不整）

脈が乱れた（脈博不正常了）

脈が確りしているから大丈夫だ（脈博很正常可放心）大丈夫（不要緊）大丈夫（英雄好漢）

脈が段段弱く為って来た（脈博變弱了）

脈を引く（秘密聯絡、延續下來）

脈を打って（斷斷續續地）

音が脈を打って聞える（聲音聽來斷斷續續地）音音音

音が脈を打って聞えて来る（聲音斷斷續續地傳來）

鉄砲の音が脈を打って聞える（斷斷續續地傳來槍砲聲）

動脈（動脈）

静脈（靜脈）

山脈、山脈、山並（山脈）

鉱脈（礦脈）

水脈、水脈、水脈、澪（水脈、水路、航道）

支脈（支脈）

主脈（主脈）

死脈（死脈、掘盡的礦脈）

血脈（血管、血緣，親屬關係）

血脈（〔佛〕法統、法脈）

命脈（命脈、生命）

語脈（用詞的組合情況）

文脈（文理、文章的脈絡）←→語脈

人脈（在政界財界或學界上屬於同一系統的人的聯繫）

乱脈（雜亂無章、漫無秩序、放蕩不羈）

**脈圧**〔名〕心臟最高血壓（收縮壓）和最低血壓（舒張壓）之差（＝脈幅）

脈圧計（血壓計）

**脈幅**〔名〕心臟最高血壓（收縮壓）和最低血壓（舒張壓）之差（＝脈圧）

**脈打つ、脈搏つ**〔自五〕脈搏跳動，血液流通、生生不息地活動，一直傳承來

微かに脈打っている（脈搏微微跳動）微か幽か

民族の精神が永遠に脈打っている（民族精神永遠地流傳著）

民族の精神が永遠に脈打って行く（民族精神永遠地流傳著）

彼には開拓者精神が脈打っている（開拓者的精神在他的脈博裡跳動）

清新為る活気が脈打っている（蘊含清新的活力）

**脈岩**〔名〕脈岩

**脈翅目**〔名〕脈翅目（節足動物門昆蟲綱的一目）

**脈翅類**〔名〕脈翅類

**脈石**〔名〕脈石

**脈動**〔名、自サ〕脈動，脈搏、（事物暗中）醞釀，萌動（＝脈打つ、脈搏つ）

大地の脈動（大地的脈動）

脈動電流（脈動電流）

其の曲には新しい時代の精神が脈動している（那支曲子裡蘊醸著新時代的精神）

**脈道**〔名〕血管，淋巴管（＝脈管）、通往山上的路（＝山道、山道）

**脈管**〔名〕血管，淋巴管（＝脈道）

脈管系（循環系）

**脈所、脈所**〔名〕脈跳動處，脈門、要害，重點（＝急所、要点）

脈所を押える（把脈）抑える

脈所を突く（擊中要害）付く憑く尽く吐く撞く附く搗く着く点く衝く就く潰く

脈所を掴む（抓準要害）

問題の脈所を掴む（抓準問題的重心）

**脈拍、脈搏**〔名〕脈博（＝脈、プルス）

脈拍が早い（脈博快）速い

脈拍を数える（數脈博）

貴方の脈拍は一分間に八十です（你的脈博一分鐘跳動八十下）貴方貴下貴男貴女

**脈脈**〔形動〕連續不斷、旺盛

民族の息吹が脈脈と続いている（民族氣息脈脈相傳）

伝統は脈脈と受け継がれて来た（傳統連綿不斷地繼承下來）

其の優れた伝統は此の作品の中にも脈脈と流れている（其優良傳統在這作品裡得到繼承和發揮）優れる勝れる

血が脈脈と流れている（血液不斷地流動）

脈脈と為て（連續不斷地）

脈脈たる気迫（咄咄逼人的氣魄）

**脈絡**〔名〕脈絡、關連，聯貫（＝繋がり）、道理（＝筋道）、血管

前後の脈絡を保つ（保持前後的聯貫）

此の文は前後の脈絡がはっきりしない（這篇文章前後脈絡不明）

両者の間には何の脈絡も無い（二者之間沒有什麼關聯）

脈絡が立たない（道理不成立）

脈絡貫通（脈絡貫通）

脈絡膜（脈絡膜、血管膜）

脈絡膜炎（脈絡膜炎）

**脈流**〔名〕流向一定流量隨時間變化的水流、直流電和交流電重疊的電流

# 莫（ㄇㄛˋ）

**莫**（也讀作まく）〔漢造〕莫、勿、極（＝無い、莫れ，勿れ）

莫逆（莫逆）

莫大（莫大、極大）

莫妄想（勿妄想）

**莫逆、莫逆**〔名〕莫逆

莫逆の友（莫逆之交）共供伴艫智朋鞆

二人は莫逆の友（兩個人是莫逆之交）

**莫大、莫太、莫大，莫太**〔名，形動〕莫大、極大

死傷者は莫大な数に上がっている（傷亡者達到莫大數字）数数上がる揚がる挙がる騰がる

莫大な金額を費やす（花費巨大的款項）

莫大な損害を蒙る（蒙受重大的損失）被る被る

**莫連**〔名〕〔俗〕墮落的女人、厚臉皮的女人（＝莫連女）

莫連女（墮落的女人＝擦れ枯らしの女、阿婆擦れ女）

莫連者（敗類的人＝阿婆擦れ者）

**莫迦、馬鹿、馬稼、破家**〔名、形動〕（梵語moha（痴）、mahallaka（無智）的假借字、及破家的轉義 摩訶羅）愚蠢，糊塗，傻瓜，不中用、不合理，過度，非常（＝愚か、愚人）←→利口、賢い

馬鹿な行いを為る（做糊塗事）

馬鹿な考え（傻念頭）

馬鹿な真似を為るな（可別做傻事）

馬鹿の骨頂（愚蠢透頂、混蛋到家、糊塗到家）

そんな事に賛成する馬鹿は無い（沒有一個傻瓜贊成那種事）

馬鹿に付ける薬は無い（愚蠢沒藥醫、混蛋不可救藥）

馬鹿も休み休み言え（別瞎扯、少說蠢話）

**莫妄想**〔名〕勿妄想（禪家之語）

**莫大小、莫利安、メリアス**〔名〕針織品

メリアスのシャツ（針織品的襯衫、棉毛衫、羊毛衫）

メリアスのズボン下（綿毛褲）

莫大小編み（針織法）

# 貘（ㄇㄛˋ）

**貘**〔名〕〔動〕貘（狀似犀牛）

# 驀（ㄇㄛˋ）

**驀**〔漢造〕突然（＝忽ち）、向目標勇猛前進（＝突進、猛進、一目散に、一散に，逸散に）

**驀進**〔名、自サ〕勇往直前、向前猛進（＝突進、猛進）

汽車が驀進して来る（火車飛似地開來、火車飛馳而來）繰る刳る

ゴールを目掛けて驀進する（瞄準目標勇往直前）

**驀然**〔形動〕驀然（=驀地）

**驀地、驀地**〔副〕突飛猛進地、勇往直前地（=一目散に、一散に，逸散に）

ゴール目掛けて驀地に突進する（向球門猛進）

敵陣目掛けて驀地に突進する（向敵陣猛進）

合格目指して驀地勉強する（為了考上而一直拼命用功）

急ぎ立ち上がって驀地に追う（急起直追）負う

驀地に走る（一直猛跑）

驀地に前進している（勇往直前）

# 墨（ㄇㄛˋ）

**墨**〔漢造〕墨、書画、墨西哥簡稱（=メキシコ）、墨刑，墨刑（五刑之一）

　筆墨（筆墨）
　文墨（文墨）
　縄墨（墨線）
　煙墨（墨煙）
　佳墨（佳墨）
　香墨（香墨）
　朱墨（朱墨）
　白墨（白墨）
　淡墨（淡墨）
　粉墨（粉墨）
　潑墨（潑墨）
　水墨画（水墨畫）
　翰墨（翰墨）

**墨家、墨家**〔名〕中國古代諸子百家的一個-主張兼愛交利

**墨子**〔名〕墨子-中國戰國時代思想家、墨家始祖、名墨翟

　墨子糸に泣く（墨子泣絲）

　墨子染を悲しむ（墨子悲染）

**墨翟**〔名〕墨子

**墨画**〔名〕水墨畫（=墨繪）

**墨銀**〔名〕墨西哥銀幣（=メキシコ銀）

**墨刑、墨刑**〔名〕墨刑（中國古代五刑之一）（=墨）

**墨字**〔名〕用墨寫的字

**墨守**〔名、他サ〕墨守、固守

　旧習を墨守する（墨守舊習）

　自説を墨守して譲らない（堅持己見不肯讓步）

**墨汁、墨汁**〔名〕墨汁（=黒い汁、インク）、烏賊和章魚體内的黑液

　墨汁で書く（用墨汁寫）

　墨汁嚢（烏賊和章魚體内的黑液貯存囊）

**墨書**〔名、他サ〕墨書、用墨寫的東西（=墨書銘）

**墨書き，墨書、墨描き，墨描**〔名、他サ〕墨筆畫、水墨畫、用墨筆畫稿

　下絵を墨書きする（用墨筆打畫稿）

**墨床**〔名〕墨台

**墨帖**〔名〕法帖

**墨本**〔名〕墨帖、法帖

**墨場**〔名〕書法家，畫家聚會的場所、書法家，畫家，文人的一夥

**墨色、墨色**〔名〕墨色（=墨の色）

　墨色が薄い（墨色淡）

**墨水**〔名〕墨汁（=墨汁）、隅田川的異稱

**墨堤**〔名〕隅田川的堤

**墨浜**〔名〕隅田川兩岸的雅稱

**墨跡、墨蹟**〔名〕筆跡（=手跡）

**墨池**〔名〕硯池、墨壺

**墨斗、墨斗**〔名〕墨池、墨壺

**墨勅**〔名〕天皇天子的勅書（=宸筆の勅書）

**墨譜**〔名〕謠曲等表示音節的符號（=節博士、節拍、博士、胡麻、胡麻点）

**墨宝**〔名〕出色的書法

**墨妙**〔名〕文章書畫出色

**墨客、墨客**〔名〕墨客、善於畫畫的人

文人墨客（文人墨客）

文人墨客の集まり（文人墨客的集會）

**墨刑**〔名〕墨刑（古代五刑之一）（五刑-墨、劓、剕、宮、大辟）

**墨香**〔名〕墨的香氣

**墨痕**〔名〕墨痕（=筆跡）

　墨痕鮮やかだ（筆跡漂亮）

**墨**〔名〕墨汁，墨汁、墨繩、墨色，墨色、墨染

　墨を磨る（研墨）擦る摺る刷る摩る擂る掏る為る

　墨が濃い（墨濃）

　墨が薄い（墨淡）

　墨が滲む（墨水滲開）

　墨を磨るは病夫の如く筆を執るは壮士の如く（研墨要輕握筆要有力）

　墨が濃過ぎる（墨色太黑）

　墨を筆に付ける（往筆上醮墨）

　墨を打つ（木工打墨線）

　墨の流した様（烏雲密布、漆黑一片）

　一面に墨の流した様な夜空（一片漆黑的夜空）

　雪と墨（喻性格完全不同）

　朱墨、朱墨（朱墨）

　朱墨で書く（用朱色顏料寫）

　藍墨（藍墨）

　入墨、文身、文身、刺青、刺青（刺青）

　墨の衣（染成黑色的衣服）衣

　鍋墨を掻き落とす（刮鍋煙）

　鍋墨の煤を掻き落とす（刮鍋底灰）

　烏賊の墨（烏賊的墨汁）

　章魚が墨を吐いた（章魚噴黑色墨汁）章魚蛸釣胼胝

**隅.角**〔名〕角落、邊上

　荷物を部屋の角に置く（把東西放在屋角）

　角から角迄捜す（找遍了各個角落）

　此の辺は角から角迄知っている（這一帶情況一清二楚）

　重箱の角を突く様な事を為る（對不值得的瑣事追根究柢. 吹毛求疵）

　全世界の隅隅（全世界每個角落）

　角に置けない（不可輕視. 懂得道理. 有些本領）

**炭**〔名〕炭、木炭（=木炭）。燒焦的東西

　山で炭を焼く（在山上燒炭）炭墨隅角

　山で炭を作る（在山上燒製木炭）

　火鉢に炭を継ぐ（往火盆裡添炭）継ぐ注ぐ接ぐ次ぐ告ぐ

　火鉢に炭を入れる（往火盆裡放炭）

　炭俵（裝炭的稻草包）

　火事場には柱だけが炭に為って残っている（失火的地方只剩下燒焦了的柱子）

**墨烏賊**〔名〕墨魚（=尻焼烏賊）

**墨糸**〔名〕（木工）墨線（=墨縄）

　墨糸を打つ（打墨線）

**墨縄**〔名〕（木工）墨線（=墨糸）

　墨縄を打つ（打墨線）

　墨縄を張る（（打墨線）

**墨壺**〔名〕（木工）墨斗、墨線斗、黑盒子

**墨入**〔名〕（木工）墨斗、墨線斗、黑盒子（=墨壺）

**墨打ち**〔名、自サ〕（木工）打黑線

**墨絵**〔名〕水墨画、墨筆畫（=白描画）↔→色絵

**墨掛**〔名〕木材或木板要踞成小塊時在上面用墨做記號

**墨傘**〔名〕染黑的製傘紙作成的陽傘

**墨形、墨型**〔名〕水墨畫的模樣、製墨的型

**墨金、墨曲尺、墨金、墨曲尺**〔名〕（木工用）曲金，曲尺（=曲尺，矩尺、差金）。〔建〕把建築物各部分畫成實在大小的圖、用曲尺在木材上著墨的技術（=規矩術）

**墨枯**〔名〕筆含墨汁不多字畫模糊不清

**墨隈**〔名〕繪畫手法之一種-以薄墨來勾畫渲染來表現陰影和濃淡

**墨衣**〔名〕墨染衣（=僧衣、法衣，法衣、喪服）

**墨染め、墨染**〔名〕染成黑色、黑僧衣，黑道袍、灰色的孝服

墨染の袖（墨染衣的袖、出家、僧侶）

墨染桜（一種觀賞用園藝品種櫻花）

墨染衣（僧衣、法衣，法衣，喪服）

墨染の衣（僧衣、法衣，法衣，喪服）

**墨黒**〔名、形動〕墨黑色

**墨差、墨刺**〔名〕木工、石工等用以作記號在墨斗沾墨用的竹筆

**墨磨**〔名〕硯的古稱、磨墨、磨墨的人

墨磨瓶（硯瓶）

**墨付き、墨付**〔名〕掛墨的程度、（室町、江戶時代）下行公文、下行公文上蓋的黑色官印（=御墨付）

此の紙は墨付が良い（這張紙很掛墨、這張紙付墨很好）

墨付の跡 美しい手紙（筆跡美麗的信）

**墨塗**〔名〕掛墨的程度、筆跡（=墨付き、墨付）

**墨継ぎ、墨継**〔名〕研墨用墨夾子（=墨鋏、墨柄）、醮墨，濡墨

**墨柄**〔名〕研墨用墨夾子（=墨継ぎ、墨継、墨鋏）

**墨鋏**〔名〕研墨用墨夾子（=墨継ぎ、墨継、墨柄）

**墨流し、墨流**〔名〕水墨印染法（將滴在水上的墨汁或顏料吹成花樣移印在紙或布上）、水墨印染花樣

**墨引**〔名〕書信的封口、連歌俳諧附上批點（=合点付墨）

**墨髭**〔名〕遊玩比賽輸贏的人被罰畫黑鬍子、白鬍子染黑、染黑的白鬍子

**墨斑**〔名〕植物的葉等附上淡綠濃綠的模樣-在園藝上被珍視之

**墨袋**〔名〕烏賊章魚的墨囊

**墨筆**〔名〕墨和筆、沾墨寫的筆、毛筆

**墨太**〔形動〕筆畫粗（=筆太）

## 黙（ㄇㄛˋ）

**黙**〔漢造〕沉默、不出聲（=黙る、黙す，黙止す）

寡黙（沉默寡言）

緘黙（緘默、閉口不言）

静黙（静默）

暗黙（沉默、緘默、默不作聲）

沈黙（沉默、緘默、默不作聲）

**黙する**〔自サ〕沈默、静默（=黙る）

黙して語らない（默而不言）目する沐する

黙して語らず（默而不言）

彼は此の事件に就いて黙して語らない（他對這件事情沉默不語）

**黙す**〔自サ〕沈默、静默（=黙する）

**黙劇**〔名〕默劇（=パントマイム、無言劇）

黙劇を演ずる（演默劇）演じる

**黙坐、黙座**〔名、自サ〕默坐

じっと黙坐している（一直默默地坐著）

徹頭徹尾じっと黙坐している（自始自終靜靜地默坐）

**黙殺**〔名、他サ〕不理、不睬、不聽

人人の噂を黙殺する（把人們的風言風語置之不理）人人

非難の声を黙殺する（不理責難的聲音）

反対意見を黙殺する（無視反對的意見）

小数意見を黙殺する（不睬少數的意見）

**黙止**〔名、他サ〕默不作聲、表示沉默、置之不理

彼は依然黙止した儘だ（他仍然是默默不作聲）

黙止の態度を変えない（不改變表示沉默的態度）

**黙示、黙示**〔名、他サ〕暗示，暗中示意。〔宗〕默示，啟示，天啟

賛成を黙示する（暗示贊成）

黙示の契約（默示的契約）

黙示録（啟示錄=ヨハネ黙示録）John

**黙視**〔名、他サ〕默示、坐視

誰も彼の窮状を黙視するに忍びない（誰也不忍心坐視他那種困苦的情況）忍ぶ偲ぶ

黙視出来ない（無法默視）
環境の悪化を黙視する訳には行けない（不能默視環境的惡化）

**黙思**〔名〕默思（=默考）

**黙考**〔名、自サ〕默想、沈思
沈思黙考（沉思默想）
長く沈思黙考する（沉思默想了很久）
沈思黙考に耽る（耽於沉思默想）更ける 老ける 噴ける 拭ける 吹ける 深ける 葺ける 蒸ける

**黙想**〔名、自サ〕默想、沈思、冥想（=默考、默念）
黙想に耽る（凝神默想）
彼は良く一人で黙想している（他常獨自沉思默想）

**黙念**〔名、形動〕默想、沈思
黙念と腕を組む（抱著胳膊沉思）汲む 酌む

**黙識、黙識**〔名〕默識

**黙然、黙然**〔名、形動〕默然
黙然と座る（沉默地坐著）坐る 据わる
黙然と座っている（沉默地坐著）
黙然と座り込む（默然靜坐）
黙然と為て項垂れている（默然低頭不語）

**黙諾**〔名、自サ〕默默同意（=默許、默認）
黙諾を得る（得到默許）得る 得う
黙諾を得た物と思いました（我認為已經得到默許了）

**黙許**〔名、他サ〕默許、默認（=默過、默諾）
黙許の態度を取る（採取默許的態度）
悪事を黙許を為ては行けない（對於壞事不能坐視）行かない

**黙過**〔名、他サ〕默許、默認
規則違反を黙過する事は出来ない（不能容忍違反規則）
規則違反を黙過する訳は行かない（不能容忍違反規則）
闇取引は黙過出来ない（不能默許黑市交易）

**黙認**〔名、他サ〕默認、默許（=見逃し）←→公認
学生の早引けを黙認する（默許學生早退）
学生の長髪を黙認する（默許學生留長頭髮）
車内の喫煙は黙認の形に為っている（在車裡吸菸無形中被默許了）形 形 形
高校生の喫煙を黙認する（放任高中學生抽菸）
少少の遅刻は黙認されている（遲到一會兒被默許了）
黙認し難い（難以默許）
不正行為に対して黙認の態度を取っては成らない（對不正行為不應採取默認的態度）

**黙祷**〔名、自サ〕默禱、默哀
黙祷を捧げる（雙手捧舉默禱、獻上默哀）
犠牲者に対して一分間の黙祷を捧げる（為犠牲者默哀一分鐘）

**黙読**〔名、他サ〕默讀、默誦←→音読、音読み
教科書を黙読する（默誦教科書）
本を黙読する（默誦書本）
黙読の方が理解し易い（默讀易於理解）方 方 易い 易い 廉い 安い

**黙秘**〔名、他サ〕沈默←→供述
黙秘権（〔法〕緘默權－拒絕回答的權利）
黙秘権を行使する（行使緘默權）

**黙々**〔形動〕默默、不聲不響
与えられた仕事を黙々と為て遣っている（不聲不響地在作自己擔任的工作）
彼は何時も黙々と仕事を為ている（他總是不聲不響地工作著）
彼等は黙々と働いた（他們默默地工作著）
黙々と何か考えている（默默地在想些什麼）

**黙約**〔名〕默契
黙約が有る（有默契）有る 在る 或る

**黙契**〔名〕默契

ㄇ

二人の間には黙契が有るらしい（二人之間似乎有一種默契）

二人の間には黙契が有った（雙方已取得默契）

黙契が成り立つ（達成默契）

**黙礼**〔名、自サ〕默默一禮

黙礼を交わす（默默地互敬一禮）買わす飼わす

互いに黙礼を交わす（互敬默禮）

客に黙礼して着座する（向客人默默敬禮後就座）

**黙**〔名〕〔古〕沉默、不講話、默默無言

**黙す、黙止す**〔自五〕沉默，閉口無言（=黙る）、置之不問，不過問，容忍

何と聞かれても黙して言わない（即使被問什麼也閉口無言）

口を黙して語らない（緘口不言）

血気盛りの若い者の遣る事だから、黙す事を為た（因為血氣方剛的年輕人所做的事情所以決定不過問了）

敵の挑発行為を其の儘黙す訳には行けない（對敵人的挑釁行為不能置之不理）

**黙し難い**〔形〕不能置之不理的、不能容忍的、難以拒絶的

黙し難い行為（難以容忍的行為）

黙し難い暴行（難以容忍的暴行）

度度の懇望で黙し難い（再三的懇求實在難以拒絶）度度度度懇望懇望

友人の頼みが黙し難いので終に其の仕事を引き受けた（友人的懇求難以拒絶終於接受了那項工作）終に遂に対に

**黙る**〔自五〕不說話、不作聲、沉默無言←→喋る

黙って本を読む（不作聲地看書）

娘は黙り屋で碌に挨拶も出来ない（小女是個不好說話的人連句寒暄話都不會）

彼女は急に黙って終った（她突然默不作聲了）終う仕舞う

黙って私の言う事を聞き為さい（別說甚麼就聽我的話吧！）

黙って人の物を使っては行けない（不要隨便用人家的東西）使う遣う

子供の喧嘩は黙って見て居ては行けない（對小孩打架不能不聞不問）

黙れ！（住嘴！）

黙り為さい（不要說啦！）

黙って考え込む（閉口沉思）

赤ちゃんは黙り込んだ（嬰兒不哭了）

**黙りこくる**〔自五〕緘口不言、一言不發

彼に何を聞いても黙りこくって居た（他不管被問什麼都不聲不響）

**黙り込む**〔自五〕保持沉默、沉默無言

話が其の事に為ると彼は黙り込んで終った（一談及那件事他就默不作聲了）

**黙り屋**〔名〕沉默寡言的人

**黙**〔名、形動〕無言，沉默、（歌舞伎）無言默劇，啞劇（=黙り）

黙では御前の気持が分らない（你不作聲可沒法知道你的心思）

何時迄黙を決め込む気だ（你到哪天才開口說話啊！）

黙で帰る（不辭而別）飼える買える変える替える換える返る孵る還る代える蛙

黙を遣る（演默劇）

黙屋（沉默寡言的人＝黙坊、黙りん坊）

## 埋（ㄇㄞˊ）

**埋**〔漢造〕埋（=埋める、埋もれる）

**埋経**〔名〕為了傳世把經筒埋入地下

**埋玉**〔名〕人才美人死後弔唁之語

**埋骨**〔名、自サ〕埋葬骨灰

火葬に為て後に埋骨する（火葬後把骨灰埋葬）水葬後後後

**埋設**〔名、他サ〕埋設

水道管を埋設する（埋設自來水管）

下水管を埋設する（埋設下水道管）

パイプラインを埋設する（埋設油管）

埋設物（埋設物）

**まいそう**〔名〕玉米，燕麥，甘藷，蔬菜等切細置於秧草儲藏室發酵貯藏，做為家畜的粗飼料，
青貯飼料（=埋蔵飼料、エンシレージ、サイレージ）

**まいそう**〔名、他サ〕埋葬
　墓地に埋葬する（葬在墓地）
　死体を埋葬する（埋葬屍體）死体（相撲已經不能再比賽的姿勢）
　死体を深く埋葬する（深葬屍體）

**まいぞう**〔名、他サ〕埋藏
　秘密書類を埋蔵する（埋藏秘密文件）
　埋蔵物（埋藏物）
　埋蔵量（蘊藏量）
　石炭の埋蔵量（煤的蘊藏量）
　地下に三十億噸の石炭が埋蔵されている（地下蘊藏著三十億噸的煤）

**まいふく**〔名、自他サ〕埋伏（=隠れ潜む）、埋藏（=埋め隠す）
　途中で埋伏する（在中途埋伏）
　黄金を埋伏する（埋藏黄金）黄金

**まいぼつ、まいもつ**〔名、自サ〕埋沒
　地震で海底に埋没した（由於地震埋到海底了）
　山崩れで家屋が埋没した（由於山崩房屋埋沒了）
　土砂崩れで家が埋没した（由於土崩房屋埋沒了）
　彼の功績は埋没して今は知る人も無い（他的功績被埋沒了現在誰也不知道）
　人才が埋没した人材（埋沒了人才）

**うずまる**〔自五〕埋沒，被埋上（=埋もれる）、（場所）被佔滿
　歓迎の花束に埋まる（接到一大堆歡迎的花束）
　大雪で道が埋まった（道路被大雪埋沒了）大雪大雪
　広場が人で埋まる（廣場上滿是人）

　会場が聴衆で埋まる（會場上擠滿了聽眾）
　スタンドは観客で埋まった（看台坐滿了觀眾）

**うずもれる**〔自下一〕被埋上，被蓋上、埋沒，裝滿，佔滿（=埋もれる）
　土の中に埋もれる（被埋在土中）
　雪に埋もれる（蓋在雪中）
　道が大雪に埋もれる（大雪覆蓋道路）
　部屋中花で埋もれる（整個屋子擺滿了花）
　世に埋もれる（埋沒無聞）
　埋もれた人材（被埋沒的人才、埋沒無聞的人才）

**うずめる**〔他下一〕埋、填、蓋、（場所）佔滿←→掘る、掘り出す
　水仙の球根を土に埋める（把水仙的球根埋在土裡）埋む
　球根を土の中に埋める（把球跟埋在土裡）
　骨を埋める（死於某地、在某處一直工作到老）
　余白を埋める（填上空白）
　赤字を埋める（彌補赤字）
　ハンカチに顔を埋めて泣く（用手帕蒙上臉哭）泣く啼く鳴く無く
　花で部屋を埋める（屋子擺滿了花）
　谷を埋めた霧（瀰漫在峽谷間的霧）

**うずみひ、うずみび**〔名〕埋在地下的水管←→筧（地面上導水的長竹管）

**うずみび、うずみび**〔名〕埋在灰裡的炭火（=埋け炭）
　埋み火を掻き起こす（把灰裡的炭火撥出來）

**うまる**〔自五〕埋上，埋滿（=埋もれる）、補償，彌補
　崖が崩れて家が土砂に埋まった（山崖塌下房子被土砂埋上了）
　河が埋まる（河水漲滿）

## ㄇ

雪に埋まった線路をラッセル車が行く（除雪車在被雪埋著的鐵軌上除雪）

爆発で坑道が埋まった（由於爆炸坑道給埋起來了）

空席が埋まる（空位都坐滿了）

溝が泥で埋まった（溝渠讓泥土填滿了）溝溝

さしもの広い運動場も見物人で埋まった（那樣大的體育場都被觀眾擠滿了）

そんな金では迚も損失は埋まらない（這一點錢是難以弭補損失的）

会社の赤字が埋まる（公司的赤字填補了）

銀行員の明けた穴が埋まる（銀行員吞佔的虧空填補了）

欠員が埋まった（補上缺額）

欠損がやっと埋まった（虧空好不容易才彌補上了）

此は埋まらない商売だ（這是不合算的生意）

**埋める**〔他下一〕埋（＝埋める）、彌補，補足，添水，兌

遺骸を埋める（埋葬屍體）

塵を地下に埋める（把垃圾埋在土裡）塵芥塵

猫の死体を埋める（埋貓屍體）

拍手の音が会場を埋める（掌聲充滿會場）拍手柏手

競技場は観客で埋め尽くされた（競技場擠滿觀眾）

地下に鉄管を埋める（把鐵管埋在地下）地下（平民）

損失を埋める（彌補損失）

赤字を埋める（彌補赤字）

歯を埋める（補牙）

虫歯を埋める（補蛀牙）

短文で余白を埋める（用短文補空白）

短歌で余白を埋める（用短歌補空白）

酒に水を埋める（往酒裡兌水）

会社の穴を埋める（填補公司虧空）

熱いから水を埋めて下さい（太熱請兌點水）

水を埋め過ぎて味が無く為った（兌了過多的水變成沒有味道）鯵亡くなる無くなる

**埋め合わす、埋合す**〔他五〕補償，彌補（＝償う、補う）、拉平，弄平（＝均す、埋め合わせる、埋合せる）

内職を為て収入の減少を埋め合わす（做副業填補收入的減少）

自分の金を出して埋め合わす（自己賠出錢來彌補）

損益を埋め合わす（把盈虧拉平）

**埋め合わせる、埋合せる**〔自下一〕補償，彌補（＝償う、補う）、拉平，弄平（＝均す、埋め合わす）

病気で休んだから日曜日には埋め合わせる（因為生病曠了工星期天補上）

赤字を埋め合わせる（填補赤字）

損得を埋め合わせる（使損益相抵、把賠賺拉平）

此の利潤で損得を埋め合わせる（以這個利潤使損益相抵）

**埋め合わせ、埋合わせ、埋合せ**〔名〕賠償、彌補、抵補、挽回（＝償い、補い）

無駄に為た時間の埋め合わせを為る（彌補浪費掉的時間）

損の埋め合わせを為る（抵補損失）

此の時間は来週埋め合わせを為る（這堂課下星期再補）

此の授業は来週埋め合わせを為る（這堂課下星期再補）

壊した骨董は如何しても埋め合わせが出来ない（弄壞的古董怎麼樣也無法彌補）

**埋め木、埋木**〔名〕填塞木材的縫隙、填塞用的木材、木材工藝品

木の隙に埋め木を為る（把木縫塞上）木木木

埋め木細工（鑲木工藝品）

**埋め草、埋草、埋もれ草**〔名〕古時攻城時用於填平城壕的草、填補空處或殘缺地方的東西、（報刊等）補白的材料、儲藏在地窖裡的家畜飼料用草

　短歌を埋め草を為る（拿短歌來補白）

　埋め草原稿（補白材料的稿件）

**埋め穴、埋穴**〔名〕埋東西的穴、必需彌補的虧損

**埋め溝、埋溝**〔名〕埋在地下的水管、暗溝、陰溝（＝埋み樋、埋樋）

**埋め立てる、埋立てる**〔他下一〕填平（坑凹河海）

　海浜を埋め立てる（把海濱填平）

　沼地を埋め立てる（把沼澤填平）

　池を埋め立てて家を建てる立てる（填平水池蓋房子）

　旧河道を埋め立てて田を造る（填舊河道造田）造る作る創る

**埋め立て**〔名、他サ〕填平河海窪地的工程

　入り江の埋め立てを始める（開始填平海灣工程）

　埋め立て地（填築地、人造陸地、海埔新生地）

　羽田空港は埋め立て地である（羽田機場是人造陸地）

**埋もれる**〔自下一〕埋在下面，蓋在下面、埋沒，佔滿，充滿（＝埋もれる）

　土の中に何年も埋もれた木（埋在地中好幾年的木頭）土土木樹

　地下に埋もれた資源（埋藏在地下的資源）地下地下（平民）

　未だ地下に埋もれている資源を探す（勘探埋藏在地下的資源）未だ未だ探す捜す

　埋もれた人材（埋沒了的人才）

　埋もれている天才（埋沒的天才）

　部屋中花の香りで埋もれている（屋子裡充滿著花香）薫り薫り

**埋もれ井、埋井**〔名〕荒廢的井（＝埋井戸）

**埋もれ木、埋木**〔名〕埋在地下或水中的木頭、陰沉木、埋沒（的境遇）

　一生を埋もれ木に終る（埋沒一生）

　埋もれ木に花を咲く（枯樹開花、時來運轉）

　彼の才能は埋もれ木に為れた（他的才幹被埋沒了）

**埋もれ草、埋草**〔名〕長在陰暗處別人不注意的草、世人忘記寂寞過一生的人

**埋もれ水、埋水**〔名〕草木陰暗處隱約難見的水

## 買（ㄇㄞˇ）

**買**〔漢造〕買（＝買う）

　売買（買賣、澆藝）

　購買（購買）

　不買運動（不買運動）

　競買（競買、買拍賣物）

　競売（拍賣＝競り売り）

　故買（知情故買、買贓物）

**買価**〔名〕買價（＝買値）←→売価、売値

　買価の一割五分の利潤（買價一成半的利益）

　買価の五分増し（買價加上百分之五）

**買値、買い値**〔名〕買價、原價（＝元値）←→売価、売値

　買値が高かったので沢山売れても利益が上がらない（因為買價太高雖然賣得多也沒有利潤）利益利益（神佛保佑）

　思ったより高い買値が付いた（買價比預料的還高）

　買値に一割の利潤を加える（原價加上一成利潤）加える銜える咥える

**買血**〔名、自サ〕買血←→売血

**買収**〔名、他サ〕收買

　建物を買収する（買房子）

　私営の鉄道を買収する（收購私營的鐵路）

　敵を買収する（收買敵人）敵敵仇仇

ㄇ

業者に買収された役人が居る（有些公務員被商人收買）居る入る炒る煎る射る要る鋳る

**買得**〔名〕把東西買過來←→売得

**買得，買い得、買徳，買い徳**〔名〕買得便宜、買得算便宜←→買損、買い損

買えば買得を為る（買了就得便宜、買了就有好處）

此は今買って置くと買得だ（這個現在買可得便宜）

御買得品（便宜貨）

御買得の品（買得便宜的東西）

**買売**〔名、他サ〕買賣（＝売買）

**買弁、買辦**〔名〕買辦（＝コンプラトール comprador 荷）、替外國人跑腿做生意的人、外國人的走狗

買弁資本（〔經〕買辦資本）

**買う**〔他五〕買（＝購う）、招致（＝招く）、尊重，重視，讚揚，讚許（＝認める）、主動承擔←→売る

月給で本を買う（用月薪買書）飼う買う

幸福は金では買えない（幸福不是用錢能買到的）

其の車を幾等で買いましたか（那輛車多少錢買的？）

安く買う（買得便宜）安い廉い易い

高く買う（買得貴）

相手の歓心を買う（博得對方的歡心）

売られた喧嘩を買う（打來就招架）

人の恨みを買う（招人仇恨）恨み恨み憾み

禍を買う（惹禍）禍厄災い居る鋳る要る射る煎る炒る入る

彼は真面目な所を買われて居る（他做事認真這一點受到人們稱讚）

彼の努力は買って遣られねば成らぬ（他的努力應該被稱讚）

私は彼の男を可也は買って居る（我相當器重那個人）

彼の意見を買う（重視他的意見）

自ら買って出る自ずから（自告奮勇）

仲裁を買って出る（主動出面調停）

**飼う**〔他五〕飼養（動物等）

豚を飼う（養豬）

蚕を飼う（養蠶）

牛を五頭飼っている（養著五頭牛）

池に魚を飼う（在池裡養魚）

**買い、買**〔名〕買、買進←→売り、売

買の手に出る（買進、作買方）

野菜を買に行く（去買菜）行く逝く往く行く往く逝く

**買える**〔自下一〕〔俗〕買得到、可以買、買得起

煙草は至る所買える（到處可以買得到香菸）至る到る代える飼える変える替える換える

物品は金銭が無くては買えない（沒有金錢是買不到物品的）返る帰る孵る蛙

値段が安いので誰でも買える（因為價錢便宜誰都買得起）

**買い上げる、買上げる**〔他下一〕（政府）收購、收買、（商人對客人的敬語）購買

土地を買い上げる（收購土地）

棉を買い上げる（收購棉花）棉綿腸

政府が米を買い上げる（政府收購稻米）米米米

**買い上げ、買上**〔名〕（政府）收購、（賣主對買主的客氣話）您購買的

買上米（收購的米）

御買上品（您買的東西）

品物は御買上と同時に配達致します（貨物您買了馬上就給您送去）

千円以上御買上の方に抽選券を一枚差し上げます（購買一千元以上的顧客贈送彩券一張）

**買い漁る、買漁る**〔他五〕搜購

古本を買い漁る（搜購舊書）

**買い集める**〔他下一〕收買

古本を買い集める（收買舊書）

**買い入れる、買入れる**〔他下一〕買入、進貨

原料を買い入れる（買進原料）

土地を買い入れる（買土地）

プラント(plant)を買い入れる（買入成套設備）

少し余計に買い入れる（多買一點兒）

八月に為るとデパート(department store)では冬物を買い入れる（到了八月百貨店採購冬季商品）

古本高価買い入れ（高價收購舊書）

**買い入れ、買入**〔名〕買進

買い入れ原価（買價、買進成本）原価元価

買入元価に二割の利益を加える（買價加上兩成利益）

**買い受ける、買受ける**〔他下一〕買進、買入←→売り渡す

こんな高い値段では買い受ける人が無いでしょう（價錢這麼高恐怕沒人買吧！）

中古のカメラ(camera)を買い受ける（買了一架二手的照相機）中古 中古

**買い置く、買置く**〔他五〕購存、備置

**買い置き、買置**（名他サ）購存、備置（＝ストック(stock)、買い溜め）

先高を見越して買置する（預料將來漲價而先行購存）

買置の布を出して服を作る（拿出備置的布做衣服）布切 裂

買置が無くなる亡くなる（購存的東西用完）

薬の買置が無く為った（備用的藥沒有了）

**買い溜める、買溜める**〔他下一〕囤積

**買い溜め、買溜**（名他サ）囤積

米の買溜を為る（囤積白米）

姦商が食糧を買溜する（奸商囤積糧食）姦商 奸商

安い時に買溜して置く（便宜時買下來儲存）

**買い掛け、買掛**（名他サ）賒購←→売り掛け、売掛（賒賣）

**買掛金**（賒貨錢）←→売掛金

**買い方、買方**〔名〕買方，買者、顧客、買法←→売り方，売方

物の買方が上手だ（會買東西）上手上手（上游）上手（上游、強手）

物の買方が下手だ（不會買東西）下手 下手，下手（下面、低微）下手（下手、下等人）

彼の人は物の買方が上手だ（他很會買東西、他買東西的方法高明）

**買い被る、買被る**〔他五〕出價過高，買得太貴，評價過高，估計過高

此の帽子は買い被った（這頂帽子買貴了）

此の品は買い被った（這東西買貴了）品 品

僕は彼の技量を買い被った（我把他的能力看得太高了）技量 伎量

余り買い被らないで下さい（不要把我看得太高）

自分を買い被るな（別自命不凡）

**買い気、買気**〔名〕買氣、購買慾←→売り気、売気

買気が付く（買氣旺盛）

買気が鈍る（買氣不旺）

買気を誘う（招引顧客）

色取り取りの野菜が買気を誘う（各色各樣的蔬菜吸引著顧客）

**買い切る、買切る**〔他五〕全部買下、全部包下

品物を買い切る（把所有貨全部買下）

客車を買い切る（把客車包下）

劇場を買い切って総見する（包場集體看戲）

バス(bus)を買い切る（把公車包下）

**買い切り、買切**〔名〕全部買下、全部包下

**買い食い、買食**〔名、他サ〕買零食吃

子供は買食が好きです（小孩好買零食吃）

此の子は良く買食を為る（這孩子好買零食吃）

買食は悪い習慣だ（買零食吃是壞習慣）

ㄇ

買い薬、買薬〔名〕成藥
　無闇に買薬を呑むな（不要隨便吃成藥）呑む飲む
　買薬で病気が直った（用成藥把病治好了）直る治る

買い言葉、買言葉〔名〕（謾罵、譏諷等的）還口、反唇←→売り言葉、売言葉
　売言葉に買言葉（以罵還罵、以嘲還嘲）

買い込む、買込む〔他五〕大量買入
　商人は騰貴を見越して買い込む（商人因為看漲而大量買入）商人商人商人
　あんな詰まらない物を買い込んで如何する積りだろう（買下那些沒用的東西打算幹什麼呢？）
　食物を買い込んで冬支度を為る（買大量的食物準備過冬）

買い占める、買占める〔名、他サ〕獨佔、囤積（=買い切る、買切る）
　米を買い占める（囤積白米）
　土地を一手に買い占める（一手包抄土地）一手一手

買い占め、買占〔名〕買斷、囤積、壟斷證券市場
　狡い商人は米の買占を遣る（奸商囤積白米）狡い狡い
　奸商の買占で物価が上がった（由於奸商囤積物價上漲）

買い初め、買初〔名、他サ〕新年第一次買東西

買い損、買損〔名〕買貴了、買吃虧了、買上當了←→買得、買得、買徳、買い徳

買い出す、買出す〔他五〕採購

買い出し、買出し〔名〕採購
　買い出しに出掛ける（出去採購）

買い叩く、買叩く〔他五〕殺價
　足下を見て買い叩く（看有人急於出售極力殺價）足下足元足許

買い立て、買立〔名〕亂買、剛買（的東西）
　此は買立の物だ（這是剛買來的）
　買立の帽子（剛買的帽子）

　買立だから香りが良い（剛買來的所以很香）

買い付ける、買付ける〔他下一〕買進（=買い入れる、買入れる）、買熟（=買い慣れる、買慣れる）
　高くて買い付けられない（太貴不能買）
　多量の用品を買い付けて置いた（買下了許多用品）
　農村から繭を買い付ける（從農村收購蠶繭）繭眉
　買い付けた店（買熟的店鋪）店見世
　此は買い付けた店で買ったのだ（這是在買熟的店鋪買的）

買い付け、買付〔名、他サ〕收購、採購、經常買，買熟了
　買付を見合わせる（暫停收購）
　小麦の買付（收購小麥）
　買付の本屋（經常買書的書店）
　買付の店（經常光顧的商店）
　買付委託（委託收購）

買い繋ぎ、買繋〔名、他サ〕套購（股票）←→売り繋ぎ、売繋（脫手）

買い手、買手〔名〕買主、買方←→売り手、売手
　其の品は未だ買手が付かない（那個貨品還沒有買主）品品未だ未だ
　買手市場（對買方有利市場情況）←→売手市場
　買手筋（買方、買戶、買方的諮詢證券商）

買い取る、買取る〔他五〕買入、收買、買過來
　今迄借りて居た家を買い取る（把從前租賃的房子買過來）
　郊外に建てた家を買い取る（買建在郊外的房子）
　故人の蔵書を図書館で買い取る（由圖書館把已故者的藏書買過來）
　図書館は民間の蔵書を買い取る（圖書館收買民間的藏書）
　彼は其のコレクション(collection)を八億円で買い取った（他把收藏品用八億元買來）

買い主、買主〔名〕買主、買者（=買い手、買手）
←→売り主，売主、売り手，売手
　　買主が前金を打つ（買方付定金）前金
　　前金
　　店員が買主を探し出して忘れ物を届
　　ける（店員找到顧客送還遺忘的東西）

買い控え〔名、自サ〕〔經〕（因時機不到而）袖
手不買、觀望

買い戻す、買戻す〔他五〕買回來
　　売った時の値段で買い戻す（用賣價買回）

買い戻し、買戻し〔名〕買回來
　　余りにも安く売ったので買い戻しを為
　　る（因為賣得太便宜所以要買回）

買い求める、買求める〔他下一〕購買
　　入用の品を買い求める（購買需要的東
　　西）

買い物、買物〔名、自サ〕買東西、要買的東西、
買了的東西、買得很便宜的東西
　　買物に行く（買東西去）
　　買物に出掛ける（出去買東西）
　　本当に買物が上手だ（真會買東西）
　　デパートで買物を為る（在百貨公司買東
　　西）
　　買物袋（購物袋）
　　買物が沢山有る（有許多要買的東西）
　　今日は買物が沢山有る（今天想買的東西
　　很多）
　　何か買物が有りますか（有什麼要買的東
　　西嗎？）
　　彼の店は買物を家迄配達する（在那個
　　商店買東西會幫你送到家）
　　此は買物だ（這東西買得便宜了）
　　此は中中の買物だ（這東西買得太便宜了）

# 売（賣）（ㄇㄞˋ）

売（有時讀作まい）〔漢造〕賣、出售（=売る、商う）
　　販売（販賣、出售）
　　競売（拍賣=競り売り）

　　専売（專賣、獨家經銷）
　　転売（轉賣、轉售）
　　特売（賣給特別指定的人、特別賤賣）
　　発売（發售、出售）
　　非売品（非賣品）
　　薄利多売（薄利多銷）
　　売僧、売子（禿驢、花和尚、野和尚）

売淫〔名〕賣淫（=売春、淫売）
　　売淫を禁止する（禁止賣淫）

売春〔名〕賣淫（=売淫、淫売、売笑）
　　売春を取り締める（取締賣淫）
　　売春婦（妓女=淫売婦、売笑婦）
　　売春宿（妓院）
　　売春防止法（賣春防止法）廃娼

売笑〔名〕賣笑（=売淫、売春、淫売）
　　売笑婦（妓女=売春婦、淫売婦）

売色〔名〕売笑、売淫、売春（=淫売）

売女〔名〕〔俗〕賣淫婦、〔罵〕無恥的女人（=売笑
婦、売春婦、淫売婦）
　　此の売女奴（這個無恥的女人）

売人〔名〕〔俗〕商人、售貨員、妓女
　　薬の売人（賣藥的商人）薬薬

売価〔名〕賣價（=売値）←→買価、買値
　　売価が高過ぎるので売れない（因為售價
　　太高所以賣不出去）
　　売価を下げる（降低售價）下げる提げる
　　避ける割ける裂ける咲ける
　　売価の六割で（按賣價的六成）
　　小売店の売価は千円です（零售店的賣價
　　是一千元）

売血〔名、自サ〕賣血
　　売血者（賣血者）

売国〔名〕賣國
　　売国行為を為る（進行賣國）
　　売国的行為（賣國的行為）
　　売国奴（賣國賊）

売国奴を検挙する（檢舉賣國賊）
売国奴を打倒せよ（打倒賣國賊！）

**売却**〔名、他サ〕賣掉←→購入
蔵書を売却する（賣掉藏書）
家屋を売却する（變賣房屋）
売却代金（售款）

**売店**〔名〕（車站、劇場、競技場、公園、動物園等內設的）小賣店（＝小売店）
新聞売りの売店（報攤）
劇場の売店でアイスクリームを買う（在劇場的小賣部買冰淇淋）

**売買、売買**〔名、他サ〕買賣（＝売り買い、売買、商い、商）
株を売買する（買賣股票）
株の売買で大儲けした（做股票交易而賺大錢）
彼は不動産の売買を為ている（他做不動產的交易）
売買契約を結ぶ（締結買賣契約）
売買高（營業額、買賣金額）
売買価格（交易價格＝実価）
現金売買（現金交易）
現物売買（現貨交易）

**売品**〔名〕出售品（＝売物）←→非売品

**売文**〔名〕以賣文章為生
売文で暮らしを立てる（靠賣文章餬口）建てる経てる断てる截てる発てる裁てる
売文を業と為る（以賣文章為業）業業業業絶てる点てる起てる閉てる

**売卜**〔名〕賣卜、以占卜為生（＝占い、占、卜い、卜）
売卜者（賣卜者）
売卜者に占って貰う（向賣卜者問卦）

**売名**〔名〕沽名釣譽
売名を狙って表面に出る（為了沽名釣譽而拋頭露面）

売名の為に社会事業に多額の寄付を為た（為了求好名聲而捐許多錢給社會公益事業）
売名の徒（賣名之徒）
売名主義（風頭主義）
売名行為（沽名釣譽的行為）

**売約**〔名、自サ〕出售契約、販賣合約
売約した商品（已售商品）
売約済み（已售）
売約済みの札を貼る（貼上已售出的標籤）札札札貼る張る

**売薬**〔名〕（藥房賣的）成藥
売薬で間に合わす（先用成藥應急一下、先吃一服成藥）
売薬商（成藥商）

**売僧，売子**〔名〕〔罵〕禿驢、花和尚、野和尚

**売る**〔他五〕出售、出賣、出名、挑釁←→買う
物を売る（賣東西）得る得る
布を売る（賣布）布布
高く売る（貴賣）
現金で売る（以現金出售）
値段を間違えで売って終った（賣錯了價錢）終う仕舞う
元を切って売る様では商いに成らない（虧本賣就做不成生意了）
名を売る（出名）
男を売る（露臉、賣弄豪氣）
友を売る（出賣朋友）友伴共供
味方を売る（出賣同伴）
味方見方観方看方視方
国を売る（賣國）
媚を売る（獻媚）
喧嘩を売る（找碴打架）
恩を売る（賣人情）音温怨遠御穏
其は売られた喧嘩だった（那是由於對方挑釁而打起來的架）

**得る**〔他下二〕（得る的文語形式、主要用於書寫語言中）得，得到，（接尾詞用法、接動詞連用形下）能夠，可能
- 大いに得る所が有る（大有所得）
- 少しも得る所が無い（毫無所得）
- 利益を得る（得到利益）
- 実行し得る計画（能夠實行的計畫）
- 其れは有り得る事だ（那是可能有的事）

**得る**〔他下一〕得，得到，理解，領悟，能，能夠，（以せざるを得ない形式）不得不，不能不〔接尾〕（接在其他動詞連用形下，連體形，終止形多用得る）能，可以
- 利益を得る（得利）得る 獲る 選る 彫る 雕る
- 病を得る（得病）
- 志を得る（得志）
- 信頼を得る（取得信任）
- 貴意を得度く存じます（希望徵得您的同意）
- 知識を得る（獲得知識）
- 所を得る（得其所）
- 間一髮気が付いて、漸く事無きを得た（馬上發覺才幸免於難）
- 何の得る所も無かった（毫無所得）
- 人民から得た物をの人民の為に用いる（取之於民用之於民）
- 国際的に幅広い共鳴と支持を得ている（贏得了國際上廣泛的同情和支持）
- 其の意を得ぬ（不理解其意）
- 彼に面会する事を得なかった（未能與他會面）
- 賛成せざるを得なかった（不得不贊成）
- 如何しても其の方向に動かざるを得ない（怎麼也不能不向那方向移動）
- 知り得る限りの情報（所能知道的情報）
- 一人では成し得ない（一個人做不成）
- 有り得ない（不會有、不可能）

**売り、売**〔名〕賣，銷售，（預測行情會跌而轉為）賣方←→買い、買
- 売に出て居る（正在市場上賣著）
- 由緒有る美術品が売に出た（有一件著名的美術品待售）
- 売に出す（出賣）
- 家屋敷を売に出す（出賣房產）

**売らん哉**〔名〕拼命推銷
- 売らん哉の競争（傾銷商品的競爭）

**売り上げる**〔他下一〕賣完（=売り尽くす）、賣得
- 夕方にはすっかり売り上げて終う（到傍晚全部賣完）
- 今日は五千円売り上げた（今天賣了五千元）

**売り上げ、売上**〔名〕賣完、營業額、銷售額
- 一日の売上（一天的營業額）一日一日 一日一日
- 売上高（營業金額）
- 売上金（售貨款）
- 売上帳（銷售帳）
- 総売上高が千円を上回った（銷售總額超過了一千萬元）
- 今日の売上は九千円だ（今天的售貨款是九千元）

**売り尽くす**〔他五〕賣光、售完
- 三日で売り尽くした（三天就售完了）
- 一週間で売り尽くした（一週就售完了）

**売り焦る**〔他下一〕急於出售、脫手心切

**売り浴びせ**〔名〕（行市上漲時）大量拋售

**売り剰し**〔名〕賣剩（的貨）

**売り歩く**〔他五〕走著賣、沿街叫賣
- 鼠捕りを売り歩く（串街叫賣捕鼠器）
- バナナを売り歩く（沿街叫賣香蕉）
- 饅頭を売り歩く（沿街叫賣饅頭）

**売り家，売家，売り家，売家**〔名〕出售的房子、出賣的房子←→貸し家，貸家、貸し家，貸家
- 売家有り（吉屋出售）

売家の張り紙を出す（貼出吉屋出售的招貼）

**売り急ぐ**〔自五〕急售、急於出售

売り急ぐ必要は無い（不必急著賣）

此方は一向売り急ぐ必要は無い（毫無急於出售的必要）此方此方一向一向只管

**売り急ぎ**〔名〕急售、急於出售

**売り惜しむ**〔他五〕惜售、捨不得賣

終戦後の食糧難時代に缶詰を売り惜しむ（在戰後糧食困難時期惜售罐頭）

魚の缶詰を売り惜しむ（惜售魚罐頭）魚魚魚

**売り惜しみ**〔名、他サ〕惜售、捨不得賣、不肯賣

売り惜しみを為て売る時期を失う（因不肯賣而失掉出售的機會）

買い占めて売り惜しみする（囤積居奇、囤積不肯賣）

買い占めと売り惜しみ（囤積居奇）

売り惜しみして値上がりを待つ（居奇待漲）

**売りオペレーション**〔名〕（中央銀行）拋售證券回收資金←→買いオペレーション

**売り掛け、売掛**〔名、他サ〕賒賣、欠帳←→買い掛け、買掛（賒購）

売掛を催促する（催索欠帳）

売掛代金を受け取る（收賒欠款）

売掛勘定（按主顧的賒賣帳戶）

売掛金（賒賣貨款）

**売り方、売方**〔名〕賣方，賣主（=売り手、売手）、賣法，賣的手段←→買い、方買方

**売り手、売手**〔名〕賣方，賣主（=売り方、売方）←→買い手、買手

売手が多いと品物が安く為る（賣主多東西就便宜）

売手市場（由於供不應求而對賣方有利的市場）←→買手市場

**売り主、売主**〔名〕賣方，賣主（=売り方、売方、売り手、売手）←→買い主、買主

売主と値段を掛け合う（跟賣方談價錢）

**売り気、売気**〔名〕賣氣、賣風、出售的趨勢←→買い気、買気

売気が有る（有賣意）

売気が無い（無賣意）

**売り切る、売切る**〔他五〕賣完

バーゲンセールで売り切った（以大賤賣而賣完了）

**売り切れる、売切れる**〔他下一〕賣完

新年号は十二月末に売り切れた（新年號已在十二月底賣完）

売り切れない内に増刷しよう（趁著還沒有賣完增加印數吧！）

新刊書は売り切れた（新出版的書籍銷售一空了）

在庫の品物は全部売り切れた（庫存貨全部銷完了）

本日の切符売り切れた（今天的票已售完了）

**売り切れ、売切**〔名〕賣完

本日売切（今天已經全部售完）

もう売切に為った（已經賣完了）

**売り食い、売食**〔名、自サ〕變賣東西過活

失業の為に売食する者は無い（沒有因為失業變賣東西過活的）

失業の為に売食せざるを得ない（因為失業不得不變賣家產過活）

売食して食い繋ぐ（變賣東西勉強維持生活）

**売り崩す**〔他五〕〔商〕大量拋售

株式を売り崩す（大量拋售股票）

**売り口、売口**〔名〕銷路（=販路）、販賣方法（=売り方、売方）

売口は広い（銷路廣）

売れ口、売口（銷路、出路、女人的結婚機會）

**売り子、売子**〔名〕店員、女店員

新聞売子（賣報的、報童）

売れっ子（紅人、紅演員、紅妓女）
**売り声、売声**〔名〕叫賣聲
**売り言葉、売言葉**〔名〕挑釁的話、找碴的話←→買い言葉、買言葉（還口）
　売言葉に買言葉（你來一言我去一語、互相對罵）
　売言葉に買言葉で喧嘩に為った（你一言我一語地打起架來了）
　売言葉に買言葉で到頭喧嘩に為った（你一言我一語地終於打起架來了）
**売り込む、売込む**〔他五〕推銷、出賣、出名、推薦
　新製品を売り込む（推銷新產品）
　此の頃は大分売り込んだ（近來推銷了不少）大分大分
　新聞種を売り込む（出賣消息）
　親切で売り込んだ店（以服務好而著名的商店）
　サービスの良さで売り込んだ店（以服務好而著名的商店）
　彼の商店は多年親切で売り込んだ店だ（那個商店多年來以服務周到聞名）
　自分を売り込む（毛遂自薦）
　名前を売り込む（沽名釣譽）
**売り込み、売込**〔名〕推銷
　売込を遣る（推銷）
**売り先、売先、売先**〔名〕主顧（=得意先）、銷路（=売り口、売口）
**売り下げる**〔他下一〕政府向民間出售
**売り下げ**〔名〕政府向民間出售
　土地の売り下げを決定した（決定向民間出售土地）
**売り捌く、売捌**〔他五〕出售、推銷（=売り広める）
　廉価で売り捌く（廉價推銷）
　何とか為て売り捌く（設法推銷）
　全国各地に売り捌く（銷售全國各地）
**売り捌き**〔名〕出售、推銷
　売り捌きを急ぐ（急於出售）
**売り捌き人**（銷售人）
　一手売り捌き人（包銷人）一手一手
**売り広める**〔他下一〕擴大銷路、推廣銷路
　新製品を売り広める（推銷新產品）
**売り広め**〔名〕擴充銷路
　売り広めの為特価で売る（為擴充銷路特價出售）
**売り渋る**〔他五〕惜售、捨不得賣（=売り惜しむ）
**売り初め**〔名〕（年初的）開市、開張
**売り高、売れ高**〔名〕銷貨款項、賣的錢、額銷售量（=売上高）
　売り高が少ない（銷數少）尠い
**売り出す、売出す**〔他五〕開始賣，開始出售、減價推銷、出名，剛剛出名
　売れ出す（銷路漸廣、漸有名氣）
　此の辞書は来月一日に売り出す事に為ろう（這本辭典在下月一日前開始出售）
　新製品を売り出す（開始出售新產品）
　新製品を三月から売り出す（從三月開始出售新產品）三月三月
　彼は此の作で売り出す（他由於這部作品出了名）
　売り出した許りの作家（剛剛出名的作家）
　売り出した許りのスター（剛剛出名的演員）
**売り出し、売出し**〔名〕開始賣、大減價，大賤賣、剛剛出名
　建設公債の売り出し（發行建設公債）
　歳暮売り出し（年終大減價）歳暮歳暮
　歳末売り出し（年終大減價）
　売り出しの作家（剛剛出名的作家、紅起來的作家）
　今売り出しの作家（新出名的作家、剛紅起來的作家）
　今売り出しの女優（現在很出名的女演員、紅起來的女演員）
**売り叩く、売叩く**〔他五〕拋售，甩賣，廉價出售、廉價拋售股票使行情下跌

残品を売り叩く（廉價拋售存貨）

**売り立て、売立**〔名〕（用拍賣、標售等方法）賣掉、賣光（儲藏品等）

**売り溜め**〔名〕銷貨累積的款
店の売り溜めを持って逃げた（攜帶店裡的售貨款潛逃了）

**売り地、売地**〔名〕出售的地皮、準備賣的土地
一坪五千円の売地（一坪五千元出售的地皮）

**売り付ける、売付ける**〔他下一〕硬賣、強賣
彼は其を私に高く売り付ける（他把它以高價硬賣給我）
本を高く売り付けた（高價強迫推銷了書籍）
偽物を売り付けられた（被硬推銷買了冒牌貨）偽物贋物偽物

**売り繋ぎ、売繋**〔名、他サ〕（股票）脫手、變賣家產維持生活←→買繋（套購）

**売り手形、売手形**〔名〕〔商〕賣方給買方的出售證明

**売り飛ばす、売飛ばす**〔他五〕狠心賣掉、趕快賣掉、賣給遠方
大急ぎで家財一切を売り飛ばす（趕緊把全部家當賣掉）
二束三文に売り飛ばす（一文不值半文地賣掉）
家宝を只同様の値で売り飛ばした（把傳家之寶以等於白送的價錢賣掉了）只唯徒値価値

**売り止め、売止**〔名〕停售
品質の悪い物は皆売止に為た（品質不好的東西都決定停售）

**売り値、売値**〔名〕賣價、售價←→買値、元値
売値より二割引く（按賣價打八折）
売値より二割引します（按售價打八折）

**売り場、売場**〔名〕售貨處、應該賣的好機會、賣東西的好時機（=売時）
切符の売場（售票處）
切符の売場は二階に在ります（售票處在二樓）

デパーとの靴売場（百貨公司皮鞋部）
玩具売場（玩具部）玩具玩具
今は売場だ（現在正是行市、現在正是賣東西的好時機）

**売り払う、売払う**〔他五〕賣掉、賣光（=売って終う）
家屋を売り払う（把房屋全部賣掉）
家資を売り払う（賣掉家產）
一切を売り払う（全部賣掉）
手持ちの品を急いで売り払う（趕快將存貨全部賣掉）

**売り払い、売払**〔名〕賣光、全部賣掉
ストックを売払に出す（把庫存搬出來賣掉）

**売り物、売物、売物**〔名〕賣的東西，商品、幌子，招牌，拿手
売物を出す（出賣）
此の家は売物だ（這房子是要賣的）家家家家家
此の絵は売物です（這畫是要賣的）絵画画画
売物帳（售貨帳、賣貨流水帳）
親切を売物に為る（假殷勤）
彼は親切を売物に為る男だ（他是個拿親切作幌子的人）
声の良いの売物に為る（以好嗓子作為幌子）
白蛇伝の白素貞の扮するのは彼女の売物だ（扮演白蛇傳中的白素貞是她的拿手）白蛇白蛇

**売り渡す、売渡す**〔他五〕出售、轉帳←→買い受ける
先祖伝来の土地を売り渡す（把祖先的土地賣給別人）

**売れる**〔自下一〕好賣，暢銷，生意好，生意興隆、出名，知名。〔俗〕結婚，嫁出去、（畢業生）找到工作
一番売れる本（最暢銷的書）売れる熟れる得れる

此の品物は良く売れる（這批貨銷得快）

そんなに高くては中中売れないでしょう（這麼貴不容易賣出去吧！）

余り売れない品（不太好銷的貨）品品

御生憎様売れて終いました（對不起已賣完了）

彼の店は良く売れる（那家店生意好）

彼は昔は役者と為て名を売れた者だった（她從前曾經是個出名的演員）名名

彼は作家と為て名を売れている（他以作家聞名）

顔を売れている（很有名氣、面子大）

彼の娘も到頭売れて終ったか（那個女孩最後終於嫁出去了嗎？）

**売れ**〔名〕賣、銷路（=売行）

売れが良い（銷路好）良い善い佳い好い酔い

売れが悪い（銷路不好）

売れの良い品（好賣的東西）品品

売れの悪い品（不好賣的東西）

**売れ足、売足**〔名〕銷路

売足が速い（暢銷）速い早い

売足が遅い（滯銷）遅い晩い襲い

売足の良い品（銷路好的東西）

売足の悪い品（不好賣的東西）

**売れ行く**〔自五〕好銷、暢銷

**売れ行き、売行**〔名〕行銷 銷售 銷路（=売れ具合）

売行が良い（銷路好）

売行が悪い（銷路不好）

売行が鈍い（銷路不好）鈍い鈍い呪い

売行が速い（銷得快）速い早い

売行が遅い（銷得慢、滯銷）遅い晩い襲い

売行の良い本（暢銷的書）

売行の悪い本（滯銷的書）

売行が思わしくない（銷得不太好、銷路不好）

物凄い売行（驚人的銷售）

新製品は素晴らしい売行だ（新產品很暢銷）

**売れ口、売口**〔名〕銷路（=売れ行き、売行）、出路、女人的結婚機會或對象

売口が有る（有銷路）

売口が無い（沒有銷路）

売口が遅い（滯銷、銷得慢）

売口を捜す（找銷路、找買主）捜す探す

彼の学校の卒業生は売口が良い（那學校畢業生出路很好）

彼の顔では売口が有るまい（那樣長相怕不容易找到對象）

**売れ出す**〔自五〕暢銷起來、銷路漸廣、漸有名氣

やっと此の頃売れ出して来た（好不容易最近暢銷起來）

近頃彼も売れ出して来た（近來他也出名了）

**売れっ子**〔名〕紅人，紅角，名妓，有名氣的人，受歡迎的人（=流行っ子）

一流の売れっ子に為る（成為頭等的紅人）

彼は文壇の売れっ子だ（他是文藝界的紅人）

売れっ子の歌手（有名氣的歌手）歌い手

彼は売れっ子の作家だ（他是名作家）

**売れ残る、売残る**〔自五〕賣剩下、嫁不出去

傷物が売れ残った（有瑕疵的貨賣剩下了）傷物疵物

到頭此丈は売れ残って終った（到最後只有這個沒賣出去）終う仕舞う終る

不美人なので売れ残っている（因為不漂亮找不到對象）

**売れ残り、売残**〔名〕剩貨，賣剩下的東西、嫁不出去的女人，失去婚期的女人

売残の品を安く売る（賤賣剩貨）

ㄇ

彼の娘は売残だ（那姑娘老找不到對象）

## 麦（麥）（ㄇㄞˋ）

麦〔漢造〕（五穀之一）麥

 大麦（大麥）

 小麦（小麥）

 裸麦（裸麥）

 菽麦（豆子和麥子）

 米麦（米和麥、眾多的穀物）

 燕麦（燕麥=オート麦、烏麦）

 精麦（精麥、精白加工的米麥）

麦雨〔名〕麥熟時下的雨（=五月雨、梅雨、黴雨）

麦芽〔名〕麥芽

 麦芽糖（麥芽糖）

麦蛾〔名〕麥蛾（吃穀類的害蟲）

麦作、麦作〔名〕種麥、麥的收成

麦酒、麦酒、麦酒、ビール、ビア、ビヤ〔名〕麥酒、啤酒

 生麦酒（生啤酒）

 麦酒瓶（啤酒瓶）

 麦酒樽（啤酒桶、大腹翩翩的人）

 麦酒ホール（啤酒屋、啤酒專賣店）

 麦酒ガーデン（露天啤酒屋）

 冷やした麦酒を一杯飲む（喝一杯冰的啤酒）呑む

 コップに麦酒を注ぐ（往玻璃杯裡倒啤酒）注ぐ雪ぐ濯ぐ灌ぐ注ぐ告ぐ継ぐ接ぐ次ぐ

 丸で気の抜けた麦酒の様だ（簡直像走了氣的啤酒、比喻完全不行）

 麦酒を冷やす（冰啤酒）

麦秋、麦秋〔名〕麥秋（指麥收成季節=麦の秋）、農曆四月的別名、初夏

麦秀〔名〕亡國之悲、滅國之跡

麦穂、麦穂〔名〕麥穗（=麦の穂）

麦飯、麦飯、麦飯〔名〕白米摻大麥做的飯、全部用麥煮的飯

麦飯で鯉を釣る（一本萬利、拋磚引玉）来い請い濃い乞い恋攣る釣る鶴蔓

麦粒〔名〕麥粒（=麦の粒）

 麦粒腫（麥粒腫、針眼=物貰）

 麦粒腫が出来た（長出了針眼）

麦隴、麦瓏〔名〕麥田（=麦畑）

麦門冬〔名〕麥門冬（龍鬚草的根乾燥後的東西-用於化痰、止咳、滋養、強壯）

麦繞〔名〕漢字繞的一個（如麵、麴中麥的部分）

麦角〔名〕（藥）麥角

麦稈、麦稈、麦藁、麦桿、麦幹、麦幹〔名〕麥稈

 麦稈真田（麥稈編的繩、可製成夏帽）

 麦稈で帽子を作る（用麥稈作帽子）作る造る創る

 麦稈帽（麥稈帽）

 麦稈紙（麥光紙）

 麦稈細工（麥稈工藝）

 麦稈葺（麥稈屋頂、用麥稈修屋頂）

 麦稈笛（麥笛=麦笛）

 麦稈蜻蛉（江雞）

麦〔名〕麥

 麦を蒔く（播麥種）蒔く撒く播く巻く捲く

 麦を刈る（割麥）刈る駆る狩る駈る借る

 麦の穂（麥穗=麦穂、麦穂）

 麦の秋（麥收成季節=麦秋，麦秋、農曆四月的別名、初夏）

 麦の従兄弟（母方的表兄弟姊妹）←→米の従兄弟

 麦畑（麥田=麦田、麦隴、麦瓏）

 麦搗き（去麥殻）

 麦を漂わす（聚精會神忘記瑣事、誦經不覺潦水流麥）

麦跡〔名〕麥子收割的痕跡

麦鶉〔名〕三四月小麥將要收割時的鵪鶉-此時肉味鮮美

麦歌〔名〕打麥時勞動歌

麦打ち、麦打〔名、自サ〕打麥、（打穀用具）連枷（=殻竿、連枷）

麦搗、麦搗〔名、自サ〕打麥（=麦打ち、麦打）

　　麦搗歌、麦搗唄（打麥歌、打麥時唱的勞動歌）

　　麦搗の音が聞えて来る（傳來了搗麥的聲音）

麦熟〔名〕麥熟收割的前祝

麦漆〔名〕小麥粉和生漆混合的接著劑

麦押〔名〕麵棒（=麵棒、麦押木）

麦滓〔名〕小麥精製時的皮屑（=麩、魦）

麦刈り〔名〕割麥

　　麦刈りを始める（開始割麥）

麦切り〔名〕麵粉搓揉後切成麵條長短的東西

麦草〔名〕麥草（=青い麦）

麦粉、麺〔名〕麵粉（=糗、炒粉、熬粉）

麦麹〔名〕以麥為原料的麹（用於製造味噌）

麦焦がし〔名〕炒大麥粉、用大麥粉作成的點心

麦作〔名〕麥的耕作、麥的收穫

麦抄、麦籬〔名〕煮麵用的竹蕢（=揚笊、上笊）

麦蝉〔名〕蟪蛄的異名（=にいにい蟬）

麦田〔名〕麥田（=麦畑、麦畠）

麦茶〔名〕麥茶、用炒大麥泡的茶（=麦湯）

麦湯〔名〕麦茶

　　夏に冷やした麦湯を飲む（夏天喝涼麥茶）

麦薯蕷〔名〕把山藥搗成糊狀，調以醬、清湯、麥，飯的食品

麦糠〔名〕麥糠（=麩、魦）

麦の秋〔名〕麥收成季節（麦秋、麦秋）、初夏（=初夏、初夏）

麦畑、麦畠〔名〕麥田

　　麦畑を耕す（耕麥田）

麦日和〔名〕麥播種，收割時好的天氣情況

麦生〔名〕長麥、長麥的場所

麦笛〔名〕麥笛（=麦稈笛）

麦踏み、麦踏〔名〕為使麥長得好早春用腳踏麥苗

麦埃〔名〕搗麥時的塵埃

麦蒔き〔名〕種麥、種麥的季節

麦饅頭〔名〕以小麥粉為皮的饅頭

麦餅〔名〕麵包（=パン）

麦萌〔名〕麥的豆芽菜

## 邁（ㄇㄞˋ）

邁〔漢造〕前進、卓越

　　英邁（卓越、英名傑出）

　　豪邁（豪邁）

　　高邁（高遠，高深、高超，卓越）

　　俊邁（卓越=英邁）

　　超邁（卓越、超絕）

邁進〔名、自サ〕邁進（=猛進）

　　一路邁進する（一往直前）

　　目標に向って一路邁進する（向目標一往直前）

　　勇往邁進（勇往直前）

## 枚（ㄇㄟˊ）

枚〔接尾〕（計算平薄物的單位）張、幅、塊、扇、片

　　紙五枚（五張紙）

　　銀貨十枚（十塊銀元）

　　皿二枚（兩個碟子）

　　蒲団一枚（一床被）布団

　　戸六枚（六扇門）

　　紙幣三枚（三張鈔票）

　　葉七枚（七片葉子）

　　handkerchiefよんまい
　　ハンカチ四枚（四條手帕）

　　板四枚（四塊板子）

　　油絵八枚（八幅油畫）

　　二枚の葉っぱ（兩片葉子）

　　white shirt
　　九枚のワイシャツ（九件襯衫）

　　四枚の田（四塊稻田）田

八枚の畑（八塊旱田）畑　畠　畑畠
大枚（鉅款）

**枚挙**〔名、他サ〕枚舉
枚挙に遑が無い（不勝枚舉）暇　暇
例が多くて枚挙に遑が無い（例子很多不勝枚舉）

**枚数**〔名〕張數、扇數、片數、塊數（=枚）
切符の枚数を数える（數車票的張數）
シャツの枚数（襯衫的件數）
紙の枚数（紙的張數）

**枚**〔名〕〔古〕枚
枚を銜む（銜枚-古代行軍突襲敵人時命士兵含筷子樣橫枚防止出聲免被發現）含む

**枚、片**〔名、接尾〕枚、片（扁平物的單位）
一枚の花弁（一片花瓣）一枚一枚花弁　花片
一枚の浮雲（一片浮雲）浮雲
一枚の葉（一片樹葉）
札片を切る（捨得花錢）

**枚、片**〔名〕招貼、廣告、傳單（=散し）
壁に枚を貼る（往牆上貼廣告）張る
塀に枚を貼る（往牆上貼廣告）
枚を撒く（撒傳單）撒く 蒔く 播く 巻く 捲く
枚貼り（貼廣告）
宣伝枚（傳單）

**枚方**〔名〕大阪北東部地名

**枚手、葉手、葉盤**〔名〕大嘗祭（新嘗祭）時祭神時裝蔬果的器具

## 媒（ㄇㄟˊ）

**媒**〔漢造〕媒人（=媒人、仲人）、媒介（=媒、仲立）
触媒（觸媒、催化劑）
虫媒（蟲媒）←→風媒、水媒、鳥媒
風媒（風媒）

溶媒（溶媒）
霊媒（靈媒、巫師、女巫）
冷媒（冷媒）

**媒介**〔名、他サ〕媒介（=媒, 仲立, 中立, 取り持ち）
鼠はペスト菌を媒介する（老鼠傳播鼠疫菌）寄る 撚る 縒る 拠る 選る
マラリアが蚊の媒介に由って伝播する（瘧疾由蚊子傳播）由る 因る 依る 縁る 依る
媒介物（媒介物）
媒介者（媒介者）
媒介変数（徑數=助変数、母数、パラメーター）

**媒概念**〔名〕在形式論理學三段論法大前提和小前提共有的概念（=中概念）

**媒材**〔名〕媒介物、作媒介的材料
媒材が無ければ製造出来ない（沒有媒介的材料就不能製造）

**媒質**〔名〕媒質、介質、媒介物
空気は音波の媒質である（空氣是音波的介質）
空気は音を伝える媒質てある（空氣是傳播聲音的媒介物）音 音 音

**媒酌、媒妁**〔名、他サ〕作媒、媒人
恩師の媒酌で（由於恩師的介紹）
先生の媒酌で式を挙げる（由老師的介紹而舉行婚禮）揚げる 上げる 挙げる
社長の媒酌で結婚式を挙げる（由經理介紹而舉行婚禮）

**媒染**〔名、他サ〕媒染、媒染劑、由媒染劑染
媒染剤（媒染劑）

**媒体**〔名〕介質、媒介物
空気は音波の媒体である（空氣是音波的介質）
新聞と電波放送は重要なマスコミの媒体である（報紙和廣播是很重要的傳播媒介）

**媒人、仲人**〔名、自サ〕媒人、介紹人（=媒酌人）
媒人を為る（作媒、當媒人、當介紹人）

媒人に為る（作媒、當媒人、當介紹人）

媒人の嘘八百（媒人的巧言不可靠）

媒人七嘘（媒婆謊話多）

媒人は草鞋千足（媒婆鞋底磨破）

媒人は宵の中（喜酒喝完媒婆滾蛋）

媒人口（媒婆的嘴、靠不住、盡說好聽的）

媒人口は半分に聞け（媒婆的話只能聽一半）

媒人口を聞く（說好話）

**媒、仲立、中立**〔名、自サ〕媒介、當經紀、居中介紹

結婚の媒を為る（作媒人）

友人の媒で二人は結婚した（朋友居中作媒兩人結了婚）

取引の媒（介紹買賣）

取引の媒を為る（作交易的中間商）

仲立より逆立（倒立比媒介容易）

伯父の媒で会社に就職した（經由伯父介紹進入公司上班）伯父叔父小父伯父

## 梅、楳（ㄇㄟˊ）

**梅、楳**〔漢造〕（果樹的一種）梅，梅樹（=梅、梅）、梅子（=梅子）、梅雨季，黃梅季節（=梅雨、黴雨、梅雨、黴雨、五月雨）、梅毒（=梅毒、黴毒）

松竹梅（松竹梅-歲寒三友）

寒梅（寒梅）

観梅（賞梅=梅見）

看梅（賞梅）

探梅（賞梅）

紅梅（紅梅、紅梅色）

早梅（早梅）

送梅（五月下的雨=五月雨）

白梅、白梅（白梅、白色梅花）

蠟梅、臘梅（蠟梅）

老梅（古老的梅樹）

落梅（散落的梅花和梅子）

入梅（梅雨季節、進入梅雨期=梅雨入、入梅、梅雨入、入梅、墜栗花）

出梅（梅雨季終了=梅雨晴れ、梅雨明け、出梅）

烏梅（烏梅、酸梅）

梅雨，黴雨、梅雨，黴雨（梅雨）

**梅雨，黴雨、梅雨，黴雨**〔名〕梅雨（=五月雨）

梅雨期（梅雨期）

梅雨前線（梅雨鋒面）

梅雨で物が黴びる（梅雨天東西發霉）

梅雨時（梅雨期、梅雨季節=梅雨期）

梅雨時には物が黴びる（梅雨季東西會發霉）

梅雨時は黴易い（梅雨時節容易發霉）

梅雨に為る（入梅雨期=入梅）

梅雨に入る（入梅雨期=入梅）

梅雨の入り（入梅雨期=入梅）

梅雨入，入梅、梅雨入，入梅，墜栗花（進入梅雨季）←→梅雨明け

梅雨が明ける（梅雨季結束）明ける開ける空ける飽ける厭ける

梅雨明け・出梅（梅雨季終了=出梅）←→梅雨入、入梅

梅雨晴れ（梅雨季終了=梅雨明け、出梅、出梅、梅雨期間偶而放晴）

梅雨入晴れ，入梅晴れ（梅雨季終了=梅雨明け，出梅、出梅、梅雨期間偶而放晴）

梅雨上がり（梅雨季終了=梅雨明け，出梅、出梅）

梅雨型（梅雨型天氣）

梅雨冷え（梅雨季的驟冷）

梅雨寒（梅雨季的寒冷）

**梅園、梅苑、梅園**〔名〕梅園

梅園を経営する（經營梅園）

梅園新村（梅園新村）

**梅花**〔名〕梅花（=梅の花）

梅花が清らかな香りを放つ（梅花散播清香）香り馨り薫り

梅花の油（似梅花香的水油、由胡麻油，龍腦，麝香等製成的髮油＝梅花香）

梅花方（梅花香的薰物）

梅月〔名〕陰曆四月、五月的異稱

梅子〔名〕梅子、梅的果實

梅漿〔名〕梅子汁（＝梅酢）

梅天〔名〕梅雨時的天空、梅雨時的天氣

梅毒、黴毒〔名〕〔醫〕梅毒（＝唐瘡、唐瘡）

梅毒で目が潰れた（由於梅毒眼睛瞎了）潰れる瞑れる

梅肉〔名〕梅肉

梅林、梅林〔名〕梅林（＝梅の林、梅園、梅苑、梅園）

梅霖〔名〕梅雨（＝梅雨、黴雨、梅雨、黴雨、五月雨）

梅曆、梅曆〔名〕看到梅花開花知道春天到了

梅酒、梅酒、梅酒〔名〕青梅酒

梅酒を作る（釀青梅酒）作る造る創る

梅、梅〔名〕梅、梅子

梅の花（梅花＝梅花）

梅の実（梅子＝梅子）

梅に鶯（相得益彰）

梅を望んで渇きを止む（望梅止渇）望む臨む渇き乾き止む留む停む

うめびしお〔名〕梅子醬

梅が枝、梅枝〔名〕梅枝（＝梅の枝）

梅枝に止まる鶯（停在梅枝的黃鶯）止まる留まる泊まる停まる

梅が香、梅香〔名〕梅花的香味

梅香が漂う（梅花飄香）

馥郁たる梅香（馥郁的梅花香）

梅酢〔名〕梅汁、鹽醃梅子的汁液（醃菜、金屬細工用）

梅漬け、梅漬〔名〕用鹽或酒醃的梅子、用紅梅汁醃的黃瓜蘿蔔等

梅漬けは消化を助ける（醃梅幫助消化）

梅畑〔名〕梅園（＝梅園、梅苑、梅園）

梅鉢〔名〕以五個圓圈排成梅花形的徽

梅鉢草（梅花草）

梅鉢藻（梅花藻）

梅干し、梅干〔名〕鹹梅、醃的梅子

梅干婆（滿臉皺紋的老太太）

梅干飴（鹹梅形狀的糖果）

夏の弁当に梅干を一つ入れる（夏天飯盒裡放進一個鹹梅）

梅見〔名〕賞梅（＝觀梅、看梅）

梅見月（陰曆二月）

梅擬〔名〕〔植〕落霜紅

梅屋敷〔名〕梅園裡的邸宅

## 煤（ㄇㄟˊ）

煤〔漢造〕煤、油煙

松煤（松煤）

煤煙〔名〕煤煙、煤炭的煙

煤煙で服を汚れる（衣服被煤煙弄髒）

工場の煤煙で空気が汚れた（工廠的煤煙把空氣汙染了）工場工場工廠（兵工廠）

煤煙は公害を齎す（煤煙帶來公害）

煤煙で喉が遣られる（喉嚨被煤煙燻壞）

煤炭〔名〕煤炭

煤〔名〕（室內）灰塵、煤煙

煤を払う（掃灰塵）

工場の煤が飛んで来る（工廠的煤煙飛來）繰る刳る

工場の煤が漂っている（工廠正飄著煤煙）

煤ける〔自下一〕燻黑、舊了發黃

天井が煤けて真黒だ（天花板被煙燻得變黑）

煤けた屏風（煤煙燻黑的屏風）

辞書の表紙が煤ける（字典的書皮舊得發黃）

煤ばむ〔自五〕燻黑、因燻變色

箪笥が煤ばんだ（衣櫥燻得變色了）
服が煤ばんだ（衣服燻得變色了）
煤ばんだ天井（燻黑了的天花板）

**煤色**〔名〕淡黑色、黑褐色

**煤染**〔名〕染上淡黑色、染上淡黑色的東西

**煤竹**〔名〕被煙燻黑的竹子、掃灰塵用的竹竿

**煤掃き、煤掃**〔名、自サ〕掃灰塵、大掃除（=煤払い、煤払）

**煤払い、煤払**〔名、自サ〕掃灰塵、大掃除（=煤掃き、煤掃）
年末に煤払いを為て正月を迎える（年底掃除迎接新年）
歳末に煤払いを為て新年を迎える（年底掃除迎接新年）

**煤埃**〔名〕煤灰、塵埃

## 玫、玫（ㄇㄟˊ）

**玫、玫**〔漢造〕紅色的美玉、玫瑰（灌木之一，形像薔薇，花濃香）

**玫瑰、玫瑰、玫瑰**〔名〕玫瑰石。〔植〕玫瑰（=浜茄子）
玫瑰油（玫瑰油-紅茶、酒的香料）

## 眉、眉（ㄇㄟˊ）

**眉（也讀作み）**〔漢造〕眉
　眉間、眉間（眉間、額際）
　蛾眉（蛾眉、美人）
　秀眉（眉目秀麗）
　愁眉（愁眉）
　白眉（白眉毛、出眾、最突出）
　柳眉（柳葉眉）
　焦眉（燃眉）
　拝眉（拜謁、會物）

**眉宇**〔名〕眉間、眉間
決意の程を眉宇に浮かべる（決意之堅現於眉宇、眉宇現出堅定的決心）
眉宇に漂う決意（呈現在眉宇間的決心）

**眉月、眉月**〔名〕眉樣細月（=三日月）

**眉間、眉間、眉間**〔名〕眉間、額際（=額）
眉間に皺を寄せる（皺眉頭）
眉間に皺を寄せて不機嫌な顔を為る（皺起眉頭扳起不高興的臉孔）
眉間を伸びる（伸展眉頭）延びる

**眉睫**〔名〕眉和睫毛，比喻很接近的地方

**眉雪**〔名〕白眉
眉雪の老僧（白眉老僧）

**眉黛**〔名〕眉筆（=黛、眉墨）

**眉刀**〔名〕眉刀（=薙刀、長刀、眉尖刀）

**眉目**〔名〕眉目、容姿（=見目、容色）
眉目秀麗な青年（眉清目秀的青年）
成年生年盛年聖年

**眉、眉**〔名〕眉毛、眉筆（=黛、眉墨）
濃い眉（濃眉）濃い請い乞い来い眉繭
濃い太い眉（粗黑的眉毛）
ほっそりと為た（細細的眉毛）眉
でっぷり 肥 胖
八の眉（八字眉）八蜂鉢
眉を顰める（皺眉、擔心=顔を顰める、眉を顰める）
眉を顰める（皺眉、擔心）潜める
父が病気だと聞いて彼は眉を顰めた（聽到他父親生病他非常擔心）
眉の間を縮める（皺著眉頭）間間間
眉を開く（展眉、展開愁眉、安下心來）開く
眉を伸ぶ（伸展愁眉）
眉を作る（描眉）作る造る創る
眉を引く（畫眉毛）引く挽く退く曳く弾く惹く轢く牽く
眉を読む（測他人心理）
眉を動かさない（毫不驚奇）
眉に唾を付ける（〔怕上當〕加以警惕、提高警覺=眉に唾を濡らす）唾鍔濡らす塗らす

ㄇ

眉唾物（〔為免上當〕應加警惕、殊屬可疑的事情或東西）撞く吐く尽く憑く漬く突く

眉に火が付く（燃眉之急、十分火急）付く就く衝く点く着く搗く附く

繭〔名〕繭、蠶繭

　春繭（春繭）繭眉

　秋繭（秋蠶結的繭-品質好、產量多）

　空繭（廢蠶）

　屑繭（廢蠶）

　蚕が繭を掛ける（蠶作繭）掛ける書ける欠ける賭ける駆ける架ける描ける翔ける懸ける

　蚕が繭を作る（蠶作繭）作る造る創る

　繭から糸を取る（從蠶繭抽絲）取る捕る摂る採る撮る執る獲る盗る録る

　繭選別台（選繭台）

　繭選別機（選繭機）

眉毛、眉毛、眉毛〔名〕眉毛（=眉）

　眉毛を読まれる（心事被人察覺=眉毛を数えられる、睫毛を読まれる）

　眉毛に唾を付ける（〔怕上當〕加以警惕、提高警覺=眉に唾を付ける、眉に唾を濡らす）

　細い眉毛（柳葉眉=柳眉）

眉尻〔名〕眉梢（=眉毛の端）←→眉根

　眉尻が揚がっている（眉梢翹上）上がる揚がる挙がる

眉描, 黛、まよ描, まよかき〔名〕畫眉、眉筆

眉描, 黛〔名〕描眉的墨用墨畫的眉毛（=眉描, 黛、眉描, 黛）、隱約可見的遠山、香的一種

眉作、眉作〔名〕畫眉、眉筆（=眉描、黛、眉描、黛）

眉際〔名〕眉際（=眉の生際）

眉白、眉白〔名〕一種鳥名

眉立茜〔名〕蜻蜓科的昆蟲

眉唾物〔名〕（為免上當）應加警惕、殊屬可疑的事情或東西

　此の話は眉唾物だ（這話可疑）

　彼の話は眉唾物だ（他的話可疑）

　其奴は眉唾物だ（那傢伙難以置信）

眉根、眉根〔名〕眉毛根、眉頭←→眉尻

　眉根を顰める（皺眉頭）

　一寸眉根を寄せれば、名案が浮かぶ（眉頭一皺計上心來）

眉掃〔名〕畫眉（=眉作、眉作）、眉刷毛

眉引, 眉引, 眉引, 眉引〔名〕畫眉（=眉描、黛、眉描、黛）

## 苺、苺（ㄇㄟˊ）

苺、苺〔漢造〕草名，果實酸甜可食

苺、苺〔名〕〔植〕草莓（=ストロベリー strawberry）

　苺ジャム jam（草莓果醬）

## 黴（ㄇㄟˊ）

黴〔漢造〕黴、發霉（=黴、黴びる、腐敗する）

　駆黴、駆梅（掃除梅毒）

　検黴、検梅（檢查梅毒）

黴菌〔名〕黴菌、細菌（=バクテリア bacteria）

　煮沸して黴菌を殺す（煮沸以滅菌）

　傷口から黴菌が入って化膿した（傷口被細菌感染化膿了）

黴毒、梅毒〔名〕〔醫〕梅毒

　黴毒で目が潰れた（由於梅毒眼睛瞎了）潰れる瞑れる

黴〔名〕霉

　黴が生える（發霉）生える栄える映える這える

　黴が付く（發霉）付く突く漬く憑く尽く吐く撞く附く搗く着く点く衝く就く

　黴を取る（去霉）取る執る盗る摂る獲る捕る撮る採る

　梅雨時には良く黴が生えた（梅雨季節容易發霉）梅雨梅雨良く好く善く佳く

黴臭い〔形〕霉氣味的、陳腐的、老朽不堪的（=古臭い）

　此の菓子は黴臭い（這點心有霉味）

押し入れが黴臭い（壁樹有霉味）

黴臭い話（陳腐的話）

黴臭い理論（陳腐的理論）

黴臭い話はもう聞き飽きた（陳腔濫調已經聽膩了）

**黴びる**〔自上一〕發霉、生霉、陳舊

着物が黴びる（衣服發霉）

黴びない様に為る（防止發霉）

黴びた服（舊衣服）

## 美、美（ㄇㄟˇ）

**美**（也讀作美）〔名〕美麗、美好、味美、可嘉←→醜悪

肉体の美（肉體之美）

自然の美（自然之美）自然自然

自然の美を尋ねる（尋求自然之美）尋ねる訪ねる訊ねる

有終の美を飾る（貫徹到最後、作到有始有終）

有終の美を成す（有始有終）成す為す生す茄子

美妙、美妙（美妙）

華美（華美、華麗）

優美（優美）

健康美（健康美）

曲線美（曲線美）

審美（審美）

耽美（唯美）

甘美（甘美、香甜）

賛美、讃美（讚美、歌頌、嘔歌）

賞美、称美（稱讚、賞識、欣賞）

嘆美、歎美（讚美、讚嘆）

褒美（褒獎、獎賞）

**美育**〔名〕美育、美術教育、藝術教育

美育は徳育と同じ様に重要である（美育和徳育同樣地重要）である＝だ＝です

**美意識**〔名〕審美的意識、美的感受力

美意識を養う（培養審美意識、培養美的觀點）

高度の美意識を養う（培養高超的審美意識）

**美音**〔名〕美音（＝美声、美しい声）

バイオリン(violin)の美音が聞えて来る（傳來了小提琴的優美聲音）

**美声**〔名〕美麗的聲音←→悪声

歌手の美声に聞き惚れる（聽歌唱家的美麗聲音聽得心曠神怡）歌い手

聴衆は歌手の美声に魅了された（聽眾被歌星的美妙聲音迷住了）

彼女は美声の持主だ（她有一副金嗓子）

彼の人は美声の持ち主だ（那個人嗓子很好）

**美化**〔名、他サ〕美化、裝飾

都市の美化を図る（規劃美化都市）図る謀る諮る計る測る量る

道徳を美化する（美化道徳）

人生を美化する（美化人生）

現実を美化する（美化現實）

町の美化（街道的美化）町街

美化法（美化法）

**美花**〔名〕美麗的花（＝美しい花）

**美果**〔名〕美麗果實、味美的果實、美好結果

美果を得た（得到好結果）得る得る

美果を収めた（得到好結果）収める納める治める修める

**美学**〔名〕美学(aesthetics)（＝審美学）

美学を専攻する（專門研究美學）

美学史（研究美學歷史發展的學問）

**美感**〔名〕美感

美感を欠く（缺乏美感）欠く斯く描く掻く書く

**美観**〔名〕美觀

自然の美観（自然界之美）自然

町の美観を損ねる（毀損市容）

町の美観を損う（有損市容的美觀）損う害う

町の美観を傷付ける（毀損市容）

美観を添える（更加美觀）添える副える沿える

美観を呈する（呈現美觀）呈する挺する訂する

**美顔**〔名〕美容，化妝、美麗的容貌 (=美しい顔)

美顔術（美容術、化粧術）

美顔水（化粧水）

**美肌、美肌，美膚**〔名〕美麗的肌膚

美肌をひけらかす（炫耀美麗的肌膚）

美肌作用（美膚作用）

**美姫**〔名〕美女、美人 (=美女、美人、美しい姫)

帝王が美姫に迷う（帝王迷戀美女）

**美君**〔名〕美女、美人

**美女、美女，便女**〔名〕美女、美人←→醜女

絶世の美女（絶代的美女）

**美女桜**〔名〕美女櫻 (=四季桜)

**美人**〔名〕美人 (=美女、佳人)

絶世の美人（絶代的美人）

美人薄命（佳人薄命）

美人に年無し（歲月去不掉美人的容貌）

**美人画**〔名〕美人畫

**美人傘**〔名〕美人傘

**美人局**〔名〕美人計、仙人跳

美人局で金を稼ぐ（設美人計騙財）

美人局を掛ける（中美人計）欠ける書ける搔ける描ける斯ける駈ける駆ける翔ける

**美妓**〔名〕美妓

美妓を落籍す（替美妓贖身）

**美技**〔名〕美妙的技藝 (=妙技、見事な技、ファイン、プレー)

美技を振って野球試合（發揮了妙技的棒球比賽）振う揮う奮う篩う震う振る降る

観衆は選手の美技に惜しみない拍手を送った（觀眾對選手的妙技報以熱烈的掌聲）

胸の健よかな美技を見せる（美妙的技藝讓人看得很過癮）拍手拍手送る贈る

**美曲**〔名〕優美的曲調、巧妙的曲調

**美形**〔名〕美貌、美女、美人、藝妓

**美景**〔名〕美景、美麗贈品、陰曆二月

天然の美景（天然的美景）

美景進呈（奉送好的贈品）

**美挙**〔名〕善行、可嘉的行為 (=美しい行い)

小学生の美挙を表彰する（表彰小學生的可嘉行為）

美挙を讃える（讚揚美舉 表揚可嘉行為）讃える称える湛える

**美言**〔名〕美言，嘉言、巧言，甘言

美言に迷わされる（為美言所迷）

**美辞**〔名〕美言、巧言

美辞を連ねる（說一連串的巧言）連ねる列ねる

美辞を連れる（堆砌華麗的詞藻）連れる釣れる吊れる攣れる

美辞麗句（美麗詞句、花言巧語）

美辞麗句を並べる（說花言巧語）

美辞麗句を操る（善用美麗詞句）

美辞学（修辞学）

**美行**〔名〕善行

**美菜**〔名〕美味的副食 (=美味い御数)

**美材**〔名〕美麗的木材，良質木材、出色才能，優秀能力

**美様**〔名〕在書信的收件人姓名之下〝様〞的寫法的一種

**美事**〔名〕可嘉的事、美好的事

美事で表彰される（由於好事而被表揚）

**美事、見事**〔名、形動〕美麗、漂亮、巧妙、完全

菊が見事に咲いた（菊花開得好看）咲く割く
見事な試合（漂亮的比賽）
手際が見事だ（手法漂亮）
見事に相手を投げ倒した（巧妙地把對方摔倒）
見事に失敗した（完全失敗）
天気予報が見事に当った（天氣預報完全說對了）

**美質**〔名〕美好的性質
美質の淑やかな女性（美質淑女）女性

**美酒、美酒，旨酒**〔名〕美酒
美酒を呷る（大口喝美酒）呷る煽る
勝利の美酒に酔う（陶醉在勝利的美酒中）
美酒佳肴（美酒佳餚）

**美醜**〔名〕美醜、妍媸
美醜を識別する目が高い（識別美醜的眼力高）
美醜の事を気に為ないで下さい（請別在乎美醜的問題）

**美術**〔名〕美術
奈良時代の美術（奈良時代的美術）
美術家（美術家）
美術品（美術品）
美術館（美術館）
美術界（美術界）
美術史（美術史）
美術学校（美術學校）
美術的（美術的、美術性的）

**美称**〔名〕美稱
美称を付ける（取個美稱）搗ける衝ける点ける着ける附ける撞ける吐ける

**美粧**〔名〕美麗的裝束、美麗的化妝
花嫁の美粧（新娘的美麗化妝）
美粧院（美容院的古稱）

**美少女**〔名〕美貌的少女
**美少年**〔名〕美少年
紅顔の美少年（面色紅潤的美貌少年）
馬上豊かな紅顔の美少年（悠然地騎在馬上面色紅潤的美貌少年）

**美丈夫**〔名〕美男子、英俊的年輕男子、有男子氣概的男人

**美男子、美男子**〔名〕美男子（=美男、美男、好男子）←→美女

**美男、美男**〔名〕美男子（=美男子、美男子）←→美女

**美男葛**〔名〕"真葛"的異名（=美男草、美男石）

**美男鬘**〔名〕在"狂言"女裝時長白布捲頭兩端從左右腋下為止垂下的東西（=美男、美男帽子）

**美色**〔名〕美麗的顏色、美麗的色彩、美麗的姿容、美女

**美食**〔名、自サ〕美食、講究飲食←→粗食
美食を好む（愛吃好東西）
美食して胃を壊す（吃好東西而傷胃）壊す毀す
美食家（講究飲食的人）

**美身**〔名〕美身
美身法（美身術）

**美神**〔名〕美神、維納斯（=ウィーナス、ビーナス nenus venus）

**美績**〔名〕漂亮的治績、優秀的成績、出色的功績

**美髯**〔名〕漂亮的鬍鬚
美髯の将軍（美髯的將軍）

**美相**〔名〕美麗的形姿（=美貌）

**美貌**〔名、形動〕美貌←→醜貌
美貌を誇る（誇耀美貌）
生まれ付きの美貌（天生的美貌）

**美装**〔名、自他サ〕美麗服裝、裝潢、裝束（=盛装）
美装を凝らす（講究美麗服裝）凝らす懲らす
美装本（精裝本）
店を美装する（裝潢店面）店見世

**美爪術**〔名〕修指甲術（=マニキュアとペディキュア manicure pedicure）

**美俗**〔名〕良好風俗、良好習俗（=美風）←→悪俗

良風美俗を維持する（維持良好的風俗習慣）

淳風美俗（淳風美俗）

**美風**〔名〕良好的風氣（=美俗）←→悪風

伝統の美風（傳統的美風）

**美談**〔名〕美談←→醜聞

美談と為て伝えられる（傳為美談）

忠臣の美談を聞く（聽忠臣的美談）聞く聴く訊く効く利く

美談に感動する（受美談感動）

**美的**〔形動〕美的、美麗、審美的

花の生け方が実に美的だ（花的插法真美）実に誠に真に允に信に慎に

配色が美的だ（配色很美）

美的観念が無い（沒有審美觀念）

鋭い美的感覚が有る（審美感覺敏銳）

美的教育を施す（實施審美教育）

**美濃**〔名〕美濃（舊國名之一、現在的岐阜縣、亦名濃州）

美濃の小判（小尺碼的美濃紙）

美濃紙（美濃紙-岐阜縣美濃地方產的日本紙=書院紙）

美濃判（美濃紙的尺碼）

美濃判の大きさに切る（切成美濃紙大小）

美濃絹（美濃絹-岐阜縣美濃地方產的日本絹）

**美し**〔形シク〕〔古〕美麗的、漂亮的、好的、棒的、好吃的、味道好的（=美しい）

**美しい**〔形〕〔古〕美麗的、漂亮的、好的、棒的、好吃的、味道好的（=美し）

**美**〔形動〕美麗、漂亮

**美し、愛し**〔形シク〕美麗的，華麗的，純潔的（=美しい、愛しい）、可愛的（=可愛らしい、愛らしい）

**美しい、愛しい**〔形〕美麗的、好看的、漂亮的、動人的、可愛的←→醜い

美しい女（美女）美しい美しさ美しげ

美しい友情（動人的友情）

美しい友誼（純潔的友誼）

美しい話（美談）

美しい琴の音色（美妙動人的琴聲）音色音色

声が美しい（聲音好聽、嗓子好）

心が美しい（心眼好）

美しく見える（顯得漂亮）

美しく着飾る（打扮得漂亮）

譬え様の無い美しさ（無法形容的美麗）譬え例え喩え

会場は花で美しく飾られていた（會場被鮮花裝扮得很美）

彼女は美しい心の持主だ（她有一顆純潔善良的心）

**美しい、麗しい**〔形〕美麗的、可愛的、晴朗的、爽朗的

麗しい声（美妙的聲音）麗しい美しさ美しげ

麗しい友情（崇高的友情）

麗しい天気（晴朗的天氣）

麗しい機嫌（明朗的心情）

麗しい山河（錦繡河山）

麗しい未来（美好的未來）

見目麗しい女性（容貌美麗的女人）女性女性

子供達が無心に遊ぶ麗しい情景（孩子們天真地玩耍的可愛光景）

**美し、味し、甘し**〔形シク〕美佳（=良い、善い、好い、素晴らしい）

美し夢（美夢）

## 毎（ㄇㄟˇ）

**毎**〔接頭〕每（=毎に、度度、常に）

毎試合（每一比賽、每次的比賽）

毎時間（每一時間）

**毎朝、毎朝**〔名〕每天早晨（=毎旦、朝毎）

毎朝歯を磨く（每天早晨刷牙）磨く研く
毎朝体操を為る（每天早晨做體操）
**毎旦**〔名〕每天早晨（=朝毎、毎朝、毎朝）
**毎会**〔名〕每次開會（=会毎）
**毎回**〔名〕每回每次（=一回毎、其の度毎、毎度）
毎回無得点に終る（每次都沒有得分）
毎回タクシーで行く（每次都搭計程車去）行く往く逝く行く往く逝く
毎回同じ話を繰り返す（每次反覆同樣的話）
**毎度**〔名〕每次，每回（=毎回、一回毎、其の度毎）、常常，屢次（=度度、何時も）
田舎から町へ来る時には毎度土産を持って来る（從鄉下到城市來的時候每次都帶土産來）
毎度同じ言を言う（每次都講同樣的話）言事琴異殊
毎度有り難う御座います（屢蒙關照深為感謝）
毎度御迷惑を掛けて相済みません（屢次麻煩您真對不起）
冬に風邪を引くのは毎度の事だ（冬天傷風是常事）
彼が遅刻するのは毎度の事さ（他遲到是家常便飯的事）
**毎次**〔名〕每次、每回（=毎度、其の度毎）
毎次の試合に勝つ（每次比賽都贏）勝つ且つ克つ
**毎月、毎月、毎月**〔名〕每月（=月毎、月毎）
毎月一度山登りする（每個月登山一次）
毎月一度会議を開く（每月開一次會）開く開く
毎月二回教務会議を開く（每月開兩次教務會議）
毎月一度は東京、台北間を往復する（每月一次往返於東京台北之間）
毎月五の日に市を立つ（每月逢五日有市集）
**毎巻**〔名〕每卷、每冊（=巻巻一巻毎）

婦人雑誌は毎巻に付録が付いている（婦女雜誌每冊都有附録）
**毎冊**〔名〕每冊
**毎期**〔名〕每期
毎期百円納める（每期繳納一百元）納める治める収める修める
**毎戸**〔名〕每戶、家家戶戶（=家毎、一軒毎）
**毎個**〔名〕每個
**毎号**〔名〕每號（=各号毎）
毎号に札を付ける（每號掛上牌子）札札
**毎歳**〔名〕每年（=毎年、毎年）
**毎年、毎年**〔名〕每年（=毎歳、年毎）
毎年夏に為ると病気を為る（每年一到夏天就生病）
毎年夏に為ると色色な伝染病が発生する（每年一到夏天就發生各種傳染病）
毎年春に為ると桜が咲く（每年一到春天櫻花就開）
**毎時**〔名〕每小時、每一小時（=一時間毎）
毎時五百キロメートルの速さ（每小時五百公里的速度）
毎時六百キロメートルの速度で飛ぶ（以每小時六百公里的速度飛行）
毎時六十キロの速さで走る（以時速六十公里的速度跑）
**毎事**〔名〕每事
**毎日、毎日**〔名〕每日（=日毎、日日、日日）
毎日出勤する（每天上班）敵う叶う適う
斯う毎日忙がしくては敵わない（每天這麼忙真受不了）忙しい忙しい
**毎週**〔名〕每週（=一週間毎、各週）
毎週日曜には教会に行く（每星期天到教堂去）行く行く
毎週の水曜に重役会議を開く（每週星期三開董監事聯席會議）開く開く
毎週土曜日に会議を開く（每週星期六開會）
**毎食**〔名〕每頓飯（=食事毎、食事の度）

ㄇ

毎食後三十分に薬を飲む（每飯後三十分吃藥）飲む吞む

毎食後三十分してから薬を飲む（每飯後三十分吃藥）

**毎夕、毎夜**〔名〕每晚（＝毎晚、毎夜，毎夜、夜毎、夕方毎、日暮れ毎、夜夜）

毎夕七時に開演する（每天晚上七點鐘開演）

**毎晩**〔名〕每天晚上（＝晚毎、夜毎、毎夜、夜夜）

毎晩風呂に入る（每天晚上都洗澡）入る入る

父は毎晩の様に酔っ払って帰って来る（父親幾乎每天晚上都喝醉回來）

**毎夜、毎夜**〔名〕每天晚上（＝夜毎、晚毎、毎晚）

毎夜夢を見る（每夜作夢）

毎夜恐ろしい夢を見る（每夜作惡夢）

私は毎夜寝る前に歯を磨く習慣が有る（我每晚睡前有刷牙習慣）

**毎秒**〔名〕每秒鐘（＝一秒毎）

毎秒十一キロの速度（每秒十一公里的速度）

**毎分**〔名〕每分鐘（＝一分毎）

毎分二キロメートル走る（每分鐘跑二公里）

超特急は毎分五キロメートル走る（超特快車每分鐘跑五公里）

**毎毎**〔名〕每每、時常、常常（＝每度、何時も何時も）

毎毎の事だ（常事、屢見不鮮的事）

毎毎御世話に為ります（屢蒙關照）

**毎葉**〔名〕每一張（＝一枚毎）

**毎**〔接尾〕每（＝其の度に）

日毎（每天）

夜毎（每夜）

夜毎夜毎（日日夜夜）

春毎に（每到春天）

春毎桜の花が咲く（每到春天櫻花就開）

人毎に意見を異に為る（各人有各人的意見）異異

会う人毎に挨拶を交わす（逢人便打招呼）

三キロメートル毎に木を植える（每隔三公尺植樹一棵）飢える餓える

日曜毎に山に行く（每逢星期日就爬山去）

電車は五分毎に出る（電車每隔五分鐘發車）

一雨毎に春めいて来る（每一陣雨增添一番春意）

**毎に**〔副助、接尾〕每

一雨毎に涼しく為って来た（每下一陣雨就涼爽起來了）

十五分毎に発車する（每十五分鐘開車）

家毎に国旗を掲げる（家家戶戶都掛國旗）

五ページ毎に一題選ぶ（每五頁選一題）

五メートル毎に印を付ける（每五公尺加個符號）印徵標驗記

失敗する度毎にに上手に為る（每失敗一次就更拿手）

## 妹（ㄇㄟˋ）

**妹**〔漢造〕妹、妹妹

姉妹（姉妹、同一系統之物）

姉妹会社（姉妹公司）

姉妹艦（姉妹艦、同型艦）

姉妹都市（姉妹都市）

弟妹（弟妹、弟弟和妹妹）

貴妹（令妹）

令妹（令妹）

愚妹（舍妹）

義妹（義妹，乾妹妹、小姨，小姑，弟妹）

実妹（親妹妹、同胞妹妹）

従妹（表妹、叔伯妹妹）←→従姉

異母妹（異母妹妹）

妹 婿（妹婿、妹夫）

**妹**〔名〕(妹的變化)妹

**妹**〔名〕〔古〕男子對關係親密女子的稱呼(特別指妻子或情人) 親愛的、妻↔兄、夫（女人對男人的愛稱）

　　妹（女性對同性友人的愛稱）(＝貴女、貴方、貴下)

**妹背、妹脊**〔名〕〔古〕男女.夫婦.兄妹.姊弟（＝男女，男女，男 女、夫婦,夫婦、兄妹、弟妹）

　　妹背の契りを結ぶ（結夫妻之緣）

　　妹背鳥〔動〕（杜鵑、杜鵑）

　　妹背結び（結為夫妻）

**妹**〔名〕妹、小妹（對年紀小的女子表示親近的稱呼）、小姑、小姨、弟妹

　　妹御、妹御（令妹＝令妹）

　　妹 分（義妹＝義妹）↔実妹（親妹妹）

　　妹 婿（妹夫＝妹の夫）↔姊婿（姊夫）

　　妹 娘、妹 娘（妹妹的女兒、姊妹中年紀最小的女兒）

**妹**〔名〕妹（＝妹）

**妹**〔名〕妹（妹的變化）

## 昧（ㄇㄟˋ）

**昧**〔漢造〕黎明前，凌晨、模糊、糊塗

　　曖昧（可疑，不正經、含糊，不明確）

　　冥昧（冥昧）

　　幽昧（幽昧）

　　愚昧（愚昧、無知）

　　昏昧（昏昧）

　　蒙昧（愚昧）

　　因果不昧（因果不昧）

　　三昧、三昧、三摩地、三摩提（正定、集中精神破除雜念、盡情、任性、隨心所欲）

**昧爽**〔名〕黎明（＝夜明け、 暁 、未明）

　　昧爽の金星（黎明的金星）金星（角力比賽打敗冠軍時的得分、大功勞）

**昧旦**〔名〕黎明（＝夜明け、 暁、未明）

**昧死**〔名〕上奏天子時有罪死的覺悟

## 袂（ㄇㄟˋ）

**袂、手本**〔名〕和服的袖子（＝袖）、山腳（＝麓）、旁，側（＝傍ら）

　　袂の長い着物（長袖子的衣服）

　　山の袂に家を建てる（在山腳下蓋房子）

　　橋の袂に佇む（佇立橋旁）

　　袂を連ねる（共同行動）

　　袂を分かつ（離別、斷絕關係）

　　空港で袂を分かつ（在機場離別）

　　袂を絞る（哭得很厲害）

　　袂糞（積存在和服裡的髒東西-俗用於止血）

　　袂落とし（放香菸手帕等的挾小袋）

　　袂時計（懷表＝懷中時計）

　　袂袖（長袖）

## 媚（ㄇㄟˋ）

**媚**〔漢造〕諂媚、美好、賣弄風情

　　阿媚（諂媚〔＝媚び諂う〕）

　　佞媚（佞媚）

　　淑媚（淑媚）

　　婉媚（婉媚）

　　狐媚（狐媚）

　　風光明媚（風光明媚）

**媚態**〔名〕媚態（＝艶めいた樣子）、奉承諂媚（＝諂う樣子）

　　媚態を示す（現出媚態）湿す

　　上役に媚態を見せる（向上司奉承）

**媚薬**〔名〕春藥、催淫藥、壯陽藥（＝惚れ薬）

**媚びる**〔自上一〕獻媚（＝色っぽくする）、諂媚（＝諂う）

　　権門に媚びる（諂媚權勢、趨炎附勢）

　　勢力の有る人に媚びる（巴結有勢力的人）

勢力の有る者に媚びる（巴結有勢力的人）
外国に媚びる（媚外）
重役に媚びる（向董事諂媚）

**媚び諂う、媚諂う**〔自五〕諂媚、奉承、拍馬屁（＝御世辞を言う）
外国に媚び諂う（媚外）
彼は人から媚び諂われる事を喜び（他喜歡別人奉承）喜び歡び慶び悦び
誰にでも媚び諂う（對任何人都奉承）

**媚**〔名〕媚（＝艶めき）、諂媚（＝諂い）
媚を売る（賣春、賣笑、賣俏、諂媚）
媚を呈する（獻媚）挺する訂する
媚を含んだ目（含有媚氣的眼神）
気に入られ様と媚を示す（想要討人喜歡而奉承）

## 魅（ㄇㄟˋ）

**魅**〔漢造〕鬼魅精怪（＝物の怪、物の気）、吸引人的力量（＝人の心を引き付け迷わす）
魑魅（鬼怪）
魑魅（山林木石的妖怪、神怪）
魑魅魍魎（妖魔鬼怪）
妖魅（妖怪）
狐魅（狐魅）
魔魅（惡魔、壞人）

**魅了**〔名、自サ〕奪人魂魄、使心曠神怡、吸引
バイオリンの妙技を振って聴衆を魅了した（大顯小提琴的妙技使聽眾聽得出神）
彼の演奏は観衆を魅了した（他的演奏使觀眾為之心醉）振う揮う奮う篩う震う
彼女に魅了された（被她迷住了）
読者を魅了する小説（吸引讀者的小説）

**魅力**〔名〕魅力、吸引力

魅力に富んだ人（魅力大的人）
彼女に魅力を感ずる（對她感到魅力）
此の計画は私には魅力が有る（這計畫對我很具吸引力）
魅力的（有魅力的）

**魅惑**〔名、他サ〕魅惑、迷或
男を魅惑する（迷惑男人）
大衆を魅惑する（迷惑大眾）大衆大衆大衆
人を魅惑する顔（迷人的面孔）
魅惑的（誘人的）
魅惑的なワルツのリズム（迷人的華爾滋旋律）
魅惑的な女性（迷人的女人）女性女性
魅惑的な顔（迷人的面孔）

**魅する**〔他サ〕迷惑（＝迷わす）、吸引（＝取り付く）
彼女には男を魅する力が有る（她有迷惑男人的魅力）
女の色香に魅せられる（為女色所迷惑）
満場の聴衆は彼の演奏に魅せられた（他的演奏使全場的聽眾都聽得入了迷了）
人を魅する音楽（使人陶醉的音樂）
人を魅する服装（吸引人的服装）

**魅入る、見入る**〔自五〕附體、作祟（＝祟る、取り付く）
悪魔に魅入られる（惡魔附體、被鬼迷住了）

## 猫（ㄇㄠ）

**猫**〔漢造〕食肉動物，會捉食老鼠
愛猫（愛貓、喜愛的貓）
怪猫（怪貓）

**猫額**〔名〕貓的前額。〔轉〕非常窄小
猫額大の土地（非常窄小的土地）

**猫額**〔名〕貓的額。〔喻〕面積窄小（＝猫の額）

猫の額〔名〕貓的額。〔喻〕面積窄小（=猫額）
　　猫の額程の土地（很小一塊土地、巴掌大的土地）

猫睛石〔名〕〔礦〕貓眼石

猫〔名〕貓泥製炭爐（暖床用）、三絃琴、藝伎
　　猫を飼う（養貓）
　　家の猫は三毛です（我家的貓是花貓）
　　鳴く猫は鼠を捕らない（會叫的貓不會捉老鼠、會叫的狗不會咬人）
　　先ず猫撫で声を出し、笑いを浮かべ…（先是聲音撫媚面帶三分笑…）
　　猫が鼠の為に哭す（貓哭耗子、假慈悲）
　　猫に鰹節（在貓身邊放乾魚、虎口送肉有去無回）
　　猫に小判（對牛彈琴、不起作用、毫無效果）
　　猫の手も借り度い（非常忙碌、人手不足）
　　猫の目の様に変る（變化無常）
　　猫も杓子も（不論張三李四、不管什麼東西、有一個算一個）
　　猫を被る（假裝安詳、假裝老實、假裝不知）
　　虎猫（虎皮色的貓）
　　どら猫（野貓）（=野良猫）

猫足、猫脚〔名〕（桌凳等器具的）貓式腿（上部粗，下部彎曲，類似貓腿）

猫板〔名〕搭在長方火盆一端的板子（因貓喜歡登這塊板子而得名）

猫要らず〔名〕（用亞砷酸等配製的）老鼠藥

猫被り、猫被〔名〕偽裝和善，假裝安詳（的人）、假裝不知（的人）
　　猫被りの男（偽善的男人）
　　猫被りがばれた（偽善被揭穿了、暴露了真相）

猫っ被り〔名〕偽裝和善，假裝安詳（的人）、假裝不知（的人）（=猫被り、猫被）

猫可愛がり〔名〕溺愛、無原則地嬌慣
　　子供を猫可愛がりに可愛がる（溺愛孩子）

猫車〔名〕（運土用的）獨輪斗車
　　猫車で運ぶ（用獨輪斗車搬運）

猫鮫〔名〕虎鮫

猫舌〔名〕不能吃熱食的人、吃熱食怕燙的人
　　彼は猫舌だ（他怕吃熱食）

猫じゃらし〔名〕〔植〕狗尾草（=狗尾草）

猫背〔名〕水蛇腰（的人）、駝背（的人）
　　猫背の御爺さん（駝背的老人）

猫撫で声〔名〕（原義為貓被撫愛時發出的聲音）（哄騙人的）諂媚聲、甜言蜜語的聲調、令人肉麻的聲音
　　良くもあんな猫撫で声が出る物だ（居然能發出那種令人肉麻的聲音來）
　　猫撫で声を出す（用柔媚的語聲說）
　　猫撫で声で話す（用柔媚的語聲說）

猫糞〔名、他サ〕隱藏壞事、把拾物昧起來
　　猫糞を極め込む（把拾得的東西昧起來〔歸為己有〕）
　　拾った物を猫糞しない（拾金不昧）
　　落とし物を猫糞した（把別人掉的東西昧起來）

猫髭線〔名〕（儀表中）螺旋彈簧形金屬絲，游絲、（晶體管的）觸鬚線

猫目石〔名〕〔礦〕貓眼石

猫柳〔名〕〔植〕水楊、褪色柳

## 錨（ㄇㄠˊ）

錨〔漢造〕錨（=船の錨）
　　投錨（下錨）
　　抜錨（起錨）

錨鎖〔名〕錨鎖、錨鏈
　　錨鎖が切れた（錨鏈斷了）鎖縺鑠

錨床〔名〕船上在甲板上為收容錨而設計的斜面台（=錨座）

錨地〔名〕拋錨處、停泊處
　　入港する前に錨地を指定する（進港之前指定停泊處）

錨泊〔名〕船舶卸錨在一個地方停泊

**錨、碇、矴**〔名〕錨、碇
　錨を揚げる（起錨）揚げる上げる挙げる
　錨を揚げって出帆する（起錨出航）怒り
　錨を抜く（拔錨）脱ぐ
　錨を下す（拋錨、下碇）下す卸す降ろす
　錨を打つ（拋錨、下碇）打つ撃つ討つ
　錨穴（錨鏈孔）
　錨草、碇草（〔植〕淫羊藿）
　錨鉤（〔釣〕錨形鈎）
　錨結（〔海〕魚夫結、繫錨結）
　錨酢漿（家徽名－以酢漿草的葉形三錨組成的東西＝酢漿草錨）
　錨綱、碇綱（錨纜、錨索）
　錨縄（錨纜、錨索＝錨綱、碇綱）
　錨紋蛾（錨紋蛾科的蛾）

**怒り、怒**〔名〕怒、憤怒、生氣（＝立腹）
　怒りを招く（買う）（惹人生氣）碇錨
　無責任な言葉が彼の怒りを招いた（不負責任的話使他大為氣憤）
　怒りを抑える（壓住怒火）
　努めて怒りを抑えて話す（努力抑制心中的氣說話）
　怒りに燃える（燃起怒火）
　心の底から怒りが込み上げて来る（滿腔怒火湧上心頭）
　怒りが解ける（消怒、息怒）
　怒りを遷す（遷怒於人）遷す移す写す映す
　怒りに任せる（勃然大怒）
　怒りを爆発させた（惹起了鬱積的憤怒）
　怒肩（聳起的肩膀）←→撫で肩
　怒毛（〔猛獸怒時〕豎起的毛）

**毛**（ㄇㄠˊ）

**毛**〔名〕毛、毛髮、頭髮（＝髮の毛）、一吋的千分之一、一成的千分之一、寸的千分之一、匁（重量單位）的千分之一、円（貨幣單位）的千分之一
　羽毛（羽毛、絨毛）
　紅毛（紅頭髮、荷蘭人，西洋人，歐美人）
　鴻毛（鴻毛、羽毛）
　剛毛（硬毛）
　毫毛（毫髮）
　鵞毛（鵝毛、雪）
　嗅毛（〔生〕嗅毛）
　牛毛（牛毛）
　羊毛（羊毛）
　狸毛（狸毛）
　柔毛（〔植〕柔毛）
　絨毛（〔解〕絨毛）
　獣毛（獸毛）
　繊毛（纖毛、細毛）
　斑毛（斑毛）
　反毛（再製毛）
　原毛（原毛）
　純毛（純毛）
　陰毛（陰毛）
　恥毛（陰毛）
　九牛の一毛（九牛一毛）
　吹毛（吹毛、吹毛求疵、利劍、拂塵）
　染毛（染髮）
　剪毛（剪毛、修剪毛織物）
　腺毛（〔植〕腺毛）
　旋毛（捲毛）
　脱毛（脱毛）
　梳毛（〔紡〕梳毛）
　厘毛（毫厘）
　鱗毛（〔植〕鱗毛）

不毛（不毛、無成果）

一毛作（一年一收）

二毛作（一年種兩次、一年收穫兩次）

多毛作（在同一塊地每年輪種多茬作物）

**毛夷**〔名〕蝦夷、蝦夷（愛奴族的古稱＝毛人）

**毛人**〔名〕蝦夷、蝦夷（愛奴族的古稱＝毛夷）

**毛衣**〔名〕哺乳動物體表被覆毛的總稱、鳥的羽毛或動物毛皮做成的衣服（＝毛衣、裘）

**毛衣、裘**〔名〕皮衣

　羊の毛衣（羊皮衣）

**毛穎**〔名〕筆

**毛筆**〔名〕毛筆（＝筆）←→硬筆

　毛筆で署名する（用毛筆署名）

　毛筆で年賀狀を書く（用毛筆寫賀年卡）
　搔く 斯く 描く 欠く 描く

　毛筆画（毛筆畫）

**毛錐**〔名〕"筆"的異稱

**毛顎動物**〔名〕浮游生物（プランクトン的一種，雌雄同體

**毛幹**〔名〕毛髮在皮膚表面露出的部分

**毛管**〔名〕毛細管、毛細血管

　毛管現象（〔理〕毛細管現象）

**毛細管**〔名〕毛細管、毛細血管（＝毛管）

**毛細血管**〔名〕〔生〕毛細血管（＝毛管）

**毛挙**〔名〕吹毛求疵地指責、舉筆直書

**毛孔、毛孔，毛穴**〔名〕毛孔

　毛孔が塞がる（毛孔阻塞）

　毛孔が大きい（毛孔大）

**毛根**〔名〕毛根

　毛根迄抜いて終う（連毛根都拔掉）

**毛詩**〔名〕詩經（因為由漢朝"毛亨"註釋傳世）

**毛翅目**〔名〕節足動物門昆蟲綱的一目

**毛茸**〔名〕植物的表皮細胞突出物

**毛氈**〔名〕毛毯、毯子

　毛氈を敷く（鋪毛毯、鋪地毯）敷く 如く
　若く 如く

　毛氈苔（毛毯苔-食蟲植物）

**毛氈苔科**（毛毯苔科）

**毛布**〔名〕毛毯、毯子（＝ブランケット、ケット）

　毛布を掛ける（蓋毯子）欠ける 描ける 書ける 斯ける 駆ける 搔ける 駈ける 翔ける

　毛布を敷く（鋪毛毯）

　毛布に包まる（裹在毯子裡）

　寒いので毛布に包まる（因為寒冷所以裹在毯子裡）

**毛頭**〔副〕絲毫，一點點（＝少しも、全然）、毛的頭、有頭髮的侍童

　毛頭疑い無い（毫無疑問）

　そんな気持は毛頭無い（那種意思一點也沒有、一點也沒有那種心情）

　参加する気持は毛頭無い（絲毫沒有參加的意思）

　引退の意思は毛頭無い（絲毫沒有引退的意思）

　君を騙す積りは毛頭無かった（一點也沒有騙你的意思）

**毛嚢**〔名〕毛嚢（＝毛胞）

　毛嚢虫（毛嚢蟲＝面皰蜱）

**毛胞**〔名〕毛嚢

**毛髮**〔名〕毛髮、頭髮（＝髪の毛）

　毛髮を切る（剪頭髮）切る 伐る 斬る 着る

　毛髮湿度計（毛髮溼度計）

**毛皮、毛皮**〔名〕毛皮、皮貨

　毛皮の外套（皮大衣）

　毛皮のコート（皮大衣）

　毛皮マット（皮毯）

　毛皮類（皮貨）

　毛皮商（皮貨商）

　毛皮の裏を付ける（掛上皮裡子）搗ける 衝ける 点ける 着ける 附ける 撞ける 吐ける 尽ける

　虎の毛皮の敷物（虎皮褥墊）

**毛樣線虫**〔名〕袋形動物的一種寄生蟲

**毛輪花**〔名〕"茉莉"的異名

**毛**〔名〕毛髮、頭髮、羊毛、羽毛、纖毛、不毛

　　頭の毛（頭髮）

　　足の毛（腿毛）

　　鼻の毛（鼻毛）

　　牛の毛（牛毛）

　　羊の毛（羊毛）

　　鳥の毛（羽毛）

　　毛のシャツ（毛襯衫）

　　毛の末（極少、微末）

　　毛が生える（生毛、長毛）生える這える栄える映える

　　毛の生えた物（比較成熟的、比較好些的、差強人意的）

　　毛を抜ける（脱毛、脱髮、掉毛）

　　毛を染める（染髮）

　　毛無し山（童山、禿山）

　　毛程の距離（毫釐之差）

　　毛程の差も無い（毫無差錯）

　　毛を吹いて疵を求める（吹毛求疵）吹く拭く葺く噴く

　　毛を謹んで貌を失う形容（畫者謹毛失貌、拘泥小節而忘了根本）

　　毛を見て馬を相す（見毛相馬、只看外表而判斷善惡）相す草す走す奏す

　　毛を焼く如し（非常容易的事、非常急的事）

　　毛の無い猿（如同禽獸）

**気**〔名、漢造〕氣氛，空氣、跡象，樣子

〔接頭〕（冠在動詞、形容詞、形容動詞前面用於加強語氣）表示〝不由得〞、〝不覺地〞的意思

〔接尾〕（接名詞、動詞連用形、形容動詞前面用以加強語氣）表示具有某種成分或味道、表示某種感覺或心情、表示某種意願

　　火の気が欲しい（希望有點熱氣）

　　病気の気（帶病的神色、有病的樣子）

　　白粉の気も無い（沒有脂粉氣）

　　そんな気も無い（也沒有那種跡象）

　　気怠い（〔不由得〕疲倦）

　　気押される（〔不覺地〕感到氣餒、受壓制）

　　塩気が無い（沒有鹹味）

　　中華料理は油気が多い（中國菜油分多）

　　色気（色情、風韻）

　　寒気（冷的感覺）

　　人気が無い（寂無人跡）

　　何時迄経っても子供っ気が抜けない（到任何時間都脱不掉孩子氣）

　　食い気（食慾）

　　眠気（睡意）

　　湿気、湿気、湿気（濕氣、霉氣）

　　習気（習氣）

　　脚気（腳氣病）

**卦**〔名〕卦、八卦、占卦

　　卦が悪い（凶卦）

　　吉と卦が出る（占得吉卦）

　　当たるも八卦、当たらぬも八卦（問卜占卦也許靈也許不靈、〔喻〕不可靠）当る中る

　　八卦（八卦、占卦、占卜）

　　八卦を見る（算卦、占卜）見る看る視る観る診る

　　八卦八段嘘八百（卜者信口胡説）

**毛足、毛脚**〔名〕多毛的腿（=毛脛）、長毛的速度、毛織物和絨毯等表面立起的毛

　　毛足が早い（毛長得快）早い速い

　　毛足の速い人（毛長得快的人）

**毛脛**〔名〕多毛的腿（=毛足、毛脚）

**毛粟**〔名〕〝大粟〞的異名

**毛糸、毛絲**〔名〕毛線

　　毛糸紡績（毛線紡織）

　　毛糸のマフラーを編む（編毛線圍巾）

毛糸の手袋（毛線手套）

**毛色**〔名〕毛色、性質，性情，脾氣，氣質（=気風、様子）

　虎の毛色は奇麗だ（虎的毛色好看）
奇麗綺麗

　美しい毛色の小鳥（毛色美麗的小鳥）

　毛色の変わった人（性情特殊的人、古怪的人）変わる代わる替わる換わる

　色が変わった人（性情特殊的人、古怪的人）

　現代作家の中でも彼は毛色が変わっている（在現代作家中他別具風格）

**毛受**〔名〕理髮時承受毛髮用的扇形板

**毛打**〔名〕漆器的泥金畫時鳥獸的毛和葉蕊等用漆細加描繪

**毛靫**〔名〕用毛皮裝飾的箭囊

**毛裏**〔名〕毛皮衣裡（=裏毛）

　毛裏の外套（皮裡大衣）

**毛織**〔名〕毛織、毛織品、棉絨

　毛織物（毛織物、毛料=梳毛織物紡毛織物）

**毛替**〔名〕（江戸時代）旱田作物在稻田耕作、戸主死時其飼養家畜改換

**毛搔、毛掻**〔名〕紡織品加工時刮起絨毛（=起毛）、皮革加工時除去表皮細毛

**毛起**〔名〕紡織品加工時刮起絨毛（=起毛）

**毛描、毛書**〔名、自他サ〕（日本畫）（對人和獸類毛髮的）精細描繪

　毛描筆（畫毛髮用的細筆）

**毛牡蠣**〔名〕產於北海道南部房總半島以南的一種食用牡蠣

**毛掛**〔名〕刺繡時為把圖案花紋的輪廓浮現，在第一次繡面上以細撚線再繡的一種繡法

**毛笠**〔名〕冑甲或軍陣上以獸毛作的傘狀物

**毛蟹**〔名〕"毛蟹""藻屑蟹"的異名

**毛黴**〔名〕霉

　毛黴の生えたパン生える（生了霉的麵包）
映える栄える這える

**毛更**〔名〕拔舊毛換新毛

**毛嫌い、毛嫌**〔名、他サ〕無故厭惡、一味厭惡

彼は犬を毛嫌いする（他天生討厭狗）

彼は人との交際を毛嫌いする（他就是不喜歡和人交往）

外人を毛嫌いする（無故厭惡外人）

彼女は如何した事か私を毛嫌いしている（不曉得為什麼她就是討厭我）

彼女は何故か私を毛嫌いしている（不曉得怎麼地她總是一味討厭我）

**毛切**〔名〕燒茶水鍋的部分名稱（在體和底的交界出=煙返し）

**毛切石**〔名〕江戸時代公共浴室室內沖澡地方用於割陰毛的石頭

**毛切虫**〔名〕"天牛""髮切虫""紙切虫"的異名

**毛際**〔名〕髮際、髮的邊緣（=生え際）

　彼の女の毛際が美しい（她的四鬢長得很好看）

**毛沓**〔名〕毛皮製的鞋

**毛車**〔名〕牛車車廂裝飾以種種顏色的撚線

**毛黒文字**〔名〕"楠樟"科的低木，似"黑文字"（釣樟）葉的兩面生有細毛

**毛桑**〔名〕桑科落葉高木（=野桑）

**毛蠶**〔名〕剛孵出來的蠶（=蟻蠶）

**毛子毛仔**〔名〕剛孵化的幼魚主要是金魚鯉魚

**毛牛蒡、毛牛房、毛牛蒡**〔名〕在主根長出許多細根的食用牛蒡

**毛才六**〔名〕〔俗〕小毛頭（=青二才）

**毛二才、毛二歲**〔名〕小毛頭（=青二才）

**毛刺**〔名〕用數股捻成的線像動物毛一樣細密的刺繡

**毛鞘**〔名〕長柄大刀和槍的鞘表面包上熊虎等毛皮的東西、（花柳界）女陰

**毛繻子**〔名〕羽緞、毛絲緞

　毛繻子の裏地（毛絲緞的裡襯）

**毛上**〔名〕地上長的東西（如田園作物、山林原野草木）

**毛蝨**〔名〕陰蝨（=蟹虱）

**毛筋**〔名〕頭髮、毛髮、（頭髮梳理後的）髮理、（喻）微細的事物

　毛筋が白く為る（頭髮白了）

ㄇ

毛筋が揃っている（頭髪梳理得很整齊）
毛筋程の疑いも無い（毫無疑問）
毛筋程の事を棒程に言う（言過其實、誇大其詞）
毛筋立て（長柄尖梳子）
毛筋棒（長柄尖梳子=毛筋立て）
毛相撲〔名〕玩具娃娃的一種
毛擦〔名〕磨擦衣服起毛）
毛雪駄、毛雪駄〔名〕皮底雪屐、女陰的異稱
毛染〔名,自サ〕染髮（=ヘアダイ）
　毛染薬（染髮藥）
　毛染薬は副作用が有る（染髮劑有負作用）
毛立つ〔自五〕（緊張、恐怖、興奮）毛髮聳立
毛立箸〔名〕鑷子（=毛抜、鑷）
毛抜、鑷〔名〕鑷子
　毛抜で毛を抜く（用鑷子拔毛）
　毛抜合わせ（兩布縫合毛邊翻在裡面、如鑷子尖把兩塊布邊弄齊密接縫合）
毛婢〔名〕蜘蛛類, 壁蝨目, 毛婢科, 的壁蟲的總稱-為鳥獸寄生的病原體
毛玉〔名〕毛球
　毛玉が出来た（起毛球了）
毛だらけ〔名〕渾身是毛
毛達磨〔名〕庸俗女性的一種髮型
毛垂〔名〕女性用的小形剃刀
毛繕〔名〕獸類用舌或爪清理身體或身上的毛
毛付、毛附〔名〕馬的毛色、馬市
毛唐〔名〕外國人、中國人的蔑稱洋、鬼子
　毛唐人（外國人、中國人的蔑稱=毛唐）
毛緞子〔名〕以毛代絹織的緞子
毛無し〔名〕禿、沒有毛（的東西）
　毛無山（禿山、童山=禿げ山）
毛並〔名〕毛長的樣子性質（=毛色）、血統（=血筋）
　毛並が良く揃っている（毛長得整齊）良く善く好く佳く
　毛並の良い猫（毛長得整齊的貓）良い善い佳い好い酔い

　毛並の良い馬（毛色好的馬）良い善い佳い好い
　毛並の変わった（奇怪的、與眾不同的）
　毛並の変わった食べ方（與眾不同的吃法）
　毛並が良い（血統好）
　毛並が良い（出身高貴）
毛羽、氈〔名〕（紙、布面上的）絨毛、蠶作繭時最初吐出的搭腳的絲、地圖上表示山脈或斜線的細線
　毛羽を立てる（使起絨毛）起てる絶てる建てる経てる截てる断てる発てる裁てる絶てる
　毛羽が立つ（紙面或布面起毛）起つ絶つ発つ截つ経つ断つ裁つ建つ
　布の表が毛羽立っている（布面起毛）表面
　毛羽立て機（絨毛等的起毛機）
毛蠅〔名〕雙翅目毛蠅科昆蟲的總稱
毛生薬〔名〕生髮藥、長毛藥、養毛劑
　毛生薬を付ける（擦生髮藥）附ける尽ける吐ける撞ける着ける点ける衝ける搗ける
毛羽立つ、氈立つ〔他五〕（因磨擦而）起毛、起絨毛
　紙の表は毛羽立っている（紙面起毛）掏れる
　此の生地は擦れると毛羽立つ（這塊毛料一磨擦就起毛）磨れる摺れる刷れる摩れる擂れる
毛花〔名〕狩鷹時把鳥毛像花一樣散播
毛払〔名〕刷子（=ブラシ）
毛鈎、毛針〔名〕（用鳥羽纏在鈎上作的）假餌釣鈎
　毛鈎釣（毛鈎釣魚、假餌釣魚）
毛引〔名〕外科手術用的鉗子
毛ピン〔名〕髮夾（=ヘアーピン）、細髮針
毛深い〔形〕毛多的、毛厚的、毛髮密的
　毛深い人（毛髮密的人）
毛深〔形動〕毛多、毛密

**毛伏**〔名〕毛織品修飾的工程、織物表面浮出的絨毛並行向下翻齊的作業

**毛蒲団**〔名〕毛皮褥子，毛皮墊子，絨毛墊子（=羽根蒲団）、女陰

**毛箒**〔名〕毛箒，雞毛撣子、整髮用的刷子

**毛帽子**〔名〕飾有羽毛的帽子、用毛皮或毛製品製的帽子

**毛坊主**〔名〕未經剃度的僧侶

**毛祝**〔名〕獵人狩獵後的祭神儀式（=毛祭）

**毛祭**〔名〕獵人狩獵後的祭神儀式（=毛祝）

**毛彫**〔名〕細紋雕刻（的工藝品）
　毛彫象眼（彩色畫上施以細紋雕刻切片的金屬雕刻）
　毛彫鏨（金屬上刻花用的小鑿子）

**毛巻**〔名〕（從晃十代直到明治時代）未亡人和參加喪禮的婦人結的髮型

**毛巻島田**〔名〕守孝時的島田髮型

**毛毬**〔名〕內部填毛的球

**毛饅頭**〔名〕〝女陰〞的異稱（私娼的俗語）

**毛万筋**〔名〕非常細的豎條紋

**毛見、検見、検見**〔名〕（室町時代）幕府派員前往農田檢驗收割前稻田以決定田賦

**毛むくじゃら**〔形動〕〔俗〕毛髮濃密的、毛茸茸的
　毛むくじゃらの人（毛髮濃密的人）

**毛むく立つ**〔自五〕（呢絨）起毛、長出濃密的毛髮

**毛虫**〔名〕毛毛蟲、蛾類（蝴蝶）等的幼蟲。〔俗〕令人生厭的人
　毛虫の様に嫌い（非常討厭、視如蛇蠍）
　彼の人は皆に毛虫の様に嫌われている（大家都非常討厭他）
　毛虫眉（濃眉）
　毛虫糸（繩絨線=シェニール糸 chenille いと）

**毛蓆、毛席**〔名〕毛墊、毛毯
　毛蓆を敷く（鋪毛毯）

**毛紫**〔名〕〝藪紫〞的異名

**毛桃、山桃**〔名〕山桃（一種在來品種的桃子）、〔俗〕女陰

**毛燒**〔名〕（殺雞時）拔大毛後用火燒去細毛

**毛奴**〔名〕那個傢伙

**毛槍、毛鑓**〔名〕頭部飾有羽毛的長槍
　毛槍頭（像毛槍一樣的頭髮）
　毛槍虫（毛槍科的環形動物的一種）

**毛類**〔名〕毛皮，毛織物的總稱

**毛綿鴨**〔名〕雁鴨科的鳥

**毛茛、馬の足形**〔名〕〔植〕毛茛

## 矛（ㄇㄠˊ）

**矛**〔漢造〕（也讀作矛）矛
　矛叉（矛叉）
　矛戈（矛戈）
　矛戟（矛戟）

**矛盾**〔名、自サ〕矛盾
　矛盾が起こる（發生矛盾、產生矛盾）
　世間は矛盾だらけだ（世上矛盾重重、世界上充滿矛盾）
　互いに矛盾する（相互矛盾）
　前後矛盾する（前後矛盾）
　矛盾対当（〔邏〕矛盾對當）

**矛、戈、鋒、鋒、戟**〔名〕矛，戈，武器、（神道）以矛戈裝飾的山車
　戈を収める（停戰、收兵）収める 治める 納める 修める
　戈を交える（戰鬥、交兵）雜える
　敵兵が降参しない限り決して戈を収めない（只要敵兵不投降我們就決不停戰）

**矛先、鋒先、鋒、鋒先**〔名〕鋒，鎗尖、矛頭，鋒芒
　矛先を相手に向ける（把矛頭指向對方、以對方為攻擊目標）
　彼の議論の矛先を鈍らせる（挫頓他的議論鋒芒）
　矛先を逸らす（轉移攻擊的目標）逸らす 反らす 剃らす
　矛先を転じる（轉移攻擊的目標）

## 茅（ㄇㄠˊ）

茅〔漢造〕（草名）茅、菅、薄 等的總稱

草茅（草茅）

茅屋、茅屋，萱屋〔名〕茅屋（＝茅舍）、破房子（＝荒屋）、（謙遜語）舍下，寒舍

茅舍〔名〕茅屋（＝茅屋、茅屋，萱屋）、破房子（＝荒屋）、（謙遜語）舍下，寒舍

茅店〔名〕茅店

茅門、茅門，萱門〔名〕茅葺的門、貧苦的住居、（謙遜語）舍下，寒舍

茅盧〔名〕茅葺屋頂的家、不精緻的住居、（謙遜語）舍下，寒舍

茅、萱〔名〕〔植〕芒、白茅，茅草、姓氏（如"茅誠司"-物理學家）

茅で屋根を葺く（用茅草葺屋頂）蚊帳
葺く吹く拭く

茅色、萱色〔名〕茅草色

茅葺、萱葺〔名〕用茅草蓋的屋頂

茅葺の屋根（用茅草蓋的屋頂）

茅葺の小屋（茅草屋頂的小屋）小屋

茅垣、萱垣〔名〕用茅草紮成束作成的籬笆

茅蜥蜴〔名〕〔動〕茅蜥蜴

茅草、萱草〔名〕〔植〕茅草（＝茅、萱）

茅栗〔名〕"柴栗"的異名

茅尻、萱尻〔名〕茅草屋屋簷的邊緣

茅簾、萱簾〔名〕茅簾

茅戶、茅所〔名〕長滿茅草的山坡

茅根、萱根〔名〕〔植〕芒、茅草（＝茅、萱）

茅野、萱野〔名〕茅草繁茂的原野（＝茅原、萱原）

茅原、萱原〔名〕茅草繁茂的原野（＝茅野、萱野）

茅生、萱生〔名〕長滿茅草的土地

茅札、萱札〔名〕共同使用的土地上表示割茅草權利的牌子

茅場、萱場〔名〕收割芒草的場所（＝茅山、萱山）

茅山、萱山〔名〕收割芒草的山（＝茅場、萱場）

茅虫、萱虫〔名〕茅蟲

茅〔名〕〔植〕茅草（＝茅草、萱草、茅、白茅、茅萱）

茅の根（茅草根-用於利尿消炎止血）

茅渟、茅鯛〔名〕"黑鯛"的異名

茅野〔名〕長野縣中部的地名、姓氏

茅花、茅花〔名〕〔植〕茅草花（＝茅の花）

茅、白茅、茅萱〔名〕〔植〕茅草（＝茅草、萱草、茅）

茅の生えているの野原（長著白茅的原野）

茅蜩、蜩〔名〕茅蜩（蟬的一種＝蜩、蜩蟬）

## 卯（ㄇㄠˇ）

卯〔漢造〕（也讀作卯）十二支的第四

十二支：
子、丑、寅、卯、辰、巳、午、未、申、酉、戌、亥
鼠、牛、虎、兔、竜、巳、馬、羊、猿、鶏、犬、猪

乙卯（乙卯）

卯月〔名〕陰曆二月

卯月〔名〕農曆四月

卯酒、卯酒〔名〕卯時（早上六點左右）的酒、早上喝的酒

卯酉〔名〕（卯是東、酉是西）東和西、東西

卯〔名〕卯（十二支之一）、卯時、東方

有〔名〕有（＝存在）←→無

無から有は生じない（無中不能生有）

有、有〔名、漢造〕有、所有、具有、又有。〔佛〕迷惘←→無

無から有を生ずる（無中生有）生ずる 請ずる 招ずる

終に我が有に帰した（終於歸我所有）終に遂に

有か無か（有無與否、有或無）

一年有半（一年有半）

有資格者（有資格者）

十有五年の歲月は経った（經過十又五年歲月）経つ経る減る

固有（固有、特有、天生）

万有（萬有、萬物）

特有（特有）

稀有、希有（稀有、罕見）

未曾有（空前）

無何有の郷（烏托邦、理想國）

私有（私有）

領有（領有、占有、所有）

市有（市有）

所有（所有）

占有（占有）

専有（專有、獨占）

三有、三有（〔佛〕三界-欲界，色界，無色界、欲有，色有，無色有的總稱）

空有（空有）

偶有（偶然具有）

**兎**〔名〕兔（＝兔）

兎の毛（兔毛、微小，絲毫、兔毛筆、毛筆的別稱）

兎の毛で突いた程の隙も無い（無懈可擊、沒有絲毫破綻、一點點漏洞也沒有）

**兎**〔名〕〔動〕兔

野兎（野兔）

飼い兎（家兔）

アンゴラ兎（安哥拉兔）

兎の肉（兔肉）

此の辺は兎が出然うだ（附近可能有兔子）

兎網（捉兔網）

兎穴（野兔穴）

兎小屋（兔窩）

兎結（狀似兔耳的繩結）

兎飼養場（養兔場）

兎死すれば狐之を悲しむ（兔死狐悲）

兎に祭文（對牛彈琴）

**得**〔他下二〕（得る的文語形式、得的終止形為得）得到，能夠、精通，擅長

**得る**〔他下二〕（得る的文語形式、主要用於書寫語言中、活用形為え、え、うる、う

れ、えよ）得，得到、（接尾詞用法、接動詞連用形下）能夠，可能

大いに得る所が有る（大有所得）売る

少しも得る所が無い（毫無所得）

利益を得る（得到利益）

実行し得る計画（能夠實行的計畫）

其れは有り得る事だ（那是可能有的事）

**得る**〔他下一〕得，得到、理解，領悟、能，能夠、（以せざるを得ない形式）不得不，不能不

〔接尾〕（接在其他動詞連用形下、連體形、終止形多用得る）能，可以

利益を得る（得利）得る獲る選る彫る彫る

病を得る（得病）

志を得る（得志）

信頼を得る（取得信任）

貴意を得度く存じます（希望徵得您的同意）

知識を得る（獲得知識）

所を得る（得其所）

間一髪気が付いて、漸く事無きを得た（馬上發覺才幸免於難）

何の得る所も無かった（毫無所得）

人民から得た物のを人民の為に用いる（取之於民用之於民）

国際的に幅広い共鳴と支持を得ている（贏得了國際上廣泛的同情和支持）

其の意を得ぬ（不理解其意）

彼に面会する事を得なかった（未能與他會面）

賛成せざるを得なかった（不得不贊成）

如何しても其の方向に動かざるを得ない（怎麼也不能不向那方向移動）

知り得る限りの情報（所能知道的情報）

一人では成し得ない（一個人做不成）

有り得ない（不會有、不可能）

**鵜**〔名〕〔動〕鸕鷀、魚鷹、墨鴉、水老鴉

鵜を使って魚を捕る（用魚鷹捕魚）

鵜の真似を為る烏（水に溺れる）（東施效顰、畫虎不成反類犬）

**卯木、空木**〔名〕〔植〕水晶花（=卯の花）、"小臭木"的異名

**卯の花**〔名〕〔植〕水晶花（=卯木、空木）、豆腐渣（=御殻、雪花菜）

卯の花烏賊（紅燒魷魚）

卯の花熬、卯花煎（紅燒魷魚）

**卯の花腐し、卯の花朽し**〔名〕農曆五月連綿不斷的雨（=五月雨）

**卯の花曇り**〔名〕農曆四月的陰天

**卯の花月**〔名〕農曆四月的別名（=卯月）

**卯の時雨**〔名〕早晨時刻降的雨（=卯雨、卯の刻雨）

## 昴（ㄇㄠˇ）

**昴**〔漢造〕昴（星宿之名、二十八星宿的一個）（=昴、昴）

二十八宿：

蒼龍（東）角、亢、氐、房、心、尾、箕

白虎（西）奎、婁、胃、昴、畢、觜、參

朱雀（南）井、鬼、柳、星、張、翼、軫

玄武（北）斗、牛、女、虛、危、室、壁

**昴宿**〔名〕星宿之名、二十八星宿的一個（=昴、昴）

**昴、昴**〔名〕昴宿星團（=昴宿、プレアデス星団、六連星）

## 帽（ㄇㄠˋ）

**帽**〔名〕帽（=帽子）

帽を振る（揮帽子）降る

帽を被る（戴帽子）

帽を脱ぐ（脫帽子）

角帽（大學生方帽、大學生）

学帽（學生帽）

制帽（制帽、制式的帽）

製帽（製帽）

風帽（風帽）

僧帽（僧帽）

僧帽弁（僧帽瓣、二尖瓣）

脱帽（脫帽、佩服，服輸，甘拜下風）

着帽（戴帽子、戴上安全帽）

**帽子**〔名〕帽子

帽子を被る（戴帽子）

帽子を阿弥陀に被る（歪戴帽子、把帽子戴在後腦殼上）

帽子を取り為さい（請脫帽）

帽子を取る（摘下帽子）

帽子を脱ぐ（摘下帽子）

帽子を回す（傳遞帽子請求捐款）

帽子の庇（帽遮、帽簷）

帽子の鍔（帽簷）唾

鍔の広い帽子（帽簷寬的帽子）

帽子掛け（帽架）

**帽章**〔名〕帽徽

帽子に帽章を付ける（帽子上釘上帽徽）告げる

帽子に金の梅の花の帽章を付ける（在帽子上釘上金色梅花的帽徽）

帽章を見れば、何処の学校の生徒が直ぐに分る（看到校徽就立刻知道是哪個學校的學生）

**帽額**〔名〕掛簾帳時為了裝飾在牆上柱間橫木圍上的布帛

## 冒（ㄇㄠˋ）

**冒**〔漢造〕冒犯、不顧、冒充、起首

感冒（感冒、傷風=風邪引き）

**冒険**〔名、自サ〕冒險

命懸けの冒険を遣る（冒生命的危險）

命懸の冒険を為て手に入れた宝物（冒生命的危險獲得的寶物）宝物 宝物

もう再び冒険し度くない（已經不想再冒險了）

調査も為ずに行くのは冒険だ（不先調査就去有點冒險）行く 行く

冒険を冒す（冒險）冒す 犯す 侵す

冒険的（冒險的）

冒険的に遭って見る（冒險試試）見る 観る 看る 診る 視る

冒険的に試して見る（冒險性地試試看）

冒険談（冒險的故事）

冒険家（冒險家）

冒険小説（冒險小說）

**冒称**〔名〕冒稱

**冒頭**〔名、自サ〕冒頭、開頭、起始

彼の演説は冒頭から人人を熱狂させた（他的演說一開頭就受到人們熱烈歡迎）人人 人人

彼の演説は冒頭から人人を激昂させた（他的演說一開始就使人們激昂起來）激昂 激昂

彼の演説は冒頭から聴衆の歓迎を受けた（他的演說一開始就受到聽眾的歡迎）

冒頭陳述（在刑事裁判證據調查開頭就由檢察官依事實明白陳述）

国会は冒頭から荒れた（國會從一開頭就陷於混亂）

有名な小説の冒頭の一文を暗誦する（暗記有名小說的開頭文章）一文（一字、分文）（一篇短文）

クラス会の冒頭に担任の先生の挨拶が有った（班會一開始有級任老師的致詞）

**冒涜**〔名、他サ〕冒瀆、沾汙（=冒し汚す）

神の尊厳を冒涜する（冒瀆神的尊嚴）紙 神 守 髪 上

神仏を冒涜する（冒瀆神佛）

其の様な事は自分自身を冒涜するに等しい（那樣的事等於自己沾汙了自己）

此は芸術に対する冒涜だ（這個是對藝術的猥褻）

**冒す**〔他五〕冒險、不顧、侵襲、冒充、冒稱、冒瀆

危険を冒す（冒險）

生命の危険を冒して遭難者を救助する（冒著生命危險救助遇難人）

激しい砲火を冒して突進する（冒著猛烈的砲火向前突進）激しい 烈しい 劇しい

万難を冒して（不顧一切困難）

雨を冒して勇往邁進する（冒雨勇往直前）

結核菌は肺を冒す（結核菌侵襲了肺臟）

神経を冒された（神經已遭破壞）

肋膜炎に冒される（患肋膜炎、被肋膜炎侵襲）

病に冒される（患病）

菊は霜に冒された（菊花被霜打了）

寒気に冒されない様に（小心著涼、當心感冒）

人の名を冒す（冒名）

姓を冒す（冒名）

皇甫の名を冒す（冒皇甫的名字）

神聖を冒す（冒瀆神聖）

**侵す**〔他五〕侵犯、侵害、侵佔

敵軍は屢屢辺境を侵した（敵軍屢次侵犯邊境）屢屢 屢 數 数数

権利を侵す（侵權、侵害權利）

神聖に為て侵す事の出来ない権利である（是神聖而不能侵犯的權利）

基本的人権を侵す（侵犯基本人權）

**犯す**〔他五〕犯、侵犯、冒犯、干犯、姦污

罪を犯す（犯罪）

過ちを犯す（犯錯）

ㄇ

ㄇ

人は誰でも過ちを犯す物だ（任何人都難免犯錯誤）

殊更に法律を犯す（故意犯法，以身試法）

禁例を犯した（違犯了禁例）

何処が犯し難い所が有る（有些凛然不可侵犯的地方）

上を犯す（犯上）

上を敬う（尊長）

婦女を犯す（姦污婦女）

## 茂、茂（ㄇㄠˋ）

茂〔漢造〕茂盛（＝盛ん、豊か、優れた立派）

繁茂（繁茂）

鬱茂（旺盛繁茂）

茂才〔名〕秀才

茂生〔名〕茂盛、繁茂、叢生

茂る、繁る、滋る〔自五〕（草木）繁茂←→枯れる涸れる嗄れる駈れる狩れる駆れる

牧草が茂っている（木草長得很茂盛）

山の草木が茂っている（山上的草木長得很茂盛）草木草木

庭には雑草が茂っていた（院子裡雜草叢生）

青葉の茂った大樹（枝茂葉密的大樹）

茂し、繁し、稠し、蕃し〔形ク〕〔古〕繁茂、繁密、繁多、頻繁、繁贅

樹木茂し（樹木繁茂）

人口茂し（人口稠密）

瑣事茂し（瑣事繁多）

車馬の往来茂し（車馬往來頻繁）往来往来

人言茂し（人言麻煩）

茂り合う、繁り合う〔自五〕（草木）繁茂、繁密

茂り立つ、繁り立つ〔自四〕（草木）繁茂、繁密

茂み、繁み〔名〕（草木）繁茂處

庭の茂みに小鳥が来て囀る（在庭園草木繁茂處小鳥飛來啼鳴）

小鳥が庭の茂みに来て囀る（在庭園草木繁茂處小鳥飛來啼鳴）

森の茂み（森林茂密的地方）

茂枝、繁枝〔名〕繁茂的樹枝（＝茂った枝、繁茂した枝）

茂葉、繁葉〔名〕繁茂的樹葉（＝生い茂っている葉）

茂に、頻に〔副〕繁茂、繁密、頻繁

茂し〔形ク〕繁茂、繁密

## 耄（ㄇㄠˋ）

耄〔漢造〕衰老、老糊塗（＝老い耄れる、老いる）

老耄、老耄（衰老）

老耄の身を横たえる（老軀臥床）

老耄、老い耄れ（〔罵〕老糊塗，老東西、〔老人自謙〕老朽）

老耄婆（糊塗老太婆）

此の老耄奴（這個老傢伙！）

其は此の老耄の只一つの念頭です（那是我這個老朽的唯一願望）

老い耄れる（衰老，老朽、老糊塗，老昏頭＝耄碌する）

老い耄れた親爺（老糊塗的老頭〔父親〕）親父

彼は此の一、二年の間にめっきり老い耄れた（他這一兩年間顯然老昏頭了）

耄碌〔名、自サ〕衰老（＝老耄、老耄）、老糊塗、古代武士的僕人（＝耄碌、亡六）

年の所為で耄碌する（由於年邁而老糊塗）

耄碌した所為で記憶力が酷く悪く為った（由於上了年紀記憶力大為減退）

耄碌爺（老糊塗）

耄碌頭巾（僧侶和老人用的砂鍋形圓頭巾＝大黒頭巾、丸頭巾、焙烙頭巾）

## 貿（ㄇㄠˋ）

貿〔漢造〕買賣、交換（＝取り換える、売り買いする）

**貿易**〔名、自サ〕貿易（=交易、通商）

貿易を増進する（增進貿易、擴大貿易）

貿易を行う（進行貿易）

東南アジア諸国と貿易する（和東南亞各國貿易）

貿易の発展を図る（謀求發展貿易）図る謀る諮る計る測る量る

貿易を発展する（發展貿易）

貿易の自由化（貿易的自由化）

バーター貿易（易貨貿易）

貿易商（貿易商）

貿易風（貿易風、季節風、信風-北半球為東北風南半球為東南風=恒風、恒信風）

貿易尻（貿易決算額）

貿易依存度（貿易依存度）

貿易外収支（商品貿易以外的國際收支）

貿易銀（貿易銀）

貿易品（貿易品）

貿易銀行（貿易銀行）

貿易金融（進出口貿易伴隨而來的資金融通）

貿易自由化（貿易的自由化）

貿易収支（貿易收支）

貿易条件（交易條件）

貿易手形（貿易票據）

**貿手**〔名〕〝貿易手形〞的簡稱（進出口貿易發出的票據、進出口貿易伴隨而生國內金融票據）

## 謀、謨（ㄇㄡˊ）

**謀**（也讀作謨）〔名〕計謀、圖謀、策劃（=謀、企む、計画する）

権謀（權謀、謀略、陰謀）

無謀（無謀、輕率、魯莽、冒失）

陰謀、隠謀（陰謀、密謀）

共謀（共謀、同謀、和謀）

詐謀（詐謀）

首謀、主謀（主謀）

首謀者（首謀人、禍首、罪魁）

通謀（同謀、共謀、共同策劃）

遠謀（遠謀、深謀遠慮）

深謀（深謀遠慮）

神謀（卓越的謀略）

智謀、知謀（智謀）

参謀（參謀、智囊、顧問）

**謀印**〔名〕偽造公私印章、偽造的公私印章

**謀議**〔名、自サ〕（犯罪行為的）計劃、計議、陰謀

謀議を加わる（參加〔犯罪行為的〕陰謀）加える加わる

共同謀議（共同密謀）

共同謀議に加わる（參加〔犯罪行為的〕共同陰謀）

**謀計**〔名〕計謀、計劃、策略（=謀）

謀計を実施する（實施計謀）

敵の謀計を見抜く（看穿敵人的陰謀）

**謀殺**〔名、他サ〕謀殺、謀害←→故殺

聞く所に依ると彼は人に謀殺された然うだ（據說他被人謀害了）

謀殺の疑いが濃厚だ（謀殺的嫌疑很大）

彼の死は謀殺の疑いが濃厚だ（他的死謀殺的嫌疑很大）

謀殺が起った（發生了謀殺案）起る起こる怒る熾る興る驕る奢る

謀殺事件（謀殺事件）

謀殺犯（謀殺犯）

**謀主**〔名〕謀首、首謀者

**謀書**〔名〕偽造文書、偽造的文書（=偽書）

謀書を発見した（發現了偽造的文書）

**謀将**〔名〕謀將

**謀臣**〔名〕謀臣

**謀叛，謀反、謀叛，謀反**〔名、他サ〕謀反、叛變（=反逆，叛逆、反乱，叛乱）

謀叛を起す（謀反、造反）起す 起こす 興す 熾す

謀叛に加わる（參加叛變）

織田信長は明智光秀の謀叛に因り倒れた（織田信長因明智光秀的叛變而滅亡）

詰まらぬ謀叛気を起す（起了不足道的謀反心）依り 由り 因り 拠り 縒り 縁り 寄り

謀叛人（早返者）

**謀判**〔名〕偽刻的印章、使用偽刻的印章（=偽判，贋判，偽印，贋印）

**謀略**〔名〕謀略、計策

敵の謀略に引っ掛かる（中敵人的謀略）

敵の謀略に陥る（陷入敵人的圈套）陥る 落ち入る

謀略を巡らす（策劃陰謀）巡らす 廻らす 回らす

**謀**〔名〕謀略 計謀 詭計（=謀略、計略、目論見、企て）

謀を巡らす（定計、籌謀）巡らす 廻らす 回らす

謀を帷幄の中に運らす（運籌帷幄之中）

彼は舞台裏で謀を巡らすを得意と為る男だ（他是一個善於在幕後籌謀的人）

敵の謀に陥る（陷入敵人的圈套）落ち入る

敵の謀に引っ掛かる（中敵人的謀略）

**謀る、図る**〔他五〕圖謀，策劃、謀騙、謀算、謀求、推測，預料

事を謀るは人に在り（謀事在人）

自殺を謀る（企圖自殺）

彼等は大統領の殺害を謀った（他們企圖謀殺總統）

人を謀って謀られる（騙人者反被人騙）

人を謀って陥る（謀害別人）

巧く謀られた（被人巧騙）巧い 旨い 上手い 甘い 旨い 美味い

まんまと謀られた（被人巧騙）

策を弄して巧く人を謀る（用策略巧騙別人）策索 鞭笞

利益を謀る（謀利益）利益（神佛保佑、功德、恩德）

国家の独立を謀る（謀求國家的獨立）

発奮して富強を謀る（奮發圖強）

人民の為に幸福を謀る（為人民謀幸福）

図書館建設を謀っている（計畫建設圖書館）

豈謀らんや（豈知、孰料、哪曾想）

豈此の理有らんや（豈有此理）理

**謀る、た謀る**〔他五〕〔古〕（た是接頭語）想法子 打主意（=思案する、工夫する）商量（=相談）、欺騙，暗算（=騙す、欺く、誑かす）

相手を巧く謀る（巧騙對方）

金を謀り取る（騙錢）

**謀り、た謀り**〔名〕〔古〕想法子、打主意、欺騙、暗算、密謀

**計る、量る、測る**〔他五〕量、丈量、測量、計量、推量

升で計る（用升斗量）

秤で計る（用秤稱）

物差で長さを計る（用尺量長度）

土地を計る（丈量土地）

山の長さを計る（測量山的高度）

利害得失を計る（權衡利害得失）

数を計る（計數）数数

相手の真意を計る（揣摩對方的真意）

一寸話した丈なので、彼の人の気持を計る事が出来ない（只簡單地談了一下，還揣摩不透他的心意）

己を以て人を計る（以己之心度人之腹）

**諮る、計る**〔他五〕商量、磋商、協商、諮詢

内閣に計る（向內閣徵求意見）

案を会議に計る（將方案交會議商討）

親に計る（和雙親協商）

## 眸（ㄇㄡˊ）

**眸**〔漢造〕瞳孔、眼睛（＝眸，瞳、目，眼）

　黒眸（黑眸）

　清眸（清眸）

　双眸（雙眸）

　両眸（兩眸）

　凝眸（凝視）

**眸子**〔名〕眸子（＝眸、瞳、瞳孔）

　眸子が大きく為る（瞳孔變大）

**眸、瞳**〔名〕瞳孔（＝黒目）、眼睛（＝目、眼、眼）

　眸を凝らす（注視、凝視）

　彼の子供は円らな眸を為ている（那小孩有著圓溜的眼睛）

## 某（ㄇㄡˇ）

**某**〔代〕某（＝某、某、或る人）

　某銀行の某頭取（某銀行的某行長）

　某少年の仕業（某少年所為、某少年所作的事情）

　某の会社の社長（某公司的董事長）

　山田某（某個姓山田的人、一個姓山田的人）

　某と言う記者（某某記者）

　某氏が立候補する（某一個人要出馬競選）

**某月**〔名〕某月（＝或る月）

　某月某日の事でした（某月某日的事情）

**某日**〔名〕某日（＝或る日）

　其は某月某日の事でした（那是某月某日的事情）

**某氏**〔名〕某人、某某先生（＝或る人、或る方）

　某氏の言に依れば（據某人所說）言言依る撚る寄る縁る由る因る縒る拠る

　某氏の言に拠る（據某人所說）

　某氏は語る（某人說）

**某紙**〔名〕某報、某某報紙（＝或る新聞）

　某紙の社説に出ている（刊登在某報的社論）

**某国**〔名〕某國（＝或る国）

**某県**〔名〕某縣（＝或る県〔縣〕）

**某村**〔名〕某村（＝或る村〔村〕）

**某所、某処**〔名〕某處（＝或る所）

**某甲、某甲**〔名〕某甲

**某某**〔名〕某某、某人

　某某参加の下に秘密会議が開かれた（在某某人参加之下召開了秘密會議）

　某某の話す所に依れば（據某某人說）話す放す離す

　此は某某が書いた字に違いない（這一定是某某人寫的字）

**某**〔代〕某、某人、某某、某些、我（＝某）

　某と言う人の書いた〝山〟と言う小説（某人所寫題名為〝山〟的小説）

　某は此の辺りに住んでいる（我住在這附近）

**某**〔代〕某、某人、某某、某些、我（＝某）

　山田某とか聞いたが思い出せない（據說是山田某某可是想不起來了）

　此は張某の家（這是張某某的家）家家家家家

　王某（王某某）

　此の事業には私も某と言う資本を投じているのです（對這事業我也投入某些資本）

　某の品物を与えて追い返す（給點什麼東西把他打發走）

　旅行には某の金が要る（旅行需要一些錢）居る射る煎る炒る入る鋳る

　一万円某の金を落とした（丟了一萬塊左右）

　千万円某（一千萬元左右）

**或る、或**〔連體〕某、有

　或る人（某人、有的人）

　或る時（折）（某時）

　或る事（某事）

ㄇ

或る日の事でした（是某一天的事情）

或る程度迄は信じられる（有幾分可以相信）

或る意味では（從某種意義來說）

**有る、在る**〔自五〕有，在、持有，具有，舉行，辦理、發生←→無い

〔補動，自五〕（動詞連用形+てある）表示動作繼續或完了，（…てある表示斷定）是，為（＝だ）

本も有れば鉛筆も有る（既有書也有鉛筆）有る在る或る

未だ教科書を買って居ない人が有りますか（還有沒買教科書的人嗎?）未だ未だ

何れ程有るか（有多少?）

机の下に何かが有りますか（桌下有什麼東西?）

ガスが有る（有煤氣）

彼の家には広い庭が有る（他家有很大的院子）

子供は二人有る（有兩個孩子）

有る事無い事言い触らす（有的沒的瞎說）

銀行は何処に在るか（銀行在哪裡?）

彼には語学の才能が有る（他有外語的才能）

世に在る人（活著的人）

責任は彼に在る（責任在他）

会った事が有る（見過面）会う合う逢う遭う遇う

一番の難点は其処に在る（最大困難在此）

午後に会議が有る（下午有會議）

飛行機に乗った事が有るか（坐過飛機嗎?）乗る載る

今日は学校が有る（今天上課）

日本へは一度行った事が有る（去過日本一次）行く往く逝く行く往く逝く

昨日、火事が有った（昨天失火了）昨日昨日

何か事件が有ったか（發生什麼事件了嗎?）

今朝地震が有った（今天早上發生了地震）今朝今朝

郵便局は五時迄有る（郵局五點下班）

木が植えて有る（樹栽著哪）

此の事は書物にも書いて有る（那事書上也寫著哪）

壁に絵が掛けて有る（牆上掛著畫）

もう読んである（已經唸了）

此は本である（這是書）

此処は彰化である（這裡是彰化）

## 瞞、瞞（ㄇㄢˊ）

**瞞**〔漢造〕瞞、欺瞞（＝欺く、騙す）

欺瞞（欺瞞、欺騙、騙人）

**瞞着**〔名、自サ〕欺瞞、欺騙、瞞混（＝欺く、騙す）

人を瞞着する（騙人）

## 蹣（ㄇㄢˊ）

**蹣**〔漢造〕步態搖搖晃晃（＝蹌蹌ける、蹌蹌めく、蹌蹌う＝蹣跚）

**蹣跚**〔形動〕蹣跚（＝よろよろ、蹌蹌めく様子）

蹣跚と為て帰宅した（搖搖晃晃蹣跚地回了家）

蹣跚と歩く（搖搖晃晃地走）

**蹣跚、蹌蹌**〔名〕蹣跚、跟蹌、（步態）搖搖晃晃、（俗）矽肺病（＝珪肺病）

## 饅（ㄇㄢˊ）

**饅**〔漢造〕饅頭（＝饅頭、饅頭）

**饅頭、饅頭**〔名〕豆沙包子、肉包子、菜包子

饅頭笠（圓形草帽）

小豆餡の饅頭（豆沙包）

焼饅頭（煎包）

肉饅頭（肉包子）

葬式饅頭（上供包子）

船饅頭（江戸時代漂浮隅田川船上賣春的下等妓女）

饅頭金物（門扉上乳頭形掩蓋釘子的裝飾鐵片＝乳金物）

饅〔名〕涼拌魚肉絲（＝饅和、饅膾、釜和）

## 鬘（ㄇㄢˊ）

鬘〔名〕用蔓草做的髮飾物、假髮（＝鬘）

鬘下（舊時演員所梳的一種髮形＝鬘下地）
鬘葛蔓
鬘物（〔劇〕〝能〞的一種－主角是女演員富有幽玄情趣的劇＝鬘事）

鬘〔名〕（加在真髮裡的）頭髮綹（＝髮文字）、（化装用的）假髮（＝鬘）

鬘を付ける（戴上假髮）鬘 桂 搗ける衝ける点ける着ける撞ける吐ける尽ける附ける

鬘を被る（戴上假髮）

鬘下（舊時演員所梳的一種髮型＝鬘下、鬘下地）

鬘物（〔劇〕〝能〞的一種－主角是女演員富有幽玄情趣的劇＝鬘物、鬘事）

鬘糸、鬘糸（結辮子用的線）

鬘師、鬘師（做假髮的工匠）

鬘子、鬘子（用蔓草作成髮形樣的娃娃）

## 鰻（ㄇㄢˊ）

鰻〔漢造〕鰻魚（＝鰻）

養鰻（養鰻）

鰻〔名〕鰻魚、鰻鱺、鱔魚

鰻丼（大碗鰻魚飯＝鰻丼）

鰻飯（〔木盒裝的〕鰻魚飯）

鰻登（〔物價、地位、溫度等〕一直上升、鰻魚在水裡垂直向上游）

最近の物価は鰻登だ（最近物價一個勁兒地上漲）

物価が鰻登に上がる（物價飛漲）上がる揚がる挙がる騰がる

鰻登に出世する（扶搖直上、平步青雲、飛黃騰達）

鰻の寝床（細長的房屋）

鰻〔名〕〝鰻〞的簡略稱呼

鰻丼（大碗鰻魚蓋飯＝鰻丼）

鰻重（上面放烤魚下面放飯的兩層飯盒）

鰻〔名〕〝鰻〞的古形

## 蛮（蠻）（ㄇㄢˊ）

蛮〔漢造〕南蠻、外國人、野蠻，蠻橫

南蛮（南蠻←→北狄、泰國，菲律賓，爪哇南洋群島一帶、葡萄牙，西班牙←→紅毛、西歐文化，技術和宗教）

野蛮（野蠻、粗野）

生蛮（生蕃）

蛮夷、蕃夷〔名〕蠻夷（＝夷狄、蠻人、野蠻人、未開人）

蛮collar〔名、形動〕（諧）粗野（＝蛮骨）←→ハイカラhighcollar（高傲、時髦、洋氣十足）

蛮カラな学生（粗野的學生）

蛮骨〔名〕粗野、粗野的品格、粗野的作風（＝蛮collarカラ）

蛮語、蕃語〔名〕野蠻人的語言、外國話（特指西班牙，葡萄牙，荷蘭語）、南蠻話（＝南蛮語）

蛮行〔名〕野蠻的行為

蛮行を禁ずる（禁止野蠻的行為）

蛮習、蕃習〔名〕野蠻的風俗習慣

蛮習を破る（破除野蠻的風俗習慣）破る敗る

蛮俗、蕃俗〔名〕野蠻的風俗習慣（＝蛮風）

蛮風〔名〕野蠻的風俗習慣、粗野的風俗習慣（＝蛮俗蕃俗）

未開地の蛮風を改善する（改善未開發地方野蠻的風俗習慣）

蛮族、蕃族〔名〕野蠻民族

蛮族の部落（蠻族部落）

蛮賊、蕃賊〔名〕敵對的蕃夷

蛮人〔名〕蠻人、野蠻人（＝未開人、蛮，夷，戎，狄，蝦夷）

蛮民、蕃民〔名〕野蠻的人民、未開化的人民

## ㄇ

**蛮声**〔名〕粗野的聲音、粗聲粗氣
蛮声を張り上げる（粗聲大喊）
蛮声を張り上げて歌う（粗聲粗氣地唱）
歌う 唄う 謳う 謡う 詠う

**蛮性**〔名〕野蠻的性質
蛮性が未だ残っている（蠻性猶存）未だ
未だ

**蛮地、蕃地**〔名〕野蠻人住的地方（＝未開地）
蛮地の探検に行く（去探險未開化的地方）
行く 往く 逝く 行く 往く 逝く

**蛮貊**〔名〕南蠻和北狄

**蛮勇**〔名〕蠻勇、無謀之勇
蛮勇を奮う（奮無謀之勇）奮う 揮う 振う
震う 篩う
蛮勇を奮って社長に進言する（不顧一切地向總經理進言）
全く蛮勇だ（簡直是蠻勇）
彼の行動は全く蛮勇だね（他的行動簡直是暴虎馮河）

**蛮力**〔名〕蠻力、傻勁
蛮力を奮う（揮傻勁）奮う 揮う 振う 震う 篩う

**蛮、夷、戎、狄、蝦夷**〔名〕夷狄、野蠻人（＝未開人、蛮人、蝦夷）、魯莽的武士（＝荒夷）
夷を以て夷を制す（以夷制夷）
恵比寿、恵比須、夷、戎、蛭子（財神）
夷布（〝昆布〟的異稱）

## 滿（滿）（ㄇㄢˇ）

**滿**〔名〕滿、整、足、滿州的簡稱（＝滿州、滿洲）
←→数え（虛歲）、足掛け（前後、足有、大約）

〔漢造〕滿、全、整、屆滿、達極限、豐滿、
充足，滿州(中國的東北三省)
満五年（滿五年）
満五歳（滿五歲）
来月で満十八歳です（下個月就滿十八歲）
中国では男性は満十八歳に成ら無ければ結婚する事が出来ない（在中國未滿十八歲不能結婚）
満で幾つですか（你今年滿幾歲？）
満で十八歳（滿十八歲）
日本を去ってから満二年に為る（離開日本整二年）
満点（一百分）
満員御礼（銘謝客滿）
満を持す（持滿、有充分準備、準備妥當等待良機＝満を搾る）
満は損を招く（滿招損〔謙受益〕）
満を引く（拉滿弓、喝滿杯、喝斟滿杯的酒）
ビールの満を引く（喝斟滿杯的啤酒）
半満（半滿）
充満（充滿）
肥満（肥胖）
未満（未滿、不足）
円満（圓滿、美滿、沒有缺點）
豊満（豐滿、豐富）
飽満（吃飽、飽食）
干満（漲落）
不満（不滿、不滿足、不滿意）
豊年満作（豐年好收成）
北満（北滿）
渡満（渡滿）

**満意**〔名〕滿意

**満引**〔名〕喝斟滿杯的酒

**満員**〔名〕滿座、客滿、名額已滿
満員の電車（坐滿了人的電車）
満員電車（客滿的電車）
船室は満員です（艙位已滿）
超満員（爆滿）
映画館は連日大入り満員だった（電影院連天爆滿）

日曜日の映画館は何処も満員だ（星期天每個電影院皆客滿）
バスが来たが満員で乗れなかった（公車雖來了但因客滿而搭不上）
申込受付は満員の為締め切ります（名額已滿截止報名）
旅行の申し込み受け付けは満員の為締め切ります（旅行的申請受理因額滿而截止）
満員なので申込の受付を締め切る（因額滿所以截止報名）

**満院**〔名〕滿院

**満座**〔名〕滿座、滿場

満座の失笑を買う（惹得全場發笑）買う飼う交う
彼女の歌声は満座の熱烈な拍手を買う（她的歌聲博得全場熱烈的掌聲）歌声歌声拍手柏手
満座の視線を集める（集中了全場的視線）
満座の中で罵倒された（在眾人面前挨了一頓罵）
満座の中で恥を掻く（在大庭廣眾下當場出醜）掻く書く欠く描く斯く

**満場**〔名〕滿場（＝満堂）

満場の諸君（在場的各位）
満場一致（意見全場一致）
満場一致で可決する（全場一致通過）
満場一致で否決する（全場一致否決）
満場の拍手を浴びる（博得全場鼓掌）
満場に雷の様な歓声が沸き上がった（全場響起如雷般的歡呼聲）

**満堂**〔名〕滿堂、全場（＝満場）

満堂の喝采を博する（博得全場的喝采、博得滿堂采）博する泊する箔する

**満席**〔名〕滿席

**満悦**〔名、自サ〕欣喜、大悅

望みが叶って満悦の態だ（如願以償很高興的樣子）態体叶う適う敵う
彼は望みが叶って満悦の体だ（他如願以償很高興的樣子）態体
彼女は御満悦の体だ（她非常喜悅、她很高興的樣子）
彼は嘸や御満悦の事だろう（他想必心滿意足吧！）

**満会**〔名〕（標會）期滿結束

**満開**〔名、自サ〕滿開、盛開

桜が満開だ（櫻花盛開）

**満額**〔名〕額滿

**満株**〔名〕股票認購額滿

**満干、満干**〔名〕高潮和低潮、漲潮和退潮（＝潮の満干、満潮と干潮、干満）

満干の差が大きい（高潮和低潮的差很大）
潮の満干が激しい（潮汐的漲落很大）潮汐塩激しい烈しい劇しい

**満潮、満潮**〔名〕滿潮（＝上潮）←→干潮、引潮

午前二時が満潮だ（上午二時是滿潮）

**満願**〔名〕〔佛〕結願

**満貫、満款**〔名〕麻將用語（麻雀）滿貫

**満艦飾**〔名〕（紀念日等）用國旗，信號旗，電燈等裝飾整個軍艦。〔俗〕（婦女）盛裝。〔俗〕曬很多衣服

満艦飾を施す（裝飾整個軍艦）
満艦飾の女（盛裝的女人）
満艦飾に着飾る（打扮華麗）

**満期**〔名、自サ〕滿期、期滿

保険が満期に為る（保險到期）
手形が明日満期に為る（票據明天就到期了）明日明日明日
此の契約は今月の二十五日で満期に為る（這張契約本月二十五日期滿）
満期手形（到期票據）
三年満期（三年滿期）
定期預金の満期日（定期存款的期滿日期）

**満喫**〔名、他サ〕飽嚐、吃足、充分領略、充分玩味、充分享受

山海の珍味を満喫する（飽嚐山珍海味）

本場の中国料理を満喫した（飽嚐了道地的中國料理）

涼風を満喫する（充分享受涼風）涼風 涼風

古都の秋を満喫する（飽享古都秋色）

海水浴場に行き、真夏の太陽を満喫した（到海水浴場充分領受到夏天的艷陽）

**満刑**〔名〕刑滿

**満月、満月**〔名〕滿月，圓月（＝望月、望月）、分娩月（＝産月、臨月）←→新月

満月の夜（望月之月、陰曆十五日的月亮）夜 夜

今夜は満月だ（今晚月圓）

**満腔、満腔**〔名〕滿腔（＝満身、全幅）

満腔の怒りを抑え切れない（抑制不住滿腔的憤怒）怒り 怒り

満腔の同情を寄せる（寄與滿腔的同情）

満腔の謝意（衷心的謝意）

満腔の熱誠を以て（以滿腔熱誠）

満腔の祝意を表する（表示衷心的祝賀）評する 冰する 標する 豹する 票する 俵する

**満身**〔名〕満身、全身（＝渾身）

満身の力を込めて（盡全力）力 力

満身の力を込めて引っ張る（用盡全身的力量拉）

彼は満身血だらけだ（他全身滿是血、他全身血淋淋）

重傷で満身血だらけだ（他受了重傷渾身是血）

満身創痍（全身創傷、遭到嚴厲責難）捕まえる 掴まえる 捉まえる

満身創痍の無頼を捕まえた（逮捕了滿身創痍的流氓）無頼 破落戶 無頼

**満載**〔名、他サ〕載滿、裝滿、擺滿、登滿、記滿

船の荷を満載する（船上裝滿貨物）船 舟

舟に貨物を満載する（船上裝滿貨物）

荷物を満載した船（滿載貨物的船）

乗客を満載する（載滿乘客）

一行は友誼を満載して港を離れた（一行滿載著友誼離開了港口）一行（一列）

其の雑誌は新進作家の小説を満載して居る（那本雜誌上登滿了新進作家的小說）

此の雑誌は新進作家の小説を満載して有る（這本雜誌登滿了新進作家的小說）在る 或る

此の雑誌にはカラー写真が満載されている（這本雜誌上登滿了彩色照片）

外国のニュースを満載した新聞（登滿外國新聞的報紙）

**満作**〔名〕豐收（＝豊作）

今年も満作だ（今年又是豐收年）今年 今年

豊年満作（豐年豐收）

今年は豊年満作だ（今年是豐收的好年頭）

満作科（雙子葉科的落葉小高木）

**満更**〔副〕〔俗〕（下接否定）並不完全、不一定

満更馬鹿では無い（並非完全愚蠢）馬鹿 莫迦

満更でも無い（還算可以、還算不錯、還算滿意、大致滿足）

満更捨てた物でも無い（並非完全無用、並非毫無價值、並不一定壞）捨てる 棄てる

満更嫌でも無いらしい（似乎並不太討厭、似乎不一定不願意）嫌厭否

満更知らない仲でも無い（也並非完全陌生、未必是素不相識）

満更駄目でも無い（未嘗不可）

満更根拠が無いのでも無い（並非毫無根據）

此の絵は満更下手とは言えない（這張畫並非那般差勁）

**満山、満山**〔名〕滿山、整座寺院，全寺院、全僧侶

満山の桜は今盛りだ（滿山的櫻花在盛開）

満山雪に覆われる（滿山被雪掩蓋）覆う 蓋う 蔽う 被う

満山に木を植える（滿山植樹）木 樹 木 木 植える 飢える 餓える

**満天**〔名〕滿天（=空一杯、空一面）

満天の星（滿天星斗）

満天の星が輝いている（滿天星斗閃耀）輝く 耀く

山の頂に立って満天の星を仰ぎ見る（站在山頂上仰望滿天星斗）頂 戴

**満天下**〔名〕滿天下、全世界（=世界中、国中）

満天下に知られている（傳遍全世界）

満天下知らない人が居ない（全世界無人不知）

満天下の人人は皆一家である（全世界都是一家人）人人 人人 一家 一家

**満天星、満天星，灯台躑躅**〔名〕〔植〕滿天星（=白丁花、灯台紅葉）

**満地**〔名〕滿地（=地上一面）

**満池**〔名〕滿池

**満紙**〔名〕滿紙

**満室**〔名〕滿室

**満車**〔名〕車位已滿

**満州、満洲**〔名〕中國東北的舊稱

**満州里、満洲里**〔名〕滿州里（中國蒙古自治區內）

**満水**〔名、自サ〕（水池、水庫、河川等）水滿

ダムが満水した（水庫的水滿了）

ダムが満水に為る（水庫的水滿了）

**満ず**〔自サ〕滿（=満ずる）

**満ずる**〔自サ〕滿（期限）

**満足**〔名、、自サ、、形動〕滿足、滿意、圓滿、完滿

現在の生活に満足する（滿足於現在的生活）

今の生活に満足する（滿足於現在的生活）

満足の意を表する（表示滿意）

進歩に敵は自己満足である（進步的敵人就是自滿）敵 仇

此位の事で満足するな（不要滿足於這麼小的事情）

満足に思う（感到滿意、稱心如意）思う 想う

テストが良く出来て満足している（考試成績很好很滿意）

要求を満足させる（滿足要求）

立派に成長した子供達に囲まれて其の両親は満足でしょう（被卓然成長的孩子們所環繞的父母親一定很滿足吧！）

満足な結果を得る（得到完滿的結果）得る 得る 売る

満足な答えを得る（得到圓滿的回答）

満足に答えられない（不能圓滿地回答）答える 応える 堪える

満足な人間は一人も居ない（沒有一個能夠令人滿意的人）人間（人）人間（無人的地方）

満足然うに笑う（滿意地笑）

五体満足（身體健全）

方程式を満足するXとYの値（使方程式成立的X和Y值）値 価値

**満廷**〔名〕朝廷或法庭滿座、整個朝廷、整個法庭

**満庭**〔名〕整個庭院（=庭一杯、庭中）

満庭の菊の花（滿院的菊花）

**満鉄**〔名〕南滿州鐵路

**満都**〔名〕充滿都市，整個都市、全市、全城、全京都（=都全体、都中）

此のロマンスは満都の話題に為る（這件羅曼史成了全城的話題）

満都に桜が植えて有る（全市種著櫻花）

**満点**〔名〕滿分、頂好、最好（=完全無欠）

此のテストは百点満点だ（這個測驗的滿分是一百分）

其の科目は百点満点だ（那個科目的滿分是一百分）

試験で満点を取る（考試得滿分）取る撮る捕る獲る摂る盗る執る採る

サービスは満点だ（服務態度頂好）呉れる暮れる繰れる刳れる

此の店のサービスは満点で、遠い所にも配達して呉れる（這家店服務最佳，遠的地方也願意送貨）

此のバスは乗り心地満点だ（這輛公車坐得非常舒適）心地心地（襯布）

彼の技術は満点だ（他的技術最好）

課長と為ては満点だ（做科長非常適合）

**満任期**〔名〕滿任期

**満年齢**〔名〕足歲←→数え年（虛歲）

**満杯、満盃**〔名〕滿杯

**満配**〔名、他サ〕如期配給、如數配給、如數配售←→欠配、缺配

**満帆**〔名〕滿帆

順風満帆（一帆風順）

**満尾**〔名〕在〝連歌〞〝俳諧〞百韻，歌仙等的一卷完了、故事或話語講完

**満票**〔名〕滿票、全票

満票で当選（以全票當選）

**満幅**〔名〕整幅、全幅、完全，充分

貴方に満幅の信頼を寄せる（對您完全信任）貴方貴下貴男貴女

**満腹**〔名、、自サ、形動〕滿腹、吃飽（=満身、満腔）←→空腹

満腹の経論（滿腹經論）

見た丈で満腹だ（一瞧見就覺得飽了）

満腹したら眠く為った（吃飽了就想睡）為る成る生る鳴る

もう満腹です（已經吃飽了）

もう満腹した（已經吃飽了）

満腹感を与える食べ物（填飽肚子的食物）

**満遍、万遍**〔名〕〔佛〕平均，平等、全體

満遍無く、万遍無く（到處、四處、普遍=遍く）

教室を満遍無く掃除する（打掃教室的四處）

満遍無く掻き混ぜる（拌勻）掻き交ぜる

国中満遍無く調査を進める（全國普遍進行調查）国中国中

満遍無く捜す（到處搜尋）捜す探す

満遍無く捜したが、見付からなかった（到處搜遍了卻沒找到）

**満文**〔名〕滿州文字

貴方は満文が出来ますか（你會滿文嗎？）

**満満**〔形動タルト〕充滿、十分

満満と水を湛える貯水池（一片汪洋的水庫）湛える称える讃える

湖には水を湛えられている（湖裡蓄著滿滿的水）

自信満満の態度（充滿自信的態度）

不平満満（滿腹牢騷）

**満面**〔名〕滿面、滿臉（=顔中、顔全体）

満面に笑みを湛える（滿面笑容）湛える称える讃える

満面に笑みを浮かべる（滿面笑容）

満面朱を注ぐ（滿臉通紅）注ぐ潅ぐ濯ぐ雪ぐ

満面に朱を注ぐ（滿臉通紅）

**満蒙**〔名〕滿州〔満州〕和蒙古〔蒙古〕

満蒙開拓団（滿蒙開拓團）

**満目**〔名〕滿目、一望無際（=見渡す限り）

満目荒涼たる原野（滿目荒涼的原野）

満目青青と為た水田（一望無際綠油油的稻田）水田水田

満目蕭然（滿目蕭然）

満目蕭条（滿目蕭條）

満目創痍（滿目瘡痍）

**満了**〔名、自サ〕屆滿

任期が満了する（任期屆滿）

来月で任期が満了する（到下個月任期屆滿）

**満塁**〔名〕〔棒球〕滿壘（=フル・ベース）

　満塁でホームランをかっ飛ばしたので四点取った（因為滿壘時擊出全壘打所以獲得了四分）

　満塁ホームラン（滿壘全壘打）赤浮草（滿江紅）

　ノーアウト満塁の絶好のチャンス（沒人出局滿壘絕佳的機會）

**満たす，満す，充たす，充す**〔他五〕弄滿、充滿、填滿、滿足

　腹を満たす（吃飽）

　雑炊で腹を満たす（吃菜粥填飽肚子）

　杯に酒を満たす（在杯裡斟滿酒）杯盃

　コップに水を満たす（杯中倒滿水）

　長い間の希望を満たす（滿足多年來的希望）希望既望

　需要を満たす（滿足需求）須要（必要）

　人民の要求を満たす（滿足人民的需求）

　一人一人の要求を満たす事は出来ない（不能滿足每個人的要求）

　此丈の条件を満たす人は中中居ない（能夠滿足這些條件的人少有）

　何か満たされない気持だ（心裡總覺得得不到滿足）

**満ちる，充ちる**〔自上一〕滿，充滿、（月）圓、（潮）漲、（期限）滿↔欠ける、余る、残す

　自信に満ちた顔を為て居る（臉上充滿自信）

　ユーモアに満ちた話（充滿幽默的話）

　会場は友好的雰囲気に満ちて居た（會場充滿著友好的氣氛）

　希望に満ちた時代（充滿希望的時代）希望冀望

　希望が満ちる（達到希望）

　香気は室内に満ちる（香味飄滿在室內）

　観衆が堂に満ちる（觀眾滿堂）

　腹が満ちる（肚子吃飽）

　月が満ちる（月圓）月（月亮）月（星期一）

　潮が満ちる（潮漲）潮塩汐

　任期が満ちる（任期屆滿）

　国会議員の任期が満ちる（國會議員任期屆滿）

　月満ちて玉の様な男児が生まれる（足月生下一個白胖的男孩）玉珠球弾靈魂

**満ち欠け，満欠，盈ち虧け，盈虧**〔名、自サ〕（月的）盈虧

　月が満欠する（月有盈虧）

　月の満欠を研究する（研究月球的盈虧）

　星の満欠を観測する（觀測月球的盈虧）

**満ち足りる、満足りる**〔自上一〕滿足、充分（=満足する）

　現在の生活に満ち足りて居る（滿足於現在的生活）

　満ち足りた生活（富足的生活）

　現在の収入で満ち足りて居る（以現在的收入就足夠了）

　御客さんが満ち足りた顔してレストランを出て行った（顧客滿意地走出了餐廳）

**満つ、充つ、盈つ**〔自五〕滿、充足（=満ちる）

　百人に満たない会員（不滿百人的會員）

　十三歳に満たざる者（不滿十三歲者）

　盈つれば虧く（月盈則虧）

## まん、ばん（ㄇㄢˋ）

**幔**〔漢造〕布幕（=帳，帷、垂ぎぬ、幕、引幕、被い、覆い、幌）

　帷幔（帷幔）（=幕）

　帳幔（帳幔）

　紗幔（紗幔）

　朱幔（朱幔）

　羅幔（羅幔）

　車幔（車幔）

**幔幕**〔名〕幔幕、帷幔、帷幕、橫掛的布幕

幔幕を張り渡す（圍上布幕）
幔幕を引き回す（圍上布幕）
幔幕を張る（掛帷幔）

## 慢（ㄇㄢˋ）

慢〔漢造〕驕傲、怠惰、侮蔑、遲緩（＝怠ける、怠る、威張る、侮る、長引く、鈍い、緩やか）

　怠慢（怠慢、懈怠、玩忽、不注意）
　懈慢（懈怠）
　傲慢（傲慢、驕傲）
　驕慢（傲慢、驕傲）
　輕慢（輕侮）
　暴慢（粗暴）
　我慢（自高、傲慢、忍耐、容忍、饒恕、原諒、將就、讓步、頑固）
　自慢（自滿、自誇、自大、驕傲、得意）
　高慢（傲慢、高傲）
　増上慢（驕傲自滿、無能而自負）
　緩慢（緩慢、遲鈍、呆滯、蕭條）

慢易〔形動〕怠忽、輕侮
慢気〔形動〕高慢（＝慢心）
慢言〔名〕慢語、慢辞
慢語〔名〕慢言、慢談（＝慢言）
慢心〔名、自サ〕自大、自滿、驕傲（＝驕り高ぶる）
　一寸した成功に慢心する（有一點成就就自滿）
　一寸した慢心が敗北を招いた（稍有自滿就招致失敗）
　成功しても慢心しない（成功了也不自滿）
　先生に褒められたからと言って慢心しては行けない（雖說被老師誇獎也不可自大）
慢性〔名〕慢性←→急性
　慢性の中耳炎（慢性中耳炎）
　慢性腸炎（慢性腸炎）
　慢性病で死ぬ事は無いが医薬費が沢山掛かる（因為是慢性病所以不致於死，可是醫藥費要花很多）
　汚職が慢性化する（貪汙現象持續不斷）
慢罵、嫚罵、謾罵〔名、他サ〕謾罵、辱罵
漫罵〔名、他サ〕漫罵、任意罵人
慢侮〔名〕輕侮
慢じる〔自上一〕自大、自滿（＝誇る、自慢する、慢心する）
　彼は何でも慢じたがる質だ（他是任何事都想自滿的個性）
　現状に慢じている者は決して進歩は有り得無い（滿足於現狀的人決不會有所進步的）
慢ずる〔自サ〕自大、自滿（＝慢じる、慢心する、自慢する）

## 漫（ㄇㄢˋ）

漫〔漢造〕漫、隨便、信口（手）拈來

　瀰漫（瀰漫、充滿）
　散漫（散漫、渙散、鬆懈）
　冗漫（冗長、漫長）
　放漫（散漫、鬆弛）
　天真爛漫（天真爛漫、幼稚，天真-無知的委婉說法）
　浪漫（浪漫）

漫画〔名〕漫畫（＝カリカチュア caricature、漫筆画、戯画、滑稽画）
　漫画を描く（畫漫畫）描く画く書く描く
　テレビ television 漫画を見る（看電視的卡通）
　彼は漫画を書いて生活している（他畫漫畫為生）
　社会風刺の漫画（諷刺社會的漫畫）
　漫画雑誌（漫畫雜誌）
　漫画家（漫畫家）
　時事漫画（時事漫畫）
　ストーリー story 漫画（故事漫畫、小說漫畫）
漫吟〔名、他サ〕漫吟、即興賦詩

詩を漫吟する（漫吟詩句）

唐詩を漫吟する（漫吟唐詩）

**漫芸**〔名〕滑稽的演藝、滑稽曲藝

漫芸で観衆を笑わせる（以滑稽的演藝使觀眾笑）

**漫言、漫言，漫事**〔名〕漫談（=漫語）

時事漫言（時事漫談）

**漫語**〔名〕漫談（=漫言、漫言，漫事）

漫語を聞く（聽漫談）聞く聴く訊く効く利く

**漫談**〔名、自サ〕漫談、（雜技）單口相聲

漫談に花を咲かせる（漫談得興高采烈、聊天聊得很起勁）

漫談師（單口相聲演員）

**漫才**〔名〕（万歳的轉變）（雜技）對口相聲

漫才で観衆を酷く笑わせた（以相聲使觀眾笑壞了）

漫才を為る（說相聲）

漫才師（對口相聲演員）

**漫然**〔形動〕漫然，漫不經心，無心（=締まりが無い）、雜亂，胡亂（=不注意）

漫然と絵を見る（漫不經心地看畫）

漫然と言った事が的中した（無心中說的話說中了）的中適中

漫然と暮す（糊裡糊塗地過日子）

漫然と暮しては駄目だ（不能糊裡糊塗地過日子）

漫然と眺める（漫不經心地看著）

漫然と並べて在る彫刻（胡亂陳列的雕刻品）有る在る或る

漫然と置かれている（胡亂地擺放著）

**漫罵**〔名、他サ〕漫罵、任意罵人（=侮り罵る）

口から出任せに漫罵する（信口漫罵）

**慢罵、謾罵、漫罵**〔名、他サ〕辱罵（=嘲り罵る事）

**漫筆**〔名〕漫筆、隨筆（=漫録）

雜誌に漫筆を載せる（在雜誌上登載隨筆）載せる乗せる伸せる熨せる

月刊誌に漫筆を載せる（把隨筆登在雜誌月刊上）

球界漫筆（球壇隨筆）

**漫録**〔名〕漫録、隨筆（=漫筆）

**漫評**〔名、他サ〕漫然批評、隨便批評

**漫文**〔名〕雜文、隨筆（=漫筆、漫録）、諷刺性的小品文

**漫歩、漫步**〔名、自サ〕漫步、信步

町を漫步する（漫步街頭）

海辺を漫步する（漫步海邊）海辺海辺

**漫漫**〔形動タルト〕遼闊無邊際

漫漫たる海原（茫茫大海、汪洋大海）海の原

漫漫たる草原（一望無邊際的草原）草原草原

**漫遊**〔名、自サ〕漫遊

世界を漫遊する（漫遊世界）

世界漫遊記（世界漫遊記）

諸国を漫遊する（漫遊各國）

**漫ろ、漫**（副、形動ナリ）〔古〕漫然、意外的、沒有理由的（=漫ろ、漫）

**漫ろ歩き、漫ろ歩き、漫ろ歩き、漫步**〔名、自サ〕〔古〕漫步、散步

海辺を漫ろ歩きする（漫步海邊）

**漫ろ言、漫ろ言、漫言**〔名〕〔古〕冗談（=閑談、漫ろ物語）

**漫ろ事、漫ろ事**〔名〕〔古〕無聊的事（=閑事）

**漫ろ心、漫ろ心**〔名〕〔古〕毫無來由的念頭（心情）、散漫的心情

**漫ろ物語**〔名〕〔古〕雜談（=漫ろ言、漫ろ言、漫言）

**漫ろく**〔自四〕不由得、不知不覺

**漫ろう**〔自四〕漫不經心

**漫ろ、漫**（形動ナリ）〔古〕漫然、意外的、沒有理由的（=漫ろ，漫、漫ろ，漫）

**漫ろ、漫**〔副、形動〕不知不覺地、不由得、心不在焉

漫ろに悲しく為る（不由得悲從心來）

漫ろに悲しみを催す（不由得感到悲傷）

## ㄇ

漫ろに涙を催す（不知不覺地落涙）

気も漫ろだ（心情浮動）

嬉しさに気も漫ろだ（喜不自禁）

**漫ろ涙**〔名〕〔古〕無緣無故流的涙

**漫ろ目**〔名〕〔古〕帶看不看的眼神

**漫ろ神**〔名〕〔古〕誘人的神

**漫ろ雨**〔名〕〔古〕霪雨（＝長雨）

**漫ろ歌**〔名〕〔古〕捕風捉影的歌、不著邊際的歌

**漫ろく**〔自四〕不知不覺、不由得、心不在焉

**漫けし、漫けし**〔形シク〕〔古〕不穩定的心情

## 蔓（ㄇㄢˋ）

**蔓**〔漢造〕蔓草、蔓延（＝蔓、蔓、蔓延，蔓衍）

**蔓延、蔓衍**〔名、自サ〕蔓延（＝蔓延り広がる）

伝染病が蔓延する（傳染病蔓延）

伝染病が蔓延る（傳染病蔓延）

細菌の蔓延を防ぐ（防止細菌蔓延）

チフスの蔓延を防ぐ（防止傷寒蔓延）

**蔓生**〔名〕蔓生（＝蔓立）

**蔓延る、蔓延る**〔自五〕蔓延、横行、瀰漫（蔓延る為古語）

畑に雑草が蔓延る（田間長滿雜草）畑畠畑畠

庭に雑草が蔓延る（院子裡雜草叢生）

すっかり蔓延る（蔓延開）

迷信が蔓延る（迷信到處蔓延）

伝染病が蔓延る（傳染病蔓延）

他人の事には無関心と居った風潮が世に蔓延って居る（自掃門前雪的風氣在社會蔓延）

悪人が世に蔓延る（壞人橫行於世）

汚職が蔓延る（貪汙橫行）

思う儘に蔓延る（任意横行）

雨雲が空に蔓延る（陰雲瀰漫天空）

**蔓、葛**〔名〕"蔓草"的總稱、纏繞植物（＝葛草）

**蔦蔓、蔦葛**（常春藤、攀牆草＝蔦）蔓鬘葛葛

**蔓、蔓**〔名〕蔓，藤，鬚、礦脈、系統，血統、來路，門路，線索、眼鏡架（蔓為古語）

葡萄の蔓（葡萄蔓、葡萄藤）蔓弦鶴敦

蔓が這う（爬蔓）這う匍う

壁にしっかり蔓が巻き付く（蔓鬚在牆上爬得很結實）

藤の蔓が伸びる（藤蔓長長了）伸びる延びる

新しい蔓を発見した（發現了新礦脈）

蔓を求める（找門路）

手蔓を求める（找門路）

蔓を辿る（尋找線索）

金の蔓が切れた（錢的來路斷了）

眼鏡の蔓が折れた（眼鏡架折了）眼鏡眼鏡

**鶴**〔名〕〔動〕鶴、仙鶴

鶴の舞（仙鶴舞）

鶴の一声（權威者的一句話、一聲令下）

鶴の一声で誰も逆らわなかった（權威者一下令誰都不反對了）

鶴は千年、亀は万年（千年仙鶴萬年龜、喻長命百歲）

**弦**〔名〕弓弦（＝弓弦）、斗弦（在升斗上面成對角線拉的鐵線、作為刮斗的標準）、（也寫作絃）（鍋壺等的）提梁

弓に弦を掛ける（給弓掛上弦）掛ける架ける懸ける搔ける翔ける駈ける駆ける欠ける書ける

弓の弦を外す（卸下弓弦）弦蔓鶴

矢は既に弦を離れた（箭已離弦）離れる放れる

**蔓草**〔名〕蔓草

蔓草が蔓延る（蔓草叢生、長滿了蔓草）

**蔓植物**〔名〕藤蔓植物的總稱（＝藤本）

**蔓立**〔名〕蔓生

**蔓足類**〔名〕節足動物甲殼類的一個亞綱

蔓小豆〔名〕豆科半蔓性一年生草、蟹眼
蔓蟻通〔名〕茜科蔓性常綠多年草本
蔓梅擬〔名〕錦木科蔓性落葉低木
蔓返〔名〕栽培甘藷時的芋蔓的返轉作業
蔓夏枯草〔名〕紫蘇科的多年草本
蔓亀草〔名〕薯蕷科的多年草本
蔓亀葉草〔名〕紫草科多年草本
蔓桔梗〔名〕桔梗科蔓性多年草本、金錢豹
蔓楮〔名〕桑科落葉低木
蔓苔桃〔名〕躑躅科長綠小低木
蔓羊歯〔名〕〝檜羊歯〞的異名
蔓忍〔名〕〝蟹草〞的異名
蔓白藻〔名〕紅藻類的一種海藻
蔓白銀草〔名〕金鳳花科的多年草本
蔓筋〔名〕血統、礦脈的上等部分
蔓蕎麥〔名〕蓼科多年草本、火炭母草
蔓手繰〔名〕停止生長的瓜豆等的蔓拉繞切取
蔓蓼〔名〕蓼科蔓性一年草本
蔓黃楊〔名〕黐の木（冬青樹）科蔓性常綠低木
蔓手毬〔名〕〝後藤蔓〞的異名
蔓連朶〔名〕羊歯類裏星科的長綠多年草本
蔓毒痰〔名〕蓼科蔓性多年草本、何首烏
蔓菜〔名〕石榴草科的多年草本、蕃杏
蔓無隱元〔名〕隱元豆的變種
蔓日日草〔名〕夾竹桃科的多年草本
蔓人參〔名〕桔梗科的多年草本
蔓畝〔名〕蔓藤樣延伸連在一起的小高地
蔓猫の目草〔名〕雪の下科的多年草本
蔓野雞頭〔名〕莧科的一年草本
蔓藤袴〔名〕豆科的蔓性多年草本
蔓斑、鶴斑〔名〕馬的毛色的一種
蔓穗〔名〕百合科的多年草本、綿裹兒
蔓酸漿〔名〕〝雀瓜〞的異名
蔓苧麻〔名〕刺草科的多年草本
蔓巻〔名〕蔓巻
蔓柾〔名〕錦木科蔓性常綠低木、扶芳藤
蔓豆〔名〕豆科的蔓性一年草本、鹿藿
蔓紫〔名〕蔓紫科蔓性草本、落葵

蔓藻〔名〕褐藻類蔓藻科的海藻
蔓毛輪花〔名〕蘿藦科蔓性多年草本
蔓擬〔名〕〝蔓梅擬〞的異名
蔓物〔名〕蔓藤性的菜（如豆、瓜等）
蔓荔枝〔名〕瓜科蔓性一年草本、苦瓜、錦荔枝

## 鏝（ㄇㄢˋ）

鏝〔漢造〕抹子（塗牆的用具）
鏝〔名〕熨斗（＝アイロン）、烙鐵（＝半田鏝、燒鏝）、燙髮鉗、醫師用鏝療治用具、（泥瓦匠用的）抹子

　鏝を当てる（用熨斗燙一燙）当てる中てる充てる宛てる
　鏝を掛ける（用熨斗燙一燙）斯ける書ける描ける欠ける駆ける搔ける駆ける搔ける駆ける
　髮に鏝を当てる（燙頭髮）髪紙神守上
　鏝で壁を塗る（用抹子抹牆）
　壁に鏝で塗る（用抹子抹牆）

鏝板〔名〕泥板、抹泥灰板子
鏝塗〔名〕又濃又厚的塗
鏝鑿〔名〕鑿的一種（頭像烙鐵樣彎曲的鑿）-用於木材溝穴底的削平用
鏝療治〔名〕醫師用烙鐵對著患部治療（用煉好的藥放於疼痛處再用烙鐵加溫）

## 曼、蔓（ㄇㄢˋ）

曼、蔓〔漢造〕漫長，美妙（＝長い，長引く、美しい）、音字（音譯字）
　美曼（美麗曼妙）
　日耳曼（日耳曼）
曼珠沙華、曼珠沙華〔名〕〔植〕（梵 manjusaka 的音譯）石蒜（＝彼岸花）
　曼珠沙華の咲いている秋の田舎道（開著石蒜花的秋天鄉下路）
曼陀羅、曼荼羅、曼荼羅〔名〕〔佛〕（梵 mandala 的音譯）曼陀羅，佛壇，修行道場、雜色種類繁多的色彩、鮮豔的繪畫
曼陀羅華 曼陀羅華〔名〕〔佛〕曼陀羅花（＝白蓮花、朝鮮朝顏、紫花曼）

まんしゅいん まんじゅいん
曼殊院、曼殊院〔名〕京都天台宗的寺廟
まんまん まんまん
曼曼、漫漫〔形動タルト〕浩瀚、漫無邊際、無邊無際
　　まんまん　　うなばら
　　漫漫たる海原（茫茫的大海、汪洋大海）
　　まんまん　し　　うなばら
　　漫漫と為た海原（茫茫的大海、汪洋大海）

# 門（ㄇㄣˊ）

もん
門〔名〕門、大門、大門（=出入口）、門下

〔接尾〕（生物分類的單位）門

〔助數〕（計算砲的單位）門

　　もん　たた
　　門を敲く（敲門）敲く叩く

　　もん　う
　　門を打つ（敲門）打つ撃つ討つ

　　もん　ひら
　　門を開く（開門）開く明く空く飽く厭く

　　もん　と
　　門を閉ざす（關門）閉ざす閉す鎖す

　　もん　し
　　門を閉める（關門）閉める締める占める
　　し　　し　　し
　　絞める染める湿る

　　もん　と　　　　ひと　　あ
　　門を閉じて人に会わない（閉門謝客）閉
　　　　と　　　　　あ　　あ　　あ　　あ　　あ
　　じる綴じる会う合う逢う遭う遇う

　　かれ　かた　もん　とざ　　　だれ　　　　あ
　　彼は固く門を閉して誰とも会わない
　　　　　　　　　　　　かた　かた　かた　かた
　　（他緊閉大門誰都不見）固い堅い硬い難
　　　
　　い

　　もん　はい
　　門に入る（入門、拜人為師）入る入る

　　きむらせんせい　もん　はい
　　木村先生の門に入る（拜木村老師為師）

　　きむらせんせい　もん　まな
　　木村先生の門に学ぶ（跟木村老師學習）
　　なら　なら
　　倣う習う

　　てんか　しゅうさいことごと　こ　もん　あつ
　　天下の秀才悉く、此の門に集まった
　　　　　　　　　　　　　　　　　ことごと
　　（天下的才子都集中到他的門下）悉く
　　ことごと
　　尽く

　　もん　よ　　のぞ
　　門に倚りて望む（倚門而望）拠る依る由
　　　よ　　よ　　よ　　よ
　　る因る縁る寄る撚る縒る

　　もん　まえ　やせいぬ
　　門の前の瘦犬（比喻弱者有靠山也會變強）

　　もん　はい　　かさ　ぬ
　　門に入れば笠を脱ぐ（進門要脱帽、對人
　　　　　　　　　　　い　　い　　い　　い　　い　　い
　　要有禮貌）入る居る炒る煎る射る要る鋳
　　
　　る

　　もん　おな　　　　　と　　こと
　　門を同じくして戸を異にす（徒弟入門修
　　行在個人）

　　もん　ひら　　　　とう　ゆう
　　門を開いて盗に揖す（開門揖盗）

にゅうし　せま　もん　とっぱ
入試の狭き門を突破する（突破入學考試的窄門）

せま　もん　とっぱ　　　　だいがく　はい
狭き門を突破して大学に入る（突破入學考試的窄門進大學）

おもてもん　だいもん
表門（大門）

うらもん　こうもん
裏門（後門）

ぜんもん
前門（前門、女陰）

ぜんもん
禪門（禪門、禪宗、皈依佛門的男人）

こうもん
閘門（閘門）

こうもん
校門（校門）

こうもん
肛門（肛門）

こうもん
後門（後門、肛門）

こうもん
高門（高門、名門）

こうもん
孔門（孔子門下）

こうもん
港門（海港入口）

こうもん
黃門（宮城之門、宦官、〝黃門侍郎〟簡稱-〝中納言〟的唐名）

せっそくどうぶつもん
節足動物門（節足動物門）

せきついどうぶつもん
脊椎動物門（脊椎動物門）

しゅししょくぶつもん
種子植物門（種子植物門）

たいほうさんもん
大砲三門（三門大砲）

かんもん
関門（關口的門、難關、行情大關、門司和下關）

きもん
鬼門（忌避的方向、厭忌的事物）

ぐんもん
軍門（軍營）

けいもん
荊門（荊門）

けいもん
閨門（閨房、寢室、家庭的禮節）

さいもん
柴門（柴門）

すいもん
水門（防洪閘門）

さんもん
山門（寺院大門、寺院）

さんもん
三門（左中右相連的三座門、寺院的正門）

せいもん　　おもてもん
正門（正門=表門）

じょうもん
城門（城門）

しょうもん
照門（步槍照尺的V字形缺口）

楼門（樓門）
凱旋門（凱旋門）
通用門（便門）
仁王門（兩旁有哼哈大將的寺院門）
閉門（關門、閉門反省、閑居在家）
開門（開門）
海門（海峽）
一門（一家、一族、同一宗門、同宗、一個頭目領導下的賭徒、砲一）門）
名門（名門、世家）
宗門（宗門、宗旨、宗派、某宗派的教團）
仏門（佛門、佛道）
寺門（寺門、圍城寺的別稱）
小門（小門）
蕉門（松尾芭蕉的門人）
同門（同門）
洞門（洞口）
入門（進入門內、入門書、投師、初學）
破門（開除、逐出宗門）
専門（專門、專業）
泉門（黃泉路、鹵門）
部門（部門）
武門（武士之家、武士門第）
法門（佛門）
砲門（砲口）
聖道門（聖道門）
浄土門（淨土門）
沙門（僧侶）

**門閫**〔名〕門限（=門檻）

**門檻**〔名〕門下所設的橫木

**門限**〔名〕關門時間

門限迄に帰る（在關門以前回來）帰る返る孵る買える替える変える換える代える飼える

門限迄に帰って来る（在關門以前回來）来る繰る剋る

彼は門限迄に帰って来た（他在關門以前回來）

門限に遅れる（過了關門時間才回來）後れる遅れる贈れる送れる

今日も門限に遅れた（今天又過了關門時間）

門限は午後九時半だ（關門時間是下午九點半）九時

門限は十時です（關門時間是十點）

**門院、門院**〔名〕門院（=女院）（對天皇生母、準母、三后、內親王的尊稱）

**門衛**〔名〕看門的人（=門番）、（運動）（足球等）守門員（=ゴールキーパー goalkeeper）

門衛を置く（設置門房、設置守衛）

**門番**〔名〕看門的人（=門衛）

門番が居ない（門房不在、守衛不在）

**門下**〔名〕門下、門人、門弟、門客、食客、食客、弟子

門下に為る（拜師）為る成る鳴る生る

彼の先生の門下に入る（拜那位老師為師）入る入る

張先生の門下で絵の勉強を為る（在張先生門下學畫）

門下生（門生、弟子=門弟）

野口教授の門下生（野口教授的門生）

**門下省**〔名〕中國唐代官制、三省之一（門下省、中書省、尚書省）

**門人**〔名〕門人、門下、門弟、門客、食客、食客、弟子

孟子は子思の門人であった（孟子是子思的門人）孟子孟子

**門生**〔名〕門生、門人、門下、門弟、門客、食客、食客、弟子、徒弟

**門弟**〔名〕門弟、門生、門人、門下、門客、食客、食客、弟子、徒弟

門弟は其の労に服する（有事弟子服其勞）

数十人の門弟を抱える先生（擁有數十位門人的老師）

ㄇ

門弟子（門人、弟子）
六芸に通じている門弟子（精通六藝的弟子）六芸六芸

**門客**〔名〕門下食客（＝居候）

**門形—クレーン**〔名〕龍門起重機（＝橋形—クレーン、ガントリークレーン）

**門外**〔名〕門外、外行、局外，無關係←→門内
門外に佇む（佇立在門外）
門外で待つ（在門外等候）
門外で遊ぶ（在門外玩）
門外漢（門外漢、外行人、局外人）
門外漢の意見（外行人的意見）極める窮める究める
門外漢だから決められない（因為是外行人所以做不了決定）決める極める
門外漢では有るが、穿った事を言う（雖然是個門外漢可是說得一針見血）
私はフランス文学に就いては、全くの門外漢です（關於法國文學我完全外行）
私は其の事件には門外漢だ（我對那件事是個局外人）就いて付いて
門外不出（很少給別人看、不准帶出）
門外不出の名刀（珍藏的寶刀）

**門構え，門構、門構え，門構**〔名〕大門的結構形狀、有大門的房子。〔漢字部首〕門
立派な門構えの家（大門修得很氣派的住宅）家家家家家
門構えが立派だ（門面堂皇、門的樣式好看）
商店は無くて門構えの有る家だ（不是商店而是有大門的住宅）
門構えの有る家（帶有街門的房子）

**門鑑**〔名〕出入證、通行證
門鑑を見せる（出示通行證）
門衛に門鑑を見せる（向守衛出示通行證）

**門闕**〔名〕宮城等的門

**門戸**〔名〕門戸（＝門口、入口）、對外交通，來往、一家、一派

門戸を閉す（關門、鎖門、閉關自守）閉す閉ざす鎖す
門戸を閉じる（關門、鎖門、閉關自守）閉じる綴じる
門戸を開放する（門戸開放）
門戸開放（門戸開放）
門戸を張る（修飾門戸、樹立門戸、自成一派）張る貼る
門戸を成す（自成一派）成す為す生す茄子

**門札、門札**〔名〕門牌、名牌（＝表札、門標）
門札を出す（掛名牌）
門札を掛ける（掛上門牌）欠ける描ける搔ける駆ける斯ける駆ける駆ける

**門標、門表**〔名〕掛在大門的名牌（＝門札、門札、表札）
門標の掛かって居ない家（沒有名牌的房子）

**門牓**〔名〕門牌、名牌（＝表札）、門鑑

**門歯**〔名〕門齒、門牙
門歯が揃って居ない（門牙不整）

**門主**〔名〕〔佛〕正統寺院的住持僧（＝門跡 住職）、一宗一派之主

**門跡**〔名〕〔佛〕繼承一個宗派的寺院僧侶、皇族貴族當住持的寺院、本願寺住持僧

**門牆**〔名〕門和牆、師們

**門訊**〔名〕訊問、訪問
門訊は知の本念慮は知の道也（不問不知不思不明）

**門守**〔名〕守門人（特別是指寺廟的守門員）

**門扇**〔名〕門扉

**門扉**〔名〕門扉、兩扇門
門扉を閉す（關上門）閉す鎖す
門扉を開く（開門）
急に門扉を敲く（突然敲門）敲く叩く

**門前**〔名〕門前
門前に佇んで通りを眺める（佇立門前望著馬路）通り透り徹り眺める長める

門前市を成す（門庭若市）
門前雀羅を張る（門可羅雀）
門前雀羅（門可羅雀）
門前の小僧習わぬ経を読む（耳濡目染不學自會）
門前払い、門前払（閉門羹。"江戶時代"將無賴轟出衙門的一種刑法）
門前払いを食う（吃閉門羹）食う喰う喰らう食らう
門前払いを食わせる（給別人吃閉門羹）
門前町、門前町（日本中世紀末期以後在寺院神社門前附近形成的市街）
門前地（寺院門前土地-用於建立商店收入供應寺院的費用）
**門訴**〔名〕（江戶時代）一群人蜂擁到領主、代官等門前投訴
**門送、門送**〔名〕出門時送到門口、送葬時不到喪家而在自家門前立送
**門地**〔名〕門第、家世（=門閥、家柄、家格）
門地の良い人（門第好的人）
門地争いを為る（為門閥而爭）
**門閥**〔名〕門閥、名門世家（=門地、家柄、家格）
門閥の家に生まれる（生在名門大家）
門閥家（名門世家）
門閥政治（門閥政治）
門閥の出（名門大家出身）
門閥の頼りに勢力を広げる（靠著門閥擴張勢力）頼り便り
**門中、門中**〔名〕門內、家族中、宗派中
**門内**〔名〕門內、大門以內←→門外
門内に躑躅を植える（大門內種杜鵑花）植える餓える飢える
**門柱、門柱、門柱**〔名〕門柱、大門兩側的柱子
門柱の有る大きい家（有門柱的大房子）立てる裁てる経てる発てる絶てる裁てる起てる

門柱に旗を立てる（在門柱上插上國旗）旗畠畑傍端機
**門徒**〔名〕門徒、門人。〔佛〕一宗派的信徒，某一寺廟的檀徒、門徒宗
門徒宗（〔佛〕淨土真宗）
門徒物知らず（只會信佛卻沒有愛心）
**門灯**〔名〕門燈
門灯を付ける（點上門口的燈）就ける搗ける衝ける点ける着ける撞ける吐ける尽ける
**門止め**〔名〕關門禁止出入（=禁足）
**門派**〔名〕宗門的流派、一宗的支派（=門流）
**門流**〔名〕宗門的流派、一宗的支派（=門派、門葉）
**門葉**〔名〕一個血統、同家族（=一族、同族）
**門楣**〔名〕門上橫梁、一家一族的光榮事蹟、棟梁，首領
**門脈**〔名〕腹部臟器往肝臟運血液的靜脈、門派的傳統
**門役**〔名〕貴人住宅守衛的衙役（=御門役）
**門櫓、門矢倉**〔名〕城郭或武士宅第屋門上設計的武器庫
**門破**〔名〕破門而入
**門柳**〔名〕門前柳樹
**門閭**〔名〕村里的入口大門
**門廊**〔名〕中門的走廊
**門楼**〔名〕門上的樓房、城門的樓閣
**門**〔名〕門（=門、出入口）、房屋（=家、家）、家族，家門（=一家、一族、一門）
門をからっと開ける（啪啦一聲把門打開）開ける明ける空ける飽ける厭ける
門角廉
門毎に祝う（家家慶祝）
御門を違う（認錯人、弄錯了對象）
門に入る（拜在…的門下）入る入る
笑う門には福来る（和氣致祥）
門を広げる（光耀門楣）
人の門に立つ（沿門乞討）截つ絶つ経つ裁つ発つ起つ断つ
**角**〔名〕角．拐角．稜角．不圓滑

## ㄇ

机の角（桌角）

柱の角に頭をぶつけて、怪我を為た（頭碰到柱角受傷了）

角の有る椅子（有角的椅子）

曲がり角（拐角）

角の店は煙草屋です（拐角的店是賣香菸的）

角を曲がって三軒目の家（拐過彎去第三家）

ポストは此の通りの角に在る（郵筒在這條街拐角地方）

初めの角を左に御曲がり為さい（請從第一拐角往左拐）

僕は此の角を曲がります（我就從這拐角拐彎）

彼は角が有る（他為人有稜角不圓滑）

角が立つ（說話有稜角．不圓滑．讓人生氣）

角を立てる（說話有稜角．不圓滑．讓人生氣）

角が取れる（去掉稜角．圓滑．不生硬）

**廉**〔名〕理由．原因．事情．事項

少々御願いの廉が有って参りました（我是因為有點事請你幫忙而來的）角門鰊廉

交通違反の廉で出頭を命ぜられる（由於違反交通規則被傳訊）

彼の言う事に（は）不審の廉が有る（他說的話裡有可疑之點）

不審の廉を質す（質問可疑之處）質す正す糾す紀す

勤勉の廉を以って賞を受ける（由於勤勉而受賞）

不正行為の廉で免職する（由於行為不檢而免職）

君に尋ねる廉が有る（我有要問你的一些事情）尋ねる訪ねる訊ねる

銀行強盜の廉により罰せられた（因搶劫銀行受到懲罰）

**鰊**〔名〕〔方〕鯡魚（=鰊）

**門行灯、門行灯**〔名〕寫上家名，屋號掛在門口當目標的紙燈籠

**門出、門途、門出**〔名，自サ〕出門、出發、走在…的道路（=旅立）

人生の門出を為る（走上人生道路的青年）青年青年成年生年聖年

彼の人生の門出を祝して皆で乾杯しよう（為祝他踏上社會大家乾杯吧！）

**門謠**〔名〕在人家門口唱歌賣藝討錢（=門付）

**門付、門付け**〔名，他サ〕在人家門口唱歌賣藝討錢（=門謠）

**門飾り**〔名〕正月時以松等裝飾門面

**門門**〔名〕家家的門和門口

**門經**〔名〕葬禮時棺木經過家門口時誦經、葬禮時棺木經過家門口所誦的經

**門口**〔名〕門口

客を門口迄送り出す（把客人送到門口）

門口で立話を為る（站在門口說話）

**門乞食**〔名〕站在別人家門口討東西的人

**門酒**〔名〕婚禮等喜宴時在家門口對參觀的人敬的酒

**門鎖時**〔名〕家家關門的黃昏時

**門淨琉璃**〔名〕在門前說唱彈奏淨琉璃乞討金錢（=門付淨琉璃）

**門涼み**〔名，自サ〕出去門前乘涼、到門前納涼

門涼み乍十五夜の月を眺める（一邊在門前納涼一邊眺望十五的月亮）

**門田、門田**〔名〕家門前的稻田（=寒土田）

**門違い、門違え、門違い、門違え**〔連語、形動〕認錯門

門違いを為て隣の家を入る（認錯門走進鄰家）

御門違い（弄錯對象）

私を責めるのは、御門違いだ（你不應該責備我、你應該責備的是別人）責める攻める

**門立**〔名〕佇立門前

**門立**〔名〕出門（=門出）

**門談義**〔名〕法師肩負長柄傘在人家門前談經說道乞討東西

門近（かどちか）〔形動〕近門、靠近門的地方
門茶（かどちゃ）〔名〕在門前擺茶施捨過往行人
門詰（かどづめ）〔名〕家的出入口、門檻、門限
門中（かどなか）〔名〕市中心區（＝町中（まちなか）、往来（おうらい））
門並（かどなみ）〔名〕家家戸戸，挨家挨戸，毎戸（＝家毎（いえごと），軒並（のきなみ））、一排房屋（＝家続き（いえつづき））
　門並に国旗が掲げて有る（家家戸戸懸掛著國旗）
門並、門並（かどならび、かどならべ）〔名〕臨近
門端（かどばた）〔名〕門的附近、門的旁邊
門磔（かどはりつけ）〔名〕在那個人家門前磔（はりつけ）刑
門火（かどび）〔名〕門火（出殯，于蘭盆法會等在門前焚火的儀式）
門開（かどびらき）〔名〕開店、頭胎生產
門臥（かどぶし）〔名〕睡在人家門前、睡在人家門前的人（＝乞食（こじき））
門辺（かどべ）〔名〕門邊、門側
門松（かどまつ）〔名〕新年時在門前樹立裝飾用松樹或松枝（＝松飾り（まつかざり））
門守、門守（かどまもり、かどもり）〔名〕守衛（＝門番（もんばん））
門回（かどまわし）〔名〕在門前操縱洋娃娃給人看來乞討（的人）
門迎（かどむかえ）〔名〕到門口迎接
門屋（かどや）〔名〕附在門旁的小屋、下人住的小屋、農家的貯藏室
門（かず）〔名〕門（＝門（かど）-古代關東方言）
門、戸（と）〔名〕門、扉（とびら）、大門（だいもん）、大門（おおもん）、門扇（とびら）、海峡
　戸から出入りする（從大門出入）出入り（でいり）出入り（ではいり）
　戸口（とぐち）（出入口、出發點、原因）
　一枚の戸（いちまいのと）（一扇門）
　戸を開ける（ひらける）（關門）開ける明ける空ける飽ける厭ける
　戸を閉める（しめる）（關門）閉めう締める絞める占める染める湿る
　戸閉まりする（としまり）（關上門）
　人の口に戸は立てられない（ひとのくちにとはたてられない）（人嘴是封不住的）
　硝子戸（がらすど）、ガラス戸（glassど）（玻璃門）
雨戸（あまど）（木板套窓）
　戸を繰る（とをくる）（拉開木板套窓）来る剝る
　台湾戸（たいわんど）（台湾海峡（たいわんかいきょう））
斗（と）〔名〕斗（＝斗升（とます）、斗枡（とます））、酒勺（＝柄杓（ひしゃく））
〔接尾〕（助數詞用法）斗（一升的十倍、約18公升）
〔漢造〕星名、喻高大、喻容量微小、（讀作斗（とう））。
〔俗〕鬥的簡寫
　胆、斗の如し（きもとのごとし）（膽大如斗）
　米五斗（こめごと）（米五斗）
　五斗米（ごとべい）（五斗米、喻俸祿少）
　五斗米に節を曲げる（ごとべいにせつをまげる）（為五斗米折腰）
　酒一斗（さけいっと）（酒一斗）
　北斗（ほくと）（北斗星）
　泰斗（たいと）（泰斗、權威、大師）
　斗胆（とたん）（斗膽）
　斗室（としつ）（斗室）
　闘争（とうそう）（鬥爭、爭鬥）
砥（と）〔名〕砥、磨刀石（＝砥石（といし））
　砥で研ぐ（とでとぐ）（用磨刀石磨）研ぐ磨ぐ砥ぐ
　坦坦砥の如き大道（たんたんとのごとだいどう）（平坦似鏡的大道）大道大道（だいどうたいどう）
　荒砥（あらと）（粗磨刀石）
　仕上げ砥（しあげど）（細磨刀石）
途（と）（也讀作途（ず））〔名、漢造〕途、路、道路
　帰国の途に就く（きこくのとにつく）（就歸國之途、起程回國之路、踏上回國之路）
　渡欧の途に在る（とおうのとにある）（在赴歐途中）
　前途（ぜんと）（前途、將來、前方，前程）
　帰途（きと）（歸途＝帰路（きろ）、帰り道（かえりみち））
　三途の川（さんずのかわ）（〔佛〕〔死者走向冥府途中的渡河〕冥河）
　三途の川を渡る（さんずのかわをわたる）（渡冥河、死亡）
徒（と）〔名〕（含輕蔑意）徒、人、徒輩（＝仲間（なかま）、輩（やから）、連中（れんちゅう））

〔漢造〕徒行，步行、徒手、空手、徒然、白白、徒刑、徒輩

　学問の徒（有學問的人們、文人）

　忘恩の徒（忘恩之徒）

　無頼の徒（無賴之徒）

　宗徒（信徒）

　囚徒（囚徒、囚犯＝囚人）

　衆徒、衆徒（眾僧）

　学徒（在學學生、學者、科學工作者）

　信徒（信徒）

　門徒（門徒、門人、弟子、施主、淨土真宗＝門徒宗）

　暴徒（暴徒）

　逆徒（逆塗、叛徒＝反逆者）

**都**〔名〕都、首都（＝東京都）

〔漢造〕首都、東京都、都市

　都の水道局（首都自來水公司、東京自來水公司）

　京都（京都）

　古都（古都、故都）

　故都（故都）

　旧都（故都）

　新都（新首都）

　皇都（皇都）

　江都（江戸−舊時東京的別稱）

　商都（商業都市）

　省都（中國的省會）

　水都ベニス（水都威尼斯）

**蠹**〔名〕蠹、書魚（＝蠹魚、衣魚、紙魚）、蛀蟲，木蠹（＝木食虫）

## 悶（ㄇㄣˋ）

**悶**〔漢造〕苦悶（＝思い悩む、悶え苦しむ）

　苦悶（苦悶、痛苦、煩惱、痛苦地折騰）

　煩悶（煩悶、愁悶）

　憤悶（憤悶）

　憂悶（憂悶）

　愁悶（愁悶）

**悶死、悶死**〔名、自サ〕悶死、苦悶而死

　良心の呵責に悩まされて悶死する（受到良心的責備以致苦悶而死）

　良心に苛まれて悶死する（受到良心的責備以致苦悶而死）

　良心の呵責に耐え兼ねて悶死する（受到良心的責備以致苦悶而死）

**悶絶**〔名、自サ〕窒息、苦悶而死

　毒を飲まされて悶絶した（被別人下了毒藥苦悶而死）

　痛みの余り悶絶した（痛得昏了過去）

　一服貰れて悶絶死した（被下了毒藥痛苦而昏死過去）

**悶着**〔名、自サ〕爭執、糾紛（＝揉め事、争い）

　悶着が起こる（發生爭執）起る熾る怒る興る

　悶着を起こす（發生爭執）起す興す熾す

　誰の責任かで悶着が起きた（引起是誰的責任的糾紛）起きる熾きる

　両者間の悶着は未だ収まらない（雙方的糾紛還沒有平息）未だ未だ

　悶着を解決する（解決糾紛）収まる納まる治まる修まる

　屹度一悶着有るに違いない（一定會引起一場糾紛）屹度急度

**悶悶**〔形動〕悶悶、愁悶、苦悶

　良心の呵責に悶悶と為て一夜を明かす（受到良心的責備苦悶一夜未睡）一夜一夜一夜

　悶悶たる一夜を明かす（苦悶一夜未眠）明かす開かす空かす飽かす厭かす

　悶悶と為て気が晴れない（悶悶不樂）

　悶悶の情止まない（悶悶不已）情 情 止む已む病む

　悶悶の情を遣る（解悶）

悶悶の情遣る術も無い（無法解悶）術術

**悶える**〔自下一〕苦悶、苦惱煩悶、（由於痛苦而）拼命掙扎，扭動身體

恋に悶える（因戀愛而苦惱、為戀愛而苦惱）恋鯉来い請い乞い濃い

身を悶える（難過得渾身折騰）

痛みに身を悶える（痛得全身扭動）

**悶え**〔名〕苦悶、煩悶、（由於痛苦而）拼命掙扎，扭動身體，折騰

心の悶え（心裡的苦悶）

## 茫（ㄇㄤˊ）

**茫**〔漢造〕漫無邊際、無所知

**茫然、呆然**〔形動、副〕茫然、呆然、惘然、模糊

茫然と為て為す所を知らず（茫然不知所措）

茫然と為て何が何だか分らない（茫無頭緒）全て凡て総て人人人人

崖崩れて家から全てを壊されて、人人は茫然と立ち竦んで居た（因山崖崩塌房子全都被毀人們茫然呆立著）

妻子を一度に失い、唯茫然と為る許りだ（同時失去妻子小孩茫然不知所措）妻子妻子妻子

茫然たる態度（不明確的態度）唯只徒妻女

茫然自失（茫然若失）

**茫漠**〔形動〕廣闊，遼闊，模糊，渺茫

茫漠たる高原（遼闊的高原）たる＝である（斷定）

茫漠たる平原（遼闊的平原）

茫漠たる前途（渺茫的前途）

彼の意見は茫漠と為ている（他的意見很模糊）

計画は未だ茫漠と為体を成して居ない（計畫仍毫無頭緒了無輪廓）未だ未だ体体

**茫茫、蓬蓬**〔副、形動タルト〕茫茫、渺茫、蓬亂貌、熊熊

茫茫たる大海原（茫茫的大海）茫茫蓬蓬

茫茫たる前途（渺茫的前途）

茫茫たる視界（茫茫的視野）

庭には草が茫茫と生えている（院子裡雜草叢生）生える栄える映える這える

髪を茫茫と伸ばす（頭髮長得亂蓬蓬）伸ばす延ばす展ばす髪紙神守上

茫茫と為た乱れ髪に櫛を入れる（用梳子整理蓬亂的頭髮）

鬚茫茫の顔（毛髯髯的臉）入れる容れる居れる要れる射れる煎れる炒れる鋳れる

火が茫茫と燃え上がる（火熊熊地燃燒起來）

篝火が茫茫と燃える（篝火熊熊燃燒）燃える萌える

**茫洋、芒洋**〔形動〕汪洋

茫茫たる大海（汪洋大海）

**茫と**〔副〕模糊貌、發呆貌（＝ぼうっと、ぼんやり）

遠く山が茫と見える（遠山模糊地可以看見）

茫と考え込む（呆呆地沉思）

## 鋩（ㄇㄤˊ）

**鋩**〔漢造〕刀刃、刀鋒（＝刀の切っ先、芒）

鋒鋩、鋒芒（鋒芒）

**鋩子**〔名〕刀刃、刀鋒、劍鋒（＝刀の切っ先、刀の刃、刃先）

鋭い鋩子（銳利的刀刃）

## 忙（ㄇㄤˊ）

**忙**〔名、漢造〕忙、忙碌（＝忙しい、急がしい、忙しい、暇が無い）←→閑

忙を厭わず（不嫌忙）

繁忙、煩忙（繁忙）

忽忙（匆忙）

慌忙（慌忙）

荒忙、荒亡（耽於狩獵酒色等而失志）

多忙（百忙、繁忙、很忙、忙碌）

春忙（春忙）

**忙殺**〔名、自サ〕非常忙

近頃は仕事に忙殺されて散歩に出る暇も無い（近來工作非常忙連出去散步的工夫都沒有）

毎日仕事に忙殺されて散歩に出る暇も無い（每天為工作忙連出去散步的時間都沒有）

俗務に忙殺される（忙於瑣事）

俗事に忙殺される（忙於俗事）

雑務に忙殺される（被雜事忙得不可開交）

**忙中**〔名〕忙中←→閑中

忙中閑有り（忙中有閒）

忙中閑を得する（忙中得閒）

忙中閑を盗む（忙裡偷閒＝忙裡閒を盗む）

**忙しい、急がしい**〔形〕忙的、忙碌的（＝忙しい）←→暇だ

目が廻る程忙しい（忙得不可開交）廻る回る周る廻る巡る回る

忙しくて僅かの暇も無い（忙得不可開交）

斯う忙しいは遣り切れない（這樣忙可受不了）乞う請う恋う

大事を控えて心が忙しい（大事臨頭心情緊張）

仕事で忙しい（工作忙碌）

仕事が忙しい（工作很忙、工作很緊張）

忙しく為る（忙起來）為る生る成る鳴る

忙しく仕事を為る（忙碌地工作）

忙しい最中（正是忙碌的時候）最中最中最中最中

朝中忙しかった（忙了一早上了）

忙しい中に暇を見付ける（忙中偷閒）中中中

今日は忙しい一日だった（今天真是忙碌的一天）一日一日一日一日

今度は忙しい旅だった（這次旅行可真匆忙）度足袋

彼は忙しい男だ（他真是個忙人）

年の瀬は何と無く忙しい（年末總覺得很繁忙）

忙しがる（感覺到非常忙碌）

忙しさ（忙碌程度）

忙しげ（忙碌的樣子）

**忙し、急がし**〔形シク〕忙的、忙碌的（＝忙しい、急がしい）

**忙わしい**〔形〕忙的、忙碌的（＝忙しい、急がしい）

出発の準備で忙わしい（忙於準備出發）

忙わしさ（忙碌程度）

忙わしげ（忙碌的樣子）

**忙しい**〔形〕忙的、忙碌的（＝忙しい、急がしい）、忙得團團轉的，忙忙碌碌的，焦急的（＝急急忙忙地 慌慌張張地 せかせかする）

随分忙し然うな男だ（好像很忙的男人）

随分と忙しい旅だった（真是一趟匆忙的旅行）

彼の人は随分忙し然うに見える（那人看起來好像很忙）

忙しい毎日を送る（每天忙忙碌碌過日子）送る贈る

彼は一人で忙しがっている（他一個人在瞎忙著）

忙しく飯を掻き込む（匆匆忙忙地扒著飯）

忙しい人だね、まあ御座り為さい（真是個忙人坐一坐吧！）

本当に忙しい人だ（真是個急性子）

忙しがる（感覺到非常忙碌）

忙しさ（忙碌程度）

忙しげ（好像很忙、看起來很忙）

彼の人は忙しげに立ち回っている（他匆匆忙忙地轉來轉去）

忙しない〔形〕〔俗〕（〝忙しない〟的〝ない〟是接尾語）忙的、忙碌的（=忙しい、急がしい、忙しい）

彼は何時も忙しない（他經常忙得團團轉的）

忙しない年の暮れ（忙忙碌碌的歲暮）

予定日が迫り全く忙しない（快到預定日期了實在忙碌）

忙しなさ（忙碌程度）

忙しなげ（忙碌的樣子）

忙忙〔副〕匆忙地、慌忙地、不安定地

## 芒（ㄇㄤˊ）

芒〔漢造〕芒刺、蘆葦、茫然、芒硝（=刺、芒、鯁、禾、芒、薄）

鋒芒、鋒鋩（鋒芒）

毫芒（毫芒）

麦芒（麥芒）

芒硝、芒消（芒硝）

芒種〔名〕芒種（二十四節気、二十四気之一、六月六日前後）

二十四節気、二十四気（立春、雨水、啓蟄、春分、清明、穀雨、立夏、小満、芒種、夏至、小暑、大暑立秋、処暑、白露、寒露、霜降、立冬、小雪、大雪、冬至、小寒、大寒）

芒硝、芒消〔名〕芒硝、硫酸鈉（利尿、瀉下用=硫酸ナトリウム）

芒洋、茫洋〔形動〕汪洋

芒洋たる大海（汪洋大海）

芒、鯁、禾〔名〕（稲麥等的）芒

芒が風に戦ぐ（芒被風吹動）鯁（刺在喉嚨於刺）禾（裝飾金箔）軒簷檐

芒先〔名〕稲麥芒的尖端

芒先が戦ぐ（芒端微動）

芒、野毛〔名〕（稲麥等的）芒（芒的變化語）

芒、薄〔名〕〔植〕芒、蘆葦、狗尾草（=尾花、茅、荻）

芒の穂にも怖じる（提心吊膽=芒の穂にも怖ず）

## 盲（ㄇㄤˊ）

盲〔漢造〕盲，看不見，不識字（=目が見えない）、盲目,不懂道理,不辨是非（=道理が分らない）、一端不通的管子（=突き抜けていない）、盲人，瞎子（=目の見えない人）

色盲（色盲）

文盲（文盲）

夜盲（夜盲=鳥目）

群盲（很多的盲人、愚蠢的群眾）

昏盲（昏盲）

盲唖〔名〕盲啞（=盲と唖）

盲唖学校（盲啞學校）

盲唖者（盲啞人）

盲愛〔名、他サ〕溺愛（=猫可愛がり）

一人娘を盲愛する（溺愛獨生女兒）独り

一人息子を盲愛する（溺愛獨生子）

子供を盲愛する（盲目地疼愛小孩）

盲学校〔名〕盲校、盲人學校

盲官〔名〕古代盲人的官名

盲管〔名〕一端封閉的臟器（如盲腸）

盲管銃創（子彈停在身體內的槍傷）←→貫通銃創

盲亀〔名〕盲龜（=盲の亀）

盲亀の浮木（瞎貓碰到死耗子、遇到難逢的機會=浮木に会える亀）

盲教育〔名〕盲人教育

盲者、盲者〔名〕盲人、盲人

盲人、盲人〔名〕盲人、瞎子（=盲、盲者，盲者）

盲人が指で点字を読む（盲人用手指讀點字）

盲人瞎馬に騎る（盲人騎瞎馬、夜半臨深池）乗る載る

盲人教育（盲人教育=盲教育）

盲人拳（盲人拳）

**盲射**〔名、他サ〕盲目射撃（=盲打ち）
- 慌てた敵は機関銃を盲射する（著了慌的敵人亂開機關槍）
- 敵は慌てて盲射する（敵人慌張地盲目射撃）

**盲従**〔名、自サ〕盲従
- 他人の意見に盲従する（盲從別人的意見）

**盲女**〔名〕盲女

**盲信、妄信**〔名、他サ〕盲信、盲目地相信、迷信
- 人の話を盲信する（盲信別人的話）
- 人の言葉を盲信する（盲信別人的話）
- 権勢を盲信する（迷信權勢）
- 盲信を打破し、新知識を吸収する（破除迷信吸收新知）

**盲進**〔名、自サ〕盲進、冒進
- 盲進して失敗した（由於盲進而失敗了）
- 盲進し過ぎて罠に掛かった（由於盲目前進而中了計）
- 猪突盲進（盲目冒進）

**盲想、妄想、妄想**〔名、他サ〕妄想、邪念、胡思亂想
- 盲想を逞しくする（一味地胡思亂想、異想天開、胡思亂想）
- 盲想に耽る（一味地胡思亂想）拭ける吹ける深ける老ける噴ける葺ける蒸ける
- 盲想に悩まされる（因妄想而煩惱）
- 被害盲想（受害妄想）
- 其は君の被害盲想だ（那是你的受害妄想）
- 誇大盲想（誇大妄想）

**盲腸**〔名〕盲腸、闌尾
- 盲腸炎（盲腸炎、闌尾炎=虫樣突起炎）
- 盲腸炎に為る（得了盲腸炎）為る生る為る鳴る
- 盲腸を取る（割盲腸）撮る捕る獲る摂る盗る執る採る録る

**盲点**〔名〕（眼球）盲點（=盲斑）、漏洞、破綻、空隙
- 法の盲点（法律的漏洞）法則矩糊海苔
- 捜査の盲点（搜查的空白點）
- 調査の盲点は此処に在る（調査的漏洞在這裡）在る有る或る
- 盲点を見付ける（發現漏洞）

**盲斑**〔名〕（眼球）盲點（=盲点）

**盲動、妄動**〔名、自サ〕盲動、妄動
- 軽挙盲動（輕舉妄動）
- 軽挙盲動を慎む（不輕舉妄動）慎む謹む
- 軽挙盲動を為可きでは無い（不應該輕舉妄動）

**盲導犬**〔名〕導盲犬

**盲爆**〔名、他サ〕盲目轟炸
- 敵機の盲爆に抗議する（抗議敵機盲目轟炸）
- 敵艦の盲爆に報復する（報復敵艦盲目轟炸）敵艦敵艦
- 市街地を盲爆する（盲目轟炸市区）

**盲目**〔名〕盲目，失明（=盲）、沒有理智
- 盲目の音楽家（盲人音樂家）
- 盲目の人人の為に学校を設ける（為盲人們設立學校）設ける儲ける人人人人
- 盲目飛行（盲目飛行-只用儀器不靠外界目標的飛行=計器飛行）
- 盲目的（盲目的、沒有理智的、糊塗的）
- 盲目的な試み（盲目的嘗試）
- 盲目的な愛情（盲目的愛情）
- 子供を盲目的に可愛がる（溺愛孩子）
- 盲目的に孫を可愛がる（溺愛孫子）
- 彼女は盲目的に彼の意見に従っている（她盲目地服從他的意見）

**盲、瞽**〔名〕盲目、盲人、文盲、沒有見識的人（=盲、明盲）←→目明き
- 盲に為る（失明）

明盲（文盲、睜眼瞎）
怪我を為て盲に為った（受傷失明）
盲の人は杖を使う（盲人使用手杖）遣う
生まれ付きの盲（天生的瞎子）
盲千人目明き千人（社會上的人好壞參半）
盲に眼鏡（瞎子戴眼鏡、白費事）眼鏡
盲蛇に怖じず（初生之犢不怕虎）
盲の垣覗き（徒勞無益、白費勁）
盲に提灯（瞎子點燈白費蠟）
盲に抜身（毫無反應）
私は盲で字が書けません（我是文盲不會寫字）
彼は字の読めない盲だ（他是目不識丁的文盲）
絵に就いては私は全くの盲です（對於繪畫我可是全沒見識）

**盲**〔名〕盲、盲人（＝盲、聾）

**唖**〔名〕啞巴、不會說話、啞口無言
彼は生まれ付き唖だ（他生來就是啞巴）
唖の振りを為る（裝啞巴）
唖に為る（成了啞巴）
唖の一声（千載難逢的事）一声一声
唖が物言う（絕無僅有的事）
唖の夢（心裡明白嘴說不出來）
唖問答（彼此有話講不通）

**唖**〔漢造〕啞
盲唖（盲啞）
聾唖（聾啞）
唖者（啞巴＝唖、唖）

**聾**〔名〕聾子、嗅覺不靈、煙袋不透氣
聾に為る（聾了）為る生る鳴る成る
騒音で聾に為り然うだ（噪音簡直要把耳朵震聾了）
聾に為る（使人成為聾子）搖る磨る掏る擦る摺る刷る摩る
鼻聾（聞不到氣味）
聾の早耳（沒懂裝聽懂、亂加推測、好話聽不見壞話聽得清）
聾の立聴（聾子偷聽、聾子聽聲、不自量力）
聾桟敷（劇場最後邊或三四層樓上聽不到唱詞的看台、最遠的坐位看戲、喻局外的不重要的地位）
聾桟敷で芝居を見る（在最遠的坐位看戲）
聾桟敷に置かれる（被當作局外人、被安放在不重要的地位）置く擱く措く
私丈聾桟敷に置かれて何も知らなかった（就我一個人被蒙在鼓裡什麼也不知道）
聾地帯（〔廣播〕敷層面積不易收聽區域、收聽不清地區＝ブランケット、エリア）blanket area

**聾、耳廢**〔名〕聾（＝聾）

**盲打ち、盲撃ち**〔名、他サ〕亂開槍、亂放砲

**盲暦**〔名〕文盲用的繪圖日曆（＝絵暦、南部暦）

**盲捜し**〔名、他サ〕摸索、瞎摸、亂找

**盲縞**〔名〕藏青色棉布（＝盲地）

**盲地**〔名〕藏青色棉布（＝盲縞）

**盲判**〔名〕不看內容就蓋（的）章、囫圇蓋章

**盲蛇**〔名〕〔動〕盲蛇

**盲虻**〔名〕〔動〕蛇科吸血性昆蟲

**盲鰻**〔名〕〔動〕盲鰻科動物—體長達五十公分

**盲蜘蛛**〔名〕〔動〕蜘形類、盲蜘蛛目的節足動物的總稱

**盲法師**〔名〕瞎和尚、彈琵琶的盲人

**盲滅法**〔名、形動〕盲目行事、魯莽、不顧前後（＝無闇矢鱈、出鱈目、闇雲）
盲滅法に遭る（盲目行事、無計劃無目的地瞎幹）
盲滅法に捜す（亂找、瞎找）探す
盲滅法に撃ち捲る（胡亂射擊）
そんな盲滅法な遣り方では駄目だ（那樣盲目做可不行）

**盲壁**〔名〕沒有窗的牆壁

盲瞽女、盲御前〔名〕盲女（=瞽女）
盲将棋〔名〕棋盤上馬不讓人見到的下棋
盲僧〔名〕盲人的僧侶、盲目的僧侶
盲鳥〔名〕盲鳥、蒙眼（=目隠し）
盲窓〔名〕不透光的裝飾窗

## 蟒、蠎（ㄇㄤˇ）

蟒、蠎〔漢造〕蟒蛇（極大的蛇，產於熱帶）

蟒、蟒蛇〔名〕蟒蛇（=大蛇、大蛇）、酒豪（酒量好）

　蟒を退治する（征服蟒蛇、撲滅蟒蛇、殺蟒蛇）

　蟒で斗酒をも辞せず（因為是酒豪斗酒也不辭）

蟒草〔名〕刺草科多年草本

## 朦（ㄇㄥˊ）

朦〔漢造〕朦朦（瀰漫）、朦朧（模糊不清）（=朧）

朦気、濛気〔名〕霧氣，煙霧，水氣、鬱悶（的心情）

　朦気が春の野原に立ち込めている（霧氣瀰漫在春天的原野）

　朦気の籠った村（籠罩著煙霧的村莊）

朦霧、蒙霧、濛霧〔名〕瀰漫籠罩的霧、心情不開朗

朦朦、濛濛、曚曚、蒙蒙〔形動〕朦朦、瀰漫（煙霧，塵埃）

　湯気が朦朦と立ち込めている（熱氣瀰漫著）

　部屋の湯気が朦朦と立ち込めている（屋裡瀰漫著霧氣）

　風呂場の中が朦朦たる湯気で何も見えない（澡堂裡水氣朦朦什麼也看不見）

　朦朦たる埃（朦朦灰塵）灰塵塵埃塵

　朦朦なる砂塵で目を開けられない（塵土飛揚眼睛睜不開）

　車は朦朦と埃を立てて走って行く（汽車揚起飛塵飛奔而去）

　黒い煙が朦朦と吹き出ている（黑煙滾滾冒出）煙 烟 煙烟

朦朧〔形動〕朦朧、模糊不清

　朦朧と為て掴み所の無い人（態度模糊令人難以揣摩的人）

　寝不足なので、頭が朦朧と為る（因睡眠不足頭腦不清楚）

　記憶が朦朧と為る（記憶模糊）

　朦朧と為た月夜（朦朧的月夜）月夜月夜月夜

　意識が朦朧と為て何も分らない（意識朦朧失去知覺）

　朦朧と為た意識（意識朦朧）

　意識朦朧（意識模糊不清）

　朦朧タクシー（野雞計程車、敲竹槓不可靠的計程車）

　朦朧タクシーに乗る（搭上有敲竹槓放鴿子不可靠的計程車）乗る載る

　朦朧車夫（路旁會敲竹槓放鴿子強制乘車不可靠的人力車伕）

　朦朧会社（實體不明的公司）

　酔眼朦朧（醉眼朦朧）

　朦朧状態（朦朧狀態）

　朦朧体（詩歌，繪畫的意義輪廓不分明）

## 濛（ㄇㄥˊ）

濛〔漢造〕濛濛細雨（=小雨、霧雨、糠雨）、矇朧（=薄暗い）

濛雨〔名〕濛濛細雨（=そぼ降る）

　濛雨に煙る湖（煙雨濛濛的湖）

濛気、朦気〔名〕霧氣，煙霧，水氣、鬱悶（的心情）

　朦気が春の野原に立ち込めている（霧氣瀰漫在春天的原野）

　朦気の籠った村（籠罩著煙霧的村莊）

濛霧、蒙霧、朦霧〔名〕瀰漫籠罩的霧、心情不開朗

濛濛、朦朦、矇矇、蒙蒙〔形動〕朦朧、瀰漫（煙霧，塵埃）

　　湯気が朦朦と立ち込めている（熱氣瀰漫著）

　　部屋の湯気が朦朦と立ち込めている（屋裡瀰漫著霧氣）

　　風呂場の中が朦朦たる湯気で何も見えない（澡堂裡水氣朦朦什麼也看不見）

　　朦朦たる埃（朦朦灰塵）灰塵塵埃塵

　　朦朦なる砂塵で目を開けられない（塵土飛揚眼睛睜不開）

　　車は朦朦と埃を立てて走って行く（汽車揚起飛塵飛奔而去）

　　黒い煙が朦朦と吹き出ている（黑煙滾滾冒出）煙 烟 煙 烟

## 甍（ㄇㄥˊ）

**甍**〔漢造〕屋脊梁

**甍**〔名〕甍，脊瓦（=棟瓦、屋根瓦）、瓦房、屋棟

　　大廈高楼が甍を並べている（高樓大廈鱗次櫛比）

　　甍の波（房屋櫛比）波浪並

## 艨（ㄇㄥˊ）

**艨**〔漢造〕艨艟（古時戰船）

**艨艟、艨艟，艨衝，蒙衝**〔名〕〔古〕戰艦、軍艦（=軍船、兵船）

　　幾十艘の艨艟が港内に集結している（幾十艘軍艦集中在港内）

## 萌（ㄇㄥˊ）

**萌**〔漢造〕發芽、初生的草芽、開始，發動，預兆

**萌芽**〔名、自サ〕萌芽（=芽生え）、開始，徵兆（=始まり、萌し，萌，兆し，兆）

　　萌芽を発する（發芽、萌芽）

　　豆を萌芽する（豆子發芽）

　　悪の萌芽を摘み取る（把壞事消滅在萌芽之中）悪悪

　　彼の天分は幼年時代に其の萌芽を見た（他的天份在幼年時代就有了徵兆）

**萌す，兆す**〔自五〕萌芽（=芽生える）、有預兆，有先兆，有苗頭（=催す）

　　草の芽が萌す（草發芽）

　　柳の芽を萌す（柳樹發芽）鰻

　　心に萌す（起…念頭）

　　健康的な余暇の過し方を萌している（健康的休閒生活開始普遍起來了）

　　古い傷の痛む萌しが為た（有舊傷開始痛的預兆）古い旧い傷瑕疵

　　冬が萌す（冬天要來了）

　　争いが萌している（將要發生爭執）

**萌し，萌、兆し、兆**〔名〕萌芽，端倪（=芽生え）、先兆，預兆，苗頭（=前兆）

　　軍国主義の崩壊する萌し（軍國主義崩壞的預兆）崩壞崩壞

　　春の萌しが現れた（有了春意）現れる表われる顕われる

　　春の萌しが見え始めた（有了春天的預兆）

　　勝利の萌しが見える（可以看到勝利的曙光）

　　天候の変わる萌し（天氣變化的預兆）変わる換わる替わる代わる

**萌む、芽ぐむ**〔自五〕發芽、出芽（=芽生える、萌す，兆す）

　　草木が萌む（草木發芽）草木草木萌む芽ぐむ恵む恤む

**萌える**〔自下一〕萌芽、發芽（=萌む，芽ぐむ，芽生える、萌す，兆す）

　　草木が萌える（草木發芽）萌える燃える

　　草木の萌える季節（草木發芽的季節）

　　若草の萌える季節に為った（到了嫩草發芽的季節了）為る生る成る鳴る

　　草木が萌えて春めいて来る（草木發芽春意漸濃）来る剋る繰る来る

　　萌える若葉（萌芽嫩葉）若木若芽若布

柳の新芽が萌える（柳樹抽芽）

**萌え出る、萌出る**〔自下一〕萌芽、發芽（=萌む、芽ぐむ、芽差す）

草木の萌え出る季節に為る（到了草木發芽的季節）

厳しい冬が過ぎて草木の萌え出る季節に為った（嚴冬已過到了草木發芽的季節）

草木の萌え出る春（草木萌芽的春天）

**萌やす**〔他五〕使…發芽

豆を萌やす（豆子發芽、生豆芽）燃やす

**萌やし，萌し，蘗**〔名〕豆芽菜之類、使快速發芽的蔬菜(人工生芽菜的總稱)

大豆の萌やし（黃豆芽）

大麦の萌やし（麥芽）

萌やしっ子（營養不良的小孩）

**萌ゆ**〔自下二〕萌芽、發芽（=萌える）

## 盟（ㄇㄥˊ）

**盟**〔名〕同盟（=誓い）、（蒙古自治區的行政單位）盟

盟を結ぶ（結盟）

盟を破る（廢除盟約）破る敗る

会盟（結盟、結的盟約）

血盟（蓋血紙印的蒙誓）

同盟（同盟、聯盟、結盟）

連盟、聯盟（聯盟、聯合會、同盟）

加盟（加盟、參加盟約）

結盟（結成同盟、結成的同盟）

締盟（締盟、結盟）

誓盟（盟約）

**盟休**〔名〕學生集體罷課（=同盟休校、ストライキ）

盟休の原因を調べる（調查同盟罷課的原因）

**盟兄**〔名〕呼叫朋友的敬稱

**盟主**〔名〕盟主

アジアの盟主（亞洲的盟主）

我我は彼を盟主と仰ぐ（我們尊他為盟主）

**盟邦**〔名〕盟邦（=同盟国）

盟邦相互の信義を守る（遵守盟國互相的信義）守る護る守る盛る漏る洩る

**盟約**〔名〕盟約（=誓盟）

**盟友**〔名〕盟友（=同志）

盟友と袂を分かつ（跟盟友分手）分かつ分つ別つ

## 蒙（ㄇㄥˊ）

**蒙**〔名〕蒙昧、愚昧無知、〝蒙古〞的簡稱

蒙を啓く（啓蒙）啓く開く拓く披く

蒙を発き落を振るう（發蒙振落、非常容易）振う奮う震う揮う篩う

蒙昧（愚昧無知）

満蒙（滿州和蒙古）

愚蒙（愚蠢、於昧）

啓蒙（啟蒙、啟發、開導）

童蒙（幼童）

外蒙（外蒙古）

内蒙（內蒙古）

**蒙古、モンゴル**〔名〕蒙古

蒙古牛（蒙古牛）牛牛牛

蒙古羊（蒙古羊）羊羊

蒙古源流（中國的歷史書，共八卷）

蒙古語（蒙古語）

蒙古人種（蒙古人種）

蒙古帝国（蒙古帝國）

蒙古斑（蒙古斑=児斑）

蒙古来（元寇=蒙古来襲）

蒙古襞（蒙古人種眼瞼上眼角部分的皺摺）

蒙古文字（蒙古文字）

**蒙塵**〔名、自サ〕蒙塵（皇帝因事變災厄而逃離皇宮）

**蒙昧**〔名、形動〕

無知蒙昧な輩族

**蒙霧、朦霧、濛霧**〔名〕瀰漫籠罩的霧、心情不開朗

**蒙求**〔名〕中國的類書-唐朝李瀚撰寫

**蒙疆**〔名〕內蒙古自治區中央部分的舊綏遠

**蒙衝，艨艟，蒙衝、艨艟**〔名〕〔古〕戰艦、軍艦（＝軍船、兵船）

幾十艘の艨艟が港内に集結している（幾十艘軍艦集中在港内）

**蒙蒙、朦朦、濛濛、朦朧**〔形動〕朦朧、瀰漫（煙霧，塵埃）

湯気が朦朦と立ち込めている（熱氣瀰漫著）

部屋の湯気が朦朦と立ち込めている（屋裡瀰漫著霧氣）

風呂場の中が朦朦たる湯気で何も見えない（澡堂裡水氣朦朦什麼也看不見）

朦朦たる埃（朦朦灰塵）灰塵塵埃塵

朦朦なる砂塵で目を開けられない（塵土飛揚眼睛睜不開）

車は朦朦と埃を立てて走って行く（汽車揚起飛塵飛奔而去）

黒い煙が朦朦と吹き出ている（黑煙滾滾冒出）煙烟煙烟

**蒙る、被る、冠る**〔自他五〕戴，蓋，蒙，澆上，灌上，蒙受，遭受，（底片）走光、散戲。〔俗〕失敗

帽子を蒙る（戴帽子）

布団を頭から蒙る（把被子一直蒙到頭上）布団蒲団

面を蒙る（戴假面具）面表面

笠を蒙って畑に出る（戴草笠到田裡去）笠傘畑畠畑畠

甲板が波を蒙る（浪沖上了甲板）看板波浪並

火の粉蒙る（濺了一身火星）

家が火の粉蒙る（火星落到房子上）家家家家

彼の為なら泥を蒙っても好い（為了他就是往我臉上抹黑也甘願）

罰を蒙る（遭受懲罰）

人の罪を蒙る（替別人頂罪、背黑鍋）

蒙っている種板（走光的底板）

暗室で光が漏れてフイリム（film）が蒙る（暗室漏光底片曝光了）

芝居が蒙る（散戲）

時化で船が蒙る（狂風暴雨船顛簸）

商売は蒙った（生意失敗了）

**蒙る、被る**〔他五〕戴（＝蒙る、被る、冠る）、蒙上，覆上，穿上（＝着る）、蒙，蒙受（＝覆う、蓋う、蔽う、受ける）、招致

冠を蒙る（戴帽子）

灰を蒙った（蒙上了灰塵）

ハワイ（Hawaii）の島民は火山の灰を蒙った（火山灰落到夏威夷住民的身上）

軍服を蒙って戦場に立つ（穿上軍服上戰場）

引立を蒙る（受到提拔、蒙光顧）

御叱りを蒙る（受申斥）

叱責を蒙る（受申斥）

酷い打撃を蒙る（遭受嚴重打擊）

大水で莫大な損害を蒙った（鬧大水遭受莫大的損失）大水

不興を蒙る（惹起不愉快）

主人の不興を蒙る（招致主人的生氣）

責任を蒙る（被追究責任）

御免を蒙る（謝絕，恕不遵命、失陪，請勿見怪）

面倒な仕事は御免を蒙る（拜託的事情恕不遵命）

そんな事は御免を蒙り度い（那種事恕難從命）

少し用事が有るから此で御免を蒙ります（因為有點事情我這就失陪了）

僕は用事で先に御免を蒙ります（我有事先走了）

## 虻（ㄇㄥˊ）

**虻**〔漢造〕牛虻（蒼蠅類的飛蟲）

**虻**〔名〕虻、牛虻
虻蜂取らず（逐兩兔者一兔不得、務廣而荒〔＝虻も取らず蜂も取らず、虻蜂失う〕）

**虻**〔名〕〔古〕虻、牛虻

## 猛（ㄇㄥˇ）

**猛**〔漢造〕兇猛、猛烈（＝荒荒しい、激しい、猛し）
剛猛（剛猛）
獰猛（〔俗誤讀為"獰猛"〕猙獰、兇惡）
勇猛（勇猛）
雄猛（雄猛）

**猛悪**〔名、形動〕凶惡、殘暴、殘忍（＝残酷で乱暴）
猛悪な遣り方（殘暴的作法）

**猛威**〔名〕兇猛的威勢
台風が猛威を振う（颱風刮得兇猛）
タイフーン振う奮う揮う震う篩う
暴風が猛威を振るう（暴風刮得很凶猛）

**猛雨**〔名〕驟雨（＝豪雨）

**猛火**〔名〕（古時讀作みょうか）猛火、烈火、猛烈的火焰
猛火の中に飛び込む（跳進猛火裡）
猛火の中に飛び込んで人を救う（跳進猛火裡救人）
人を負ぶって猛火の中を突き抜ける（背著人從烈火中通過）
家は忽ち猛火に包まれた（房子一下子被烈火包住了）包む包む
猛火を掻い潜って子供を助け出した（鑽進去烈火裡救出了小孩）

**猛禽**〔名〕猛禽（＝猛鳥）
猛禽類（猛禽類－如鷹、鷲等）

**猛鳥**〔名〕猛禽

**猛犬**〔名〕兇猛的狗
猛犬を鍛える（訓練猛狗）
猛犬に御注意（謹防狗咬）

**猛撃**〔名、他サ〕猛烈的攻擊（＝猛攻）
猛撃を加える（給予猛烈打擊）加える銜える咥える
猛撃を遭って潰える（遭到猛攻而潰敗）遭う会う逢う合う遇う潰える費える
敵を猛撃する（猛攻敵人）敵敵仇仇
敵陣地を猛撃する（猛攻敵人陣地）
敵の猛撃を退ける（打退敵人的猛攻）

**猛攻**〔名、他サ〕猛攻、猛烈進攻
猛攻を加える（給予猛烈進攻）
敵に猛攻を加える（給予敵人猛攻）
猛攻を始める（開始猛攻）

**猛虎**〔名〕猛虎
猛虎鼠と為る（虎落平原被犬欺）為る成る生る鳴る
勢い猛虎の群を駆る如し（勢如猛虎之驅羊群）駆る刈る駈る狩る借る
猛虎籠に入れば尾を振るって食を求む（猛虎入籠搖尾乞食）
猛虎の猶予するは蜂蠆の螫を致すに如かず（猛虎之猶豫不若蜂蠆之致螫）如かず若かず

**猛者、猛者**〔名〕勇猛強悍的人、體育健將
柔道の猛者（柔道健將）
水泳の猛者（游泳健將）
彼はマラソンの猛者だ（他是馬拉松的健將）

**猛士**〔名〕勇猛的兵士、勇健的戰士（＝丈夫、益荒男）

**猛射**〔名、他サ〕猛射、猛烈射擊
敵軍の猛射を受ける（遭受敵人的猛烈射擊）受ける請ける浮ける享ける
敵の猛射を浴びる（遭受敵人的猛烈射擊）
相手に猛射を加える（向對方猛烈射擊）

**猛襲**〔名、他サ〕猛烈襲擊
巨象の群の猛襲を遭う（遭受大象群的猛烈襲擊）遭う会う逢う合う遇う

象群の猛襲に遇う（遭受大象群的猛烈襲擊）群群叢邑邨屯斑村

海陸空三方から敵の砲台を猛襲する（從海陸空三方面猛攻敵人砲台）

敵陣を猛襲する（猛襲敵陣）

不意を付いて敵軍を猛襲する（出其不意地猛襲敵軍）付く就く搗く衝く点く着く撞く吐く

**猛獣**〔名〕猛獣

猛獣狩り（獵猛獣）

猛獣狩りを遣る（獵捕猛獣）

猛獣使い（馴養猛獣的人、馴獣師）将に正に当に方に

猛獣の将に搏たんと為るや必ず耳を弭れ俯す（野獣之將搏必弭耳俯伏）

**猛暑**〔名〕酷暑（=激暑）

日中三十八度の猛暑（白天三十八度的酷暑）

日中三十九度の猛暑（白天三十九度的酷暑）

**猛将**〔名〕猛將、勇猛的武將（=勇将）

猛将の下に弱卒無し（勇將之下無弱兵）

**猛進**〔名、自サ〕猛進、挺進、突進、奮勇前進

前後を顧みないで猛進する（不顧一切奮勇前進）顧みる省みる

猪突猛進（不顧前後地盲目冒進）

目標に向って猛進する（向目標猛進）

**猛省**〔名、自サ〕猛省、認真地重新考慮

当事者の猛省を促す（促請當事人認真地重新考慮）

**猛勢、猛勢**〔形動〕猛勢、勇猛的軍勢

**猛然**〔形動タリ〕猛然、突然

虎が猛然と襲い掛かる（老虎猛然撲過來）

虎が猛然と襲い掛かって来る（老虎猛然撲過來）

彼は相手に猛然と飛び掛かった（他向對方猛撲過去）

母は私の計画に猛然と反対した（母親極力反對我的計劃）

猛然と突進する（猛然突進）

**猛卒**〔名〕勇猛強健的兵士

**猛打**〔名、他サ〕猛打、猛烈打擊

猛打を浴びせる（〔棒球〕連續猛打、一連串猛攻）

第一球を猛打して、ホームラン(home run)に為った（猛烈打擊第一球成了全壘打）

**猛追**〔名、他サ〕猛追

警察は犯人を猛追する（警察猛追犯人）

**猛毒**〔名〕劇毒

蝮は猛毒を持つ（蝮蛇有劇毒）

猛毒を持つ蛇（劇毒蛇）

雨傘蛇は猛毒を持っている（雨傘節有劇毒）

**猛に**〔副〕很、非常（=酷く、沢山）

**猛爆**〔名、他サ〕猛轟、猛烈轟炸

敵の基地を猛爆する（猛烈轟炸敵人的基地）

敵のガスタンク(gas tank)に猛爆を加える（猛烈轟炸敵人的瓦斯貯藏槽）銜える咥える

**猛風**〔名〕強風、暴風

**猛兵**〔名〕勇猛的兵士

**猛勉**〔名〕非常努力、拼命用功

猛勉強（非常努力、拼命用功）

**猛暴**〔形動〕（性格、行動等）狂暴

**猛勇**〔名〕勇猛

猛勇の兵士（勇猛的士兵）

猛勇を振う（奮勇、發揮勇猛精神）振う奮う揮う震う篩う

猛勇を振るって敵を全滅する（勇猛地殲滅了敵人）

**猛烈**〔形動〕猛烈、兇猛、激烈、強烈、熱烈

猛烈に攻撃する（猛烈攻擊）

猛烈に降る（雨下得很大）振る

雨が猛烈に降る（雨下得很大、下暴雨）

猛烈に反対する（激烈地反對）

皆の猛烈な反対に遭った（遭到大家的強烈反對）遭う会う逢う合う遇う

猛烈に議論する（熱烈地爭論）

猛烈に気に入った（非常滿意）

猛烈に働く（拼命地工作）

御腹が猛烈に痛む（肚子非常痛）

御中が猛烈に痛い（肚子非常痛）

猛烈なラストスパートを掛ける（進行猛烈的最後衝刺）

猛烈な台風が来た（猛烈的台風來了）タイフーン

**猛る**〔自五〕激昂（=勇み立つ）、狂暴（=暴れ回る、荒れ狂う）

スタート前に猛る心を鎮める（在開跑之前鎮定雀躍的心情）鎮める沈める静める

猛る獅子（發兇的獅子）猛る哮る焚ける長ける蘭ける

猛り狂う荒波（洶湧的波濤）

海は猛り狂っている（大海在狂吼著）

**猛男、猛夫、丈夫**〔名〕大丈夫（=丈夫、益荒男、益荒猛男）

**猛猛しい**〔形〕兇猛的、厚臉皮的、無恥的（=図図しい）

猛猛しい獣（兇猛的野獸）

猛猛しい顔付（猙獰的面貌）

猛猛しい奴（無恥的東西）

其は盗人猛猛しいと言う物だ（那可真像強盜般地不知羞恥）盗人盗人

盗人猛猛しい（盜賊無恥、賊喊捉賊）

**猛し、武し**〔形ク〕強盛的、勇猛的

# 夢、夢（ㄇㄥˋ）

**夢、夢**〔漢造〕夢、作夢（=夢、夢見る）

酔生夢死（醉生夢死）

悪夢（噩夢、惡夢）

凶夢（凶夢、惡夢）

吉夢（吉夢）

残夢（殘夢、餘夢）

春夢（春夢）

霊夢（神托的夢）

白昼夢（白日夢、空想）

同床異夢（同床異夢）

夢死、夢死（虛度一生）

**夢境**〔名〕夢之中、夢的世界（=夢路、夢中）

**夢幻、夢幻**〔名〕夢幻（=儚い事）

夢幻の境を彷徨う（徘徊於夢幻之境）境境界彷徨うさ迷う

夢幻泡影（幻夢泡影）

夢幻的な景色（夢幻的景色）

夢幻劇（夢幻劇）

夢幻の世の中（虛幻無常的人生）

**夢魂**〔名〕夢、作夢人的魂

**夢死、夢死**〔名、自サ〕虛度一生、糊裡糊塗地度過一生、無所作為而死

酔生夢死の一生（醉生夢死的一生）

**夢精**〔名、自サ〕夢遺、遺精

**夢相**〔名〕判斷夢的吉凶、解夢為業的人

**夢想**〔名、他サ〕夢想、幻想、夢中神明的啟示（=空想）

夢想だにも為なかった事件（作夢也沒想到的事件）

こんな贈物を貰おうとは夢想だに為なかった（作夢也沒想到收到這樣的禮物）

昔の人は原子力で発電するなんて夢想だに為なかっただろう（從前的人大概作夢也沒想到用核能來發電）

夢想に耽る（沉醉於夢想）

未来を夢想する（幻想未來）

**夢中**〔名、形動〕夢中，夢裡、熱衷，著迷，不顧一切

探偵小説に夢中に為る（讀偵探小說讀得入迷）

何でも遣り出すと夢中に為る（什麼事一著手就入迷）

彼は彼の人に夢中に為っている（他們聊天聊得入迷）

遊びに夢中に為って夕食に遅れて終った（玩瘋了到好晚才吃晚餐）

仕事に夢中に為る（埋頭工作）

夢中で逃げる（拼命逃跑）

彼は無我夢中で逃げ出した（他拼命地逃跑）

彼は無我夢中に為って五年も働いた（他忘我地幹了五年之久）

彼は夢中に為って喜んでいる（他歡喜得忘其所以了）

此の数年夢中で子供を育てた（這幾年一心一意地撫養小孩）

夢中遊行症（夢遊症）

**夢寐**〔名〕夢寐

夢寐にも忘れられない（夢寐不忘）

君が夢寐にも忘れない娘は誰ですか（你夢寐不忘的姑娘是誰呢？）

夢寐の間にも求めている（夢寐以求）

夢寐の間にも求めている物（夢寐以求的東西）

**夢魔**〔名〕夢魔、惡夢

夢魔を魘される（作噩夢魘住了）

**夢遊症**〔名〕夢遊病（＝夢中遊行症）

**夢裡**〔名〕夢中（＝夢の中）

夢裡のユートピア（夢中的烏托邦、夢理的理想國）

**夢**〔名〕夢、夢想、迷夢、美夢←→現

夢を見る（作夢、夢見、空想、幻想、夢想、夢寐以求）夢努（千萬）

戦争の夢を見た（作了戰爭的夢）

夢の通い路（作夢、夢中之路）

此は夢ではない（這不是夢）

夢を結ぶ（入夢、入睡）

夢が醒めた（夢醒了）醒める覚める褪める冷める

夢から醒める（從夢中醒來、迷夢初醒）

夢を破られる（被…驚醒、幻夢破碎、幻想破滅）

夢に魘される（夢魘）

夢に現われる（夢見、在夢中出現）表れる現れる顕れる

彼女は夢の中に現れた（她出現在夢裡）

夢に思いが無い（作夢也沒想到）

夢にも思わなかった（作夢也沒想到、萬沒想到、出乎意料）

こんな事に為ろうとは夢にも思わなかった（作夢也沒想到會這樣）

夢にも考えられない（作夢也沒想到、萬沒想到、出乎意料）

此は夢にも考えられない事だ（這是夢想不到的事呀！）

夢に過ぎない（不過是一場夢）

人生は夢に過ぎない（人生不過是一場夢）

此は彼の夢に過ぎない（這只不過是他的夢想）

昔の夢を懐かしむ（重溫舊夢）

彼女の言う事は丸で夢の様な話だ（她說的簡直是夢話）

夢の知らせ（神佛託夢）

夢の告げ（神佛託夢）

夢に夢見る（夢中的夢、非常渺茫）

夢の夢（夢中的夢、非常渺茫）

夢の手枕（假睡的夢、非常渺茫）手枕手枕

夢は逆夢（夢與事實相反－作惡夢後的吉祥話）

夢の徴（夢中的預兆）
徴印標驗記

夢を判じる（圓夢）

夢を占う（圓夢）

ㄇ

# ㄇ

夢の世（浮世、無常的世間）

夢幻、夢幻（夢幻、泡影）

世界一周は私の夢だ（周遊世界是我的夢想）

夢を描く（空想、幻想）画く

夢を追う（空想）負う

夢の又夢（脱離現實、虛無飄渺、幻想過去）

夢に牡丹餅（萬事如意）

夢の間（瞬間）間間

夢が実現した（理想實現了）

新婚の夢（新婚的美夢）

癌撲滅も夢では無く為った（戰勝癌症已不再是夢想）

最近の若者には夢が無い（最近的年輕人缺乏夢想）

彼の夢は大きい（他的理想遠大）

夢か現か（這是幻夢或是現實呢？）

計画の中途で夢と消えた（計畫在半途成了泡影）

**夢**〔名〕"夢"的古形（"寝目"的意思）

**努**〔副〕（下接否定語）切勿、千萬（不要）、決（不）

努心配為さるな（切勿擔心）

努屈する勿れ（切勿屈服）

努疑う莫れ（切勿懷疑）

**夢合わせ、夢合せ**〔名〕圓夢、解夢（=夢占、夢占い、夢解き、夢判じ）

**夢占、夢占い**〔名〕圓夢、解夢（=夢合わせ、夢合せ、夢解き、夢判じ）

**夢解き**〔名〕解夢、解夢的人（=夢判じ）

夢解きに判じ貰う（請解夢的人判斷）

**夢判じ**〔名〕解夢、解夢的人（=夢合わせ、夢合せ、夢解き、夢判斷）

**夢判斷**〔名〕解夢、判斷夢的吉凶（=夢合わせ、夢合せ、夢解き、夢判じ）

夢判斷を為て貰う（請人解夢）

**夢聊か**〔副〕（下接否定）一點也（不）（=夢にも、露程も、些かも、少しも）

夢聊か思わなかった事である（一點兒也沒想到的事情）

**夢にも**〔副〕（下接否定）毫（不）、絕（不）、一點也（不）、一點也（沒有）

こんなに早く実現されるとは夢にも思わなかった（萬也沒想到這麼快就實現了）

夢にも思い及ばない（作夢也沒想到）

此は夢にも考えられない事だ（這真是作夢想不到的事）

**夢更**〔副〕（下接否定）毫（不）、一點也（不）（=夢にも、露程も、些かも、少しも）

夢更油断出来ない（一點也不能疏忽大意）

此の事は夢更知らなかった（這件事毫不知情）

夢更帰り度いとは思わない（根本不想回去）

**夢更更**〔副〕（下接否定）毫（不）、一點也（不）（=露程も、些かも、少しも、夢にも）

**夢現**〔名〕夢和現實、睡夢中、半睡半醒

夢現に"火事"だと言う声を聞いた（在睡夢中似乎聽到一聲失火了）聞く聴く訊く効く利

夢現に"地震"だと言う声を聞いた（在睡夢中似乎聽到一聲地震了）

夢現に時計が三時を打つのを聞いた（在睡夢中似乎聽到一時鐘敲了三下）

当時私は夢現の状態に在った（當時我正在半睡半醒的狀態下）

夢現にも其の姿が忘れられない（睡夢中也忘不了那個影姿）

**夢語り、夢語**〔名〕夢話、說夢、講夢（=夢物語、夢話）

今は一場の夢語りと為った（如今成了一場夢話）

夢語りを聞く（聽人家訴說夢境）

**夢物語**〔名〕夢話（=夢語り、夢語）

其れも今は一場の夢物語と為った（那如今已化為一場夢了）

彼の言う事は丸で夢物語だ（他說的事完全是夢話）

**夢心地**〔名〕夢境（=夢心、夢見心地）

　　夢心地で合格の報を聞く（宛如作夢似地聽考中的消息）

　　夢心地で合格の報せを聞く（宛如作夢似地聽考中的消息）報せ知らせ

　　夢心地で時を過す（精神恍惚地度過時間）

**夢心**〔名〕夢境（=夢心地）

**夢路**〔名〕夢中、作夢（=夢の通い路）

　　夢路を辿る（作夢、入睡）

**夢主**〔名〕作夢的人

**夢人**〔名〕在夢裡見到的人

**夢の世**〔名〕浮生、俗世、無常的人世

　　有意義の夢の世を渡る（有意義地度過浮生）亙る渉る

**夢違え、夢違い**〔名〕作惡夢後念咒語或禱告以破除不吉利

**夢枕**〔名〕夢枕、夢中所見、作夢時的枕旁

　　夢枕に立つ（神佛託夢、在夢中出現）

　　殺された父が夢枕に立つ（被殺後的父親在枕邊託夢）

**夢祭**〔名〕作惡夢後祭神拜佛以破除不吉利

**夢見**〔名〕作夢

　　夢見が悪い（作惡夢）

**夢見騷がし**〔名〕作惡夢心裡不安（=夢騷がし）

**夢見草**〔名〕櫻花（=桜）

**夢見心地**〔名〕夢境（=夢心地、夢心地）

**夢見月**〔名〕陰曆三月（=弥生）

**夢見鳥**〔名〕蝴蝶（=蝶）

**夢虫**〔名〕蝴蝶（=蝶）

**夢見る**〔自上一〕作夢、夢想

　　夢に夢見る心地（如在夢中）心地心地

　　夜何時も彼女の事を夢見る（夜裡經常夢到他）

　　宇宙旅行を夢見る（夢想作太空旅行）

　　将来を夢見る（夢想將來）

　　夢見る様な瞳（充滿夢幻的眼睛）瞳眸

# 孟（ㄇㄥˋ）

**孟**〔漢造〕孟是初的意思、長子、一季的第一個月←→仲、〝孟子〞的簡稱

　　孟叔季（孟叔季）

　　孟春（初春、陰曆一月）←→仲春（陰曆二月）←→季春（晚春、陰曆三月）、初春

　　孟夏（初夏、陰曆四月）←→仲夏、中夏（夏季第二個月、陰曆五月）←→初夏

　　孟秋（初秋、陰曆七月）←→仲秋、中秋（陰曆八月）←→初秋

　　孟冬（初冬、陰曆十月）←→仲冬、中冬（陰曆十一月）←→初冬

　　孔孟（孔子和孟子）

**孟月**〔名〕四季的開頭月份、孟春，孟夏，孟秋，孟冬的總稱（指陰曆一，四，七，十月）

**孟春**〔名〕孟春（=初春、初春）、農曆一月

**孟夏**〔名〕孟夏（=初夏、初夏）、農曆四月

**孟秋**〔名〕孟秋（=初秋、初秋）、農曆七月

**孟冬**〔名〕孟冬（=初冬、初冬）、農曆十月

**孟母**〔名〕孟母

　　孟母三遷の教え（孟母三遷之教）

　　孟母斷機の教え（孟母斷機之教）

**孟子、孟子**〔名〕戰國時代儒家-本名〝孟軻〞、四書之一

**孟軻**〔名〕〝孟子〞、〝孟子〞的本名-戰國儒家，山東鄒人

**孟宗**〔名〕〔植〕孟宗竹、中國二十四孝之一人

　　孟宗竹、孟宗竹（〔植〕孟宗竹、江南竹）

**孟浪、孟浪**〔形動〕不著邊際、不得要領、放浪

# 弥、弥（彌）（ㄇㄧˊ）

**弥、彌**〔漢造〕連續、繼續（=引き続く、長引く、弥久）

　　普遍、充滿（=遍く、瀰漫、弥漫）

　　越發、更加（=益益、弥、愈、愈愈）

　　縫補、修補（=取り繕う、弥縫）

**弥久**〔名〕拖長、拖延

**弥日**〔名〕過了一天又一天

**弥漫、瀰漫**〔名、自サ〕瀰漫

　民族運動が世界に瀰漫している（全世界充滿著民族運民族運動）

　廃頽的気分が瀰漫している（瀰漫著頹廢的風氣）

　向学の空気が瀰漫している（充滿好學的氣氛）

**弥縫**〔名、他サ〕彌縫、彌補、敷衍

　弥縫策（彌補辦法、敷衍辦法）

　そんな弥縫策では駄目だ（那種補救辦法不行、那種敷衍辦法不行）

**弥、彌**〔漢造〕梵語的譯音（=梵語の音訳）

　阿弥陀（阿彌陀佛=阿弥陀仏、靠後戴帽子=阿弥陀被り、抓大頭=阿弥陀籤）

　沙弥（沙彌-剛出家的少年僧）

　須弥山、須弥山（須彌山、妙高山-佛經中信為位於世界中心的最高山）

　須弥壇、須弥壇（佛殿中央的佛壇）

**身**〔名〕身，身體（=体）、自己、自身（=自分）、身份、處境、心、精神、肉、力量、能力、生命、性命、（刀鞘中的）刀身、刀片、（樹皮下的）木心、木質部、（對容器的蓋而言的）容器本身

　身の熟し（舉止、儀態）

　襤褸を身に纏う（身穿破衣、衣衫襤褸）

　身を寄せる（投靠、寄居）

　身を隠す（隱藏起來）隠す画す劃す隔す

　身を引く（脱離關係、退職）引く退く惹く挽く轢く牽く曳く弾く

　身を交わす（閃開、躲開）交わす飼わす買わす

　政界に身を投じる（投身政界）

　身を切る様な北風切る（刺骨的北風）斬る伐る着る北風北風

　身を切られる様な思いが為る（感到切膚之痛）摺る擦る擂る刷る摩る掏る磨る

　身の置き所が無い（無處容身）

　彼は金が身に付かない（他存不下錢一有錢就花掉）付く附く突く衝く憑く潰く撞く着く搗く

　怒りに身を震わせる（氣得全身發抖）震う揮う奮う振う篩う

　仕事に身も心も打ち込む（全神貫注地做事情）

　身を任せる（〔女子〕委身〔男人〕）

　旅商人に身を窶す（裝扮成是行商）

　身の振り方（安身之計、前途）

　身を処する（處己、為人）処する書する

　身を修める（修身）修める治める収める納める

　身を持する（持身）持する次する辞する侍する治する

　身に覚えが有る（有親身的體驗）

　身に覚えの無い事は白状出来ません（我不能交代我沒有做的事）

　身の回りの事は自分で為為さい（生活要自理）

　早く帰った方が身の為だぞ（快點回去對你有好處）

　身の程を知らない（沒有自知之明）

　私の身にも為った見給え（你也要設身處地為我想一下）

　身を滅ぼす（毀滅自己）滅ばす亡ばす

　身を持ち崩す（過放蕩生活、身敗名裂）

　乞食に身を落とす（淪為乞丐）

　生花に身が入る（全神貫注於插花、對插花感興趣）入る入る

　仕事に身が入る（做得賣力）

　君はもっと仕事に身に入れなくては行けない（你對工作要更加盡心才行）入れる容れる要れる

　嫌な仕事なので、どうも身が入らない（因為是件討厭的工作做得很不賣力）

　其の言葉が身に沁みた（那句話打動了我的心）染みる滲みる沁みる浸みる凍みる

御言葉はに染みて忘れません（您的話我銘記不忘）

魚の身（魚肉）魚 魚魚魚

身丈食べて骨を残す（光吃肉剩下骨頭）残す遺す

鶏の骨は未だ身が付いている（雞骨頭上還有肉）未だ未だ

身に叶うなら、何でも致します（如力所能及無不盡力而為）叶う適う敵う

其は身に適わぬ事だ（那是我辦不到的）

身を捨てる（犧牲生命）捨てる棄てる

刀の身を鞘から抜くと、きらりと光った（刀身從刀鞘一拔出來閃閃發光）

身が固まる（〔結婚〕成家、〔有了職業〕生活安定，地位穩定）

身から出た錆（自作自受、活該）

身に余る（過份）

身に余る光栄（過份的光榮）

身に沁みる（深感，銘刻在心、〔寒氣〕襲人）染みる滲みる沁みる浸みる凍みる

寒さが身に沁みる（寒氣襲人、冷得刺骨）

身に付く（〔知識或技術等〕學到手、掌握）

努力しないと知識が身に付かない（不努力就學不到知識）

身に付ける（穿在身上，帶在身上，學到手，掌握）

葡jaqueチョッキを身に付ける（穿上背心）

pistolピストルを身に付ける（帶上手槍）

技術を身に付ける（掌握技術）

身につまされる（引起身世的悲傷、感到如同身受）

身に為る（為他人著想、設身處地，有營養、〔轉〕有好處）

親の身に為って見る（為父母著想）

身に為る食物（有營養的食品）

身に為らぬ（對己不利）

身の毛も弥立つ（〔嚇得〕毛骨悚然）

身二つに為る（分娩）

身も蓋も無い（毫無含蓄、殺風景、太露骨、直截了當）

初めから全部話して終っては、身も蓋も無い（一開頭全都說出來就沒有意思了）

身も世も無い（〔因絕望、悲傷〕什麼都不顧）

身を売る（賣身〔為娼〕）売る得る得る

身を固める（結婚，成家，結束放蕩生活，有了一定的職業、裝束停當）

飛行服に身を固める（穿好飛行服）

身を砕く（粉身碎骨、費盡心思、竭盡全力、拼命）

身を削る（〔因勞累、操心〕身體消瘦）削る梳る

身を粉に為る（不辭辛苦、粉身碎骨、拼命）粉粉

身を粉に為て働く（拼命工作）

身を殺して仁を為す（殺身成仁）

身を沈める（投河自殺、沉淪，淪落）沈める鎮める静める

身を捨ててこそ浮かぶ瀬も有れ（肯犧牲才能成功）

身を立てる（發跡，成功，以…為生）

医を以て身を立てる（以行醫為生）

身を尽す（竭盡心力、費盡心血）

身を以て（親身，親自、〔僅〕以身〔免〕）

身を以て示す（以身作則）示す湿す

身を以て体験する（親身體驗）

身を以て庇う（以身庇護別人）

身を以て免れる（僅以身免）

**実**〔名〕果實（=果物）。種子（=種）。湯裡的青菜或肉等（=具）。內容（=中身）

実が為る（結果）為る成る鳴る生る

今年の林檎の実は為らないでしょう（今年的蘋果樹不結果〔要歇枝〕）今年今年

ㄇ

# ㄇ

此の葡萄は良く実が為る（這種葡萄結實多）

草の実を蒔く（播草種子）蒔く撒く播く巻く捲く

実の無い汁（清湯）

実の無い話（沒有内容的話）

花も実も有る（名實兼備）有る在る或る

彼の先生の講義は中中実が有る（那位老師的講義内容很豐富）

実を結ぶ（結果、〔轉〕成功，實現）結ぶ掬ぶ

二人の恋愛は実を結んで結婚した（兩人的戀愛成功結了婚）

**巳**〔名〕（地支的第六位）巳。方位名（正南與東南之間，由南向東三十度的方位）。巳時（指上午十點鐘或自九點至十一點鐘）

**三**〔造語〕三、三個（=三、三）

一、二、三、四（一二三四）

一、二、三、四（一二三四）

二片、三片（兩片三片）

三月（三個月）

三年（三年）

**箕**〔名〕〔農〕簸箕

箕で煽る（用簸箕簸）

爪で拾って箕で零す（滿地撿芝麻、大簍洒香油）（入不敷出）

**御**〔接頭〕（接在有關日皇或神佛等的名詞前）表示敬意或禮貌（=御）

御国（國、祖國）

御船（船）

**深**〔接頭〕用作美稱或調整語氣

深雪（雪）深身実未見箕巳御味王彌三

深空（天空）

深山（山）

**未**（也讀作未）〔漢造〕未、未完←→既

未発見の物質（未發現的物質）

殺人未遂で起訴する（以殺人未遂提起公訴）

未完成の交響楽（未完成的交響樂）

前代未聞（前所未聞）

過現未（〔佛〕過去現在和未來三世）

**味**〔名〕味、味道（=味）

〔助数〕味（計算藥或食品的單位）

〔接尾〕（接動詞連用形或形容詞詞幹構成名詞）表示情況、樣子、程度、場所

甘味が足りない（不夠甜）甘味甘味

苦味が有る（有苦味）有る在る或る

七味の薬（七味藥）薬（藥劑、麻藥）葯（雌蕊的葯）

赤味（紅的程度）

赤味を帯びる（帶紅色）帯びる佩びる

赤味が差す（泛出紅色、略帶紅色）差す射す刺す螫す指す挿す鎖す止す

顔に赤味が差す（臉發紅）

真剣味（認真的程度）

真剣味に乏しい（不夠嚴肅認真=真剣さが足りない）乏しい欠しい

勝ち味が無い（沒有勝算）

面白味を感ずる（感到興趣）欠ける掻ける描ける架ける書ける駆ける賭ける掛ける

彼は頭が良いが暖か味に欠ける（他腦筋雖好卻欠缺溫情）暖か味温か味

有難味（恩惠、價值、值得寶貴）

親の有難味（父母之恩）

友人の有難味が分かった（懂得了朋友是多麽寶貴）分る解る判る

彼の言う事は重味が有る（他的話很有分量）有る在る或る

高味の見物（高處的參觀、坐山觀虎鬥、袖手旁觀）見物（參觀）見物（值得看）

深味に入る（進入深處）入る入る居る要る射る鋳る炒る煎る

木の繁味（樹木繁茂處）木樹繁る茂る

**魅**〔漢造〕鬼魅精怪（=物の怪、物の気）、吸引人的力量（=人の心を引き付け迷わす）

魑魅（鬼怪）

魑魅（山林木石的妖怪、神怪）

魑魅魍魎（妖魔鬼怪）

妖魅（妖怪）

狐魅（狐魅）

魔魅（惡魔、壞人）

弥撒、ミサ〔名〕〔宗〕彌撒（羅馬教會讚美神希望贖罪的儀式）、〝弥撒曲〟的簡稱

弥陀〔名〕〝阿弥陀〟的簡稱（〝amita〟的音譯意義為〝無量〟）＝阿弥陀仏、阿弥陀如来、無量光仏、無量寿仏）

弥勒〔名〕〔佛〕〝弥勒仏〟（＝弥勒菩薩、弥勒慈尊）、〝布袋〟的異稱

弥勒の浄土（兜率天－彌勒佛的住居）

弥勒の世（〝弥勒仏〟從〝兜率天〟下凡普渡眾生之世）

弥〔副〕越發、非常、最

弥栄え行く（日益繁榮）厭嫌否

弥高（彌高、越發高、非常高）

弥清（最清）

厭、嫌〔名、形動〕討厭、厭惡、不喜歡↔好き

厭な顔を為る（露出不高興的神情）

厭な気持（厭煩的心情）

厭な顔一つ為ず（一點也沒露出不願意的神色）

聞いていて厭に為る（聽得厭煩）

夏は暑くて厭です（夏天熱得令人討厭）

もう生きるのが厭に為った（已經活膩了）

徒でも厭です（白給也不想要）

厭なら止し給え（不願意就不要做好了）

厭と言う程（厭煩、厲害、夠嗆）

彼の人に会うのが厭だ（我不願意見他）

厭と言う程殴る（痛打一頓）

雨は厭と言う程降り続いた（雨下得沒完沒了）

否でも応でも（不管同意不同意、無論如何）

否〔感〕（表示否定對方的話）不，不對、（表示將要作出否定或肯定而又把話停下來）哦，那麼，是啊

〔接〕（插在句子中間否定上邊說的話表示正確說來應該是…）不、豈止

否、然うではない（不，不是那樣）

否、そんな事は無い（不，沒有那種事）

出掛けるかい－否、出掛けない（出去嗎？不，不出去）

否、何でもないんです（哦〔不〕，沒什麼）

否、又参ります（那麼改日我再來）

否、其れなら又御電話します（哦，那麼回頭我再打電話）

日本、否、世界の名作だ（是日本，不，是世界的名著）

其れは三人でも出来ない、否、五人でも出来るもんか（那三個人也做不了，不，五個人也談何容易）

私は六つ、否、其の倍でも食べられるよ（我能吃六個，哪裡，六個的兩倍也能吃得下）

弥従兄弟〔名〕父母的堂兄弟姊妹、表兄弟姊妹的孩子（＝二従兄弟、又従兄弟）

弥弥〔副〕越發、愈益、更（＝益益、弥，愈，愈愈）

弥痴，弥痴〔形動〕越發糊塗、非常愚蠢

弥生，弥生〔形動〕草木越發繁茂、陰曆三月

弥復〔形動〕越發返老還童、好幾次從頭開始

弥が上に〔副〕越發、愈益、更（＝益益，弥，愈，愈愈，尚一層）

弥が上にも混乱した（更加混亂）

弥が上にも意気が上がる（更加意氣風發）上がる揚がる挙がる騰がる

弥が上にも念を入れる（越發注意）入れる容れる

弥が上にも心が奮い立つ（越發振奮）

弥書〔名〕同樣的事寫兩次

弥栄〔形動〕更繁榮、愈益繁榮

弥栄に栄える（更繁榮、繁榮更繁榮）栄える映える生える這える

弥頻〔形動〕再三發生

弥猛心、弥猛心〔名〕越發振奮之心、越來越勇猛的精神

弥立つ、弥立つ、弥立つ〔連語〕越發振奮

弥照〔形動〕越發輝煌照耀

弥歯〔名〕虎牙（＝八重歯、齱歯、遅い歯、抑え歯）

弥果、弥終〔名〕最後

弥増さる〔自五〕越來越多（＝募る）
都市の人口が弥増さる（都市的人口越來越多）

弥増しに〔副〕越來越多地
失業者が弥増しに増える許りだ（失業者日益增多）増える殖える

弥増す〔自五〕增加不已、愈益增加
困難は弥増す許りである（困難越來越多）
弥増す借金（有增無減的債務）
弥増す寒さ（越來越冷）

弥〔副〕益益、弥弥、弥、愈、愈愈（＝弥）

弥、愈、愈愈〔副〕愈益、越發（＝益益）、果真（＝確かに、屹度）、到底、終於（＝終に、遂に）最後關頭，緊要關頭
斯う為れば愈愈遣りに為った（這樣一來越發不好辦了）区区区区
問題の解決は愈愈難しく為って来た（問題越發不好解決了）難しい難しい
愈愈高く為る（越來越高了）
風が愈愈激しく為る（風越來越大）激しい烈しい劇しい
彼の人は愈愈狂人だ（他真地成了瘋子了）
愈愈に其れに相違無ければ打ち捨てて置けない（果真是那樣的話就不能置之不理）
愈愈其れに違いない（果真沒錯）
大事に使ったが、愈愈壊れた（向來使用得很小心可是終於懷了）壊れる毀れる毀れる零れる
研究に研究を為て愈愈成功した（一再研究終於成功了）

愈愈本降りだ（〔雨〕終於下大了）

愈愈試合が始まる（比賽終於要開始了）

愈愈出発の段に為って急に病気に為った（到了要出發的時候忽然生病了）

愈愈の時には援助する（到緊要關頭給予援助）

愈愈の時に準備を為る（做到緊要關頭的準備）

愈愈と言う時の準備（以防萬一）

弥、愈愈〔副〕愈、更（＝愈愈）

仰ぎて弥高し（仰之彌高）

弥〔副〕愈更（＝愈愈、益益、もっと）

弥次、野次〔名〕（對講演者、演員、運動比賽發出的）奚落聲、嘲笑聲，怪叫聲，倒采，看熱鬧的人，起閧的人（＝弥次馬、野次馬）
弥次を飛ばす（發出奚落聲、喝倒采）
弥次が喧しくて演説が聞えない（奚落聲四起聽不見講演）
弥次に圧倒される（為奚落聲所壓倒）

弥次馬、野次馬〔名〕看熱鬧的人，起閧的人
火事の現場は弥次馬で一杯だ（火災的現場擠滿了看熱鬧的群眾）
火事現場には大勢の弥次馬が詰め掛けた（火災的現場擠滿了看熱鬧的群眾）大勢大勢多勢
弥次馬に乗る（跟在後面起閧）乗る載る

弥次る、野次る〔他五〕（對講演者、演員、運動比賽）進行奚落，嘲笑，起閧，喝倒采
講師が聴衆に弥次られる（演講者被聽眾奚落）
講演者が観衆に弥次られる（演講者被聽眾奚落）
歌詞を間違えて弥次られた（唱錯了歌詞被奚落）
演説者を弥次り倒す（喝倒采撐演講者下台）
運動場にどっと弥次る声を起った（在運動場上哄然怪叫起來）起る興る熾る怒る

弥次喜多〔名〕〔俗〕快樂的旅遊、一對活寶

弥次喜多道中（輕鬆無憂無慮的旅行、諧星的旅行）

弥助〔名〕〔俗〕壽司（＝寿司、鮨）

弥蔵〔名〕〔俗〕（江戶時代的一種風俗）將兩手伸進和服裡在胸前抱拳的姿勢

弥生〔名〕陰曆三月、桃月

弥生の空（三月的天空）開く開く

弥生に為ると、草木が愈愈や葉を開かせる（一到陰曆三月草木就漸漸萌出花和葉）草木草木

弥生式（彌生式）

弥生時代（彌生式文化時代）

弥生土器（彌生式陶器-日本石器時代到金石並用時代間所製造使用的陶器）

## 迷（ㄇㄧˊ）

迷〔漢造〕失迷、入迷、（明的詼諧說法）不明，糊塗（＝迷う、迷い）

頑迷、頑冥（冥頑、頑固）

昏迷（昏迷、迷網）

混迷（混亂、紛亂）

低迷（低垂、沉淪、徘徊、呆滯）

迷界〔名〕〔佛〕眾生界、三界

迷宮〔名〕迷宮

迷宮入り（〔犯罪無法找出真相〕進入迷宮無法破案）

迷宮入りの事件（無頭案子）入る入る

此の事件は迷宮入りに為り然うだ（這案子好像要成為無頭案了）

此の犯罪事件も終に迷宮入りした（這一犯罪事件終於進入迷宮了-沒有頭緒了）

此の誘拐事件は遂に迷宮に入った（這一誘拐事件終於找不到頭緒）遂に終に対に

此の殺人事件も遂に迷宮に入った（這一殺人事件終於進入迷宮了-沒有頭緒了）

迷悟〔名〕領悟迷惑的事、迷惑和領悟

迷魂〔名〕迷執的亡魂、死者的妄念

迷彩〔名〕迷彩（偽裝保護色＝迷装、カムフラージ）

石油タンクに迷彩を施す（油槽施以迷彩）

迷彩を施した戦車（迷彩偽裝的戰車）

迷彩服（迷彩裝）

迷装〔名〕迷彩（＝迷彩）

迷情、迷情〔名〕迷惑的心、超越生死凡人不能的情念

迷信〔名〕迷信

迷信に溺れる（溺於迷信）

迷信を打破する（破除迷信）

迷信家（懷抱迷信的人）

迷津〔名〕〔佛〕眾生徬徨的三界六道的迷惑世界

迷走神経〔名〕迷走神經

迷走台風〔名〕飄忽不定的台風

迷想〔名〕錯覺的想法

迷鳥〔名〕（中途遇暴風雨而）迷失的鳥、失群離散的候鳥

飛んで来た迷鳥（飛來了迷失的鳥）

迷鳥の世話を為る（照顧迷失的鳥）

迷答〔名〕出乎意料的回答、估計錯誤的回答

迷文〔名〕（諷）糊塗文章

迷夢〔名〕〔佛〕迷夢

迷夢を破る（打破迷夢）

迷夢から醒める（從迷夢中覺醒）醒める覚める冷める褪める

迷霧〔名〕迷霧，濃霧，大霧、執迷不悟

迷霧で方向を誤る（因大霧而錯認方向）誤る謝る

昨是今非迷霧の中（昨是今非迷霧中）昨是今非昨非今是

迷妄、冥妄〔名〕迷妄

世人の迷妄を打破する（打破世人的迷妄）

世人の迷妄を開く（開導世人的迷妄）開く開く明く空く飽く厭く

迷路〔名〕迷路，迷途、內耳迷路

迷路に陥る（陷入迷途）陥る落ち入る

**迷路から帰って来る**（從迷途回來）来る刳る繰る終う仕舞う

**迷路に入り込んで終った様だ**（好像走進了迷宮）入り込む入り込む

**迷盧**〔名〕（梵語 meru 的音譯）須弥山（蘇迷盧-sumeru 的音譯）

**迷論**〔名〕〔俗〕糊塗言論

**人を惑わせる迷論**（使人迷惑的糊塗言論）

**迷惑**（名、自サ、形動）麻煩，打擾，為難，妨害

**他人に迷惑を掛ける**（給別人添麻煩、打擾別人）

**御迷惑を掛けまして済みません**（對不起麻煩您了、打擾您了）済む棲む澄む住む清む

**御迷惑でしょうが、此を御届け願います**（給您添點麻煩請您把這個東西送去）

**御迷惑でしょうが此を彼に渡して下さい**（麻煩您請把這個轉交給他）

**彼の人の為随分迷惑を為た**（為了他的事情我曾經很為難）

**彼の人には迷惑を掛けた**（給他添了不少麻煩）

**私の依頼に彼女は迷惑然うな顔を為た**（對我的請求她顯出了為難的神色）

**僕の名前を出されては迷惑だ**（如果公開我的名字我將非常為難）

**人の迷惑を考えない**（不管人家為難）

**彼女のピアノは近所迷惑だ**（她彈鋼琴擾得四鄰不安）

**夜遅く客に来られて迷惑した**（深夜客人來訪真是為難）

**大変迷惑だ**（真打擾人）

**迷う，紕う**〔自五〕迷惑、迷戀、執迷、死人不能成佛

**道に迷う**（迷路）道途路

**途中で道に迷って終った**（在中途迷了路）終う仕舞う

**方角に迷う**（迷失了方向）

**去就に迷う**（不知何去何從、去留拿不定主意）

**何方に為ようかと迷っている**（猶豫不决不知該選哪一個）

**一度斯うと決めたら迷わずに遣る**（一旦下定决心就毫不猶豫地做）斯う乞う請う

**犬が家に迷い込んで来た**（迷途的狗闖進家裡來了）家家家家家

**欲に迷って悪事を働く**（被金錢所迷惑做壞事）

**酒色に迷う**（迷於酒色）

**魂が迷う**（靈魂不能升天）魂靈

**迷い，迷、紕**〔名〕迷惑、錯覺。〔佛〕（死者的）妄念，（阻礙成佛的）嗔念

**迷いが醒める**（清醒過來、醒悟過來）醒める覚める褪める冷める

**彼此と迷い続ける**（不知如何是好）

**迷い事を言うな**（別說夢話）言う云う謂う

**物音が聞えたのは気の迷いかしら**（仿佛有什麼東西響了一下也許是我聽錯了）

**気の迷い然う見えるのだ**（由於是錯覺才看成是那樣）

**迷い子，迷子、迷子**〔名〕迷路的孩子，走失的孩子、遺失

**迷子を捜す**（尋找走失的孩子）捜す探す

**動物園で子供が迷子に為って終った**（孩子在動物園走失了）

**迷子に為った荷物**（遺失的行李、沒有主的行李）

**迷子札**（防止走失繫在小孩身上的名牌）

**迷神、迷わし、神迷わかし神**〔名〕蠱惑人的神

**迷星**〔名〕惑星（行星）←→恒星

**迷わす**〔他五〕迷惑、蠱惑（=惑わす）

**人の心を迷わすデマが伝わっている**（到處傳布著蠱惑人心的謠言）

**流言に迷わされるな**（不要被流言迷惑）流言流言

**金に迷わされる**（被金錢迷惑住）

受験生を迷わす問題（使考生不知如何回答的問題）

甘言に迷わされた（被甜言迷惑了）

**さ迷う、彷徨う**〔自五〕（"さ迷う"的"さ"是表示強調的接頭詞）彷徨，徘徊，流浪（=流離う）。〔轉〕躊躇，猶豫，遲疑不決（=躊躇う）

彼方此方（を）さ迷う（到處流浪）

街をさ迷う（彷徨街頭、在街頭徘徊）

当てども無しにさ迷い歩く（毫無目的地徘徊著走）

至る所をさ迷う歩く（琉璃顛沛）

生死の境をさ迷う（徘徊在生死界線上、死去活來）

死線をさ迷う（掙扎在死亡線上）

取捨選択にさ迷う（難定取捨）

彼の心の中で是か非か（の間を）さ迷った（他心中在是與非之間徘徊不定）

## 糜（ㄇㄧˊ）

**糜**〔漢造〕糜、糜爛

**糜粥**〔名〕粥、薄粥、食物被胃液消化後的粥狀物

**糜爛**〔名、他サ〕糜爛（=爛れ）

傷口の糜爛を防ぐ（防止傷口的糜爛）

死体は酷く糜爛して居た（屍體已經糜爛不堪了）死体（相撲已經不能再比賽下去的姿勢）

糜爛性ガス（糜爛性毒氣）

## 謎（ㄇㄧˊ）

**謎**〔漢造〕謎語（=謎）

**謎語**〔名〕謎語、迷人的曖昧語

**謎**〔名〕謎語（=謎謎）、暗示，指點、莫名其妙的事物

謎を掛ける（出謎）書ける 搔ける 描ける 欠ける 駆ける 斯ける 駆ける 翔ける 賭ける

謎を出すから解いて御覧（我出謎語你猜猜看）

謎ごっこを為る（玩猜謎語遊戲）

謎を解く（猜謎、解謎）解く 説く 溶く

古代史の謎を解く（解古代史之謎）

謎を掛けたが彼には通じなかった（暗示給了他可是他沒有懂）

謎を掛けたのに未だ分からない（已經暗示了但還不明白）未だ未だ

彼の人の生活は全く謎に包まれている（那個人的生活完全是個謎）包む

此の人の一生は謎に包まれている（這個人的一生是個謎）

唐代の鋳銅技術は永遠に謎と為って終った（唐代的鑄銅技術永遠成為謎了）

宇宙には多くの謎が秘められている（宇宙中包含著許多奧秘）

**謎めく**〔自五〕令人難以理解、使人感到莫名其妙

謎めいた話（令人難以理解的話）

**謎謎**〔名〕謎語（=謎）

謎謎遊び（猜謎遊戲）

謎謎合わせ（左右分開互相出謎=謎合わせ）

謎謎物語（猜謎遊戲=謎謎）

**謎掛**〔名〕出謎（=謎謎）

**謎立**〔名〕出謎（=謎）

**謎解**〔名〕猜謎、解謎

## 麋（ㄇㄧˊ）

**麋**〔漢造〕麋鹿（=馴鹿、馴鹿、馴鹿）

**麋鹿**〔名〕大鹿和鹿、比喻野鄙的事物、山林原野間舒暢過日子的謙讓語

**麋、大鹿**〔名〕〔動〕麋、大鹿（=ムース、エルク、箆鹿）

## 禰（ㄇㄧˊ）

**禰**〔漢造〕音字

宿禰（〔古〕〔對臣下或近臣的親密稱呼〕賢卿、姓氏之一〔日本天武天皇時代所定的八姓的第三個姓〕）

**禰宣**〔名〕神職，神官的總稱、在神社的"宮司"之下執行祭祀的神官、"飛蝗"的異名

## 靡（ㄇㄧˇ）

び
靡〔漢造〕披靡、奢侈、懦弱、沒有（=靡く、從う、奢る、滅びる）

披靡（披靡）
奢靡（奢靡）
淫靡（淫靡）
萎靡（萎靡）

靡然、靡然（形動タリ）草木隨風起伏、雲煙等拖長、屈服於某勢力

靡かす〔他五〕使隨風起伏，使搖曳（=靡かせる）、使屈服，使服從、誘惑

風に髪を靡かす（使頭髮隨風搖曳）
髪を春風に靡かして自転車で走る（春風吹拂著秀髮騎著腳踏車飛馳前進）春風
金の力で靡かす（用金錢使屈服）力力
女を靡かす（誘惑女人）
金の力で女を靡かす（用金錢打動女人的心）

靡かせる〔他下一〕使搖曳
彼女は髪を風に靡かせる（她讓秀髮隨風飄逸）

靡く〔自五〕風靡，隨風起伏，服從，屈服
柳が風に靡いている（柳枝隨風搖曳）
草木が風に靡いている（草木隨風搖曳）草木草木
金力に靡く（屈服於金錢的力量）
彼の金の力に靡く者は居なかった（沒有人不屈服在他的金錢下）
彼女は男に口説かれて靡いた（她被他的甜言蜜語打動了心）口說

## 瀰、弥（ㄇㄧˇ）

び、み〔漢造〕瀰漫、擴散（=蔓延る）
瀰散〔名〕擴散（=拡散）
瀰漫、弥漫〔名、自サ〕瀰漫
民族運動が世界に瀰漫している（全世界充滿著民族運動）
廃頽的気分が瀰漫している（瀰漫著頹廢的風氣）
向学の空気が瀰漫している（充滿好學的氣氛）

## 米（ㄇㄧˇ）

まい
米〔漢造〕米，稻米（=米、米、稻の実）、美國的、美國、美洲、八十八歲

玄米（粗米=黒米）
白米（白米）←→玄米
飯米（食用米、做飯用的米）
古米（陳米）←→新米
新米（新米、生手）
神米（供神的米）
租米（租米、貢米）
禄米（發給武士作為俸祿的米=扶持米）
扶持米（封建時代武士領的祿米）
回米、廻米（由產地運來上市的米、江戶時代從各地運到江戶和大阪的米）
外米（進口米）←→内地米
内地米（國產米）
供出米（交售的米）
配給米（配給米）
研米機（碾米機）
産米（産米）
散米（祭神時在神前撒米驅邪）
精米（碾米、白米）
供米（交售稻米、交售的稻米）
貢米（進貢的米、租米=年貢米）

べい
米〔漢造〕米、美國（=米国、アメリカ合衆国、亜米利加合衆国）、南北美洲、公尺

米中共同声明（中美聯合聲明）声明
禄米、禄米（俸禄、食禄=扶持米）
五斗米（五斗米、俸祿少）
平米（平方米）

立米（立方公尺）
　南米（南美洲）
　北米（北美洲）
　日米（日本和美國）
　英米（英國和美國）
　欧米（歐洲和美國）
　遣米（派遣到美國）
　親米（親美）
　渡米（到美國去）

**米塩**〔名〕米鹽（＝米と塩）
　米塩の資（餬口之資、生活費＝米塩の料）

**米価**〔名〕米價
　米価審議会（米價審議會）
　米価を改訂する（改訂米價）
　生産者米価（生産者米價）
　消費者米価（消費者米價）

**米貨**〔名〕美國的貨幣、美金
　米貨一百ドル（美金一百元）

**米菓**〔名〕米菓、米做的點心

**米艦**〔名〕美國軍艦

**米軍**〔名〕美軍

**米機**〔名〕美國飛機

**米語**〔名〕美國式的英語（＝アメリカ語）

**米国**〔名〕美國（＝アメリカ合衆国、亜米利加合衆国）
　米国通貨（美國通用貨幣、美金）

**米穀**〔名〕米穀，糧穀（＝米、穀物）、穀類的總稱
　米穀市場（糧穀市場）市場市場
　米穀商（米商）
　米穀年度（米穀年度－以糧穀收割為基準的年度，從十二月至翌年十月）
　米穀通帳（糧食供應證）

**米材**〔名〕從美國北部，加拿大進口的木材

**米作**〔名〕種稻、稻穀收成

　本年の米作は平作以上の見込みだ（本年稻穀收成預計超過常年）
　今年の米作は平年を上回るだろう（今年稻穀收成看來比歷年好一點兒吧！）今年
　米作に力を入れる（努力種稻）入れる容れる

**米産**〔名〕產米、米的生產
　今年の米産は豊作より十五パーセント増加した（今年的產米是豐收比去年增加了百分之十五）
　米産地（產米區）

**米式蹴球**〔名〕美式足球（＝米蹴）

**米寿**〔名〕八十八歲壽辰（＝米年、米の祝う、米の字の祝う）
　米寿を祝う（慶祝八十八歲壽辰）

**米年**〔名〕八十八歲壽辰（＝米寿）

**米州**〔名〕南北美洲大陸的總稱

**米商**〔名〕米商（＝米穀商）

**米食**〔名〕吃米、以米為主食←→粉食、パン食
　米食を止めてパン食に為る（不吃米飯改吃麵包）止める已める辞める病める
　健康の為に米食を止めてパン食に為る（為了健康不吃米飯改吃麵包）
　パン食を止めて米食に為る（不吃麵包改吃米飯）
　中国人は米食を主食と為る（中國人以米食為主食）
　米食の習慣（吃米的習慣）

**米銭**〔名〕米和錢、生活費（＝米代）
　米銭を稼ぐ（賺生活費）
　米銭に事欠く（錢不夠買米）
　毎日の米銭にも事欠く（家無隔宿之糧）

**米租**〔名〕年貢的米（＝納米）

**米噸**〔名〕美噸（約九百零七公斤）

**米麦**〔名〕米和麥、五穀、糧食（＝穀物）

**米飯**〔名〕米飯（＝米の飯）

外国に居ると米飯が恋しい（在國外想米飯吃）

**べいふん、ビーフン、米粉**〔名〕米粉（=米の粉、糝粉、取粉）

**米兵**〔名〕美軍

**米松**〔名〕美國松、從美國進口的松樹
米松を輸入する（進口美國松）

**米棉**〔名〕美國產棉花（=陸上棉）、海島棉以外美國生產棉的總稱

**米**〔名〕米、稻米、大米
米を作る（種稻子）作る造る創る注ぐ告ぐ継ぐ次ぐ
米を搗く（舂米）付く吐く撞く着く点く衝く就く尽く附く憑く潰く突く
其の日の米にも事を欠く（沒有下鍋的米）掻く書く描く斯く
毎日の米にも事を欠く（家無隔宿之糧）
米と研ぐ（淘米）研ぐ磨ぐ砥ぐ解く説く溶く梳
米の研ぎ汁（淘米水）

**米屋**（米店）

**米の飯**（米飯）

**米糠**（米糠）

**米の虫**（米蟲）

**米粒**（米粒）

**黒米**（粗米、糙米=玄米）

**米油**〔名〕米糠油

**米揚**〔名〕淘米後去除水分用的竹籠（=米揚笊）

**米小豆**〔名〕蔓小豆

**米市**〔名〕江戸時代米的交易市場（=米市場）

**米淅**〔名〕淘米、洗米
米淅桶（淘米桶）
米淅笊（淘米竹籠）

**米搗杵**〔名〕米搗杵

**米噛**〔名〕年少的比丘尼（=米噛比丘尼-吃布施米的意思）

**米唐櫃**〔名〕米櫃

**米櫃**〔名〕米箱，米桶、喻生財有道、生活費的來源
米櫃が空に為る（絶糧）為る成る生る鳴る
米櫃が空っぱだ（極端貧困）
米櫃ががたつく（飯碗不牢靠、有失業的危險）
此の馬は家の米櫃だ（我們全仗這匹馬吃飯）家内中家家家

**米食虫、米喰う虫**〔名〕米蟲（=穀象虫）、〔俗〕飯桶，無用的人（=穀潰し）

**米国**〔名〕產米很多的國家

**米蔵、米蔵**〔名〕穀倉

**米米**〔名〕〔植〕"犬黄楊"、"小米空木"、"紫式部"的異名

**米裂**〔名〕碎米（=粉米、糒）

**米桜**〔名〕"蜆花"的異名

**米差、米刺**〔名〕（刺入米包中檢查糧食質量用的）米探子（=刺し、差し）

**米地子**〔名〕地租米（=地子米）

**米羊歯**〔名〕"小羊歯"的異名

**米質**〔名〕以米抵押、抵押米

**米将軍**〔名〕德川第八代將軍吉宗（由於很注重米價的變動）

**米騒動**〔名〕（大正七年因米價昂貴民不聊生引起的）糧米騒動、米糧暴動

**米相場**〔名〕市場米的行市、米穀的投機性交易

**米代**〔名〕買米的錢、米價、生活費
米代を酒代に為る（拿買米的錢喝酒）
米代を稼ぐ為に走り回る（為了賺生活費而奔走）

**米俵**〔名〕裝米用的草袋

**米栂**〔名〕松科常綠高木

**米搗、米舂**〔名〕搗米、舂米的人
米搗場（舂米的地方）
米搗飛蝗（尖頭蚱蜢=精靈飛蝗、阿諛者，唯唯諾諾的人）
米搗虫（叩頭蟲）
米搗唄（民謠，作業歌的一種）

米搗猿 こめつきざる（玩具的一種）

米搗蟹 こめつきがに（一種小型蟹）

**米躑躅** こめつつじ〔名〕躑躅科落葉小低木

**米粒** こめつぶ〔名〕米粒

　米粒の細字を書く こめつぶのほそじをかく（寫米粒般小字）細字 ほそじ　細字 さいじ

**米通** こめどおし〔名〕搗米時讓白米和米糠分開的農具（＝千石通し せんごくどおし）

**米磨** こめとぎ〔名〕掏米

　米磨桶 こめとぎおけ（掏米桶＝米淅桶 こめかしおけ）

**米所** こめどころ〔名〕產米區、米鄉

　華南平原は我国の米所だ かなんへいげんはわがくにのこめどころだ（華南平原是我國產米區）

　草も生えぬ所が今米所に為った くさもはえぬところがいまこめどころになった（昔日不毛之地而今便成了米穀之鄉）

**米菜** こめな〔名〕〝米海苔 こめのり〟（一種海藻）的異名。〔植〕〝蚤衾 のみふすま〟的異名

**米糠** こめぬか〔名〕米糠（＝糠 ぬか）

　米糠を鶏の餌に為る こめぬかをにわとりのえさにする（把米糠作為雞餌）

**米糊** こめのり〔名〕用粥做成漿衣用的漿糊（＝姫糊 ひめのり）

**米袋** こめぶくろ〔名〕裝米的袋子、茶道包裹的袋子（＝大津袋 おおつぶくろ）

**米船、米槽** こめぶね〔名〕運米的船、存放兵糧的船、米槽（＝米櫃 こめびつ）

**米踏、米蹈** こめふみ〔名〕用踏臼搗米、用踏臼搗米的人

　米踏虫 こめふみむし（叩頭蟲＝米搗虫 こめつきむし）

**米篩** こめぶるい〔名〕米篩

**米偏、米偏** こめへん、よねへん〔名〕漢字〝米〟的偏旁（如粒、粉、精）

**米店** こめみせ〔名〕米店（＝米屋 こめや）

**米屋** こめや〔名〕米店（＝米店 こめみせ）、糧商

　米屋被、米屋冠 こめやかぶり、こめやかむり（米店搗米時戴的頭巾）

**米の粉** こめのこ〔名〕米的粉

**米の虫** こめのむし〔名〕米虫 こめむし（＝穀象虫 こくぞうむし、米食虫 こめくいむし）、飯桶，不中用的人

**米柳** こめやなぎ〔名〕〝蜆花 しじみばな〟的異名

**米利堅** メリケン〔名〕美國，美國人（アメリカン American 之訛）、外國，外國製。〔俗〕拳頭，拳頭招數

　米利堅松 メリケンまつ（美國松＝米松 べいまつ）

　米利堅粉 メリケンこ（麵粉、小麥粉）

　米利堅粉でケーキを作る メリケンこでケーキ cake をつくる（用麵粉作蛋糕）

　米利堅波止場 メリケンはとば（外國船隻經常靠岸的港口）

　米利堅針 メリケンばり（外國針）

　米利堅を食らわせる メリケンをくらわせる（飽以老拳）

**米** よね〔名〕米，大米（＝米 こめ）、八十八歲（＝米寿 べいじゅ、米の祝い よねのいわい）

　米の祝い よねのいわい（慶祝八十八歲大壽）

**米琉** よねりゅう〔名〕〝米沢琉球紬 よねざわりゅうきゅうつむぎ〟的簡稱

**米突、メートル** メートル〔名〕公尺（＝メーター meter）、計量器（＝計器 けいきき）

　一千米突 いっせんメートル（一千公尺）

　米突噸 メートルトン（公噸＝キロトン kiloton）

　米突を上げる メートルをあげる（〔俗〕醉後興高采烈起來）上げる揚げる挙げる あげる

　米突制 メートルせい（米突制、〔水電、瓦斯、計程車等〕按表計價制度）

　米突法 メートルほう（以公尺、公升、公斤為基本單位的度量衡制）

　米突グラス メートルglass（量杯）グラス glass 硝子 ガラス glas 荷 おおつ

## 秘、祕（ㄇㄧˋ）

**秘、祕** ひ〔名〕秘密 ひみつ、神秘 しんぴ、奥秘 おうひ、祕魯（＝ペルー Peru）

　秘中の秘 ひちゅうのひ（極端秘密）

　海底の秘を探る かいていのひをさぐる（探索海底的秘密）

**秘する** ひする〔他サ〕隱密（＝秘す ひす、隠す かくす）

　秘して明かさず ひしてあかさず（秘而不宣）秘する比する ひする

　名を秘する なをひする（隱姓埋名）

　名を秘して明かさない なをひしてあかさない（不說出姓名）

　秘して人に見せない ひしてひとにみせない（秘藏不給旁人看）

**秘す** ひす〔他五〕隱密（＝秘する、隠す）

　秘して言わない ひしていわない（密而不宣）

**秘し隠す** ひしかくす〔他五〕隱密

　女は何時も年を秘し隠す おんなはいつもとしをひしかくす（女人總是隱瞞年齡）

作戦の上陸地点を秘し隠す（秘而不宣作戰的登陸地點）

**秘し隠し**〔名〕隱密

秘し隠しに為る（密而不宣）

**秘める**〔他下一〕隱密起來（＝隠して置く、内緒に為る）←→明かす、暴く

思いを胸に秘める（把心事藏在心裡）

彼女への思いを胸に秘める（把對她的思慕藏在心裡）

秘めずに言う（不隱藏地說）

胸に秘めずに言う（坦率地說）

事件の真相は長い間秘められていた（事情的真相長期被掩蓋著）

此の地帯には豊かな石油資源を秘めていた（這地帶蘊藏著豐富的石油資源）

**秘蘊**〔名〕學問，藝術等的深處的秘訣（＝奥義 奥儀）

**秘奥**〔名〕奧秘

洞窟の秘奥を探る（探洞穴的秘密）探す 捜す

学問の秘奥を探る（探索學問的奧秘）

茶道の秘奥を極める（深入研究茶道的蘊奥）茶道 茶道 極める 窮める 究める

剣道の秘奥（劍道的秘訣）

**秘閣**〔名〕深奧有趣的建築、宮中的書庫、管理宮中書庫的官署（＝御書所）

**秘巻**〔名〕秘密文件、秘藏文獻

**秘記**〔名〕秘密記錄、秘藏

**秘儀**〔名〕秘密舉行的儀式

**秘戯**〔名〕男女的性愛（＝性交、房事）

**秘笈**〔名〕秘笈、秘藏書箱

**秘教**〔名〕重視秘密儀式的宗教、秘密的教義、〔佛〕密教

**秘経**〔名〕真言秘密說法經典的總稱

**秘境**〔名〕秘境（人跡罕至不被外人所知的土地）

ヒマラヤの秘境を探る（探索喜馬拉雅山的秘境）

シルクロードの秘境を探査する（勘查絲路的秘境）

アマゾンの秘境（亞馬遜秘境）

**秘曲**〔名〕秘傳的樂曲

秘曲を伝授する（傳授秘傳的樂曲）

**秘計**〔名〕秘密的計謀（＝秘策）

秘計を漏らす（洩漏秘密的計謀）漏らす 洩らす 守らす 盛らす

**秘訣**〔名〕秘訣、竅門（＝奥の手）

此には秘訣が有る（這裡有個秘訣）有る 在る 或る

秘訣を探す（找竅門）探す 捜す

私は成功の秘訣を捜す（我在找尋成功的竅門）

**秘結**〔名、自サ〕便秘

**秘語**〔名〕秘密的話、卑猥的話（＝隱語）

**秘錦**〔名〕加金絲的緋色錦（＝緋金錦）

**秘策**〔名〕秘密策略（＝秘計）

**秘蹟**〔名〕幽玄深奧的事、奧秘的事、奧秘的真理、深遠的真理

**秘史**〔名〕密史、人們不知的秘密歷史

外交の秘史（外交密史）

南朝秘史（南朝秘史）

八十年来の秘史を公開する（公開八十年來的密史）

**秘事、秘事**〔名〕秘密、秘密的事情

人の秘事を暴く（揭發旁人的秘密）暴く 発く

**秘宗**〔名〕真言宗（日本佛教十三宗之一）

**秘術**〔名〕秘訣

秘術を伝える（傳授秘訣）

秘術を尽くす（用盡秘訣）

互いに秘術を尽くして戦う（彼此用盡絕活拼鬥）戦う 闘う

**秘所**〔名〕秘密的場所、神秘的場所

**秘書**〔名〕秘書、秘藏的書籍

大臣の秘書（大臣的秘書）

社長の秘書（社長的秘書）

社長の秘書を勤める（當董事長的秘書）勤める 努める 勉める 務める

秘書に為る（當秘書）
私設秘書（私人秘書）
秘書官（秘書官）
展示会に秘書を公開する（在展覽會上展出秘藏珍本）
秘書を集める（收集珍藏書籍）

**秘色、秘色**〔名〕中國越國產的青瓷器、〝秘色〞的簡稱（琉璃色）

**秘色色**〔名〕琉璃色

**秘図**〔名〕秘密的圖形和情景

**秘枢**〔名〕重要秘密的事

**秘跡、秘蹟**〔名〕（基督教的重要儀式）洗禮，聖餐等活動（=サクラメント）

**秘説**〔名〕秘說、不對外發表的主張學說
外交の秘説を出版する（出版外交的秘説）

**秘蔵、秘蔵**〔名、他サ〕秘藏、珍藏、珍愛
名画を秘蔵する（秘藏名畫）
秘蔵の書物（珍藏的書籍）
秘蔵の娘（嬌生慣養的女兒）嬢
秘蔵本（珍本）
秘蔵の弟子（心愛的弟子、得意門生）弟子
秘蔵っ子、秘蔵子（珍愛的兒子、學生等）
彼は教授の秘蔵っ子だ（他是教授最得意的學生）

**秘中**〔名〕秘中
秘中の秘（極為機密、特別秘密）

**秘帖**〔名〕秘密手冊、秘密書刊
秘帖を公開する（公開秘密手冊）

**秘勅**〔名〕秘密詔書

**秘伝**〔名〕秘訣、竅門（=奥義、奥義）

**秘匿**〔名、他サ〕隱匿、秘藏
秘匿の骨董品（秘藏的骨董）

**秘府**〔名〕秘庫（=秘閣）

**秘符**〔名〕護符

**秘仏**〔名〕秘藏的佛像
秘仏を展覧する（展覽秘藏的佛像）

**秘方**〔名〕秘方、秘密藥方
秘方を伝授する（傳授秘方）
秘方の妙薬（秘方良藥）

**秘法**〔名〕秘密方法、〔佛〕（真言宗）秘密祈禱
秘法を漏らす（洩漏秘密方法）漏らす洩らす盛らす守らす
秘法を授ける（授予秘法）

**秘宝**〔名〕秘藏的寶藏

**秘本**〔名〕秘藏珍本、秘密的書、桃色書本、淫書（=春本、秘蔵本、秘書）

**秘密**〔名、形動〕秘密、暗中（=密意、密教、秘密教）←→公開
秘密を守る（保密）守る守る盛る洩る漏る
秘密を漏らす（洩漏秘密）漏らす洩らす盛らす守らす
秘密を暴く（揭發秘密）暴く発く
田中さんは秘密を明かす（田中先生揭露秘密）
秘密に為て下さい（請保密）
此の件は秘密に為て置か無ければ成らない（這件事一定要保密）
彼女は此の秘密を保つ事が出来ない（她無法保守這個秘密）
秘密裏に活動する（暗中活動）
秘密裏に事を運ぶ（秘密行事）
会議は秘密裏に進められた（會議在秘密中進行）
秘密活動を為る（進行秘密行動）
公然の秘密（公開的秘密）
其は公然の秘密だ（那是公開的秘密）
秘密会（秘密會議秘、密的集會=秘密会議）
秘密外交（秘密外交）
秘密警察（秘密警察）
秘密灌頂（秘教施行的灌頂）

ㄇ

秘密教（密教）

秘密咒（"真言陀羅尼"的總稱）

秘密契約（秘密契約）

秘密結社（秘密結社=秘密団体）

秘密裁判（秘密審判）

秘密出版（秘密出版）

秘密書類（秘密文件）

秘密選挙（秘密選舉）

秘密探偵（密探）

秘密投票（秘密投票）

秘密連絡員（秘密連絡員）

秘密保護法（防衛秘密刺探，收集，洩漏，教唆，煽動的罰則）

秘密漏洩罪（〔醫師、藥師、律師、公證人等〕洩漏業務上秘密的罪）漏洩漏洩

秘文〔名〕秘密的咒文

秘文を唱える（唸秘密的咒文）唱える称える称える湛える讃える

秘紋〔名〕秘密不允許別人看的紋（=隠紋）

秘薬〔名〕秘藥、妙藥

家伝の秘薬（家傳的祕方）

若返りの秘薬（返老還童的妙藥）

秘鑰〔名〕秘密的鑰匙、揭穿秘密的訣竅

秘録〔名〕秘密記錄

五十年来の外交の秘録（五十年來外交的秘錄）

秘録を公開する（公開秘密記錄）

秘話〔名〕秘録、秘密故事

外交の秘話（外交的秘錄）

第二次世界大戦の秘話（第二次世界大戰秘聞）

秘話を公に為る（公開秘密的事情）公 公公君

秘か，秘、密か，密、私か，私、窃か，窃、潜か，潜〔形動〕秘密 暗中 偷偷 悄悄（=こっそり）←→露

秘かな足音（悄悄的腳步聲）

秘かに〔副〕暗中地、悄悄地

心中秘かに喜び（心中暗喜）心中 心中（殉情）喜び悦び歓び慶び

心の中で秘かに悦び（心中竊喜）

心秘かに決心する（在心裡暗自下決心）

公金を秘かに流用する（私自挪用公款）

秘かに忍び込む（偷偷地溜進來）

秘かに敵陣に忍び込む（偷偷地潛入敵陣）

秘かに談判を進める（暗中進行談判）進める勧める薦める奨める

秘かに謀を巡らす（暗中謀算）巡らす廻らす回らす

秘かに人を傷付ける（暗中傷人）

秘かに擦り替える（偷偷頂替、偷樑換柱）擦り替える摩り替える

秘かに計画を練る（悄悄地立下計畫）練る錬る煉る寝る

## 密（ㄇㄧˋ）

密〔名、形動〕秘密、緊密、嚴密、周密、綿密、親密、濃密、秘教←→疎、顕

謀は密為るを以て良しと為（計謀以秘密為佳）計り事

連絡を密に為る（緊密聯繫）

此から連絡を密に為よう（以後保持密切聯繫吧！）

密な計画（周密的計劃）

計画を密に為て取り掛かる（周密計畫後動手）

密な間柄（親密的關係）

人口が密な地方（人口密集的地方）地方 地方（鄉間、樂隊）

疎密、粗密（疏密、稀密）

緊密（緊密、密切）

厳密（嚴密、周密、嚴格）

顕密（顯教和密教）

細密（周密、綿密）

周密（周密、慎密）

詳密（周密、綿密）

親密（親密、密切）

枢密院（樞密院）

精密（精密、精確）

緻密（細密、細緻、細膩、周密、慎密）

稠密（稠密）

濃密（濃密、濃厚而細膩、密度大）

綿密（綿密、周密、詳盡）

気密（密封）

機密（機密）

水密（不透水）

過密（過於集中）

秘密（秘密、機密）

内密（秘密地）

顕密（顯教和密教）

三密（〔佛〕身密，口密，意密）

台密、東密（密教的兩個宗派）

密陀僧（一酸化鉛的別名）

**密意**〔名〕秘密的內容、內心深處、內心想法（＝内意）

**密淫売**〔名〕秘密賣淫、秘密賣淫的女人（＝密淫）

**密雲**〔名〕密雲、濃雲

密雲低く垂れ籠る（密雲低垂）

**密画**〔名〕密畫、工筆畫 ←→ 疎画

**密会**〔名、自サ〕密會、幽會、秘密集會（＝逢引、忍び会い）

密会を重ねる（重複密會）

**密議**〔名〕秘密商議

密議を凝らす（聚精會神秘密會談）凝らす懲らす

**密儀**〔名〕秘密儀式

密儀を挙行する（舉行秘密儀式）

**密教**〔名〕密教（有東密、台密兩宗派）←→顕教

**密宗**〔名〕密宗、密教（＝真言宗）

**密供**〔名〕〔佛〕密教供養諸尊的修法

**密契**〔名〕秘密的契約、秘密的約束（＝密約）

**密約**〔名〕秘密的契約、條約

外国と密約を結ぶ（和外國締結密約）

**密計**〔名〕秘密的計策（＝密謀）

密計を立てる（研究密謀）発てる経てる截てる絶てる裁てる起てる建てる断てる

**密謀**〔名〕密謀

密謀がばれた（密謀敗露了）

**密語**〔名〕秘密的話（＝私語）、〔佛〕密教的陀羅尼（＝密言、密呪）

**密話**〔名〕秘密的話（＝密語、内証話）

**密行**〔名、自サ〕秘密前往、偷偷地走、秘密進行（＝微行、忍び歩き）

一人でホノルルへ密行する（單獨一個人秘密前往檀香山）

密行捜査（秘密搜查）

**密航**〔名、自サ〕密航、違反規定而航行、偷渡

国外に密航する（秘密搭船潛赴國外）

彼の人は密航しようと為て捕らえられた（那個人想走私被捕了）捕らえる捉える

密航者（偷渡者）

密航船（走私船）

**密告**〔名、他サ〕告密、告發、檢舉

犯罪を密告する（檢舉犯罪）

スパイを密告する（檢舉間諜）

**密殺**〔名、他サ〕暗殺、私宰

牛を密殺する（私宰牛）

**密旨**〔名〕秘密的命令

**密使**〔名〕秘密使節

密使を出す（派遣秘密使節）

**密事、密事**〔名〕秘密的事情、深奧的事情、男女私通（＝密通、秘儀）

**密室**〔名〕（不准擅自出入的）密室、（不讓他人知道）秘密的房間

密室で会議する（在密室裡開會）

地下の密室に閉じ込める（關在地下的密室裡）

密室殺人に関する小説は人気が有る（有關密室殺人的小說頗受歡迎）

密室監禁（密室監禁）

**密集**〔名、自サ〕密集←→散在

住宅の密集地点（住宅稠密地區）

人口の密集地帯（人口稠密地區）

蟻が甘い物に密集する（螞蟻密集在甜東西上）

密集する人人（密集的人們）人人人人

家屋が密集した地域（房屋密集地區）

工場が密集している（工廠密集）工場工場工廠（兵工廠）

密集部隊（密集的部隊）

**密出国**〔名、自サ〕潛逃國外←→密入国

**密入国**〔名、自サ〕秘密入境←→密出国

**密書**〔名〕秘密文書、秘密信件

密書を渡す（交出機密文件、遞交秘密信件）

密書を焼却する（燒毀機密文件）

**密商**〔名〕私自販賣、秘密出售（＝密売）

**密売**〔名、他サ〕私自販賣、秘密出售

酒の密売を取り締まる（取締賣私酒）

麻薬を密売する（私售麻藥）

**密売買**〔名、他サ〕私下秘密買賣

**密詔**〔名〕天子暗中下的命令

**密植**〔名、自サ〕密植

**密生**〔名、自サ〕密生、叢生

密生した杉の苗を抜く（拔掉密生的杉樹苗）

植物が密生する（植物叢生）

**密接**〔名、自サ、形動〕密接、密切、緊連、緊密

私の家は隣家と密接している（我家和鄰家是一牆之隔）家家家裁てる起てる

隣家に密接して家を建てる（緊靠鄰舍蓋房子）立てる断てる発てる経てる截てる絶てる

工場と密接した住宅街は大変ですね（緊臨著工廠的住宅街不太好）工場工場

密接不可分（密切不可分）

大衆と密接に結び付く（和大眾密切連繫）

此の問題は政治と密接に関わっている（這問題和政治有密切關係）関わる係わる拘わる

此の問題は日本の将来と密接な関係が有る（這問題和日本的前途有密切關係）

両国の関係を更に密接な物に為なくては成らない（兩國之間的關係需要更進一步密切起來）

**密栓**〔名、自サ〕塞緊瓶蓋、塞緊的塞子

ウイスキーを密栓する（蓋緊威士忌瓶蓋）

**密疏**〔名〕秘密上書

**密訴**〔名、自サ〕密告

密訴を受け付ける（受理密告）

**密葬**〔名、他サ〕秘密埋葬、不訃告親友而埋葬←→本葬

**密送**〔名、他サ〕秘密發送

重要書類を密送する（秘密發送機要文件）

重要なインフォメーションを密送する（秘密發送重要消息）インフォーメーション

**密奏**〔名〕密奏、秘密上奏天皇、密封奏文

**密造**〔名、他サ〕秘密製造

酒を密造する（私自造酒）

密造酒（私酒）

禁制品を密造する（秘密製造違禁品）

**密蔵**〔名、他サ〕秘密收藏、密教的聖典

**密陀僧**〔名〕一酸化鉛-顏料用

**密談**〔名、自サ〕密談、秘密會談、秘密商議（＝密話、密語）

密談を為る（密談）磨る擂る刷る摺る磨る擦る摩る掏る

密談を始める（開始密談）創める

密談を行う（舉行秘密會談）

密談の内容が漏れた（密談的内容洩漏了）漏れる洩れる

各国の大統領は密談中だ（各國的總統在秘密商議中）

**密着**〔名、自サ〕貼緊，靠緊、（照像）印像（=引き伸ばし）

二枚の板が密着する（二張木板緊密貼靠）

二枚の葉が密着する（二片葉子緊密貼靠）

生活に密着した問題（跟生活密切相關的問題）

男女が頬を密着させていちゃいちゃしている（男女貼著臉頰打情罵俏）

密着焼付機（接觸式印字機）男女男女男女男女

**密勅**〔名〕秘密敕令

**密通**〔名、自サ〕暗地裡互通、通姦（=私通）

敵に密通する（和敵人暗地裡互通）

**密偵**〔名、他サ〕密探、暗中調查、間諜（=秘密探偵、スパイ）

密偵を捕える（逮捕間諜）捕える捉える

敵陣に密偵を放つ（派遣間諜潛入敵陣）

**密度**〔名〕密度

密度の大きい物質（密度大的物質）

密度の高い計画（周密的計劃）

密度の高い話（內容充實而深刻的話）

金の密度が大きい物質（黃金是密度大的物質）

此の都市は人口密度が高い（這都市的人口密度大）

東京の人口は密度が高い（東京人口密度大）

**密夫**〔名〕情夫（=間男、密男、密夫、密夫 密夫、間夫、隱男、色男、姦夫）

**密婦**〔名〕情婦（=隱女、色女、姦婦）

**密布**〔名〕密布

**密封**〔名、他サ〕嚴密封閉

手紙を密封して出す（信密封後發出）

手紙を密封してポストに入れる（把信密封後投入郵筒中）入れる容れる

薬を瓶に入れて密封する（把藥密封在瓶裡）

**密閉**〔名、他サ〕嚴密關閉

部屋を密閉する（把房間關嚴）

密閉した容器（密閉的容器）

密閉した部屋（密閉的房間）

部屋を密閉して殺虫剤を撒く（把房間關緊撒殺蟲劑）撒く蒔く播く巻く捲く

此の箱は密閉して有る（這個箱子密閉著）有る在る或る

密閉音（密閉音）

**密法**〔名〕秘密的方法、密教實行的修法（=秘法）

**密貿易**〔名〕走私貿易

密貿易を取り締まる（取締走私貿易）

**密報**〔名〕密報

**密密**〔副〕秘密、細密、緻密、親密、茂密

密密に話し合う（秘密交談）

密密の話（悄悄話）

密密に縫う（密密縫）

密密と寄り掛かる（親密地緊靠著）

密密と茂っている林（茂密的森林）

**密毛**〔名〕密毛、茂密的毛

**密輸**〔名、他サ〕（進出口的）走私、秘密輸出入

時計を密輸する（走私鐘表）

黄金の密輸（黃金走私）黃金

密輸は許さない（不許走私）

密輸品（私貨）

密輸船（走私船）

**密輸出**〔名、他サ〕走私出口←→密輸入

武器を密輸出する（走私出口武器）

**密輸入**〔名、他サ〕走私進口←→密輸出

麻薬を密輸入する（走私進口麻醉藥）

**密猟**〔名、他サ〕違禁打獵

禁猟区で密猟する（在禁獵區打獵）

**密漁**〔名、他サ〕違禁捕魚
　領海内で密漁する（侵入領海捕魚）
　外国の領海内で密漁する（侵入外國領海捕魚）

**密林**〔名〕密林（＝ジャングル）
　密林の中を彷徨う（在森林中彷徨）彷徨うさ迷う
　密林を切り開いて鉄道を敷く（開闢密林敷設鐵路）敷く如く若く
　熱帯の密林（熱帶的密林）
　山を越え密林を抜ける（翻越山嶺穿過密林）
　密林地帯（密林地帶）

**密か、密、秘か、秘、私か、私、窃か、窃、潜か、潜**〔形動〕秘密 暗中 偷偷 悄悄（＝こっそり）
　←→露
　秘かな足音（悄悄的腳步聲）

**秘かに**〔副〕暗中地、悄悄地
　心中秘かに喜び（心中暗喜）心中
　心中（殉情）喜び悦び歓び慶び
　心の中で秘かに悦び（心中竊喜）
　心秘かに決心する（在心裡暗自下決心）
　公金を秘かに流用する（私自挪用公款）
　秘かに忍び込む（偷偷地溜進來）
　秘かに敵陣に忍び込む（偷偷地潛入敵陣）
　秘かに談判を進める（暗中進行談判）進める勧める薦める奨める
　秘かに謀を巡らす（暗中謀算）巡らす廻らす回らす
　秘かに人を傷付ける（暗中傷人）
　秘かに擦り替える（偷偷頂替、偷樑換柱）擦り替える摩り替える
　秘かに計画を練る（悄悄地立下計畫）練る煉る寝る

**密やか**〔形動〕寂靜、悄悄、偷偷（＝物静か、忍びやか、密か）

　密やかな真夜中の大通り（深夜裡寂靜的大街）
　密やかな春の宵（寂靜的春天傍晚）
　小川が密やかに流れている（小河靜靜地流著）
　密やかに泣く（偷偷地哭）泣く鳴く啼く無く
　密やかに会う（偷偷地見面）会う遭う遇う逢う合う

**密か、密**〔形動〕秘密（＝内緒、こっそり）
　密か男、密男、密男（情夫＝間男、密夫）
　密か心、密心（隱藏的心、秘密的心、戀慕異性的心）
　密か事、密事、密事（秘密事、男女間私通＝密通）
　密か人、密人（做密事的人）
　密か女、密女（姦婦、妾）

## 蜜（ㄇ一ˋ）

**蜜**〔名〕花蜜、蜂蜜、糖蜜
　蝶が花の蜜を吸う（蝴蝶吸食花蜜）
　蜜の様に甘い言葉（猶如蜂蜜一般甜的話）甘い甘い旨い美味い　巧い旨い上手い
　蜜を掛ける（加糖蜜）賭ける書ける翔ける欠ける描ける掛ける駈ける
　花蜜（花蜜）
　蜂蜜（蜂蜜）
　糖蜜（糖蜜、糖水）
　水蜜桃（水蜜桃）
　波羅蜜（梵語 paramita 的音譯）（〔佛〕波羅蜜-由迷岸到達彼岸、〔植〕波羅蜜樹）
　波羅蜜多（＝波羅蜜）

**蜜蟻**〔名〕蜜蟻（蟻科的昆蟲，螞蟻的一種）

**蜜柑、蜜柑**〔名〕橘子
　蜜柑のジュースを搾り出して飲む（搾出橘子汁來喝）飲む呑む

蜜柑の皮を剥く（剝橘子皮）皮革 河川側
剥く 向く

**蜜月**〔名〕蜜月（＝ホネムーン、新婚旅行）

　蜜月旅行（＝新婚旅行、ホネムーン）

**蜜源作物**〔名〕適合蜜蜂採蜜的作物

**蜜語**〔名〕甜言蜜語

　如何なる蜜語にも動かされない（不為任何甜言蜜語所動）

　蜜語を交わす（兩人甜言蜜語）交わす 交す

**蜜酒**〔名〕蜜酒

**蜜汁**〔名〕蜜汁

**蜜人**〔名〕木乃伊（＝ミイラ）

**蜜吸**〔名〕蜜吸科鳥的總稱

**蜜腺**〔名〕被子植物的一種分泌腺（＝蜜槽）

**蜜槽**〔名〕被子植物的一種分泌腺（＝蜜腺）

**蜜漬**〔名〕蜜漬、蜜漬的食品

**蜜蜂**〔名〕蜜蜂

　蜜蜂を養う（養蜜蜂）

　蜜蜂が蜜を集める（蜜蜂採蜜）

　蜜蜂の巣（蜂巢）

**蜜豆**〔名〕豌豆，加方塊洋粉，楊梅，櫻桃，香蕉，糖汁等的冷食，蜜豆冰

**蜜蠟**〔名〕蜜蠟（把蜂巢加熱後榨取的蠟-用於化妝品，蠟燭等）

## 冪（ㄇー、）

**冪**〔漢造〕覆蓋食物的巾、用巾蒙食物

**冪、冪、巾**〔名〕〔數〕乘方（＝累乘、冪數）

　Aの三乘冪（A的三乘冪）

**冪數**〔名〕〔數〕乘方（＝冪、冪、巾）

**冪根**〔名〕〔數〕乘根

　AはBのn冪根（A是B的n乘根）

**冪法**〔名〕〔數〕求某數乘方的算法

## 滅（ㄇ一せ丶）

**滅**〔名、漢造〕滅絕、消滅煩惱（＝入寂、入滅、滅相）、（電燈開關記號）關←→点

　入滅（圓寂＝入寂）

　絕滅（滅絕、根絕、消滅）

　不滅（不滅、不朽）

　壞滅、潰滅（毀滅、殲滅）

　擊滅（擊滅、消滅、殲滅）

　撲滅（撲滅、消滅）

　消滅（消滅、失效、絕滅）

　生滅（生死）

　衰滅（衰滅、衰亡）

　破滅（破滅、毀滅、滅亡）

　磨滅、摩滅（磨滅、磨損、磨耗）

　幻滅（幻滅）

　自滅（自然消滅、自然滅亡、自取滅亡）

　死滅（死絕）

　全滅（完全殲滅）

　明滅（明滅、閃爍）

　点滅（忽明忽滅）

　苦集滅道（〔佛〕四諦－苦集滅道四個真理）

　寂滅、寂滅（〔佛〕涅槃，擺脫煩惱、〔轉〕死）

**滅する**〔名、自サ〕滅亡、消滅（＝滅びる，亡びる，滅ぼす、亡くなる、亡くする）

　生有れば必ず滅する事有り（有生必有死）

　生有る者は必ず滅す（有生必有死＝生れれば必ず滅する事有り）

　敵を滅する（消滅敵人）

　雜念を滅する（去掉雜念）

　大義親を滅する（大義滅親）

**鍍金、鍍金**〔名、他サ〕鍍金、虛有其表（＝天麩羅、てんぷら）

　金鍍金のペン（鍍金的鋼筆尖）

　銅に銀を鍍金する（在銅上鍍銀）銅 銅 銀 銀

　鍍金を剝げる（露出本來面目＝地金が出る）終に 遂に 対に

　偉然うな事を言っていたが終に鍍金が剝げた（盡說大話終於露出了馬腳）

**滅却**〔名、自他サ〕消滅、滅亡
　雑念を滅却する（消除雜念）
　自己を滅却して公に尽す（捨己為人）
　心頭滅却すれば火も涼し（心靜自然涼）

**滅菌**〔名、他サ〕消滅細菌
　火で滅菌する（用火殺菌）
　滅菌の方法を研究する（研究消滅細菌的方法）
　滅菌法（殺菌法）

**滅後**〔名〕〔佛〕滅度之後（釋迦涅槃之後）

**滅度**〔名〕〔佛〕滅度、円寂（=涅槃）

**滅期**〔名〕〔佛〕釋迦死亡的時期

**滅国**〔名〕滅國

**滅罪**〔名〕〔佛〕消滅罪業
　良い事を為て滅罪を為る（做好事消滅罪業）
　懺悔滅罪（懺悔滅罪）
　滅罪生善（消滅罪業生出善果）

**滅私**〔名〕消除私心
　滅私奉公（克己奉公、消滅私心為公家做事）

**滅失**〔名、自サ〕消失、消滅、報廢
　車が滅失した（車子報廢了）

**滅尽**〔名、自他サ〕滅盡（=滅び尽きる）、物的形跡沒有存留而消滅

**滅相**〔名、形動〕〔佛〕滅相，死亡，不合道理，不應有的事
　何処にそんな滅相な事が有るもんか（哪裡有那麼無法無天的事情）
　滅相な話だ（太豈有此理了）
　滅相な事を言うな（別亂扯了）
　滅相も無い（豈有此理=とんでもない）
　滅相も無い事を言う（說奇想的事）
　いいえ、滅相も無い（不！哪裡的話）
　大勢の前で挨拶を為るなんて滅相も無い（由我在大家面前致詞真是豈有此理）

**滅多**〔名、形動〕胡亂、魯莽、任意（=無闇、矢鱈、滅茶苦茶、目茶苦茶）
　子供の前で滅多な事は喋れない（在孩子面前可不能胡說亂道）
　滅多な事を言うな（別亂扯、別胡說八道）
　彼の人に滅多な事を言えない（跟他不能隨便亂說）
　私の留守の間に滅多な人を家に入れては行けない（我不在的時候不可讓別人隨便進來）

**滅多打ち**〔名、他サ〕亂打
　皆で寄って集って滅多打ちに為る（大家你一拳我一拳地亂打一頓）
　泥棒を捕まえて滅多打ちする（抓到小偷亂打）

**滅多切り**〔名、他サ〕亂切、亂砍
　刀を揮って滅多切りする（揮刀亂砍）

**滅多に**〔副〕（下接否定）不常、不多、稀少
　こんな事故は滅多に無い（這樣事故很少有）
　私は病気の為に休んだ事は滅多に無い（我很少請病假）
　彼は滅多に来ない（他很少來）
　彼は滅多に酒を飲まない（他很少喝酒）
　此は滅多に無い事だ（這是罕有的事）
　斯う言う事滅多に無い（這種事少有）
　彼は滅多に手紙を寄越さない（他很少寫信來）
　彼女は滅多に怒らない（她不輕易生氣）
　滅多に見られない（不常見）
　滅多に冗談も言えない（連句笑話也說不得）
　滅多に気が許せない（絲毫不能大意）

**滅多無性**〔形動〕胡亂、亂七八糟（=無闇矢鱈、滅茶苦茶、目茶苦茶、滅多矢鱈）
　滅多無性に嘘を付く（亂說謊話）

**滅多矢鱈**〔形動〕胡亂、亂七八糟（=無闇矢鱈、滅茶苦茶、目茶苦茶、滅多無性）

　滅多矢鱈に本を読む（胡亂讀書）

　滅多矢鱈な事を言うな（不要胡說亂道）

　滅多矢鱈に物を買い込む（胡亂地買東西）

　滅多矢鱈に褒める（滿口誇讚）誉める

**滅絶**〔名〕絕滅

**滅亡**〔名、自サ〕滅亡（=滅びる、亡びる）

　国家が滅亡する（國家滅亡）

　国家の滅亡を救う（挽救國家的滅亡）

　自ら滅亡を招く（自取滅亡）自ら 自ら

　滅亡の道を辿る（走上滅亡的道路）

　東Roma帝国は一四五三年に滅亡した（東羅馬帝國一千四百五十三年滅亡）

**滅法**〔名、形動〕滅法，滅寂一切諸法。〔俗〕不合情理，不合常理，非常，格外（=滅相）

　滅法な事を言うな（別胡說八道）

　今日は滅法に寒い（今天冷得厲害）今日 今日

　今朝は滅法に寒い（今天早上非常冷）今朝 今朝

　彼奴は力が滅法に強い（那傢伙力氣可真大）

　急に滅法寒く為った（突然冷得厲害起來）

**滅法界**〔副〕〔俗〕非常地

　今日は滅法界むしむしするな（今天非常悶熱）

**滅裂**〔形動〕支離破碎

　支離滅裂な文章（支離破碎的文章）文章

**減る、下る**〔自四〕減少、衰弱、衰減（=減る、下がる、衰える、弱る、滅入る）

**減り、滅り、下**〔名〕消耗，傷耗，減分量、（日本音樂）降低音調←→甲、上

　減りが立つ（有傷耗、減分量）

**滅入る**〔自五〕沉悶，憂鬱，陰霾，沮喪，洩氣（=塞ぎ込む）、陷入，掉進（=減り込む）

　こんな所に居ると気が滅入る（在這樣地方待下去心裡就會憂鬱的）

　一人でこんな風に為て居ると益益気が滅入って終う（這樣一個人待下去越來越消沉）

　失敗しても滅入らない（即使失敗也不沮喪）

　仮令失敗しても滅入らない（即使失敗也不灰心）仮令縱令 譬喻

　気が滅入る事を言う（說灰心喪氣的話）

　気の滅入る話（洩氣的話）

　雨許り何日続くと気が滅入って終う（老是下雨連續幾天的話就要消沉下去）

　然う滅入るな（別洩氣）

　タイヤが泥沼に滅入る（車輪陷進泥沼）

**減り込む**〔自五〕陷入，陷進、刻入，嵌入

　車輪が泥道に減り込む（車輪陷入泥道裡）

　地面が三十センチ減り込んだ（地面塌了三十公分）

　泥濘に足が減り込む（腳陷入泥濘中）

　荷物が重くて肩に減り込み然うだ（扛的東西太重幾乎像壓入肩膀的肉裡）

**減上、乙甲**〔名〕（日本音樂）音調的高低，頓挫，抑揚（=滅張、乙張）

**減張、乙張**〔名〕音調的高低，頓挫，抑揚、（迅速果斷地）判斷處理事物

　減張の利いた台詞（鏗鏘有力的台詞）台詞 台詞利く効く聞く訊く聽く

　仕事を減張と処理する（俐落地處理工作）

　事の減張を付ける（果斷地處理事情）

**滅茶、目茶**〔名、形動〕〔俗〕不合理，無道理、過分，荒謬（=無茶）

　目茶を言い分（不合理的意見）

　目茶な批評（無道理的批評）

　目茶な待遇（不當的待遇）

　目茶な議論（毫無道理的爭論）

　目茶を言うな（別不講道理）

身勝手に目茶な事を為ては行けない（不能隨便亂來）

目茶な事を言うな（不要胡說）

二階から飛び下りるのは目茶だ（從二樓往下跳簡直是胡來）

其処から飛び下りるのは目茶だ（從那兒往下跳簡直是胡來）

目茶に暑い（格外熱）

**滅茶苦茶、目茶苦茶**〔名、形動〕〔俗〕亂七八糟、一塌糊塗（〔目茶、滅茶〕的加強詞）

引き出しの中を目茶苦茶に為た（把抽屜裡搞得亂七八糟）

部屋の中が目茶苦茶に荒らされた（屋裡弄得一塌糊塗）

目茶苦茶な値段（荒謬不合理的價錢、謊價）

**滅茶滅茶、目茶目茶**〔名、形動〕〔俗〕亂七八糟、雜亂無章（目茶，滅茶的加強詞）（＝目茶苦茶，滅茶苦茶）

小さい子供が居るので、家の中は何時も目茶目茶だ（因為有小孩家中常常亂七八糟）

目茶目茶な文章（支離破碎的文章）文章

物を目茶目茶に壊す（把東西打得支離破碎）

窓のガラスが目茶目茶に壊れた（窗戶玻璃被砸爛了）

此で何も彼も目茶目茶だ（如此一來一切都亂了）

**滅びる、亡びる**〔自上一〕滅亡、滅絕（＝絶える）

国家が滅びる（國家滅亡）

国が滅びる（國家滅亡）

此の身は滅びても此の名は後世に残るだろう（此身雖亡此名將流傳於後世）後世 後世

滅びた家を立て直す（重建滅絕的家）

朱鷺等の滅び掛けている動物を保護する（保護正開始滅絕的朱鷺之類的動物）

此の種の植物は数万年程前既に滅びて終った（這種植物約在幾萬年前就滅絕了）

**滅ぶ、亡ぶ**〔自五〕滅亡、滅絕（＝絶える、滅びる、亡びる）

**滅ぼす，滅す、亡ぼす、亡す**〔他五〕使滅亡、撲滅（＝絶やす）←→興す、起す

敵国を滅ぼす（滅亡敵國）敵国 敵国

伝染病を滅ぼす（撲滅傳染病）

身を滅ぼす（喪命）

彼の男は酒で身を滅ぼした（那男子因酒而身敗名裂）

源氏が平氏を滅ぼした（源氏滅了平氏）

## 蔑（ㄇㄧㄝˋ）

**蔑**〔漢造〕蔑視（＝見下す、蔑す，貶む、蔑る、蔑ろ、蔑）

軽蔑（輕蔑、輕視、藐視、看不起）

侮蔑（侮蔑、蔑視、輕視、看不起）

**蔑視**〔名、他サ〕蔑視、藐視、歧視（＝軽視）

人を蔑視する（藐視人）

少数民族を蔑視するな（不可歧視少數民族）小数

蔑視に耐え兼ねる（忍耐不住別人的藐視）

種族蔑視に反対する（反對種族歧視）

**蔑如**〔名、他サ〕藐視、歧視（＝軽視、蔑視、蔑む，貶む、蔑る、軽んじる）

黒人蔑如政策に反対する（反對歧視黑人的政策）

**蔑称**〔名〕蔑稱

**蔑む，蔑、貶む、貶、蔑む**〔他五〕輕蔑、輕視（＝見下げる、侮る）←→敬う、仰ぐ

身形を見た丈で人を蔑むのは良くない（不可以根據外表來看人）良い佳い好い善い酔い

身形に依って人を蔑むのは良くない（不可以根據外表來小看人）

人を蔑んでは行けない（不要輕視人）拠る依る由る因る捩る縒る寄る選る

彼女は蔑む様な目付きで私を見た（她以輕視的眼光看了我一眼）

**蔑み，蔑、貶み、貶、蔑み**〔名〕輕蔑

人を蔑みの目で見る（以輕蔑的眼光看人）

彼は蔑みの色を隠さなかった（他毫不掩飾瞧不起人的神色）

**蔑ろ、蔑**〔形動〕輕蔑、輕視（=馬鹿に為る）

人を蔑ろに為る（輕視人、瞧不起人）

両親を蔑ろに為る（不把父母放在眼裡）

人に蔑ろに為れる（被人小看）

人の意見を蔑ろに為る（不重視別人的意見）

彼は親友の折角の好意を蔑ろに為た（他全然不顧親友的一番好意）

**蔑する、無みする**〔他サ〕輕蔑、輕視（=軽んずる、侮る、蔑ろに為る）

彼は良く人を蔑する（他經常蔑視別人）良く好く善く佳く

彼の人は良く人を蔑する（他經常蔑視別人）

人を蔑するな（別瞧不起人）

## 苗、苗（ㄇ一ㄠˊ）

**苗**（也讀作苗）〔漢造〕苗、秧苗、疫苗、子孫，血統、（中國少數民族）苗族

種苗（種苗）

痘苗（痘苗）

稻苗（稻苗）

佳苗（佳苗）

青苗（青苗）

早苗（早苗）

晚苗（晚苗）

良苗（良苗）

苗字、名字（姓、〔佛〕名號）

同苗（〔舊〕同姓、同族）

**苗裔**〔名〕後裔、後代、子孫（=末裔）

**苗族**〔名〕中國西南的少數民族（=ミャーオ族）

**苗圃**〔名〕苗圃（=苗床、苗畑）

苗圃の苗を移植する（移植苗圃的苗）

**苗字、名字**〔名〕姓，姓。〔佛〕名号

苗字は山田、名は太郎（姓山田名太郎）

苗字は渡辺、名前は悟（姓渡邊名叫悟）

苗字と名前を合わせて姓名と言う（姓和名合稱為姓名）言う云う謂う

昔一般の人人には苗字が無かった（從前一般的人們並沒有姓）人人人人

苗字帶刀（〔江戸時代〕准許特定的平民稱姓帶刀）

**苗**〔名〕秧苗、稻秧（=早苗）

トマトの苗（番茄秧苗）

木の苗（樹苗）木木木

薔薇の苗を植える（種薔薇的幼苗）植える飢える餓える

稲の苗を植える（插秧）稲稲稲

苗半作（秧苗長得好壞可以看出收成的好壞）

**苗忌**〔名〕稻穀播種第四十九天禁忌插秧，移植秧苗（=四十九苗）

**苗色**〔名〕苗色、淡黃綠色

**苗木**〔名〕樹苗

松の苗木（松樹苗）

檜の苗木が直径三十センチの木に成長する迄は四百年掛かる（檜木樹苗長到直徑三十公分的樹要四百年的時間）

**苗草**〔名〕草本的苗

**苗肥**〔名〕草肥、綠肥

**苗代、苗代**〔名〕秧田

苗代から苗を取る（從秧田取秧苗）取る執る盜る摂る獲る捕る撮る採る

**苗尺**〔名〕量央田上秧苗成長高度以便插秧用的木棒或竹棒（=苗印、苗標、苗見竹、苗棒）

**苗手、苗手**〔名〕捆紮稻苗一尺左右的稻草

**苗床**〔名〕苗圃

野菜の苗床（蔬菜苗圃）

**苗取歌**〔名〕從秧田取秧苗並捆綁成束時所唱的民謠

**苗葉虫**〔名〕"青虫"的異名

苗船〔名〕插秧船（=田植船）

## 描（ㄇㄧㄠˊ）

**描**〔漢造〕畫、描畫（=描く，画く，描く，書く，写す）

　線描（用線條描繪）
　点描（速寫，素描、點畫法－不用線而用點的描繪手法）
　素描（素描、簡單的描繪）
　白描（白描－東方毛筆畫法之一）

**描画**〔名、自サ〕描繪、繪畫
　油絵を描画する（畫油畫）

**描金**〔名〕以金粉做泥金畫（=蒔絵）

**描写**〔名、他サ〕描寫、描繪
　人物の心理を描写する（描寫人物心理）
　心理描写（心理描寫）
　地図を描写する（描繪地圖）
　此の絵本は風景の優れた描写の手本（這是一本描繪精彩風景的畫帖）
　此の小説は細かに農村の生活を描写して有る（這本小說很細膩地描寫著農村生活）

**描出**〔名、他サ〕描寫出來、描繪出來
　社会の実相を描出する（描寫社會實際情況）

**描く、画く**〔他五〕畫、描繪、描寫
　山水を描く（畫山水）
　カンバスに美しい風景を描いた（在畫布上畫了一幅美麗的風景）
　砲弾は弧を描いて飛ぶ（砲彈畫著弧線飛出）
　田園風景を描く（描寫田園風景）
　心に大きいな夢を描く（在心裡描繪了遠大的理想）
　当時の人人の生活を描いた小説（描寫當時人們生活的小說）

**描き出す**〔他五〕描寫出來、描繪出來
　自分の心持を文章に描き出す（把自己的心情描寫在文章上面）文章

**描く、書く**〔他五〕畫（=描く、画く）
　油絵を描く（畫油畫）掻く斯く欠く缺く
　地図を描く（畫地圖）
　絵を描く（畫畫）
　見取図を描く（畫示意圖）
　絵に描いた餅（畫餅充飢）糯

**書く**〔他五〕寫（字等）、畫（畫等）、作，寫（文章）、描寫，描繪
　字を書く（寫字）書く画く掻く欠く斯く
　手紙を書く（寫信）
　鉛筆で書かないで、ペン（pen）で書き為さい（別用鉛筆寫要用鋼筆寫）
　絵を書く（畫畫）
　山水画を書く（畫山水畫）
　平面図を書く（畫平面圖）
　黒板に地図を書く（在黑板上畫地圖）
　文章を書く（作文章）
　卒業論文を書く（寫畢業論文）
　彼は今新しい小説を書いている（他現在正在寫一本新小說）
　新聞に書かれる（被登在報上、上報）
　此の物語は平易に書いて有る（這本故事寫得簡明易懂）
　口で言って人に書かせる（口述讓別人寫）
　此の事に就いて新聞は如何書いて有るか（這件事報紙上是怎麼樣記載的？）

**掻く**〔他五〕搔、扒、剷、撥，推，砍，削，切、攪和、做某種動作，有某種表現
　痒い所を掻く（搔癢處）書く欠く描く画く斯く
　髪を掻く（梳頭）
　背中を掻く（撓脊梁）
　田を掻く（耕田）
　犬が前足で土を掻く（狗用前腳刨土）

往来の雪を掻く（掃街上的雪）

庭の落ち葉を掻く（把院子的落葉摟到一塊）

人を掻き分ける（撥開人群）

首を掻く（砍頭）

鰹節を掻く（削柴魚）

水を掻いて進む（划水前進）

泳ぐ時、手と足で水を掻き乍前へ進む（游泳時用手和脚划水前進）

芥子を掻く（攪和芥末）

漆を掻く（攪和漆）

胡坐を掻く（盤腿坐）

汗を掻く（出汗、流汗）

鼾を掻く（打呼）

裏を掻く（將計就計）

恥を掻く（丟臉、受辱）

べそを掻く（小孩要哭）

瘡を掻く（長梅毒）

寝首を掻く（乘人酣睡割掉其頭顱、攻其不備）

**欠く、缺く、闕く**〔他五〕缺、缺乏、缺少、弄壞、怠慢

彼の人は常識を欠いている（那人缺乏常識）

塩は一日も欠く事が出来ない（食鹽一天也不能缺）

暮らしには事を欠かない（生活不缺什麼）

必要欠く可からず（不可或缺、必需）

歯を欠く（缺牙）

刃を欠く（缺刃）

窓ガラスを欠く（打破窗玻璃）

礼を欠く（缺禮）

勤めを欠く（缺勤）

**斯く**〔副〕如此、這樣（＝斯う、此の様に）

斯く言うのも老婆心からだ（所以如此說也是出於一片婆心）

斯くの如き方法（這樣的方法）書く掻く描く欠く画く舁く

斯くの如くして（這樣地）

斯く言えばとて（雖說如此）

斯く為る上は（既然如此）

**舁く**〔他五〕（兩人以上）抬（轎子、擔架等）（＝担ぐ）

駕籠を舁く（抬轎子）

## 渺（ㄇ一ㄠˇ）

**渺**〔漢造〕渺茫、遼闊（＝遥か）

縹渺、縹緲（縹緲、飄渺、浩瀚、一望無際）

**渺遠**〔形動〕遙遠

**渺然**〔形動〕廣大無邊際

渺然たる海原（無邊無際的海洋）海の原

**渺漠**〔形動〕廣大無邊際（＝広漠）

**渺渺**〔形動〕廣闊渺茫、渺茫無際

渺渺たる大海（渺渺大海）

**渺茫**〔形動〕渺茫、遼闊

渺茫たる大海（遼闊的大海）

渺茫たる大海に乗り出す（乘船駛向遼闊的大海）

渺茫たる沙漠（一望無際的沙漠）

駱駝が渺茫と為た沙漠を歩いている（駱駝在一望無際的沙漠中行走）

**渺漫**〔形動〕（水面等）無限遼闊（＝渺渺）

## 杳（ㄇ一ㄠˇ）

**杳**〔副、形動〕杳然

杳と為て音沙汰無し（杳無音信）

**杳然**〔形動〕杳然

**杳杳**〔形動〕模糊

寺の鐘が杳杳と響く（遠處模糊響起寺廟的鐘聲）

## 眇（ㄇ一ㄠˇ）

**眇**〔漢造〕瞄、斜眼、獨眼（＝眇、片目、隻眼、斜眼）

## 眇（ㄇㄧㄠˇ）

眇目〔名〕斜視（=斜眼、薮睨み）、独眼（=隻眼）

眇眇〔形動〕微小、渺茫

眇然〔形動〕微小、微細

眇む〔自五〕瞄（瞇縫著一隻眼睛看）

眇める〔他下一〕瞇縫著一隻眼睛看（瞄）

眇〔名〕斜眼（=斜眼、薮睨み、横目）、独眼（=片目、隻眼、獨眼龍、めっかち）

## 秒（ㄇㄧㄠˇ）

秒〔名〕秒、稻麥等的芒

タイムを秒迄測る（測時計算到秒）計る量る諮る図る謀る

秒を刻む（一秒一秒地過去）

勝敗は秒の差で決める（勝敗取決於一秒之差）決める極める極める窮める究める

一分一秒たりとも疎かに為ない（即便一分一秒也不疏忽、分秒必爭）

分秒を争う（分秒必爭）

寸秒を争う（分秒必爭）

秒針〔名〕秒針←→時針、分針

秒針を止まった（秒針停了）止まる泊まる留まる停まる止まる留まる

秒速〔名〕每秒速度

秒速八キロの人工衛星（秒速八公里的人造衛星）

光の速さは秒速三十万キロメートルだ（光速每秒為三十萬公里）

秒読み、秒読〔名〕一秒報時、（進入倒數計時）讀秒，即將

ロケット発射の秒読みに入る（進入火箭發射時的倒數計時）入る入る

完成は秒読みの段階だ（即將完成）

## 廟（ㄇㄧㄠˋ）

廟〔名〕寺廟（=社、祠）、（祭祀死者的）廟（=御靈屋）

伊勢の大廟（伊勢的大神宮）

祠廟（祖祠）

霊廟（靈廟、靈堂=御靈屋）

祖廟（祖廟、祖祠）

宗廟（宗廟）

廟宇〔名〕廟宇、寺廟（=社、祠、御靈屋、宗廟、神社、社殿）

廟議〔名〕廟議、朝廷的評議（=朝議）

廟議で決定する（由廟議決定）

廟祀〔名〕在廟宇裡的祭奠

廟策〔名〕朝廷的計畫（=廟算、廟謀、廟謨）

廟算〔名〕朝廷的計畫

廟謀〔名〕朝廷的計畫

廟謨〔名〕朝廷的計畫

廟社〔名〕宗廟和社稷（=社、御靈屋）

廟所〔名〕廟堂、墓場（=社、御靈屋）

廟塔〔名〕安置佛像等的靈堂塔

廟堂〔名〕朝廷（=廟所）

廟拝〔名〕到廟裡參拜

## 妙（ㄇㄧㄠˋ）

妙〔名、形動〕奇妙、巧妙、絶妙、精妙、殊妙、微妙、奧妙、玄妙、靈妙

妙な癖（奇怪的毛病）

妙に感ずる（感到奇怪）

其を聞くと彼女は妙な顔を為た（聽到那件事她顯出異樣的表情）聞く聴く訊く利く効く

妙だなあ、彼が未だ来て居ないとは（真奇怪他怎麼還沒來）

妙な事も有る物だ（這事真奇怪）

妙に胸騒ぎが為る（不知為什麼心裡不安）

昨夜は妙な夢を見た（昨晚做了個奇怪的夢）昨夜昨夜昨夜

此の機械は貴方が使うと良く動くのに私が遣ると全然動かないのだから妙ですね（這機器你使用就正常但我一用便一動也不動真是奇怪）

近頃は妙に調子が悪い（近來格外不順利）

母の事が妙に気に掛かる（異常掛念母親）

妙に遅い（特別遲）晩い襲い
妙に暑い（格外熱）熱い厚い篤い
造化の妙（造化之妙）
機械の操作に妙を得ている（能夠巧妙地操作機器）得る獲る選る得る売る
ペン画に妙を得ている（善於畫鋼筆畫）
彼は理財に妙を得ている（他善於理財）
彼の話術に妙を得ている（他善於講話）
彼は三味線に妙を得ている（他三弦琴彈得很好）

**妙**〔名、形動〕美妙、巧妙、微妙
妙為る笛の音が聞える（傳來美妙的笛聲）音音音

**妙案**〔名〕好主意（＝妙計、名案）
妙案を思い付く（想出個好主意）
何か妙案は無い物か（有什麼妙計沒有？）
寝床の中で妙案が浮かんだ（在臥室中想到好主意）

**妙計**〔名〕妙計、上策（＝妙案、名案、妙策）
妙計を考え出した（想出了妙策）
妙計を出す（出個妙計）

**妙策**〔名〕妙策、妙計（＝妙案、名案、妙算）
妙策を思い付く（想出妙計）

**妙算**〔名〕妙策、妙計（＝妙案、名案）

**妙衣**〔名〕華麗的法衣、漂亮的法衣

**妙位**〔名〕靈妙之位、卓越的地位

**妙音**〔名〕美妙的聲音、美妙的音樂
妙音鳥（妙音鳥＝迦陵頻伽――一種想像的鳥名）
鶯が妙音を送る（黃鶯送美妙的聲音）贈る
妙音を世界へ送る（把悅耳的音樂播送到全世界）

**妙花**〔名〕（妙花風的簡稱）藝的極致
妙花風（藝的極致、最高無上的風體）

**妙果**〔名〕〔佛〕依善根功德得到的果報（＝仏果、勝果、無上果）

**妙機**〔名〕〔佛〕卓越的能力

**妙技、妙伎**〔名〕妙技
妙技を見せる（顯示妙技）
妙技を振る（發揮妙技）振る揮る震る顫る奮る篩る
彼のスキーの妙技にすっかり魅了された（他滑雪的妙技使人入神）

**妙行**〔名〕出色的行為、正當的行為

**妙境**〔名〕景色優美的地方、佛法藝術技藝到達極佳的境地（＝妙所、妙処、佳境）

**妙曲**〔名〕美妙的樂曲、美妙的演奏

**妙句**〔名〕妙句

**妙芸**〔名〕出色的巧藝

**妙工**〔名〕巧妙的細工、巧妙的工人

**妙手**〔名〕技術巧妙（的人），名手、（圍棋）絕妙的著數，絕著，妙招
バイオリンの妙手（小提琴大家）
彼はトランペットの妙手だ（他是吹小號的名手）
此の一手は妙手だ（這一步真是妙招）一手（一著）一手（走一步棋）

**妙趣**〔名〕美貌有趣（＝妙味、妙致）
妙趣の有る庭園（別致有趣的庭園）在る或る
文章の妙趣を味わう（玩味文章的妙趣）文章文章

**妙味**〔名〕妙所、妙趣（＝旨味）
歌舞伎の妙味を味わう（欣賞體會歌舞伎的妙趣）
浄瑠璃の妙味を味わう（欣賞淨琉璃的妙趣）
五言絶句の妙味（五言絕句的妙處）
此の文章には何とも言えぬ妙味が有る（這篇文章妙不可言）
日本建築の妙味は自然の木を生かした処に有る（日本建築的妙處在於善加利用木頭的紋理）自然自然

**妙致**〔名〕妙趣

**妙術**〔名〕巧妙的技術、卓越的手段

妙所、妙処〔名〕妙處

　文章の妙所に傍線を引く（在文章的美妙之處旁邊畫線）

妙助〔名〕〔佛〕神佛暗中保佑、神佛的護佑

妙跡、妙蹟〔名〕妙筆、卓越的事蹟

妙筆〔名〕美妙的字、美妙的文章（=妙跡、妙蹟）

妙絶〔名、形動〕絶妙

　妙絶の文章（卓越的文章）

妙ちき、妙ちきりん〔名、形動〕〔俗〕奇怪（=奇妙、不思議）

　妙ちきな夢を見た（做了個怪夢）

　妙ちきりんな恰好（奇怪的外形）恰好格好

妙諦、妙諦〔名〕真理、真諦（=奥義、奥義、秘訣）

　教育の妙諦（教育的真諦）

妙適〔名〕悠悠自適的境地、身體忘我陶醉的境地

妙典〔名〕微妙卓越的説法經典、佛教的教典

妙品〔名〕三品之一（書畫的品味分類-神品、妙品、能品）

妙法〔名〕〔佛〕妙法、妙法蓮華經、巧妙的手段

　妙法蓮華経（〔南無〕妙法蓮華經）

　妙法を弄する（玩弄巧妙的手段）聾する牢する労する蝋する廊する楼する

妙妙〔形動〕奇奇妙妙

妙文〔名〕卓越巧妙的文章、靈妙的經典

妙薬〔名〕特效藥（=靈薬、奇薬）

　頭痛の妙薬（頭痛的靈藥）

　インフレ防止の妙薬（防止通貨膨脹的良策）

妙齢〔名〕妙齢、荳蔻年華（=年頃、妙年）

　妙齢の女子（妙齢女孩）女子女子女性女性

妙用〔名〕靈妙的作用、巧妙的動作

妙理〔名〕玄妙的道理、不可思議的道理

## 謬（ㄇㄧㄡˋ）

謬〔漢造〕錯誤、謬誤、欺騙、差別（=過ち）

　訛謬（訛謬）

　誤謬（誤謬、錯誤）

　糾謬（糾謬）

　偽謬（偽謬）

　帰謬法（歸謬法、間接證明法）

　差謬（差謬）

謬計〔名〕錯誤的計劃

謬見〔名〕錯誤的見解（=謬論）

　謬見を正す（糾正錯誤的見解）正す糾す質す糺す

謬言、謬言〔名〕錯誤的話（=嘘）

謬算〔名〕錯誤的計劃（=謬計、誤算）

謬説〔名〕錯誤的説明、錯誤的主張

謬想〔名〕錯誤的想法

謬伝〔名〕誤伝

謬論〔名〕謬論

## 眠、眠（ㄇㄧㄢˊ）

眠〔漢造〕睡眠、（蠶的）休眠

　安眠（安眠）

　永眠（永眠、長眠、死）

　睡眠（睡眠，睡覺、休眠，停止活動）

　催眠（催眠）

　不眠（不睡、失眠）

　仮眠（假寐、小睡）

　夏眠（夏眠、夏蟄）

　冬眠（冬眠、停頓）

　惰眠（睡懶覺、懶惰）

　熟眠（熟睡=熟睡）

　快眠（熟睡、酣睡、香甜的睡眠）

　休眠（休眠、暫時停頓）

　一眠（蠶第一次脱皮的休眠期）

　一眠り（打個盹、睡一下子）

眠食〔名〕寢食、起居

**眠蔵**〔名〕寝室
**眠る，睡る、眠る，睡る**〔自五〕睡覺，睡眠、死←→覚める、醒める

良く眠っている（睡得很香）
良く眠る（能睡覺＝良く眠れる、良く眠られる）
ぐっすり眠る（熟睡）舐る寝る
昼の疲れでぐっすり（と）眠る（由於白天的疲勞而熟睡）
安安と眠る（安安樂樂地睡覺、睡得安靜舒服）易易
八時間眠った（睡了八小時）
草木も眠る丑三つ時（深更半夜、夜深人靜）草木
正体無く眠る（酣睡如泥、睡得像死人一樣）正体（清醒的神智）正体（生物）
幾日も眠れぬ夜が続いた（接連好幾個晚上都沒睡好覺）幾日幾日幾日
永遠に眠る（永眠）
地下に眠る財宝（沉睡在地下的財物）

**寝**〔自ナ下二〕〔古〕睡覺、就寝（＝寝る）
**寝る**〔自下一〕睡覺，就寝（＝眠る）、躺臥、臥病、（曲子）成熟、（商品）滯銷

子供が寝ている（孩子在睡覺）
良く寝る（睡得好）
良く寝られない（睡不好）
早く寝て早く起きる（早睡早起）
寝ずに居る（沒有睡）
寝る間も惜しんで勉強する（連睡覺時間也捨不得地用功）
芝生の上に寝ている（躺在草坪上）
寝た儘手紙を書く（躺在床上寫信）
寝て暮らす（躺著度日、遊手好閒）
寝ていて食べられる（不工作就能生活）
風邪で寝ている（因感冒臥床）
寝ている商品を廉く売る（減價出售滯銷商品）

寝た子を起こす（無事生非、沒事找事、〔喻〕已經解決的問題又是它死灰復燃、已經忘掉的事情又舊話重提）

**眠り，睡り、眠り，睡り**〔名〕睡覺、睡眠

眠りが足りぬ（睡眠不足）
眠りが浅い（睡得不熟）
眠りに落ちる（睡熟）
眠りに就く（睡著、入睡）
眠りから醒める（睡醒）
永き眠りに就く（長眠、死亡）
永遠に眠りに就く（長眠、死亡）

**眠り草**〔名〕〔植〕含羞草（＝御辞儀草）
**眠り薬**〔名〕催眠藥、睡眠藥、麻醉藥

眠れないので眠り薬を呑む（因為睡不著吃安眠藥）

**眠り声、眠り声**〔名〕發睏的聲音
**眠り覚まし**〔名〕消除困倦、清醒頭腦（的手段）（＝眠気覚まし）
**眠り病**〔名〕嗜眠性腦炎（流行性腦炎的一種）
**眠り目、眠り目**〔名〕發睏的眼色
**眠り入る**〔自五〕入睡、睡著（＝寝入る、眠り込む）

静かに眠り入る（靜靜地入睡）

**眠り込む**〔自五〕酣睡、睡著、熟睡

すっかり眠り込んでいる（睡得很香）
何時の間にか眠り込んでいた（不知不覺地睡著了）

**眠りこける**〔自下一〕酣睡、熟睡

朝遅く迄眠りこける（一直熟睡到天亮後很晚才醒來）
眠りていて全く気が付かなかった（睡得死死的完全沒有察覺）

**眠い，睡い、眠い，睡い**〔形〕睏的、睏倦的、想睡覺的（＝眠たい、睡たい）

眠く為る（發睏、想睡覺）
眠くて堪らぬ（睏得受不了）
御昼御飯を食べたら眠く為った（吃了午飯就睏了）
眠い講義（枯燥無味令人睏睡的講授）

## ㄇ

彼の講義は実に眠い（他的課實在是枯燥無味令人想打瞌睡）
幾ら寝ても眠くて仕様が無い（怎麼睡也睏得要命）
徹夜したので眠くて仕様が無い（因為熬夜所以睏得不得了）
眠くて目が開けられない（睏得睜不開眼睛）

**眠さ、睡さ**〔名〕睏（的程度）

**眠気、睡気**〔名〕睏、睏倦、睡意
　眠気が差す（發睏、想睡）
　眠気を催す（發睏、想睡）
　眠気を催させる（使人發睏）
　眠気を覚ます（消除睏倦、清醒來）
　眠気覚まし、睡気覚まし（消除睏倦、清醒頭腦〔的手段〕）
　眠気覚ましにコーヒーを飲む（為了消除睡意喝咖啡）
　眠気覚ましに御茶でも御飲み為さい（為了消除睡意請喝杯茶）
　眠気覚ましに此の本でも読み為さい（為了消除睡意請讀這本書）

**眠がる、睡がる**〔自五〕要睡覺、想睡（=眠たがる、睡たがる）
　朝から眠がっている（從早上就想睡）

**眠し、睡し、眠し、睡し**〔形ク〕睏的、睏倦的、想睡覺的（=眠い、睡い、眠い、睡い）

**眠たい、睡たい、眠たい、睡たい**〔形〕睏的、睏倦的、想睡覺的（=眠い、睡い、眠い、睡い）
　眠たくて堪らない（睏得受不了）
　昨晩は良く眠たかったのに未だ眠たく堪らない（昨晚雖然睡得很好但還是睏得受不了）
　もう遅いから眠たく為った（時間不早所以想睡覺了）

**眠たさ、睡たさ**〔名〕睏（的程度）（=眠さ、睡さ）

**眠た気、睡た気**〔形動〕似乎想睡、想睡的樣子
　眠た気な顔を為ている（似乎想睡的面孔）

**眠たがる、睡たがる**〔自五〕（用於第三人稱）想睡覺（=眠りたがる、眠がる）
　私の子供は御飯を食べると眠たがる（我的小孩一吃完飯就會想睡覺）
　眠たがっているから講義が耳に入らない（因為想睡覺所以講授聽不進去）

**眠たし，睡たし，眠たし，睡たし**〔形ク〕睏的、睏倦的、想睡覺的（=眠たい、睡たい）

**眠らす**〔他五〕使人入睡、〔俗〕殺死，幹掉（=眠らせる）
　やっと子供を眠らした（好不容易才叫孩子睡著了）

**眠らせる**〔他下一〕使人入睡。〔俗〕殺死，幹掉（=眠らす）
　子守唄を歌って子供を眠らせる（唱著催眠曲讓孩子睡覺）

**眠れる**〔自下一〕能睡覺、能睡著
　眠れる獅子（睡獅）

**眠れ**〔名〕能睡

## 棉、綿（ㄇㄧㄢˊ）

**棉、綿**〔名〕綿花（=木綿、木綿綿）、棉紗（=綿糸）、綿織物
　棉のシャツ（棉布的襯衫）
　棉の仕事着（棉工作服）
　脱脂綿（脫脂棉）
　木綿，木綿（棉線、棉花、棉織品）
　棉メリヤス（棉織品）

**棉花、綿花**〔名〕棉花（=木綿、木綿綿）
　棉花を精製して綿に為る（把棉花精製為棉）
　棉花を栽培する（種棉花）

**棉実油、綿実油**〔名〕棉仔油（=コットン油）

**棉、綿**〔名〕棉、棉花、綿花（=木綿、木綿、木綿綿）、絲棉（=真綿）、柳絮
　棉を入れる（往衣被塞棉花）容れる居れる炒れる鋳れる炒れる要れる射れる淹れる煎れる
　布団に棉を入れる（往被褥裡裝棉花）腸

棉を摘む（摘棉花）積む詰む抓む
棉を打つ（彈棉花）擊つ討つ
古棉を打ち直す（彈舊棉花）
棉の樣に疲れる（精疲力盡）
棉の樣な雪を降る（下著像棉花般的大雪）振る
柳の棉（柳絮）

**棉油、綿油**〔名〕棉仔油（=棉実油、綿実油、コットン油）

## 綿、棉（ㄇㄧㄢˊ）

**綿、棉**〔名〕綿花（=木綿棉、木綿）、棉紗（=綿糸）、綿織物

綿のシャツ（棉布的襯衫）
綿の仕事着（棉工作服）
綿メリヤス（棉織品）
脱脂綿（脱脂棉）
木綿（棉線、棉花、棉織品）
原綿（原棉）
海綿（海綿）
連綿（連綿）
纏綿（纏綿）
純綿（純棉）

**綿衣**〔名〕綿布衣服（=木綿の着物）、綿衣（=綿入れ）

**綿羽**〔名〕（鳥的）絨毛

**綿織**〔名〕綿織物、棉織布

**綿織糸**〔名〕織物用的木棉線

**綿織機**〔名〕綿織機

**綿織物**〔名〕棉織品（=綿織、綿、棉、木綿物、綿製品）

綿織物の制服（棉織品的制服）

**綿花、棉花**〔名〕棉花（=木綿綿、木綿）

綿花を精製した棉を為る（把棉花精製為棉）
綿花を栽培する（種棉花）

**綿価**〔名〕棉花的價格

**綿実、棉実**〔名〕棉種子
綿実油、棉実油（棉仔油=コットン油）

**綿製品**〔名〕棉製品

**綿海気、綿甲斐絹**〔名〕用木棉線織的日本甲斐絹

**綿火薬**〔名〕棉花火藥（用浸在硝酸和硫酸混合液的棉花所製造的火藥）

**綿球**〔名〕棉球（=タンポン）
綿球を詰める（塞進棉球）

**綿業**〔名〕綿業、綿商

**綿亙**〔名〕連續不斷（=連亙）

**綿サージ**〔名〕綿線嗶嘰

**綿撒糸、綿撒糸**〔名〕外科用的棉花拭子（外科手術後填塞在傷口的棉花=解木綿）

**綿糸**〔名〕棉紗（=木綿糸）
綿糸紡績（紡紗=綿紡、木綿紡績）

**綿状沈殿**〔名〕〔化〕絮狀沉澱

**綿ネル**〔名〕棉法蘭絨（=綿フランネル）

**綿セル**〔名〕棉斜紋紡織
綿セルの制服（棉線嗶嘰的制服）

**綿ビロード**〔名〕棉天鵝絨、平絨

**綿ポプリン**〔名〕綿府綢
綿ポプリンのワイシャツ（綿府綢的襯衫）

**綿モスリン**〔名〕綿薄紗織布

**綿布**〔名〕綿布
綿布で下着を作る（用棉布做内衣）

**綿服**〔名〕綿衣服
綿服にアイロンを掛ける（燙綿衣服）

**綿棒**〔名〕〔醫〕棉棒、藥棉棒

**綿紡**〔名〕棉紡織（綿糸紡績的簡寫）（=綿紡績）

**綿密**〔名、形動〕綿密、周密←→粗略
綿密な調査研究（周密的調查研究）
綿密な計画を立てる（定周密的計畫）
綿密な観察（詳細觀察）
綿密に分析する（進行細密的分析）

**綿綿**〔形動タルト〕綿綿
話が綿綿と為て尽きない（話綿綿不絕）

綿綿たる情緒が漂っている（飄盪著纏綿悱惻的情緒）情緒情緒
現在の心境を綿綿と書き綴る（把現在的心境綿綿不斷地寫出來）

**綿羊、緬羊**〔名〕〔動〕綿羊（=羊）

**綿、棉**〔名〕〔植〕綿、綿花（=木綿棉、木綿、木綿）、絲棉（=真綿）、柳絮

綿を入れる（〔往衣被裡〕塞棉花）腸
布団に綿を容れる（往被褥裡裝棉花）
綿を摘む（摘棉花）摘む詰む積む抓む
綿を打つ（彈棉花）打つ撃つ討つ
古綿を打ち直す（彈舊棉花）
綿の様な雪を降る（下著像棉花般的雪）振る
綿の様に疲れる（筋疲力盡）
柳の綿（柳絮）

**綿油、棉油**〔名〕綿仔油（=綿実油、棉実油、コットン油）

**綿秋**〔名〕秋天綿的果實成熟的時候

**綿飴**〔名〕金屬洗臉盆狀的製造器的中軸部使電器迴轉製造的綿狀麥芽糖（=電気飴）

**綿入れ、綿入**〔名〕塞棉花、棉襖、綿衣服
布団を綿入れを為る（被褥裡絮棉花）
綿入れを着る（穿棉襖）切る斬る伐る

**綿打ち、綿打**〔名,自サ〕彈棉花、壇棉花的人、彈棉花的弓
綿打ちを為る（彈棉花）
綿打ち弓（彈棉花的弓=綿弓）

**綿弓**〔名〕彈棉弓（=綿打ち弓）
綿弓で布団の綿を打つ（用彈棉弓彈棉被的棉花）

**綿菓子**〔名〕棉花糖
砂糖で綿菓子を作る（用糖做棉花糖）

**綿屑**〔名〕綿屑
綿屑が一杯散らかっている（滿地散亂著綿屑）

**綿雲**〔名〕（棉花團似的）朵雲、卷雲（=積雲）
綿雲が空に浮かんでいる（朵雲飄在天空）

**綿繰り、綿繰**〔名〕（用軋綿機）軋去綿仔、軋綿機（=綿繰り車）

**綿繰り車**（軋綿機=軋車）

**綿車**〔名〕軋綿機（=綿繰り車）

**綿毛**〔名〕寒毛，絨毛，柔毛（=産毛）、綿的纖維
蒲公英の綿毛（蒲公英的絨毛）

**綿種**〔名〕綿仔、棉花的種子
綿種から油を取れる（可以用棉仔榨油）

**綿津見，海神，綿津見，海神**〔名〕海，海神，海龍王（=海の神）←→山祇

**綿摘み，綿摘**〔名〕採棉花
綿摘みを始める（開始採綿）

**綿抜き，綿抜**〔名〕（從綿衣中取出了棉花的）袷衣
綿抜きを付ける（穿夾衣）

**綿帽子**〔名〕（婚禮及防寒用）絲棉帽子（=被棉）
綿帽子を被る（戴絲棉帽子）

**綿繭**〔名〕（因為不適做絲綢而改為取絲棉的）蠶繭

**綿雪**〔名〕（棉花似的）雪花
綿雪がはらはらと降る（棉花似的雪花紛紛地下）

## 免（ㄇ一ㄢˇ）

**免**〔漢造〕免除、赦免、罷免（=許す、赦す、免す）

赦免（赦免）
放免（釋放、放掉）
宥免（寬恕、恕罪）
御免（許可、允許、准許、特許、免職、罷免、原諒、對不起）
減免（減免、減輕和免除）
特免（特別許可、特別免稅、特別赦免）
任免（任命和罷免）
罷免（罷免）

**免じる**〔他上一〕免除、免職、看在…的份上（=免ず）

　学費を免じる（免收學費）

　税を免じる（免税）

　職を免じる（免職）

　公務員の職を免じる（把公務員撤職）

　今度丈は貴方の御父さんに免じて許しましょう（這一次看在妳父親的面上饒恕了你吧！）

　親に免じて今度丈は許す（看在你父母的份上饒你這一次）

　君に免じて彼を許そう（看在你的面上就原諒他吧！）

**免ずる**〔自サ〕免除、免職、看在…的份上（=免じる、免ず）

**免役**〔名〕免除服役、免除兵役、免除勞役

　片輪で免役に為った（因殘廢而免除了兵役）

**免疫**〔名、他サ〕免疫、（事情一再重覆成為）習慣

　彼の体は免疫に為っている（他的身體有免疫力）

　予防注射を為れば此の病気に対して免疫が出来る（打預防針就可以對這種病有免疫力）

　毎度の事なので親父の愚痴には免疫が出来た（總是這樣父親的牢騷我已經習慣了）親父

　銃声が聞えても免疫に為った（即使聽到槍聲也無動於衷了）

　免疫学（免疫學）

　免疫血清（免疫血清）

　免疫元（抗元）

　免疫性（免疫性）

　免疫体（免疫體）

**免官**〔名、他サ〕免官、免職

　依願免官（辭職照准）

　汚職で免官される（因貪汙而被免職）

**免許**〔名、他サ〕（政府機關）批准，許可、（師傅）傳授秘密、許可證

　民間放送局解放の免許が下りる（批准開設民營的廣播電台）

　営業の免許が下りた（營業執照批准下來了）

　自動車運転の免許を取る（取得汽車的駕照）造花（假花紙花）生花（鮮花）生花（鮮花插花）

　生け花の免許を頂く（得到花道的真傳）生け花生花活け花活花（生花、插花）

　免許皆伝（秘傳、真傳、傳授全部絕技）

　免許年限（許可年限）

　免許状（執照=免状）

　医師免許状（醫師執照）

　免許証（執照）

　運転免許証（駕駛執照）

　免許料（執照費）

　免許税（許可税）

　免許営業（要許可的營業-如運送業、古物商、當鋪）

**免罪**〔名、自他サ〕免罪

　免罪で釈放する（免罪釋放）

　免罪符（〔中世紀歐洲天主教會對信徒發賣的〕贖罪符）

**免囚**〔名〕刑滿出獄的人、釋放的人

　免囚保護（保護刑期終了的人）

**免除**〔名、他サ〕免除

　税金を免除する（免税）

　授業料を免除する（免收學費）

　兵役を免除される（被免除服兵役）

　債務免除（免除債務）

**免状**〔名〕許可證，執照（=免許状）、畢業證書（=卒業証書）

　自動車運転の免状を取る（取得汽車的駕照）

　教員の免状（教員證）

卒業式で免状を頂く（在畢業典禮時領得畢業證書）戴く

卒業式で免状を貰う（在畢業典禮時領得畢業證書）

**免職**〔名、他サ〕免職、格執（＝解職、罷免）

会社の職員を免職する（把公司的職員免職）

彼の免職に為る（將他免職）

免職に為る（被免職）

職務怠慢の廉で免職に為る（因為怠忽職守被免職）

免職処分（撤職處分）

懲戒免職（革職）

**免税**〔名、自サ〕免税（＝免租）

免税を申請する（申請免税）

生活必需品の免税を申請する（對生活必需品聲請免税）必須必須（必要）

免税の措置を取る（採取免税措施）

免税制度（免税制度）

免税点（免税點）

免租品（免税品）ノータックス

**免責**〔名〕免除責任債務

免責行為（為了擺脱民事上的責任債務人和代替的第三者施行的償還託管的行為）

**免租**〔名、自サ〕免除租税

台風で災害が大きかったので免租に為る（因為颱風的災害很大所以決定免税）

免租地（免租地）

**免訴**〔名、自サ〕免訴、不起訴

証拠不十分の為に免訴と為る（因為證據不充分而免予起訴）

時効に因り免訴に為る（因為時效免予起訴）

**免黜**〔名〕罷免、解除官職

**免田**〔名〕被領主免除年貢的田地

**免れる、免れる**〔他下一〕避免、擺脱

危ない所で死を免れる（死裡逃生）死に死

危機一髪の処を免れる（在千鈞一髮之際脱險）

理由は兎も角と為て責任丈は免れない（理由是如何姑且不論責任是推卸不了的）

理由は如何有れ教師と為て責任は免れない（不管理由如何作為老師的責任是推卸不了的）

私の家は幸いにも類焼を免れた（我家倖免於延燒）

災害を免れる（避免災害）

税を免れる（免税）

一時の困難は免れない（一時的困難是免不了的）

## 勉（ㄇ一ㄋˇ）

**勉**〔漢造〕勤學、求學、努力、用功（＝勤める，勉める，努める，務める、励む）

勤勉（勤勉、勤勞）

**勉学**〔名、自サ〕勤學、求學、用功（＝勉強）

勉学に勤しむ（勤學苦練）

孜孜と為て勉学する（孜孜不倦地學習）

勉学に精を出す（卯足幹勁讀書）

勉学の妨げに為る（有礙學習）為る成る鳴る生る

勉学熱（學習熱）

**勉強**〔名、自他サ〕學習，用功，努力。〔俗〕賤賣，降價

理化学を勉強する（學習物理化學）

勉強の時間（學習時間）

日本語を勉強する（學習日語）

確り勉強し為さい（好好用功吧！）

試験準備で勉強する（為了準備考試而努力）

彼の生徒は良く勉強する（那個學生很用功）良く好く佳く善く

社会へ出て色色な事を勉強した（出了社會學了很多東西）色色種種

日曜も仕事とは随分御勉強ですね（星期天也工作真賣力呀！）

御蔭て大変勉強に為りました（託大家的福讓我學習很多）

一夜漬の勉強では駄目だね（臨陣磨槍的學習是不可以的）

良い勉強に為った（學到很多）良い善い好い言い

勉強家（努力的人、勤奮用功的人）

林さん勉強家で通っている（一般公認林先生是個勤奮向學的人）

勉強机（書桌）

勉強部屋（書房）

精精勉強しますから買って下さい（大減價請購買）

一割勉強しましょう（少算一成吧！）

もっと勉強出来ないか（能不能再算便宜一點呢？）

高いね、もう少し勉強し為さい（太貴了再算便宜些吧！）

二千円の品物を一千五百円に勉強しましょう（兩千元的東西便宜到一千五百吧！）

此で勉強に為っています（這已經是夠便宜的了）

十円勉強致しましょう（少算十塊錢吧！）

**勉力**〔名〕勉力

**勉励**〔名、自サ〕勤勉

刻苦勉励する（刻苦勤奮）

若い時刻苦勉励し無ければ為らない（年輕時一定要刻苦勤奮）

職務に勉励する（忠實地做本崗位工作）

孜孜と為て学業に勉励する（孜孜不倦努力學業）

家の仕事に勉励する（努力為家工作）家家家

**勉める、勤める、努める、務める**〔他下一〕工作、努力、擔任、扮演、修行←→怠ける 怠る

会社に勉める（在公司工作）

学校の教師を勉める（做學校的教員）

通訳を勉める（當翻譯）

彼は新聞社に勉めている（他在報社工作）

彼の学校に十五年勉めた（在那個學校任教十五年）

親に勉める（侍奉父母）

朝夕仏前に勉める（早晩在佛前念經修行）朝夕

極力勉める（極力奮鬥）

世界平和の為に勉めればならぬ（必須為世界和平而奮鬥）

世界平和の為に勉めなければならない（必須為世界和平而奮鬥）

涙を見せまいと勉める（盡力忍住眼淚）

人の前で泣くまいと勉める（在旁人面前忍住眼淚）

人に負けまい勉める（努力不輸給別人）

受験勉強に勉める（努力用功準備投考）

話し合いに由る解決に勉める（努力通過協商解決）

此迄彼の為には随分勉めて来た（我至今為他盡了相當大的努力）

此迄君の為には随分勉めた積りだ（我覺得我已經替你效了很大的勞了）

Hamletを務める（扮演哈姆雷特的角色）

ジンギスカンを務める（扮演成吉思汗）

主役を務める（扮演主角）

彼女は母さんの役を務める事に為った（決定她扮演媽媽的腳色）

案内役を務める（當嚮導）

怠りなく務める（辛勤工作）

議長を務める（擔任會議主席）

仲人の役を務める（擔任媒人的角色、作媒）仲人

病人に奉仕する事に務める（一心一意為病人服務）

## ㄇ

**勉め，勉、勤め，勤、努め、務め，務**〔名〕
任務、義務、職務、業務、念經修行（=勤行）

芸者が御座敷を務める（藝妓陪酒）
十円丈勉めましょう（少算你十塊錢吧！）
勉めを果たす（完成任務）
国家に対する勉（對於國家的義務）
医師と為て勉を果す（盡醫師的職責）
医師薬師
兵士の勉（士兵的任務）
勉め向き（工作情況、業務上的事情）
親の面倒を見るのは子の勉めだ（贍養父母是孩子的義務）
御勉め品（特價品）品
勤め先（工作地點）
御勤め先は何処ですか（您在那裏工作）
御勤めは何方ですか（你在什麼地方工作）
何処に御勤めですか（你在哪裡工作）
勤めを励む（努力工作）
勤め人（靠薪水生活者=サラリーマン salary man）
勤めに出る（上班工作去、執行任務去）
高校を卒業して勤めに出た（高中畢業後出外工作）
勤めが引ける（下班）
勤めを辞める（辭職）
会社勤めが嫌に為った（不想在公司做事了）
朝の勤めを為る（念經）

**勉めて、勤めて、努めて**〔副〕盡量、盡可能（=出来る丈）

相手の前で勉めて不快の情を見せまいと為る（在對方面前竭力不表露不愉快的感情）
勉めて平静を装う（勉強裝著平靜）情
勉めて発展を図る（盡量圖謀發展）図る謀る測る計る量る諮る
勉めて事を荒立てない（竭力設法不使事情鬧大）
彼女は勉めて明るい顔を為ていた（她盡力裝出明朗的笑容來）

**努めて**〔副〕清早、次晨

## 面（ㄇㄧㄢˋ）

**面**〔名〕臉，面（=顔面、顔）、能樂，神樂，演劇等使用的假面具（=仮面）、棒球，劍道的護面具、劍道招數打擊頭部（=御面）、平面、表面、版面、木材或器具的稜角、韓國的行政區畫（相當於村的）面

〔助數〕（用於計算平面的單位）面

〔接尾〕書面、版面、字面、方面

御面が良い（臉型漂亮）
面に唾す（唾面、侮辱）
面と向って（面對面）
面と向かって言う（面對面講）
面と向っては話で難い（當面可不好開口）難い憎い悪い難い固い堅い硬い
面を被る（戴上面具）
子供達は兎の御面を被る（小孩們戴兔子的假面具）
面を打つ（做假面具）打つ撃つ討つ
面打ち（做假面具的工匠）
御面を一本取られる（劍道被擊中頭部一次）一本
防毒面（防毒面具）
箱の上下の面（盒子的上下二平面）上下上下上下上下上下
相対する相対（相對的面）
面を取る（把木材器具削去稜角、把木材刨成平面）
面と線（面和線）
財政の面を援助する（在財政方面給予援助）
技術の面彼に及ぶ者は居ない（在技術方面沒有人比得上他）

彼の子は乱暴だが優しい面も有る（那孩子雖粗暴但也有溫和的一面）
此の面は平らで無い（這面不平）
月の面（月球表面）
琴一面（箏一張）
鏡一面（一面鏡子）
書面で申請する（以書面申請）
証書面には手落ちは無い（在證書的字面上沒有什麼錯誤）
経済面の破綻を来す（在經濟方面發生破綻）
政治面の革新を謀る（謀求政治方面的革新）
第一面（報紙第一版）
其のニュースは新聞の一面を飾った（那個消息醒目地登在報紙的頭版上）
一面の雪景色（一片雪景）
顔面（臉、面）
人面獣心（人面獸心）
人面（人面、似人臉型）
人面疔（人面形痘瘡）
真面目、真面目（真面目，本來形象、真本領）
真面目（認真，踏實，嚴肅，誠實，正派，正經）
新面目（新面目）
仮面（假面具）
下面（下面）
上面（上面、表面）上面（表面＝表面）
赤面（臉紅、慚愧）
渋面（愁眉苦臉）
十面（十面）
素面（不戴護面具、本來面目）
素面、白面（不喝酒時、沒喝醉時）
図面（設計圖、藍圖）

白面（不施脂粉的臉、缺乏經驗，不成熟）
十一面観音（十一面觀音）
外面如菩薩（外面如菩薩）
洗面（洗臉）
扇面（扇面）
千面（千面）
対面（會面、見面）
体面（體面、面子）
満面（滿臉）
伎楽面（伎樂用的面具）
能面（能樂用的面具）
鬼面（鬼臉）
基面（基準面）
棋面（棋盤上的局勢）
表面（表面）
氷面（冰的表面）
背面（背面、向後）
外面（外面、外表）
界面（界面、表面）
海面（海面）
球面（球面、凸面）
九面体（九面體）
局面（局面，局勢、棋局）
曲面（曲面）
凸面（凸面）
平面（平面）
別面（另一頁）
鏡面（鏡面、風平浪靜的水面）
共面（共面）
月面（月球的表面）
地面（地面，地上、土地，地皮，地段）
水面（水的表面）
錐面（錐面）

ㄇ

断面（斷面、剖面、截面）
底面（底面）
路面（路面）
三面鏡（三面梳妝鏡）
水平面（水平面）
接着面（黏結面）
字面（字的表面）
書面（書面、書信、文件）
帳面（帳本、筆記本）
方面（方面、領域）
反面（反面、相反的一面、另一面）
半面（半邊臉、片面、另一方面）
版面（版面）
板面（板面）
盤面（棋盤表面、唱片表面、棋盤上的局勢）
一面（一面、一片、一張、另一面、第一版）
紙面（紙面、篇幅、書面、書信、報紙上、雜誌上）
四面（四面、寺方、第四面）
誌面（雜誌上的篇幅）
死面（人死後用石膏套取的面型）
前面（前面）
全面（全面）
正面（正面、對面、面對面）
小面（小平面、刻畫）
焦面（焦散面）
側面（旁邊、側面、片面）
内面（内部、心裡）
多面（許多平面、多方面）
他面（其他方面、另一方面）
覆面（蒙上臉、不出面）

**面する**〔自サ〕朝向、面向、面對、面臨（=向う、向く）
　海に面した家（面向海的房屋）家家家
　湖に面したホテル（面對湖的飯店）
　太平洋に面する側（面臨太平洋的一側）側側側
　危機に面する（面臨危機）
　町に面する（臨街）
　困難に面する（面對困難）
　死に面して恐れない（面對死亡不害怕）恐れる畏れる懼れる怖れる

**面板**〔名〕車床產品安裝用圓板
**面打ち**〔名〕製造面具、做假面具的工匠（=面打）
**面打**〔名〕製造面具、面對面、拍圓牌的兒童遊戲（=面打ち、面子）
**面子**〔名〕拍圓牌，拍洋畫的兒童遊戲（厚紙板或鉛板做的圓形或四角形兒童玩具上面繪圖，放於地上交互打翻紙牌贏取該牌的遊戲）
　子供達は道端で面子を遣っている（孩子們在路旁打紙牌）
**面子**〔名〕面子（=体面）
　面子を立てる（留面子）
　私の面子を立てて呉れ（你給我面子吧!）
　面子が立たない（沒面子）
　面子が潰れる（丟臉）
　面子を重んじる（重視面子、講究面子）
**面謁**〔名〕拜會（=御目見得、拝謁）
**面会**〔名、自サ〕會見、會面（=対面、面唔）
　先生が父兄と面会する（教師與家長會面）
　面会を求める（求見）
　面会人（求見的人）
　面会日（會客日）
　面会謝絶（謝絕會客）
　部長、御面会です（部長有人來見您）
　一週間に一度病院に面会に行く（一星期到醫院看望一次）行く往く行く往く
**面接**〔名、自サ〕會面、接見（=面会）

受験生を面接する（面試考生）

面接試験（面試、口試）

面接調査（接見調査）

面接法（直接面見當事人收集必要情報的方法）

**面唔**〔名、自サ〕會晤、晤面（=面会）

面唔を求める人（求見的人）

御面唔（和您面談）

**面角**〔名〕二平面相交所形成的角、在結晶學上一個稜所挾的二個結晶面造成的角度

顔面角（顎的前方突出的角度）

**面形**〔名〕面，面具（=面、仮面）、做成臉形的玩具

面形天蛾（天蛾科的大型蛾）

**面詰**〔名、他サ〕當面譴責（=面責）

面詰されて面目が無い（受到面斥沒面子）

先生に面詰されて、面目が無い（被老師當面斥責沒面子）面目

**面責**〔名、他サ〕當面責問（=面詰）

品行の悪い生徒を面責する（當面斥責品行不端的學生）

彼を面責する（當面斥責他）

部下の無責任態度を面責する（當面斥責部下不負責任的態度）

**面折**〔名〕當面折損、當面斥責（=面責、面詰）

**面争**〔名〕當面折損、當面斥責（=面折）

**面工**〔名〕張羅（錢），籌措（東西）（=工面）、經濟情況（=金回り）

**面垢**〔名〕臉上的垢

**面食い，面食い、面喰い，面喰**〔名〕〔俗〕專挑姿色、喜歡美男美女的人（=器量好み）

**面食らう、面喰らう**〔他五〕（因事出突然）張惶失措（まごつく、狼狽する）

突然の来訪に面食らう（因突然來訪感到張惶失措）

突然の事なので面食らって終った（事出突然感到張惶失措）

急に名前を呼ばれて面食らって仕舞った（突然被叫到名字感到張惶失措）

面食らわない様に準備する（做好準備以免驚慌失措）

彼が中国語で話し掛けて来たので面食らった（他開口用中文和我說話我真吃驚）

**面語**〔名〕晤談

**面談**〔名、自サ〕當面洽談（=面話）

責任者と直接面談する（跟負責人直接面談）

責任者と面談し度い（想和負責人面談）

委細面談（細節面談、詳情面談）

詳しくは面談の上御話し為ます（詳細情形見面再談）

**面話**〔名〕直接和對方的人對話、面談的話

**面向**〔名〕額頭中央（=真向、真向）

面向不背（表裡一樣美麗無暇）

面向不背の玉（美麗無暇的玉）玉珠球靈魂弾

**面識**〔名〕認識（=知り合い、顔見知り、一面識）

一面識も無い（一面之識都沒有、從未謀面）

一面識も無い人（一面之識都沒有的人、從未謀面的人）

彼と市長とは面識です（他跟市長面熟）

面識が有る（認識、見過面）

面識が無い（不認識、從未謀面）

私は彼と面識が有る（我跟他見過面）

**面謝**〔名〕當面致謝、在面前謝罪

**面従**〔名、自サ〕只在表面上表示服從

面従腹背（陽奉陰違）

面従後言（陽奉陰違）

面従腹誹（陽奉陰違）

**面述**〔名〕當面陳述（=面陳）

**面陳**〔名〕當面陳述（=面述）

**面上**〔名〕臉上表情（=顔色、顔色）

面上に喜色を漂わす（喜形於色）

**面色**〔名〕臉上表情（=顔色、顔色）

**面擦**〔名〕（劍道）面具在臉上留的痕跡

**面積**〔名〕面積
　土地の面積を測る（測量土地的面積）
　中国の面積は何れ位有りますか（中國的面積有多大？）
　台湾は山が多いので、農地の面積は少ない（台灣多山故農地面積很少）
　栽培面積（栽培面積）

**面前**〔名〕面前、眼前
　人の面前で悪口を言う（當面罵人）
　公衆の面前で侮辱された（在眾人面前受了侮辱）
　こんもりと茂った緑の森が面前に在る（有翠綠茂密的樹林在眼前）有る在る或
　面前には川が流れている（眼前流著一條河流）川河側皮革
　人人の面前で恥を掻く（在眾人面前出醜）人人人人掻く書く欠く描く斯く

**面疱**〔名〕長在臉上的癥疵

**面疔**〔名〕生在臉上的疔瘡、長在臉上的癥

**面訴**〔名〕當面訴説

**面奏**〔名〕拜謁天子奏明

**面相、面相**〔名〕相貌（=面貌、面体、顔付、人相）
　奇怪な面相を為た人（面貌奇特的人）
　恐ろしい面相を為ている（面貌猙獰可怕）
　面相を変えて怒り出す（翻臉發起火來）
　酷い面相だ（長得太醜了）
　百面相（表情多變、用各種假面孔所做的表演藝術）
　面相筆（描繪臉部鼻子眉毛等細部所用的細長筆）

**面像**〔名〕面像、臉形（=顔付）

**面体**〔名〕面貌、面相、面相、面像
　見知らぬ面体の男（面貌陌生的人）
　怪しい面体の男（樣子可疑的人）

**面貌、面貌**〔名〕面貌、面相、面像（=面体、顔付、人相、容貌）
　恐ろしい面貌（恐怖的面貌）
　面貌が一変する（完全改變面貌）
　農村の面貌が一変した（農村面貌煥然一新）

**面束**〔名〕〔數〕平面束線形

**面対称**〔名〕二個立體圖形關係的一個、立體圖形的性質之一

**面蛸**〔名〕面蛸科的軟體動物

**面桶、面桶**〔名〕（盛一人份的）木片飯盒

**面展、面展**〔名〕謁見、拜見（=拜顔、面拝）

**面拝**〔名〕謁見、拜見（=面展、面展、拜顔）

**面倒**〔名、形動〕麻煩，費事、照顧，照料（=世話、厄介）
　面倒な手続き（麻煩的手續）
　面倒な問題（麻煩的問題）
　面倒な仕事を処理する（處理麻煩的工作）
　事を面倒に為る（使事情複雜化、弄出麻煩）
　人に面倒を掛ける（給別人添麻煩）
　御面倒を掛けます（給您添麻煩）
　料理を作るのが面倒なので、外の店で食べる（做飯很麻煩所以在外面的店吃飯）
　御面倒様ですが、乗車券を拝見致します（麻煩您借看一下車票）
　面倒を見る（照料、照顧）
　子供の面倒を見る（照料孩子）
　此では面倒を見切れない（這樣可無法照顧）
　彼の先生は生徒の面倒見が良い（那老師很會照顧學生）

**面倒がる**〔自五〕嫌麻煩、覺得麻煩
　少しも面倒がらない（一點兒也不怕麻煩）
　面倒がって為様と為ない（覺得麻煩而不打算做）

**面倒臭い、面倒臭い**〔形〕非常麻煩的
　面倒臭い仕事（非常麻煩的工作）

毎日買いに行くのが面倒臭い（每天買東西感覺麻煩）

彼は面倒臭い然うに返事を為た（他愛理不理地回答）

**面倒臭がる**〔自五〕嫌麻煩、覺得費事

彼は其を面倒臭がって何も為ない（他怕麻煩什麼都不做）

**面倒しい**〔形〕麻煩、費事（=面倒）

**面倒見**〔名〕照料、照顧

面倒見が良い（很會照顧）

面倒見が悪い（不會照顧）

**面道、馬道**〔名〕殿舎和殿舎間用縱厚板鋪的簡單臉落通路（=馬道、馬道、長廊下）

**面廊**〔名〕殿舎和殿舎間用縱厚板鋪的簡單臉落通路（=馬道、馬道、長廊下）

**面通し、面通**〔名〕（對嫌疑者）當面對質

**面取**〔名〕削去稜角

**面と向かって、面と向って**〔副〕當面

面と向かって言い難い（當面不好說）

**面罵**〔名、他サ〕當面罵、當面責備

友人に面罵された（被朋友當面罵了一頓）

**面縛**〔名〕壞事被發現

**面晴**〔名〕嫌疑洗清

**面皮、面皮**〔名〕面皮，臉皮（=面の皮）、体面、面子、面目

面皮を剥ぐ（揭穿某人的厚顏無恥）

面皮を掻く（丟臉、沒面子）

鉄面皮（臉皮厚）

**面部**〔名〕面部、臉部（=顔、顔面）

面部にクリームを付ける（把面霜擦在臉上）

**面風**〔名〕表面扁線的風情

**面扶持、面扶持**〔名〕（江戶時代）荒作時依家族人數不論身分高低給的祿米

**面分**〔名〕〔數〕其本身不相交而且起點和終點相同的曲線圍成平面的範圍

**面壁、面壁**〔名〕面壁（=坐禪）

**面頬、面頬**〔名〕（軍隊、劍道）護面具

面頬を付ける（戴護面具）

**面目、面目**〔名〕臉面、名譽，體面、體裁

面目が無い（沒有臉面）

とんでもない事を為て終い、全く面目が無いと思っている（做毫無道理的事覺得沒面子）

面目を保つ（保持體面、保持名譽）保つ保つ

面目が立つ（保持體面）

そんな事では面目が立たない（這樣我可沒臉見人）

面目を失う（丟臉、沒面子、失去了名譽）

面目を施す（露臉、有光彩、獲得了名譽）

賞を受けて大いに面目を施した（得了獎非常有面子）

面目を気に為る（講體面）

面目に関わる（事關名譽、事關體面）関わる拘わる係わる

面目丸潰れ（面子丟盡）

面目丸潰れだ（臉丟光了）

算数の問題を子供に聞かれたが、全く分らず、親の面目丸潰れだった（被孩子問到算術題目卻全然不會簡直喪失了父母的顏面）

面目次第（面子）

面目次第も無い（無臉見人、臉上無光、十分丟人）

期待に応えられず面目次第も無い（辜負了您的期待實在無臉見人）

面目を一新する（面目一新）

駅は改装されて面目を一新した（車站改建的煥然一新了）

馬鹿な事を仕出かして面目無い（做了蠢事無臉見人）仕出かす為出かす

面目玉（臉面=面目）

**面面**〔名、副〕每個人、各個人、人們（=各各、銘銘、人人）

一座の面面（在座的人們、在座的每一個人）一坐

同席の面面（在座的人們、在座的每一個人）

面面好きな事を為る（各人做各人喜歡的事）

面面の蜂を払う（先反省自己、不要管別人先把自己做好）

面面の楊貴妃（人各有所好、情人眼裡出西施）

面面稼ぎ（各人各隨己意幹活）

面面捌き（各自自由處理、各人照自己的想法處理）

**面模**〔名〕假面具（=面、仮面）

**面諭**〔名〕當面訓誨

**面諛**〔名〕當面諂媚

**面友**〔名〕一面之識的朋友、只表面交際的朋友

**面妖、面妖、面妖**〔名、形動〕奇怪、可疑（=怪しい）

表示懷疑迷惑的語氣 はて、面妖（唉呀！真奇怪呀）

**面容**〔名〕面容、樣子（=面持ち）

滑稽な面容（滑稽的面容）

厳粛な面容（嚴肅的面孔）

**面鎧**〔名〕顏面的一種護具

**面、面**〔名〕臉，面孔（=顏）、表面（=面、表）

面長（長臉）

池の面（水池表面）

水の面（水面）

**主、重**〔形動〕主要，重要、〔轉〕大部分，多半

主な人物（主要的人物）

主な特徴（主要的特徵）

主な物産（主要的物産）

子供を主に為て考える（以孩子為主〔中心〕來考慮）

彼の会社は主に外国と取引を為ている（那家公司主要做對外貿易）

東京の大学生は主に地方から出ている（東京的大學生大部分來自地方）

**面、面**〔名〕臉，面孔（=顏）、表面（=面、面）、假面具（=面、仮面）、體面、顏面（=面目）

面を上げる（抬頭、仰起臉）

笑みを面に表す（面露笑容）表す現す著す顯す

面を振らず（頭也不抬、專心致志、埋頭苦幹、一往直前）

面起こし（有面子、恢復名譽）←→面伏せ

面伏せ（沒面子丟臉）←→面起こし

恥ずかしさに面を伏せる（害羞得低下頭）

面を冒す（不憚冒犯）冒す犯す侵す

面を冒して諫める（力諫）諫める勇める

面に負ける（見而生畏）

面つれなし（恬不之恥）

面に出さない（不動聲色）

面を被る（戴假面具）

海の面（海面）

海の面は油を流した様だ（海面平靜如鏡）

**表**〔名〕表面、正面、外表、前面、前門、屋外、外邊。（棒球）（每局比賽中）前半局←→裏

着物の表（衣服的正面）表面

本の表（書皮）

畳の表（蓆面）

絨毯の表（地毯的正面）

硬貨の表と裏（硬幣的反面和正面）

何事にも裏と表が有る（無論什麼事都有反面和正面）

表を飾る（裝飾外表）

表を張る（講究體面）

裏も表も無い正直な人（表裡如一的正直人）

表の戸（前門、正門）

誰か表を叩いている（有人在敲前門）

客を表の部屋に案内する（把客人讓到前客廳）

表に自動車が止まっている（房前停著汽車）

庭は家の表に在る（院子在房子前面）

表二階（正面的二樓）

表で遊ぶ（在屋外玩）

表が暗い（外頭暗）

表から誰か呼んでいる（外邊有人叫）

表を散歩して来る（到外頭去散散步）

喧嘩なら表へ出ろ（你要打架到外頭來！）

表に飛び出す（跳出來）

表の新鮮な空気を吸う（呼吸室外的新鮮空氣）

三回の表に得点を上げる（在第三局比賽的前半局得分）

**面掛、面懸、羈**〔名〕馬籠頭（從馬頭上綁在馬口鉗的繩子）←→鞦、胸懸, 鞦

**面繋**〔名〕馬籠頭（從馬頭上綁在馬口鉗的繩子）（=面掛、面懸、羈）

**面影、俤**〔名〕面貌, 容貌, 姿容, 風采（=顔付、面差し）、痕跡、遺跡

彼の面影が未だ目に見える様だ（他的面貌彷彿猶在眼前）

面影が目の前に浮かぶ（容貌浮在眼前）

弟は父親の面影にそっくりだ（弟弟的面貌和父親類似）

昔の面影は無い（已無往日風貌）

彼には尚昔貴族の面影が有る止める留める（他尚有往昔貴族的傳統風采）

尚昔の面影を留めている（還保留著往日的跡象）留める止める泊める停める

**面舵、面楫、面梶**〔名〕（使船頭向右的）右轉舵、右舷←→取舵

**面変わり、面変り**〔名、自サ〕容顔改變

彼の子は随分面変わりした（那孩子的模樣改變多了）

**面皰**〔名〕面瘡、面皰、粉刺、青春痘

顔に面皰が出来た（臉上長出了面皰）

**面形、面形、面形**〔名〕面貌、相貌（=顔付、顔立ち、面差し、面差、面差）

**面差し、面差、面差**〔名〕面貌、相貌（=顔付、顔立ち）

面差は御母さんにそっくりだ（臉龐和母親一模一樣）

此の子供の面差は母親に良く似ている（這個孩子的面貌很像媽媽）

**面立ち、面立**〔名〕面貌、相貌（=顔付、顔立ち、面差し、面差、面差）

見目麗しい面立（眉清目秀的面貌）

立派な面立（漂亮的容貌）

二人は似通った面立を持っている（兩個人長得很像）

**面立たし**〔形シク〕有面子的、榮譽的、盛大的

**面黒い**〔形〕〔俗〕有趣、有意思（面白い的詼諧語）

**面白い**〔形〕有趣, 有意思, 精彩, 滑稽, 可笑、愉快, 快樂, 高興、新奇

面白い小説（有趣的小說）

面白い計画（引人入勝的計畫）

面白い勝負（精彩的比賽）

面白い試合（精彩的比賽）

話が面白い（說話有意思）

子供達は面白い然うに遊んでいる（孩子們玩得很有趣）

林先生の授業はちっとも面白くない（林老師的課一點也不精采）

面白くない（沒趣、不妙、不佳、不順利、不稱心）

形勢が面白くない（情勢不妙）

始めは良かった結果が面白くない（開頭很好但是結果不佳）

面白い結果を見る（看到有價值的結果）

返事が面白くない（回信令人不痛快）

面白くない評判（不好的風評）

ㄇ

両国の関係はどうも面白くない（兩國的關係老是不太融洽）

面白くない面持ちを表した（現出不高興的表情）

彼の病気は面白くない（他的病不見好）

道化師の仕種が面白くない（丑角的動作不滑稽）

彼の面白い仕草で皆を笑わせた（他以滑稽的動作逗人笑）

面白くて堪らない（非常可笑）

面白い旅行（愉快的旅行）

昨日は非常に面白かった（昨天太快活了）

面白然うに笑い出した（愉快地笑起來了）

一日面白く遊んだ（愉快地玩了一天）一日一日一日一日朔

面白い庭作り（風雅的庭園）

其処が面白い処だ（妙處就在那裏）

話が段段面白く為って来る（情節越來越妙、話頭越來越妙）来る繰る剌る

何か面白い事は無いか（有什麼趣聞沒有？）

何も面白い事は無いね（沒什麼趣聞）

迚も面白いnewsを聞いた（聽到新奇的消息）

**面白がる**（自、他サ）感覺有趣、以…取樂

洒落を聞いて面白がる（聽詼諧話感到有趣）

子供は動物を虐めて面白がる（小孩逗弄動物玩）虐める苛める

彼は良く人をからかって面白がる（他愛拿別人開心）

子供達は其の玩具を面白がった（孩子們興致勃勃地玩那個玩具）玩具玩具

面白がって聞く（聽得很有趣）聞く聴く利く効く

**面白さ**〔名〕趣味、樂趣

君は釣の面白さを知るまい（你大概不懂得釣魚的樂趣吧！）

読書の面白さを知る（懂得讀書的樂趣）

科学を研究する面白さを発見した（發現了研究科學的樂趣）

**面白味**〔名〕趣味、興趣（＝趣）

洒落の面白味が分らない（不懂詼諧的趣味）分る解る判る

彼には僕の洒落の面白味が分らなかった（他不懂我詼諧的趣味）

旅行は連れが無いと面白味が無い（旅行若沒有伴就沒有趣）

**面白可笑しい**〔形〕非常有趣的、非常快活的、滑稽可笑的

面白可笑しく踊る（非常快活的跳舞）

然う笑うな、面白可笑しい話じゃない（不要那麼笑並不是滑稽可笑的事）

面白可笑しい話を為る（說滑稽可笑的事）

**面白半分に**〔副〕半開玩笑地、鬧著玩地

面白半分に仕事を為るな（別帶玩笑地做事）

面白半分に試験して化学繊維を発見した（半開玩笑地做實驗而發現了化學纖維）

面白半分に言った事が彼女を傷付けた（鬧著玩的話傷了她的心）

**面白尽く**〔名〕乘興、為了興趣（＝興味本位）

面白尽くに弟をからかう（乘興同弟弟開玩笑）

面白尽くに買った許りの時計を分解して見た（為了興趣把剛買的手錶拆開來看了）

**面長**〔名、形動〕長臉、橢圓臉

面長な美人（長臉的美人）

面長な人（長臉的人）

**面無し**〔形ク〕〔古〕慚愧的（＝恥ずかしい）、不知恥的，厚臉皮的（＝厚かましい）、沒面子的

**面映い**〔形〕害羞的、羞愧的（＝恥ずかしい、照れ臭い）

余り褒められたので、些か面映い（因為受到過分的誇獎感覺有些害羞）聊か些か些か

余り褒められて面映い（受到過分的誇獎怪不好意思的）

面映げに笑う（磨不開臉似地笑）

**面持ち、面持**〔名〕神色、面色、表情（＝顔付、顔色）

不安な面持ち（擔心的神色）

心配然うな面持ち（擔心的神色）

何方とも決し兼ねた面持ち（不知如何是好的表情）

納得の行かない面持ち（想不通的表情、不能理解的表情）

怪訝な面持ちで私を見た（以詫異的表情看了我一眼）

**面忘れ、面忘**〔名、自サ〕見面不認識熟人、忘記是誰、忘面孔

あんまり美しく為ったので、すっかり面忘れして終った（因為變得太漂亮了，簡直認不出來了）

すっかり面忘れして終った（簡直不認識了）

**面伏せ、面伏せ**〔名、形動〕害羞，慚愧，不好意思、沒面子

実に面伏せな話ですが（實在不好意思說不過…）

面伏せな事を為た（做了沒面子的事情）

**面輪**〔名〕顔面（＝顔）

**面**〔名〕〔俗〕面孔，臉面（＝顔）、表面

不味い面（醜臉）拙い

大きな面を為るな（別擺架子）

偶に面を見せろ（偶而露臉吧！）

あんな奴の面は二度と見度くない（那傢伙的嘴臉我再也不想看了）二度二度 再び

何の面下げて（有什麼臉面）

何の面下げて頼みに来たのか（你還有什麼臉來求我）

面の皮が厚い（厚臉皮）熱い暑い篤い

面の皮が薄い（臉皮薄）

面の皮が千枚張り（臉皮厚、厚顏無恥、恬不知恥）

面の皮が無い（臉皮厚）

面の皮を剥ぐ（叫人丟臉 揭破人的臉皮）接ぐ 短ぐ

面の皮をひん剥く（叫人丟臉、揭破人的臉皮）向く

面の皮をひん捲る（摘下厚臉皮、給不知恥的人一番教訓）

面を膨らす（板起面孔）

面あ見ろ（活該！）

面で人を切る（驕傲自大）

面から火が出る（羞愧得面紅耳赤）

面に似せて臍を巻く（人心不同有如其面）

面と向って（當面、面對面）

面汚しに為る（給…丟臉、跟著丟臉）

川の面（河面）

活字の面（鉛字的表面）

上っ面丈知っている（只知道皮毛）

**面**〔接尾〕擺出某種面孔

金持面を為る（擺出富翁的面孔）

亭主面を為る（擺出一家之主的面孔）

学者面を為る（擺出學者的面孔）

先輩面を為る（擺老資格）

**面当て、面当**〔名〕諷刺，指桑罵槐、賭氣，洩憤（＝当て擦り）

面当てを言う（說諷刺話、指桑罵槐）

面当てがましい事を言う（說帶刺的話）

貴方への面当てに彼が然う言ったのです（他指桑罵槐是衝著你來的）

夫への面当てに家出する（為了跟丈夫賭氣離家出走）

夫への面当てに実家へ帰る（跟丈夫賭氣回娘家）

彼は僕に面当てにそんな事を為ているのだ（他做那個是為了跟我賭氣）

**面明かり**〔名〕〔劇〕（演歌舞伎時照演員面孔的）長柄蠟燭臺

## 面構え、面構〔名〕〔表卑〕面貌、長相（=顔付、面付き）

獰猛な面構えのブルドッグ（長相猙獰的牛犬）

大胆不敵な面構え（天不怕地不怕的神態）

太太しい面構え（目中無人的面貌）

面構えが憎らしい（相貌可憎）

## 面付き、面付〔名〕〔表卑〕面貌、長相（=顔付、面構え、面構）

英雄らしい面付き（貌似英雄的長相）

## 面作り〔名〕〔表卑〕面貌、長相（=顔付、面構え、面構、面付き、面付）

## 面魂、面魂〔名〕〔表卑〕面貌、神氣

大悪無双の面魂を為っている（顯出一副窮凶惡極的面相）

忠勇無双の面魂を為っている（顯出一副忠勇無雙的面相）

不敵な面魂（大無畏的氣概、剛毅不屈的面貌）

## 面憎い〔形〕〔表卑〕面貌可憎的、令人討厭的

面憎い奴（面貌可憎的傢伙）

彼奴は全く面憎い奴だ（他實在是一個面貌可憎的傢伙）

彼は面憎い程落ち着き払っている（他那副四平八穩的樣子真令人討厭）

## 面の皮〔名、連語〕〔表卑〕臉皮（=面皮、面皮）

面の皮が厚い（厚臉皮、厚顏無恥）

面の皮千枚張り（厚顏無恥）

面の皮を剥ぐ（叫人丟臉 揭破人的臉皮）

面の皮をひん剥く（叫人丟臉、揭破人的臉皮）

何時か彼奴の面の皮をひん剥いて遣るぞ（總有一天要他丟人現眼）

良い面の皮だ（〔自嘲〕丟人現眼、真活該）

## 面見せ〔名〕露面（=顔見せ）、出席，參加（=顔出し）

## 面汚し〔名〕丟臉、出醜

彼の行為は一家の面汚だ（他的行為給全家丟臉）一家一家

御前は一家の面汚だ（你丟了一家人的臉）

全く親の面汚だ（丟光了父母的臉）

## 面皰〔名〕面皰、青春痘（=二禁）

面皰が出来る（長青春痘）

面皰だらけの顔（滿是青春痘的臉）

## 麺、麵（ㄇ一ㄢˋ）

## 麺、麵〔名、漢造〕小麥粉，麵粉（=麦粉、小麦粉）、麺，麺條（=麺類、蕎麦、饂飩）

麺を食べる（吃麺條）

新麺（新麺）

素麺、索麺（素麺）

素麺を茹でて食べる（煮素麺吃）

棊子麺（名古屋方言）（扁麺條=紐革饂飩）

湯麺（中國語音譯）（湯麺、熱湯麺）

ラーメン、拉麺、老麺（來自中國語）（中式麺條=中華蕎麦）

味噌拉麺（味噌拉麺）

バター拉麺（奶油湯麺）

インスタント拉麺（泡麺）

拉麺屋（麺館）

## 麺粉、麵粉〔名〕麵粉（=小麦の粉）

## 麺棒、麵棒〔名〕麵杖、麵棒、麵棍（=麦押、麦押木）

麺棒を使って押し伸ばす（用麵棒撤開）

## 麺類、麵類〔名〕麵條類（如素麺、索麺、蕎麦、饂飩）

麺類を常食する（常吃麵類的食品）

## 麺包、麵包〔名〕（來自中國語）麵包（=パン、麺麭）

乾麺包で飢を凌ぐ（吃硬麵包充飢）

## パン、麵麭〔名〕麵包、食物、生活

パンを焼く（烤麵包）

パンを作る（烤麵包）

自分の家でパンを焼く（在自己家裡烤麵包）

人はパンのみて生きる物に非ず（人不是靠麵包生活的）

人はパンの為にのみ生くるに非ず（人不單是為麵包而活著）

パンの為に働く（為麵包而工作）

パンにバターを塗る（麵包上塗奶油）

パンにバターを塗って（付けて）食べる（將奶油塗在麵包上吃）

パンの問題（生活問題）

パン屑（麵包渣）

パン焼き釜（烤麵包爐）

餡パン（豆沙麵包）

パン食（以麵包為主食）

パン種（麵包酵母）

パン粉（麵粉、小麥粉）

パンの木（麵包樹）

## 民（ㄇㄧㄣˊ）

民〔名、漢造〕民、人民、人群、人們（＝民、人人）

官を民が対立する（官和民對立）民民官官司宰典士長つかさつかさつかさつかさつかさつかさ

遊牧民（遊牧民）

遊民（無業遊民）

避難民（難民）

君民（君主和人民）

軍民（軍隊和人民）

市民（市民、公民、資產階級）

士民（士族和平民、武士和庶民）

四民（士農工商、各階級的人）

私民（屬於貴族並為其效勞的私民）

臣民（君主國家的人民）

人民（人民）

住民（居民）

国民（國民）

県民（縣民）

島民（島上居民）

道民（北海道的居民）

下民（平民、庶民、身分地位低的人）

万民（萬民、全國人民）

蛮民（野蠻的民族、未開化的民族）

公民（公民）

良民（善良的公民）

愚民（愚民）

区民（區民、區內居民）

庶民（庶民、平民、群眾）

選民（〔宗〕上帝的選民）

賤民（賤民、最下層的人民、古代被任意買賣的奴隸）

平民（平民）

農民（農民）

移民（移民、移住國外的僑民）

難民（難民）

窮民（貧民）

救民（救濟災民貧民）

細民（貧民、窮人）

貧民（貧民、窮人）

開拓民（開墾民）

愛民（愛民）

安民（安民）

済民（濟民）

流民、流民（流離失所的人民、到處流浪的人們）

殖民、植民（殖民、移民）

民意〔名〕人民的意志、國民的意見、一般人們的想法

民意を尊重する（尊重民意）

民意を尊重した政治（尊重民意的政治）

民意を重視する（重視民意）

民意を問う（徵詢民意）

**民営**〔名〕民間經營←→官営、公営、国営

民営のバス（民營公車）

国営を民営に切り替える（把國營改為民營）

民営鉄道（民營鐵路）

**民煙、民烟**〔名〕一般庶民的家（=民家、民屋）

**民屋**〔名〕人民的家屋（=民家）

**民家、民家**〔名〕人民的住家、老百姓家（=民屋）

兵隊が民家に分宿する（軍隊分住在老百姓家裡）

此の辺りには民家が多い（這附近一帶民宅很多）

明治時代の民家を保存する（保存明治時代的民房）

**民居**〔名〕人民的住居（=民家、民屋）

**民戸**〔名〕人民的家（=民家、民屋）

**民間**〔名〕民間、民営、私營（=坊間）

民間の伝説（民間的傳說）

民間に古くから伝わる伝説（民間自古流傳下來的傳說）

民間の学者（在野的學者）

民間外交（國民親善外交）

民間会社（民營公司）

民間銀行（普通銀行、市中銀行）←→中央銀行、特殊銀行

民間人（民間的人、老百姓、不是公家機關的人）

民間信仰（民間的信仰）

民間説話（民間流傳的故事）

民間伝承（古代傳來的民間傳說習俗）

民間放送（民營廣播）←→公共放送

民間放送局（民營電台）

民間貿易（民間貿易）

民間療法（民間療法-温灸、鍼、針灸、按摩、接骨、指圧、電気療法、紫外線療法等等）

民間薬（民間療法所用的藥物）

民間芸術（民間藝術）

民間舞踏（民間舞蹈）

**民業**〔名〕民營事業、民間事業←→官業

民業移管（移交私營事業由國家管理）

**民苦**〔名〕民民的苦楚

**民具**〔名〕庶民日常生活所需的用具（=有形民族資料）

**民芸**〔名〕民間藝術、民間工藝品（=民衆芸術、民俗芸術、郷土芸術）

民芸品（民間藝術品）

**民権**〔名〕人民的權利

民権を擁護する（擁護民權）

民権運動（民權運動=自由民權運動）

民権論（民權論=自由民權論）

民権自由論（"植木枝盛"著的政治思想書）

民権主義（民權主義）

民権党（民權黨）

**民国**〔名〕"中華民國"的簡稱

民国元年（民國元年）

**民財**〔名〕人民的財產（=民幣）

**民事**〔名〕民事←→刑事

民事会社（礦業漁業農業以外以營利為目的的社團法人）

民事裁判（民事裁判）

民事事件（民事案件）

民事責任（民事責任）

民事調停（民事調停）

民事訴訟（民事訴訟）←→刑事訴訟

民事訴訟法（民事訴訟法）

民事法（民事法）

民事犯（民事犯）

**民主**〔名〕民主、民主主義←→君主
　職場の民主化を図る（謀求工作單位的民主化）図る量る計る測る謀る諮る
　民主的（民主主義的=デモクラチック）←→封建的、独裁的
　会議を民主的に運営する（用民主方式主持會議）
　問題を民主的に討論する（對問題進行民主討論）
　民主国（民主國）
　民主化（民主化）
　民主国家（民主政權的國家、主權在民的國家、民主主義的國家）
　民主社会主義（民主社會主義）
　民主社会（民主社會）
　民主社会党（民主社會黨）
　民主党（民主黨）
　民主自由党（民主自由黨）
　民主主義（民主主義=デモクラシー、民本主義）
　民主政治（民主政治）
　民主協議（民主協商）

**民需**〔名〕民間的需用←→官需、軍需
　民需品（民間需用品）
　民需品を生産する（生産民間需用品）

**民衆**〔名〕大衆（=衆民、群衆、庶民）
　民衆の声を聞く（聽取群衆的意見）
　民衆の声に耳を傾ける（傾聽民衆的意見）
　民衆の支持を得る政治（得到民衆支持的政治）得る獲る選る
　民衆を呼び醒ます（喚起民衆）覚ます醒ます冷ます
　民衆駅（政府與民衆合資興建而成的火車站）
　民衆的（大衆化的）
　民衆化（大衆化）

　民衆芸術（大衆藝術）

**民宿**〔名〕一般民家經許可副業性經營給遊客住宿的民房、農家投宿、投宿的農家
　民宿はホテルより料金が安いです（民宿的費用比旅館便宜）安い廉い易い

**民庶**〔名〕庶民、人民

**民情**〔名〕國民的實情、人民的心情（=民心）
　民情の視察（視察民情）
　民情視察（視察民情）
　民情を視察する（視察民情）
　民情を調査する（調査民情）

**民心**〔名〕民衆的心情、民衆的想法和心境、民衆的支持（=民情）
　民心の安定を図る（謀求安定民心）
　民心が動揺する（民心動搖）
　民心の向背（民心向背）
　民心の向う処（民心所向）
　民心を把握する（掌握民心）

**民生**〔名〕人民的生活和生計
　民生を安定する（安定民生）
　民生委員（為增進民衆民衆福利，受厚生大臣委囑，經都道府縣知事推薦而設立，任期三年，由兒童委員兼任（=方面委員）
　民生主義（民生主義）
　民生部（人口二百五十萬以上的道府縣所設立、掌管社會福祉、社會保障的部局）

**民声**〔名〕人民的聲音、社會的輿論

**民政**〔名〕為了人民的政治、維持公共安寧增進人民福祉為目的的政務←→軍政
　民政に移管する（移交民政）
　民政移管（移交民政）
　民政党（民政黨－"立憲民政党"的簡稱）

**民籍**〔名〕国籍、平民籍、戶口調査登録的帳簿

**民設**〔名〕民間設立、人民設立的東西

**民選**〔名、他サ〕人民選舉、人民選舉的東西（=公選）←→官選
　民選議員（民選議員=代議士）

民選国会議員（民選國會議員）

民選知事（縣長）

民選議院（議會=代議院）

民訴〔名〕〝民事訴訟〟的簡稱←→刑訴

民俗〔名〕人民的風俗、民間的習俗（=土俗）

民俗学（民俗學=民伝学）

民俗芸能（民俗藝能=郷土芸術）

民族〔名〕民族

民族の独立を勝ち取る（獲得民族獨立）

日本は一つの民族で作られている国である（日本是單一民族所組成的國家）

民族意識を高める（提高民族意識）

民族意識（民族意識）

民族衣装（民族服裝）

民族音楽（民族音樂）

民族運動（民族解放運動）

民族解放運動（民族運動-殖民地從屬國國內少數民族的獨立運動）

民族学（民族學=エスノロジー、文化人類学）

民族国家（民族國家=国民国家）

民族主義（民族主義）

民族誌（民族學研究收集資料的學問）

民族心理学（民族心理學）

民族自決（民族自決）

民族自決主義（自己民族決定自己政治命運的權利不許他民族干涉的主義）

民族資本（民族資本）←→外国資本

民族精神（民族精神=民族性）

民族性（民族性=民族精神）

民族大移動（從四世紀末到六四紀左右歐洲的人口大遷移）

民譚〔名〕民間傳說（=民話、民間說話）

民話〔名〕民間故事、民間傳說（=民譚）

民話劇（民間傳說劇）

民団〔名〕（僑居國外的）民眾團體（=居留民団）

民地〔名〕民有土地（=民有地）

民地を買い上げて学校を建てる（收購民有地建學校）建てる立てる経てる点てる断てる

絶てる裁てる発てる

民有〔名〕人民所有←→官有、国有

民有地（民有土地=民地、私有地）

民有林（民有林地=民林、私有林）←→国有林、公有林

民有社（明治二十年〝德富蘇峰〟創立的政治結社）

民定憲法〔名〕國民代表制定的憲法（=民約憲法）←→欽定憲法、議定憲法

民幣〔名〕人民的財產（=民財）

民度〔名〕國民住民的生活貧富和文明進步的程度

民度の低い国（民度低的國家）

民度が高い（人民的文化水準高）

民度の高い地方（人民的文化水準高的地方）

民党〔名〕明治中期以自由黨改進黨為中心的反政府政黨的總稱

民同〔名〕〝民主化同盟〟的簡稱

民徳〔名〕人民的道德（=徳義）

民泊〔名、自サ〕在民家投宿 投宿的民家（=民宿）

民部省〔名〕〔古〕民部省（主管戶籍、租稅、土木、交通等）

民部卿〔名〕〔古〕民部省的長官

民風〔名〕人民的風俗、民間的習氣

民福〔名〕人民福利、社會福利

民兵〔名〕民兵

民兵を訓練する（訓練民兵）

戦争の為に大大的に民兵を募る（為了戰爭大規模地招募民兵）

民兵制（平時從事一般職務戰時武裝起來組成軍隊的制度）

民望〔名〕人民的希望、一般國民的願望、社會上的聲望（=衆望輿望）

民法〔名〕民法

民法の規定に依る（根據民法的規定）依る由る縁る因る寄る撚る縒る拠る選る

民法典（民法）
民放〔名〕民間廣播（=民間放送）
民報〔名〕民間的報紙
民本主義〔名〕民本主義（=民主主義、デモクラシー）
民約説〔名〕民約論（=社会契約説）
民約論〔名〕民約論（=社会契約説）
民有〔名〕私有、人民所有←→官有、国有
　　民有地（私有地）
　　民有林（私有林）
　　民有財産（私有財産）
民謡〔名〕民謡
　　民謡を歌う（唱民謡）歌う謳う謡う詠う唄う
　　民謡を譜に取る（採譜民謡）取る採る執る撮る捕る獲る摂る盗る録る
　　台湾の民謡を研究する（研究台灣民謡）
民力〔名〕人民的經濟力量、人民的勞動力量
　　民力を調べる（調査民力）
　　民力を養う（培養民力、涵養民力）
民〔名〕人民（=国民、蒼生）、臣民
　　十億の民の国家（十億人民的國家）
　　民の声（人民的呼聲）
　　民の愛する心（愛民之心）
民草、民草〔名〕人民（=国民、蒼生、民の草葉）
　　民草の声を聞く（傾聽人民的呼聲）

## 皿、皿（ㄇ一ㄣˇ）

皿、皿〔漢造〕一種廣口而底淺的容器、器皿
皿、盤〔名〕碟子、盤子、一碟菜、一盤菜、碟形物、膝蓋骨（=膝皿）←→鉢
　　皿に盛る（盛在碟子裡、盛在盤子裡）皿盤更新盛る守る漏る洩る守る
　　料理を皿に盛る（把菜盛在碟子裡）
　　皿に入れて出す（盛裝在碟子裡端上來）容れる煎れる射れる要れる炒れる居れる鋳れる

銘銘の皿に取り分ける（分盛在每個人的盤子裡）
目を皿の様に為て搜す（睜大眼睛尋找）搜す探す
皿洗いを為る（洗盤子）洗い荒い粗い
料理を三皿を頼む（叫三盤菜）
秤の皿（秤盤=秤皿）
河童の頭の皿（河童頭頂上的一塊禿頭）
膝の皿（膝蓋骨=膝皿）
皿洗い〔名〕洗盤子的人、女僕
皿洗機〔名〕自動洗盤機
皿貝〔名〕一種食用貝
皿駕籠〔名〕最初期的簡單竹製轎子坐位為盤狀
皿蜘蛛〔名〕節足動物皿蜘蛛科皿蜘蛛屬的蜘蛛的總稱
皿小鉢〔名〕廚房用陶瓷類的總稱
皿秤、盤秤〔名〕盤子秤（=天秤）←→桿秤
皿鉢、皿鉢，砂鉢〔名〕淺底大碗
皿花〔名〕置於茶席等處盤子裝水花瓣浮於其上水底裝飾石頭的觀賞用的東西
皿眼〔名〕睜得大大的眼睛
皿回し、皿廻し〔名〕耍盤子、耍盤子的藝人
　　皿回しを為る（耍盤子）
皿盛り、皿盛〔名〕（飯菜等）盛在盤子裡（的東西）

## 敏（ㄇ一ㄣˇ）

敏〔名、形動〕敏鋭、機敏（=すばしこい、素早い）←→鈍、鈍い
　　機を見るに敏だ（看機會看得快、非常機警）
　　彼は機を見るに敏だ（他很機敏、他善於見機行事）
　　機を見るに敏な人（機敏的人）
鋭敏（敏鋭、靈敏）
俊敏（聰明英俊）
明敏（聰明、靈敏）
過敏（過敏）

ㄇ

機敏（機敏、機靈）

不敏（不敏捷、無能）

英敏（英敏）

敏活〔名、形動〕敏捷、靈活←→鈍重

敏活に頭を動かす（靈活地動用腦筋）

敏活な動作（敏捷的動作）

敏活な動作でボールを投げる（以敏捷的動作擲球）

事務を敏活に処理する（敏捷地處理事務）

敏感〔名、形動〕感覺敏銳←→鈍感

敏感に意識する（敏感地意識到）

彼は敏感な男だ（他是敏感的男人）

此の子は音に対して敏感だ（這小孩對聲音很敏感）

此の装置は煙草に敏感に反応する（這個裝置對香煙反映很靈敏）

敏捷〔名、形動〕敏捷、機敏（=敏活、機敏、素早い）←→遅鈍、不敏

敏捷な動作（敏捷的動作）

動作が敏捷だ（動作敏捷）

行為が極めて敏捷である（行動非常敏捷）

敏捷な仕事振り（做事伶俐的樣子）

敏速〔名、形動〕敏捷（=素早い）←→遲鈍、緩慢、鈍い

敏速に事を片付ける（敏捷處理事情）

敏速な動作（敏捷的動作）

敏速に処理する（敏捷地處理）

敏腕〔名、形動〕（敏捷處理事務的）才幹，本領（=腕利き、辣腕）←→無能

敏腕を振う（大顯身手）振う揮う奮う篩う震う

彼は捜査に敏腕を揮う（他在捜查工作中大顯身手）

彼の敏腕に期待している（期望他能大幹一番）

敏腕を持って自ら任じている（自認為一個幹才）

敏腕な新聞記者（幹練的新聞記者）

大した敏腕だ（真有本事）

敏腕家（能辦事的人）

敏し、利し、鋭し、疾し〔形ク〕〔古〕敏捷、敏銳（=すばしこい、聡い）

敏耳〔名〕聽力敏銳（=鋭い耳）

## 憫、愍（ㄇㄧㄣˇ）

憫〔漢造〕憐憫、憂愁

不憫、不愍（可憐）

憐憫、憐愍（憐憫、同情）（舊讀作憐愍）

憫察〔名、他サ〕諒察

御憫察を乞う（伏維諒察）請う

憫笑、愍笑〔名、他サ〕憐憫而笑（=哀れみ笑う）

無知な行動を憫笑する（憫笑無知的行動）

憫笑を買う（贏得憐憫之笑）飼う

憫然、愍然〔形動、、副〕憐憫、可憐（=可哀相）

憫然たる心を起させられる（使人產生憐憫之心）

## 名（ㄇㄧㄥˊ）

名〔接頭〕〔造語〕表示出色、超群、有名的意思（=優れた、名高い）

〔接尾〕〔助數〕表示名義，名稱、人數（=人）

名演説を振う（作一場出色的演說）振う篩う奮う揮う震う

名刀を振う（揮名刀）

名コーチャ（名教練）

名作家（名作家）

野球の名コーチ（棒球的名教練）

少年野球の名投手（少年棒球的名投手）

学校名（學校名）

会社名（公司名）

二十名の生徒（二十名學生）

五十名の団体（五十名的團體）
十四名の観光団体（十四名的觀光團）
氏名（姓名、姓與名）
姓名（姓名）
盛名（盛名、大名）
声名（聲明）
無名（無名、不知名、不具名）
有名（有名、著名、聞名）
勇名（盛名、勇敢名聲）
知名（知名、有名、出名）
地名（地名）
家名（一家的姓氏、家的繼承人、一家的名聲）
画名（善畫的聲譽、畫家的聲望）
雅名（雅號、文雅的名字）
仮名（匿名）仮名（日文字母）真名〔漢字〕仮名（本名以外臨時的名稱）
本名（本名、真名）
科名（科名）
課名（課名）
下名（在下，鄙人、下列人名、正文後的署名）
人名（人名）
筆名（筆名）
件名（件名）
県名（縣名）
原名（原來的名字）
署名（簽名、簽的名）
書名（書名）
題名（題名、標題）
隊名（隊名）
代名詞（代名詞）
尊名（尊名、大名）
芳名（芳名、大名）

法名（出家人或死者的戒名）
俗名（俗稱、出家前的俗名、生前的名字）
戒名（法名、法號）
俗名（動植物等的俗名、庸俗不足道的名聲、俗名）
俗名（〔僧侶出家前的〕俗名 ←→法名，生前的名字←→戒名，俗稱）
属名（生物的屬名）
種名（生物的種名）
襲名（繼承藝名）
醜名（臭名）
賊名（賊名）
改名（改名、更名）
階名（音階名）
音名（表示音的高度的名稱）
市町村名（市鎮村名）
学名（學名、學術上名稱、學術聲望）
漢名（漢名）
官名（官銜）
艦名（艦名）
和名（日本名）
唯名論（唯名論）
匿名（匿名）
記名（記名、簽名）
指名（指定）
市名（市名）
四名（四人）
除名（除名、開除）
連名（聯名）
知名度（知名度）
売名（愛出風頭、沽名釣譽）
俳名、俳名（俳句詩人的筆名）
命名（命名、取名）
才名（才名）

罪名（犯罪名稱、犯罪聲響）
悪名、悪名（臭名、壞名聲）
英名（英名）
栄名（榮耀名聲）
虚名（虚名）
御名（日皇名）
嬌名（美麗名聲）
驍名（驍勇的名稱）
高名（著名、有名、您的大名）
高名（著名，有名＝高名、戰功）
功名（功名）
校名（學校名稱）
行名（行名）
著名（著名、有名、出名）
美名（好名聲、好聽的名目）
偽名（假名、冒名）
汚名（汙名、臭名、壞名響）
数名（數名）
百名（百名）

**名案**〔名〕妙計、好主意、好辦法（＝良い考え、素晴らしい思い付き）
 名案が浮かぶ（想出妙計、想出好主意）
 名案が浮かんだ（想出了妙計、想出了好主意）
 問題解決の名案を出す（提出解決問題的好辦法）

**名医**〔名〕名醫（＝名高い医者、優れて医者）
 名医に掛かる（請名醫診治）
 華陀が中国古代の名医である（華陀是中國古代的名醫）

**名園、名苑**〔名〕助名庭園
 新宿御苑と言う名園を参観する（參觀有名的庭園新宿御苑）
 頤和園と言う名園を参観する（參觀有名的庭園頤和園）
 天下の名園（天下名園）

**名演**〔名〕出色的演技，演奏

**名王**〔名〕聞名的國王、出色的君主

**名花**〔名〕名花、美女
 名花一輪（一枝美麗的花）
 深窓の名花（深窗美女）

**名家**〔名〕名門、名人
 彼は然る名家の出た（他出身於某一名門）或る
 名家の出（名門出身）
 名家の子弟（名門子弟）
 名家文集（名家文集）
 書道の名家（書法的名人）
 舞踊の名家（舞蹈的名人）

**名菓、銘菓**〔名〕名糕點、著名的點心
 大阪の名菓を味わう（品嘗大阪的有名糕點）

**名歌**〔名〕名歌、名詩歌
 名歌を混声四部合唱で歌う（以混聲四部合唱演唱名歌）歌う詠う謡う謳う唄う
 当世の名歌を集める（蒐集當代的名鴿）

**名画**〔名〕名畫、優秀的影片，著名的影片
 名画の展覧を見に行く（去看名畫展覽）行く往く逝く行く往く逝く
 ピカソの名画（畢卡索的名畫）
 名画の鑑賞（鑑賞名畫、欣賞著名電影）
 名画を鑑賞する（欣賞著名電影）
 名画を上映する（放映有名的電影）

**名鑑**〔名〕名鑑（＝名簿）
 音楽家名鑑（音樂家名鑑）
 科学者名鑑（科學家名鑑）

**名簿**〔名〕名冊、姓名簿、人名簿
 組合の会員名簿を整理する（整理公會的會員名冊）
 新会員の名前を名簿に加える（把新會員的名字記入名冊）

同窓会名簿（同學錄）

学生名簿（學生名簿）

**名器**〔名〕名器、珍貴器物

唐代の名器（唐代的名器）

**名妓**〔名〕名妓、名花、名歌妓

当代の名妓（當時的名妓）

**名技**〔名〕出色的演出、優秀的演技

**名義**〔名〕名義（=名号，名號、名分、名目，名目）

彼は私の名義で金を借りた（他用我的名義借了錢）

彼奴は私の名義で借金した（那傢伙用我的名義借了錢）

妻の名義で申し込む（用妻子的名義報名）

名義を借りる（假借名義）

名義上は彼の物だ（名義上是他的）

名義が立たない（名義上不成立）

株券の名義を書き換える（證券更換名義、證券辦理過戶）

名義書き換え（更換名義、過戶）

名義変更（變更名義）

個人名義（個人名義）

名義人（法律上表面出面的負責人）

**名教**〔名〕名教、儒教、人倫之教、聖人之教

**名曲**〔名〕有名的樂曲、優秀出色的樂曲

名曲鑑賞会（名曲欣賞會）

**名玉**〔名〕名玉、名貴的寶玉

名玉のブローチ（名玉胸針）

**名吟**〔名〕名詩歌、名俳句、出色的吟詠

**名句**〔名〕名句、著名的俳句、著名的句子

曠古の名句（空前的名句）

名句を吐く（說出名句）吐く 掃く 佩く 履く 穿く

**名君、明君**〔名〕施行善政的賢君、對時局有遠見的君子（=名主、明主）←→暗君

名君を輔弼する（輔弼名君）

**名月、明月**〔名〕名月、中秋的月（=芋名月、栗名月）

中秋の名月（中秋的名月）

**名犬**〔名〕名犬、有名的狗、優秀的狗

**名剣**〔名〕名劍、有名的劍、優秀的劍

**名言**〔名〕名言（=金言）

千古の名言を吐く（說出千古的名言）

名言を発する（出口名言=名言を吐く）

蓋し名言だ（的確是名言、說得好）

名言集（名言集）

**名工**〔名〕（繪畫、雕刻、陶器、名劍等）名師、名匠、巧匠

**名香**〔名〕名香、上等香

名香を焚く（焚名香）焚く 炊く

**名号、みょう号**〔名〕名稱，名聲，名譽、阿彌陀佛的名號

六字の名号（南無阿彌陀佛）

**名コンビ**〔名〕出色的配合、極好的搭配

ピッチャーとキャッチャーの名コンビ（投手和捕手的出色搭配）

**名作**〔名〕名作、傑出的作品

此の絵は古今の名作だ（這畫是古今的名作）

此の小説は古今の名作だ（這小說是古今的名作）

名作物（名作）

**名刹**〔名〕名刹、名寺院

法隆寺は１５００年の名刹である（法隆寺是一千五百年的名刹）

少林寺は中国の名刹である（少林寺是中國的名刹）

**名産**〔名〕名產

栗は天津の名産である（栗子是天津的名產）

林檎は青森の名産である（蘋果是青森的名產）

**名山**〔名〕名山

比叡山は京都の名山である（比叡山是京都的名山）

玉山は台湾に於いて名山の一つである（玉山是台灣的名山之一）

**名士**〔名〕名士（=名流）

名士を一堂に集めて会を催す（集名士於一堂開會）

各界の名士を一堂に集めて会を催す（齊集各界名士於一堂開會）各界各界

**名流**〔名〕名流（=名士）

名流の会合（名流的聚會）

**名刺**〔名〕名片

名刺を交換する（交換名片）

名刺の交換（交換名片）

名刺を出す（遞名片）

留守だったので名刺を置いて帰った（因為主人不在家故留下名片後回去）

名刺代り（代替名片）

名刺入れ（放置名片便於攜帶的東西=名刺受け）

名刺受け（放置來客名片的東西）

名刺判（照片規格之一=8、38×5、4公分）

**名詞**〔名〕名詞（=体言）

日本語では名詞の変化は無い（日語名詞沒有變化）

日本語の代名詞、数詞も名詞の中に含まれている（日語的代名詞數詞都包含在名詞裡）

固有名詞（固有名詞）

普通名詞（普通名詞）

**名辞**〔名〕名辭（在邏輯學以言語表示概念的東西）

名辞には主辞と賓辞とか有る（名辭有主語和賓語）

**名実**〔名〕名實、名稱和實質

彼は名実共に一流の芸術家だ（他是個名符其實的第一流藝術家）

彼は名実共に彼の組織の指導者だ（他是那組織名符其實的領導人）

名実共に（名符其實）

名実相伴う（名實相符、名實相稱）相伴

世間は兎角名実の相伴わない人が多い様だ（社會上名不符實的人似乎很多）

**名手**〔名〕名手、名人（=妙手）

射的の名手（名射擊手）

cello の名手（名大提琴家）

organ の名手（名鋼琴家）

碁の名手（名棋手）

名手を打つ（下很棒的棋子、下了一著好棋）打つ撃つ討つ

**名主、明主**〔名〕名主、明主（=名君、明君）←→暗君

名主を輔弼する（輔弼明君）

名主は一顰一笑を愛しむ（名君愛一顰一笑）愛しむ惜しむ

**名主、名主**〔名〕（江戶時代）關東地方的村長（關西地方稱為庄屋、肝煎）

**名酒**〔名〕名酒、名貴的酒（=銘酒）

名酒を飲む（喝名貴的酒）飲む呑む

名酒を贈る（贈名貴的酒）贈る送る

**名儒**〔名〕有名的儒者、優秀的學者

**名所、名所**〔名〕名勝

名所を見物する（遊覽名勝）見物（值得看的東西）

此の公園は桜の名所と為て知られている（這所公園是眾所皆知的櫻花勝地）

仏光山の名所巡りを為る（參觀佛光山名勝）

名所に見所無し（所謂名勝不一定好看）

名所案内（名勝指南）

名所図絵（有圖片的名勝指南）

名所旧跡（名勝古蹟）

Europaの名所旧跡を訪ねる（探訪歐洲的名勝古蹟）尋ねる訪ねる訊ねる

名所尽くし（一面把名勝詠入詩歌中一面描繪集結的東西）

名匠、名匠〔名〕名匠，名工巧匠、名藝術家、有名的學者、有名的僧侶（=名人）

名匠の手に為った彫刻品（名匠創作的雕刻品）為る生る為る鳴る

名匠が作ったバイオリン（名匠製造的小提琴）作る造る創る

名相〔名〕名宰相、有名的大臣、有名的總理大臣

名将〔名〕名將、名將軍、有名的大將

戦国時代の名将（戰國時代的名將）

名称〔名〕名稱（=呼び名、名前、呼称）、名譽、榮譽（=誉、名声、評判）

名称を改める（改名稱）改める革める検める

聞き難い名称を改める（改難聽的名稱）

名勝〔名〕名勝（=名所、名所）

名勝の地（名勝地）

名勝の鹿児島（名勝之地的鹿兒島）

名勝を探る（探訪名勝）

ペルーには名勝古跡が多い（秘魯多名勝古蹟）

名状〔名、自サ〕名狀、用言語表達

何とも名状し難い情景が展開された（展開了難以形容的情景）

何とも名状し難い様で有った（真是難以形容的情景）

名状す可からず（不可名狀、難以形容）

名城〔名〕名城、著名的城

名城を訪ねる（訪問名城）

名城大学（愛知縣名古屋市的名城大學）

名色〔名〕有名的藝妓、獲好評的藝者

名臣〔名〕名臣

孔明は劉備の名臣であった（孔明是劉備的名臣）諸葛亮

名臣言行録（朱憙撰的中國傳記）

名神〔名〕名古屋和神戸

名神高速道路（名神高速公路）

名人〔名〕名人、專家、（棋）國手（=名手達人）

彼奴は嘘吐きの名人だから信用出来ない（那傢伙是個撒謊專家不能相信他）

嘘吐きの名人（撒謊大王）

サッカーの名人（足球健將）

名人戦（名人比賽）

将棋の名人戦（將棋的國手比賽）

名人気質（名人特有的氣質=名人肌）

名人肌（名人的氣質）

彼には名人肌の所が有る（他有名人特有的氣質）

名人位争奪戦（爭奪名人賽）

名人芸（高超的技藝、獨創的方法）

名水〔名〕著名的清水、有名的河川（=名川）

名数〔名〕數字後附有單位的名稱（如二枚、三十センチ）、戶籍、有數字的名稱（如四聖、十戒、三宝、三景、五岳）

名声〔名〕名聲、聲響（=誉）

名声を博する（博得聲響）

彼の名声は地に落ちた（他的名聲掃地了）

名声の有る人（有名望的人）

其の発明で彼は世界的名声を得た（由於該項發明他博得了國際聲響）得る得る

画家と為ての名声が高い（以身為畫家而聞名）

名声が轟く（大名鼎鼎）

名石〔名〕有名的石頭、有來由的石頭

名跡〔名〕有名的古蹟、（繼承的）家名，稱號（=名跡）

名跡を巡る（環遊名跡）廻る回る

名跡を継ぐ（繼承家名）継ぐ告ぐ次ぐ接ぐ注ぐ

名跡〔名〕（繼承的）家名，稱號（=名跡）

父の名跡を継ぐ（繼承父親的家名稱號）

名籍、名籍〔名〕名簿、名薄、戶籍

名籍を整理する（整理名簿）

名籍を調べる（調査戶籍）

**名節**〔名〕名節
名節の有る人（有名節的人）
名節を重んずる（重視名節）

**名説、銘説**〔名〕有名學說（＝高説、卓説）
名説の真髄を研究する（研究有名學說的真諦）

**名川**〔名〕名川、有名的河川（＝名水）
長江は世界の三大名川の一つである（長江是世界的三大名川之一）揚子江
淡水河は台湾の名川である（淡水河是台灣的名川）

**名詮、名詮**〔名〕名詮自性、名詮自稱的簡稱
名詮自性、名詮自稱（〔佛〕名符其實、名實相符＝名実相応）

**名僧**〔名〕名僧、高僧
名僧の説教を聞く（聽高僧說教）聞く訊く聴く利く効く

**名族**〔名〕有名的家族（＝名門）、姓，姓名

**名地**〔名〕有名的土地

**名著**〔名〕名著
世界の名著を翻訳する（翻譯世界名著）
名著文庫（名著文庫）

**名帳、名帳**〔名〕名簿、名簿

**名鳥**〔名〕有名的鳥

**名店**〔名〕有名的店鋪（＝有名店）
名店街をぶらぶらする（逛名店街）

**名刀**〔名〕名刀、寶刀
伝家の名刀（家傳的寶刀）

**名答**〔名〕名答、精彩的回答、貼切的回答
議員の質問に対して名答を為た（對於議員的質詢給了精彩的回答）
御名答（您答對了）

**名徳**〔名〕高名聲的德行、高德行的人、僧侶的尊稱

**名馬**〔名〕名馬（＝駿馬）
名馬を買う（買駿馬）

新疆の馬は我国の名馬です（新疆馬是我國的名馬）
名馬と言われる丈有って、走るのが速い（真不愧被稱為名馬跑得很快）早い

**名盤**〔名〕名唱片

**名筆**〔名〕名筆、名書，名畫、畫家，書法家
張大千の名筆（張大千的有名書畫）
山水の名筆（有名的山水畫）

**名品**〔名〕著名的東西、優秀的東西（＝逸品名器）

**名物**〔名〕名產、有名的人或東西
名物に美味い物無し（名產不一定好吃、名實不一定相符）旨い甘い美味い旨い巧い上手い
駅の近くには、大抵其の土地の名物を売る店が有る（在車站附近大部分都有賣當地名產的商店）
ロンドンの名物は霧だ（倫敦以霧著名）
名物教授（與一般不同的有名教授）
名物男（有名的男人）
彼の人は会社の名物男だ（那人是公司的活寶）
名物切、名物裂（宋元時由中國傳入的貴重織物斷片）

**名分**〔名〕名分、名義、名目
親に対して子と為ての名分を尽す（對於雙親要盡為子之道）
大義名分を弁える（了解大義名分）
名分が立たない（名義上不成立）

**名文、名文**〔名〕名文、有名的文章←→悪文
名文を引用する（引用名文）
稀に見る名文（很少見的名文）
彼は中中の名文家だ（他寫得一手好文章）
清介納言の枕草子は名文と言われている（清介納言的枕草子被稱為名文）

**名聞、名聞**〔名〕（對某人）社會上的評論、名響、聲響（＝誉）
名聞を意に介せぬ（不在乎社會上對他的風評）

名聞に溺れる（一心求名）

**名篇、名編**〔名〕著名的詩文、優秀的書籍

**名方**〔名〕有名的處方、有名的藥方

**名宝**〔名〕有名的寶物

博物館に陳列して在る名宝（陳列在博物館的名寶）

**名峰**〔名〕有名的山

名峰富士を仰ぐ（仰視山形美麗的富士山）
扇ぐ煽ぐ

**名望**〔名〕名望、盛名

全世界の名望を集める（在全世界享盛名）

名望を一身を集める（集名望於一身）一身

名望の有る人（有名望而受尊敬的人）

名望家（有名望的人）

**名木、銘木**〔名〕有名的樹，有來歷的樹、上等香水

**名目、名目**〔名〕名目、口實、藉口

此の会社は名目丈で実態は何も無い（這公司有名無實）

名目丈で実力が無い（只有名目沒有實力）

彼は名目丈の会長（他只不過是掛名會長）

名目丈の物に為る（徒具虛名）

名目丈の福利事業（有名無實的福利事業）

名目丈の主席（只有名義上的主席）

名目丈の校長（只是名義上的校長、徒有其名的校長）

出張と言う名目で旅行する（以出差為藉口出去旅行）

腹痛と言う名目で休む（藉口肚子痛而休息）腹痛腹痛

野草の研究と言う名目でハイキングに出掛ける（用研究野草的名義出去郊遊）

胃痛の名目で学校をサボった（以胃痛為藉口翹了課）

其丈の理由では名目が立たない（只是那一點理由是不能夠成為藉口的）

名目賃金（〔不考慮物價漲跌以貨幣額所表示的〕名義工資）←→実質賃金

名目国民所得（名義上的國民所得）

名目読み（典故的習慣讀法）

名目貨幣（實質價值無關的通用貨幣）←→本位貨幣

名目資本（投下資本的貨幣額）←→物的資本

名目的定義（唯名定義）

名目論（唯名論）

**名門**〔名〕名門、世家（=名家）

彼の風格は名門の出に相応しくない（他的風度不像一個名門出身的人）

バドミントンの名門校（羽毛球負有盛名的學校）

名門校（具傳統和歷史的有名學校）

**名薬**〔名〕名藥、有名的特效藥

名薬で病気を直す（用名藥治病）治す

**名訳**〔名〕著名的翻譯、有名的翻譯本、有名的注釋

シエクスピアの名訳（莎士比亞的名譯本）

**名優**〔名〕名演員

歌舞伎の名優（歌舞伎的名演員）

オスカー賞を授けられた名優（領了奧斯卡獎的名演員）

名優の演技に認める（看名演員的演技看得入神）

**名誉、名誉**〔名、形動〕名譽，榮譽（=誉）、光榮，體面

名誉を勝ち得る（贏得榮譽）

其は名誉の関する問題です（那是有關名譽的問題）

此は私の名誉に関する問題だ（這是關係到我名譽的問題）

名誉を毀損した（破壞了名譽）

名誉毀損（破壞名譽）

ㄇ

名誉を傷付ける（沾汙名譽）
名誉は富貴に勝る（名譽勝於富貴）
選手は自分の学校の名誉の為に努力する（選手為各自學校的名譽而努力）
名誉の戦死を遂げた（光榮地佔死了）遂げる研げる磨げる砥げる
今回表彰されました事は身に余り名誉です（這次受到表揚感到非常光榮）
身に余り名誉（光榮之至）
今回の受賞は我が校の名誉だ（這次受獎是我校的光榮）
名誉の歌詠み（出名的和歌朗誦者）
名誉会長と為て推戴する（推為名譽會長）
名誉主席（名譽主席）
名誉市民（榮譽市民）
名誉教授（名譽教授）
名誉回復（恢復名譽）
名誉職（名譽職）
名誉刑（名譽刑）
名誉心（榮譽心）
名誉欲（名譽欲）名誉心

**名利、名利**〔名〕名利
名利心の強い男（名利心重的人）
名利心の凄く強い男（名利心非常重的人）
個人の名利を捨てる（捨棄個人的名利）棄てる
名利に汲汲と為る（汲於追求名利）

**名論、明論**〔名〕名論、高論
名論に耳に傾ける（傾聽高論）

**名**〔名〕通稱、姓名、名譽
戒名（法號、法名）
俗名（僧侶出家前俗名、生前的名字、俗稱）
俗名（動植物等的俗名、庸俗不足道的名聲、俗名）

本名（本名、真名）
仮名、仮名（假名、匿名）
仮名（日文字母）
家名、家名（姓氏、家聲、長子的地位）
大名（諸侯、奢侈，豪華的人）
大名（大名、盛名、大名）
小名（小諸侯）
称名、唱名（念佛）
高名（著名，有名、戰功）
高名（您的大名、高名）
功名（功名、野心）

**名謁**〔名〕宮中每天亥時（下午十點鐘）查勤點名時值夜人員報告姓名（=名対面、宿直申）

**名字、苗字**〔名〕姓、名號（=名号、名号）
名字は山田、名は太郎（姓山田名太郎）
名字は渡辺、名前は悟（姓渡邊名悟）
名字と名前を合わせて姓名と言う（姓和名合稱為姓名）
昔、一般の人人には名字が無かった（從前一般的人們並沒有姓）人人
名字帯刀（江戸時代准許特定的平民稱姓帶刀）

**名籍**〔名〕名帳、名帳和戸籍的總稱（=名簿、名簿）

**名帳、名帳**〔名〕列記名的帳簿

**名代**〔名〕代表、代理（的人）（=名代）

**名代**〔名〕名目，名義、著名
大学生の名代で人を騙す（以大學生的名義騙人）
名代の東海道（有名的東海道）
名代の法螺吹き（著名的吹牛大王）
名代の博徒（出名的賭徒）
名代の関門海底トンネル（有名的下關門司間的海底隧道）

**名田**〔名〕平安中期以後莊園的土地制度上的構成單位

**な**
**名**〔名〕名字，名稱，姓名、名聲，名譽、名義，名目

　名を付ける（起名）

　私は果物と名を付く物なら何でも好きだ（凡是叫做水果的我全都愛吃）

　家の犬に白と言う名を付けた（我給家裡的狗取名叫小白）

　名を変える（改名換姓、化名）

　名を指す（指名）

　名を後世に伝える（名垂後世）

　名を揚げる（揚名）

　名を後世に揚げる（揚名於後世）

　名を成す（成名）

　彼は作家と為て名を成す（他以作家成名）

　名を成さしめる（使之成名）

　名に立つ（出名）

　会社の名に於いて（以公司名義）

　慈善の名に隠れて（假冒慈善之名）

　校長の名で通知する（以校長的名義通知）

　社会改革を名と為て（以改革社會為名、以改革社會為藉口）

　そんな事を為たら学校の名を傷付ける（做那種事會有損學校的名譽）

　名を借りる（冒名、藉口）

　政治革新に名を借りる（藉口政治革新）

　慈善に名を借りて私利を図る（以慈善為藉口圖謀私利）

　名を汚す（破壞名譽）

　名を落す（弄壞了名聲、敗壞了名譽）

　名を正す（正名）

　名を釣る（沽名釣譽）

　名を隠す（隱姓埋名、匿名）

　名を売る（賣名）

　此は何と言う名ですか（這叫什麼呢？）

　姓は南郷、名は正義（姓南郷名正義）

　名を残す（留名）

　後世に名を残す後世（留名千古、留芳百世）

　歴史に名を残す（名垂青史）

　名を竹帛に垂れる（垂名竹帛）

　人は一代名は末代（人死留名）

　名を末代に留める（留名後世）

　名許りで実が無い（有名無實）

　名有り実無し（有名無實）

　名は実の賓（實力比名聲重要）

　名に負う（負盛名、名實相符）

　名に為負う（負盛名、名實相符）

　名は体を表す（名實相應）

　名丈の事は有る（名符其實、名不虛傳）

　名を捨てて実を取る（捨名取實）

　申請書に名を書き込む（申請書上填上姓名）

　巨匠の名に背かぬ（不負名匠之名）

　名も無し（無名）

　名の無い星は宵から出る（無名小子喜歡出風頭）

　骨を埋めて名を埋めず（埋骨不埋名）

　名の勝つは恥成り（名不符實最可恥）

　名を取るより得を取れ（要名不如要利）

　名を取った（有了名望）

**名宛**〔名〕收信人姓名住址（＝宛名）

　手紙に名宛を書く（信上寫上收信人的姓名住址）

　封筒に名宛を詳しく書いて下さい（信封請寫名收件人的姓名住址）

　名宛人（收信人、收件人）

**名折、名折れ**〔名〕丟臉、丟人、名譽掃地（＝不名譽）←→誉

　学校の名折に為る（給學校丟臉、有損學校名譽）

ㄇ

御前等は男の名折だ（像你這種人真給男人丟臉）

此の汚い通りは東京の名折だ（這條骯髒的街道是東京的恥辱）

事件が表沙汰に為れば我校の名折だ（事件如果明顯化的話就會敗壞我校的名譽）

**名親**〔名〕取名字的人、命名的人（＝名付親）

彼は私の名親だ（他是取我名字的人）

**名子**〔名〕農奴

名子制度（農奴制度）

**名古屋**〔名〕（地）名古屋

**名古屋帯**〔名〕（女人用鼓形的）和服腰帶（從名古屋開始流行）

**名護屋帯**〔名〕（肥前名護屋出產）兩端有穗子的和服腰帶

**名残、名残り**〔名〕離別，惜別、依戀，留戀、（臨別）紀念、遺跡，遺痕、後裔，子孫、連歌俳諧的最後一張紙

名残を惜しむ（惜別）

彼等は互いに手を振って名残を惜しんだ（他們互相揮手依依惜別）

名残の盃を酌み交わす（臨別舉杯暢飲）

名残は尽きないが御別れしましょう（雖然依依不捨還是分手告別吧！）

此の世の名残に一目彼女に会い度い（在與世長辭之前我想見她一面）一目

名残の涙（惜別之淚）

何時迄話しても名残は尽きない（說到什麼時候還是依依不捨）

御名残に何か話して下さい（請說幾句話作為臨別紀念）

御名残に此を上げる（給您這個作為紀念）

古代文明の名残（古代文明的遺跡）

台風の名残（颱風的遺跡）

冬の名残の雪（冬季的殘雪）

名残を留める（留下遺痕）

此の町は明治の名残を留めている（這條街還留有明治時代的遺跡）

昔の栄華は少しも名残を留めていない（昔日的榮華沒有留下半點遺跡）

名残なく晴れた青空（萬里晴空）

**名残狂言**〔名〕演員告別藝壇的最後演出

**名残の月**〔名、連語〕殘月、九月十三日的月亮

**名残惜しい**〔形〕惜別的、依戀的、依依不捨的

名残惜しい送別会だった（是一個依依不捨的送別會）

君と別れるのは名残惜しい（和你分手深感依依不捨）

御別れするのは大変御名残惜しいです（跟您們分別真感到依依不捨）

行く度くも有り又名残惜しくも有る（想走又捨不得走）

**名打て**〔名〕有名、著名

名打ての悪漢（有名的壞蛋）

名打ての美声（有名的歌喉）

名打てのバレリーナ（ballerine）（聞名的芭蕾舞女演員）

名打ての強か者だ（出了名的難纏人物）

**名指す**〔他五〕指名

しっきりと名指して下さい（請你清清楚楚地指出名來）

**名指し**〔名、他サ〕指名

名指しで非難する（指名道姓指責人）

決して間違いでは有りません、御名指しです（決不會錯因為是指名叫的）

名指しで呼ぶ（指名呼叫）

**名題、名代**〔名〕將人名或物名作標體、劇名招牌（＝名題看板）、頭牌演員（＝名題役者）

名題看板（歌舞伎劇名招牌、歌劇的海報）

名題役者（頭牌演員、能在海報上登載藝名的演員）

名題下（配角、次於頭牌的演員）

**名対面**〔名〕宮中每天亥時（下午十點）查勤點名時值夜人員報告姓名（＝宿直申）

**名高い**〔形〕有名的、著名的、卓越的

世界に名高いパリの凱旋門（聞名世界的巴黎凱旋門）

世界的に名高い学者（舉世聞名的學者）

西湖は風景を以て名高い（西湖以風景著稱）

スイスは風景を以て名高い（瑞士以風景著稱）

歴史上名高い所（歴史上著名的地方）

**名立たる**〔連体〕有名的、著名的（=有名な）

彼は名立たる物理学者だ（他是有名的物理學家）

世界に名立たる富士山（聞名世界的富士山）富士山不尽山不二山

名立たる人物（知名人物）

名立たる政治家（著名的政治家）

**名付ける**〔他下一〕取名、命名（=命名する）

古典的な名を名付ける（取比較古典的名字）

此を名付けてアルキメデスの原理と言う（把這個命名為阿基米得原理）

赤ん坊を花子と名付けた（給孩子取名叫花子）

**名付け、名付**〔名、自サ〕取名，命名、未婚夫妻（=許婚、許嫁）

祖母に名付けに為った貰う（請祖母給孩子取個名）祖母祖母

名付け親（除父母外給孩子命名的人）

**名取り、名取**〔名〕取藝名，被取藝名的人、著名，有名的人

芸者の名取り（藝妓的藝名）

**名無し**〔名〕無名

名無しの権兵衛（無名小卒）

名無し指（無名指=薬指）

**名に負う**〔連体〕名符相實的，名不虛傳的，負盛名的，著名的

東京は全く名に負う世界一の大都市だ（東京實在是名不虛傳的世界第一大都市）

名に負う奈良の大仏（著名的奈良大佛）

名に負う鎌倉の大仏（著名的鎌倉大佛）

**名乗る**〔自五〕自報姓名，自稱、出面說明、改姓

彼は名乗る事を拒んだ（他拒絕說出姓名）

刑事だと名乗る男（自稱是刑警的人）

田中と名乗る男が訪ねて来た（有位自稱是田中的男子來訪了）

伊藤と名乗る会計係が来ました（來了一個姓伊藤的會計）

事件の目撃者が名乗り出た（事件的目撃者出面作證了）

結婚した後妻の姓を名乗る（結婚之後改妻姓）

**名乗り、名乗**〔名〕自報姓名，自我介紹，自報的姓名、（能樂）（登場人物）自己報名。〔古〕（公卿、武士子弟成年後起的）本名

名乗りを上げる（自報姓名、使對方知道自己的存在、提名為候選人）

名乗り出る（自己報名）

本を忘れた人は名乗り出為さい（沒帶書的人報上名來）

自分が犯人だと警察に名乗り出た（他告訴警察說自己是個犯人）

**名広め、名披露目**〔名〕（藝人出師或商店開張時）向社會大眾傳揚藝名或店名

**名札**〔名〕名牌、姓名牌

名札を裏返す（上下班時把名牌翻過來）

名札を掛ける（掛上名牌）

左胸に名札を付けた（左胸上別上名牌）

名札を戸口に出す（把門牌掛在門上）戸口戸口

**名前**〔名〕姓名、名字、名稱、名義

名前は何と言うの（你的名字叫什麼？）

物に名前を付ける（給東西起名字）

製品に名前を付ける（給產品起名字）

封筒に名前を書く（在信封上寫名字）

品物の名前（物品的名稱）

其の人なら名前丈は知っています（那個人我只知道他的名字）

社長と言っても名前丈だ（說是董事長只不過是掛名而已）

社長の名前で通知書を出す（以社長的名義寄通知書）

漱石と言う名前で本を書いた（以漱石的名義來寫書）

名前負け．名前負（名不符實、徒有其名）

名前が為る（名過其實）

## 明、明、明（ㄇ一ㄥˊ）

**明**〔名〕（中國）明朝（1368-1662、二十代、二百九十四年）

**明朝**〔名〕中國明的朝廷、明朝、明代、明國

明朝活字（明體鉛字=明朝体）

明朝体（明體鉛字）

明朝綴（明朝流行線裝書的裝訂法）

**明朝、明朝**〔名〕明早、明晨（=明くる朝、翌朝、翌朝、明旦）

明朝出発の予定（預定明天早晨動身）

出張は明朝の予定（預定明天早晨出差）

明朝の第一便で台北に立つ（搭明早第一班班機到台北）

**明一統志**〔名〕中國的地理書、明英宗時李賢等所撰、共九十卷

**明楽**〔名〕中國明代的音樂

**明史**〔名〕中國的歷史書、清雍正時由〝張廷玉〞等把〝王鴻緒〞的（明史稿）取捨加減而成、共333卷、為正史之一

**明笛**〔名〕中國明代的音樂所用的橫笛

**明清楽**〔名〕中國傳來流行於江戶末期到明治中期的俗樂

**明**〔名〕〔佛〕智慧

〔接頭〕〔連体〕明天（=明日、明日、明日）、明的

明十日（明天的十日）

**分明、分明、分明**（分明、清楚）

**声明**（〔佛〕聲明-古代印度五明之一-研究音韻、文法、訓詁之學-佛的讚歌=梵唄）

**声明**（聲明）

**明闇**〔名〕現世和來世（=幽明）

**明暗流**〔名〕尺八的流派之一

**明王、明王**〔名〕〔佛〕〝五大明王〞中的〝不動明王〞、聰明的君子、賢明的天子

五大明王-不動明王、降三世明王、軍荼利明王、大威徳明王、金剛夜叉明王

**明後**〔名〕〔連体〕後天（=明後日、明後日、明後日）、後年（=再来年）

**明後日、明後日、明後日**〔名〕後天（=明明日）

**明後年**〔名〕後年（=再来年、明明年）

**明明後**〔名〕〔連体〕大後天（明明後日、明後日）、大後年（=明明後年）

**明明後日、明明後日**〔名〕大後天

**明明後年**〔名〕大後年

**明日、明日、明日、明日、明日**〔名、副〕明日、明天（=明くる日）

明日又御出で下さい（請明天再來）

今日は休業致しますので明日又御出で下さい（因為今天休息請明天再來）今日今日

明日伺います（明天去拜訪）

明日の百より今日の五十（明天得一百不如今天得五十、天上仙鶴不如手中麻雀）

明日は明日の風が吹く（明天刮明天的風、不擔心明天的事）

明日をも知れない命（命在旦夕）

明日はもっと良く為る（明天會更好）

明日出発する（明天出發）

明日はメーデーです（明天是五一勞動節）

**明年**〔名、副〕明年（=来年、翌年、明くる年）

明年学校に上がる（明年上學）上がる挙がる揚がる騰がる

明年の春に学校に上がる（明年的春天上學）

明年北海道に行く積りだ（打算明年去北海道）積り心算

明年度（明年度=来年度）

**明晩**〔名、副〕明天晚上（=明夜、翌晚、明日の晩、明夕）

明晩御伺いします（明天晚上去拜訪你）

明晩学校でダンスパーティーが有る（明天晚上學校有舞會）

**明夜**〔名、副〕明天晚上（=明晚、明日の夜）

**明夕**〔名、副〕明天晚上（=明日の晩、明日の夕方）

**明春**〔名〕明年春天（=来春）

卒業は明春の見込み（預計明年春天畢業）

明春帰国の見込み（預計來年春天回國）

**明匠、名匠**〔名〕學問技藝高超的人（=名人）、僧侶，有名的高僧

**明星**〔名〕金星、某界的名家，佼佼者（=スター）

明けの明星（晨星、曉星）

宵の明星（金星、長庚星）

歌の明星（詩歌的名家）

文壇の明星（文壇的泰斗）

画壇の明星（畫界的泰斗）

明日の明星（來日的名家）

**明神**〔名〕神的尊稱（如八幡大明神）

明神鳥居（神社前牌坊的一種）

**明礬**〔名〕〔化〕明礬

明礬石（明礬石）

**明**〔名〕明亮←→暗、眼識，眼力，視力

明皎皎たる月（明月皎潔、亮晶晶的月亮）

皎皎たる明月（皎潔明月）

先見の明が有る（有先見之明）

人の知る明無し（無知人之明）

人を見る明が有る（有識人之明）

明は以て秋毫の末を察するに足れども輿薪を見ず（見小不見大）

明も見ざる所有り（多麼明亮的眼睛也有看不到的地方）

明を失う（失明）

昆明（中國昆明）

幽明（陰間與陽世、光明與黑暗）

鮮明（鮮明、清晰、清楚）

闡明（闡明）

透明（透明、純潔，單純）

澄明（澄清、清澈）

長明（=鴨の長明）（鎌倉前期的文人歌人、通稱菊大夫）

山紫水明（山青水秀、山明水秀）

失明（失明）

簡明（簡單明瞭）

判明（判明、弄清楚）

分明（分明、清楚）

文明（文明、物質文化）

不明（不詳、不清楚、盲目，沒眼光）

自明（自明、當然）

平明（天亮，黎明、容易理解）

究明（研究明白、調查清楚）

糾明、糺明（究明、查明）

言明（斷言、把話講清）

釈明（闡明、說明、辯明）

証明（證明，證實、證據）

照明（照明、照亮、舞台燈光）

声明（聲明）

清明（清明、十二節氣之一）

晴明（晴明）

精明（精明）

説明（說明、解釋）

表明（表明、表示）

弁明（辯明、辯白、說明、解釋）

賢明（賢明、明智、高明）

聡明（聰明）
発明（發明）
聖明（天子的明德）
未明（黎明、拂曉）
天明（天亮、拂曉）
黎明（黎明）
神明（神、神明）
晨明（黎明、晨星）

**明暗**〔名〕（繪畫和相片）明暗光明和黑暗幸福和不幸悲傷和喜悅
　人生の明暗の両面（人生的光明的一面和黑暗的一面）
　人生は明暗の糾った物である（人生是悲喜交集的）涌ける沸ける
　其の事件が二人の明暗を分けた（這事件使兩個人的命運否泰分明）分ける別ける湧ける
　唯一度のミスが勝負の明暗を分けた（僅僅一次的錯誤即判定了勝負的分野）唯只徒
　此の絵は明暗の具合を良く表している（這畫的明暗表現很好）工合表す著す現す顕す
　明暗を付ける（畫出明暗）
　明暗法（明暗法）
　明暗灯（一定距離擺設燈台表現明暗的不動光）
　明暗流、明暗流（尺八的一個流派）

**明夷**〔名〕易的64卦的一個、上卦為坤（地）、下卦為離（火、日）

**明衣**〔名〕奉祀神明時沐浴後所穿的白色淨衣

**明快**〔名、形動〕明快、清楚明瞭
　明快な説明（明快的解釋）
　明快な答弁（明快的答辯）
　即座に明快な答えが返って来た（當即有了明快的回答）
　此の論文は論旨が明快だ（這篇論文主旨清楚明瞭）

**明解**〔名、他サ〕明確的解釋、不逐一解釋亦能完全明白的樣子
　日本語文法を明解する（明確地解釋日語文法）
　日本語文法を明解に為る（明確地解釋日語文法）

**明確**〔名、形動〕明確
　此は民法で明確に規定して有る（這在民法上有明確的規定）此是之惟有る在る或る
　此は民法に明確な規定が有る（這在民法上有明確的規定）
　明確な返答（明確的回答）
　明確な解答（明確的解答）
　明確な返答を聞いた（聽到了明確的回答）聞く訊く聴く利く効く
　責任の所在を明確に為る（明確責任所在）
　明確な判断を下す（做了明確的判斷）下す降す

**明鑑**〔名、他サ〕明鏡、明確的鑑定
　真偽を明鑑する（明確的鑑定真假）

**明記**〔名、自他サ〕記明，載明、清楚地寫上
　名前を明記する（把名字寫清楚）
　住所氏名を明記し為さい（寫明住址姓名）
　規則に明記して有る（規則上載明）
　此の事は契約書に明記して有る（此事在契約書中載明）

**明渠**〔名〕地上設置的排水溝（＝開渠）←→暗渠

**明鏡、明鏡**〔名〕明鏡
　明鏡も裏を照らさず（智者千慮必有一失）
　知恵の明鏡（智慧的明鏡）智慧
　明鏡止水（明鏡止水、心平如鏡）

**明空、明空**〔名〕鎌倉後期早歌的作詞作曲者

**明経、明経**〔名〕中國唐代科舉考試的一種、學習經書

**明決**〔名、自サ〕明斷

**明断**〔名、自サ〕明斷、明確的判斷
　明断を下す（下明確的判斷）降す

**明潔**〔名、形動〕明白

**明月、名月**〔名〕明月、滿月、下個月（＝明くる月）、陰曆八月十五的月亮（＝芋明月）、陰曆九月十三的月亮（＝栗明月）
　中秋の明月（中秋的明月）

**明言**〔名、自他サ〕明言、肯定地說
　政府は此の問題に関して明言を避けた（政府關於這個問題避而不作肯定的說法）
　学校は此の問題に関して明言を避けた（學校關於這個問題避而不作肯定的說法）
　彼は約束を守ると明言した（他聲明遵守諾言）守る守る避ける避ける
　僕は早朝マラソンを始めると家族に明言した（我肯定地對家人說清晨要開始跑馬拉松）

**明光**〔名〕明亮的光線（＝輝き、耀き）
　明光が部屋に差し込む（明光照進房間）

**明皇**〔名〕英明的皇帝
　明皇醉帰（唐玄宗酒醉牽著宮女手的歸圖－為東洋畫的畫題之一）

**明衡往来**〔名〕平安後期的私塾教科書（＝雲州往来、雲州消息）－現存最古的私塾教科書

**明細**〔名、形動〕詳細、詳明、詳細說明（書）
　明細の報告書（詳細的報告書）
　報告を明細に書き記す（把報告詳細的記錄下來）
　使った御金の明細をちゃんと書く（將花費的錢詳細記下來）
　品目の明細は別紙に在ります（品種的細目在另一張紙上）
　明細書（詳細說明書、清單＝明細書き）
　明細書き（清單＝明細書）

**明察**〔名、他サ〕明察、洞察（＝推察）
　御明察の通り（如你所知）
　御明察の通りです（如你所知）
　御明察、恐れ入ります（你的推理我算服了）
　秋毫を明察する（明察秋毫）
　先生の明察には敬服する許だ（老師的推理實在令人佩服不已）

**明視**〔名、他サ〕能看得見、看得清楚
　明視距離（看得清楚的距離－不會疲勞的明視距離為 25 公分）
　明視の距離（明視距離）

**明示**〔名、自サ〕明示、指示明白、表達明白
　開会の通知書に月日、時間、場所を明示為ぬ成らない（開會的通知單上必須寫明月日時間和地點）月日月日
　開会の通知書に月日、時間、場所を明示為無ければ成らない（開會的通知單上必須寫明月日時間和地點）
　時間と場所を明示する（標明時間和地點）

**明治**〔名〕明治天皇的年號（出自〝易經說卦〞〝聖人南面而聽、天下嚮明而治〞）
　明治維新（明治維新）
　明治神宮（明治神宮）
　明治天皇（明治天皇－第122代天皇、孝明天皇二子、名為睦仁）
　明治村（在愛知縣犬山市、保存明治時代建築等的地方）
　明治節（明治天皇生日十一月三日、第二次世界大戰後廢除改為文化節）
　明治文学（明治時代的文學）

**明珠、明珠**〔名〕明珠

**明初**〔名〕明治初年

**明証**〔名〕明確的證據（＝確証）
　其れには明証が有る（那有明證）

**明徴**〔名〕明確的證據（＝明証）

**明主、名主**〔名〕明主、名主、賢君（＝明君、名君）←→暗主
　明主を輔弼する（輔弼賢君）

**明浄**〔名〕清澄

**明色**〔名〕明快的顏色、明亮的顏色←→暗色

**明晰、明晢**〔名、形動〕明晰、條理清楚

ㄇ

頭脳明晰な人（頭腦清晰的人）
言語明晰（言語清晰）
明晰を欠く（不夠清晰）欠く搔く描く書く斯く
答弁は明晰を欠いている（答辯條理不分明）

**明窓**〔名〕明窗
明窓浄几（窗明几淨、清淨雅致的書房）

**明体**〔名〕漢書中詠物詩的一種體裁←→暗体

**明達**〔名〕明達
明達の士（明達之士）

**明知、明智**〔名〕明智、睿智（=英知）
明知に満ちている（充滿著睿智）満ちる充ちる

**明澄**〔名、形動〕明朗清澈
明澄の空（明朗清澈的天空）

**明暢、明鬯**〔名〕明暢

**明哲**〔名〕明哲
明哲保身（明哲保身）
明哲保身の術（明哲保身之術）

**明徹**〔名、形動〕明白透徹

**明澈**〔名、形動〕清澈

**明天子**〔名〕賢明的天子

**明度**〔名〕〔美〕明度（顏色三要素之一）←→彩度、色相
明度が足りない（明度不足）

**明刀**〔名〕中國戰國時代流通的一種貨幣（=明刀錢）

**明答**〔名、自サ〕明確的答覆（=確答）
明答を避ける（避而不作確答）避ける

**明堂、明堂**〔名〕周代天子和諸侯會見的殿堂（=政堂、朝廷）、針灸的穴道名

**明道**〔名〕宋朝〝程顥〞、號〝明道〞
明道学派（儒学的一派-宋朝〝程顥〞倡導的性理學派）

**明徳**〔名〕光明的德性
大智、大仁、大勇の明徳（大智大仁大勇的明德）

**明白**〔名、形動〕明白、明顯
明白に答える（明白回答）応える堪える
彼の言う事は極めて明白だ（他說的話太明白了）
御前の犯行なのは明白だ（你的犯罪很明顯）
彼がスパイ活動を為ている事は明白の事実だ（他搞間諜活動是很明顯的事實）
明白の事実（明顯的事實）
明白な理由（明顯的理由）

**明反応**〔名〕植物光合作用時光能量的捕捉轉移和水分子化學結合切斷的反應系統←→暗反応

**明媚、明美**〔名、形動〕明媚
風光明媚の地（風光明媚之地）地地地土
明媚な春（明媚的春天）

**明敏**〔名、形動〕明敏、靈敏
頭脳明敏の学生（頭腦聰穎的學生）
頭脳明敏な学生（頭腦聰穎的學生）

**明府**〔名〕地方長官的敬稱（=府君）

**明文**〔名〕明文、事理清楚的文章
明文に規定為て有る（有明文規定）嫁する下する掠る
法律に明文化する（在法律上明文規定）化する架する課する科する
規則を明文化する（規則上明文規定）

**明辯、明弁**〔名、自サ〕明辯、辯明
理非を明辯する（明辯是非）

**明法、明法**〔名〕正明法度、明確的法、唐代文官考試科目之一

**明鮑**〔名〕鮑魚煮後曬乾的東西

**明眸**〔名〕明眸、比喻美人
明眸皓歯（明眸皓齒、美人）

**明命**〔名〕從神佛、君主接受的命令（=至上命令）

**明明**〔形動〕明明、非常清楚
明明たる事実を否定する事は出来ない（非常清楚不能否定的事實）明明明明

**明明白白**〔名、形動タルト〕明明白白

明明白白たる事実（明明白白的事實）
明明白白な事実（明明白白的事實）
事実は明明白白だ（事實是清清楚楚的）

**明滅**〔名、自サ〕明滅
　ネオンサインが明滅する（霓虹燈廣告牌忽明忽滅）
　車の右のライトを明滅させ右折の合図を為る（閃動車子右手邊燈光示意要右轉）
　明滅する漁火（漁火閃爍）

**明瞭、明了、明亮**〔名、形動〕明瞭（＝明白、明確）←→不明瞭
　明瞭な事実（明瞭的事實）
　明瞭に答える（明確地回答）
　明瞭に発音する（明瞭地發音）
　意見を簡単明瞭に発表する（簡單明瞭地發表意見）
　事実関係を明瞭に為る（弄清事實關係）
　題目の意味が明瞭を欠く（題目的意思不夠明確）
　明瞭度（〔無線電〕清晰度）

**明暦**〔名〕（江戶時代）後西天皇的年號

**明歴歴**〔形動〕極為清楚、清清楚楚

**明朗**〔名、形動〕明朗、公開公正，光明正大，公正無私
　明朗な近代女性（明朗的新女性）女性 女性
　明朗活発な若者（明朗活潑的年輕人）活発活溌
　妹は明朗な性格なので、友達が多い（妹妹因為性情明朗故有很多朋友）
　明朗な裁判（公正無私的審判）
　明朗な人事異動（公開公正的人事調動）

**明論、名論**〔名〕名論、高論
　明論に耳を傾ける（傾聽高論）

**明太**〔名〕（韓國話）狹鱈（＝介党鱈）、狹鱈的鹹魚子
　明太魚（狹鱈＝介党鱈）

明太子（狹鱈的鹹魚子）

**明かす、明す**〔他五〕說出、揭露、過夜←→秘める
　身分を明かす（說出身分）明かす 明す 証す 空かす 開かす 飽かす 厭かす
　本意を明かす（說出真意）
　自分の身の上を明かす（說出自己的身世）
　秘密を明かす（揭露秘密）
　汚職の内幕を明かした（揭露了貪汙的內幕）内幕 内幕
　彼の悪行を明かす（揭露了他的惡行）悪行 悪行
　鼻を明かす（乘其不備、搶先下手）
　夜を寝ずに明かす（徹夜不眠）夜夜夜
　ダンスで夜を明かす（通宵跳舞）
　碁を差して夜を明かす（通宵下棋）

**明かす，明す、証す**〔他五〕證明
　自分の無実を明かす（證明自己的清白）
　証拠を挙げて自分の無実を明かす（提示證據證明自己的清白）上げる 揚げる 挙げる
　身の能力を明かす（證明自己的能力）

**明かし，明し、赤し**〔形ク〕〔古〕亮、明白（＝明るい、明らか）、紅的（＝赤い）、純潔，不虛偽
　明かし心（純潔的心）証し 証

**明明**〔副〕亮亮地
　明明と灯を点す（明晃晃地點著燈）日火 点す 燈す 灯す 灯
　電灯が明明と輝いている（電燈亮亮地照耀著）赤赤

**明かし暮らす、明し暮す**〔自五〕度日、過日子
　新しい元素の研究で明かし暮らす（以新元素的研究度日）
　人人は幸福に明かし暮らしている（人們在幸福中過日子）人人 人人

**明石**〔名〕日本兵庫縣明石市-為古來清酒、明石縮、瓦、明石燒的產地

**明石海峡**〔名〕明石市和淡路島間的海峽

**明石原人**〔名〕日本兵庫縣明石市發現的洪積世人類化石

**明石玉**〔名〕人造珊瑚玉

**明石縮**〔名〕絲線和棉線混合織成的高級皺紋布

**明石燒**〔名〕明石地方的陶器

**明石文**〔名〕神佛前講述的誓文

**明人、証人、証人**〔名〕證人

**明珠、赤珠、赤玉**〔名〕紅色的玉，光輝明亮的玉、琥珀、真珠、月經

**明ずの間**〔名〕除了特定的日子以外不開的房間、由於不吉利而不開的房間

**明らさま**〔形動〕明白、顯然、率直、清楚、公開（=明らか、露、顯、はっきり）
　明らさまに言う（直接了當地說）
　真相が明らさまに為る（真相大白）
　明らさまな汚職行為だ（很顯然的貪污行為）

**明らむ**〔自五〕變亮、發亮（=明るむ）
　東の空が明らむ（東方的天空變亮）

**明る，明かる、開る，開かる**〔自五〕發亮、雨停，天晴。〔俗〕（自然）開著，敞開
　戸が明っている（門開著）
　自動的に戸が明る（門自動敞開）

**明り、明かり**〔名〕光亮（=光）、燈（=灯、灯）、清白，（無疑的）證據（=証）
　蠟燭の明りで本を読む（用燭光看書）
　蛍の明りで本を読む（用螢火蟲的光看書）
　夜明けの明り（晨光）
　明りが差す（亮了）射す指す鎖す注す挿す刺す
　カーテンの隙間から明りが漏れている（從窗簾縫隙露出亮光）漏れる洩れる盛れる守れる
　明りを付ける（點燈）付ける点ける揚ける附ける着ける撞ける吐ける尽ける憑ける突ける衝ける
　明りを消す（熄燈、關燈）就ける漬ける浸ける即ける
　遠くに町の明りが見える（遠處可以看見城裡的燈火）
　明りが立つ（雪冤、證明清白）発つ裁つ経つ絶つ断つ建つ截つ起つ
　明りを立てる（雪冤、證明清白、證明無辜）截てる断てる経てる発てる裁てる絶てる点てる建てる起てる閉てる
　身の明りを立てる（證明自己清白）
　明り先（光源、光線照進的地方、光線射進來的方向）
　暗く為るから明り先に立たないで下さい（因為變暗請不要擋住光源）
　明り障子（紙拉窗）
　明り取り（天窗、為了採光而開的天窗）
　部屋に明り取りを設ける（給屋子安裝天窗）儲けるも受ける
　明り窓（天窗、亮窗）

**明るい、明かるい**〔形〕明亮的、明朗的，快活的，熟悉的，精通的←→暗い
　電灯はランプより明るい（電燈比油燈亮）
　此の教室は大変明るい（這間教室很亮）
　明るい内に（乘亮、在未天黑以前）内中裡家
　明るい内に帰ろう（在未天黑以前回去吧！）
　今夜は月が迚も明るい（今晚夜色非常明亮）
　明るい社会を築く（建設光明的社會）築く築く
　明るい色（明亮的顏色、鮮明的顏色）
　明るい顔付（面容明朗）
　此の絵は色調が明るい（這張畫色調鮮明）絵画画枝柄江会
　明るい展望（光明的遠景）
　明るい見通し（前途有望）
　明るい気分に為った（變成愉快的心情）

明るい心の持主（快活的人）

裏表の無い明るい作風（表裡如一光明正大的作風）

彼は此の辺の様子に明るい（他熟悉這一帶的情形）辺辺り辺

彼の人は日本の様子に明るい（他熟悉日本的情形）

台湾の地形に明るい（熟悉台灣的地形）

彼は此の仕事に明るい（他對這件工作很精通）

**明るむ、明かるむ**〔自五〕變亮，明亮，發亮、快活

空が明るんで来た（天亮起來了）

朝に為ると、空が明るんで来ます（一到早上天空就亮起來了）

心が明るむ（心情愉快）

**明るみ、明かるみ**〔名〕光亮處、公開的地方、表明，揭露，暴露

外の明るみに出て見る（到外面明亮處看看）外外外他

明るみに出る（暴露出來、表面化）

明るみに出す（公開）

終に収賄の事実が明るみに出た（收賄的事實終於揭發出來了）終に遂に

事情が明るみに出た（事情表面化了）

事件を明るみに出す（把事件公開出來、把事件揭露出來）

秘密を全て明るみに出す（把秘密一切公開揭露出來）全て凡て総て

**明く、開く、空く**〔自五〕開、開始、空閒←→閉まる、締まる、塞がる

戸が明いている（門開著）明く開く空く飽く厭く倦く

戸が明いた（門開了）

窓が南に明いている（窗戶朝南開著）

錠前が明かぬ（鎖頭開不開）

引出が明く（抽屜開了）抽斗

芝居の幕が明いた（戲開幕了）

デパートは午前九時に明く（百貨公司九點開始營業）九時九時

店が明く（開業、開店、開始營業）店見世

店は八時に明く（店鋪八點開始營業）大衆大衆便宜便宜

彼の商店は大衆の便宜の為に昼夜共に明いている（那商店為了方便大眾晝夜營業）

列の間が明く（行列之間有了空隙）間間間

明いた口が塞がらない（嚇得目瞪口呆、出神，精神恍惚）

明いた口へ餅（福自天來）糯勿

此の家は来月明く（這所房子下個月騰空出來）家家家家家

新聞が明いたら貸して下さい（報紙若沒人看請借給我）

車が明いたら貸して下さい（車子若沒人用請借給我）

席が明いた（座位空出來了）

明いた席も無い（座無虛席）

箱が明いた（箱子空了）

蓋が明く（蓋子開了）

手が明く（閒著）

手が明かないから行けない（因為沒有空不能去）

社長のポストは暫く明いている（經理的職位暫缺）

**飽く、厭く**〔自五〕滿足、膩煩

飽く無き野望(貪得無厭的野心)明く開く空く

貪欲で飽く事を知らない（貪心不足）

二人は飽きも飽かれも為ぬ仲だ（兩個好得如膠似漆）

**明き，明、空き，空**〔名〕空隙、空白、空閒、空缺、空位、閒著、閒置（的東西）

明きを埋める（填空隙）埋める埋める埋める倦める生める産める膿める熟める績める

此の明きを埋めよ（填空白吧！）

明きを詰める（縮小空隙、塞滿、擠滿）摘める積める抓める

行間の明きが少し足りない（行間的距離有點小）少し些し

隣との壁の明きが狭い（和鄰居牆壁的距離太窄）

明箱（空箱子）

明カン（空罐子）

忙しくて明が無い（忙得沒有閒工夫）忙しい忙しい

明を利用して勉強する（利用空閒的時間用功）

明を見て遊びに来為さい（有空請來玩）

君の会社に明が有るかね（你們公司有沒有空缺）

今会社には明が無い（現在公司沒空缺）

座席の明が無い（沒有空座位）

椅子の明が有ったら貸して呉れ（有閒著椅子的話就借我用一用）

傘の明が有ったら貸して呉れ（有閒置雨傘的話就借我用一用）

本の明が有ったら貸して呉れ（書若不用的話請借我看一下）

**明らか**〔形動〕明亮、明顯、明確

月の明らか夜（月明之夜）夜夜夜

明らかな色（明亮的顏色）

月明らかに星稀に（月明星稀）

明らかに間違っている（顯然錯誤了）間違う違う

火を見るよりも明らかだ（明明白白、瞭若觀火）

言わずとも明らかだ（不言而喻）

自分の立場を明らかに為る（明確自己的立場）

理非曲直を明らかに為る（弄清是非曲直）

明らかな証拠（明確的證據）

**明くる**〔連体〕明、翌、下、次（=次の）

明くる朝（第二天早晨=翌朝、翌朝）

夕方台北を立って明くる朝アメリカに着いた（傍晚從台北出發翌晨到達美國）

明くる月（下月、第二個月=翌月）

明くる年（明年、第二年=翌年、翌年）

明くる年には花が咲くだろう（第二年就會開花吧！）

明くる日（次日、第二天=翌日、明日、明日、明日）

土曜は大阪に泊まって明くる日京都へ行く（星期六宿於大阪第二天往京都）

明くる晩（第二天晚上=翌晩）

明くる晩出発する（第二天晚上出發）

**明き家，明家、空き家、空家、明き家，明家，空き家，空家，空屋**〔名〕空房、閒房

明家に灯りが点いている（空房子亮著燈）

明家に為る（房子空出來了）

彼の家は今明家に為っている（那房子現在空著）

明家で声嘆らす（徒勞無功、盡力而為可是得不到賞識）

**明き店，明店、空き店，空店**〔名〕沒有人住的店鋪、沒做生意的店鋪、空房子

**明方、開方**〔名〕東西開的順利與否、事物開始的時候

**明方、明き方**〔名〕黎明、拂曉（=夜明け、暁）←→暮方

明方に雨が降った（黎明時下雨了）

明方に攻撃を開始した（拂曉開始攻擊）

明方近く漸く眠った（天快亮才睡著）眠る寝る

**明き缶，明缶、空き缶、空缶**〔名〕空罐（=かんから）

明缶を利用する（利用空罐）

缶入りジュースの明缶（空果汁罐）

**明き殻，明殻、空き殻、空殻**〔名〕空殼、空架子

此は貝の明殻だ（這是空貝殼）

此の箱は明殻だ（這箱子裡空無一物）

明き川、明川〔名〕禁止渡河解除的河川

明盲，清盲、明盲，清盲、明盲，明盲〔名〕睜眼瞎子（=青盲）、文盲（=文盲）、不學無術的人

彼は明盲でちっとも見えない（他是個睜眼瞎子一點兒也看不見）

彼は明盲で真昼間でも見えない（他是個睜眼瞎子白天也看不見）

彼は明盲で手紙も読めない（他是個文盲連封信也看不懂）

彼は明盲で新聞も読めない（他是個文盲看不懂報紙）

彼は明盲で自分の名前も書けない（他是個文盲連自己的名字都不會寫）

彼の明盲に何が分る物か（他那樣不學無術的人懂得什麼呀！）

明き代，明代、空き代，空代〔名〕紙張寫上文字時上下左右的空白處（=余白）

明代を残さないと添削出来ない（不留空白無法批改）

明き巣，明巣、空き巣，空巣〔名〕（沒有鳥的）空巢、（人不在家的）空宅

明き巣狙い，明巣狙（闖空門的賊）

明巣を狙う（闖空門）

明高、空高〔名〕樑下能讓人出入的空間、道路面水路面等構造物最下端車船往來的空間

明き樽，明樽、空き樽，空樽〔名〕空桶

明樽に葡萄酒を一杯入れる（空桶裝滿葡萄酒）

明樽買空樽買（收買空桶的職業、收買空桶的人）

明き地，明地、空き地，空地〔名〕空地、空閒地

明地を利用して花を植える（利用空地種花）飢える餓える

明地が小さい公園に為った（空地成了小公園）

明地に労働者住宅が建った（空地上建了勞工住宅）

明き腹，明腹、空き腹，空腹〔名〕生完孩子的肚子

明封〔名〕拆開信封（=開封）

明き瓶，明瓶、空き瓶、空瓶、空瓶〔名〕空瓶子

ビールの明瓶（空啤酒瓶）

明瓶を売る（賣空瓶子）売る得る得る

明き部屋，明部屋、空き部屋，空部屋〔名〕空房間（=明き間，明間、空き間，空間）

明部屋を書斎に為る（將空房間改為書房）

明き間，明間、空き間，空間〔名〕空房間（=明き部屋，明部屋、空き部屋，空部屋）、空隙（=隙間）

明間に為て置く（把房間空起來）

少しの明間も無い（一點空地方也沒有）少し些し

明き目，明目、空き目，空目〔名〕浪費的骰子點

明き物，明物、空き物，空物〔名〕目前不用的東西

明屋敷、空屋敷〔名〕沒住人的宅邸、沒有建物的房地

明山〔名〕（江戶時代）藩管理的山中許可住民利用採伐的山林←→留山、立山

明ける、開ける、空ける〔自下一〕（寫作明ける）天亮、經過、過年、期滿←→暮れる

〔他下一〕（常寫作開ける）打開（=開く）、開始←→閉める、閉じる

（也寫作空ける）空出、騰出、倒出←→塞ぐ

もう夜が明けた（已經天亮了）上げる揚げる挙げる

夜が明けた（天亮了）

年が明ける（過年）

其の日は雪に明け雪に暮れた（那天雪從天亮一直下到傍晚）

年が明けて三十に為る（過了年就三十歲了）

年が明けて数えで三十に為る（過了年就虛歲三十歲了）

明けまして御目出度う（新年恭喜）

僕の年期は此の月で明ける（我本月就期滿了）

休暇が明ける（假滿）

冬が明ける（冬天過去了）

蓋を開ける（打開瓶蓋）

戸を開ける（開門）

本を開ける（打開書）

ドアを勢い良く開けた（用力推開了門）

暑いから窓を開けて下さい（因為很熱請打開窗戶）暑い熱い厚い篤い

教科書の十ページを開け為さい（把課本翻到第十頁）

目を醒めると直ぐカーテンを開けた（一醒來就拉開窗簾）醒める覚める冷める褪める

鼠が壁に穴を開けた（老鼠在牆上挖了洞）

爆弾が落ちて地面に大きな穴を開けた（炸彈落下來在地上炸了個大洞）

一行空けて書く（空開一行寫）書く欠く描く掻く斯く

一行宛空け（各空一行）宛宛

席を空ける（空出坐位、離席）

家を空ける（騰出房子）

手を空ける（空出手來）

部屋を空ける（騰出房間、不在家）

大きな部屋を空けて置いて貰い度い（希望你給我留出一個大房間）

其の日は君の為に空けて有る（為了你我留出來那一天的時間）

午後の時間を空けた（留出了下午的時間）

早く場所を空け為さい（快把地方空出來）

数日家を空けますから宜しく（我要出門幾天請多照料）

二人でウイスキーを一本空けた（兩個人把一瓶威士忌喝光了）

水を空ける（把水倒出去、把水倒在另一個容器、把比賽對手拉下很遠）

バケツの水を空ける（把水桶的水倒出來）

財布の中味をテーブルの上に空ける（把錢包裡的東西倒在桌子上）

**明ける目**〔名〕閒暇（=隙間、透間、空間）

**明け、明**〔名〕黎明，天亮、期滿，終了，結束←→暮れ、入り

明の明星（晨星）

梅雨明（梅雨期過去）梅雨梅雨五月雨露

休暇明（假期終了、休假期滿）

休暇明の前に貝の採集を完成する（在假期結束之前要完成貝類的採集）

休会明の議会（休會後的議會）

休会明の議会には出席者が少ない（休會後的議會出席者很少）勘ない

休み明に直ぐ試験が有る（假期一結束就有考試）

**明けて**〔連語〕過了年

明けて二十一才（過了年就是二十一歲）

明けて十九歳に為る（過了年就是十九歲）

明けて二十歳に為る（過了年就是二十歲）二十歳二十歳二十歳

**明け暮らす**〔自五〕過日子

元日には爆竹の音で明け暮らす（大年初一在爆竹聲中過日子）音音音

**明け暮れる、明暮れる**〔自下一〕一天一天地過去，日夜往來，光陰流逝，埋頭，專心

彼は数年間辞書の編纂に明け暮れる（他一連好幾年從事於辭典的編輯）

彼は三年来癌の研究に明け暮れて来た（他三年來從事於癌症的研究）

科学の研究に明け暮れる（埋頭於科學的研究）

**明け暮れ、明暮**〔名、自サ、副〕朝夕，早晚，日夜，經常，始終（=何時も）

明け暮れに神の前に跪いて祈る（日夜跪在神前祈禱）

明け暮れ其の事許り心配している（日夜在擔心那一件事）

明け暮れ子供の事許り考えている（一天到晩惦記著孩子）
良種の育成に明け暮れする（每天埋頭於培育良種）

**明け初める**〔自下一〕天開始亮
東の空が明け初める（東邊的天空開始魚肚白）

**明け残る、明残る**〔自五〕天雖亮星夜依舊明亮←→暮れ残る

**明け放す，明放す，空け放す，空放す**〔他五〕全部打開、大敞大開
門は八文字に明け放されて居た（門大敞大開來著）門門
窓を明け放して置くと快い微風が吹き入る（把窗戶打開就吹進來清爽的微風）微風微風
窓を明け放して換気する（把窗戶全打開換氣）
大掃除する為に明け放す（為了大掃除全部打開）
今日は良い御天気なので戸を明け放す（今天天氣很好所以把門全部打開）

**明け放し，明放、開け放し，開放**〔名、形動〕敞開，大敞大開，直爽，心直口快，坦率（＝明けっ放し、開けっ放し）

**明けっ放し、開けっ放し**〔名、形動〕敞開，大敞大開，直爽，心直口快，坦率（＝明け放し，明放、開け放し，開放）
昨晩は暑いので明けっ放しの儘寝た（昨晩因為熱就敞著門窗睡了）
此の寒い晩に明けっ放しで寝ると風邪を引く（那麼冷的晩上大開窗戶睡的話會感冒）
戸が明けっ放しに為っている（門敞開著）
瓶の栓が明けっ放しに為っていた（瓶蓋沒塞）
明けっ放しで映画を見に出掛ける（全家人出門看電影）
余り明けっ放しだと人に嫌われるよ（若是太心直口快就會討人嫌的）

明けっ放しに言うから嫌われる（心直口快所以討人厭）
明けっ放しに言う（坦率地説）
彼は明けっ放しな人だ（他是直爽的人）
彼は誰とでも明けっ放しに付き合う（他跟誰都坦率交往）
誰とでも明けっ放しに付き合うから友達が多い（跟誰都坦率交往所以朋友多）

**明け果てる**〔自下一〕天大亮

**明け離れる、明離れる**〔自下一〕天亮、天大亮
夜が明け離れる（天已大亮了）
夜夜夜明け立つ（天亮）
長い夜が明け離れた（長夜已過天大亮了）
夜がすっかり明け離れた（天已大亮了）

**明け払う，明払う，開け払う，開払**〔他五〕大敞大開、全打開（＝明け放す、空け放す）、騰出、讓出（＝明け渡す、明渡す）
障子を明け払って風を入れる（打開隔扇透透風）浴する
窓を明け払って風通しを能くする（打開窗戶透透風）良くする能くする佳くする善くする
売った家を明け払う（騰出賣掉的房子）

**明け行く**〔自五〕天漸亮、天漸漸地亮
静かな夜が明け行く（寂靜夜晩的天空漸漸地亮）

**明け渡す、明渡す**〔他五〕讓給、騰出、交出
借家人は中中家を明け渡さない（房客怎麼也不肯騰出房子）借家人（＝店子）
城を明け渡す（開城投降）

**明け渡し、明渡し**〔名〕讓出、騰出
家の明け渡しを迫る（催逼讓出房子）逼る迫る競る
家の明け渡しの日が来た（騰出房子的日子來臨了）家家家家家

**明け渡る、明渡る**〔自五〕天亮、天大亮（＝明け離れる、明離れる）
夜が仄仄と明け渡る（天朦朧地亮起來）夜夜夜

夜が明け渡る（天亮起來）

**明け方頃**〔名〕黎明時
　明け方頃に雨が降った（黎明時下了雨）

**明け烏**〔名〕曉鴉，黎明時啼的烏鴉、烏的別名

**明け透け、明透け**〔名、副、形動〕露骨，坦率、不隱瞞，不含蓄，不客氣
　明け透けに言えば私は賛成しない（坦率地說我不贊成）
　明け透けな態度（露骨的態度、坦率的態度）
　彼の態度は余り明け透けだ（那種態度太不客氣）
　話が明け透けだ（說得太露骨）
　性格が明け透けだ（性格直爽）
　明け透けな話を聞いた（聽到露骨的話）
　彼は何でも明け透けに言う（他對任何事情都坦率地講）
　明け透けに消費税を批評する（坦率地批評消費稅）

**明智が天下**〔名〕短期間和時間（=三日天下-天正十年〝明智光秀〟殺死〝織田信長〟僅十餘日就被〝羽柴秀吉〟滅掉的故事）

**明告鳥**〔名〕鶏的異稱

**明けても暮れても**〔副〕整天、終日
　明けても暮れても忘れられない（終日不能忘懷）

**明け荷、明荷**〔名〕〔相撲〕（力士比賽時帶進比賽場用的）身邊衣物箱、用竹子編製旅行用竹筐
　明け荷馬（附載旅行用竹筐的馬）

**明けの鐘**〔名〕曉鐘、晨鐘
　寺の明けの鐘の音が響いて来る（聽到寺院晨鐘的聲音）

**明けの明星、明の明星**〔名〕曉星、晨星、黎明時在東天出現的金星←→宵の明星

**明け番、明番**〔名〕値日値夜下班（=下番）、値夜第二天的休假歇班、後半夜的値班
　明日は明け番だからゆっくり出来る（明天是歇班可以休息）

　明日は明け番に為る（明天是歇班）
　明け番だから一時半に起して呉れ（因為是後半夜班一點半叫我起來）
　明け番に当る（上後半夜的班）

**明け六つ、明六つ**〔名〕上午六點（=朝六つ）←→暮れ六つ

**明け遣らぬ**〔連体〕天朦朧、天未大亮

## 冥、冥（ㄇㄧㄥˊ）

**冥**〔漢造〕（也讀作冥）黑暗、無知、深奧、暗中、陰間
　晦冥（昏暗）
　幽冥（陰暗、冥府，黃泉，陰間）
　玄冥（真理的深奧、冬，太陰，北方之神）
　頑冥、頑迷（頑固）
　愚冥（不懂真理）

**冥暗，冥闇、冥暗**〔名〕黑暗，漆黑、執迷

**冥王星**〔名〕冥王星（=プルートー）

**冥界、冥界**〔名〕死後的世界（=冥土、冥途）

**冥土、冥途**〔名〕冥土，冥途、冥界、冥界（=冥府、冥路、黄泉，黄泉、黄泉路、幽界）
　冥土の旅に立つ（死亡）
　冥土の旅に出る（命喪黃泉）
　冥土の土産（人死前快樂的回憶）土産

**冥府**〔名〕陰間（=冥土，冥途、冥界、冥界）、閻羅殿（=地獄）

**冥路**〔名〕冥土、冥界（=冥府、冥界，冥界、黄泉，黄泉、黄泉路、幽界）

**冥護、冥護**〔名、他サ〕神佛的加護、神佛保佑、神佛暗中保佑
　仏の冥護（菩薩暗中保佑）

**冥色、瞑色**〔名〕淺暗色（=暮色）

**冥想、瞑想**〔名、自サ〕冥想、閉目深思
　冥想に耽る（耽於冥想）老ける噴ける拭ける吹ける葺ける更ける深ける

**冥罰、冥罰**〔名〕神佛暗中的懲罰

**冥福**〔名〕冥福、死後的幸福（=追善）
　故人の冥福を祈る（祈禱亡故者的冥福）

**冥冥、瞑瞑**〔形動〕昏暗不清、糊裡糊塗、不知不覺（=冥冥裡、暗暗裏）

冥冥と感ずる（冥冥中感覺）

冥冥の中に（冥冥之中、不知不覺中）中内裡家

冥冥裡（冥冥之中、不知不覺中）

**冥慮、冥慮**〔名〕神佛的思慮、神佛的慈悲

**冥威**〔名〕神佛的威光

**冥応**〔名〕冥應、神佛的保佑（=冥感、冥護，冥護）

仏の冥応（菩薩的冥應）

**冥恩**〔名〕冥冥之中神佛所下的恩德

**冥加**〔名、形動〕神佛的暗中保佑、非常僥倖，幸運託，福（=冥利、御蔭）

此は偏に神仏の冥加だ（這完全是神佛的暗中保佑）

此以上慾を言っては冥加が尽きる（若再貪得無厭神佛也不保佑了）

冥加に尽きる（神佛不保佑、過分地幸運）

一家が丈夫丈で冥加に尽きるは無いか（一家人健康那不是最大的幸福嗎？）

冥加に余る（非常幸運）丈夫（男子漢）一家一家

此の年迄病気一つも為た事が無いのですから冥加に余る事である（活到這麼大年紀沒得過一次病這可真是幸運）

此は冥加の至りだ（這真萬分僥倖）

冥加な人（非常走運的人）

冥加金（祈求神佛保佑時所獻的錢、（江戶時代）營業牌照稅=冥加錢）

冥加錢（祈求神佛保佑時所獻的錢、（江戶時代）營業牌照稅=冥加金）

**冥感**〔名〕冥應、神佛的保佑（=冥応）

**冥官**〔名〕冥界的官吏

**冥鑑、冥鑒**〔名〕神佛在人們不知不覺間給眾生看的事、神佛加護（=冥見、冥覽）

**冥見**〔名〕神佛在人們不知不覺間給眾生看的事

**冥覽**〔名〕神佛在人們不知不覺間給眾生看的事

**冥助**〔名〕神佛的暗中保佑（=冥応）

冥助を被る（承蒙神佛的暗中保佑）被る蒙る被る

**冥利**〔名〕神佛的暗中保佑、（無形中的）好處，利益、善報

此の役が出来るとは役者冥利に尽きる（能夠扮演這個角色是作為一個演員最感榮幸的事）

冥利に尽きる（非常幸運）

教師冥利（〔因遇到好學生等而體會到〕當教師的好處）

商売冥利（經商的好處）

運動冥利（運動的好處）

**冥理**〔名〕神佛的想法、被隱藏的道理

## 溟（ㄇㄧㄥˊ）

**溟**〔漢造〕小雨連綿為溟、海、幽暗的、小雨連綿貌

南溟、南冥（北方的大海）

北溟、北冥（南方的大海）

滄溟（滄溟、滄海、大海〔=大海原〕）

**溟海**〔名〕大海（=青海原）

**溟濛**〔形動〕發暗的、微暗的

## 酩（ㄇㄧㄥˊ）

**酩**〔漢造〕大醉的樣子、形容飲酒過量而醺醉

**酩酊、酩酊**〔名、自サ〕酩酊（大醉）（=泥醉、深醉）

すっかり酩酊した（喝得酩酊大醉）

昨晩は酷く酩酊した（昨晚喝得酩酊大醉）

## 瞑（ㄇㄧㄥˊ）

**瞑**〔漢造〕閉合兩目為瞑、閉上眼睛、死

**瞑座、瞑坐**〔名、自サ〕瞑坐、閉著眼睛靜坐

十分間瞑座する（瞑坐十分鐘）

**瞑想、冥想**〔名、自サ〕瞑想、閉目深思（=默想）

瞑想に耽る（耽於瞑想）吹ける噴ける老ける拭ける噴ける葺ける更ける深ける

**瞑虫**〔名〕〔動〕瞑蟲（=螟虫）
　瞑虫を撲滅する（撲滅瞑蟲）

**瞑目**〔名,自サ〕瞑目、死亡（=永眠、死ぬ）
　瞑目して沈思する（閉目沉思）
　家人に囲まれて瞑目した（在家人環視下死去了）

**瞑る**〔他五〕瞑目、閉眼、死亡（=瞑る、閉じる）
　目を瞑る（佯裝不知、瞑目、死亡）
　目を瞑って知らない風を為る（閉上眼睛裝不知道）
　目を瞑って見様と為ない（閉眼不看）
　はっとして思わず目を瞑った（嚇了一跳不由得閉上眼睛）
　今回は目を瞑って下さい（這次請你裝成沒看見）
　私は未だ目を瞑る訳には行かない（我現在還沒法瞑目）

**瞑る**〔他五〕〔方〕閉目
　目を瞑る（閉上眼睛）
　片目を瞑る（閉上一隻眼睛）
　失敗に対して目を瞑る（對於失敗閉上眼睛假裝不知道）

## 螟（ㄇㄧㄥˊ）

**螟**〔漢造〕專食禾苗心之昆蟲（害蟲）
**螟蛾**〔名〕鱗翅目螟蛾科昆蟲的總稱（為農作物的害蟲）
**螟虫、螟虫**〔名〕〔動〕螟蟲（水稻的害蟲）
　螟虫を撲滅する（撲滅螟蟲）
**螟蛉**〔名〕青虫（=芋虫）、養子
　螟蛉が這い回る（螟蛉到處亂爬）

## 茗、茗（ㄇㄧㄥˊ）

**茗**〔漢造〕茶芽為茗、泛指茶，茶葉製成的飲料
　茶茗（茶道用茶葉的名稱-有極無上、無上、別儀等）
　佳茗（佳茗）
　苦茗（苦茶、質劣的茶）

**茗荷、蘘荷、蘘荷**〔名〕〔植〕蘘荷科的草、陽藿。〔俗〕杏葉徽章、愚蠢的人
　茗荷の子（蘘荷的花穗）
　茗荷貝（茗荷貝科的節足動物）

## 銘（ㄇㄧㄥˊ）

**銘**〔名〕銘、銘記、銘文、銘菓、銘柄
　墓碑の銘（墓碑銘）碑銘
　墓碑銘（墓碑銘）
　座右の銘（座右銘）座右
　石碑に銘を刻む（在石碑上刻上銘文）
　刻銘
　銘菓、名菓（名糕點）
　銘茶（名茶）
　銘酒（名酒）
　心に銘ず（銘記在心）
　刀の銘（刀上刻印的製作者名字）刀刀銘
　銘の物（刻印製作者名字的高價物品）
　銘を打つ（刻印上致作者名字）
　此の酒には銘が無い（這個酒沒有牌子）
　感銘、肝銘（銘記在心、感激不忘）
　刻銘（銘刻）
　記銘（銘記、銘刻）
　在銘（刀劍器物上刻有製作者的名字）
　無銘（書畫刀劍器具等沒留製作者姓名）
　鐘銘（鐘銘）
　正銘（真正、道地〔=正真、正銘〕）
　碑銘（碑銘）
　刀銘（刀銘）

**銘じる**〔他上一〕銘記、銘刻於心（=銘ずる）
　肝に銘じて忘れない（永誌不忘）

**銘ずる**〔他サ〕銘記

肝に銘ずる（銘記在心）

此の一件は我我の心に銘ずる可きである（這件事應該銘記在我們心裡）

御言葉は肝に銘じて忘れません（你的話我會銘記不忘）

**銘する**〔他サ〕銘記、銘刻（＝銘ずる）

岩に詩を銘する（把詩刻在岩石上）

**銘打つ**〔他五〕以…為名、聲稱

社会福祉事業と銘打って詐欺を働く（以社會福利事業為名進行詐欺）

創業百年記念と銘打って大売出しを為る（打著開業百周年的名義進行大拍賣）

特産と銘打つ物は皆高い（聲稱為特産的東西都很貴）

**銘菓、名菓**〔名〕名糕點、著名的點心

京都の銘菓を味わう（品嘗著名的京都點心）

**銘柄**〔名〕〔經〕商標，商品的廠牌名稱、名牌商品

取引所指定の銘柄（交易所指定的交易品種）

銘柄売買（不根據現貨或標本單只根據商品牌名而進行的一種交易方式）

有名な銘柄の酒（名牌的酒）

銘柄品（名牌貨）

どんな銘柄の物も揃えて有ります（什麼品牌的都有）

**銘肝**〔名、自サ〕銘記在心裡、銘記在心底（＝感銘）

彼の言葉を銘肝する（把他的話銘記在心裡）

先生の御話を銘肝する（把老師的話銘記在心底）

**銘記**〔名、他サ〕銘記、銘刻（＝銘肝）

心に銘記する（銘記在心）

此の事を深く心に銘記せよ（要把這件事銘記在心）

**銘心**〔名、他サ〕銘記在心裡、銘記在心底（＝銘肝）

**銘旗**〔名〕送葬所用記載死者官位姓名的旗幟

**銘酒、名酒**〔名〕名牌酒

銘酒を贈る（贈送名牌酒）

茅台は中国の銘酒である（茅台是我國的名酒）

紹興酒は我国の銘酒です（紹興酒是我國的名酒）

銘酒屋（酒館、娼窩）

**銘旌**〔名〕銘旌

**銘説、名説**〔名〕有名的學說（＝高説、卓説）

**銘仙**〔名〕一種平織的絹織物（通常用作被褥或衣服）

**銘撰**〔名〕銘撰

**銘茶**〔名〕（合乎一定規格的）上等茶

烏龍茶は我国の銘茶です（烏龍茶是我國的上等名茶）

**銘刀**〔名〕刻有製刀人姓名的名刀

銘刀を客間に飾る（把有銘的刀裝飾在客廳）

**銘文、銘文**〔名〕銘文（銘刻在金石器物像等的文章）（＝金石文）

**銘木、名木**〔名〕有名的樹木、有來歷的樹

# 鳴、鳴（ㄇㄧㄥˊ）

**鳴**〔漢造〕（也讀作鳴）鳴叫、鳴響（＝鳴く，啼く，泣く，鳴らす，鳴る）

蛙鳴（蛙鳴）

鶯鳴（鶯鳴）

鶏鳴（雞鳴、黎明）

鶏鳴狗盗（雞鳴狗盜）

鹿鳴（鹿鳴）

長鳴（長鳴）

自鳴（自鳴）

自鳴鐘（自鳴鐘）

自鳴琴（八音盒）

悲鳴（悲鳴、驚叫聲、叫苦）

共鳴（共鳴、共振、同感）

吹鳴（鳴叫、吹奏）

争鳴（爭鳴）

奏鳴曲（奏鳴曲）
雷鳴（雷鳴、雷聲）
和鳴、和鳴（和鳴）
鳴管〔名〕鳥類的發音器
鳴禽〔名〕鳴禽
鳴禽の群が梅の木に集める（鳴禽之群集在梅樹）群群
鳴禽の群が木の上に集める（鳴禽群集在樹上）木樹
鳴禽類（鳴禽類）
鳴弦〔名〕鳴弦、鳴弓（破除惡魔和妖氣=弦打）
鳴謝〔名、自サ〕鳴謝
御買い上げに鳴謝する（銘謝惠顧）
鳴虫、鳴虫〔名〕鳴蟲、秋天鳴聲悅耳的蟲
鳴鏑〔名〕響箭、哨箭（=鏑、鏑矢）
鳴動〔名、自サ〕鳴動、響動
火山が鳴動する（火山鳴動）
天地鳴動（震天撼地）
泰山鳴動して鼠一匹（雷聲大雨點小）大山太山大山

鳴かす、泣かす、啼かす〔他五〕使…哭（=泣かせる、啼かせる、鳴かせる）
子供を鳴かす（使孩子哭）
昔、良く虐めて鳴かした物だ（以前常欺負他使他哭）
悪戯っ子に鳴かされて帰って来た（被壞孩子欺負哭著回來）

鳴く、啼く、泣く〔自五〕（鳥、獸、蟲）鳴叫
鳥が鳴く（鳥啼）
雄鶏が鳴いて暁を告げる（公雞報曉）
雄鶏がコケコッコーと鳴く（公雞喔喔地啼）
鶯が鳴いて春を知らせる（黃鶯鳴叫報春）
カーブの度にタイヤが鳴く（一拐彎輪胎就發出聲音）
鳴く猫は鼠が捕らぬ（好叫的貓不捉耗子、能說善道的人反而不辦事）

鳴かず飛ばず（隱居、蟄居）
鳴き、鳴〔名〕（鳥、獸、蟲）鳴叫
狼の鳴きが止まない（狼叫聲不絕）
鳴き声、鳴声〔名〕（鳥、獸、蟲）鳴叫聲
鳥の鳴き声（鳥的啼聲）
小鳥の鳴き声（小鳥的鳴叫聲）
羊の鳴き声（羊的鳴叫聲）
鳴き頻る、鳴頻る〔他五〕（鳥、獸、蟲）鳴叫不已
蝉が鳴き頻る（蟬叫個不停）
梢の小鳥が鳴き頻る（樹梢的小鳥叫個不停）
鳴き立てる、鳴立てる〔自下一〕不停地鳴叫
蝉が盛んに鳴き立てる（蟬一個勁地叫個不停）
鳴き鳥、鳴鳥〔名〕鳴鳥、鳴禽
鳴き竜、鳴竜〔名〕回聲（在日光市輪王寺藥師堂天井描繪的龍頭下拍手回聲特別有名）
鳴き真似、鳴真似〔名〕模仿動物鳴叫、口技
蛙の鳴き真似を為る（學青蛙叫）

鳴らす、鳴す〔他五〕鳴，弄出聲音、使周知、出名，馳名、嘟噥、叮絮、放響屁
鐘を鳴らす（鳴鐘、打鐘）為らす生らす成らす馴らす慣らす均す
笛を鳴らす（鳴笛、吹哨）
彼方此方で盛んで爆竹を鳴らしている（到處鞭炮齊鳴）
喉を鳴らしてビールを飲み乾す（咕嚕咕嚕地喝完啤酒）
銅鑼や太鼓を鳴らして貴賓を歓迎する（敲鑼打鼓歡迎貴賓）
罪を鳴らす（宣布罪狀）
非を鳴らす（譴責不是）
名を天下に鳴らす（名震天下）
政治界に名を鳴らす（名揚政界）
教育界で一時鳴らした人物（教育界名揚一時的人物）一時一時一時

一時は鳴らした女優（曾經是紅極一時的女明星）
彼は嘗てはスポーツ選手と為て鳴らした者だ（他曾以運動選手出名）
野球で鳴らしたチーム（出名的棒球隊）
不平を鳴らす（鳴不平）
鼻を鳴らす（撒嬌）

**鳴る**〔自五〕響鳴、發聲、著名、聞名
雷が鳴る（雷鳴）雷雷
耳が鳴る（耳鳴）
腕が鳴る（技癢、躍躍欲試）
ベルが鳴っている（鈴響著）
御腹が鳴っている（肚子餓、肚子唱空城計）
もう食事に行く時刻だ、私の腹は鳴っているよ（到吃飯的時候了我肚子叫了）
授業のベルが鳴った（上課的鐘響了）
御中がごろごろ鳴っている、もう食事の時間だ（肚子咕嚕咕嚕叫該是吃飯的時候了）
暫し鳴り止まぬ拍手（經久不息的掌聲）拍手拍手
風景を以て鳴る（以風景美麗見稱）
名声海外に鳴る（名聞海外）
世に鳴る音楽家（聞名於世的音樂家）

**成る**〔自五〕完成、成功（=出来上がる）、構成（=成り立つ）、可以、允許、容許、能忍受（=許せる、我慢出来る）

（用御…に成る構成敬語）為、做（=為さる）
工事が成る（完工、竣工）成る為る鳴る生る
志有れば終に成る（有志者事竟成）
功成り名遂ぐ（功成名就）
成るも成らぬも君次第（成敗全看你了）
為せば成る為さねば成らぬ（做就能成不做就不能成）
成れば王、敗れれば賊（勝者為王敗者為寇）

此の論文は十二章から成る（這篇文章由十二章構成）
水は水素と酸素から成る（水由氫和氧構成）
国会は二院から成る（國會由參眾二院構成）
負けて成る物か（輸了還得了）
勘弁成らない（不能饒恕）
悪い事を為ては成らない（不准做壞事）
先生が御呼びに成る（老師呼喚）
御覧に成りますか（您要看嗎？）
ホテルには何時に御帰りに成りますか（您什麼時候回旅館？）
成っていない=成ってない=成っちゃらん（不成個樣子、不像話、糟糕透了）
彼がホテルだって？丸で成ってないよ（那是飯店嗎？簡直糟透了）
態度が成っていない（態度不像話）
成らぬ内が楽しみ（事前懷著期待比事後反而有趣得很）
成らぬ堪忍するが堪忍（容忍難以容忍的事才是真正的容忍）
成るは嫌成り思うは成らず（〔婚事等〕高不成低不就）

**為る**〔自五〕變成，成為（=変わる、変化する）、到，達（=達する、入る）、有益，有用，起作用（=役に立つ）、可以忍受，可以允許（=我慢出来る）、開始…起來（=為始める）、將棋（棋子進入敵陣）變成將

〔補助動詞〕（御…に為る構成敬語）
癖に為る（成癖）癖癖
夜に為る（天黑了）夜夜
盲目に為る（失明）
盲に為る（失明）
金持に為る（致富、變成富翁）
大人に為る（長大成人）大人大人大人大人（城主、大人）
病気に為る（有病）

ㄇ

医者に為る（當醫生）
母と為る（當母親）母母
母親に為る（當母親）
液体が気体に為る（液體變為氣體）固体
御玉杓子が蛙に為る（蝌蚪變成青蛙）
御玉杓子蝌蚪蛙蛙
口論が取り組み合いに為った（爭執變成了打鬥）
水が凍って氷に為った（水結成了冰）
偉く為る（發跡）偉い豪い
合計為ると一万円に為る（合計共為一萬元）
全部で百円に為る（一共是一百元）
春に為った（春天到來了）
入梅に為った（到了梅雨期）
梅雨に為った（到了梅雨期）梅雨梅雨五月雨
爽やかな秋晴れに為った（到了秋高氣爽的天氣）秋爽
もう十二時に為る（已經到了十二點）
午後に為る（到了下午）
年頃に為ると美しく為る（一到適齡期就漂亮起來了）
彼は三十には未だ為らない（他還不到三十歲）三十三十未だ未だ
甘やかすと為に為らぬ（嬌生慣養沒有益處）
為に為る（對有好處）
為らぬ中が楽しみ（事前懷著期待比事後反而有趣得很）
苦労が薬に為る（艱苦能鍛鍊人）
此の杖は武器に為る（這個拐杖可當武器用）
幾等努力しても何も為らなかった（再怎麼努力也沒有用）
為らない＝為らぬ＝行けない＝出來ない（沒有、不可、不准、不許、不要、不行、得很）

見ては為らない（不准看）
欲しくて為らない（想要想得不得了）
無くては為らない＝無くては為らず＝無くては為らぬ＝無くては行かず＝無くては行かぬ＝無くては行けない（必須、一定、應該、應當）
無ければ為らない＝無ければ為らん＝無ければ為らぬ＝無ければ行けない（必須、一定、應該、應當）
為無ければ為らない（必須做）
行か無ければ為らない（一定得去）
為らない様に（千萬不要、可別）
帰ら無ければ為らない（非回家不可）
為れない（成不了）
負けて為る物か（輸了還得了）
為らぬ堪忍するが堪忍（容忍難以容忍的事才是真正的容忍）
堪忍為らない（不能容忍）
もう勘弁為らない（已經不能饒恕）
悪い事を為たは為らない（不准做壞事）
好きに為る（喜好起來）
如何しても好きに為れなかった（怎樣也喜愛不起來）
煙草を吸う様に為った（吸起香菸來了）
子供を持つ様に為ったら親の愛が分る様に為るだろう（有了孩子就會理解父母的愛）
面白く為って来た（變得很有意思）
先生が御呼びに為る（老師召喚）

生る〔自五〕結果（＝実る）、〔古〕生，產，耕作
梅が生る（結梅子）
花丈て実は生らない（只開花不結果）
今年は柿が良く生った（今年柿子結得很好）今年今年
金の生る木何て無い（沒有什麼搖錢樹）
鳴る神、鳴神〔名〕雷、雷

**鳴子**〔名〕驅鳥器（木板上綁竹管從遠處拉繩使鳴）

**鳴門、鳴戸**〔名〕漲退潮時形成漩渦發出巨響的海灣、切口處有漩渦狀的魚板醬（＝鳴門巻）

　鳴門海峽（鳴門海峽）

　鳴門巻（染有紅色的海帶魚肉捲）

　鳴門若布（鳴門地方產的群帶菜）

**鳴り、鳴**〔名〕聲、響

　満座は暫く鳴りを静めた（全場一時鴉雀無聲）

　鳴りを静める（突然鴉雀無聲、久無音訊）

　先生が部屋に入って来ても学生達は鳴りを静めなかった（即使老師進了房間，學生們仍吵鬧不已）

　鳴りを潜める（靜悄悄）

　鈴の鳴りが良い（鈴的音好）鈴

　此のベルは鳴りが悪い（這鈴聲壞了）

　鳴りの良い楽器（聲音好聽的樂器）

**鳴り響く、鳴響く**〔自五〕響徹、馳名，聞名

　砲声は天に鳴り響いた（炮聲震天）天天天

　電話が深夜にけたたましく鳴り響いた（深夜響起了刺耳的電話聲）

　銅鑼や太鼓の音が鳴り響く（鑼鼓喧天）音音音

　彼の名声は全国に鳴り響いた（他馳名全國）

　天下に鳴り響いた科学者（聞名天下的科學家）

　彼の名は天下に鳴り響いた（他名聞天下、他世界聞名）名名　名

**鳴り物、鳴物**〔名〕響器，樂器（指笛、鼓、鈴、鑼等）、音曲、俗謠

　鳴り物停止、鳴物停止（〔治喪期間〕停止娛樂）

　鳴り物入り、鳴物入（敲鑼打鼓，鳴奏樂器、大張旗鼓、大事宣傳）

　早慶戦の応援団は鳴り物入りで賑やかだ（早稻田和慶應兩大學比賽的啦啦隊鑼鼓喧天非常熱鬧）

　鳴り物入りで宣伝する（大張旗鼓地宣傳）

**鳴り渡る、鳴渡る**〔自五〕響徹、馳名，聞名

　サイレンが球場に鳴り渡る（電笛聲響徹全球場）渡る渉る亘る

　鐘が球場に鳴り渡る（鐘聲響徹全球場）

　歓声が会場一杯に鳴り渡っている（歡呼聲響徹會場）

　勇名天下に鳴り渡る（威名震天下）

## 命、命（ㄇ一ㄥˋ）

**命**〔名、漢造〕（也讀作みょう）命、生命、宿命、命運、命令

　命を天に在り（命在天、命由天定）

　命は食に在り（人是鐵飯是鋼）

　命旦夕に迫る（命在旦夕）迫る逼る迫る競る

　生死命有り（生死有命）生死生死生死

　命を落とす（喪命）

　命を革む（革命）

　命に従う（從命、遵命、聽命）

　命に背く（違命）背く叛く

　上司の命に背く（違背上司的命令）

　命に逆らう（逆天命、違背王命）

　命が薄い（薄命）

　任命（任命）

　待命（待命，另候任用、〔官吏或軍人〕有官無職）

　大命（天皇的命令）

　特命（特別命令、特別任命）

　内命（內部命令、非正式命令）

　拝命（接受任命、接受命令）

　厳命（嚴命）

　反命（〔完成使命後的〕覆命）

## ㄇ

藩命（藩命）
主命、主命（主人〔主君〕的命令）
受命（接受命令、受天命成為天子）
勅命（聖旨）
復命（交差、匯報工作、匯報結果）
抗命（違抗命令）
革命（革命、革新）
奔命（奔命）
本命、本命（生辰八字、賽馬賽車等的優勝候補者）
亡命（亡命）
運命（命運、將來）
生命（生命，性命，壽命、命根子，最重要的東西）
性命（性命）
宿命（宿命、注定的命運）
使命（使命、任務）
死命（死命）
天命（天命、天年）
電命（電令）
薄命（不幸、短命）
幕命（幕府的命令）
致命（致死、獻出性命）
知命（知命、五十歲）
短命（命短）
長命（命長、長壽）
朝命（朝廷的命令）
余命（餘生、殘年）
延命、延命（延長壽命）
存命（在世、健在）
尊命（遵命）
落命（喪命、死亡）
懸命（拼命、奮不顧身、竭盡全力）
一生懸命、一所懸命（拼命地）

嚴命（嚴令）
上命（上命）
指命（指示命令）
命婦、命婦（女官的一種、狐仙）
宣命（天皇的命令）
身命、身命（身命）
神命（神的命令）
寿命（壽命、耐用期限）
定命（定數、注定的壽命）
定命（宿命、注定的壽命＝定命）
常命（通常的壽命）
帰命（皈依）
命終、命終（死亡）

**命じる**〔他上一〕命令，吩咐、任命，委派、命名（＝命ずる）
出張を命じる（命令出差）
部屋の掃除を命じる（吩咐打掃屋子）
攻撃を命じる（下令攻擊）
三日後に来る様に命じる（命令三日後前來）三日
我我は任務の命じる所に従って何処でも行かねば成らぬ（我們為了完成任務無論到什麼地方去都在所不辭）
課長を命じる（委派課長）
主席を命じられる（任命為主席）
委員を命ぜられる（被任命為委員）
私、日本に研修に行く様命ぜられました（我被派到日本研習去）
長男の名を太郎と命じる（長男取名太郎）

**命ずる**〔他サ〕命令，吩咐、任命，委派、命名（＝命じる）
進撃を命ずる（命令攻擊）
事務局長を命ずる（任命總幹事）
神風を命ずる（命名為神風）

**命運**〔名〕命運（＝運命）

国家の命運を担う（肩負國家的命運）担う荷う翔ける画ける斯ける駆ける架ける

会社の命運を賭ける（把公司的命運賭上）掛ける懸ける書ける欠ける搔ける描ける駈ける

**命宮**〔名〕命宮（在兩眉之間用於相命）

**命期、命期**〔名〕壽命的期限

**命根、命根**〔名〕命根（＝命、生命）

**命数**〔名〕生命的長短（＝命、寿命、天命、運命、宿命）。〔數〕命數（給予某數名稱）

　命数が尽きる（壽數已盡）

　命数が定める（命運已定）

　命数と諦める（任命）

　命数法（〔數〕進位法）拠る由る因る縁る依る寄る撚る縒る選る

　十、百、千は十進法に拠る命数法である（十百千是十進位的進位法）

**命題**〔名〕〔哲〕命題

　命題を解く（解命題）解く溶く説く梳く

**命中**〔名、自サ〕命中（＝的中）

　矢が的に命中する（箭命中靶子）

　矢が見事的に命中する（箭很準確地命中靶子）

　弾丸は標的に命中する（子彈打中了靶子）

　砲弾が目標に命中した（砲彈命中目標）

　命中率（命中率）

**命日**〔名〕忌辰（＝忌日，忌日、祥月命日）

　明日は祖父の命日だ（明天是祖父的忌辰）

　明日明日明日祖父祖父祖父祖父

**命婦、命婦**〔名〕女官的一種、狐仙

**命脈**〔名〕命脈（＝生命）

　命脈を絶つ（斷絕命脈）絶つ断つ裁つ截つ立つ経つ建つ発つ起つ

　民族の命脈を保つ（保全民族的命脈）給う

　僅かに命脈を保っている（勉強維持著一線生命）

　命脈を繋ぐ（維繫生命）

　水利は農業の命脈である（水利是農業的命脈）

**命名**〔名、自サ〕命名、取名

　豪華船に"クイーン シエリザベス"と命名する（豪華輪命名為伊麗莎白女王）

　軍艦に"泰山"と命名する（軍艦命名為泰山）

　長女に"恵美"と命名する（給長女命名為惠美）

　命名式（命名典禮）

**命命鳥、命命鳥**〔名〕〔佛〕一身兩頭的想像中的鳥

**命令**〔名、自サ〕命令、行政機關的規定條例

　解散の命令を下す（下命令解散）

　命令を堅く守る（嚴守命令）

　命令に背く（違背命令）

　命令を受ける（接受命令）

　命令に服従する（服從命令）

　命令に従う（聽從命令）

　課長の命令に依り出張する（奉科長的命令出差）

　今週中に仕上げる様に命令する（命令在本周內完成）

　命令的な言い方を為るな（別用命令的口氣）

　命令を守らない者は罰を受ける（不遵從命令的人要接受處罰）罰罰

　行政命令（行政命令）

　命令形（〔語〕命令形、命令式）

　命令法（〔語〕命令法＝imperative mood）

　命令文（命令文）←→平叙文、疑問文、感動文

**命**〔名〕命、生命、性命、壽命、命脈

　命が長い（壽命長）

　長い命（長壽）

ㄇ

命が短い（壽命短）
苦しい命（很苦的生涯）
彼は命の恩人だ（他是我的救命恩人）
命の恩人（救命恩人＝命の親）
命の親（救命恩人）
命の瀬戸際（生死關頭）
命の際（生死關頭＝命の瀬戸）
命の境（生死關頭）
命の際で助かった（在生死關頭得救）
命の綱（救生繩、命根、命脈、維護生命的方法）
命の綱が切れた（失去唯一的依靠）
命綱（救生索、安全帶）
命綱を付ける（繫安全帶）
命代え、命換え（生死攸關〔的重大事件〕＝命代り、命替り）
命代り、命替り（生死攸關）
命の水（精液、腎水）
命の露（露命、短暫的生命）
命限り（只要活著、活著的期間）
命が漲る（充滿生命力）
過労が彼の命を縮めた（過分勞累縮短了他的壽命）
商人は信用が命だ（信用是商人的性命）商人商人商人
命に関わる（性命相關）関わる係わる拘わる
腕が命だ（力量是最重要的東西）
人の命に関わる（人命相關）
命を棒に振る（白白送命、斷送性命）
命が有る（活著）
人の命を助ける（救別人的命）
命を惜しむ（惜命）駈ける書ける賭ける

命を掛ける（拼命、冒死犠牲、奮不顧身）翔ける描ける懸ける描ける欠ける掻ける書ける
命を的に（拼命）
命を掛けても（冒死也、即使死掉也…）
命を立てる（拼命）
命を掛けて遣る（拼命地做）
命を為る（拼命）
命を致す（拼命）
命懸け、命懸（拼命、冒死）
命懸けで遣る（拼命幹）
命懸けで河に落ちた子供を救う（拼命搶救落到河裡的小孩）掬う
命懸けの努力を為る（奮不顧身地努力）
命懸けの冒険を為る（不顧生命的冒險）
テストパイロットは命懸けの仕事だ（試飛員是冒生命危險的工作）
命を捧げる（獻出生命＝命を擲つ、命を差し出す）
命を擲つ（犠牲、捐軀）
命を落とす（喪命、送命、送死）
命を差し出す（獻出生命）
交通事故で命を落す（因車禍而喪命）
命を投げ出す（豁出生命）
命を取る（要命、害命、致人於死地）
命を削る（費盡心血）
命を取り止める（挽救性命）
命取り、命取（要命、致命的東西〔重病、毒藥、酒色〕、使人失敗的大事）
命取りの（要命的、喪失地位的）
此の腫物は命取りだ（這個腫包是致命的東西）
命取りの病気（要命的病）
彼の失敗が彼の命取りと為った（那次失敗成了他的致命傷）

外交政策が内閣の命取りに為った（外交政策斷送了內閣的命運）

外交政策が輸出の命取りに為る（外交政策斷送了出口的命運）

命を拾う（撿了一條命、幸免於難）

命を全うする（保全性命）

命拾い、命拾（九死一生、幸免於難、撿了一條命）

思い切って手術を為たので命拾いを為た（下決心動手術才撿回了一條命）

命拾いを為る（死裡逃生、倖免於難、撿了一條命）

命を知らない（不要命）

命を軽視する（草菅人命）

命知らず（不怕死〔的人〕、〔東西〕結實）

命知らずの遣り方（不怕死的做法）

命知らずの乱暴者（亡命之徒）

此の布は命知らずだ（這種布很結實）

生地の良い布は命知らずだ（質地好的布經久耐用）

命の危ない所だった（險些送了命）

命に過ぎたる宝無し（沒有比生命更寶貴的東西）

命は法の宝（生命是寶中寶）

鬼の居ない間に命の洗濯（趁監視人不在喘口氣、媳婦趁婆婆不在喘口氣）

命の洗濯で水入らず（難得偷閒一家團圓）

命の洗濯（消遣、休養＝命の土用干）

命より金が大事（愛財如命）

命を捨てても金を捨てない（捨命不捨財＝命より金が大事）

命有っての物種（生命至寶、好死不如歹活、留得青山在不怕沒柴燒）

命から二番目（僅次於生命的最寶貴的東西、僅次於生命的大事＝命より二番目）

命長ければ恥多し（年歲越大醜事越多）

命の鴻毛より軽し（生命輕於鴻毛）

命は風中の灯の如し（人生無常、人有旦夕禍福）

命の遣り取りを為る（拼個你死我活）

命辛辛（僅以身免、險些喪命）

命辛辛逃げた（勉勉強強逃出來）

命辛辛に逃げ出す（死裡逃生）

命切り（豁出命來）

命比べ（比賽壽命的長短、比賽精力）

命毛（〔毛筆的〕筆尖）

命乞い（祈求饒命、祈禱長壽＝命貰い）

命冥加（命大、上天保佑、命不該絕）

命冥加の男（他真是命大）

命冥加にも助かった（得天保佑撿了一條命）

**命、尊**〔名〕〔古〕對神或貴族的尊稱（多半加在姓名後如-瓊瓊杵尊）

**命、御言**〔名〕〔古〕旨意、詔書（＝御言葉、仰せ、御命令）

## 拇（ㄇㄨˇ）

**拇**〔漢字〕大指頭

**拇印**〔名〕指印、手印（＝爪印）

実印が無ければ拇印を押して下さい（沒有正式圖章的話就請你蓋個手印）

印鑑が無ければ拇印を押して下さい（沒有印章的話就請你蓋個手印）

**拇指、母指**〔名〕拇指（＝親指、大指）

拇指で拇印を押す（用拇指蓋手印）押す推す圧す捺す

**拇趾**〔名〕拇趾

## 畝（ㄇㄨˇ）

**畝**〔漢造〕田地（＝田畑、田畑、耕地）

畎畝（田埂和田溝、田園、鄉下）

**畝、畦**〔名〕壟，壟狀、（布上的）稜紋，滾浪

ㄇ

畑に畝を立てる（旱田裡培起壟來）畑
畠　畑畠畦畔

荒地を鋤いて畝に為る（把荒地犁出壟來）
鋤く　透く　抄く　剥く　酸く　梳く　漉く　好く　空
く

畝を作る（做壟）作る　造る　創る

波の畝（波鋒）

畝合い〔名〕〔農〕壟間（=畝間）

畝合いを利用する（利用壟間）

畝間〔名〕〔農〕壟間（=畝合い）

畝間にも作物を植える（壟間也種農作物）
作物（農作物）作物（作品）

畝間に馬鈴薯を植える（在壟溝裡栽種馬
鈴薯）馬鈴薯飢える　餓える

畝織り〔名〕（用粗細兩種紗混合紡織的）一種
起稜的紡織物（=畦織り）

畝織りに為ったウール地（帶稜紋毛料子）

畝立て〔名〕（在地上）培壟、犁出壟

畝作り〔名〕在地上培壟其上栽培農作物←→平作
り

畝〔名〕地積的單位、一段的十分之一、三十歩、
約一百平方公尺（即一公畝）

# 母、母（ㄇㄨˇ）

母〔漢造〕母、母親

父母、父母（父母=両親）

義母（繼母、養母、乾媽、婆母、岳母）←
→義父

継母、継母（繼母）←→継父、継父、継父

国母（國母-指皇后、母皇之母-即皇太后）

慈母（慈母）

生母（生母=実母）

聖母（耶穌的母親瑪利亞）

世母（伯母）

保母（保母、保育員）

養母（養母）←→実母

祖母、祖母（祖母、外祖母=御祖母さん）←
→祖父、祖父、御祖父さん

老母（老母親）←→老父

異母（不同母親）

同母（同母親）

伯母、伯母（父母的姐姐）

嫡母（嫡母-庶子稱父親的正室）

賢母（賢母）

酵母（酵母）

後母（繼母）

航母（航空母艦=空母）

字母（字母、字型）

養父母（養父母）

継父母（繼父母）

醸母（酵母=酵母）

丈母（妻或夫之母）

貝母（貝母）

母音、母音〔名〕〔語〕母音、元音（=母韻、母字）
←→子音，子音，父音，父音

日本語に於ける母音ア、イ、ウ、エ、オの
五つである（日語中的母音有アイウエオ
五個）

母音三角形（母音三角形）

母音調和（母音調和）

母音転換（母音轉換=母音交替）

母韻〔名〕母音、元音（=母音、母音）

母字〔名〕母音、元音（=母音、母音）

母子〔名〕母子草、母子草

母子草、母子草〔名〕〔植〕鼠麴草（春天七草
之一=御形、御形、餅草）、貝母

母子、母子、母児〔名〕母子（=母と子）母子草、
母子草的簡稱、本金和利息←→父子

母子共無事に助かった（母子都平安得救
了）

地震で家が倒されて終ったが幸いに
母子共無事に助かった（由於地震房屋倒
塌了可是幸虧母子都平安得救了）

難産でしたが母子共に元気です（雖然難
產但母子平安）

母子二人で細々と暮らす（母子兩人勉勉強強地生活）

母子家庭（母子家庭-扶養未滿十二歲小孩的單親母親家庭）

母子年金（母子年金）

母子寮（母子保育院-扶養沒有生活能力母子的社會福利措施）

母子手帳（孕婦手冊-〝母子健康手帳〟的舊名）

母艦〔名〕母艦（航空母艦、潛水母艦等的總稱）

戦闘機が母艦を離れる（戰鬥機從航空母艦起飛）

ヘリコプターが母艦から飛び立つ（直升機從母艦上起飛）

航空母艦（航空母艦）

潛水母艦（潛水母艦）

母儀〔名〕母儀、為人母的儀則

母兄〔名〕同母生的哥哥

母系〔名〕母系（=母方）←→父系

古代社会では母系制度が行われて居た（在古代社會實行過母系家長制度）

古代社会は多く母系制で有った（古代社會大多實行母系制度）

母系制度（母系制度）←→父系制度

母系制（母系制）

母系家族（母系家族）

母系社会（母系社會）

母型〔名〕（鉛字的）字模（=字母）

母型で活字を鋳造する（用字模鑄鉛字）

母権〔名〕母權、母系的家族制度←→父權

母語〔名〕母語、祖國語言、本國語言（=祖語、母国語= mother tongue）

母校〔名〕母校（=出身校、出身学校）

母校を後に為て社会に入って行く（離開母校進入社會）

母校の新校舎落成式（母校新校舍落成典禮）

母港〔名〕原來出發的港、船籍港

母港のドックに入る（進船籍港的船塢）入る入る

母后、母后、母后、母后〔名〕母后（=皇太后）

母后と避暑に行かれる（與母后去避暑）

母国〔名〕母國（=祖国）←→異国

母国を遠く離れて海外に在住する（遠離祖國僑居海外）

母国を遠く離れて海外に居留する（遠離祖國僑居海外）

母国を遠く離れて海外に滞在する（遠離祖國僑居海外）

母国語（祖國語言=母語）

母指、拇指〔名〕拇指（=親指、大指）

母指で拇印を押す（用拇指蓋手印）押す推す圧す捺す

母樹〔名〕母樹、新繁殖樹木的種樹

母性〔名〕母性←→父性

母性愛（母性愛、母愛）←→父性愛

母性本能（母性本能）

母川〔名〕鮭、鱒等回流魚出生與產卵的河川

母船〔名〕母船-遠洋漁業船團、捕鯨船團等附屬漁船的指揮、補給、漁獲處理、冷凍等的母船（=親船）

母線〔名〕〔數、電〕母線

母銭〔名〕母錢（=元金、元金、種錢）

母倉〔名〕母倉日

母倉日（母親生兒育女的好日子）

母体〔名〕母親的身體、基礎，核心，根源

胎児を出して母体の安全を図る（打下胎兒保全母親的安全）図る謀る量る計る測る諮る

母体を保護する（保護母體）生まれる産まれる膿まれる倦まれる埋まれる

此のデパートは協同組合を母体と為て生まれた物です（這百貨公司是以合作社為基礎而成立的）

此の親睦会は組合を母体と為て生まれた物です（這親善會是以合作社為基礎而成立的）

ㄇ

此の学校は私塾を母体と為て生まれた（這學校是從私塾發展起來的）

**母胎**〔名〕母胎、母親的胎內，母體

十箇月で母胎を離れる（十個月就離開母胎）

思想の母胎（思想的母胎）

**母堂**〔名〕〔敬〕令堂（=母上、母君、母御、北堂）

恩師の御母堂が亡くなられた（恩師的母親逝世了）

**母乳**〔名〕母乳、生母的奶

母乳で育てる（用母乳撫育）

**母衣、保侶、幌**〔名〕車篷、（寫作母衣）〔古〕（披在鎧甲背後的）防箭袋

母衣蚊帳、幌蚊帳（兒童用罩式蚊帳）

幌が折り畳み式の自動車（折疊式車篷的汽車）

幌を掛ける（支起車篷）

幌馬車（帶篷馬車）

**母**〔漢造〕母、女親

父母、父母、父母（父母）

悲母、悲母（慈母）

鬼子母、鬼子母（保護小孩的鬼子母神-梵語 Hariti 的意譯）

雲母、雲母（〔礦〕雲母）

**母屋、身屋、身舍**〔名〕正房、上房、主房（=母屋、母家、主屋）←→庇

**母**〔名〕〔古〕母親（=母）、奶媽（=乳母、乳母、乳人）

**母屋、母家、主屋**〔名〕正房、上房、主房

**母**〔名〕母、母親（=女親、女親）、根源（=元本）←→父

生みの母（生母、親生母親）生み産み膿み倦み熟み

彼の女は今三人の子の母に為っている（她現在已是三個孩子的母親了）三人三人

継母、継母（繼母）

必要は発明の母である（必要是發明之母）

健康は幸福の母である（健康是幸福之母）

失敗は成功の母である（失敗是成功之母）

母なる大地（萬物根源的大地）

**母上**〔名〕母親的敬稱（=母君）←→父上

**母君**〔名〕母親的敬稱←→父君

**母御**〔名〕母親的敬稱（=母上、母御前，母御前）←→父御

**母御前、母御前**〔名〕母親的敬稱

**母大殿**〔名〕母親的敬稱（=母君、母刀自）

**母刀自**〔名〕母親的敬稱

**母者**〔名〕"母者人"的簡稱

**母者人**（〔古〕母親=母御）

**母人、母人**〔名〕母親的敬稱（=母者人）

**母親**〔名〕母親←→父親

彼女は二人の子の母親だ（她是二個孩子的母親）

**母方**〔名〕母系（=外戚）←→父方

母方の親類（母系親屬）

母方の親戚（母系親屬）

母方の叔父（舅父）叔父伯父小父

母方の祖母（母系的祖母）祖母祖母祖父祖父祖父母

**母食鳥**〔名〕"梟"的異名

**母代**〔名〕代替母親照顧的人、按照母親看待的人

**母駄**〔名〕跟隨小馬的母馬（=袋馬）

**母の日**〔名〕母親節（五月的第二個星期日）

**母物**〔名〕（電影等）以母愛為主題的作品

**母さん、母様**〔名〕對母親的敬稱（=御母さん、御母様）

**母ちゃん**〔名〕孩子對母親的暱稱、妻子的俗稱

**母、嬶、嬶**〔名〕〔俗〕母親、（下層階級）妻子

母と二人暮らしです（母子倆過活）

**母さん、嬶さん**〔名〕孩子對母親的暱稱

**母様、嬶様**〔名〕母親的敬稱、別人妻子的敬稱

**御母様**〔名〕〔敬〕（比御母様更尊敬或客氣）媽媽，母親、（尊稱別人的母親）令堂，您的母親

御母様〔名〕（母的尊敬或客氣說法）（在別人面前提到自己的母親時稱為母、但對自己家裡人提到時仍可稱御母様、另外有時在兒女面前用於指自己的妻子）

（直接對自己母親的稱呼或作為一般稱呼）媽媽、母親

（稱呼別人的母親）令堂、你的媽媽、妳的母親

御母様、電話ですよ（媽媽來電話啦！）

彼女はもう御母様に為ったよ（她已經做母親了）

御母様はいらっしゃいますか（你母親在家嗎？）

悪戯すると御母様怒りますよ（你淘氣媽媽可要生氣了）

御母様、御多多様〔名〕（來自住在対屋之意）（宮中、封建貴族家庭中用語）母親尊稱←→御父様（父親）

## 牡、牝（ㄇㄨˇ）

牡、牝〔漢造〕公的、雄獸（=お，オ，おす，オス，おん）←→牝、牝、雌、雌、牝、雌

牝牡（雌雄）

牡牝、牝牡（雌雄）

牝馬（母馬）

牡丹（牡丹）

牡蠣、牡蠣（牡蠣）

牡丹〔名〕〔植〕牡丹、野豬肉

獅子に牡丹（相得益彰）

牡丹に唐獅子（相得益彰）

牡丹石尊（綠藻類石尊科的海藻）

牡丹薔薇、牡丹薔薇（中國西南產的薔薇科常綠低木）

牡丹色（濃紅梅色-紫中帶紅）

牡丹蔓（牡丹蔓、女萎）

牡丹杏（李的一種品種、巴旦杏）杏

牡丹桜（牡丹櫻）

牡丹灯籠、牡丹灯籠（飾有牡丹花的燈籠）

牡丹刷毛（化妝用的撲粉刷）

牡丹江（〔中國〕牡丹江）

牡丹花（〝頭巾薔薇〟的異名）

牡丹菜（〝葉牡丹〟的異名）

牡丹雪（大雪團、大片雪）

牡丹餅、牡丹餅〔名〕周圍裹有紅豆餡的黏糕（=御萩）

棚から牡丹餅（福自天降）

牡蠣、牡蠣〔名〕牡蠣（=オイスター oyster）

牡蠣飯（和牡蠣肉一起煮的飯）

牡、雄、男、夫〔名〕雄、公（=牡, 雄, 牡, 雄）←→牝、雌、女、妻

牡牛、雄牛（公牛）←→牝牛

牡馬、雄馬（公馬）←→牝馬

牡瓦（半圓筒狀瓦用時凹面向下=男瓦）

牡鹿、雄鹿（雄鹿）←→雌鹿、雌鹿、雌鹿

牡羊、雄羊（公羊）←→雌羊

牡羊座（牡羊座、白羊宮=Aries）

雄鳥（雄鳥）←→雌鳥

雄花（雄花）

雄叫（吶喊）

尾〔名〕尾巴（=尻尾、尻尾）、尾狀物、山尾←→峰、留下的東西（=名残）

狐の尾（狐狸尾巴）狐狸

犬の尾を振る（狗搖尾巴）振る降る

尾を振る（奉承、諂媚、巴結）上官 上級 上司

上役に尾を振るが旨い（很會奉承上司）旨い 巧い 上手い 甘い 美味い

尾を振って憐れみを乞う（搖尾乞憐、諂媚無恥）乞う 請う 斯う

尾を揺るがして憐れみを乞う（搖尾乞憐、諂媚無恥）憐れみ 哀れみ

星が尾を曳いて飛んだ（流星拖著尾巴飛落了）曳く 引く 挽く 牽く 惹く 弾く 轢く 飛ぶ 跳ぶ

尾を引く（產生後果、留有後患、留下影響、藕斷絲連）

此の事件は尾を引いている（這事情尚未解決）

此の失敗は将来の事に尾を引く（這個失敗會影響將來的事情）

尾に尾を付けて話す（添枝加葉地說渲染誇張）付ける 附ける 尽ける 憑ける 衝ける 話す 離す 放す

尾を見せる（露出破綻、露出馬腳）

彗星の尾（彗星尾巴）

章魚の尾（章魚尾巴）章魚蛸胼胝凧

凧の尾（風箏尾巴）烏賊 凧 紙鳶 凧

緒〔名〕線，細繩，細帶、木屐帶、（樂器或弓的）弦、（笠或盔的）繫帶

刀の下げ緒（刀鞘上的條帶）

下駄の緒を切らした（把木屐帶弄斷了）

琴の緒（琴弦、箏弦）

勝って冑の緒を締めよ（勝而不驕、常備不懈）

堪忍袋の緒が切れる（忍無可忍）

小〔接頭〕小，細小（＝小さい、細かい）、稍許（＝少し）、用於調整語氣或略加美化

小川（小河）

小舟（小船）

小暗い（微暗）

小止み無く降る（不停地下雨）

玉の小琴（玉琴、美麗的琴）

小田（水田）

御〔接頭〕（御的轉變，大御→おほん→おん→お）

（漢語詞彙前的接頭詞御、一般讀作御或御、但有時也讀作御、御有御，御，御，御等讀法，要根據下面連接的詞來判斷）

（加在名詞、形容詞、形容動、詞數詞等前面）表示尊敬、鄭重、親愛等

（加在動詞連用形前，下接に為る或為さる等）表示尊敬

（加在動詞連用形前、下接為る、致す、申す、申し上げる等）表示自謙、客氣

（加在動詞連用形前、下接為さい、下さい）表示委婉的命令或請求

（加在某些形容動詞詞幹或動詞連用形前、構成御…樣です形式）表示謙虛、同情或慰問

（加在某些食物或有關天氣的名詞形容詞前）表示鄭重、委婉或美化（有時已形成一種固定的表現形式、幾乎沒有什麼意義）

（御也寫作阿、於、加在多為二音節的女人名前）表示親密口氣

外国の御友達（外國朋友）

御国は何方ですか（您的故鄉在哪裡？）

御手紙をどうも有り難う御座いました（多謝您的來信）

御早う御座います（早安）

本当に御美しい事（〔女〕真漂亮！）

御二人ですか（是兩位嗎？）

御菓子を一つ如何ですか（請吃一塊點心好嗎？）

御早く（請快一點）

御大事に（請保重）

主任さんが御見えに為りました（主任來了）

気を御付けに為って（請留神）

彼の方は酒を御飲みに為る（他喝酒）

此方から御電話します（我給您去電話）

御邪魔致しました（打擾打擾）

御話し申し上げ度い事が御座います（我有件事想跟您談談）

御入り下さい（請進來）

さあ、御読み為さい（請讀吧！）

御粗末様でした（慢待了）

御疲れでしょう（您累了吧！）

御待ち遠様でした（讓您久等了）

色色御手数を掛けて、本当に御気の毒でした（給您添許多麻煩真過意不去）

御茶を飲む（喝茶）

御暑い事（〔女〕真熱）

御雪様、阿雪様（阿雪-原名為雪或雪子）

**牡、雄**〔名〕雄、牡、公←→牝，雌，牝，雌，牝，雌

牡の獅子（雄獅）

牡の猫（熊猫）

牡の羊（公羊）

其の小牛は牡だ（那是一頭小公牛）小牛 子牛 犢

**牡、雄**〔名〕〔俗〕雄、牡（＝牡，雄，牡，雄）←→牝，雌，牝，雌，牝，雌

牡鳥、牡鶏（公雞）←→雌鳥、雌鶏、牝鶏

牡鶏が鳴く（公雞叫）無く泣く啼く

牡鶏が時を作る（公雞報時）

## 募（ㄇㄨˋ）

**募**〔漢造〕招募、徵求（＝募る、広く求める）

召募（招募）

徵募（徵募、徵集、招募）

公募（公開招募）

急募（緊急招聘）

応募（報名參加、投稿應徵、認購）

**募金**〔名、自サ〕募捐、募款

募金に応ずる（答應捐款、響應捐款）

救済に募金する（為救濟而募捐）

募金を為る（募款）

共同募金（共同募款）

街頭募金（街頭募款）

**募債**〔名、自サ〕募集公債

五千万円募債する（募集公債五千萬日元）

**募集**〔名、他サ〕募集、招募、徵募

寄付を募集する（募捐）

公債を募集する（募集公債）

株を募集する（募股）

懸賞論文を募集する（懸賞徵文）

数名のエンジニアを募集する（招募幾名工程師）

募集を応ずる（應募）

生徒募集を開始する（開始招生）

募集広告を新聞に載せる（在報紙登招人啟事）乗せる

**募兵**〔名、自サ〕募兵、招兵

甲種合格の募兵を海軍に充てる（把甲種合格的募兵充為海軍）当てる中てる宛てる

募兵に応ずる（應募當兵）

**募る**〔自五〕越來越厲害←→和らぐ

〔他五〕招募、徵求（＝集める）

暴風が吹き募る（暴風越刮越大）

病勢が募る許りだ（病勢只見加重）

恋しさは募る許りだ（思慕之情一天比一天厲害）

不安が募る（不安日甚一日）

寒さが募る（越來越冷）

言い募る（越說越多）

悪い癖は年と共に募る（壞脾氣與年齡俱增）

生徒を募る（招生）

寄付を募る（募捐）

資金を募る（募集資金）

原稿を募る（徵稿）

意見を募る（徵求意見）

懸賞文を募る（懸賞徵文）

広く同志を募る（廣泛地徵集志同道合的人）

広範に大衆の意見を募る（廣泛地徵求群眾的意見）大衆大眾

## 墓（ㄇㄨˋ）

**墓**〔漢造〕墓-死人を土で埋めた処（用土埋葬死人之處）

墳墓（墓、墳墓）

古墓（古墓）

丘墓（丘墓）

陵墓（陵墓、皇陵）

掃墓（掃墓）

展墓（掃墓）

拝墓（拝墓）

墓域〔名〕墓地、墓園

　墓域を美化する（美化墓地）

墓所、墓所、墓所、墓所〔名〕墓地、墳地（=墳墓地、墓場）

　祖先の墓所（祖墳、祖先的墓地）

　寺の中に在る先祖の墓所（在寺廟裡的祖先的墳墓）

墓地、墓地〔名〕墓地、墳地（=墳墓地、墓場、墓所、墓所、墓所）

　遺骨を墓地に埋葬する（把遺骸埋在墓地）

墓場〔名〕墓地、墳地

　結婚は恋愛の墓場だ（結婚是戀愛的墳墓）

墓原、墓原〔名〕墓地（=墓場）

墓穴、墓穴〔名〕墓穴（=塚穴）

　墓穴を掘る（掘墓穴）

　自ら墓穴を掘る（自掘墳墓、自找死路）

墓参、墓参り〔名、自サ〕掃墓、上墳（=展墓）

　墓参に行く（去掃墓）

墓誌〔名〕墓誌

　墓誌銘（墓誌銘）

　墓誌銘を書く（寫墓誌銘）

墓銘〔名〕墓誌銘

墓石、墓石〔名〕墓石、墓碑（=石碑、石塔）

　墓石を立てる（立墓碑）

墓碑〔名〕墓碑（=墓石、墓石）

　墓碑銘（墓誌銘）

　革命烈士の墓碑（革命烈士的墓碑）

墓表、墓標、墓標〔名〕墓標、墓碑

　無名戦士の墓表を立ち並んでいる（成排地立著無名戰士的墓碑）

墓表の前に額付く（跪在墓碑前磕頭）

墓前〔名〕墓前

　墓前に花環を手向ける（把花環供在墓前）

　花輪を先祖の墓前に手向ける（把花圈供在祖先墓前）

　墓前に額付く（跪在墓前磕頭）

墓畔〔名〕墳墓旁邊

墓〔名〕墓、墳墓

　先祖の墓（祖先的墳墓）

　墓に花束を供える（在墳墓供上花束）供える備える具える

墓守り、墓守〔名〕守墓人、看墳人

# 幕、幕（ㄇㄨˋ）

幕〔名〕幕，布幕、場合，場面。〔相撲〕一級力士（=幕内）

　幕を開ける（開幕、掲幕）開ける明ける空ける飽ける厭ける

　幕を揚げる（開幕、掲幕）揚げる上げる挙げる

　幕を切る（開幕、掲幕）

　幕を開く（開始）開く明く空く厭く飽く

　幕に為る（告終、閉幕）為る鳴る成る生る

　幕と為る（告終、閉幕）

　幕を閉じる（告終、閉幕）綴じる

　幕を下ろす（閉幕）下ろす下す降ろす卸す

　幕を張る（張幕）貼る

　幕を引く（拉幕）引く挽く退く曳く弾く惹く轢く牽く

　のべつ幕無し（接連不斷、不落幕繼續演出）

　一幕目（第一幕）

　芝居の幕が上がる（戲劇開幕了）

　私の出る幕ではない（不是我出頭的時候）

御前の出る幕ではない（不是你出頭的時候）

主人公の出る幕だ（該主角出場了）

幕内力士（一級力士、一流力士）

幔幕（會場周圍臨時張掛的紅白條帳幕）

暗幕（上演電影掛的黑窗簾）

煙幕（煙幕）

銀幕（銀幕、電影〔界〕）

字幕（字幕）

天幕（天蓬、帳篷）

開幕（開幕、開演、開始）

閉幕（閉幕、結束、告終）

序幕（序幕、開端、開始）

除幕（揭幕）

初幕（最初開幕場面、第一幕）

入幕、入幕（晉升為幕内級力士）

終幕（最後一幕、閉幕、結束）

一幕（一幕、一個場面）

陣幕（搭營房的帳幕）

**幕間、幕間**〔名〕（幕間為幕間的誤讀）。〔劇〕幕間、中場休息

幕間が長い（中場休息太長）

幕間が短い（中場休息時間短）

幕間に御飯を食べる（趁著中場休息時間吃飯）

幕間に楽屋を訪ねる（趁著中場休息時間訪問後台）訪ねる 尋ねる 訊ねる 訪れる

幕間を利用してコーヒーを飲む（趁著中場休息時間喝咖啡）呑む

**幕開, 幕開き、幕明**〔名〕〔劇〕開幕、開始←→幕切れ、幕切

愈愈スキーシーズンの幕開だ（滑雪季節就要開始了）

幕開の台詞（開幕詞、開場白）台詞台詞 科白科白

オィンピック大会が幕開に為った（奧林匹克大會開幕了）

新しい年の幕開（新的一年的開始）

**幕切れ, 幕切、幕切**〔名〕〔劇〕閉幕、終場、終局、煞尾←→幕開、幕開き

歌舞伎では第三幕の幕切は通常愁嘆場だ（歌舞伎第三幕落幕時通常是悲傷場面）

第二幕が幕切に為る（第二幕閉幕）

幕切に為る（終局）

其の交渉は幕切が悪かった（那次談判結果不佳）

今度の弁論大会は幕切が良かった（這次演講比賽的結果很好）

幕切に大波瀾が起こった（臨末尾起了很大的波折）

大会は幕切に近い（大會塊閉幕了）

彼丈の大事に為ては呆気無い幕切だった（別看那麼大的事件很簡單就收場了）大事

**幕串**〔名〕張幕時用的細柱

**幕詞**〔名〕軍陣用的忌詞、軍隊中忌諱的話

**幕内**〔名〕（角力）（列在名單頭排的）一級力士、一流選手（=幕内力士、幕の内）

幕内力士（横綱以下前頭以上的力士：横綱、大関、関脇、小結、前頭）

**幕の内**〔名〕（角力）（列在名單頭排的）一級力士、一流選手（=幕内、幕内力士）、内盛飯糰和副食的日式飯盒（=幕の内弁当）、内幕

**幕下**〔名〕（角力）（列在名單二排的）二級力士、二流選手（=幕下力士・十両 和三段目間的地位）

**幕下**〔名〕陣營，帳幕裡面（=幕の中、陣營、陣屋）、將軍,大將軍 將軍的部下（=家来、手下、配下）、唐朝的近衛大將

**幕尻**〔名〕（角力）（列在名單）最後的力士、幕内的最下位、前頭的最低位

**幕電**〔名〕接受遠方活動中雷的閃電雲全體發光的現象

**幕無し**〔名〕接連不斷（=のべつ幕無し）

**幕屋**〔名〕帳篷、圍以帷幕的後台

**幕**〔名〕帷幕（=本陣）、將軍執政的地方

討幕（討伐幕府）
倒幕（打倒幕府）
佐幕（擁護幕府）

**幕営**〔名〕幕營（=陣營）
霜が幕営に降りる（霜降幕營）下りる

**幕議**〔名〕幕府的謀議、幕府的評議
幕議で決定する（由幕府的謀議來決定）

**幕臣**〔名〕幕府的臣子（=旗本、御家人）

**幕政**〔名〕幕府的政治
幕政は専制的な物である（幕府政治是專制的政治）

**幕府**〔名〕出征中將軍的陣營（=柳營）、唐朝的近衛府，近衛大將、近衛大將的居館
〔史〕幕府（日本源賴朝以後武士總攬兵馬大權的中央政府）
源賴朝が鎌倉に幕府を開く（源賴朝設幕府於鎌倉）開く
江戸幕府（江戸幕府）
幕府政治（幕府政治=武家政治）

**幕末**〔名〕江戸幕府末期
幕末から明治維新に掛けて（自江戸幕府末期直到明治維新）
幕末に倒幕の世論が起こった（在江戸幕府末期出現了打倒幕府的輿論）世論輿論 世論

**幕命**〔名〕幕府的命令

**幕吏**〔名〕幕府的官吏
幕吏が横行する（幕府的官吏橫行霸道）

**幕僚**〔名〕（參與策畫的）幕僚、參加重要計畫的部下
幕僚を集めて作戦を練る（招集幕僚研究作戰）寝る練る煉る
幕僚と相談する（和幕僚商権）
幕僚人物を捜す（找幕僚人物）探す
幕僚長（幕僚長）
幕僚監部（日本防衛廳的參謀部-幕僚機關）

## 慕（ㄇㄨˋ）

**慕**〔漢造〕懷念、敬仰（=慕う）
愛慕（愛慕）
欽慕（欣慕）
欣慕（景仰、敬慕）
敬慕（敬慕、敬愛）
傾慕（傾心愛慕）
景慕（景仰）
思慕（思慕、懷念、戀慕）
羨慕（羨慕）
恋慕（戀慕、愛慕）
追慕（〔對死去或遠離的人〕追思、懷念）

**慕情**〔名〕愛慕之情（=慕心、恋う心）
慕情を抱く（心懷戀慕）抱く擁く懷く抱く焚く炊く
心に慕情を抱く（懷著愛慕之情）

**慕う**〔他五〕戀慕，懷戀（=恋しく思う）、敬慕，敬仰，追隨
彼女は彼を深く慕っている（她從心裡戀慕他）
故郷を慕う（懷念故郷）故郷古里故里故郷
母を慕う（懷念母親）
其の先生は非常に生徒に慕われている（那位老師非常受學生敬仰）
恩師を慕う（仰慕恩師）
師の学風を慕う（仰慕老師的學風）
後を慕って（追隨）後後後 後
後を慕って行く（一直追隨下去）行く往く逝く行く往く逝く
夫の後を慕ってAfricaまで行く（追隨丈夫到非洲去）
旅先迄慕って行く（追到旅行目的地去）

**慕わしい**〔形〕戀慕的、眷慕的、懷念的（=懷かしい、恋しい）
慕わしく思う（戀慕、懷念）

幼友達を慕わしく思う（懷念幼時的友人）

慕わしさ（戀慕的程度）

慕わしげ（戀慕的樣子）

# 暮（ㄇㄨˋ）

**暮**〔漢造〕日暮（=日暮れ、夕方）、（季節）將盡

朝暮（朝暮、朝夕=朝夕、明け暮れ）

旦暮（朝夕、旦夕）

薄暮（薄暮、傍晚、黃昏=夕暮れ、黃昏）

歲暮、歲暮（歲暮，年底，年禮，新年禮品）

**暮靄**〔名〕晚霞（=夕靄）

暮靄が野原に掛かっている（暮靄籠罩著原野）

暮靄が立ち籠める（晚霞滿天）

**暮雨**〔名〕傍晚下的雨

**暮雲**〔名〕黃昏的雲（=夕雲）

**暮煙、暮烟**〔名〕黃昏時冒的煙（=夕煙）

**暮鼓**〔名〕暮鼓

**暮日**〔名〕傍晚（=日暮れ）

**暮秋**〔名〕晚秋、農曆九月

暮秋の凄涼なる景色（晚秋的凄涼風景）

**暮春**〔名〕晚春、農曆三月

郊外の暮春の風景（郊外晚春的風景）

**暮鐘**〔名〕傍晚響的鐘（=晚鐘）

**暮色**〔名〕暮色、黃昏的風景

漸く暮色が迫って来た（已經到了黃昏）迫る逼る迫る競る

暮色蒼然たる景色（暮色蒼然的景色）

暮色に包まれる（夜幕低垂）包む包む

松林に暮色が垂れ籠めている（松林裡瀰漫著暮色）

**暮雪**〔名〕黃昏降的雪、傍晚的雪景

**暮笛**〔名〕暮笛

**暮年**〔名〕老年時（=晚年、老年）

暮年の寂しい生活（晚年的寂寞的生活）

**暮夜**〔名〕進入晚上的時候、夜間（=夜、夜分）

暮夜に地震が起こった（夜間發生了地震）

暮夜密やかに訪ねる訪ねる（夜悄悄的降臨）尋ねる訊ねる訪れる

暮夜の鐘（夜半鐘声）

**暮す、暮らす**〔自五〕生活、度日

〔他五〕消磨歲月、打發時間

田舎で暮す（住在鄉間）

幸福に暮す（幸福地過日子）

粥を啜って暮す（喝粥度日、餬口度日）

安い月給では暮せない（薪水太少不能生活）

其の後如何御暮しですか（那以後你過得如何？）

独りで暮す（過獨身生活）

読書に日を暮す（整天讀書）

雨の日は読書で暮す（下雨天讀書消磨時間）

碌碌と為て一生を暮す（庸庸碌碌地過一生）

碌碌と一生を暮す（庸庸碌碌地過一生）

碌碌と為て一生を暮す物ではない（不能庸庸碌碌地過一生）

うかうかと日を暮す（悠悠忽忽地消磨歲月）

**暮し、暮らし**〔名〕度日，生活、家道，生計

国民は今皆豊かな暮しを為ている（國民現在都過著豐衣足食的日子）

皆今豊かな暮しを為ている（現在大家都過著豐衣足食的日子）

暮しを立てる（營生、維持生活）経てる建てる裁てる絶てる発てる断てる

漁業を為て暮しを立てる（以漁業為生）

農業で暮しを立てる（以農業為生）

暮しが立たない（不能餬口）

暮しが贅沢だ（生活奢侈）

暮しの費用（生活費）

暮しが良い（家道好）良い善い好い佳い酔い

　其の日暮し（過一天算一天、得過且過、現種現吃）

　平凡な暮しに満足する（滿足於平凡的生活）

**暮し向、暮らし向き**〔名〕生計，生活，家道，家境

　暮し向が良い（生活得好）

　暮し向が悪い（生活得壞）

　暮し向の費用（生活費）

　暮し向が楽で無い（家計不寬裕）

**暮れる**〔自下一〕日暮，天黑，歲暮，年終←→明ける

　今は六時に日が暮れる（現在六點鐘天黑）呉れる繰れる刳れる

　日の暮れるのは六時だ（日暮是六點鐘）

　日が暮れる（天黑）

　後十日で年が暮れる（再過十天就過年了）

　春が暮れた（春天過去了）

**暮れ、暮**〔名〕日暮，黃昏（=夕方）、季末，歲末←→明け、明

　暮の鐘（晚鐘）鉦金

　暮に蚊が出る（黃昏時有蚊子）

　日の暮に為ると寒く為る（一到日落就冷起來了）鳴る成る生る

　春の暮（暮春）

　年の暮が近付いて来た（快到年終了）

　暮の大売出し（年終大拍賣）

**暮れ合い，暮合，暮れ相い，暮相**〔名〕黃昏時

**暮れ方、暮方**〔名〕傍晚、黃昏（=夕方）←→明け方、明方

　暮方に着く（傍晚到達）付く就く衝く搗く附く突く憑く点く尽く吐く撞く潰く

　暮方に為る（已到黃昏）

**暮れ暮れ，暮暮**〔名〕傍晚、黃昏（=夕方、暮方）

　暮暮にやっと着いた（好不容易傍晚時到達）

**暮れ泥む**〔自五〕太陽將落而遲遲不落

**暮れ残る、暮残る**〔自五〕落日餘暉、餘暉、薄暮

　暮れ残る西の空（落日餘暉的西邊天空）

　暮れ残る夕日（殘陽夕照）

**暮れ果てる、暮果てる**〔自下一〕太陽已落、日落、天黑

　日が暮れ果てた（太陽已經下山、太陽已經西沉）

**暮れ六つ、暮六**〔名〕酉時、下午六點鐘←→明け六つ、明六

## 木、木（ㄇㄨˋ）

**木**〔漢造〕（也讀作もく）木、木材、五行之一

　大木（大樹、巨樹）

　木石（木石）

　潅木（灌木）←→喬木、高木

　巨木（大樹=大木）

　古木（古木、老樹=老い木）

　名木（名樹、珍貴的樹、有來歷的樹、貴重的香木）

　銘木（珍貴木材）

　喬木（喬木）←→潅木

　梟木（懸掛梟首的木桿）

　神木（神樹、老樹）

　伐木（伐木）

　枯木（枯木、枯樹=枯れ木）

　老木（老樹）

　啄木鳥、啄木鳥（啄木鳥）

　風倒木（被風吹倒的樹木）

　平行木（雙槓）

　遊動円木（流動圓木）

　草木、草木（草木）

　雑木、雑木（雜木、不成材的樹木）

撞木（撞鐘槌）

樹木（樹木）

入木道（書法＝書道）

木犀（〔植〕桂花）

木製（木頭做的）

木星（木星）

木蓮（〔植〕木蘭）

木劍（木刀、木劍＝木刀）

木刀（木刀、木劍）

木鐸（木鐸）

珍木（珍木）

香木（香木）

高木（高樹、大樹、喬木）←→低木

坑木（支撐礦坑的坑木）

浮木（漂浮水面的木頭）

腐木（腐木）

土木（土木工程）

肋木（〔體〕肋木）

材木（木材＝木材）

木材（木材、木料）

木皮（樹皮）

木目（木紋、木理）

木質（木質、像木材的性質）

木工（木工、木匠）

木彫（木雕、木刻）

木像（木雕像、木偶）

木造（木造、木結構）

木魚（〔佛〕木魚）

木杯、木盃（木製酒杯）

木精（甲醇、回聲）

木馬（玩具木馬、體育鞍馬）

木棺（木棺）

木版（木版印刷）

木火土金水（五行）

**木屐、木履**〔名〕木屐（＝木履、木履）

**木履、木屐**〔名〕（少女用）厚底漆木屐、木屐、高齒木屐（＝下駄、足駄、高下駄）

**木石**〔名〕木石、無情的人、不解風情的人（＝分からず屋）

　彼れは木石にも等しい人間だ（那個人冷酷無情）

　彼は木石にも等しい人間だ（他冷酷無情）

　人は木石では無い（人非木石孰能無情）

　木石に非ず（人非木石皆有情）

　木石漢（不解風情的人、鐵石心腸的男子＝石部金吉）

　木石腸（鐵石心腸）

**木鐸**〔名〕木鐸、木製的大鈴、警示或引導世人的領導者

　新聞は社会の木鐸である（報紙是社會的木鐸）

　一世の木鐸を以て任ずる（自命為一世的領導者）一世

**木刀、木刀**〔名〕木刀、木製的刀（＝木劍、木太刀）

**木劍**〔名〕木劍

**木**〔名〕木，樹（＝木）、木紋，目理（＝木目）、星期四（＝木曜日）、木（五行的第一個、季節為春、方位為東、十干為甲乙）

　古い木（古樹）

　木が良い（木紋好）

　木火土金水（木火土金水-五行）

**木工**〔名〕木匠（＝大工）、木材細工，木材工藝（品）

　木工が巧い（擅長木工）巧い 旨い 上手い 甘い 美味い

　木工機械（木材加工機械）

　木工細工（木材工藝）

　木工品（木材工藝品）

　木工所（木材工藝廠）

**木工**〔名〕〔古〕木匠（＝大工）、用木柴蓋房子的人

## ㄇ

木瓜、朱瓜、未瓜〔名〕（水果）木瓜

木瓜〔名〕家徽的名稱（狀似鳥巢或蜂巢）

木化石〔名〕木化石

木灰、未灰〔名〕草木灰（草木燒過之後的灰）

木管〔名〕木管樂器、紡紗管，繞線筒（=ボビン bobbin）←→金管

　　木管楽器（木管樂器）←→金管楽器

木簡〔名〕木簡（古代用為記錄文書的材料）

木環〔名〕木環

木器〔名〕木器、木製的器物

木麒麟〔名〕仙人掌科的小低木

木琴〔名〕〔樂〕木琴（=シロホン xylophone）

　　木琴の独奏（木琴的獨奏）

　　木琴独奏（木琴獨奏）

木筋〔名〕木筋←→鉄筋

　　木筋コンクリート concrete（木筋混擬土）

木契〔名〕一種木製的令牌

木香〔名〕木香（菊科多年草本）

　　木香薔薇（薔薇科蔓性常綠低木）

木香〔名〕新木材的香味、酒桶的木香

木の香〔名〕木頭香味

　　木の香も新しい家（散發著木香的新房子）

木梗〔名〕木梗、木偶

　　木梗の患い（木梗之患）患い憂い愁い患い煩い

木斛〔名〕〔植〕厚皮香

木骨〔名〕用木頭做骨架←→鉄骨

木婚式〔名〕木婚（結婚五週年紀念=wooden wedding）

木阿弥〔名〕恢復原狀、依然故有（為〔元の木阿弥〕的簡稱-常指窮人一度致富後來又傾家蕩產恢復原狀）

木印〔名〕木製的印章

木絵、木画、未画〔名〕木鑲嵌的一種

木象眼、木象嵌〔名〕木頭的鑲嵌工藝

木魚〔名〕〔佛〕木魚

　　木魚を敲く（敲木魚）叩く

木偶、朱偶、未偶、未偶〔名〕木偶（=操り人形、手傀儡、傀儡、傀儡）

　　木偶を運ぶ（玩木偶）

　　木偶を操る（耍木偶）

　　彼の年寄は木偶を操るのは上手です（那個老人很會耍木偶）下手

木偶の坊〔名〕木偶，魁儡（=操り人形、手傀儡、傀儡、傀儡、木偶、木偶、木偶、木偶）、笨蛋，蠢貨，廢物，沒用的人

　　彼奴は全くの木偶の坊だ（那傢伙簡直是個木頭人）

　　此の木偶の坊奴（你這個笨蛋）

木人〔名〕木製的玩偶（=木偶、木偶、木偶、木偶）

木像〔名〕木像、木偶（=木偶の坊）

木槿、木槿〔名〕〔植〕木槿

　　木槿を植える（種木槿）植える飢える餓える

木患子、木槵子〔名〕〔植〕無患子（=無患子、木患子、木槵樹）

木材、未材〔名〕木材、木料（=材木）

　　木材を乾かす（把木料弄乾）

　　木材パルプ pulp（木材纖維、紙漿=ウッドパルプ woodpulp）

木柵〔名〕木頭柵欄

　　木柵で巡らす（用木柵圍起）巡らす廻らす回らす

　　木柵で回りを囲う（用木柵將四周圍起來）回り周り廻り

木酢、木醋〔名〕木醋（防腐用液體）

木酢酸〔名〕木醋（防腐用液體=木酢、木醋）

木質〔名〕木質、樹木的性質、類似樹木的性質（=木地）

　　木質の非常に硬い木（木質很硬的樹）硬い堅い固い難い

　　木質繊維（木質纖維=木部纖維）

　　木質組織（木質組織）

　　木質部（木質部）

木銃〔名〕木製步槍、木製假槍

　　先に木銃で訓練する（先用木槍訓練）

木主〔名〕木像、牌位（位牌、御霊代）

木匠〔名〕木匠（＝大工、大工）、用木柴蓋房子的人

木梢〔名〕樹梢（＝梢）

木星〔名〕（天）木星（＝歳星、太歳、ジュピター）

木犀〔名〕〔植〕桂花樹、觀賞用金木犀，銀木犀

木精〔名〕樹木的精靈（＝木霊）、木醇（＝メチルアルコール）

木製〔名〕木製、木製的東西（＝木造、木作、木造）
　　木製の農具（木製的農具）
　　木製の本棚（木造的書架）
　　木製品（木製品）
　　木製の椅子（木造的椅子）
　　木製だが丈夫だ（雖然是木造可是耐用）
　　丈夫丈夫丈夫丈夫益荒男

木造、木造，木作〔名〕木造（＝木製）
　　其の家は木造です（那間房子是木造的）
　　木造の船（木造的船）
　　木造船（木船）
　　木造建築（木造建築）
　　木造家屋（木造房屋）

木船〔名〕木船

木生羊歯〔名〕〔植〕木生羊齒

木賊、木賊，砥草〔名〕〔植〕木賊

木炭〔名〕木炭、炭條、炭筆（＝炭、黒炭、白炭）
　　木炭を燃やす（燒木炭）
　　木炭ガス（木炭產生的煤氣）
　　木炭画（木炭畫）
　　木炭車（〔以木炭為燃料的〕木炭車）
　　木炭紙（畫木炭畫用的白紙）
　　木炭自動車（〔以木炭為燃料的〕木炭車）

木彫、木彫，木彫り〔名〕木雕、木刻
　　木彫の人形（木雕的偶人）
　　木彫の大仏（木雕的大佛）

木通〔名〕通草（有消炎、利尿、通經、催乳作用）

木捻子、木螺旋〔名〕木螺絲釘
　　木捻子を捩じ込む（把木螺絲釘扭進去）
　　木捻子は錆無いが弱い（木螺絲釘不生鏽可是不牢）

木馬〔名〕（兒童遊戲、體操、練習騎馬、掛馬鞍、拷問用）木馬
　　木馬に乗る（騎木馬）
　　木馬に乗って遊ぶ（騎木馬玩）
　　木馬跳びを為る（跳木馬）
　　回転木馬（旋轉木馬）

木杯、木盃〔名〕木製酒杯
　　木杯を記念と為て贈る（贈送木杯為紀念品）

木牌〔名〕木製牌子、木製靈位

木版、木板〔名〕〔印刷〕木版
　　年賀状を木版で刷る（用木版印賀年片）
　　刷る摺る磨る摩る擂る擦る掏る為る
　　木版刷り、木版刷（木版印刷）
　　木版本（木版印刷的書）
　　木版画（木版畫）

木皮〔名〕樹皮
　　草根木皮一つと為て薬に為らない物には無い（草根樹皮無一不是藥）

木樋〔名〕送水用水管或木溝

木筆、木筆〔名〕木筆（作畫用）、鉛筆的異稱、辛夷的異名

木部〔名〕（植物、器物的）木質部
　　植物の木部（植物的木質部）

木仏、木仏、木仏〔名〕木製的佛像。〔俗〕薄情的人，冷酷的人
　　木仏金仏石仏（〔喻〕冷酷無情的人）

木芙蓉〔名〕〔植〕芙蓉的漢名

木片〔名〕木片、碎木頭
　　斧で切った木片（用斧頭砍的木片）

木母〔名〕梅的異名

木舗道〔名〕木磚舖的道路

木本〔名〕木本（＝樹木）←→草本

木本 植物（木本植物）

**木麻黄**〔名〕木麻黄科的常綠高木

**木目、杢目**〔名〕木紋（=木理）

　　木目が細かい（木紋細緻）

　　木目が細かい木（木紋細緻的木材）

　　木目の良い木を使う（用木紋好看的木材）

　　木目板（木紋板）

**木目，肌理，杢目**〔名〕木紋（=木理）、皮膚紋，肌理、事物細緻或粗糙

　　木目が粗い（木紋粗）荒い

　　木目が細かい（木紋細、皮膚細膩、細心仔細）

　　木目の粗い肌（肌理粗糙的皮膚）

　　木目の細かい膚（肌理細膩的皮膚）

　　木目の細かい作品（刻畫細膩的作品）

　　木目が細かくじっくり考える（細心仔細慢慢地思考）

　　木目板（木紋板）

　　木目織（織成木紋或波狀圖案的織物）

**木理**〔名〕木理、木紋

　　木理の奇麗な板を選ぶ（挑選木紋漂亮的木板）綺麗

**木毛、木毛**〔名〕木材削成絲狀用於綑綁水果陶瓷器防止損傷

**木葉**〔名〕樹葉

**木曜**〔名〕星期四（=木曜日）

　　木曜に出発する（星期四出發）

　　木曜日（星期四）

**木蘭、木蘭**〔名〕〔植〕木蓮、黃或紅的雜色、紡織品的顏色（經黑緯黃）

　　木蘭色（黃或紅的雜色）

**木蓮、木蘭**〔名〕〔植〕木蓮

**木煉瓦、木煉瓦**〔名〕木磚

　　木煉瓦を敷く（舖木磚）如く若く

**木蠟**〔名〕木蠟（製造蠟燭、火柴、器物上光用）

**木椀**〔名〕木碗

　　吸い物を木椀に入れる（把湯盛在木碗裡）

　　木椀に蓋を為る（木碗加蓋）

**木、樹**〔名〕樹，樹木、木材，木料、木柴

　　木の幹（樹幹）

　　木の心（樹新）

　　木の節（樹節）

　　木の実（樹上結的果實-如桃、李、桑葚、栗子、核桃）

　　木の脂（樹脂）

　　木の陰（樹蔭）

　　木の切り株（樹伐倒後的殘株）

　　木が枯れた（樹枯死了）

　　木に止まっている鳥（落在樹上的鳥）

　　木に為っている果実（樹上結的果實）

　　木に登る（爬樹）

　　木を植える（植樹）

　　木を切る（伐樹）

　　木を見て森を見ず（見樹不見林）

　　木で造った家（木造房）

　　木で作った机（用木頭做的桌子）

　　鉋で木を削る（刨木頭）

　　木を焚く（燒木柴）炊く

　　木から落ちた猿（如魚離水）

　　猿も木から落ちる（智者千慮必有一失）

　　木静かならんと欲すれども風止まず（樹欲靜而風不止-韓詩外傳）

　　木で鼻を括る（愛理不理、非常冷淡）

　　木で鼻を括った様な返事を為る（愛理不理地回答）

　　木に竹を接ぐ（以竹接木、張冠李戴、牛頭不對馬嘴-喻不協調、不合適）

　　着物を着てダンスを為るのは木に竹を接いだ様でどうもぴったりしない（穿著和服跳舞總覺得有些不對路）

　　木にも草にも心を置く（風聲鶴唳、草木皆兵）

木に縁って魚を求む（縁木求魚-孟子梁惠王）

木の実は本へ落つ（落葉歸根、樹上果實總要落到樹根周圍、萬象歸宗）

木、柝〔名〕（戲劇揭幕或打更的）梆子（＝拍子木）

木を入れる（打梆子）

木が入る（打梆子）

木頭、柝頭〔名〕〔劇〕（歌舞伎）閉幕舞台轉換時所打的梆子第一聲（＝木の頭）

木の頭〔名〕〔劇〕（歌舞伎）閉幕舞台轉換時所打的梆子第一聲

木型〔名〕（鑄造、製帽、做鞋子的）木型、木製鑄形

木型で鑄る（用木型鑄造）鑄る入る居る炒る要る射る煎る

木型工（木型工）

木型尺（鑄物尺）

木尺、木矩〔名〕木尺

木柄〔名〕木製的骨架、木的品質、木的等級

木枯らし〔名〕活樹被乾燥

木枯らし、凩〔名〕秋風、寒風

木枯らしが山から吹き下ろした（由山上刮下來了寒風）

木枯らし吹き荒ぶ荒野（寒風刺骨的荒野）荒野荒野

木瓦〔名〕木瓦

木切〔名〕採伐木材

木切、木片〔名〕碎木片、木屑

木切を集めて火を起こす（集木屑起火）

木木〔名〕種種的樹、許多的樹

木木の間を飛び交う小鳥の群（在許多的樹木之間穿梭的小鳥群）

木具〔名〕（不塗油漆的）木製的簡陋器具

木杭〔名〕木製椿子

木食い虫、木食虫、木蠹虫〔名〕〔動〕蛀蟲、木蠹（甲蟲類木食蟲屬的昆蟲）

木釘〔名〕木釘

木釘しか使わない（只用木釘）

木草〔名〕木和草（＝草木、草木）

木屑、木屑〔名〕木屑、碎木片、刨花

木口、木口〔名〕木性，木材的性質、木材的橫斷面、木製提手，手提袋的手提板

木口が悪い（木材質料不好）

木組み、木組〔名、自サ〕〔建〕木材桁構、在木材上鑿卯眼

木耳〔名〕〔植〕木耳（＝耳茸）。（俗）耳葉、耳葉、耳架

木輿〔名〕木轎（＝板輿）

木込〔名〕插花用具（＝板込）

木小屋〔名〕木材小屋、木造粗糙小屋

木樵、樵〔名〕樵夫、伐木人

木樵の歩く道（樵夫走的路）

木杓〔名〕木製的柄杓

木酒〔名〕樹的果實草根等釀造的酒-大多為藥用

木豇豆，梓、木豇豆，梓〔名〕〔植〕梓樹、楸

木鞘〔名〕木製的鞘

木皿〔名〕木盤、木碟

木皿に盛る（盛在木盤裡）守る漏る洩る

木晒〔名〕甜柿子（＝木醂、木淡）

木醂、木淡〔名〕甜柿子（＝木晒、木練り柿、甘柿）

木練り柿〔名〕在樹上成熟的柿子（＝木醂、木淡）

木珊瑚〔名〕〔珊瑚樹〕的異名

木地〔名〕木材的紋理（＝木目）、沒油漆的木材，還沒上漆的漆器，露出木紋的漆器（＝木地塗り）

木地屋（製造木刻材料的行業或工匠）

木地塗り〔名〕能看出木紋的塗法、能看出木紋的漆器

木品〔名〕樹木和木材的種類、木材的品質

木性〔名〕人的出生年月日根據陰陽五行為木的屬性

木酢〔名〕柚子，橙等果實絞的汁（調味用）

木雪踏、木雪駄〔名〕裡橫墊木板的雪地用草鞋

木賃〔名〕旅客自炊用的薪柴錢（＝木錢）、小客店的店錢

木賃宿（旅客攜米自炊的小旅店、小客棧＝木錢宿）

## ㄇ

木賃宿に泊まる（住在小客棧）止まる留まる停まる

木錢〔名〕旅客自炊用的薪柴錢（=木賃）、小客店的店錢

木錢宿（旅客攜米自炊的小旅店、小客棧=木賃宿）

木蔵〔名〕耿直的人

木鑽〔名〕木鑽（硬木頭做的鑽用於薄金屬片打成凹凸之用）

木竹、木竹〔名〕木和竹、不懂人情，不解風情，鐵石心腸（=木石）

木叩、木啄〔名〕啄木鳥、啄木鳥

木太刀〔名〕木刀、木劍

木太刀を振る（揮木刀）降る

木立、木立〔名〕樹叢、小樹林（=立木）

木立が生い茂っている（樹林叢生）

木立の多い丘（樹林茂密的丘陵）岡崗阜

木楯〔名〕木楯、（代替楯而）防身的樹木

木蒲公英〔名〕〔柳蒲公英〕的異名

木柄〔名〕刀劍插入鞘內部分所包木製的柄

木付〔名〕樹木的形狀

木蔦〔名〕〔植〕常春藤（=アイビー）

木蔦の張って有る赤煉瓦の家（有常春藤的紅磚房子）

木槌〔名〕木槌←→金槌

鉋は木槌で叩く可きだ（鉋刀該用木槌敲）

木筒〔名〕近代松木等做的大砲筒

木積〔名〕估計工程用木材長短和數量

木連格子〔名〕棋盤格狀結構（=狐格子）、用木條做成棋盤格式的拉門（=狐戶）

木戸、城戶〔名〕城門，柵門，（庭園、通路、戲院、劇場的）出入口，板門

裏の木戸を開けて入る（開後院門進去）

木戸錢（戲院、劇場的入場費、觀覽費）

封切りのオスカー賞の映画だから木戸錢が凄い高い（因為是首輪奧斯卡金像獎電影所以入場費很貴）

物凄く高い木戸錢（昂貴的入場費）

木戸御免（免費入場、免費入場的人=顔パス）

顔が効くから木戸御免だ（有勢力所以免費入場）

木戸口（城砦，庭園，通路，戲院，劇場的出入口）

木戸番（出入口守門員、劇場戲院門口收票員）

彼の木戸番は迎も横着だ（那個收票員很蠻橫無理）

木戸留（演劇等滿坐停止售票=札止）

木戸門（普通家庭的簡單板門）

木取、木取り〔名、自他サ〕（由大木料）截取小型材料

木布、生布〔名〕織好沒有煮熬漂白的布

木根〔名〕樹根

木鼠〔名〕松鼠，灰鼠（=栗鼠）、五十雀鳥的異名

木根立〔名〕樹木砍伐後的餘根

木の阿檀〔名〕（蛸木）的異名

木の皮蛾〔名〕夜蛾科的蛾

木の性〔名〕木頭的紋理情況

木の茸〔名〕（木耳）的異名

木の端〔名〕木片

木の端が散らかっている（滿地都是木片顯得凌亂）

木登り〔名〕爬樹、善於上樹的人、梟首

此の子は木登りが上手だ（這孩子很會爬樹）

木登り川渡り（爬樹渡河、喻危險勾當）

木登り川立ち馬鹿が為る（善於爬樹游泳是愚人幹的勾當）

木登りは木で果てる（淹死會游泳的）

木登り魚（木登魚-木登魚科的淡水魚）

木登り蜥蜴（木登蜥蜴）

木の実〔名〕樹木的果實

木の実油（茶油、由果實榨的油）

木の耳〔名〕（木耳）的古名

木宮、来宮〔名〕從崇拜靈木發生的神社
木の芽、木の芽〔名〕樹芽、秦椒的芽
　木の芽が出た（樹發芽了）
　木の芽和え（用醬油糖拌的秦椒芽-一種涼菜）
　木の芽立ち（樹發芽時）
　木の芽時（樹發芽時）
　木の芽田楽（把秦椒芽泥塗在豆腐後用火烤的菜）
　木の芽味噌（酒糖味噌和秦椒芽摻混的東西）
木場〔名〕貯木場木材店街
　木場に在るのは全部檜だ（貯木場的木材全部是檜木）
　木場も品切れで、入荷期日不明だ（木材店街也缺貨進貨日期不明）
木箱、木函〔名〕木箱（=木の箱）
　木箱暗渠（木筒暗渠）
木鋏〔名〕修剪花木的長柄剪刀
木走〔名〕木走科的鳥
木肌、木膚〔名〕樹的外皮
　木肌が粗い（樹的外皮很粗）
木鉢〔名〕木鉢、木碗（=木地鉢）
　木鉢に盛る（盛在大木碗）盛る洩る漏る守る
木蓮、木蓮〔名〕〔植〕（芙蓉）、（槿）的異名
木花、霧華〔名〕霧冰、霧掛（=樹氷）
木藤〔名〕〔植〕（槐）的異名
木付子、木五倍子〔名〕〔植〕黃藤（木付子科的落葉低木）
木札〔名〕木製的牌子，入場費已付的證明牌子（=木戸札）
木仏、木仏〔名〕木佛，木雕的佛像、薄情的人，冷酷的人
　木仏金仏石仏（不為人情所動的人、冷酷無情的人）
　木仏師（從事木雕佛像的人）

木振り、木振〔名〕樹形、樹的樣子
　木振りの良い松（樹幹長得很好看的松樹）
　彼の木は大層木振りが良くない（那棵樹的形狀不太好）
木偏〔名〕〔漢字部首〕木字旁（如松、梅的木邊）
木棒〔名〕木製的棒子
木瓜〔名〕〔植〕（花梨）的異名
木防風〔名〕〔植〕（牡丹防風）的異名
木守〔名〕剩下的人
木守〔名〕祈禱明年果樹的豐收在果樹只剩下一個的果實
木守、木守〔名〕看守庭園的樹木、看守庭園的樹木的人
木饅頭〔名〕（崖石榴）、（郁子）的異名
木水〔名〕（沖繩等等地）集雨水的裝置（在樹根置甕讓雨水順著枝葉流到甕裡）
木蜜〔名〕蜜蜂在樹洞中貯藏的蜜
木屋、樹屋〔名〕木材小屋（=材木小屋）、木材商（=材木商、薪屋）、花匠（=植木屋、樹屋）、木匠作業的小屋、貯藏室、庫房（=納屋、小屋、肥木屋、収納木屋）
木山〔名〕木材砍伐後運出來的山、薪柴堆置的棚架
木遣り、木遣〔名〕（多人）滾運木柴
　木遣歌（滾運木材歌=木遣音頭、木遣節）
木綿、木棉〔名〕木棉（=パンヤ panha 荷）、棉花（=綿、棉）
　木綿虫（木棉種毛中的蟲）
　木綿物、木綿物（棉織品）
木綿〔名〕棉線、棉花、棉織品、棉布←→真綿（絲棉）
　木綿糸（棉紗、棉線=綿糸）
　木綿織り、木綿織（棉織品=綿布）
　木綿織と言うのは、木棉の実の中に有る棉から取って木綿糸で織った物事です（所謂棉織品就是從棉花果實中抽出棉線而織成的東西）
　木綿のハンカチ handkerchief（棉織手帕）
　木綿蔓（豆科的多年草）
　木綿綿（綿花=木綿）

## コ

　　木綿幅（棉織品的幅度）
　　木綿紙（棉布的布屑做的紙）
　　木綿合羽（雨衣）
　　木綿物、木綿物（棉織品）
　　木綿針（縫棉織品用針）

**木綿**〔名〕用楮樹的樹皮纖維造成的線

**木**〔造語〕樹
　　木陰（樹蔭）
　　木挽（伐木）
　　木の葉（樹葉）

**木隱る**〔自下二〕〔古〕躲在樹下

**木隱れ、木隱**〔名〕被樹遮掩著
　　家は木隱れに為って見えない（房子被樹擋著看不見）

**木陰、木蔭**〔名〕樹蔭、樹底下
　　木陰で昼寝を為る（在樹底下睡午覺）
　　木陰に臥す者は枝を手折らず（蔭其樹者不折其枝、受人之恩不以仇報）
　　木陰に隱れる（躲在樹蔭裡）

**木の下、木の下、木下**〔名〕樹下、樹蔭
　　木の下闇（樹下陰暗處）
　　木の下蔭（樹蔭）

**木暗い**〔形〕蒼暗的、樹葉茂密陰暗的
　　木暗い道を歩く（走在樹葉蔭蔽的道路）
　　木暗い森の小道（蒼暗的森林中小徑）

**木靈、木魂、木精、谺**〔名、自サ〕樹木的精靈、反響，回聲（=山彦）、歌舞伎的樂器之一
　　向うのは山から木靈が返って来た（回聲從對面的山上反射回來了）
　　斧の音が山山に木靈した（砍樹的聲音在山谷間迴響）
　　歌声が木靈する歌声（歌聲迴盪）
　　天迄木靈する（響徹雲霄）

**木の葉**〔名〕樹葉、微不足道的東西，不值一提的事情，小東西、能樂的小道具
　　木の葉が黄ばむ（樹葉變黃）
　　舟は逆巻く波に木の葉の様に翻弄された（船被翻滾的波浪擺弄得像片樹葉似的）
　　木の葉の散る頃（落葉時節）
　　木の葉舟（小船、扁舟）
　　木の葉梟（一種小梟鳥）
　　木の葉武士（微賤的武士）
　　木の葉鰈（比目魚的一種）
　　木の葉時雨（樹葉蕭蕭地落下）
　　木の葉蝶（鳳蝶）
　　木の葉花（開在樹上的花、櫻花、梅花）

**木の間、木間**〔名〕樹和樹之間
　　木の間洩る月影（透過樹間的月光）月影

**木端、木羽**〔名〕木片，木屑（=木端、切れ端）、蓋屋頂的薄木板（=柿）
　　材木の木端（木材碎塊）
　　木端で屋根を葺く（用木板蓋屋頂）
　　木端葺き（木板屋頂）

**木端**〔名〕碎木片，木屑。〔轉〕微不足道，一文不值
　　木端を集めて焚き火を為る（堆集碎木片籠火）
　　木端野郎（廢物、飯桶、渺小的人）

**木挽き、木挽**〔名〕伐木（的人）、用大鋸鋸木（的人）（=樵）
　　木挽歌（邊鋸邊唱的鋸木歌）

**木深い**〔形〕茂密的
　　木深い森を切り開く（開拓茂密的森林）
　　木深い林（茂密的森林）

**木舞、小舞**〔名〕〔建〕板條、竹骨胎
　　木舞搔き（建造板條的工人）
　　木舞貫き（加強板條作用的板條橫板）

**木叢、樷**〔名〕樹叢

**木乃伊、ミイラ**〔名〕木乃伊
　　木乃伊取りが木乃伊に為る（前往召喚別人回來結果自己一去不回、前往說服的人反而被對方說服，比喻適得其反）

木天蓼、木天蓼〔名〕〔植〕木天蓼
木菟、木菟〔名〕〔動〕貓頭鷹
木菟入〔名〕（罵人的話）禿頭胖子、胖禿和尚

# 沐（ㄇㄨˋ）

沐〔漢造〕沐（＝洗う、潤う）
  櫛沐（櫛風沐雨）
  櫛風沐雨（櫛風沐雨）
  朝沐（早上洗）
  晚沐（晚上洗）
  湯沐（熱水洗）
  歸沐（回家洗）

沐雨〔名〕沐雨、吃苦頭（＝苦勞）
  櫛風沐雨（櫛風沐雨－用風梳頭用雨洗頭、比喻在風雨裡奔走的辛苦）沐露
  櫛風沐雨只管革新に奔走する（櫛風沐雨一心為革新而東奔西跑）只管、一向

沐浴〔名、自サ〕沐浴（＝湯浴、入浴）、死人入殮錢用熱水淨身（＝湯灌、無垢湯）、接受恩惠等（＝沐恩）
  斎戒沐浴して六根を清浄に為る（齋戒沐浴清淨六根）

沐猴〔名〕沐猴、獼猴（＝猿）
  沐猴に為て冠す（沐猴而冠、衣冠禽獸）関す緘す
  沐猴に為て冠する物（沐猴而冠、衣冠禽獸）

# 牧（ㄇㄨˋ）

牧〔漢造〕牧（＝放し飼い、野飼い、養い導く、地方長官、役人）
  耕牧（農耕畜牧）
  放牧（放牧）
  遊牧（遊牧）
  州牧（中國古代州的長官叫牧、郡的長官叫守）

牧牛〔名、自サ〕牧牛、牧養的牛

牧宰〔名〕中國式的地方官

牧師〔名〕（基督教）牧師、以前中國管理牧場的官
  牧師の説教を聞く（聽牧師講道）聽く聞く訊く利く効く

牧舎〔名〕牧舍、畜養家畜的建築物
  牧舎を建てる（建牧舍）立てる点てる断てる絶てる経てる裁てる発てる起てる閉てる截てる
  牧舎を掃除する（清掃畜舍）

牧者〔名〕牧人（＝牧夫、牧師）
  牛の群れを追う牧者（趕牛群的牧人）
  羊の群れを追う牧者（趕羊群的牧人）

牧人〔名〕牧人（＝牧者、牧夫、牧師）
  牛の群れを追う牧人（趕牛群的牧人）

牧夫〔名〕牧夫、畜牧人（＝牧人）
  牧夫が馬に飼い葉を食わしている（牧夫正在給馬吃乾草）

牧守〔名〕地方的長官、州的長官（中國古代州的長官叫牧、郡的長官叫守）

牧場、牧場〔名〕牧場
  牧場を経営する（經營牧場）
  牛が牧場で草を食べる（牛在牧場上吃草）
  水と草の豊かな牧場（水草豐富的牧場）

牧神〔名〕牧羊神（希臘神話專司牧羊的半人半獸的神＝牧羊神、ファウヌス）

牧羊〔名、自サ〕牧羊、畜養的羊
  牧羊神（牧羊神＝ファウヌス Faunus、牧神）
  牧羊犬（牧羊犬＝護羊犬）
  牧羊城（中國遼東半島的漢代遺跡）

牧草〔名〕牧草
  牛がのんびりと牧草を食んでいる（牛悠哉地吃牧草）食む食う喰う食らう喰らう食べる
  牛が牧草を食っている（牛吃著牧草）
  牧草の育ちが良い（牧草長得好）好い善い云い調い言い良う善う佳う酔う

牧地〔名〕牧地、成為牧場的土地

牧畜〔名、自他サ〕畜牧
  牧畜が発展しない（畜牧不發達）日本
  日本日本大和
  日本は平野が少ないので牧畜が発展しない（日本因為平原小所以畜牧不發達）
  米国は牧畜が発達している（美國的畜牧很發達）
  牧畜業（畜牧業）
  牧畜業に大きな発展が有った（畜牧業有了很大發展）有る在る或る

牧笛、牧笛〔名〕牧笛、牧人吹笛子
  牧笛の音を聞いて羊が集まって来た（綿羊聽到牧牧笛聲集合起來了）
  牧笛を吹く（吹牧笛）拭く噴く葺く

牧童〔名〕牧童（=カウボーイ）
  牧童とは牛、馬、羊等の世話を為て働いている少年の事である（牧童是指照料牛馬羊等的少年）

牧民〔名〕統治地方的人民
  牧民官（地方長官）

牧野、牧野〔名〕牧野、一方面放牧一方面採收牧草的原野
  青青と為た牧野に羊の群を放牧されている（在青青的牧野上放牧著一群綿羊）

牧〔漢造〕牧
  厩牧（馬舍、主馬署的唐名）

牧〔名〕牧場（=牧場、牧場）
  牧の囲い（牧場的柵欄）

牧，馬城、牧，馬城〔名〕放牧馬的場所（=牧、牧場、牧場）

# 苜、苜（ㄇㄨˋ）

苜、苜〔漢造〕苜蓿（豆科，多年生草本，可供疏食，飼料，肥料等用）

苜蓿、苜蓿、馬肥やし、馬肥やし〔名〕〔植〕苜蓿、白詰草的俗稱

# 睦（ㄇㄨˋ）

睦〔漢造〕和睦（=親しい、睦まじい）
  親睦（親睦、和睦）
  和睦（和睦、和好、和解）
  友睦（友睦）
  修睦（修睦）
  恭睦（恭睦）
  篤睦（篤睦）
  敦睦（敦睦）

睦ぶ（自上二）〔古〕和睦、和好（=睦む）
  朝夕睦びし学びの窓（早晚和睦相處過的學舍）朝夕

睦び〔名〕親睦
  睦びの月（陰曆正月=睦月、睦月、睦まじ月）

睦む〔自五〕和睦、友好（=睦ぶ）
  睦んだ友と別れる（跟和好的朋友分手）分れる解れる判れる

睦月、睦月〔名〕陰曆正月（=正月）

睦言〔名〕閨房話，枕邊話、心中話，貼心話（=睦語）
  睦言を言う度に必ず赤面する（每說貼心話必臉紅）

睦語〔名〕閨房話，枕邊話、心中話，貼心話（=睦言）

睦まじい〔形〕和睦的，和好的、〔古〕戀慕的，懷念的（=慕わしい、懐かしい）
  夫婦が睦まじく暮す（夫婦和睦生活）夫婦
  姉と妹が睦まじく遊んでいる（姉妹正和睦的玩著）
  睦まじい一家（和睦的一家）一家
  各民族は丸で一家の様に睦まじい（各民族如同一家人般的和睦）

睦まやか〔形動〕和睦的樣子、和好的樣子
  睦まやかに遊んでいる（和睦地玩著、很和好地玩著）

# 目、目（ㄇㄨˋ）

**目**〔名、漢造〕（又讀作目、目、目）目，眼，眼神，要點，關鍵，頭目，顏面，態度，人格，標題，目錄，項目。〔生〕目。〔圍棋〕（數棋盤格子用語）格子

食肉目（食肉目）
哺乳綱食肉目猫科（哺乳綱食肉目貓科）
長鼻目（長鼻目＝長鼻類）
五目勝った（圍棋贏了五個子）
二目負けた（輸了二個子）
白五目勝（白贏了五個子）
面目（面目，臉面、名譽，威信，體面）
面目（面目，臉面、名譽，威信,體面＝面目，面目，樣子）
耳目（耳目、視聽，見聞，眾人注目、耳目，提供消息者）
盲目（盲目，失明，盲人，沒有理智）
刮目（刮目）
注目（注目、注視）
眾目（眾目）
十目（十目、眾目）
瞑目（瞑目、閉目、死亡）
名目（名目，名稱、名堂，口實，藉口）
眉目（眉和目、面貌，面容）
鼻目（鼻和目）
皮目（〔植〕皮孔）
費目（支出的經費項目）
眼目（目、重點，要點）
演目（演出節目、演奏節目）
要目（要目、要點）
頭目（歹徒的頭頭、頭子）
瞠目（瞠目、驚嘆）
真面目、真面目（真面目,本來形象、真本領）
真面目（認真，踏實，嚴肅、誠實，正派，正經）

新面目（新面目）
人目（人的眼睛）
人目（眾目，世人眼光、旁人看見）
一目（一看，看一眼、一眼望盡，一眼看穿）
一目（一隻眼、一目、一看、圍棋的一個子、項目的一項）
一目散に（一溜煙地、飛快地）
一目瞭然（一目瞭然）
増目（針織加針）
減目（針織減針）
題目（題目，標題、問題、項目、條款、〔宗〕"日蓮宗"唸"南無妙法蓮華經"）
書目（圖書目錄、書的名稱）
品目（品目、品種）
項目（項目、條目）
綱目（大綱和細目）
科目（科目、學科、項目，條款）
課目（課程、學科）
款項目（款項目）
条目（條目、條款）
細目（細目、細節）
細目（瞇瞇眼、編織的細密、銼刀的細齒、窄縫、小縫、稍細）
節目（樹木的節和木紋、〔轉〕事物的條理、〔文章條文的〕條目，細節）
節目（木料的節眼、〔轉〕階段，段落）
伏し目（低頭、眼睛向下看）
嘱目、属目（矚目,注目、觸目,寓目）

**目す**〔他五〕目睹，看見（＝見る）、看做，認定、注目，矚目（＝看做す、目を付ける）（＝目する）

将来を目されている少年（被認為前途有為的青年）
彼は一味の首と目す（認定他是一夥的頭子）首頸 首 首級 首 頭 首

## ㄇ

皆に目されている小説（被大家所矚目的小説）

**目する**〔他サ〕目睹，看見（=見る）、看做，認定，注目，矚目（=看做す、目を付ける）（=目す）

図らずも其の場を目した（碰巧目睹了現場）

最高票で当選と目する（認為會最高票當選）黙する沐する

彼は次期委員長と目されている（他被視為下屆委員會會長）

**目撃**〔名、他サ〕目撃、目睹、親眼看到（=目睹）

犯行を目撃する（目睹犯罪行為）

事故を目撃する（親眼看到意外發生）

事故現場を目撃する（親眼看到事故現場）現場

目撃者（目撃者）

事件の目撃者が語る（親眼看到事件發生的人談述）

事件の目撃者は次の様に語った（事件的目撃者敘述如下）

**目睹**〔名、他サ〕目睹、親眼看到（=目撃）

炭坑爆発の惨状を目睹する（目睹煤坑爆炸的惨狀）

目睹者（目撃者）

**目語**〔名〕目語、用眼睛示意

目語で席を立たせる（以目語使其離席）蓆筵莚

**目算**〔名〕估計，估量（=見積り）、企圖，策劃，計畫（=企み、見込み）

目算を立てる（估計）

先ず目算を立てて見為さい（你先估計一下看看）

目算を立たない（無法估計・估計不出來）

入場者一万人の目算だった（原先估計到會者能有一萬人）

私の目算では少なくとも五百円は掛かる（我估計至少需要五百元）

目算が丸で外れた（估計完全錯誤）架かる斯かる懸かる繋る係る罹る掛る懸る

目算が外れる（計畫落空）

目算をすっかり間違えた（完全做錯了計畫）

**目使**〔名、他サ〕目使（=頤使、頤指）

**目皆、目眦**〔名〕眼眶（=眥，眦、目尻）

目皆尽く裂く（目眥盡裂、形容大怒的様子）尽く悉く裂く割く咲く

**目視**〔名〕目視、用眼睛看

**目次**〔名〕（條目、項目、題目等次序的）目次、（書籍的）目次，目錄

目次を見た方が速い（看目次來得快）早い

目次を見れば本の内容の見当が付く（看目錄大體上就可了解書的內容）

**目耳法**〔名〕耳朵聽秒音同時眼睛觀測某現象、現象引起瞬間時刻的測定方法（用於子午儀觀測星星的子午線經過的場合）

**目睫**〔名〕眼睛和睫毛、眼前（=目前、間近）

目睫の間（眉睫之間、非常接近）

試験が目睫の間に迫る（考試迫在眉睫）間間

危機が目睫の間に迫っている（危機迫在眉睫）迫る逼る迫る競る

**目食耳視**〔名〕目食耳視、盡奢華之能事

**目前**〔名〕目前、眼前（=目の前、目の当り）

其の情景を目前に為て涙を禁じ得なかった（目睹那情景不禁掉下眼淚）

其の事故は私達の目前で起こった（那件意外就在我們眼前發生）

目前の利を走る（追求眼前的利益）

目前の利益のみを追求する（只追求眼前的利益）利益（神佛保佑）

期日は目前に迫る（期限就要到來）

試験は目前に迫っている（考試迫在眉睫）

試験を目前に控える（考試在即）

**目測**〔名、他サ〕目測←→実測

距離を目測する（目測距離）

煙突の高さを目測する（目測煙囪的高度）

目測で測る（用目測）測る 計る 量る 図る
謀る 諮る

目測を誤る（目測錯了）謝る

**目迎**〔名、他サ〕注目禮（＝目送）

目迎目送（目迎目送）

**目送**〔名、他サ〕目送、行注目禮送行

指揮官を目送する（向指揮官行注目禮）

汽車が駅を離れるのを目送する（目送火車離開了車站）

**目代、目代**〔名〕代理〝國司〟行使職權的人（＝眼代）、（中世）寺院神社裡的雜工、（江戶時代）監督武士行為的官職（＝目付）

**目的**〔名〕目的、目標（＝目当て）

確固たる目的（明確的目的）確固確乎

目的がはっきりしない（目的不明確）

目的に適う（符合目的）適う叶う敵う

目的を達する（達到目的）脱する

目的を達せられた（能達到目的）

目的を果たす（達到目的）

目的を遂げる（達到目的）研げる磨げる砥げる

健康増進の目的で運動する（為増進健康而運動）

本会の目的は会員の健康を増進させる事に在ります（本會目的在增進會員的健康）

人民の幸福を目的に為て政治を施す（以人民的幸福為目的而施政）

今回の来日の目的は何ですか（這次來日本的目的是什麼？）

目的の為には手段を選ばない（為達到目的不擇手段）

目的意識（目的意識－關於行為目的的明確的自覺）

目的格（〔語〕目的格＝賓客、客格）

目的語（〔語〕目的語＝客語）

目的因（〔哲〕目的因－運動四原因的一個）

目的税（為支付某特定經費而課的稅－如地方道路稅、都市計畫稅）

目的物（目的物）

目的地（目的地）

無事目的地に着いた（平安到達目的地了）

目的地に着かない内に日が暮れた（還沒到達目的地就天黑了）

目的論（〔哲〕目的論－一切事物都在為實現目的的學說）

**目途**〔名〕目的、目標（＝目当て）

来年三月を目途と為て工事を急ぐ（以明年三月為目標加緊施工）急く咳く堰く

**目標**〔名〕目標、指標（＝目当て、目印）

攻撃の目標（攻擊的目標、進攻的對象）

敵の攻撃目標と為った（成了敵人的攻擊目標）

目標に達する（達到目標）

目標を立てて仕事に掛ける（定出目標來進行工作）

目標を決めて仕事に掛ける（定出目標來進行工作）

目標を決めてから仕事に掛ける（定出目標之後進行工作）

人生の目標を決める（決定人生的目標）

目標を高い所に置く（把目標放在高處）

目標額（生產指標、工作指標）

目標額を遥かに突破する（大大突破生產指標）

**目礼**〔名、自サ〕點頭禮、點頭致意

互いに目礼する（互相點頭致意）

目礼を交わす（互相行點頭禮）

互いに目礼を交す（互相以眼神致意）

会えば目礼を交す程度の仲（碰面時只是以點頭致意的朋友）

**目蓮**〔名〕目蓮（目犍連－釋迦的十大弟子之一、有目蓮救母的故事）

**目録**〔名〕（圖書、商品、財產等的）目錄（=カタログ catalogue）、（書的）目次、（禮品的）清單、師傅的秘傳文件

　　目録を作る（編製目錄）造る　創る
　　蔵書の目録を作る（編製藏書目錄）
　　蔵書目録（藏書目錄）
　　目録に載る（登載在目錄裡）乗る
　　カード式の目録（卡片目錄）
　　展覧会の出品目録（展覽會展品目錄）
　　記念品の目録贈呈（贈送紀念品的清單）

**目論む**〔他五〕計畫、策劃、企圖、圖謀（=企む、企てる）

　　事業を目論む（計畫事業）
　　陰謀を目論む（策劃陰謀詭計）
　　彼は何時も何か目論んでいる（他經常都在做某些計畫）
　　彼は又新しい事業を目論んでいる（他又計畫著新事業）
　　彼の失脚を目論む（企圖把他拉下台）
　　彼等は一体何を目論んでいるのだ（他們究竟策畫著什麼？）

**目論み、目論見**〔名〕計畫、策劃、企圖、圖謀（=企み、企て）

　　目論みを立てる（訂立計畫）
　　目論みが外れた（計畫落空了）
　　目論み外れ（計畫落空）
　　目論み書（計劃書）
　　何か目論みが有るに違いない（一定有所企圖）
　　彼には何か別の目論みが有る筈だ（他一定另有什麼企圖）
　　目論み通り行く（按照計畫進行）
　　目論み通りに遣って行く（按照計畫進行）
　　目論み通りに進める（按照計畫進行）勧める　薦める　奨める

**目笑**〔名〕眼神現出笑的感覺

**目今**〔名〕目前、當前、當下（=只今、今、現在、目下、差し当たり）

　　目今の難関を乗り越える（突破目前的難關）
　　国内外の目今の情勢は素晴らしい（當前的國內外情勢一片美好）

**目下**〔副〕目前、當前、當下（=只今、今、現在）

　　目下の急務（當前的緊急任務）
　　目下の状態は不明（目前的情況不明）
　　目下の所未だ大丈夫だ（目前還不要緊）大丈夫（英雄好漢）
　　目下の所何等異状有りません（目前沒有什麼異常）
　　遭難者は目下捜索中（遇難者正在搜救中）
　　目下考慮中（目前正在考慮）
　　目下検討中（目前正在研究）
　　目下調査中（目前正在調査）
　　目下国際情勢は千変万化だ（目前的國際形勢是變幻莫測的）
　　目下の情勢は我我に有利だ（目前的情勢對我們有利）

**目下**〔名〕部下、屬下、後輩、晚輩←→目上

　　目下の者を可愛がる（愛護晚輩）
　　目下の者に目を掛ける（照顧下屬）
　　目下の者の面倒を良く見る（很照顧晚輩）

**目上**〔名〕上司、長輩、長上（=年上）←→目下

　　目上に対する礼儀を欠く（有失對待長上的禮節）描く　書く　掻く　斯く
　　目上の所へ年始回りに行く（到長輩處拜年）
　　目上の人を敬う（尊敬長輩）

**目**〔造語〕目（=目）

　　目の当り（眼前）
　　目映ゆい光（眩目的光）光

**目蔭**〔名〕（望遠時）把手放在眉頭、舉手遮光

目蔭を為て遠くの山を眺める（把手放在眉頭眺望遠山）

目蔭を差す（舉手遮光）射す刺す挿す注す指す鎖す点す

**目頭、目頭**〔名〕眼角←→目尻

目頭が熱く為る（感動得要流淚）熱い暑い厚い篤い

暖かい励ましの言葉を聞いて目頭が熱く為った（聽到溫暖的鼓勵話感動得熱淚盈眶）

**目尻**〔名〕外眼角（＝眥、睚）←→目頭、目頭

目尻を下げる（〔指對女子〕看得出神，呆看、被捧得不亦樂乎的樣子）下げる提げる

女を見ると目尻を下げる（一看女人就看得出神、一看女人就看得發呆）

目尻を上げる（睜開眼睛看-緊張的表情）上げる揚げる挙げる

目尻が下がる（看得出神）

目尻が皺が寄る（眼角出現皺紋）依る寄る撚る縒る撚る拠る縁る因る由る

**目屎、目屎，目糞**〔名〕眼屎（＝目垢、目脂）

目屎鼻屎を笑う（以五十步笑百步）

目屎が鼻屎を笑う（以五十步笑百步）

**目垢**〔名〕眼屎、眼脂（＝目脂、目屎、目屎，目糞）

**目脂**〔名〕眼屎、眼垢（＝目垢、目屎、目屎，目糞）

目脂を拭く（擦眼屎）吹く噴く葺く

目脂が出る（長眼屎）

**目交い、眼間**〔名〕眼前（＝目の前、目前）、眼睛和眼睛之間

父の面影が目交いに浮かぶ（父親的面貌浮在眼前）

**目の当たり，目の当り，眼の当たり，眼の当り，面の当たり，面の当り**〔名〕面前、眼前、親眼、當面

〔副〕親自、直接

惨事を目の当たりに見る（親眼看到慘劇）

彼の話を聞いてると故郷を目の当たりに見る思いが為る（聽到他的話我覺得好像親眼看見了故鄉）故郷故鄉古里故里

目の当たり人を責める（當面斥責）攻める

目の当たり人に聞き父の声（直接聽見的父親的聲音）

目の当たり人に赤ちゃんの泣き声を聞いた（直接聽到嬰兒的哭聲）

目の当たり教えを受ける（親自領教）

**目映い、眩い**〔形〕眩眼的，耀眼的（＝眩しい）、相形見絀的，覺得難堪的

目映いの光（眩眼的光）

目映い日の光（耀眼的陽光）

光が目映い（光彩眩目）

電燈が余り光って目映い（電燈太亮頗刺眼）

彼の作品に比べて目映い気が為る（比起他的作品覺得相形見絀）

目映い許りに光り輝く仏像（金色耀眼的佛像）

目映い程美しい白雪姫（令人眩目般美麗的白雪公主）

**目庇、眉庇**〔名〕帽舌，帽遮、窗戶上面的窄簷

**目深、目深**〔名、形動〕（帽子）戴到眉上

帽子を目深に被る（把帽子戴到眼眉上）

目深に被る（深戴帽子）

**目縁、眶、眶**〔名〕眼眶（＝瞼、目蓋）

目縁が黑ずむ（眼眶變黑）

泣いて目縁を腫らす（把眼眶哭腫）晴らす貼らす張らす

**目蓋、瞼、瞼**〔名〕眼皮、眼瞼

目蓋を開く（睜眼）開く明く空く飽く厭く

目蓋を上げる（睜開眼睛）上げる挙げる揚げる

二重目蓋、二重瞼（雙眼皮）

一重目蓋、一重瞼（單眼皮）

ㄇ

目蓋を覆わせる悲惨な光景（令人目不忍睹的慘狀）覆う蓋う被う蔽う

目蓋の母、瞼の母（永遠留在記憶裡母親的容貌、永遠記憶深處的母親容貌）

目蓋に残る、瞼に残る（始終在記憶裡）

目蓋に浮かぶ、瞼に浮かぶ（時時憶起）

目蓋を泣き腫らす（把眼皮哭腫）

泣き腫らした目蓋（哭腫了眼）

**目見**〔名〕眼神（=目付き）、眼睛（=目許）

目見の可愛い女の子（眼睛可愛的女孩子）

**目見え**〔名〕見面、眼神，表情（=目付き、顔付）

**目**〔接尾〕（接在數詞下面表示順序）第…
（接在形容詞詞幹下表示程度）…一點兒的
（接在動詞連用形下表示正在該動作的開始處）區分點、分界線

三年目（第三年）

二人目（第二人）

二回目（第二回）

二日目（第二天）

三代目（第三代）

五日目（第五天）

二番目（第二個）

四番目の娘（第四個女兒）

二枚目（第二張）

五枚目の紙（第五張紙）

二つ目（第二個）

二度目（第二次）

二時間目（第二小時）

二合目（第二回合）

五番目の問題が解けなかった（第五道問題沒能解出來）

角を曲がって三軒目の家（轉過拐角第三間房屋）

少し長目に切る（稍微切長一些）

ハムを厚い目に切る（把火腿切厚些）

スカートを短目に作る（把裙子做短一點）

早目に行く（提早一點兒去）

幾分早目に出掛ける（提早一點兒出發）

風呂に水を少な目に張る（洗澡水少放些）

茶を濃い目に入れる（茶泡濃些）

大き目の方を選ぶ（挑選大一點兒的）

物価の上がり目（物價正在開始上漲時）

気候の変わり目（氣候轉變的當兒）

此処が勝敗の別れ目（這裡是分別勝敗之處）

落ち目に為る（走下坡）

死に目、死目（臨終）

境目（交界線、分歧點）

割れ目（裂縫）

**目、眼、瞳**〔名〕眼睛，眼珠，眼球、眼神、眼光，眼力、眼，齒，孔，格，點、木紋、折痕、結扣、重量、度數

〔形式名詞〕場合，經驗、外表，樣子（=格好）

目で見る（用眼睛看）

目が潤む（眼睛濕潤了）

目を開ける開ける（睜開眼睛）

目の保養を為る（飽眼福）

目を閉じる（閉上眼睛）

目を擦る（揉眼睛）擦る

目を瞑る（閉上眼睛，死、假裝看不見，睜一眼閉一眼）

今回は目を瞑って下さい（這次請你裝成沒看見）

私は未だ目を瞑る訳には行かない（我現在還無法瞑目）

目の縁が黒ずんでいる（眼眶發青）

目に映る（看在眼裡、映入眼簾）移る写る遷る

始めて御目に掛かる（初次見面）

目を吊り上げる（吊起眼梢〔發火〕）

御目に掛かる（〔敬〕見面、會面=会う）

御目に掛ける（〔敬〕給……看、請您看=見せる）

目を掛ける（照顧、照料）

目が飛び出る（價錢很貴）

目が覚める（睡醒、覺醒、醒悟、令人吃驚）醒める冷める褪める

目の覚める様な美人（令人吃驚美人）

やっと目が覚めて真人間に為る（好不容易才醒悟而重新做人）

目が潰れる（瞎）

窪んだ目（塌陷的眼睛）

目が無い（非常愛好，熱中、欠慮）

怒りの目（憤怒的眼光）怒り

彼は酒に目が無い（他很愛喝酒）

笑みを浮かべた目（含笑的眼神）

ダンスに目が無い（跳舞入迷）

愛情に溢れた目で見る（用充滿愛情眼光看）

若い者は目が無い（年輕人不知好歹、年輕人做事沒分寸）

目から鼻へ抜ける（聰明伶俐）

目から火が出る（大吃一驚）

目と鼻の間（非常近、近在咫尺）間

違った目で見る（另眼相看）

学校と銀行とは目と鼻の間に在る（學校和銀行非常近）

目に余る（看不下去、不能容忍）

相手の目を避ける（避一下對方的眼光）避ける

目に余る行為（令人不能容忍的行為）

目に障る（礙眼、看著彆扭）

目に為る（看見、看到）

目に付く（顯眼〔=目に立つ〕）

変な目で見る（用驚奇的眼神看）

目に見えて（眼看著、顯著地）

羨まし然うな目で見る（用羨慕的目光看）

目に見えて上達する（有顯著進步）

目の色を見て遣る（看眼色行事）

目にも留まらぬ（非常快）留まる

目が回る（眼花撩亂、非常忙）

忙しくて目が回り然うだ（忙得頭昏眼花）

目の敵（眼中釘）敵

目が冴える（眼睛雪亮、睡不著）

益益目が冴えて眠れない（越來越有精神睡不著覺了）

目も当てられぬ（慘不忍睹）

目に這入る（看到、看得見〔=目に触れる、目に留まる〕）

汚くて目も当てられぬ（髒得慘不忍睹）

目も呉れない（不加理睬）

目で目は見えぬ（自己不能看見後腦勺）

目を疑う（驚奇）

目に入れても痛くない（覺得非常可愛）

彼は孫を目の中に入れても痛くない程可愛がっている（他非常疼愛孫子）

目を配る（注目，往四下看）

目に角を立てる（豎起眼角冒火、大發脾氣）

目を暗ます（使人看不見、欺人眼目）

目を凝らす（凝視）

目も一丁字も無い（目不識丁、文盲）

目を通す（通通看一遍）

一寸目を通す（過一下目）

目を留める（注視）

目には目を歯には歯を（以眼還眼以牙還牙）

カーペットの上の足跡に留まった（看到地毯上的腳印）足跡

## ㄇ

目にも留まらぬ（非常快）

目の上の瘤（經常妨礙自己的上司）

彼等に取って君は目の上のたん瘤のだ（他們把你視為眼中釘）

目にも留まらぬ速さで飛んで行った（很快地飛過去了）

目に物を見せる（懲治、以儆傚尤）

目の下（眼睛下面、魚的眼睛到尾巴的長度）

目に物を見せたら足を洗うだろう（給他教訓一番就會洗手不幹吧！）

目を離す（忽略、不去照看）

目の薬（眼藥、開開眼）

目を光らす（嚴加監視、提高警惕）

目の付け所（著眼點）

目は毫末を見るも其の睫を見ず（目見毫末不見其睫）

目は能く百歩の外を見て、自ら其の睫を見る能わず（目能見百步之外不能自見其睫）

目を丸くする（驚視）

目を奪う（奪目、看得出神）

目を剥く（瞪眼睛）

目を掩て雀を捕る（掩目捕雀、掩耳盜鈴）

目を喜ばす（悅目、賞心悅目）

目を塞ぐ（閉上眼佯裝不看、死）

目の黒い内（活著時候、有生之日）

目がくらくらする（頭暈眼花＝目が眩む）

俺の目の黒い内はそんな事は為せない（只要我活著覺不讓人做那種事）

きらきら光る目（炯炯發光的眼）

目がきらきら光る（兩眼炯炯有神）

黒い目（黑眼珠）

目を見張る（睜開眼睛凝視、瞠目而視）

鵜の目鷹の目（比喻拼命尋找）

目を皿に為る（睜開眼睛拼命尋找）

魚の目（雞眼）

目の正月を為る（大飽眼福）

目で知らせる（用眼神示意）

目の梁を去る（去掉累贅）

目の色を変える（〔由於驚訝憤怒等〕變了眼神）

目は口程に物を言う（眼神比嘴巴還能傳情）

目が高い（有眼力、見識高）

目が物を言う（眼神能傳情）

彼は目が高くて南米との貿易を始めた（他有眼光而開始跟南美貿易）

目が利く（眼尖、有眼力）

遠く迄目が利く（視力強可以看得遠）

目が弱い（視力衰弱）

目が良い（眼尖、有眼力）

目が肥える（見得廣）

目は心の鏡（看眼神便知心）

彼の姿は不図目に留まる（他的影子突然映在眼裡）

目を引く（引人注目）

目を起す（交好運）

人の目を引く様に店を飾り立てる（為了引人注目把店鋪裝飾一新）

警察は彼に目を付けている（警察在注意他）

目を掠める（秘密行事、偷偷做事）

目を戻す（再看）

目を盗む（秘密行事、偷偷做事）

目を着ける（著眼）

親の目を盗んで彼の子は良く遊びに出る（那孩子常背著父母偷偷地出去玩）

人民の目には全く狂いが無い（人民眼睛完全沒有錯的）

目が詰んでいる（編得密實、織得密實）

目が届く（注意周到）

台風の目（颱風眼）

鋸の目（鋸齒）

櫛の目（梳齒）

碁盤の目（棋盤的格）

針の目（針鼻）

采の目（骰子點）

采の目を数える（數骰子點）

物差の目（尺度）

秤の目（秤星）

温度計の目（溫度計的度數）

法律家の目（法律家的看法）

目が切れる（重量不足、不足秤）

目を盗む（少給份量、少給秤）

目の細かい板を選ぶ（選擇細木紋的木板）

折目がきちんと為たズボン（褲線筆直的西裝褲）

結び目が解ける（綁的扣開了）

目が坐る（兩眼發直）

目が輝く（眼睛發亮）

目から涙が溢れ出る（眼淚奪眶而出）

目が光る（目光炯炯）

目から火花が出る（兩眼冒金星）

目が引っ込む（眼窩都塌了）

目と目を見合わせる（對看了一下）

目が塞がる（睜不開眼睛）

目に付かない（看不見的）

目が眩しい（刺眼）

目に霞が掛かる（眼睛朦朧、看不清楚）

目が廻す（頭暈眼花）

目に露を宿す（兩眼含淚、眼睛都紅了）

目が見えなく為った（眼睛瞎了）

目に涙を湛えている（眼淚汪汪的）

目の当りに見る（親眼看見）

目に這入らない（視若無睹）

此の目で見る（親眼目睹）

目には如何映したか（對…印象如何？）

目も当てられない（目不忍睹、不敢正視、不忍看）

目の中がちらちらする（兩眼冒金星、眼花）

目の縁が赤く為る（眼圈發紅）

目の縁が潤む（眼睛有點濕潤了）

目の前に浮かぶ（浮現在眼前）

目の間を縮める（皺眉頭）

目は鋭い（目光敏銳）

目も合わない（合不上眼）

目は節穴同然だ（有眼無珠）

目を怒らして見る（怒目而視）

目をきょろきょろさせる（東張西望）

目をしょぼしょぼさせる（眼睛睜不開的樣子）

目を白黒させる（翻白眼）

目を背ける（不忍正視、把眼線移開）

目を醒ます（醒來）

目を醒まさせる（使…清醒、使…醒悟）

目を据えて見る（凝視）

目を凝らす（凝視）凝らす

目を楽しませる（悅目）

目を泣き腫らす（把眼睛哭腫了）

目を瞬く（眨眼）

目を細くする（瞇縫著眼睛）

目をぱちくりする（眨眼）

目をぱちぱちさせる（直眨著眼睛）

目をぱっちり開けて見る（睜開大眼睛看）

目を見開く（睜大了眼睛）

目を未来に開く（放開眼睛看未來）

## ㄇ

目を向ける（面向、看到、把眼睛盯著、把眼光向著）
良い目を見る（碰到好運氣）
負い目が有る（欠人情、對不起人家）
鬼の目にも涙（鐵石心腸的人也會流淚、頑石也會點頭）
白い目で見る（冷眼相待）
長い目で見る（眼光放遠、從長遠觀點看）
流し目を送る（送秋波）
色目を使う（送秋波、眉目傳情、發生興趣）
日の目を見る（見聞於世、出世）
目が行く（往……看）
目を遣る（往……看）
目が堅い（到深夜還不想睡）
目が眩む（不能做正確判斷、鬼迷心竅）
目が散る（眼花撩亂）
目から鱗が落ちる（恍然大悟）
目で見て口で言え（弄清楚情況再說出來）
目と鼻の先（近在咫尺、眼跟前＝目と鼻の間）
目に青葉（形容清爽的初夏）
目に染みる（鮮豔奪目）
目に物言わせる（使眼色、示意）
目に焼き付く（一直留在眼裡、留強烈印象）
目の皮が弛む（眼皮垂下來、想睡覺）
目の毒（看了有害、看了就想要）←→目の薬
目を逆立てる（怒目而視）
目を三角に為る（豎眉瞪眼）
目を据える（凝視、盯視、目不轉睛）
目が据わる（〔因激怒醉酒等〕目光呆滯）
目を血走らせる（眼睛充滿血絲）
目を走らせる（掃視、掃視了一眼）
目を伏せる（往下看＝目を落とす）

傍目八目（旁觀者清）
大目に見る（不深究、寬恕、原諒）
親の欲目（孩子是自己的好）
刮目に値する（值得拭目以待）
空目を使う（假裝沒看見、眼珠往上翻）
衆目の一致する所（一致公認）
十目の見る所（多數人一致公認）
注目の的（注視的目標）
遠目が利く（看得遠）
二階から目薬（無濟於事、毫無效果、杯水車薪）
猫の目に様に（變化無常）
贔屓目に見る（偏袒的看法）
人目が煩い（人們看見了愛評頭論足）
見る目が有る（有識別能力）
目顔で知らせる（使眼色、以眼神示意）
目頭が熱く為る（感動得要流淚）
目頭を押さえる（抑制住眼淚）
目算を立てる（估計、估算）
横目を使う（使眼色、睨視、斜著眼睛看）
弱り目に祟り目（禍不單行、倒楣的事接踵而至）
脇目も振らず（聚精會神、目不旁視、專心致志）
酷い目に会う（倒楣了、整慘了）
酷い目に会わせる（叫他嘗嘗厲害）
嫌な目に為る（倒了大楣）
今迄色んな目に会って来た（今天為止嘗盡了酸甜苦辣）
彼の男の為に酷い目に見た（為了那人我吃盡了苦頭）
見た目が悪い（外表不好看）
見た目が良い（外表好看）
此の鞄は見た目が良いが、余り実用的ではない（這皮包外表好看但不大實用）

**女**〔名、造語〕〔古〕女人，女性←→男、妻、雌，牝

 女の子（女孩子）
 女の童（女童、女孩）
 女雛（扮成皇后的偶人）
 端女（女傭）
 女神（女神）
 本の女（前妻）
 女夫，夫婦，妻夫，夫婦（夫婦）
 生まず女（石女）
 手弱女（窈窕淑女）
 女狐（牝狐）
 女花（雌花）
 女牛（牝牛）

**芽**〔名〕〔植〕芽

 草木の芽が出る（草木發芽）草木草木
 大根の芽が出る（蘿蔔出芽）
 芽が出る（運氣來到）芽目眼女雌
 事業の芽が出る（事業有成功的跡象）
 芽を吹く（抽芽）吹く拭く噴く葺く
 柳が芽を吹く（柳樹冒芽）
 芽の内に摘む（在萌芽時摘掉）摘む積む詰む抓む

**奴**〔接尾〕（接在體言下）（表示輕蔑）（有時對晚輩表示輕蔑）東西，傢伙，（表示自卑）鄙人，敝人

 畜生奴（混蛋東西、兔崽子）奴目女芽雌
 此奴奴（這小子、這個小子）
 馬鹿奴（渾小子、混蛋東西）
 親爺奴（老小子、老頭子）
 此の私奴を御許して下さい（請寬恕我吧！）

**御目、お目**〔名〕目，眼睛、看，眼力

 御目が利く（有眼力、有鑑賞力）
 御目が高い（眼力高）
 御目に掛かる（〔会う的自謙語〕見面、會面）
 初めて御目に掛かります（〔初次見面的客套話〕我初次見到您、久仰久仰、您好）
 貴方には前に一度御目に掛かった事が有ります（我以前曾見過您一次）
 彼の方には良く御目に掛かります（我常見到他）
 ちっとも御目に掛かりません（我總是沒看見他）
 佐藤さんに御目に掛り度いのですが（我想見見佐藤先生）
 久しく御目に掛りませんでした（好久沒見面了、久違久違）
 此処で御目に掛かれて嬉しゅう御座います（能在這裡見到你我很高興）
 明日又御目に掛かります（明天再見）
 思い掛けない所で御目に掛かりました（想不到在這裡見到了您）
 御目に掛ける（〔見せる的自謙語〕給人看、送給觀賞、贈送）
 何を御目に掛けましょうか（給您看點什麼好呢？您要看什麼？）
 何でも御目に掛けます（您要看什麼都可以）
 御目に掛ける様な品は有りません（沒有值得您一看的東西）
 此の本を貴方に御目に掛けます（這本書給您看看）
 此れは御年玉の印に御目に掛けます（這是作為祝賀新年的一點小意思贈送給您）
 御目に止まる（〔敬〕受到注意、受到賞識、被看中）
 選手の奮闘が首相の御目に止まる（運動員的奮戰受到總理的注意）
 彼の画が御目に止まりましたか（您看中了哪幅畫呢？）

**目赤**〔名〕兔的異名

**目明かし、目明し**〔名〕（江戸時代）下級偵探、捕快、捕吏（＝岡っ引き）

**目明き、目明**〔名〕視力正常的人、識字的人、懂道理的人←→盲

　目明千人 盲千人（社會上有懂道理的也有不懂道理的）

**目明け、目明**〔名〕鑑定力、鑑定（＝目利き、目利）

**目利き、目利**〔名、他サ〕有眼力的人，行家，鑑別力，鑑別（＝目明け、目明）

　彼の人は刀剣の目利が中中旨い（他對於刀剣相當有鑑別力）旨い巧い上手い

　目利（を）為て貰う（請人鑑定一下）旨い甘い美味い

**目新しい**〔形〕新鮮的、新奇的、不常見的

　何か目新しい記事出来出て居ますか（報上有什麼新鮮的消息嗎？）

　何も目新しい事は無い（並沒有什麼新奇的事情）

　何も目新しい処は無い（並沒有甚麼新奇的地方）

　此の店は何時も同じ様な品物許りで特に目新しい物は無い（這間店盡是和往常一樣的物品沒有特別新穎的東西）

　目新しい許り求める（只追求新穎）

**目当て、目当**〔名〕目標，目的、企圖，指望，打算、鳥槍的照星

　大きな煙突を目当に為て行く（以大煙囱為目標前往）

　山頂の火を目当に進む（以山頭的火為目標前進）

　遠くの人家の灯りを目当に歩く（以遠處人家的燈火為目標向前走去）

　彼等は報酬を目当に為て働くのではない（他們不是以報酬為目的而工作的）

　御目当の品は有りましたか（你想的東西有了嗎？）

　財産を目当に結婚する（為貪圖財富而結婚）

　目当が外れた（沒達到目的 指望落空了）

　弟は御遣い目当で、母の肩を叩く（弟弟以拿零用錢為目的幫媽媽搥背）

　何の目当も無い（沒有甚麼打算）

　何の目当も無く上京した（沒什麼一定的指望就近京來了）

**目医者、眼医者**〔名〕眼科醫師（＝眼科医、目医師、目薬師）

**目色**〔名〕眼神、眼色

　目色を変えて落し物を捜す（神色大變地尋找失物）捜し物

　彼は颯と目色を変えた（他一下子就改變了臉色）

　人の目色を伺う（窺人眼色）

　目色を伺い乍事を運ぶ（看眼色行事）

**目打ち、目打**〔名〕釘紙的錐子（＝千枚通し）、打眼鑽孔（郵票印花等的機器口）、布上打眼整理刺繡用線等的手工具、殺鰻魚泥鰍時釘在眼上的工具

**目移し**〔名〕移轉眼光

**目移り、目移**〔名、自サ〕眼花撩亂、移轉眼光

　余り沢山有るので目移が為て何が好いが分らない（因為東西太多看得眼花撩亂簡直不知哪個才好）

　新しい品に目移（が）為る（目光被新物品所吸引）

**目鬼**〔名〕沒有眼睛的鬼怪

**目覚え、目覚**〔名〕眼熟（＝見覚え、見覚）

**目界**〔名〕眼睛能見的範圍（＝視界、視野）

**目顔**〔名〕眼神（＝目付き、目付）

　目顔で知らせる（以眼神示意）

**目付き、目付**〔名〕眼神（＝目指、眼指、眼差、目遣い、目遣）

　彼の男は目付が怪しい（那個男人的眼神可疑）

　怪しい目付（可疑的眼神）

　険しい目付（陰險的眼神）

　妙な目付（異樣的眼光）

　ちょろちょろした目付（慌張不定的眼神）睜著眼睛東張西望

優しい目付で見る（用溫柔的眼光看）易しい

**目指、眼指、眼差**〔名〕目光、眼神、視線

好意の目指で見る（用好意的眼光看）

軽蔑の目指で見る（以輕蔑的眼光看）

人人の目指は此の点に注がれた（眾人的視線都集中在這一點上）注ぐ灑ぐ濯ぐ潅ぐ

真剣な目指で授業を受ける（聚精會神地聽課）注ぐ告ぐ接ぐ継ぐ

目指を伏せる（低垂眼瞼、往下看）

**目遣い、目遣**〔名〕眼神（＝目付き、目付）

目遣が鋭い（眼光銳利）

変な目遣で人を見る（用不正常的眼神看人）

**目隠し、目隠**〔名、自サ〕蒙眼（物）、圍牆、捉迷藏

目隠（を）為る（把眼睛遮上）

後ろから手で目隠を為る（從背後用手把眼睛遮上）

目隠された馬（戴上眼罩的馬）

目隠を造る（砌圍牆）作る創る

目隠鬼（捉迷藏、躲貓貓＝めんない千鳥）

**目掛、妾、妾**〔名〕妾（＝二号）←→本妻

妾を持つ（納妾、討姨太太＝妾を囲う）

妾の子（姨太太的孩子）

妾腹（姨太太生的）

妾狂（溺愛姨太太）

**目掛ける、目懸ける**〔他下一〕作為目標（＝目指す、目差す）

頂上目掛けて登る（以山頂作為目標攀登上去）昇る上る

山の頂上を目掛けて登る（以山頂作為目標攀登上去）

犬は犯人を目掛けて飛び掛かった（狗朝犯人猛撲上去）

弟は泥棒猫に目掛けて石を投げた（弟弟瞄準偷食的貓投擲石塊）

**目指す、目差す**〔他五〕把…作為目標、目的（＝目掛ける，目懸ける、狙う）

大学を目指して勉強する（以考進大學為目標而用功）

大学を目指して猛勉強する（以考進大學為目標而拼命用功）

勝利を目指して頑張る（以勝利為目標而加油）

常に高い目標を目指す（力爭上游）

大空を目指し聳え立っている神木（指向天空而聳立的神木）

**目指し、目差し**〔名〕目標，目的（＝目当）、眼神，眼色（＝目付、目指、眼指、眼差）

目指しは山の頂上に達する事だ（目標是到達山巔）

**目籠、目籠**〔名〕（有粗孔的）竹籃、竹筐（＝目笊、目筐）

洗う服を目籠に入れる（把要洗的衣服進粗孔的竹筐）

汚い着物を目籠に容れる（將髒衣服放進粗孔的竹筐中）

**目笊**〔名〕（有粗孔的）竹籃、竹筐（＝目籠、目籠、目筐）

洗った食器を目笊に入れる（把洗好的餐具放進粗孔的竹筐裡）

**目瘡**〔名〕目瘡、眼睛長出的腫瘡

**目方**〔名〕重量、分量（＝量目、掛け目、重さ）

目方を測る（稱重量）

目方で売る（論重量賣）

君の目方は何の位有りますか（你體重有多少？）

目方が増える（體重增加了）

僕は病気して目方が三キロ減った（我生病瘦了三公斤）

目方が足りない（分量不夠）

彼の店で買うと、何時も目方が足りない（在那家店買東西常常分量不足）

目方が切れる（分量不足）

目方が重い（分量重）

目方が軽い（分量輕）

**目角**〔名〕眼角（=目尻，目くじら）、目光銳利地看的眼神

目角を立てる（目光銳利地看、怒目而視）

**目くじら**〔名〕〔俗〕眼角（=目角）

目くじらを立てる（找出別人的缺點、責備芝麻大的小事情）

詰まらない事を目くじらを立てるな（別為芝麻小事吹毛求疵）

**目離る、目離る**〔自下二〕〔古〕很久沒見面

**目離れ、目離れ**〔名〕很久沒見面

**目木**〔名〕目木科的落葉小低木

目木科（雙子葉植物的一科、已知有11屬600餘種）

**目切れ、目切**〔名〕分量不足

此の袋に入っている米は目切れの様だ（裝在這個袋子的米好像分量不夠）

此の袋に入っている果物は目切れの様だ（裝在這個袋子的水果好像分量不夠）

**目釘**〔名〕（用刀身固定在刀柄上的）釘子

目釘を湿す（準備拔刀戰鬥）示す

目釘竹（作為木釘的竹子、竹的木釘）

**目草、眼草**〔名〕薄荷的異名

**目腐れ、目腐**〔名〕爛眼邊（的人）。〔罵〕瞎眼的

目腐金、目腐金（少數的錢=端金）

そんな目腐金で何か買えるか（那麼一點錢能買什麼？）

**目串**〔名〕目標（=目当、目星、狙い）

**目星**〔名〕（大體上的）目標（=目当）、記號，（眼珠上的）白翳，角膜斑

犯人の目星が付いた（大體上知道了誰是犯人）

目星が付く（找到目標）

犯人は未だ目星が付いて居ない（還沒找到犯人的線索）

学校の裏当りだろうと目星が付けて行く（估計在學校的後頭到那裏去找）

目星を付ける（大體上看定了方向、看定了大概的目標）

木に目星を打つ（在樹上刻上記號）

**目薬、眼薬**〔名〕眼藥、小恩小惠，小賄賂（=鼻薬）

目薬を差す（點眼藥）注す

目薬程（少量）

二階から目薬（遠水不解近渴 隔靴搔癢、無濟於事）

目薬が効く（小賄賂起作用）

目薬の木（楓樹科的落葉喬木）

**目薬師**〔名〕眼科醫師（=目医者）

**目癖**〔名〕有眼力、眼力高

**目口**〔名〕眼和口、觀察和批評

**目配せ**〔名、自サ〕使眼神、擠眉弄眼（=眴、眴）

彼の目配せで秘書はそっと部屋を去った（他使了個眼神秘書就安靜地離開屋子）

彼女の目配せで女中はそっと部屋を去った（由於她使了個眼神女僕就悄悄地離開了房間）

相手に目配せする（向對手擠眉弄眼）

彼の目配せで私は直ぐ解った（從他的眼神我立刻明白）

二人は目配せし合った（兩人交換了一下眼色）

先生は付いて来いと言う風に目配せすると、先に歩き出した（老師使了個跟我來的眼色先走了出去）

**目くわせ、眴せ、眴せ**〔名、自サ〕使眼神、擠眉弄眼

互いに目くわせして出て行った（互相交換了一下眼色之後出去了）

**目配り、目配**〔名、自サ〕四下看、四下張望

怠り無く目配りを為る（不住地往四下看）

引切無しに目配りを為る（不住地往四下看、不停地東張西望）

**用心し乍目配りを為る用心**（小心地四下張望）要心

**目窪、目凹**〔名〕凹目、塌陷的眼睛

**目隈**〔名〕勾畫眼睛

**目比べ**〔名〕互相瞪眼、小孩的一種遊戲

**目眩む**〔自五〕目眩、眼睛發花

**目眩めく**〔自五〕頭暈、頭昏眼花、眼花撩亂（=目眩む）

　眩しさに目眩めく（晃得頭暈目眩）

**目言、目言**〔名〕見面說話

**目溢し、目溢、目零し、目零**〔名、他サ〕寬容，饒恕、看漏（=目溢れ）

　御目溢しを願います（請您饒恕）

　御目溢しを御願いします（請您饒恕、請您高抬貴手）

　目溢しに与かる（承蒙不究）預かる

　注意したが、目溢しが有った（雖然注意了可是有看漏的）

**目溢れ**〔名、他サ〕看漏（=目溢し，目溢、目零し、目零）

**目先，目前**〔名〕目前，眼前、外表，外觀，預見，遠見。〔經〕當時市場的小變化

　彼の姿が目先にちらつく（他的影子浮現在眼前）

　目先許りに気を取られて本筋を忘れる（光顧眼前忘了根本）

　目先の利益を求める利益（求眼前的利益）

　目先の利益に目を奪われる（被眼前的利益弄花了臉）

　目先を変える（換花樣、換口味、能因時制宜）変える買える飼える換える替える代える

　一寸目先を変える（換一下外表）帰る返る孵る還る蛙

　目先の変った飾り付け（〔商店的〕新奇的裝飾）変わる代わる替わる換わる

　此処で一つ目先を変えて見よう（到這裡換換花樣吧！）

　目先を晦ます（蒙混）晦ます眩ます暗ます

**目先が利く**（對任何事情有預見的能力、能臨機應變）

　目先の利く男（有遠見的男人）

　彼は目先の利く男、株の売買で損を為た事が無い（他是個有遠見的人做股票不曾賠）

　目先した見えない（眼光短淺）

**目刺し，目刺**〔名〕穿成串的鹹沙丁魚乾

　目刺しを焼く（烤乾沙丁魚串）

**目敏い，目聡い，目敏しい**〔形〕目光敏銳的、易醒的（=目早い，目速い）

　欠点を目敏く見付ける（一眼就看出缺點）

　目敏く原稿の誤りを見付ける（一眼就發現原稿的錯誤）

　彼は目敏く私を見付けた（他眼尖一下子就把我找到了）

　目敏く間違った処を見付ける（一看馬上就找到錯誤的地方）

　目敏い子供（有一點動靜就醒的孩子）気配気配醒ます覚ます冷ます

　老人は目敏て、一寸した気配で直ぐ目を覚ます（老年人易醒一點兒動靜就醒來）

**目早い，目速い**〔形〕眼尖的、眼快的（=目敏い、目聡い、目敏い）

　目早い子供（眼尖的小孩）

　目早く見付けた（很快就找到了）

**目板**〔名〕（板牆板壁的）壓縫板條，釘在木板接縫的細木條。〔動〕木葉鰈（=目板鰈）

**目覚ます、目覚す**〔他五〕喚醒，驚醒、使醒悟，使覺悟

　寝ている子を目覚ます（叫醒睡著的孩子）

　良心を目覚ます（使良心醒悟過來、喚起良心）

　民衆の道徳心を目覚ます（喚醒民眾的道德心）

**目覚まし、目覚し**〔名〕叫醒，喚醒、小孩睡醒時的點心（=御目醒）、鬧鐘

　目覚ましにコーヒーを飲む（喝杯咖啡來清醒清醒）

目覚ましに濃い御茶を一杯飲む（為防瞌睡喝一杯濃茶）

目覚ましに体操する（做體操提神）

目覚ましを強請る（小孩醒了吵著要吃點心）

目覚ましを与える（小孩醒了給點心吃）

目覚まし時計（鬧鐘）

**目覚ましい、目覚しい**〔形〕驚人的、異常的、非常的（＝素晴らしい）

目覚ましい活躍振りを発揮する（發揮驚人的活力）

目覚ましい発展（驚人的發展）

科学の進歩は目覚ましい（科學的進步很驚人）

彼の日本語は目覚ましい進歩を遂げた（他的日語進步驚人）

其の事件で彼女は目覚ましい働きを為た（她在這個事件中做了非常出色的工作）

**目覚める**〔他下一〕睡醒、醒悟，覺悟、自覺、潛在的本能發動

朝早く目覚める（早晨很早睡醒）

彼は七時に目覚めた（他七點鐘睡醒）

翻然と目覚める（突然覺悟）

翻然と目覚めて貧民の為に献身する（翻然悔悟為貧民服務）

翻然と目覚めて泥沼から飛び出した（翻然悔悟重新做人）

目覚めて社会建設の為に奉仕する（突然覺悟為社會建設而服務）

民族意識に目覚める（有了民族意識）

郷土愛に目覚める（產生了愛鄉之心）

政治意識に目覚める（喚起政治意識）

良心に目覚める（良心發現）

性に目覚める（性的本能發動、情竇初開）

**目覚め**〔名〕睡醒、醒悟，覺悟、萌動，（本能）發動

もう御目覚めですか（已經睡醒了嗎？您醒了嗎？）

春の目覚め（春情發動）

**目障り、目障**〔名，形動〕礙眼、刺眼（的東西）

目障りに為る（礙眼）

看板が目障りに為る（招牌刺眼）

目障りな看板（刺眼的廣告牌）

彼の看板は目障りだ（那招牌真礙眼）

友達が来るので、机の上の目障りな物を片付ける（因為朋友要來所以收拾桌上礙眼的東西）

目障りな柱（礙眼的柱子）

目障りな奴（礙眼的傢伙）

**目地**〔名〕砌石頭，磚頭或鋪磁磚時的縫隙

煉瓦の横目地（磚頭的橫縫）

横目地（橫接縫）

タイル（tile）の目地（磁磚的接縫）

目地鏝（勾縫刀）

**目路、眼路**〔名〕眼前、眼界、視界、視野

目路の限り（眼界所及之處、目力所及）

**目汁**〔名〕眼淚

**目印、目標**〔名〕目標、標記、記號

丘を目印と為て道を辿る（以小山為目標摸索著走）

高い煙突が遠方から目印に為る（高煙囪成為以遠處看的目標）

必要な書類に目印を付ける（在必要文件上加上記號）

ノート（note）に目印を付ける（在筆記本上做記號）

此の箱には目印が無い（這箱子沒有記號）

目印に赤い薔薇の花を持っています（拿紅薔薇做記號）

**目白、眼白、繡眼兒**〔名〕繡眼鳥、白眼鳥

目白押（〔小孩互相壅擠的一種遊戲〕擠香油、擁擠，一個挨著一個）

切符売場には大勢の人が目白押に並んでいる（售票處有很多人一個挨著一個排著）

檻の前に子供が目白押に並んでいる（孩子在獸欄前一個挨著一個排著隊）

目白科（鳥類的一科、約八十種）

目白鮫（目白鮫科的海魚）

目白酸漿（茄科的多年草本）

**目好**〔名〕中意、中意的東西

**目線**〔名〕〔俗〕視線

**目千両**〔連語〕眼睛特別漂亮（的容貌）

**目高**〔名〕〔動〕鱂魚

網で目高を掬う（用網撈鱂魚）

目高の群れる川（鱂魚成群的河川）

**目立つ**〔自五〕顯眼、顯著、鮮明、引人注目

彼女の美貌は、一際目立った（她的美貌格外引人注目）

黒と白の配色は目立つ（黑色配白色非常鮮明）

黒と黄色の縞は迚も目立つ（黑黃條紋很顯眼）黄色黃色黃色

彼は余り目立たない存在だ（他是一個無聲無臭的人物）

彼女は何時も目立たない服装を為ている（她總是穿著樸素的衣服）

最も目立つ処に掛ける（掛在最顯眼的地方）

成績が急に目立って来た（成績突然出了色了）

父は最近体が目立って衰えた（父親最近身體顯著地衰老了）

**目立て、目立**〔名〕銼有齒的東西變成銳利

鋸の目立てを為る（銼鋸齒）

**目立って**〔副〕眼看著、顯著地

年を取って白髪目立って増えて来た（上了年紀白髪很明顯地增多了）白髪白髪

目立って健康に為って来た（明顯地健康起來了）

**目爛**〔名〕目爛、因眼疾而眼睛潰爛

**目玉**〔名〕眼珠，眼球，申斥，譴責，朝白眼

大きな目玉をぎょろぎょろさせて辺りを睨み回す（瞪大眼睛向四下掃視）

目玉をくりくりさせる（眼珠亂轉、眼珠圓溜溜地轉）

目玉をくりくり動かす（眼珠圓溜溜地轉）

目玉の黒い内（未死之前、有生之年）

目玉の黒い内に世界一周し度い（有生之年想環遊世界）

目玉が飛び出る（貴得驚人，特別貴、被痛罵了一頓）

目玉が飛び出る程高い（貴得驚人）

目玉が飛び出る程叱られた（被狠狠地罵了一頓）

目玉を頂戴した（被申斥了、挨了一頓罵）

御目玉を食う（挨罵）

悪戯御目玉を食った（因惡作劇而挨了罵）

目玉焼き、目玉焼（不打散蛋黃，蛋白只煎一面的煎蛋）

目玉商品（為招攬顧客而展銷的物美價廉的商品）

**御目玉**〔名〕〔俗〕責罵、責備、則罰

御目玉を食う（受申斥、受責備、挨責罵、遭白眼）

御目玉を頂戴する（受申斥、受責備、挨責罵、遭白眼）

悪戯を為て父親から御目玉を食った（因為淘氣挨了父親一頓責罵）

変な真似を為るな、見付かると御目玉を食うぞ（別瞎胡鬧！讓人看見了你可要挨罵呀）

**目の玉、眼の玉**〔名〕眼珠（=目玉、眼球）

目の玉の黒い内（未死之前、有生之年）

目の玉の黒い内にヨーロッパへ行って見度い（在有生之年想到歐洲看一看）

**目違い、目違**〔名、他サ〕看錯（=見損ない、見間違い）

彼を信用したのは私の目違いだった（我信用了他是我看錯了人）

**目茶、滅茶**〔名、形動〕〔俗〕不合理，無道理，過分，荒謬（=無茶）

目茶を言い分（不合理的意見）

目茶な批評（無道理的批評）

目茶な待遇（不當的待遇）

目茶な議論（毫無道理的爭論）

目茶を言うな（別不講道理）

身勝手に目茶な事を為ては行けない（不能隨便亂來）

目茶な事を言うな（不要胡說）

二階から飛び下りるのは目茶だ（從二樓往下跳簡直是胡來）

其処から飛び下りるのは目茶だ（從那兒往下跳簡直是胡來）

目茶に暑い（格外熱）

**目茶苦茶、滅茶苦茶**〔名、形動〕〔俗〕亂七八糟、一塌糊塗（〔目茶、滅茶〕的加強詞）

引き出しの中を目茶苦茶に為た（把抽屜裡搞得亂七八糟）

部屋の中が目茶苦茶に荒らされた（屋裡弄得一塌糊塗）

目茶苦茶な値段（荒謬不合理的價錢、謊價）

**目茶目茶、滅茶滅茶**〔名、形動〕〔俗〕亂七八糟、雜亂無章（目茶，滅茶的加強詞）（=目茶苦茶, 滅茶苦茶）

小さい子供が居るので、家の中は何時も目茶目茶だ（因為有小孩家中常常亂七八糟）

目茶目茶な文章（支離破碎的文章）文章

物を目茶目茶に壊す（把東西打得支離破碎）

窓のガラスが目茶目茶に壊れた（窗戶玻璃被砸爛了）

此で何も彼も目茶目茶だ（如此一來一切都亂了）

**目っかる**〔自五〕〔方〕找到、發現（=見付かる）

**目付、目附**〔名〕（日本武家時代）監察（=監視役）

**目付役**（監察官）

目付役に仰せ付ける（擔任監察官的任務）

**目っけ物**〔名〕無意中得到的東西、偶然找到的人物（=掘り出し物）

此は珍しい目っけ物だ（這真是少有的東西）

此は目っけ物だ（這真是意外的收穫）

**目っける**〔他下一〕發現、找到（=見付ける）

峡谷で砂金を目つけた（在峽谷裡發現了砂金）砂金

落とした財布を目つける（找到了遺失的錢包）

**目性**〔名〕眼力

目性が悪い（眼力差、眼力不好）

**目潰し、目潰**〔名〕揚砂土以迷對方的眼、迷眼的砂土石灰等物

目潰しを呉れて、怯む隙に逃げ出す（對著對方的眼睛揚一把土乘他向後躲的當兒逃跑）

目潰しを為て相手の鞄を奪い取った（對著對方的眼睛撒了石灰之後搶奪了錢包）

目潰しを食わせる（揚砂土使人看不見）

目潰しに会う（被人揚砂土刺了眼睛）

**目積もり、目積り**〔名〕憑眼力估計（=目分量）

此の土地は目積もりで十二アール有る様だ（這塊地以眼力估測好像有十二公畝）

此の部屋は目積もりで四坪有る様だ（這房屋用眼睛估測好像有四坪）積もり積り心算

目積もりが悪い（眼睛估測得不準）

**目出度がる、、芽出度がる**〔自五〕感覺可喜、感到高興

**目出度い、芽出度い**〔形〕可喜可賀的，吉慶的，吉利的、幸運的、順利的、有點傻瓜的，腦筋簡單的（=御目出度い）。〔俗〕死。〔古〕美麗的、漂亮的、豪華的

目出度い日（吉慶的日子）

目出度い前兆（吉慶的前兆）

今日は息子が結婚する目出度い日だ（今天是兒子結婚的大喜日子）

家中揃って、元気に暮しているのは目出度い（家人團聚康泰地生活真是可喜可賀）

御目出度い事が続く（喜事接連不斷）

目出度く入学する（順利地入學）

目出度い結末（順利的結束）

運動会は目出度く終った（運動會順利結束了）

物語は目出度く終わった（故事以大團圓結束了）

一生懸命勉強して目出度く試験にパスした（很用功順利地通過了考試）

彼の男は少々御目出度い（那傢伙有點傻、那傢伙有點蠢）

御目出度い人（頭腦簡單的人）

世の中が甘いと思うのは御目出度いです（認為世界是甘美的未免太愚蠢）

御目出度い（〔俗〕過世）

御目出度く為る（〔俗〕死）

最も目出度き御住まい（非常漂亮的住宅）

**御目出度い、御芽出度い**〔形〕（目出度い、芽出度い的鄭重說法）可喜，可賀，忠厚，憨厚，愚傻，過分老實，過分樂觀，過於天真

御目出度い事（喜事）

其は御目出度い（那可是大喜）

御目出度い前兆（吉祥之兆）

彼の男は少々御目出度い（那個人有點傻氣）

其は知らんとは君も余程御目出度いね（這件事情你都不知道你可真在太傻氣了）

其は少し御目出度い考え方だ（那種想法有點過於樂觀）

其は真に受ける程御目出度くは無い（決不會天真到那種程度把它信以為真）

**御目出度、御芽出度**〔名〕（結婚、懷孕、分娩等）喜慶事

御正月から御目出度続きですね（新年以來您喜事重重的）

御嬢さんは近近御目出度だ然うですね（聽說您的女兒最近要結婚了）近近御目出度は何時でしたかね（你什麼時候結的婚？）

**御目出度う、御芽出度う**〔感〕恭喜恭喜、可喜可賀（=御目出度う御座います）

新年御目出度う（御座います）（恭賀新喜、新年恭喜、新年好）

合格した然うで御目出度う（聽說你被錄取了可喜可賀）

御全快の由御目出度う（御座います）（〔書信用語〕聽說您病已痊癒實在可喜、祝賀您病已痊癒）

御目出度うを言う（道喜、祝賀、致賀詞）

**目出事**〔名〕吉事、慶事

**目処**〔名〕目標，目的（=目当て）、眉目，頭緒、期限

犯人の目処が付く（犯人有了線索）

目処が付く（有線索、有目標）

仕事の目処が付く（工作有了眉目）

目処を付ける（預料、推測）

完成の目処が付く（有完成的希望）

目処を取る（定目標）

目処付け（附有期限的）

十月を目処に（以十月為期限）

**目通し、目通**〔名、他サ〕（從頭到尾）看一看

御目通しを願う（請您從頭到尾看一看、請您過目）

**目通り、目通**〔名〕晉見（=拜謁、拜見）、目前，眼前、眼睛的高度、眼睛附近、眼睛高度的樹木直徑（=目通り直徑）

御目通りを許される（被准許晉謁）

御目通りする（拜見）

**目慣れる、目馴れる**〔自下一〕常見、看慣（=見慣れる）

目慣れた景色（看慣的風景）

**目抜き、目抜**〔名〕顯眼，顯著、重要，中心，繁華，熱鬧

　目抜きの場所に看板を立てる（在顯眼的地方立起廣告牌）

　目抜きの箇所を控えて置く（把重要的地方摘錄下來）個所

　目抜きの話を控えて置く（把重要的話記下來）

　町の目抜き（市中心）

　目抜き通り（繁華街 熱鬧的街道＝中心街）

**目貫き、目貫**〔名〕（把刀身固定在刀柄上的）釘子（＝目釘）、（包樺釘的）金屬片

**目塗り、目塗**〔名〕堵塞縫隙，用油漆漆縫，（為了防火把倉庫的門）封死，堵死

　倉庫に目塗りを為る（把倉庫縫堵死）

**目の子**〔名〕心算、用眼睛估計（＝目分量、暗算）

　目の子算（心算）

　目の子勘定（心算）

　目の子の出来る人必ずしも数学が出来ない（會心算的人未必數學就很行）

**目の下**〔名〕從眼睛到尾巴的長度（量魚大小的標準）

　目の下六寸の魚（六寸長的魚）

**目の前**〔名〕眼前、面前、跟前、目前、最近

　人の目の前で褒める（當面誇獎）

　ボールは直ぐ目の前に在る（球就在眼前）

　ボールは直ぐ目の前に在るのに気が付かない（球就在眼前可是沒看見）

　試験が目の前に迫る（考試迫在眼前）

　面影が目の前に浮かぶ（影像浮現在眼前）

　目の前が暗く為る（絕望）

**目端**〔名〕機警、機靈、判斷力強（＝目先）

　目端が利く（機警、機靈、判斷力強）

**目ばち**〔名〕麥粒腫（＝麦粒腫）

**目撥**〔名〕〔動〕雲裳金槍魚

**目八分、目八分**〔名〕兩手捧物時比眉稍低的高度、（器物容量的）十分之八

　御膳を目八分に捧げる（端食物低於眉間的高度）

　御飯を目八分に装う（飯盛八分滿）装う

　目八分に見る（瞧不起）

**目鼻**〔名〕眼和鼻、面貌，五官（＝顔立、顔付）、眉目，頭緒，輪廓

　人形の顔に目鼻を描く（在洋娃娃的臉上畫上鼻眼）

　目鼻を整った顔（五官端正的臉）

　目鼻立ち（面貌、五官）

　目鼻立ちが整っている（五官端正）

　目鼻立ちが上品だ（眉清目秀）上品

　目鼻が付く（有眉目）

　やっと目鼻が付く（好不容易才有點眉目）

　目鼻が付かぬ（八字沒一撇）

　目鼻を付ける（弄出頭緒、找出一點眉目）

　仕事に目鼻を付ける（把工作搞出頭緒）

**目放す**〔他サ〕離眼

　此の子供は悪戯で目放す事が出来ない（這孩子淘氣不敢離眼）

**目張り，目張，目貼り，目貼**〔名、自サ〕糊縫、化妝時把眼睛畫大一點

　風の入らぬ様に窓の目張りを為る（把窗戶的縫糊上以免進風）

　目張りを入れる（把眼睛畫大一點）

**目張，眼張**〔名〕〔動〕鮶魚

**目引き袖引き**〔副〕擠眉弄眼、拉拉扯扯

　目引き袖引き笑う（擠眉弄眼地嘲笑人）

　目引き袖引き嘘を為る（拉拉扯扯傳閒話）

**目分量**〔名〕用眼睛估計分量、目測的分量

　目分量で二つに分ける（用目測分為兩分）

　母は何時も目分量で料理の味付けを為る（母親通常用目測來決定料理調味多寡）

**目減り，目減**〔名、自サ〕消耗、損耗、減分量

　米を搗く時の目減り（搗米時的損耗）

米を搗くと目減りした（米一搗就減少分量了）

目減り分を見込む（把損耗的分量估計在內）

**目偏**〔名〕〔漢字〕目的偏旁（如眼、相、真等目的部分）

目偏の漢字を十五字書く（寫十五個目字旁的漢字）

**目星い**〔形〕重要的、顯著的、卓越的、較好的、貴重的、值錢的

目星い選手が居ない（沒有較好的選手）

彼のチームには目星い選手が無い（那個隊伍沒有出色的選手）

目星い人物（出色的人物）

目星い物は皆売り払った（比較值錢的東西都賣光了）

目星い物は粗方売れて終った（值錢的東西差不多都賣光了）

**目眩, 眩暈**〔名、自サ〕目眩、眩暈、頭暈眼花

目眩が為る（頭暈眼花）

頭が痛くて目眩が為る（我頭痛眼花）

余りの暑さに目眩が為る（因為太熱感到眩暈）

道で急に目眩が為て倒れて終った（在路上突然頭暈眼花倒下去了）

**目紛しい**〔形〕令人眼花的、激烈迅速的、瞬息萬變的

町の往来が激しくて目紛しく感じる（街上的交通繁忙令人感覺眼花）

自動車の往来が激しくて目紛しく感じさせられる（汽車往來繁忙令人感覺眼花）

情勢が目紛しく変える（情勢瞬息萬變）

目紛しい世の中（千變萬化的社會）

目紛しい変化（千變萬化）

**目交ぜ, 瞬、目交じ, 瞬**〔名、自サ〕使眼神、擠眉弄眼（＝目配せ）

意味有り気に目交ぜを為る（意味深長地使一個眼神）

**目見え、目見得**〔名〕謁見、僕人試工、傭人初次做事

御目見えする（晉謁）

女中が御目見えに来る（女傭初次來工作）

**御目見え、御目見得**〔名、自サ〕（初次會見地位高的長輩）謁見，晉謁、（傭工等）試工、（新來的演員等）與觀眾初次見面。〔史〕（江戶時代）能直接參見將軍的身分

新入社員が社長に御目見得する（新來的公司職員謁見總經理）

新しい女中が御目見得に来る（新用的女僕來試工）

映画俳優が舞台で御目見得する（電影演員在舞台上與觀眾見面）

御目見得以上（有資格直接參見將軍的家臣-指旗本）

御目見得以下（無有資格直接參見將軍的家臣-指御家人）

**目も当てられない**〔連語〕不敢正視、目不忍睹

目も当てられない惨状（目不忍睹的慘狀）

**目元、目許**〔名〕眼睛、眼神（＝目付き、眼差し）

目元の可愛い娘さん（眼睛長得可愛的姑娘）

目元ぱっちり（水汪汪的大眼睛）

目元が涼しい（眉清目秀）

目元の涼しい青年（眉清目秀的青年）

目元が父親にそっくりだ（眼睛長得和父親一模一樣）

**目盛る**〔他五〕（在計器上）刻度數、分度

**目盛り、目盛**〔名、他サ〕計器的度數

秤の目盛り（秤星）

目盛りを為る（〔在計器上〕刻度數、分度）

目盛りを読む（讀刻度）

此の瓶には目盛りが付けて有る（這瓶子上附有刻度）

**目安**〔名〕大體上的目標，大致的標準（=目当て）、算盤樑上的定位名稱。〔古〕教條式的公文，告狀（=訴狀）

此から先の目安を立てる（確定今後的目標）

仕事の目安を立てる（訂立工作的目標）

千円位の所に目安を置く（以一千元左右作為大致目標）

完成期日の凡その目安を付ける（確定完成的大約日期）期日期日

目安書（教條式公文、寫成條文的文件）

目安状（告狀、起訴書）

目安箱（訴狀箱）

目安読（江戶幕府評定所的官吏）

**目安し、目易し**〔形ク〕〔古〕好看、看起來舒服

**御目目**〔名〕〔兒〕眼睛

御母ちゃん、御目目が痛い（媽媽我眼睛痛）

**御目文字**〔名〕（御目に掛かる的婦女用語）見面、相見、會見

# 伐（ㄈㄚ）

伐〔漢造〕砍伐、採伐、討伐、殺戮

　剪伐（剪伐）

　間伐（間伐過密的森林＝透かし切り）

　盜伐（盜伐）

　討伐（討伐）

　濫伐、乱伐（濫伐）

　征伐（征伐、征討、懲罰、驅除）

　攻伐（攻伐）

　誅伐（誅伐、討伐）

　殺伐（殺伐，征戰、殺氣騰騰，慌亂不穩）

　斬伐（斬伐）

　除伐（幼齡林的改進伐）

伐採〔名、他サ〕採伐、砍伐（＝採伐）

　山林を伐採する（砍伐山林）

　伐採歩合（採伐比例）

　伐採齡（採伐樹齡）齡

伐木〔名、自サ〕伐木

　山の彼方に伐木の音が為る（山那邊傳來伐木聲）彼方彼方彼方

　伐木季節（伐木季節）

伐る、切る〔他五〕砍伐

　木を伐る（伐木、砍樹）

切る、斬る、伐る、截る〔他五〕切，割，剁，斬，殺，砍，伐，截，斷，剪，鑿、切傷，砍傷、切開，拆開，剪下，截下，修剪，中斷，截斷，掛上，限定，截止，甩掉，除去，瀝乾，(撲克)洗牌，錯牌，攤出王牌，衝破，穿過，打破，突破，(網球或乒乓等)削球，打曲球。〔數〕截開，切分、(兩圓形)相切，扭轉，拐彎。〔古〕(用整塊金銀)兌換(零碎金銀)，破開

〔接尾〕（接動詞連用形）表示達到極限、表示完結，罄盡（作動詞用通常寫切，受格是人時也寫作斬る，是木時寫作伐る，是布紙等也寫作截る）

　肉を切る（切肉）

　庖丁で野菜を切る（用菜刀切菜）

　首を切る（斬首、砍頭）

　腹を切る（切腹）

　木を切る（伐木、砍樹）

　縁を切る（離婚、斷絕關係）

　親子の縁を切る（斷絕父子關係）

　手を切る（斷絕關係〔交往〕）

　薄く切る（薄薄地切）

　細かく切る（切碎）

　短く切る（切短）

　二つに切る（切斷、切成兩個）

　鋏で切る（用剪子剪）

　髪を切る（剪髮）

　切符を切る（剪票）

　石を切る（鑿石頭）

　ナイフで指を切る（用小刀把手指切傷）

　斧で右足を切った（用斧頭把右腳砍傷）

　肩先を切られる（肩膀被砍傷）

　ガラスの破片で手を切られる（手被玻璃碎片劃傷）

　肌を切る様な風（刺骨的寒風）

　身を切る様な寒風（刺骨的寒風）

　身を切られる思い（心如刀割一般）

　布地を切る（裁剪衣服料子）

　腫物を切る（切開腫包）

　封を切る（拆封、拆信）

　十ヤード切って吳れ（煩請剪下十碼）

　縄を少し切って吳れ、長過ぎるから（繩子太長請將它剪掉一點）

　小切手を切る（開支票）

　爪を切る（剪指甲）

　木の枝を切る（修剪樹枝）

　言葉を切る（中斷話題、停下不說）

　スイッチを切る（關上開關）

ヒ

ラジオを切る（關上收音機）
テレビを切る（關上電視機）
電話を切る（掛上電話聽筒）
一旦切って御待ち下さい、番号が違っていますから（號碼錯了請暫時掛上聽筒稍等一下）
電話を切らずに置いて下さい（請不要掛上聽筒）
日限を切る（限定日期）
日を切って回答を迫る（限期答覆）
出願受付は百人で切ろう（接受申請到一百人就截止吧！）
先着順十名で切る（按先到的順序以十人為限）
小数点以下一桁で切る（小數點一位以下捨掉）
露を切る（甩掉露水）
野菜の水を切る（甩掉蔬菜上的水）
濡れた箒の水を切る（甩掉濕掃把上的水）
米の水を切る（瀝乾淘米水）
トランプを切る（洗牌）
さあ、切って下さい（來請錯牌）
切札を切る（攤出王牌）
スペードで切る（用黑桃蓋他牌）
先頭を切る（搶在前頭、走在前頭）
船が波を切って進む（船破浪前進）
空気を切って飛んで来る（衝破空氣飛來、凌空飛來）来る来る
乗用車が風を切って疾走する（小轎車風馳電掣般地飛馳）
肩で風を切る（急速前進、奮勇前進）
行列を切る（從行列橫穿過去）
直線一が円零を切る（〔數〕直線一穿過圓零）
十字を切る（畫十字）
元を切って売る（虧本出售）売る得る得

百メートル競走で十秒を切る（百米賽跑打破十秒）
球を切る（削球、打曲球）球玉彈珠魂靈
三角形の一辺を等分に切る（把三角形的一邊等分之）
A円がB円を切る（A圓和B圓相切）
ハンドルを切る（扭轉方向盤）
舵を左に切る（向左轉舵）
カーブを切る（拐彎、轉彎）
弱り切る（衰弱已極、非常為難）
疲れ切っている（疲乏已極）
腐り切った資本主義（腐朽透頂的資本主義）
読み切る（讀完）
言い切る（說完）
思い切る（死心，斷念、毅然下決心）
夜の明け切らない中から仕事に掛かる（天還沒亮就出工）
小遣いを使い切る（把零用錢花光）
全部は入り切らない（裝不下全部）
人民は政府を信頼し切っている（人民完全信賴政府）
切っても切れぬ（割也割不斷、極其親密）
切っても切れぬ関係（唇齒相依、息息相關、難分難解的關係）
切っても切れぬ間柄（唇齒相依、息息相關、難分難解的關係）
広範な民衆と切っても切れない繋がりが有る（和廣大民眾血肉相連）
口を切る（開口，開封、帶頭發言，先開口說話）
首を切る（砍頭，斬首，撤職，解雇）
札片を切る（隨意花錢、大肆揮霍）
白を切る（裝作不知道）白不知
堰を切った様に（像決堤一般、像洪水奔流一般、像潮水一般）

啖呵を切る（說得淋漓盡致、罵得痛快淋漓）

見えを切る（〔劇〕〔演員在舞台上〕亮相、擺架子，矯揉造作、故作誇張姿態，假裝有信心勇氣）

**着る**〔他上一〕（穿褲鞋襪時用穿く）穿（衣服）。〔舊〕穿（和服裙子）←→脱ぐ、承受，承擔

着物を着る（穿衣）

洋服を着る（穿西服）

新調の服を着て見る（穿上新做的西服試一試）

着物を着た儘で眠る（穿著衣服睡覺）

外套は何卒着た儘で（請不要脫大衣）

袴を着た事が無い（從沒穿過和服裙子）

罪を着る（負罪）

人の罪を着る（為人負疚）

恩を着る（承受恩情）

人の好意を恩に着る（對別人的好意領情）

笠に着る（依仗…的權勢〔地位〕）

**鑽る**〔他五〕鑽木（取火）、用火鐮打火

火を鑽る（鑽木取火、用火鐮打火）

**伐り払い、切り払う，切払う、斬り払い**〔他五〕砍掉，剪掉，剷除、（殺入敵陣）殺退（敵人）

邪魔な枝を切り払う（剪掉礙事的樹枝）

単身突入して敵を切り払う（一個人闖進去殺退敵人）

## 発、発（發）（ㄈㄚ）

**発**（也讀作ほつ）〔名〕（飛機、車、船）開出、（信、電報）發出，拍發

〔接尾〕（助數詞用法）（子彈計數）發、顆

〔漢造〕發射、發生、發現、開發、發達、發表、發起、出發

大阪行き、六時発の列車（六點開往大阪的列車）

羽田十時発の飛行機で出掛ける（乘十點由羽田機場起飛的飛機出發）

パリ発の報道（發自巴黎的報導）

六月一日大阪発の電報（六月一日由大阪發出的電報）

一発の弾（一顆子彈）

股に二発の弾丸を受けた（大腿上中了兩顆子彈）

十分もたたない内に三百余発の砲弾が陣地に落ちた（不到十分鐘就有三百餘發砲彈落到了陣地上）

発足、発足（出發，動身、開始工作、開始活動）

発赤、発赤（局部充血發紅）

発意、発意（想出，發起，提議、決心，立志）

散発（零星發射、不時發生、零星發生）

連発（連續發射、連續發生、連續發出）

突発（突然發生）

蒸発（蒸發，汽化、失蹤，逃之夭夭）

激発（激發、激起、激動）

撃発（擊發、發射）

再発（復發、重新發作、再發生、又發生、又長出）

続発（連續發生、相繼發生）

後発（後出發、後發起）←→先発

先発（先出發、先動身）

告発（告發、舉發、檢舉）

啓発（啟發、啟蒙、開導）

摘発（揭發、揭露）

早発（從青年發病、提早出發）←→延発

延発（發車晚點、起飛誤點、延期出發）

双発（雙引擎）

創発（突然出現）

初発（起始、開始發生）←→終発

終発（末班的發車）←→始発

始発（頭班車、最先出發）←→終発、終着

四発（四個引擎）

自発（自願、主動、自然產生、出自本心）

遅発（晩開、晩爆）

**発する**〔自、他サ〕發生、出發、發出、發布、發表、發源、發端、發射、派遣（=発しる）

伝染病が発する（發生傳染病）

五時に彰化を発して台北に向う（五點鐘由彰化出發前往台北）

兵を発する（發兵）

喪を発する（發喪）

奇声を発する（發出怪聲）

彼は一言も発しなかった（他一言也未發）一言一言一言

電報を発する（拍發電報）

命令を発する（發布命令）

声明を発する（發表聲明）声明 声明

揚子江はチベット高原に源を発する（長江發源於西藏高原）

小さな事件に端を発して大戦争と為る（以小事情為發端釀成大戰）

光を発する（發光）

光は太陽から発する（光發自太陽）

弾丸を発する（發射砲彈）

薔薇は芳香を発する（薔薇散發芳香）

使いを発する（派遣使者）使い 遣い

**発しる**〔自、他上一〕發生、出發、發出、發布、發表、發源、發端、發射、派遣（=発する）

**発案**〔名、他サ〕動議、提案、想出來、計畫出來

此の計画は彼が発案した物だ（這個計畫是他想出來的）

彼の発案した計画に依って旅行する（按照他提出來的方案去旅行）

発案の趣旨を述べる（陳述提案的意圖）述べる 陳べる 延べる 伸べる

発案権（提案權）

**発意、発意**〔名、他サ〕發起、提議

此の事は彼の発意に依って行われたのだ（這件事是在他的提議下進行的）

**発意**〔名、自サ〕發起，提議，想出（=発意、考え出す）、決心，立志。〔佛〕發起心願，出家，皈依（=発心）

**発育**〔名、自サ〕發育、成長

発育が早い（發育得快）早い 速い

発育盛りの子供（發育期的兒童）

発育を妨げる（有礙發育）

子供達の健全な発育を望む（希望兒童健全發育）望む 臨む

稲は順調に発育している（稻子正在順利地成長）

発育不全（發育不全）

**発引**〔名〕發引、發喪、出殯、送葬

**発駅**〔名〕發貨站、發車站←→着駅

発駅不明の荷物（發貨站不明的包裹）

**発煙**〔名、自サ〕發煙、冒煙

発煙剤（發煙劑、薰蒸劑-用於消毒或殺蟲）

発煙筒（發煙筒-用於煙幕或信號）

発煙弾（發煙炸彈、煙幕彈）

発煙硫酸（發煙硫酸）

発煙硝酸（發煙硝酸）

**発音**〔名、他サ〕發音、發聲

英語の発音を練習する（練習英語發音）

発音が悪い（發音不正確）

発音器官（發音器官-聲帶、氣管、口腔、舌、鼻腔等）

発音学（發音學、語音學、音位學、音韻學）

**発芽**〔名、自サ〕發芽、出芽

気候が寒くて発芽が遅れる（因為天寒發芽晚）遅れる 後れる 贈れる 送れる

種を播いて三日後には発芽する（播種後三天就發芽）播く 撒く 蒔く 巻く 捲く

再発芽する（重新發芽）

**発癌**〔名〕致癌、誘癌

発癌物質（致癌物、誘癌劑）

**発議、発議**〔名、他サ〕提議、倡議、動議、提議案

発議を取り上げる（採納提議）
発議権（提議權）
発議者（提議人、提案者）
**発御**〔名〕（天皇、皇后）起駕、動身、出發
**発言**〔名、自サ〕發言
会議で発言する（在會議上發言）
発言の機会を与える（給予發言機會）
思い切って発言する（下決心發言）
発言者（發言人）
発言力（發言權＝発言権）
発言権（發言權）
**発現**〔名、自他サ〕表現、體現、顯現
民族精神の発現（民族精神的體現）
**発見**〔名、他サ〕發現
効果が発現する（顯示出效果）
昔は天災を神の意志が発現した物と考えた（以前人們認為天災是神的意志的表現）
**発源**〔名、自サ〕發源、起源
揚子江はチベット高原の北東部に発源する（長江發源於西藏高原東北部）
経済のアンバランスは計画性の欠如に発源する（經濟失衡是由於缺乏計畫性）
**発語**〔名〕發音、發聲、起語、起筆（如さて、それ）
発語不能症（失語症）
発語不全症（發音不全症）
**発受**〔名、他サ〕（信件等的）收發
**発条、発条，撥条、発条，撥条**〔名、他サ〕發條、彈簧
渦巻き発条（盤簧）
鬚発条（細彈簧）
発条仕掛けの玩具（帶發條裝置的玩具）
玩具玩具
発条を巻く（擰緊發條）巻く 捲く 播く 撒く 蒔く
発条が切れた（發條斷了）

発条が緩んで止まる（弦鬆了）
発条秤（彈簧秤）
発条秤（彈簧秤）
螺旋発条（螺旋彈簧）
発条が効かなくなった（彈簧不靈了）
発条鋼（彈簧鋼）
発条調速機（彈簧調速器）
発条扉（轉門）
発条の良い足（有彈力的腿）
足の発条を効かせて高く跳び上がる（利用腳的彈力跳高）
年を取ったが歩き方に未だ未だ大変発条が有る（雖然上了年紀但步伐還很輕快）
**発情**〔名、自サ〕發情、春情發動
犬や猫は一定の時期に発情する（貓狗等定期發情）
発情ホルモン hormone（雌性激素）
発情期（發情期）
発情物質（雌性激素）
**発兌**〔名、他サ〕（紙幣、書刊的）發行
**発電**〔名、自サ〕發電
摩擦に由って発電する（摩擦發電）
川を発電に利用する（利用河流發電）
火力発電（火力發電）
水力発電（水力發電）
発電施設（發電設施）
発電子（發電機的電樞）
発電所（發電站、發電廠）
発電動機（電動發電機）
発電機（發電機）
直流発電機（直流發電機）
交流発電機（交流發電機）
**発動**〔名、自他サ〕發動、行使
兵力を発動する（動用武力）
権力を発動する（行使權力）

拒否権を発動する（行使否決權）

発動機（發動機）

発動機船（汽艇）

**発熱**〔名、自サ〕發熱、發燒

水に硫酸を混ぜると発熱する（水混以硫酸則發熱）混ぜる雜ぜる交ぜる

発熱物質（發熱物質）

発熱量（發熱量、熱值）

風邪で発熱する（因感冒發燒）

彼は発熱四十度に達した（他發燒到了四十度）

発熱療法（發燒療法）

発熱反応（〔化〕放熱反應）

**発馬**〔名、自サ〕〔賽馬〕（策馬）起跑

**発売**〔名、他サ〕賣、發售、出售（=売り出す事）

発売して直ぐ売り切れた（一出售立即賣光了）

来月発売の予定（預定下月發售）

好評発売中（正在暢銷中）

新発売（發售新產品）

発売元（經銷店）

発売部数（出售份數）

発売禁止（禁賣、禁止出售）

**発病**〔名、自サ〕發病、得病

三月五日発病（三月五日發病）

旅先で発病した（在旅途中發病了）

発病後三日で死ぬ（得病後三日而死）

**発明**〔名、他サ〕發明

〔名、形動〕〔古〕聰明、伶俐（=賢い、利口）

彼は新しい機械を発明した（他發明了新機器）

エジソンは電灯を発明した（愛迪生發明了電燈）

発明家（發明家）

発明品（發明物）

発明な子供（聰明的孩子）

**発喪**〔名、自サ〕發喪

**発問**〔名、自サ〕發問、提問、提出問題、提出質問

**発揚**〔名、他サ〕發揚、振奮

新しい気風の発揚に努める（努力發揚新風尚）努める勤める勉める務める

士気を発揚する（振奮士氣）

**発雷信号**〔名〕〔鐵〕（大霧時使用的）發出噪音的警報信號

**発令**〔名、自サ〕發布法令（命令）

空襲警報が発令された（發出空襲警報）

任官が発令される（發出任職命令）

**発露**〔名、自サ〕流露、表現

愛国心の発露（愛國心的表現）

真情の発露（真情的流露）

**発話**〔名〕〔語〕發聲、表達

**発火**〔名、自サ〕發火，點火，起火←→消火，空槍，空砲（不裝實彈只裝火藥發射）、（以燧石打火用的）火絨（=火口）

二階の一室から発火した（從二樓的一個房間起火了）

発火させる（點燃）

発火し易い（易燃）

其の銃は発火しなかった（那枝槍沒有發火）

発火演習（空槍演習）

発火合金（引火合金）

発火点（燃點）

発火栓（火花塞）

発火遅れ（點火滯後）

発火装置（點火裝置）

発火薬（起爆劑）

**発会**〔名、自サ〕創立會，成立大會，首次會議、〔商〕交易所月初進行交易的日子←→納会

発会の挨拶を為る（在成立大會上致開會詞）

発会式（成立大會典禮）

**発覚**〔名、自サ〕暴露、被發現

陰謀が発覚した（陰謀敗露了）

過去の犯罪が発覚した（過去的罪行被發覺了）

発覚を恐れる（怕被發覺）恐れる 懼れる 畏れる 怖れる

**発刊**〔名、他サ〕發刊、創刊、刊行、出版

発刊が後れる（發刊遲誤）後れる 遅れる 送れる 贈れる

発刊の辞（發刊詞、創刊詞）

雑誌を発刊する（刊行雜誌）

**発汗**〔名、自サ〕發汗、出汗

酷く発汗する（大汗淋漓）

発汗浴（汗浴）

発汗剤（發汗藥）

発汗療法（發汗療法）

**発艦**〔名、自サ〕飛機從航空母艦上起飛、軍艦啟航

**発揮**〔名、他サ〕發揮、施展

平素の力が発揮出来ない（平素的力量施展不出來）

腕を発揮するのに丁度良い機会だ（正是大顯身手的好機會）

才能を発揮する（發揮才能）

**発給**〔名、自サ〕發給、發放、發與

旅券を発給する（發給護照）

**発狂**〔名、自サ〕發狂、發瘋、精神錯亂

大きなショックを受けて発狂した（受到強烈的精神打擊而發瘋了）

彼は悔しさの余り発狂し掛けた（他悔恨得快要瘋了）

発狂者（瘋子、狂人）

**発禁**〔名〕（発売禁止）禁售、禁止發行

本を発禁に為る（禁止發行書）

発禁の本（禁賣的書）

発禁の理由は風紀紊乱の廉である（禁售的理由是有傷風化）

**発掘**〔名、他サ〕發掘、挖掘

古代の遺跡を発掘する（發掘古代的遺跡）

タレントを発掘する（發掘人才）

**発見**〔名、他サ〕發現

コロンブスがアメリカ大陸を発見した（哥倫布發現了美洲大陸）

ニュートンは万有引力を発見した（牛頓發現了萬有引力）

誤りを発見する（發現錯誤）謝り

真理を発見する（發現真理）

**発現**〔名、自他サ〕表現、體現、顯現

睡眠病の病原体はA博士に由って発見された（A博士發現了睡眠病的病原體）博士

新発見の菌（新發現的細菌）

**発券**〔名〕〔經〕發行鈔票、發行銀行券

発券銀行（發行銀行）

**発行**〔名、他サ〕發行、發放、發售

毎月一回発行する予定の全集（預定每月發行一冊的全集）毎月毎月

雑誌を発行する（發行雜誌）

政府が公債を発行する（政府發行公債）

通貨を発行する（發行貨幣）

証明書を再発行する（補發證明書）

明日から前売券を発行する（明天開始發售預售票）明日 明日 明日

発行日（發行日期、出版日期）

発行日取引（股票的發行日交易）

発行部数（發行部數、發行冊數）

発行禁止（禁止發行）

発行禁止を食う（遭到禁止發行）喰う

**発向**〔名、自サ〕向…出發、啟程赴…

八月三日東京に発向の予定だ（預定八月三日啟程赴東京）

**発光**〔名、自サ〕發光

蛍は自分で発光する（螢火蟲本身發光）

発光体（發光體）

発光細菌（發光細菌）

ハ

発光植物（發光植物）
発光動物（發光動物）
発光分光分析（發光分光鏡分析、發射光譜分析）
発光団（發光團、發光體）
発光塗料（發光塗料、夜光塗料、發光漆）
発光器（發光動物的發光器官）

**発効**〔名、自サ〕生效
　本条約は四月一日より発効する（本條約自四月一日起生效）

**発香団**〔名〕〔化〕芳香團

**発航**〔名、他サ〕出航，啟航，解纜（＝出航）、起飛
　飛行機が発航する（飛機起飛）

**発港**〔名、自サ〕出港、離港
　白山丸が日本の居留民を載せて発港する（白山號輪載日僑出港）載せる乗せる伸せる

**発酵、醱酵**〔名、自サ〕發酵
　果汁が発酵する（果汁發酵）
　小麦粉を発酵させる（發麵）
　発酵乳（發酵乳、酸乳）
　発酵菌（發酵菌）

**発根**〔名、自サ〕生根、長根

**発散**〔名、自他サ〕發散，散發、發射。〔數、理〕發散，散度，發散量←→集束、収束
　薬で毒が発散すると直る（用藥把毒氣散發病就好了）直る治る
　未だ熱気を発散している（還在散發著熱氣）未だ未だ
　花が良い匂いを辺りへ発散する（花向周圍散發香味）辺り当り中り
　精力の発散の仕様が無い（精力無處發洩）
　光の発散（光的發射）
　発散級数（〔數〕發散級數）
　発散ビーム（〔理〕發散光束）

**発車**〔名、自サ〕發車、開車
　台中駅を七時に発車する列車に乗る（坐台中站七點開的火車）
　発車迄未だ何れ位有るか（離開車還有多少時間？）
　発車のベルが鳴った（開車的鈴響了）
　発車間際に駅に着く（在眼看就要開車時到達車站）
　バスは二分置きに発車する（公車每隔兩分鐘發一次車）
　汽車は大雨の為に三十分発車が遅れた（火車因大雨晚開三十分鐘）大雨大雨
　東京行きの電車は二番線から発車する（開往東京的電車由二號站台發車）
　発車ホーム（火車發車月台）
　発車時間（發車時間）
　発車信号（發車信號）

**発射**〔名、他サ〕發射（子彈、砲彈、火箭等）
　一斉に発射する（齊射）
　発射装置（發射裝置）
　発射体（發射體）
　発射基地（導彈發射基地）
　発射管（潛艇發射導彈等的發射管）
　発射管制装置（射擊控制系統）
　発射重量（導彈全重-包括運載工具）
　発射速度（射擊速度）
　発射テスト（發射試驗）
　発射能力（導彈發射能力）
　発射方式（發射方式）
　発射台（發射台）
　発射器（發射器）

**発出**〔名、自他サ〕發出，發生、現出，出現，顯示出

**発祥**〔名、自サ〕發祥、發源
　人類発祥の地を探る（探索人類的發源地）
　泰西の文化はギリシアに発祥すると言われる（據說泰西文化發源於希臘）

発祥地（發祥地、發源地）

**発色**〔名、自サ〕〔化〕發色，生色，〔攝〕顯色，顯影，顯相
此のフイルムは発色が良い（這個底片顯色好）
発色団（〔化〕發色團）
発色現像（〔攝〕成色顯影）

**発信**〔名、自サ〕發信、發報←→受信
機上から基地に発信する（從飛機上向基地發報）
発信人（發信人、發報人）
発信機（發信機、發報機=送信機）←→受信機

**発振**〔名、自サ〕〔理〕振盪、振動
発振子（〔電〕輻射體、輻射器、發射天線）
発振器（〔理〕振盪器）

**発疹、発疹**〔名、自サ〕〔醫〕發疹、出疹子
体に発疹が見られた（身上出疹子了）
皮膚に発疹が出た（皮膚上出現了疹子）
麻疹なら発疹する筈だ（若是麻疹的話應該出疹子了）

**発進**〔名、自サ〕（部隊等）出發、（飛機、軍艦等）起飛、啟航
基地から発進する（從基地起飛〔啟航〕）
発進基地（發動進攻的基地-指航空基地、艦隊基地、導彈基地等）

**発生**〔名、自サ〕發生、（生物等）發生，出現
交通事故が発生した（發生了交通事故）
事件の発生を防ぐ（防止交通事故）
田畑に害虫が発生する（田裡出現了害蟲）
コレラが発生する（出現霍亂、發生霍亂）
癌が発生する（生癌）
蚊の発生を防ぐ（防止蚊子孳生）
発生学（〔生〕發生學）
発生炉（發生爐）
発生期水素（〔化〕初生態氫）

発生期状態（〔化〕初生態、新生態、方析態）

**発声**〔名、自サ〕發聲，發音、領唱，首唱
発声を練習する（練習發聲）
発声器官（發聲器官）謡える謳える歌える唄える詠える
校長の発声で万歳を唱える（在校長領呼下高呼萬歲）唱える称える
発声映画（有聲電影）←→無声映画
発声順（發言順序）
発声器（發聲器官-聲帶、口腔、鼻腔等）

**発赤、発赤**〔名、自サ〕皮膚（因發炎、充血而）發紅
発赤剤（〔醫〕發赤劑、紅皮劑）

**発船**〔名、自サ〕發船、開船（=船出）←→着船
発船時間（開船時間）

**発走**〔名、自サ〕〔體〕（田徑賽、賽馬、自行車比賽等的）起跑
彼が二着に為ったのは発走が拙かったからだ（他所以得了個第二名由於起跑慢了）拙い
彼が二着に為ったのは発走が遅かったからだ（他所以得了個第二名由於起跑慢了）拙い

**発送**〔名、他サ〕發送、寄送
荷物を発送する（發送行李）
小包を発送する（寄包裹）
発送した手紙が戻って来た（寄出去信退回來了）
発送電（發電和送電）

**発想**〔名、自他サ〕構思，主意。〔樂〕表達，表現
良い発想だ（好主意）良い善い好い言い云い良い善い好い佳い酔い
発想法を学ぶ（學習樂曲表達法）習う倣う
発想記号（表示感情色彩的符號）

**発足、発足**〔名、自サ〕出發，動身（=発足、出発）、（會議、新成立的團體等）開始工作，開始活動

二日に発足して大阪に向う（二日動身去大阪）

九時に発足の予定九時（預定九點出發）

会社は四日より発足する（公司從四號開業〔開始工作〕）

協会は発足した許りです（協會剛開展活動）

発足当初（成立當初）

新しく発足する（重新開始）

協議会は来月から発足する（協議會下個月成立〔開始工作〕）

新計画で発足する（按新計畫開始活動）

**発達**〔名、自サ〕發達、擴大

工業が発達している（工業發達）

高度に発達した科学技術（高度發達的科學技術）

工業の発達が目覚ましい（工業發展得很快）

筋肉が発達する（肌肉發達）

東京は交通の発達した都市である（東京是交通發達的城市）

台風が急速に発達する（台風迅速擴展）

**発端、発端**〔名〕發端、開端

発端から話す（從頭說起）

事の発端を尋ねる（尋求事情的起頭）尋ねる訪ねる訊ねる

**発地**〔名〕出發地

**発着**〔名、自サ〕出發和到達

汽車が正確に発着する（火車準時開準時到、火車正點運行）

発着の時刻を調べる（查一查發車和到達時間）

発着時間表（火車運行時間表）

**発注**〔名、他サ〕訂貨←→受注

品目を書いて直接本社に発注する（寫明品名直接向總公司訂貨）

**発展**〔名、自サ〕發展，擴展，伸展、活躍、活動。〔俗〕耽溺於酒色

海外へ発展する（向海外發展）

或る程度の発展が有った（有了一定程度的發展）或る在る有る

次第に発展して店が大きくなる（商店逐漸發展擴大）

革命に発展する（發展成為革命）

事件の発展を見守る（注視事態的發展）

都市が郊外へ発展する（城市向郊區擴展）

御発展を祈る（祝您多方活躍）

余り発展するなよ（不要太胡鬧了！）

発展家（花天酒地的人、放蕩無拘的人）

発展的（發展的）

発展性（發展可能、發展前途）

発展途上国（發展中國家）

**発破**〔名〕（用炸藥）爆破岩石、（爆破岩石用的）炸藥

発破を仕掛ける（裝炸藥〔爆破岩石〕）

発破を掛ける（激勵、呵叱、警告）掛ける描ける賭ける書ける翔ける掻ける駆ける

**発表**〔名、他サ〕發表、揭曉

意見を発表する（發表意見）

共同声明を発表する（發表聯合聲明）

政府は経済政策を発表した（政府公布了經濟政策）

学会で研究を発表する（在學會發表研究結果）

入学試験の結果は、明後日発表に為る（後天揭曉入學考試的結果）

**発布**〔名、他サ〕發布、頒布、公布

憲法発布（頒布憲法）

**発憤、発奮**〔名、自サ〕發奮、振奮起來

発奮して勉強する（發奮用功）

発奮して向上に勤める（發奮圖強）勤める勉める務める努める

**発泡**〔名、自サ〕起泡、冒泡

発泡剤（〔化〕發泡劑）

**発疱**〔名、自サ〕〔醫〕生疱、起疱

発疱膏（發疱膏）

発疱ガス（糜爛性毒氣）

**発砲**〔名、自サ〕開砲、開槍

合図が有る迄発砲するな（不見信號不要開砲〔開槍〕）

警官は彼に向って発砲した（警察向他開了槍）

発砲を控える（不開槍、〔轉〕忍著火氣-不表態或不採取行動）

もし発砲されたら此方も発砲せよと命令されていた（已經下達命令如果對方開槍我方即予還擊！）

発砲戦（熱戦-指真槍實彈的戰爭、與冷戰、神經戰相對而言）

**発駕、発駕**〔名〕轎子出發。〔轉〕貴人動身

**発願**〔名、自サ〕（對神佛）祈禱，許願，發願，發起心願（想作某事）

発願文（向神佛的祈禱文）

**発起**〔名、他サ〕發起。〔佛〕發起心願、決心皈依、出家（=発心）

会社の設立を発起する（發起設立公司）

其れは彼の発起に由る（那是由他發起的）

発起人（發起人）

一念発起（虔誠皈依）

**発句**〔名〕和歌的第一句（五個字）、連歌的第一句（十七個字）、俳句（=俳句）

**発作**〔名、自サ〕〔醫〕發作

発作が起る（發作）起る起こる熾る興る怒る

発作的（發作性的）

**発心**〔名、自サ〕決心，立志。〔佛〕發起心願，決心皈依，出家（=発起）

発心して勉学に励む（立志勤學）

**発頭**〔名、他サ〕發起（人）

発頭人（發起人、帶頭人、肇事人）

騒動の発頭人を調べる（調查騷動的肇事人）

ストライキの発頭人は誰か（領頭罷工的是誰？）

**発頭**〔名〕漢字以〝癶〞為頭的字（如癸、発、登、發等）

**発く、暴く**〔他五〕挖，掘（=掘り返す）、揭發

墓を発く（挖掘墳墓）

人の秘密を発く（揭發別人的秘密）

政界の裏面を発く（揭發政界的内幕）

山師の正体を発く（揭露騙子的嘴臉）

**発つ**〔自五〕出發

午後二時に上海を発つ（下午兩點從上海出發）

旅に発つ（啟程、出遠門）

**立つ**〔自五〕站，立，冒，升，離開，出發，奮起、飛走、顯露、傳出、（水）熱、開、起（風浪等）、關、成立、維持，站得住腳，保持，保住，位於，處於，充當，開始，激動，激昂、明確、分明、有用，堪用，嘹亮，響亮，得商數、來臨，季節到來

二本足で立つ（用兩條腿站立）立つ経つ建つ絶つ発つ断つ裁つ起つ截つ

立って演説する（站著演說）

其処に黒いストッキングの女が立っている（在那兒站著一個穿長襪的女人）

居ても立っても居られない（坐立不安）

背が立つ（直立水深沒脖子）

煙が立つ（冒煙）煙 煙

埃が立つ（起灰塵）

湯気が立つ（冒熱氣）

日本を立つ（離開日本）

怒って席を立って行った（一怒之下退席了）

旅に立つ（出去旅行）

米国へ立つ（去美國）

田中さんは九時の汽車で北海道へ立った（田中搭九點的火車去北海道了）

祖国の為に立つ（為祖國而奮起）

今こそ労働者の立つ可き時だ（現在正是工人行動起來的時候）

鳥が立つ（鳥飛走）

足に棘が立った（腳上扎了刺）

喉に骨が立った（嗓子裡卡了骨頭）

## ﾄ

矢が彼の肩に立った（他的肩上中了箭）
虹が立つ（出現彩虹）
噂が立つ（傳出風聲）
人の目に立たない様な所で会っている（在不顯眼的地方見面）
風呂が立つ（洗澡水燒熱了）
今日は風呂が立つ日です（今天是燒洗澡水的日子）
波が立つ（起浪）
外には風が立って来たらしい（外面好像起風了）
戸が立たない（門關不上）
彼処の家は一日中が立っている（那裡的房子整天關著門）
理屈が立たない（不成理由）
計画が立った（訂好了計劃）
彼の人の言う事は筋道が立っていない（那個人說的沒有道理）
三十に為て立つ（三十而立）
世に立つ（自立、獨立生活）
暮らしが立たない（維持不了生活）
身が立つ（站得住腳）
もう彼の店は立って行くまい（那家店已維持不下去了）
顔が立つ（保住面子）
面目が立つ（保住面子）
義理が立つ（盡了情分）
男が立たない（丟臉、丟面子）
人の上に立つ（居人之上）
苦境に立つ（處於苦境）
優位に立つ（占優勢）
守勢に立つ（處於守勢）
候補者に立つ（當候選人、參加競選）
証人に立つ（充當證人）
案内に立つ（做嚮導）

市が立つ日（有集市的日子）
隣の村に馬市が立った（鄰村有馬市了）
会社が立つ（設立公司）
気が立つ（心情激昂）
腹が立つ（生氣）
値が立つ（價格明確）
証拠が立つ（證據分明）
役に立つ（有用、中用）
田中さんは筆が立つ（田中擅長寫文章）
歯が立たない（咬不動、〔轉〕敵不過）
声が立つ（聲音嘹亮）
良く立つ声だ（嘹亮的聲音）
驚いて声も立たぬ（嚇得連聲音都發不出）
九を三で割れば三が立つ（以三除九得三）
春立つ日（到了春天）
角が立つ（角を立てる）（不圓滑、讓人生氣、說話有稜角）
立つ瀬が無い（沒有立場、處境困難）
立っている者は親でも使え（有急事的時候誰都可以使喚）
立つ鳥跡を濁さず（旅客臨行應將房屋打掃乾淨、〔轉〕君子絕交不出惡言）
立つより返事（〔被使喚時〕人未到聲得先到）
立てば歩めの親心（能站了又盼著會走-喻父母期待子女成人心切）
立てば芍薬、座れば牡丹、歩く姿は百合の花（立若芍藥坐若牡丹行若百合之美姿-喻美女貌）

## 立つ、経つ〔自五〕經過

時の立つのを忘れる（忘了時間的經過）
余りの楽しさに時の立つのを忘れた（快樂得連時間也忘記了）
日が段段立つ（日子漸漸過去）
一時間立ってから又御出で（過一個鐘頭再來吧!）又叉復亦股

月日の立つのは早い物だ（隨著日子的推移）
早い速い

時間が立つに連れて記憶も薄れた（隨著時間的消逝記憶也淡薄了）連れる攣れる釣れる吊

彼は死んでから三年立った（他死了已經有三年了）

**立つ、建つ**〔自五〕建、蓋

此の辺りは家が沢山立った（這一帶蓋了許多房子）

家の前に十階のビルが立った（我家門前蓋起了十層的大樓）

公園に銅像が立った（公園裡豎起了銅像）

**截つ、断つ、絶つ**〔他五〕截、切、斷（=截る、切る、伐る、斬る）

布を截つ（把布切斷）

二つに截つ（切成兩段）

大根を縦二つに断ち切る（把蘿蔔豎著切成兩半）

紙の縁を截つ（切齊紙邊）

同じ大きさに截つ（切成一樣大小）

## 醗（ㄈㄚ）

**醗**〔漢造〕發酵

**醗酵、発酵**〔名、自サ〕發酵

果汁が発酵する（果汁發酵）

小麦粉を発酵させる（發麵）

発酵乳（發酵乳、酸乳）

発酵菌（發酵菌）

## 筏、筏（ㄈㄚˊ）

**筏、筏**〔漢造〕竹筏、木筏、皮筏（浮在水上用以航行的工具）

**筏**〔名〕木筏、木排

木を筏に組んで川に流す（把木材扎成木筏放到河裡）

筏形（插花用的舟形吊竹）

筏乗り（師）（筏夫、放木排的人）

筏焼き（烤小魚串）

筏橋（浮橋）

筏流し（放木排〔的人〕）

筏葛、筏蔓〔名〕〔植〕葉子花

## 乏（ㄈㄚˇ）

**乏**〔漢造〕缺少、貧窮、沒有、疲勞

**乏酸症**〔名〕〔醫〕缺酸症

**乏尿症**〔名〕〔醫〕尿少症

**乏しい**〔形〕缺乏，不足，缺少，貧窮，貧乏，貧困

経験が（に）乏しい（缺乏經驗）

懐が乏しい（手頭上缺錢）

勇気に乏しい（缺乏勇氣）

然う言う方面の才能が乏しい（缺乏那方面的才能）

其の時代に就いて歴史的記録が乏しい（關於那個時代歷史記載不多）

乏しい生活に耐える（忍耐貧苦的生活）耐える堪える絶える

乏しきを憂えず、等しからざるを憂う（不患寡而患不均−孟子）

**乏し，羨し**〔形シク〕〔古〕貧乏，缺乏（=乏しい）、稀少，珍奇（=珍しい）、羨慕（=羨ましい）

## 罰、罰（ㄈㄚˊ）

**罰**〔名〕懲罰、報應

怠けていた罰で落第した（由於懶惰受到懲罰結果名落孫山〔留級〕了）

罰が当る（遭報應）

**罰当たり、罰当り**〔名ナ〕遭報應（的人）。〔罵〕遭天譴的，孽障

罰当りの（な）事を平気で為る（肆無忌憚地幹壞事）

此の罰当り奴（你這個孽障！）奴目眼芽雌女奴

**罰、罸**〔名、漢造〕（也讀作罸）罰、懲罰、處罰

罰を与える（給予處罰）

厳しい罰を受ける（受到嚴厲懲罰）受ける請ける享ける浮ける

罰と為て三杯飲み給え（罰你喝三杯酒）給え賜え

罰と為て外出を禁ずる（禁止外出以示懲罰）

賞罰（賞罰）

刑罰（刑罰）

懲罰（懲罰）

処罰（處罰、處分）

誅罰（誅罰）

天罰（天罰、天誅、報應）

信賞必罰（信賞必罰、賞罰分明）

**罰する**〔他サ〕處罰，懲罰，責罰。〔法〕定罪，判罪

先ず私を罰して下さい（請先處分我吧！）

悪戯した生徒を罰する（處分淘氣〔惡作劇〕的學生）

厳しく罰する（嚴厲處罰）

緩やかに罰する（從寬處分）

詐欺罪で罰せられる（被處以詐騙罪）

其の罪は死を以て罰す可きである（該罪行應判處死刑）

**罰金**〔名〕〔法〕罰款、（一般的）罰錢，賠錢

三万円以下の罰金に処す（處以三萬日元以下的罰款）

罰金を課する（課以罰款）課する科する化する架する嫁する掠る

罰金を納める（交罰款）納める収める治める修める

壊したら五百円の罰金だぞ（打壞了可要賠五百日元喲！）

**罰則**〔名〕罰規、懲罰條例

罰則を設ける（設定罰則）設ける儲ける

罰則を作る（設定罰則）作る造る創る

罰則を照らして処罰する（按照懲罰條例處罰）

罰則に触れる（觸犯罰則）触れる降れる振れる

**罰点**〔名〕（表示錯誤、不妥、取消的符號）"X"、（因犯規等）減分

**罰杯**〔名〕罰杯、罰酒

さあ、罰杯だ（來罰你一杯）

**罰俸**〔名〕（政府對公務員的一種處分）罰薪、減薪處分（＝減俸）

罰俸を食う（受到減薪處分）喰う

罰俸を科する（科以罰薪）

一カ月の罰俸を科する（科罰一個月薪水）一カ月一ケ月一個月一箇月

## 閥（ㄈㄚˊ）

**閥**〔名、漢造〕閥、門閥、派閥、派系

閥を作る（組成派系）作る造る創る

彼の会社には閥が有る（那個公司有派系）有る在る或る

門閥（門閥、門第、名門、大家）

名閥（名閥）

学閥（學閥）

藩閥（藩閥-出身同一勢力雄厚諸侯國的人們、壟斷政府要職後結成的派閥-特指明治政府內的派閥）

派閥（派閥、派系）

官閥（官閥）

軍閥（控制政治或有一定政治勢力的上層軍人集團、〔舊中國〕軍閥）

財閥（財閥、壟斷資本集團、富豪、大資本家）

党閥（黨閥）

閨閥（閨閥、姻族派閥、裙帶關係、裙帶勢力）

**閥族**〔名〕〔古〕門閥，貴族，宦門、有權勢的派閥

彼は元閥族の出た（他原是宦門出身）

閥族打破の呼び（打破派閥的呼聲）

閥族政治（派閥政治）

## 法（ㄈㄚˇ）

**法**〔名〕法，法律（=掟）。〔佛〕法。方法，作法（=仕方、遣り方）（不單獨用）。禮法，禮節（=礼儀、作法）。道理，規矩（=仕来り）。數（除數）。〔語法〕法、式、法朗（法國瑞士比利時的貨幣位）（フラン）

〔漢造〕（也讀作〝法〟〝法〟）法，法律、禮法、作法、字帖。〔佛〕法。〔佛〕事象

法を守る（守法）守る守る

法を曲げる（枉法）曲げる枉げる

法に触れる（觸法）触れる振れる降れる

法を犯す（犯法）犯す冒す侵す

其れは法に背く行為だ（那是違法的行為）背く叛く

法に叶う（合法）叶う適う敵う

法に從う（依法）從う隨う遵う

法に照らして処分する（依法處分）

人を見て法を説け（要看人說法）説け解け溶け融け熔け梳け

実験法（實驗法）

運転法（駕駛法、操縱法）

法に叶った身の熟し（合乎禮法的舉止）

法に外れる（不合禮法）

そんな法は無い（沒有那種道理）

そんな口を効く法が有るか（那樣說不合乎規矩、有那樣說話的嗎？）効く利く聞く訊く聽く

其れは打ち捨てて置くと言う法は無い（沒有置之不理的道理、不能置之不理）

法と実（除數和被除數）

直説法（直述式）

命令法（命令式）

司法（司法）

私法（私法-如民法、商法）←→公法

公法（公法-如国際公法）

工法（施工方法）

航法（船和飛機的駕駛術、航海術、航空術、導航法）

攻法（攻擊方法）

弘法（傳播佛法、弘法大師-空海和尚的諡名）

旧法（舊法令、舊方法）

悪法（惡法、壞法律、壞宗教）

国法（國法）

六法（六法-憲法、刑法、民法、商法、刑事訴訟法、民事訴訟法）

民法（民法）

憲法（憲法）

剣法（劍法）

拳法（拳法）

適法（合法）

違法（違法）

秘法（秘密方法、真言宗的秘密祈禱）

非法（非法）

合法（合法）

立法（立法）←→司法、行政

慣習法（習慣法、不成文法=不文律）←→成文法

成文法（成文法）

国際法（國際法=国際公法）←→国内法

国内法（國內法）

作法（禮法，禮儀，禮節，禮貌，規矩、〔詩、小說等文藝作品的〕作法）

礼法（禮法、禮節、禮儀=礼儀作法）

方法（方法、辦法）

手法（手法）

修法、修法、修法（密教的招訣念咒祈禱法）

咒法（咒法、咒術）

便法（便利的方法、權宜的方法）

筆法（筆法，文章的表現法、作法，辦法）

算法（算法-algorithm 的譯詞、數學-古代中國和江戶時代常用於數學書名）

減法（減法）

ほう
| ホ |

かほう
加法（加法-足し算）

かほう
家法（家法）

ぶんぽう
文法（文法、語法書、語法理論、基本作法，表現方法）

へいほう
兵法（兵法、武術，劍術）

せんぽう
戰法（戰法、戰術）

せんぽう
旋法（〔樂〕調式）

りょうほう
療法（療法、治法）

りょうほう
良法（好方法）

りょうていほう
料定法（保險費估定法）

せいほう
製法（製法、做法）

せいほう
制法（制法）

ぜいほう
税法（税法）

きゅうきゅうほう
救急法（急救法）

ひょうげんほう
表現法（表現法）

ぶっぽう
仏法（佛法、佛教）

ふつほう
仏法（法國法律學）

しょうほう
商法（經商方法、〔法〕商法）

しょうほう
唱法（唱法、唱歌方法）

しょうほう
正法（正法，佛法、釋迦死後五百年）←→像法
まっぽう
末法

ぞうほう
像法（像法時-釋迦牟尼死後三個時期之一、
しょうほう
正法後一千年，指佛教信仰逐漸流於形式時期）

まっぽう
末法（末世、末法時期-釋迦牟尼死後五百年
しょうほう
為正法、再過一千年為像法、像法後一萬年
まっぽう
為末法、末法時期佛法衰落，無修行悟道者）

そうほう
走法（跑法）

そうほう
相法（看相法）

そうほう
操法（操作法）

そうほう
漕法（划法）

そうほう
奏法（奏法）

みょうほう
妙法（妙法，訣竅、法華經，妙法蓮華經）

きょうほう
教法（宗教的教義）

せっぽう
説法（説法，講經、勸說，規勸）

しきほう
式法（儀式和禮法）

しきほう
指揮法（〔樂〕指揮法）

**法案**〔名〕法案、法律草案

ほうあん ていしゅつ
法案を提出する（提出法律草案）

ほうあん かけつ
法案を可決する（通過法律草案）

せいふ じゅうようほうあん ひと せいりつ こと
政府は重要法案を一つも成立させる事が
でき
出来なかった（政府連一個重要法案也沒能制定）

**法衣、法衣**〔名〕（僧人穿的）法衣、僧衣、袈裟

ほうい まと
法衣を纏う（披上袈裟）

**法医学**〔名〕法醫學

ほういがくしゃ
法医学者（法醫學者）

**法印**〔名〕〔佛〕法印（最高的僧位），大法師。〔佛、俗〕在山裡修行的和尚（=山伏）、法印（江戶時代仿造僧人授予醫師、畫家、儒者、連歌詩人的稱號）

**法会**〔名〕〔佛〕法會、法事，佛事

ほうえ おこな
法会を行う（作佛事）

こぼうしついとうほうえ
故某氏追悼法会（故某氏的追悼法會）

**法益**〔名〕〔法〕法律上（受保護）的利益

ほうえき はくだつ
法益を剥奪する（剝奪法律上受保護的利益）

**法悦**〔名〕〔佛〕法悅（聽佛法感到的喜悅）、心曠神怡，心醉神迷

そ おんがく わたし ほうえつ きょうち ひ い
其の音楽は私を法悦の境地に引き入れた（那音樂把我引入了心曠神怡的境地）

**法王**〔名〕〔宗〕教皇。〔佛〕如來的異稱（尊稱）

roma ほうおう
ローマ法王（羅馬教皇）

**法皇**〔名〕法皇（退位後身入佛門的太上皇）

ごしらかわほうおう
後白河法皇（〔史〕後白河法皇）

**法科**〔名〕法科、大學法律系

ほうか がくせい
法科の学生（法科學生）

ほうか で
法科を出る（法律系畢業）

ほうかだいがく
法科大学（法學院）

**法家**〔名〕法律家、（中國古時的）法家

**法貨**〔名〕〔經〕法定貨幣、法朗

**法界**〔名〕〔佛〕法界、宇宙、真如（=法界）、（對自己無關的事）忌妒，（對別人的戀愛）吃醋（=法界悋気）

**法界**〔名〕〔佛〕法界、宇宙、真如

**法外**〔名、形動〕分外、過度、無法無天（=度外れ、途轍もない事）
　法外な要求（分外的要求）
　法外な値段（貴得嚇人的價格）
　法外な事を言う（說放肆的話）
　法外に高い（貴得嚇人）
　私は法外に安く買った（我買得分外便宜）
　其れは全く法外な事だ（那簡直是毫無道理）

**法学**〔名〕法學
　法学を学ぶ（學法律）習う倣う
　法学協会（法學協會）
　法学博士（法學博士）博士博士
　法学通論（法學通論）
　法学部（法學院、法學系）

**法官**〔名〕法官，審判官、司法官

**法規**〔名〕法規、法律、規章、條例
　交通法規を守る（遵守交通法規）守る守る盛る漏る洩る
　法規上の手続きを済ます（完成法律上的手續）
　法規に照らして処罰する（按照規章處罰、依法懲處）
　超法規的措置を取る（採取超法規的措施）
　現行法規（現行法規）

**法器**〔名〕〔佛〕法器、有信佛因緣的人，能修行的人

**法経学部**〔名〕大學的法律經濟系

**法権**〔名〕（對外國人的）司法權
　治外法権（治外法權）

**法眼**〔名〕法眼（次於法印的僧位）（=法眼和尚位）、法眼（日本中世紀以後授予醫師、畫家、連歌師、儒家的稱號）

**法語**〔名〕〔佛〕講解佛法的話（文章）

**法号**〔名〕〔佛〕（受戒或死後的）法號、法名、戒名

**法師**〔名〕〔佛〕法師，和尚，僧侶。〔古〕自己的孩子
〔造語〕（表示特定狀態下的）人、物
　法師と為って、各地に仏の教えを説いて回る（當了法師在各地巡迴說教）
　影法師（人影）
　痩せ法師（瘦人）
　荒法師（會武藝的和尚）
　一寸法師（矮子）
　つくつく法師（〔動〕寒蟬）

**法嗣**〔名〕〔佛〕繼承法統的人

**法事**〔名〕〔佛〕法事、佛事
　法事を営む（作法事）

**法式**〔名〕條例，規章（=法、掟）、（典禮等的）儀式

**法主、法主、法主**〔名〕〔佛〕法主（一個宗派的長老）、法事主持人

**法術**〔名〕法家之術、手段，方法、方術（=方術）

**法相**〔名〕（日本）司法部長

**法帖**〔名〕法帖、字帖

**法城**〔名〕〔佛〕佛法
　法城を守る（遵守佛法）
　法城を追われる（被逐出宗門）追う負う追おう負おう覆う蓋う蔽う

**法人**〔名〕〔法〕法人←→自然人
　財団法人（財團法人）
　特殊法人（特殊法人）
　法人組織に為る（組成法人）
　法人団体（法人團體）
　法人税（法人稅）

**法親王**〔名〕法親王（日皇子出家後，被授親王稱號的人）

**法制**〔名〕法制、法律和制度
　ローマ時代の法制を研究する（研究羅馬時代的法制）

法制史（法制史）

**法線**〔名〕〔数〕法線
　法線影（次法限）
　法線応力（正應力、法向應力）
　法線速度（法線速度）

**法曹**〔名〕法律界人士、司法界人士（法律工作者的總稱、尤指法官和律師）
　法曹界（法律界、司法界）

**法蔵**〔名〕〔佛〕佛的說教、佛法的經典、佛法的奧義

**法則**〔名〕法則、規律、定律
　自然の法則（自然法則、自然規律）自然自然
　法則に合った遣り方（合乎規律的作法）
　物質不滅の法則（物質不滅定律）
　詩の法則（詩的格律）
　遺伝の法則はメンデルに由って発見された（遺傳法則是由孟德爾發現的）

**法体、法体**〔名〕〔佛〕出家之身←→俗体、法體，萬有的實體

**法談**〔名〕〔佛〕說法（=説法）

**法治**〔名〕法治
　法治国（法治國家）
　法治社会（法治社會）

**法弟**〔名〕〔佛〕法弟、徒弟

**法廷**〔名〕〔法〕法庭
　法廷へ出る（出庭）
　法廷を開く（開庭）開く明く空く飽く厭く
　法廷で争う（在法庭爭辯）
　事件を法廷に持ち出す（把事件告到法庭上）
　罪人を法廷に引き出す（把犯人提到法庭）
　今法廷が開かれている（法庭現在正在開庭）

**法定**〔名〕法定
　法定貨幣（法定貨幣）
　法定伝染病（法定傳染病-赤痢、霍亂、傷寒、日本腦炎必須呈報、隔離的傳染病）

**法的**〔形動〕法律上（的）

法的措置（法律上的措施）
　法的な根拠は無い（沒有法律上的根據）
　法的義務を負う（負法律上的義務）負う追う

**法敵**〔名〕〔佛〕佛法之敵、某宗派之敵

**法典**〔名〕〔法〕法典
　現行法典（現行法典）
　法典を編纂する（編撰法典）

**法灯、法燈**〔名〕法燈（照亮世界的佛法）、佛燈（供佛的燈）、高僧，佛祖
　法灯を掲げる（法燈高照）捧げる奉げる
　法灯絶えず（佛燈不斷）

**法統**〔名〕〔佛〕法統、佛法傳統
　法統を継ぐ（繼承法統）継ぐ告ぐ注ぐ次ぐ接ぐ続く

**法難**〔名〕〔佛〕法難（因傳播佛法而遭受的迫害）

**法認**〔名、他サ〕〔法〕法律承認

**法博**〔名〕法學博士（=法学博士）

**法服**〔名〕法衣（律師或法官在庭上穿的制服）、僧服，袈裟

**法文**〔名〕〔法〕法令條文、（大學的）文科和法科
　法文に規定されている（在法令的條文中有規定）
　法文に精神に悖る（違背法令條文的精神）戻る
　法文学部（文法學院〔系〕）

**法文**〔名〕〔佛〕宣講佛法的經文、佛經

**法幣**〔名〕〔經〕法定貨幣（=法定貨幣）、（中國解放前的）法幣

**法名**〔名〕〔佛〕（出家人或死者的）法名、戒名←→俗名、俗名、戒名

**法務**〔名〕法律事務、司法事務。〔佛〕有關佛法的事務，大寺院掌管庶務的和尚
　法務委員会（日本國會的法務委員會）
　法務省（日本司法部）
　法務大臣（日本司法部長）

**法網**〔名〕法網
　法網を潜る（鑽法律漏洞）潜る

法網を潜って悪事を働く（鑽法律漏洞做壞事）
法網を逃れる（逃脫法網）逃げる
彼も終に法網に掛かった（他也終於陷入法網）終に遂に対に

**法門**〔名〕〔佛〕法門、佛門

**法問**〔名〕〔佛〕佛門問答

**法要**〔名〕〔佛〕法事、佛事
法要を営む（作佛事）

**法楽、放楽**〔名〕〔俗〕娛樂、消遣

**法吏**〔名〕法官、裁判官

**法理**〔名〕法理、法律原理
法理学（法理學）

**法力**〔名〕〔佛〕佛法的功德、佛法的威力

**法律**〔名〕法律
法律を定める（制定法律）
法律を守る（遵守法律）守る
法律を犯す（犯法）犯す侵す冒す
法律に訴える（訴諸法律）
法律に照らして決定する（按照法律決定）
法律の裏を行く（鑽法律漏洞）行く
未成年者の喫煙は法律で禁止されている（法律禁止未成年人吸菸）
法律上から言えば（以法律上說來）
法律上認められた権利（法律上承認的權利）
法律は人を論じない（法律面前人人平等）
法律案（法案）
法律行為（法律行為）
法律通（法律專家）
法律屋（訟棍）
法律学（法學）
法律家（法律家）

**法輪**〔名〕〔佛〕法輪、佛法

**法令**〔名〕法令、法律和命令
法令に拠って定める（根據法令作出規定）

**法例**〔名〕法例、法律適用的例子
法例に従って（根據法例）従う遵う隨う

**法話**〔名〕〔佛〕說法、講佛法（的話）
法話を説く（說法、講佛法）説く梳く解く溶く

**法橋**〔名〕〔佛〕法橋（次於法眼的僧位）。〔古〕法橋（授給醫師、畫家、連歌師的稱號）

**法華**〔名〕〔佛〕妙法蓮華經（＝法華經）、法華宗（＝法華宗）
法華宗（法華宗－廣義包括天台宗，日蓮宗、狹義指日蓮宗的本成寺派）

**法華経**〔名〕〔佛〕法華經（＝妙法蓮華経）

**法施、法施**〔名〕〔佛〕三施之一、對著神佛讀經唱法文

**法度**〔名〕（封建時代的）法令，法度。〔轉〕禁止，不准
博打は御法度だ（禁止賭博）
酒煙草御法度だ（不准抽菸喝酒）
不義は御家の御法度（不正當的男女關係是武士家規所不容許的）

**法被、半被**〔名〕〔佛〕禪宗蒙椅子的錦緞、古代下級武士穿的上衣、號衣（手藝人、工匠所穿印有字號的日式短外衣）
法被を引っ掛けた大工（穿著號衣的木匠）

**法螺**〔名〕〔動〕海螺（＝法螺貝）、大話，牛皮
合図に法螺を吹く（吹海螺為信號）吹く葺く拭く噴く
法螺を吹く（吹牛、說大話）
彼の人の話には少し法螺が有る（他的話有點吹牛）
法螺を吹くにも程が有る（吹牛也該有個限度）

**法螺吹き**〔名〕吹牛的人、說大話的人
彼奴は法螺吹きだから信用出来ない（他是個說大話的人不能相信）

**法螺貝**〔名〕〔動〕海螺、以海螺貝殼作的號角
法螺貝を吹く（吹海螺）

**法、則**〔名〕規章，規矩，準則、條理，道理，標準，榜樣，模範。〔佛〕佛法，佛經。〔土木〕傾斜度、直徑

　　法を守る（遵守規章）

　　法を越える（踰矩、越軌、違背準則）越える 超える 乞える 請える 肥える 恋える

　　法を示す（示範）

　　身に以て法を示す（以身作則）

　　法の道（佛法、佛的教義）道 途 路

　　法面（傾斜面）

　　内法（内徑）

**糊**〔名〕漿糊

　　護謨糊（膠水）護謨ゴム

　　糊で貼る（用漿糊貼）

　　糊を付ける（抹漿糊）

　　洗濯物に糊を付ける（漿衣服）

　　此れに糊を付けて欲しい（請把它給漿一下）

　　此のハンカチは糊が利いている（這手帕漿得好）

　　糊付き封筒（帶膠的信封）

　　口を糊する（糊口勉強生活）

　　糊と鋏（〔不動腦筋〕剪剪貼貼〔的工作〕）

**海苔**〔名〕海苔、紫菜

　　海苔巻き（紫菜捲壽司）（=巻き寿司）

**法る、則る**〔自五〕根據、效法、遵照（=従う）

　　スポツの精神に法って正正堂堂試合を為す（遵循運動精神正正當當地參加比賽）

## 髪（ㄈㄚˇ）

**髪**〔名、漢造〕髪、頭髪

　　間髪を入れず（間不容髪）入れる 容れる

　　髪冠を衝く（怒髪衝冠）衝く 付く 搗く 潰く 憑く 附く 尽く 就く 点く 着く 撞く 吐く 突く

　　怒髪天を衝く（怒髪衝冠）

　　頭髪（頭髪=髪毛）

　　毛髪（毛髪、頭髪=髪毛）

　　理髪（理髪=散髪）

　　結髪（結髪、束髪、梳頭髪、男子成年）

　　散髪（理髪，剪髪，散亂的頭髪，披頭散髪）

　　斬髪（〔舊〕理髪、剪髪=散髪）

　　剃髪（剃髪、落髪）

　　薙髪（剃髪、落髪=剃髪）

　　乱髪（頭髪蓬亂、披頭散髪、亂蓬蓬的頭髪=乱れ髪）

　　怒髪（怒髪）

　　有髪（帯髪、不剃頭髪）

　　白髪、白髪（白髪）

　　白髪（白髪、〔喻白頭到老的結婚禮品〕麻）

　　金髪（金髪）

　　銀髪（白髪=白髪）

　　断髪（剪髪、短髪=婦女髪型之一）

　　短髪（短頭髪）

　　洋髪（西式髪型）

　　電髪（〔舊〕燙髪=パーマネント、ウエーブ permanent wave）

**髪膚**〔名〕髪膚

　　身体髪膚、之を父母に受く（身體髪膚受之父母〔不可毀傷〕）

**髪**〔名〕頭髪、髪型

　　髪を梳く（梳髪、梳頭）梳く 透く 抄く 剥く 酸く 漉く 好く 空く 剝く 鋤く

　　髪を刈る（理髪）髪紙神守上刈る 狩る 駆る 駈る 借る 切る 斬る 伐る 着る

　　髪を切る（剪髪、理髪）

　　髪を洗う（洗頭髪）

　　髪をお下げに結っている（梳著辮子）

　　髪にパーマを掛ける（燙髪）permanent wave

　　髪を伸ばす（留長髪）伸ばす 延ばす 展ばす

　　髪を下す（削髪為僧）下す 卸す 降ろす

　　髪を分ける（分髪）分ける 涌ける 別ける 湧ける

髪を撫で付ける（用手等理平頭髪）
髪を結う（挽髪髻）
髪をセットする（整髮型）
髪型（髪型）
日本髪（日本婦女傳統的髪型）

紙〔名〕紙、（剪刀、石頭、布中的）布
紙を抄く（造紙．抄紙．製紙）
紙を折る（折紙）
紙を畳む（疊紙）
紙を広げる（打開紙）
紙に包む（包在紙裡）
紙を貼る（糊紙）
人情は紙よりも薄い（人情比紙薄）
上紙（包裝紙、封面紙）

神〔名〕神、上帝、（神道）（死者的）靈魂
神の恵み（神惠、上帝的恩惠）神紙髪守上
神の罰（神罰、上帝的懲罰）
神を祭る（敬神、祭祀神）祭る纏る奉る祀る
神に祈る（求神保佑、向神禱告）祈る祷る
神ののみ（只）ぞ知る（只有老天爺知道）
愛の神（愛神）
神を信じない（不信神）
英雄を神に祭る（奉英雄為神、把英雄供到神社裡）

上〔名〕高處、上部、上方、（河的）上游，（京都街道的）北邊、京城附近，（身體或衣服的）上半身。（文章的）前半部分、上文、（和歌的）前三句、以前、過去。（身分或地位居）上、上邊、天子、皇帝、君主。朝廷、衙門、上座。（從觀眾看）舞台的右側（演員出場處）←→下
ずっと上の方（極高處）紙神髪守
学校はもう少し上の方に在ります（學校在更高一點的地方）
舟で上に行く（乘船往上游去）

此の川の二、三百メートル上に橋が有る（這河上游二三百米處有一座橋）
髪油〔名〕頭油、生髪油
髪油を付ける（上頭油）付ける吐ける突ける撞ける着ける点ける就ける尽ける附ける
髪洗〔名〕洗頭（髪）
髪洗粉（〔舊〕洗頭粉）
髪飾り〔名〕髪飾（頭髪以梳，簪，笄等装飾）（=頭飾り）
髪形、髪型〔名〕髪型、梳髪的樣式（=ヘアスタイル）
どんな髪型に為るか（你要梳什麼樣的髪型？）摩る磨る擂る摺る刷る擦る掏る
髪型を変えると感じが変わる（髪型一變給人印象就不同了）変える替える換える代える
髪形、髪容〔名〕髪形（=髪形、髪型）、頭髪和容貌
きりりと為た髪形（嚴肅的髪型）
髪冠〔名〕〔漢字部首〕"髟"字部（如髪、髯、髻、鬃、鬚）
髪切り〔名〕髪剪、剪髪（特指情人為表示真情剪掉頭髪送給情人）、剪髪的婦女、脱髪病症、天牛（=髪切り虫、髪切虫、天牛）
髪切り虫、髪切虫、天牛〔名〕〔動〕天牛
髪際〔名〕髪際（=生え際）
髪癖〔名〕（生來）頭髪的習性（如卷髪等）
髪梳き〔名〕（給別人）梳頭髪、以梳髪為職業的人
髪筋〔名〕髪理、毛髪
髪綱〔名〕用頭髪捻的繩子
髪床〔名〕（江戸時代）理髪店（=髪結い床、髪結床）
髪の毛、髪毛〔名〕頭髪（=髪）
髪の毛が濃い（頭髪密）濃い請い乞い来い
髪の毛が薄い（頭髪稀少）
髪の毛が生える（長頭髪）生える映える栄える這える
髪の毛が抜ける（掉頭髪）抜ける貫ける
髪の毛が伸びた（頭髪長長了）伸びる延びる
髪の毛を刈る（剪髪、理髪）
髪の毛を切る（剪髪）

ㄈ

髪の毛座、髪毛座〔名〕〔天〕後髪星座
髪結い、髪結〔名〕梳髪，梳頭、梳髪店，梳頭髪的人
髪結い床、髪結床〔名〕（江戶時代）理髮店
さんばら髪、ざんばら髪〔名〕散亂的頭髮、披散的頭髮
髪〔名〕頭髮（=御髪、髪）
御髪〔名〕（對別人頭髮的尊稱）頭髮（=髪）
　良い御髪です事（您的頭髮長得真好！）
櫛〔名〕梳子
　櫛で髪を梳く（用梳子梳頭）
　櫛で髪を梳る（用梳子梳頭）
　髪に櫛を入れる（梳頭）
　日本髪に綺麗な櫛を挿す（在日本式髮型的頭髮上戴上美麗的梳子）
　櫛の目が細かい（梳子齒密）
　櫛の目が荒い（梳子齒稀）
串〔名〕（串食物用的）竹籤，鐵籤、串子
　魚を串に刺して焼く（把魚串在籤子上烤）
　串髪櫛魚魚魚魚刺す差す射す鎖す注す指す挿す
　団子を串に為る（把年糕糰穿成串子）擂る擦る摩る刷る掘る摺る磨る
髪上げ〔名〕〔敬〕（給別人）梳頭（的人）
　髪上げを為る（給別人梳頭）
髪上げ〔名〕把頭髮盤上（以前女孩成人儀式時把垂髮往上梳紮）

## 琺（ㄈㄚˋ）

琺〔漢造〕琺瑯（用石英，灰石，碳酸鈉，鉛，鋅和金屬氧化物做成、塗在鐵器上防鏽，並增加美觀）
琺瑯〔名〕琺瑯，搪瓷、搪瓷製品
　琺瑯を掛ける（塗上琺瑯、搪瓷、掛瓷）
　琺瑯を引く（塗上琺瑯、搪瓷、掛瓷）
　琺瑯を塗る（塗上琺瑯、搪瓷、掛瓷）
　琺瑯鉄器類（搪瓷器）
　琺瑯細工（搪瓷工藝品）

　琺瑯質（牙齒的琺瑯質）

## 仏、仏（佛）（ㄈㄛˊ）

仏（也讀作仏）〔漢造〕佛、佛陀、佛教、（讀作仏）法國的略稱
　大仏（大佛像）
　古仏（古佛像）
　神仏（神和佛、神道和佛教）
　成仏（成佛、死）
　念仏（念佛）
　三尊仏（三尊佛）
　阿弥陀仏（阿彌陀佛）
　儒仏（儒教和佛教）
　フランス、仏蘭西（法國）
　英仏（英國和法國）
　親仏（親法國）
仏印〔名〕〔史〕法屬印度支那（=仏領インドシナ）
仏学〔名〕法國學、法語的研究、法國的研究
仏学〔名〕〔佛〕佛學、佛教學
仏語〔名〕法語、法國話
仏語〔名〕〔佛〕佛語、佛教用語、佛教導的話
仏人〔名〕法國人
仏独〔名〕法國和德國
仏トン、仏ton〔名〕（重量單位）公噸
仏文〔名〕法文，法語寫的文章、法國文學
仏米〔名〕法國與美國
仏法〔名〕法國法律學
　仏法を勉強する（學習法國法律學）
仏法〔名〕〔佛〕佛法、佛教
　仏法の昼（佛法盛行的時代）
　仏法僧（〔佛〕佛，法，僧三寶、〔動、俗〕三寶鳥〔=木の葉木菟〕）
仏ソ〔名〕法國和蘇聯 ソ(soviet)
仏訳〔名、他サ〕譯成法文、法文譯本
仏領〔名〕法國領土、法屬領土
　仏領インドシナ（法屬印度支那）

**仏和**〔名〕法日辭典（=仏和辞典）

**仏貨**〔名〕（法國貨幣）法郎
　仏貨払手形（用法郎支付的票據）
　仏貨債（法郎債券）

**仏国**〔名〕〔地〕法國

**仏会**〔名〕〔佛〕法會，佛事，淨土，諸佛聚會處

**仏縁**〔名〕〔佛〕佛緣（與佛結的因緣）

**仏炎苞、仏焔苞**〔名〕〔植〕佛焰苞

**仏恩**〔名〕〔佛〕佛恩、佛爺的恩典

**仏画**〔名〕佛教繪畫、繪佛、僧的畫

**仏龕**〔名〕佛龕

**仏具**〔名〕〔佛〕佛具、佛事用具
　仏具屋（佛具店）

**仏牙**〔名〕〔佛〕佛牙

**仏座**〔名〕〔佛〕佛像座，佛像台，蓮台、佛坐的地方

**仏の座**〔名〕佛座。〔植〕寶蓋草。〔植〕稻槎菜（=田平子）

**仏寺**〔名〕〔佛〕佛寺、寺院（=寺）

**仏事**〔名〕〔佛〕佛事、法事
　仏事を営む（作法事）

**仏前**〔名〕佛前、佛龕前、靈牌前
　仏前に花を供える（佛前供花）供える備える具える
　父の仏前に手を合わせる（在亡父靈牌前合掌〔致敬〕）

**仏像**〔名〕〔佛〕佛像

**仏陀**〔名〕〔佛〕佛陀，聖僧、釋迦牟尼

**仏壇**〔名〕（放神像、牌位的）佛龕
　仏壇の前で経を読む（在佛龕前念經）読む詠む

**仏弟子**〔名〕〔佛〕佛門弟子，釋迦牟尼弟子、佛教徒

**仏殿**〔名〕〔佛〕佛殿、佛堂

**仏土**〔名〕〔佛〕佛土、淨土

**仏堂**〔名〕〔佛〕佛堂、佛殿

**仏道**〔名〕〔佛〕佛教、佛法
　仏道修行（修行佛法）
　仏道に帰依する（皈依佛教）

**仏罰、仏罰**〔名〕〔佛〕佛罰、佛的懲罰

**仏菩薩**〔名〕〔佛〕佛和菩薩

**仏間**〔名〕〔佛〕佛堂

**仏名**〔名〕佛名，佛的尊號、

佛名法會（從陰曆十二月九日起連續三天在宮中清涼殿及各地寺院舉行的法會）（=仏名会）

**仏滅**〔名〕釋迦牟尼逝世、（諸事不宜的）大凶日（=仏滅日）←→大安
　仏滅後千年（佛逝後千年）
　仏滅を避けて結婚式を挙げる（避開凶日舉行婚禮）上げる揚げる挙げる

**仏門**〔名〕〔佛〕佛門、佛道
　仏門に入る（出家為僧）入る入る

**仏力**〔名〕〔佛〕佛力、佛的法力

**仏果**〔名〕〔佛〕（修成）正果
　仏果を得る（修成正果）得る得る

**仏家、仏家**〔名〕寺院、僧侶、佛教界、（佛、菩薩等居住的）淨土

**仏界**〔名〕〔佛〕佛，菩薩等居住的世界、淨土

**仏閣**〔名〕〔佛〕佛閣、佛堂、寺院
　京都には神社仏閣が多い（京都神社寺院多）多い蔽い蓋い被い覆い

**仏器**〔名〕〔佛〕佛具、供具

**仏教**〔名〕〔佛〕佛教
　仏教を信仰する（信仰佛教）
　仏教家（佛教家、信仰或研究佛教的人）
　仏教絵画（佛教繪畫）
　仏教美術（佛教美術）
　仏教徒（佛教徒）

**仏経**〔名〕〔佛〕佛經

**仏供**〔名〕佛前供奉的東西或用具（香爐等）

**仏工**〔名〕做佛具佛像的工人

**仏骨**〔名〕佛舍利、釋迦牟尼的遺骨

**仏刹、仏刹**〔名〕佛刹，佛寺、佛土，淨土

**仏参**〔名、自サ〕拜佛、掃墓（=寺参り、仏参り）

**仏子**〔名〕〔佛〕佛門弟子，佛教徒、一切眾生、菩薩

仏師 〔名〕做佛像的手藝人

仏式 〔名〕〔佛〕佛教儀式←→神式
　仏式に依る葬儀（按佛教儀式的殯葬）
　仏式で結婚式を為る（以佛教儀式舉行結婚典禮）

仏舎 〔名〕〔佛〕佛堂

仏舎利 〔名〕〔佛〕舍利、佛骨
　仏舎利会（給佛骨上供的法會）
　仏舎利塔（舍利塔、印度塔）

仏者 〔名〕〔佛〕入佛門的人、僧侶、佛教徒

仏所 〔名〕〔佛〕佛龕、極樂淨土。〔古〕製造佛像佛具的作坊

仏書 〔名〕〔佛〕佛書、佛經

仏生 〔名〕〔佛〕釋迦牟尼的誕生、釋迦牟尼的生日
　仏生会（灌佛會＝潅仏会）

仏性 〔名〕〔佛〕佛性，（眾生具有的）成佛的本性、佛的本性
　仏性を供えている（具有成佛的本性）供える備える具える

仏性 〔名〕佛性、慈悲心腸

仏身 〔名〕〔佛〕佛身、法身

仏心 〔名〕〔佛〕佛心、慈悲心腸、佛性（＝仏性）
　彼にも多少の仏心が有る（他也多少有點慈悲心）
　仏心を起す（發慈悲心）起す興す熾す

仏心 〔名〕佛心、慈悲心

仏神 〔名〕神佛、神和佛

仏跡 〔名〕佛的足跡、釋迦牟尼的遺跡

仏説 〔名〕〔佛〕佛説、佛的教導、佛教的説法

仏祖 〔名〕〔佛〕佛祖，釋迦牟尼、佛與祖師
　仏祖掛けて（〔向佛祖宣誓〕決不、一定）

仏喪 〔名〕佛教儀式的葬禮

仏桑華 〔名〕〔植〕朱槿

仏足石 〔名〕〔佛〕佛足石（刻有釋迦牟尼圓寂前足印的石頭）

仏体 〔名〕〔佛〕佛像、佛身
　仏体を安置する（安置佛像）

仏頂面 〔名〕哭喪臉、繃著臉、不高興的面孔
　仏頂面を為る（扳起面孔）
　仏頂面を為て側に立っている（哭喪著臉站在一旁）

仏敵 〔名〕〔佛〕佛教之敵

仏典 〔名〕佛典、佛教經典

仏徒 〔名〕佛教徒

仏塔 〔名〕〔佛〕佛塔、寺院的塔

仏燈 〔名〕〔佛〕佛前供的長明燈、佛光

仏法僧 〔名〕〔佛〕佛，法，僧三寶。〔動、俗〕三寶鳥（＝木の葉木菟）

仏供机 〔名〕佛前的供桌

仏手柑、仏手柑 〔名〕〔植〕佛手柑、佛手

仏掌薯、捏薯 〔名〕〔植〕佛掌薯蕷（山藥的一種，根掌狀，多肉，供食用）

仏 〔名〕佛，佛像、死者、亡魂
　仏の教え（佛教〔的教義〕）
　知らぬが仏（不知道不煩惱、眼不見心不煩）
　仏もさぞかし満足でしょう（死者也必定滿意於九泉之下）
　仏が浮かばれない（死者不能瞑目、亡魂不得超渡）
　仏作って魂入れず（為山九仞功虧一簣）
　仏の顔も三度（佛雖慈悲但若屢次觸犯也會動怒，喻人的忍耐是有限的、事不過三）
　仏の光より金の光（金光勝過佛光、喻金錢萬能）
　地獄で仏（喻絕路逢生、枯木逢春）
　仏弄り（好吃齋唸佛、虔誠〔信佛〕）

# 妃（ㄈㄟ）

妃 〔漢造〕妃子、皇太子或皇族的妻子
　后妃（皇后和皇妃）
　皇妃（日皇的妃子）
　太妃（太妃）
　王妃（帝王的妃子、日本皇族中王的妻子）
　皇太子妃（皇太子妃）

妃殿下 〔名〕妃子殿下（皇族妃子的敬稱）

# 飛（ㄈㄟ）

**飛**〔漢造〕飛、飛起、飛躍、飛快、（舊地方名）飛驒（現在岐阜縣北部）

**飛雲**〔名〕飛雲（被風吹去的雲）

**飛燕**〔名〕飛燕
　飛燕の様な早技（飛燕般的麻利手法）早業

**飛花**〔名〕飛花、落英
　飛花落葉（飛花落葉）

**飛丸**〔名〕飛彈
　飛丸雨の如し（飛彈似雨）

**飛脚**〔名〕〔古〕信使，使者，（江戶時代）以遞信運貨為業者

**飛球**〔名〕〔棒〕（打出的）高球（＝フライ）
　センターに飛球を上げる（給中堅手打出高球）

**飛筋**〔名〕（鳥的）飛肌

**飛檄**〔名〕飛檄

**飛言**〔名〕流言蜚語（＝流言飛語、流言蜚語）

**飛語、蜚語**〔名〕流言、蜚語
　流言蜚語に迷わされるな（不要聽信流言蜚語）

**飛行**〔名、自サ〕飛行、航空
　曲乗り飛行（特技飛行）
　無着陸飛行（連續飛行）
　大空を大編隊で飛行する（以大機組在太空飛行）
　飛行経験五千時間のベテラン操縦士（有五千小時飛行經驗的老練駕駛員）
　鳥の翼は飛行に適している（鳥的翅膀適於飛翔）翼翼
　飛行試験（試飛）
　飛行兵（航空兵）
　飛行服（航空服）
　飛行速度（飛行速度）
　飛行士（飛機駕駛員）
　飛行甲板（飛行甲板）
　飛行学（航空學）
　飛行船（飛艇）
　飛行家（飛行家、航空家）
　飛行協会（航空協會）
　飛行雲（飛機飛行時的航跡雲）
　飛行術（飛行術、航空術）
　飛行場（機場）
　飛行艇（水上飛機）
　飛行郵便（航空郵件）
　飛行機（飛機）
　貨物飛行機（運貨機）
　旅客飛行機（客機）
　単葉飛行機（單翼機）
　偵察用飛行機（偵察機）
　無人飛行機（無人駕駛飛機）無人無人無人
　飛行機が飛んでいる（飛機飛著）
　飛行機に乗る（乘飛機）
　飛行機の操縦を習う（學習駕駛飛機）
　飛行機で送る（用飛機運輸）
　飛行機に酔う（暈機）
　飛行機の切符（飛機票）
　飛行機の爆音が聞える（聽見飛機的轟鳴聲）
　飛行機発動機（飛機引擎）
　飛行機工場（飛機工廠）工場工場
　飛行機格納庫（機庫）

**飛札**〔名〕飛書、急信

**飛散**〔名、自サ〕飛散
　粉が辺りに飛散する（粉末向四處飛散）粉粉辺り当り中
　道に硝子の破片が飛散している（路上散落著玻璃碎片）

**飛び散る、飛散る**〔自五〕飛散、飄落、四散
　物音に驚いて雀が飛び散る（麻雀聽到聲音而飛散）
　落花が風に飛び散る（落花隨風飄落）

ヒ

紙屑が風で飛び散る(風颳得碎紙到處亂飛)
道に硝子の破片が飛び散っている(路上一片碎玻璃)
熔接の火花が飛び散る(焊花四濺)
〝別れ〟の合図で生徒が飛び散った(學生聽到〝解散〟的口令呼喇一下就跑散了)

**飛耳長目**〔名〕眼觀六路、耳聽八方、見聞甚廣

**飛車**〔名〕〔象棋〕飛車(類似中國象棋的〝車〟)

**飛州**〔名〕〔地〕飛州(舊地方名飛驒的別稱、現在岐阜県北部=飛驒の国)

**飛翔**〔名、自サ〕飛翔
鳶が悠悠と大空を飛翔している(老鷹在太空悠然自得地飛翔)

**飛び翔ける**〔自五〕飛翔
鷲が大空を飛び翔ける(鷲在天空飛翔)

**飛将軍**〔名〕飛將軍
彼は飛将軍と呼ばれた名将Ａの子孫であった(他是有名的飛將軍Ａ的子孫)

**飛信**〔名〕快信、急信

**飛跡**〔名〕(放射線等帶電粒子的)擴散跡

**飛節**〔名〕(鳥等的)跗關節
飛節肉腫(跗關節硬瘤)

**飛雪**〔名〕飛雪

**飛泉**〔名〕飛泉、瀑布(=滝)

**飛箭**〔名〕飛箭

**飛驒**〔名〕〔地〕飛驒(舊地方名、現在岐阜県北部)

**飛湍**〔名〕急流

**飛弾**〔名〕飛彈、流彈

**飛鳥**〔名〕飛鳥
飛鳥の如き早業(神速的技藝)

**飛び鳥**〔名〕飛鳥

**飛鳥**〔名〕奈良縣高市郡飛鳥地方
飛鳥時代(〔史〕飛鳥時代-因六七世紀間約百年左右、建都於奈良縣高市郡飛鳥地方、故名、原為美術史上的時代劃分、現一般指佛教傳入日本後至大化改新時期)
飛鳥文化(飛鳥文化)

**飛程**〔名〕〔理〕(粒子)飛程

**飛天**〔名〕天女、佛畫描寫的飛天像

**飛電**〔名〕閃電、加急電報

**飛騰**〔名〕飛騰

**飛白**〔名〕飛白(漢字的一種特殊書法)、碎白點花紋(的織物)

**飛白、絣**〔名〕(布的)碎白點、飛白花紋(一種日本特有的織染法)、碎白點花紋布
紺飛白、紺絣(藏青色白點花布)←→白絣

**飛瀑**〔名〕飛瀑、由高處流下的瀑布

**飛報**〔名〕急報、緊急通知(=急報)
父危篤の飛報に接する(接到父親病危的緊急通知)

**飛膜**〔名〕〔動〕(鼯鼠等的)飛膜、翅膜

**飛沫、飛沫**〔名〕飛沫、飛濺的水珠、水花
飛沫を浴びる(濺一身飛沫)
飛沫を上げて泳ぐ(濺起水花游泳)
飛沫伝染(感染)(飛沫傳染)
飛沫同伴(蒸餾塔夾帶霧沫)
水飛沫(水花)
滝の飛沫(瀑布的飛沫)
浪が岩に当って飛沫が上がる(浪打在岩石上濺起水花)
飛沫が四方に跳ねる(水花四濺)跳ねる撥ねる刎ねる
飛沫が掛かる(濺上飛沫)
飛沫を飛ばす(飛濺)
飛沫を立てる(濺起水花)

**飛蚊症**〔名〕飛蚊症

**飛躍**〔名、自サ〕飛躍、跳躍、活躍
二メートルも飛躍する(跳起足有兩米高)
政界に飛躍する(活躍於政界)
今や一大飛躍を為す可き時だ(現在是應該大肆活躍一番的時候)
技術が飛躍を遂げる(技術飛躍發展)
飛躍的発展を遂げる(得到飛躍發展)
売り上げが飛躍的に伸べている(銷售額正在飛躍上升)

論理の飛躍（邏輯的飛躍）
君の話には飛躍が有る（你的話有不連貫的地方）

**飛揚**〔名、自サ〕飛揚、飛翔
飛揚力（飛翔力）

**飛来**〔名、自サ〕飛來、乘飛機到來
蝗の大群が飛来する（飛來一大群蝗蟲）

**飛竜，飛龍，飛竜，飛龍**〔名〕（傳說中的）飛龍。（喻）聖明的皇帝（＝聖天子）

**飛竜頭，飛龍頭，飛竜頭，飛龍頭**〔名〕〔烹〕炸菜丸子

**飛礫、礫**〔名〕飛石、飛鏢、投擲的石子
飛礫が飛んで来る（石子飛過來）
飛礫を打つ（投石子）
雪礫を投げる（擲雪團）
梨の飛礫（杳無音信、音信杳然）
闇夜の飛礫（黑夜裡投石子、無的放矢）

**飛蝗、蝗**〔名〕〔動〕蝗蟲、蚱蜢

**飛び蝗、飛蝗**〔名〕〔動〕飛蝗、蝗蟲

**飛ぶ**〔自五〕飛翔、飛行、飛跑、飛揚、飛過、飛濺、飛散、飄飛
鳥が飛ぶ（鳥飛）溝溝
飛行機が飛ぶ（飛機飛翔）
空路香港へ飛ぶ（乘飛機飛往香港）
彼は今朝飛行機でLondonへ飛んだ（他今晨乘飛機飛往倫敦）
ballが高く飛ぶ（球高高飛起）
埃が飛ぶ（塵土飛揚）
大風で家の瓦が飛んで終った（屋瓦被大風吹跑了）大風大風
風が強いので、窓を開けると紙が飛ぶ（因為風大一開窗就會把紙吹掉）
帽子が飛んだ（帽子吹跑了）
飛ぶ様に走る（飛跑）
知らせを聞いて病院へ飛んで行った（接到通知飛跑到了醫院）知らせ報せ

遅刻し然うなので学校へ飛んで行った（因為要遅到飛跑到學校）
暗く為って来たから、飛んで帰ろう（天黑了趕快回去吧！）
急報を受けて飛んで来た（接到緊急通知就火速跑來了）
五pageから八pageへ飛ぶ（從第五頁跳到第八頁）
此の辺は番地が飛んでいる（這一帶門牌不挨著）
二階級も飛んで少佐に為った（跳了兩級升為少校）
犯人は北海道へ飛んだらしい（犯人似乎逃到北海道去了）
Demagogie德デマが飛ぶ（謠言傳開）
噂が四方に飛ぶ（傳聞傳到各處）
指令が各支部に飛ぶ（指令傳到各支部）
彼の思いは遠い祖国へ飛んだ（他的心飛向遙遠的祖國）
しゃぶしゃぶ水を飛ばして進む（嘩啦嘩啦地濺著水往前走）
泥水が飛ぶ（泥水四濺）
inkが飛んで洋服を汚して終った（墨水飛濺把西裝弄髒了）
木の葉が風に吹かれて飛んだ（樹葉被風颳得飄落）
雲が風に吹かれて飛んだ（雲彩被風吹散）
八月に入ると木犀の香りが飛ぶ（一進八月桂花飄香）
石と鉄がぶつかると火花がに吹かれて飛んだ（石頭和鐵碰撞就迸出火花）
小遣い銭がすっかり飛んで終った（零錢花得乾乾淨淨）
今迄の苦労も一度に飛んで終った（以往付出的辛勞一下子化為烏有）
話はとんでもない処に飛んだ（話說得離題太遠了）
首が飛ぶ（被斬首、被撤職、被解雇）
飛ぶ鳥も落とす勢い（權勢不可一世）

ト

飛ぶ様に売れる（暢銷、賣得飛快）

飛んで火に入る夏の虫（飛蛾撲火、自投羅網）

**飛ぶ、跳ぶ**〔自五〕跳、跳起、跳過

天井に手が届く迄跳ぶ（跳到手能夠得著頂篷）

蚤が跳んだ（跳蚤跳跑了）

ヒューズが跳んだ（保險絲斷了）

春の大地を跳ぶ若人の溌剌たる姿（活躍在春天大地上的青年人朝氣蓬勃的姿態）

蛙がぴょんぴょんと跳んでいる（青蛙砰砰地跳著）

跳箱を跳ぶ（跳過跳箱）

猫が塀から屋根へ跳んで逃げた（貓從牆跳上屋頂跑了）

階段を跳んで下りる（跳著下樓梯）

彼は走り高跳で二メートル跳んで優勝した（在跳高比賽中他跳過兩米得到第一名）

此の溝が跳べるか（你能跳過這條溝嗎？）

石から石へ跳んで歩く（從一塊石頭跳到另一塊石頭上跳著走）

**飛ぶ火、烽**〔名〕烽火、狼煙（=烽火、狼煙）

**飛び火、飛火**〔名,自サ〕（飛散的）火星、（因飛散火星而）起火,延燒、（事件等）擴展、波及、牽連、牽涉。〔醫〕（夏季兒童傳染病）膿疱病,膿痂疹

火事の飛火を防ぐ（防止火災的火星）

飛火で出火した（由於火星而起了火）

出火の原因は列車の飛火からだ（起火的原因是由於列車噴出的火星引起的）

風が強かったので、飛火して大火に為った（因風大飛散的火星延燒起來演成了大火）

川の向こう迄飛火した（火災蔓延到河對岸）

事件は意外な方面に飛火した（事件波及意想不到的方面）

其の汚職は大蔵省にも飛火した（那件貪汙案還牽涉到大藏省）

**飛び**〔名〕飛行、飛行次數、數金額等時零位的說法（如502円讀作五百飛び二円）

**飛び上がる、飛び上る**〔自五〕飛起、（因吃驚或高興而）跳起來、越級晉升

屋上からヘリコプターが飛び上がる（直升機從屋頂飛起）

飛び上がる程驚く（嚇得跳起來）

飛び上がって喜ぶ（高興得跳起來）喜ぶ悦ぶ歓ぶ慶ぶ

二階級飛び上がる（晉升兩級）

**飛び上がり、飛び上り**〔名〕飛起、跳起、驟然發跡（的人）、言行荒唐（的人）

飛び上がり者、、飛上がり者（驟然發跡的人,一步登天的人,言行荒唐的人,不穩重的人）

**飛び歩く、飛歩く**〔自五〕到處轉、到處奔走

職を捜して毎日飛び歩く（為找工作每天到處奔走）

テーブルからテーブルへ飛び歩く（周旋於餐桌之間）

**飛び石、飛石**〔名〕（庭院中稍有間隔的）踏腳石

飛石伝いに庭に出る（踩著踏腳石到庭院裡去）

失敗を成功への飛石を為よ（把失敗當作成功的跳板）

飛石作戦（〔太平洋戰爭美軍逐個占領島嶼的〕跳島作戰）

飛石連休（斷續的假日）

**飛び板, 飛板、跳び板、跳板**〔名〕〔體〕（跳水用）跳板（=スプリング、ボード）

跳板跳び込み（跳板跳水）

**飛び入る**〔自五〕跳入、飛入、、突然進入、突然闖進、（主動）參加、投入（=飛び込む）

飛び込み台から飛び入る（從跳台跳下）

川に飛び入る（跳進河裡）

川に飛び入って溺れている人を助けた（跳進河裡拯救溺水者）

交番に飛び入って助けてを求めた（跑進派出所求救）

見知らぬ男が飛び入て来た（闖進一個不認識的人）

窓から雀が飛び入て来た（從窗戶飛進一隻麻雀）

事件の渦中に飛び入る（捲入事件的漩渦）

芸能界に飛び入る（加入演藝界）

**飛び入り、飛入**〔名, 自サ〕（局外者）突然加入，中途加入（的人）、（花的顏色）斑駁（=斑入り）

余興に飛入で歌う（餘興時跳出來唱一首歌）

喉自慢に飛入する（為誇耀嗓子好臨時加入唱歌比賽）

マラソンに飛入して入賞する（臨時參加馬拉松比賽而得獎）

飛入が三人も居た（中途加入的竟有三人）

飛入勝手（〔牌示〕隨意參加）

**飛魚、飛の魚**〔名〕〔動〕飛魚

**飛び移る**〔自五〕從一處飛（跳）到另一處

鳥が他の枝に飛び移る（鳥飛到另一枝上）

汽船からボートに飛び移る（從輪船跳到小艇上）

岩から岩へ飛び移る（從一塊岩石跳到另一塊岩石）

蜜蜂が花から花へ飛び移る（蜜蜂由一朵花飛向另一朵花）

**飛び起きる、飛起きる**〔自上一〕（從床上）一躍而起、猛然起床

目覚まし時計が鳴ると、直ぐ飛び起きる（鬧鐘一響立刻從床上一躍而起）

**飛び下りる, 飛下りる、飛び降りる、飛降りる、跳び下りる、跳下りる、跳び降りる、跳降りる**〔自上一〕（從高處或行駛中車輛）跳下

二階から飛び下りて足を折った（由二樓跳下來把腿摔斷了）

電車から飛び下りる（從電車上跳下來）

**飛び下り，飛下り、跳び下り，跳下り**〔名〕跳下

飛び下りは危険だ（跳下去危險）

ビルから飛び下り自殺を為る（跳樓自殺）

**飛び下がる**〔自五〕飛下、跳下、猛然後退

**飛び交う、飛交う**〔自五〕（在一定範圍內）交錯亂飛、飛來飛去

蛍が飛び交う（螢火蟲飛來飛去）

木から木へ飛び交う小鳥（在樹間飛來飛去的小鳥）

**飛び返る**〔自五〕飛回、跳回、急忙返回

**飛び蛙、飛蛙**〔名〕〔動〕飛蛙

**飛び掛かる，飛び掛る、跳び掛かる，跳び掛る**〔自上一〕（為了攻擊對方）猛撲過去

鷲が兎に飛び掛かった（老鷹向兔子猛撲了過去）

行き成り彼に飛び掛かって組み伏せる（突然猛撲過去把他扭倒）

私は余程飛び掛かって横面をグワンと張り曲げて遣ろうかと思った（我真想上去狠狠地揍他一個嘴巴）

**飛び切り，飛切り**〔名, 副〕跳起來由上向下砍殺（敵人）、卓越, 出眾，出色、優秀、最，極，格外，異常

飛び切りの術（〔擊劍〕跳起來由上向下砍殺法）

飛び切りの人物（出眾的人物）

飛び切り上等の品（出色的上等品）

此の学年で飛び切りの学生（這個年級中最優秀的學生）

飛び切り安い品物（非常便宜的東西）

魚屋で飛び切り上等の鯛を買った（在魚店買了非常上等的鯛魚）

**飛び競，飛競、飛びっ競，飛競**〔名〕比跳遠、賽跑（=駆けっこ）

**飛びっこ**〔名〕〔兒〕比跳遠、賽跑（=飛び競, 飛競、飛びっ競, 飛競）

**飛び越える、飛越える、跳び越える，跳越える**〔他下一〕跳越、飛過、越過、超過

塀を飛び越える（跳過牆去）

飛行機で太平洋を飛び越える（坐飛機飛過太平洋）

先輩を飛び越えて昇進する（超越前輩晉級）

ヒ

**飛び越す、飛越す、跳び越す、跳越す**〔他五〕跳過、越過，超越、越級晉升

　小川を飛び越す（跳過小河）
　ハードル(hurdle)を飛び越す（跳欄）
　易易と六フィート(feet)飛び越す（不費力地跳過六英尺）安安
　級を飛び越して昇進する（越級晉升）
　彼は私を飛び越して上に為った（他的級別超過我了）上上上上

**飛び越し、飛越し**〔名〕〔計〕跳躍指令、指令轉移、（條件）轉移、跳變

**飛び込む、飛込む**〔自五〕跳入，飛入、突然進入，突然闖進、（主動）參加，投入

　水中に飛び込む（跳入水中）
　蜻蛉が部屋に飛び込む（蜻蜓飛進屋裡）
　噴火口に飛び込んで自殺した（跳入火山噴火口自殺）
　突然雨が降り出したので店に飛び込んだ（因為突然下起雨來我跑進了一家商店）
　トラック(truck)が角の店に飛び込んだ（卡車撞進了街角的商店）
　見知らぬ男が飛び込んで来た（一個陌生人突然闖進來了）
　喧嘩の中へ飛び込む（幫腔吵架）
　事件の渦中に飛び込む（投入事件的漩渦裡）

**飛び込み、飛込み**〔名〕跳入、〔泳〕跳水（＝ダイビング(diving)）

　飛び込み自殺（向駛來的火車〔電車〕跳去的自殺）
　飛び込み台（跳水台）
　飛び込み競技（跳水比賽）
　宙返り飛び込み（空翻跳水）

**飛び去る、飛去る**〔自五〕飛離、飛走、飛去、飛開

　飛行機は離陸して南へ飛び去った（飛機起飛後向南飛去）

**飛び将棋、飛将棋**〔名〕跳棋

**飛び双六**〔名〕升官圖（擲骰子點數升進的一種雙陸遊戲）

**飛び台、飛台**〔名〕〔泳〕跳台。〔商〕（市場行情中）中間夾有零數（如100円飛台即101-109元）

**飛び出す、飛出す**〔自五〕起飛、跳出，跑出、露出，凸出，鼓出，闖出、冒出、出走、出奔

　飛行機が飛び出す（飛機起飛）
　地震に驚いて、表へ飛び出す（因地震嚇得往外跑）
　子供が露地から飛び出す（小孩從小巷跑出來）露地路地
　御飯も食べずに家を飛び出した（連飯也沒吃就從家裡跑了出去）
　池の中から蛙が飛び出す（青蛙從池裡跳出來）
　何処から飛び出して来たんだい（你是從哪裡跑出來的？）
　もう少しで話が付く所へ邪魔者が飛び出した（話剛要談妥突然來了個搗蛋鬼）
　目が飛び出している（眼睛鼓著）
　釘が飛び出している（釘子冒出來了）
　君、カラー(collar)が飛び出しているよ（喂！你的領子冒出來了）
　父と口論して家を飛び出す（跟父親吵架從家裡跑出去）家家家家家

**飛び出しナイフ(knife)、飛出しナイフ(knife)**〔名〕（按鈕即可跳出的）彈簧小刀

**飛び出る、飛出る**〔自下一〕跑出去、鼓出，凸出

　ピストル(pistol)が鳴らないのにスタート・ライン(start line)から飛び出る（槍還沒響就從起跑線跑出去）
　叱られて家を飛び出る（因挨申斥走出家門）
　喧嘩して会社を飛び出る（因吵架辭去公司）
　眼の玉が飛び出る（眼珠凸出）
　目玉が飛び出る程高い（價錢貴得驚人）

**飛び立つ、飛立つ**〔自五〕飛起，起飛、飛去，飛走、高興得跳起來

　飛行機が飛び立つ（飛機起飛）

東京を五時に飛び立つと六時に此方に着く（五點鐘由東京起飛六點鐘就到這裡）

鳥が飛び立とうと身が舞える（鳥作出要起飛的姿勢）

鳩が一斉に空へ飛び立つ（鴿子一起飛上天空）

車の音に驚いて、木に止まっていた鳥は皆飛び立った（被車聲一驚樹上的鳥都飛走了）

合格と聞いて飛び立つ許りに喜ぶ（聽到考上了高興得要跳起來）

私達は飛び立つ程嬉しかった（我們樂得要跳起來了）

来社せよとの御手紙を戴き、飛び立つ思い出御座います（收到來信叫我到貴公司去真是萬分高興）

**飛び地、飛地**〔名〕飛地、不毗鄰國土的領土

**飛び違う、飛違う**〔自五〕飛來飛去、相差懸殊、（對方猛撲過來時）突然一閃身

青田の上を蜻蛉が飛び違う（蜻蜓在水田上來回亂飛）

力が大分飛び違っている（力量懸殊）大分大分

両者の要求が飛び違っている（雙方的要求相差很大）

飛び違って相手の足を掬う（一閃身抄起對方的腿）

**飛び付く、飛付く**〔自五〕撲過來、撲過去

玄関を開けると子供が飛び付いて来る（一開大門孩子就撲過來）開ける開ける

犬が飼主に飛び付く（狗向飼主撲過來）

魚が餌に飛び付く（魚咬釣餌）

猟犬が兎に飛び付く（獵狗向兔子猛撲）

酒に飛び付く（向酒撲去）

電話に飛び付く（撲上去接電話）

彼の提案に皆飛び付いた（大家都傾向他的提案）

此の値段なら誰でも飛び付いて来る（這個價錢誰都會搶著買）

**飛び飛び**〔副〕分散，散開，散在、（不按次序）跳著，隔三跳四

石を飛び飛びに置く（把石頭散開擺）

飛び飛びの陣地（分散的陣地）

飛び飛びに家が在る（房子稀稀落落的）

本を飛び飛びに読む（跳著閱讀）

飛び飛びに名を呼ぶ（跳著叫名字）

**飛び道具、飛道具**〔名〕〔舊〕遠射的武器（弓箭、槍之類）

**飛び抜ける、飛抜ける**〔自下一〕卓越、出類拔萃、遠遠領先

飛び抜けて良い（特別好）

飛び抜けて一番に為る（遠遠領先得第一）

**飛び退く、跳び退く**〔自五〕急忙躲開

彼は慌てて其の場から飛び退いた（他慌忙從那個地方躲開）

**飛び乗る、飛乗る**〔自五〕跳上、一躍騎上

ひらりと馬に飛び乗った（一縱身騎上了馬）

発車し掛けている列車に飛び乗る（跳上剛要開車的火車）

busが来ると彼は向きを換えて飛び乗った（公車一到他一轉身就跳上去了）

**飛び乗り、飛乗り**〔名、自サ〕跳上

飛び乗りが危険だ（跳上車危險）

電車への飛び乗り飛び下りは危険（跳上跳下電車是危險的）

**飛び箱，飛箱、跳び箱，跳箱**〔名〕〔體〕跳箱

跳箱を跳ぶ（跳跳箱）

跳箱が得意です（擅長跳跳箱）

**飛び離れる、飛離れる**〔自下一〕急忙閃開、遠隔、遠遠超出、與眾不同，不比尋常，奇特，特別

驚いて飛び離れる（嚇得急忙閃開）

家家が飛び離れて建てっている（一所一所的房子隔得很遠）

飛び離れて良い品（特別好的東西）

飛び離れて優勝な成績（特別優異的成績）

飛び離れた才能（卓越的才能）

此の二つの品物は同じ様に見えるが、此方は飛び離れて高い（這兩個東西看著一樣可是這個貴得多）

飛び離れた技を為る（表演奇特的技藝）

**飛び跳ねる、飛跳ねる**〔自下一〕跳躍、彈跳、（球）跳著飛遠

**飛び控え、飛控え**〔名〕〔建〕飛（扶）拱、拱式支墩

**飛び回る，飛び回る、跳び回る，跳回る、飛び廻る，飛廻る、跳び廻る、跳廻る**〔自五〕飛來飛去、跑來跑去、東奔西走

虫が電灯の周りを飛び回る（蟲在電燈周圍飛來飛去）

兎が山を飛び回る（兎子滿山跑）

子供が雪の上を飛び回る（小孩在雪上跑來跑去）

金策に飛び回る（為籌款東奔西走）

彼方此方飛び回ってやっと五万円丈拵えた（到處奔走好容易預備了五萬日元）

**飛び模様、飛模様**〔名〕散在的織物圖案（=飛び紋、飛紋）

**飛び紋、飛紋**〔名〕散在的織物圖案（=飛び模様、飛模様）

**飛び読み**〔名、他サ〕跳著念（閱讀）

小説を飛び読みする（跳著看小說）

**飛び領土、飛領土**〔名〕飛土、（在別國領土內散在的）領土

**飛び渡る、飛渡る**〔自五〕飛過去、跳著渡過、突然到達彼處

鳥が空を飛び渡る（鳥飛過天空）

溝を飛び渡る（跳過水溝）溝

**飛ばす**〔他五〕使飛、吹起、飛濺、放射、奔馳、跳過、散發、散布、派遣

〔接尾〕（接動詞連用形下）加強語氣

飛行機を飛ばす（開飛機）

球を飛ばす（扔球）

鳩を飛ばす（放鴿子）

風船を飛ばす（放氣球）

子供が模型飛行機を飛ばす（小孩放模型飛機）

風で塵が飛ばされる（塵土因風飛揚）塵塵

風に（で）帽子を飛ばされた（帽子被風颳跑了）

口角泡を飛ばす（唾液四濺地熱烈辯論）

泥水を飛ばす（泥水飛濺）

一杯泥を飛ばされた（濺了一身泥）

矢を飛ばす（射箭）

凧を飛ばす（放風箏）

弾丸を雨と飛ばす（彈如雨飛）

自動車を飛ばす（駕汽車飛奔）

自転車を飛ばして薬を買いに行った（騎自行車飛奔去買藥）

小説の面白くない処を飛ばす（把小說沒趣的地方跳過不看）

三ページを飛ばす（跳過三頁）

途中を飛ばして話を進める（跳過中間往下說下去）

声明書を飛ばす（散發聲明書）

Demagogie德 デマを飛ばす（散布謠言）

冗談を飛ばす（信口開玩笑）

野次を飛ばす（起哄、喝倒彩）

急使を飛ばす（派遣急使）

事件が起こると新聞社は直ぐ記者を飛ばした（事件一發生報社就立即派記者去了）

自動車をぶっ飛ばす（開汽車飛跑）

奴を殴り飛ばした（把小子狠揍了一頓）

申し出を蹴飛ばす（駁回了申請）

# 非（ㄈㄟ）

**非**〔名〕錯誤，缺點、非、不對、不好、不利

〔漢造〕非，不正、不贊同、認為不好、不利、責難，譴責、非、不是

非の打ち所が無い（沒有一點缺點、無暇可指）

非を暴く（揭發缺點）発く

非を覆う（掩飾錯誤、掩蓋缺點）覆う被う蓋う蔽う

非を悟る（認識錯誤）

非を認める（承認錯誤）

是と非を見分ける（明辨是非）

非と為る（認為不好、認為不對）

非を鳴らす（非難、譴責）

不正義な戦いを非と為る（反對非正義的戰爭）

非を非と為、是を是と為る（是是非非）

形勢は愈愈非である（形勢日非、形勢越來越不利）

形勢は我我に非である（形勢對我們不利）

運命非なり（命運乖戾）

是非（是非，善惡，好壞，對錯，務必，一定，必須）

先非、前非（前非）

理非（是非）

是是非非（是非分明、公正分明）

**非圧縮性流体**〔名〕〔理〕非壓縮性流體

**非違**〔名〕〔古〕違法、非法

**非有**〔名〕〔佛〕無有。〔哲〕非存在

非有非空（非有非空）

**非運、否運**〔名〕厄運、逆運、背運、壞運氣、不幸運←→幸運

我が身の非運を嘆く（哀嘆自身的不幸）嘆く歎く

彼は非運に見舞われた（他遭到了厄運）

**非衛生**〔名、形動〕不衛生、不講衛生

非衛生な習慣（不衛生的習慣）

其の非衛生さは喩え様も無い（那種不講衛生樣簡直無法形容）喩え譬え例え仮令

彼の料理屋は非衛生的だ（那飯店不衛生）

**非営利**〔名〕非營利（=公益）

非営利事業（非營利事業、公益事業）

**非家**〔名〕門外漢、素人

**非我**〔名〕〔哲〕非我←→自我

**非科学的**〔形動〕非科學的、不科學的

非科学的態度（非科學的態度）

**非可換体**〔名〕〔數〕非交換域

**非学**〔名〕無學、沒有學問

**非学者**〔名〕不學無術的人。〔佛〕沒學過大乘、小乘的僧侶

非学者論に負けず（愚者痴辯）

**非学術的**〔形動〕非學術性的

**非楽音**〔名〕〔理〕噪音、非樂音←→楽音

太鼓の音は非楽音では有るが、音楽に用いられる（鼓聲雖是非樂音但卻用於音樂）

**非核化**〔名、他サ〕非核武器化

**非課税**〔名〕非課稅、不課稅、免稅

非課税品（免稅品）

**非環式化合物**〔名〕〔化〕無環化合物

**非議、誹議**〔名、他サ〕非議、貶斥（=非難）

非議す可き処は一つも無い（無可非議）

**非急品**〔名〕非緊急用品

**非興**〔形動〕掃興、敗興

**非協力**〔名〕不協力、不協作

非協力的態度に出る（採取不協力的態度）

**非局在化エネルギー**〔名〕〔理〕去局限能

**非局所場**〔名〕〔理〕非局部場

非局所場の理論（非局部場理論）

**非金属**〔名〕〔化〕非金屬

非金属元素（非金屬元素）

非金属光沢（非金屬光澤）

非金属鉱物（非金屬礦物）

**非組合員**〔名〕非工會會員

**非軍事化**〔名、自他サ〕非軍事化

**非軍事的**〔形動〕非軍事性的

非軍事的施設（非軍事性設施）

**非芸術的**〔形動〕非藝術性的

**非決定論**〔名〕〔哲〕（強調自由意志的）非決定論、自我主觀決定論

**非現業**〔名〕非現場工作、機關工作

非現業官庁（管理機關）

非現業員（非現場人員、管理人員）

**非現実性**〔名〕非現實性、不現實性

**非現実的**〔形動〕非現實性的、不現實性的
　非現実的な計画（不現實的計畫）
　君の考えは非常に非現実的である（你的想法遠遠脫離現實）

**非顕晶質火成岩**〔名〕〔地〕非顯晶岩、隱晶岩

**非行**〔名〕不正當行為、違背道德規範的行為、流氓行為
　親の非行を諫める（勸阻父親的不正行為）勇める
　悪友に誘われて非行に走る（被壞朋友拉下水）
　他人の非行を暴く（揭發別人的不正當行為）発く
　非行少年（流氓少年）

**非業**〔名〕〔佛〕非前世的業緣
　非業の最期（死）を遂げる（死於非命）遂げる磨げる研げる砥げる

**非公開**〔名〕非公開、秘密
　委員会は非公開で行われる（秘密地召開委員會）
　裁判は非公開の予定（審判準備不公開）

**非公式**〔名、形動〕非正式、非公開
　非公式に通知する（非正式地通知）
　非公式の会談（非正式的會談）
　非公式試合（非正式比賽）
　予備会談は非公式に行われた（非正式地舉行了預備會談）

**非交戦者**〔名〕戰場上的非戰鬥員（指記者、牧師等）

**非合法**〔名、形動〕不合法、非法、違法
　非合法の（な）手段に訴える（訴諸不合法手段）
　非合法（の）擦れ擦れの事を為る（幹險些違法的勾當）
　非合法活動（非法活動）

**非効用**〔名〕〔經〕無實效、沒有效用

**非合理**〔名、形動〕不合理、不合道理

　非合理の（な）話（沒有道理的話）
　そんな非合理な話は無い（沒有那種不合道理的事情、豈有此理）

**非国民**〔名〕背叛祖國的人、賣國賊、叛徒
　非国民呼ばわりを為れる（被說成為賣國賊）
　敵国のスパイと為って働く非国民（充當敵國間諜的叛徒）

**非国家的**〔形動〕不愛國的
　非国家的言行（不愛國的言行）

**非才、菲才**〔名〕學疏才淺、沒有才能
　浅学菲才誤り無きを期し難い（學疏才淺難免出錯）
　菲才を顧みず御引き受け致しました（不揣冒昧承擔過來了）

**非時**〔名〕〔佛〕非進食的時間（指中午以後到寅時）、午後的進餐（=非時食）

**非実際的**〔形動〕不切實際的、不現實的

**非質量主義**〔名〕〔哲〕非物質論（主指貝克萊的主觀唯心主義）

**非社交的**〔形動〕非社交性的、不愛社交的
　非社交的な人（不愛社交的人）

**非儒**〔名〕非儒、非儒學者

**非訟事件**〔名〕〔法〕（屬於法院掌管的）非訴訟事件

**非晶体**〔名〕〔理〕非晶體

**非晶質**〔名〕〔化〕非晶質、無定形

**非情**〔名、形動〕無情、（對喜怒哀樂毫無反應的）木石←→有情
　非情の人（冷酷無情的人、麻木不仁的人）
　非情の雨（無情的雨）

**非常**〔名、形動〕非常，特別，很，極、緊急，緊迫
　非常な暑さ（非常炎熱）
　非常に高い（非常高）
　非常に疲れている（累極了）
　非常の場合（緊急的情況）
　非常の時に備える（以備萬一）

非常の場合には非常の手段を要する（在緊急情況下需要採取緊急手段）

非常電話（緊急電話）

非常貸し出し（緊急放款）

非常召集（緊急召集）

**非常勤**〔名〕定時出勤、規定時日上班←→常勤

非常勤講師（外聘講師）

非常勤職員手当（臨時職員津貼）

**非常口**〔名〕緊急出口、太平門

非常口を付ける（安裝太平門）

非常口から逃げる（從太平門逃走）

**非常時**〔名〕非常時、緊急時

非常時に備える（防備萬一）備える具える供える

非常時の出費（緊急時的用欵）

国家の非常時（國家的非常時期）

**非常識**〔名、形動〕沒有常識、不合乎常理

実に非常識な（の）事を為る（幹極其荒唐的勾當）実に実に

彼の男は非常識だ（他沒有常識、他不懂常理）

非常識な事を言う物ではない（不要說沒有常識的話）

非常識極まる（毫無常識、極其荒唐）極まる窮まる

**非常事態**〔名〕緊急狀態

非常事態に在る（處於緊急狀態）在る有る或る

非常事態宣言を行う（宣布處於緊急狀態）

**非常手段**〔名〕非常手段、暴力、暴動

非常手段を取る（採取非常手段）

非常手段を講ずる（謀求非常手段）

非常手段を訴える（訴諸武力）

**非常線**〔名〕（火災、犯罪現場等劃的）禁區線、警戒線

非常線を張る（劃禁區線）貼る

非常線を突破する（沖破禁區線）

非常線で遮断する（用警戒線隔斷）

**非常任理事国**〔名〕聯合國安理會的非常任理事國

**非常報知**〔名〕緊急警報

非常報知器（緊急警報器）

**非常用**〔名〕緊急用

非常用コック（緊急用龍頭）

非常用梯子（緊急用梯子）

**非常喇叭**〔名〕〔軍〕緊急號

非常喇叭を吹く（吹緊急號）

**非上場株**〔名〕〔商〕非上場股票、非掛牌股票

**非職**〔名〕（不在）現職的人、保留身分免除職務（的官員）

**非紳士的**〔形動〕不紳士的、不禮貌的、粗俗的

非紳士的な振舞（不紳士的舉止）

**非神話化**〔名、自他サ〕非神話化

**非人道**〔名〕不人道

非人道的な取り扱い（不人道的待遇）

**非スターリンジ化**〔名〕（destalinization 的譯詞）非史大林化

**非勢**〔名〕（比賽等）形勢不妙

**非生産的**〔形動〕非生產的、非生產性的

非生産的事業（非生產性的事業）

**非染色**〔名〕〔生〕非染色體

**非戦闘員**〔名〕〔軍〕非戰鬥人員（狹意指婦女，小孩、在國際法上指軍醫，護士，從軍記者）

**非戦略物資**〔名〕非戰略物資

非戦略物資貿易（非戰略物資貿易）

**非戦論**〔名〕反戰論

非戦論を唱える（主張反戰論）謠える謳える唄える歌える詠える

非戦論が盛んに為る（反戰論倡行起來）

**非素数**〔名〕〔數〕非素數、正整數（指4、6、8、10等）←→素数

**非塑性物質**〔名〕非塑性物質

**非存在**〔名〕〔哲〕非存在、非有、無←→存在

**非妥協的**〔形動〕不妥協的

非妥協的態度（不妥協的態度）

ヒ

非対称〔名〕〔數〕不對稱
非対称度〔名〕〔理〕非對稱度、歪斜度、偏斜度
非定型〔名〕非典型、不合定型
 非定型性肺炎（非典型性肺炎）
 非定型詩（自由詩）
非鉄金属〔名〕〔冶〕有色金屬
非電解質〔名〕〔化〕非電解質
非点隔差〔名〕〔理〕象散
非点収差〔名〕〔理〕象散
非道〔名、形動〕殘忍、殘暴、無情義
 非道な仕打ち（殘忍的舉動）
 極悪非道の人（窮凶極惡的人）
 非道な行為（殘暴行為）
非道い、酷い〔形〕殘酷的，無情的、暴亂的，不講理的、嚴厲的，激烈的，厲害的
 酷い手を打つ（下毒手）
 酷い扱いを受ける（受到冷酷的待遇）
 酷い事を為る人（不講理的人）
 随分酷い事を言う（你說得可真狠啊！）
 酷い目に会う（倒大霉）
 其は余り酷い（那太殘酷了、那太不講理了）
 酷い目に会わせる（給他點顏色看）
 酷い仕打ち（殘酷的做法）
 酷い暑さ（酷暑）
 酷い寒さだ（冷得厲害）
 酷い風（大風、暴風）
 酷い雨（大雨、暴雨）
 酷い感冒（重感冒）
 酷く叱る（嚴厲申斥）
 どんな人も戦争を酷く恨んでいる（任何人都恨透了戰爭）
 長い間歩いたので酷く疲れた（因長時間的步行累得很）
 蚊が酷くて遣り切れない（蚊子太厲害受不了）
 彼は酷いけちん坊だ（他是個極端的吝嗇鬼）
 酷く侮辱される（受到奇恥大辱）
 全く酷い格好だ（穿得不成體統）
 酷い病気に罹った（得了重病）
 君の発音は酷い（你發音很糟）
 酷い目に会う（倒大霉）
 雨に降られて、酷い目に会った（被雨淋了倒了大霉）
 酷い目に会わせる（給他個厲害看）
 そんな事を為たら酷い目に会わせて遣るぞ（你若幹出那種事情來就給你點厲害看看）
非同期機〔名〕〔電〕導步電機
非難、批難〔名、他サ〕非難、責難、責備、譴責
 非難の的（非難的對象）
 非難がましい言葉（近似責難的話）
 非難がましい手紙（近似責難的信）
 非難がましい顔付（近似責難的面孔）
 非難の余地が無い（沒有非難的餘地）
 非難の矢面に立つ（成為眾人非難的對象）
 非難を招く（招致責難）
 非難を浴びる（遭受譴責）
 彼の処置は不公平の非難を免れない（他的辦法難免要受到不公平的責難）
 各紙が政府の対外政策を非難した（各報譴責了政府的對外政策）
非日〔名〕排日（=非日本）
 非日活動（排日活動）
非ニュートン流動〔名〕〔理〕非牛頓流動
非人〔名〕〔佛〕非人（指夜叉、惡魔）、（江戶時代）非人（被列為士農工商之下的一種賤民、除乞食為生，還押解犯人赴刑場，埋葬刑屍，現已不用）
非人間的〔形動〕非人的、無人性的、野蠻的
非人称〔名〕〔語法〕非人稱
 非人称動詞（非人稱動詞）
非人情〔名、形動〕無情，冷酷、超人情
 非人情な行為（冷酷的行為）

非人情な人（冷酷的人）

非人情の文学（超人情文學）

**非粘結炭**〔名〕〔化〕非黏結煤

**非能率的**〔形動〕效率低、效能低

**非破壊試験**〔名〕非破壞檢驗（法）

**非破壊読み出し**〔名〕不破壞讀出、無損讀出

**非売同盟**〔名〕聯合拒絕售貨、拒售同盟

**非買同盟**〔名〕聯合拒絕購買、抵制購買同盟（＝ボイコット）

消費者が非買同盟を結ぶ（消費者結成抵制購買同盟）

**非売品**〔名〕非賣品、非出售品

**非番**〔名〕不當班、非值班、閒班

今日は非番だ（今天是歇班）

非番の時に為る道楽（業餘時的消遣）

**非武装**〔名〕不武裝、非軍事

非武装条約（不武裝條約）

非武装都市（非軍事城市）

非武装化する（非軍事化）化する科する課する嫁する架する掠る

**非物質的**〔形動〕〔哲〕非物質的

**非分**〔形動〕過分（的人）、不正，非理

**非文明**〔名〕不文明、未開化、野蠻

非文明国（未開化國家）

**非米**〔名〕非美國、反美國

非米活動委員会（美國眾議員的非美活動調查委員會）

**非望**〔名〕非分的願望、非份之想、不合身分的願望

非望を抱く（懷有非分的野心）抱く抱く

**非法**〔名〕非法，違法（的事）。〔佛〕違背佛法的教義

**非法人**〔名〕〔法〕非法人、不是法人、未組成法人

非法人の組織（不屬於法人的組織）

**非暴力**〔名〕非暴力、不使用暴力

非暴力主義（非暴力主義）

**非凡**〔名、形動〕非凡、不平常、超過一般

非凡の腕前（非凡的本領）

彼は非凡の才を抱いている（他具有非凡的天才）抱く抱く

一目で非凡な人等分った（一眼就看出了是位非凡的人）一目

**非民主的**〔形動〕非民主的、不民主的

**非命**〔名〕非命

非命の死を遂げる（死於非命）遂げる研げる磨げる砥げる

非命の最期を遂げる（死於非命）

**非役**〔名〕被解雇

非役に為る（失業了）

**非理**〔名〕非理、不合理、不講道理

非理の前には道理無し（在蠻不講理的人面前無理可講）

**非理論的**〔形動〕不合邏輯的、無條理的

**非力**〔名、形動〕無力、無能、乏力、力氣不足

技は巧いが非力の恨みが有る（技術高明可惜力氣不足）旨い巧い上手い甘い美味い甘い

**非立憲**〔名〕違反憲法、不合憲法（＝違憲）

実に非立憲的な処置だ（實在是違反憲法的措施）

**非礼**〔名、形動〕非禮、失禮、不禮貌（＝無礼）

非礼な態度（無禮的態度）

非礼な話を為た（說了不禮貌的話）

**非連続**〔名〕〔數〕不連續（點）

**非論理的**〔形動〕不合邏輯的、缺乏邏輯性的、不合理的

**非ず**〔連語〕非、不

然に非ず（不然、非也、並非如此）

此剽窃に非ずして何ぞや（此非抄襲而何！）

**非ずもがな、有らずもがな**〔連語〕不如沒有（＝無い方が良い）

非ずもがなの御世辞（不如不說的恭維話）

其の説明は非ずもがなだ（那種解釋簡直多餘）

# 扉（ㄈㄟˇ）

## ひ

**扉**〔漢造〕門扇

　門扉（門扇）

　鉄扉（鐵門）

　開扉（開門、打開佛龕＝開帳）

**扉**〔名〕門，門扇。〔印〕扉頁（書籍封皮背面印著書名著者的第一頁）、（雜誌正文前）第一頁（印題目前言）

　扉を開ける（開門）開ける明ける空ける飽ける厭ける

　扉を締める（關門）締める閉める占める絞める染める湿る

　扉を排する（推門）排する配する拝する廃する

　扉は開かれた（門開了、向大家公開）

**扉絵**〔名〕（書籍的）扉頁圖、書廚等門上的繪畫

### 菲（ㄈㄟ）

**菲**〔名〕微薄的

**菲才、菲才**〔名〕學疏才淺、沒有才能

　浅学菲才誤り無きを期し難い（學疏才淺難免出錯）

　菲才を顧みず御引き受け致しました（不揣冒昧承擔過來了）

**菲薄**〔形動〕才德缺乏，衣服，食物，產業等粗糙或粗劣

### 緋（ㄈㄟ）

**緋**〔名〕緋紅、深紅、猩紅色

　緋の衣（緋紅色的衣服）

**緋色**〔名〕深紅色、咖啡色、茶褐色

**緋衣**〔名〕緋紅的袈裟

**緋衣草**〔名〕〔植〕鼠尾草（＝サルビア）

**緋縅**〔名〕〔史〕穿連鎧甲鐵片的緋色皮條（＝紅縅）

**緋鹿（の）子**〔名〕火紅的斑駁花布

**緋金巾**〔名〕緋紅細棉布

**緋鯉**〔名〕〔動〕紅鯉魚

**緋縮緬**〔名〕緋紅皺綢

**緋、朱**〔名〕紅、紅色（＝赤）

　緋に染まって倒れた（滿身是血倒下了）

### 蜚（ㄈㄟ）

**蜚**〔名〕蜚語（無根據的話）、同〝飛〞字

**蜚語、飛語**〔名〕流言、蜚語

　流言蜚語に迷わされるな（不要聽信流言蜚語）

### 霏（ㄈㄟ）

**霏**〔名〕雨雪下降的樣子

**霏霏**〔形動タルト〕霏霏

　落花の如く霏霏と為て降り頻る（宛如落花霏霏落下）

### 肥（ㄈㄟˊ）

**肥**〔漢造〕肥胖、肥沃、肥料、（舊地方名）肥前の国和肥後の国的總稱

　肥痩（肥瘦）

　金肥、金肥（人造肥料、化學肥料－原義是用錢買來的肥料）

　堆肥（堆肥〔＝積み肥、積肥〕）

　追肥（追肥〔＝追い肥、追肥〕）←→基肥

　基肥（基肥、底肥〔＝元肥〕）←→追い肥、追肥、追肥

　施肥、施肥（施肥）

　厩肥（厩肥〔＝厩肥、堆肥〕）

　肥前（〔地〕肥前－舊地方名，現在佐賀縣和長崎縣）

**肥育**〔名、他サ〕（宰殺前把家畜）養肥、育肥、催肥

　肥育地域（牧養食用家畜農戶多的地方）

**肥後の守、肥後守**〔名〕（刀鞘上刻有〝肥後守〞的）折疊小刀

**肥効**〔名〕〔農〕肥效

　化学肥料は厩肥等より肥効が大きい（化肥比廄肥等肥效大）

**肥厚**〔名、自サ〕〔醫〕（皮膚、黏膜等）肥厚、肥大

　肥厚性鼻炎（肥厚性鼻炎）

肥厚性肋膜炎（肥厚性肋膜炎）

**肥州**〔名〕〔地〕肥州（舊地方名-肥前の国與肥後の国的總稱）

**肥瘠**〔名〕肥瘦

**肥大**〔名、自サ、形動〕肥大
　扁桃腺が肥大する（扁桃腺肥大）
　心臓肥大（心臓肥大）腎臓

**肥立つ**〔自五〕（嬰兒）長大、（產婦）康復
　赤ん坊が良く肥立っている（嬰兒長得很快）
　產婦が早く肥立った（產婦恢復得很快）

**肥立ち**〔名〕（嬰兒）長大、（產婦）康復
　肥立ちの良い赤ん坊（長得快的嬰兒）
　產婦の肥立ちが良い（產後體力恢復得快）
　產婦の肥立ちが悪い（產後體力恢復得慢）

**肥土**〔名〕沃土、肥沃的土地（=肥え土）

**肥え土**〔名〕沃土、施過糞肥的土地

**肥培**〔名、他サ〕〔農〕施肥培育

**肥胖症**〔名〕〔醫〕肥胖症（=肥滿症）

**肥滿**〔名、自サ〕肥胖
　肥滿症（肥胖症）
　肥滿短身の人（肥胖身矮的人、矮胖子）
　肥滿する質の人（肥胖體質的人）
　運動不足で肥滿する（因缺乏運動而肥胖）
　肥滿型（肥胖型）
　肥滿質（肥胖體質）

**肥沃**〔名ナ〕肥沃
　肥沃な（の）土地（肥沃的土地）
　此の地は地味が肥沃である（這塊地土質肥沃）

**肥料**〔名〕肥料
　窒素肥料（氮肥）
　燐酸肥料（磷肥）
　カリ肥料（kalium德）（鉀肥）
　化学肥料（化學肥料）
　肥料を施す（施肥）
　肥料を遣る（施肥）

**肥える**〔自下一〕肥，胖（=肥る、太る）、肥沃、豐富、（識別好壞的能力）提高
　丸丸と肥えた豚（肥滋滋的豬）肥える越える請える乞える超える恋える
　黒黒と為た肥えた土（油黑的肥沃土地）
　戦争で資本家の懐が肥える（資本家的腰包因為戰爭鼓起來）
　口が肥えている（口味高、講究吃）
　舌が肥えている（口味高、講究吃）
　耳が肥えている（耳朵靈、聽音樂內行－一般的音樂聽不入耳）
　目が肥えている（眼力高－一般的東西看不上眼）

**肥**〔名〕肥料、糞屎（=肥し、下肥）
　畑に肥を遣る（給旱田施肥）畑 畠 畑畠
　作物に肥を遣る（給作物施肥）声越え
　積み肥、積肥（堆肥）
　追い肥、追肥（追肥）
　元肥（基肥）
　厩肥、厩肥（堆肥）
　下肥（大糞肥料）

**肥桶**〔名〕糞桶
　肥桶を担ぐ（挑糞桶）

**肥担桶**〔名〕糞桶（=肥桶）
　肥担桶を担ぐ（挑糞桶）

**肥切れ**〔名〕〔農〕（農作物成熟期的）缺肥
　作物が肥切れで稔らない（作物由於缺肥顆粒不飽滿）稔る実る

**肥汲み、肥し汲み**〔名〕掏糞工

**肥車**〔名〕水肥車（=肥取り車）

**肥代**〔名〕肥料費、清廁費

**肥溜め**〔名〕糞坑、貯糞池

**肥取り**〔名〕掏糞、清廁（工人）
　肥取り車（水肥車=肥車）

**肥柄杓**〔名〕（掏糞用）糞勺

**肥船**〔名〕運肥船

こ

ひ

**肥やす**〔他五〕使（土地）肥沃、使（家畜等）長胖、（使）感官滿足、使有鑑別能力、使獲得利益

　痩せた土地を肥やす（使貧瘠的土地肥沃）
　家畜を肥やす（使牲口長膘）
　口を肥やす（飽口福）
　美術に対する目を肥やす（培養欣賞〔鑑別〕美術的能力）
　私腹を肥やす（飽私囊）
　悪戲に請負人を肥やす（白白地讓包工的人發財）

**肥やし、肥し**〔名〕肥料、糞（＝肥）

　肥やしを汲む（掏糞）汲む組む酌む
　肥やしを遣る（施肥）

**肥る、太る**〔自五〕胖←→痩せる、長大、增加

　君は近頃肥りましたね（你近來胖了）
　彼女は何を食べても肥らない質だ（她的體質吃什麽也不胖）
　丸丸肥った人（胖得圓滾滾的人）
　肥る質の人（體質好胖的人）質質質
　財産が肥る（財產增加）
　芋が肥る（白薯長大）

## 腓（ㄈㄟˊ）

**腓**〔漢造〕小腿後面突出的肌肉，俗稱腿肚

**腓骨、腓骨**〔名〕〔解〕腓骨
**腓腸筋、腓腸筋**〔名〕〔解〕腓腸肌
**腓腹筋**〔名〕〔解〕腓腸肌
**腓、腓、腨**〔名〕〔解〕腓、腿肚（＝腓、脹脛、脹ら脛、膨脛）
**腓返り、腓返り**〔名〕腓痙攣、腿肚抽筋
　腓返りを起す（腿肚抽筋）
　腓返りで泳げなくなる（因為腿肚抽筋不能游了）
**腓、脹脛、脹ら脛、膨脛**〔名〕〔解〕腓、腿肚（＝腓、腓、腨）

## 榧（ㄈㄟˇ）

**榧**〔漢造〕常綠喬木，高數丈，葉扁平，果實如核，果可吃，也可榨油
**榧**〔名〕〔植〕榧子樹
　榧の実（榧子）萱茅蚊帳蚊屋

## 翡（ㄈㄟˇ）

**翡**〔漢造〕〔礦〕翡翠、〔動〕翠鳥
**翡翠**〔名〕〔礦〕翡翠、〔動〕翡翠（＝翡翠、川蟬）
　翡翠色（翠綠色）色色
**翡翠、川蟬**〔名〕〔動〕翠鳥、魚狗（常棲小溪附近樹上，捕食水中的魚蝦等）

## 誹、誹（ㄈㄟˇ）

**誹**〔漢造〕（也讀作誹）以言語誹謗他人為誹
**誹毀、誹譏**〔名、他サ〕誹謗、詆毀、敗壞名譽（＝中傷）
　誹毀の訴訟を起す（提起毀謗的告訴）
　誹毀罪（誹謗罪）
**誹議、非議**〔名、他サ〕非議、貶斥（＝非難）
　非議す可き処は一つも無い（無可非議）
**誹謗**〔名、他サ〕誹謗
　友達を妬んで誹謗する（忌妒朋友進行誹謗）妬む嫉む嫉む
　理由の無い誹謗を受ける（受到無緣無故的誹謗）受ける享ける請ける浮ける
**誹諧、俳諧**〔名〕詼諧，戲謔（＝諧謔、戲、戲れ）、帶滑稽趣味的和歌、〝聯句〟〝發句〟的總稱、狹義指〝俳句〟俳諧師（俳句家）
**誹風、俳風**〔名〕俳句的風格、俳句的流派
**誹る、謗る、譏る**〔他五〕毀謗、責難（＝非難する）←→褒める、誉める
　無闇に人を謗る物ではない（不可胡亂毀謗人）
　陰で人を謗る（背地裡毀謗人）
**誹り、謗り、譏り**〔名〕毀謗、責難
　世の謗りを招く（招致社會的指責）
　悪人の謗りを受ける（受到壞人毀謗）

## 匪（ㄈㄟˇ）

**匪**〔漢造〕盜匪、為非作歹的人、同〝非〞
- 土匪（土匪）
- 討匪（討伐匪徒）

**匪魁**〔名〕匪首、匪徒的頭子

**匪賊**〔名〕土匪、強盜
- 汽車が匪賊に襲われる（火車遭到強盜搶劫）
- 匪賊の頭（土匪頭子）

**匪徒**〔名〕匪徒

## 廃（廢）（ㄈㄟˋ）

**廃**〔漢造〕廢、廢止、廢棄
- 荒廃（荒廢、荒蕪、頽廢）
- 興廃、興敗（盛衰、興亡）
- 頽廃退廃（頽廢、荒廢）
- 全廃（完全廢除、完全取消）
- 存廃（存廢、保留和取消）
- 改廃（改革和廢除）
- 撤廃（撤銷、裁撤）

**廃案**〔名〕廢棄的提案

**廃位**〔名〕廢黜王位、（國王）被迫退位

**廃液**〔名〕〔醫〕引流
- 廃液管（引流管）

**廃苑、廃園**〔名〕荒廢的庭園、停止經營的幼兒園（兒童的遊戲園地）

**廃屋、敗屋**〔名〕無人住的破房、荒廢的舊房子（＝荒家、荒屋）

**廃家**〔名〕沒有人住的破房、無繼承人的家系

**廃学**〔名、自サ〕輟學、學校停辦
- 中途で廃学する（中途輟學）

**廃刊**〔名、自他サ〕（報紙、雜誌等）停刊
- もう廃刊に為った雑誌（已經停刊了的雜誌）
- 其の雑誌は僅か一年で廃刊に為った（那個雜誌只出了一年就停刊了）

**廃官**〔名〕撤職，罷官，撤除官職、撤銷的機關

**廃艦**〔名〕報廢的軍艦

**廃棄**〔名、他サ〕廢棄、廢除
- 条約の廃棄を宣言する（宣布廢除條約）
- 契約を廃棄する（廢除合約）
- 廃棄水（廢水）
- 廃棄物（廢棄物、廢料）
- 放射性廃棄物（放射性廢料）
- 未処理廃棄物（未處理的廢料）
- 原子炉の廃棄物処理（原子反應爐的廢料處理）

**廃休**〔名〕節假日加班（在規定假日或休息日因工作需要而停止休息）

**廃去**〔名〕拋開、廢除

**廃墟**〔名〕廢墟
- 町が廃墟と化す（城市化為廢墟）
- 廃墟の上に新村を造った（在廢墟上建起了新村）造る作る創る
- 廃墟に為った城（化為廢墟的城市）

**廃業**〔名、自他サ〕歇業，停業、（藝妓等）從良，不操舊業
- 商売不振で洋品店を廃業する（因為買賣蕭條把洋貨店關掉）
- 廃業届け（歇業申請書）

**廃語**〔名〕死語、已廢的詞、已經不用的詞
- 此等の語はもう廃語に為っている（這些詞已經不用了）

**廃坑**〔名〕〔礦〕廢礦坑、廢礦井
- 採掘量が少ないので廃坑に為った（因採掘量少而成了廢井）

**廃校**〔名、自サ〕學校停辦、停辦了的學校
- 経費の都合で廃校して終った（因為經費關係學校停辦了）
- 分校が廃校に為った（分校停辦了）

**廃鉱**〔名、他サ〕〔礦〕廢礦井

**廃合**〔名、他サ〕撤銷與合併、調整
- 部局の廃合（局處等機關的調整）
- 廃合整理（調整、整編、重新布署）

**廃材**〔名〕廢材、廢料、無用之材

**廃山**〔名〕廢礦山、停止採掘的礦山

ㄈ

ハ

廃山と決定した（對礦山作了停止採掘的決定）

**廃残、敗残**〔名〕殘兵敗將、零落、沒落、殘廢

廃残の将（敗軍之將）

廃残の兵を収める（收集殘兵）

廃残の身（沒落的身世）

**廃酸化鉄**〔名〕〔化〕廢氧化鐵皮

**廃止**〔名、他サ〕廢止、廢除、作廢←→存置

虚礼を廃止する（廢除虛禮）

死刑を廃止する（廢除死刑）

九月以降廃止する（從九月起作廢）

**廃寺**〔名〕廢寺、廢廟、破廟、無住持的廟

**廃疾**〔名〕殘廢

廃疾者（殘廢人）

廃疾保険（傷殘保險）

廃疾給付（傷殘津貼）

**廃車**〔名〕廢車、破車、不能使用的車

廃車に為る（打成廢車）

**廃娼**〔名〕廢除公娼

廃娼運動（廢除公娼運動）

**廃城**〔名〕（無人居住）荒廢了的城市

**廃人**〔名〕廢人、殘廢人

彼はアルコール中毒で廃人同様に為っている（他因酒精中毒同廢人一樣了）

**廃水**〔名〕廢水、汙水

廃水処理装置（污水處理裝置）

**廃税**〔名〕廢除（的）徵稅、廢除（的）捐稅

**廃石**〔名〕〔礦〕廢礦石（=ぼた）

廃石を取り除く人夫（挑揀清除無用碎石的工人）

**廃絶**〔名、自サ〕絕嗣、斷絕後代

其の血統は第五代目で廃絶した（其血統傳到第五代就絕嗣了）

廃絶した一家（斷了後代的家族）一家一家

**廃船**〔名〕廢船、報廢的船、註銷船籍的船

**廃線**〔名〕（鐵路等）停止營業的線路

**廃村**〔名〕（無人住的）荒村、荒廢了的村莊、無人住的村莊

**廃頽、廃退**〔名、自サ〕頹廢、衰微

徳義の廃頹（道德衰微）

廃頹的気運（頹廢的趨勢）

**廃宅**〔名〕廢屋

**廃置**〔名〕撤廢和存置、免職和任用

**廃嫡**〔名、他サ〕〔法〕廢嫡、剝奪繼承權

放蕩して廃嫡された（因胡作非為被剝奪了繼承權）

**廃朝**〔名、自サ〕廢朝（天子因故不能臨朝）

**廃帝**〔名〕廢帝、被廢黜的皇帝

**廃刀**〔名、自サ〕廢除佩刀

廃刀令（廢刀令-明治九年三月公布，除著大禮服者以及軍人、警官外禁止佩刀、配劍的命令）

**廃道**〔名〕荒廢的道路、被廢止的道路

**廃熱**〔名〕廢熱、餘熱

**廃馬**〔名〕廢馬、老馬、不能再用的馬

**廃藩**〔名〕廢藩、廢止藩制

**廃藩**〔名〕〔史〕（日本明治維新時）廢除藩制

廃藩置県（廢藩置縣）

**廃盤**〔名〕從目錄裡刪掉的唱片、不再出售的唱片

**廃品**〔名〕廢品（=廃物）

廃品を回収する（回收廢品）

**廃物**〔名〕廢物、廢品

廃物利用（廢物利用）

人間の廃物（社會渣滓）

**廃れ物**〔名〕廢物、無用的東西（=廃り物）

**廃り物**〔名〕廢物、無用的東西、不流行的東西，不時興的東西

**廃仏毀釈**〔名〕〔宗〕廢佛毀寺、破壞寺院（明治初期發布神佛分離令時曾經盛行）

**廃兵、癈兵**〔名〕殘廢軍人

**廃滅**〔名、自サ〕衰敗、衰退、衰亡

**廃油**〔名〕廢油、不能用的油

廃油船（廢油回收船）

廃油回収船（廢油回收船）

廃油ボール（漂浮海面上的廢油塊＝廃油塊）

**廃油塊**〔名〕漂浮海面上的廢油塊（＝廃油ボール）

**廃用**〔名、自サ〕廢棄不用

廃用に為った言葉（已經廢棄不用的詞、廢詞）

**廃立**〔名、他サ〕（舊時讀作廢立）廢立（指封建王朝權臣廢舊主立新君）

**廃す**〔他五〕荒廢、廢除、廢止、廢黜（＝廃する）

**廃する**〔他サ〕荒廢、廢除、廢止、廢黜

学業を廃する（荒廢學業）

君主を廃する（廢黜國王）

虚礼を廃する（廢除虛禮）

一方丈を廃する事は出来ない（不可偏廢）

**廃る、頽る**〔自五〕〔方〕〔文〕廢除、過時、衰微、衰落（＝廃れる）

**廃り**〔名〕廢棄、廢物、無用之物（＝廃れ）

流行廃り（時興與過時、興廢）

物に廃りは無い（凡物都有用、世上無廢物）

**廃り者**〔名〕廢人、不中用的人、無用的人

**廃れる**〔自下一〕廢除、過時、衰微、衰落

廃れた風習（已經廢除的風習）

廃れ掛かった言葉（快要廢除不用的詞）

其の様なスタイルはもう廃れた（那種樣式已經過時了）

一時流行った又廃れた（曾經風行一時現在又不流行了）

祖先崇拝の風習は日に日に廃れて行く（敬祖的風習逐漸衰微）

**廃れ**〔名〕過時，衰微，不流行（＝廃り）、廢物（＝廃り物）、廢人（＝廃り者）

## 吠、吠（ㄅㄟˋ）

**吠、吠**〔漢造〕犬鳴為吠、狗叫

**吠陀、ベーダ**〔名〕〔宗〕吠陀（古印度婆羅門教的聖經）

ベーダの教え（吠陀的教義）

**吠える、吼える**〔自下一〕（犬）吠，叫。（獸、風等）吼。〔俗〕放聲大哭（＝泣く）

犬が人に吠える（狗向人吠叫）吠える吼える咆える

風が吠える（風吼）

然う吠えるな（別那麼號哭）

吠える犬が噛まない（吠狗不咬人）

**吠え猿**〔名〕〔動〕（南美產）吼猴

**吠え立てる**〔自下一〕狂吠、怒吼

**吠え面**〔名〕〔俗〕哭喪臉、哭時（難看）的臉、裂嘴要哭的臉（＝泣き面）

吠え面を掻く（哭喪著臉）

後で吠え面掻くな（末了你可別哭）

## 沸（ㄈㄟˋ）

**沸**〔漢造〕沸

煮沸（煮沸）（煮沸的習慣用法）

**沸石**〔名〕〔礦〕沸石

沸石化作用（沸石化作用）

**沸点**〔名〕沸點、沸騰點↔氷点

沸点に達する（達到沸點）

沸点上昇（沸點升高）

沸点上昇法（沸點升高法）

**沸湯**〔名〕開水、滾開的開水

**沸かし湯**〔名〕燒開的水、燒熱的洗澡水、（與天然的溫泉相對而言）用火燒水的澡堂

**沸騰**〔名、自サ〕沸騰。〔喻〕群情激昂，情緒高漲，熱烈

湯が沸騰した（水滾開了）

世論が沸騰している（輿論沸騰）世論世論世論輿論

世論した議論（熱烈的討論）

人気が沸騰する（〔演員、商品等〕大受歡迎）

沸騰点（沸點）

沸騰水型原子炉（沸水反應爐、沸騰反應爐）

**沸沸**〔副〕（水滾開貌）咕嘟咕嘟、（感情等）往上湧的樣子
  沸沸と御湯が沸いている（水滾開得咕嘟咕嘟的）
  喜びが沸沸と込み上げる（喜上心頭）
  嫉妬に似た感情が沸沸を湧き上がる（湧現出一種近似於嫉妒的感情）

**沸、鈋**〔名〕日本刀刀身和刀刃交界處宛如銀砂的閃亮花紋

**沸く**〔自五〕沸騰，燒開，燒熱（=煮える、煮え立つ）。（感情）激動、興奮。（金屬）熔化（=蕩ける）、哄鬧、吵嚷。〔方〕發酵
  湯が沸く（開水沸騰）沸く湧く涌く
  風呂が沸く（洗澡水燒熱）
  薬缶の湯が盛んに沸く（水壺裡的開水滾開）
  青年の血が沸く（青年的熱血沸騰）
  鉄が沸く（鐵熔化）
  場内が沸く（場內轟動起來）
  議論が沸く（議論紛紛）
  熱戦で観衆が沸く（因為比賽進行得很激烈觀眾激動起來）
  糠味噌が沸く（米糠醬發酵了）

**湧く、涌く**〔自五〕湧出，冒出，噴出、湧現，產生、（小蟲等）大量湧現，孳生
  温泉が湧く（溫泉湧出）
  地下水が湧く（地下水湧出）
  天から降ったか地から湧いたか（從天下掉下來的還是從地上冒出來的）
  心に厚い友情が湧いて来た（心中湧現出深厚的友情）
  祖国の為だと思うと力が湧いて来る（想到是為了祖國力量就來了）
  音楽に興味が湧く（對音樂產生興趣）
  希望が湧く（希望湧現、有希望）
  蛆が湧く（生蛆）氏宇治
  虱が湧く（生虱子）
  孑孑が湧く（孳生孑孑）孑孑孑孑

**沸き**〔名〕熱、開
  夏は風呂の沸きが早い（夏天燒洗澡水熱得快）早い速い

**沸き上がる**〔自五〕沸騰，煮開，滾開（=沸き返る、煮え立つ）、掀起，湧現、（觀眾）歡騰
  湯が沸き上がる（水開得翻滾）
  歓呼の声が沸き上がった（響起了歡呼聲）
  黒い雲がもくもくと沸き上がる（烏雲滾滾湧現）
  沸き上がる歓声（沸騰的歡呼聲）
  熱戦で場内が沸き上がる（一場熱烈比賽場內為之翻騰）

**沸き起こる，沸き起る、湧き起こる，湧き起る**〔自五〕湧起、湧現
  空に黒雲が沸き起こった（天空湧起黑雲）黒雲黒雲
  闘志が沸き起こる（鬥志昂揚）
  拍手が沸き起こる（響起熱烈掌聲）柏手

**沸き返る**〔自五〕沸騰，滾開。〔轉〕（氣得）暴跳，（感情）激動，興奮
  薬缶の湯が沸き返る（水壺裡的水翻滾）
  沸き返る大波（洶湧的波浪、軒然大波）
  怒りで胸も沸き返る様だ（氣得肺都要炸了）怒り
  胸の内が沸き返る（心潮膨湃）
  観客が興奮に沸き返る（觀眾興奮得翻騰起來）
  沸き返る人気（轟動人心的聲望）
  其の問題で国中が沸き返る様な騒ぎであった（由於這個問題全國為之騷然）
  其の一言で私の血は沸き返った（那一句話使我熱血沸騰起來）一言一言一言

**沸き溢れる**〔自下一〕沸溢

**沸き立つ**〔自五〕沸騰，滾開，煮開（=沸き立つ、沸き上がる）、湧現，洶湧、（群眾）歡騰，哄動，騷然
  沸き立つ熱湯（翻滾的開水）
  沸き立つ大海（洶湧的大海）

沸き立つ雲（滾滾的雲層）
闘志を沸き立たせる（鼓舞鬥志、使鬥志昂揚）
歓声に沸き立つ（一片歡騰）
観衆は沸き立った（觀眾哄動起來了）
スタンドが沸き立つ（觀眾席上哄動起來）

**沸かす**〔他五〕燒開，燒熱、熔化、使…沸騰，使興高采烈

ミルクを沸かす（煮牛奶）
御茶を沸かす（煮茶）
風呂を沸かす（燒洗澡水）
鉄を沸かす（熔鐵）
青年の血を沸かす（使青年的熱血沸騰）

**沸かせる**〔他下一〕使沸騰起來

ホームランの応酬で大観衆を沸かせる（雙方連續的全壘打使得全場觀眾沸騰起來）

**沸かし接ぎ**〔名〕焊接、熔接

# 狒（ㄈㄟˋ）

**狒**〔漢造〕狒狒（哺乳綱，猴科，靈長目，群居性強，凶暴有力）

**狒狒**〔名〕〔動〕狒狒、〔罵〕色鬼

狒狒爺（老色鬼）

# 肺（ㄈㄟˋ）

**肺**〔名、漢造〕肺、肺臟、肺腑

肺で呼吸する（用肺呼吸）
肺を患う（患肺病）煩う
肺を病む（患肺病）已む止む
珪肺（矽肺病）

**肺壊疽**〔名〕〔醫〕肺壊疽、壊疽性肺炎

**肺炎**〔名〕〔醫〕肺炎

肺炎に罹る（患肺炎）
気管支肺炎（支氣管肺炎）
クループ肺炎（格魯布肺炎）
肺炎桿菌（肺炎桿菌）

**肺音**〔名〕〔醫〕肺音

**肺活量**〔名〕肺活量

肺活量を測る（測肺活量）測る計る量る図る謀る諮る
肺活量が多い（肺活量大）
肺活量が少ない（肺活量小）
肺活量計（肺活量計）

**肺肝**〔名〕肺和肝。〔轉〕肺腑，內心

肺肝を砕く（煞費苦心）
肺肝を披瀝する（披肝瀝膽、批瀝肝膽）
肺肝を披く（披肝瀝膽、批瀝肝膽）開く拓く啓く
肺肝から出る言葉（出自肺腑的話）
肺肝に徹する（銘刻內心）
肺肝を穿つ（洞察內心）

**肺患**〔名〕肺病（=肺病）、肺病患者

**肺癌**〔名〕〔醫〕肺癌

**肺気腫**〔名〕〔醫〕肺氣腫

**肺気量**〔名〕肺活量（=肺活量）

**肺魚**〔名〕〔動〕肺魚

肺魚類（肺魚類）

**肺胸膜**〔名〕〔解〕肺胸膜

**肺空洞**〔名〕〔醫〕肺空洞

**肺結核**〔名〕〔醫〕肺結核

肺結核患者（肺結核病人）

**肺疾**〔名〕肺病（=肺病）

**肺出血**〔名〕〔醫〕肺出血

**肺循環**〔名〕〔生理〕肺循環、小循環

**肺塵（埃）症**〔名〕〔醫〕肺塵埃沉著病、肺塵病

**肺浸潤**〔名〕〔醫〕肺浸潤、浸潤型肺結核

**肺水腫**〔名〕〔醫〕肺水腫

**肺性心**〔名〕〔醫〕肺原性心臟病

**肺繊維症**〔名〕肺纖維性結締組織增生症

**肺尖**〔名〕〔解〕肺尖、肺尖卡他（=肺尖カタル）

**肺栓塞**〔名〕〔醫〕肺栓塞

**肺臓**〔名〕〔解〕肺臟

肺臓二口虫（肺吸蟲）

**肺臟癌**（肺癌）
**肺虫**〔名〕（獸醫）肺蟲、肺絲蟲
**肺嚢**〔名〕〔動〕肺嚢
**肺病**〔名〕〔醫〕肺病、肺結核
**肺腑**〔名〕肺腑、親骨肉
　肺腑から出る（出自内心）
　人の肺腑を抉る（刺人肺腑）
　肺腑を突く（擊中要害）突く撞く衝く着く付く尽く吐く点く就く附く憑く搗く漬く
**肺胞**〔名〕〔解〕肺泡
　肺胞音（肺泡音）
　肺胞炎（肺泡炎）
**肺門**〔名〕〔解〕肺門
　肺門リンパ腺（肺門淋巴腺）
**肺葉**〔名〕〔解〕肺葉
　上肺葉（肺上葉）
　肺葉切除術（肺葉切除術）
**肺癆**〔名〕〔醫〕肺癆、肺病、肺結核

# 費（ㄈㄟˋ）

**費**〔漢造〕消費、花費、費用
　消費（消費、耗費、花費）←→生産
　空費（白費、浪費）
　浪費（浪費）
　濫費、乱費（濫用、亂花亂用、揮霍浪費）
　経費（經費、開銷）
　歳費（全年經費、一年的費用、國會議員的年薪）
　入費（花費、開銷）
　出費（支出、開銷、破費）
　冗費（浪費、不必要的開支）
　国費（國家經費）
　官費（官費、公費、團體費）←→私費、自費
　私費（私費、自己出資）
　市費（市的經費、市負擔的費用）
　自費（自費）
　公費（公費、官費）
　工費（工費）
　校費（校費）
　学費（學費）
　旅費（旅費）
　寮費（宿舍費）
　会費（會費）
　燃料費（燃料費）
　医療費（醫療費）
　衣料費（服裝費）
　人件費（人事費）
**費差益**〔名〕（保險）保險費的差益
**費消**〔名、自サ〕（把錢）花光、用盡
　今月分の小遣錢を既に費消して終った（這個月的零用錢已經花光了）
**費途**〔名〕錢的用途
　費途を明らかに為る（弄清錢的用途）
　費途多端（花錢的地方很多）
**費目**〔名〕（支出的）經費項目
　支払伝票には費目を書き入れて下さい（請在支付傳票上記上經費項目）
**費用**〔名〕費用、經費、開支
　旅行の費用（旅費）
　費用が嵩む（費用很大、開支增多）
　相当費用が要る（需要很多費用）入る居る鋳る射る煎る炒る
　費用に構わず（不顧費用多少）
　費用を負担する（負擔費用）
　費用を自弁する（費用自付）
　費用を切り詰める（節減經費）
　費用は自分持ちで旅行した（自費進行了旅行）
**費やす**〔他五〕花費、耗費、浪費、白費
　金を費やす（花錢）金金
　努力を費やす（花費精力）
　此の本を書き上げるのに五年の歳月を費やした（為寫完這部書花了五年的工夫）

此れ以上話しても言葉を費やすだけだ（再說下去也是白費唇舌）

詰まらぬ事で無駄に時間を費やした（為無聊的事浪費了時間）

**費える**〔自下一〕耗費、浪費、耗掉

時間が費える（浪費時間）

財産が費える（財產耗掉）

**費える、弊える、潰える**〔自下一〕潰敗，崩潰、（計畫，希望等）落空，破滅

敵は脆くも潰えた（敵人不堪一擊地潰敗了）

将来への夢は潰えた（前途的希望破滅了）

**費え、弊え、潰え**〔名〕花費，開銷，耗費，浪費、（也寫作潰え）疲敝，潰敗

費えを省く（節省開支）

時間の費え（浪費時間）

敵の潰えを乗ずる（乘敵疲敝）

## 鯡（ㄈㄟˋ）

**鯡**〔漢造〕魚名，屬喉鰾類，背青藍色，肚銀白色，棲於外洋，早春來近海產卵

**鯡、鰊**〔名〕〔動〕鯡（＝鰊）

鯡油（鯡油）

鯡粕（鯡魚粉-肥料）

身欠き鯡（鯡魚乾）

## 否（ㄈㄡˇ）

**否**〔名、漢造〕否、否定、是否

返事の諾か否かを問う（訊問同意與否）非

可と為る者よりも否と為る者の方が多い（反對者比贊成者多）

存否（有無、生存與否、健在與否）

安否（起居、平安與否、是否平安）

可否（贊成與反對、得當與否）

成否（成否、成敗）

能否（能否、能不能、有無能力）

真否（真否、真假）

当否（是否正確、是否適當、是否恰當）

適否（適當與否）

**否運、非運**〔名〕厄運、逆運、背運、壞運氣、不幸運←→幸運

我が身の非運を嘆く（哀嘆自身的不幸）嘆く 歎く

彼は非運に見舞われた（他遭到了厄運）

**否決**〔名、他サ〕否決

議会が政府案を否決した（議會否決了政府的提案）

不信任案お否決する（否決不信任案）

反対多数の為、本案は否決された（因多數反對本案被否決了）

否決権（否決權）

**否定**〔名、他サ〕否定

彼に関する噂を否定する（否定關於他的謠言）

当局者は飽く迄も此の事実を否定している（當局者矢口否定這個事實）

否定的見解を述べる（闡述否定的見解）述べる 陳べる 延べる 伸べる

**否認**〔名、他サ〕否認←→是認

全部的否認（全部否認）

部分的否認（部分否認）

事実を否認する（否認事實）

否認し得ない（不能否認）

自己の行為を否認する（否認自己的行為）

**否む、辞む**〔他五〕拒絕、否定

申し出を否む（拒絕請求、批駁申請）

否むに言葉無し（沒有話可以拒絕）

此の事実を否む事は出来まい（不能否定這個事實吧！）

**否めない**〔連語〕不能拒絕、不能否定（否認）

否めない正当な要求（不能拒絕的正當要求）

未だ発展途上に在る事は否めない事実である（還在發展中這是不能否定的事實）

**否**〔名〕不同意（＝不同意、不承知）

〔感〕否、不（＝否）

否では有るまい（不會不同意吧！）
否なら否とはっきり答えよ（若不同意就清楚回答不同意）
否とは言わせない（不容他說不同意）
否、然うではない（不，不是那樣）
賛成か否か聞き度い（想問贊成還是不贊成）
レーニンはソ連、否、世界の偉人である（列寧是蘇聯的，不，是世界的偉人）
インフレは日本、否、全世界の問題だ（通貨膨脹不僅是日本而且是整個世界的問題）

**否や**〔連語〕可否，是否，異議，不同意，（常用〝…や否や〞的型式）（一…）馬上，立刻，就，（常用〝…や否や〞的型式）是…還是…

否やを問う（訊問是否同意）
彼には否やは言わせない（不讓他提出異議）
私は其れを聞くや否や出発した（我一聽到那話立刻就出發了）
彼は大学を出るや否や農村建設に身を投じた（他一出大學就立刻投身於農村建設）
成功するや否やは努力如何に由る（成功與否要看努力如何）
彼が為て呉れるや否やは未だ分らない（還不知道他給做還是不給做）
御出で下さるや否や御一報下さい（是否光臨希賜回音）

**否とよ**〔感〕〔古〕不不、不是（=否否）

**や否や**〔連語〕剛…就、剛…馬上、剛一…立刻、是否

起きるや否や飛び出した（剛一起床就跑出去了）
有るや否やは疑問だ（有沒有是個疑問、不一定有）

**否**〔感〕（表示否定對方的話）不，不對、（表示將要作出否定或肯定而又把話停下來）哦，那麼，是啊

〔接〕（插在句子中間否定上邊說的話表示正確說來應該是…）不，豈止

否、然うではない（不，不是那樣）
否、そんな事は無い（不，沒有那種事）
出掛けるかい-否 出掛けない（出去嗎？不，不出去）
否、何でもないんです（哦〔不〕，沒什麼）
否、又参ります（那麼改日我再來）
否、其れなら又御電話します（哦，那麼回頭我再打電話）
日本、否、世界の名作だ（是日本，不，是世界的名著）
其れは三人でも出来ない、否、五人でも出来るもんか（那三個人也做不了，不，五個人也談何容易）
私は六つ否、其の倍でも食べられるよ（我能吃六個，哪裡、六個的兩倍也能吃得下）

**厭、嫌**〔名，形動〕討厭、厭惡、不喜歡←→好き

厭な顔を為る（露出不高興的神情）
厭な気持（厭煩的心情）
厭な顔一つ為ず（一點也沒露出不願意的神色）
聞いていて厭に為る（聽得厭煩）
夏は暑くて厭です（夏天熱得令人討厭）
もう生きるのが厭に為った（已經活膩了）
徒でも厭です（白給也不想要）
厭なら止し給え（不願意就不要做好了）
厭と言う程（厭煩、厲害、夠嗆）
彼の人に会うのが厭だ（我不願意見他）
厭と言う程殴る（痛打一頓）
雨は厭と言う程降り続いた（雨下得沒完沒了）
否でも応でも（不管同意不同意、無論如何）

**否否、否否**〔感〕（否的強調說法）不不、不是（=いえいえ）

否否、其れは違う（不不，那不對）
否否、そんな訳ではない（不是那麼回事）
然うも考えられるが、否否、然うじゃない（也可以那麼想，不過，不不，不是那樣）

**否応**〔名〕可否、願意不願意、答應不答應
　今さら否応（を）言わせない（事到如今不容置可否）

**否応無しに**〔連語、副〕不容分辯，不管願意不願意、迫不得已、硬著頭皮
　否応無しに持って行った（硬拿走了）
　警官が否応無しに引っ立てる（警察強行帶走）
　否応無しに遣らされているのだ（不得已而為之）

**否でも応でも**〔連語、副〕不管願不願意
　否でも応でも行かねば為らない（不管願不願意也得去、無論如何必須去）
　否でも応でも自然界の法則に背く事は出来ない（不管怎樣自然界的規律是不能違背的）

# 番（ㄈㄢ）

**番**〔名〕班，輪班、看守，守衛
〔接尾〕（助數詞用法）（表示順序）第…號、（表示號碼）…號、（比賽的）盤，局，尺寸，尺碼，規格
〔漢造〕輪班，交替、（輪流）看守、照看、順序、搭配、常用，粗劣
　番に当っている人（值班的人）
　前回は僕が行ったから、今度は君の番だ（上次是我去的這回該輪到你了）
　今日は君が議長を遣る番だ（今天輪到你當主席）
　番を交代する（交班）
　次が田中さんが読む番です（下一個該田中唸了）
　番が狂った（次序亂了）
　家の番を為る（看家）
　店の番を為る（看守店舖）
　犬に羊の番を為せる（讓狗看羊）
　子供の番を為る（照看孩子）
　友達が切符を買いに行っている間、私の荷物の番を為ていました（朋友去買票的當兒我照看行李）
　成績はクラスで二番（成績在班上第二）
　三番打者（棒球第三號打球員）
　背番号三番（背上號碼三號）
　電話は２３０の８５１６番（電話是2308516號）
　五番勝負（五盤比賽）
　二番上の帽子（大二號的帽子）
　十二番の紡績（十二支棉紗）
　世代交番（世代交替）
　上番（值班、當班、上班）←→下番
　下番（〔輪班制工作的〕下班）
　輪番（輪班、輪流、輪班）
　勤番（值勤、江戸時代諸侯家臣輪班在江戸藩邸執勤、單身在遠鄉勤務）
　月番（值月班、值月班的人）
　週番（按週輪流的值班）
　当番（值班、值班的人）
　検番、見番（藝妓或藝妓業的管理所）
　交番（派出所、交替，輪換、〔電〕交變）
　玄関番（門丁、門房）
　下足番（看管脱下鞋子的人）
　不寝番（守夜〔的人〕、值夜班〔的人〕、巡夜〔的人〕=寝ずの番）
　留守番（看家、看家的人、江戸時代看守大阪城二條城的人=城番）
　順番（輪班、輪流、順序）
　第一番（第一名）
　二番目（第二個）
　三番勝負（三次比賽決勝負、三盤兩勝決勝負）
　番茶（粗茶）

**番外**〔名〕節目以外，型號以外、例外，特別、（會議的）非正式成員，列席人員

ㄈ

番外の余興（外加的餘興）

番外物（型號外商品-超過標準尺寸的衣服或鞋襪等）

彼は番外だ（他是例外）

番外委員（列席委員）

**番傘**〔名〕粗製的油紙雨傘

**番数**〔名〕（演出、相撲、比賽等的）節目、比賽場次

番数が少ない（節目少）

**番代り、番替り**〔名〕輪換、交替、輪班、換班（＝交代）

**番組**〔名〕（廣播、演劇、比賽等的）節目

ラジオの番組（廣播節目）

番組表（節目單）

競技の番組は未だ出来ていない（比賽日程表尚未編出來）

此れで今日の番組を終ります（今天的節目到此為止）

生番組（未經錄音錄影的直接播送節目）

**番狂わせ**〔名〕打亂了次序、（勝負結果等）出乎意料

彼が急に病気に為った為番狂わせが起った（因為他突然生病打亂了次序）

今度の選挙は番狂わせが多かった（這一次選舉出現許多意想不到的情況）

此れは全く番狂わせだ（這真是出乎意料）

彼が負けたのは大きな番狂わせだ（他敗了真是出乎意料）

**番犬**〔名〕警犬、看門狗

番犬を置く（養看家狗）

番犬役を勤める（充當警犬）

此れは番犬に好い犬だ（這條狗適於做警犬）

彼は其の財閥の番犬だった（他是那財閥的看門狗）

**番小屋**〔名〕看守人的小房

猟の番小屋（狩獵人住的山林小屋）

**番号**〔名〕號碼、號數

本には皆番号が打って有る（書上都打著號碼）

番号順に腰掛けて下さい（請按號數順序坐好）

部屋（の）番号は二階の十五番です（房間號碼是二樓十五號）

番号を調べる（查號）

電話の番号を回す（撥電話號碼）

自動番号捺印機（自動號碼機）

番号札（號碼牌）

（点呼の号令）番号！（〔口令〕報數！）

**番士**〔名〕值班的哨兵

**番所**〔名〕崗哨，看守值班的地方、（江戶時代）市鎮衙門（＝町奉行所）

**番匠、番匠**〔名〕木匠、古時輪流由外地到京都在皇宮工作的木匠

**番線**〔名〕鉛絲的號碼、火車站線路的號碼、月台的號碼

東京行きは一番線です（開往東京是一號月台）

**番船**〔名〕外國船

**番卒**〔名〕哨兵、值勤士兵

**番太、番太郎**〔名〕（江戶時代地位低微的）市內值勤人

**番太郎**〔名〕（江戶時代地位低微的）市內值勤人

**番台**〔名〕（雜技場、澡堂等處、門口收費或值班的人）坐的高台

番台に座る（坐在收費台上）

**番地**〔名〕門牌號、住址、〔計〕（電子計算機、電子交換機的）地址（＝アドレス）

御宅は何番地ですか（府上門牌是幾號？）

一丁目（の）六番地（第一條街門牌六號）

転居したので友人に番地を知らせる（因遷居將住址通知給朋友）

**番茶**〔名〕粗茶

食事の後番茶を飲む（飯後喝粗茶）

番茶も出花（十七十八無醜女、粗茶新沏味也香）

**番長**〔名〕（國中、高中）不良少年的老大
**番付、番付け**〔名〕〔相撲〕（按力士名次排列並包括裁判和顧問在內的）一覽表〈歌舞伎等的〉節目單
　　番付が上がる（排列名次升級）
　　番付が下がる（排列名次降級）
　　番付に出ている（力士名次表上有該力士的名）
**番手**〔名〕守城的武士、（古時部隊列陣時表示順序的）號碼、（表示棉紗粗細的單位）支、白鐵皮的厚薄單位
　　一番手の選手（頭一個出場的選手）
　　六十番手の綿糸（六十支紗）
**番頭**〔名〕（商店、旅館等的）掌櫃的、（劇團的）領班、資方代理人、（澡堂的）搓澡的（=三助）
　　大番頭（大總管）
　　呉服屋の番頭（綢緞莊的掌櫃的）
　　番頭株（副主管、主管助手、二掌櫃）
　　三井の番頭（三井的經理、三井的資方代理人）
　　湯屋の番頭（澡堂搓澡的）
**番人**〔名〕看守、值班人
　　別荘に番人を置く（別墅裡設看守人）
　　倉庫の番人（倉庫的看守）
　　此の踏切は番人が居ない（這個平交道沒有人看守）
**番兵**〔名〕崗哨、哨兵、守衛
　　番兵を置く（設哨兵、放哨）
　　番兵に呼び止められる（被哨兵叫住）
**番屋**〔名〕值班小房
**番荔枝**〔名〕〔植〕蕃荔枝
**番う**〔自五〕成對（=対に為る）、交尾（=交尾む）
　　雌馬を番わせる（使牝馬交尾、給牝馬配種）
　　犬が番っている（狗在交尾）
**番**〔名〕成對，交尾、（成雙或雌雄的）一對、關節，連接部分（=番い目）

　　番の小鳥（一對小鳥）
　　鴨一番（一對野鴨）
　　番に為る（配成對）
　　蝶番（合葉、鉸鏈）
**番いアーチ**〔名〕〔機〕鉸鏈拱橋
**番鳥**〔名〕雌雄常在一起的鳥、〔喻〕親密的夫妻，鴛鴦伴侶
**番い目**〔名〕接頭、接合處、關節
　　番い目を離す（拆開接頭）話す離す放す
**番える**〔他下一〕接上，結合、（把箭）搭在（弓弦上）、說定，約定
　　外れた関節を番える（把脫臼的關節端上）
　　矢を番える（把箭搭在弦上）
　　言葉を番える（約定）

## 蕃（ㄈㄢˊ）

**蕃**〔漢造〕（也讀作蕃）（草木）繁茂、（生物）繁殖、未開化的異族、外國
　　生蕃（生蕃、未開化的蕃人）
　　蕃殖、繁殖（繁殖）←→絶滅
**蕃夷、蛮夷**〔名〕蠻夷、夷狄
**蕃語、蛮語**〔名〕土著語言，蝦夷語、異族語言，外國語（特指西班牙語、葡萄牙語）
**蕃紅花**〔名〕〔植〕蕃紅花、藏紅花
**蕃社**〔名〕土著居民的部落
**蕃習、蛮習**〔名〕野蠻的風習
**蕃書、蛮書**〔名〕（江戶時代稱）外國書（特別是歐美的書籍或文書）
**蕃椒**〔名〕辣椒（=唐辛子）
**蕃人**〔名〕土人、外國人
**蕃族、蛮族**〔名〕野蠻民族、未開化民族
**蕃地**〔名〕土人居住的未開化地方
**蕃殖、繁殖**〔名〕繁殖←→絶滅
　　蕃殖力が強い（繁殖力強）
　　細菌が蕃殖する（細菌在繁殖）
**蕃南瓜、唐茄子**〔名〕（東京一帶）南瓜（類的總稱）（=南瓜）、（京都特產長葫蘆形的）南瓜（=唐瓜）

## 繙（ほん）

**繙**〔漢造〕織絲紛亂為繙、翻譯、風吹飛動的樣子

**繙書**〔名〕讀書

**繙読**〔名、他サ〕展卷閱讀、翻閱
　西遊記を繙読する（翻閱西遊記）

**繙く**〔他五〕翻閱、閱讀
　古典を繙く（翻閱古典）紐解く

## 翻（ほん）

**翻**〔漢造〕（也讀作翻）飄動、折騰、改變、翻版、翻譯
　翩翻（飄揚）

**翻案**〔名、他サ〕（文學作品等的）改編
　此れはゾラの小説から翻案した物である（這是由左拉的小說加以改編的作品）
　チューホフの戯曲を翻案して上演する（把契訶夫的劇本加以改編搬上舞台）

**翻意**〔名、自サ〕改變主意、改變原來的決心
　相手の翻意を促す（促請對方回心轉意）
　彼が翻意するとは思われない（我想他是不會改變主意的）

**翻刻**〔名、他サ〕〔印〕翻印、複製
　古典を翻刻する（翻印古書）
　翻刻物（複製品、翻印的書）

**翻身**〔名、自サ〕翻身

**翻然**〔副、形動タルト〕翻然、飄然
　翻然と為て非を悟る（翻然悔悟）
　翻然（と）心を改める（翻然悔改）
　翻然悔悟して新生活に入る（翻然悔悟開始新生）
　翻然と為てはためく（迎風飄揚）

**翻訳**〔名、他サ〕翻譯、翻譯的東西、譯本
　電子翻訳機（電子翻譯機）
　此の小説はフランスの原書から翻訳した物だ（這篇小說是從法國原著翻譯的）
　日本語を英語に翻訳する（用日語譯成英語）
　トルストイの小説を翻訳で読む（讀托爾斯泰的小說的譯本）
　翻訳物（譯本、翻譯作品）
　翻訳権（翻譯權）

**翻弄**〔名、他サ〕撥弄，玩弄，愚弄、（使船隻等）顛簸不停
　若い女を翻弄する（玩弄年輕女人）
　人に翻弄される（被人愚弄）
　暴風に遭って船が波に翻弄される（船遇暴風被浪濤盪來盪去）

**翻車魚**〔名〕〔動〕翻車魚

**翻す、覆す、反す**〔他五〕翻過來、耕、（寫作反す）（漢字讀音的）反切

〔接尾〕（寫作返す或反す、接動詞連用形下）重複
　干し草を翻す（把曬的草翻過來）帰す返す還す孵す
　手の平を翻す（反掌、把手翻過來）
　コップの水を翻す（把杯裡的水弄灑了）
　新聞の裏を翻して読む（翻過報紙的背面讀）
　田を翻す（翻地、耕田）
　手紙を書いたらもう一度読み返し為さい（寫完信後要重唸一遍）

**返す**〔他五〕歸還，退還、送還、報答、回答、回敬、（也寫作帰す）打發回去、叫…回去、解雇、休妻、釋放、嘔吐

〔自五〕返回、退回

〔接尾〕（寫作返す或反す、接動詞連用形下）重複
　拾った物は落とした人に返す（把拾來的東西歸還失主）
　借りた品物を持主に返す（把借來的東西歸還原主）
　贈物を返す（退還禮物）
　借金を返す（歸還借款）
　本を図書館に返して下さい（請把書歸還圖書館）

新聞を読んだら元の場所へ返し為さい（報紙看完請送回原處）

商品を返す（退貨）

金を返す（退錢）

其の品は見本違いで返された（那件東西因和樣品不符被退了回來）

挨拶を返す（回禮、致答詞）

恩を返す（報恩）

恩を仇で返す（恩將仇報）

口を返す（還嘴）

返す言葉が無い（無話可答）

子供を一人で返しては行けない（不要把孩子一個人打發回去）

不始末が有って返された（因為行為不檢被解雇了）

嫁を返した（把媳婦休了）

証拠不十分で容疑者を返した（由於證據不足把嫌疑犯釋放了）

飲み過ぎて返した（因為飲酒過量吐了）

寄せては返す波（拍岸的波浪）

引き返す（返回、折回）

手紙を書いたらもう一度読み返し為さい（寫完信後要重唸一遍）

**帰す**〔他五〕使回去、打發回去（＝帰らせる）

郷里に帰す（打發回家郷）

弟を先に帰す（讓弟弟先回去）

自動車を銀座で帰して、其から一人で歩いた（在銀座把汽車打發回去然後一個人步行）

**翻す、飜す、飄す**〔他五〕翻轉，改變，使變得相反，使飄揚，使飄動，閃開，躲開

心を翻す（改變主意）

説を翻す（改變主張）

掌を翻す（翻手掌、態度突變）掌

赤旗を翻す（使紅旗飄揚）

裳裾を翻して踊る（翩翩起舞）

身を翻して矢を避ける（閃身躲箭）避ける避ける除ける除ける

身を翻して逃げる（翻身逃走）逃れる

**翻る、飜る、飄る**〔自五〕（旗幟等）飄揚，飄動、翻過來，轉變，變相反

風に翻る（隨風飄揚）

船のマストに旗が翻る（旗在船的桅桿上漂動）

意見が翻った（意見變了）

**翻って**〔副〕反過來、回過頭來

翻って考えれば（反過來考慮的話、如果從另一角度來看）

翻って自己を考える（反省自己）

翻って我国の現状を見るに（反過來看一看我國的現狀）

## 藩（ㄈㄢˊ）

**藩**〔漢造〕藩，屏藩、（幕藩制下的）藩

親藩（江戶時代將軍家族近親的諸侯）

大藩（有廣大領地的諸侯）←→小藩

小藩（小藩）←→大藩

雄藩（勢力強大的諸侯）

脱藩（〔江戶時代〕脫離藩籍、武士脫離藩主變為浪人）

長州藩（長州藩）

廃藩置県（〔日本明治維新時的〕廢除藩制置縣）

**藩王**〔名〕藩王、邦王（以前英國統治下印度各地小王國的王）（＝マハラジャ maharajah）

**藩学**〔名〕藩學、藩校（江戶時代為教育藩士子弟而開設的學校）

**藩侯**〔名〕藩主、諸侯

**藩校**〔名〕藩校、藩學（＝藩学）

**藩札**〔名〕（江戶時代）各藩發行的紙幣

**藩士**〔名〕藩的武士、諸侯的家臣

**藩主**〔名〕藩主、諸侯

**藩儒**〔名〕藩主聘的儒者、為藩主服務的儒者

**藩政**〔名〕藩內的政治

**藩祖**〔名〕藩主的祖先

**藩中**〔名〕藩內、同藩的藩士（武士）

**藩邸**〔名〕（江戶時代）諸侯設在江戶的邸宅

**藩閥**〔名〕藩閥（出身於同一勢力雄厚的諸侯國的人們壟斷政府要職後結成的派閥，特指明治政府內的派閥）
　藩閥政府（藩閥控制的明治政府）

**藩屏**〔名〕〔古〕屏藩
　皇室の藩屏（皇室的屏藩）

**藩老**〔名〕藩的家老（總管軍隊和內部事務的重臣）

**藩論**〔名〕藩的意見
　藩論統一（統一藩的意見）

## 礬（ㄈㄢˊ）

**礬**〔漢造〕結晶的礦物，能結合染料，又能清潔污水

**礬土**〔名〕〔化〕礬土、氧化鋁（=アルミナ alumina）
　硫酸礬土（明礬土、硫酸鋁）
　礬土煉瓦（高鋁磚）

**礬砂、礬水、陶砂**〔名〕礬水、膠水、膠料（=サイズ size）
　礬水を引く（在紙〔絹〕面上加礬水〔以免書畫時洇墨〕）
　礬砂紙（〔書畫用的〕礬水紙、有光紙=美濃紙）

## 凡（ㄈㄢˊ）

**凡**〔名、漢造〕（也讀作凢）凡、平凡（=並）
　凡為らざる人物（非凡的人物）
　凡を抜く（出眾、超群）貫く
　平凡（平凡）
　非凡（非凡、不平常）
　凡例（凡例）

**凡眼**〔名〕平凡的眼力、平凡的鑑別力
　其処に眼を付けるとは君も中中凡眼で無い（你能看到那一點還算很有眼力）
　凡眼には然う映ずるかも知れない（凡眼看來也許是那樣）

**凡愚**〔名〕凡人、平凡的人、平庸的人

**凡下**〔名〕平凡的人，平庸的人，庸庸碌碌的人、（不屬於武士階層的）平民，庶民

**凡骨**〔名〕平凡的人、平庸的人
　凡骨の能くする処ではない（不是庸人所能做得到的）善く能く

**凡才**〔名〕庸才、庸人
　才能が伸びず一生凡才に終る（一生才能沒有長進無所作為）

**凡作**〔名〕平庸的作品←→秀作
　今月の雑誌の小説は凡作揃いだ（本月號雜誌所載的小說全是平淡無奇的作品）

**凡策**〔名〕平庸的方策
　新内閣の人事は全く凡策と言うより他ない（新內閣的人事安排只能說是平平凡凡）

**凡失**〔名〕〔棒球〕不應有的失誤

**凡手**〔名〕本領平常（的人）
　凡手凡眼（本領平常眼光庸俗）

**凡主**〔名〕庸君、平庸的主子

**凡書**〔名〕內容平凡的書、平庸的墨跡

**凡庶**〔名〕凡人、庶民

**凡小**〔名〕平庸量小（的人）、庸碌無能（之輩）

**凡常**〔名〕普通

**凡人**〔名〕平凡的人、平庸的人
　凡人でない（非凡的人）
　我我凡人にはさっぱり分らない（我們庸人完全不能理解）

**凡戦**〔名〕〔體〕不出色的比賽、平淡無味的比賽
　試合が凡戦に終る（比賽平平淡淡地結束了）

**凡俗**〔名、形動〕庸俗、普通人，平凡的人（事）
　凡俗を超越する（超越庸俗）
　彼の趣味が凡俗だ（他的興趣庸俗）
　我我凡俗には思いも付かぬ事だ（是我們凡人想像不到的）
　凡俗の人間には中中分らない（普通人頗不易理解的意義深遠的話）

**凡打**〔名、他サ〕〔棒球〕不出色的擊球、平庸的擊球

凡打に打ち取る（使對方擊出平庸的球而出局）

凡打に終る（以平庸的擊球告終）

**凡退**〔名、自サ〕〔棒球〕（擊球員）未打出安打而退場

三者凡退（三個擊球員都未打出安打而退場）

**凡百、凡百**〔名〕種種、萬般（＝諸諸、数数）

凡百の施設（種種設施）

凡百の人間（各色人等）

**凡夫**〔名〕凡夫，凡人。〔佛〕俗人

凡夫の能く無し得る所ではない（不是凡人所能做得到的）

凡夫の浅ましさ（凡夫之淺見）

凡夫も悟れば仏（只要努力凡夫也是會成功的）

**凡フライ**〔名〕〔棒球〕打得短促而高的飛球

**凡庸**〔名ナ〕平庸、平凡、庸碌

凡庸な生活を送る（生活平庸〔單調〕）

凡庸の才（庸才）

凡庸の人（平凡的人、庸碌之輩）

**凡慮**〔名〕庸人之見

凡慮の及ぶ所ではない（不是普通人所能料到的）

**凡例**〔名〕凡例

辞書を買ったら必ず凡例を読み為さい（買了辭典以後一定要看一看凡例）

**凡そ**〔名〕大體、概略

〔副〕大約，大概、凡是，所有。〔俗〕全然，完全，根本，非常

凡その見当が付いた（有了大概的估計）

凡その事情を説明する（說明大概的情況）

其れで計画の凡そが分る（由此可以知道計畫的梗概）

君の話は凡そ分った（你的話大體明白了）

凡そ百人許り集った（大約到了一百人左右）

今から凡そ千年前（距今約一千年前）

凡そ人間たる物は革命精神を持たなければ為らない（凡是人要有一點革命精神的）

凡そ誤りを犯した物は、必ず改める可きである（凡是犯了錯誤的必須改正）

そんな計画は凡そ意味が無い（那樣的計畫根本沒有意思）

凡そ馬鹿馬鹿しい話だ（那是非常愚蠢的事）

此の料理は安いが凡そ美味くない（這個菜雖然便宜但是一點也不好吃）

此れと彼れは凡そ縁の遠い事だ（這是跟那個完全沾不上邊的事）

彼奴は然う言う方面には凡そ能力の無い男だ（他是在那方面毫無能力的人）

**大凡、凡そ**〔名、副〕大體、大概情況、大致、大約（＝大体、粗方、凡そ）

大凡の事情は聞いている（大概情況已經聽到了）

必要な金の大凡を言って下さい（請你把所需款項大概說一下）

大凡の見積もり（大概的估計）

大凡の見当は付く（心裡大致有個譜）

大凡（は）理解出来た（大體能夠理解了）

大凡五十人も入れば良い（大約有五十個人就可以）

大凡十年位前の事です（是大約十年以前的事情）

大凡当っている（大致猜對了）

大凡の説明を聞いたら、自分で始めて見て下さい（聽了大概的說明之後請自己開始試試看）

**凡て、全て、総て、渾て、都て、惣て**〔名〕一切、全部、共計

〔副〕全部、一切、整個、統統

全てを祖国に捧げる（把一切獻給祖國）

全ての点を勝っている（在各方面都勝過）

全てに亘って注意深い（對各方面都很仔細）

本が一円、万年筆が三円、靴が五円、全て九円の買い物を為た（書一元鋼筆三元鞋子五元，總共買了九塊錢的東西）

亡

問題は全て解決した（問題全部解決了）
全て私が悪いのです（一切都是我的不是）
全て此の調子で遣れ（一切都要照這樣做）
全て彼の調子だから困る（全部都那個樣子叫人沒辦法）
製品は全て駄目だ（製品全部不合格）
全て然り（一切皆然）
全ての道はローマに通ず（條條大路通羅馬，比喻殊途同歸）

## 帆、帆（ㄷㄢˊ）

帆〔名〕帆
　帆を揚げる（揚帆）揚げる上げる挙げる
　帆を下す（下帆、收帆）下す卸す降ろす架ける搔ける画ける翔る書ける駆ける懸ける
　帆を掛ける（掛帆）掛ける描ける翔ける賭ける欠ける描ける駈ける斯ける
　帆を張る（張帆）張る貼る
　帆を畳む（疊帆、卷帆）
　得手に帆（を上げる）（如魚得水、如龍得雲、大顯身手）
　尻に帆を掛ける（喻急忙逃走）

帆影〔名〕帆影、遠帆
　遠くに見える帆影（遠方望見的帆影）
　遥か水平線に帆影が見える（在遙遠的水平線看見帆影）

帆掛ける〔他下一〕揚帆
　追風に帆掛けて走る（順風揚帆前進）

帆掛け船、帆掛船〔名〕帆船

帆船、帆船〔名〕帆船（=帆掛け船、帆掛船）

帆風〔名〕順風。〔轉〕勢力，權勢

帆桁〔名〕〔船〕帆桁
　帆桁綱（轉帆索）

帆立貝〔名〕〔動〕扇貝

帆綱〔名〕帆繩

帆手〔名〕帆的上端每一反在帆桁繫上的繩、帆船的帆操作法

帆縫い糸〔名〕縫帆線、雙股（或雙股以上的）線

帆布、帆布〔名〕帆布

帆柱〔名〕桅桿
　帆柱を失った船（失掉桅桿的帆船）
　帆柱に上がる（爬上桅桿）上がる挙がる揚がる騰がる

帆前船〔名〕西式帆船
　二本マストの帆前船（兩根桅桿的帆船）

帆耳〔名〕〔海〕橫帆的一隻下角、縱帆的後下角
　帆耳を引く（扯帆上〔下〕桁）

帆莚〔名〕帆蓬、船蓬

帆木綿〔名〕帆布

帆〔漢造〕帆、船帆
　帰帆（歸帆、歸舟）
　孤帆（孤帆）
　出帆（開船）
　漁帆（漁帆）

帆檣〔名〕帆檣
　帆檣林立する（帆檣林立）

帆走〔名、自サ〕揚帆行駛
　帆走中の船（揚帆行駛的船）
　ヨットで太平洋を帆走する（駕快艇揚帆行駛於太平洋上）

帆装〔名〕〔海〕帆裝（桅型式船的特有帆）、裝配船帆
　仮帆装の船（臨時裝配帆桅的船）
　スループ式帆装の船（單桅帆裝的船）

## 煩（ㄈㄢˊ）

煩〔名、漢造〕（也讀作煩）煩、繁瑣、繁雜、煩惱
　煩を避ける（避開繁瑣）避ける咲ける割ける裂ける避ける
　煩に堪えない（不勝其煩）堪える耐える絶える
　煩悩（煩惱）

**煩瑣**〔名、形動〕繁瑣、麻煩
煩瑣な手続（繁瑣的手續）
説明が煩瑣で堪えられない（說明繁瑣得讓人受不了）
煩瑣哲学（〔哲〕繁瑣哲學、經院哲學）

**煩雑**〔名、形動〕麻煩
益益煩雑に為る（更加麻煩了）

**繁雑**〔名、形動〕繁雜、複雜←→簡易
繁雑な仕事（繁雜的工作）
繁雑な事柄をてきぱきと処理する（乾淨俐落地處理繁雜的事）
海外旅行の手続きは繁雑だ（出國旅行的手續很繁雜）

**煩多**〔名、形動〕繁雜
煩多な手続（（繁雜的手續）

**繁多**〔名、形動〕繁忙
業務繁多（繁忙的業務）
御用繁多の所恐れ入りますが（在您繁忙的時候來打擾真的很抱歉）

**煩熱**〔名〕煩熱，苦於發燒、暑熱，苦於暑熱、為俗事苦惱

**煩忙、繁忙**〔名、形動〕繁忙←→閑散
繁忙を極める（極其繁忙）
仕事の繁忙から逃れる（從繁忙的工作中抽身）
御繁忙の折誠に恐縮ですが…（在您百忙之中很對不起…）

**煩務、繁務**〔名〕工作繁忙

**煩悶**〔名自サ〕煩悶、愁悶
日夜煩悶する（日夜煩悶）
煩悶して病気に為る（抑鬱成疾）
君が何か大きな煩悶が有り然うだね（你好像有什麼很大的愁事）

**煩慮**〔名〕憂慮、煩惱

**煩累**〔名〕煩累
家事上の煩累が無い（無家務繁累）
煩累を脱する（擺脫繁累）

**煩労**〔名〕煩勞、勞苦

煩労を厭わない（不辭勞苦）

**煩悩**〔名〕〔佛〕煩惱
煩悩の絆を断つ（斬斷煩惱的枷鎖）
煩悩の海に漂う（漂流在煩惱的海洋中）
煩悩の犬に追われる（為煩惱所糾纏）
煩悩の犬は追えども去らず（煩惱是擺脫不開的）

**煩がる**〔自五〕感覺膩煩、厭煩、討厭
彼は非常に其れを煩がった（他很討厭那件事）五月蠅がる
諄いので皆に煩がられている（因為太囉嗦所以大家都討厭他）

**煩い、五月蠅い**〔形〕討厭的，麻煩的，惱人的（=煩わしい、面倒だ）、愛嘮叨，愛挑剔（=口喧しい）、吵鬧，嘈雜，喧嚷（=喧しい）
煩い奴（討厭的傢伙）
煩い問題が起こった（發生了麻煩的事情）
問題が煩く為った（問題複雜化了）
煩く質問する（問得令人心煩）
煩く付き纏う（糾纏不休）
煩げに手を振って拒絶する（很不耐煩似的擺手拒絕）
煩い親父（愛嘮叨的父親、多嘴的老闆）
母は何も言わないが、父が煩い（媽媽沒說什麼爸爸可沒完）
煩い物音（喧鬧聲）
煩いから、ラジオを止めて下さい（太吵了請把收音機關了吧！）
話し声が煩くて勉強が出来ない（說話聲音太吵了不能學習）
煩い、静かに為ろ（太吵了安靜點！）

**煩型**〔名〕好多嘴（的人）、愛挑剔（的人）（=喧し屋）
一言居士の煩型だ（凡事多要過問的碎嘴子、凡事多要過問的婆婆嘴）

**煩う、患う**〔自、他五〕（常寫作患う）患病、生病

〔接尾〕（寫作煩う、接動詞連用形下）苦惱，煩惱（＝悩む、苦しむ）、做不到，難以辦到

胸を患う（得肺病）

彼は胆嚢炎を患っている（他正患著膽囊炎）

生まれてから患った事が無い（從來就沒得過病）

悩み煩う（萬分苦惱）

彼是と思い煩う（這個那個地大傷腦筋、左思右想地焦慮）

言い煩う（難說出口）

寒さで花が咲き煩う（由於寒冷花開不了）

**煩い**〔名〕煩惱、苦惱（＝悩み、苦しみ）

心の煩い（內心的苦惱）

後の煩いと為る（成為後患）

心に煩いが無い（心中沒有煩惱、無憂無慮）

彼には家庭の煩いが無い（他沒有家庭之累）

後の煩いは想像に堪えない物が有る（後患不堪設想）

**患い**〔名〕病（＝病）

長患い（久病）

長患いですっかり痩せた（因為長期患病瘦得不堪了）

今迄に大患いを為た事が有りますか（你以前得過重病嗎？）

**煩い付く、患う付く**〔自五〕生病、患病、疾病纏身（＝病み付く）

**煩わしい**〔形〕膩煩的，心煩的（＝面倒臭い、煩い）、麻煩的，繁瑣的

毎日出掛けるのは煩わしい（天天外出真膩煩）

子供を連れて行くのは、全く煩わしい（帶孩子去太累贅了）

煩わしい手続（麻煩的手續）

煩わしい礼儀を止める（廢除繁瑣的禮節）

ラジオの雑音は煩わして遣り切れない（收音機的雜音討厭得吃不消）

**煩わす**〔他五〕使煩惱，為…苦惱（＝悩ます、苦しめる）、麻煩，使…受累

心を煩わす（操心）

詰まらない事で煩わされるのは嫌だ（不願為無謂的事情苦惱）

親の手を煩わす（煩擾父母）

人の手を煩わす（麻煩人家）

御上京の節は御一報を煩わし度い（來京時煩請通知我一下）

誰をも煩わさないで済ませた（沒有麻煩任何人就辦完了）

此の事で君を煩わし度い（這件事想麻煩你一下）

**煩わせる**〔他下一〕使煩惱，為…苦惱（＝悩ます、苦しめる）、麻煩，使…受累（＝煩わす）

# 繁（ㄈㄢˊ）

**繁**〔名、漢造〕繁、繁茂、繁榮、繁瑣、繁雜

繁より簡に入る（由繁入簡）入る入る

繁を避ける（避繁）避ける

頻繁（頻繁、屢次）

**繁栄**〔名、自サ〕繁榮、昌盛、興旺

国家の繁栄（國家的昌盛）

一家の繁栄を来す（導致全家興旺）

社長が遣手で会社が繁栄する（由於經理有才幹公司興旺）

繁栄振り（繁榮景象）

**繁華**〔名、形動〕繁華、熱鬧

繁華な大通り（繁華的大街）

極めて繁華な都市（極為繁華的都市）

此の通りは一番の繁華街です（這條街是最熱鬧的街）

**繁閑**〔名〕繁忙和閒暇

**繁簡**〔名〕繁簡

繁簡宜しきを得ている（繁簡得當、繁簡適宜）

**繁劇**〔名、形動〕繁忙

軍務繁劇（軍務繁忙）

**煩雑**〔名、形動〕麻煩
- 益益煩雑に為る（更加麻煩了）

**繁雑**〔名、形動〕繁雑、複雑←→簡易
- 繁雑な仕事（繁雑的工作）
- 繁雑な事柄をてきぱきと処理する（乾淨俐落地處理繁雑的事）
- 海外旅行の手続きは繁雑だ（出國旅行的手續很繁雑）

**繁昌、繁盛**〔名、自サ〕繁盛、繁榮昌盛、興旺、興隆
- 商売熱心で店が繁盛する（由於競競業業做買賣生意興隆）
- 繁盛を極めて都（極其繁榮的都城）
- 家内繁盛（家族興旺）

**繁殖**〔名、自サ〕繁殖、孳生、滋生
- 人工繁殖（人工繁殖）
- バクテリアの繁殖（細菌的繁殖）
- 鼠の繁殖力が強い（老鼠繁殖力強）
- 繁殖を助ける（促進繁殖）
- 繁殖期（繁殖期）

**繁縟**〔名〕繁文縟節（=繁文縟礼）

**繁文縟礼**〔名〕繁文縟節
- 御役所の仕事は兎角繁文縟礼の嫌いが有る（機關的工作總是有點官樣文章）

**煩多**〔名、形動〕繁雑
- 煩多な手続（繁雑的手續）

**繁多**〔名、形動〕繁忙
- 業務繁多（繁忙的業務）
- 御用繁多の所恐れ入りますが（在您繁忙的時候來打擾真的很抱歉）

**繁分数**〔名〕〔數〕繁分數

**繁忙、煩忙**〔名、形動〕繁忙←→閑散
- 繁忙を極める（極其繁忙）
- 仕事の繁忙から逃れる（從繁忙的工作中抽身）
- 御繁忙の折誠に恐縮ですが…（在您百忙之中對不起…）

**繁茂**〔名、自サ〕繁茂
- 其の山には樹木が繁茂している（那座山上樹木繁茂）
- 空地に夏草が繁茂する（空地上夏草叢生）
- 空地明地

**繁用**〔名〕事務紛繁
- 御繁用（〔書信用語〕您事務繁忙）

**繁吹く**〔自五〕（雨）隨風而降，風雨齊來、飛濺
- 雨の繁吹く中を駆け付ける（冒著風雨趕到）
- 浪が岩に当って繁吹く（浪打在岩石上濺起浪花）
- 吹き繁吹く雨が窓硝子に当った（風吹雨點打在窓玻璃上了）

**繁吹，飛沫、飛沫**〔名〕飛沫、飛濺的水珠、水花
- 飛沫を浴びる（濺一身飛沫）繁吹飛沫
- 飛沫を上げて泳ぐ（濺起水花游泳）
- 飛沫伝染（感染）（飛沫傳染）
- 飛沫同伴（蒸餾塔夾帶霧沫）
- 水飛沫（水花）
- 滝の飛沫（瀑布的飛沫）
- 浪が岩に当って飛沫が上がる（浪打在岩石上濺起水花）
- 飛沫が四方に跳ねる（水花四濺）跳ねる撥ねる刎ねる
- 飛沫が掛かる（濺上飛沫）
- 飛沫を飛ばす（飛濺）
- 飛沫を立てる（濺起水花）

**繁縷、蘩薂**〔名〕〔植〕繁縷、鵝腸菜

**繁る、茂る、滋る**〔自五〕（草木）繁茂、茂密
- 牧草が茂っている（牧草長得很茂盛）
- 木の茂った山（樹木繁茂的山）
- 草が生い茂る（雜草叢生）繫る

**繁り合う、茂り合う**〔自五〕繁茂、茂密、郁郁葱葱

ヒ

**繁む、茂む**〔自四〕（草木）繁茂、茂密（＝繁る、茂る、滋る）

**繁み、茂み**〔名〕草木繁茂處、草叢、樹叢

　立木の茂み（樹叢）繁み

　雑草の茂み（草叢）

　庭の茂みに小鳥が来て囀る（小鳥來到庭院樹叢裡啼鳴）

　公園の茂みは小鳥の天国だ（公園的樹叢是小鳥的天堂）

**繁く**〔副〕（文語形容詞〝繁し〟的連用形）頻繁、經常（＝繁繁）

　両者の間には近頃繁く行き来が有る（兩人之間近來來往頻繁）

　彼は足繁く私の所に出入する（他經常到我這裡來）出入出入 出 入

**繁繁**〔副〕頻繁，屢次、凝視貌

　繁繁と足を運ぶ（屢次前往）

　繁繁通う（屢次去）

　図書館に繁繁通って勉強する（經常去圖書館用功）

　子供の寝顔を繁繁と見詰める（凝視小孩的睡臉）

**繁い**〔形〕（普通常用〝繁く〟的形式、連體形的〝繁い〟幾乎不使用）繁茂、繁多、頻繁

　樹木が繁くして（樹木繁茂）

　虫の音が繁かった（蟲聲連續不斷）音音音

　足繁く出入する（經常出入）

　段段雨粒が繁く為った（雨點逐漸大了）

**繁藤、重藤、滋藤、繁藤、重藤、滋藤**〔名〕纏藤條的弓

　繁藤の弓（纏藤皮的弓）

**繁縫、繁縫い**〔名〕〔縫紉〕密縫（的衣物）

## 反（ハン〜）

**反**〔名漢造〕（也讀作ほ）反、反對、反覆、犯規，違反規則（＝反則）、（漢字發音的）反切（＝切）

　反を謀る（謀反）

　東は徳紅の反（東為徳紅切）

　往返（往返）

　背反、悖反（違反、違背）

　違反（違反）

　謀反、謀叛（謀反、造反、叛變）

**反する**〔自サ〕違反、相反，相悖、（也寫作叛する）造反（＝背く，叛く、謀反する，謀叛する）

　法律に反する（違法）判ずる

　規則に反する（違規）

　道徳に反する行為（違反道德的行為）

　予想に反する（與預料相反）

　言行は相反する（言行相悖）

　彼等の利害は相反する（他們的利害相矛盾）

　太郎の不勉強に反して、次郎は勉強家だ（與太郎的不用功相反次郎很用功）

　国に反する（叛國）

**反意語**〔名〕反義詞（＝アントニム antonym）←→同意語、シノニム synonym

　大の反意語は小です（大的反義詞是小）

**反義語**〔名〕反義詞（＝反意語）←→同義語

**反英**〔名〕反英國

**反映**〔名、自他サ〕反映、反射

　夕日が窓に反映する（夕陽映照在窗戶上）

　此れは客観的事物の反映である（這是客觀事物的反映）

　世論が議会に反映する（輿論反應到議會）世論輿論

　流行歌は世相を反映する（流行歌反映社會情況）

　新聞は社会の反映である（新聞報導是社會的反映）

**反映論**〔〔哲〕〕反映論-唯物主義的認識論

**反影**〔名〕反照、反映

**反円関数**〔名〕〔數〕反三角函数

**反歌**〔名〕〔結〕尾歌（續在長歌後面的短歌，總括或補充長歌的內容）（＝返し歌）

**反核子**〔名〕〔理〕反核子

**反革命**〔名〕反革命

反革命活動（反革命活動）

**反間**〔名〕反間
　反間の謀（反間計）
　反間苦肉の策（反間苦肉計）

**反感**〔名〕反感
　人の反感をそそる（引起別人反感）
　反感を抱く（抱反感）抱く抱く
　反感を持つ（抱反感）
　反感を買う（激起反感）

**反逆、叛逆**〔名、自サ〕叛逆、反叛、造反
　叛逆者（叛逆者）
　叛逆罪（叛逆罪）
　叛逆児（叛逆子、玩世不恭的人）

**反共**〔名〕反共←→容共
　反共同盟（反共同盟）

**反響**〔名、自サ〕反響、回音、反應。〔電〕回波，反射信號
　此の講堂は声が反響する（這個禮堂有回音）
　森の中に銃声が反響した（森林裡槍聲回響）
　大きな反響を呼ぶ（引起很大反響）
　全然反響が無い（毫無反應）

**反強磁性**〔名〕〔理〕反鐵磁性

**反曲線**〔名〕〔建〕S形曲線、雙彎取線（=葱花線）

**反軍**〔名〕反軍（反對軍部）、反戰、叛軍（=叛軍）
　反軍思想（反戰思想）
　反軍主義（反軍國主義、反黷武主義）

**反撃**〔名、自他サ〕反擊、還擊、反攻
　時機を見て反撃する（相機反攻）
　侵略者に反撃を加える（反擊侵略者）
　意外の反撃に遭う（遭到意外的回擊）

**反語**〔名〕〔語〕反語法、反問、反詰、說反話，諷刺，譏諷
　反語的言い方（諷刺說法）
　反語を使う（說反話、冷嘲熱諷、諷刺、挖苦）

**反口**〔名〕〔動〕反口
　反口的（反口的、離口的）
　反口極（反口極）

**反抗**〔名、自サ〕反抗、違抗、對抗
　命令に反抗する（違抗命令）
　反抗的態度を取る（採取對抗的態度）
　近頃息子が反抗的に為った困る（近來兒子動不動就反抗真困擾）
　反抗心（反抗心）
　反抗癖（〔醫〕違拗症、抗拒症）
　反抗期（反抗期-兒童期或青年初期對父母和周圍的人進行反抗）

**反攻**〔名、自サ〕反攻、反擊
　果敢に反抗する（果敢地進行反攻）
　反抗に転ずる（轉入反攻）
　反抗が効を奏して勝を得る（反攻奏效取得勝利）
　反抗基地（反攻基地）
　反抗作戦（反攻戰、反擊戰）

**反告**〔名、自サ〕〔法〕反訴

**反骨、叛骨**〔名〕反骨、反抗精神、造反精神
　反骨精神（反抗精神）

**反作用**〔名〕〔理〕反作用
　作用が有れば必ず反作用有り（有作用就必定有反作用）
　反作用が起る（起反作用）
　反作用を及ぼす（有壞影響、起化學反應）

**反彩層**〔名〕〔天〕反變層

**反磁性**〔名〕〔理〕反磁性、抗磁性
　反磁性体（抗磁性體、抗磁質）

**反磁場**〔名〕〔理〕去磁場、退磁場

**反射**〔名、自他サ〕（光、電波等的）反射，折射、（生理上的）反射（機能）
　光が鏡に反射する（光反射到鏡子上）

ㄈ

月は太陽の光を反射して輝く（月亮反射太陽光而發光）

電気に由る刺激を与えて神経に反射を起させる（用電刺激使神經發生反射）

条件反射（條件反射）

反射弓（〔生理〕反射弧）

反射信号（回光信號、日光反射信號器發射的信號）

反射防止膜（〔理〕防反射膜、增透膜）

反射角（〔理〕反射角）

反射的（反射的）

反射炉（反射爐）

反射能（〔理〕反射能）

反射率（〔數〕反射率、反射系數）

反射望遠鏡（反射望遠鏡）

反射運動（〔生理〕反射運動）

反射測角器（反射測角器）

反射鏡（反射鏡）

**反社会的**〔形動〕反社會的，反對社會組織的、討厭社交的，孤僻的

反社会的集団（反社會的集團）

反社会的行為（反社會的行為）

**反証**〔名、他サ〕反證

反証を上げる（提出反證）上げる揚げる挙げる

其れに対する反証が無い（對此提不出反證）

**反照**〔名〕反照，反光、晚霞（=夕映え）

**反植民主義**〔名〕反殖民主義

**反芻**〔名、他サ〕反芻，回味，一再玩味

牛は食物を反芻する（牛反芻食物）

駱駝は反芻動物である（駱駝是反芻動物）

友人の忠告を反芻する（一再回味朋友的忠告）

教訓を反芻する（反復回味教訓）

反芻胃（反芻胃、瘤胃）

反芻症（〔醫〕回吐、神經性反胃）

反芻類（〔動〕反芻類）

**反枢軸**〔名〕反軸心

反枢軸陣営（反軸心陣營）

反枢軸国（反軸心國-軸心國指第二次世界大戰期間德意日三國同盟）

**反正**〔名〕撥亂反正

**反省**〔名、他サ〕反省、重新考慮

自分を反省して恥ずかしく思う（反省自己感到慚愧）

自己反省する（自我檢討）

寝る前に今日一日の事を反省する（就寢前反省當天的所作所為）

反省を促す（促請重新考慮）

政府の反省を求める（要求政府重新考慮）

私の言った事を皆良く反省して御覧（對我剛才所講的話請大家再仔細考慮一下）

**反税**〔名〕反對納稅

反税闘争（反納稅鬥爭）

**反噬**〔名、自サ〕反噬，反咬。〔轉〕恩將仇報

**反政府**〔名〕反政府

反政府党（反對黨、反執政黨）

**反切**〔名〕〔語〕反切（漢字的注音方法）

**反戦**〔名〕反戰

反戦を呼ぶ（大聲疾呼反對戰爭）

反戦思想（反戰思想）

反戦運動（反戰運動）

**反ソ**〔名〕反蘇

**反訴**〔名、自サ〕〔法〕反訴、反告

反訴を提起する（提起反訴）

A氏がB氏を収賄罪で訴えるとB氏はA氏を名誉毀損で反訴した（A某以受賄罪控告B某B某反告A某敗壞名譽）

**反則、犯則**〔名〕犯規、違章

反則を為て退場を命じられる（因犯規被命令退場）

反則の罰を厳に為る（嚴懲違章）

**反側**〔名、自サ〕（輾轉）反側、翻身

輾転反側（輾轉反側、翻來覆去不能入睡）

**反俗**〔名〕反對世俗
　　反俗的（反世俗的）

**反対**〔名、自サ、形動〕反對←→贊成、相反（＝逆）、相對、顛倒
　　飽く迄反対する（堅決反對）
　　反対の意見が無い（無反對意見）
　　反対を受ける（遭到反對）
　　侵略戦争に反対する（反對侵略戰爭）
　　反対の方は手を挙げて下さい（反對的人請舉手）
　　議案は一票の反対も無く通過した（議案沒一張反對票通過了）
　　彼の口と腹は反対だ（他心口不一）
　　事実は正に其の反対です（事實恰好相反）
　　動詞が名詞から出ている事も有るし、其の反対の事も有る（有的動詞來源於名詞也有的則相反）
　　暑いの反対は寒い（與熱相反的是冷）
　　男の反対は女（與男相對的是女）
　　道の反対側（道路的那一邊）
　　反対の手（另一隻手）
　　シャツを前と後と反対に着る（襯衫前後穿反了）
　　靴を左右反対に穿く（鞋子左右穿反了）
　　反対名辞（概念相反的名詞）
　　反対色（相反色、互為補色的顏色－如紅與綠）
　　反対対当（〔邏〕反對當法）
　　反対投票（投反對票、投票反對、反對票）
　　反対訊問、反対尋問（〔法〕檢察官或辯護人對證人提出的詰問）
　　反対党（反對黨）
　　反対給付（〔法〕對等支付、補償）
　　反対語（〔語〕反義詞）
　　反対貿易風（〔氣〕反信風、反貿易風）

　　反対概念（〔邏〕相對概念、相反概念）
　　反対論（〔哲〕反對論）

**反体制**〔名〕反體制（學生工人們等反對統治階級在政治上的腐敗以期打破該政治體制）
　　反体制運動（反體制運動）
　　反体制派（反體制派）

**反中性子**〔名〕〔理〕反中子

**反中性微子**〔名〕〔理〕反中微子

**反跳**〔名〕〔理〕反跳、反沖、反撞
　　反跳核（反沖核）

**反帝**〔名〕反帝
　　反帝反戦（反帝反戰）

**反帝国主義**〔名〕反帝國主義（＝反帝）
　　反帝国主義的（反帝國主義的、反帝的）

**反定立**〔名〕〔哲〕反命題（＝アンチテーゼ<sub>德</sub>）

**反立**〔名〕〔哲〕反命題（＝アンチテーゼ<sub>德</sub>）

**反転**〔名、自他サ〕反轉，翻轉、掉頭，折回、轉印。〔電〕（極性、磁性）顛倒。〔數〕反演
　　反転して鯉が水面へ浮き上がる（鯉魚翻個身浮上水面）
　　急上昇反転（飛機急上升翻轉）
　　東進していたのが急に西へ反転する（正在向東行進突然掉頭向西）
　　反転レバー（回動裝置槓桿）
　　反転フィルム（正負片之間轉印的底片）

**反徒、叛徒**〔名〕叛徒
　　革命の反徒（革命的叛徒）

**反騰**〔名〕〔商〕回升←→反落
　　株価の急反騰（股票價格急劇回升）

**反落**〔名、自サ〕（市場價格）回跌←→反騰
　　反落の気配を示す（行情有回跌的趨勢）

**反動**〔名〕〔理〕反動、反作用、逆歷史潮流而動
　　急ブレーキの反動で倒れる（因急剎車的反作用而摔倒）
　　此の銃は反動が少ない（這支槍後座力小）
　　此の言葉は反動的だ（這句話很反動）

ㄷ

　　　反動的な行為（反動的行為）
　　　反動水車（反擊式水輪機）
　　　反動主義（反動主義、極端保守主義、法西斯主義＝ファシズム）
　　　反転タービン（反擊式汽輪機、反應式渦輪、反作用式透平）
**反日**〔名〕反日
　　　反日感情（反日情緒）
**反応**〔名、自サ〕（化學、刺激的）反應、反響
　　　陽性反応（陽性反應）
　　　陰性反応（陰性反應）
　　　アルカリ性の反応を呈する（呈鹼性反應）
　　　化学反応を起させる（使起化學反應）
　　　反応速度（反應速度）
　　　反応体（反應物）
　　　反応熱（反應熱）
　　　含羞草は触ると直ぐ反応を起す（含羞草一觸動立即發生反應）
　　　刺激に反応する（對刺激發生反應）
　　　幾等叱っても全然反応が無い（怎麼申斥也一點不起作用）
　　　暫く反応を見る（暫時看看反響如何）
　　　反応縁（〔地〕反應邊）
　　　反応動力学（反應動力學）
**反駁、反駁**〔名、自他サ〕反駁、辯駁、駁斥、批駁
　　　相手の意見を反駁する（駁斥對方的意見）
　　　誤った考えを反駁する（駁斥錯誤思想）
　　　反駁を浴びる（遭到反駁）
　　　反駁に遭う（遭到反駁）
**反発、反撥**〔名、自他サ〕彈回，回跳，排斥，抗拒，反撲，反抗、（行情）回升
　　　反発電動機（推斥電動機）
　　　磁極は互いに反発する（磁極互相排斥）
　　　此のボールは反発力が強い（這球反跳力強）
　　　先生の言う事に反発する（不聽老師的話）
　　　彼のチームは粘り強く、負けていても直ぐ反発する（那個隊頑強敗了也馬上進行反撲）
　　　反発力の無い人間（沒有反抗力的人）
　　　反発気味（回升趨勢）
　　　反発力（〔理〕推斥力、反抗力）
　　　反発音（〔樂〕波音-顫音的一種）
　　　反発係数（〔化〕償還係數、〔理〕恢復係數、抗沖係數）
　　　反発弾性（〔理〕回彈、回能）
**反比、反比例**〔名、自サ〕反比例（＝逆比例）←→正比例
　　　一定の距離を進む物の速度と其れに掛かる時間とは反比例する（前進一定距離的物體的速度與所用時間成反比）
　　　電流は電圧と正比例を為し、抵抗とは正比例を為す（電流和電壓成正比和電阻成反比）
**反復**〔名、他サ〕反復
　　　反復して練習する（反復練習）
　　　反復記号（〔樂〕反復記號）
**反覆**〔名、他サ〕反復、變卦、翻覆、改變主意、背信棄義
**反物質**〔名〕〔理〕反物質（一種未經證實的假想理論）
**反米**〔名〕反美
　　　反米闘争（反美鬥爭）
**反哺**〔名〕反哺
　　　反哺の孝（反哺之孝）
**反民主主義的**〔形動〕反民主主義的
　　　反民主主義的言動（反民主主義的言行）
**反命**〔名、自サ〕（完成使命後的）復命
**反面**〔名〕反面、另一面、相反的一面
　　　物の反面も見なくてはならぬ（還必須看到事物的另一面）
　　　彼は悪い事も為るが、反面人の面倒も良く見る（他固然也做壞事但另外也常幫助人）
　　　反面教師（反面教員）
**反毛**〔名〕再生毛、再製毛
**反目**〔名、自サ〕反目、不和、敵對

何彼に付けて二人は反目している（兩個人動輒反目）

互いに反目する国家（互相敵對的國家）

両者の反目を利用する（利用雙方的不和）

**反問**〔名、自サ〕反問

質問の意味が分らないので反問する（因對所提問題的意思弄不清所以進行反問）

**反訳**〔名、自他サ〕反譯、翻譯、已經翻譯過來的東西再翻譯成原文

**反陽子**〔名〕（antiproton 的譯詞）〔理〕反質子、負質子

**反乱、叛乱**〔名、自サ〕叛亂、反叛

叛乱が起る（發生叛亂）

叛乱を平らげる（平定叛亂）

叛乱軍（叛軍）

**反流**〔名〕回流、倒流、逆流

赤道反流（赤道逆洋流）

**反粒子**〔名〕（antiparticle 的譯詞）。〔理〕反粒子、反質點

**反論**〔名、自他サ〕反論、反駁

此の点に就いては反論する人が有るかも知れぬ（關於這一點也許有人會反駁）

反論する余地が無い（沒有反駁的餘地）

**反古，反古、反故，反故、反故、反古**〔名〕廢紙。〔轉〕廢物

そんな証文は反古同然だ（那種憑證和廢紙一樣）

反古に為る（作廢、取消）

約束を反古に為る（毀約）

原稿用紙を何枚も反古に為た（原稿紙作廢了好多張）

**反、段**〔名〕（寫作段）布匹的單位（一反長十米幅、寬34糎米、適於做普通成人一件和服用）。〔舊〕距離單位（約 11 米）、地積單位（一段為 300 坪、一町的十分之一、約十公畝）

**反収、段収**〔名〕一"段"地的收穫量（一段為 300 坪、一町的十分之一、約十公畝）

**反当，段当、反当たり，反当り，段当り**〔名〕每一"段"地

段当り八俵二石の出来高（每段地八俵二石的產量）

**反取、段取**〔名〕（江戶時代）按"段"交納的地捐

**反歩、段歩**〔接尾〕（助數詞的用法）以反或段為單位計算土地面積的用語

五反歩の畠（五反的旱田、五段的旱田）

**反別、段別**〔名〕每一反（段）田、土地面積的名稱（町、反（段）、畝、步）

反別割り（按反〔段〕計算的地捐）

**反物**〔名〕每件一"反"的和服衣料，成套的和服衣料、綢緞、布匹（=織物、呉服）

**反**〔漢造〕同"返"

**反吐**〔名〕嘔吐、嘔吐物

其の顔を見ただけで反吐が出然うだ（一看他那張臉就要吐—十分討厭）

彼の御世辞を聞くと反吐を吐き然うに為る（一聽他那套奉承話就覺得噁心）

反吐を吐く（嘔吐）

反吐が出る（噁心、作嘔、討厭）

**反吐**〔名〕（反吐和泥的混和詞）泥狀沉積物質（如礦泥、煤泥、蔗渣等）

**反**〔漢造〕謀反

謀反、謀叛（謀反、造反、叛變）

**反る**〔自五〕（向後或向外）彎曲，卷曲，翹曲、身子向後彎，挺起胸膛

本の表紙が反る（書皮翹起）剃る

板が日に当たると反って終う（木板太陽一曬就要翹棱）

勉強を為て疲れた時には、背中を反らせると気持が良く為る（讀書疲倦時伸伸腰就覺得舒服）

**剃る**〔他五〕剃、刮

鬚を剃る（剃鬍子）反る鬚髭髯

頭を剃る（剃頭、出家）

剃った許りだ（剛刮的）

此の頃は電気剃刀で髭を剃る人が多く為った（近來用電鬍刀刮鬍子的人多了）

**反り**〔名〕彎曲，翹曲、刀身的彎度

木の反りを利用する（利用木頭的彎度）
反りが強い（翹得厲害）
刀には少し反りが有る（刀身略彎）
反りが合わない（刀彎裝不進鞘裡、脾氣不合）
彼とは如何しても反りが合わない（我和他脾氣怎麼也合不來）

**反り鉋**〔名〕凹刨

**反り返る、反りくり返る、反っくり返る**〔自五〕（向後或向外）彎曲，翹曲，挺起胸膛（驕傲貌）
日向に置くと本の表紙が反り返って終う（把書放在陽光底下封面就要翹起來）
議員に当選すると、直ぐ反り返る（一當選為議員就挺起胸脯來擺臭架子）
翼の様に反り返った中国伝統建築の屋根（帶飛簷的中國的傳統建築屋頂）

**反橋**〔名〕拱橋（＝太鼓橋）

**反嘴鷸**〔名〕〔動〕長嘴涉水鳥

**反り身**〔名〕昂首挺胸、挺起胸脯
反り身に為って得意に話す（挺著胸脯揚揚得意地說話）

**反っ歯**〔名〕暴牙、露齒（＝出っ歯）
反っ歯を直す（矯正暴牙）

**反らす**〔他五〕向後仰身、（把東西）弄彎
胸を反らして歩く（挺著胸膛走路）逸らす剃らす
体を反らす（身體向後仰）
竹を反らして輪を作る（把竹子彎過來做圈子）

**反らせ板**〔名〕〔機〕偏導器、致偏板

**反す、翻す、覆す**〔他五〕翻過來、耕、（寫作反す）（漢字讀音的）反切
〔接尾〕（寫作返す或反す，接動詞連用形下）重複
干し草を翻す（把曬的草翻過來）帰す返す孵す
手の平を翻す（反掌、把手翻過來）
コップの水を翻す（把杯裡的水弄灑了）
新聞の裏を翻して読む（翻過報紙的背面讀）
田を翻す（翻地、耕田）
手紙を書いたらもう一度読み返し為さい（寫完信後要重唸一遍）

**反し、返し**〔名〕答謝，還禮，答謝的禮品、找回來的錢，歸還，和詩，唱酬的詩歌、回信、（字音的）反切。〔劇〕換幕、（地震大風等一度停止後）復起、報復
御返しには何を遣ろうか（還禮送點什麼呢？）
二千円の御返しに為ります（應該找給您兩千日元）
本を返しに行く（還書去）
与太者が其の内返しに行くと言っていた（流氓說了過幾天去進行報復）

**帰す**〔他五〕使回去、打發回去（＝帰らせる）
郷里に帰す（打發回家鄉）
弟を先に帰す（讓弟弟先回去）
自動車を銀座で帰して、其から一人で歩いた（在銀座把汽車打發回去然後一個人步行）

**反る**〔自五〕翻（裡作面）（＝裏返る）、翻倒，顛倒，栽倒（＝引っ繰り返る）
〔接尾〕（接動詞連用形下）完全、十分
紙の裏が反る（紙背翻過來）
徳利が反る（酒瓶翻倒）
舟が反る（船翻）
漢文は下から上に反って読む（漢文要從底下反過來讀）
静まり反る（非常寂靜、鴉雀無聲）
呆れ反る（十分驚訝、目瞪口呆）

**代える、換える、替える**〔他下一〕換，改換，更換，交換，代替，替換
〔接尾〕（接動詞連用形後）表示重、另
医者を換える（換醫師）
六月から夏服に換える（六月起換夏裝）
此の一万円札十枚に換えて下さい（請把這張一萬日元的鈔票換成十張一千日元的）
彼と席を換える（和他換坐位）

布団の裏を換える（換被裡）

書面を以て御挨拶に代えます（用書面來代替口頭致辭）

簡単ですが此れを以て御礼の言葉に代えさせて戴きます（請允許我用這幾句簡單的話略表謝忱）

書き換える（重寫）

着換える（更衣）

**還る、帰る、返る**〔自五〕回來、回去、歸還、還原、恢復

家に帰る（回家）

里（田舎）に帰る（回娘家〔鄉下〕）

もう直ぐ帰って来る（馬上就回來）

今帰って来た許りです（剛剛才回來）

御帰り為さい（你回來了－迎接回家的人日常用語）

生きて帰った者僅かに三人（生還者僅三人）

朝出たきり帰って来ない（早上出去一直沒有回來）

帰らぬ旅に出る（作了不歸之客）

帰って行く（回去）

とっとと帰れ（滾回去！）

来客が返り始めた（來客開始往回走了）

君はもう返って宜しい（你可以回去了）

元に返る（恢復原狀）

正気に返る（恢復意識）

我に返る（甦醒過來）

本論に返る（回到主題）

元の職業に返る（又做起原來的職業）

貸した本が返って来た（借出的書歸還了）

年を取ると子供に返る（一上了年紀就返回小孩的樣子）

悔やんでも返らぬ事です（那是後悔也來不及的）

一度去ったも再び帰らず（一去不復返）

**孵る**〔自五〕孵化

雛が孵った（小雞孵出來了）

此の卵は幾等暖めても孵らない（這個蛋怎麼孵也孵不出小雞來）

鶏の卵は二十一日間で雛に孵る（雞蛋經二十一天就孵成小雞）

**反り、帰り、返り、還り、回り**〔名〕回來、回去、歸途、回來的時候←→行き

帰りが遅い（早い）（回來得晩〔早〕）

帰りを急ぐ（忙著回去）

行きは電車で帰りはバスだ（去時坐電車回來坐公車）

学校からの帰りに買物を為た（從學校回來的時候買了東西）

今工場からの帰りです（現在正從工廠回家）

御帰りは此方（〔電影院〕等回去請走這邊）

若返り（返老還童）

外国帰り（從外國歸來）

里帰り（回老家）

**反りて，却りて、反って，却って**〔副〕相反地、反倒、反而

此の薬を飲んだら却って痛くなった（吃下這藥後反而痛了起來）

大きい方が却って安い（大的反而便宜）

儲かる所か却って大損だ（不但沒有賺錢反而賠了好多）

叱り過ぎると却って子供に良くない（太過分責罵反而對小孩不好）

道が混んでいる時は、自動車より歩く方が却って早い（道路擁擠時步行反而比坐汽車快）

馬鹿な子程却って可愛い者だ（越是傻孩子反而可愛）

欠点が有るから却って好きだ（正因為有缺點才反而更加喜歡）

## 返（ㄈㄢˇ）

返〔接尾〕（助數詞用法）次數、回數

〔漢造〕返回、返還、反射

三返（三次）

へ

**返歌、返し歌**〔名〕答詩、酬答的詩

**返し歌**〔名〕和的詩，唱酬的詩歌，（附在長歌後的）短歌，反歌

**返還**〔名、他サ〕返還、退還、歸還（原主，原地）
　領土の返還（歸還領土）
　占領地を返還する（歸還占領地區）

**返簡**〔名、他サ〕回信

**返札**〔名〕復函、回信（=返簡、返書）

**返書**〔名〕回信（=返信）
　返書が来た（來回信了）
　返書を出す（寄出回信）
　返書を待ち設ける（等候回音）
　返書を認める（寫回信）認める

**返信**〔名、自サ〕回信、回電←→往信
　返信が遅れる（回信遲了）
　返信用葉書（回信用明信片）
　切手を貼り宛名を書いた返信用封筒（貼好郵票寫上姓名的回信用信封）
　返信料（復信費、復電費、復信郵資）
　返信料と為て六十円切手を封入する（作為復信費把六十元的郵票裝入信封裡）

**返却**〔名、他サ〕還、歸還、退還（=返す）
　借金を返却する（還債）
　図書の返却が遅れる（還書誤期）
　すっかり返却する（如數交還）
　図書館の本を返却する（還圖書館的書）

**返上**〔名、他サ〕歸還、奉還
　予算返上（退回預算）
　そっくり其の儘返上します（原封不動地奉還）
　拝借の辞典を返上致します（借你的詞典現在奉還）
　休日も返上した（甚至連假日也不休息）
　スペイン語を若い頃覚えていた、もうすっかり返上して終った（年輕時記得一些西班牙語已經完全忘光了）

**返納**〔名、他サ〕交回、歸還、放回（原位）
　器材を倉庫に返納する（把器材放回倉庫）
　運動具をclubに返納する（把運動器械交回俱樂部）

**返付、返附**〔名、他サ〕交還、發還、退還、歸還
　預かり物等は早く返付する事（別人寄存的東西要及早退還）
　領土を返付する（歸還領土）

**返戻**〔名、他サ〕退還、歸還
　早めに返戻する（及早退還）
　借りた書籍を返戻する（把借來的書歸還）

**返球**〔名、他サ〕〔棒球〕回傳球
　彼の野手が返球が巧い（那內場手善於回傳球）

**返金**〔名、自他サ〕還錢、還債（的錢）
　月末に返金します（月底還錢）
　やっと一部分返金した（好容易還上一部分錢）
　返金を催促する（逼債、催促還錢）
　彼に返金した（把錢還給了他）

**返済**〔名、他サ〕償還、還債
　未済の勘定至急返済を御願いします（欠款希迅速歸還）
　債務を返済する（償還債務）
　其の証書は返済期に達した（那張字據已到償還期了）
　其の証書は返済期を過ぎた（那張字據已過償還期了）
　返済金（償還的錢）
　返済地（償還地點）

**返事、返辞**〔名、自サ〕回答，回話，答應（=返答）、回信，復信（=返信）
　幾等呼んでも返事が無い（怎麼叫也沒人答應）
　名を呼ばれたら直ぐ返事し為さい（叫到名字的話要立刻答應一聲）
　返事が有る（有回話）
　二つ返事で承知する（毫不猶豫地答應）
　返事に困る（難以回答、無法回答）

彼に返事の手紙を出した（給他寫了回信）

彼の手紙に返事を出さぬ事に為る（決定不答覆他的信）

手紙の返事は未だ来ませんか（那封信還沒有回信嗎?）

電報で返事を為る（以電報回復）

何とも返事を為ない（什麼也不答覆）

今日迄何の返事も無い（至今沒有任何答覆）

其の手紙に返事を書いた（對那封信寫了回信）

諾否何れとも確かな返事を為て貰い度い（是否答應請明確回信）何れ孰れ

**返照**〔名、自サ〕反照，反射，夕照，夕陽。〔佛〕迴光返照

　強く返照する（返照狠強烈）

**返状**〔名〕回信

**返送**〔名、他サ〕送回、寄回、運回

　荷物を返送する（把行李送回）

　手紙を返送する（把信寄回）

　小包を送り主に返送する（把包裹寄回給寄件人）

**返電**〔名〕回電、復電

　返電を打つ（打回電）

　何時迄待っても返電が来ない（怎麼等也不來回電）

　返電付きで打電する（打電報時付回電費）

**返答**〔名、他サ〕回答、回信、回話（=返事）

　返答を求める（要求回答）

　速やかに返答し為さい（趕快回答）

　彼の返答を待つ（等他回話）

　何度も呼んだが返答が無い（叫了好幾次也沒回答）

　返答に窮する（不知如何回答）給する休する

**返杯、返盃**〔名、他サ〕還杯、回敬酒

　御返杯（します）（回敬您一杯）

**返品**〔名、他サ〕退貨。〔商〕回程貨

　返品の山（退貨堆積如山）

其の雑誌は返品が多い（那種雜誌退貨很多）

悪ければ返品する（貨不好就退）

返品御断り（謝絕退貨、概不退貨）

**返報**〔名、自サ〕報答，報酬，報復，報仇，（國際法）（受辱國隊侮辱國的）報復

　良い返報を期待する（期待好的報答）

　今に返報して遣る（不久我一定報復）

**返本**〔名、他サ〕退書

　返本が多くて出版元が処置に困る（退書很多出版社沒法處理）

　返本の山（退書堆積如山）

　返本率（退書率）

**返礼**〔名、自サ〕還禮、回禮、答禮

　贈物に対する返礼（對於餽贈的還禮）

　返礼の品を送る（送去回禮）送る贈る

　返礼に何を上げましょうが（回禮送點什麼呢?）

**返魂香**〔名〕還魂香（傳說故事-漢武帝於李夫人死後焚香，李夫人即出現於香煙中）

**返す**〔他五〕歸還，退還，送還，報答，回答，回敬，（也寫作帰す）打發回去，叫…回去、解雇、休妻、釋放、嘔吐

〔自五〕返回、退回

〔接尾〕（寫作返す或反す、接動詞連用形下）重複

　拾った物は落とした人に返す（把拾來的東西歸還失主）

　借りた品物を持主に返す（把借來的東西歸還原主）

　贈物を返す（退還禮物）

　借金を返す（歸還借款）

　本を図書館に返して下さい（請把書歸還圖書館）

　新聞を読んだら元の場所へ返し為さい（報紙看完請送回原處）

　商品を返す（退貨）

　金を返す（退錢）

ヒ

其の品は見本違いで返された（那件東西因和樣品不符被退了回來）

挨拶を返す（回禮、致答詞）

恩を返す（報恩）

恩を仇で返す（恩將仇報）

口を返す（還嘴）

返す言葉が無い（無話可答）

子供を一人で返しては行けない（不要把孩子一個人打發回去）

不始末が有って返された（因為行為不檢被解雇了）

嫁を返した（把媳婦休了）

証拠不十分で容疑者を返した（由於證據不足把嫌疑犯釋放了）

飲み過ぎて返した（因為飲酒過量吐了）

寄せては返す波（拍岸的波浪）

引き返す（返回、折回）

手紙を書いたらもう一度読み返し為さい（寫完信後要重唸一遍）

**返やす**〔他五〕（關西方言）歸還，退還，送還，報答，回答，回敬（＝返す）

**反す、翻す、覆す**〔他五〕翻過來、耕、（寫作反す）（漢字讀音的）反切

〔接尾〕（寫作返す或反す，接動詞連用形下）重複

干し草を翻す（把曬的草翻過來）帰す返す還す孵す

手の平を翻す（反掌、把手翻過來）

kop 荷
コップの水を翻す（把杯裡的水弄灑了）

新聞の裏を翻して読む（翻過報紙的背面讀）

田を翻す（翻地、耕田）

手紙を書いたらもう一度読み返し為さい（寫完信後要重唸一遍）

**帰す**〔他五〕使回去、打發回去（＝帰らせる）

郷里に帰す（打發回家鄉）

弟を先に帰す（讓弟弟先回去）

自動車を銀座で帰して、其から一人で歩いた（在銀座把汽車打發回去然後一個人步行）

**返す返す**〔副〕一再，反復地，再三再四，（常用返す返すも的形式）非常地、十分地

返す返す頼む（一再拜託）

返す返す彼に言い聞かせて置いた（再三再四說給他聽了）

失敗したのは返す返すも残念だ（沒有成功非常遺憾）

**返し、反し**〔名〕答謝，還禮，答謝的禮品、找回來的錢，歸還，和詩，唱酬的詩歌、回信、（字音的）反切。〔劇〕換幕、（地震大風等一度停止後）復起、報復

御返しには何を遣ろうか（還禮送點什麼呢？）

二千円の御返しに為ります（應該找給您兩千日元）

本を返しに行く（還書去）

与太者が其の内返しに行くと言っていた（流氓說了過幾天去進行報復）

**返し歌**〔名〕和的詩，唱酬的詩歌、（附在長歌后的）短歌，反歌

**返し縫い**〔名〕用倒鉤針縫（每縫一針倒回針縫）

**返し文**〔名〕回信、覆函

**返し物**〔名〕應歸還的東西、答謝的禮品

**しっぺ返し、竹篦返し**〔名、自サ〕立刻還擊、馬上報復

相手の皮肉にしっぺ返しを為る（立即還擊對方的挖苦）

**ごった返す**〔自五〕雜亂無章、亂七八糟、十分壅擠

引っ越しでごった返している（因為搬家弄得亂七八糟）

車内がごった返す（車廂裡擁擠不勘）

department store
デパートは年末の買物客でごった返していた（百貨店由於年末顧客擁擠不勘）

**ごった返し**〔名〕雜亂無章、亂七八糟、十分壅擠

大掃除で家の中がごった返しに為る（因為大掃除家裡弄得雜亂無章）

**返る、還る、帰る**〔自五〕回來、回去、歸還、還原、恢復

　　家に帰る（回家）

　　里（田舎）に帰る（回娘家〔鄉下〕）

　　もう直ぐ帰って来る（馬上就回來）

　　今帰って来た許りです（剛剛才回來）

　　御帰り為さい（你回來了－迎接回家的人日常用語）

　　生きて帰った者僅かに三人（生還者僅三人）

　　朝出たきり帰って来ない（早上出去一直沒有回來）

　　帰らぬ旅に出る（作了不歸之客）

　　帰って行く（回去）

　　とっとと帰れ（滾回去！）

　　来客が返り始めた（來客開始往回走了）

　　君はもう返って宜しい（你可以回去了）

　　元に返る（恢復原狀）

　　正気に返る（恢復意識）

　　我に返る（甦醒過來）

　　本論に返る（回到主題）

　　元の職業に返る（又做起原來的職業）

　　貸した本が返って来た（借出的書歸還了）

　　年を取ると子供に返る（一上了年紀就返回小孩的樣子）

　　悔やんでも返らぬ事です（那是後悔也來不及的）

　　一度去ったも再び帰らず（一去不復返）

**反り返る、反りくり返る、反っくり返る**〔自五〕（向後或向外）彎曲，翹曲、挺起胸膛（驕傲貌）

　　日向に置くと本の表紙が反り返って終う（把書放在陽光底下封面就要翹起來）

　　議員に当選すると、直ぐ反り返る（一當選為議員就挺起胸脯來擺臭架子）

　　翼の様に反り返った中国伝統建築の屋根（帶飛簷的中國的傳統建築屋頂）

**反る**〔自五〕翻（裡作面）（＝裏返る）、翻倒，顛倒，栽倒（＝引っ繰り返る）

〔接尾〕（接動詞連用形下）完全、十分

　　紙の裏が反る（紙背翻過來）

　　徳利が反る（酒瓶翻倒）

　　舟が反る（船翻）

　　漢文は下から上に反って読む（漢文要從底下反過來讀）

　　静まり反る（非常寂靜、鴉雀無聲）

　　呆れ反る（十分驚訝、目瞪口呆）

**代える、換える、替える**〔他下一〕換，改換，更換、交換、代替，替換

〔接尾〕（接動詞連用形後）表示重、另

　　医者を換える（換醫師）

　　六月から夏服に換える（六月起換夏裝）

　　此の一万円札十枚に換えて下さい（請把這張一萬日元的鈔票換成十張一千日元的）

　　彼と席を換える（和他換坐位）

　　布団の裏を換える（換被裡）

　　書面を以て御挨拶に代えます（用書面來代替口頭致辭）

　　簡単ですが此れを以て御礼の言葉に代えさせて戴きます（請允許我用這幾句簡單的話略表謝忱）

　　書き換える（重寫）

　　着換える（更衣）

**孵る**〔自五〕孵化

　　雛が孵った（小雞孵出來了）

　　此の卵は幾等暖めても孵らない（這個蛋怎麼孵也孵不出小雞來）

　　鶏の卵は二十一日間で雛に孵る（雞蛋經二十一天就孵成小雞）

**返り討ち、返討**〔名〕復仇不成反被殺害

　　返討に為る（把復仇者殺死）

　　返討に為る（復仇不成反被仇人殺死）

　　復讐戦で返討に会う（在報仇戰中反被擊敗）

**返り咲く**〔自五〕再度開花、恢復工作，官復原職，東山再起
　政界に返り咲く（重新活躍於政界）
　会社に返り咲く（重新回到公司裡任職）

**返り咲き、返咲き**〔名、自サ〕再度開花、恢復工作，官復原職，東山再起
　秋に返り咲きの桜が咲く（秋天櫻花再度開花）
　返り咲きの大臣（東山再起的大臣）

**返り初日**〔名〕（演劇等停演後）重新上演的第一天

**返り血**〔名〕（用刀砍對方時）濺回的血
　返り血を浴びる（沾滿濺回的血）

**返り忠**〔名〕通敵、倒戈、背叛主君向敵方效忠（=裏切り）

**返り点、返点**〔名〕（日本人按日文語法顛倒詞序閱讀漢文時的）讀音順序符號（如上、下、甲、乙）

**返り花**〔名〕（一年內）第二次開的花、不合季節的花。（妓女等）重操舊業

**返り読み**〔名〕（日本人讀漢文按日語詞序的讀法）返讀，倒讀（即先讀補語賓語再讀謂語的讀法）

**返って，却って，反りて，却りて**〔副〕相反地、反倒、反而
　此の薬を飲んだら却って痛くなった（吃下這藥後反而痛了起來）
　大きい方が却って安い（大的反而便宜）
　儲かる所か却って大損だ（不但沒有賺錢反而賠了好多）
　叱り過ぎると却って子供に良くない（太過分責罵反而對小孩不好）
　道が混んでいる時は、自動車より歩く方が却って早い（道路擁擠時步行反而比坐汽車快）
　馬鹿な子程却って可愛い者だ（越是傻孩子反而可愛）
　欠点が有るから却って好きだ（正因為有缺點才反而更加喜歡）

## 梵（ㄈㄢˋ）

**梵**〔名〕〔佛〕（婆羅門教的）最高原理、最高神。〔佛〕世外清淨的天、佛法守護神（=梵天）

〔漢造〕梵

**梵語**〔名〕梵語、梵文（=サンスクリット）
　梵語を研究する（研究梵文）
　梵語学者（梵語學家）

**梵妻**〔名〕和尚的妻（=大黒）

**梵刹、梵刹**〔名〕〔佛〕寺院

**梵字**〔名〕梵文的字

**梵鐘**〔名〕寺院的鐘、鐘樓上的鐘

**梵天**〔名〕〔佛〕世外清淨的天。〔佛〕佛法守護神、表示釣繩所在的標識

**梵唄**〔名〕〔佛〕梵唄（佛教徒唸經的聲音）

**梵文**〔名〕梵文、古印度文

**梵論**〔名〕〔舊〕化緣僧（=虛無僧、梵論字）

**梵論字**〔名〕〔舊〕化緣僧（=梵論）

## 販（ㄈㄢˋ）

**販**〔漢造〕販賣
　市販（在市場商店中出售）
　負販（負販）
　販価（販價）
　販夫（販夫）

**販売**〔名、他サ〕販賣、出售
　一手販売権（專賣權、一手經銷權）
　アイス、クリームの販売を始める（開始賣冰淇淋）
　良書を販売する（出售好書）
　販売員（售貨員、推銷員）
　販売高（銷售量）
　自動販売器（自動售貨機）

**販路**〔名〕銷路
　販路を開く（開闢銷路）開く 拓く 啓く 披く
　販路を広げる（擴大銷路）
　此の品は販路が狭い（這個貨銷路窄）

# 飯（はん、）

飯〔漢造〕飯、米飯

米飯（べいはん）（米飯）

赤飯（せきはん）（紅小豆糯米飯＝お強、強飯）

御飯（ごはん）（飯、米飯）

炊飯（すいはん）（炊飯、做飯）

昼飯（ちゅうはん）、昼飯（ひるめし）（午飯）

残飯（ざんぱん）（剩飯）

噴飯（ふんぱん）（噴飯、忍不住笑、十分可笑）

一宿一飯（いっしゅくいっぱん）（旅途中在別人家住一宿或吃一頓飯）

飯盒（はんごう）〔名〕鋁製飯盒

　飯盒で飯を炊く（用鋁製飯盒做飯）焚く

飯台（はんだい）〔名〕飯桌（＝卓袱台-矮腳食桌）

飯店（はんてん）〔名〕（來自中文）飯店、餐館

飯場（はんば）〔名〕礦山（建築工地）上的工人集體宿舍

飯米（はんまい）〔名〕食用米、做飯用的米

　飯米農家（自給農戶-生產的糧食只夠自家食用的小農）

飯米、食稲（けしね）〔名〕煮飯的米、食用的雜穀

飯料（はんりょう）〔名〕飯費、食費

飯（めし）〔名〕飯（＝御飯）、生活，生計

　飯を食う（吃飯）食う喰う

　飯を炊く（做飯）

　飯に為よう（開飯吧！）

　日に三度ちゃんとした飯を喰う（一日三餐吃得很好）

　私が行ったら飯の最中だった（我去了正趕上吃飯，我去了他們正在吃飯）

　彼は碁が飯より好きだ（他下棋比吃飯還要緊）

　彼には他人の飯を食わせるが良い（應該叫他體驗一下離家在外的生活）

　筆で飯を食う（靠筆桿吃飯、筆耕）

　飯が食える様に為て遣る（使你能夠活下去）

　何とか為て飯を食わねば為らない（總得設法活下去）

　彼は漸く明日の飯の心配を為なくても良い身と為った（他終於混到不愁明天吃飯的地步）

　飯の食い上げ（失業、吃不上飯）

　そんな事を為たら飯の食い上げだ（那樣做就要丟掉飯碗了）

　飯の種（生活的手段）

　飯の種を失う（丟掉飯碗）

飯釜（めしがま）〔名〕飯鍋（＝飯炊釜（はんすいかま））

飯杓子（めしじゃくし）〔名〕飯杓、飯匙（＝杓文字（しゃもじ））

飯代（めしだい）〔名〕飯錢

　飯代にも事欠く（連吃飯錢都沒有）

飯炊き（めしたき）〔名〕做飯、做飯的人，廚師、炊事員

　飯炊きを雇う（雇廚師）

　飯炊き釜（做飯的鍋）

　飯炊き婆さん（管做飯的老太婆、女大師傅）

飯茶碗（めしちゃわん）〔名〕飯碗

飯粒（めしつぶ）〔名〕飯粒

　飯粒を地べたに落とすな（不要把飯粒掉在地上）

飯時（めしどき）〔名〕吃飯的時候

　遊びに夢中で飯時を忘れる（只顧玩忘了吃飯時間）

　僕は飯時に帰って来る（我吃飯的時候回來）

　飯時に遣って来る何て失礼な奴だ（人家吃飯時跑來真是個不懂禮貌的人）

飯櫃（めしびつ）〔名〕帶蓋的木飯桶（＝お鉢、お櫃）

飯前（めしまえ）〔名〕飯前（特指早飯前）

　飯前の仕事（易如反掌的工作）

飯貰（めしもらい）〔名〕〔舊〕乞丐（＝乞食（こじき））

飯盛（めしもり）〔名〕（江戶時代在驛站的旅店服侍客人的）一種變相的妓女

飯屋（めしや）〔名〕飯鋪、經濟食堂

　近所に飯屋が有りますか（附近有飯鋪嗎？）

飯（いい）〔名〕〔古〕飯（＝飯（めし）、御飯（ごはん））

ㄈ

強飯（こわいい）（蒸的飯）
姫飯（ひめいい）（煮的飯）
飯蛸（いいだこ）〔名〕〔動〕望潮魚（一種可食小章魚）
飯（まま）〔名〕〔兒〕飯（＝飯（めし）、御飯（ごはん）、飯（まま））
飯事（ままごと）〔名〕〔兒〕辦家家酒遊戲
　飯事を為て遊ぶ（ままごとをなしてあそぶ）（玩家家酒遊戲）
　飯事の恋（ままごとのこい）（童年時的戀愛、初戀）
飯（まんま）〔名〕〔兒〕飯（＝飯（めし）、御飯（ごはん）、飯（まま））

## 範（ㄈㄢˋ）

範（はん）〔名、漢造〕模範（＝手本（てほん））、規範、範疇
　範を垂れる（はんをたれる）（垂範）
　範を仰ぐ（はんをあおぐ）（尊為模範）
　範を示す（はんをしめす）（示範）
　規範、軌範（きはん、きはん）（規範、模範、標準）
　模範（もはん）（模範、榜樣、典型）
　師範（しはん）（榜樣，典範，師表、教師、師範學校）
　典範（てんぱん）（典範，模範，法典）
　垂範（すいはん）（垂範、示範）
　教範（きょうはん）（教學示範、教授範例、軍事教練教科書類）
範囲（はんい）〔名〕範圍、界限
　勢力範囲（せいりょくはんい）（勢力範圍）
　活動の範囲（かつどうのはんい）（活動範圍）
　範囲が広い（はんいがひろい）（範圍廣）
　私の知っている範囲では（わたしのしっているはんいでは）（據我所知範圍）
　人知の範囲（じんちのはんい）（超出人的智力範圍）人智（じんち）
　其の範囲から出る事が出来ない（そのはんいからでることができない）（不能超出那個範圍）
　貴方の出来る範囲で遣って下さい（あなたのできるはんいでやってください）（請盡你所能去做吧！）
　範囲外（はんいがい）（超出範圍）
　人間の経験の範囲外である（にんげんのけいけんのはんいがいである）（超出人類經驗的範圍）
　法の適用の範囲外に為る（ほうのてきようのはんいがいになる）（屬於法律適用範圍之外）

範囲内（はんいない）（在範圍以內、不超過）
　能力の範囲内（のうりょくのはんいない）（能力所及）
　私の見た範囲内では（わたしのみたはんいないでは）（在我所看到的範圍內）
　狭い範囲内に限られている（せまいはんいないにかぎられている）（只限於很小的範圍內）
範士（はんし）〔名〕（擊劍）範士（全日本劍道聯合會授於優秀擊劍者的最高稱號）
範式（はんしき）〔名〕規範、公式
範疇（はんちゅう）〔名〕範疇、範圍
　文法的範疇（ぶんぽうてきはんちゅう）（語法的範疇）
　憲法の範疇に属する（けんぽうのはんちゅうにぞくする）（屬於憲法的範疇）
　此れは別の範疇に属する（これはべつのはんちゅうにぞくする）（這個屬於別的範疇）
　範疇に異に為る（はんちゅうにいにする）（範疇不同）
範読（はんどく）〔名〕範讀（老師示範學生跟讀）
範例（はんれい）〔名〕範例（＝手本（てほん））

## 汎（ㄈㄢˋ）

汎（はん）〔漢造〕大水橫流、水漲漫延的樣子、普遍、廣大
汎濫（はんらん）〔名、自サ〕氾濫、充斥，過多
　大雨で河川が氾濫する（おおあめでかせんがはんらんする）（因暴雨河川氾濫）大雨（おおあめたいう）大雨
　エロ（erotic）雑誌が氾濫している（エロざっしがはんらんしている）（色情雜誌氾濫）
　同じ様な辞書が店頭に氾濫している（おなじようなじしょがてんとうにはんらんしている）（同樣的詞典充斥於書店）
　コマーシャル（commercial）の氾濫（コマーシャルのはんらん）（商業廣告的氾濫）

## 汎（ㄈㄢˋ）

汎（はん）〔漢造〕漂浮、一般、（pan的譯詞）廣泛、氾濫
汎愛（はんあい）〔名〕博愛
　汎愛主義（はんあいしゅぎ）（博愛主義）
汎意語（はんいご）〔名〕反義詞（＝アントニム（antonym））←→同意語、シノニム（synonym）
汎意説（はんいせつ）〔名〕（德國唯心主義哲學家叔本華鼓吹的）唯意志論、意志主義
汎称（はんしょう）〔名〕泛稱、通稱、統稱
　赤道の南北に散在する此等の島島を南洋群島と汎称する（せきどうのなんぼくにさんざいするこれらのしまじまをなんようぐんとうとはんしょうする）（散布在赤道南北的這些島嶼統稱為南洋群島）

はんしんろん
汎心論〔名〕〔哲〕泛心論、萬有精神論
はんしんろん
汎神論〔名〕〔哲〕泛神論（=パンセイズム）
　　はんしんろんもの
　汎神論者（泛神論者）
はんせいせつ
汎生説〔名〕〔生〕機體再生說、泛生子論
はんたいへいよう
汎太平洋〔名〕泛太平洋
　　はんたいへいようかいぎ
　汎太平洋会議（泛太平洋會議）
はんべいしゅぎ
汎米主義〔名〕泛美主義（=パン、アメリカニズム）
はんよう
汎用〔名、他サ〕廣泛應用
　　はんようきかい
　汎用機械（廣泛應用的機器）
はんろん
汎論〔名〕總論、通論、總綱←→各論

# 犯（ㄈㄢˋ）

はん
犯〔接尾〕（助數詞用法）判刑次數
〔漢造〕（也讀作犯）犯法、罪犯。〔佛〕觸犯戒律

　ぜんかじゅっぱん
　前科十犯（前科十次在案）
　きょうはん
　共犯（共犯）
　しょはん
　初犯（初次犯罪、初次犯罪的人）
　さいはん
　再犯（重犯、重新犯罪的人）
　さつじんはん
　殺人犯（殺人犯）
　ちのうはん
　知能犯（智能犯-如詐欺、偽造、貪汙）←
　　ごうりきはん
　→強力犯
　ごうりきはん
　強力犯（暴力犯-如殺人、搶劫）
　しそうはん
　思想犯（思想犯）
　せっとうはん
　窃盗犯（竊盜犯）
　じょぼん
　女犯（犯女戒）
　ふぼん
　不犯（不犯〔淫亂〕戒）
はんい
犯意〔名〕〔法〕犯罪意識
　　はんい　う　む　と
　犯意の有無が問われる（問題在有無犯意）
はんこう
犯行〔名〕〔法〕罪行
　　れきぜん　　はんこう
　歴然たる犯行（確鑿的罪行）
　はんこう　みと
　犯行を認める（服罪）
　はんこう　ひにん
　犯行を否認する（否認犯行）
　はんこうげんば
　犯行現場（犯罪現場、作案現場）
はんざい
犯罪〔名〕犯罪
　　しょうねんはんざい
　少年犯罪（少年犯罪）

　はんざい　おか
　犯罪を犯す（犯罪）
　はんざい　こうせい
　犯罪を構成する（構成犯罪）
　はんざい　よぼう
　犯罪の予防（防止犯罪）
　はんざいこうい
　犯罪行為（罪行）
　はんざいはっせいりつ
　犯罪発生率（犯罪發生率）
　はんざいにん
　犯罪人罪犯）
　はんざいがく
　犯罪学（犯罪學）
　はんざいじじつ
　犯罪事実（犯罪事實）
　はんざいしゃ
　犯罪者（罪犯）
　はんざいそうさ
　犯罪捜査（犯罪偵查）
はんせき
犯跡〔名〕罪證
　　まった　はんせき　のこ
　全く犯跡を残さない（絲毫不留罪證）
　はんせき　くら　　　　　　　　　くら　　くら
　犯跡を暗ます(隱藏罪證)暗ます晦ます眩ます
はんそく　はんそく
犯則、反則〔名〕犯規、違章
　　はんそく　し　たいじょう　めい
　反則を為て退場を命じられる（因犯規被命令退場）
　はんそく　ばつ　げん　す
　反則の罰を厳に為る（嚴懲違章）
はんにん
犯人〔名〕犯人、罪人
　　はんにん　たいほ
　犯人を逮捕する（逮捕犯人）
　はんにん　ま　　つか
　犯人は未だ掴まっていない（犯人尚未被抓到）
　こ　いたずら　はんにん　だれ
　此の悪戯の犯人は誰か的氣?（這惡作劇的犯人是誰？）
おか
犯す〔他五〕犯、違犯、冒犯、干犯、姦污、汙辱
　　あやま　おか　　　おか　おか　おか　あやま
　誤りを犯す(犯錯誤)犯す侵す冒す 誤り
　　あやま
　謝り
　あやま　おか
　過ちを犯す（犯過、犯錯）
　ほうりつ　おか
　法律を犯す（犯法）
　つみ　おか
　罪を犯す（犯罪）
　きん　おか
　禁を犯す（犯禁、違犯禁令）
　こ　おきて　おか　もの　しけい　しょ
　此の掟を犯す者は死刑に処す（違犯此項法令者處死）
　かみ　おか
　上を犯す（犯上）
　おもて　おか
　表を犯す（當面直諫）

女を犯す（姦污婦女）

**冒す**〔他五〕冒險、不顧、侵襲、冒充、冒稱、冒瀆

危険を冒す（冒險）

生命の危険を冒して遭難者を救助する（冒著生命危險救助遇難人）

激しい砲火を冒して突進する（冒著猛烈的砲火向前突進）激しい烈しい劇しい

万難を冒して（不顧一切困難）

雨を冒して勇往邁進する（冒雨勇往直前）

結核菌は肺を冒す（結核菌侵襲了肺臟）

神経を冒された（神經已遭破壞）

肋膜炎に冒される（患肋膜炎、被肋膜炎侵襲）

病に冒される（患病）

菊は霜に冒された（菊花被霜打了）

寒気に冒されない様に（小心著涼、當心感冒）

人の名を冒す（冒名）

姓を冒す（冒名）

皇甫の名を冒す（冒皇甫的名字）

神聖を冒す（冒瀆神聖）

**侵す**〔他五〕侵犯、侵害、侵佔

敵軍は屢々辺境を侵した（敵軍屢次侵犯邊境）屢屢屢数数数

権利を侵す（侵權、侵害權利）

神聖に為て侵す事の出来ない権利である（是神聖而不能侵犯的權利）

基本的人権を侵す（侵犯基本人權）

## 芬（ㄈㄣ）

**芬**〔漢造〕氣味很香

**芬芬**〔形動タルト〕芬芳，噴香、（臭）烘烘，（臭味）沖鼻

芬芬たる香気（濃厚的香味）

草花が芬芬と為て匂う（花草噴香）

臭味芬芬鼻を衝く（臭味沖鼻）

## 紛（ㄈㄣ）

**紛**〔漢造〕混淆、混亂、糾紛

内紛（內鬨、內部糾紛）

**紛議**〔名、自サ〕爭執、爭論、糾紛

紛議を醸す（惹起爭論）

紛議を調停する（調解糾紛）

**紛糾**〔名、自サ〕紛糾，糾紛、紛亂，混亂

事態が紛糾する（事態混亂）

議論が紛糾する（議論分歧）

紛糾に巻き込まれる（捲入糾紛）

**紛雑**〔名〕紛雜、雜亂無章

**紛失**〔名、自他サ〕紛失、遺失、丟失、失落

重要書類が（を）紛失する（丟失重要文件）

紛失届を出す（掛失）

本の紛失に気付く（發現書丟了）

紛失主（失主）

紛失物（丟失的東西）

**紛擾**〔名、自サ〕紛擾、糾紛

国際的紛擾（國際糾紛）

紛擾を引き起こす（引起糾紛）

紛擾を収める（結束〔解決〕糾紛）

**紛戦**〔名、自サ〕（敵我）混戰、（戰線）混亂

**紛然**〔形動タルト〕紛紜、紛亂

何も彼も紛然と為ていた（一切都亂七八糟）

**紛争**〔名、自サ〕糾紛、爭端

国際的紛争を解決する（解決國際間的爭端）

紛争調停（調解糾紛）

紛争を起す（引起糾紛）

**紛紛**〔形動タルト〕紛紛、紛紜、繽紛

意見が紛紛と為て纏まらない（眾說紛紜不能統一）

紛紛たる落花の景色（落英繽紛的景色）

此の問題に関して諸説が紛紛と為ている（關於這個問題眾說紛紜）

**紛来** 〔名、自サ〕（機關用語）（郵件）錯投、錯送

**紛乱** 〔名、自サ〕紛亂、混亂

**紛う** 〔自五〕（非常相似）分辨不開、錯誤、疑是、宛如

 雪かと紛う許りであった（疑是下雪、簡直像雪一樣〔白〕）糾う

 雪かと散り紛う桜（雪片一般落英繽紛的櫻花）

 夢かと紛う光景（宛如夢境的光景）

**紛う方無し** 〔連語〕絲毫不錯、的的確確、真正

 紛う方無き本物（的的確確的真品）

 紛う方無く父の筆跡だ（這絲毫不錯是我父親的筆跡）

**紛う** 〔自五〕（紛う的古語讀音）疑似、看錯（＝紛う）

 紛う方無い（絲毫不錯）

 夢かと紛う景色（夢幻般的美景）

**紛い、擬い** 〔名〕假，贋，假冒，假造，偽造，仿製（品）、容易混淆，難以辨認

 紛いの真珠（假珍珠）

 紛い道（難以辨認的道路）

 英語紛いに新造語（模仿英語創造的新詞）

**紛い物** 〔名〕〔舊〕偽造品、仿造品（＝贋物、贋物）

 彼のダイヤの首飾りは紛い物だった（那個鑽石項鍊是假的）

**紛れ物** 〔名〕容易混淆之物、偽造品、冒牌貨（＝贋物、贋物）

**紛える** 〔他下一〕使分辨不清，弄錯，認錯，冒充，假冒（＝似せる）

**紛れる** 〔自下一〕混同，混淆，難以辨別，摻混，混雜、混進、（因忙碌等）想不起來，忘懷

 何れが何れだか紛れて終う（哪個是哪個混淆不清）

 人込みに紛れて見失った（混進人群看不見了）

 闇に紛れて逃げた（趁著黑暗逃走了）

 局面は大分紛れて来た（棋局越來越錯綜複雜了）

 気が紛れる（解悶、排遣、忘憂）

 悲しみが紛れる（忘掉悲傷）

 忙しさに紛れて時間の経つのを忘れる（由於忙碌而忘卻時間的消逝）

 多忙に紛れて御無沙汰しました（因為太忙久疏問候）

 遊びに紛れて勉強を忘れる（貪玩忘記學習）

**紛れ** 〔名〕混同，混雜。〔圍棋、象棋〕迷惑，迷魂陣

〔接尾〕（接在表示感情的某些形容詞詞幹或動詞連體形下構成名詞）…之餘、極為…、非常…

 紛れを求める（企圖迷惑對方、給對方擺迷魂陣）

 苦し紛れ（非常痛苦、痛苦之餘）

 悔し紛れ（非常懊悔、氣急敗壞）

 嬉し紛れ（歡欣雀躍）

 腹立ち紛れ（大發雷霆、勃然大怒）

 どさくさ紛れに旨い事を為る（混水摸魚）

**紛れ込む** 〔自五〕混進、混入（其內）

 群集の中へ紛れ込む（混進人群裡）

 変装して敵の中に紛れ込んだ（化妝混入敵人裡面）

**紛れ幸** 〔名〕僥倖（＝紛れ幸い、僥倖、零れ幸い）

**紛れ幸い、紛れ幸** 〔名〕僥倖、偶然得到的幸運（＝僥倖、零れ幸い）

**紛れも無い** 〔形〕地地道道、貨真價實、不折不扣、徹頭徹尾、千真萬確、毫無疑問、無可辯駁、純粹、十足

 紛れも無い日和見主義者（地地道道的機會主義者）

 紛れも無い事実（千真萬確的事實）

 此れを遣ったのは紛れも無く彼だ（做這事的毫無疑問准是他）

 其れは紛れも無く彼の帽子だ（那是他的帽子沒錯）

**紛らす** 〔他五〕蒙混過去、掩飾過去、岔開、支吾過去、排遣、消解

悲しみを笑いに紛らす（用笑把悲傷掩飾過去）

姿を紛らす（消形滅跡）

他の話で紛らす（用別的話岔過去）

質問を紛らす（把質問岔開）

冗談に紛らす（以打諢支吾過去）

退屈を紛らす（解悶）

酒で憂さを紛らす（以酒澆愁）

寂しさを紛らす為に小説を読む（為了解除寂寞看小說）

**紛らかす、紛かす**〔他五〕蒙混過去，掩飾過去，岔開，支吾過去，排遣，消解（＝紛らす）

**紛らせる**〔他下一〕蒙混過去，掩飾過去、岔開，支吾過去、排遣、消解（＝紛らす）

**紛らわしい**〔形〕容易混淆、不易分辨、模糊不清

此の字は紛らわしい（這字寫得含糊）

紛らわしい贋物（不易分辨的偽造品）

此の商標はA社のと紛らわしい（這個商標和A公司的難以辨認〔很類似〕）

**紛らわす**〔他五〕蒙混過去，掩飾過去、岔開，支吾過去、排遣、消解（＝紛らす）

**紛れる**〔自下一〕混同，混淆，難以辨別，摻混，混雜、混進、（因忙碌等）想不起來，忘懷（＝紛れる）

**紛れ**〔名〕僥倖

彼が成功したのは紛れだよ（他的成功是瞎撞上的）

球が紛れで当たる（球偶然打中）

**紛れ当たり，紛れ当り，紛れ中たり，紛れ中り**〔名〕歪打正著、僥倖命中、僥倖成功

君が鴨を打ったって？－紛れ当たりだろう（聽說你打到野鴨了？－碰巧打中了吧！）

当てずっぽうに書いた答案が紛れ当たりに当たった（胡亂瞎寫的答案竟碰對了）

私が受かったのは全く紛れ当たりだ（我考中完全是瞎撞的）

# 雰（ㄈㄣ）

**雰**〔漢造〕蒙氣、包圍某特定人物四周的氣氛，情調，環境，背景等

**雰囲気**〔名〕氣氛。〔地〕大氣，空氣

愉快な雰囲気に包まれる（充滿了愉快的氣氛）

熱烈な雰囲気（熱烈的氣氛）ふん

雰囲気を和らげる（緩和一下氣氛）

此の様な雰囲気の中では、一寸申せません（在這樣的氣氛中我不能說）

雰囲気に飲まれて、力が出せなかった（被氣氛壓倒力量發揮不了）

会談は打ち解けた雰囲気の中で進められた（會談在親切友好的氣氛中進行）

職場の雰囲気が悪い（公司的氣氛不好）

彼は独特な雰囲気を持っている（他有獨特的氣氛）

# 分（ㄈㄣ）

**分**〔名〕分、部分、本分、身分、地位、程度，狀態、情況、類、樣

〔漢造〕（也讀作ぶ、ぶん、ぷん）分開、區分、分支

（讀作ぶ）成，十分之一

（讀作ぶ）一成的十分之一

（讀作ぶ、ふん）舊時重量單位匁（3.75克）的十分之一

（讀作ぶ）（日本襪子尺寸）文（2.4公分）的十分之一

（讀作ふん、有時音便為ぷん、ぶん）（時間的）分

（讀作ふん）（角度）一度的六十分之一

（讀作ぶ）（舊時貨幣單位）一兩的四分之一，一文的十分之一、天賦，天分、身分，地位、分、部分、人的關係

減った分を補う（補上減少的部分）商う

増えた分を貯金する（把增加的部分存起來）

人の分迄食べる（連別人的份都吃了）

各自が分を尽くす（各盡本分）

分に応じて寄付を為る（按照身分捐助）
此の分なら大丈夫だ（如果是這種情況沒有問題）
此の分で行けばもう心配は要らない（按這種樣子下去的話不用擔心）
此の分を千円買い度い（我想買一千日元這類的）
細分（詳細劃分）
処分（處分，處罰，處理，處置）
春分（春分-二十四節氣之一）
秋分（秋分）
五分（五分，半寸，百分之五，多多少少，不分上下）
五分五分（各半、均等、平等、相等、不相上下、勢均力敵）
四分六（四成六）
二割八分三厘（二成八分三厘）
九寸五分（九寸五分）
三匁七分（三匁七分-舊時重量單位）
十文三分（十文三分-日本襪子尺寸單位）
一時間四十分（一小時四十分）
時分（以分為單位計算的時間）
時分（時間、時刻、時機）
東経百三十八度六分（東經一百三十八度六分）
一両三分（一兩三分-舊時貨幣單位）
天分（天分、天資、天職）
性分（稟性、天性、性情、性格）
小分（細分）
滋養分（營養成分）
身分（身分、境遇）
未分（未分化、混沌）
自分（自己、本身、我）
過分（過分、過度）
士分（武士身分）

四分（分成四分）
大義名分（大義名分）
名分（名分，本分、名義，名目）
三人分（三人分）
部分（部分）
成分（成分）
精分（養分、精力、精粹）
領分（領土，領地、領域，範圍）
両分（分成兩分、兩人平分）
増加分（增加分）
微分（〔數〕微分）
糖分（糖分）
当分（目前、暫時）
等分（均分、相等的分量）
水分（水分）
随分（很、非常、冷酷）
親分（首領、頭目、乾父母，義父母）
子分（部下，嘍囉、乾兒子，義子）
兄弟分（把兄弟、盟兄弟）
兄貴分（把兄、盟兄）
**分圧**〔名〕〔機〕分壓、分壓力
　分圧器（分壓器）
**分院**〔名〕分院
　病院の分院（醫院的分院）
**分韻**〔名〕定韻、限韻（後作詩）
**分営**〔名〕〔軍〕（從總部分出的）分隊、支隊（的司令部）←→本営
**分益農制度**〔名〕分益農耕制（地主與佃戶對半分收穫物的制度）（＝分益小作）
**分液漏斗**〔名〕〔化〕分液漏斗
**分化**〔名、自サ〕分化，分工，分業。〔生〕（生物進化的）分化
　労働工程の分化（勞動程序的分工）
　器官が分化する（器官分化）
　分化を促す（促進分化）催す

ブ

**分果**〔名〕〔植〕分果

**分科**〔名〕（按專業）分科、分的專業或科目
　　分科委員会（分科委員會）
　　分科大学（單科大學、舊制帝國大學的學院或系）

**分科会**〔名〕分科委員會、（委員會下面的）小組委員會，小組

**分課**〔名〕（機關的）分科（處、組、股）、分的科（處、組、股）
　　分課規程（分科規定）

**分会**〔名〕分會
　　分会委員（分會委員）

**分界**〔名、他サ〕分界
　　分界線（分界線、境界線）
　　分界線を引く（畫分界線）
　　鴨緑江は朝鮮と中国の分界線を成している（鴨綠江形成了朝鮮和中國的分界線）

**分解**〔名、自他サ〕拆開，拆卸。〔化〕分解，裂化，裂解、解剖，肢解、分析
　　時計を分解する（拆開表）
　　分解して輸送する（拆卸運輸）
　　分解掃除（拆卸清除）
　　空中分解（空中解體）
　　水を酸素と水素に分解する（把水分解成氧和氫）
　　化合物を元素に分解する（把化合物分解為元素）
　　分解ガス（裂化煤氣）
　　分解ガソリン（裂化汽油）
　　分解能（〔理〕分解度、分辨率）
　　分解電圧（〔理〕分解電壓）

**分塊圧延機**〔名〕〔冶〕開坯機、初軋機

**分壊層**〔名〕〔地〕轉石

**分外**〔名〕分外、過分、過度、非分
　　分外の大望（非分的願望、奢望）大望大望
　　此れは分外の賞賛です（這是過獎）
　　分外の光栄（過分的光榮）

**分画**〔名、他サ〕刻度、分度、分級
　　分画器（分度器、刻線機）

**分割**〔名〕分割、分開、瓜分
　　部屋を二つに分割して使う（把房子分成兩間用）
　　領土を分割する（瓜分領土）
　　主権国家を分割する（肢解主權國家）
　　分割して統治する（分而治之）
　　分割支配（分治）
　　分割払い（分期付款）
　　分割払い販売店（分期付款商店）
　　分割払い式購買法（分期付款式購物法）

**分割、歩割**〔名〕〔數〕比率，比值，比價，回扣，傭金，手續費（＝歩合、歩合い）

**分轄**〔名、他サ〕分開管轄、分開治理

**分監**〔名〕（由總監獄分出來的）分監、第二監獄

**分舘**〔名〕分館←→本館
　　分舘長（分館長）

**分岐**〔名、自サ〕分歧，分岔。〔化〕分支
　　道路が四方に分岐する（道路向四處岔開）
　　意見が分岐する（意見分歧）
　　本線は当駅より分岐して新潟に至る（鐵路幹線從本站岔開通到新潟）
　　分岐線（分支線）
　　分岐回路（分支電路-天線收發轉換開關）
　　分岐点（分歧點，分岔點，分支點，分岔口，岔路口）
　　鉄道の分岐点（鐵路的連軌點）
　　彼は今人生の分岐点に立っている（他正站在人生的岔路口）
　　此の土地は鉄道の分岐点と為て発展した（這個地方作為鐵路分岔點而發展起來）
　　分岐器（〔鐵〕轉轍器、道岔）
　　分岐器作業（搬道岔作業）

**ぶんきゅう**
分級〔名〕分等級

**ぶんぎょう**
分業〔名、他サ〕分工、分工序
　**ぶんぎょう　　　のうりつ　　あ**
　分業に為て能率を上げる（進行分工提高工作效率）
　**いやくぶんぎょう**
　医薬分業（醫藥分工）
　**ぶんぎょう　　せいさん**
　分業で生産する（分工序生產）

**ぶんきょうじょう**
分教場〔名〕（中小學校的）分校

**ぶんきょく**
分局〔名〕分局

**ぶんきょく**
分極〔名〕〔電〕極化（作用）、偏振化（作用）
　**ぶんきょくりつ**
　分極率（極化率）
　**ぶんきょくでんりゅう**
　分極電流（極化電流）

**ぶんきん**
分金〔名〕〔冶〕分金（指有色金屬如金銀的分離）、分離，分開

**ぶんけ**
分家〔名、自サ〕分家另過、另立（的）門戶←→本家
　**ぶんけ　　おじ**
　分家の叔父さん（分出去過的叔父）
　**よめ　　もら　　　ぶんけ**
　嫁を貰って分家する（成家後另立門戶）

**ぶんけつ**
分蘖〔名、自サ〕分蘖
　**いね　ぶんけつ**
　稲の分蘖（稲苗分蘖）
　**ことし　ぶんけつ　わる　　　いね　しゅうかくりょう　すく**
　今年は分蘖が悪いにで稲の収穫量は少ないだろう（今年分蘖不好稲子的產量恐怕不高）

**ぶんけんぶんけん**
分見分間〔名〕測量（山野的遠近高低距離等）

**ぶんけん**
分県〔名〕分縣（把日本全國分為都道府縣的行政區劃）
　**ぶんけんちず**
　分県地図（分縣地圖、行政區畫圖）

**ぶんけん**
分遣〔名、他サ〕分遣、分遣
　**ぶんけんたい**
　分遣隊（分遣隊）

**ぶんけん**
分権〔名〕分權←→集権
　**ちほうぶんけん　　　ちゅうおうしゅうけん**
　地方分権←→中央集権

**ぶんげん**
分限〔名〕界限、身份，（法律上的）地位。〔古〕財主，有錢人（=分限、金持ち）
　**ぶんげん　わきま**
　分限を弁えない（不量身分）
　**ぶんげん　まも**
　分限を守る（安分守己）守る守る
　**にわ　　ぶんげん**
　俄か分限（暴發戶）

**ぶげん**
分限〔名〕（也讀作分限）身份、財主，富豪，有錢人（=金持ち）
　**ぶげんしゃ**
　分限者（財主、有錢人）

**ぶんげんしか**
分原子価〔名〕〔化〕餘價、部分價

**ぶんこう**
分光〔名、他サ〕〔理〕分光、光譜
　**ぶんこうぶんせき**
　分光分析（分光分析、光譜分析）
　**ぶんこうけい**
　分光計（分光計、分光儀）
　**ぶんこうがく**
　分光学（分光學、光譜學）
　**ぶんこうき**
　分光器（分光器、分光鏡、分光儀）
　**ぶんこうこうどき**
　分光光度器（分光光度計）
　**ぶんこうそっこうき**
　分光測光器（分光光度計）
　**ぶんこうじゃしん**
　分光写真（光譜圖）
　**ぶんこうじゃしんじゅつ**
　分光写真術（攝譜學）
　**ぶんこうじゃしんき**
　分光写真機（攝譜儀）

**ぶんこう**
分校〔名〕分校←→本校
　**だいがく　　　ぶんこう**
　大学の分校（大學的分校）

**ぶんごう**
分合〔名、他サ〕分開與合併、分出來併入他處

**わ　あ**
分け合う〔他五〕分享、分攤
　**たばこいっぽん　　　　　わ　あ**
　煙草一本でも分け合う（一支香菸也都分享）
　**のこ　　もの　ふたり　わ　あ**
　残った物を二人で分け合いましょう（剩下的東西我們兩人分吧！）
　**こ　ひよう　わ　あ**
　此の費用は分け合おう（這個費用分攤吧！）

**わ　あ**
分かち合う〔他五〕互相分享、共同分擔（=分け合う）
　**よろこ　　わ　あ**
　喜びを分かち合う（共同分享喜悅）
　**くる　　　たの　　　わ　あ**
　苦しみと楽しみを分かち合う（苦樂與共、同甘共苦）

**ぶんこうじょう**
分工場〔名〕分工廠、分廠

**ぶんこつ**
分骨〔名、他サ〕把骨灰分開埋葬、把骨灰的一部分移到別處

**ぶんさい**
分採〔名、他サ〕〔化〕分離、抽出、提煉

**ぶんさい**
分載〔名、他サ〕分期連載、分期刊登

**ぶんざい**
分際〔名〕身分、地位（=身の程）
　**じぶん　　ぶんざい　　し　　こと**
　自分の分際を知る事だ（你要有自知之明）
　**した　ばやくにん　　ぶんざい　　　　　　くち　き**
　下っ端役人の分際でそんな口が利けると思うのか（憑你這個小小的官可以這麼說話嗎？）
　**がくせい　　ぶんざい　　なまいき**
　学生の分際で生意気だ（身為一個學生太狂妄了）

**ぶんさいぼう**
分細胞〔名〕〔生〕分裂球

**分冊**〔名、他サ〕分冊、分成幾冊
　第一分冊（第一分冊）
　分冊に為て売る（分冊出售）
　其の叢書は分冊に為って出る（那部叢書分冊出版）

**分散**〔名、自サ〕分散，散開。〔理〕色散，頻散，彌散。〔古〕（江戶時代）破產。〔數〕方差
　彼の一家は分散した（他的一家離散了）
　工場施設を分散させる（分散工廠設備）
　分散積み上げ（散裝、分散堆積）
　分散力（〔理〕彌散力）
　分散系（〔理〕彌散系）
　分散能（〔理〕色散本領、分散能力）
　分散媒（〔理〕分散劑、色散介質）
　分散質（〔理〕彌散體）

**分子**〔名〕份子。〔理、化、數〕分子←→分母
　危險分子（危險份子）
　党内の腐敗分子を一掃する（清除黨內的腐化份子）
　分子式（〔化〕分子式）
　原子と分子（原子和分子）
　分子力（〔理〕分子力）
　分子寸法（〔理〕分子大小、分子尺寸）
　分子引力（〔理〕分子引力）
　分子内回転（〔化〕分子內旋轉）
　分子吸光係数（〔理〕分子消光系數）
　分子屈折（〔理〕分子折射）
　分子格子（〔化〕分子晶格）
　分子容（〔理〕分子體積）
　分子間力（〔理〕分子間力）
　分子量（〔理〕分子量）
　分子量分布（〔理〕分子量分布）
　分子蒸留（〔化〕分子蒸餾、高真空蒸餾）
　分子磁石（〔理〕分子磁體）

　分子説（〔理〕分子假說）
　分子線（〔理〕分子束、分子射線）
　分子熱（〔理〕分子熱）
　分子論（〔理〕分子理論）
　分子コロイド colloid（〔理〕分子膠體）
　分子スペクトル spectre法（〔理〕分子光譜）

**分枝**〔名〕〔植〕分枝
　分枝生殖（分枝生殖）

**分詞**〔名〕〔語法〕（participle的譯詞）分詞
　現在分詞（現在分詞）
　過去分詞（過去分詞）

**分字**〔名〕分字（文字遊戲-即把一個漢字分成幾個部分、例如把〝松〞分為〝十八公〞、把〝米〞字分為〝八木〞、把〝只〞字分為日文字母〝ロハ〞等）

**分指数**〔名〕〔數〕分指數

**分趾蹄**〔名〕〔動〕分趾蹄、偶蹄

**分室**〔名〕隔開的小房間、（機關、公司的）分處，分所，分室，分局、（醫院的）隔離病房

**分社**〔名〕（神社的）分社

**分周器**〔名〕〔理〕分頻器

**分宿**〔名〕分開住、分別投宿←→合宿
　生徒が五軒に分宿する（學生分在五家住）
　旅館が無いので民家に分宿する（因為沒有旅館分開住在民宅）

**分所**〔名〕（辦事處等的）分所、分處

**分署**〔名〕分署、分局
　警察分署（警察分局）
　税務分署（稅務分局）

**分掌**〔名、他サ〕分擔
　事務分掌（分擔事務）
　事務の分掌をはっきりさせる（明確事務的分擔）

**分乗**〔名、自サ〕分開乘坐
　五台の自動車に分乗して出発する（分乘五輛汽車出發）

**分譲**〔名、自サ〕分讓、分開出售、售一部份

**分譲住宅**（按戶出售的住宅）
　土地を安く分譲する（廉價分塊出售土地）
　**分譲地**（分塊出售的土地）
**分場**〔名〕（試驗場、作業場地等的）分場
**分食、分蝕**〔名〕〔天〕偏蝕（＝部分食）←→皆既食
**分身**〔名〕分身，分出的身體、分出的機構。〔佛〕分身
　子は親の分身（孩子是父母的分身）
　此の団体は文学会の分身だ（這個團體是文學會的分身）
**分水**〔名、自サ〕〔地〕分水、流水分成兩股、分成兩個流域
　**分水山脈**（分水嶺）
　**分水路**（毛渠）
　**分水栓**（自來水的分水龍頭）
　**分水界**（分水界、分水線）
　**分水線**（分水線）
　**分水嶺**（分水嶺）
　奥羽山脈は太平洋、日本海側に注ぐ川の分水嶺と為っている（奧羽山脈是注入太平洋日本海的合流的分水嶺）
**分数**〔名〕〔數〕分數
　分数で表す（用分數表示）
　**分数方程式**（分數方程式）
**分生子**〔名〕〔生〕分生孢子（＝分生子胞子）
　**分生子柄**（分生孢子梗）
　**分生子胞子**（分生孢子）
**分析**〔名、他サ〕分析，剖析。〔化〕分析，分解，化驗←→総合
　自己を分析する（剖析自己）
　正しい政治観点から問題を分析する（用正確的政治觀點來分析問題）
　**定量分析**（定量分析）
　食物を分析して有害か無害かを調べる（化驗食品有毒無毒）
　**分析化学**（分析化學）

**分析用試薬**（分析試劑）
　**分析的**（分析的）
　**分析学**（分析學、解析學）
**分設**〔名、他サ〕分設、在總部外設立支部或分支機構
**分節**〔名、他サ〕（把連貫的東西）分節，分段、（分開的）節，段。〔動〕分節
**分疎**〔名〕分條敘述、分辯，辯解
**分相**〔名〕〔電〕分相
　**分相器**（分相器）
**分相応**〔連語、形動〕合乎身分、與身分相稱
　分相応な事を言う（說合乎身分的話）
　分相応の望み（與身分相稱的願望）
**分葬**〔名、他サ〕分別埋葬、分開埋葬
**分蔵**〔名、他サ〕分處收藏、分別收藏
**分属、分族**〔名〕〔化〕（定性分析的）分組
　**分属試薬**（分組試藥）
**分村**〔名、自サ〕分村、另建新村
**分損**〔名〕（海保）部分損失、不完全損失
　**分損不担保**（不賠償部分損失）
**分体**〔名〕〔生〕裂殖
　**分体生殖**（裂殖生殖）
**分隊**〔名〕（舊陸軍）班、（舊海軍）分隊（相當於陸軍的連）
　**第一分隊**（第一班、第一分隊）
　分隊を指揮する（指揮班、指揮分隊）
　**分隊長**（班長、分隊長）
**分担**〔名、他サ〕分擔
　費用を分担する（分擔費用）
　三人で其の仕事を分担しよう（三個人來分擔那項工作吧！）
　事務の分担を決める（決定分擔的工作）
　**分担海損**（〔海保〕綜合海損、全海損）
**分団**〔名〕分團、（學校兒童、學生團體的）小組，小班
　**分団学習**（小組學習）

ぶんだん
**分段**〔名〕分段、段落

ぶんだん
**分断**〔名、他サ〕分割、分裂、分開、切断
 敵の補給路を分断する（切断敵人的運輸線）

ぶんち
**分地**〔名、他サ〕分土地、分給（的）地

ぶんてん
**分店**〔名〕分店、支店、分號、分公司←→本店

ぶんてん
**分点**〔名〕〔天〕二分點
 ぶんてんつき
 分点月（分至月）
 ぶんてんとし
 分点年（分至年）

ぶんでん
**分電**〔名〕〔電〕配電

ぶんどしゃく
**分度尺**〔名〕分度尺、繪圖器、分度畫線儀

ぶんどこ
**分度弧**〔名〕分度弧、分度盤

ぶんどき
**分度器**〔名〕分度規、量角器

ぶんとう
**分党**〔名、自サ〕退黨、脫黨、分離黨

ぶんど
**分捕る**〔他五〕擄獲，俘獲。〔轉〕搶，劫掠，奪取
 せんしゃ ぶんど
 戦車を分捕る（擄獲坦克）
 ともだち ぼうし ぶんど
 友達の帽子を分捕る（把朋友的帽子搶過來）

ぶんど
**分捕り**〔名〕俘獲、俘獲物
 ぶんど しな
 分捕り品（戰利品）

ぶんのう
**分納**〔名、他サ〕分期繳納
 じゅぎょうりょう ぶんのう みと
 授業料の分納を認める（允許分期繳納學費）
 ひよう さんかい ぶんのう
 費用を三回に分納する（費用分三期繳納）

ぶんぱ
**分派**〔名、自サ〕分派，分出一派、分出的流派，小派系
 あら ぶんぱ た
 新たに分派を立てる（新立一派）
 ぶんぱこうどう
 分派行動（小派系活動、宗派活動）
 ぶんぱ つく
 分派を創る（另立一派）
 りょこう さんにん ぶんぱこうどう と
 旅行で三人だけ分派行動を取る（在旅行中只三個人採取單獨行動）

ぶんばい
**分売**〔名、他サ〕（成套東西）分開賣
 とち ぶんばい
 土地を分売する（分成塊賣地）
 かくかんいっさつずつぶんばい
 各巻一冊宛分売します（各卷分冊出售）
 こ ぜんしゅう じゆう ぶんばい
 此の全集は自由に分売します（這套全集隨意出售）
 こ そろ ぶんばい
 此の揃いは分売しません（這一套不分售）

わ う
**分け売り**〔名〕分售、分開賣（＝分売）

ぶんぱい
**分配**〔名、他サ〕分配、配給、分給
 びょうどう ぶんぱい
 平等に分配する（平均分配）
 しょくりょう ぶんぱい
 食糧を分配する（配給糧食）
 ごまんえん ぶんぱい あずか
 五万円の分配に与る（分到五萬日元）預かる
 ぶんぱいべん
 分配弁（〔機〕分配閥）
 ぶんぱいき
 分配器（〔機〕分配器、配電器）
 ぶんぱいほうそく
 分配法則（〔數〕分配律）
 ぶんぱいけいすう
 分配係数（〔數〕分配系數）

ぶんぴつ ぶんぴ
**分泌、分泌**〔名、自他サ〕〔生〕分泌
 たんじゅう ぶんぴつ
 胆汁を分泌する（分泌膽汁）
 ぶんぴつ うなが
 分泌を促す（促進分泌）催す
 いえき ぶんぴつ
 胃液の分泌（胃液的分泌）
 ぶんぴつきかん
 分泌器官（分泌器官）
 ぶんぴつさよう
 分泌作用（分泌作用）
 ぶんぴつさいぼう
 分泌細胞（分泌細胞）
 ぶんぴつそしき
 分泌組織（分泌組織）
 ぶんぴつせん
 分泌腺（分泌腺）
 ぶんぴこうみゃく
 分泌鉱脈（〔地〕分泌脈）

ぶんぴつ
**分筆**〔名、他サ〕〔法〕把一塊土地分成數分
 とち ぶんぴつ とうき
 土地を分筆して登記する（把土地分塊登記）

ぶんぷ
**分布**〔名、自他サ〕分布
 しょくぶつ ぶんぷ
 植物の分布（植物的分布）
 こめ ぶんぷず つく
 米の分布図を作る（畫米的分布圖）
 してん ぜんこく ぶんぷ
 支店は全国に分布している（分店分布全國）
 ほうげん お か くわ ぶんぷ しら
 方言に於けるカ、クヮの分布を調べる（調査在方言中カ、クヮ的分布）
 ぶんぷくいき
 分布区域（分布區）
 ぶんぷず
 分布図（分布圖）
 ぶんぷきょくせん
 分布曲線（分布曲線）
 ぶんぷかじゅう
 分布荷重（〔土木、機〕分布荷載）

ぶんぷ
**分賦**〔名〕分課稅賦

ぶんぷく
**分服**〔名〕（醫藥）分成數次服用

ぶんべい
**分袂**〔名〕分別、離別

ぶんべつ
**分別**〔名、他サ〕分別、區別、區分、分類

塵の分別作業（垃圾的分類作業）塵塵

分別書法（字間分開的寫法）

分別沈殿（〔化〕分級沉澱）

分別結晶（〔化〕分步結晶、〔地〕分步結晶作用，分離結晶作用）

分別蒸留（〔化〕分餾）

**分別**〔名、他サ〕辨別力、判斷力、思考力

分別が付く（懂道理）

思慮分別が有る（有思考判斷能力）

分別の付かない子供（不懂事的小孩子）

分別の有る人（懂道理的人）

何とか巧い分別は無いかね（有沒有什麼好主意呀！）

分別が無さ過ぎる（太不懂事）

分別顔（似乎通情達理的樣子）

分別らしい（就像通情達理似的、就像很懂事似的）

分別臭い（就像通情達理似的）

分別臭い事を言う（說些似是而非的道理）

分別盛り（通曉事理的年齡、通情達理的成年年齡）

分別盛りの男（聽曉事理的年齡）

四十五十は分別盛り（四十五十正是通曉事理的年齡）

**分娩**〔名、他サ〕〔醫〕分娩、生小孩

無痛分娩（無痛分娩）

無事に男の子を分娩した（平安地生了一個男孩）

分娩期に近い女（臨近產期的婦女）

分娩後の検査（產後檢查）

分娩休暇（產假）

分娩室（產房）

**分母**〔名〕〔數〕分母←→分子

公分母（公分母）

分母を払う（約分母）

**分母子**〔名〕〔數〕分母分子、分數

**分封**〔名、他サ〕（諸侯）分封領地、分封的領地

〔名、自サ〕（蜜蜂）分群

**分蜜糖**〔名〕分蜜糖

**分脈**〔名〕（山脈、礦脈、血脈的）分脈

**分明、分明**〔名、形動〕分明、清楚

事態が漸く分明に為る（事態終於清楚了）

極めて分明な事実だ（是個非常明顯的事實）

**分野**〔名〕領域、範圍、戰線、方面、崗位

研究分野（研究範圍）

各分野で活躍されている人人（在各條戰線上積極工作的人們）

其れは文学の分野に入る（那屬於文學的範疇）

人は其其の分野で社会に尽くしている（人們在各自的崗位上為社會服務）

衆参両院に於ける政党の勢力分野は次の通り（政黨在眾參兩院的勢力範圍如下）

他の分野に属する（屬於另外的範圍）

斯う言う問題は彼の分野だ（這類問題歸他管）

**分有**〔名、他サ〕分開所有

**分与**〔名、他サ〕分與、分給

彼女が結婚した時分与された財産（她結婚時分得的財產）

**分け与える**〔他下一〕分給、分發、分配

遺産を分け与える（分給遺產）

**分利**〔名〕在幾個小時內退燒

**分離**〔名、自他サ〕分離，分開，脫離，隔離、（收音機的）選擇性

政経分離（政治經濟分離）

水と油とは完全に分離する（水和油完全分離開）

宗教と化学の分離（宗教和科學的分離）

黒人と白人の分離（黑人和白人的分離）

其の問題と此の問題とは分離して考えた方が良い（這個問題和那個問題最好分開考慮）

分離が良い（選擇性良好）

ㄈ

分離が悪い（選擇性不好）

分離果（〔植〕分果）

分離度（分離速度）

分離速度（〔理〕分離速度）

分離量（〔數〕分離量、離散量）

分離機（〔化〕分離器、離析器、分離裝置）

**分立**〔名、自他サ〕分立、分設、分別設立

三権分立（三權分立）

子社会を分立する（設立分公司）

**分流**〔名、自サ〕分流、支流←→本流、分派、支派

A地で分流して太平洋に注ぐ（在A地分流後注入太平洋）

信濃川の分流（信濃川的支流）

分流加減器（〔電〕分流調解器、電阻分流器）

分流coil（〔電〕分流線圈）

分流器（分流器、流量分配器）

**分留、分溜**〔名、他サ〕〔化〕分餾、分餾一部分

分留管（分餾管）

分留塔（分餾塔）

**分量**〔名〕分量、數量

目分量（用眼睛估計的分量）

分量を計る（秤分量）

酒の分量を増す（增加酒量）

仕事の分量を一律に為る（統一工作量）

各人の背負っている分量は重い（每個人背的分量很重）

**分力**〔名〕〔理〕分力←→合力

**分類**〔名、他サ〕分門別類

正しい分類（準確的分類）

カードを分類する（把卡片加以分類）

大きく二つに分類する（大致分為兩類）

採集した植物を分類する（把採集的植物加以分類）

系統的に分類する（系統地進行分類）

分類表（分類表）

分類目録（分類目錄）

分類所得税（分類所得稅）

分類学（分類學）

**分霊**〔名〕接神靈，迎接神佛之靈、請神，請佛而祭祀之（＝勸請）

**分列**〔名、自サ〕分列、並列

分列行進（分列前進）

分列式（分列式、閲兵式）

**分裂**〔名、自サ〕分裂、列開

核分裂（核分裂）

細胞分裂（細胞分裂）

分裂崩壊する（分崩離析）

政党がする（政黨分裂）

各派に分裂する（分成各派）

分裂子（〔生〕分裂子）

分裂性気質（〔醫〕精神分裂性氣質）←→循環性気質

分裂菌（〔醫〕細菌類、裂殖菌綱）

分裂組織（〔植〕分生組織）

**分路**〔名〕〔電〕分路、分流、並聯

分路抵抗（分路電阻、分流電阻、並聯電阻）

**分**〔名〕（時間單位、一小時的1/60）分、（角度單位、一度的1/60）分、（日本重量單位、一匁的1/10）分（0、375 克）

一分一秒も違わない（一分一秒也不差）

五時五分前（差五分鐘五點）

北緯二十五度十五分（北緯二十五度十五分）

**分陰**〔名〕寸陰、一分的光陰

分陰を惜しむ（珍惜寸陰）

**分時**〔名〕一分鐘、寸陰，短暫的時間

**分針**〔名〕（鐘表的）分針、長針←→時針、秒針

**分銅**〔名〕秤砣、秤錘、砝碼

分銅を載せる（放上砝碼）

分銅鉤（特種釣魚鉤-尤指冰下釣魚用的魚鉤）

**分秒**〔名〕分秒、片刻、一分一秒

分秒を争う（分秒必爭）
此れは分秒を争う問題である（這是分秒必爭的問題）

**分巻き**〔名〕〔電〕並聯線圈、並聯繞阻

**分厘**〔名〕分厘、很少、微量

**分**〔名〕（也寫作步）（有利的）程度、（優劣的）形勢、厚度

〔接尾〕（助數詞用法）一成，十分之一、百分之一、分（一寸的十分之一）、一度的十分之一、（古日本通貨、重量單位）分（一兩的四分之一）。〔樂〕分

如何見ても白組に分が無い（不管怎麼看白組也無取勝的希望）
分が悪い（形勢不利、處於劣勢）
此方の言い分に分が有る（這方面的理由占優勢）
分厚い本（大部頭的書、厚度厚的書）
仕事は九分通り出来上がった（工作已完成九成）
盗人にも三分の理（盗賊也有三分理）盗人、盗人
五分五分（不相上下、各半、相等、均等）
人口の八割五分は農業を遣っている（人口的百分之八十五務農）
年利六分で金を借りる（以年利六厘借款）
此の紙は幅二寸六分有る（這種紙寬二寸六分）
熱が三十八度七分も有る（發燒高達三十八度七）
今日は摂氏マイラス十八度五分（今天攝氏零下十八度五）
四分音符（四分音符）

**歩**〔名〕步（日本土地面積單位＝六日尺平方、約合3、3平方公尺、與一坪同）、（比率、利率等的單位）分，百分之一（＝分），利率，比率（＝歩合）。〔轉〕手續費、傭金（＝手数料）、小兵，一般士兵

日歩（日息、日利）
三割の歩（三成傭金）
歩が良い（傭金優厚）
歩が悪い（傭金不多）
歩に首を提げらる（取たる）（死於小兵之手）

**分厚い、部厚い**〔形〕厚、較厚（＝厚い）
本棚には部厚い本が並んでいる（書架上擺著一些厚書）
部厚い手紙（厚厚的信）

**分厚、部厚**〔名、形動〕厚、較厚
部厚な（の）本（厚書）
部厚な（の）板（厚板）

**分引き、歩引き**〔名〕〔經〕減價、打折扣（＝割引）

**分る、分かる、解る、判る**〔自五〕明白，理解、判明，曉得、知道、通情達理

君は此処の意味が解るか（你懂得這裡的意思嗎？）
私の言う事が解りますか（你懂我的話嗎？）
余り早口で何を言っているのか解らない（說得太快聽不懂說的是什麼）
中国語の出来ない人でも十分にストーリーが解る（不會中文的人也能完全明白故事的情節）
私には如何しても解らない（我怎麼也不懂）
味の解る人（飽經世故的人、善於品嘗味道的人）
音楽が良く解る（精通音樂）
犯人が解る（判明犯人）
友達の住所が解る（知道朋友的住處）
試験の結果が解る（考試的結果揭曉）
真相が解った（真相大白）
どんあ心配したか解らない（不知操了多少心）
如何して良いか解らない（不知如何是好）
昔の苦しみが解らないと、今日の幸せが解らない（不知過去的苦就不知今天的甜）
死体が未だ解らない（屍體尚未發現）
彼は直ぐ私だと解った（他馬上認出是我）
誰だか解るか（你認出我是誰嗎？）

ヒ

傷痕は今では殆ど解らない（傷痕現在幾乎看不出來了）
物（話）の解った人（通情達理的人）
良く解った人だ（是個通情達理的人）
解らない事を言う人（是個不講理的人）
世間の事を良く解っている（通曉世故、飽經風霜）

**分からず屋、分らず屋**〔名〕〔俗〕不懂事(的人)、不懂道理(的人)
彼奴は全く分からず屋（他簡直是個一點道理都不懂的人）
分からず屋を言って困る(不講道理沒有辦法)

**分り、分かり、解り、判り**〔名〕領會，理解，明白，通情達理，體貼人意
物分り（理解事物）
早分り（理解得快）
彼は解りが早い（他領會得快）
彼は解りの良い人だ（他是個通情達裡的人、他是個理解力強的人）
父は堅い事も言うが半面解りが良い（父親有時說話生硬但另一方面卻很通情達理）

**分り切る、分かり切る**〔自五〕全懂、全明白、十分理解
其れは分り切っているじゃないか（那不是十分明白的事情嗎？）
分り切った事実（明顯的事實、無可爭辯的事實）
分り切った嘘を付く（說明顯的謊話）
其れは始めから分り切った事だ（那一開始就是明擺著的事）

**分り難い、分かり難い**〔形〕難懂、不易懂、難理解←→分り易い、分かり易い
分り難い問題（難懂的問題）
彼の言葉は分り難かった（他的話難懂）
僕等には彼の気持が分り難い（我們很難理解他的心情）

**分り易い、分かり易い**〔形〕（通俗）易懂、淺顯←→分り難い、分かり難い

彼の人の字は分り易い（他的字容易懂）
彼の人の英語は分り易い（他說的英語很好懂）
此の文章は割りと分り易い（這篇文章比較通俗易懂）
分り易く言えば（用通俗的話來講）
其の小説は分り易く書いてある(那本小說寫得通俗易懂)

**分ける、別ける**〔他下一〕分開、劃分、分類、分配、調停、分譲
幾つに分けるか（分成幾個?）
半分宛に分ける（分成兩半）
生徒を二組に分ける（把學生分成兩組）
等分に分ける（對等分開、均分）
髪を七三に分ける（把頭髮按三七比分開）
何回か何組かに分ける（分期分批）
材料を二つの箱に分けて置く(把材料分開裝進兩個箱子)
関東地方を一都六県に分ける（把關東地方劃分為一都六縣）
本を項目別に分ける（把書按項目分類）
大きさに拠って分ける（按大小分開）
生物を動物と植物に分ける（把生物分為動物和植物）
敵味方をはっきり分ける（分清敵我）
株を分けて植える（分株移植）
利益を三人で分ける（利益由三人分）
遺産を子供に分ける（把遺產分給孩子）
自分の喜びを皆に分ける（把自己的快樂分給大家）
君に半分分けて遣ろう（分給你一半吧!）
仕事を分ける（分配工作）
菓子を子供等に分けて遣った（把點心分給孩子們了）
トランプを分ける（發撲克牌）
勝負を分ける（不分勝負時停止比賽）

喧嘩を分ける（勸架）

此れを分けて下さいませんか（能把這個分讓我嗎?）

薮を分けて進む（撥開樹叢前進）

人込みの中を分けて進む（撥開人群前進）

波を分けて船が進む（船破浪前進）

**分け隔て，分隔て，別け隔て，別隔て**〔名、自サ〕區別對待、因人而異

誰彼の分け隔て無く持て成す（一視同仁地招待）

分け隔て無く親切に人と接する（不因人而異地熱情待人）

人を分け隔てしては行けない（不該兩樣待人）

**分け**〔名〕平局、不分勝負（=引き分け）

試合が分けに為る（比賽打成平局）

優劣が無く分けに為る（分不出優劣）

**分け**〔造語、接尾〕分別、區別、分配（=分け前）

〔接頭〕分店、分支機構

組分け（分組）

株分け（分株、分棵）

遺産分け（分配遺産）

分け久松（久松分店）

**分け入る**〔自五〕兩手（向兩旁）推開進入，用手撥開進入、深入鑽研（學術、藝術等）

群衆の中へ分け入る（撥開人群擠進去）

喧嘩の中に分け入る（勸架）

山深く分け入る（闖進深山）

**分葱、冬葱**〔名〕〔植〕冬葱（葱的變種）

**分知り、訳知り**〔名〕通情達理（的人）、（妓館通用語）風流人，妓館通（=粋人、粋）

分知り顔（故意裝出什麼都知道的一副面孔）

分知り立てを為る（硬充風流人）

**分け取り**〔名〕分配、分得、分取

獲物を分け取りに為る（分取獵獲物）

**分け隔て，分隔て，別け隔て，別隔て**〔名、自サ〕區別對待、因人而異

誰彼の分け隔て無く持て成す（一視同仁地招待）

分け隔て無く親切に人と接する（不因人而異地熱情待人）

人を分け隔てしては行けない（不該兩樣待人、不該區別對待）

**分け前**〔名〕分的份、分配額（=割り前、取り前）

分け前を取る（拿分得的份）

君の分け前は多い（你的配額多）

彼の分け前はもう疾っくに遣って終った（他的份早已經給他了）

分け前を受ける権利が有る（有分得一份的權利）

銘銘分け前を貰った（每人分得一份）

**分れる，分かれる、別れる、岐れる**〔自下一〕（寫作分れる、分かれる）分離，分裂、分開、區分，劃分，分歧，區別

（寫作別れる）離別，分手、離婚，分散、離散、死別

此処で道は三方に分れる（道路在這裡分成三股）

幾つもの党派に分れた（分裂成好幾個黨派）

日本の関東地方は一都六県に分れている（日本關東地方分為一都六縣）

其の問題で我我の意見が分れた（在這個問題上我們的意見有了分歧）

勝負が分れる（分出勝負）

歴史上の戦争は二種類に分れる（歷史上的戰爭分為兩類）

手を振って別れる（揮手而別）

彼と別れて既に一年に為る（跟他分別已有一年了）

彼等と仲良く別れた（跟他們和睦睦地分手了）

妻と分れる（和妻子離婚）

彼の夫婦は何時も分れると言っている（他們夫妻總說要離要離的）

分れ！（〔口令〕解散!）

ㄷ

同級生は別れて散り散りに為っている（同班同學分散得七零八落）

両親に別れて孤児と為る（父母死去成為孤兒）

**分れ，分かれ，別れ** 〔名〕離別，辭別、（可寫作分れ）支派，分支

別れの辛さ（離別的痛苦）

別れに臨んで（臨別）

生き別れ（生別、生離）

死に別れ（死別）

別れを告げる（告辭）

遺体に別れを告げる（向遺體告別）

彼等は夫婦別れした（他倆離了婚）

其れが此の世の別れに為ろうとは、彼は夢にも知らなかった（他做夢也沒想到那次就是今生的永別了）

此の寺は少林寺の分れだ（這是少林寺的分寺）

此れは石狩川の分れだ（這是石狩川的支流）

本家の分れ（從本家分出來的一支）

長の別れ（永別）

**別れ路** 〔名〕岔道、歧路（=分かれ道、別れ道、岐れ道）

**別れ霜** 〔名〕晚霜（立春後八十八天下的霜）

**分かれ道、別れ道、岐れ道** 〔名〕岔道、歧路。〔轉〕分手

別れ道を行く（走岔道）

別れ道で左右に別れる（在岔路口上左右分手）

別れ道を右に取る（走右邊岔道）

彼は今別れ道に立っている（他正站在歧路上-不知今後何去何從）

人生の別れ道に差し掛かる（來到了人生的岔路口）

**分かれ目、分れ目** 〔名〕界限，分界，分歧點、關鍵

善悪の分かれ目（善惡的界限）

路の分かれ目（道路的分歧點）

一生の分かれ目（一生的關頭）

今こそ分かれ目だ（現在可是關鍵）

成功と失敗の分かれ目（成功與失敗的關鍵）

**分け目** 〔名〕區分點，分界線、關鍵，關頭（=分かれ目）

髪の分け目を真っ直ぐに為る（把頭髮分得筆直）

天下分け目の戦い（決定成敗的戰役、生死關頭之戰）

**分かず** 〔連語〕（由文語四段動詞〝分く〞的未然形+否定助動詞〝ず〞構成）不分、無區別

昼夜を分かず働く（不分晝夜地工作）

大小を分かず使用する（不分大小地使用）

老若分かず（不分老少）老若老若

**分かたず** 〔連語〕不分、無區別（=分かず）

**分かつ、別つ** 〔他五〕分開、隔開、分辨、（也可寫作頒つ）分配、分享

色を分かつ（區分顏色）

全国は都道府県に分かつ（把全國劃分為都道府縣）

男女を分かたずに採用する（不分男女一律錄用）

昼夜を分かたず働く（不分晝夜地工作）

急行と鈍行とを分かつのは、停車駅が多いか少ないか丈だ（快車慢車的區別只在於停車站的多少）

成功と失敗を分かつ物（區分成功與失敗的關鍵）

理非を分かつ（分辨是非）

善悪を分かつ（辨別善惡）

利益を皆に分かつ（把好處分配給大家）

品物を実費で分かつ（按原價分讓物品）

喜びを分かつ（分享喜悅）

袂を分かつ（離別、斷絕關係）

**分ち，分かち，別ち** 〔名〕〔舊〕區別、差別、分別

昼夜の分ち無く働く（不分晝夜地工作）

老弱の分ち無く（不分老弱）

**分ち書き，分かち、書き別ち書き**〔名〕（為使容易唸懂）把句節之間或詞與詞之間分隔開的寫法

単語は別ち書きしては為らない（不要把單詞分隔開寫）

**分きて，分て，別きて，別て**〔副〕特別、尤其

## 墳（ㄈㄣˊ）

**墳**〔漢造〕墳

古墳（古墳、古墓）
前方後円墳（前方後圓墳-古墳的一種形式）

**墳塋**〔名〕墳塋、墳墓、墳地

**墳墓**〔名〕墓、墳墓

墳墓に詣でる（上墳、掃墓）墓塚
墳墓の地（墳地、故郷）
古代人の墳墓（古代人的墳墓、古墳）
墳墓発掘（發掘墳墓）

**墓**〔漢造〕墓-死人を土で埋めた処（用土埋葬死人之處）

墳墓（墓、墳墓）
古墓（古墓）
丘墓（丘墓）
陵墓（陵墓、皇陵）
掃墓（掃墓）
展墓（掃墓）
拝墓（拜墓）

**墓**〔漢造〕墓、墳墓

先祖の墓（祖先的墳墓）
墓に花束を供える（在墳墓供上花束）供える、備える、貢える

## 焚（ㄈㄣˊ）

**焚**〔漢造〕火燒林木

**焚刑**〔名〕焚刑、火刑（＝火炙り）

**焚殺**〔名、他サ〕燒死

**焚書**〔名〕焚書

焚書坑儒（焚書坑儒）

**焚焼**〔名、他サ〕焚燒

**焚く、炊く、炷く、薫く**〔他五〕燒、焚（寫作焚く）、煮（寫作炊く）、薫（寫作炷く、薫く）

薪を焚く（燒柴火）
ストーブを焚く（燒爐子、生爐子）
火を焚く（燒火）
火を焚いて暖を取る（燒火取暖）
風呂を焚く（燒洗澡水）
風呂が温ければ焚きましょ（洗澡水不熱就燒一燒吧！）
飯を炊く（煮飯、燒飯）
御菜を炊く（煮菜、燉菜）
香を薫く（焚香、燒香、點香、薫香）

**焚き落とし、焚き落し**〔名〕餘燼、燒剩的火炭

焚き落としを火消壺に入れる（把燒剩的火炭放入滅火罐裡）

**焚き口、焚口**〔名〕爐口、爐眼、灶門

**焚き染める、薫き染める**〔他下一〕焚香薫衣服等物

**焚き出し，焚出し，炊き出し，炊出し**〔名、自サ〕燒飯賑濟災民

焼け出された人達に焚き出しを為る（向遭火災的人施捨）
焚き出しの御握りを配る（分發賑濟災民的飯糰）

**焚き尽くす**〔自五〕燒盡，燒完，燒掉、（柴火等）燒盡，燒完，用完

**焚き付ける**〔他下一〕燒著，點著。〔轉〕挑撥，煽動，唆使

御風呂を焚き付ける（燒洗澡水）
竈に火を焚き付ける（燒著爐灶的火）
ストーブに火を焚き付ける（點著火爐）
喧嘩を焚き付ける（挑撥吵架）
弟を焚き付けて御八つを持って来させる（慫恿弟弟把糕點給拿來）
外に焚き付ける人間が居る（另外有人唆使）

ㄷ

周りが焚き付けるから子供が悪さ許りするのだ（因為旁邊有人教唆所以小孩盡幹壞事）

**焚き付け、焚付け**〔名〕引柴、引火柴、引火物

鉋屑を焚き付けに為る（用刨花作引火柴）

焚き付けに薪を割る（劈開碎木作引柴）薪薪

**焚き火、焚火**〔名、自サ〕篝火（＝篝火）、爐火，灶火、燒落葉取暖

焚き火を為て当たる（燒起篝火取暖）

炉辺で焚き火を為て暖まる（在爐邊用爐火取暖）

落葉を掻き集めて焚き火（を）為る（燒掃扒的落葉取暖）落葉落葉

**焚き物、焚物**〔名〕劈柴、燃料（＝薪、薪）

焚き物を買う（買劈柴）

冬に為る前に焚き物の用意を為る（入冬前準備柴火）

# 粉（ㄈㄣˇ）

**粉**〔漢造〕粉、打碎、脂粉、裝飾

花粉（花粉）

魚粉（魚粉-用作食品、飼料、肥料）

金粉（金粉-繪畫等用）

銀粉（銀粉-繪畫等用）

澱粉（澱粉）

製粉（製粉）

精粉（精粉、細粉末、上等粉）

胡粉（胡粉-貝殼製得的白色顏料）

脂粉（脂粉、化妝）

**粉化**〔名〕粉化

**粉芽**〔名〕〔植〕粉芽

**粉骨砕身**〔名、自サ、連語〕粉身碎骨、鞠躬盡瘁、竭盡全力

目的を達する為粉骨砕身する（為了達到目的而竭盡全力）

粉骨砕身努力する（竭盡全力以赴）

**粉砕**〔名、他サ〕粉碎、摧毀、徹底打垮

岩石を粉砕する（粉碎岩石）

敵を粉砕する（徹底打垮敵人）

粉砕状の骨折（粉碎性骨折）

粉砕機（碎礦機、粉碎機）

**粉剤**〔名〕〔醫〕粉劑、粉藥、面藥

**粉状**〔名〕粉狀、粉末狀

粉状の絵の具（粉末狀顏料）

**粉食**〔名、自サ〕麵食←→粒食

粉食を奨励する（獎勵吃麵食）

粉食に慣れる（習慣吃麵食）慣れる馴れる熟れる狎れる

**粉飾**〔名、他サ〕粉飾，美化，虛飾、化妝

事実を粉飾する（粉飾事實）

粉飾決算（〔經〕假結帳、假決算）

粉飾預金（〔經〕銀行作的假存款、裝飾存款）

粉飾を施す（塗脂抹粉）

**粉塵**〔名〕粉塵

粉塵爆発（煤屑爆炸）

**粉体**〔名〕粉狀體

粉体爆発（煤屑爆炸）

**粉黛**〔名〕粉和黛、化妝、化妝的美人

粉黛を施す（施粉黛）

**粉炭、粉炭、粉炭**〔名〕煤屑

**粉乳**〔名〕奶粉（＝粉ミルク）

脱脂粉乳（脱脂奶粉）

**粉本**〔名〕畫稿，素描、畫帖，範文、摹本，臨摹品

粉本を作る（作畫稿）

粉本からの丸写し（完全臨摹畫帖）

**粉摩器**〔名〕研缽、乳缽

**粉末**〔名〕粉末（＝粉、粉）

石炭の粉末（煤末）

粉末に為る（弄成粉末）

粉末冶金（粉末冶金）

粉末ココア（可可粉）

粉瘤〔名〕〔醫〕粉瘤

粉〔名〕粉、粉末、粉麵
　米の粉（米粉）
　ミルクの粉（奶粉）
　碾いて粉に為る（磨成粉麵）
　身を粉に為て働く（粉身碎骨地工作、竭盡全力工作）
　薬品を乳鉢で粉に為る（把藥用乳鉢研成粉末）

粉白粉〔名〕香粉（=白粉）
　粉白粉を付ける（搽粉）

白粉〔名〕（化妝用的）白粉、香粉（=白粉）。（植物表面的）白霜、粉霜
　白粉で覆われた（帶白霜）

白粉〔名〕（化妝用的）粉、白粉、香粉（=白粉）
　白粉を付ける塗る（擦粉）
　白粉が落ちた剥げた（粉掉了）
　水白粉（液體粉.水粉）
　煉り白粉（香粉膏）
　粉白粉（香粉）
　白粉紙（香粉紙）
　白粉を付け、紅を差す（塗脂抹粉）
　白粉下（擦粉前用的粉底）
　白粉花（〔植〕紫茉莉）
　白粉焼け（白粉燒傷-皮膚被鉛粉腐蝕成淡青色）

粉薬、粉薬〔名〕粉劑、散藥←→水薬、丸薬

粉粉〔名〕粉碎、粉末
　粉粉に打ち砕く（打得粉碎）
　コップが落ちて粉粉に為る（玻璃杯掉下打得粉碎）
　粉粉の硝子（碎玻璃片）硝子ガラス

粉茶、粉茶〔名〕茶葉末

粉灰、骨灰〔名〕〔俗〕粉碎
　微塵粉灰に砕かれた（被砸得粉碎）骨灰
　骨灰

粉胞子〔名〕〔生〕（銹菌）性孢子

粉微塵、粉微塵〔名〕粉碎
　窓ガラスが粉微塵に為る（窗玻璃打得粉碎）

粉ミルク〔名〕奶粉（=粉乳）

粉屋〔名〕麵粉鋪、麵粉業主

粉雪、粉雪〔名〕細雪
　粉雪が降っている（下著細雪）

粉〔名〕粉、麵、粉末（=粉）
　玉蜀黍の粉（玉米粉）
　小麦粉（麵粉）
　メリケン粉（麵粉）メリケン米利堅
　米を粉に碾く（把米磨成粉）
　身を粉に為る（十分辛苦）

子、兒〔名〕子女←→親、小孩、女孩、妓女藝妓的別稱、（動物的）仔、（派生的）小東西、利息
〔接尾〕（構成女性名字）（往昔也用於男性名字）子
〔造語〕（表示處於特定情況下的人或物）人、東西
　子を孕む（懷孕）
　子を生む（生孩子）
　子を養う（養育子女）
　子無しで死ぬ（無後而終）
　百姓の子（農民子女）
　百姓の子（一般人民子女）
　子が出来ない様に為る（避孕）
　此の子は悪戯で困る（這孩子淘氣真為難）
　中中良い子だ（真是個乖孩子）
　彼の子は内のタイピストだ（這女孩是我們的打字員）
　其処に良い子が居る（那裏有漂亮的藝妓）
　犬の子（幼犬）
　牛の子（牛犢）

## ㄈ

虎の子（虎子）

魚の子（小魚）

子を持った魚（肚裡有子的魚）

芋の子（小芋頭）

竹の子、筍、笋（筍）

元も子も無くする（連本帶利全都賠光）

花子（花子、阿花）

秀子（秀子、阿秀）

売り子（售貨員）

振り子（〔鐘〕擺）

張り子（紙糊的東西）

江戸っ子（土生土長的東京人）

老いては子に従う（老來從子）

可愛い子には旅を為せよ（愛子要他經風雨見世面、對子女不可嬌生慣養）

子は（夫婦の）鎹（孩子是維繫夫婦感情的紐帶）

子は三界の首枷（子女是一輩子的累贅）

子故の闇（父母每都溺愛子女而失去理智）

子を見る事親に若かず（知子莫若父）

子を持って知る親の恩（養兒方知父母恩）

小〔接頭〕小，微小←→大，微少，一點、稍微，有點、差不多、左右

小商人（小商人）

小声（小聲）

小雨（小雨）

小金（少許的錢、零錢）

小憎らしい（有點討厭）

小綺麗な部屋（滿整潔的房間）

人を小馬鹿に為る（很有點瞧不起人）

小汚い（有點髒）

小利口（小聰明）

小一円程（一塊來錢）

小一里許り（將近一里左右）

小一時間（將近一小時左右）

**個、箇**〔名、接尾、漢造〕個、個人、個體←→全

個と全との関係（個人和總體的關係）

林檎五個（五個蘋果）

一個、一箇（一個、〔隱〕一百日元、流量單位〔每秒一立方尺〕）

各個（各個、個別）

好個（恰好、正好）

**粉米、小米**〔名〕碎米

**粉糠、小糠**〔名〕米糠（＝糠）

粉糠三合持ったら養子に行くな（只要有一口飯吃就不要去當養子）

粉糠三合持ったら入婿するな（只要有一口飯吃決不入贅）

粉糠雨、小糠雨（毛毛雨）（＝細かい雨）

粉糠雨が降り続く（毛毛雨下個不停）

**粉板、削ぎ板**〔名〕葺在屋頂的薄木板

## 憤（ㄈㄣˋ）

**憤**〔漢造〕發怒、鎮作

痛憤（痛恨、極為憤慨）

悲憤（悲憤、義憤）

感憤（感憤）

公憤（公憤、義憤、憤慨）

私憤（私憤）

欝憤（鬱恨、積恨、積憤）

発憤、発奮（發奮、振奮起來）

**憤慨**〔名、自サ〕憤慨、氣憤

不公平な処置に憤慨する（對不公平的措施氣憤）

憤慨に堪えない（不勝憤慨）

見る事聞く事全て憤慨の種だ（目睹耳聞無不令人憤慨）

不正行為を知って憤慨する（知道違法行為感到憤慨）

**憤激**〔名、自サ〕憤怒、憤慨、氣憤

卑怯な遣り方に憤激する（對卑鄙的做法感到憤慨）
役人根性に憤激する（對官僚作風感到氣憤）

**憤死**〔名、自サ〕憤慨而死。〔棒球〕把飛球而死（跑者在緊要關頭出局）
憂国の志士が憤死する（憂國之士憂憤而死）
三本間で憤死した（在三壘和本壘之間出局了）

**憤然**〔形動タルト〕憤然、忿然
憤然色を為す（憤然作色）
憤然と為て席を立つ（拂袖而去）

**憤怒，忿怒、憤怒，忿怒**〔名、自サ〕憤怒、生氣（＝怒る）
憤怒を覚える（感到氣憤）
悪口を言われて憤怒する（聽別人講自己的壞話而生氣）

**憤怒、忿怒**〔名、自サ〕〔古〕憤怒、生氣（＝忿怒、憤怒）
憤怒の形相（憤怒的神色）
人人の憤怒と嫌悪を呼び起こす（激起人們的憤怒和厭惡）

**憤懣、忿懣**〔名、自サ〕氣憤、怨憤
憤懣を鎮める（抑制氣憤）鎮める沈める静める
憤懣を漏らす（發洩怨憤）漏らす洩らす盛らす守らす
憤懣遣る方無い（無法排洩怒氣）

**憤る**〔自五〕憤怒、憤慨、氣憤、憤慨、慨歎（＝憤慨する、嘆く）
テロの横行を憤る（憤慨暴力橫行）
道徳の頽廃を憤る（慨歎道德淪喪）

**憤り**〔名〕憤怒、氣憤、憤慨（＝怒り）
憤りを感じる（覚える）（感到氣憤）

## 奮（ㄈㄣˋ）

**奮**〔漢造〕振奮
発奮、発憤（發奮、振奮起來）
興奮、亢奮、昂奮（興奮、激奮、激動）

感奮（感奮＝奮発）

**奮起**〔名、自サ〕奮起、振奮、精神抖擻
声援に応えて奮起する（響應聲援而奮起）
大いに奮起して勉強しよう（大力發奮學習）
奮起一番（〔失敗之後〕發奮努力、發奮一下）

**奮い起つ、奮い立つ**〔自五〕奮起、振奮
奮い立って強敵に当る（奮起抵抗勁敵）
人心を奮い立たせる偉大な勝利（振奮人心的偉大勝利）
試合を前に為て全員奮い立つ（面臨比賽全體振奮）

**奮い起こす**〔他五〕奮起、振奮、激發、鼓起
勇気を奮い起こす（鼓起勇氣）
革命精神を奮い起こす（振奮革命精神）
元気を奮い起こす（振起精神）

**奮激**〔名、自サ〕興奮、激動、振奮

**奮撃**〔名、他サ〕奮力打擊、猛烈攻擊

**奮進**〔名、自サ〕奮勇前進

**奮迅**〔名〕奮勇猛進
獅子奮迅の勢いで突進する（以雷霆萬鈞之勢前進）

**奮戦**〔名、自サ〕奮戰、奮勇戰鬥
最後迄奮戦して死ぬ（奮戰到最後而死）
大敵を相手に奮戦する（與勁敵奮戰）
奮戦（も）空して敗れ去った（白奮戰一場敗走）
奮戦記（奮戰記）

**奮然**〔形動タルト〕奮然
奮然と為て戦う（奮戰）
奮然事に当たる（奮然從事）
奮然と決起（揭竿而起）

**奮闘**〔名、自サ〕奮鬥、奮戰
孤軍奮闘（孤軍奮鬥）
強敵を相手に奮闘する（與強敵奮戰）
最後迄奮闘する（奮鬥到底）

# ㄈ

今日の成功は奮闘努力の賜物（今天的成功是努力奮鬥的結果）

**奮闘的**（奮鬥的）

**奮闘的精神**（奮鬥精神）

**奮闘的生涯**（奮鬥的一生）

**奮発**〔名、自サ〕發奮、（一狠心）豁出錢來（買）

奮発して勉強する（發奮讀書）

大奮発（豁出多給錢）

チップを奮発する（多給小費）

もう百円奮発して下さい（請再多給一百日元）

誕生日に自転車を奮発して遣ろう（你的生日給你買一輛自行車吧！）

**奮励**〔名、自サ〕奮勉、努力

奮励努力する（奮勉努力）

**奮う、揮う、振るう**〔自五〕振奮，振作，（用"振るっている"、"振るった"形式）奇特，新穎，漂亮，（用"振るって"形式）踴躍，積極

〔他五〕揮，抖，發揮，揮動，振奮，逞能，（一時激動而）蠻幹

士気大いに振るう（士氣大振）振る降る古る

成績が振るわない（成績不佳）

商売が振るわない（買賣不興旺）

振るった事を言う（說漂亮話）

其奴は振るっている（那傢伙真奇特）

奮って参加せよ（踴躍參加吧！）

奮って申し込んで下さい（請踴躍報名）

刀を振るって切り込む（揮刀砍進去）

筆を振るう（揮筆）

着物を振るって埃を落とす（抖掉衣服上的灰塵）

権力を振るう（行使權力）

腕を振るう（發揮力量）

彼は手腕を振るう余地が無い（他無用武之地）

勇気を振るう（鼓起勇氣）

裾を振るって立つ（拂袖而去）

財布の底を振るって（傾囊）

蛮勇を振るう（逞能、蠻幹）

**震う、顫う**〔自五〕顫動、震動、晃動

大爆発で大地が震う（大地因大爆炸而震動）

**篩う**〔他五〕篩、挑選，選拔，淘汰

砂利を篩う（篩小石子）

筆記試験で篩う（用筆試淘汰）

## 糞（ㄈㄣˋ）

**糞**〔名〕糞、屎、大便（=糞）

馬の糞を肥料に為る（用馬糞作肥料）

犬が道端で糞を為る（狗在路邊拉屎）

**糞意**〔名〕內急、內逼、想大便

**糞食性**〔名〕〔動〕食糞性

**糞石**〔名〕〔地〕糞化石。〔醫〕腸結石

**糞塚**〔名〕糞堆、堆肥

**糞詰まり**〔名〕便秘。〔喻〕應該出來的東西出不來

旅行に出掛けると糞詰まりに為って困る（一出去旅行就便祕真糟糕）

**糞土**〔名〕糞土、髒東西

**糞尿**〔名〕糞尿、大小便

糞尿を汲み取る（掏廁所）

糞尿汲み取り人（掏糞工人）

糞尿運搬車（運糞汽車）

糞尿処理（處理糞便）

**糞便**〔名〕大便（=糞）

糞便の検査（糞便檢查、化驗大便）

**糞、屎**〔名〕屎、糞，大便、（眼耳鼻）分泌物、（以"…も屎も無い"形式）根本沒有

〔感〕表示輕蔑罵人的發聲（有時以屎っ出現）表示不服氣，鼓勁或失敗時的詛咒

〔接頭〕表示輕蔑罵人的意思、表示某種行為過分

〔接尾〕加強輕蔑或否定的語氣

屎を為る（垂れる）（拉屎、大便）

犬の屎（狗屎）

目屎、目糞（眼屎）

耳屎、耳糞（耳垢）

自己批判も屎も無い（根本沒有自我批判）

ええ屎（他媽的！）

屎、必ず遣る（他媽的，一定幹！）

屎、又遣り損なった（真該死，又搞糟啦！）

屎食らえ（見鬼！滾開！活該！瞎扯！）

屎、忌忌しい（見鬼！真討厭！）

屎野郎（混帳東西）

屎婆（臭老婆子）

屎坊主（禿驢、臭和尚）

屎真面目（過分認真、一本正經）

屎勉強（過分用功）

下手糞（笨蛋）

自棄糞、燒糞（自暴自棄）

味噌も糞も一緒に為る（好壞不分、不分青紅皂白）

糞桶〔名〕糞桶

糞桶の紐通し（〔蔑〕哈巴狗鼻子）

糞落ち着き〔名〕過分沉著、滿不在乎、完全不動聲色

糞落ち着きに落ち着いている（極為鎮靜滿不在乎地泰然自若）

糞食え〔連語〕〔罵〕扯蛋，狗屁，見鬼（=勝手に為ろ、どうともなれ）、（因害怕感冒）打噴嚏時說的咒語

自由主義何て糞食えだ（什麼自由主義狗屁！讓自由主義見鬼去吧！）

糞溜〔名〕糞坑、糞池

糞垂れ〔名〕拉屎，大便。〔罵〕屎蛋，混蛋（=糞っ垂れ）

此の糞垂れ小僧奴（你這個臭小子）

糞力〔名〕蠻力、傻大勁、大力氣

糞力が有る（有股傻大勁）

糞壺〔名〕（埋在廁所下面的）糞缸、糞池

糞度胸〔名〕傻大膽、臭大膽

彼奴の糞度胸は、真似が出来ない（那傢伙的傻大膽別人可學不了）

糞蠅、糞蠅〔名〕〔動〕糞蠅、綠豆蠅（=金蠅）

糞勉強〔名、他サ〕過分用功、埋頭苦讀、死用功

入試の為に糞勉強でも為るか（為了考試來個死用功吧！）

糞骨〔名〕徒勞、白受累、白費力氣

糞骨が折れる（徒勞無功、白費力氣）

糞真面目〔名、形動〕過於認真、一本正經

糞真面目な男（一本正經的男人）

糞味噌〔形動〕好壞不分、胡亂，信口攻訐

名作も駄作も糞味噌に為て論じる（把傑作和壞作混為一談）

人の作品を糞味噌に貶す（信口把別人的作品貶得一錢不值）

糞味噌に言う（亂說一通）

糞蟲〔名〕〔動〕糞蟲（金龜子科中吃動物糞便昆蟲的總稱）、蛆（=蛆）

糞、屎〔名〕〔兒〕屎、大便、髒東西

## 忿（ㄈㄣˋ）

忿〔漢造〕憤怒、憤恨

忿怒，憤怒、忿怒，憤怒〔名、自サ〕憤怒、生氣（=怒る）

忿怒を覚える（感到氣憤）

悪口を言われて忿怒する（聽別人講自己的壞話而生氣）

忿怒、憤怒〔名、自サ〕〔古〕憤怒、生氣（=忿怒、憤怒）

忿怒の形相（憤怒的神色）

人人の忿怒と嫌悪を呼び起こす（激起人們的憤怒和厭惡）

忿懣、憤懣〔名、自サ〕氣憤、怨憤

忿懣を鎮める（抑制氣憤）鎮める沈める静める

忿懣を漏らす（發洩怨憤）漏らす洩らす盛らす守らす

忿懣遣る方無い（無法排洩怒氣）

## 芳（ㄈㄤ）

**芳**〔漢造〕芬芳、聲譽、韶華正茂、對對方的美稱

遺芳（遺芳、遺墨、留下的聲望〔功績〕）

**芳恩**〔名〕（您的）恩情（恩惠）、大恩（＝御恩）

**芳紀**〔名〕芳年、芳齡

芳紀正に十八歳の娘（年方十八的姑娘）

**芳香**〔名〕芳香

芳香を放つ（散發芳香）

芳香丁幾（芳香酊劑）丁幾チンキ

芳香属化合物（芳香族化合物）

**芳志**〔名〕〔敬〕（您的）好意、盛情

御芳志忝く存じます（非常感謝您的厚意）
忝ない

**芳情**〔名〕〔敬〕（您的）好意、深情厚意（＝芳志）

**芳心**〔名〕（您的）好意（＝芳志、芳情）

**芳醇**〔名、形動〕芳醇

芳醇な酒（芳醇的酒）

**芳潤**〔形動〕芬芳濕潤

**芳書**〔名〕〔敬〕華翰、大札

御芳書拝見（大札奉悉）

**芳信**〔名〕（您的）華翰、大札、花信（＝花便り－關於櫻花開花的信息）

**芳墨**〔名〕〔敬〕您的）華翰、大札、墨跡

芳墨拝見（大札敬悉）

芳墨帳（芳名簿）

**芳名**〔名〕芳名、大名

芳名を千載に残す（流芳千古、萬古流芳）

御芳名は予てから承って居ります（久仰大名）予て兼て

芳名簿（芳名簿）

**芳烈**〔名、形動〕強烈的芳香、忠烈（＝義烈）

芳烈な酒（芳醇的酒）

此の芳烈な酒は好評を博した（這種芳香的酒博得了好評）

芳烈な香り漂って来る（芳香的香味飄了過來）

**芳しい、香しい、馨しい**〔形〕芳香，芬芳（＝芳しい、香しい、馨しい）、（寫作芳しい，常與否定相呼應）有聲譽，名譽好（＝素晴らしい、誉が高い）

芳しい薔薇の香り（芳香的玫瑰花味）香り

芳しくない噂（不好的風聲）

一学期は余り芳しくない成績だった（第一學期的成績不太好）

芳しい成果が上がらない（沒取得滿意的成果）

芳しからぬ問題（丟臉的問題）

**香しい、香しい、馨しい**〔形〕（炒、烤等的味）芳香

豆を炒る香しい匂い（炒豆子的香味）匂い臭い

焙じ茶の香しい匂い（焙茶的香味）

**香しい、香しい、馨しい**〔形〕芳香，馨香（＝芳しい、香りが良い）、〔轉〕美好（＝立派な）

ジャスミンの花が香しい香を放つ（茉莉花發出馥郁的香味）

香しい名声（美好的名聲）

香しい誉（美好的榮譽）

## 方（ㄈㄤ）

**方**〔名〕方、方向、方形、平方、方面、部類、類型

〔漢造〕方向、方形、方法、地方、當，正

左の方に行く（往左邊走）

此方の方を見る（往這邊看）

敵は北の方から攻めて来た（敵人從北方攻來了）

方二十キロの地域（方圓二十公里的地區）

君の方が悪い（是你這方面的不是）

彼の方が強い（他那方面強）

私は会計の方を遣っている（我做會計方面的工作）

碁の方は彼に敵わない（下圍棋這方面我不如他）
酒のでは引けを取らない（論喝酒我不認輸）
黒より白の方が良い（白的比黑的好）
医者に見て貰った方が良い（最好是請醫師診察一下）
私は蜜柑より林檎の方が好きです（我喜歡蘋果勝過橘子）
生き恥を晒すより死んだ方が益しだ（寧為玉碎不為瓦全）
早速始めた方が良かろう（馬上開始才好）
君は短気な（の）方だ（你算是性急的）
彼は臆病な（の）方だ（他算是膽小的）
彼は働くよりも遊ぶ方だ（他玩比工作更熱心）
彼は貯めるよりも使う方だ（他花費比儲蓄的多）
四方（四方-東西南北、四周、四海、天下、四角、方形、各方面）
八方（四面八方、各方面）
上方（上方、上邊、上部、上端）
上方（京都及其附近地方、關西、近畿地方）
上つ方、上つ方（貴人、身分高的人）
下方（下方、下邊、下面）
当方（我方）
東方、東方（東方）
西方、西方、西方（西方）
南方（南方、南洋）
北方（北方）
先方（對方、那裏、那方面、目的地）
前方（前方）
遠方（遠方、遠處）
他方（他方、另一方向、其他方面）
多方（多方）
諸方（各方、各處）

処方（醫師處方、處理方法）
平方（平方）
立方（立方）
正方（正方形、正方向）
正方形（正方形）
直方体（長方體、直六面體）
薬局方（藥方）
地方（地方、地區、外地）
品行方正（品行端正）

**方案**〔名〕方案、規畫、計畫
　　大体の方案（大致的規畫）
　　方案を立てる（草擬計畫、制定規畫）

**方位**〔名〕（經緯度、方向、陰陽五行的）方位
　　コンパスで方位を定める（用羅盤定方位）
　　方位を占う（占卜方位）
　　方位が良い（方位吉利）
　　方位儀（方位儀）
　　方位基線（船首基線）

**方位角**〔名〕〔天、測〕方位角。〔理〕磁偏角
　　無方位角線（〔理〕無偏線）

**方円**〔名〕方圓、方形和圓形
　　水は方円の器に随う（水能隨方就圓，喻人隨環境和環境可變好變壞）随う 従う 遵う

**方鉛鉱**〔名〕〔礦〕方鉛礦

**方音**〔名〕〔語〕方音、地方音

**方解石**〔名〕〔礦〕方解石

**方角**〔名〕方向、方位
　　方角違いの方へ行く（走錯方向）
　　火事は何方の方角だ（失火是在哪個方向？）
　　私は他所へ行くと何時も方角が分らなくなる（我一出門就經常分不清東南西北）

**方眼紙**〔名〕製圖用的格紙、方格繪圖紙（＝セクション、ペーパー）

**方形**〔名〕方形、四角形
　　方形の器（方形器皿）

ㄈ

ほうけいじん
方形陣（方形陣）

ほうけいほう
方形堡（〔軍〕多面堡、棱堡）

ほうけいこつ
方形骨（〔解〕方骨）

**方形区**〔名〕〔動〕樣方

**方計**〔名〕方略、方法和計略

**方言**〔名〕方言、土話、地方話←→標準語、共通語

かんさいほうげん
関西方言（關西方言）

ふるさと　ほうげん　はな
故郷の方言で話す（用故郷的方言談話）
こきょう
故郷

ほうげんちず
方言地図（方言地圖）

ほうげんがく
方言学（方言學）

**方向**〔名〕方向、方針

こうしんほうこう
行進方向（前進方向）

ちょうりゅう　ほうこう
潮流の方向（潮流的方向）

ほうこう　あやま
方向を誤る（走錯方向）

ぎゃく　ほうこう　い
逆の方向へ行く（走向相反的方向）

ほうこうひょうじばん
方向標示板（風向標示板）

ほうこうけんさき
方向検査機（方向檢查儀）

ほうこうそくていき
方向測定機（方向測量儀）

ほうこうけいでんき
方向継電器（定向繼電器、極化繼電器）

ほうこうたんちき
方向探知器（探向器）

ほうこうちゅうけいせん
方向中継線（定向中繼線）

にほうこう radio
二方向ラジオ（雙向無線電收音機）

ほうこう　てんかん
方向を転換する（轉變方針）

しょうらい　ほうこう　さだ
将来の方向を定める（決定將來的方針）

ほうこうづ
方向付ける（定向、指定方向）

ほうこうよげん
方向余弦（〔數〕方向餘弦）

ほうこうばん
方向板（路線方向牌）

ほうこうおんち
方向音痴（容易迷路的人、辨別方向能力差的人）

ほうこうけいすう
方向係数（方向係數）

ほうこうしじき
方向指示器（方向指示器）

ほうこうだ
方向舵（方向舵）

ほうこうたんちき
方向探知機（測向器、定向器）

ほうこうてんかん
方向転換（轉換方向、改變方針）

ほうこうかんかく
方向感覚（方位感覺）

**方今**〔名、副〕方今、現今（＝今）

ほうこん　せそう
方今の世相（今天的世態）

ほうこん　こくさいじょうせい　かんが
方今の国際情勢に鑑みて（鑑於目前的國際形勢）鑑みる 鑑みる

**方策**〔名〕方策

ほうさく　つ
方策が尽きる（無計可施）

ほうさく　た
方策を立てる（制定方案）

**方式**〔名〕方式、手續、方法

いってい　ほうしき　したが
一定の方式に従う（遵照一定的方式）

ほうしきしゅぎ
方式主義（公式主義）

しょてい　ほうしき　ふ
所定の方式を踏む（履行規定的手續）

ほうしき　た
方式を立てる（使條理化、使系統化）

**方術**〔名〕方術，法術、方法，手段、招數，技藝

**方処**〔名〕方位與場所、空間

**方丈**〔名〕一方丈的房間。〔佛〕方丈，住持

**方針**〔名〕方針、（羅盤的）磁針

しせいほうしん
施政方針（施政方針）

こんぽんほうしん
根本方針（根本方針）

こうどうほうしん
行動方針（行動方針）

ほうしん　た
方針を立てる（制定方針）

ほうしん　へんこう
方針を変更する（改變方針）

ほうしん
方針がはっきりしない（方針不明確）

いってい　ほうしん　したが　すす
一定の方針に従って進む（根據一定方針進行）

**方陣**〔名〕〔軍〕方形陣式、縱橫字謎

ほうじん　つく
方陣を作る（形成方陣）

**方図**〔名〕〔俗〕（下接否定語）限度、邊際、範圍（＝限り）

ひと　よくぼう　ほうず　な
人の欲望には方図が無い（人的慾望沒有止境）

ほうず　な　こと　い
方図も無い事を言う（說話不著邊際）

い　お　ほうず　な
言わせて置けば方図が無い（讓他說起來就沒完）

**方錐**〔名〕方錐（=四目錐）、方錐形

**方寸**〔名〕方寸，心（=心）、一方寸
　思いを方寸に納める（把心事藏在心中）
　万事は私の方寸に在る（一切都在我的心中）
　此れは皆彼の方寸に出た物だ（這都是他想出來的）
　万事君の方寸に任せる（一切憑你來決定）
　方寸の地（方寸之地、一小塊地）

**方正**〔名、形動〕方正、端正
　品行方正な人、（品行端正的人）

**方尖柱**〔名〕方形尖頂石柱、方形尖頂塔（=オベリスク）

**方尖碑**〔名〕〔建〕方尖碑、方尖塔（=オベリスク）

**方柱**〔名〕角柱、四角柱

**方程式**〔名〕〔數〕方程式
　方程式を立てる（列方程式）
　方程式を解く（解方程式）

**方途**〔名〕方法（=仕方）
　改善の方途を見失う（找不到改善的方法）

**方物線、拋物線**〔名〕〔數〕拋物線
　普通拋物線（普通拋物線）
　半拋物線（半拋物線）
　拋物線を描く（畫拋物線）
　拋物線を描いて落下する（沿拋物線往下墜落、在空中形成拋物線而墜落）
　拋物線アンテナ（拋物線天線）
　拋物線軌道（拋物線軌道）
　拋物線運動（拋物線運動）

**方物面、拋物面**〔名〕〔數〕拋物面

**方沸石**〔名〕〔礦〕方沸石

**方墳**〔名〕方形古墳、方形的墓、墓石、舍利子塔、塔形木牌（=卒塔婆、卒塔婆、卒都婆、率都婆）

**方便**〔名〕〔佛〕方便、權宜辦法、臨時手段
　目的を果たす為の方便（為了達到目的的權宜之計）
　一時の方便と為て妥協する（作為權宜之計進行妥協）
　嘘も方便（說謊有時也是一種權宜之計）

**方便，活計、方便**〔名〕（生活）手段，生計、依靠，依賴

**方法**〔名〕方法、辦法
　最良の方法（最好的方法）
　方法を立てる（確立辦法）
　方法を見出す（找到辦法）
　方法を考え出す（想出辦法）
　其の他に方法は無い（此外沒有辦法）
　何とか方法を見出さなければならない（總得找出個辦法來）
　如何も何とも方法が付かない（怎麼也沒有辦法）
　方法論（方法論）

**方方**〔名、副〕各處、到處（=彼方此方）
　方方でも持て囃される（到處受歡迎）
　方方捜し回る（各處尋找）
　方方に借金が有る（到處欠債）
　方方から問い合わせが有った（到處都來詢問）
　火事は方方に広がった（火災蔓延到各處）

**方方、旁**〔名〕〔敬〕人們、大家（=皆様）
〔代〕您們
〔副〕這個那個（=彼是）、種種（=色色）、各處，這裡那裏、總之
　御出席の方方は此方へ何卒（出席的各位請到這邊來）
　御見物の方方に一言申し上げます（向參觀的各位講幾句話）一言一言一言
　方方御一同（您們大家）

**方面**〔名〕方面、領域
　東京方面へ出張する（到東京一帶去出差）
　教育の方面から見れば（從教育方面來看）
　問題を有らゆる方面から論究する（從各個方面討論問題）

彼の医者は此の方面に経験が有る（那位醫師在這方面有經驗）
哲学の方面で（在哲學領域裡）
材料は各方面から集められた（從各方面搜集了材料）

**方面隊**〔名〕（日本自衛隊駐在各地區的）軍團

**方里**〔名〕一平方里

**方略**〔名〕方略、方策、策略（= 謀）
方略を定める（制定方略）

**方舟、箱舟**〔名〕方舟，方形船。〔宗〕方舟。〔喻〕避難所
ノアの方舟（諾亞方舟）

**方**〔名〕方，方向，方面，（人的敬稱）人，處理，解決，時代，時期

〔造語〕表示兩者中的一方、表示管理或擔任某事的人、（接動詞連用形後）表示方法，手段，樣子，情況、（接動詞連用形或動作性漢語名詞後）表示某種動作、（多用於信封）（寫在寄居人家姓名後）表示住在某人家中，由某人轉交

東の方（東方、東方）
敵の方（敵方）
此の方（這一位）
上方（京都及其附近地方、關西、近畿地方）
上つ方、上つ方（貴人、身分高的人）
田中と言う方（姓田中的人）
紹介状に書いて在る方（介紹信上寫的那位）
仕事の方が付いた（事情解決了）
方を付ける（加以解決）
来し方行く末（過去和將來）
母方（母方）
相手方（對方）
売り方と買い方（賣方和買方）
会計方（會計員）
賄い方（伙食管理員）
話し方（說法）
遣り方（做法）
作り方（作法、製法）
字の書き方と読み方（字的寫法和讀法）
痛み方（破損情況）
混み方（擁擠情況）
打ち方止め（〔口令〕停止射擊！）
調査方頼む（懇請調查）
山本様方田村文雄様（山本先生轉交田村文雄先生）

**肩**〔名〕肩，肩膀、（衣服的）肩、（器物或山路等）上方，上端，（狹義指）右上角
肩が痛い（肩膀痠痛）
肩で推す（用肩推）推す押す圧す捺す
荷物を肩で担ぐ（用肩扛東西）
銃を肩に為る（肩槍、把槍扛在肩上）摩る擂る磨る掏る擦る摺る刷る
肩を敲く（拍肩膀）敲く叩く
上着の肩が破れた（上衣的肩破了）破れる敗れる
肩にパッドを入れる（放上墊肩）
山の肩（山肩）付ける附ける漬ける着ける就ける突ける衝ける浸ける憑ける
漢字の肩に印を付ける（在漢字的右上角記上記號）印徵驗記
肩が良い（〔棒球〕投球有力、善於投遠球）良い好い善い佳い良い好い善い佳い
彼のピッチャーは肩が良い（那個棒球投手投球有力）
肩が軽く為る（肩膀輕鬆、〔轉〕卸了擔子，卸下責任，放下包袱，鬆口氣）
肩が凝る（肩膀痠痛）
肩が張る（肩膀痠痛）張る貼る
肩の凝らない読物（輕鬆的讀物）
肩が弱い（〔棒球〕投球無力、投得不準）
肩で息を為る（呼吸困難）摩る擂る磨る掏る擦る摺る刷る

肩で風を切る（得意洋洋、趾高氣昂）切る 斬る 伐る 着る

肩で風を切って歩く（得意洋洋地走）

肩に掛かる（〔責任或義務等〕成為某人的負擔）掛る 架る 繫る 罹る 係る 懸る

肩の荷が下りる（卸下擔子、放下包袱）降りる 下りる

肩を怒らす（端著膀子、擺架子、裝腔作勢）怒らす 怒らす

肩を入れる（伸上袖子、〔轉〕袒護，支援，給某人撐腰）入れる 容れる

肩を貸す（幫人挑擔、幫助，援助）

肩を竦める（〔表示冷漠或無奈等〕聳肩膀）

肩を並べる（並肩前進、並駕齊驅）

肩を並べて歩く（併肩走）

大国と肩を並べる（與大國並駕齊驅）

肩を抜く（和某事斷絕關係、卸去擔當的責任、卸卻責任）抜く 貫く 貫く

肩を脱ぐ（露出肩膀、脫光膀子）

肩を持つ（偏袒、袒護）

君は如何して彼の肩を持つのか（你為什麼偏袒他呢？）

**形**〔名〕形，形狀（＝形）、痕跡、形式、抵押、花樣，花紋

ハート形（心形）

形が崩れない（不變形）

此の洋服は形が崩れた（這套西服走樣了）

菱形の箱（菱形的盒子）菱形 菱形

形が付く（留下痕跡、印上一個印）付く 附く 撞く 搗く 就く 衝く 憑く 着く 突く 尽く 点く 漬く

床の足の形が付いた（地板上印上了腳印）床 床

形許りの祝いを為る（舉行一個只是形式上的慶祝、草草祝賀一下）摺る 擦る 刷る 掏る 磨る 擂る

借金の形（借款的抵押）

家を形に為て金を借りる 家を貸金の形に取る（以房子作貸款的抵押品）取る 執る 獲る 採る 撮る 盗る 摂る 捕る

勘定の形に時計を置く（用錶作帳款的抵押）

布に形を置く（在布上印花樣）置く 擱く 措く

**型**〔名〕模型、型，樣式。（裁衣服的）紙型。（技藝、運動等傳統樣式。（演劇方面的）派。〔轉〕例，慣例。老規矩，老方法，老方式

実物を型に為て作る（以實物為模型製作）作る 造る 創る

蠟で型を取る（以蠟做模型）取る 捕る 摂る 盗る 撮る 採る 獲る 執る

鉛を型に流し込む（把鉛灌入模子裡）

新しい型の帽子（新樣式的帽子）

型が古い（老樣式）古い 旧い 震い 振い 奮い 揮い 篩い

紙で洋服の型を取る（用紙剪衣服的紙型）

剣道の型（擊劍的形式）

型の如く（照例）

型を破る（破例、打破常規）

型通りの古い形式（照例的舊形式）

型の通りに為る（按老規矩做、如法炮製）摩る 擂る 磨る 掏る 刷る 擦る 摺る

型の通りに処理する（照例辦理）

型に捕われる（拘泥形式）捕われる 捉われる 囚われる

型の通りの段取りを為る（按一定的方式安排）為る 為る

型に嵌る（老方法、老規矩）嵌る 填る

型の嵌った文句（老套的詞句、官樣文章）

**潟**〔名〕海灘，淺灘、（關西方言）海灣、（由於沙丘等與外海隔開而形成的）鹹水湖，潟湖

干潟（退潮後露出的海灘）

**片**〔造語〕表示一對中的一個、一方、表示遠離中心而偏於一方、表示不完全、表示很少

片足（一隻腳）

片目（一隻眼睛）

片側（一側、一邊）

片手で持たないで、両手で持ち為さい（不要用一隻手拿要用兩隻手拿）

町の片隅（城市的偏僻一角）

片田舎に住む（住在偏僻的郷村）住む棲む済む澄む清む

片言を言う（說隻言片語）言う云う謂う

片時も忘れない（片刻難忘）

片手間に勉強する（業餘學習）

**方様**〔名〕〔古〕那方面、某方面、方向（＝方）

〔代〕〔古、敬〕您（＝貴方様）

**方違え**〔名〕到外地去時如方向不吉利，先在吉利方向住一夜再前往目的地（的迷信作法）

**方偏**〔名〕〔漢字部首〕方字旁（如旅、足等）

**方**〔接尾〕（接於人稱代名詞後）表示複數的敬稱

〔造語〕表示大約，差不多（＝位、程）、表示所屬方面、表示大約的時間（＝頃、時分）

貴方方（你們）

先生方（各位老師、先生們）

御婦人方（婦女們）

五割方高くなる（提高五成左右）

千円方下落する（跌價一千日元左右）

日暮れ方（傍晚時分）

夜明け方（天亮時分）

**型**〔接尾〕型、類型（＝タイプ）

最新型（最新型）

ハムレット型（哈姆雷特型〔的人〕、優柔寡斷類型的人，喜歡沉思而不果斷類型的人）

**方**〔名、形動ナリ〕〔古〕方、方形

**つ方**〔造語〕〔古〕…的時候（＝…の頃）

昼つ方（午間）

**方に、正に、当に、将に**〔副〕（也寫作方に、当に）真正，的確，確實，實在

（也寫作方に、当に、将に）即將，將要

（常寫作当に，下接文語助動詞可し的各形）當然，應當，應該

（也寫作方に）方，恰，當今，方今，正當

彼こそ正に私の捜している人だ（他才正是我在尋找的人）

正に貴方の仰る通りです（的確像您說的那樣、您說的一點不錯）

御手紙正に拝受致しました（您的來信確已收到）

金一万円正に受け取りました（茲收到一萬日元無誤）

此れは正に一石二鳥だ（這真是一舉兩得）

正に出帆先と為ている（即將開船）

花の蕾は正に綻びんと為ている（花含苞待放）

彼は正に水中に飛び込もうと為ていた（他正要跳進水裡）

正に死ぬ所だ（即將死掉）

両国は正に戦端を開かんと為ている（兩國將要開戰）

アフリカは正にアフリカ人のアフリカである可きだ（非洲應當是非洲人的非洲）

正に罪を天下に謝す可きである（應該向天下謝罪）

今や正に技術革命を断行す可き時である（當今必須堅決進行技術革命）

時正に熟せり（時機恰已成熟）

正に攻撃の好機だ（正是進攻的好機會）

# 坊（ㄈㄤ）

**坊**〔名〕僧，和尚、皇太子的住所（＝東宮坊）、男孩暱稱

〔漢造〕坊，里巷、僧舍、表示愛稱或卑稱

坊さん（和尚）

武蔵坊弁慶（武蔵僧弁慶）

坊や（小寶寶）

暴れん坊（淘氣的孩子）

京坊（京坊）

そうぼう　そうぼう
僧坊、僧房（僧房、禪房）

ほんぼう
本坊（〔相對於〝子院〞的〕本院、自己的住所）

きゃくぼう
客坊（寺院留宿客人的客房）

あか　ぼう
赤ん坊（嬰兒、幼稚、不懂事）

おはなぼう
御花坊（教插花老師）

あさねぼう
朝寝坊（睡早覺的人、起床晚）

けちん坊（吝嗇，小氣、吝嗇鬼，守財奴＝しみったれ）

**坊間**〔名〕坊間、里巷、社會上

ぼうかん　うわさ
坊間の噂（馬路消息）

ぼうかん　つた　　ところ　　よ
坊間の伝うる処に拠れば（據街談巷議）

こ　ざっし　　ぼうかん　ほんや　　　　う
此の雑誌は坊間の本屋では売っていない（這種雜誌一般書店不賣）

**坊刻**〔名〕民間刊行（的書）

**坊舎**〔名〕僧舍、僧房

**坊主**〔名〕〔俗〕僧，和尚、禿頭，光頭、（山或樹）光禿、男孩子的愛稱、自己男孩的卑稱、（花牌）二十點的牌。〔史〕（武士家的）司茶者（＝茶坊主）

なまぐさぼうず
生臭坊主（花和尚、不守清規的和尚）

ぼうず　な
坊主に為る（出家、當和尚）

まるぼうず
丸坊主（禿頭）

ぼうず　か
坊主に刈る（剃光頭）

らんばつ　やま　ぼうず　な
乱伐で山が坊主に為る（由於濫伐變成禿山）

いちねんぼうず
一年坊主（一年級的小學生）

いたずらぼうず
悪戯坊主（淘氣的小鬼）

うち　ぼうず
家の坊主（我家的男孩）

ぼうずにく　　　けさまでにく
坊主憎けりゃ袈裟迄憎い（討厭和尚連袈裟都可恨）

ぼうずまるもう
坊主丸儲け（當和尚不要本錢、喻不勞而獲）

ぼうずあたま
坊主頭（禿頭、光頭）

ぼうずが
坊主刈り（剃光頭）

ぼうずが　　な
坊主刈りに為る（剪成光頭）

ぼうずやま　　　はげやま
坊主山（禿山＝禿山）

ぼうずよ
坊主読み（和尚唸經似地誦讀、不辨字義地朗讀）

**坊本**〔名〕（相對於官本）坊間刊行的書、街上書店賣的書

**坊や**〔名〕男孩的愛稱、喻未見過世面的人（＝坊ちゃん）

ぼう　　　ことしいく
坊やは今年幾つ（小寶寶你今年幾歲了？）

ぼう　　　よ　こ
坊やは好い子だ（小寶寶真乖）

**坊ちゃん**〔名〕〔敬〕對別人孩子的敬稱、少爺，少爺作風的人

おこ　　　　おぼっ　　　　　　おじょう
御子さんは御坊ちゃんですか、御嬢さんですか（您的小孩是男孩？還是女孩？）

おたく　ぼっ　　　　　　なんねんせい
御宅の坊ちゃんは何年生ですか（你家男孩是幾年級學生？）

かれ　くろう　し　　　おぼっ
彼は苦労を知らない御坊ちゃんだ（他是嬌生慣養的大少爺）

ぼっ　　　そだ　　　　かね　しんぱい　し　ことな
坊ちゃん育ちで、金の心配を為た事が無い（自小嬌生慣養從未愁沒錢花）

だいがく　で　　ばか　　ま　ぼっ
大学を出た許りで未だ坊ちゃんしている（剛剛大學畢業還是個不通世故的公子哥）

**御坊ちゃん**〔名〕〔敬〕（稱別人的）男孩、（對嬌生慣養不通世故少年的戲稱）公子哥，大少爺

あか　ぼう　おぼっ　　　　　　　おじょう
赤ん坊は御坊ちゃんですか御嬢ちゃんですか（你的小孩是男孩還是女孩？）

かれ　まる　おぼっ
彼は丸で御坊ちゃんだ（他簡直是個公子哥）

おぼっ　　　そだ
御坊ちゃん育ち（大少爺出身、嬌生慣養）

おぼっ　　　　　　　　おも
そんな御坊ちゃんだと思うのか（你以為我是個那麼不懂世故的小男孩嗎？）

**赤ん坊**〔名〕（生後不久的）嬰兒、〔喻〕幼稚、不懂事

おとこ　あか　ぼう　う
男の赤ん坊が生まれた（生了個男孩子）

としよ　　　あか　ぼうあつか
年寄りを赤ん坊扱いする（把老年人當吃奶的孩子看待）

あいつ　ま　あか　ぼう　　どうぜん
彼奴は未だ赤ん坊（も同然）だ（他還幼稚得很）

**けちん坊**〔名、形動〕吝嗇，小氣、吝嗇鬼，守財奴（＝しみったれ）

おまえ　よう　　　　ぼう　きら
御前の様なけちん坊は嫌いだ（我討厭你這樣的吝嗇鬼）

彼の親父は非常なけちん坊だ（那老頭是個非常小氣的人）

**ずんべら坊**〔名〕〔俗〕（ずべら坊的轉變）馬馬虎虎，吊兒郎當（的人）、呆板（的人）（＝のっぺら坊）

**のっぺら坊**〔名、形動〕光滑溜平，平平淡淡，頭腦簡單，不明事理，呆版（的人）。〔俗〕臉上沒有眼鼻嘴的大個子妖怪（＝化け物）

のっぺら坊な演説（枯燥無味的演講）

のっぺら坊な顔（呆板的臉）

## 妨（ㄈㄤˊ）

**妨**〔漢造〕妨礙、阻礙

**妨害、妨碍**〔名、他サ〕妨害、妨礙（＝妨げる、邪魔する）

交通を妨害する（妨礙交通）

議事の進行を妨害する（妨礙議事的進行）

職務執行を妨害する（妨礙執行公務）執行執行

進歩の妨害に為る（成為進步的障礙）

妨害行為（妨礙行為、〔體〕非法撞人、阻擋）

妨害対策（〔無〕反干擾措施）

妨害放送（〔無〕干擾廣播）

妨害電波を出す（放出干擾電波）

**妨げる**〔他下一〕妨礙、阻礙、阻擋、阻擾（＝妨害する、邪魔する）

交通を妨げる（妨礙交通）

人の睡眠を妨げる（妨礙別人睡覺）

人の話を妨げる（妨礙別人說話）

船の進行を妨げる（妨礙船的前進）行進

用事に妨げられて早く来られなかった（被事情拖住沒能早來）

風に妨げられて出帆が出来ない（被風阻擾不能開船）

団結と友誼は如何なる反動勢力も妨げる事が出来ない物である（團結和友誼是任何反動勢力也阻擋不了的）

…を妨げない（〔法律、規章用語〕不妨、可以）

再選を妨げない（可以連選）

重任を妨げない（可以連任）重任重任

会長が二回以上重任するのを妨げない（會長可以連任二次以上）

**妨げ**〔名〕妨礙、阻礙、阻擋、阻擾、障礙

通行の妨げを為る（妨礙通行）

人の勉強の妨げを為る（妨礙別人用功）

遊びが仕事の妨げと為っては行けない（遊戲不可妨礙工作）

迷信は進歩の妨げに為る（迷信是進步的障礙）

御勉強の御妨げに為るかと思って、入らなかった入る入る（我怕會打擾您的用功所以沒有進來）

何の妨げも無く事が順調に運んだ（事情毫無阻礙地進行得很順利）

## 防（ㄈㄤˊ）

**防**〔漢造〕防衛、防備、堤防、周防の国的簡稱

予防（預防）

消防（消防）

辺防（邊境防衛）

海防（海防）

国防（國防）

堤防（堤防）

周防の国（防州、長防）

**防遏**〔名、他サ〕防止、遏止

犯罪行為の発生を防遏する（防止犯罪行為的發生）

**防衛**〔名、他サ〕防衛、保衛

正当防衛（正當防衛）

国土を防衛する（保衛國土）

防衛の態勢を取る（採取防衛態勢）姿態

防衛を強化する（加強防衛）

**防衛庁**〔名〕日本防衛廳（相當於國防部）

**防疫**〔名、他サ〕〔醫〕防疫
　防疫策を講ずる（採取防疫措施）
　防疫の宣伝に努める（大力宣傳防疫）努める勤める勉める務める

**防煙帽**〔名〕（救火時）防毒（煙）面具

**防煙林**〔名〕防煙林

**防音**〔名、他サ〕防音
　此の部屋は防音して有る（這房間有防音設備）
　防音装置を施す（安設防音裝置）
　防音硝子（防音玻璃）硝子ガラスglass
　防音構造（防音構造）
　防音撮影所（防音攝影場）
　防音漆喰（防音灰泥）

**防火**〔名〕防火
　消防手が防火を努める（消防員竭力防火）
　防火を心掛ける（注意防火）
　防火建築（防火建築）
　防火地帯（防火地帶）
　防火壁（防火牆）

**防寒**〔名〕防寒、禦寒←→防暑
　防寒の用意を整えて登山する（做好防寒準備登山）
　防寒具（防寒用具）
　防寒コート（風雪大衣）

**防暑**〔名〕防暑←→防寒
　防暑服（防暑服）

**防御、防禦**〔名、他サ〕防禦←→攻擊
　攻撃は最大の防禦也（攻擊是最好的防衛）
　身を以て防禦する（以身防衛）
　防禦の位置に立つ（立於防衛地位）
　防禦工事を施す（修築防衛工程）
　防禦体制（防衛體制）

**防共**〔名〕防共

防共協定（日、德、義於1937年11月在羅馬簽訂的防共協定）

**防具**〔名〕（擊劍）防護具

**防空**〔名〕防空
　防空の為に燈火管制を布く（為了防空而施行燈火管制）布く敷く如く
　防空演習（防空演習）
　防空壕（防空壕）
　防空頭巾（防空帽）

**防舷材**〔名〕〔船〕護舷材、船隻的碰墊

**防舷物**〔名〕〔船〕護舷物、船隻的碰墊

**防護**〔名、他サ〕防護（=防ぎ護る）
　防護張り（船的防護板）
　防護団（防護團-民防組織）
　防護器官（〔生〕防護器官）
　防護材（船的護舷材）
　防護壁（防護牆壁）

**防砂**〔名〕防砂
　防砂の為に植林する（為防砂而造林）
　防砂林（防砂林）
　防砂堤（防砂提）
　防砂工事（防砂工程）

**防災**〔名〕防災、防止災害
　防災対策を講じる（研究防災對策）
　此の悲惨は明らかに防災センターに由る人災と断ず可きだ（這個慘狀顯然應該斷定是由於防災中心的人禍造成的）
　防災科学（防災科學）

**防塞**〔名〕〔軍〕堡壘（=砦、塞、壘、バリケードbarricade）

**防材**〔名〕〔軍〕（防止敵艦入港而設在港口的）防禦物、柵欄網
　港口に防材を敷設する（在港口設置柵欄網）

**防止**〔名、他サ〕防止
　危険防止（防止危險）
　犯罪（の）防止（防止犯罪）
　伝染病を防止する（防止傳染病）

ヒ

騒音を防止する（防止噪音）

交通事故の防止に協力する（協助防止交通事故）

青少年の不良化を防止する（防止青少年變壞）

老化の防止に役立つ（有助於防止老化）

**防湿**〔名〕防濕、防潮
　防湿工事（防潮工程）
　防湿剤（防潮劑、乾燥劑）

**防臭**〔名〕防臭
　防臭剤（防臭劑）

**防縮**〔名、他サ〕（紡織品的）防縮
　防縮加工（防縮加工）

**防除**〔名、他サ〕〔農〕防除
　虫害を防除する（防除蟲害）

**防食、防蝕**〔名〕防蝕
　防蝕剤（防蝕劑）
　防蝕ケーブル（防蝕電纜）

**防皺**〔名〕〔紡〕防皺
　防皺加工（防皺加工）

**防振**〔名〕防震

**防塵**〔名〕防塵
　防塵装置（防塵裝置）
　防塵マスク（防塵口罩）

**防水**〔名、他サ〕防水
　此の上着は防水して有るから雨に逢っても大丈夫だ（這件上衣是防水的所以遇到雨也不要緊）
　防水帽（防水帽）
　防水布（防水布）
　防水加工（防水加工）
　防水外套（防水大衣）
　防水靴（雨鞋）
　防水隔室（防水艙、水密艙）
　防水剤（防水劑）
　防水処理（防水處理）

**防雪**〔名〕防雪
　防雪林（防雪林）
　防雪装置（防雪裝置）

**防戦**〔名、自サ〕防禦戰
　防戦此れ努める（竭力防禦）
　必死に（為って）防戦する（拼命防禦）

**防潜**〔名〕〔軍〕防禦潛水艇
　防潜網（防潛網）

**防染剤**〔名〕（印染）防染劑

**防側音**〔名〕〔電〕消側音
　防側音回路（消側音電路）

**防弾**〔名〕防彈
　防弾チョッキ（防彈背心）
　防弾兜（防彈盔）
　防弾ガラス（防彈玻璃）

**防虫**〔名〕防蟲
　防虫剤（防蟲劑）
　防虫加工（防蟲加工）
　防虫処理（防蟲處理、防蛀處理）
　防虫法（防蟲法）

**防長**〔名〕〔地〕防長（周防和長門的合稱-相當於今山口縣）

**防潮**〔名〕防潮
　防潮林（防潮林）
　防潮門（防潮閘門）
　防潮堤（防波堤、海堤）

**防諜**〔名〕防諜
　防諜に万全を期する（設法嚴防間諜、使防諜工作萬無一失）
　防諜政策（防諜政策）

**防毒**〔名〕防毒
　防毒マスクを被る（戴上防毒面具）

**防熱**〔名〕防熱
　防熱フィルター（防熱過濾器）
　防熱服（防熱服）

**防波堤**〔名〕防波堤。〔喻〕防範物
　防波堤を築く（修築防波堤）

**防犯**〔名〕防止犯罪
　防犯に万全を期す（想盡方法防止犯罪、使防止犯罪的工作萬無一失）
　防犯ベル（防盜警報器）
　防犯週間（防盜週）

**防備**〔名、他サ〕防備
　防備を施す（設防）
　防備を厳重に為る（嚴加防備）
　防備を堅くする（嚴加防備）
　防備の無い都市（不設防城市）

**防腐**〔名〕防腐
　防腐剤（防腐劑）
　木材に防腐剤を塗る（在木材上塗防腐劑）

**防風**〔名〕防止風害。〔植〕防風。〔植〕珊瑚菜（=浜防風）
　防風林（防風林）

**防壁**〔名〕屏障、防禦物、防火牆
　平和の防壁を築く（築起和平的屏障）

**防雷具**〔名〕〔海〕掃雷器

**防雷網**〔名〕〔海〕防魚雷網

**防人**〔名〕〔史〕（崎守的意思）（古代從關東地方派到九州鎮守要地的）駐防戰士

**防ぐ、禦ぐ**〔他五〕防禦、防守、防衛、防止、防備、預防
　敵の侵略を防ぐ（防禦敵人侵略）
　全く防ぐ様が無い（真是防不勝防）
　患いを未然に防ぐ（防患於未然）
　病気を防ぐ（預防疾病）
　火を防ぐ（防火）
　伝染を防ぐ（預防傳染）
　水害を防ぐ（預防水災）

**防ぎ、禦ぎ、拒ぎ**〔名〕防禦、防備、防守、（妓院的）保鏢

　斯う方方から攻められては防ぎが付かない（這樣各方面都攻擊上來無法防禦）方方
　防ぎ場（重要防守地）
　防ぎ勢（守軍）

## 房（ㄈㄤˊ）

**房**〔漢造〕房、房間、寢室、房屋、家室、僧舍、（安房の国的簡稱）房総
　同房（同一房子、同居、同一家係）
　洞房（寢室、閨房、妓樓）
　官房（內閣各部直屬於長官的辦公廳）
　空房（空屋=空き間、空閨=空閨）
　独房（單身牢房）
　厨房（廚房、伙房=台所）
　茶房（茶館）
　書房（書房、書店）
　暖房（暖氣設備）
　冷房（冷氣設備）
　閨房（閨房）
　女房、女房（〔古〕宮中高級女官、貴族侍女、妻子）
　僧房、僧坊（僧房、禪房）
　禅房（禪房、禪寺、禪堂=禪堂）
　蓮房（蓮房）
　蜂房（蜂房、蜂巢）
　子房（〔植〕子房）
　安房の国（房総、房州）

**房事**〔名〕房事
　房事を慎む（節制房事）
　房事過度（房事過度）

**房室**〔名〕房間、〔生〕（動植物的）房，腔（即子房內腔）

**房総**〔名〕〔地〕房總（安房、上總、下總的合稱-相當於今千葉縣）

**房中**〔名〕房屋內、寢室內

ㄈ

房、総〔名〕纓，穗、（花、水果的）一串。〔轉〕下垂的東西

房の付いた座布団（帶穗的坐墊）
赤い房の付いた槍（紅纓槍）
帽子に房が垂れている（帽子上垂著纓）
房飾り（飾穗）
花房、英（一串花、花萼＝萼）
葡萄一房（一串葡萄）
乳房（乳房）

房飾り〔名〕飾穗
房飾りを付ける（加上飾穗）

房毛、総毛〔名〕一綹頭髮，一束毛、穗，纓

房状ミセル〔名〕〔化〕纓狀膠束

房房、総総〔副、自サ〕成簇、簇生、（毛）密，厚

房房と為た髪（密厚的頭髮）
私はつるっ禿げだが、兄は黒髪が房房しています（我是禿頭可是哥哥是滿頭黑髮）

房藻〔名〕〔植〕狐尾藻

房楊枝、総楊枝〔名〕一頭劈成數片的牙籤

## 鲂（ㄈㄤˊ）

鲂〔漢造〕魚名，頭小，身扁腹闊，鱗細

鲂鮄〔名〕〔動〕鲂鮄、綠鰭魚

## 倣（ㄈㄤˇ）

倣〔漢造〕模仿、仿效
模倣、摸倣（模仿、仿效）

倣う〔自五〕仿效、仿照、模仿、效法、學（＝真似る）

前例に倣う（仿照前例）学ぶ
人の長所に倣う（學別人的長處）
君に倣って僕も日記を付け始めた（我也學你開始記日記了）
以下此れに倣う（以下準此）
上の好む所下此れに倣う（上之所好下所效、上行下效）

右へ倣え（〔口令〕向右看齊！）
前へ倣え（〔口令〕向前看齊！）

習う〔他五〕學習、練習
歌を習う（練歌）倣う学ぶ
ピアノを独りで習う（自己練彈鋼琴）
外人に付いてフランス語を習った（跟外國人學了法語）
先生に習う（跟老師學）
習うより慣れよ（熟能生巧）

習い〔名〕習慣，習氣，風習、常態、學習
此れが当地の習いです（這是當地的習俗）
満ちれば欠ける世の習い（盈則虧乃人世之常）
物事の思い通りに習ぬのが世の習い（人生是不如意事常八九）
英語を習いに行く（去學習英語）
習い性と成る（習以為常）

倣い削り〔名〕〔機〕仿形切削
倣い旋盤〔名〕〔機〕仿形車床
倣い盤〔名〕〔機〕仿形機床、靠橫機床、模製機

## 紡（ㄈㄤˇ）

紡〔漢造〕紡
混紡（混紡）

紡機〔名〕紡紗機
精紡機（精紡機）

紡糸〔名〕紡紗、紡的紗
紡糸液（〔紡〕紡絲溶液）
紡糸口金（〔紡〕噴絲嘴）

紡織〔名〕紡織
紡織機（紡織機）
紡織工業（紡織工業）

紡錘、紡錘，錘〔名〕〔紡〕紡錘，紗錠
実働紡錘（運轉的紗錠）
遊休紡錘（閒置的紗錠）
稼動紡錘（運轉紗錠）

紡錘形（紡錘形）
紡錘体〔植〕紡錘體
紡錘糸〔植〕紡錘絲
紡錘組織〔植〕長軸組織
**紡績**〔名〕紡紗
　紡績糸（用各種纖維紡的紗-尤指機器紡的棉紗）
　紡績業（紡紗業）
　紡績機械（紡紗機）
　紡績絹糸（絹絲、用碎絲紡的絲線）
　紡績工（紡紗工人）
　紡績工場（紗廠）
　紡績綿糸（棉紗）
　紡績器〔動〕吐絲器、紡織突
　紡績突起〔動〕蜘蛛的吐絲器
**紡毛**〔名〕紡（羊）毛、紡毛紗，粗梳羊毛，混紡的毛紗
　紡毛織物（粗紡毛織物）
　紡毛機（梳毛機）
**紡ぐ**〔他五〕紡（紗）
　綿を糸に紡ぐ（把棉花紡成紗）
　綿から糸を紡ぐ（從棉花紡紗）
　綿を紡ぐ（紡棉花）
　毛糸を紡ぐ（紡毛線）
　糸を紡ぎ、布を織る（紡紗織布）
**紡ぎ歌**〔名〕紡紗歌
**紡ぎ車**〔名〕紡車、手搖紡紗車（=紡車）

## 舫（ㄈㄤˇ）

**舫**〔漢造〕小船、遊宴所乘的船（畫舫）
**舫う**〔自五〕把船繫在一起或繫在椿子上
　橋の袂にボートが舫っている（橋頭繫著小船）
　港には数隻の船が舫って有る（港口有幾隻船繫在一起）
**舫い**〔名〕繫在一起的船、繫在碇上的船
　舫いを解く（把繫在一起的船解開、把繫在碇上的船解開）
**舫い綱**〔名〕〔海〕繫船索
　船尾の舫い綱（船尾纜）
　舫い綱を解く（解開繫船索）
**舫い船、舫船**〔名〕互相繫在一起的船、繫在岸上的船、停泊的船

## 訪（ㄈㄤˇ）

**訪**〔漢造〕訪問、探查、尋求
　来訪（來訪）
　歴訪（遍訪）
　往訪（往訪、趨紡、前去訪問）
　探訪（採訪）
　採訪、採訪（〔主要指歷史或民俗學的研究者到地方〕採訪、到當地蒐集資料）
　再訪（再訪）
**訪欧**〔名〕訪歐
　訪欧の途に就く（啟程訪歐）
**訪客**〔名〕來客
　折角の日曜を訪客に潰された（大好的星期天被來客給消磨過去了）
**訪日**〔名、自サ〕訪日←→離日
　訪日使節団の一行が昨夜成田に着いた（訪日使節團一行昨晚到達成田機場）
**訪問**〔名、他サ〕訪問、拜訪
　挨拶の訪問（禮貌性的拜訪）
　官邸に大臣を訪問する（到官邸去拜訪大臣）
　訪問に出掛ける（出去拜訪）
　訪問を受ける（有人來訪）
　訪問外交（通過個人訪問展開外交）
　訪問着（婦女花色鮮豔的會客和服）
　訪問記事（訪問記）
　訪問用名刺（拜訪用名片）
　訪問記者（採訪記者）
　訪問客（訪客、來訪的客人）

## ヒ

**訪ねる、尋ねる**〔他下一〕訪問（=訪ねる、訪問する）

訪ねて来た人（來訪的人）

先生の家を訪ねる（訪問老師家）

出し抜けに訪ねる（突然拜訪）

田舎の友人が私の所へ訪ねて来た（鄉下的朋友到我這兒來訪）

彼等は修学旅行で東京タワーを訪ねた（他們利用學校旅行參觀了東京塔）

**尋ねる、訊ねる**〔他下一〕尋找、尋求，探求，訊問，打聽

行方不明の我子を尋ねる（尋找去向不明的孩子）

何処を尋ねても見えない（到處找也沒有）

町中を尋ねたが見付からなかった（滿街找也沒找到）

七度尋ねて人を疑え（好好尋找之後再懷疑人）

真理を尋ねる（探求真理）

エジプトへ行って古代美術の跡を尋ねる（去埃及探求古代美術的遺跡）

安否を尋ねる（問安、請安）

理由を尋ねる（訊問理由）

道を尋ねる（問路）

少し御尋ねし度い事が有ります（有一件事向您打聽一下）

煩く尋ねる（嘮嘮叨叨地問）

**訪れる**〔自下一〕訪問（=訪ねる）、來臨，到來，通信問候

友を訪れる（訪友）

春が訪れる（春天來臨）

春に為ると鶯が訪れる（春天一到黃鶯就來了）

彼の待ち望んでいた日が終に訪れた（他所殷切期待的日子終於到來了）

**訪れ**〔名〕訪問，來訪，來臨、（也寫作音信）音信，消息（=便り）

友人の訪れを待つ（等候友人的來訪）

春の訪れ（春天的來臨）

別れてから一言の訪れも無い（離別以來毫無音信）

喜びの訪れ（喜信）

訪れを為る（通音信）

**訪う**〔他五〕訪問、拜訪（=訪れる）

友の家を訪う（訪問朋友家）訪う問う疾う

紹介状を持って訪う（帶著介紹信訪問）

大臣の官邸に訪う（到官邸拜訪大臣）訪う弔う弔う

**訪う**〔他四〕〔古〕探問，探視，問安、拜訪，訪問

**訪う**〔自五〕（音是聲音、なう是接詞）訪問，拜訪（=訪れる）、發出聲音、通信息

田舎住いの我家を訪う（到我住在農村的家裡來訪）

**訪い**〔名〕訪問、來訪、到來

ブザーが鳴った。御客さんの第一号の訪いであった（蜂鳴器響了那是客人到來的先聲）

## 髣（ㄈㄤˇ）

**髣**〔漢造〕彷彿、好像

**髣髴、彷彿**〔形動タルト、自サ〕彷彿，似乎，好像、模糊

亡父の面影が彷彿と為る（聯想起亡父的面貌）

彷彿と為て今尚眼前に在る（彷彿現在還在眼前）

故人に彷彿たる物が有る（很像亡人）

此の絵はベニスの景色を彷彿させる（這幅畫令人想起威尼斯的景致）

島影が彷彿（と）して見える（模模糊糊可以望見島影）

水天彷彿たる所（水天飄渺之處）

## 放（ㄈㄤˋ）

**放**〔漢造〕放逐、放出、釋放、點燃、放棄、放縱

追放（放逐、驅逐、驅除、開除）

釈放（釋放、放出）

開放（開放，公開、打開，敞開）←→閉鎖

解放（解放、解除、擺脫）

奔放（奔放）

豪放（豪放、豪爽）

**放逸、放佚**〔名、形動〕放縱、放蕩不拘

　放逸な振る舞い（放縱的舉動）

　彼の生活は放逸其の物だ（他的生活簡直是放蕩不拘）

**放映**〔名、自他サ〕（在電視裡）放映電影、電視播送

　正月放映の番組が決まる（定出正月播送的節目）

　劇映画を放映する（播送故事片）

**放下**〔名、他サ〕放下，拋下、（鎌倉時代至江戶時代身著僧裝遊街串巷的）一種雜技，僧裝雜技演員

　放下僧（僧裝雜技演員）

**放下**〔名、他サ〕放下，放棄（＝放下）。〔佛〕解脫

**放火**〔名、自サ〕放火、縱火←→失火

　昨夜の火事は放火らしい（昨晚的火災好像是縱火）昨夜

　放火した犯人が捕まる（縱火犯被抓住了）捕まる 掴まる 捉まる

　放火罪（縱火罪）

**放歌**〔名、自サ〕放聲高歌

　放歌高吟する（高歌朗吟）

**放課**〔名〕下課、放學

　三時で放課に為る（在三點鐘放學）

　放課後は図書館へ行く（下課去到圖書館去）

**放棄、抛棄**〔名、他サ〕放棄

　権利を放棄する（放棄權利、棄權）

　責任を放棄する（放棄責任）

　学生が授業を放棄する（學生罷課）

**放吟**〔名、他サ〕放聲朗吟

　高歌放吟する（高歌朗吟）

**放言**〔名、他サ〕信口開河，隨便云云。〔說〕大話。〔說〕不負責任的話、失言

　記者会見の席上で放言する（在記者招待會上信口開河）

　其の放言は聞き捨て為らぬ（那種隨便云云可不能置若罔聞）

**放光**〔名、自サ〕放光（放射光線）。〔佛〕佛像眉間白毛發光

**放校**〔名、他サ〕開除學籍

　品行の悪い学生を放校する（把品行惡劣的學生開除學籍）

　放校処分（開除學籍處分）

**放散**〔名、自他サ〕擴散、輻射、放射

　熱を放散する（散熱）

　適応放散（〔生〕適應輻射）

　放散痛（〔醫〕放射性痛）

　放散虫類（〔動〕放射目）

**放恣、放肆**〔名、形動〕放肆、放縱（＝勝手気儘）

　生活が放恣に流れる（生活流於放縱）

**放縱、放縦**〔名、形動〕放縱、放肆

　自由と放縦（自由和放縱）

　放縦な生活（放縱的生活）

　放縦に流れる（流於放蕩不拘）

**放資**〔名、自サ〕投資、出資

　住宅建築の為に放資する（為建築住宅而投資資金）

**放射**〔名、他サ〕放射、輻射

　熱を四方に放射する（向四周輻射熱）

　ラジウムは絶えず放射線を放射している（鐳不斷地輻射射線）

　放射状道路（輻射狀道路）

　放射計（輻射儀）

　放射心電図（放射能心電圖）

　放射圧（輻射壓力）

　放逸維管束（輻射維管束）

　放射温度（輻射溫度）

放射化分析（放射分析）

放射孔材（輻射孔材）

放射インピーダンス（輻射阻抗）

放射法則（放射法則）

放射性（放射性）

放射線（輻射線）

放射遷移（放射性蛻變）

放射度（放射率）

放射能（放射能）

放射平衡（放射平衡）

**放出**〔名、他サ〕放出，排出，噴出、（政府）發放，投放

ホースから突然水が放出される（水從水管突然噴出）

魚が卵を放出する（魚排卵）

貯えてあった物資を放出する（投放儲存的物資）

放出物資（投放物資）

**放り出す、抛り出す**〔他五〕拋出去，扔出去、（中途）放棄，丟棄。〔轉〕開除，推出門外、開始拋、開始扔、毫不吝惜地拿出

窓の外へ放り出す（扔出窗外）

鞄から本を放り出す（從書包中把書扔出來）

車から放り出される（從車上甩下來）

学問を放り出す（放棄治學）

遣り掛けた仕事を放り出す（把剛著手的工作丟開）

学校を放り出される（被學校開除）

雇主に放り出される（被雇主解雇）

会社を放り出される（被公司解雇）

所持金全部を放り出して馬券を買う（拿出身上帶著的所有錢買馬票）

**放生**〔名〕〔佛〕放生

放生会（〔陰曆八月十五日舉行的〕放生會）

**放心**〔名、自サ〕出神，發呆，精神恍惚，茫然自失（=ぼんやりする）、（也寫作放神）放心，安心

放心の体（出神狀態）

事の意外に放心する（因事出意外而茫然自失）

何卒御放心下さい（請放心）

**放水**〔名、自サ〕放水、排水、噴水

放水管（排水管）

放水門（水閘門）

放水路（排水渠、溢洪道）

警官隊はデモ隊に向って放水した（警察隊向示威遊行隊伍噴水）

放水演習（〔消防隊的〕噴水演習）

**放線菌**〔名〕〔微〕放線菌

**放送**〔名、他サ〕〔無〕廣播、（用擴音器）傳播，傳布

第一放送（第一套廣播節目）

第二放送（第二套廣播節目）

中継放送（轉播）

ニュース放送（新聞廣播）

主要放送番組（主要廣播節目）

試験放送（試播）

実況放送（實況廣播）

放送を聞く（聽廣播）

ニュースを放送する（廣播新聞）

此の試合はラジオで放送される（這次比賽用收音機廣播）

此の試合はテレビで放送される（這次比賽用電視廣播）

放送聴取料（廣播收聽費）

放送視聴料（電視視聽費）

放送聴取者（廣播收聽者）

放送演説（廣播演講）

放送劇（廣播劇）

放送事業（廣播事業）

放送局（廣播局）
放送無線電話（廣播無線電話）
放送録音盤（廣播錄音唱片）
放送盗聴者（廣播竊聽者）

**放題**〔造語〕（接動詞連用形或助動詞度い）表示自由、隨便、毫無限制等意
　食い放題（隨便吃、亂吃）
　取り放題（隨便拿、亂拿）
　為度い放題の事を為る（為所欲為、愛做什麼就做什麼）
　為度い放題に為せて置く（放任、放縱）
　言い度い放題の事を言う（信口開河、想說什麼就說什麼）
　彼は妻の言いなり放題に為っている（他對妻子唯命是從）
　我我は何でも為放題、何処へでも行き放題だ（我們想做什麼就做什麼、想去哪裡就去哪裡）

**放胆**〔名、形動〕大膽、果斷、豪放
　放胆な遣り方（大膽的措施）
　放胆な経営振り（大膽的經營作風）

**放談**〔名、他サ〕漫談、高談闊論
　新春放談（新春漫談）
　放談は慎む事（高談闊論要謹慎）
　記者に対して放談する（對記者亂說一通）

**放置**〔名、他サ〕放置不管、置之不理
　怪我人を治療も為ずに放置する（對受傷者不加治療而置之不理）
　工事は放置された儘現在に至っている（工程一直擱置到現在沒有進行）

**放逐**〔名、他サ〕放逐、流放、逐出（＝追い払う）
　国外に放逐する（逐出國外、驅逐出境）

**放鳥**〔名、自サ〕〔佛〕買鳥放生、放生的鳥

**放擲、抛擲**〔名、他サ〕拋棄、放棄、棄置不顧（＝投げ捨てる）
　万事を放擲して一事に専心する（放棄其他一切專心從事一項工作）

**放電**〔名、自サ〕〔理〕放電⇄充電
　空中放電（空中放電）
　火花放電（火花放電）
　真空放電（真空放電）
　雷は雲と大地との間に起こる放電現象である（雷是雲和大地之間發生的放電現象）
　放電球（放電球）
　放電管（放電管）
　放電器（放電器）
　放電加工機（放電加工機）

**放蕩**〔名、自サ〕放蕩、吃喝嫖賭
　放蕩の限りを尽くす（放蕩不拘）
　彼は若い時随分放蕩した物だ（他年輕時候很荒唐一陣）
　放蕩の身を持ち崩す（因生活放蕩而身敗名裂）
　放蕩息子（浪子、紈綺子弟）

**放尿**〔名、自サ〕小便、撒尿
　路上で放尿する（在道路上小便）

**放任**〔名、他サ〕放任
　自由放任（自由放任）
　子供の悪戯を放任する（放任孩子淘氣）
　放任主義を取る（採取放任主義）

**放熱**〔名、自サ〕放熱、散熱
　直接放熱（直接散熱）
　間接放熱（間接散熱）
　放熱器（散熱器）
　ラジエーター（radiator）が放熱して部屋を暖める（暖氣片放熱使房間暖和）

**放念**〔名、自サ〕放心、安心
　何卒御放念下さい（請您放心）

**放伐**〔名、他サ〕討伐
　国王を放伐する（討伐國王）

**放屁**〔名、自サ〕放屁（＝屁を為る）。〔喻〕說廢話
　人前で放屁する（在人前出虛恭）屁

**放物線、抛物線**〔名〕〔數〕拋物線

# ㄈ

普通放物線（普通拋物線）
半放物線（半拋物線）
放物線を描く（畫拋物線）
放物線を描いて落下する（沿拋物線往下墜落、在空中形成拋物線而墜落）
放物線アンテナ（拋物線天線）
放物線軌道（拋物線軌道）
放物線運動（拋物線運動）

**放物面、拋物面**〔名〕〔數〕拋物面

**放牧**〔名、他サ〕放牧
牛を放牧する（放牛、牧牛）
放牧地（牧場）
放牧權（在別人土地的放牧權）

**放漫**〔名、形動〕散漫、鬆弛（=締りが無い、遣りっ放し）
放漫な生活（懶散的生活）
銀行の貸し出しが放漫である（銀行放款過於隨便）
放漫財政（散漫的財政）

**放免**〔名、他サ〕釋放、放掉、使自由
罪人を放免する（釋放罪犯）
彼は無罪放免と為った（他被認為無罪而釋放了）
仕事から放免される（擺脫開工作）

**放楽、法楽**〔名〕〔俗〕娛樂、消遣

**放埓**〔名、形動〕放縱、放蕩不拘
放埓な生活を為る（生活放蕩）
放埓者（浪子）

**放流**〔名、他サ〕放出（堵住的水等）、放（魚苗）
川に鮎を放流する（往河裡放香魚苗）

**放列、砲列**〔名〕〔軍〕放列。〔轉〕排成一列，擺開陣勢
放列を布く（把大砲排成發射隊形〔擺成陣勢〕）
カメラの放列を前に為て（站在一排照相機前面〔讓記者拍照〕）

**放浪**〔名、自サ〕流浪
放浪生活を為る（過流浪生活）
諸国を放浪する（到處流浪）
放浪の旅に出る（走上流浪旅途）
放浪記（流浪記）
放浪者（流浪者）

**放く**〔他五〕〔俗〕放（出體外）（=放つ）、說（=抜かす）
屁を放く（放屁）扱く濃く
小便を放く（撒尿）
嘘を放くと承知しないぞ（撒謊可不饒你啊！）
馬鹿（を）放け（胡說！）

**扱く**〔他五〕捋、捋掉（=扱く）
稲を扱く（捋下稻粒）
桑の葉を扱く（捋桑葉）

**放す**〔他五〕放、放開、撒開、放掉
〔接尾〕（接動詞連用形）置之不理、連續
池に鯉を放す（把鯉魚放進池子裡）話す離す
手を放すと落ちるよ（一撒開手就會掉下去呀！）
車を運転する時ハンドルから手を放しては行けない（開車的手不能撒開方向盤）
彼の手を掴まえて放せない（抓住他的手不放）
手を放せ（放開手！）
籠の中の鳥を放す（將籠中的鳥放掉）
釣った魚を放して遣る（把釣上來了魚放掉）
犬を放して遣れ（把狗放開）
見放す（拋棄）
勝ちっ放す（連戰連勝）

**話す、咄す**〔他五〕說，講、告訴，敘述，商量，商談、交涉，談判
日本語で話す（用日語講）
英語を話す（說英文）
すらすらと話す（說得流利）

ゆっくり話して下さい（請說慢一點）

彼や此やと話す（說這說那、說來說去）

彼は話そうと為ない（他不想說）

話せば分る（一說就懂）

話せば長く為る（說來話長）

まあ御話し為さい（請說一說）

もう一度話す（再說一遍）

話したら切りが無い（說起來就沒完）

考えを人に話す（把想法說給別人）

君に話す事が有る（我有些事要跟你談）

誰にも話さないで下さい（請不要告訴任何人）

此の方が先日御話し申し上げた李さんです（這位就是前幾天跟你說過的李先生）

万事は後で御話し為よう（一切都等以後再談吧！）

私は其の事を掻い摘んで話した（我扼要地談了那件事）

彼は話すに足りる人だ（他是個可資商量的人）

父に話して見たが、許して呉れなかった（和父親談了一下但他沒答應）

先方が駄目だと言うなら、私から一つ話して上げよう（如果對方不同意我來和他們談談）

**離す**〔他五〕使…離開，使…分開、隔開，拉開距離

身から離さず大切に持つ（時刻不離身珍重地帶著）話す放す

彼は滅多にパイプを口から離した事が無い（他總是煙斗不離嘴）

彼は忙しく手を離せない（他忙得騰不出手）

彼は何時も本を離さない（他總是手不釋卷）

子供から目を離す事が出来ない（孩子要時刻照看）

一メートル宛離して木を植える（每隔一米種一棵樹）

机と机とを離す（把桌子拉開距離）

一字一字離して書く（一個字一個字地拉開空隔寫）

**放し飼い、放ち飼い**〔名〕放養、放牧（=野飼）

牛を放し飼いに為る（放牛、牧牛）

放し飼いに為た鶏（散養的雞）

放し飼いの馬（放牧的馬）

**放**〔造語〕（也作放、っ放）放置不管、置之不理

放飼い（放牧）話し離し

本を置きっ放に為る（把書丟在那裏不管）

仕事を遣りっ放に為る（工作沒做完丟在一旁不管）

野放の馬（在野外放牧的馬）

手放で自転車に乗る（放開手把騎自行車）

**話**〔名〕話、說話，講話，談話，話題，商量，商議，商談，傳說，傳言，故事，事情，道理（也寫作咄或噺）單口相聲（=落語）

こそこそ話（竊竊私語）

一人話独り話（自言自語）

話上手（會說話、健談）

話下手（不會說話、不健談）

詰まらない話（無聊的話）

話を為る（講話、說話、講故事）

話を為ては行けない（不許說話）

話が旨い（能說善道、健談）

彼は話が旨い（他能說會道）

話が角張る（說話生硬、說話帶稜角）

話が空転する丈（只是空談）

何卒話を続けて下さい（請您說下去吧！）

話の仲間入りを為る（加入談話）

話半分と為ても（即使說的一半可信）

此処丈の話だが（這話可是說到哪算到哪）

御話中（正在談話、電話佔線）

御話中失礼ですが（我來打擾一下）

話が尽きない（話說不完）

話を逸らす（把話岔開、離開話題）
話で紛らす（用話岔開、用話搪塞過去）
話が合わぬ（話不投機、談不攏）
話が出来る（談得來、談得攏、談得投機）
話の種に為る（成為話柄）
話の接ぎ穂が無くなる（話銜接不下去）
話を変える（變換話題）
其の話はもう止めて！（別提那話了！）
話を元に戻して（話歸本題）
話が又元に戻る（話又說回來）
話は現代の社会制度に及んだ（話談到了當代的社會制度）
食事の話と言えば（で思い出したが）何時に御昼を召し上がりますか（提起吃飯〔我倒想起來了〕你幾點吃午飯？）
話が前後する（語無倫次、前言不搭後語）
話の後先が合わない（前言不搭後語）
話に乗る（參與商談）
話が成立する（談妥了）
話が纏まった（談妥了、達成協議）
双方の話が纏まった（雙方談妥了）
話が付いた（談妥了、達成協議＝話が決まった）
話を付ける（談妥了、達成協議＝話が付いた。話が纏まった）
早く話を付けよう（趕快商定吧！）
話は其処迄は運んでいない（談判尚未進展到那裏）
一寸話が有るのだが、今晩都合は如何ですか（有點事和你商量，今晚有時間嗎？）
耳寄りな話（好消息）
皆の話では彼は中中学者らしい（據人們說，他似乎是個很了不起的學者）
彼は結婚したと言う話だ（聽說他結婚了）
彼の人は去年死んだと言う話だ（聽說他去年死了）

話の後（下文）
話の種（話題、話柄）
話の場（語言環境）
昔話（故事）
御伽噺、御伽話（寓言故事）
真に迫った話（逼真的故事）
身の上話（經歷）
虎狩りの話（獵虎記）
面白い話を聞く（聽有趣的故事）
子供に話を為て聞かせる（說故事給孩子聽）
良く有る話さ（常有的事）
馬鹿げた話（無聊的事情）
彼は全く話の分らぬ男だ（他是個不懂道理的人）
案外話が分る人だ（想不到是個懂道理的人）
話が別だ（另外一回事）
其は別の話です（是另外一回事、那又另當別論）
旨い話は無いかね（有沒有好事情？有沒有賺錢的事情？）
寄席に話を聞きに行く（到曲藝場去聽單口相聲）
話が弾む（談得非常起勁、聊得起勁）
話に為らない（不像話、不成體統）
話に花が咲く（越談越熱烈）
話に実が入る（越談越起勁了）
話を変わる（改變話題）
話を切り出す（說出、講出）
話を掛ける（跟…打招呼）
話を句切る（把話打住、說到這裡）
話を遮る（打斷話）
話を続ける（繼續說下去）
話を引き出す（引出話題、套話、拿話套）

**話、咄、噺**〔名〕單口相聲（＝落語）

寄席に話を聞きに行く（到曲藝場去聽單口相聲）

咄家、噺家（說書的藝人、說單口相聲的藝人）

**放つ**〔他五〕放（=放す）、驅逐，流放（=追放する）

虎を野に放つ（放虎歸山）

光を放つ（放光）

声を放って泣く（放聲痛哭）

第一弾を放つ（放第一槍）

第一声を放つ（作首次演講）

矢を放つ（射箭）

家に火を放つ（放火燒房）

異彩を放つ（大放異彩）

スパイを放つ（派出間諜）

東国に放つ（流放到關東去）

**放ち書き**〔名〕文字或語句不連續書寫而隔開寫、書道不用範本自由書寫

**放れる**〔自下一〕脫開、脫離

綱から放れた馬（脫韁之馬）離れる

犬が鎖を放れた（狗脫開了鎖鍊）

矢が弦を放れる（箭離弦）

**離れる**〔自下一〕分離，離開、離去、距離、脫離，背離、除開，除外

子供が母の側は離れない（孩子不離開母親身旁）放れる側側

夫婦が離れている（夫妻兩地生活）

親の手を離れる（〔孩子已能自立〕離開父母的手）

後ろにぴったり付いて離れない（緊跟在後面不離開）

二人は離れない仲だ（兩個人是形影不離的伴侶）

離れ難い仲（難捨難分之交）

糊が効かなくて離れる（漿糊不黏離開了）

友人達は段段離れて行った（朋友們漸漸地離散了）

飛行機が地を離れる（飛機離開地面、飛機起飛）

列車が駅を離れる（火車從車站開出）

故郷を離れる（離開故郷）故郷故郷

職を離れる（離職）

船が段段と離れて行く（船逐漸開遠了）

町から一里離れた所（離市鎮一日里的地方）

此処から五キロ離れている（離這裡五公里）

其は離れて見た方が良く見える（那個離遠一點看看得清楚）

我我は感情の上では遠く離れている（我們在感情上有很大距離）

大衆から離れる（脫離群眾）

夫に離れる（離開丈夫、與丈夫離婚）

人心は既に現内閣を離れている（人心已經背離現在的內閣）

損得を離れて物事を考える（把得失置之度外來考慮問題）

**放れ馬**〔名〕脫韁之馬

**放る**〔他五〕（屁、大便、鼻涕等從體內）放出、排出

屁を放る（放屁）簸る干る

糞を放る（拉屎）

**放る、抛る**〔他五〕拋，扔（=投げる）、丟棄，放棄，棄置不顧，不加理睬（=捨て置く）

石を放る（扔石頭）

窓を外へ放る（扔出窗外）

窓から内へ放る（從窗戶扔進去）

試験を放る（放棄考試）

仕事を放って置く（放下工作不做）

そんな面倒な事は放って置こう（那麼麻煩的事先不要管它吧！）

放って置いたら彼奴は何を為るか知れない（要是不管的話說不定他會做出什麼名堂來）

放って相手に為るな（不要理他）

**放り込む、抛り込む**〔他五〕投入、扔進去

紙屑を屑籠に放り込む（把廢紙扔進紙簍裡）

刑務所へ放り込む（投獄、關進監獄）

構わないよ、其の辺に放り込んで置け（沒關係隨便扔進哪裡去）

**放り付ける、抛り付ける**〔他下一〕抛、扔、投（到…上）

**放り投げる、抛り投げる**〔他下一〕向遠處拋出、（將工作中途）扔下，拋開不顧

仕事を放り投げて何処を遊び歩いているのか（把工作扔下上哪兒玩去了？）

**放す**〔他五〕（關西方言）扔掉、丟棄（=捨てる）

## 封、封（ㄈㄥ）

**封**〔名、漢造〕（也讀作ふう）封、封口、封上、封條、封疆、封口的奏章

封を為る（封上）

封を切る（拆封）

内証で封を開く（秘密啟封）開く 啟く 拓く 披く

別封で送る（另函寄上）送る 贈る

湯気を当てて手紙の封を開ける（用蒸氣薰後拆開信封）

大切な書類ですから確りと封を為為さい（因為是重要文件請把封口封牢）

封を確かめる（檢查封條）

同封（附在信內）

厳封（密封）

開封（開封、啟封）

金一封（〔略表寸心的〕一包錢）

**封じる**〔他上一〕封閉，封上、封鎖，阻止住（=封ずる）

甕の口が封じて有る（罈口封著）

手紙を封じる（封上信）

金を与えて彼の口を封じた（用錢封住了他的嘴）

敵の攻撃を封じる（阻止住敵人的進攻）

**封じ**〔接尾〕封上

虫封じ（防蟲）

口封じ（緘口）

**封じ込む**〔他五〕封鎖（=封じ込める）

**封じ込める**〔他下一〕封鎖、封入

船を港に封じ込める（把船封鎖在港內）

犯人を獄中に封じ込める（把犯人封閉在獄中）

敵に封じ込められた（被敵人四面包圍了）

**封じ込め**〔名〕封鎖

封じ込め政策（封鎖政策-特指1948-1952年資本主義國家對社會主義國家採取的封鎖政策）

**封じ手**〔名〕〔象棋、圍棋〕封棋（當天未下完時把最後棋局封存次日繼續對局）、〔相撲〕禁止使用的招術

**封じ目**〔名〕封口

封じ目が切れた（封口破了）

封じ目に印を押す（在封口上蓋章）

**封ずる**〔他サ〕封、封上、封閉、封鎖（=封じる）

手紙を封ずる（封上信）

瓶の口が封じて有る（瓶口封著）

部屋を封ずる（把屋子封起來）

口を封ずる（不准說話、封口）

言論の自由を封ずる（禁止言論自由）

敵の攻擊を封ずる（阻止敵人的進攻）

**封印**〔名、自サ〕封印、封口上蓋的圖章

封印を為る（在封口上蓋章）

封印を破る（拆封）

封印を開く（拆封）

封印付き（封口上蓋圖章的）

封印破棄罪（私自拆封罪）

封印木（〔古生物〕封印木屬-古蕨）

**封緘**〔名、他サ〕封緘、封信口

手紙を封緘する（封上信）

封緘剤（封信漿糊）

封緘紙（封緘紙）

**封切り**〔名、他サ〕拆封，開封、（影片的）初次放映，頭輪放映（=封切り）

明日鑑真和上が封切に為る然うだ（據說明天初次放映鑑真和尚）
　封切り館（頭輪影院）館
　封切り映画（首映電影）
**封鎖**〔名、他サ〕封鎖、凍結
　海上封鎖（海上封鎖）
　経済封鎖（經濟封鎖）
　港の入口を封鎖する（封鎖港口）
　封鎖政策（封鎖政策）
　預金封鎖の処置を取る（採取凍結存款的措施）
**封殺**〔名、他サ〕封殺（=フォース、アウト）
　本塁で封殺（在本壘封殺）
**封事、封事**〔名〕密封的奏摺
**封書**〔名〕封口的書信
　封書で通知する（用信通知）
　封書を出す（發信）
　葉書では拙い、矢張り封書に為為さい（明信片不合適還是寫封信吧！）
**封泥**〔名〕〔史〕（用於封信件和容器的）封泥（用黏土及其他黏性物質製成）
**封筒**〔名〕信封、封套
　糊付け封筒（帶漿糊信封）
　返信用封筒（回信用信封）
　封筒に宛名を書く（信封上寫上收信人姓名）
　封筒に封を為る（封上信封）
　封筒を開ける（拆開信封）開ける 空ける 明ける 厭ける 飽ける
　封筒の消印（信封上的郵戳）
**封入**〔名、他サ〕封入，裝入、裝入信封，隨信附去、封在裡面
　為替封入の手紙（裝有匯票的信）
　百円ドルの小切手を封入致します（隨信附上一百美元支票）
　封入物（附件）
　封入圧力（充氣電纜的密封壓力、充入壓力）

**封皮**〔名〕雙層信封的外層信皮、容器封口處的覆蓋物
**封蠟**〔名〕封蠟、火漆
　封蠟で封じる（用火漆封上）
**ほう**〔漢造〕（也讀作封）封、封口、封上、封條、封疆、封口的奏章
　移封（對諸侯等移封、轉封）
**封ずる**〔他サ〕封（疆土）
　領土を封じて諸侯を立てる（封疆土建諸侯）
**封建**〔名〕封建（帝王賜土地或爵祿給臣子）
　封建時代（封建時代）
　封建君主（封建君主）
　封建制度（封建制度）
　封建思想（封建思想）
　封建主義（封建主義）
　半封建的（半封建的）
　家の親父は封建的だ（我的父親是個老封建）
　其れは封建時代の思想だ（那是封建時代的思想）
**封侯**〔名〕〔史〕封侯
**封禪**〔名〕帝王祭拜天地的典禮
**封地**〔名〕〔史〕（諸侯的）領地
**封土**〔名〕封土、領地、采邑

# 峯（ㄈㄥ）
**峯**〔漢造〕峯
**峯線**〔名〕〔氣〕脊線

# 峰（ㄈㄥ）
**峰**〔漢造〕山峰
　奇峰（奇峰）
　孤峰（孤峰）
　秀峰（秀峰）
　霊峰（神山、仙峰）
　高峰、高峰、高峰（高峰）
　連峰（連峰、山巒、連亙的山嶺）

ぐんぽう
群峰（群峰、群山）
せんぽう
尖峰（尖峰）
さんじゅうろっぽう
三十六峰（三十六峰）

**峰、嶺**〔名〕山峰、山頂、刀背、東西的凸起部分、（梳子的）背←→刃
みね のぼ
峰に登る（登上山峰）
みねつづ
峰続き（山巒、山峰綿亙）
ふじさん みね
富士山の峰（富士山的山峰）
けわ みね よ のぼ
険しい峰を攀じ登る（攀登險峰）

みねいり
**峰入り**〔名〕上大峰山修行（修驗道修行者進入奈良縣吉野郡大峰山中修行＝大峰入り）
おおみねいり

みねう
**峰打ち**〔名〕（裝作用刀殺而）用刀背砍（＝刀背打ち）
みねう
峰打ちに為る（用刀背砍）

**峰、嶺**〔名〕〔雅〕山峰（＝峰、嶺）
みね みね
せんげん ね
浅間峰（淺間峰）

**子**〔名〕（地支第一位）子（＝鼠）、子時（半夜十二點鐘或夜十一點鐘到翌晨一點鐘）、正北
ねずみ
ね とし うま
子の年の生れ（鼠年出生）
ね こく
子の刻（半夜十二點）
ね ひ
子の日（農曆正月第一個子日舉行的郊遊－採松枝摘嫩枝以祝長壽＝子の日の遊び、子日郊遊所採的松枝＝子の日の松）
ね ひ あそ
ね ひ まつ
ね ほし
子の星（北極星）

**音**〔名〕聲音、音響、樂音、音色（＝音、声）、哭聲
おと こえ
かね ね
鐘の音（鐘聲）
おと い
音が良い（音響好）
おと で
音が出る（有響、作聲）
どこ ふえ ね き
何処からか笛の音が聞こえて来る（不知從哪裡傳來笛聲）
むし ね
虫の音（蟲聲）
violin ね みみ かたむ
バイオリンの音に耳を傾ける（傾聽小提琴的聲音）
ね あ
音を上げる（〔俗〕發出哀鳴、叫苦表示受不了、折服、服輸）上げる挙げる揚げる
あ あ あ

しごと おおす ね あ
仕事が多過ぎて音を上げる（工作太多叫苦連天）
ね
ぐうの音（〔俗〕呼吸堵塞發出的哼聲）
ね で
ぐうの音も出ない（一聲不響、啞口無言）

**根**〔名〕（植物的）根、根底、根源、根據、根本
ね
ね は
根が生える（生根）生える這える映える栄える
は は は は

ね つ
根が付く（生根）付く衝く突く附く就く着く尽く憑く衝く搗く吐く漬く
つ つ つ つ つ つ つ つ つ つ つ つ

き ね あ みず みなもと あ
木には根が有り、水には源が有る（樹有根水有源）

ね お
根を下ろす（扎根）下ろす降ろす卸す
お お

ね は
根を張る（扎根）張る貼る
は

ね な き
根の無い木（無根之木）

ね ほ
根を掘る（刨根）掘る彫る
ほ

ね た
根を絶つ（除根、根除）絶つ断つ裁つ截つ立つ経つ建つ発つ起つ
た た た た た た た た

そ かんが わたし こころ しっか ね お
其の考えが私の心に確り根を下ろした（那種想法在我心裡扎下了根）

ね ぬ
根から抜く（連根拔起）抜く貫く貫く
つらぬ つらぬ

ね まで くさ
根迄腐る（連根爛）

ね ふか
根が深い（根很深）

ね は
根が生えた様に突っ立っている（站在那裡一動不動）

やま ね
山の根（山根）

みみ ね
耳の根（耳根）

はれもの ね
腫物の根（腫瘤的根）

こんかい きき ね ふか
今回の危機は根が深い（這次危機的根源很深）

あく ね た
悪の根を絶つ（去掉壞根）

ふか ね は
深く根を張っていた（根深蒂固）

ね しょうじきもの
根は正直物（本性正直）

ね おひとよ
根が御人好しなのだ（天生是個好人）

わたし ね しょうにん
私は根からの商人ではない（我不是天生就是商人）商人商人商人
しょうにん あきんど あきゅうど

息の根を止める（結果性命、殺死）止める已める辞める病める止める留める

民主主義は未だ日本には根が付いていない（民主主義在日本尚未扎根）未だ未だ

根も葉も無い（毫無根據）

根を切る（根治、徹底革除）切る斬る伐る着る

歯の根が合わない（由於寒冷或恐懼發抖）合う逢う遭う遇う会う

値〔名〕値、價錢、價格、價值（＝値、値段）

　値が上がる（價錢漲）

　値が下がる（價錢落）

　値が高い（價錢貴）

　値が安い（價錢便宜）

　値が出る（價錢上漲）

　値を決める（作價）

　値を付ける（標價．給價．還價）

　良い値に（で）売れる（能賣個好價錢）

　値を踏む（估價）

　値を聞く（問價）

　千円と値が付いている（標價一千日元）

　値が直る（行情回升）

　値を競り上げる（抬高價錢）

　値を上げる（抬價）

　値を下げる（降價）

　値丈の価値が有る（値那麼多錢）

　値を探る（探聽價錢）

　値を抑える（壓價）

　其の値では元が切れます（這價錢虧本）

　其は屹度良い値で売れるよ（那一定能賣個好價錢）

　其は安い値で売却された（那以賤價處理了）

　其の値では只みたいだ（那個價錢簡直像白送一樣）

寝〔名〕睡眠（＝眠り、睡り、眠り、睡り）

寝が足りない（睡眠不足）

## 烽（ㄈㄥ）

烽〔漢造〕告警的火（古時守衛遇到兵亂，就登烽火台，舉火為號，使眾警戒防衛）

飛ぶ火〔名〕烽火、狼煙（＝烽火、烽火，狼煙）

烽煙〔名〕烽煙

烽火、烽火，狼煙〔名〕烽火、狼煙（＝烽、飛ぶ火）

　烽火を揚げる（燃起狼煙）

　烽火が揚がった（燃起了烽火）

　烽火を揚げて合図する（燃起狼煙發信號）

　烽火守り（看烽火台的人）

## 楓（ㄈㄥ）

楓〔名、漢造〕楓、紅葉

　観楓（賞紅葉、看紅葉＝紅葉狩り）

　観楓会（賞楓會）紅葉紅葉

　紅葉楓（美國楓香木）

　楓林（楓林）

楓子香〔名〕〔化〕波斯樹脂

楓樹〔名〕〔植〕楓樹、槭（＝楓）

楓葉〔名〕楓葉、紅葉（＝紅葉、紅葉）

楓〔名〕〔植〕楓、楓樹

## 蜂（ㄈㄥ）

蜂〔漢造〕蜜蜂（昆蟲名，能營社會生活，種類很多）

蜂窩〔名〕蜂窩

　蜂窩住宅（公寓）

　蜂窩織炎（蜂窩組織炎）

　蜂窩状節締組織（蜂窩狀節締組織）

蜂起〔名、自サ〕蜂起、紛紛起義

　農民が彼方此方蜂起する（農民在各地紛紛起義）

　ゲリラ部隊の蜂起（游擊隊的蜂起）

蜂房〔名〕蜂房、蜂巣

蜂腰〔名〕蜂腰

蜂〔名〕〔動〕蜂

## ㄈ

蜂に刺された（被蜜蜂螫了）刺す指す差す注す挿す鎖す射す点す

蜂を一箱飼う（養一箱蜜蜂）飼う買う

蜂はぶんぶん言う（蜜蜂嗡嗡地叫）言う云う調う

蜜蜂（蜜蜂）

蜂蜜（蜂蜜）

**八**〔名、漢造〕八（＝八，八つ，八つ，八）

二四が八（二四得八）

八分の一（八分之一）

額に八の字を寄せる（前額皺成一個八字紋、皺眉）

二八（十六歲、二八年華）

二八〔俗〕〔商業、戲劇等不景氣的〕二八月、二八月淡季）

尺八〔樂〕尺八，簫，〔書畫用寬一尺八寸的〕紙，絹）

**鉢**〔名〕鉢、種花的盆、頭蓋骨、盔的頂部

擂鉢（研鉢）

乳鉢（乳鉢）

火鉢（火盆）

庭に植木の鉢を並べる（在院子裡擺上花盆）

鉢合わせ（頭撞頭）

頭の鉢を割る（打碎頭蓋骨）

**蜂食い鳥**〔名〕〔動〕蜂虎（一種吃蜜蜂的鳥）

**蜂熊**〔名〕〔動〕八角鷹

**蜂師**〔名〕養蜂人

**蜂雀**〔名〕〔動〕蜂鳥（＝蜂鳥）

**蜂鳥**〔名〕〔動〕蜂鳥（＝蜂雀）

**蜂の頭**〔連語〕〔俗〕無用之物、毫無價值的東西（＝糸瓜の皮）

**蜂の子**〔名〕大胡蜂的幼蟲（用鹽炒或醬油煮後食用-松本市名產）

**蜂の巣**〔名〕蜂巢、蜂房、蜂窩

弾丸で体中蜂の巣の様に為った（身體被子彈打得像蜂窩一樣）

蜂の巣を突いた様（像捅了馬蜂窩一樣、喻亂成一團）

蜂の巣を突いた様な大騒ぎに為った（好像捅了馬蜂窩一樣大亂起來）

**蜂の巣胃、蜂巣胃**〔名〕〔動〕（反芻動物的）蜂巢胃

**蜂の巣金敷**〔名〕〔機〕型砧、（鍛工用）花板砧

**蜂の巣放熱器**〔名〕蜂窩式散熱器

**蜂蜜**〔名〕蜂蜜

蜂蜜の様に甘い（甜如蜜）

**蜂模様**〔名〕蜂房形圖案

**蜂屋柿**〔名〕〔植〕蜂屋柿（岐阜縣美濃加茂市蜂屋原產的一種澀柿，又名美濃柿）

**蜂蠟**〔名〕蜜蠟

## 瘋（ㄈㄥ）

**瘋**〔漢造〕神經錯亂的病

**瘋狂、風狂**〔名〕瘋狂、狂人、風雅不羈

瘋狂の士（狂士）

**瘋癲**〔名〕〔俗〕瘋癲，瘋子，精神病（＝気違い）、（聚集在東京新宿車站前及車站地下通道身著奇裝異服吸毒的）青少年們

## 豐（豊）（ㄈㄥ）

**豊**〔漢造〕豐收、豐盛、豐前の国，豐後の国的簡稱、豐臣氏的簡稱

**豊艷**〔名、形動〕豐盈而艷麗

豊艷な女性（豐盈艷麗的女性）

**豊凶**〔名〕豐歉、豐收和歉收、豐年和凶年

豊凶を占う（推斷豐收或歉收）

今から今年の稲作の豊凶を知る事は出来ない（現在還不能知道今年稻穀是豐收還是歉收）

**豊頰**〔名〕豐滿美麗的面頰

豊頰の美女（面頰豐盈的美女）

**豊胸術**〔名〕豐胸法、乳房整形

**豊作**〔名〕豐收←→不作、凶作

米は豊作の見込みが十分に有る（稻穀大有豐收希望）

此の所連年豊作だ（最近連年豐收）

農家は豊作貧乏で悩んでいる（因價格下跌農民為豐收而發愁）悩む

**ほうじゅく**
**豊熟**〔名、自サ〕豐熟、豐登

五穀豊熟す（五穀豐登）

**ほうじゅん**
**豊潤**〔名、形動〕豐潤

豊潤な肉体（豐潤的肉體）

**ほうじょう**
**豊饒**〔名、形動〕豐饒、富饒

豊饒な土地（富饒的土地）

**ほうじょう**
**豊穣**〔名、形動〕豐收、豐登

豊穣の秋（五穀豐登的秋天）

**ほうすい**
**豊水**〔名〕水量豐富←→渴水

豊水期（雨季）

**ほうねん**
**豊年**〔名〕豐年←→凶年

今年は豊年に為り然うだ（今年看來是豐收年）

雪は豊年の兆（瑞雪兆豐年）兆し萌し

豊年祝い（慶豐收）

豊年踊り（豐收舞）

豊年満作（豐年好收成）

**ほうまん**
**豊満**〔名、形動〕豐富、豐盈

豊満な色彩（豐富的色彩）

豊満な肉体美（豐盈的肉體美）

豊満な姿態（豐盈的體態）

**ほうよく**
**豊沃**〔名、形動〕肥沃、豐饒

豊沃な土地（肥沃的土地）

**ほうりょう**
**豊漁**〔名〕捕魚豐收、魚獲量大

漁師が豊漁を祝う（漁民慶祝豐收）

豊漁年（捕魚豐收年）

**ほうれい**
**豊麗**〔名〕豐滿艷麗

**ぶんごぶし**
**豊後節**〔名〕豐後小調（淨琉璃的一派、以豐後掾為鼻祖之三弦樂曲）

**ぶぜん**
**豊前**〔名〕〔地〕豐前、豐州（舊地方名-現在福岡縣東部和大分縣北部）

**とよあきつしま**
**豊秋津洲**〔名〕（古作豐秋津洲）日本國的美稱

**とよあしはら**
**豊葦原**〔名〕（蘆葦叢生的原野中的國家）日本國的美稱

**とよあしはらのなかつくに**
**豊葦原の中つ国**〔名〕日本國的美稱

**とよあしはらのみずほのくに**
**豊葦原の瑞穂の国**〔名〕（蘆葦叢生的原野中稻穗新鮮而美麗的國家）日本國的美稱

**とよさかのぼる**
**豊栄登る**〔自四〕〔古〕美麗的朝日冉冉升起

**ゆた**
**豊か**〔形動〕豐富，富裕、豐盈、豐滿、足夠，十分←→貧しい

豊かな才能（豐富的才能）乏しい

余り豊かで無い生活（不太充裕的生活）

豊かに暮らしている（生活過得富裕）

水産が豊かだ（水産豐富）

豊かな心（寬大心懷）

豊かな曲線を描く（形成豐盈的曲線）

朗朗と為て豊かな声（宏亮的聲音）

豊かな黒髪（濃厚的黑髮）

六尺豊かな男（足有六尺高的人）

馬上豊かに乗っている（悠然騎在馬上）

## 鋒（ㄈㄥ）

**ほう**
**鋒**〔漢造〕鋒、鋒芒

瑞鋒（瑞鋒）

筆鋒（筆鋒）

論鋒（批評的鋒芒、攻擊的矛頭）

先鋒（先鋒、前鋒、先導）

**きっさき**
**鋒、切っ先**〔名〕刀鋒、（削尖的）尖端

刀の鋒が掛ける（刀鋒傷了）

竹の鋒（竹尖）

**ほこ**
**鋒、矛、鉾、戈、戟**〔名〕矛，戈，武器。〔神道〕以矛戈裝飾的山車

矛を収める（停戰、收兵）収める治める納める修める

矛を交える（戰鬥、交兵）雑える

敵兵が降参しない限り決して矛を収めない（只要敵兵不投降我們就決不停戰）

**ほこさき**
**鋒先、鋒、矛先、鉾先**〔名〕鋒，鎗尖、矛頭，鋒芒

ホ

矛先を相手に向ける（把矛頭指向對方、以對方為攻擊目標）

彼の議論の矛先を鈍らせる（挫頓他的議論鋒芒）

矛先を逸らす（轉移攻擊的目標）逸らす反らす剃らす

矛先を転じる（轉移攻擊的目標）

鋒鋩〔名〕鋒芒

其の気性が時時鋒鋩を現す（那種脾氣非常冒頭）現す表す顕す著す

彼は次第に鋒鋩を現して来た（他逐漸露出了鋒芒）

## 風（ㄈㄥ）

風〔名〕樣子，態度，風度、風習，習慣，情況，狀態，樣，傾向，趨勢，打扮，外表

〔漢造〕風、風教，風習，風氣、式樣，樣子，風度，風景，風趣、因風得病、（同諷）諷刺

知らない風を為る（裝不知道）

あんな風では困る（不要那種樣子）

偉然うな風を為ている（裝出一副了不起的樣子）

君子の風が有る（有君子風度）

彼は幾分京都の風に染まっている（他有些染上了京都的風習）

手紙の上書は斯う言う風に書く物だ（信的上款要這樣寫）

彼の男はそんな風に出来ている（他就是那樣一個人）

はっきり物を言わない風が有る（有些說話含糊不清的傾向）

風の悪い人（衣著邋遢的人）

台風、颱風（typhoon的譯詞）（颱風）

大風（大風＝大風，癲瘋病的別名＝癩病）

烈風（烈風、暴風）

強風（強風、烈風、暴風）

狂風（狂風）

微風、微風（微風、和風）

矯風（矯正風氣、移風易俗）

驚風（嬰兒驚風、癲癇）

暁風（晨風）

微風（微風）

尾風（〔海、空〕尾風）

美風（好風氣）

南風、南風（南風、夏季的風、南方的歌謠）←→北風、北風

北風、北風（北風）

難風（不利於航行的大風）

軟風（風速 1，5-3，5 米的微風、海微風和陸微風的總稱）

涼風（涼風）

良風（良好風俗）

寒風（寒風）←→暖風

暖風（暖風）

春風、春風（春風）

秋風、秋風（秋風）

宗風（一宗派的風氣、一派的傳統）

順風（順風）←→逆風

逆風（逆風）

醇風美俗、淳風美俗（淳風美俗）

薫風（南風、和風、暖風）

防風（防止風害、〔植〕防風）

暴風（暴風）

季節風（季風）

家風（家風、門風、家規）

下風（下風、手下）

歌風（和歌的風格）

荷風（荷風）

画風（畫的風格）

遺風（遺風、遺教）

威風（威風、威勢、威容）

異風（奇異的風俗、特殊的打扮）

古風（古式、舊式、古老式樣、老派作風）

洋風（西式、洋式）←→和風

和風（和風，微風、日本式，日本風習）

校風（校風）

光風（風光明媚的和風、雨過天晴的清風）

恆風（信風、貿易風）

弊風（惡習、陋習、壞風俗、壞風氣）

高風（高尚的風格）

業風（地獄裡刮起的孽風、可怕的風暴）

中世風（中世紀風格）

中國風（中國風格）

紳士風（紳士風格）

中風、中風（中風，癱瘓，傷風，感冒）

**風合い、風合**〔名〕紡織品的手感、紡織品給人的感覺

絹の風合いを持った布地（有絲綢感覺的布料）

**風圧**〔名〕〔氣〕風壓

風圧計（風壓計）

**風位**〔名〕〔氣〕風向

風位が転ずる（風向變了）

風位を測る（測風向）

風位は何方ですか（刮什麼風？）

**風韻**〔名〕風韻、風趣

風韻の有る作（有風趣的作品）

此の書簡集には独特の風韻が有る（這部書信集有獨特的風趣）

**風雨**〔名〕風雨、暴風雨

風雨に晒される（曝於風雨、風吹雨淋）

風雨を冒して航海する（冒著風雨航海）

荒れ狂う風雨（狂風暴雨）

激しい風雨に逢う（遇到暴風雨）

風雨注意（暴風雨警報）

**風雲**〔名〕風雲、形勢，局勢

風雲を叱咤する（叱咤風雲）

風雲急を告げる（形勢緊急）

暗澹たる風雲（形勢不妙）

風雲児（風雲兒、風雲人物）

彼は政界の風雲児だ（他是政界的風雲人物）

**風雲**〔名〕風雲（預示刮風前兆的雲彩）

**風化**〔名、自サ〕教化，陶冶，薰陶。〔地〕風化（＝風食）

岩は風雨に曝されて風化する（岩石經風吹雨打而風化）

風化石灰（風化石灰）

風化土（風化土）

風化作用（風化作用）

**風雅**〔名、形動〕風雅，文雅，雅致、（泛指）詩歌，書畫，文藝

風雅な人（風雅的人）

此の庭は風雅に出来ている（這個庭院建得挺雅致）

風雅の道に長ける（長於詩文）

**風解**〔名〕風化（＝風化）

**風懷**〔名〕心中想的事

**風害**〔名〕風害、風災

風害の跡（風災的痕跡）

風害が甚だしい（風害厲害）

**風格**〔名〕風度，風采，儀表容貌（＝風采）、品格，人品（＝品格）、風格（＝味わい，趣）

堂堂たる風格（儀表堂堂、儀表非凡）

風格の有る人物（風度不凡的人、氣宇不凡的人）

気取る風も無く自ら一種の風格を備えている（毫不矯飾自具一格）

彼の文章には一種の風格が有る（他的文章有一種風格）

一種独特の風格が有る（別具一格）

**風柄**〔名〕風度，風采（＝形振り）、人品，品格（＝人柄）

## フ

**風変わり**〔名、形動〕奇特，古怪，異常，與眾不同、性情古怪的人
　風変わりな服装を為ている（身著奇裝異服）
　風変わりな人（奇特的人、古怪的人）
　彼の性質は風変わりだ（他的脾氣古怪）
　そんな事を為るとは君も風変わりだね（你也真怪竟做那種事）

**風乾**〔名、自サ〕〔化〕風乾
　風乾試料（風乾試料）

**風眼**〔名〕〔醫〕膿漏眼、淋菌性結膜炎

**風気**〔名〕氣候、感冒（=風、風邪、風邪）、風俗、風氣、起風的樣子

**風気**〔名〕有點感冒的徵候、有點傷風的樣子（=風邪気味）
　風気が取れない（感冒老不好）
　風気で寝ている（因為傷風躺著呢？）

**風紀**〔名〕風紀（特指男女交際的紀律）
　風紀が乱れる（風紀紊亂）
　風紀を乱す（傷風敗俗、敗壞風紀）
　風紀を取り締まる（取締不正風氣）
　風紀の正しい軍隊（〔男女關係上〕紀律嚴明的軍隊）

**風儀**〔名〕風習，習慣（=習わし）、禮貌，教養（=躾、作法）。〔舊〕風紀（=風紀）。〔古〕風貌
　昔の風儀は廃れた（老習慣廢除了）
　風儀の良い人（有禮貌的人）
　風儀の正しい家で育つ（長在有教養的家庭）
　風儀が乱れる（風紀紊亂）
　風儀を良くする（整頓風紀）

**風級**〔名〕〔氣〕風力的等級

**風狂、瘋狂**〔名〕瘋狂，狂人、風雅不羈
　風狂の士（狂士）瘋癲

**風教**〔名〕風教，風化、風俗和教化
　風教を害する（有傷風化）
　風教に害が有る（有傷風化）

**風琴**〔名〕〔舊〕〔樂〕風琴（=オルガン）、手風琴（=アコーディオン）

**風景**〔名〕風景，景色，景致、風光，情景，狀況
　田園風景（田園風景）
　美しい風景（美麗的風景）
　風景絶佳の地（風景絶佳之地）
　杭州は風景の美を以て知られている（杭州以風景美麗而聞名）
　一家団欒の微笑ましい風景（合家團聚的美滿情景）
　町角の一風景（街角上的一個場面）

**風景画**〔名〕風景畫
　風景画を書く（畫風景畫）
　油絵の風景画（風景油畫）

**風隙**〔名〕〔地〕風口，風坳、旱峽

**風穴**〔名〕（山裡、溪澗的）風洞、（利用山腰低溫儲存蠶種食品等而挖掘的）山洞

**風穴**〔名〕風洞、通風孔拉門等的破洞
　土手っ腹に風穴を開けて遣るぞ（〔俗〕給你在肚子上扎一個窟窿！）

**風抜き**〔名〕風洞、通風孔（=風穴）

**風月**〔名〕風月，清風明月、以風月為題材的詩歌
　風月を友と為る（以風月為友、喻生活高雅）
　風月を楽しむ（欣賞風月）
　風月の才（詩文之才）

**風光**〔名〕風光、風景（=景色、眺め）
　素晴らしい風光の地（風景絶佳之地）
　風光明媚（風光明媚）

**風向**〔名〕〔氣〕風向、風位（=風向き、風向、風向き、風向）
　風向を調べる（查風向）
　風向計（風向計）
　風向図（風向圖）

**風向き、風向、風向き、風向**〔名〕風向，風刮的方向。〔轉〕（人的）情緒，心情、形勢
　風向きが変わったので類焼を免れた（因風向變了沒被延燒）
　会議の風向きが変わった（會議的情況變了）

風向きが悪い（形勢不妙、情緒不佳）

今日の試合は風向きが悪い（今天的比賽形勢不妙）

彼は今日は風向きが悪い（他今天情緒不佳）

**風骨**〔名〕風度，風姿，風采（＝風采、姿）、（詩歌的）風格

**風災**〔名〕風災、風害

**風采**〔名〕風采、相貌（＝形振り、姿）

風采の揚がらぬ男（其貌不揚的人）

風采堂堂たる人（儀表非凡的人）

風采には全く無関心である（不修邊幅）

風采の立派な人（相貌不凡的人）

**風散種子**〔名〕〔植〕風散種子（如蒲公英）

**風餐露宿**〔名、連語〕風餐露宿

**風刺、諷刺**〔名、他サ〕諷刺、譏諷、嘲諷

激しい風刺（冷嘲熱諷）

巧みな風刺（巧妙的諷刺）

其の話には一寸した風刺が有る（話裡帶有諷刺意味）

其れは彼を風刺して居るのだ（那是在諷刺他呢）

風刺小説（諷刺小說）

風刺文（諷刺文）

風刺画（諷刺畫）

**風姿**〔名〕風姿、風采、儀表（＝形振り、姿）

**風疾**〔名〕〔醫〕中風（＝中風、中ぶ）

**風湿**〔名〕〔醫〕風濕症（＝リューマチス、rheumatism）

**風車、風車**〔名〕（動力用或玩具的）風車

風車で粉を碾く（用風車磨粉）

風車小屋（風車小屋）

風車で粉を碾き、水を汲み上げ、電気を起こす（用風車磨粉汲水和發電）

ぐるぐる回っている風車（迴轉不停的風車）

**風趣**〔名〕風趣、風致、風韻（＝趣）

冬の山も又風趣が有る（冬天的山也別有風趣）

**風樹**〔名〕〔古〕風吹之樹、因風搖擺的樹

**風樹の嘆**（風樹之嘆、樹欲靜而風不止，子欲養而親不待－韓詩外傳）

**風習**〔名〕風習、習慣、風俗、慣例（＝仕来り、習わし）

風習を改める（移風易俗）

珍しい風習（罕見的風俗）

色色な土地の風習を調べる（調查各地的風習）

**風上錨**〔名〕〔船〕抗風錨

**風色**〔名〕風景，風光（＝景色、眺め）、天氣（＝風模様）

**風食、風蝕**〔名、他サ〕〔地〕風蝕、風化（＝風化）

風食作用（風蝕作用）

**風信**〔名〕〔氣〕風向（＝風向き、風向）、音信（＝便り、訪れ）

**風信子**〔名〕〔植〕風信子（＝ヒヤシンス、hyacinth）

風信子鉱（〔礦〕鋯石＝ジルコン、zircon）

**風信器**〔名〕〔氣〕風向計

**風疹**〔名〕〔醫〕風疹

**風塵**〔名〕風塵。〔喻〕俗事。〔喻〕亂世，兵荒馬亂

風塵に塗れる（風塵僕僕）

風塵を避けて隱遁する（避俗事而隱居）

**風図**〔名〕〔氣〕風圖

**風水害**〔名〕風災與水災

台風に由る風水害（颱風造成的風災與水災）

風水害保険（風水災保險）

風水害対策（風水災對策）

**風成**〔名〕〔地〕風成

風成岩（風成岩）

風成層（風成層）

風成土（風成土）

**風声**〔名〕風聲、消息，音信、風格和聲望

風声鶴唳（風聲鶴唳）

風声鶴唳に驚く（害怕風聲鶴唳）

**風声**〔名〕患傷風時的聲音、鼻子不通氣時的嗓音

ヒ

君は風声だが、大丈夫か（你的聲音是感冒的樣子不要緊嗎？）大丈夫（不要緊、牢固）大丈夫、大丈夫（男子漢、大丈夫益荒男）

**風勢**〔名〕風勢、風力
風勢が募る（風勢增大）

**風積土**〔名〕〔地〕風積土←→沖積土

**風雪**〔名〕風和雪、暴風雨（=吹雪）。〔喻〕風霜、艱苦
風雪を押して出掛ける（冒著風雪出門）
風雪を冒して出掛ける（冒著風雪出門）
古い社会の風雪を具に嘗める（飽經舊社會的風霜）具に備に嘗める舐める

**風説**〔名〕謠傳、謠言、傳聞、傳說（=噂、取沙汰）
其れは単なる風説に過ぎない（那只是傳說而已）
風説を撒き散らす（散布謠言）
風説を流す（散布謠言）
色色な風説が流布している（流傳著各種謠言）色色種種種種種種
風説を立てる（造謠）
色色が立つ（謠言四起）

**風船**〔名〕氣球、輕氣球、（玩具）紙氣球
護謨風船、ゴム風船（橡皮氣球）
紙風船（紙氣球）
風船を脹らます（吹鼓氣球）膨らます
風船を飛ばす（拋氣球）
風船を上げる（拋氣球）上げる揚げる挙げる
風船が割れた（氣球爆了）
風船玉（氣球）

**風船葛**〔名〕〔植〕倒地柃

**風前**〔名〕風前
風前の塵（〔喻〕短暫、無常）

**風前の灯、風前の灯火**〔名、連語〕風前之燭、喻風燭殘年
今や彼の命は風前の灯である（現在他已是風燭殘年）

彼の会社の運命も風前の灯だ（那個公司也快垮了）

**風葬**〔名〕風葬（把屍體放在野地、樹上、山崖、山洞等的葬法）←→土葬、火葬、水葬

**風霜**〔名〕風霜、星霜，年月，〔喻〕辛苦，艱苦
長い風霜に耐える（忍受長年的艱苦）耐える堪える絶える
多年の風霜を凌ぐ（經歷多年的辛酸）

**風騷**〔名〕風騷、吟詩作賦、風流韻事（出自詩經的國風和楚辭的離騷）

**風速**〔名〕風速
風速を測る（測風速）
最大風速四十メートルの台風（最大風速為四十米的台風）
風速図（風速圖）
風速測定器（風速計）
風速計（風速計）

**風俗**〔名〕風俗、服裝，打扮、禮貌，社會道德
平安時代の風俗を研究する（研究平安時代的風俗）
風俗習慣（風俗習慣）
風俗文学（風俗文學、近代文學）
奇妙な風俗を為た人（身著奇裝異服的人）
風俗が乱れる（道德敗壞）
風俗小説（風俗小說，狹義指近代文學中描寫生活風俗人情而不加批判的小說）
風俗犯罪（敗壞道德的犯罪-如賣淫、賭博等）
風俗画（風俗畫、世態畫）
風俗営業（供人吃喝玩樂的服務行業的總稱-如舞廳、酒吧、賭場、咖啡館）
風俗歌（民俗歌-平安時代朝廷和貴族在宴會上唱的各地民謠，特別是關東一帶的民謠）
風俗壞乱（風俗廢弛、道德敗壞）

**風体、風体**〔名〕（多用於貶意）風采、打扮、衣著（=身形、形姿）
怪しい風体の人（衣著可疑的人）
商人らしい風体の人（商人打扮的人）

其の男の風体はどんな風体でしたか（那個人是什麼打扮？）

**風帯**〔名〕屏風上的裝飾飄帶、字畫上面的裝飾飄帶

**風袋**〔名〕（包裝用的）包皮（箱、袋等）。〔喻〕外表，外觀，打扮

　　風袋抜けで（淨重）

　　風袋を計る（量皮重）

　　風袋込みの重量（毛重、帶皮重量）

　　此れは風袋ぐるみ丁度二ポンドです（連皮整兩磅）

　　風袋見積もり法（包皮估算法）

**風袋倒し、風袋倒**〔名〕看上去很重其實很輕（的東西）。〔喻〕虛有其表，外強中乾（＝見掛け倒し）

**風鐸**〔名〕風鐸（佛殿 寶塔等簷下掛的鐘形鈴）、風鈴

**風談**〔名〕風流韻事

**風致**〔名〕風致，風趣，雅致、（供城市居民欣賞的）自然風景

　　此の庭は中中風致が有る（這個庭院很有風趣）

　　周りの建物が自然の風致を損う（四周的建築物破壞了自然風景）

　　風致地区（風景區）

　　風致林（風景林）

**風鳥**〔名〕〔動〕風鳥、極樂鳥

**風鳥座**〔名〕〔天〕天燕星座

**風潮**〔名〕（社會上的）潮流、傾向、時勢

　　社会の風潮に従う（順應時勢）従う遵う随う

　　世の風潮に逆らう（抗拒社會潮流）

**風鎮**〔名〕掛在字畫軸上的墜子（用玉石等做成）

**風通織り**〔名〕〔紡〕通風織法（用不同的經緯線織成雙層，表裡織法一樣而花樣相反）

**風笛**〔名〕〔樂〕風笛

**風土**〔名〕風土、水土

　　此の恵まれた風土（宜人的風土）

　　風土に慣れる（服風土）慣れる熟れる馴れる

　　風土に合わぬ（不服風土）

　　風土色（地方色彩、地方風味）

　　風土学（風土學、氣候學）

　　風土病（地方特有的病）

　　風土記（風土記）

　　風土馴化（服水土、適應環境、習慣當地水土）

**風度**〔名〕風度、風采、樣子、態度

**風藤葛**〔名〕〔植〕細葉青蔞藤

**風洞**〔名〕（試驗機翼空氣力學性能用）風洞

　　風洞試験（風洞試驗）

**風道**〔名〕（礦山、煤井等通風用）風道、風巷、導氣管

**風道、風道**〔名〕風颳過的路徑、風通過的痕跡

**風倒木**〔名〕被風吹倒的樹木

　　台風で沢山の木が風倒木と為った（被颱風吹倒的樹很多）

**風難**〔名〕風害

**風波**〔名〕風波、風浪、（人生的）艱苦，辛酸、糾紛，不和

　　風波を立たせる（掀起風浪、興風作浪）

　　風波を乗り切って進む（乘風破浪前進）

　　海上は風波が荒い（海上風浪凶猛）

　　散散世間の風波に揉まれる（飽嘗人世的辛酸）

　　家庭に風波が絶えない（家裡不斷鬧糾紛）耐える堪える絶える

　　風波を起す（惹起一場風波）起す興す熾す起こす

**風馬牛**〔名、形動〕風馬牛（不相及）、互不相干

　　他人事は風馬牛だ（別人的事與我無關）

**風媒**〔名〕〔植〕風媒

　　風媒花（風媒花）

　　風媒植物（風媒植物）食物

**風配図**〔名〕〔氣〕風圖、風玫瑰（＝ウインド、ローズ）

**風発**〔名、自サ〕風生

　　談論風発（談論風生）

ㄈ

**風簸**〔名〕〔化〕空氣淘析

**風靡**〔名、他サ〕風靡
　全國を風靡する（風靡全國）
　其の流行が日本を風靡している（其流行風靡日本）流行流行

**風評**〔名〕（不好的）傳說、傳聞、謠傳（＝噂）
　彼に就いては色色な風評が有る（關於他有許多風言風語）
　兎角の風評が有る人物（有種種傳說的人物）

**風物**〔名〕風物，風景，（當地或象徵時令的）事物
　田園の風物（田園風景）
　自然の風物に親しむ（欣賞自然風景）
　英国風物談（英國風物談）
　風物詩（風景詩、象徵時令的景物）
　金魚売りの声は夏の風物詩だ（金魚的叫賣聲是夏季的景物）

**風聞**〔名、他サ〕風聞、風傳、傳說、謠傳（＝噂、取沙汰）
　此れは風聞に過ぎない（這不過是謠傳）
　風聞する所に依れば（聽人傳說）
　風聞録（風聞錄）

**風貌、風丰**〔名〕風貌，風采，風度，為人
　颯爽たる風貌を備えている（英姿颯爽）備える具える供える
　堂堂たる風貌（堂堂的風采）
　彼の風貌を良く伝えている（很好地描繪了他的風度）

**風防**〔名〕擋風、風擋（＝風除け）
　風防ガラス（汽車擋風玻璃）

**風味**〔名〕風味、味道
　風味の良い菓子（味道好的點心）
　方言には郷土的風味が有る（方言有郷土的風味）

**風紋**〔名〕〔地〕（刮風後地上出現的）風紋

**風喩、諷喩**〔名、他サ〕諷喩、諷諫
　風喩法（修辭的諷喩法）

**風来坊**〔名〕流浪者，來去不明的人、無定性的人，反覆無常的人，不能安心工作的人
　彼は風来坊で纏まった仕事が少しも出来ない（他是個無定性的人，系統性的工作一點也做不來）

**風落**〔名〕〔海〕偏航
　風落距離（偏航距離、航差、流程）

**風蘭**〔名〕〔植〕風蘭

**風流、風流**〔名、形動〕風流，優美，風雅。〔俗〕好色
　風流な人（風流人）
　風流な庭（雅致的庭園）
　風流に出来ている（做得優美）
　風流を事と為る（以風流為事）
　風流韻事（風流韻事）

**風量計**〔名〕〔氣〕風量計、氣流計、空氣氣量表

**風力**〔名〕〔氣〕風力、風速
　風力発電所（風力發電所）
　風力階級（風力等級）
　風力計（風速計）

**風鈴**〔名〕風鈴、風鐸
　風鈴を吊るす（掛風鈴）吊るす吊す

**風鈴草**〔名〕〔植〕風鈴草

**風路**〔名〕（船艙等的）風窗

**風炉、風炉**〔名〕〔茶道〕（可移動的）風爐、（熔解用的）小坩鍋

**風露草**〔名〕〔植〕芹葉太陽花

**風浪**〔名〕風浪。〔氣〕風波
　風浪と闘う（與風浪搏鬥）戦う闘う
　風浪を突いて長江を悠悠と泳ぐ（乘風破浪暢遊長江）
　風浪に揉まれる一葉の小舟（在風浪中顛頗的一葉小舟）

**風情**〔名〕風趣，情趣、樣子，情況，招待，款待
　〔造語〕（接其他詞下表示自謙或輕視）…之類，…者流

此の庭は風情が有る（這個庭院很雅致）
風情の有る景色（幽雅的風景）
小雨が風情を添える（微雨平添情趣）添える 副える 沿える
物哀れな風情（悲傷的樣子）
彼は最も寂しげな風情である（他像很寂寞的樣子）
何の風情も無く相済みません（沒有什麼招待實在抱歉）
何の風情も有りませんでした（怠慢了）
町人風情〔（江戸時代）商人之流〕
私風情には出来ません（像我這樣的人做不來）

**風呂**〔名〕洗澡、洗澡用熱水、澡盆，浴池，洗澡用木槽、營業澡堂、浴室（＝風呂場）、漆器烘乾箱
風呂が好きだ（好洗澡）
風呂に入る（洗澡）
赤ん坊を風呂に入れる（給嬰兒洗澡）
一風呂浴びる（洗個澡）
風呂を立てる（燒洗澡水）
風呂を沸かす（燒洗澡水）
風呂が熱い（洗澡水熱）熱い 厚い 暑い 篤い
風呂屋（公共澡堂）
男風呂（男澡堂）
露天風呂（露天浴室）
風呂桶（洗澡桶）
風呂に行く（到澡堂去洗澡）行く 往く 逝く 行く 往く 逝く
風呂代（洗澡費）
風呂錢（公共浴池的洗澡費）
風呂錢にも不自由する（窮得連洗澡水也沒有）
風呂場（浴室、浴池、洗澡間）
風呂場に案内する（領到浴室去）
風呂敷（包袱、包巾、包東西用四方巾）
風呂敷で本を包む（用包巾包書）
衣類を風呂敷に包む（把衣物包在包袱裡）
風呂敷を広げて弁当を取り出す（打開包袱拿出便當）
風呂吹き（〔烹〕把蘿蔔或蕪菁橫切成片煮軟加醬做成的菜）
大風呂敷を広げる（大吹大擂）
風呂敷包み（包裹）

**風**〔名〕風。〔轉〕風氣，風尚。（作接尾詞用）樣子，態度
春風、春風（春風）
秋風、秋風（秋風）
向かい風（逆風、頂風）
追い風（順風）
風が吹く（刮風）吹く 葺く 拭く 噴く
風が止む（風息）止む 已む 病む
風が当たる（有風、迎風）
風が静まる（風息、風停）静まる 鎮まる
風が変わる（變風）
風が起こる（起風）起る 熾る 興る 怒る
風が唸る（風吼）唸る 呻る
風を通す（通風）
風を入れる（通風）
微かな風（微風、輕風）
強い風（強風、大風）
午前中は酷い風でしたが、御昼過ぎに為って止みました（上午風颳得很厲害，過午就停了）止む 已む 病む
先迄風が無かったのに、今は少し風が出て来た（方才還沒有風但現在有點起風了）
何方から風が吹いていますか（刮的什麼風？）吹く 拭く 葺く 噴く
帽子を風に取られた（帽子叫風刮掉了）
帽子を風に吹き飛ばされた（帽子被風吹掉了）
帆が一杯に風を孕んで進む（風吹滿帆前進）孕む 妊む

## ㄈ

身を切る様な冷たい風でした（那是刺骨的寒風）

先輩風を吹かせる（擺出一副前輩的架子）

臆病風に吹かせる（膽怯起來、感到害怕）

風枝を鳴らさず（風不鳴枝、天下太平）

風薫る（薫風微拂）

風を吹けば桶屋が儲かる（意外的影響、不切合實際的期待）

風の吹き回し（因情況不同而不定）

風の前の塵（風前塵埃、風前燭）

風を切る（飛快前進）

風を食らう（聞風而逃、慌張逃去）

**風当たり、風当たり**〔名〕風勢，風力（強）。〔轉〕招風，受非難，受責難，受攻擊

高台の家は風当たりが強い（高台上的房子風大）

負けた横綱に世間の風当たりが強い（對失敗的角力冠軍社會上的責難很大）

地位が上がると風当たりも強くなる（地位一高也就越發招風）

**風、風邪、風邪**〔名〕〔醫〕傷風、感冒

風邪を引く（感冒）引く轢く惹く弾く曳く退く挽く牽く

風邪が直る（感冒痊癒）直る治る

風邪が中中抜けない（感冒老也不好）

風邪は万病の元（傷風感冒是萬病之源）

風邪を引き易い（好感冒、容易感冒）

風引き、風邪引き（感冒、患感冒的人）

風気，風邪気，風気（有點感冒的徵候、有點傷風的樣子=風邪気味）

風気が取れない（感冒老不好）

風気で寝ている（因為傷風躺著呢？）

風邪気味（有點傷風、有點感冒=風邪心地）

風心地、風邪心地（〔舊〕有點傷風、有點感冒=風気，風邪気，風気）

風邪声、風声（患傷風時的聲音、鼻子不通氣時的嗓音）

君は風声だが、大丈夫か（你的聲音是感冒的樣子不要緊嗎?）

風邪薬、風薬、風薬（感冒藥）

**風邪**〔名〕〔舊〕傷風、感冒（=風，風邪、風邪引き）

**風草**〔名〕〔植〕知風草（=風知草、道芝）

**風薬、風薬**〔名〕感冒藥

**風知草**〔名〕〔植〕知風草（=風草、道芝）

**風台風**〔名〕無雨的台風、造成風災的台風

**風立つ**〔自五〕起風、刮風、刮起風來

表は何時しか風立っていた（外邊不知何時刮起風來）

**風通し、風通し，風通**〔名〕通風。〔喻〕彼此通氣的情況

風通しが良い（通風好）

風通しが悪い（通風不好）

風通しの悪い部屋（通風不好的房間）

此の家は風通しが悪い（這個家通風不好）

**風の息**〔名〕〔氣〕陣風性

**風の神**〔名〕風神、散布感冒的瘟神，使感冒流行的瘟神

**風神、風神**〔名〕風神，風伯，風貌，風采

風神雷神（風神雷神）

**風伯**〔名〕風伯、風神（=風神、風神）

風伯雨師（風神雨神）

**風の子**〔名〕不怕寒風身體健壯的孩子

子供は風の子（孩子不怕寒風、孩子多麼冷也在外邊玩）

**風の便り**〔名〕風聞、由傳聞而得知的事

風の便りの由れば御出世の由（傳聞您已成名）

**風引き、風邪引き**〔名〕感冒、患感冒的人

此の頃は風邪引きが多い（近來患感冒的人很多）被い蓋い覆い蔽い

**風待ち，風待，風待ち，風待**〔名〕等待順風

ヨットは今風待ちの状態に在る（遊艇現在處於等風狀態）

港でヨットが風待ちを為ている（遊艇在港裡候風）

浦田は昔から風待ちの港だったに違いない（浦田一定從從前就是一個待風港）

**風任せ**〔名〕聽其自然

**そよとの風**〔名〕一點風

そよとの風も無い真昼の暑さ（一點風也沒有的正午的炎熱）微風微風戦ぐ

**風脚**〔名〕風速

風脚が速い（風速快）速い早い

**風入れ**〔名，他サ〕（為避免濕氣避免蟲害）晾（衣服書籍等）、吹吹風（=虫干し）

**風折れ**〔名〕（樹木等被風）吹折

柳に風折れ無し（柳樹風吹不折、喻處事要柔和）

**風上**〔名〕上風←→風下

船を風上に向けて航海する（船頂風航行）

風上の家（在上風的房子）

風上なので類焼を免れる（因為在上風避免火災的延燒）

風上に（も）置けない（頂風臭千里）

彼奴は人の風上にも置けない（那傢伙頂風臭千里）

**風下**〔名〕下風←→風上

風下の家に延焼する（火災蔓延到下風的房子）

劇場は丁度火元の風下に在ったら助からなかった（劇場正在失火地點的下風所以沒有救出來）

**風切り、風切**〔名〕船上的驗風旗、鳥翅上最長的羽毛、瓦房上從房樑到房簷的圓瓦

**風口**〔名〕（火爐等）風口、通風口

風口の蝋燭（風前燭）

**風戸**〔名〕（爐子等的）調解風門

**風箱**〔名〕（轉爐、熔礦爐等的）風箱

**風花**〔名〕（隨風飄來的）雪花、（晴日的）飛雪、清雪、痱子（=風痲）

ちらほらと白い風花が舞う（白色的清雪稀稀落落地飛舞）

**風痲**〔名〕〔醫〕（因風熱等身上起的）痱子（=風花）

**風窓**〔名〕通風的窗戶（地板下的）通風孔

**風見**〔名〕（房頂、船上的）風向計（=風向計 風信器）

風見鶏（風向雞）

**風除け、風除**〔名〕防風、擋風、風擋、防風的東西

風除けの木を植える（植防風林）飢える餓える

此の木は家の風除けに為る（這顆樹做了房子的風擋）

**風、振り**〔名〕振動、擺動、樣子、打扮、假裝、裝做、動作、姿勢、陌生

腕の振り（胳膊的擺動）

尾を一振振った（擺動一下尾巴）降る振る

手を一振振った（揮動一下手）

形振り構わず（不講究打扮）

人の振り見て我振り直せ（借鏡別人糾正自己）

知らない振りを為る（裝不知道）

寝た振りを為る（裝睡）

死んだ振りを為る（裝死）

分らないのに分かった振りを為ては為らない（不要不懂裝懂）

落ち着いた振りを為る（故作鎮靜）

振りを付ける（設計姿勢、教給動作）

振りの客（陌生的客人）

私共では振りの御客様は御上げ致しません（我們不接待生客）

## 逢（ㄈㄥˊ）

**逢**〔漢造〕碰到、迎合

**逢着**〔名，自サ〕碰上、遇到（=出会う）

難関に逢着する（遇到難關）

矛盾に逢着する（遇到矛盾）

**逢う、遭う、会う、遇う**〔自五〕遇見、碰見、會見、見面、遭遇、碰上

学生時代の友人と道で偶然逢った（在路上偶然同學生時代的朋友碰見了）

意外の所で逢う（在意想不到的地方遇見）
逢う遭う遇う会う合う

何処で何時に逢いましょうか（在什麼地方幾點鐘見面呢?）

今日の夕方御逢いし度いのですが、御都合は如何でしょうか（今天傍晚想去見您不知道您方便不方便）

誰が来ても今日は逢わない（今天誰來都不見）

夕方に逢ってすっかり濡れて仕舞った（碰上了陣雨全身都淋濕了）

交通事故に逢って約束の時間に遅れて仕舞った（碰上了交通事故沒有按約會時間到）

逢うた時に笠を脱げ（遇上熟人要寒喧、遇到機會要抓住）

逢うは別れの始め（相逢為離別之始、喻人生聚散無常）

**合う**〔自五〕適合，合適、一致，相同，符合、對，準，準確，合算，不吃虧

〔接尾〕（接動詞連用形下）一塊…。一同…。互相…

体に合うかどうか、一度着て見た方が良い（合不合身最好先穿一穿試試）

此の靴は私の足に合う（這雙鞋我穿著正合適）

此の眼鏡は私の目に合わなくなった（這副眼鏡我戴著不合適了）

性が合う（對胃口）

合わぬ蓋有れば合う蓋有り（有合得來的也有合不來的）

此の訳文は原書の意に合わない（這個譯文和原文意思不合）

彼の人と私とは意見が良く合う（他和我意見很相投）

君の時計は合っているか（你的錶準嗎?）

答えがぴったり合った（答案整對）

計算が如何しても合わない（怎麼算也不對）

割の合わない仕事（不合算的工作）

百円では合はない（一百塊錢可不合算）

そんな事を為ては合わない（那樣做可划不來）

彼等は予定の時刻に停車場で落ち合った（他們按預定時間在停車場見了面）

学び合い、助け合う良い気風を発揮する（發揚互相學習互相幫忙的優良作風）

話し合う（會談、協商）

皆で待ち合おう（大家一塊等吧!）

互いに腹を探り合う（互相測度對方心理）

分らない所を教え合う（不明白的地方互相學習）

**逢わせる、合わせる，合せる**〔他下一〕引見、使…會面、使…經驗

恋人を両親に逢わせる（向父母引見情人）

二人を逢わせて遣る（安排使兩人見面）

酷い目に逢わせる（使吃苦頭）

**逢引、逢い引き，嬌曳，嬌曳き**〔名、他サ〕（男女）密會、幽會（=ランデブー）〔rendez-vous 法〕

公園で逢引を為る（在公園秘密相會）

**逢い戻り、逢戻り**〔名〕（一旦分手斷絕來往的男女關係）言歸於好、恢復交情

**逢瀬**〔名〕相會，相逢、（特指戀愛男女的）密會，幽會

人目を忍ぶ逢瀬（秘密的幽會、背人的相會）

**逢魔が時**〔名〕（大禍時的轉變）黃昏、薄暮

## 縫（ㄈㄥˊ）

**縫**〔漢造〕縫紉、縫補

裁縫（裁縫）

天衣無縫（天衣無縫、完滿無缺、天真爛漫）

彌縫（彌縫）

**縫工**〔名〕縫紉工、裁縫工

縫工筋〔解〕縫匠肌

**縫合**〔名、他サ〕〔醫〕縫合

傷口を縫合する（縫合傷口）

血管の縫合技術を身に付ける（學會縫合血管的技術）

縫合手術（縫合手術）

**縫製**〔名、他サ〕縫製

縫製品（縫製品）

縫線〔名〕〔解〕縫（際）

縫う〔他五〕縫，縫紉，縫補，縫合、刺繡，繡花、穿過，穿透
　　ミシンで縫う（用縫紉機縫）
　　着物を縫う（縫衣服）
　　傷は五針程縫った（傷口縫了五針）
　　模様を縫う（繡花）
　　人込みを縫って行く（在人群中曲折穿行）
　　川が山の中を縫って流れている（河在山中蜿蜒穿流）
　　多くの車の間を縫って走らせる（在許多汽車中穿行）
　　矢が鎧を縫う（箭穿過鎧甲）

縫い〔名〕縫紉、縫的方法、接縫、刺繡
　　縫いが良い（縫得好）
　　手縫いのシャツ（手縫的襯衫）
　　確りした縫いだ（結實的針線活）
　　ハンカチの縁に縫いが為て有る（手帕邊上綉著花）

縫い上がる、縫上る〔自五〕縫成

縫い上がり、縫上がり〔名〕縫完，縫好、縫好了的衣物

縫い上げる、縫上げる〔他下一〕縫製完畢、（為準備日後放大在衣服上）縫褶
　　着物を三枚縫い上げた（已縫好了三件衣服）

縫い上げ，縫上げ、縫い揚げ，縫揚げ〔名〕（為準備日後放大縫在兒童服裝肩上或腰部的）褶子，橫褶、打褶（=上げ）
　　縫い上げを下ろす（〔因孩子長大〕把褶子放開）
　　縫い上げを為る（打個橫褶）

縫い合わせる、縫合わせる〔他下一〕縫合、縫在一起（=合わせて縫う）
　　傷を縫い合わせる（縫合傷口）
　　ズボンの破れた所を縫い合わせる（把褲子的破口縫上）

縫い合わせ、縫合せ〔名〕接縫、縫合、縫在一起
　　縫い合わせ溶接（縫焊、滾焊）

縫い糸、縫糸〔名〕縫紉或刺繡用的線、手術用的縫線
　　縫い糸が解れる（綻線了）

縫い返す、縫返す〔他五〕重縫（=縫い直す）、倒縫
　　浴衣を縫い返す（重縫夏季浴衣）

縫い返し、縫返し〔名〕重縫（=縫い直し）、（向前縫一針，向後退縫一針，然後再向前縫的反覆縫紉法）用倒針腳縫，倒扣針縫

縫い方〔名〕縫的方法、管縫紉的人

縫い釘、縫釘〔名〕（建築或造木船用用的）木釘、竹釘

縫い包み〔名〕用布包棉花縫製（的）玩具、（演員扮演動物時穿的）僧形罩衣、（演劇時用布縫製的）武打用棍棒等
　　縫い包みの兎（填綿的布製兔子）
　　子供にパンダの縫い包みを買って遣った（給孩子買了一個布熊貓）
　　熊の縫い包みを着る（穿上熊形罩衣）切る斬る伐る

縫い子、縫子〔名〕（女）縫紉工

縫い込む、縫込む〔他五〕縫進去、細緻地縫、縫布邊
　　御札を着物に縫い込む（把鈔票縫在衣服裡）
　　広く縫い込む（布邊縫寬些）
　　縫い込んだ上げを下ろして呉れ（請把布邊放出來）

縫い込み、縫込み〔名〕縫布邊、縫在裡面的布邊
　　縫い込みを下ろす（把布邊放出來）
　　縫い込みを出す（把布邊放出來）
　　縫い込みが無い（沒有布邊）
　　縫い込みを大きくする（把布邊縫多一點）

縫い師、縫師〔名〕〔古〕裁縫師、刺繡工人

縫い代、縫代〔名〕〔縫紉〕布邊（的寬度）

## ヌ

二センチの縫い代を取る（留出二厘米的布邊）

縫い代を多めに取る（把布邊留寬點）

**縫い初め、縫初め**〔名〕新年後第一次做針線

**縫い出す、縫出す**〔他五〕把布邊放出一部分

太ったので幅を縫い出す（身體胖了把衣服放寬）

**縫い繕う、縫繕う**〔他五〕縫補、補綴

綻びを縫い繕う（縫補破綻）

**縫い付ける、縫付ける**〔他下一〕縫上、縫在…上

ボタンをシャツに縫い付ける（把鈕扣縫在襯衣上）ボタン鈕扣

継をズボンに縫い付ける（把補丁縫在褲子上）

**縫い取る、縫取る**〔他五〕刺繡（＝縫い取りを為る、刺繡を為る）

手で縫い取る（用手工刺繡）

**縫い取り、縫取り**〔名〕刺繡（＝刺繡）、綉的花樣

ハンカチにイニシアルの縫い取りを為る（把姓名的字頭綉在手帕上）

セーターに縫い取りを為る（在毛衣上綉花）

縫い取り細工（刺繡工藝）

**縫い直す、縫直す**〔他五〕（拆開）重縫、翻改

上着を縫い直す（修改上衣）

**縫い直し、縫直し**〔名〕（拆開）重縫、翻改、翻改的衣服

縫い直しを効かない（無法翻改）

浴衣の縫い直しを為る（翻改浴衣）

**縫い箔、縫箔、繡箔**〔名〕用金（銀）線刺繡

縫い箔屋（用金銀線刺繡為業的人或店鋪）

**縫い針、縫針**〔名〕〔古〕針線活（＝裁縫、針仕事）

縫い針が出来ない（不會做針線活）

読み書き以外に縫い針を稽古している（除讀書外還練習針線活）

**縫い針、縫針**〔名〕縫針←→待ち針（作記號用繃針、別針）

**縫い目、縫目**〔名〕接縫、針腳

縫い目無しの蚊帳（無接縫的蚊帳）

縫い目が真っ直ぐで無い（接縫縫得不直）

縫い目が解れた（接縫開綻了）

縫い目が荒い（針腳大、粗針大線）荒い粗い洗い

**縫い物、縫物**〔名〕縫紉，綉花，針線活、縫紉的工作，未縫的衣物，待做的針線活

縫い物を為て暮らしを立てる（靠做針線活過日子）

縫い物師（裁縫、刺繡工人）

此のハンカチにた縫い物が為て有る（這條手帕上綉著花）

縫い物が溜まる（縫紉的工作積壓了）溜まる貯まる溜る堪る

**縫い模様、縫模様**〔名〕綉出的花樣

**縫い紋、縫紋**〔名〕（日本禮裝上的）刺繡家徽←→書き紋、染め紋

## 奉（ㄈㄥˋ）

**奉**〔漢造〕（也讀作奉）奉、獻上、侍奉、奉行

信奉（信奉）

遵奉（遵守）

順奉（順奉）

供奉（〔天皇、上皇等出行時〕扈從，隨從、扈從人員，隨從人員）

**奉じる**〔他上一〕奉上、遵奉、信奉、奉戴、（雙手）高高擎舉（＝奉ずる）

キリスト教を奉じる（信奉基督教）報じる焙じる封じる

命を奉じる（奉命）

職を奉じる（供職）

校旗を奉じる（舉起校旗）

**奉ずる**〔他サ〕奉上、遵奉、信奉、奉戴、（雙手）高高擎舉

賀表を奉ずる（呈上賀表）崩ずる報ずる封ずる

命を奉ずる（奉命）奉じる報じる焙じる封じる

キリスト教を奉ずる（信奉基督教）

外務省に職を奉ずる（在外交部供職〔工作〕）

皇帝を奉ずる（擁戴皇帝）

校旗を奉ずる（打起校旗）

**奉安**〔名、他サ〕祀奉（在神殿上）、供奉（在神龕內）

**奉加**〔名、他サ〕（對修建神社、寺院等）捐獻、布施

奉加帳（捐獻簿）

奉加帳を回す（傳遞捐獻簿募捐）回す廻す

**奉賀**〔名、他サ〕謹賀、恭賀

奉賀新年（恭賀新年）

**奉還**〔名、他サ〕奉還

大政を奉還する（歸還政權-指德川幕府還政於日皇）

**奉迎**〔名、他サ〕恭迎←→奉送

国賓を奉迎する（恭迎國賓）

**奉献**〔名、他サ〕奉獻、恭獻、謹獻（給神佛、長輩）

奉献物（奉獻物）

奉献者（奉獻者）

**奉公**〔名、自サ〕（為國）效勞，服務、（打發子女出去）傭工，當店員。〔轉〕幫忙，效力

滅私奉公（滅私奉公）

此れも国への御奉公だ（這也是為國家效勞）

彼は奉公の精神に乏しい（他缺乏服務的精神）

女中奉公（當女傭人）

丁稚奉公（當商店學徒）

奉公に出す（打發去傭工）

商店に奉公する（在商店當店員）

金銭上の事では此れ迄随分彼の人に奉公を為た（過去對他在錢上沒少幫忙）

此の外套は随分奉公した（這件大衣已穿了好久了）

君は良く病気に為るね。丸で医者に奉公を為ている様な物だ（你動不動就生病簡直是在給醫生填腰包）

奉公口（傭工的地方、僕役等的職位）

奉公口が見付かる（找到做工的地方〔工作〕）

奉公人（家僕、傭人、學徒、小伙計）

奉公先（東家、雇主家、傭工的地方）

**奉告**〔名、他サ〕（向神佛、貴人）奉告

奉告祭（祭神、祭祀）

**奉賛**〔名、他サ〕贊助、資助（神社的事業等）

奉賛金（給神社的資助金、獻金）

**奉仕**〔名、自サ〕（不計報酬而）效勞，效力、（商人）廉價售貨

国家に奉仕する（為國效勞）

勤労奉仕（義務勞動）

奉仕事業（公共福利事業）

奉仕品（廉價品）

奉仕値段（廉價）

**奉祀**〔名、他サ〕奉祀、供奉

此の神社は八幡様を奉祀して有る（這個神社供奉的是八幡神〔弓箭之神〕）

**奉伺**〔名、他サ〕〔文、敬〕問候

御機嫌を奉伺する（問候、問安）

天機を奉伺する（進宮請安）

**奉持**〔名、他サ〕奉持

詔書を奉持する（奉持詔書）

**奉祝**〔名、他サ〕慶祝、祝賀（國家大典）

御大典奉祝歌（日皇即位慶祝歌）

**奉書**〔名〕奉書紙（以桑科植物纖維製造的一種較厚的高級日本白紙）（=奉書紙）。〔古〕奉上級意旨下達的文書

式辞を奉書に書く（把致詞寫在奉書紙上）

**奉唱**〔名、他サ〕謹唱

国歌奉唱（嚴肅地唱國歌）

**奉職**〔名、自サ〕供職

外務省に奉職している（在外交部工作）

私は本校に奉職して三十年に為る（我在本校工作已經三十年了）

**奉遷**〔名、他サ〕〔敬〕遷移（神座等）

**奉送**〔名、他サ〕恭送（高貴人士）

**奉体**〔名、他サ〕奉行、遵從
　勅語の趣旨を奉体する（奉行敕詔的旨意）

**奉戴**〔名、他サ〕奉戴、推戴
　大詔を奉戴する（奉戴大詔）
　宮様を会長に奉戴する（推戴親王為會長）

**奉勅**〔名〕奉詔

**奉呈**〔名、他サ〕呈上（日皇）

**奉奠**〔名、他サ〕（向神前）上供
　玉串を奉奠する（向神前謹獻玉串-神道的一種儀式）

**奉灯**〔名、他サ〕（對神佛）獻（的）燈

**奉答**〔名、自サ〕奉答、謹答
　陛下の御下問に奉答する（奉答陛下的垂問）

**奉読**〔名、他サ〕恭讀、拜讀
　勅語を奉読する（恭讀詔書）

**奉納**〔名、他サ〕〔宗〕（對神佛）供獻、奉獻
　奉納物（供品、供獻物）
　奉納相撲（祭祀神佛時舉行的相撲比賽）
　奉納試合（祭祀神佛時舉行的比賽-常指劍道等武術的比賽）
　奉納額（獻納的匾額）

**奉拝**〔名、他サ〕奉拜、謹拜
　神仏を奉拝する（奉拜神佛）

**奉幣**〔名、他サ〕〔神〕在神前獻幣

**奉行**〔名、他サ〕〔史〕執行上級命令、
　奉行（江戸時代幕府中央部門或地方的領導人的職稱、由武士擔任）
　町奉行（江戸幕府設在江戸、京都、大阪、駿府的地方長官、管轄行政司法治安等）
　勘定奉行（江戸幕府掌管財政及直轄領地行政司法的長官）
　奉行所（奉行衙門、奉行辦公廳）

**奉射**〔名〕（古時為祈禱豐收等祭神時、六個射手在神前）射大的

**奉る**〔他五〕奉、奉獻（＝奉る、差し上げる）
〔接尾〕（上接動詞連用形）表示謙恭之意
　答え奉る（奉答）纏る祭る祀る

**祭る、祀る**〔他五〕祭祀、祭奠、供奉
　祖先を祭る（祭祀祖先）
　彼は何の神様を御祭りした御宮ですか（那是供奉什麼神的廟呢？）
　出雲大社は大国主命を祭る（出雲大社供奉大國主命）
　其の剣は山頂に運ばれて社に祭られた（那把劍被運上山頂供奉在祠裡了）

**祭り、祭**〔名〕祭祀，廟會、儀式，節日、狂歡，熱鬧
　祖先の祭りを営む（祭祀祖先）
　八幡様の御祭り（八幡神的廟會）
　来月の十一日は彼の神社の御祭りだ（下月十一日是那個神社的祭日）
　港祭り（碼頭節日）
　婚礼祭り（結婚用品廉價大拍賣）
　桜祭り（櫻花祭）
　札幌雪祭り（札幌雪祭）
　御祭り騒ぎ（狂歡）
　君達は何をそんなに御祭り騒ぎしているのか（你們為什麼那樣狂歡呢？）
　御祭り気分（節日氣氛）
　後の祭り（馬後炮）

**奉る**〔他五〕奉，獻上、捧，恭維
〔補動、五型〕（接動詞連用型）表示謙遜或恭敬
　書を奉る（獻書）
　神の御供えを奉る（給神上供）
　彼は奉って置けば良く仕事を為る（要是恭維他他就賣力去幹）
　彼を社長に奉って置くと便利だ（捧他當社長方便）
　頼み奉る（奉托）
　新年を賀し奉る（恭賀新年）

# 俸（ㄈㄥˋ）

**俸**〔漢造〕薪水、工資
　本俸（本薪、基本工資＝本給）

増俸（增薪）←→減俸

加俸（津貼、工資補貼）

減俸（減薪）

現俸（現俸）

罰俸（罰薪、減薪處分＝減俸）

年俸（年薪＝年給）

月俸（月薪＝月給）

**俸給**〔名〕薪俸、薪水、工資
　先月分の俸給（上月份的薪水）
　俸給を支払う（發薪水）
　俸給を貰う（領薪水）
　来年は俸給が上がるだろう（明年我也可能提工資）
　俸給で生活する（靠工資生活）
　俸給日（發薪日）
　俸給袋（薪水袋）
　俸給生活者（靠工資生活的人）

**俸米**〔名〕俸米

**俸禄**〔名〕（日本諸侯發給武士的）俸祿

## 鳳（ㄈㄥˋ）

**鳳**〔漢造〕鳳、關於皇帝的事物、敬辭
　鳳雛（小鳳凰、〔轉〕年輕的英才，前途無限的年輕人）（＝麒麟児）
　瑞鳳（瑞鳳寺-位於宮城縣仙台市，臨濟宗妙心寺派的寺廟）
　鳳闕（皇帝住居的門，皇宮和皇居的門、王宮，皇居）

**鳳凰**〔名〕鳳凰
　鳳凰座（〔天〕鳳凰座）
　鳳凰の間（鳳凰廳-日皇宮正殿的一個大廳）

**鳳凰木**〔名〕〔植〕鳳凰木

**鳳駕**〔名〕天子的乘物、仙人的乘車

**鳳声**〔名〕〔敬〕（書信用語）轉達（＝伝言）
　御両親へ宜しく御鳳声の程願い上げます（請向您的父母代為問候）

**鳳仙花**〔名〕〔植〕鳳仙花

**鳳輦**〔名〕（日皇所乘的）鳳輦

**鳳、鵬、大鳥**〔名〕（鶴、鸛等）大鳥、（傳說中）鵬，鳳凰

## 諷（ㄈㄥˋ）

**諷**〔漢造〕吟誦，誦讀、諷刺，託詞規勸

**諷する**〔他サ〕諷刺、譏諷
　暗に彼を諷する（暗含著諷刺他）封ずる
　帝國主義の侵略を諷する漫画（諷刺帝國主義侵略的漫畫）

**諷意**〔名〕諷刺意味

**諷詠**〔名、他サ〕吟詠、賦詩、吟詩作賦
　花鳥諷詠（吟詠自然景物-高濱虛子提倡的俳句的宗旨）

**諷戒、諷誡**〔名、他サ〕委婉勸誡

**諷諫**〔名、他サ〕婉言規諫←→直諫

**諷言**〔名〕暗示、委婉勸誡

**諷刺、風刺**〔名、他サ〕諷刺、譏諷、嘲諷
　激しい風刺（冷嘲熱諷）
　巧みな風刺（巧妙的諷刺）
　其の話には一寸した風刺が有る（話裡帶有諷刺意味）
　其れは彼を風刺して居るのだ（那是在諷刺他呢）
　風刺小説（諷刺小說）
　風刺文（諷刺文）

**諷誦、諷誦、諷誦**〔名、他サ〕（經文等的）朗誦，大聲讀、念經

**諷諭、風喩**〔名、他サ〕諷喻、諷諫
　風喩法（修辭的諷喻法）

## 夫、夫（ㄈㄨ）

**夫**〔漢造〕夫、丈夫、成年男子、從事體力勞動的男人
　大夫（〔舊〕大夫-日本受五位以上勳位者的通稱、〔舊〕大夫-中國官職，在士之上，卿之下、出色人物、諸侯的家臣之長、松樹的雅稱）

## フ

大夫、太夫（大夫-古時五位的官職、（歌舞伎等藝人中地位較高者）上等藝人、（歌舞伎中的）旦角、頭等妓女（=花魁）

凡夫（本夫）←→情夫

情夫（情夫）

大丈夫（〔形動〕牢固、可靠、安全、安心、放心、不要緊。〔副〕〔單用詞幹〕一定、沒錯。〔名〕好漢、男子漢、大丈夫（=大丈夫、大丈夫、丈夫、益荒男）

大丈夫、大丈夫（〔名〕好漢.男子漢.大丈夫（=丈夫、益荒男）

丈夫（〔名〕〔男子的美稱〕丈夫（=丈夫 益荒男）

丈夫（〔形動〕（身體）健康、壯健、堅固、結實）

丈夫、益荒男（〔名〕男子漢、大丈夫、壯士、勇猛的武士=益荒男）

匹夫（匹夫）←→匹婦

美丈夫（美男子）

人夫（體力勞動者、政府徵雇的民工）

農夫（農夫、農民=百姓。雇農、長工=作男）←→農婦

漁夫、漁父（魚夫=漁師）

教父（天主教的神父、初期基督教的神學家、領洗時的命名人）

清掃夫（清道夫、清掃工）

**夫王、父王**〔名〕夫王（后、妃對國王的稱呼）、父王（公主、王子對國王的稱呼）

**夫君**〔名〕夫君（對別人丈夫的尊稱）

**夫權**〔名〕父權、（舊民法中的）家長權←→母權

**夫妻**〔名〕夫妻、夫婦（=夫婦、女夫、妻夫）

伊藤氏夫妻を招く（招待伊藤先生夫妻）

夫妻同伴で出掛ける（夫妻倆一起出門）

**夫唱婦随**〔名、連語〕夫唱婦随

夫唱婦随の家風（夫唱婦随的家風）

**夫人**〔名〕夫人（為別人妻子的尊稱）

夫人同伴で出席する（與夫人一起出席）

**夫役、賦役**〔名〕〔史〕勞役

夫役を課す（課勞役）

**夫**〔漢造〕夫

工夫（設法，想辦法、辦法，竅門）

工夫（〔土木工程等的〕工人）

**夫子**〔名〕夫子，先生。〔舊〕對儒學家的尊稱、你，他，（說話的）本人

村夫子（村夫子）

孔夫子（孔夫子）

夫子の道は忠恕のみ（夫子之道忠恕而已矣）

夫子自身が手本を示す可きだ（他〔你〕自己應該示範）

夫子の門前に文盲多し（夫子門前文盲多）

**夫婦**〔名〕夫婦（=夫婦, 女夫、妻夫、夫婦、女夫、妻夫）

新夫婦（新婚夫婦）

新婚夫婦（新婚夫婦）

若夫婦（小倆口）

夫婦に為る（結為夫妻）

夫婦連れて旅行する（夫妻一塊旅行）

似合いの夫婦（般配的夫妻）

夫婦気取りで入る（裝作夫妻）

夫婦の縁を結ぶ（結成夫妻）

今では天下晴れての夫婦だ（現在是正式的夫妻了、現在公開結婚了）

天下晴れての夫婦に為る（成為公開〔合法〕的夫婦）

夫婦は一体（夫妻一體）

夫婦は一心同体（夫婦一體）

親子は一世・夫婦は二世、主従は三世（父母和子女一世、夫妻是兩輩子、主僕關係因緣深）

夫婦約束（訂婚、婚約）

夫婦約束を為る（訂婚）

夫婦別れ（離婚）

夫婦別れを為た女（離了婚的女人）

夫婦喧嘩（夫妻吵架）

夫婦喧嘩は犬も食わぬ（夫妻吵嘴別人不用管）

夫婦生活（夫妻生活）

波風の絶えぬ夫婦生活（不斷吵嘴的夫妻生活）

夫婦共稼ぎ（夫婦都在工作）

夫婦共稼ぎの家（夫妻雙方都工作的家庭）

夫婦仲（夫妻關係）

夫婦仲が良い（夫妻感情好）

夫婦仲は申し分が無い（夫妻間好得沒得說）

夫婦窓（兩扇連著的窗戶）

**夫婦、女夫、妻夫**〔名〕〔雅〕夫婦、夫妻（=夫婦、女夫、妻夫）

睦まじい夫婦仲（和睦的夫妻關係）

夫婦茶碗（鴛鴦碗、大小兩個一套的碗）

夫婦松（兩棵並排的松樹）

夫婦窓（兩扇相連的窗戶）

**夫婦、女夫、妻夫**〔名〕〔舊〕夫婦（=夫婦、女夫、妻夫）

睦まじい夫婦（和睦的夫妻）

夫婦に為る（結婚）

夫婦星（牽牛星和織女星）

夫婦茶碗（大小一套的碗）

**夫**〔名〕夫、丈夫←→妻

彼女は夫を持った（她有丈夫了、她結婚了）

夫に死なれた（死了丈夫）

夫の権利（丈夫的權利）

夫有る身（有夫之婦）

**夫、兄**〔名〕〔古〕（女子對兄弟、丈夫等的親密稱呼）夫、君←→妹

夫の君（夫君）

**夫、其**〔名〕〔代〕〔古〕其（=其れ、其の）

**夫れ夫れ、夫夫、其れ其れ、其其**〔副〕各、分別、各各、每個（=各各、銘銘）

夫夫別の道を行った（各走了各的路）

各人夫夫の理想が有る（各人有各人的理想、每人都有不同的理想）

夫夫特徴が有る（各有各的特徵）

物には夫夫取柄が有る（任何東西都自有它的可取之處）

**夫**〔名〕〔古〕夫、丈夫（=夫）

**妻**〔名〕妻←→夫。〔烹〕（配生魚片等上的）配菜。〔轉〕陪襯，搭配。〔建〕（屋頂兩端的）山墻（=切妻）

妻を娶る（娶妻）

彼女を妻に迎える（娶她為妻）

刺身の妻（生魚片的配菜）

妻恋う鹿は笛に寄る（人往往毀於愛情）

**褄**〔名〕和服下擺的（左右）兩端

褄を作るには手際が要る（做下擺需要技巧）

褄を取る（提起下擺。〔轉〕當藝妓）

左褄（左下擺、藝妓）

左褄を取る（當藝妓）

**端**〔名〕邊，邊緣（=縁、端）、線索，端緒（=糸口、手引き）

軒の端（檐頭）

## 孵（ㄈㄨ）

**孵**〔漢造〕鳥類伏育其卵

**孵化**〔名、自他サ〕孵化

人工孵化（人工孵化）

雛が孵化した（小雞孵出來了）

雛を孵化する（孵小雞）

孵化器（孵化器、孵卵器）

**孵卵**〔名〕孵卵

孵卵器（孵卵器）

**孵す**〔他五〕孵、孵化

鶏が雛を孵す（雞孵小雞）孵す返す還す帰す反す

卵を雛に孵す（把雞蛋孵成小雞）

**帰す**〔他五〕使回去、打發回去（=帰らせる）

## 亡

郷里に帰す（打發回家郷）

弟を先に帰す（讓弟弟先回去）

自動車を銀座で帰して、其から一人で歩いた（在銀座把汽車打發回去然後一個人步行）

**反す、翻す、覆す**〔他五〕翻過來、耕、（寫作反す）（漢字讀音的）反切

〔接尾〕（寫作返す或反す、接動詞連用形下）重複

干し草を翻す（把曬的草翻過來）帰す返す還す孵す

手の平を翻す（反掌、把手翻過來）

コップの水を翻す（把杯裡的水弄灑了）

新聞の裏を翻して読む（翻過報紙的背面讀）

田を翻す（翻地、耕田）

手紙を書いたらもう一度読み返し為さい（寫完信後要重唸一遍）

**反し、返し**〔名〕答謝，還禮，答謝的禮品，找回來的錢，歸還，和詩，唱酬的詩歌，回信，（字音的）反切。〔劇〕換幕，（地震大風等一度停止後）復起、報復

御返しには何を遣ろうか（還禮送點什麼呢?）

二千円の御返しに為ります（應該找給您兩千日元）

本を返しに行く（還書去）

与太者が其の内返しに行くと言っていた（流氓說了過幾天去進行報復）

**孵る**〔自五〕孵化

雛が孵った（小雞孵出來了）

此の卵は幾等暖めても孵らない（這個蛋怎麼孵也孵不出小雞來）

鶏の卵は二十一日間で雛に孵る（雞蛋經二十一天就孵成小雞）

**反る**〔自五〕翻（裡作面）（=裏返る）、翻倒，顛倒，栽倒（=引っ繰り返る）

〔接尾〕（接動詞連用形下）完全、十分

紙の裏が反る（紙背翻過來）

徳利が反る（酒瓶翻倒）

舟が反る（船翻）

漢文は下から上に反って読む（漢文要從底下反過來讀）

静まり反る（非常寂靜、鴉雀無聲）

呆れ反る（十分驚訝、目瞪口呆）

**代える、換える、替える**〔他下一〕換，改換，更換、交換，代替，替換

〔接尾〕（接動詞連用形後）表示重、另

医者を換える（換醫師）

六月から夏服に換える（六月起換夏裝）

此の一万円札十枚に換えて下さい（請把這張一萬日元的鈔票換成十張一千日元的）

彼と席を換える（和他換坐位）

布団の裏を換える（換被裡）

書面を以て御挨拶に代えます（用書面來代替口頭致辭）

簡単ですが此れを以て御礼の言葉に代えさせて戴きます（請允許我用這幾句簡單的話略表謝忱）

書き換える（重寫）

着換える（更衣）

**還る、帰る、返る**〔自五〕回來、回去、歸還、還原、恢復

家に帰る（回家）孵る孵る帰る返る買える替える飼える変える換える代える還る蛙

里（田舎）に帰る（回娘家〔郷下〕）

もう直ぐ帰って来る（馬上就回來）

今帰って来た許りです（剛剛才回來）

御帰り為さい（你回來了－迎接回家的人日常用語）

生きて帰った者僅かに三人（生還者僅三人）

朝出たきり帰って来ない（早上出去一直沒有回來）

帰らぬ旅に出る（作了不歸之客）

帰って行く（回去）

とっとと帰れ（滾回去!）

来客が返り始めた（來客開始往回走了）

君はもう返って宜しい（你可以回去了）
元に返る（恢復原狀）
正気に返る（恢復意識）
我に返る（甦醒過來）
本論に返る（回到主題）
元の職業に返る（又做起原來的職業）
貸した本が返って来た（借出的書歸還了）
年を取ると子供に返る（一上了年紀就返回小孩的樣子）
悔やんでも返らぬ事です（那是後悔也來不及的）
一度去ったも再び帰らず（一去不復返）

# 敷（ㄈㄨ）

敷〔漢造〕敷、鋪

敷衍、布衍、敷延〔名、他サ〕詳述、細說
暗号電報を敷衍する（把密碼電報詳細寫出來）
説明を敷衍する（詳細說明）
敷衍して述べる（詳細敘述）述べる陳べる延べる伸べる

敷設、布設、鋪設〔名、他サ〕敷設，鋪設，架設，安設、施工，修築，建設
道路を敷設する（修築公路）
鉄道を敷設する（鋪設鐵路）
海底電纜を敷設する（敷設海底電纜）
地雷を敷設する（布雷、埋地雷）
敷設権（鋪設權）
敷設中である（正在施工）
敷設艦（布雷艦）

敷く〔自五〕（作結尾詞用）鋪滿，鋪上一層、弘布，傳播很廣
〔他五〕鋪、鋪上一層、墊上、鋪設
雪が降り敷く（下一層雪）
落花が庭に散り敷く（落花滿庭）
名声天下を敷く（名聲傳天下、名震四海）

布団を敷く（鋪被子）
床に絨毯を敷く（地板上鋪上地毯）床床
道路に砂利を敷く（道路上鋪上小石子）
机がぐらぐらするので木を下に敷く（桌子不穩墊上木頭）
鉄道を敷く（鋪設鐵路）

敷く、布く〔他五〕發布，施行、壓制，欺壓、按在下面
背水の陣を敷く（布背水陣）
命令を敷く（發布命令）
亭主を尻に敷く（欺壓丈夫）
強盗を組み敷く（把強盜按住）

若く、如く、及く〔自五〕（下接否定語）如、若、比
用心するに若くは無し（不如提防些好）
此に若くは無し（未有若此者）
百聞は一見に若かず（百聞不如一見）

敷〔名〕押金（=敷金）、地基（=敷地）、褥子（=敷布団、敷蒲団）

〔造語〕襯墊、鋪（的地方）、（日式房間）鋪草蓆面積的大小
河川敷（河床）
釜敷（鍋墊）
土瓶敷（水壺墊）
下敷（墊板）
板敷（鋪地板的房間）
此の部屋は百畳敷の広間です（這間房是鋪一百張草蓆的大房間）

敷網〔名〕（捕魚用包袱形的）搬網、罾
敷網漁船（搬網漁船）

敷居〔名〕席地而坐時的席子、門檻、門坎（=鴨居）
敷居を跨ぐ（登門、跨過門檻）
二度と御前の家の敷居を跨がない（再也不登你家的門）
敷居が高い（不好意思登門）

どうも御無沙汰許りして敷居が高く為りました（很久沒去拜訪有些不好意思登門）
借金を為た儘なので敷居が高い（因借的錢一直沒還不好意思登門）
敷居越し（如拜訪貴人時不肯邁進門檻隔著門坎寒暄）

**敷石**〔名〕鋪路的石頭（=石畳）
敷石を敷く（鋪石板）
参道には大理石の敷石が敷き詰めて有る（在神社的道路上鋪著大理石）

**敷板**〔名〕（瓶、壼等的）墊板、地板（=床板 根太板）、（廁所的）踏板

**敷写し、敷写**〔名、他サ〕（把紙鋪在書畫上面）描繪、描寫。〔轉〕抄襲、剽竊
此の写本は原本を敷写しに為た物だ（這本抄本是照著原書描寫下來的）
此の論文は村田氏の本の敷写しだ（這篇論文是照村田先生的書抄襲的）

**敷紙、敷き紙**〔名〕墊紙、紙墊

**敷皮、敷き皮**〔名〕皮墊、皮褥
ソファーには虎の敷皮が敷いて有る（沙發上鋪著虎皮墊）

**敷革、敷き革**〔名〕皮鞋墊
靴の底に敷革を敷く（鞋底墊上鞋墊）

**敷瓦、甃**〔名〕鋪地磚
敷瓦を敷いた道（鋪磚的道路）

**敷桁**〔名〕〔建〕牆桁

**敷金**〔名〕（租房）押金、（交易所）保證金
敷金と為て部屋代の三ヶ月分を払う（交三個月的房錢作押金）
敷金を入れる（交納保證金）

**敷込む**〔他五〕鋪上
畳を敷込んだら、家らしく為った（鋪上蓆子就像個屋子樣了）

**敷島**〔名〕大和國（今屬奈良縣）、日本的別稱、和歌之道（=敷島の道）
敷島の道（和歌之道）

**敷台、式台**〔名〕日式房屋門口鋪地板的台（一般主人在這裡迎送客人）

**敷地**〔名〕（房屋等的）地基、地皮，用地
建築敷地（建築地基）
学校の敷地（學校用地）
住宅建築の為敷地を買う（為建住宅買地皮）
敷地面積（地基面積）

**敷き詰める、敷詰める**〔他下一〕鋪滿、全面鋪上
庭に砂利を敷き詰める（庭院裡鋪滿石子）
莫蓙を敷き詰める（鋪滿蓆子）

**敷詰め、敷き詰め**〔名〕（鋪滿房間的）整塊地毯（等）

**敷布**〔名〕床單（=シーツ）
敷布を敷く（鋪床單）
敷布を替える（換床單）

**敷布団、敷き布団、敷蒲団**〔名〕墊褥←→掛け布団
敷布団を敷く（鋪褥墊）

**敷物**〔名〕鋪的東西（指地毯、草蓆、坐墊等）
床に敷物を敷く（地板上鋪上地毯）敷く如く若く
客に敷物を進める（給客人拿坐墊）進める薦める勧める奨める

**敷藁**〔名〕（畜舍等）鋪的稻草麥稈等（=マルチング）

## 膚（ㄈㄨ）

**膚**〔漢造〕皮膚、（物體的）表面，淺薄
皮膚（皮膚）
玉膚（玉膚）
完膚（完膚）
髪膚（髪膚）
身体髪膚、之を父母に受く（身體髪膚受之父母）

**膚浅**〔名、形動〕（考慮）膚淺、淺薄

**膚理**〔名〕膚理

**膚、肌**〔名〕皮膚，肌膚、（物的）表面、氣質，風度、木紋
白い肌（白皮膚）
肌の肌理細かい（皮膚細膩的）
寒さで肌が荒れた（因為寒冷皮膚變粗了）

肌を刺す様な寒さ（刺骨的寒氣）

彼の人は肌に始終フランネルを着けている（他總是貼身穿絨布衣服）

山の肌（山的錶面）

樹の肌（樹皮）

紙の肌（紙面）

肌の白い大根（白皮蘿蔔）

彼は豪傑肌の人物だ（他是個豪邁的人）

外交家肌である（有外交家風度）

学者肌の人（學者風度的人）

彼は芸術家肌の所が有る（他有幾分藝術家的氣質）

肌の美しい材（紋理好看的木材）

肌が合う（合得來）

肌を汚す（失去貞操、使女人失貞）

肌を脱ぐ（打赤膊、助一臂之力）

肌を許す（以身相許）

一肌脱ぐ（奮力相助）

**膚、肌**〔名〕（人的）皮膚，肌膚、（獸類的）皮（=肌、膚）、刀身或劍身的表面

玉の肌（玉肌）

肌に栗（〔因害怕〕皮膚上起雞皮疙瘩）

**膚触り、肌触り**〔名〕觸及肌膚時的感覺、接觸交往的感覺

肌触りの良い布地（摸著柔軟滑溜的布料）

此のシャツは肌触りが好い（這件襯衫穿起來舒服）

肌触りの柔らかな人（接觸起來感到溫和的人）

**膚焼き**〔名〕〔冶〕表面滲碳硬化

## 麩（ㄈㄨ）

**麩**〔名〕麩子，小麥磨出的屑皮、麵筋

生麩（生麵筋、水麵筋）

焼き麩（熟麵筋、烤麩）

**麩質**〔名〕〔化〕穀朊

**麩素**〔名〕〔化〕麩質、麵筋（=グルテン gluten 佛）

**麩、麬**〔名〕麥糠、麩子

**襖**〔名〕（木格上兩面糊紙的）隔扇（拉門）

襖を開ける（拉開隔扇）開ける 明ける 空ける 飽ける 厭ける

襖越しに（隔著隔扇）襖参

襖絵（畫在隔扇上的畫）

襖障子（隔扇）

襖紙（隔扇紙）

**衾、被**〔名〕被子、棉被（=掛け布団）

## 趺（ㄈㄨ）

**趺**〔漢造〕腳背

胡座、胡床（盤腿坐）←→正座

**趺坐**〔名〕盤腿坐

結跏趺坐（〔佛〕結跏趺坐、打坐〔=蓮華座〕）

## 伏（ㄈㄨˊ）

**伏**〔漢造〕伏、低頭、隱藏、屈服、服從

平伏（跪拜、叩拜、低頭禮拜）

起伏（起伏，凹凸，高低、起落，浮沉,盛衰，榮枯）

帰伏、帰服（歸伏、歸順）

潜伏（潛伏、躲藏、隱藏）

雌伏（雌伏）←→雄飛

降伏、降服（降服、投降）

降伏（〔佛〕降伏）

調伏（憑佛力降伏惡、調和心身克服邪念、把人詛咒死）

折伏（用說法或祈禱等法使懷疑惑攻擊自己宗派的人屈服）

**伏臥**〔名、自サ〕伏臥←→仰臥

**伏在**〔名、自サ〕隱伏、隱藏、潛伏、潛在

此の事件には陰謀が伏在している（這個事件裡隱藏著陰謀）服罪（認罪）

裏面に色色な事情が伏在している（背後隱藏著種種情況）

**伏日**〔名〕三伏、盛夏、酷夏

**伏射**〔名〕臥射
　伏射競技（臥射比賽）
　伏射壕（掩壕）

**伏線**〔名〕（小說、詩、戲劇的）伏筆，預示，預兆、設下埋伏
　物語の伏線（故事的伏筆）
　伏線を敷く（寫下伏筆、打下埋伏）
　後日の為、今ちゃんと伏線を張って置く方が良い（為了日後最好現在就打下埋伏）

**伏兵**〔名〕埋伏的兵
　伏兵を置く（設伏兵）
　伏兵に遇う（遇到伏兵）遇う 逢う 会う 遭う 合う

**伏魔殿**〔名〕伏魔殿。〔轉〕（罪惡的）溫床，淵藪
　政界の伏魔殿（政界的罪惡淵藪）

**伏流**〔名、自サ〕〔地〕伏流、底流、潛流、底流水
　伏流水（底流水）

**伏竜鳳雛**〔名〕〔史〕伏龍鳳雛。〔轉〕懷才不遇的隱士

**伏角**〔名〕〔理〕〔磁〕傾角。〔測〕俯角←→仰角
　無伏角線（地磁的無傾線）
　伏角計（傾角計、磁傾儀）

**伏する**〔自サ〕伏，俯、潛伏、隱藏、屈服，降伏
　〔他サ〕使伏下，使俯下，使潛伏，使藏起來，使制服
　地に伏して之を避ける（伏地避之）服する 復する
　草間に伏して敵を待つ（埋伏草中待敵）

**伏す、俯す、臥す**〔自五〕伏，藏（＝潛む）、伏臥（＝俯く）、仰臥、叩拜
　猫が物陰に伏して鼠を狙っている（貓躲在暗處窺伺老鼠）
　わっと遺体に伏して泣き出した（哇的一聲哭在遺體上哭開了）

　仰向けに伏す（仰著躺下）
　急いで地に伏す（趕忙臥倒）
　伏して御願い申し上げる（敬懇）

**付す、附す**〔他五〕付加、交付（＝付する）

**付する、附する**〔他サ〕付加、交付（＝付す、附す）
　条件を付する（附加條件）
　図表を付する（附上圖表）
　制限を付する（加以限制）
　問題を審議に付する（把問題提交審議）
　印刷に付する（付印）
　公判に付する（提交公審）
　一笑に付する（付之一笑）
　不問に付する（置之不問）
　荼毘に付する（火葬）

**賦す**〔他サ〕攤派、賦稅、賦詩（＝賦する）
　詩を賦す（賦詩）

**賦する**〔他サ〕攤派、賦稅、賦詩（＝賦す）
　税を賦する（課稅）

**伏し拝む**〔他五〕叩拜、遙拜
　偶像を伏し拝む（叩拜偶像）
　命の恩人を伏し拝む（叩拜救命恩人）

**伏し沈む**〔自五〕沉思、悲嘆

**伏して**〔副〕謹、懇切、由衷
　此の段、伏して御願い申し上げます（特此奉懇、謹此拜託）

**伏し目**〔名〕眼睛朝下看、低頭
　伏し目勝ちに物を言う（說話老是低著頭）
　羞じかしげに伏し目に為る（羞得低著頭）

**伏せる**〔他下一〕隱藏、埋伏、扣，倒，翻、朝下、向下、弄倒
　此の事を伏せて置いて下さい（這事情不要聲張）
　此の話は暫く伏せて置く方が良い（這話最好先別張揚）
　兵を伏せる（設伏兵）
　土管を伏せる（埋土管）

鶏に籠を伏せる（把雞扣上籠子）
雀を伏せる（扣捉麻雀）
皿を伏せる（把碟子扣起來）
トランプを伏せる（扣起撲克牌）
本を机に伏せて置く（把書扣著放在桌上）
杯を伏せる（把杯子扣起來）
茶碗で骰子を伏せる（用碗把骰子扣起來）
伏せ！（〔口令〕臥倒！）
目を伏せる（眼睛朝下看）
顔を伏せる（臉朝下）
切って伏せる（砍倒）

**伏せる、臥せる**〔自五〕躺、臥
病床に伏せっている（躺在病床上）
風邪で伏せっている（因為感冒躺著呢？）

**伏せ籠**〔名〕（烤衣服等的）烤籠，烘籠、雞籠
雛に伏せ籠を被せる（給雞扣上雞籠）

**伏せ越し**〔名〕〔土木〕虹吸涵管

**伏せ字**〔名〕〔印〕（刊物中用空白、×、○等表示的）不公開的字，（當局）避諱字。〔印〕（無該鉛字時暫用）倒空（＝下駄）
伏せ字の有る本（有避諱字的書）

**伏せ勢**〔名〕伏兵、埋伏（＝伏兵）

**伏せ樋**〔名〕暗渠

**伏せ長**〔名〕〔建〕梯段、通路

**伏せ縫い**〔名〕〔縫紉〕偷針、暗縫

**伏せ屋**〔名〕矮房、陋室、茅舍

## 扶（ㄈㄨˊ）

**扶**〔漢造〕扶助、照顧、幫助
家扶（舊時皇族、華族家中的副管家）

**扶育**〔名、他サ〕撫育、養育、撫養

**扶助**〔名、他サ〕扶助、幫助、扶養
国の扶助を受ける（接受國家的扶助）
身寄りの無い老人を扶助する（幫助無依無靠的老人）

他人の扶助を仰ぐ（靠別人扶養）仰ぐ扇ぐ煽ぐ
扶助の義務が有る（有扶養的義務）
扶助金（撫卹金、贍養費）

**扶植**〔名、他サ〕扶植、灌輸
自己の勢力を扶植する（扶植自己的勢力）
自由思想を扶植する（灌輸自由思想）

**扶桑**〔名〕扶桑、東海的日出之處、（舊時中國對日本的稱呼）扶桑國

**扶持**〔名、他サ〕（封建時代）武士的俸祿（糧餉）（＝扶持米）、幫助，協助
扶持を宛がう（發給糧餉）
扶持にありつく（領到俸祿）
扶持高（封建時代武士的俸祿、祿米的數量）
扶持米（封建時代武士領的祿米）

**扶壁**〔名〕〔建〕扶壁、護墻

**扶養**〔名、他サ〕扶養
親を扶養する義務（扶養父母的義務）
彼には扶養す可き妻子が有る（他有需要扶養的妻子和子女）
扶養家族（扶養家屬）

**扶翼**〔名、他サ〕扶翼、輔佐（帝王）
扶翼の臣（輔弼之臣）臣

## 俘（ㄈㄨˊ）

**俘**〔漢造〕俘獲、戰時捉到的敵人

**俘囚**〔名〕俘虜（＝虜、擒）

**俘虜**〔名〕俘虜（＝虜、擒）
俘虜を虐待する（虐待俘虜）
俘虜収容所（俘虜收容所、集中營）
俘虜の送還（送還俘虜）
俘虜の引き渡し（交還俘虜）

## 幅（ㄈㄨˊ）

**幅**〔名〕（數字畫的量詞）幅、字畫、寬度
〔漢造〕寬、書畫

ㄈ

全幅（全幅，幅寬，總寬度、全副，全部，全力）

船幅（船的寬度）

満幅（全幅、全面的、完全的）

振幅（振幅）

震幅（地震的震幅）

恰幅（體格、體態）

書幅（書幅、字畫）

画幅（一幅畫、帶軸的畫、裝裱好的畫）

三幅対、三幅対（三幅成套的畫、三個一組、三件一套、三人一組、不相上下的三個人）

幅員〔名〕（船、路、橋的）寬度（=幅、巾）

幅、巾〔名〕寬度，幅面、幅度、範圍。〔轉〕勢力，威力、靈活性、伸縮餘地、差價，價格漲落的幅度

幅の広い道路（路面寬闊的道路）

幅の狭い道路（路面狹窄的道路）

一メートル幅の布（幅面一米寬的布）

購買力が大幅に高められた（購買力大大地提高）

幅広い共鳴を受ける（得到廣泛的同情）

此の辺では幅を利かせている（他在這一帶很有勢力）

軍人が幅を利かす国（軍人掌權的國家）国国

規則に少し幅を持たせる（規則裡留些伸縮餘地）

原則の適用では幅を持たせなくでは為らない（應用原則要靈活）

大幅に値段が下がる（價格大幅度下降）

今月は野菜の値幅が大きい（本月份青菜的差價大）

幅木〔名〕〔冶〕（空心鑄件用的）型芯座、（鑄模用的）坩芯

幅利き〔名〕有勢力、有勢力的人、頭面人物

彼は政界切っての幅利きだ（他是政界頭號有勢力的人）

村中の幅利きである（村裡的頭面人物）

幅出し機〔名〕〔機〕展寬機。〔紡〕拉幅機

幅跳び，幅跳、幅飛び，幅飛〔名〕〔體〕跳遠

立ち幅跳び（立定跳遠）

走り幅跳び（急行跳遠）

幅跳びに新記録を出す（跳遠創新記錄）

幅広〔名、形動〕寬幅

幅広な（の）帯（寬幅的帶子）

幅広い〔形〕廣泛

幅広い国民の支持（國民的廣泛支持）

幅寄せ〔名〕（汽車行駛時）盡量靠邊、（汽車停車時）盡量縮小車與車之間的間隔

幅〔接尾〕（助數詞用法）幅（計算布的寬度的用語-約等於34-38公分）

三幅半（三幅半）

三幅布団（三幅寬的被子）

野〔名、接頭、造語〕原野，田野（=原、野原、野良）、野生、（增添）表卑

野の花（野花）鼻華洟

野に出て働く（到田地裡工作、下田）

野を耕す（耕地、耕田）

野に出て花を摘む（到野地裡摘花）摘む積む詰む抓む

春の野（春天的原野）

野苺（野生草莓）

野兎（野兔）

野鴨（野鴨）

後は野と為れ山と為れ（以後演成如何情形全然不管、以後不管如何、不顧後果如何）

野に伏し山に伏す（一路上餐風露宿）

弗（ㄈㄨˊ）

弗〔漢造〕氟、美元（=ダラー、弗）

弗化〔名〕〔化〕氟化（作用）、加氟作用

弗化アンモニウム（氟化銨）

弗化物（氟化物）

弗化珪酸（氟化硅酸）

弗化硼素（三氟化硼）
弗化カリウム（氟化鉀）
弗化カルシウム（氟化鈣）
弗化水素（氟化氫）
弗化水素酸（氫氟酸）
弗化ナトリウム（氟化鈉）

**弗酸**〔名〕〔化〕氫氟酸

**弗素**〔名〕〔化〕氟
炭化弗素（碳氟化合物）
弗素中毒症（氟中毒）
弗素は虫歯を予防すると信じられている（人們相信氟能預防蛀牙）
弗素護謨（氟化橡膠）護謨ゴム
弗素樹脂（氟化乙烯樹脂）

**ドル、弗、ダラー、弗、ドルラル**〔名〕（一般指）美元、（加拿大、澳洲、香港的貨幣單位）元、錢、（原子物理）元（反應性單位、緩發中子產生的反應性）
ドル入れ（錢包）
ドル地域（美元區）
ドル圏（美元圈）
ドルで支払う（用美元支付）
ダラー相場（美元行市）
ドルが下落する（美元行情跌落）
現在のレートは一ドル何円ですか（現在的美元匯率是一美元換多少日元？）
ドル買い（買美元的人）
ドル箱（金庫、出錢的人、搖錢樹）

## 払（拂）（ㄈㄨˊ）

**払（拂）**〔漢造〕拂拭、拂曉

**払暁**〔名〕拂曉、黎明（=暁）
払暁に敵陣に突入する（拂曉衝進敵陣）
盛大な酒宴が払暁迄続いた（盛大的酒宴一直延續到拂曉）

**払拭**〔名、他サ〕拂拭、肅清、消除
不安を払拭する（消除不安）
旧弊を払拭する（除掉舊弊）
容易に払拭出来ない記憶（不易消除的記憶）
封建的な残り滓を払拭する（肅清封建殘餘）

**拂拭**〔名、他サ〕〔古〕擦、拂拭（=払拭）

**払底**〔名、自サ〕（東西）匱乏、缺乏、告罄（=品切れ、種切れ）
住宅の払底は重大な問題と為っている（缺乏住宅成了嚴重問題）
品物が払底している（商品奇缺）
用紙の払底で出版が困難に為った（由於缺乏紙張出版發生了困難）
人物が払底する（人才缺乏）

**払子**〔名〕〔佛〕拂塵

**払う**〔他五〕拂，撣（灰塵等）、支付（款項）、驅除，驅逐、（將無用東西）賣掉，處理（廢品）、傾注，表示（尊敬），加以（注意）、橫掃，橫砍，橫拉、（接於其他動詞下）表示散開
机の埃を払う（拂去桌子上的塵土）掃う
祓う（驅除、清洗）
彼女は立ち止まって着物の雪を払った（她停下來撣掉了衣服上的雪）
金を払う（付錢）
現金で払う（付現款）
借金を払う（還債）
此の服代は未だ払ってない（這件衣服的價款還沒有付）
酒代は私が払う（酒錢我來付）
高い代価を払った（付出了很高的代價）
悪魔を払う（驅魔、除邪）
蝿を払う（趕蒼蠅）
暑気を払う（去暑）
一杯遣って寒さを払う（喝杯酒趕趕寒氣）
賊を払う（掃平賊寇）
威風当たりを払う（威風凜凜不可一世）
威風堂堂

涙を払う（擦乾眼淚）

部屋を払う（騰出房間）

蓋を払う（去掉蓋子）

底を払う（清底、全部傾出）

人を払う（斥退左右、把人趕走）

木の枝を払う（砍掉樹枝）

垣根を払う（拆除籬笆）

分母を払う（去分母－化分數式為整數式）

古本や紙屑を屑屋に払う（把舊書和廢紙賣給收廢品的）

注意を払う（嚴加注意）

敬意を払う（表示敬意）

最善の努力を払う（竭盡全力）

犠牲を払う（作出犠牲）

棒で足を払う（用棍子橫掃小腿）

長刀を払う（掄起長柄大刀）

幕を払って現れる（拉開幕出場）

袖を払って去る（拂袖而去）

風が雲を吹き払う（風吹散烏雲）

地を払う（掃地、完全喪失）

**払い** 〔名〕付款，發薪，打掃，清掃，賣掉，處理（商品）

不景気で月給の払いが悪い（由於蕭條不能按時或如數發薪水）払い祓い掃い

家賃の払いは済ませたか（房租付過了嗎?）

学費の払いを済ませなければ卒業出来ない（不交足學費不能畢業）

現金払いだと一割安く為る然うだ（聽說付現金可以減價一成）

分割払い（分期付款）

月賦で物を買うと、払いがし易い（用分月付款的方式買東西容易支付）

十万円の持参人払い小切手（十萬日元的憑票即付支票）

賃金は一週間払いです（薪水按周發給）

溜っていた払いを全部済ませる（付清全部積壓的欠款）

年末に煤払いを為て正月を迎える（年底掃塵迎接新年）

**祓う** 〔他五〕驅除、祓除、清洗

心身を祓い清める（清洗罪惡、淨化身心）

**祓い、祓え** 〔名〕（齋戒沐浴祈禱神佛以）祓除，驅除（妖魔等）、舉行上述儀式時的頌辭

厄祓いを為る（祓除不祥）

**払い上げる** 〔他下一〕（由下）向上掃拂

**払い下げる** 〔他下一〕（政府將公物土地等）售與、轉讓、處理（給民眾）

政府が払い下げた自動車（政府處理的汽車）

**払い下げ** 〔名〕（政府向民眾）售與、轉讓、處理（公物）

払い下げに為った物（政府機關的售與物）

払い下げを買う（購買政府機關的處理品）

**払い落とす** 〔他五〕拂落、撣落

ズボンの泥を払い落とす（把褲子上的塵土撣落）

**払い込む** 〔他五〕繳納

株金を払い込む（繳納股金）

毎月千円宛払い込む（每月繳納一千日元）

銀行に金を払い込む（向銀行交款）

**払い込み** 〔名〕繳納、已繳資本（＝払い込み資本）

掛け金の払い込み（分期付款的繳納）

払い込み期日（繳款日期）

資本金一億円、内払い込み資本七千万円（資本金一億日元其中已繳資本七千萬日元）

**払い過ぎる** 〔自上一〕多付（錢款）、付過多的報酬

**払い出す** 〔他五〕支出、驅除

預金を払い出す（付出存款）

悪魔を払い出す（驅除惡魔）

**払い超** 〔名〕（國家財政資金）超支（＝支払超過）
←→揚げ超

**払い手** 〔名〕付款人（＝支払人）

**払い除ける** 〔他下一〕拂去，撣掉、推開、撥開

体に掛かる雪を払い除ける（撣掉身上落的雪）
邪魔物を払い除ける（推開障礙物）
土を払い除ける（撥開土）
人を払い除けて入り込む（推開人群擠進去）
縋る手を払い除ける（推開別人扶過來的手）

**払い残り**〔名〕尾欠、餘欠、結欠餘額
千円払い残りが有る（還欠一千日元）

**払い戻す**〔他五〕退還（多餘的錢）、發還
運賃を払い戻す（退還多付的運費）
商品代金を払い戻す（退還貨款）
急行料金を払い戻す（退還快車票費）
貯金を払い戻す（銀行付還存款）
株金を払い戻す（發還股款）

**払い戻し**〔名〕〔銀行〕付還（存戶存款）、退還（多餘的付款）
預金の払い戻しを請求する（存戶要求付還存款）
料金の払い戻し（費用的退還）

**払い物**〔名〕準備賣掉的東西、要處理的廢品
払い物を纏めて置く（把要賣掉的廢品收拾到一起）
御払い物は有りませんか（有要處理的廢品嗎？）

**払い渡す**〔他五〕支付，付款、賣掉（廢品）
小切手を払い渡す（支票付現）

**払い渡し**〔名〕支付、付款
払い渡し人（付款人）
払い渡し口（付款窗口）

## 怫（ㄈㄨˊ）

**怫**〔漢造〕憤怒、心裡不暢快
**怫然**〔形動タルト〕怫然
怫然と為て座を立つ（怫然離座、拂袖而去）

## 服（ㄈㄨˊ）

**服**〔名、漢造〕衣服，西服、穿，戴、服從、服喪、吃（藥），喝（茶）、服藥量、吸菸次數
服を着る（穿西服）切る斬る伐る
服を繕う（縫補衣服）
被服（衣服、被服）
美服（華麗服裝）
微服（微服）
衣服（衣服）
洋服（西裝）
和服（和服、日式衣服）
礼服（禮服）
制服（制服）
簡単服（簡便連衣裙）
作業服（工作服）
佩服（佩服）
敬服（敬服、佩服）
帰服、帰伏（歸服、歸順）
征服（征服、攻佔）
屈服、屈伏（屈服、折服、降服）
信服、信伏（信服）
心服（心服、敬服）
臣服（臣服）
威服、威伏（威服、懾服）
畏服（畏服）
頓服（一次服下）
一服（喝一杯茶、抽一袋菸、一包散藥、稍事休息、行情平穩）
一日一服（一天一包）

**服す**〔自、他五〕服從、從事，服務、使服從、穿，戴、服用（茶，藥，毒等）（＝服する）

**服する**〔自サ〕服從、從事，服務
〔他サ〕使服從、穿，戴、服用（茶，藥，毒等）
命令に服する（從命）服する復する伏する
罪に服する（服罪）

兵役に服する（服兵役）
苦役に服する（服勞役）
喪に服する（服喪）
徳を以て人を服する（以徳服人）
毒を服する（服毒）
薬を服する（服藥）

**服役**〔名、自サ〕服兵役，服役、服勞役，服刑
服役の義務（服兵役的義務）
服役年限（服兵役年限）
三年の服役を終えて出獄する（服完三年勞役後出獄）
服役期間が満了した（服刑期滿）

**服加減**〔名〕〔茶道〕茶的溫度，濃度

**服掛け**〔名〕衣架

**服紗、帛紗、袱紗**〔名〕（包禮品等的）小方綢巾。〔茶道〕擦或接茶碗用的小綢巾
帛紗に包む（用小綢巾包）
見事な帛紗捌き（使用小綢巾的動作很俐落）

**服罪**〔名、自サ〕〔法〕服罪、認罪
裁判に潔く服罪する（對裁判爽爽快快地認罪）

**服地**〔名〕西服料子
良い服地で仕立てる（用好料子做西服）
服地店（呢絨店）

**服従**〔名、自サ〕服從
命令に服従する（服從命令）
服従を強いる（強迫服從）
心から服従する（衷心服從、心悅誠服）
無理に服従させる（強迫人服從）

**服飾**〔名〕服飾、衣服和裝飾品
夏の婦人服飾（夏季的婦女服飾）
服飾に凝る（講究服飾）
服飾品（服飾品）
服飾見本（服飾樣品）

服飾店（服飾商店）

**服制**〔名〕衣服的制度
服制を定める（規定服制）

**服装**〔名〕服裝、服飾（＝身形、装い）
中国風の服装（中式服裝）
ぱりっと為た服装を為た青年（穿著筆挺服裝的青年）
服装御随意（服裝隨便-請帖等上的用語）
服装に凝る（講究服裝）

**服属**〔名、自サ〕隸屬、服從

**服毒**〔名、自サ〕服毒
服毒して死ぬ（服毒而死）
服毒自殺（服毒自殺）

**服務**〔名、自サ〕服務、工作、辦公
服務中喫煙を禁ず（工作時間禁止吸菸）
服務規程（工作守則）
服務時間（辦公時間）

**服喪**〔名、自サ〕服喪、帶孝←→除喪
一月の間服喪する（帶一個月孝）
服喪中である（居喪）

**服薬**〔名、自サ〕服藥、吃藥

**服用**〔名、他サ〕〔醫〕服用
一日三回服用（一天服用三次）
食後に服用（飯後服用）
定められた服用量以上に呑んだ（吃藥超過了規定的服用量）
平生此の薬を服用すれば常に元気旺盛疑い有りません（平時若吃這種藥一定經常精力充沛）

**服膺**〔名、他サ〕服膺、牢牢記住
偉人の言葉を服膺する（牢記偉人的話）
拳拳服膺する（拳拳服膺）

**服量**〔名〕（藥的）服用量

**服者**〔名〕服喪者

# 芙（ㄈㄨˊ）

芙〔漢造〕芙蓉（落葉灌木，高丈餘，葉掌狀，初冬開花）

**芙蓉**〔名〕〔植〕蓮（=蓮）、芙蓉花
　芙蓉の顔（美如芙蓉的容顏）

**芙蓉蟹**〔名〕〔烹〕（中餐的）芙蓉蟹（=蟹玉）

## 浮（ㄈㄨˊ）

浮〔漢造〕浮、漂浮、浮動、飄盪、輕浮
　軽浮（輕浮）

**浮雲**〔名〕浮雲、〔喻〕極不穩定（=浮き雲、浮雲）
　浮雲の富貴（浮雲一般的富貴）

**浮き雲、うき雲**〔名〕浮雲。〔轉〕（像浮雲一般）前途渺茫
　浮雲の様に流れ漂う生活（像浮雲一般到處漂泊的生活）
　浮雲の身の上（漂泊不定的身世）

**浮華**〔名、形動〕浮華←→質実

**浮言**〔名〕流言蜚語

**浮誇**〔名〕（浮誇的習慣讀法）浮誇
　浮誇の言（浮誇之言）

**浮室**〔名〕〔船〕（魚雷的）氣艙、浮力櫃，空氣櫃

**浮腫**〔名〕〔醫〕浮腫、水腫（=浮腫）

**浮腫む**〔自五〕浮腫、虛腫
　顔が少し浮腫んでいる様だ（臉好像有點浮腫似的）
　病気の為に体が一寸浮腫んでいる（因病身體有些浮腫）

**浮腫**〔名〕浮腫
　足に浮腫が来ている（腳浮腫了）
　顔には一寸浮腫が有る（臉稍微有點浮腫）
　浮腫が退く（消腫）

**浮舟**〔名〕浮舟（=浮き舟、浮舟）、（水上飛機的）浮筒

**浮き舟、浮舟**〔名〕浮在水面的小船

**浮上**〔名、自サ〕（潛水艇等）浮出水面。〔喻〕出頭露面，顯露頭角
　潜水艦が浮上する（潛水艇浮出水面）

**浮かび上がる、浮び上がる**〔自五〕浮起，浮出、顯眼，顯露、翻身、發跡
　潜水艦が浮かび上がる（潛水艇浮出水面）
　重大問題と為て人人の目に浮かび上がって来る（作為重大問題引起人們注目）
　或る人が捜査線上に浮かび上がる（發現某人是嫌疑犯）
　下積みだった人が浮かび上がる（被壓在底層的人翻身了）
　AクラスBクラスに浮かび上がる（從乙級升為甲級）

**浮き上がる**〔自五〕浮起，浮出，浮上，浮現、離開，脫離，擺脫，翻身，出頭（=浮かび上がる、浮び上がる）
　沈んだ船が浮き上がった（沈船浮上水面了）
　青空に富士山がくっきり浮き上がっている（在藍天的襯托下富士山顯得輪廓分明）
　人物が背景から浮き上がる（人物從背景上浮出-指有立體感）
　土台から浮き上がる（離開基礎）
　大衆から浮き上がらない限り、我我は必ず勝利する（只要我們不脫離群眾我們就一定會勝利）
　下積みから浮き上がる（從底層爬上來）

**浮城**〔名〕軍艦（=浮き城、浮城）

**浮き城、浮城**〔名〕海上巨艦

**浮心**〔名〕〔理〕浮力中心
　浮心曲線（浮心曲線）

**浮水植物**〔名〕〔植〕水生植物（如浮萍、睡蓮等）

**浮生**〔名〕浮生、人生
　浮生は夢（浮生若夢）

**浮世**〔名〕人世，塵世（=浮世、浮き世）、浮生（=浮生）

**浮世、浮き世**〔名〕（浮き與憂き雙關）塵世、俗世、浮生、現世、人世、人生（=此の世の中）。（接頭詞用法）（江戶時代）當代流行的，好色的

亡

浮世が嫌に為る（厭世、對人生感到厭倦）嫌々否否
浮世の煩わしさ（塵世的煩惱）
浮世の儚さ（人生之短暫無常）
浮世を離れた山里（世外的山村）離れる放れる
浮世の塵を遠く離れて（遠離塵世）
浮世の荒波に揉まれる（經受生活中的種種磨練）
浮世を捨てる（棄世，拋開塵世、死亡、離開人世）
儘に為らぬは浮世の習い（難隨心願人世之常、不如意事常八九）
浮世節（當代流行歌曲）
浮世男（時髦的人物、好色的男子）
浮世の絆（塵世的羈絆-指人情的束縛、妻子兒女的累贅）
浮世は夢（浮生若夢）
浮世絵（浮世繪-江戶時代流行的風俗畫）
浮世草子、浮世草紙（浮世草紙-江戶時代流行的風俗小說、社會小說、代表作家是井原西鶴）
浮世風呂（江戶時代的大眾浴池＝錢湯、式亭三馬寫的描寫群眾生活的滑稽小說）
浮世本（浮世草紙＝浮世草子、浮世草紙）

**浮性卵**〔名〕浮游卵、海洋產卵

**浮石**〔名〕浮石、輕石（＝浮き石、浮石）

**浮き石、浮石**〔名〕浮石、輕石（＝輕石）、（河床或礦井中）浮懸著的岩石

**浮説**〔名〕風傳、流言、謠傳
其は全くの浮説だ（那完全是謠傳）
浮説紛紛たり（謠言四起）
巷間の浮説に迷わされるな（不要輕信街頭巷尾的謠傳）

**浮選**〔名〕（選礦）浮選
浮選機（浮選機）

**浮体**〔名〕〔理〕浮體

**浮沈**〔名、自サ〕浮與沉（＝浮き沈み）、（人生社會的）盛衰，榮枯，變遷
浮沈試驗（浮沉試驗）
一生の浮沈に係わる（關係到一生的命運）
此の計画は私に取っては浮沈の定まる所だ（這個計畫對我來說是決定命運的）
一生の浮沈の分かれ目（一生成敗的分水嶺）
彼の人生は浮沈が激しい（他的一生變化多端）

**浮き沈み、浮沈み**〔名、自サ〕浮沉（＝浮沈）。〔轉〕盛衰榮枯，人生的幸與不幸
浮き沈みし乍流れて行く（一浮一沉地流去）
浮き沈みの多い人生（榮枯無常的人生）

**浮図、浮屠**〔名〕〔佛〕佛、僧、塔、佛寺

**浮動**〔名、自サ〕浮動、不固定←→固定
相場が浮動する（行情不定）
浮動票（不能預測選誰或哪個黨的流動票）
浮動人口（流動人口）
浮動ドック（浮動船塢）
浮動為替率（浮動匯率）
浮動小数点（〔數〕浮點）
浮動株（〔商〕市場上流動的股票）

**浮嚢**〔名〕〔植〕氣囊

**浮嚢、浮き袋，浮袋**〔名〕魚鰾（＝鰾）、浮囊，救生圈
浮囊を付けて泳ぐ（套上救生圈游泳）

**浮薄**〔名、形動〕輕薄，輕浮，輕率、（人情）淡薄
軽佻浮薄（輕佻淺薄）
浮薄な人（輕佻的人）
浮薄に流れ易い（易流於輕浮）
人情が浮薄な（の）土地（人情淡薄的地方）

**浮氷**〔名〕浮冰

**浮漂**〔名〕漂浮、漂浮物

浮漂物（漂浮物）

浮漂植物（水漂植物）

**浮標**〔名〕浮標（=ブイ）、（魚網上的）浮子

浮標を付ける（設置浮標）

**浮錨**〔名〕〔船〕浮錨、海錨

**浮木**〔名〕水面上的浮木、漂浮水面的木頭（=浮き木，浮木，浮き木，浮木）

**浮き木，浮木，浮き木，浮木**〔名〕浮在水裡的木頭、船筏

浮木の亀（浮木盲龜、喻難得的機會）

**浮遊、浮游**〔名、自サ〕浮游，漂浮。〔化〕懸浮，懸浮物

水面をに浮遊する（在水面浮游）

浮遊橋（浮橋、筏橋）

浮遊物（懸浮物）

浮遊機雷（浮動水雷）

浮遊腎（浮游腎）

浮遊選鉱法（浮游選礦法）

浮遊生物（浮游生物=プランクトン）

**浮揚**〔名、自他サ〕飄揚、漂浮

気球を浮揚させる（使氣球升起）

浮揚力（漂浮力）

**浮葉**〔名〕漂浮植物浮在水面的葉子

**浮き葉、浮葉**〔名〕浮葉、浮在水面上的葉子

**浮流**〔名、自サ〕漂流、漂動

浮流物（漂浮物）

浮流機雷（浮動水雷）

**浮力**〔名〕〔理〕浮力

浮力タンク（浮力槽）

浮力計（浮力計）

**浮浪**〔名、自サ〕流浪

各地を浮浪する（到處流浪）

浮浪人（流浪者）

浮浪児（流浪兒）

浮浪者（流浪者）

浮浪者の生活を為す（過著流浪者的生活）

浮浪者と為て逮捕する（當作流浪者逮捕）

盗難の罪を浮浪者に着せる（把竊盜罪加在流浪者身上）

**浮垢**〔名〕水面上的浮垢

**浮塵子**〔名〕〔動〕浮塵子（水稻的害蟲）

**浮く**〔自五〕漂，浮（=浮かぶ）←→沈む。浮出，浮起（=浮かび上がる、浮び上がる）←→沈む。浮動，搖晃，游離。愉快，高興，快活（=浮かれる、浮れる）←→沈む。輕薄，輕佻（=浮薄）。浮餘，有剩餘（=余る）

薄氷が浮いている（浮著薄冰）薄氷薄氷

彼の体は宙に浮いた（他整個身體懸空了）

空に浮く雲（空中浮雲）

潜水艦が浮いて来た（潛水艇浮上來了）

脂が肌に浮く（皮膚上浮現油脂）

土台が浮く（地基動搖、基礎動搖）

釘が浮く（釘子浮動）

指導者が大衆から浮く（領導脫離群眾）

気が浮く（高興）

浮かぬ顔（陰沉的臉）

浮いた噂（艷聞）

費用が千円浮く（費用浮餘一千日元）止める已める辞める病める

煙草を止めると月二千円は浮く（把菸戒掉每月就能浮餘兩千日元）

歯が浮く（吃酸東西時倒牙、肉麻）

酸っぱい果物を見ると歯が浮く（一看見酸水果就倒牙）

歯が浮く様な御世辞（叫人聽了肉麻的奉承話）

**浮き、浮子**〔名〕（魚線或魚網上的）浮標、（測量流速、流向、水深的）浮標、救生圈（浮囊、浮き袋，浮袋）

**浮子、網端**〔名〕（魚網上的）浮標、網緣（繫浮標的上緣叫〝浮網端〞、繫墜子的下緣叫〝腳網端〞）

**浮き足、浮足**〔名〕翹起來的腳。〔轉〕準備逃跑（＝逃げ腰）
　浮足で歩く（翹著腳走）
　浮足を払う（乘對方未站穩腳跟把他掃倒）
　浮足に為る（準備逃跑）

**浮き足立つ、浮足立つ**〔自五〕失去鎮靜，動搖、準備逃跑
　此れ位の事で浮き足立っては困る（碰到這麼一點事情就動搖可不行）
　形勢が悪く為ると皆浮き足立って来た（形勢一不好都想要逃跑）

**浮き浮き**〔副、自サ〕心裡高興、喜不自禁
　心が浮き浮きしている（心裡喜不自禁）
　気も浮き浮きと海に行く（興高采烈地出海）
　御祭で子供達は浮き浮きしている（因為節日孩子們很高興）
　退院の時私の心はしていた（出院時我按捺不住心裡的高興）

**浮き魚、浮魚**〔名〕棲息在海水上層的魚類←→底魚

**浮き泳ぎ、浮泳ぎ**〔名〕〔體〕踩水游泳法

**浮き織り、浮織**〔名〕提花織法、提花的織品，織錦←→固織
　浮織物（提花織品）
　白地に花模様の浮織（白地上織有提花的織品）

**浮き貸し、浮貸**〔名、他サ〕〔商〕帳外放款（銀行員等不按正規手續進行的貸款）

**浮き滓，浮滓，浮き澤，浮澤**〔名〕（溶化玻璃時的）玻璃沫。〔冶〕浮渣

**浮き河竹**〔名〕漂泊不定的痛苦、娼妓處境

**浮き起重機、浮起重機**〔名〕水上起重機（＝浮きクレーン）

**浮きクレーン**〔名〕水上起重機

**浮き草，浮草、萍，浮萍**〔名〕〔植〕浮萍。〔轉〕像浮萍一般漂泊不定
　浮萍の様な生活を送る（過著漂泊不定的生活）
　浮萍稼業（漂泊不定的行業）

**浮き粉、浮粉**〔名〕大米粉、大米麵（製造日本點心用）

**浮苔目**〔名〕〔植〕浮苔目

**浮き腰、浮腰**〔名〕〔相撲〕重心向上腰部無力。〔柔道〕乘對方重心向上腰部無力時用腰勁把對方摔倒的招數、動搖，準備逃跑
　浮腰に為る（搖擺不定、準備逃跑）
　浮腰に為って仕事が手に付かない（心情浮動不能安心工作）

**浮き桟橋、浮桟橋**〔名〕浮碼頭

**浮き軸、浮軸**〔名〕（汽車等的）浮軸

**浮き島、浮島**〔名〕湖泊中水草密生遙望如島的地方、彷彿漂在水中的小島、海市蜃樓的浮島

**浮き州、浮州**〔名〕湖泊中小塊草灘或沙灘

**浮き巣、浮巣**〔名〕（鳥在水面上用枯枝造的）浮巢。〔轉〕住處不定
　浮巣鳥（浮巢的鳥、沒有一定住處的人）

**浮き出す、浮出す**〔自五〕浮出，漂出、凸出，浮現出來、（出す作接尾詞用法）漂起來，開始飄出（＝浮き始める）
　油が浮き出す（油漂上來）
　花模様が鮮やかに浮き出す（花樣鮮明地凸出出來）
　富士山が秋空にくっきりと浮き出す（富士山清楚地浮現在秋季的天空裡）
　端役を使って役を浮き出させる（用配角烘托主要角色）

**浮き出し、浮出し**〔名〕凸出、浮出
　浮き出し印刷（壓凸印刷）
　浮き出し繰形（〔建〕凸出嵌線）
　浮き出し用紙（壓凸紙）
　浮き出し模様（浮雕圖案）
　浮き出し織（凸紋布）
　浮き出しに為る（使浮出、使凸出）

**浮き出る、浮出る**〔自下一〕漂出，浮出（＝浮き上がる）、露出，浮現（＝浮き出す）
　子子が浮き出る（子子浮出水面）子子子子
　油が顔に浮き出た（臉上出油了）

霧の中に大きく浮き出る（在霧中龐然出現）

山山が青い空に浮き出ている（群山浮現在藍色的天空裡）

**浮き立つ、浮立つ**〔自五〕愉快、高興、快活

吉報で浮き立つ（聽到喜訊高興起來）

心を浮き立たせる（心裡高興、令人興奮、令人快活）

音楽を聞いていると心が浮き立って来る（一聽音樂心裡就高興起來）

**浮き玉コック、浮玉コック**〔名〕浮球旋塞、浮球閥

**浮きドック、浮ドック**〔名〕（修理船舶的）浮船塢（=乾ドック）

**浮き名、浮名、憂き名**〔名〕艷聞、醜聞

浮名が立つ（因男女關係弄得滿城風雨、傳開艷聞、傳開醜聞）

浮名を流す（因男女關係弄得滿城風雨、傳開艷聞、傳開醜聞）

映画女優と浮名を立てる（和電影女演員搞得滿城風雨）

**浮き荷、浮荷**〔名〕（海上保險用語）（船難後漂在海面的）漂浮貨物。〔商〕（買主未定就裝船出售的貨物）海上路貨

浮荷と投げ荷（漂浮在海面上的貨物和投進海裡的貨物）

**浮き寝、浮寝**〔名、自サ〕（水鳥）在水面漂浮著睡、在船中睡、（沒有固定住處）經常換地方睡。〔古〕（心緒不寧）睡不著、（男女）短暫的同床

浮寝の旅（寝食不安風塵僕僕的旅途、睡不好覺的旅途-形容漂泊不定）

**浮き秤、浮秤**〔名〕〔理〕液體比重計

**浮き橋、浮橋**〔名〕（用船或筏搭成的）浮橋

**浮き彫り、浮彫**〔名、他サ〕浮雕（=浮き上げ彫り、浮上げ彫、浮け彫り、半肉雕、レリーフ）、刻畫、使形像突出

浅浮彫（淺浮雕）

高浮彫（高浮雕）

中浮彫（中浮雕、半凸浮雕）

浮彫入り表紙の装丁（有浮雕像封皮的裝訂）

浮彫に為る（刻成浮雕）

浮彫細工（浮雕工藝）

其の狼狽振りを浮彫に為た（刻畫出那幅狼狽像）

労農兵の英雄的人物を浮彫に為る（突出描繪工農兵英雄人物）

**浮き上げ彫り、浮上げ彫**〔名〕浮雕（=浮き彫り、浮彫）

**浮き身、浮身**〔名〕〔泳〕仰泳、（漂在湯上的）湯料

浮身で水面に浮かぶ（仰著浮在水上）

**浮き矢幹、浮矢幹**〔名〕〔植〕海荊三棱

**浮き床、浮床**〔名〕〔建〕浮隔地板（隔音用）

浮床工法（浮隔地板結構工程、高層住宅隔音地板）

**浮き技、浮技**〔名〕〔柔道〕使對方懸空的招數

**浮いた**〔連體〕（浮く的連用形+た）輕薄的、輕浮的、輕佻的

浮いた考え（輕浮的想法）

浮いた稼業（尋歡作樂的營業）

心の浮いた人（輕薄兒）

そんな浮いた話じゃない（不是那樣輕浮的事）

浮いた気持では良い仕事は出来ない（輕輕佻佻地幹不出什麼名堂來）

彼の人には浮いた噂が無い（沒聽說他有什麼輕浮的風流事）

**浮かす**〔他五〕浮，泛，使漂浮（=浮かばせる、浮かべる）←→沈める、騰出，籌出，省出（=切盛する）、使高興，使愉快（=浮き立たせる）

腰を浮かす（抬起屁股來、坐不穩）

玩具のボートを池に浮かす（在水池裡漂浮玩具小船）

アドバルーンを空に浮かす（往空中放起廣告氣球）

時間を浮かす（騰出時間來）

金を浮かす（匀出錢來）

出張旅費を一万円浮かした（省出差旅費一萬日元）

**浮かし**〔名〕使漂浮起來、浮標（=浮き、浮子）、湯料（湯裡的各種配料）

**浮かし染め**〔名〕大理石紋染印（把顏料滴在水面上將其波紋染印在紙或布上）（=墨流し染）

**浮かせる**〔他下一〕浮，泛，使漂浮（=浮かばせる、浮かべる）←→沈める，騰出，籌出，省出（=切盛する）、使高興，使愉快（=浮き立たせる）（=浮かす）

**浮かされる**〔自下一〕著迷、弄得神魂顛倒、神志不清、（喝茶等）興奮得睡不著

　映画に浮かされて勉強も為ない（看電影入了迷也不用功了）

　人気に浮かされる（有點名氣就飄飄然起來）

　熱に浮かされて譫言を言う（燒昏了說胡話）

**浮かぶ、浮ぶ**〔自五〕漂浮（=浮く）←→沈む，浮起，浮出（=浮かび出る）←→沈む、想起、浮現。〔佛〕超渡、出頭，擺脫困境

　空中にふわりと浮かぶ（在空中飄盪）

　木の葉が水に浮かぶ（樹葉飄浮水上）

　魚が水面に浮かぶ（魚浮出水面）

　昔の苦しみが心に浮かぶ（過去的苦難湧上心頭）

　一寸眉根を寄せれば名案が浮かぶ（眉頭一皺計上心來）

　口許に微笑が浮かぶ（嘴邊浮現微笑）微笑み

　霧の中から船の姿が浮かんで見えた（船影從霧中隱隱出現）

　そんな事が有ったら死んだお父さんも浮かばれまい（如果有了這樣事，連你父親九泉之下也難瞑目）

　旧社会では彼は幾等努力しても浮かぶ事が出来なかった（在舊社會他怎樣努力也沒能出頭）

**浮かぶ瀨、浮ぶ瀨**〔連語〕出頭的日子，翻身的機會、寬慰，得救

　反動派を打ち倒さなければ貧乏人は一生浮ぶ瀨が無い（不打倒反動派窮人永無出頭之日）

　身を捨ててこそ浮ぶ瀨も有れ（不入虎穴焉得虎子）

斯う災難続きでは浮かぶ瀨が無い（如此災難重重沒有寬慰之時）

**浮かび出る、浮び出る**〔自下一〕浮出，浮起，顯眼，顯露、翻身、發跡（=浮かび上がる）

**浮かべる、浮べる**〔他下一〕浮，泛（=浮かせる）←→沈める、使出現、想起

　船を浮べて遊ぶ（泛舟遊玩）

　顔に喜びを浮べる（喜形於色）

　両眼に涙を浮べている（兩眼含著淚）

　口許に微笑を浮べている（嘴邊含著微笑）

　母の面影を胸に浮べる（想起母親的面容）

**浮かばれる**〔他下一〕（浮かぶ的可能形式）。〔佛〕能超渡（=成仏出来る）、能出頭，能擺脫困境（後面常接否定語）

　仏を浮かばれる（死者可得超渡）

　汚名を雪がなければ、浮かばれない（不洗刷臭名聲我就沒臉見人-抬不起頭來）

**浮かばせる**〔他下一〕（浮かぶ的使役形式）使浮、使漂起（=浮かす）

　笹の葉の舟を池に浮かばせる（把竹葉的小船浮在水池裡）

　湖に舟を浮かばせる（泛舟湖上）

**浮かぬ顔**〔連語〕不高興的面孔、悶悶不樂的臉色（=沈んだ顔）

　何が気に為るのか、浮かぬ顔を為ている（也不知有什麼心事臉上顯得悶悶不樂）

**浮かる**〔自下二〕〔古〕漂浮（=浮かぶ）、流浪，漂泊（=流離う）、快活，高興，歡鬧，心醉神迷（=浮かれる）

**浮かり（と）**〔副、自サ〕不留神、稀裡糊塗地（うっかりと、ぼんやりと）

**浮かり坊**〔名〕傻瓜、糊塗蟲（=間抜け）

**浮かれる、浮れる**〔自下一〕〔古〕漂浮（=浮かぶ）、流浪，漂泊（=流離う）、快活，高興，歡鬧，心醉神迷

　酒に浮れる（喝酒喝得高興起來）

　月に浮れて外へ出る（因月光皎潔而出外賞月）

経済の高度成長に浮れた人人も次第に取り戻す様に為った（因經濟高度增長而興高采烈的人們也逐漸清醒過來了）

宴会で酒が回ると皆浮れる（在宴會上酒勁一來大家都活躍起來）

**浮かれ**〔名〕歡鬧

大浮かれする（狂飲狂鬧）

**浮かれ烏、浮れ烏**〔名〕月夜亂啼的烏鴉。〔轉〕夜間閒逛的人，夜遊神

**浮かれ気分，浮れ気分**〔名〕歡樂的心情、輕鬆愉快的心情、興致勃勃

浮れ気分に為る（興致盎然）

**浮かれ騒ぐ，浮れ騒ぐ**〔自五〕狂歡作樂、狂飲狂鬧、吵鬧嬉戲

浮かれ騒いでいる人人（狂歡作樂的人們）

**浮かれ騒ぎ，浮れ騒ぎ**〔名〕狂歡作樂、狂飲狂鬧、吵鬧嬉戲

**浮かれ出す，浮れ出す**〔自五〕興致勃勃起來、高興起來、快活起來

**浮かれ調子，浮れ調子**〔名〕使人心曠神怡的音調、使人快活興奮的節奏（=浮かれ拍子，浮れ拍子）

**浮かれ出る，浮れ出る**〔自下一〕乘興而出、興沖沖地出去

花見に浮れ出る（乘興出去賞花）

月夜に狸が浮れ出る（月夜裡狐狸興沖沖地出來）

**浮かれ人、浮れ人**〔名〕流浪者、放蕩的人（=浮かれ者）

**浮かれ節，浮れ節**〔名〕（三弦琴伴奏的）一種快活的俚曲、浪花曲（三弦伴奏民間說唱歌曲=浪花節）

**浮かれ女，浮れ女**〔名〕娼妓（=遊女、遊び女）

**浮かれ拍子，浮れ拍子**〔名〕使人心曠神怡的節奏（=浮かれ調子，浮れ調子）

**浮気、上気**〔名、形動、自サ〕沒定性、見異思遷、心猿意馬、愛情不專一、亂搞男女關係

彼は浮気で何にでも手を出す（他見異思遷甚麼都要搞）

浮気を為る（亂搞男女關係）

彼は浮気な男ではない（他不是個愛情不專一的人）

**浮気性**（水性楊花）

**浮気者**（浪蕩子、蕩婦）

**浮付く、上付く**〔自五〕輕浮、心神浮動、忘乎所以

彼は勝利に酔って浮付いている（他因勝利而忘乎所以）

態度が浮付いている（態度輕浮）

浮付いた気持を捨てる（沉下心來）

## 祓、祓（ㄈㄨˊ）

**祓、祓**〔漢造〕除災求福的祭祀為祓

**祓う**〔他五〕驅除、祓除、清洗

心身を祓い清める（清洗罪惡、淨化身心）

**祓い、祓え**〔名〕（齋戒沐浴祈禱神佛以）祓除，驅除（妖魔等）、舉行上述儀式時的頌辭

厄祓いを為る（祓除不祥）

**祓い清める**〔他下一〕祓除不祥

心身を祓い清める（清洗罪惡、淨化身心）

**払う**〔他五〕拂，撢（灰塵等）、支付（款項）、驅除，驅逐、（將無用東西）賣掉，處理（廢品）、傾注、表示（尊敬）、加以（注意）、橫掃，橫砍，橫拉、（接於其他動詞下）表示散開

机の埃を払う（拂去桌子上的塵土）掃う祓う（驅除、清洗）

彼女は立ち止まって着物の雪を払った（她停下來撢掉了衣服上的雪）

金を払う（付錢）

現金で払う（付現款）

借金を払う（還債）

此の服代は未だ払ってない（這件衣服的價款還沒有付）

酒代は私が払う（酒錢我來付）

高い代価を払った（付出了很高的代價）

悪魔を払う（驅魔、除邪）

蝿を払う（趕蒼蠅）

フ

暑気を払う（去暑）

一杯遣って寒さを払う（喝杯酒趕趕寒氣）

賊を払う（掃平賊寇）

威風当たりを払う（威風凛凛不可一世）

威風堂堂

涙を払う（擦乾眼淚）

部屋を払う（騰出房間）

蓋を払う（去掉蓋子）

底を払う（清底、全部傾出）

人を払う（斥退左右、把人趕走）

木の枝を払う（砍掉樹枝）

垣根を払う（拆除籬笆）

分母を払う（去分母—化分數式為整數式）

古本や紙屑を屑屋に払う（把舊書和廢紙賣給收廢品的）

注意を払う（嚴加注意）

敬意を払う（表示敬意）

最善の努力を払う（竭盡全力）

犠牲を払う（作出犧牲）

棒で足を払う（用棍子橫掃小腿）

長刀を払う（掄起長柄大刀）

幕を払って現れる（拉開幕出場）

袖を払って去る（拂袖而去）

風が雲を吹き払う（風吹散烏雲）

地を払う（掃地、完全喪失）

**払い**〔名〕付款，發薪、打掃，清掃、賣掉、處理（商品）

不景気で月給の払いが悪い（由於蕭條不能按時或如數發薪水）払い祓い掃い

家賃の払いは済ませたか（房租付過了嗎？）

学費の払いを済ませなければ卒業出来ない（不交足學費不能畢業）

現金払いだと一割安く為る然うだ（聽說付現金可以減價一成）

分割払い（分期付款）

月賦で物を買うと、払いがし易い（用分期付款的方式買東西容易支付）

十万円の持参人払い小切手（十萬日元的憑票即付支票）

賃金は一週間払いです（薪水按周發給）

溜っていた払いを全部済ませる（付清全部積壓的欠款）

年末に煤払いを為て正月を迎える（年底掃塵迎接新年）

**桴**（ㄈㄨˊ）

**桴**〔漢造〕打鼓棒、竹筏或木筏

**桴、枹**〔名〕鼓槌

太鼓に桴を当てる（用鼓槌敲鼓）筏

桴で太鼓を打ち鳴らす（用鼓槌敲鼓）

**符**（ㄈㄨˊ）

**符**〔漢造〕符節、票證、符號、護符

割符、割符（符契、對號牌）

切符（票、票證）

免罪符（免罪符）

音符（文字讀音的補助符號—濁音符號〝ば〞、半濁音符號〝ぱ〞、促音符號〝っ〞、長音符號〝—〞、〔樂〕音符）

疑問符（問號＝クエスチョン、マーク）question mark

神符（神社發的護身符）

護符（護身符＝御守）

呪符（咒符）

**符号**〔名〕符號，記號（＝印、標）。〔數〕（正負的）符號

符号を付ける（加上記號）

Ｃは炭素の符号だ（Ｃ是碳的元素符號）

補助符号（補助符號）

移項すると符号が変わる（一移項符號就變）

**符合**〔名、自サ〕符合、吻合、一致

事実にぴったりと符合する（完全符合事實）

此れは偶然の符合とは考えられない（這不可能是偶然的巧合）

## 符節 [名] 符節、兵符

皆の話は符節を合わせた様だった（大家講的都完全一致）
符節を合するが如し（完全一致、正如符節）
符節を合わせた様（完全一致、正如符節）

## 符丁、符牒、符帳 [名] 記號、符號、（價格）暗碼、行話，黑話（＝合言葉）、價目牌

符丁を付ける（標上暗號）
符丁を読み取る（解讀符號）
古本に符丁で値を書き込む（用暗碼在舊書上標上價格）
符丁で話す（用黑話說）
符丁を使って話す（用暗語說話）

## 符点、符点 [名] [樂] 符點、圓點

符点音符（符點音符）

## 符尾 [名] [樂] 音符尾部

## 袱（ㄈㄨˊ）

**袱** [漢造] 包東西的大巾

**袱紗、服紗、帛紗** [名]（包禮品等的）小方綢巾。[茶道] 擦或接茶碗用的小綢巾

帛紗に包む（用小綢巾包）
見事な帛紗捌き（使用小綢巾的動作很俐落）

## 蜉（ㄈㄨˊ）

**蜉** [漢造] 蜉蝣（蟲名，能飛，生長水邊，生後數小時即死）

**蜉蝣** [名] [動] 蜉蝣（＝蜉蝣）。[喻]（像蜉蝣一樣）短暫無常

蜉蝣の命（短暫的生命）

**蜉蝣** [名] [動] 蜻蜓（＝蜻蜓、蜻蛉）。[動] 蜉蝣（夏季產卵幾小時即死）（＝蜉蝣）。[喻] 短命，無常

蜉蝣の様な儚い命（像蜉蝣那樣短促的生命）
蜉蝣の命（短暫的生命）

## 鳧（ㄈㄨˊ）

**鳧** [漢造] 野生的水鳥為鳧、小型野鴨

**鳧、計里** [名] [動] 灰頭麥雞、野鴨

## 福（ㄈㄨˊ）

**福** [名、漢造] 福、幸福、幸運（＝幸せ、幸い）

福を分ける（分享幸福）
残り物には福が有る（吃剩的東西有福氣）
笑う門には福来る（福臨笑家門、和氣致祥）
福が過ぎると禍が生じる（福去禍來）
福は内！鬼は外！（〔春分撒豆時的唱詞〕福進來！鬼滾開！）
福は並んでは来ない（福不雙至）
禍福（禍福、幸與不幸）
幸福（幸福）
万福、万福（萬福、多福）
追福（為死者祈冥福、做佛事＝追善）
冥福（冥福）

**福音** [名] 福音，佳音，好消息、[宗] 福音

天来の福音（天上掉下來的好消息）
其の発明は身体障害者への福音である（那個發明給殘廢者帶來了福音）身体身体
福音を信ずる（信福音）
福音伝道者（福音傳教士）
福音教会（福音教會）
福音書（福音書）

**福運** [名] 幸福、幸運

福運に恵まれている（走運、運氣好）

**福紙** [名]（書頁的）折角、紙角的卷折（＝恵比寿紙）

**福祉** [名] 福祉、福利

社会福祉（社會福利）
児童福祉事業（兒童福利事業）
福祉を増進する（增進福利）
福祉の為の労働組合（福利工會）
福祉施設（福利設施）
福祉主義（福利主義）

福祉国家（福利國家）

福者〔名〕幸運的人、富裕的人（=福人、福人）

福寿〔名〕幸福長壽

福寿草〔名〕〔植〕側金盞花

福白髪〔名〕少白頭（=若白髪）

福神〔名〕福神（=福の神）

福神漬け、福神漬〔名〕〔烹〕什錦八寶醬菜

福の神〔名〕福神（=福神）
　福の神が舞い込む（福神降臨）

福助〔名〕福神、頭大身短的男性偶人。〔轉〕頭大身矮的人

福祚〔名〕福祚、幸福（=幸い）

福相〔名〕福相、有福的像貌←→貧相
　福相の人（福相的人）

福茶〔名〕吉祥茶（加黑豆，海帶，花椒，梅干等煮的茶、在除夕，元旦，立春前日等為祝福而飲用）

福手〔名〕供神用的圓形大年糕（=鏡餅）

福徳〔名〕有福有徳、有福有錢
　福徳円満な人（福貴雙全的人）
　福徳の三年目（隔了好久碰上好運氣、偶然走運）

福富〔名〕彩票（=富籤）

福引き、福引〔名〕抽彩，抽籤、彩票，抽籤的籤
　福引きが当たる（彩票中彩、中籤）
　福引きに当たる（抽彩中了）
　福引きでデレビが当たった（抽彩得了一台電視機）
　福引きの景品（中彩的贈品）
　福引き券（彩票）

福福〔副〕有福的樣子、福星高照、財運亨通
　景気が良くて福福だ（財運亨通）

福福しい〔形〕福態、有福
　頰が福福しい（面頰豐滿）
　福福しい顔（福相）

福袋〔名〕福袋（作為餘興，各人自取，內裝不同贈品的彩袋）

福分〔名〕福分，福氣、有福，福星高照

福分け、福分〔名、他サ〕分贈收到的禮物

福豆〔名〕立春前夕為怯災而撒的炒豆

福耳〔名〕耳垂大的耳朵（過去認為耳大有福）

福利〔名〕福利、幸福和利益
　人民の福利を増進する（提高人民的福利）
　福利施設（福利設施）
　福利事業（福利事業）
　福利厚生（福利保建）

福禄〔名〕福禄、幸福和俸禄、福禄壽（七福神之一=福禄寿）
　福禄人（福禄壽）（七福神之一-貌似中國南極仙翁=福禄寿）
　福禄寿（福禄壽、七福神之一-貌似中國南極仙翁）

福笑い〔名〕（新年的種遊戲）醜女輪廓的紙片畫上五官蒙眼的遊戲

# 縛（ㄈㄨˊ）

縛〔名、漢造〕縛、綑綁
　縛に就く（就縛）
　捕縛（逮捕上綁）
　束縛（束縛、限制）
　緊縛（緊縛=きつく縛る）

縛帯〔名〕〔醫〕繃帶（=繃帯）

縛する〔他サ〕縛、綑綁（=縛る）
　罪人を縛する（綑綁犯人）駁する

縛る〔他五〕縛，綑，綁，束縛，拘束，限制、逮捕，綁上
　薪を縛る（捆柴）薪
　鉛筆を一ダース宛縛る（把鉛筆綑成一打一把）
　此れ等の物は縛って一つに為ると持ち易い（這些東西綑在一起好拿）
　袋の口を紐でぎゅっと縛る（用繩子把口袋嘴緊緊地綁住）
　後ろ手に縛る（倒背手綁上）

規則に縛られて動きが取れない（被規章束縛住不能動彈）

私は勤務時間に縛られてはいない（我不受工作時間的限制）

多くの婦人は家庭に縛られている（許多婦女被家庭纏住）

泥棒を木に縛る（把小偷綁在樹上）

**縛り、縛**〔名〕束縛（物）、期限、（不許分批償還的）銀行的定期貸款

**縛り上げる**〔他下一〕（緊緊）捆上、綁上

泥棒を捕まえて縛り上げる（抓住小偷綁上）

荷物をきつく縛り上げる（把行李捆緊）

**縛り首**〔名〕（江戸時代）斬首（把兩手背著綁而砍頭的一種刑罰）

**縛り付ける**〔他下一〕綁住、捆結實

確り縛り付ける（緊緊綁住）

泥棒を樹に縛り付ける（把小偷綁在樹上）

彼は其の一枚の契約書で縛り付けられた（他被那一紙合約綁住了）

私を家に縛り付ける気ですか（你硬要把我栓在家裡嗎？）

**縛める**〔他下一〕綑綁、綁上（＝縛る）

泥棒の両腕を確りと縛める（將小偷的雙手綁緊）戒める誡める警める忌ましめる

**縛め**〔名〕綑綁、綁上

縛めを解く（鬆綁）解く梳く説く溶く

縛めの身と為る（被綁上）

**戒める、警める、誡める**〔他下一〕勸誡,懲戒、戒除、警戒,戒備,警備

将来を戒める（以儆將來）

子供の悪戯を戒める（規誡孩子不要淘氣）

人の不心得を戒める（勸誡他人的不端行為）

煙草を戒める（戒煙）

飲酒は戒める可き物である（應當戒酒）

自ら戒める（自戒、律己）

失敗の無い様戒める（提醒切勿失敗）

驕りを戒め、焦りを戒め（戒驕戒躁）

国境を戒める（警備國境）

**戒め、警め、誡め**〔名〕勸誡,懲戒、戒除、警戒,戒備,警備

再三の戒めにも拘らず（雖然再三規戒）

良い戒めである（是個很好的教訓）

国父の戒めを守る（遵守國父的教訓）

教条主義の失敗を戒めと為る（把教條主義的失敗作為教訓）

前車の覆るは後車の戒め（前車覆後車鑑）

戒めを厳重に為る（嚴加戒備）

戒めの為に家から外へ出さない（為了懲戒不准外出）

# 輻（ㄈㄨˊ）

**輻**〔漢造〕輻、輻條

**輻射**〔名、他サ〕〔理〕輻射

輻射エネルギー（輻射能）

輻射体（放射體）

輻射霧（輻射霧）

輻射高（天線的有效高）

輻射線（輻射線）

輻射葉（天線方向圖的瓣）

**輻湊、輻輳**〔名、自サ〕輻輳,集中,擁擠。〔醫〕內斜視

車馬が輻湊する（車馬輻輳）

事務が輻湊して捌き切れない（工作積壓得處理不過來）

**輻**〔名〕（車輪的）輻條（＝スポーク）

# 府（ㄈㄨˇ）

**府**〔名〕府（行政區劃名-現在只有京都府、大阪府）、中心機關,領導部門、（皇室保管文件財物的）府庫、（江戶時代）對江戶的、（中國舊行政區劃名）府

京都府（京都府）

大阪府（大阪府）

学問の府（學府-指大學、大學院）

## ㄈ

立法の府（立法府-指國會）
文教の府（文教領導機關-指文部省）
総理府（總理府）
在府（人在江戸）

**府営**〔名〕府營
　府営事業（府營事業）
　府営プール（府營游泳池）

**府下**〔名〕府的管轄區內
　京都府下（京都府區域內）
　府下の諸学校（府管區內的各學校）

**府会**〔名〕府議會的舊稱

**府議**〔名〕府議會議員的簡稱

**府議会**〔名〕府的議會
　府議会議長（府議會主席）
　府議会議員（府議會議員）
　府議会議場（府議會會場）

**府警**〔名〕府的警察、府警察本部

**府県**〔名〕府和縣
　都道府県（都道府縣）

**府債**〔名〕府的欠債

**府志、府誌**〔名〕府志

**府人**〔名〕同一個府出身的人
　府人会（府人會、府的同鄉會）

**府政**〔名〕府的行政

**府税**〔名〕府徵收的稅

**府知事**〔名〕府知事（府民選領導人）

**府庁**〔名〕府的辦公廳

**府道**〔名〕府經營的公路

**府内**〔名〕府的行政區劃範圍內。〔史〕江戸的市區內（=御府内）

**府民**〔名〕府內的居民
　府民税（府內居民向府繳納的稅捐）

**府立**〔名〕府立
　府立病院（府立醫院）
　府立図書館（府立圖書館）

**府令**〔名〕府的條令的舊稱

## 斧（ㄈㄨˇ）

**斧**〔漢造〕砍樹用的刀、修飾

**斧鉞、鉄鉞**〔名〕斧與鉞（=斧と鉞）。〔轉〕征伐，重刑。〔轉〕修改、削減
　斧鉞を入れぬ大森林（未加砍伐的大森林）
　斧鉞を加える（加以修改）加える啣える銜える
　予算に大斧鉞を加える（大大削減預算）

**斧鑿**〔名〕〔古〕斧鑿、（文章的）修改，故弄技巧
　毫も斧鑿の跡を留めない（〔文筆流暢〕毫無斧鑿之痕）

**斧正**〔名〕斧正（請人改文章的敬語）
　斧正を乞う（請斧正）乞う斯う請う

**斧石、斧石**〔名〕〔礦〕斧石

**斧足綱**〔名〕〔動〕斧足類、瓣鰓綱

**斧**〔名〕斧頭
　斧の柄（斧柄）斧己己
　斧で切り倒す（用斧頭砍倒）
　斧で薪を割る（用斧頭劈劈柴）薪薪
　木に斧を入れる（用斧頭砍樹）
　斧を入れた事の無い森（沒有採伐過的森林）
　社会の根本に斧を加える（進行社會的徹底改革）
　斧を磨いで針に為る（鐵杵磨成針）
　螳螂の斧を以て竜車に向うが如し（螳螂檔車、喻自不量力）

**己**〔代〕自己（=己）
　己が身（自身）
　己が家（自己的家）
　失敗したら己が罪だ（要是失敗了是你自己的罪過）
　己が頭の蠅を追え（管你自己的事好了）
　己が刀で己が首（自作自受、自找苦吃）
　己が田へ水を引く（為自己的利益著想或行事）

**己**〔名〕己、自己

〔代〕我。〔罵〕你

〔感〕這傢伙！他媽的！

己(おのれ)を捨(す)てて人(ひと)を救(すく)う（捨己救人）

己(おのれ)を以(もっ)て人(ひと)を量(はか)る（以己度人）

己(おのれ)を持(じ)するに嚴(げん)で有(あ)る（持己嚴）

己(おのれ)を利(り)する（利己）

唯(ただ)己(おのれ)有(あ)るを知(し)って人(ひと)有(あ)るを知(し)らぬ（只知有己不知有人）

己(おのれ)を知(し)れ（要有自知之明）

己(おのれ)の名(な)を言(い)え（報上你的名來！）

己(おのれ)、今(いま)に見(み)ていろ（他媽的！走著瞧！）

己(おのれ)に克(か)ちて禮(れい)に復(かえ)る（克己復禮-論語）

己(おのれ)の頭(あたま)の蠅(はえ)を追(お)え（各人自掃門前雪莫管他人瓦上霜）

己(おのれ)の欲(ほっ)せざる所(ところ)は人(ひと)に施(ほどこ)す無(な)かれ（己所不欲勿施於人-論語）

**斧折(おのお)れ樺(かんば)** 〔名〕〔植〕賽黑樺

## 俯（ㄈㄨˇ）

**俯** 〔漢造〕向下、仰的反面

**俯角(ふかく)** 〔名〕〔理〕俯角←→仰角

水平(すいへい)俯角(ふかく)（水平俯角）

俯角計(ふかくけい)（俯角計）

**伏角(ふっかく)** 〔名〕〔理〕〔磁〕傾角。〔測〕俯角←→仰角

無伏角線(むふっかくせん)（地磁的無傾線）

伏角計(ふっかくけい)（傾角計、磁傾儀）

**俯瞰(ふかん)** 〔名、他サ〕俯瞰

飛行機(ひこうき)から俯瞰(ふかん)する（從飛機上俯瞰）

俯瞰図(ふかんず)（鳥瞰圖）

俯瞰撮影(ふかんさつえい)（俯瞰攝影）

俯瞰図撮影機(ふかんずさつえいき)（鳥瞰圖攝影機）

**俯仰(ふぎょう)** 〔名〕俯仰。〔轉〕起居坐臥

俯仰(ふぎょう)天地(てんち)に愧(は)じず（俯仰不愧於天地）愧(は)じる羞(は)じる恥(は)じる

俯仰角(ふぎょうかく)（俯仰角、高度角）

**俯首(ふしゅ)** 〔名、自サ〕俯首、低頭

**俯伏(ふふく)** 〔名、自サ〕叩拜、低頭

**俯(ふ)す、伏(ふ)す、臥(ふ)す** 〔自五〕伏，藏（＝潜(ひそ)む）、伏臥（＝俯(うつ)く）、仰臥、叩拜

猫(ねこ)が物陰(ものかげ)に伏(ふ)して鼠(ねずみ)を狙(ねら)っている（貓躲在暗處窺伺老鼠）

わっと遺体(いたい)に伏(ふ)して泣(な)き出(だ)した（伏在遺體上哇的一聲哭開了）

仰向(あおむ)けに伏(ふ)す（仰著躺下）

急(いそ)いで地(ち)に伏(ふ)す（趕忙臥倒）

伏(ふ)して御願(おねが)い申(もう)し上(あ)げる（敬懇）

**付(ふ)す、附(ふ)す** 〔他五〕付加、交付（＝付(ふ)する）

**俯(ふ)す、うつ伏(ぶ)す、うつ伏(ぷ)す** 〔自五〕臉朝下趴著俯臥（＝俯(うつぶ)せる、うつ伏(ぶ)せる）

**俯(うつぶ)し、うつ伏(ぶ)し** 〔名〕臉朝下趴著俯臥（＝俯(うつぶ)せ、うつ伏(ぶ)せ）

**俯(うつぶ)せる、うつ伏(ぶ)せる** 〔自下一〕臉朝下趴著俯臥（＝俯(うつぶ)す、うつ伏(ぶ)す）←→仰向(あおむ)く

〔他下一〕扣置、扣著放

地面(じめん)に俯(うつぶ)せる（趴在地上）

ばっと俯(うつぶ)せる（一下子臥倒）

バケツを俯(うつぶ)せる（把白鐵桶扣著放）

壺(つぼ)を棚(たな)に俯(うつぶ)せる（把罐子扣在架上）

**俯(うつぶ)せ、うつ伏(ぶ)せ** 〔名〕臉朝下趴著俯臥

俯(うつぶ)せに為(な)る（俯臥）

俯(うつぶ)せに倒(たお)れる（臉朝下跌倒）

俯(うつぶ)せの儘(まま)で動(うご)かない（臉朝下趴著不動）

**俯(うつむ)く** 〔自五〕俯首，垂頭，低頭，臉朝下、（立著的東西）頭朝下彎，頭搭拉下來←→仰向(あおむ)く

恥(は)ずかしくて俯(うつむ)く（羞得低下頭）

俯(うつむ)いて小声(こごえ)で訪(たず)ねる（低下頭小聲地問）

花(はな)が俯(うつむ)く（花搭拉下來）

**俯(うつむ)き** 〔名〕俯首，垂頭，低頭，臉朝下、朝下彎，向下←→仰向(あおむ)き

俯(うつむ)きに寝(ね)る（趴著睡）

俯(うつむ)きに為(な)る（低下頭、面朝下）

俯(うつむ)き加減(かげん)（稍微低著頭、略彎著腰）

瓶(びん)を俯(うつむ)きに立(た)てる（把瓶子倒放）

**俯ける**〔他下一〕把頭朝下，把臉朝下、向下，朝下彎

　顔を俯ける（把臉朝下、低下頭）

**俯け**〔名〕俯首，垂頭，低頭、臉朝下、朝下彎，向下（＝俯き）←→仰向け

　寝返りを打って俯けに為る（翻了個身趴著睡）

　俯けに倒れる（臉朝下跌倒）

　切り花を俯けに持って歩く（倒拿著剪下來的鮮花走）

## 釜（ㄈㄨˇ）

**釜**〔名〕烹飪用的鍋

**釜中**〔名〕釜中

　釜中魚を生ず（釜中生魚、〔喻〕長期斷炊）

　釜中の魚（釜底游魚、〔喻〕處境十分危險）

**釜**〔名〕鍋、（日本茶道燒開水用的）鍋

　蒸気釜（做飯用汽鍋）釜鎌窯罐缶

　飯を炊く釜（燒飯的鍋）

　釜の蓋（鍋蓋）

　同じ釜の飯を食う（吃一鍋飯、在一起生活、受同樣款待）

　茶の湯の釜（燒茶水用的鍋）

　釜を起こす（成家立業、發財致富）

**窯**〔名〕窯、爐

　煉瓦を焼く窯（燒磚的窯）窯釜鎌罐缶

　パン焼窯（麵包爐）

　炭焼窯（炭窯）炭墨隅

　窯で炭を焼く（用窯燒炭）焼く妬く

　瓦窯（瓦窯）

　石灰窯（石灰窯）

　回転窯（旋轉窯）

　窯入れ窯出し（裝窯卸窯）

**竈**〔名〕灶

　竈で湯を沸かす（在爐灶上燒開水）

**鎌**〔名〕鐮刀、套人說話的話

　鎌で草を刈る（用鐮刀割草）鎌釜窯罐竈
　竈刈る駆る借る駈る狩る

　鎌と鎚（鐮刀與鎚子）鎚土槌

　鎌と鍬（鐮刀與鋤頭）鍬桑

　一丁の鎌（一把鐮刀）

　鎌を掛ける（用策略套出秘密．用話套出對方不肯說的話來）

**罐、缶**〔名〕鍋爐（＝ボイラー）

　汽車の罐（火車的鍋爐）

　風呂の罐（燒洗澡水的鍋爐）

　罐を炊く（燒鍋爐）

**釜師**〔名〕鑄（茶道用）鍋的匠人

**釜敷**〔名〕鍋壺等的墊子

**釜残**〔名〕鍋腳（鍋底殘餘物）

**釜日**〔名〕教茶道的日子

**釜飯**〔名〕小鍋什錦飯

**釜茹**〔名、他サ〕用鍋煮、（日本戰國時代的）煮刑

## 腑（ㄈㄨˇ）

**腑**〔名〕腑，臟腑，內臟（＝腸）、心，心底（＝心）

　胃の腑（胃臟）

　五臟六腑（五臟六腑）

　腑に落ちる様に話す（講得透徹、講得令人信服）

　腑に落ちない（不能理解、不能領會）

　腑に落ちない話（令人不能理解的事）

　説明が腑に落ちない（解釋不能令人信服）

　彼の態度には腑に落ちない所が有る（他的態度有的地方使人難以理解）

　此の点はどうも腑に落ちません（我總覺得這點有些不懂）

　腑の抜けた人（精神不健全的人、呆子、傻子）

**腑甲斐無い、不甲斐無い**〔形〕窩囊、不中用、不爭氣、沒有志氣、令人洩氣

自分乍不甲斐無いと思っている（連自己都覺得太窩囊）

誰も御前の事を不甲斐無いなんて言っていないよ（誰也沒說你不爭氣呀！）

彼奴は全く不甲斐無い奴だ（那個人也太沒志氣了）

**腑抜け**〔名、形動〕呆子、笨蛋、不爭氣、沒出息、窩囊廢、沒有志氣

其でも男か、此の腑抜け奴（那還算個男子漢嗎？你這個廢物！）

彼は腑抜けに為って終った（他變得沒一點志氣了）

**腑分け**〔名〕〔古〕解剖（＝解剖）

## 腐（ㄈㄨˇ）

**腐**〔名〕腐爛、陳腐、苦心、費心思。〔史〕宮刑（古代閹割生殖器的一種肉刑）（＝宮刑、腐刑）

陳腐（陳腐、陳舊）

**腐化精鍊**〔名〕〔化〕浸鮮

**腐朽**〔名、自サ〕腐朽、朽爛

腐朽を防ぐ（防腐）

湿気で材木が腐朽する（木材因潮濕而腐朽）

腐朽船（腐朽船）

**腐刑**〔名〕宮刑的別名（＝宮刑）

**腐刻**〔名〕蝕刻、銅板術

**腐儒**〔名〕腐儒（有時也用於學者的自謙）

**腐臭**〔名〕腐臭、腐敗後發出的氣味

腐臭が酷い（臭味難聞）

**腐熟**〔名、自サ〕〔農〕（肥料）腐爛發酵

**腐食、腐蝕**〔名、自他サ〕腐蝕、侵蝕

酸は金属を腐蝕する（酸腐蝕金屬）

錆で腐蝕している（因銹而腐蝕）

腐蝕剤（腐蝕劑）

腐蝕作用（腐蝕作用）

**腐食性**〔名〕〔動〕腐食性（以腐肉或排泄物為食）

**腐植**〔名〕腐殖（質）

其の土壌は腐植に富んでいる（那土壤含有豐富的腐殖質）

腐植土（腐殖土、沃土）

腐植酸（腐殖酸）

腐植質（腐殖質－土壤因細菌分解而產生的黑褐色有機物質）

**腐心**〔名、自サ〕絞盡腦汁、煞費苦心、處心積慮

会社の立て直しに腐心している（為整頓公司而煞費苦心）

彼は何とか為て与えられた任務を遂行しようと腐心していた（他為完成接受的任務想盡了一切辦法）

**腐泥炭**〔名〕〔地〕腐泥煤

**腐肉**〔名〕腐爛的肉。〔醫〕腐肉，壞疽

局部に腐肉を生ずる（局部生壞疽）

**腐敗**〔名、自サ〕腐敗，腐朽、腐爛、腐敗、墮落

腐敗し易い食物（易腐的食物）

腐敗を防ぐ（防止腐壞）

腐敗に由る損失（因腐爛而造成的損失）

腐敗した官僚制度を廃止する（廢除腐敗的官僚制度）

**腐木**〔名〕腐木

**腐葉土**〔名〕〔農〕腐葉土

**腐乱、腐爛**〔名、自サ〕腐爛（＝腐り爛れる）

死後一ケ月の腐爛した死体が発見される（發現死後一個月的腐爛屍體）

腐爛死体（腐爛屍體）

**腐卵**〔名〕腐卵、壞蛋

**腐す**〔他五〕〔俗〕貶低、誹謗、挖苦（＝貶す）

人の作品を腐す（把別人的作品貶得一錢不值）

**腐らす**〔他五〕弄爛、使腐爛（＝腐らせる）

気を腐らす（氣餒、沮喪）

**腐らせる**〔他下一〕使腐爛、使不愉快（沮喪）

気を腐らせる（氣餒、沮喪）

**腐る**〔自五〕腐爛、腐敗、腐朽、腐蝕、消沉，鬱悶，灰心失望，無精打采

〔造語〕（接動詞連用形下）表示輕蔑、憎惡、討厭

魚が腐（魚腐爛）

夏は牛乳が腐り易い（夏天牛奶易腐敗）

腐った物は食べられない（腐爛的東西不能吃）

腐っても鯛（好東西腐壞了也比一般東西好、瘦死的駱駝比馬大）

木が腐る（木頭腐朽）

鎖が腐った（鏈子銹壞了）鎖 鏈 鐺

彼は金を腐る程持っている（他很有錢、他的錢多得都要生銹了）

心の底迄腐った人間（壞透的人、無可救藥的人）

気持が腐っている（情緒消沉）

斯う雨続きじゃ腐るね（這樣連著下雨真叫人心煩）

落第して腐っている（沒考中鬱抑不樂）

何で腐ってるんだ（為什麼鬱抑不樂?）

何を言い腐るか（你胡說什麼呀?）

何時も人を使い腐る（總是支使人）

**腐り**〔名〕腐爛，腐敗，腐朽（的部分、程度）、沮喪，灰心失望，垂頭喪氣

腐りが早い（腐爛得快）鎖 鏈 鐺

腐りが出る（開始腐敗）

叱られて大腐りだ（受了申斥大為垂頭喪氣）

腐りに腐る（大為沮喪、非常灰心失望）

**腐り合う**〔自五〕通姦、不正當的男女關係

**腐り合い**〔名〕通姦，私通，同謀，合謀

**腐れる**〔自下一〕腐朽、腐敗

**腐れ**〔名〕腐朽，腐爛，腐朽，腐爛（的東西，程度）

〔造語〕（冠在名詞之上）表示不道德的、可蔑視的、可憎惡的

腐れを止める（防止腐爛）

腐れが酷い（腐爛得很厲害）

腐れ儒者（腐儒）

腐れ女（臭女人、臭娘兒）

**腐れ縁**〔名〕孽緣、難以斷絕的不良關係

**腐れ金**〔名〕臭錢、一點錢、幾個錢

**腐鮨、腐鮓**〔名〕腐製壽司（青花魚等放米飯卷好放木桶十天左右製成帶有酸甜味的生魚飯）

## 輔、輔（ㄈㄨˇ）

**輔**〔漢造〕輔助

**輔佐、補佐**〔名、他サ〕輔佐

課長輔佐（副科長）

部長を輔佐する（輔助部長）

輔佐の任に当たる（擔任輔助的任務）

幼君を輔佐する（輔佐幼主）

**輔導、補導**〔名、他サ〕（尤指對青少年的）輔導

校外輔導係の先生（校外輔導教師）

職業を輔導する（輔導就業）

輔導の任に当たる（擔任輔導工作）

輔導を仰ぐ（請求輔導）

輔導を受ける（接受輔導）

不良少年を輔導して職業に就かせる（輔導失足少年使之就業）

**輔弼、補弼**〔名、他サ〕輔弼、輔佐（君主）

輔弼の臣（輔弼之臣）

**輔、介、助、亮、弼、佐、次官**〔名〕〔古〕（根據日本大寶令設於各官署輔佐長官的）次官、長官助理

## 撫（ㄈㄨˇ）

**撫**〔漢造〕撫摸、愛撫

慰撫（撫慰、安撫）

愛撫（愛撫、撫愛=可愛がる）

鎮撫（平定）

**撫育**〔名、他サ〕撫育、照料

子供を撫育する（撫育兒童）

**撫恤**〔名、他サ〕撫卹

**撫養**〔名、他サ〕撫養、撫育

**扶養**〔名、他サ〕扶養

親を扶養する義務（扶養父母的義務）

彼には扶養すべき妻子が有る（他有需要扶養的妻子和子女）

扶養家族（扶養家屬）

**撫す**〔他五〕撫摸、摩擦

腕を撫す（摩拳擦掌）

**撫ぜる**〔他下一〕〔方〕撫摸（＝撫でる）

朝風が顔を撫ぜては吹き過ぎて行く（晨風拂面吹過）

**撫でる**〔他下一〕撫摸、安撫、梳整（＝撫で付ける）

子供の頭を優しく撫でる（輕輕地撫摸孩子的頭部）

顎をそっと撫でる（輕輕地撫摸下額）

禿頭を撫でる（撫摸光頭）禿頭

猫を撫でる（撫貓）

刃を指で撫でる（用手指撫摸刀刃）

小児の顎を撫でてあやす（撫摸小孩的下額哄著玩）

春の風が頬を撫でる（春風拂面）

民を撫でる（安撫老百姓）

髪を撫でる（梳頭）

**撫で上げる**〔他下一〕攏上去、捋上去

髪を撫で上げる（把頭髮攏上去）

**撫で下ろす**〔他五〕從上往下撫摸

ほっと胸を撫で下ろす（寬慰地舒一口氣、緊張後安下心來、如釋重負）

**撫で摩る**〔他五〕撫摸

咳込んだ御爺さんの背中を撫で摩る（給咳嗽的爺爺拍拍背）

**撫で付ける**〔他下一〕撫按、梳理

髪を撫で付ける（梳理頭髮）

櫛で撫で付ける（用梳子梳理頭髮）

ブラシで撫で付ける（用刷子梳攏）

**撫で付け髪**〔名〕向後攏的頭髮、向後垂下的頭髮

髪を撫で付け髪に為ている（把頭髮向後攏著）

**撫で回す**〔他五〕來回撫摸

犬の体を撫で回す（來回撫摸狗的身體）

**撫斬り，撫で斬り，撫切り，撫で切り**〔名、他サ〕摁著切、見一個殺一個，斬盡殺絕

相手を撫で斬りに為る（把刀摁在對方脖子上殺死）

片っ端から撫で斬りに為る（見一個殺一個，斬盡殺絕）

**撫肩、撫で肩**〔名〕斜肩←→怒り肩（聳肩）

撫肩の男（斜肩的男人）

婦人用のpadの入っていない撫肩の上着（沒有墊肩的斜肩女上衣）

**撫子、瞿麥**〔名〕瞿麥、愛子、愛著的女性

大和撫子（日本女子）

# 父（ㄈㄨˋ）

**父**〔漢造〕父、老年人

義父（繼父、養父、乾爹、公公、岳父）←→実父

実父（生身父母）←→養父、義父、継父

養父（養父）←→実父

継父、継父、継父（繼父）

岳父（岳父＝舅）

祖父（祖父、外祖父＝御祖父さん）

田父、田夫（農夫、鄉下人）

漁父、漁夫（漁夫＝漁師）

**父王、夫王**〔名〕父王（公主、王子對國王的稱呼）、夫王（后、妃對國王的稱呼）

**父音**〔名〕〔語〕子音（＝子音）

**父君、父君**〔名〕（對父親的尊稱）父親、令尊（＝父上）←→母君

**父兄**〔名〕父兄、（兒童、學生的）家長←→子弟

父兄会（家長會）（現名P、T、A）

**父系**〔名〕父系、屬於父方血統（的人）←→母系

父系の叔母（姑母）

父系家族（父系家族）

父系制（父系制）

父

**父傾遺伝**〔名〕〔生〕偏父遺傳
**父權**〔名〕父權、（舊民法中的）家長權←→母權
**父子**〔名〕父子
　加藤父子（加藤父子）
　父子相伝の秘藥（祖傳秘藥）
**親子、父子、母子、父娘、母娘**〔名〕父子，父女，母子，母女，父母和子女。〔轉〕（有源流關係、母子關係的兩個事物）總的和分的，大的和小的，舊的和新的、大碗雞肉雞蛋蓋飯＝親子丼）
　親子程年を違う（年齡相差有如父子）
　親子は争われない者だ（一看就知道是父子）
　親子電話（電話的總分機）
　親子電球（母子燈泡、雙光燈泡）
　親子株（新舊股票）
　親子歯車（母子齒輪）
　親子の仲でも金錢は他人（父子雖親財各有別）
**父子草**〔名〕〔植〕林鼠曲草
**父性**〔名〕父性←→母性
　父性愛（父性愛）
**父祖**〔名〕父親和祖父、祖先
　父祖の墓に御参りする（到祖墳掃墓）
　父祖伝来の家風（祖傳的家風）
　父祖の代からの田地（祖祖輩輩留下來的田地）
**父長政治**〔名〕父系統治、族長統治
**父老**〔名〕父老
**父**〔名〕父親←→母。〔宗〕（基督教的）上帝。〔喻〕先驅，奠基人
　父に為る（當父親）
　父に叱られる（被父親訓了一頓）
　父の無い子（孤兒）
　流石は父の子だ（不愧是他父親的兒子）
　父も父なら子も子だ（有其父必有其子）
　近代医学の父（現代醫學之父）
　進化論の父、ダーウイン（進化論的首倡者達爾文）

**父上**〔名〕父親（對自己或他人父親的尊稱）←→母上
　御父上に宜しく（請向令尊問好）
　父上に申し訳有りません（對不起父親）
**父親、爺親**〔名〕父親
**父方、爺方**〔名〕父系、屬於父方的血統←→母方
　父方の伯父（伯父）
　父方の親族（父系親屬、本家）
**父御**〔名〕（對他人父親的敬稱）令尊←→母御
**父無し子、爺無し子**〔名〕（無父的）孤兒、私生子，非婚生子
　四つで父無し子に為った（四歲時父親就死了）
**父の日**〔名〕父親節（六月第三個星期日）
**父母、父母**〔名〕父母、雙親（＝両親）
　父母の愛を一身に集める（受到父母特別寵愛）
　子を持って知る父母の恩（有兒方知父母恩）
　父母の膝下を離れる（離開父母）
　父母の国（祖國、故鄉）
　父母の愛（父母之愛）
　父母と教師の会（學校家長會）
　父母を失う（喪父母）
**爹、爺**〔名〕〔俗〕爸爸（在工人-特別瓦工、小工、小販之間的用語）
**爹**〔名〕〔兒〕爸爸、（婦女稱丈夫）孩子的爹
　父様（爸爸）
**父さん**〔名〕（敬稱）（語氣稍隨便）爸爸、父親（＝御父さん、父ちゃん）。〔俗〕（婦女指自己的丈夫）孩子的爸（爹）←→母さん
**御父さん**〔名〕（對自己的父親的尊稱、比御父樣略隨便、而含親密口氣）父親，爸爸、（對別人父親的尊稱）您的父親，他的父親、（父親對兒女的自稱）爸爸
　御父さん、御土産を買って来て頂戴（爸爸請您給我買點土產來）
　御父さん、今日は何時に御帰りですか（爸爸今天幾點鐘回來？）

御母さん、御父さんから電話ですよ（媽媽爸爸來電話啦！）

貴方の御父さんはどんな仕事を為ていらっしゃいますか（您的父親做什麼工作？）

彼の人の御父さんは音楽家だ然うです（聽說他的父親是個音樂家）

悪戯すると御父さん怒るよ（你淘氣爸爸可要生氣啦！）

**父ちゃん**〔名〕〔俗〕爸爸、爹爹（=爸爸）

**父様**〔名〕〔敬〕父親（=御父様）

**御父様**〔名〕（對自己父親的尊稱）父親，爸爸，（對別人父親的尊稱）令尊，您的父親

御父様、此方へ何卒（爸爸請到這邊來）

貴方の御父様は御元気ですか（您父親好嗎？）

**父父**〔名〕爹、爸爸（=父）

父父御（令尊）

# 付（ㄈㄨˋ）

**付**〔名〕交付、（也寫作〝附〞）附屬、添加

交付（交付、交給、發給）

下付（發給、授予）

添付、添附（添上、附上）

貼付、貼附、貼付、貼附（貼上、黏貼）

転付（轉讓、轉給）

**付す、附す**〔他五〕附加、交給（=付する、附する）

**付する、附する**〔他サ〕附加（=付ける）、交付，提交（=任せる、委ねる）

条件を付する（附加條件）

図表を付する（附上圖表）

制限を付する（加以限制）

問題を審議に付する（把問題提交審議）

印刷に付する（付印）

公判に付する（提交公審）

一笑に付する（付之一笑）

不問に付する（置之不問）

茶毘に付する（火葬）

**付加、附加**〔名、他サ〕附加，添加、追加，補充

規則に左の一項を付加する（規章裡補充下列一項）

付加所得税（附加所得稅）

付加保険料（追加保險費）

付加価値（附加價值）

付加税、附加税（附加稅）

**付け加える**〔他下一〕添加、附加、補充（=足し添える）

彼を代表者に付け加える（把他加上作代表）

辞典の終りに索引を付け加える（辭典後面加上索引）

一言付け加えて置く（補充一句話）

**付け加え**〔名〕附加、添加（=付加）

**付け加わる**〔自五〕添上、加上、附帶

苦労が付け加わる（加上一層、辛苦多操一份心）

本文の上に頭注が付け加わる（本文上附帶眉註）

**付会、附会**〔名、他サ〕附會

其は牽強付会の論だ（那是牽強附會的說法）

**付記、附記**〔名、他サ〕附記、附注、備注、旁注

本の終りに感想を付記する（書末附記一些感想）

**付議、附議**〔名、他サ〕提出討論、提到議程上

議案を委員会に付議する（把議案提請委員會討論）

**付近、附近**〔名〕附近、一帶（=辺り）

付近の町（附近的城鎮）

公園の付近に住む（住在公園附近）

此の付近には学校が多い（這一帶學校多）

東京付近の地図（東京一帶的地圖）

**付言、附言**〔名、他サ〕附言、附帶說（的話）

念の為に付言しますが此れは私の一存です（為了慎重起見附帶提一句這可是我個人的意見）

**付載、附載**〔名、他サ〕（書中）附載（的附錄）

## フ

**付子、附子、五倍子**〔名〕〔植〕五倍子（=五倍子）
　付子の木（鹽膚木）
　付子粉（五倍子粉）

**付子、附子**〔名〕〔藥〕附子（烏頭根有毒）（=付子、附子）

**付子、附子**〔名〕〔藥〕附子（烏頭根有毒）（=付子、附子）、（題為附子的短劇）（狂言劇目之一）

**付け子**〔名〕（放在善啼囀的杜鵑、黃道眉等旁邊）使學啼囀（的鳥）

**付臭剤**〔名〕加臭劑（使天然氣有氣味、可知有無煤氣漏氣）
　天然ガス付臭剤（天然氣加臭劑）

**付嘱**〔名〕囑託

**付図、附図**〔名〕附圖
　付図を多く入れる（多加附圖）
　付図入れポケット（裝附圖的袋子）

**付随、附随**〔名、自サ〕附隨、隨帶
　此の問題に付随して起った現象（隨著這個問題而發生的現象）
　付随の書類（附帶文件）
　付随業務（附帶業務）
　付随物（附隨物）
　付随車（拖車、掛車）
　付随体（〔生〕隨體-指染色體）

**付き随う、付き従う**〔自五〕跟隨，隨從、屈服，屈從
　彼の後には数名の部下が付き随っていた（他身後跟著幾個部下）
　小国が大国に付き随わねばならぬ時代は過ぎ去った（小國不得不屈服於大國的時代一去不復返了）

**付設、附設**〔名、他サ〕附設
　保育所を付設する（附設保育員）
　付設工場（附屬工廠、輔助廠）

**付箋、附箋**〔名〕簽條、浮簽、飛簽
　付箋を付ける（加上浮簽）
　〝名宛人宛先に居住せず〟の付箋が付いて戻って来た（〝貼著原址查無此人〟的簽條退了回來）

**付則、附則**〔名〕附則←→本則
　細目は付則に規定して有る（細節在附則中有規定）

**付属、附属**〔名、自サ〕附屬
　学校に付属する図書館（附屬於學校的圖書館）
　其の大学には付属病院が有る（那所大學有附屬醫院）
　付属中学校（附中）
　付属文書（附件）
　付属品（附屬品、配件、附件）
　付属物（附屬品）
　付属肢（〔動〕附肢）
　付属腺（〔動〕附腺）

**付帯、附帯**〔名、自サ〕附帶、隨帶
　此れに付帯する費用を見積もる（估算這筆附帶的費用）
　他に付帯条件が有る（還有其他的附帶條件）
　付帯条項（附款）
　付帯決議（附帶決議）
　付帯現象（附帶現象）

**付託、附託**〔名、他サ〕託付、委託
　議案は委員会に付託する（把議案提交給委員會審議）
　同案は委員会にも付託せず棚上げされた（議案也未提交委員會就被擱置起來了）

**付置、附置**〔名、他サ〕附設
　付置研究所（附設研究所）

**付値**〔名〕〔數〕賦值

**付着、附着**〔名、自サ〕附著、黏著、膠著
　糊が服に付着する（漿糊黏在衣服上）
　膠で付着させる（用膠黏住）

病菌が蠅の足に付着する（病菌附在蒼蠅腳上）

付着物を洗い落とす（把附著物洗掉）

付着力（附著力）

付着語（膠著語-如日語、朝鮮語）

付着体（〔生〕半抗原、不全抗原）

**付注、付註、附註**〔名、自サ〕附註、注腳、注釋

**付点、符点**〔名〕〔樂〕符點、圓點

付点音符（符點音符）

**付表、附表**〔名〕附表、附錄

付表を多く入れて説明を助ける（多加附表來幫助說明）

**付票、附票**〔名〕貨簽、行李簽

**付与、附与**〔名、他サ〕授與、給與←→剝奪

全権を付与する（授與全權）

学位を付与する（授與學位）

**付庸**〔名〕附庸、附屬國

**付録、附録**〔名、他サ〕附錄、補遺、增刊

日曜付録（星期日增刊）

雑誌に付録を付ける（雜誌附加附刊）

**付和、附和**〔名、自サ〕附和、隨聲附和

付和雷同、附和雷同（隨聲附和、追隨別人）

一人の意見に皆が付和雷同する（大家都隨聲附和一個人的意見）

付和随行、附和随行（隨聲附和、無主見而跟著別人跑）

**付く、附く**〔自五〕附著、沾上、帶有、配有、增加、增添、伴同、隨從、偏袒、向著、設有、連接、生根、扎根、（也寫作點く）點著、燃起、值、相當於、染上、染到、印上、留下、感到、妥當、一定、結實、走運、（也寫作就く）順著、附加、（看來）是

泥がズボンに付く（泥沾到褲子上）

血の付いた着物（沾上血的衣服）

鮑は岩に付く（鮑魚附著在岩石上）

甘い物に蟻が付く（甜東西招螞蟻）

肉が付く（長肉）

智慧が付く（長智慧）

力が付く（有了勁、力量大起來）

利子が付く（生息）

精が付く（有了精力）

虫が付く（生蟲）

錆が付く（生銹）

親に付いて旅行する（跟著父母旅行）

護衛が付く（有護衛跟著）

他人の後からのろのろ付いて行く（跟在別人後面慢騰騰地走）

君には迚も付いて行けない（我怎麼也跟不上你）

不運が付いて回る（厄運纏身）

人の下に付く事を好まない（不願甘居人下）

あんな奴の下に付くのは嫌だ（我不願意聽他的）

彼の人に付いて居れば損は無い（聽他的話沒錯）

娘は母に付く（女兒向著媽媽）

弱い方に付く（偏袒軟弱的一方）

味方に付く（偏袒我方）

敵に付く（倒向敵方）

何方にも付かない（不偏袒任何一方）

引き出しの付いた机（帶抽屜的桌子）

此の列車には食堂車が付いている（這次列車掛著餐車）

此の町に鉄道が付いた（這個城鎮通火車了）

谷へ下りる道が付いている（有一條通往山谷的路）

種痘が付いた（種痘發了）

挿し木が付く（插枝扎根）

電灯が付いた（電燈亮了）

もう明かりが付く頃だ（該點燈的時候了）

ㄷ

ライターが付かない（打火機打不著）
此の煙草には火が付かない（這個煙點不著）
隣の家に火が付いた（鄰家失火了）
一個百円に付く（一個合一百日元）
全部で一万円に付く（總共値一萬日元）
高い物に付く（花大價錢、價錢較貴）
一年が十年に付く（一年頂十年）
値が付く（有價錢、標出價錢）
然うする方が安く付く（那麼做便宜）
色が付く（染上顏色）
鼻緒の色が足袋に付いた（木屐帶的顏色染到布襪上了）
足跡が付く（印上腳印、留下足跡）
帳面に付いている（帳上記著）
染みが付く（印上污痕）污点
跡が付く（留下痕跡）
目に付く（看見）
鼻に付く（嗅到、刺鼻）
耳に付く（聽見）
気が付く（注意到、察覺出來、清醒過來）
目に付かない所で悪戯を為る（在看不見的地方淘氣）
目鼻が付く（有眉目）
凡その見当が付いた（大致有了眉目）
見込みが付いた（有了希望）
判断が付く（判斷出來）
思案が付く（想了出來）
判断が付かない（沒下定決心）
話が付く（說定、談妥）
決心が付く（下定決心）
始末が付かない（不好收拾、沒法善後）
方が付く（得到解決、了結）
けりが付く（完結）

収拾が付かなく為る（不可收拾）
彼の話は未だ目鼻が付かない（那件事還沒有頭緒）
御燗が付いた（酒燙好了）
実が付く（結實）
牡丹に蕾が付いた（牡丹打苞了）
彼は近頃付いている（他近來運氣好）
今日は馬鹿に付いている（今天運氣好得很）
ゲームは最初から此方に付いていた（比賽一開始我方就占了優勢）
川に付いて行く（順著河走）
塀に付いて曲がる（順著牆拐彎）
付録が付いている（附加附錄）
条件が付く（附帶條件）
朝飯とも昼飯とも付かぬ食事（既不是早飯也不是午飯的飯食、早午餐）
シルクハットとも山高帽とも付かない物（既不是大禮帽也不是常禮帽）
板に付く（純熟，老練，貼附，適當）
手に付かない（心不在焉、不能專心從事）
役が付く（當官、有職銜）

**付く**〔接尾、五型〕（接擬聲、擬態詞之下）表示具有該詞的聲音、作用狀態

がた付く（咯噔咯噔響）
べた付く（發黏）
ぶら付く（幌動）

**に付き**〔連語〕關於，就（=…に付いて）、由於、每

表記の件に付き報告申し上げます（就上面記載的問題報告一下）
祭日に付き休業（因節日歇業）
病気に付き欠席する（因病缺席）
五人に付き一人の割合（每五人有一人的比例）

**付く、点く**〔自五〕點著、燃起

電灯が付いた（電燈亮了）
もう明かりが付く頃だ（該點燈的時候了）

ライターが付かない（打火機打不著）

此の煙草には火が付かない（這個煙點不著）

隣の家に火が付いた（鄰家失火了）

**付く、就く**〔自五〕沿著、順著、跟隨

川に付いて行く（順著河走）

塀に付いて曲がる（順著牆拐彎）

**就く**〔自五〕就座，登上、就職、從事、就師，師事、就道，首途

席に就く（就席）

床に就く（就寝）床

塒に就く（就巢）

緒に就く（就緒）

食卓に就く（就餐）

講壇に就く（登上講壇）

職に就く（就職）

任に就く（就任）

実業に就く（從事實業工作）

働ける者は皆仕事に就いている（有勞動能力的都參加了工作）

師に就く（就師）

日本人に就いて日本語を学ぶ（跟日本人學日語）習う

帰途に就く（就歸途）

世界一周の途に就く（起程做環球旅行）

壮途に就く（踏上征途）

**に就き、に就いて**〔連語〕就、關於、對於、每

手数料は荷物一個に就き二百円です（手續費是每件行李要二百日元）

此の点に就いては問題が無い（關於這點沒有問題）

日本の風俗に就いて研究する（研究日本的風俗）

彼が何よりも真剣に考えたのは、悪の渦巻く現実に就いてあった（他想得最認真的還是眼前烏煙瘴氣的現實）

日本語に就いての感想（關於日語的感想）

一人に就いて五円（每人五日元）

一ダースに就いて百円（每打一百日元）

**突く**〔他五〕支撑、拄著

杖を突いて歩く（撐著拐杖走）

頬杖を突いて本を読む（用手托著下巴看書）

手を突いて身を起こす（用手撐著身體起來）

がっくり膝を突いて終った（癱軟地跪下去）

**突く、衝く**〔他五〕刺，戳、冒、衝、攻、抓，乘

槍で突く（用長槍刺）

針で指先を突いた（針扎了指頭）

棒で地面を突く（用棍子戳地）

鳩尾を突かれて気絶した（被擊中了胸口昏倒了）

判を突く（打戳、蓋章）

意気天を突く（幹勁衝天）

雲を突く許りの大男（頂天大漢）

つんと鼻を突く臭いが為る（聞到一股嗆鼻的味道）

風雨を突いて進む（冒著風雨前進）

不意を突く（出其不意）

相手の弱点を突く（攻擊對方的弱點）

足元を突く（找毛病）

**突く、撞く**〔他五〕撞、敲、拍

毬を突いて遊ぶ（拍皮球玩）

鐘を突く（敲鐘）

玉を突く（撞球）

**吐く、突く**〔他五〕吐（=吐く）、說出（=言う）、呼吸，出氣（=吹き出す）

反吐を吐く（嘔吐）

嘘を吐く（說謊）

息を吐く（出氣）

溜息を吐く（嘆氣）

**即く**〔自五〕即位、靠近

位に即く（即位）

王位に即かせる（使即王位）

ㄷ

即かず離れず の態度を取る（採取不即不離的態度）

**漬く、浸く**〔自五〕淹、浸
　床迄水が漬く（水浸到地板上）

**漬く**〔自五〕醃好、醃透（=漬かる）
　此の胡瓜は良く漬いている（這個黃瓜醃透了）

**着く**〔自五〕到達（=到着する）、寄到，運到（=届く）、達到，夠著（=触れる）
　汽車が着いた（火車到了）
　最初に着いた人（最先到的人）
　朝台北を立てば昼東京に着く（早晨從台北動身午間就到東京）
　手紙が着く（信寄到）
　荷物が着いた（行李運到了）
　体を前に折り曲げると手が地面に着く（一彎腰手夠著地）
　頭が鴨居に着く（頭夠著門楣）

**搗く、舂く**〔他五〕搗、舂
　米を搗く（舂米）
　餅を搗く（舂年糕）
　搗いた餅より心持ち（禮輕情意重）

**憑く**〔自五〕（妖狐魔鬼等）附體
　狐が憑く（狐狸附體）

**築く**〔他五〕修築（=築く）
　周囲に石垣を築く（四周砌起石牆）
　小山を築く（砌假山）

**付かず離れず**〔連語〕不即不離
　付かず離れずの態度を取る（採取不即不離的態度）

**付かぬ事**〔連語〕（用於突然轉換話題時）冒然的事、突如其來的事
　付かぬ事を御尋ねしますが（很冒昧請問一件事）

**付き、付、附き**〔名〕附著、燃燒、協調、人緣、相貌。〔俗〕運氣

〔接尾〕（接某些名詞下）樣子、附屬、附帶

付きの悪い糊（不黏的漿糊）
白粉の付き（白粉的附著力）
付きの悪いマッチ（不容易點著的火柴）
此の薪は乾いていて、付きが良い（這個劈柴乾一點就著）
此の服に彼の帽子では付きが悪い（那頂帽子配這件西服不協調）
何処と無く付きの悪い男（總覺得有點處不來的人）
付きの悪い男がうろついている（一個古怪的人徘徊著）うろつく
付きが回って来る（走運、否來運轉）
付きが変わった（運氣變了）
顔付（相貌、神色）
手付き（手的姿勢）
撓やかな腰付き（優美的身腰）撓やか嫋やか
大使館付き武官（駐大使館武官）
司令官付き通訳（司令隨從翻譯）
社長付き秘書（總經理專職秘書）
条件付き（附有條件）
保証付き（有保證）
瘤付き（帶著累贅的孩子）
ガス、水道付きの貸家（帶煤氣自來水的招租房）

**付き、就き**〔接助〕（用に付き、に就き的形式）就，關於、因為、每
　此の点に付き（關於這點）
　増産問題に付き社員の意見を求める（關於增産問題徵求社員的意見）
　雨天に付き中止（因雨停止）
　病気に付き欠席する（因病缺席）
　一ダースに付いて百円（每打一百日元）
　一人に付き三つ（每人三個）

**に付き**〔連語〕關於，就（=…に付いて）、由於、每

表記の件に付き報告申し上げます（就上面記載的問題報告一下）

祭日に付き休業（因節日歇業）

病気に付き欠席する（因病缺席）

五人に付き一人の割合（每五人有一人的比例）

**に就き、に就いて**〔連語〕就、關於、對於、每

手数料は荷物一個に就き二百円です（手續費是每件行李要二百日元）

此の点に就いては問題が無い（關於這點沒有問題）

日本の風俗に就いて研究する（研究日本的風俗）

彼が何よりも真剣に考えたのは、悪の渦巻く現実に就いてあった（他想得最認真的還是眼前烏煙瘴氣的現實）

日本語に就いての感想（關於日語的感想）

一人に就いて五円（每人五日元）

一ダースに就いて百円（每打一百日元）

**付き合う**〔自五〕交際、陪伴、應酬

人と親しく付き合う（和人親密交往）

各国は平等に付き合う可きである（各國應該平等對待）

彼の連中と付き合わない方が良い（最好不和那伙人來往）

彼とは十年前から付き合っている（從十年前就和他來往）

中日両国人民は子子孫孫迄友好的に付き合って行こう（中日兩國人民要子子孫孫友好下去）

付き合い難い人（不好打交道的人）

私も付き合いましょう（我也奉陪吧！）

映画を付き合う（陪著看電影）

我我は必ず最後迄付き合うであろう（我們一定奉陪到底）

**付き合い**〔名自サ〕交際、陪伴、應酬

隣近所と（御）付き合い（を）為る（和街坊往來）

個人的な付き合い（私人交往）

付き合いが広い（交際廣）

御付き合いで映画に行く（陪去看電影）

途中迄御付き合いましょう（陪您到半路上吧！）

飲み度くも無いのに御付き合い（を）為る（本不想喝勉強作陪）

**付け合わせる、付け合せる**〔他下一〕配合、搭配

あっさりした物としつこい物を付け合わせる（把清淡的東西和油膩的東西搭配起來）

桜に松を付け合わせる（以松樹來陪襯櫻花）

**付け合わせ、付け合せ**〔名〕搭配、搭配物。〔烹〕配菜

肉料理の付け合わせには野菜のサラダ等を添える（肉菜搭上青菜沙拉等當配菜）

**付き馬，付馬，付け馬，付馬**〔名〕跟在客人後面討帳的人（特指飲食店、妓館的伙計跟著客人回家取錢的人）

付け馬を引いて帰る（領著討賬人回家）

**付き切る**〔自五〕始終不離左右、一直呆在身旁

子供が病気で一日中側に付き切っていた（孩子病了一直守在身旁護理）

**付き切り、付切り**〔名〕始終不離左右、一直呆在身旁

一日中付き切りで看病する（整天不離左右護理病人）

彼の人には医者が付き切りです（他片刻也離不開醫師）

**付きっ切り**〔名〕（付き切り、付切り的強調形式）始終不離左右、一直呆在身旁

付きっ切りの看護（片刻不離左右的護理）

**付き添う、付添う**〔自五〕跟隨左右、照料、服侍、護理

病人に付き添う（服侍病人）

亡

母親が子供の遠足に付き添って行く（孩子郊遊母親跟著去照料）

講師は校長に付き添われて講壇に立った（講演者在校長陪同下登上了講壇）

**付き添い、付添い**〔名〕照料、服侍、護理、照料的人、服侍的人、護理的人

病人に付き添いの看護婦を付ける（給病人派個護理的護士）

遠足の付き添いを為る（跟著去照料郊遊）

付き添い無しで外出する（不帶照料的人出門）

付き添いに万事任せる（把一切托付給護理人）

**付き添い人、付添人**〔名〕照料的人、服侍的人、陪伴的人、護理的人

狂人の付き添い人（瘋子的照料人）

花嫁の付き添い人（新娘女儐相）

**付け添える**〔他下一〕添加、添上（＝付け加える）

**付き人、付人**〔名〕（藝人等的）跟隨人、服侍的人（＝付き添い、付け人、付人）

スターの付き人（明星的跟隨人）

**付け人、付人**〔名〕跟隨人、服侍的人（＝付き添い、付き人、付人）。〔古〕監視的人（附家老）。〔古〕給俠客助威的浪人

**付き纏う、付き纏わる**〔自五〕糾纏、纏住

変な男に付き纏われる（被一個怪漢跟上）

自分に付き纏う運命を振り切る（掙脱開糾纏著自己的命運）

病魔が付き纏う（病魔纏身）

最初の失敗が最後迄付き纏う（開頭的失敗一直影響到最後）

どんなに蹴いても貧乏が付き纏って離れない（怎麼掙扎也擺脱不了貧窮）

**付き物**〔名〕附屬物、離不開的東西、避免不了的事情、（隱）菜餚、副食

日本画では梅に鶯は付き物だ（日本畫上梅花是離不開黃鶯的）

恐慌は資本主義には付き物である（資本主義擺脱不了危機）

学者には貧乏は付き物だ（學者免不了受窮）

小児麻痺は高熱が付き物だ（小兒麻痺總要發高燒）

洪水には飢餓と死が付き物だ（哪裡發大水哪裡就出現飢餓和死亡）

**付き者、付者**〔名〕隨從，服侍者（＝付き添い）、糾纏者（＝付き纏う者）

**付ける、着ける、附ける**〔他下一〕安上，掛上，插上、縫上、寫上、記上、注上、定價、給價、出價、抹上、塗上、擦上、使隨從，使跟隨、尾隨，盯梢、附加，添加、裝上、裝載、打分、養成、取得、建立、解決。

（用に付けて形式）因而，一……就、每逢……就

列車に機関車を付ける（把機車掛到列車上）

剣を銃口に付ける（把刺刀安在槍口上）

カメラにフィルトーを付ける（把照相機安上濾色鏡片）

上の句に下の句を付ける（〔連歌、俳句〕接連上句詠出下句）

如露の柄が取れたから新しく付けなければならない（噴壺打手掉了必須安個新的）

シャツにボタンを付ける（把鈕扣縫在襯衫上）

部屋が暗いので窓を付けた（因為房子太暗安了扇窗子）

日記を付ける（記日記）

出納を帳面に付ける（把收支記在帳上）

其の勘定は私に付けて置いて呉れ（那筆帳給我記上）

次の漢字に仮名を付け為さい（給下列漢字注上假名）

値段を付ける（定價，要價，給價，出價）

値を幾等に付けたか（出了多少價錢？）

値段を高く付ける（要價高、出價高）

薬を付ける（上藥、抹藥）

パンにバターを付ける（給麵包塗上奶油）

手にペンキを付ける（手上弄上油漆）

ペンにインキを付ける（給鋼筆醮上墨水）

タオルに石鹸を付ける（把肥皂抹到毛巾上）

護衛を付ける（派警衛〔保護〕）

病人に看護婦を付ける（派護士護理病人）

被告に弁護士を付ける（給被告聘律師）

彼の後を付けた（跟在他後面）

彼奴を付けて行け（盯上那個傢伙）

スパイに付けられている（被間諜盯上）

手紙を付けて物を届ける（附上信把東西送去）

景品を付ける（附加贈品）

条件を付ける（附加條件）

体内に段段と抵抗力を付ける（讓體內逐漸產生抵抗力）

乾草を付けた車（裝著乾草的車）乾草

点数を付ける（給分數、打分數）

五点を付ける（給五分、打五分）

子供に名を付ける（給孩子命名）

父親を付けた名前（父親給起的名字）

良い習慣を付ける（養成良好習慣）

職を手に付ける（學會一種手藝）

技術を身に付ける（掌握技術）

悪い癖を付けては困る（不要給他養成壞習慣）

方を付ける（加以解決、收拾善後）

紛糾に結末を付ける（解決糾紛）

関係を付ける（搭關係、建立關係）

決着を付ける（解決、攤牌）

速く話を付けよう（趕快商量好吧！）

君から話を付けて呉れ（由你來給解決一下吧！）

其に付けて思い出されるのは美景（因而使人聯想到的是美景）

風雨に付けて国境を守る戦士を思い出す（一刮風下雨就想起守衛邊疆的戰士）

気を付ける（注意、當心、留神、小心、警惕）

けちを付ける（挑毛病、潑冷水）

元気を付ける（振作精神）

智慧を付ける（唆使、煽動、灌輸思想、給人出主意）

箸を付ける（下箸）

味噌を付ける（失敗、丟臉）

目を付ける（注目、著眼）

役を付ける（當官）

理屈を付ける（找藉口）

**付ける、着ける、附ける**〔他下一〕（常寫作着ける）穿上、帶上、佩帶（＝着用する）

（常寫作着ける）（駕駛車船）靠攏、開到（某處）（＝横付けに為る）

服を身に着ける（穿上西服）

軍服を身に着けない民兵（不穿軍裝的民兵）

制服を着けて出掛ける（穿上制服出去）

ピストルを着けた番兵（帶著手槍的衛兵）

面を着ける（帶上面具）

自動車を門に着ける（把汽車開到門口）

船を岸壁に着ける（使船靠岸）

**付ける、着ける、附ける**〔接尾〕（接某些動詞+（さ）せる、（ら）れる形式的連用形下）經常，慣於、表示加強所接動詞的語氣。（憑感覺器官）察覺到

行き付けた所（常去的地方）

遣り付けた仕事（熟悉的工作）

怒鳴られ付けている（經常挨申斥）

叱り付ける（申斥）

押え付ける（押上）

酷く怒って本を机に叩き付けた（大發雷霆把書往桌子上一摔）

聞き付ける（聽到、聽見）

見付ける（看見、發現）

嗅ぎ付ける（嗅到、聞到、發覺、察覺到）

**点ける**〔他下一〕（有時寫作付ける）點火，點燃、扭開，拉開，打開

ランプを点ける（點燈）

煙草に火を点ける（點菸）

マッチを点ける（劃火柴）

ガスを点ける（點著煤氣）

部屋が寒いからストーブを点けよう（屋子冷把暖爐點著吧！）

電燈を点ける（扭開電燈）

ラジオを点けてニュースを聞く（打開收音機聽新聞報導）

テレビを点けた儘出掛けた（開著電視就出去了）

**即ける、就ける**〔他下一〕使就位、使就師

席に即ける（使就席）

局長の地位に即ける（使就局長職位）

位に即ける（使即位）

職に即ける（使就職）

先生に即けて習わせる（使跟老師學習）

**漬ける、浸ける**〔他下一〕浸，泡（=浸す）

着物を水に漬ける（把衣服泡在水裡）

**漬ける**〔他下一〕醃，漬（=漬物に為る）

菜を漬ける（醃菜）

塩で梅を漬ける（醃鹹梅子）

胡瓜を糠味噌に漬ける（把黄瓜醃在米糠醬裡）

寒い地方では野菜を沢山漬けて置いて、冬に食べる（寒冷地方醃好多菜冬天吃）

**付け**〔名〕帳單（=勘定書き）、賒帳，掛帳（=帳面買い）、（歌舞伎）（演員亮相等時為加強其動作效果配合步調）打梆子（=付拍子）

付けを持って来て呉れ（把帳單拿來）

付けを会社に回す（把帳單轉到公司去）

付けで買う（賒帳）

今日の分は付けに為て置いて下さい（今天這份請掛帳）

付けを打つ（打梆子）

**付け**〔接尾〕（接動詞連用形下）經常、習慣

買い付けの店（經常去買東西的店）

行き付けの所（常去的地方）

掛かり付けの医者（經常去看病的醫師）

**付け**〔接助〕有關…也好、也罷

雨に付け風に付け（下雨也好刮風也好、每逢刮風下雨）

良いに付け悪いに付け（好也罷壞也罷、不拘好壞）

**御付け**〔名〕澆汁、醬湯、菜湯、清湯

朝食に御付けは付き物だ（早飯一定要有醬湯）

御付けの実は何ですか（菜湯裡放的是什麼菜呀！）

**付け合い、付合**〔名〕〔連歌、俳諧〕連句（兩人以上互相接連上句詠出下句）

**付け上がる、付け上る**〔自五〕〔俗〕放肆起來、得意忘形、翹起尾巴

黙っていると直ぐ付け上がる（一不作聲他就馬上放肆起來）

煽てると付け上がる（一奉承就翹起尾巴來）

**付け入る、付入る**〔自五〕抓住機會，趁人之危（=付け込む）、拍馬，奉承（=取り入る）

相手の弱点に付け入る（抓住對方的弱點）

敵の兵力不足に付け入る（欺敵兵力不足）

上役に付け入って出世する（奉承上級而飛黄騰達）

**付け落とす、付け落す**〔他五〕漏記、漏寫

自動車賃を付け落とす（把汽車費漏記）

**付け落とし，付け落し，付け落ち**〔名〕漏記、漏寫

此の勘定書には付け落としが有る（這帳單上有漏記）

昨日の自動車賃が付け落としに為っている（昨天的汽車費漏寫了）

**付け替える**〔他下一〕更換、換上、另安上

電球を付け替える（更換燈泡）

靴の踵を付け替える（更換鞋後跟）

**付け替え**〔名〕更換、換上、另安上

**付け掛け**〔名、他サ〕開花帳、記謊帳、多開帳款

帳面には付け掛けが有る様だ（帳上好像有謊帳）

**付け紙**〔名〕附簽，飛簽，浮簽，標籤

付け紙を付ける（加上附簽）

**付け髪**〔名〕假髮

付け髪を添え入れる（續上假髮）

**付け毛**〔名〕假髮（=付け髪）

**付け髭**〔名〕假鬍子

付け髭を為る（安假鬍子）

付け髭を取る（摘下假鬍子）

**付け髷、付髷**〔名〕假髮髻

**付け木、付木**〔名〕（一種醮有硫磺的）引火木條

**付け句、付句**〔名〕接句。〔連歌、俳諧〕接連前句的句←→前句

**付け薬、付薬**〔名〕外用藥、塗敷藥

火傷に効く付け薬を下さい（請給我點能治燙傷的藥）

**付け加える、付加える**〔他下一〕補充、附加

此れ以上付け加える事は無い（我沒有再補充的了）

手紙に一言付け加える（信上附加一句）

本に注釈を付け加える（在書上加註解）

**付け加わる、付加わる**〔自五〕添加、附帶

苦労が付け加わる（多一層辛苦）

面倒な事が付け加わる（多一層麻煩）

**付け景気、付景気**〔名〕假繁榮、虛有其表的繁榮（=空景気）

華やかな宣伝で付け景気を為ても一向客が来ない（大肆宣傳假裝繁榮還是老也招不來顧客）

**付け元気、付元気**〔名〕假精神、虛張聲勢

なあに、例の付け元気さ（啊！還是那一套虛張聲勢）

付け元気で騒ぐ（虛張聲勢地吵吵鬧鬧）

**付け込む、付込む**〔自、他五〕抓住機會，乘人之危（=付け入る）、記帳，登帳，記花帳，記馬帳，多記帳款、預約

無智に付け込む（欺其無智）

人の弱味に付け込んで暴利を貪る（抓住人家弱點而貪圖暴利）

付け込む隙が有る（有機可乘）

混乱に付け込んで利益を掠め取る（混水摸魚）

彼の連中は此方の隙に付け込んで計画経済を破壊するのだ（那夥人是鑽我們的空隙破壞計畫經濟）

一日の売り上げ高を帳簿に付け込む（把一天的銷售額記在帳上）

売り上げ高を付け込んだので帳尻が合わなかった（因為把銷售額記多了所以帳尾不符）

一桝付け込む（預訂一個包廂）

**付け込み**〔名〕利用機會，乘機鑽營，記帳，登帳、記花帳，寫假帳，多記帳款

彼奴は付け込みが旨い（那個傢伙善於鑽營）

帳簿の付け込みを終る（記完了帳）

付け込み帳（流水帳）

一万円の付け込みが有った（多記了一萬日元、記了一萬日元花帳）

**付け差し、付差し**〔名〕把自己沾了嘴的酒杯或煙袋遞給對方喝或抽（江戶時代對情人的一種親密表現）

**付け書院、付書院**〔名〕（日式建築設在壁龕旁邊的）固定几案

**付け台、付台**〔名〕（壽司店的）櫃檯

**付け出す、付出す**〔他五〕開帳單、開始記帳、（把貨物放馬背上）馱著送出去、跟蹤，尾隨

今月分を付け出して置いて呉れ（請把本月的欠款給開個帳單）

帳簿を付け出す（開始記帳）

**付け出し、付出し**〔名〕帳單。〔相撲〕（在比賽名單上）初次列名

今月の付け出しを回して置きましたから、宜しく（送上了本月帳單請照付）

付け足す、付足す〔他五〕附加、添加、追加
　更に付録を付け足して置く（再加上附錄）

付け足し〔名〕附加，添加、附錄，附加物

付けたり、附けたり〔名〕〔俗〕附帶，附加、略表寸心（的東西）、名義，口實、附錄
　付けたりの品物（附帶的東西）
　姉さんに宜しくと言ったのは本の付けたりだった（說問姊姊好只是捎帶而已）
　此の景品は本の付けたりです（這個贈品只是一點意思）
　海外視察と言うのは付けたりで、本当は遊びに行ったのだ（所謂海外視察不過是個名目其實是遊玩去了）
　此れは今月号の付けたりだ（這是本月號的附錄）

付け智慧、付智慧〔名〕從旁指點、替出主意（＝入れ知恵）

付け爪〔名〕假指甲

付け所、付所、着け所、着所〔名〕著眼處、著手處
　目の付け所（著眼的地方、所見之處）
　目の付け所が良い（看得準、看得對）
　君と僕とは目の付け所が違う（你和我所見不同）
　其処が目の付け所だ（那裡才是值得特別注意的地方）
　手の付け所（著手的地方）
　手の付け所が無い（無從著手）

付け届け、付届〔名〕餽贈，裡物。〔轉〕賄賂
　付け届けを為る（餽贈）
　盆暮の付け届け（過年過節的禮品）

付け直す〔他五〕重安上、另行安裝

付け値、付値〔名〕買價、出價、買主給的價　←→言い値（要價）
　先ず千円に付け値を為て見る（先出價一千日元試一試）
　付け値と言い値との中間位の値段で取引が成立した（以給價和要價的折中價格成交了）

　買い手の付け値如何に依っては売る（待價而沽）

付け根、付根〔名〕根
　足の付け根（大腿跟）
　耳の付け根（耳根）
　葉の付け根（葉根）
　付け根から枝を折る（從根折枝）

付け狙う〔他五〕跟在後面伺機行事（加害）
　掏摸に付け狙われる（被扒手盯上）
　殺そうと付け狙う（企圖伺機殺害）
　留守を付け狙って盗みを働く（窺伺家裡沒有偷東西）

付け柱〔名〕〔建〕壁柱、半露柱

付け鼻〔名〕假鼻、人造鼻子、化裝用紙鼻

付け火、付火〔名〕放火（＝放火）
　昨日の火事は付け火だと言う事だ（據說昨天的火災是放的火）

付け紐〔名〕（縫在兒童和服腰部的）帶子、腰帶
　子供の着物に付け紐を付ける（給孩子和服縫上腰帶）

付け不足〔名〕少記帳、少記的錢
　百円付け不足に為る（帳少記了一百日元）

付け札、付札〔名〕（貨物等上註明價格等的）標籤、簽條
　付け札を付ける（加上標籤）

付け文、付文〔名〕〔古〕情書、寄情書
　付け文を為る（寄情書）
　貰った付け文を読む（看收到的情書）

付け黒子〔名〕〔美容〕假黑痣

付け睫〔名〕假睫毛

付け回す、付回す付け廻す、付廻す〔他五〕到處跟隨、尾隨不離、走到哪裡跟到哪裡
　女の後を付け回す（跟在女人後面始終不離）
　敵は何時も赤軍を付け回していた（敵人總是一直跟著紅軍）

付け目、付目〔名〕目的，目標、可乘之機、可利用的弱點

金が付け目の結婚（目的在於金錢的結婚）

其処が彼等の付け目だ（那一點是他們窺伺之處）

彼が怒りっぽいが此方の付け目だ（他好動肝火是我們可利用的弱點）

**付け焼き、付焼き**〔名〕〔烹〕塗上醬油烤、烤的菜

豚肉の付焼き（烤豬肉）豚肉豚肉

付焼きに為る（烤）

**付け焼き刃、付焼き刃**〔名〕只在刀刃上加鋼、只是刀刃上加鋼的刀。〔轉〕臨陣磨槍，逞能一時

付け焼き刃は鈍り易い（加鋼的刀刃易鈍）

付け焼き刃は直剥げる（臨時鍍金馬上會暴露）

幾等付け焼き刃を為ても直ぐ襤褸を出す（無論怎麼裝腔作勢也會馬上露出馬腳）

付け焼き刃バイト（焊接刀片車刀）

**付ける、着ける、附ける**〔接尾、下一型〕（着ける、付ける、附ける的音便）

〔接名詞下〕賦予、使有、建立

意義着ける（賦予意義、使有意義）

秩序着ける（使有秩序、建立秩序）

関係着ける（建立關係、使發生關係、拉關係）

基礎着ける（打下基礎、作為依據）

**付け、付**〔接尾〕附加，附上、（文件等寫成、宣布、生效的）日期

糊付け（抹上漿糊）

さん付けで呼ぶ（加上先生來稱呼）

意味付けと言うか定義付けと言うか（使有意義或者下個定義）

実践成果に理論付けを為る（對實踐成果加以理論化）

五月一日付けで発令（於五月一日宣布）

今月五日付けの手紙（本月五日的信）

本規則は十月二十日付けを以て施行される（本辦法自十月二十日施行）

六月三十日付けの官報（六月三十日的政府公報）

人事異動は来月一日付けで発令される（人事調動在下月一日宣布）

**さん付け**〔名〕稱呼人加敬稱（為了表示親愛貨尊敬稱呼人名時加さん）

人をさん付けで呼ぶ（在人名下加敬稱稱呼人）

私はさん付けを為れなく為った（我的名字下省略了敬稱-意謂關係親密了）

彼は下男迄さん付けを為て呼ぶ（他稱呼僕人也都加敬稱）

**漬け、漬**〔接尾〕表示鹹菜的醃法或用某種醃法醃的鹹菜、表示用…醃或浸泡的

一夜漬け（醃一夜就吃的鹹菜）

早漬け（暴醃〔的鹹菜〕）

大根漬け（鹹蘿蔔）

塩漬け（鹽醃的）

味噌漬け（醬醃的）

茶漬け（茶泡的）

氷漬け（冰鎮的）

## 蝮（ㄈㄨˋ）

**蝮**〔漢造〕蝮蛇（屬爬蟲綱，有鱗目，蛇亞目，頭部三角形毒蛇，體灰黑，有黑褐色斑紋）

**蝮**〔名〕（真虫之意）。〔動〕蝮蛇（一種毒蛇可製藥酒）

蝮の様な奴（陰險毒辣的人）

蝮酒（蝮蛇酒-一種滋補藥酒）

蝮の子は蝮（有其父必有其子）

**蝮草**〔名〕〔植〕天南星

## 複（ㄈㄨˋ）

**複**〔名〕複數、（乒乓球、網球）雙打、（賽馬）複式

〔漢造〕重複、再

複（の馬券）を買う（買複式連勝馬票）

重複、重複（重複）

ヒ

複因数〔名〕〔數〕複因子

複塩〔名〕〔化〕複鹽

複音〔名〕〔樂〕複音←→単音

複果〔名〕複果

複芽〔名〕〔植〕複芽

複火山〔名〕複合火山

複会計法〔名〕複式會計法、複式記帳法

複萼〔名〕〔植〕複萼

複確率〔名〕〔數〕合成概率

複滑車〔名〕複滑車

複眼〔名〕〔動〕（節肢動物等的）複眼。〔喻〕不同的觀點,不同的立場←→単眼

　複眼的に考察する（從各方面考察）

複軌鉄道〔名〕複軌鐵路

複屈折〔名〕〔理〕雙折射

複語尾〔名〕〔語〕複詞尾（文語的なり,たり,如し和口語的だ,です,である等以外其他的助動詞,山田語法對助動詞的稱呼）

複合〔名、自他サ〕複合、合成

　二つ以上の単語が複合して一個の単語と為った物を複合語と言う（兩個以上的單詞合成一個詞的叫做複合詞）

　複合語（複合詞、合成詞）

　複合名詞（複合名詞）

　複合競技（滑雪包括長距離速滑和飛躍的混合賽）

　複合火山（複合火山）

　複合音（複合音）

　複合蛋白質（綴腕）

複号〔名〕〔數〕重號（±）

複婚〔名〕複婚、重婚（指一夫多妻、一妻多夫、群婚等）

複座〔名〕雙座←→単座

　複座機（雙座飛機）

複雑〔名、形動〕複雜、紛亂

　関係が複雑に為る（關係複雜化起來）

　複雑な仕事（複雜的工作）

　事態を複雑に為る（使情況複雜化）

　此の事件は非常に複雑である（這個事件非常複雜）

　複雑で入り組んでいる（頭緒紛繁）

　複雑怪奇（複雜離奇）

複繖花序〔名〕〔植〕複傘形花序

複視〔名〕〔醫〕複視

複試合〔名〕〔體〕（網球、乒乓球等的）雙打（=ダブルス doubles）←→単試合（=シングルス singles）

複糸期〔名〕〔植〕雙線期

複式〔名〕複式←→単式

　複式火山（複成火山）

　複式簿記（複式簿記）

　複式機関車（複式機車）

複写〔名、他サ〕複寫、抄寫,謄寫、複印,複製

　原稿を複写する（抄寫原稿）

　複写版（謄寫版）

　三部複写して下さい（請給我複寫三份）

　複写紙（複寫紙）

　複写器（複印機）

　複写フィルム film（電影拷貝）

複褶曲〔名〕〔地〕複合褶皺

複十字〔名〕（表示預防結核的）雙十字（≠）

　複十字のシール seal（雙十字的封印）

複重人格〔名〕〔心〕多重性格

複称〔名〕複稱、表示兩種以上事物的名稱、複雜的名稱←→単称

複勝〔名〕〔賽馬〕連勝式

　複勝に一万円賭ける（賭上一萬日元買連勝式馬票）

複色光〔名〕〔理〕複光、複色光

複図紙〔名〕複寫紙（=トレース trace 紙）

複数〔名〕〔數、語〕複數←→単数

複生〔名、自サ〕〔生〕增殖,增生、〔植〕分芽繁殖

複成〔名〕複成、複製

　複成火山（複合火山）

　複成岩（複合岩）

複声〔名〕〔理〕複聲

複姓〔名〕複姓（中國:諸葛,歐陽、日本:阿倍引田,阿倍普勢等）

複星〔名〕〔天〕聚星

複製〔名、他サ〕〔法〕（書籍）翻印,翻印品、複製,仿印

　不許複製（不許翻印）

　複製を禁ず（翻印必究）

　非常に貴重な原本から複製した挿絵（從珍重的原書中仿製的插圖）

　全く原物通りに複製する（完全照原物複製）

　複製品（複製品）

複占〔名〕〔經〕市場由兩家賣主壟斷的局面

複線〔名〕〔鐵〕複線、雙軌←→単線

　複線軌道（複線鐵路）

複複線〔名〕〔鐵〕雙複線、並列複線

複複複線〔名〕〔鐵〕三條並列的複線

複素数〔名〕〔數〕複數

複素平面〔名〕〔數〕複平面

複像〔名〕〔電視〕疊影、〔電〕多重圖像

複双晶〔名〕〔礦〕複雙晶

複総状花序〔名〕〔植〕複總狀花序、複串狀花

複蛋白質〔名〕〔化〕綴合蛋白質、綴合胺

複鉄筋〔名〕〔建〕雙配筋、雙面鋼筋

複道復道〔名〕複道（分上下兩層的道路或走廊）

複働〔名〕〔機〕複動、雙動、雙作用

　複働機関（雙作用發動機）

　複働ポンプ（雙動幫浦）

複比〔名〕〔數〕複比←→単比

複比例〔名〕〔數〕複比、複比例

複振子〔名〕複擺

複文〔名〕〔語法〕複句（句中含從屬成分）（如雪の降る日は寒い 句中的雪の降る是從屬成分）

複分解〔名〕〔化〕複分解、雙分解

複分数〔名〕〔數〕繁分數

複分裂〔名〕〔動〕複分裂

　複分裂増員（裂配生殖）

複瓣〔名〕複花瓣

複方〔名〕〔藥〕複方←→単方

　複方ヨード（複方碘溶液）

　複方ヨードカリ（複方碘化鉀）

複本、副本〔名〕副本、抄本、影印件

　送り状 複本（發貨單副本）

複本位〔名〕〔經〕（金銀）兩本位制、複本位制←→単本位

　金銀複本位制度（金銀複本位制）

複巻き〔名〕〔電〕複激、複繞

　複巻き電動機（複激電動機）

複名数〔名〕複名數（同時以兩個以上的單位表示的數字：如二里七町五間）

複名手形〔名〕〔商〕複名票據

複融点〔名〕〔理〕雙重熔點

複葉〔名〕〔植〕複葉、（飛機）雙翼←→単葉

複利〔名〕〔經〕複利←→単利

　複利で計算する（按複利計算）

　複利法（複利法）

　複利表（複利表）

複流〔名〕〔電〕雙流

　複流発電機（雙流發電機、交直流發電機）

　複流式（雙流式）

## 賦（ㄈㄨˋ）

賦〔名、漢造〕（古漢詩體材六義之一）賦、長詩、賦稅、賦役、賦與、賦詩

　赤壁の賦（赤壁賦）

　早春の賦（早春賦）

　田賦（田賦）

　貢賦（貢賦）

　天賦（天賦、天稟）

賦する〔他サ〕賦稅,攤派、賦詩,作漢詩

　税を賦する（課税）

賦役、賦役, 夫役〔名〕賦役,勞役、賦稅徭役

　賦役を課す（課勞役）

賦課〔名、他サ〕賦課、徵收

ㄈ

税金を賦課する（課稅、徵稅）
賦課を軽減する（減輕賦稅）
賦課金（徵收的稅款）

**賦活**〔名、他サ〕〔醫〕給與活力。〔理〕活化，激活
賦活剤（活化劑、活性劑、催化劑）
賦活素（激酶、致活酶）

**賦金**〔名〕攤派的款項、捐助的款項、分期付款的款項

**賦形剤**〔名〕〔藥〕賦形劑（如水藥的蒸餾水、散藥的乳糖等）

**賦形薬**〔名〕〔藥〕賦形劑

**賦質**〔名〕天性、稟性

**賦税**〔名〕賦稅、課稅

**賦性**〔名〕天性、天賦的性質

**賦与**〔名、自他サ〕賦與、給與
才能を賦与されている（賦有才幹）
最高の権限を賦与されている（被賦與最高的權限）

**賦払い**〔名〕分期付款（＝割賦、割賦）
賦払い販売（分期付款銷售）
賦払い保険（分期付款保險）

**賦り、配り**〔名〕分配，分送，分給，安排，分配的位置
新聞（の）配り（送報紙）
字の配りが旨い（字放得很均勻）

## 鮒（ㄈㄨˋ）

**鮒**〔漢造〕鯽魚

**鮒**〔名〕〔動〕鯽魚
鮒の念仏（小聲說話）

## 覆（ㄈㄨˋ）

**覆**〔漢造〕覆蓋、顛倒、複製、答覆、重複
被覆（被覆、遮蓋、蒙、包）
顛覆、転覆（顛覆、翻倒、推翻）
傾覆（傾覆）
反覆（反覆、翻覆、變卦）

**覆瓦状**〔名〕〔建〕鱗甲飾，瓦狀疊覆，搭接疊覆。〔動〕覆瓦狀的，鱗覆的

**覆刻、復刻**〔名、他サ〕（木版書的）復刻，翻刻，（圖書的）再版，翻印
古典を復刻する（復刻古典）
初版本の復刻（初版本的翻刻）
復刻本（再版書）
復刻版（再版書）

**覆車**〔名〕翻車、翻了的車
覆車の戒め（前車之鑑）戒め誡め警め縛め

**覆審**〔名〕〔法〕複審←→続審
此の決定は如何なる裁判所に於いても覆審出来ない（這個決定任何法院都不能覆審）
覆審裁判所（覆審法院）

**覆水**〔名〕潑出的水
覆水盆に返らず（覆水難收）

**覆推**〔名〕反覆推敲、反覆思考

**覆蔵、腹蔵**〔名〕隱諱、隱蔽、藏在心裡
腹蔵の無い御意見を聞かせて下さい（請您提出直言不諱的意見）
腹蔵無く言う（坦率地說）

**覆轍**〔名〕覆轍
前車の覆轍を踏む（重蹈前車的覆轍）

**覆土**〔名〕（播種後為防止土壤乾燥）覆土、蓋土

**覆没**〔名、自サ〕覆沒，沉沒，覆滅，徹底失敗

**覆滅**〔名、自他サ〕覆滅、覆沒、擊潰
敵の大軍を覆滅する（擊潰敵人的大軍）

**覆面**〔名、自サ〕覆面，蒙上臉，不出面，不露名
布で覆面する（用布蒙上臉）
覆面頭巾（覆面巾）
覆面強盗（蒙面強盜）
覆面批評（匿名批評）

**覆輪、伏輪**〔名〕〔古〕（馬鞍、刀護手等的）金銀鑲邊、（女服開口處的）鑲邊、（茶道用茶碗的）鑲邊

金の覆輪の鞍（鑲金邊的馬鞍）鞍蔵庫倉

覆輪掛ける（加劇、使更厲害）

**覆う**〔他五〕〔俗〕覆蓋，遮蓋，掩蓋，掩藏，籠罩，充滿，包括（＝覆う）

**負う**〔他五〕負、背（口語中多用背負う、背負う）、負擔，擔負，遭受，蒙受。（常用形式負う所）多虧，借助，借重、有賴於

重荷を負う（負重擔）重荷

子供を背中に負う（把孩子背在背上）負う

追う

薪を負うて山を下る（負薪下山）薪

人民に対して責任を負う（向人民負責）

大任を負わせる（委以重任）

責任を負い切れない（負擔不起責任）

債務を負う（負債）

借金を負う（負債）

義務を負う（擔負義務）

重い傷を負って倒れていた（負了重傷倒在那裏）

罪名を負う（背上罪名）

罪を負わされる（被加上罪名）

不名誉を身に負わされる（被別人抹黑）

此の成功は彼の助力に負う所が多い（這次成功借助於他的幫助的地方很多）

彼に負う処が少なくない（借重他的地方很多）

負うた子に教えられて浅瀬を渡る（大人有時可以受到孩子的啟發）

負うた子より抱く子（背的孩子沒有抱的孩子親．喻先近後遠人情之常）抱く

負うと言えば抱かれると言う（得寸進尺．得隴望蜀）

**追う、逐う**〔他五〕趕開、趕走、推走、轟走、驅逐。追趕、追逐。追求。〔轉〕催逼、忙迫、驅趕。隨著（時間）按照（順序）

蠅を追う（趕蒼蠅）

彼は公職を追われた（他被開除了公職）

猫が鼠を追っている（貓在追老鼠）

私達は全速力で先発隊の後を追った（我們用最快速度追趕先遣部隊）

泥棒は追われて路地に逃げ込んだ（小偷被追跑進巷子裡了）

牧草を追って移動する（追逐牧草而移動）

理想を追う（追求理想）

流行を追う（趕時髦）流行流行

個人の名利許りを追う（一心追求個人名利）

毎日仕事に追われて休む暇が無い（每天被工作趕得沒有休息時間）

此の頃ずっと翻訳の仕事に追われている（目前一直忙於翻譯工作）

掛け声を掛けて牛を追う（吆喝著趕牛）

日を追って改善される（逐日得到改善）

条を追って説明する（逐條說明）

其等の事件が年代を追って記録されている（那些事件是按年代紀錄下來的）

追いつ追われつ（你追我趕．互相追逐著）

二羽の燕が追いつ追われつ飛んで行く（兩隻燕子乎相追逐著飛去）

**覆う、被う、蔽う、蓋う、掩う**〔他五〕覆蓋、遮蓋、掩蓋，掩藏，籠罩，充滿，包括

トタンで屋根を覆う（用白鐵板蓋屋頂）

ビニールで苗床を覆う（用塑料薄膜蓋苗床）

両手で顔を覆って泣く（雙手掩著臉哭）

ランプを覆う（把燈罩上）

木が日を覆う（樹木蔽日）

地面は一面氷雪に覆われている（遍地冰雪）

目を覆う許り（覆わしめる）惨状（令人不忍目睹的悲慘情景）

耳を掩って鈴を盗む（掩耳盜鈴）

非を掩う（掩蓋錯誤）

自分の欠点を掩おうと為て彼是言う（想要掩飾自己的缺點找出很多說辭）

其れは掩う可からざる事実だ（那是無法掩蓋的事實）

其は掩う事の出来ない事実だ（那是無法掩蓋的事實）

硝煙戦場を覆う（硝煙籠罩戰場）

会場は活気に覆われている（會場上籠罩生動活潑的氣氛）

其の地域の形勢は暗雲に覆われている（那地區的形勢籠罩著烏雲）

AとBとは相覆う物ではない（A和B並不互相包容）

一言を以て之を蔽えば（一言以蔽之）

**覆い、被い**〔名〕遮蓋，遮蔽、遮蓋物，遮蔽物

荷物に被いを為る（把貨物蓋上）

本の表紙に被いを為る（把書的封面包上）

穀物の山に被いを掛ける（糧食堆蓋上覆蓋物）

被いを取る（拿開覆蓋的東西）

椅子の被い（椅套）

雨被い（雨布、雨篷）

日被い（遮陽篷、涼篷）

**覆い隠す、蔽い隠す**〔他五〕遮蓋、遮蔽、掩蓋、遮掩、掩藏、掩飾、蒙蔽

ハンカチ(handkerchief)で顔を蔽い隠す（用手帕遮蓋臉）

雲が太陽を蔽い隠す（雲彩遮住太陽）

短所を蔽い隠す（掩蓋缺點）

事実を飽く迄蔽い隠そうと為ている（想要把事實掩蓋到底）

**覆い被さる**〔自五〕（覆い被せる的被動形式、覆い被せられる的轉變）覆蓋在…上 壓在…上。（負擔責任等）落到，身上

背中に覆い被さる（壓在整個背上）

彼から責任が自分に覆い被さって来た（從那以後責任就落到自己身上來了）

**覆い被せる**〔他下一〕蓋上，蒙上、緊接著（説）

頭から布団を覆い被せる（蒙頭蓋上被子）

覆い被せて言う（緊接著説）

**覆す、反す、翻す**〔他五〕翻過來、耕、（寫作反す）（漢字讀音的）反切

〔接尾〕（寫作返す或反す、接動詞連用形下）重複

干し草を翻す（把曬的草翻過來）帰す返す還す孵す

手の平を翻す（反掌、把手翻過來）

コップ(kop)の水を翻す（把杯裡的水弄灑了）

新聞の裏を翻して読む（翻過報紙的背面讀）

田を翻す（翻地、耕田）

手紙を書いたらもう一度読み返し為さい（寫完信後要重唸一遍）

**帰す**〔他五〕使回去、打發回去（=帰らせる）

郷里に帰す（打發回家鄉）

弟を先に帰す（讓弟弟先回去）

自動車を銀座で帰して、其から一人で歩いた（在銀座把汽車打發回去然後一個人步行）

**返す**〔他五〕歸還、退還、送還。報答。回答、回敬。（也寫作帰す）打發回去，叫……回去。解雇。休妻。釋放。嘔吐

〔自五〕返回、退回

〔接尾〕（寫作返す或反す。接動詞連用形下）重複

拾った物は落とした人に返す（把拾來的東西歸還失主）

借りた品物を持主に返す（把借來的東西歸還原主）

贈物を返す（退還禮物）

借金を返す（歸還借款）

本を図書館に返して下さい（請把書歸還圖書館）

新聞を読んだら元の場所へ返し為さい（報紙看完請送回原處）

商品を返す（退貨）

金を返す（退錢）

其の品は見本違いで返された（那件東西因和樣品不符被退了回來）

挨拶を返す（回禮、致答詞）
恩を返す（報恩）
恩を仇で返す（恩將仇報）
口を返す（還嘴）
返す言葉が無い（無話可答）
子供を一人で返しては行けない（不要把孩子一個人打發回去）
不始末が有って返された（因為行為不檢被解雇了）
嫁を返した（把媳婦休了）
証拠不十分で容疑者を返した（由於證據不足把嫌疑犯釋放了）
飲み過ぎて返した（因為飲酒過量吐了）
寄せては返す波（拍岸的波浪）
引き返す（返回、折回）
手紙を書いたらもう一度読み返し為さい（寫完信後要重唸一遍）

**かやす**〔他五〕（關西方言）歸還,退還、送還.報答,回答,回敬（＝返す）

**孵す**〔他五〕孵、孵化
鶏が雛を孵す（雞孵小雞）孵す 返す 還す 帰す 反す
卵を雛に孵す（把雞蛋孵成小雞）

**覆す**〔他五〕打翻、弄翻、推翻
大波が船を覆す（大浪把船打翻）
行政制度を根本から覆す（從根本推翻行政制度）
天地を覆す程の大きな変化が起きる（發生翻天覆地的變化）
旧世界を覆し、新世界を創造する（推翻舊世界創造新世界）
実験の成功で従来の定説を覆す（由於試験成功推翻了迄今為止的定論）

**覆る**〔自五〕翻轉，翻過來、覆滅，垮台，被推翻、改變，革新
台風で船が覆る（由於颱風船翻了）
反動政府が覆った（反動政府垮台了）
新しい証拠品の発見に由って判決が覆った（由於發現了新證據判決被推翻了）

## 馥（ㄈㄨˋ）

**馥**〔漢造〕香氣濃郁為馥

**馥郁**〔形動タルト〕馥郁、芳香
馥郁たる香りが辺りに満ちる（芬芳四溢）

## 附（ㄈㄨˋ）

**付**〔名〕交付、（也寫作〝附〞）附屬、添加
交付（交付、交給、發給）
下付（發給、授予）
添付、添附（添上、附上）
貼付、貼附、貼付、貼附（貼上、黏貼）
転付（轉讓、轉給）

**附す、付す**〔他五〕附加、交給（＝付する、附する）

**附する、付する**〔他サ〕附加（＝付ける）、交付，提交（＝任せる、委ねる）
条件を付する（附加條件）
図表を付する（附上圖表）
制限を付する（加以限制）
問題を審議に付する（把問題提交審議）
印刷に付する（付印）
公判に付する（提交公審）
一笑に付する（付之一笑）
不問に付する（置之不問）
茶毘に付する（火葬）

**附加、付加**〔名、他サ〕附加，添加、追加，補充
規則に左の一項を付加する（規章裡補充下列一項）
付加所得税（附加所得税）
付加保険料（追加保險費）
付加価値（附加價值）
付加税、附加税（附加税）

**付け加える**〔他下一〕添加、附加、補充（＝足し添える）

七

## つ

彼を代表者に付け加える（把他加上作代表）
辞典の終りに索引を付け加える（辭典後面加上索引）
一言付け加えて置く（補充一句話）

**付け加え**〔名〕附加、添加（=付加）

**付け加わる**〔自五〕添上、加上、附帶
苦労が付け加わる（加上一層、辛苦多操一份心）
本文の上に頭注が付け加わる（本文上附帶眉註）

**附会、付会**〔名、他サ〕附會
其は牽強付会の論だ（那是牽強附會的說法）

**附記、付記**〔名、他サ〕附記、附注、備注、旁注
本の終りに感想を付記する（書末附記一些感想）

**附議、付議**〔名、他サ〕提出討論、提到議程上
議案を委員会に付議する（把議案提請委員會討論）

**附近、付近**〔名〕附近、一帶（=辺り）
付近の町（附近的城鎮）
公園の付近に住む（住在公園附近）
此の付近には学校が多い（這一帶學校多）
東京付近の地図（東京一帶的地圖）

**附言、付言**〔名、他サ〕附言、附帶說（的話）
念の為に付言しますが此れは私の一存です（為了慎重起見附帶提一句這可是我個人的意見）

**附載、付載**〔名、他サ〕（書中）附載（的附錄）

**附子、付子、五倍子**〔名〕〔植〕五倍子（=五倍子）
付子の木（鹽膚木）
付子粉（五倍子粉）

**附子、付子**〔名〕〔藥〕附子（烏頭根有毒）（=付子、附子）

**附子、付子**〔名〕〔藥〕附子（烏頭根有毒）（=付子、附子）、（題為附子的短劇）（狂言劇目之一）

**附図、付図**〔名〕附圖
付図を多く入れる（多加附圖）

付図入れポケット（裝附圖的袋子）

**附随、付随**〔名、自サ〕附隨、隨帶
此の問題に付随して起った現象（隨著這個問題而發生的現象）
付随の書類（附帶文件）
付随業務（附帶業務）
付随物（附隨物）
付随車（拖車、掛車）
付随体（〔生〕隨體-指染色體）

**付き随う、付き従う**〔自五〕跟隨，隨從、屈服、屈從
彼の後には数名の部下が付き随っていた（他身後跟著幾個部下）
小国が大国に付き随わねばならぬ時代は過ぎ去った（小國不得不屈服於大國的時代一去不復返了）

**附設、付設**〔名、他サ〕附設
保育所を付設する（附設保育員）
付設工場（附屬工廠、輔助廠）

**附箋、付箋**〔名〕簽條、浮簽、飛簽
付箋を付ける（加上浮簽）
〝名宛人宛先に居住せず〞の付箋が付いて戻って来た（〝貼著原址查無此人〞的簽條退了回來）

**附則、付則**〔名〕附則←→本則
細目は付則に規定して有る（細節在附則中有規定）

**附属、付属**〔名、自サ〕附屬
学校に付属する図書館（附屬於學校的圖書館）
其の大学には付属病院が有る（那所大學有附屬醫院）
付属中学校（附中）
付属文書（附件）
付属品（附屬品、配件、附件）
付属物（附屬品）
付属肢（〔動〕附肢）

付属腺（〔動〕附腺）

**附帯、付帯**〔名、自サ〕附帯、隨帶
此れに付帯する費用を見積もる（估算這筆附帶的費用）
他に付帯条件が有る（還有其他的附帶條件）
付帯条項（附款）
付帯決議（附帶決議）
付帯現象（附帶現象）

**附託、付託**〔名、他サ〕託付、委託
議案は委員会に付託する（把議案提交給委員會審議）
同案は委員会にも付託せず棚上げされた（議案也未提交委員會就被擱置起來了）

**附置、付置**〔名、他サ〕附設
付置研究所（附設研究所）

**付値**〔名〕〔數〕賦値

**附着、付着**〔名、自サ〕附著、黏著、膠著
糊が服に付着する（漿糊黏在衣服上）
膠で付着させる（用膠黏住）
病菌が蠅の足に付着する（病菌附在蒼蠅腳上）
付着物を洗い落とす（把附著物洗掉）
付着力（附著力）
付着語（膠著語-如日語、朝鮮語）
付着体（〔生〕半抗原、不全抗原）

**附註、付注、付註**〔名、自サ〕附註、注腳、注釋

**附表、付表**〔名〕附表、附錄
付表を多く入れて説明を助ける（多加附表來幫助說明）

**附票、付票**〔名〕貨簽、行李簽

**附与、付与**〔名、他サ〕授與、給與←→剝奪
全権を付与する（授與全權）
学位を付与する（授與學位）

**附録、付録**〔名、他サ〕附錄、補遺、增刊
日曜付録（星期日增刊）
雑誌に付録を付ける（雜誌附加附刊）

**附和、付和**〔名、自サ〕附和、隨聲附和
付和雷同、附和雷同（隨聲附和、追隨別人）
一人の意見に皆が付和雷同する（大家都隨聲附和一個人的意見）
付和随行、附和随行（隨聲附和、無主見而跟著別人跑）

**附く、付く**〔自五〕附著，沾上、帶有、配有、增加、增添、伴同、隨從、偏袒、向著、設有、連接、生根、扎根。（也寫作吳く）點著，燃起、值、相當於、染上、染到、印上、留下、感到、妥當，一定、結實、走運。（也寫作就く）順著、附加、（看來）是
泥がズボンに付く（泥沾到褲子上）
血の付いた着物（沾上血的衣服）
鮑は岩に付く（鮑魚附著在岩石上）
甘い物に蟻が付く（甜東西招螞蟻）
肉が付く（長肉）
智慧が付く（長智慧）
力が付く（有了勁、力量大起來）
利子が付く（生息）
精が付く（有了精力）
虫が付く（生蟲）
錆が付く（生銹）
親に付いて旅行する（跟著父母旅行）
護衛が付く（有護衛跟著）
他人の後からのろのろ付いて行く（跟在別人後面慢騰騰地走）
君には迚も付いて行けない（我怎麼也跟不上你）
不運が付いて回る（厄運纏身）
人の下に付く事を好まない（不願甘居人下）
あんな奴の下に付くのは嫌だ（我不願意聽他的）
彼の人に付いて居れば損は無い（聽他的話沒錯）
娘は母に付く（女兒向著媽媽）
弱い方に付く（偏袒軟弱的一方）

## つ

味方に付く（偏袒我方）
敵に付く（倒向敵方）
何方にも付かない（不偏袒任何一方）
引き出しの付いた机（帶抽屜的桌子）
此の列車には食堂車が付いている（這次列車掛著餐車）
此の町に鉄道が付いた（這個城鎮通火車了）
谷へ下りる道が付いている（有一條通往山谷的路）
種痘が付いた（種痘發了）
挿し木が付く（插枝扎根）
電灯が付いた（電燈亮了）
もう明かりが付く頃だ（該點燈的時候了）
ライターが付かない（打火機打不著）
此の煙草には火が付かない（這個煙點不著）
隣の家に火が付いた（鄰家失火了）
一個百円に付く（一個合一百日元）
全部で一万円に付く（總共值一萬日元）
高い物に付く（花大價錢、價錢較貴）
一年が十年に付く（一年頂十年）
値が付く（有價錢、標出價錢）値
然うする方が安く付く（那麼做便宜）
色が付く（染上顏色）
鼻緒の色が足袋に付いた（木屐帶的顏色染到布襪上了）
足跡が付く（印上腳印、留下足跡）
帳面に付いている（帳上記著）
染みが付く（印上污痕）污点
跡が付く（留下痕跡）
目に付く（看見）
鼻に付く（嗅到、刺鼻）
耳に付く（聽見）
気が付く（注意到、察覺出來、清醒過來）

目に付かない所で悪戯を為る（在看不見的地方淘氣）
目鼻が付く（有眉目）
凡その見当が付いた（大致有了眉目）
見込みが付いた（有了希望）
判断が付く（判斷出來）
思案が付く（想了出來）
判断が付かない（沒下定決心）
話が付く（說定、談妥）
決心が付く（下定決心）
始末が付かない（不好收拾、沒法善後）
方が付く（得到解決、了結）
けりが付く（完結）
収拾が付かなく為る（不可收拾）
彼の話は未だ目鼻が付かない（那件事還沒有頭緒）
御燗が付いた（酒燙好了）
実が付く（結實）
牡丹に蕾が付いた（牡丹打苞了）
彼は近頃付いている（他近來運氣好）
今日は馬鹿に付いている（今天運氣好得很）
ゲームは最初から此方に付いていた（比賽一開始我方就占了優勢）
川に付いて行く（順著河走）
塀に付いて曲がる（順著牆拐彎）
付録が付いている（附加附錄）
条件が付く（附帶條件）
朝飯とも昼飯とも付かぬ食事（既不是早飯也不是午飯的飯食、早午餐）
シルクハットとも山高帽とも付かない物（既不是大禮帽也不是常禮帽）
板に付く（純熟，老練，貼附，適當）
手に付かない（心不在焉、不能專心從事）
役が付く（當官、有職銜）

**付く**〔接尾、五型〕（接擬聲、擬態詞之下）表示具有該詞的聲音、作用狀態

　　がた付く（咯噔咯噔響）
　　べた付く（發黏）
　　ぶら付く（幌動）

**に付き**〔連語〕關於，就（=…に付いて）、由於、每

　　表記の件に付き報告申し上げます（就上面記載的問題報告一下）
　　祭日に付き休業（因節日歇業）
　　病気に付き欠席する（因病缺席）
　　五人に付き一人の割合（每五人有一人的比例）

**付く、点く**〔自五〕點著、燃起

　　電灯が付いた（電燈亮了）
　　もう明かりが付く頃だ（該點燈的時候了）
　　ライター（lighter）が付かない（打火機打不著）
　　此の煙草には火が付かない（這個煙點不著）
　　隣の家に火が付いた（鄰家失火了）

**付く、就く**〔自五〕沿著、順著、跟隨

　　川に付いて行く（順著河走）
　　塀に付いて曲がる（順著牆拐彎）

**就く**〔自五〕就座、登上、就職、從事、就師、師事、就道、首途

　　席に就く（就席）
　　床に就く（就寢）床
　　塒に就く（就巢）
　　緒に就く（就緒）
　　食卓に就く（就餐）
　　講壇に就く（登上講壇）
　　職に就く（就職）
　　任に就く（就任）
　　実業に就く（從事實業工作）
　　働ける者は皆仕事に就いている（有勞動能力的都參加了工作）
　　師に就く（就師）
　　日本人に就いて日本語を学ぶ（跟日本人學日語）習う
　　帰途を就く（就歸途）
　　世界一周の途に就く（起程做環球旅行）
　　壮途に就く（踏上征途）

**に就き、に就いて**〔連語〕就、關於、對於、每

　　手数料は荷物一個に就き二百円です（手續費是每件行李要二百日元）
　　此の点に就いては問題が無い（關於這點沒有問題）
　　日本の風俗に就いて研究する（研究日本的風俗）
　　彼が何よりも真剣に考えたのは、悪の渦巻く現実に就いてあった（他想得最認真的還是眼前烏煙瘴氣的現實）
　　日本語に就いての感想（關於日語的感想）
　　一人に就いて五円（每人五日元）
　　一ダース（dozen）に就いて百円（每打一百日元）

**突く**〔他五〕支撐、拄著

　　杖を突いて歩く（撐著拐杖走）
　　頬杖を突いて本を読む（用手托著下巴看書）
　　手を突いて身を起こす（用手撐著身體起來）
　　突然膝を突いて終った（癱軟地跪下去）

**突く、衝く**〔他五〕刺，戳、冒、衝、攻、抓、乘

　　槍で突く（用長槍刺）
　　針で指先を突いた（針扎了指頭）
　　棒で地面を突く（用棍子戳地）
　　鳩尾を突かれて気絶した（被擊中了胸口昏倒了）
　　判を突く（打戳、蓋章）
　　意気天を突く（幹勁衝天）
　　雲を突く許りの大男（頂天大漢）
　　つんと鼻を突く臭いが為る（聞到一股嗆鼻的味道）
　　風雨を突いて進む（冒著風雨前進）

## つ

不意を突く（出其不意）
相手の弱点を突く（攻撃對方的弱點）
足元を突く（找毛病）

**突く、撞く**〔他五〕撞、敲、拍
毬を突いて遊ぶ（拍皮球玩）
鐘を突く（敲鐘）
玉を突く（撞球）

**吐く、突く**〔他五〕吐（＝吐く）、說出（＝言う）、呼吸，出氣（＝吹き出す）
反吐を吐く（嘔吐）
嘘を吐く（說謊）
息を吐く（出氣）
溜息を吐く（嘆氣）

**即く**〔自五〕即位、靠近
位に即く（即位）
王位に即かせる（使即王位）
即かず離れずの態度を取る（採取不即不離的態度）

**漬く、浸く**〔自五〕淹、浸
床迄水が漬く（水浸到地板上）

**漬く**〔自五〕醃好、醃透（＝漬かる）
此の胡瓜は良く漬いている（這個黃瓜醃透了）

**着く**〔自五〕到達（＝到着する）、寄到，運到（＝届く）、達到，夠著（＝触れる）
汽車が着いた（火車到了）
最初に着いた人（最先到的人）
朝台北を立てば昼東京に着く（早晨從台北動身午間就到東京）
手紙が着く（信寄到）
荷物が着いた（行李運到了）
体を前に折り曲げると手が地面に着く（一彎腰手夠著地）
頭が鴨居に着く（頭夠著門楣）

**搗く、舂く**〔他五〕搗、舂
米を搗く（舂米）

餅を搗く（舂年糕）
搗いた餅より心持ち（禮輕情意重）

**憑く**〔自五〕（妖狐魔鬼等）附體
狐が憑く（狐狸附體）

**築く**〔他五〕修築（＝築く）
周囲に石垣を築く（四周砌起石牆）
小山を築く（砌假山）

**附き、付き、付**〔名〕附著、燃燒、協調、人緣、相貌。（俗）運氣
〔接尾〕（接某些名詞下）樣子、附屬、附帶
付きの悪い糊（不黏的漿糊）
白粉の付き（白粉的附著力）
付きの悪いマッチ（不容易點著的火柴）
此の薪は乾いていて、付きが良い（這個劈柴乾一點就著）
此の服に彼の帽子では付きが悪い（那頂帽子配這件西服不協調）
何処と無く付きの悪い男（總覺得有點處不來的人）
付きの悪い男がうろついている（一個古怪的人徘徊著）うろつく
付きが回って来る（走運、石來運轉）
付きが変わった（運氣變了）
顔付（相貌、神色）
手付き（手的姿勢）
撓やかな腰付き（優美的身腰）撓やか嫋やか
大使館付き武官（駐大使館武官）
司令官付き通訳（司令隨從翻譯）
社長付き秘書（總經理專職秘書）
条件付き（附有條件）
保証付き（有保證）
瘤付き（帶著累贅的孩子）
ガス、水道付きの貸家（帶煤氣自來水的招租房）

**付き、就き**〔接助〕（用に付き、に就き的形式）
就，關於、因為、每

　此の点に付き（關於這點）
　増産問題に付き社員の意見を求める（關於増産問題徴求社員的意見）
　雨天に付き中止（因雨停止）
　病気に付き欠席する（因病缺席）
　一ダースに付いて百円（每打一百日元）
　一人に付き三つ（每人三個）

**に付き**〔連語〕關於，就（＝…に付いて）、由於、每

　表記の件に付き報告申し上げます（就上面記載的問題報告一下）
　祭日に付き休業（因節日歇業）
　病気に付き欠席する（因病缺席）
　五人に付き一人の割合（每五人有一人的比例）

**に就き、に就いて**〔連語〕就、關於、對於、每

　手数料は荷物一個に就き二百円です（手續費是每件行李要二百日元）
　此の点に就いては問題が無い（關於這點沒有問題）
　日本の風俗に就いて研究する（研究日本的風俗）
　彼が何よりも真剣に考えたのは、悪の渦巻く現実に就いてあった（他想得最認真的還是眼前烏煙瘴氣的現實）
　日本語に就いての感想（關於日語的感想）
　一人に就いて五円（每人五日元）
　一ダースに就いて百円（每打一百日元）

**附ける、付ける、着ける**〔他下一〕安上，掛上，插上，縫上，寫上，記上，注上，定價，給價，出價，抹上，塗上，擦上，使隨從、使跟隨，尾隨，盯梢，附加，添加，裝上，裝載，打分，養成，取得，建立，解決。（用に付けて形式）因而，一…就，每逢…就

　列車に機関車を付ける（把機車掛到列車上）
　剣を銃口に付ける（把刺刀安在槍口上）
　カメラにフィルターを付ける（把照相機安上濾色鏡片）
　上の句に下の句を付ける（〔連歌、俳句〕接連上句詠出下句）
　如露の柄が取れたから新しく付けなければならない（噴壺把手掉了必須安個新的）
　シャツにボタンを付ける（把鈕扣縫在襯衫上）
　部屋が暗いので窓を付けた（因為房子太暗安了扇窗子）
　日記を付ける（記日記）
　出納を帳面に付ける（把收支記在帳上）
　其の勘定は私に付けて置いて呉れ（那筆帳給我記上）
　次の漢字に仮名を付け為さい（給下列漢字注上假名）
　値段を付ける（定價，要價、給價，出價）
　値を幾等に付けたか（出了多少價錢？）
　値段を高く付ける（要價高、出價高）
　薬を付ける（上藥、抹藥）
　パンにバターを付ける（給麵包塗上奶油）
　手にペンキを付ける（手上弄上油漆）
　ペンにインキを付ける（給鋼筆醮上墨水）
　タオルに石鹸を付ける（把肥皂抹到毛巾上）
　護衛を付ける（派警衛〔保護〕）
　病人に看護婦を付ける（派護士護理病人）
　被告に弁護士を付ける（給被告聘律師）
　彼の後を付けた（跟在他後面）
　彼奴を付けて行け（盯上那個傢伙）
　スパイに付けられている（被間諜盯上）
　手紙を付けて物を届ける（附上信把東西送去）
　景品を付ける（附加贈品）
　条件を付ける（附加條件）
　体内に段段と抵抗力を付ける（讓體内逐漸產生抵抗力）
　乾草を付けた車（裝著乾草的車）乾草

つ

点数を付ける（給分數、打分數）

五点を付ける（給五分、打五分）

子供に名を付ける（給孩子命名）

父親を付けた名前（父親給起的名字）

良い習慣を付ける（養成良好習慣）

職を手に付ける（學會一種手藝）

技術を身に付ける（掌握技術）

悪い癖を付けては困る（不要給他養成壞習慣）

方を付ける（加以解決、收拾善後）

紛糾に結末を付ける（解決糾紛）

関係を付ける（搭關係、建立關係）

決着を付ける（解決、攤牌）

速く話を付けよう（趕快商量好吧！）

君から話を付けて呉れ（由你來給解決一下吧！）

其に付けて思い出されるのは美景（因而使人聯想到的是美景）

風雨に付けて国境を守る戦士を思い出す（一刮風下雨就想起守衛邊疆的戰士）

気を付ける（注意、當心、留神、小心、警惕）

けちを付ける（挑毛病、潑冷水）

元気を付ける（振作精神）

智慧を付ける（唆使、煽動、灌輸思想、給人出主意）

箸を付ける（下箸）

味噌を付ける（失敗、丟臉）

目を付ける（注目、著眼）

役を付ける（當官）

理屈を付ける（找藉口）

**附ける、付ける、着ける**〔他下一〕（常寫作着ける）穿上、帶上、佩帶（＝着用する）

（常寫作着ける）（駕駛車船）靠攏、開到（某處）（＝横付けに為る）

服を身に着ける（穿上西服）

軍服を身に着けない民兵（不穿軍裝的民兵）

制服を着けて出掛ける（穿上制服出去）

ピストルを着けた番兵（帶著手槍的衛兵）

面を着ける（帶上面具）

自動車を門に着ける（把汽車開到門口）

船を岸壁に着ける（使船靠岸）

**附ける、付ける、着ける**〔接尾〕（接某些動詞＋（さ）せる、（ら）れる形式的連用形下）經常，慣於，表示加強所接動詞的語氣、（憑感覺器官）察覺到

行き付けた所（常去的地方）

遣り付けた仕事（熟悉的工作）

怒鳴られ付けている（經常挨申斥）

叱り付ける（申斥）

押え付ける（押上）

酷く怒って本を机に叩き付けた（大發雷霆把書往桌子上一摔）

聞き付ける（聽到、聽見）

見付ける（看見、發現）

嗅ぎ付ける（嗅到、聞到、發覺、察覺到）

**点ける**〔他下一〕（有時寫作付ける）點火，點燃、扭開，拉開，打開

ランプを点ける（點燈）

煙草に火を点ける（點菸）

マッチを点ける（劃火柴）

ガスを点ける（點著煤氣）

部屋が寒いからストーブを点けよう（屋子冷把暖爐點著吧！）

電燈を点ける（扭開電燈）

ラジオを点けてニュースを聞く（打開收音機聽新聞報導）

テレビを点けた儘出掛けた（開著電視就出去了）

**即ける、就ける**〔他下一〕使就位、使就師

席に即ける（使就席）

局長の地位に即ける（使就局長職位）

位に即ける（使即位）

職に即ける（使就職）

先生に即けて習わせる（使跟老師學習）

**漬ける、浸ける**〔他下一〕浸，泡（=浸す）

着物を水に漬ける（把衣服泡在水裡）

**漬ける**〔他下一〕醃，漬（=漬物に為る）

菜を漬ける（醃菜）

塩で梅を漬ける（醃鹹梅子）

胡瓜を糠味噌に漬ける（把黃瓜醃在米糠醬裡）

寒い地方では野菜を沢山漬けて置いて、冬に食べる（寒冷地方醃好多菜冬天吃）

**附けたり、付けたり**〔名〕〔俗〕附帶，附加，略表寸心（的東西）、名義，口實，附錄

付けたりの品物（附帶的東西）

姉さんに宜しくと言ったのは本の付けたりだった（說問姊姊好只是捎帶而已）

此の景品は本の付けたりです（這個贈品只是一點意思）

海外視察と言うのは付けたりで、本当は遊びに行ったのだ（所謂海外視察不過是個名目其實是遊玩去了）

此れは今月号の付けたりだ（這是本月號的附錄）

**附ける、付ける、着ける**〔接尾、下一型〕（着ける、付ける、附ける的音便）

〔接名詞下〕賦予、使有、建立

意義着ける（賦予意義、使有意義）

秩序着ける（使有秩序、建立秩序）

関係着ける（建立關係、使發生關係、拉關係）

基礎着ける（打下基礎、作為依據）

## 訃（ㄈㄨˋ）

**訃**〔名、漢造〕訃、訃告、訃文、訃聞（=訃報）

友人の訃に接する（接到朋友的訃聞）

友人の訃を聞く（聽到朋友的訃聞）

佐藤さんの訃が報じられた（宣布了佐藤先生逝世的消息）

**訃音、訃音**〔名〕訃聞、訃告、訃報

訃音に接する（接到訃聞）

**訃告**〔名〕訃告、訃聞

**訃報**〔名〕訃告、訃聞

訃報に接する（接到訃聞）

## 負（ㄈㄨˋ）

**負**〔名〕負、負號、負數（=マイナス）←→正

〔漢造〕負、背、敗、抱負

負数（負數）

正負（正負）

負電気（負電=陰電気）

正電気（正電=陽電気）

勝負（勝負，勝敗，比賽，競賽）

自負（自負、自滿、自大、自傲）

抱負（抱負）

**負荷**〔名、他サ〕負，荷，擔。〔理〕負荷，載荷。〔電〕負載

負荷試験（負載試驗）

全負荷運転（滿載運轉）

安全負荷（安全負載）

**負極**〔名〕〔電〕負極，陰極、（磁體）南極←→正極

**負結晶**〔名〕〔理〕負晶體、空晶

**負号**〔名〕負號（-）（=マイナス）←→正号

**負コロイド**〔名〕〔化〕陰電荷膠體

**負債**〔名〕負債、欠債、饑荒

負債が有る（有負債）

負債が出来る（負債、拉饑荒）

保証人は本人の負債の返済する義務が有る（保人有替本人還債的義務）

負債が山程有る（負債累累、債台高築）

負債額（負債額）

負債償還（償還債務）

負債勘定（債務帳目、負債科目）

**負傷**〔名、自他サ〕負傷、受傷

亡

腕に負傷する（腕部受傷）
交通事故で足を負傷する（因交通意外腳部受傷）
彼は戦争で三度負傷した（他在戰爭中掛了三次彩）
敵に沢山の負傷者を出された（使敵方多人受傷）
負傷兵（傷兵）
負傷者（負傷者）
**負触媒**〔名〕〔化〕緩化劑、負催化劑
**負薪**〔名〕背柴、粗重工作、卑賤的人
**負数**〔名〕〔數〕負數←→正数
**負性**〔名〕〔理〕負性
　負性温度特性（負性溫度特性）
　負性抵抗（負電阻）
**負託**〔名、他サ〕託負、委託
　国民の負託に応える（不辜負人民的託付）応える答える堪える
**負担**〔名、他サ〕負擔、承擔、背負
　学生の学習負担（學生的學習負擔）
　損害を負担する（負擔損失）
　費用は買い手の方で負担する（費用由買主負擔）
　負担が重過ぎる（負擔過重）
　私には負担だ（對我來說是個負擔）
　負担に為らない様に為る（使不成為負擔）
**負抵抗**〔名〕〔電〕負電阻
**負電荷**〔名〕〔電〕負電、陰電（＝負電気）
**負電気**〔名〕〔電〕負電、陰電（＝負電荷）
**負の相関**〔名〕〔數〕負相關
**負量**〔名〕〔數〕負量
**負う**〔他五〕負、背（口語中多用背負う 背負う）、負擔，擔負，遭受，蒙受。
（常用形式負う所）多虧，借助，借重，有賴於
　重荷を負う（負重擔）重荷

　子供を背中に負う（把孩子背在背上）負う追う
　薪を負うて山を下る（負薪下山）薪
　人民に対して責任を負う（向人民負責）
　大任を負わせる（委以重任）
　責任を負い切れない（負擔不起責任）
　債務を負う（負債）
　借金を負う（負債）
　義務を負う（擔負義務）
　重い傷を負って倒れていた（負了重傷倒在那裏）
　罪名を負う（背上罪名）
　罪を負わされる（被加上罪名）
　不名誉を身に負わされる（被別人抹黑）
　此の成功は彼の助力に負う所が多い（這次成功借助於他的幫助的地方很多）
　彼に負う処が少なくない（借重他的地方很多）
　負うた子に教えられて浅瀬を渡る（大人有時可以受到孩子的啟發）
　負うた子より抱く子（背的孩子沒有抱的孩子親、喻先近後遠人情之常）抱く
　負うと言えば抱かれると言う（得寸進尺、得隴望蜀）
**追う、逐う**〔他五〕趕開，趕走，推走，轟走，驅逐，追趕，追逐，追求。〔轉〕催逼，忙迫，驅趕、隨著（時間）按照（順序），
　蠅を追う（趕蒼蠅）
　彼は公職を追われた（他被開除了公職）
　猫が鼠を追っている（貓在追老鼠）
　私達は全速力で先発隊の後を追った（我們用最快速度追趕先遣部隊）
　泥棒は追われて路地に逃げ込んだ（小偷被追跑進巷子裡了）
　牧草を追って移動する（追逐牧草而移動）
　理想を追う（追求理想）
　流行を追う（趕時髦）流行流行

個人の名利許りを追う（一心追求個人名利）

毎日仕事に追われて休む暇が無い（每天被工作趕得沒有休息時間）

此の頃ずっと翻訳の仕事に追われている（目前一直忙於翻譯工作）

掛け声を掛けて牛を追う（吆喝著趕牛）

日を追って改善される（逐日得到改善）

条を追って説明する（逐條說明）

其等の事件が年代を追って記録されている（那些事件是按年代紀錄下來的）

追いつ追われつ（你追我趕、互相追逐著）

二羽の燕が追いつ追われつ飛んで行く（兩隻燕子乎相追逐著飛去）

二つの工場が追いつ追われつ生産性を高めている（兩家工廠你追我趕地在提高生產率）

**負い革**〔名〕（步槍等的）皮背帶、槍背帶、吊腕帶

**負い目**〔名〕欠債、欠賬、欠情、違約（＝借り）

私は彼に負い目が有る（我欠他一筆債、我欠他情）

**負える**〔自下一〕（負う的可能形）承擔得起、擔當得起

手に負えない（沒法處理、解決不了、棘手）負える 追える 終える

手に負えない奴（叫人沒法辦的傢伙、不可救藥的傢伙、惹不起的傢伙）

手に負えない子（叫人沒法管的孩子、非常頑皮的孩子）

此の問題が難し過ぎて私の手に負えない（這個問題太難我解決不了）

**負ぶう**〔他五〕背（孩子）

子供を負ぶう（背小孩）

赤ん坊を背に負ぶって歩く（背上背著孩子走）

負ぶって子より抱いた子（抱著的孩子總比背著的孩子親、喻先近後遠人情之常）抱く

負ぶうと言えば抱かれると言う（得寸進尺、得隴望蜀）

**負ぶい紐、負い紐**〔名〕背孩子的帶子（＝負んぶ紐）

**負ぶさる**〔自五〕被人背，叫人背（＝背負われる、負われる）。〔轉〕依靠別人，靠別人幫助

母の背中に負ぶさる（叫母親背在背上）

友人に負ぶさって暮らしている（靠朋友幫助日）

就職せずに父に負ぶさる（不工作靠父親養活）

**負んぶ**〔名、他サ〕（負ぶう的轉變）（幼兒語）背，被背。〔俗〕讓別人負擔（費用），依靠別人

赤ん坊を負んぶする（背小孩）

母の背中に負んぶする（讓媽媽背著）

人に負んぶするのは行けない（不該依靠別人）

費用を会社に負んぶする（讓公司負擔費用）

負んぶすれば抱っこと言う（得寸進尺）

負んぶに抱っこ（得寸進尺）

**負かす**〔他五〕打敗、擊敗、戰勝

議論で相手を負かす（憑辯論駁倒對方）任す

**負かる**〔自五〕能讓價（＝負けられる）

もう此れ以上は負からない（價錢不能再讓了）罷る

此の品は負からない（這種東西不讓價）

**負ける**〔自下一〕負，敗，輸←→勝つ、屈服，示弱，不能抵制，不能克服、劣，次，亞，不如，不及，寬恕，寬容，不深究

〔他下一〕減價、讓價（＝値引きする）、搭上（＝御負けを付ける）

碁に負ける（圍棋下輸）

戦争に負ける（戰敗）

今度の試合に負ければもう勝つchanceは無い（這次比賽輸的話就再沒有贏的機會了）

弱い者が負ける（弱者必敗）

此れで負けた（這就輸了）

負けても気を落さない（敗了也不氣餒）

Aチームは五対三でBチームに負けた（A隊以五比三輸給了B隊）

困難に負けては行けない（不能在困難面前低頭）

ま

あんな生意気な奴に負けるものか（絕不向那樣傲慢的傢伙屈服）

誘惑に負けるな（不要被誘惑助）

暑さに負ける（中暑）

漆に負ける（中漆毒、起斑疹）

彼は未だ未だ若い者には負けない（他還毫不輸給年輕人）

此れは外国の品物に負けない良い品です（這是比起外國貨毫不遜色的良品）

本当は行けないのだが、子供だから負けて遣った（本來是不行但因為是個小孩子就寬恕了）

一割負ける（減價一成、打九折）

分量を負ける（多給分量）

負けられないぎりぎりの値段（最低價格）

一銭も負けられません（分文不讓）

鰯一匹負けて置こう（給你搭上一條沙丁魚吧！）

鉛筆一本御負けします（搭上一枝鉛筆）

負けるが勝ち（失敗即勝利、壞事變好事、以退為進）

世の中には負けるが勝ちと言う事が有る（社會上有時壞事變好事）

此の際は負けるが勝ちだ（這時要委曲求全）

負けるも勝つも時の運（勝敗乃兵家常事）

**負け、負**〔名〕負，敗，輸（＝敗北）←→勝ち、減價，讓價，（商店送給顧客的）贈品（＝御負け、景品）

負に為る（敗、輸、敗北）

君の負だぞ（你輸了）

三対一、二goalの負だ（三比一輸兩個球）

じゃん拳で勝ち負けを決める（划拳決定輸贏）

戦いは平家方の負に為った（戰役以平家軍失敗而告終）

正札ですから御負しめせん（不打折、明碼實價）

千円御負します（少算您一千日元）

目方が一寸多いけれど、其の分は御負に為て置きますよ（分量多了些那些就當少算了吧！）

彼の御菓子を二千円以上買うと、玩具の御負が付いて来る（那種點心購買兩千日元以上時送給玩具贈品）

**負け軍、負軍、負け戦、負戦**〔名〕敗仗、戰敗←→勝ち戦

Aチームは始めから負戦だった（A隊從一開始就吃了敗仗）

**負け犬、負犬**〔名〕鬥輸了的狗、（蔑）競爭失敗的人

**負け色、負色**〔名〕敗兆、敗象（＝敗色）

間も無く相手チームが負色を見せた（不久對方球隊現出了敗象）

**負け馬、負馬**〔名〕（在賽馬中）落在最後的馬、末馬

負馬に賭ける（賭注下在末馬上、買末馬的馬票）

**負け惜しみ**〔名〕不服輸、不認輸、嘴硬、嘴強

負け惜しみの返事（死不服輸的回答）

負け惜しみの強い人（死不認輸的人）

負け惜しみを言う（說硬話）

負け惜しみでなく清貧を誇りと為る（不是嘴硬確是以清貧自傲）

負け惜しみで私が悪かったとは言えなかった（因為不服輸不肯說我錯了）

**負け勝ち、負勝**〔名〕勝負、勝敗、輸贏（＝勝ち負け）

負勝無し（不分輸贏）

**負け嫌い、負けず嫌い**〔名ナ〕好強、不認輸（＝負けん気）

負け嫌いの子供（好強的孩子）

彼は生まれ付き負け嫌いだ（他生來就爭勝好強）

**負け癖**〔名〕一戰就敗

負け癖が付く（每戰必敗）

負け癖から抜け出す（從每戰必敗中擺脫出來）

**負け越す**〔自五〕負多於勝、輸多贏少←→勝ち越す

彼が強いから僕は負け越すに決まっているんだ（他比我強我準輸給他）

**負けさせる**〔他下一〕（負ける的使役形）使減價、使讓價

三千円に負けさせる（使對方減價到三千日元）

一割負けさせる（使減價一成、使打九折）

**負けじ心、負けじ魂**〔名〕頑強精神、倔強精神、堅強精神、不屈不撓的精神

何を遣るにも負けじ魂が無くては為らぬ（無論做什麼必須有不屈不撓精神）

スポーツには負けじ魂が必要だ（體育比賽必須有頑強精神）

**負けず劣らず**〔副、連語〕平手、不分優劣、不相上下、並駕齊驅、勢均力敵

二人は負けず劣らず百メートルを走った（二人跑百米跑了個平手）

彼の二人は負けず劣らずの良い取り組みだ（他倆是勢均力敵的好對手）

学力に於いてＡとＢとは負けず劣らずだ（在學力方面Ａ和Ｂ不相上下）

**負け手、負手**〔名〕敗者，輸者。〔圍棋、象棋〕輸招

**負け腹、負腹**〔名〕因失敗而生氣

負腹を立てる（因失敗而生氣）

**負け振り，負振、負けっ振り**〔名〕（對）輸的態度、（對）失敗的態度

負振が良い（雖輸而態度好、輸得磊落）

負振が悪い（輸而耍態度、輸得不磊落）

豪傑だけに負振も良い（到底豪爽輸的態度也很爽朗）

**負け星、負星**〔名〕〔相撲〕（比賽中在輸者的名字上畫的）黑星、黑圈←→勝ち星

負星を数える（計算黑星、計算輸了多少次）

彼は又負星を一つ背負い込んだ（他的名字上面又背了一個黑星、他又輸了一次）

**負けん気、不負気**〔名〕（負けぬ気的轉變）不認輸、不服輸、好強、爭勝（=負け嫌い、負けず嫌い）

此処で不負気を起こせ（你要爭這口氣）

此処で不負気を出せ（你要爭這口氣）

不負気の強い人（好強的人）

**負けん性、不負性**〔名〕頑強精神、倔強精神、堅強精神、不屈不撓的精神（=負けじ心、負けじ魂）

不負性で最後迄頑張る（發揮了頑強精神堅持到最後）

人には不負性が必要である（一個人要有堅忍不拔的精神）

困難に打ち勝つには不負性が必要だ（戰勝困難必須有堅忍不拔的精神）

**御負け**〔名〕（作為贈品）另外奉送，白送給（的東西）。〔轉〕另外附加（的東西），附帶（的東西）、（表示減價）搭上

*（作為〝讓價〞意義的自謙語形式的御負けする、是動詞負ける的變化）

馬を御買いに為れば鞍は御負けに為て置きます（您要是買馬馬鞍一起奉送給您）

全部買って下されば其を御負けに差し上げます（您要是都買的話那個舊送給您）

新年号の婦人雑誌には御負けが一杯付く（新年號的婦女雜誌帶有很多贈品）

入れ物を御負けに添える（把裝的容器一起奉送）

此れは御負けの話だ（這是附帶的一段話）

御負けにもう一つ御話を為て上げます（另外我再給你講一個故事）

御負けを付ける（言う）（誇大其詞、添油加醋）

彼の人は自分の話を為る時は何時も御負けを言う（他講到自己時總是誇大其詞）

彼女は自分の子供を褒めるのに御負けを付けるのが常だ（她誇獎她的孩子常常過於誇大其詞）

鉛筆一本御負けします（搭上一支鉛筆）

**御負けに**〔接〕又加上、更加上、而且、況且

疲れて、御負けに少し寒く為りましたので…（因為疲倦了加上有點冷起來…）

今日は非常に暑い、御負けに風がちっとも無い（今天很熱而且一點風也沒有）

彼は貧乏で御負けに病人と来ている（他既窮又有病）

## ふ

### 赴（ㄈㄨˋ）

**赴**〔漢造〕奔赴

　ふえん
　赴援（赴援）

**赴任**〔名、自サ〕赴任、上任

　新しく赴任して来た校長（新上任的校長）

　福岡へ赴任する（到福岡去上任）

　赴任旅費（赴任旅費）

**赴く、趣く**〔自五〕（來自面向く）前往，奔赴、趨向，傾向，走向

　前線に赴く（上前線）

　日本に赴く（赴日、前往日本）

　援助に赴く（前去支援）

　共に国家の急に赴く（共赴國難）

　祖国の最も必要と為る処へ赴く（到祖國最需要的地方去）

　代表団を率いて地方訪問に赴いた（率領代表團去外地訪問）

　自ら現場に赴き、戦闘を指揮する（親臨現場指揮戰鬥）

　病気が快方に赴く（病情趨向好轉）

　事業は隆盛に赴く（事業日趨昌隆）

　人心の赴く所を察する（洞察人心走向）

　大勢の赴く所に従う（順從大勢所趨）

　国連憲章の審議と改正は大勢の赴く所である（審議和修改聯合國憲章是大勢所趨）

**赴、趣**〔名〕意思，內容、景象，樣子，感覺、風趣，趣味，（書信用語）據聞…

　御話の趣は良く分りました（您說的意思我全明白了）

　御手紙の趣承知しました（來函所述內容盡悉）

　此の庭は深山幽谷の趣が有る（這庭園有深山幽谷的情趣）

　彼の建築は趣が無い（那建築平凡無趣）

　絵の趣は画題に一致している（那幅畫情趣和畫的主題一致的）

　訳文は原文の趣を良く伝えている（譯文充分地表達了原文的韻味）

　冬枯れの景色にも趣が有る（冬天的凄涼風景也別具風味）

　其の公園の樹木は蒼古の趣を呈している（那公園的樹木呈現一片蒼鬱古樸的景象）

　一輪の花が会場に趣を添えている（一朵花給會場增添了情趣）

　其は以前とは趣を異に為ている（那和以前的情形大不相同）

　丸で趣を異に為ている（情形迴然不同）

　趣を換える（改變方式）

　其で事の趣が又変わって来る（這樣事情的情況又發生了變化）

　承れば御病気の趣、如何かと案じて居ります（聽說您生病了不知情況怎樣？）

### 副（ㄈㄨˋ）

**副**〔名、漢造〕副本，副件、附加，附帶

　正副二通の書類（正副一式兩份的文件）

　書類を正副二通作成する（把文件製成正副二份）

　正副二名の委員長が選ばれた（選出正副委員長二人）

　履歴書は正副二通を差し出す事（要提出履歷書正副兩份）

**副因**〔名〕次要原因←→主因

**副芽**〔名〕〔植〕副芽

**副花冠**〔名〕〔植〕副花冠

**副崖**〔名〕〔地〕副崖、階地

**副会長**〔名〕副會長

**副核**〔名〕〔動〕副核

**副萼**〔名〕〔植〕副萼

**副官、副官**〔名〕〔軍〕副官

　大隊副官（營副官）

　高級副官（高級副官）

**副館長**〔名〕副館長

**副艦長**〔名〕（大型艦的）副艦長

**副監督**〔名〕（基督教）副主祭、教長、地方主教

**副器（官）**〔名〕〔動〕副器、附肢

**副議長**〔名〕（會議的）副主席、（國會的）副主席

**副級長**〔名〕（班級的）副班長

**副業**〔名〕副業←→本業
　副業を奨励する（獎勵副業）
　農村の副業（農村副業）

**副筋**〔名〕〔解〕副肌

**副啓**〔名〕又啓、再啓（=二伸、追啓）

**副契約**〔名〕附屬合約、轉包合約

**副検事**〔名〕〔法〕副檢察官、助理檢察官

**副原子価**〔名〕〔化〕副（原子）價

**副現象**〔名〕附帶現像。〔醫〕偶發症狀

**副行、副行**〔名〕〔解〕側突

**副虹**〔名〕〔氣〕副、虹霓

**副港**〔名〕附屬港口

**副交感神経**〔名〕〔解〕副交感神經
　副交感神経系（副交感神經系統）

**副睾丸**〔名〕〔解〕副睪丸
　副睾丸炎（副睪丸炎）

**副甲状腺**〔名〕〔解〕副甲狀腺
　副甲状腺ホルモン（副甲狀腺荷爾蒙）

**副査**〔名〕審查的助手

**副作用**〔名〕〔醫〕副作用
　副作用を起こす（引起副作用）
　此の薬は全く副作用が無い（這藥完全沒有副作用）

**副祭壇**〔名〕副祭壇

**副細胞**〔名〕〔植〕副細胞

**副索**〔名〕〔海〕副張索

**副蚕糸**〔名〕廢蠶絲、等外蠶絲

**副産物**〔名〕副產品。〔喻〕附帶的收穫
　石炭ガスの副産物には種種の薬品や染料が有る（煤氣的副產品有各種藥品和染料）種種
　此の研究の副産物（這項研究的副產品）種種種種種種

**副子**〔名〕〔醫〕（骨折等用）支架、夾板

**副使**〔名〕副代表←→正使

**副詞**〔名〕〔語〕副詞
　様態の副詞（樣態副詞）
　副詞句（副詞句）
　副詞的修飾語（副詞性修飾語）

**副支配人**〔名〕（公司、商店的）副經理

**副次科目**〔名〕次要學科、選修學科

**副次的**〔形動〕次要的、附屬的、派生的、第二位的
　副次的な現象（次要現象）
　副次的な側面（次要方面）

**副資材**〔名〕輔助資材、附屬材料

**副指数**〔名〕〔數〕副指數

**副司令**〔名〕副司令、副總司令

**副軸**〔名〕〔機〕副軸，中間軸，變速機傳動軸。〔數、理〕共軛

**副え軸**〔名〕〔機〕副軸

**副社長**〔名〕（公司的）副社長、副經理

**副尺**〔名〕游尺、標尺、刻度尺
　副尺付きコンパス compass（帶游標尺的圓規）

**副手**〔名〕（大學、研究室的）副助手

**副主題**〔名〕〔樂〕副主題

**副主筆**〔名〕副主筆、副主編

**副収入**〔名〕副業收入
　彼は月給以外に何か副収入が有る（他除了薪水以外還有某些副業收入）

**副書**〔名〕副本、摹本、抄本、複製品

**副書名**〔名〕（書的）副標題、小標題

**副署**〔名、自サ〕〔法〕副署（舊憲法規定以天皇名義頒發詔書等時 國務大臣在天皇簽字下署名）

**副助詞**〔名〕〔語法〕副助詞（使上面所接的體言等具有副詞性質或功能，並對下面的用言進行限定的助詞 在口語中有：許り丈,しか,位,程,迄,等、但在日本的"山田語法"中還包括：は，も，さえ等提示助詞、在文語中指：

こそ，ぞ，なむ，や，か，だに，すら，のみ，程，迄，等，は，も）

**副将**〔名〕〔軍〕副將，副帥。〔體〕副隊長←→主將

**副章**〔名〕（和正勳章一起授與的）副勳章

**副証**〔名〕〔法〕補充性證明

**副賞**〔名〕（正式獎以外的）附加獎
　賞金は百万円、副賞と為て腕時計（獎金一百萬日元手錶作為附加獎）

**副食（物）**〔名〕副食、副食品（＝御数）←→主食（物）
　副食（物）に費用が多く掛かる（用於副食品的開支多）

**副職**〔名〕副的職位

**副審**〔名〕〔法〕副審判員。〔體〕副裁判員←→主審

**副腎**〔名〕腎上腺
　副腎炎（腎上腺炎）

**副腎皮質**〔名〕〔解〕副腎皮質
　副腎皮質ホルモン（副腎皮質激素）
　副腎皮質刺激ホルモン（促副腎皮質激素）

**副神経**〔名〕〔生理〕副神經

**副帥**〔名〕副統帥、副大將

**副製品**〔名〕副產品（＝副産物）

**副船首材**〔名〕〔船〕副船首材

**副葬**〔名、他サ〕殉葬（的東西）
　副葬品（隨葬器物）
　副葬土器（殉葬陶器）

**副総裁**〔名〕副總裁

**副僧正**〔名〕〔佛〕副僧正

**副総理**〔名〕副總理

**副題**〔名〕副標題、小標題（＝サブタイトル）

**副大統領**〔名〕副總統
　副大統領候補（副總統候選人）

**副代理、復代理**〔名〕副代理、分經銷
　副代理人（副代理人、分經銷人）
　副代理店（分銷店、分經銷店）

**副知事**〔名〕（日本都、道、府、縣的）副知事、代理知事

**副長**〔名〕副部長、副組長。〔大學〕副校長。〔軍〕副艦長

**副抵当**〔名〕附屬擔保品

**副都心**〔名〕大都市裡新產生的中心地區（如東京的新宿、澀谷、池袋）
　新宿副都心（新宿副都心）

**副道**〔名〕（為防止交通擁擠而築的）旁道，旁路、小道，僻徑

**副読本、副読本**〔名〕課外讀物、課外閱讀教材

**副鼻腔**〔名〕副鼻腔

**副標目**〔名〕（書、報的）副標題小標題

**副文**〔名〕（條約、合約的）附件

**副砲**〔名〕〔軍〕（軍艦上主砲外）中小口徑的砲

**副木**〔名〕〔醫〕支架夾板
　腕に副木を当てる（胳膊上夾上支架）

**副え木、添え木**〔名〕支柱。〔醫〕夾板
　風が吹くから植木に副え木を為よう（因為刮風給移植的樹綁上支柱吧！）
　副え木を当てている患者（纏著夾板的患者）

**副本、複本**〔名〕副本、抄本
　送り状副本（發貨單副本）

**副見出し**〔名〕副標題

**副論文**〔名〕補充的論文、追加的論文

**副える、添える**〔他下一〕添加，附加、伴隨，陪同
　景品を副える（附帶贈品）
　口を副える（替人美言）
　肉に野菜を副える（肉裡配上青菜）
　入学願書に写真を副えて提出する事（將報考志願書附加像片交來）
　看護婦を副えて散歩させる（讓護士陪著散步）
　兄を副えて幼稚園に遣る（讓哥哥陪著送到幼稚園）

**副え、添え**〔名〕添加、輔助

**副え馬**〔名〕拉幫套的馬、幫套、邊套

**副番、添番**〔名〕（值班者缺勤時的）輔助值班員、值班助手

## 婦（ㄈㄨˋ）

**婦** 〔名〕（戶籍上用語）兒媳
〔漢造〕家庭婦女、妻、女性

- 新婦（新娘=花嫁）
- 夫婦（夫婦、夫妻）
- 主婦（家庭主婦、女主人）
- 貞婦（貞女=貞女）
- 家政婦（女管家、家政女管理人）
- 派出婦（特別護士、家庭臨時女工）
- 炊事婦（女炊事員）
- 看護婦（護士）

**婦兄** 〔名〕妻的哥哥、大舅
**婦警** 〔名〕女警察（=婦人警官）
**婦女** 〔名〕婦女、女性、女人
**婦女子** 〔名〕婦女，女性、婦女和兒童

- 婦女子暴行犯人（強姦犯）
- 婦女子の如き（像女人似的、婆婆媽媽的）
- 婦女子專用の車兩（婦女兒童坐的專車）

**婦人** 〔名〕婦女、成年的女子

- 婦人を優先する（婦女優先）
- 既婚の婦人（已婚婦女）
- 婦人病（婦科病）
- 婦人解放運動（婦女解放運動）
- 婦人持ちの時計（女錶、坤錶）
- 婦人參政運動（婦女參政運動）
- 婦人幼兒保健ステーション（婦幼保健站）
- 婦人國際デー（三八國際婦女節）
- 婦人の日（三八國際婦女節、四月十日-1946年日本婦女首次取得選舉權的紀念日）
- 婦人用（婦女用的）
- 婦人会（婦女會）
- 婦人科（婦科）
- 婦人記者（女記者）
- 婦人參政權（婦女參政權）
- 婦人服（女服）
- 婦人欄（報紙等的婦女欄）

**婦選** 〔名〕婦女選舉權（=婦人選舉權）

- 婦選運動（爭取婦女選舉權運動）

**婦長** 〔名〕〔醫〕護士長
**婦道** 〔名〕婦女的道德、婦女應遵守的準則

- 婦道を全うする（遵守婦道）
- 婦道に外れた行い（超出婦道行為）

**婦德** 〔名〕婦德、婦道

- 婦德を磨く（修婦德）
- 婦德を積む（積婦德）積む摘む詰む抓む

## 傅（ㄈㄨˋ）

**傅** 〔漢造〕傳授技藝作育人才的人、輔助

- 師傅（太師和太傅、服侍貴人孩子的師傅）

**傅育** 〔名、他サ〕教育、輔導、教導

- 皇太子の傅育の役（教導皇太子的職務、皇太子的師傅）役
- 皇子傅育官（王子的教師）皇子皇子

**傅く** 〔自五〕服侍，侍候，照顧。〔古〕監護，輔佐。〔古〕出嫁

- 老師に傅く（侍候老師）
- 大勢の召し使いに傅かれて暮らす（由許多僕人侍候度日）
- 幼君に傅く（輔佐幼主）
- 今の夫に傅く（嫁給現在的丈夫）
- 傅き

## 富、冨（ㄈㄨˋ）

**富** 〔漢造〕（有時讀作冨）富、富有、富裕

- 巨富（鉅額財富）
- 貧富（貧富、窮人與富人）

**富家、冨家** 〔名〕富豪、財主（=金持ち）
**富岳、富嶽** 〔名〕富士山

- 富岳三十六景（富士山三十六景）
- 芦の湖より富岳を望む（從蘆之湖望富士山）

**富強** 〔名、形動〕富強、富國強兵

富強の国（富強之國）
　　　発奮して富強を図る（發奮圖強）
**富源**〔名〕富源
　　　無尽蔵の富源（取之不盡的富源）
　　　富源を開発する（開發富源）
**富鉱**〔名〕〔礦〕富礦←→貧鉱
　　　富鉱を掘り当てる（採到富礦）
　　　富鉱地帯（富礦帶）
　　　富鉱体（富礦體）
**富豪**〔名〕富豪、大財主、百萬富翁（＝大金持ち）
　　　世界で屈指の富豪（世界上數一數二的富翁）
　　　富豪どもが群がる（豪門巨富麇集）
**富国**〔名〕富裕的國家
　　　富国強兵（富國強兵）
**富士**〔名〕富士山
　　　富士は日本一の山（富士山是日本第一大山）
　　　富士形（富士山形）
　　　富士絹（富士綢）
　　　富士山（富士山-日本第一高山、高 3776 米）
　　　富士額（富士山形的前額髮際-舊時是美人條件之一）
　　　富士見（眺望富士山）
　　　富士見台（眺望富士山的高台）
　　　富士詣で（陰暦六月一日至二十一日登上富士山参拝山頂上神社＝富士参り。〔史〕陰暦五月晦日和朔日参拝江戸市内仿建的富士淺間神社）
**富者**〔名〕富人、富翁、有錢的人←→貧者
　　　富者必ずしも幸福では無い（有錢的人不一定幸福）
**富商**〔名〕富商、有錢的商人
**富饒**〔名〕富饒、富裕
**富農**〔名〕富裕農民
　　　富農の家に生まれる（出生於富農之家）
**富民**〔名〕使人民富起來、富人，有錢的人
**富有**〔名〕富有、財主，有錢人

**富裕**〔名、形動〕富裕
　　　富裕の家に生まれる（生在富裕之家）
　　　富裕に暮す（過富裕生活）
**富力**〔名〕國家的富力、物質的力量、個人的財力
**富麗**〔名、形動〕富麗、華麗、華美
**富貴、富貴、富貴**〔名、形動〕富貴←→貧賤
　　　富貴な家柄（富貴門第）
　　　富貴に媚びる人（奉承富貴的人）
　　　富貴豆（糖煮去皮蠶豆）
　　　富貴草、富貴草（富貴草、牡丹的別名）
**富む**〔自五〕富裕、富有、豐富
　　　彼の人は富んだ家に生まれた（他生於有錢人家）
　　　富んだ国と貧しい国（富國和窮國）
　　　資源に富んでいる国（資源豐富的國家）
　　　語学の才能に富む（有學外語的天才）
　　　魚介類に富む海（盛産魚介類的海洋）
**富**〔名〕財富、資源、彩票（＝富籤）
　　　巨万の富を築く（積累千百萬的財富）
　　　富を誇る（誇耀財富）
　　　富を積む（積累財富）
　　　地下に埋もれている富を開発する（開發地下資源）
　　　日本は海の富に恵まれている（日本有豐富的海洋資源）
　　　富を付く（抽彩）
　　　富が落ちる（中彩）
　　　富に当たる（中彩）
　　　富札（彩票）
**富籤**〔名〕〔舊〕（江戸時代由神社、寺院出的一種）彩票
　　　富籤を買う（買彩票）
　　　富籤が（に）当たる（中彩）
　　　富籤債券（有彩債券）
**富栄える**〔自下一〕隆盛、興旺

現代の工業は活気に溢れ、富栄えている（現代工業充滿活力欣欣向榮）

**とみふだ 富札**〔名〕彩票

**とみもとぶし 富本節**〔名〕富本節、富本曲調（淨琉璃的一種流派、創始者為富本豊前掾）

**と 富ます**〔他五〕使豐富、使富裕
　国を富ます（使國家富裕）

## 復（ㄈㄨˋ）

**ふく 復**〔漢造〕恢復、返回、回答、又，再
　かいふく 快復（康復、恢復、痊癒）
　回復、恢復（恢復，康復，收復，挽回）
　ほんぷく 本復（痊癒、康復＝全快）
　へいふく 平復（康復、恢復健康）
　しゅうふく 修復（修復）
　こくふく 克復（恢復）
　いちようらいふく 一陽来復（一元復始，否極泰來，冬盡春來，陰曆十一月，冬至）
　おうふく 往復（往返，來回，往返票，來回票）←→片道
　ほうふく 報復（報復）
　はいふく 拝復（〔書信用語〕敬復者）
　はんぷく 反復（反復）

**ふく 復す**〔自、他五〕恢復（＝復する）

**ふく 復する**〔自、他サ〕恢復，復原、回答、返復，重複，報復，報答
　常態に復する（恢復常態）
　元の体に復する（身體復原）

**ふくい 復位**〔名、自サ〕復位、整復
　脱臼が復位する（脱臼整復）
　廃王を復位させる（復辟廢帝）

**ふくいん 復員**〔名、自サ〕〔軍〕復原，退役，退伍、（從戰時編制）轉入平時編制←→動員
　彼は復員した（他復員了）
　前線で戦功を立てた復員軍人（在前線立過戰功的復員軍人）
　復員軍人（復員軍人）

**ふくえん 復円**〔名、自サ〕（日、月蝕）恢復圓形

**ふくえん 復縁**〔名、自サ〕（離婚夫妻）恢復夫妻關係
　復縁を迫る（要求恢復夫妻關係）

**ふくがく 復学**〔名、自サ〕（休學或停學後）復學
　二年後（に）復学する（兩年後復學）
　復学を申請する（申請復學）

**ふくぎょう 復業**〔名、自サ〕復業、恢復原來的職業（營業、業務）

**ふくけい、ふっけい 復啓、復啓**〔名〕（書信用語）敬復者（＝拝復）

**ふくげん、ふくげん 復元、復原**〔名、自他サ〕復原、恢復原狀
　壁画が復元された（壁畫修復了）
　復原力（恢復能力、彈性體的恢復力）

**ふくしゅう 復習**〔名、他サ〕複習←→予習
　毎日復習しなければならない（必須每天複習）
　復習が足りない（複習做得不夠）
　復習時間（複習時間）

**さら 復習う**〔他五〕復習、溫習、練習
　学課を復習う（溫習功課）
　英語のリーダーを復習う（復習英語讀本）
　琴を復習う（練琴）
　踊りを復習う（練習舞蹈）
　兄に数学を復習って貰う（請哥哥給溫習數學）

**さらい、さらい、さらえ 復習、溫習、復習**〔名〕復習、溫習、練習
　ピアノの御復習を為る（練習鋼琴）

**さら 復習える**〔他下一〕復習、溫習、練習（＝復習う）

**ふくしゅう 復讐**〔名、自サ〕報仇（＝敵討）、報復（＝仕返し）
　復讐の念に燃える（一心要報仇）
　父の復讐を為る（為父親報仇）
　復讐の機会を狙う（伺機報復）
　復讐心（復仇心、報復心）
　復讐心を抱く（懷復仇心）抱く抱く

**ふくしょう、ふくしょう 復誦、復唱**〔名、他サ〕復述、重說、重讀
　伝言を復誦する（把傳話重述一遍）

**ふくしょく 復職**〔名、自サ〕（退休、退職的人）恢復原職

復申 〔名、自サ〕回復、復命

復水 〔名〕〔醫〕冷凝水、凝結冰
  復水器（冷凝器、冷卻器）

復生 〔名〕（病理）再生

復姓 〔名〕恢復原姓

復席 〔名、自サ〕（退席、離席的人）歸席、回到原來的席位

復籍 〔名、自サ〕〔法〕恢復原來的戶籍、恢復原來的學籍

復祚 〔名〕（已退位的天皇或皇帝）重登寶座（＝重祚）

復代理、副代理 〔名〕副代理、分經銷
  副代理人（副代理人、分經銷人）
  副代理店（分銷店、分經銷店）

復調 〔名、自サ〕（身體）復原。〔電〕檢波

復党 〔名、自サ〕恢復黨籍、重新參加原來的黨

復答 〔名、自サ〕回答、達復

復道、複道 〔名〕複道（分上下兩層的道路或走廊）

復読 〔名、他サ〕重讀、再讀、反復閱讀

復任 〔名、自サ〕復任（離開官職以後又復職）

復熱装置 〔名〕回熱裝置、回流換熱器

復配 〔名、自サ〕〔經〕恢復分紅

復白 〔名〕回答、答復

復氷 〔名〕〔理〕復冰（現像）

復文 〔名、他サ〕把譯文譯回原文、把改寫的文章改回來、把夾雜假名的漢文改成原樣、回信、復信、回函

復辟 〔名、自サ〕復辟
  廃帝が復辟を図る（廢帝圖謀復辟）

復命 〔名、他サ〕復命，匯報工作、交差，（執行命令後）匯報結果
  調査の結果を復命する（匯報調查的結果）
  復命書（書面匯報、報告書）

復路 〔名〕歸路、回路←→往路

復活 〔名、自他サ〕復活、蘇生、恢復，復興，復辟
  キリストの復活（基督的復活）
  軍国主義復活を防止する（防止帝國主義的復辟）
  古い劇を復活上演する（恢復上演古劇）
  其の会社は復活の望みが無い（那家公司沒有恢復的希望）

復活祭 〔名〕〔宗〕復活節（每年春分月圓後第一個星期日）（＝イースター）
  復活祭の当日（復活節的當天）
  今年は復活祭が早い（今年復活節早）
  復活祭週間（復活節周）

復刊、復刊 〔名、自他サ〕（報刊等）復刊、重新出版
  休刊していた雑誌を復刊する（把已經停刊的雜誌復刊）
  新聞が復刊した（報紙復刊了）
  其の本は復刊する価値が有る（那本書有再版的價值）
  復刊第一号（復刊後第一期）

復帰 〔名、自サ〕復原，恢復原狀、復職、重回，重歸
  前に居た会社に復帰する（回到原來的公司工作）
  原状に復帰する（恢復原狀）
  昔の制度に復帰する（恢復舊制度）
  原籍地へ復帰する（重回原籍）

復仇 〔名、自サ〕復仇、報仇、報復（＝仇討、仕返し）

復旧 〔名、自他サ〕修復、恢復原狀
  平常の状態に復旧する（恢復平常狀態）
  見違える程に復旧した（恢復得認不出來）
  其の線路の復旧には三日掛かる（修復那條鐵路要三天時間）
  復旧の見込みが立たない（沒有修復的希望）
  復旧図（修復圖）
  復旧作業（修復作業）
  復旧工事（修復工程）
  復旧工事に掛かる（開始修復工程）

復極、復極 〔名、他サ〕〔理〕退極化

**復極剤**（退極化劑）

**復権**〔名、自他サ〕〔法〕（定罪、破產後的）恢復權利（資格）
　復権を計る（圖謀復權）

**復古**〔名、自他サ〕復古
　王政復古（〔史〕王政復古-指明治維新）
　復古論者（復古論者）
　復古主義（復古主義）
　復古派（復古派）
　復古調（復古調）

**復校**〔名、自サ〕復學，（退學、轉校的學生）回到原校、反復檢查，反復考核
　転校した生徒が復校を申し出る（轉學生申請回到原校）
　復校を許す（批准復學）

**復航**〔名、自サ〕（船、飛機）返航←→往航
　復航運賃（返航運費、回頭貨運費）

**復興**〔名、自他サ〕復興、重建
　水害を受けた町を復興する（重建遭受水災的城鎮）
　目覚ましい復興振り（驚人的復興情況）
　日本の戦後の復興（日本戰後的復興）
　復興計画（重建計畫）
　復興事業（復興事業）
　復興金融金庫（復興金融金庫、復興貸款銀行）

**復稿**〔名〕復稿

**復刻、覆刻**〔名、自他サ〕（木版書的）復刻，翻刻、（圖書的）再版，翻印
　古典を復刻する（復刻古典）
　初版本の復刻（初版本的翻刻）
　復刻本（再版書）
　復刻版（再版書）

**復、又、亦**〔名〕他、別、另外
〔造語〕（冠在名詞上表示間接、不直接延續等義）再、轉、間接

〔副〕又，再，還，也，亦、（敘述某種有關聯的事物）而、（表示較強的驚疑口氣）究竟，到底

〔接〕（表示對照的敘述）又，同時、（連接兩個同一名詞或連續冠在兩個同一名詞之上）表示連續、連續不斷之意、（表示兩者擇其一）或者、若不然

　又の名（別名）名俣股叉
　又の世（來世）
　又の日（次日、翌日、他日、日後）
　又に為ましょう（下次再說吧！）
　では又（回頭見！）
　又聞き（間接聽來）
　又従兄弟、又従姉妹（堂兄弟或姊妹、表兄弟或姊妹）
　又請け（間接擔保、轉包）
　又売り（轉賣、倒賣）
　又買い（間接買進、轉手購入）
　先食べた許りなのに又食べるのか（剛剛吃過了還想吃呀！）
　明日又御会いしましょう（我們明天再見吧！）
　彼は又元の様に丈夫に為った（他又像原來那樣健壯了）
　一度読んだ本を又読み返す（重看已經看過一次的書）
　又痛む様でしたら此の薬を呑んで下さい（若是再痛的話請吃這個藥）
　彼の様な人が又と有ろうか（還有像他那樣的人嗎？）
　又と無いチャンス（不會再有的機會）
　今日も又雨か（今天還是個雨天）
　私も又そんな事は為度くない（我也不想做那種事）
　彼も又人の子だ（他也並非聖人而是凡人之子）
　弟は又貴に輪を掛けた勉強家だ（而弟弟卻是個比哥哥更用功的人）

ㄈ

夫は病気勝ちだが、妻は又健康其の者だ（丈夫常生病而妻子卻極為健康）

此れは又如何した事か（這究竟是怎麼回事？）

何で又そんな事を為るんだ（為什麼做那種事）

君は又大変な事を為て呉れたね（你可給我闖了個大亂子）

外交官でも有り、又詩人でも有る（既是個外交官同時又是個詩人）

人民中国は第三世界に属していて、超大国ではない、又其に為り度くも無い（人民中國屬於第三世界不是超級大國並且也不想當超級大國）

夢の様でも有るが又夢でも無い（似乎是做夢可又不是夢）

消しては書き、書いては又消す（擦了又寫寫了又擦）

出掛け度くも有り、又名残惜しくも有る（想走又捨不得走）

一人又一人と（一個人跟著一個人）

又一つ又一つと（左一個右一個地）

勝利又勝利へ（從勝利走向勝利）

町の南には山又山が重なっている（市鎮的南邊山連著山）

彼が来ても良い、又君でも良い（他來也行若不然你來也行）

**叉**〔名〕叉子、分岔、叉狀物

木の叉に腰掛ける（坐在樹叉上）

道の叉（岔路口）

三つ叉（〔電〕三通）

川が此処で叉に為る（河流在這裡分岔）

**股**〔名〕股，胯。〔解〕髋，胯股，腹股溝

大股に歩く（邁大步走）

小股に歩く（邁小步走）

股を広げて立つ（叉開腿站立）立つ 建つ 経つ 裁つ 断つ 絶つ 発つ 起つ 截つ

全国を股に掛ける（走遍全國、〔轉〕活躍於全國各地）掛ける 翔ける 掻ける 欠ける 駈ける 賭ける

人の股を潜る（鑽過他人胯下、受胯下之辱）潜る 潜る 懸ける 架ける 描ける 駈ける 駆ける 書ける

**復写し、又写し**〔名、他サ〕轉抄、重抄

**復貸し、又貸し**〔名、他サ〕轉借出去、轉租出去（＝転貸）

此の本を貸して上げるが復貸ししては行けない（借給你這本書可不准轉借給別人）

**復借り、又借り**〔名、他サ〕轉借進來、轉租進來（＝転借）

此の本は李さんが王さんから借りたのを私が復借りしたのです（這本書是李先生從王先生借的現在我又從李先生轉借來了）

## 腹（ㄈㄨˋ）

**腹**〔漢造〕腹，肚子，生母，前面，半山腰，心腹，心中，膽力，裝載處，憤怒

口腹（口腹）

満腹（滿腹、吃飽、一肚子）

鼓腹（飽食安樂）

下腹部（下腹部）

壺腹部（〔解〕壺腹部）

同腹（同母、志同道合的人、志趣相同的人）←→異腹

異腹（同父異母＝腹違い）

遺腹（遺腹子、父親死後生的兒子）

当腹（現在妻子所生）←→先腹

先腹（前妻生的孩子）

妾腹（庶出＝妾腹）

山腹（山腰）

中腹（半山腰）

中腹部（中腹部）

心腹（心、心腹）

剛腹（大膽、大肚）

船腹（船隻、貨艙、船的腹部）

立腹（生氣、惱怒）

**腹案**〔名〕腹稿
　腹案を立てた演説（有了腹稿的演說）
　ちゃんと腹案が出来ている（已經胸有成竹）

**腹囲**〔名〕〔縫紉〕腰圍

**腹脚**〔名〕〔動〕（甲殼類幼蟲的）腹足，（成蟲的）後足

**腹脚**〔名〕〔動〕腹足

**腹筋、腹筋、腹筋**〔名〕〔解〕腹肌
　腹筋を鍛える（鍛鍊腹肌）
　可笑しくて腹筋が捻じれる（令人笑破肚皮）
　可笑しくて腹筋を縒る（令人笑破肚皮）

**腹甲**〔名〕〔動〕腹甲

**腹腔、腹腔**〔名〕腹腔
　腹腔妊娠（腹腔懷孕）

**腹呼吸**〔名〕腹呼吸

**腹式呼吸**〔名〕腹式呼吸←→胸式呼吸
　腹式呼吸法（腹式呼吸法）

**腹肢**〔名〕〔動〕腹肢

**腹心**〔名〕心腹、親信
　腹心の病（心腹之患）
　腹心の友（推心置腹的朋友）
　腹心の部下（親信的部下）
　彼には幾人もの腹心が居る（他有好幾個親信）

**腹神経節連鎖**〔名〕〔解〕腹神經鏈

**腹水**〔名〕〔醫〕腹水
　腹水穿取（放腹水）
　腹水症（腹水病）

**腹蔵、覆蔵**〔名〕隱諱、隱蔽、藏在心裡
　腹蔵の無い御意見を聞かせて下さい（請您提出直言不諱的意見）
　腹蔵無く言う（坦率地說）

**腹足類**〔名〕〔動〕腹足類

**腹帯**〔名〕（孕婦用）腹帶、（馬的）肚帶

**腹帯**〔名〕圍腰（=腹巻）、孕婦腹帶、馬肚帶（=腹帯）

腹帯を為て寝る（睡覺圍上圍腰）
腹帯を締める（繫上腹帶）
腹帯が緩む（肚帶鬆了）

**腹中**〔名〕腹中、肚裡、心中
　腹中を探る（刺探心意）
　他人の腹中は計り兼ねる（別人的心意難以揣度）
　大腹中（肚量大）

**腹の中**〔名〕腹內、心中（=腹中）

**腹の中**〔連語〕內心（=腹中）
　腹の中は分らない（內心如何不曉得）
　腹の中は迚も優しい人（心地非常溫和的人）
　腹の中を探る（刺探心思）

**腹痛、腹痛**〔名〕腹痛
　腹痛を起こす（引起腹痛）
　食べ過ぎて腹痛を起す（吃過多肚子痛起來）

**腹背**〔名〕腹背、前後（=前後ろ）
　腹背に敵を受ける（腹背受敵）

**腹部**〔名〕腹部、肚子、中部

**腹壁**〔名〕〔解〕腹壁
　腹壁切開手術（開腹術）

**腹膜**〔名〕〔解〕腹膜
　腹膜炎（腹膜炎）

**腹鳴**〔名〕腸鳴

**腹毛虫類**〔名〕〔動〕腹毛綱

**腹話術**〔名〕腹語術（一人操兩種話音的口技）

**腹稿**〔名〕腹案

**腹、肚**〔名〕腹，肚子。〔轉〕內心、想法、心情，情緒，度量，氣量，胎內，母體內、（器物中央）鼓出部分
　腹が冷える（肚子著涼）
　腹が空く（肚子餓）
　腹が減る（肚子餓）
　腹がぺこぺこだ（肚子餓扁了）
　腹が一杯だ（吃得飽飽的）

腹が痛くて腰が伸ばせぬ（肚子疼得直不起腰來）
腹を下す（腹瀉、拉肚子）
腹を抱えて笑う（捧腹大笑）
腹を空かして置く（空起肚子）
腹を切って死ぬ（切腹而死）
昨夜の蝦で腹を壊した（昨晚上的蝦把肚子吃壞了）
腹の筋を縒る（笑得肚皮痛）
相手の腹を探る（刺探對方的想法）
腹が見え透く（看穿心事）
腹を割って笑う（推心置腹地壇）
彼の人の腹が如何も分らない（他的心思很難摸透）
痛くない腹を探られる（無故被人懷疑）
腹の中で笑う（心中暗笑）
彼の人は酷い事を言うが、腹はそんなに悪くは無い（他雖然說話很嚴厲但內心並不那麼壞）
相手の腹を読む（揣摩對方的心思）
腹を決める（下決心、拿定主意）
彼の口と腹とは違う（他心口不一）
腹が黒い（心眼壞）
腹に収める（記在心裡）
腹が立つ（生氣、發怒）
腹を立てる（生氣、發怒）
腹が癒える（息怒、出氣、解恨）
腹に据え兼ねる（忍無可忍、無法忍受）
彼の人は腹が太いから失敗が有っても落ち着いている（他度量大失敗了也很沉著）
腹が出来ている（鎮靜、沉著、遇事不慌）
腹が据わる（沉著、有決心）
自分の腹を痛めた子（親生子）
腹違いの兄弟（同父異母兄弟）
後妻の腹に出来た子（後妻生的兒子）

指の腹（手指肚）
徳利の腹（酒瓶肚）
腹が無い（沒有膽量、沒有度量）
腹が膨れる（吃飽、有身孕、大肚子、肚子裡憋著話）
腹が減っては軍は出来ぬ（餓著肚子打不了戰、不吃飯什麼也做不了）
腹に一物（心懷叵測）
腹は借り物（子女貴賤隨父親）
腹八分目（飯要吃八分飽）
腹も身の内（肚子是自己的-戒暴飲暴食）
腹を合わせる（合謀、同心協力）
腹を切る（切腹、自掏腰包）
腹を拵える（吃飽飯）
腹を肥やす（肥己、自私、貪圖私利）
腹を据える（下定決心、沉下心去）
腹を召す（貴人切腹）
腹を割る（推心置腹、披肝瀝膽）

**原**〔名〕平原，平地、荒野，荒地
雪で覆われた原（蓋滿雪的原野）

**原、輩、儕**〔接尾〕輩、儕、們（=達、共、等）（除殿輩以外、均用於貶意）
殿輩（諸公）
役人輩（官員們）
海賊輩（一群海盜）
女輩（女流之輩）
あんな奴輩に負けて堪るか（輸給那群傢伙們怎麼行呢？）

**原、元、旧、故**〔名〕從前、原先、原來↔今
〔連體〕原先、從前↔現、前、新
終ったら元の場所に戻して下さい（用完了請放回原位）
此処は元荒地だった（這裡原先是荒地）
彼女は元小学校の教師を為ていた（她曾做過小學教師）

元住んでいた家は跡形も無くなっていた（從前住過的房子連一點痕跡也沒有了）
元の鞘に収まる（言歸於好、破鏡重圓）
元の木阿弥（徒然無功、依然故我）
元校長（原任校長、從前的校長）
元世界チャンピオン（前世界冠軍）

**腹悪し**〔形シク〕黑心，心術不良（=腹黒い、意地悪い）、愛生氣，易動怒（=怒りっぽい）
腹悪く者を遠ざける（躲開黑心的人）

**腹当て**〔名〕保護腹部的鎧甲、肚兜，圍腰

**腹合わせ**〔名〕相對，面對面、（男女）互相擁抱、同心（協作）、兩面用帶子（=腹合わせ帯）←→背中合せ
腹合わせに座る（相對而坐、面對面坐）
腹合わせの兄（情夫）

**腹合わせ帯**〔名〕（正反兩面用不同料子縫製的女人）兩面用帶子
繻子と縮緬の腹合わせ帯（緞子和皺綢做的兩面用帶子）

**腹癒せ**〔名〕出氣、洩憤
腹癒せに殴る（為洩憤而毆打）
遣り込められた腹癒せに暴力に訴える（為了發洩被人駁倒的氣憤而動起武來）
一時の腹癒せから無茶苦茶に遣っ付ける（為一時洩憤亂打一通）

**腹一杯**〔名、副〕飽，滿腹、盡情，盡量
腹一杯食べる（吃得飽飽的）
腹一杯飲む（喝足）
腹一杯の悪口を言う（盡情辱罵）
腹一杯の不満を述べる（傾訴滿腹牢騷）

**腹打ち**〔名〕（游泳時）肚子先著水的笨拙跳水動作

**腹掛け**〔名〕圍裙、肚兜
腹掛けを為た職人（繫著圍裙的工匠）
赤ん坊に腹掛けを為せる（給嬰兒繫肚兜）

**腹皮**〔名〕〔魚〕肚皮
鰹の腹皮（鰹魚的肚皮）

**腹の皮**〔名〕肚皮
腹の皮を突っ張る（繃緊肚皮）
腹の皮が捩れる（笑破肚皮、非常可笑）

**腹変り**〔名、自サ〕異母兄弟或姊妹、變心，背約

**腹汚い、腹穢い**〔形〕心地不好、心術不正
彼は腹汚いから注意しろ（他心術不正要加小心）

**腹切り**〔名〕切腹、切腹自殺（=切腹）

**腹工合、腹具合**〔名〕肚子（胃腸）的情況
腹工合が悪い（腸胃不好）

**腹下し**〔名〕腹瀉，拉肚子（=下痢）、瀉藥（=下劑）

**腹下り**〔名、自サ〕腹瀉，拉肚子（=下痢）

**腹黒**〔名〕黑心、陰險、壞心眼、狠毒的人

**腹黒い**〔形〕心黑的、陰險的、壞心眼的
彼は腹黒いから油断出来ない（他為人陰險必須提防）
御前は腹黒い奴だ（你真狠毒）

**腹芸**〔名〕〔劇〕內心戲-語言動作以外的表情如沉思等、有膽略，有膽識、在腹部畫臉譜活動腹部使之做出各種表情或在仰臥的人腹部進行表演的一種雜技
腹芸の出来る人（有膽略的人）

**腹児**〔名〕胎兒（=胎児）

**腹拵え**〔名〕（開始工作或做事之前）先吃好飯
先ず腹拵えを為てから仕事に掛かる（先吃好了飯再開始工作）

**腹熟し**〔名〕助消化
腹熟しに散歩する（散步消消食）
腹熟しの軽い運動を為る（做一些幫助消化的輕微運動）

**腹散散**〔副〕盡情地（=思う存分）

**腹立たしい**〔形〕可氣的、令人氣憤的
彼の話し振りはどうも腹立たしい（他講話的態度實在令人可氣）
腹立たしい程落ち着き払っている（鎮靜得令人氣憤）
腹立たしい顔を為てそっぽを向く（氣呼呼地把臉轉向一旁）

**腹立たしげ**〔名、形動〕生氣的樣子
　腹立たしげな顔を為てそっぽを向く（氣沖沖地把臉轉向一旁）

**腹立たしさ**〔名〕生氣、氣憤（的程度）
　腹立たしさの余り席を立つ（氣憤之餘離開座位）

**腹立つ**〔自五〕生氣、憤怒（=怒る、立腹する）
　良く腹立つ男（好生氣的人）
　俺を腹立たせるよ（別惹我生氣）
　腹立つのを堪える（忍住火氣）

**腹立ち**〔名〕生氣、憤怒
　此れは腹立ち紛れに言った話だ（這是我一時氣憤所說的話）
　御腹立ちは御尤もです（您生氣是理所當然的）

**腹立てる**〔自下一〕生氣、憤怒（=怒る、腹立つ）

**腹違い**〔名〕同父異母兄弟或姊妹
　腹違いの妹（同父異母的妹妹）

**腹鼓**〔名〕（也誤作腹皷）鼓腹飽飽（緣出於〝鼓腹擊壤〞-喻天下太平，安居樂業，豐衣足食，人民擊腹為鼓叩地而歌），相傳狐狸在月夜模仿鼓聲把肚子當作鼓來敲
　腹鼓を打つ（飽食鼓腹自慰）

**腹積り**〔名〕（某人的）打算、（對某一事物的）精神準備

**腹時計**〔名〕根據肚子餓的程度推斷時間
　腹時計ではもう直御昼だ（根據肚子餓的程度來看馬上就要吃午飯了）

**腹の虫**〔名〕蛔蟲（=回虫）。〔轉〕心情，情緒、怒氣，火氣
　腹の虫を駆除する（打蛔蟲）
　腹の虫が収まらない（控制不住感情、忍不住火氣、不由得發火）
　腹の虫が承知しない（控制不住感情、忍不住火氣、不由得發火）

**腹這う**〔自五〕匍匐，爬行、俯臥
　腹這って少し宛進む（匍匐著一點一點地向前移動）
　畳に腹這う（趴在蓆子上）

**腹這い、腹這い**〔名〕匍匐，爬行、俯臥
　赤ん坊が腹這いで進む（嬰兒爬著走）
　兵隊達は腹這いに為って進んだ（戰士們匍匐前進了）
　地面に腹這いに為る（俯臥在地上）
　芝生に腹這いに為って本を読んでいる（趴在草坪上看書）

**腹八分**〔名〕吃八分飽
　腹八分に医者要らず（常吃八分飽不把醫生找）

**腹塞ぎ、腹塞げ**〔名〕充飢、果腹
　腹塞ぎに食べる（充飢、填飽肚皮）
　当座の腹塞ぎに為った（解除了暫時的飢餓）

**腹ぺこ**〔名〕〔俗〕餓癟、肚皮肚子十分飢餓
　腹ぺこで死に然うだ、速く飯に為て呉れ（餓得快要死了快開飯吧！）

**腹巻き**〔名〕圍腰，腹帶（為防止著涼的圍腰帶）、圍在腹部的一種鎧甲
　腹巻きを為て寝る（圍上圍腰睡覺）

**腹持ち**〔名〕胃的情況、耐餓，經飽，輕易不消化
　餅は腹持ちが良い（年糕輕易不消化很耐餓）

**むしゃくしゃ腹**〔名〕生氣、惱火、發脾氣

**御腹、御中**〔名〕〔俗〕（原來是婦女用語）肚子、胃腸
　御腹が痛い（肚子疼）
　御腹が空いた（肚子餓了）
　御腹が大きい（肚子大了、有孩子了、懷孕了）
　御腹を壊す（腹瀉、鬧肚子）
　僕は御腹（が）一杯だ（我吃得很飽了）

國家圖書館出版品預行編目資料

```
日華大辭典(一)/ 林茂 編修
  --初版-- 臺北市：蘭臺出版社：2020.1
ISBN：978-986-5633-88-2（平裝）

1.日語 2.詞典

803.132                              108016372
```

# 日華大辭典（一）

編　　　修：林茂(編修)
編　　　輯：塗宇樵、塗語嫻
美　　　編：塗宇樵、塗語嫻
封面設計：塗宇樵
出　版　者：蘭臺出版社
發　　　行：蘭臺出版社
地　　　址：台北市中正區重慶南路1段121號8樓之14
電　　　話：(02)2331-1675或(02)2331-1691
傳　　　真：(02)2382-6225
E—MAIL：books5w@gmail.com或books5w@yahoo.com.tw
網路書店：http://5w.com.tw/
　　　　　https://www.pcstore.com.tw/yesbooks/
　　　　　博客來網路書店、博客思網路書店
　　　　　三民書局、金石堂書店
總 經 銷：聯合發行股份有限公司
電　　　話：(02) 2917-8022　　傳　真：(02) 2915-7212
劃撥戶名：蘭臺出版社　帳號：18995335
香港代理：香港聯合零售有限公司
地　　　址：香港新界大蒲汀麗路 36 號中華商務印刷大樓
　　　　　C&C Building, 36,Ting, Lai, Road, Tai,Po, New,Territories
電　　　話：(852)2150-2100　　傳　真：(852)2356-0735
經　　　銷：廈門外圖集團有限公司
地　　　址：廈門市湖里區悅華路 8 號 4 樓
電　　　話：86-592-2230177　　傳　真：86-592-5365089
出版日期：2020年1月 初版
定　　　價：新臺幣12000元整（全套不分售）
ISBN：978-986-5633-88-2

**版權所有・翻印必究**